四大名著導讀本

下冊

元 施耐庵

中華教育

# 目錄

第八十一回

# 燕青月夜遇道君
# 戴宗定計出樂和

本回於數次大戰後，描敘出無盡細處之事，環環相扣，出奇制勝。尤其是燕青通過名妓李師師面見天子，得到赦書一節，情節更是滴水不漏，讀來令人不禁讚歎燕青的智慧。「條條大路通羅馬」，是本回書的最好註解。

話說梁山泊好漢，水戰三敗高俅，盡被擒捉上山。宋公明不肯殺害，盡數放還。高太尉許多人馬回京，就帶蕭讓、樂和前往京師，聽候招安一事，卻留下參謀聞煥章在梁山泊裏。那高俅在梁山泊時，親口說道：「我回到朝廷，親引蕭讓等面見天子，便當力奏保舉，火速差人前來招安。」因此上就叫樂和為伴，與蕭讓一同去了，不在話下。

且說梁山泊眾頭目商議，宋江道：「我看高俅此去，未知真實。」吳用笑道：「我觀此人，生的蜂目蛇形[1]，是個轉面忘恩之人。他折了許多軍馬，廢了朝廷許多錢糧，回到京師，必然推病不出，朦朧奏過天子，權將軍士歇息。蕭讓、樂和軟監在府裏。若要等招安，空勞神力！」宋江道：「似此怎生奈何？招安猶可，又且陷了二人。」吳用道：「哥哥再選兩個乖覺的人，多將金寶前去京師，探聽消息。就行鑽刺[2]關節，把衷情達知今上，令高太尉藏匿不得，此為上計。」燕青便起身說道：「舊年[3]鬧了東京，是小弟去李師師家入

---

1) 蜂目蛇形：指面目可憎。

2) 鑽刺：鑽營私利和刺探內情。

3) 舊年：去年。

肩[4]。不想這一場大鬧，他家已自猜了八分。只有一件，他卻是天子心愛的人，官家那裏疑他。他自必然奏說：『梁山泊知得陛下在此私行[5]，故來驚嚇。』已是遮過了。如今小弟多把些金珠去那裏入肩，枕頭上關節最快。小弟可長可短，見機而作。」宋江道：「賢弟此去，須擔干係。」戴宗便道：「小弟幫他去走一遭。」神機軍師朱武道：「兄長昔日打華州時，嘗與宿太尉有恩。此人是個好心的人。若得本官於天子前早晚題奏，亦是順事。」宋江想起九天玄女之言，「遇宿重重喜」，莫非正應着此人身上？便請聞參謀來堂上同坐。宋江道：「相公曾認得太尉宿元景麼？」聞煥章道：「他是在下同窗朋友，如今和聖上寸步不離。此人極是仁慈寬厚，待人接物，一團和氣。」宋江道：「實不瞞相公說，我等疑高太尉回京，必然不奏招安一節。宿太尉舊日在華州降香，曾與宋江有一面之識。今要使人去他那裏打個關節，求他添力，早晚於天子處題奏，共成此事。」聞參謀答道：「將軍既然如此，在下當修尺書奉去。」宋江大喜。隨即教取紙筆來，一面焚起好香，取出玄女課，望空祈禱，卜得個上上大吉之兆。隨即置酒，與戴宗、燕青送行。收拾金珠細軟之物兩大籠子，書信隨身藏了，仍帶了開封府印信公文。兩個扮作公人，辭了頭領下山，渡過金沙灘，望東京進發。

戴宗托着雨傘，背着個包裹。燕青把水火棍挑着籠子，拽紮起皂衫，腰繫着纏袋，腳下都是腿綳護膝，八搭麻鞋。於路免不得飢餐渴飲，夜住曉行。不則一日，來到東京，不由順路入城，卻轉過萬壽門來。兩個到得城門邊，把門軍當住。燕青放下籠子，打着鄉談說道：「你做甚麼當我？」軍漢道：「殿帥府有鈞旨，梁山泊諸色人等，恐有夾帶入城，因此着仰各門，但有外鄉客人出入，好生盤詰。」燕青笑道：「你便是了事的公人，將着自家人只管盤問。俺兩個從小在開封府勾當，這門下不知出入了幾萬遭，你顛倒只管盤問，梁山泊人，眼睜睜的都放他過去了。」便向身邊取出假公文，劈面丟將去道：「你看，這是開封府公文不是？」那監門官聽得，喝道：「既是開封府公文，只管問他怎地？放他入去！」燕青一把抓了公文，揣在懷裏，挑起籠子便走。戴宗也冷笑了一聲。兩個徑奔開封府前來，尋個客店安歇了。

---

4)　入肩：為謀劃某事而進身其中。

5)　私行：官吏以私事出行。

次日，燕青換領布衫穿了，將搭膊繫了腰，換頂頭巾，歪戴着，只妝做小閒模樣。籠內取了一帕子金珠，吩咐戴宗道：「哥哥，小弟今日去李師師家幹事，倘有些撅撒，哥哥自快回去。」吩咐戴宗了當，一直取路，徑奔李師師家來。

到的門前看時，依舊曲檻雕欄，綠窗朱戶，比先時又修的好。燕青便揭起斑竹簾子，從側首邊轉將入來，早聞的異香馥鬱。入到客位前，見周回吊掛名賢書畫，階簷下放着三二十盆怪石蒼松，坐榻盡是雕花香楠木，小床坐褥盡鋪錦繡。燕青微微地咳嗽一聲，娅嬛出來見了，便傳報李媽媽出來，看見是燕青，吃了一驚，便道：「你如何又來此間？」燕青道：「請出娘子來，小人自有話說。」李媽媽道：「你前番連累我家，壞了房子。你有話便說。」燕青道：「須是娘子出來，方才說的。」

李師師在窗子後聽了多時，轉將出來。燕青看時，別是一般風韻，但見：容貌似海棠滋曉露，腰肢如楊柳嫋東風，渾如閬苑瓊姬，絕勝桂宮仙姊。當下李師師輕移蓮步，款蹙湘裙，走到客位裏面。燕青起身，把那帕子放在桌上，先拜了李媽媽四拜，後拜李行首兩拜。李師師謙讓道：「免禮！俺年紀幼小，難以受拜。」燕青拜罷，起身道：「前者驚恐，小人等安身無處。」李師師道：「你休瞞我，你當初說道是張閒，那兩個是山東客人。臨期鬧了一場，不是我巧言奏過官家，別的人時，卻不滿門遭禍！他留下詞中兩句，道是：『六六雁行連八九，只等金雞消息。』我那時便自疑惑，正待要問，誰想駕到。後又鬧了這場，不曾問的。今喜汝來，且釋我心中之疑，你不要隱瞞，實對我說知。若不明言，決無干休！」燕青道：「小人實訴衷曲，花魁娘子休要吃驚。前番來的那個黑矮身材，為頭坐的，正是呼保義宋江；第二位坐的白俊面皮，三牙髭鬚，那個便是柴世宗嫡派子孫小旋風柴進；這公人打扮，立在面前的，便是神行太保戴宗；門首和楊太尉廝打的，正是黑旋風李逵；小人是北京大名府人氏，人都喚小人做浪子燕青。當初俺哥哥來東京求見娘子，教小人詐作張閒，來宅上入肩。俺哥哥要見尊顏，非圖買笑迎歡，只是久聞娘子遭際今上，以此親自特來告訴衷曲，指望將替天行道、保國安民之心上達天聽，早得招安，免致生靈受苦。若蒙如此，則娘子是梁山泊數萬人之恩主也！如今被奸臣當道，讒佞專權，閉塞賢路，下情不能上達。因此上來尋這條門路，不想驚嚇娘子。今俺哥哥無可拜送，只有些少微物在此，萬望笑留。」燕青便打開帕子，攤在桌上，都是金珠寶貝器皿。那虔婆愛的是財，一見便喜，忙叫奶子收拾過了。便請燕青進裏面小閣兒內坐地，安排好細食茶果，殷勤相待。原來李師師家，皇帝不時間來，因此上公子王孫，富豪子弟，誰敢來他家討茶吃。

且說當時鋪下盤饌酒果，李師師親自相待。燕青道：「小人是個該死的人，如何敢對花魁娘子坐地？」李師師道：「休恁地說！你這一班義士，久聞大名，只是奈緣中間無有好人與汝們眾位作成，因此上屈沉水泊。」燕青道：「前番陳太尉來招安，詔書上並無撫恤的言語，更兼抵換了御酒。第二番領詔招安，正是詔上要緊字樣，故意讀破句讀：『除宋江，盧俊義等大小人眾所犯過惡，並與赦免。』因此上，又不曾歸順。童樞密引將軍來，只兩陣，殺的片甲不歸。次後高太尉役天下民夫，造船征進，只三陣，人馬折其大半。高太尉被俺哥哥活捉上山，不肯殺害，重重管待，送回京師，生擒人數，盡都放還。他在梁山泊說了大誓，如回到朝廷，奏過天子，便來招安。因此帶了梁山泊兩個人來，一個是秀才蕭讓，一個是能唱樂和，眼見的把這兩人藏在家裏，不肯令他出來。損兵折將，必然瞞着天子。」李師師道：「他這等破耗錢糧，損折兵將，如何敢奏？這話我盡知了。且飲數杯，別作商議。」燕青道：「小人天性不能飲酒。」李師師道：「路遠風霜，到此開懷，也飲幾杯。」燕青被央不過，一杯兩盞，只得陪侍。

原來這李師師是個風塵妓女，水性的人，見了燕青這表人物，能言快說，口舌利便，倒有心看上他。酒席之間，用些話來嘲惹他。數杯酒後，一言半語，便來撩撥。燕青是個百伶百俐的人，如何不省得？他卻是好漢胸襟，怕誤了哥哥大事，那裏敢來承惹？李師師道：「久聞的哥哥諸般樂藝，酒邊閒聽，願聞也好。」燕青答道：「小人頗學得些本事，怎敢在娘子跟前賣弄？」李師師道：「我便先吹一曲，教哥哥聽！」便喚嬭嬛取簫來。錦袋內掣出那管鳳簫，李師師接來，口中輕輕吹動，端的是穿雲裂石之聲。燕青聽了，喝采不已。李師師吹了一曲，遞過簫來，與燕青道：「哥哥也吹一曲，與我聽則個！」燕青卻要那婆娘歡喜，只得把出本事來，接過簫，便嗚嗚咽咽，也吹一曲。李師師聽了，不住聲喝采說道：「哥哥原來恁地吹的好簫！」李師師取過阮來，撥個小小的曲兒，教燕青聽。果然是玉珮齊鳴，黃鶯對囀，餘韻悠揚。燕青拜謝道：「小人也唱個曲兒，伏侍娘子。」頓開咽喉便唱，端的是聲清韻美，字正腔真，唱罷又拜。李師師執盞擎杯，親與燕青回酒謝唱。口兒裏悠悠放出些妖嬈聲嗽，來惹燕青。燕青緊緊的低了頭，唯喏而已。數杯之後，李師師笑道：「聞知哥哥好身紋繡，願求一觀如何？」燕青笑道：「小人賤體，雖有些花繡，怎敢在娘子跟前揎衣裸體？」李師師說道：「錦體社家子弟，那裏去問揎衣[6]裸體！」三回五次，定要討看。燕青只得脫膊下來，李師師看了，十分大喜。把尖尖玉手，便摸他身上。燕青慌忙穿了衣裳。李師師再與燕青把盞，又把言語來調他。燕青恐怕他動手動腳，難以回避，心生一計，便動問道：「娘子今年貴庚多少？」李師師答道：「師師今年二十有七。」燕青說道：「小人今年二十有五，卻小兩年。娘子既然錯愛，願拜為姊姊！」燕青便起身，推金山，倒玉柱，拜了八拜。這八拜是拜住那婦人一點邪心，中間裏好幹大事。若是第二個，在酒色之中的，也把大事壞了。因此上單顯燕青心如鐵石，端的是好男子！

當時燕青又請李媽媽來也拜了，拜做乾娘。燕青辭回，李師師道：「小哥只在我家下，休去店中宿。」燕青道：「既蒙錯愛，小人回店中取了些東西便來。」李師師道：「休教我這裏專望。」燕青道：「店中離此間不遠，少刻便到。」燕青暫別了李師師，徑到客店中，把上件事和戴宗說了。戴宗道：「如此最好！只恐兄弟心猿意馬，拴縛不定。」燕青道：「大丈夫處世，若為酒色而忘其本，此與禽獸何異？燕青但有此心，死於萬劍之下！」戴宗笑道：「你我都是好漢，何必說誓！」燕青道：「如何不說誓！兄長必然生疑。」戴宗道：「你當速去，善覷方便，早幹了事便回，休教我久等。宿太尉的書，也等你來下。」燕青收拾一包零碎金珠細軟之物，再回李師師家，將一半送與李媽媽，一半散與全家大小，無一個不歡喜。便向客位側邊，收拾一間房，教燕青安歇。合家大小，都叫叔叔。

也是緣法湊巧，至夜卻好有人來報，天子今晚到來。燕青聽的，便去拜告李師師道：「姊姊做個方便，今夜教小弟得見聖顏，告得紙御筆赦書，赦了小弟罪犯，出自姊姊之德！」李師師道：「今晚定教你見天子一面，你卻把些本事動達天顏，赦書何愁沒有！」

---

6) 揎衣：擦起衣服，這裏指脫去。

看看天晚，月色朦朧，花香馥鬱，蘭麝芬芳，只見道君皇帝引着一個小黃門，扮做白衣秀士，從地道中徑到李師師家後門來。到的閣子裏坐下，便教前後關閉了門戶，明晃晃點起燈燭熒煌。李師師冠梳插帶，整肅衣裳，前來接駕。拜舞起居，寒温已了，天子命去其整妝衣服，「相待寡人」。李師師承旨，去其服色，迎駕入房。家間已準備下諸般細果，異品餚饌，擺在面前。李師師舉杯上勸天子，天子大喜，叫：「愛卿近前，一處坐地！」李師師見天子龍顏大喜，向前奏道：「賤人有個姑舅兄弟，從小流落外方，今日才歸，要見聖上，未敢擅便，乞取我王聖鑒。」天子道：「既然是你兄弟，便宣將來見寡人，有何妨？」奶子遂喚燕青直到房內，面見天子。燕青納頭便拜。官家看了燕青一表人物，先自大喜。李師師叫燕青吹簫；伏侍聖上飲酒，少刻又撥一回阮，然後叫燕青唱曲。燕青再拜奏道：「所記無非是淫詞豔曲，如何敢伏侍聖上？」官家道：「寡人私行妓館，其意正要聽豔曲消悶，卿當勿疑。」燕青借過象板，再拜罷，對李師師道：「音韻差錯，望姊姊見教。」燕青頓開喉咽，手拿象板，唱《漁家傲》一曲，道是：

一別家山音信杳，百種相思，腸斷何時了。燕子不來花又老，一春瘦的腰兒小。薄幸郎君何日到，想自當初，莫要相逢好。好夢欲成還又覺，綠窗但覺鶯啼曉。

燕青唱罷，真乃是新鶯乍囀，清韻悠揚。天子甚喜，命教再唱。燕青拜倒在地，奏道：「臣有一支《減字木蘭花》，上達天聽。」天子道：「好，寡人願聞！」燕青拜罷，遂唱《減字木蘭花》一曲，道是：

聽哀告，聽哀告！賤軀流落誰知道，誰知道！極天罔地，罪惡難分顛倒。有人提出火坑中，肝膽常存忠孝，常存忠孝！有朝須把大恩人報！

燕青唱罷，天子失驚，便問：「卿何故有此曲？」燕青大哭，拜在地下。天子轉疑，便道：「卿且訴胸中之事，寡人與卿理會。」燕青奏道：「臣有迷天之罪，不敢上奏！」天子曰：「赦卿無罪，但奏不妨！」燕青奏道：「臣自幼飄泊江湖，流落山東，跟隨客商，路經梁山泊過，致被劫擄上山，一住三年。今年方得脫身逃命，走回京師，雖然見的姊姊，則是不敢上街行走。倘或有人認得，通與做公的，此時如何分說？」李師師便奏道：「我兄弟心中，只有此苦，望陛下做主則個！」天子笑道：「此事容易，你是李行首兄弟，誰敢拿你！」燕青以目送情與李師師。李師師撒嬌撒癡，奏天子道：「我只要陛下親書一道赦書，赦免我兄弟，他才放心。」天子云：「又無御寶在此，如何寫的？」李師師又奏道：「陛下親書御筆，便強似玉寶天符。救濟兄弟做的護身符時，也是賤人遭際聖時。」天子被逼不過，只得命取紙筆。奶子隨即捧過文房四寶，燕青磨的墨濃，李師師遞過紫毫象管。天子拂開花箋黃紙，橫內大書一行。臨寫，又問燕青道：「寡人忘卿姓氏。」燕青道：「男女喚做燕青。」天子便寫御書道：「神霄王府真主宣和羽士虛靖道君皇帝，特赦燕青本身一應無罪，諸司不許拿問。」寫罷，下面押個御書花字。燕青再拜，叩頭受命。李師師執盞擎杯謝恩。

天子便問：「汝在梁山泊，必知那裏備細。」燕青奏道：「宋江這夥，旗上大書『替天行道』，堂設『忠義』為名，不敢侵佔州府，不肯擾害良民，單殺贓官污吏讒佞之人，只是早望招安，願與國家出力。」天子乃曰：「寡人前者兩番降詔，遣人招安，如何抗拒，不伏歸降？」燕青奏道：「頭一番招安，詔書上並無撫恤招諭之言，更兼抵換了御酒，盡是村醪，以此變了事情。第二番招安，故把詔書讀破句讀，要除宋江，暗藏弊幸，因此又變了事情。童樞密引軍到來，只兩陣，殺得片甲不回。高太尉提督軍馬，又投天下民夫，修造戰船征進，不曾得梁山泊一根折箭。只三陣，殺得手腳無措，軍馬折其三停，自己亦被活捉上山。許了招安，方才放回，又帶了山上二人在此，卻留下聞參謀在彼質當。」天子聽罷，便歎道：「寡人怎知此事！童貫回京時奏說：『軍士不伏暑熱，暫且收兵罷戰。』高俅回京奏道：『病患不能征進，權且罷戰回京。』」李師師奏道：「陛下雖然聖明，身居九重，卻被奸臣閉塞賢路，如之奈何？」天子嗟歎不已。約有更深，燕青拿了赦書，叩頭安置，自去歇息。天子與李師師上床同寢，當夜五更，自有內侍黃門接將去了。

燕青起來，推道清早幹事，徑來客店裏，把說過的話對戴宗一一說知。戴宗道：「既然如此，多是幸事。我兩個去下宿太尉的書。」燕青道：「飯罷便去。」兩個吃了些早飯，打挾了一籠子金珠細軟之物，拿了書信，徑投宿太尉府中來。街坊上借問人時，說太尉在內裏未歸。燕青道：「這早晚正是退朝時分，如何未歸？」街坊人道：「宿太尉是今上心愛的近侍官員，早晚與天子寸步不離，歸早歸晚，難以指定。」正說之間，有人報道：「這不是太尉來也！」燕青大喜，便對戴宗道：「哥哥，你只在此衙門前伺候，我自去見太尉去。」燕青近前，看見一簇錦衣花帽從人，捧着轎子。燕青就當街跪下，便道：「小人有書劄上呈太尉。」宿太尉見了，叫道：「跟將進來！」燕青隨到廳前。太尉下了轎子，便投側首書院裏坐下。太尉叫燕青入來，便問道：「你是那裏來的幹人？」燕青遭：「小人從山東來，今有聞參謀書劄上呈。」太尉道：「那個聞參謀？」燕青便向懷中取出書呈遞上去，宿太尉看了封皮，說道：「我道是那個聞參謀，原來是我幼年間同窗的聞煥章。」遂拆開書來看時，寫道：「侍生聞煥章沐手百拜奉書太尉恩相鈞座前：賤子自髫年[7]時，出入門牆，已三十載矣。昨蒙高殿帥召至軍前，參謀大事。奈緣勸諫不從，忠言不聽，三番敗績，言之甚羞。高太尉與賤子一同被擄，陷於縲絏。義士宋公明寬裕仁慈，不忍加害。今高殿帥帶領梁山蕭讓、樂和赴京，欲請招安，留賤子在此質當。萬望恩相不惜齒牙[8]，早晚於天子前題奏，速降招安之典，俾令義士宋公明等，早得釋罪獲恩，建功立業，國家幸甚！天下幸甚！救取賤子，實領再生之賜。拂楮[9]拳拳，幸垂照察。宣和四年春正月日煥章再拜奉上」。

宿太尉看了書大驚，便問道：「你是誰？」燕青答道：「男女[10]是梁山泊浪子燕青。」隨即出來，取了籠子，徑到書院裏。燕青稟道：「太尉在華州降香時，多曾伏侍太尉來，恩相緣何忘了？宋江哥哥有些微物相送，聊表我哥哥寸心。每日占卜課內，只着求太尉提拔救濟。宋江等滿眼只望太尉來招安，若得恩相早晚於天子前題奏此事，則梁山泊十萬人之眾，皆感大恩！哥哥責着限次，男女便回。」燕青拜辭了，便出府來。宿太尉使人收了金珠寶物，已有在心。

且說燕青便和戴宗回店中商議：「這兩件事都有些次第[11]，只是蕭讓、樂和

7)　髫（tiáo）年：幼年。

8)　齒牙：稱譽，說好話。

9)　拂楮（chǔ）：展紙，寫信。

10)　男女：奴僕或地位卑下者的自稱。

11)　次第：頭緒，線索。

在高太尉府中，怎生得出？」戴宗道：「我和你依舊扮作公人，去高太尉府前伺候。等他府裏有人出來，把些金銀賄賂與他，賺得一個廝見，通了消息，便有商量。」當時兩個換了結束，帶將金銀，徑投太平橋來。在衙門前窺望了一回，只見府裏一個年紀小的虞候，搖擺將出來，燕青便向前與他施禮。那虞候道：「你是甚人？」燕青道：「請幹辦到茶肆中說話。」兩個到閣子內，與戴宗相見了，同坐吃茶。」燕青道：「實不瞞幹辦說，前者太尉從梁山泊帶來那兩個人，一個跟的叫做樂和，與我這哥哥是親眷，欲要見他一見，因此上相央幹辦。」虞候道：「你兩個且休說，節堂[12]深處的勾當，誰理會的？」戴宗便向袖內取出一錠大銀，放在桌子上，對虞候道：「足下只引的樂和出來，相見一面，不要出衙門，便送這錠銀子與足下。」那人見了財物，一時利動人心，便道：「端的有這兩個人在裏面。太尉鈞旨，只教養在後花園裏歇宿。我與你喚他出來，說了話，你休失信，把銀子與我。」戴宗道：「這個自然。」那人便起身吩咐道：「你兩個只在此茶坊裏等我。」那人急急入府去了。

戴宗、燕青兩個在茶房中等不到半個時辰，只見那小虞候慌慌出來說道：「先把銀子來，樂和已叫出在耳房裏了。」戴宗與燕青附耳低言，如此如此，就把銀子與他。虞候得了銀子，便引燕青耳房裏來見樂和。那虞候道：「你兩個快說了話便去！」燕青便與樂和道：「我同戴宗在這裏，定計賺得你兩個出去。」樂和道：「直把我兩個養在後花園中，牆垣又高，無計可出，折花梯子，盡都藏過了，如何能夠出來。」燕青道：「靠牆有樹麼？」樂和道：「旁邊一遭，都是大柳樹。」燕青道：「今夜晚間，只聽咳嗽為號。我在外面，漾過兩條索去，你就相近的柳樹上，把索子絞縛了。我兩個在牆外；各把一條索子扯住，你兩個就從索上盤將出來。四更為期，不可失誤。」那虞候便道：「你兩個只管說甚的？快去罷！」樂和自入去了，暗暗通報了蕭讓。燕青急急去與戴宗說知，當日至夜伺候着。

且說燕青、戴宗兩個，就街上買了兩條粗索，藏在身邊，先去高太尉府後看了落腳處。原來離府後是條河，河邊卻有兩隻空船纜着，離岸不遠。兩個便就空船裏伏了，看看聽得更鼓已打四更，兩個便上岸來，繞着牆後咳

---

12) 節堂：商議軍事機密的地方。

嗽，只聽的牆裏應聲咳嗽，兩邊都已會意，燕青便把索來漾將過去。約莫裏面拴縛牢了，兩個在外面對絞定，緊緊地拽住索頭。只見樂和先盤出來，隨後便是蕭讓。兩個都溜將下來，卻把索子丟入牆內去了。卻去敲開客店門，房中取了行李，就店中打火，做了早飯吃，算了房宿錢。四個來到城門邊，等門開時，一湧出來，望梁山泊回報消息。

不是這四個回來，有分教：宿太尉單奏此事，梁山泊全受招安。畢竟宿太尉怎生奏請聖旨，且聽下回分解。

## 延伸思考

本回對浪子燕青的描寫可謂形神俱到，試分析一下燕青的性格品性，體會人物描寫的妙處。

## 第八十二回

# 梁山泊分金大買市
# 宋公明全夥受招安

本回是全書的高潮，宋江帶領的梁山泊好漢終於被朝廷招安，場面不可謂不宏大震撼，讀時注意體會場景描寫中人物的心情。但是朝廷對招安後的一百單八將卻並不信任，甚至有大臣獻計將他們殺死，梁山泊最輝煌的時代至此結束了。

話說燕青在李師師家遇見道君皇帝，告得一道本身赦書，次後見了宿太尉，又和戴宗定計，去高太尉府中賺出蕭讓、樂和。四個人等城門開時，隨即出城，徑趕回梁山泊來，報知上項事務。

且說李師師當夜不見燕青來家，心中亦有些疑慮。卻說高太尉府中親隨人次日供送茶飯與蕭讓、樂和，就房中不見了二人，慌忙報知都管。都管便來花園中看時，只見柳樹邊拴着兩條粗索，已知走了二人，只得報知太尉。高俅聽罷，吃了一驚，越添憂悶，只在府中推病不出。

次日五更，道君皇帝設朝，駕坐文德殿。文武班齊，天子宣命捲簾，旨令左右近臣，宣樞密使童貫出班。問道：「你去歲統十萬大軍，親為招討，征進梁山泊，勝敗如何？」童貫跪下，便奏道：「臣舊歲統率大軍前去征進，非不效力，奈緣暑熱，軍士不伏水土，患病者眾，十死二三。臣見軍馬艱難，以此權且收兵罷戰，各歸本營操練。所有御林軍，於路病患，多有損折。次後降詔，此夥賊人，不伏招撫。及高俅以舟師征進，亦中途抱病而返。」天子大怒，喝道：「都是汝等妒賢嫉能奸佞之臣瞞着寡人行事！你去歲統兵征伐梁山泊，如何只兩陣，被寇兵殺的人馬辟易[1]，片甲只騎無還，遂令王師敗績。次後高俅那廝廢了州郡多少錢糧，陷害了許多兵船，折了若干軍馬，自己又被寇活捉上山，宋江等不肯殺害，放將回來。寡人聞宋江這夥不侵州府，不掠良民，只待招安，與國家出力，都是汝等不才貪佞之臣，枉受朝廷爵祿，壞了國家大事！汝掌管樞密，豈不自慚！本當拿問，姑免這次，再犯不饒！」童貫默默無言，退在一邊。天子又問：「你大臣中，誰可前去招撫梁山泊宋江等一班人眾？」聖宣未了，有殿前太尉宿元景出班跪下，奏道：「臣雖不才，願往一遭。」天子大喜：「寡人御筆親書丹詔。」便叫抬上御案，拂天詔紙，天子就御案上親書丹詔。左右近臣，捧過御寶，天子自行用訖。又命庫藏官，教取金牌三十六面，銀牌七十二面，紅錦三十六匹，綠錦七十二匹，黃封御酒一百單八瓶，盡付與宿太尉。又贈正從表裏二十四匹，金字招安御旗一面，限次日便行。宿太尉就文德殿辭了天子。百官朝罷，童樞密羞慚滿面，回府推病，不敢入朝。高太尉聞知，恐懼無措，亦不敢入朝。有詩為證：

一封恩詔出明光，佇看梁山盡束裝。
知道懷柔勝征伐，悔教赤子受痍傷。

且說宿太尉打擔了御酒、金銀牌面、緞匹表裏之物，上馬出城，打起御賜金字黃旗，眾官相送出南薰門，投濟州進發，不在話下。

卻說燕青、戴宗、蕭讓、樂和四個連夜到山寨，把上件事都說與宋公明並頭領知道。燕青便取出道君皇帝御筆親寫赦書，與宋江等眾人看了。吳用道：「此回必有佳音。」宋江焚起好香，取出九天玄女課來，望空祈禱祝告了，卜得個上上大吉之兆。宋江大喜：「此事必成。再煩戴宗、燕青前去探聽虛實，作急回報，好做準備。」戴宗、燕青去了數日，回來報說：「朝廷差宿太尉親齎丹詔，更有御酒、金銀牌面、紅綠錦緞表裏，前來招安，早晚到也！」宋江聽罷大喜，在忠義堂上忙傳將令，分撥人員，從梁山泊直抵濟州地面，紮縛起二十四座山棚，上面都是結彩懸花，下面陳設笙簫鼓樂。各處附近州

---

1)　辟易：退避，避開。

郡，雇倩樂人，分撥於各山棚去處，迎接詔敕。每一座山棚上，撥一個小頭目監管。一壁教人分投買辦果品、海味、按酒、乾食等項，準備筵宴茶飯席面。

且說宿太尉奉敕來梁山泊招安，一干人馬，迤邐都到濟州。太守張叔夜出郭迎接入城，館驛中安下。太守起居宿太尉已畢。把過接風酒，張叔夜稟道：「朝廷頒詔敕來招安，已是二次，蓋因不得其人，誤了國家大事。今者太尉此行，必與國家立大功也！」宿太尉乃言：「天子近聞梁山泊一夥以義為主，不侵州郡，不害良民，專一替天行道，今差下官賷到天子御筆親書丹詔，敕賜金牌三十六面，銀牌七十二面，紅錦三十六匹，綠錦七十二匹，黃封御酒一百單八瓶，表裏二十四匹，來此招安，禮物輕否？」張叔夜道：「這一班人，非在禮物輕重，要圖忠義報國，揚名後代。若得太尉早來如此，也不教國家損兵折將，虛耗了錢糧。此一夥義士歸降之後，必與朝廷建功立業。」宿太尉道：「下官在此專待，有煩太守親往山寨報知，着令準備迎接。」張叔夜答道：「小官願往。」隨即上馬出城，帶了十數個從人，徑投梁山泊來。

到得山下，早有小頭目接着，報上寨裏來。宋江聽罷，慌忙下山，迎接張太守上山，到忠義堂上。相見罷，張叔夜道：「義士恭喜！朝廷特遣殿前宿太尉賷擎丹詔，御筆親書，前來招安；敕賜金牌、表裏、御酒、緞匹，現在濟州城內。義士可以準備迎接詔旨。」宋江大喜，以手加額道：「宋江等再生之幸！」當時留請張太守茶飯。張叔夜道：「非是下官拒意，唯恐太尉見怪回遲。」宋江道：「略奉一杯，非敢為禮。」張叔夜堅執便行。宋江忙教托出一盤金銀相送。張太守見了，便道：「這個決不敢受。」宋江道：「些少微物，聊表寸心。若事畢之後，尚容圖報。」張叔夜道：「深感義士厚意，且留於大寨，卻來請領，亦未為晚。」太守可謂廉以律己者矣！有詩為證：

濟州太守世無雙，不愛黃金愛宋江。
信是清廉能服眾，非關威勢可招降。

宋江便差大小軍師吳用、朱武並蕭讓、樂和四個，跟隨張太守下山，直往濟州來，參見宿太尉。約至後日，眾多大小頭目離寨三十里外，伏道相迎。當時吳用等跟隨太守張叔夜連夜下山，直到濟州。次日，來館驛中參見宿太尉，拜罷跪在面前。宿太尉教平身起來，俱各命坐。四個謙讓，那裏敢坐。太尉問其姓氏，吳用答道：「小生吳用，在下朱武、蕭讓、樂和，奉兄長宋公明命，特來迎接恩相。兄長與弟兄，後日離寨三十里外，伏道迎接。」宿太尉大喜，便道：「加亮先生，自從華州一別之後，已經數載，誰想今日得與重會！下官知汝弟兄之心，素懷忠義，只被奸臣閉塞，讒佞專權，使汝眾人下情不能上達。目今天子悉已知之，特命下官齎到天子御筆親書丹詔、金牌銀面、紅綠錦緞、御酒表裏，前來招安。汝等勿疑，盡心受領。」吳用等再拜稱謝道：「山野狂夫，有勞恩相降臨。感蒙天恩，皆出太尉之賜。眾弟兄刻骨銘心，難以補報。」張叔夜一面設宴管待。

到第三日清晨，濟州裝起香車三座，將御酒另一處龍鳳盒內抬着；金銀牌面，紅綠錦緞，另一處扛抬；御書丹詔，龍亭內安放。宿太尉上了馬，靠龍亭東行，太守張叔夜騎馬在後相陪，吳用等四人，乘馬跟着，大小人伴，一齊簇擁。前面馬上，打着御賜銷金黃旗，金鼓旗幡隊伍開路，出了濟州，迤邐前行。未及十里，早迎着山棚。宿太尉在馬上看了，見上面結彩懸花，下面笙簫鼓樂，迫道迎接。再行不過數十里，又是結彩山棚。前面望見香煙拂道，宋江、盧俊義跪在面前，背後眾頭領齊齊都跪在地下迎接恩詔。宿太尉道：「都教上馬。」一同迎至水邊，那梁山泊千百隻戰船，一齊渡將過去，直至金沙灘上岸。三關之上，三關之下，鼓樂喧天，軍士導從，儀衞不斷，異香繚繞，直至忠義堂前下馬。香車龍亭，抬放忠義堂上。中間設着三個几案，都用黃羅龍鳳桌圍圍着。正中設萬歲龍牌，將御書丹詔，放在中間；金銀牌面，放在左邊；紅綠錦緞，放在右邊；御酒表裏，亦放於前。金爐內焚着好香。宋江、盧俊義邀請宿太尉、張太守上堂設坐。左邊立着蕭讓、樂和，右邊立着裴宣、燕青。宋江、盧俊義等，都跪在堂前。裴宣喝拜。拜罷，蕭讓開讀詔文：「制曰：朕自即位以來，用仁義以治天下，公賞罰以定干戈，求賢未嘗少怠，愛民如恐不及，遐邇赤子[2]，咸知朕心。切念宋江、盧俊義等，素懷忠義，不施暴虐，歸順之心已久，報效之志凜然。雖犯罪惡，各有所由，察其衷情，深可憐憫。朕今特差殿前太尉宿元景齎捧詔書，親到梁山水泊，將宋江等大小人員所犯罪惡盡行赦免。給降金牌三十六面、紅錦

2)　遐邇赤子：遠近子民百姓。

三十六匹，賜與宋江等上頭領；銀牌七十二面、綠錦七十二匹，賜與宋江部下頭目。赦書到日，莫負朕心，早早歸順，必當重用。故茲詔敕，想宜悉知。宣和四年春二月日詔示」。

蕭讓讀罷丹詔，宋江等山呼萬歲，再拜謝恩已畢。宿太尉取過金銀牌面、紅綠錦緞，令裴宣依次照名給散已罷。叫開御酒，取過銀酒海，都傾在裏面。隨即取過旋杓舀酒，就堂前温熱，傾在銀壺內。宿太尉執着金鍾，斟過一杯酒來，對眾頭領道：「宿元景雖奉君命，特齎御酒到此，命賜眾頭領，誠恐義士見疑。元景先飲此杯，與眾義士看，勿得疑慮。」眾頭領稱謝不已。宿太尉飲畢，再斟酒來，先勸宋江，宋江舉杯跪飲。然後盧俊義、吳用、公孫勝，陸續飲酒，遍勸一百單八名頭領，俱飲一杯。

宋江傳令，教收起御酒，卻請太尉居中而坐，眾頭領拜覆起居。宋江進前稱謝道：「宋江昨者西嶽得識台顏，多感太尉恩厚，於天子左右力奏，救拔宋江等再見天日之光。銘心刻骨，不敢有忘。」宿太尉道：「元景雖知義士等忠義凜然，替天行道，奈緣不知就裏委曲之事，因此，天子左右未敢題奏，以致耽誤了許多時。前者收到聞參謀書，又蒙厚禮，方知有此衷情。其日天子在披香殿上，官家與元景閒論，問起義士，以此元景奏知此事。不期天子已知備細，與某所奏相同。次日，天子駕坐文德殿，就百官之前，痛責童樞密、深怪高太尉，累次無功。親命取過文房四寶，天子御筆親書丹詔，特差宿某親到大寨，啟請眾頭領。煩望義士早早收拾朝京，休負聖天子宣召撫安之意。」眾皆大喜，拜手稱謝。禮畢，張太守推說地方有事，別了太尉，自回城內去了。

這裏且說宋江，教請出聞參謀相見，宿太尉欣然話舊，滿堂歡喜。當請宿太尉居中上坐，聞參謀對席相陪。堂上堂下，皆列位次，大設筵宴，輪番把盞。廳前大吹大擂。雖無炮龍烹鳳，端的是肉山酒海。當日盡皆大醉，各扶歸幕次安歇。次日又排筵宴，各各傾心露膽，講說平生之懷。第三日，再排席面，請宿太尉遊山，至暮盡醉方散。

倏爾已經數日，宿太尉要回，宋江等堅意相留。宿太尉道：「義士不知就裏，元景奉天子敕旨而來，到此間數日之久，荷蒙英雄慨然歸順，大義俱全。若不急回，誠恐奸臣相妒，別生異議。」宋江等道：「太尉既然如此，不敢苦留。今日盡此一醉，來早拜送恩相下山。」當時會集大小頭領，盡來集義飲宴。吃酒中間，眾皆稱謝。宿太尉又用好言撫恤，至晚方散。

次日清晨，安排車馬，宋江親捧一盤金珠到宿太尉幕次，再拜上獻。宿太尉那裏肯受。宋江再三獻納，方才收了。打迭衣箱，拴束行李鞍馬，準備起程。其餘跟來人數，連日自是朱武、樂和管待，依例飲饌，酒量高低，並皆厚贈金銀財帛，眾人皆喜。仍將金寶齎送聞參謀，亦不肯受。宋江堅執奉承，才肯收納。宋江遂請聞參謀隨同宿太尉回京師。梁山泊大小頭領，金鼓細樂，相送太尉下山。渡過金沙灘，俱送過三十里外，眾皆下馬，與宿太尉把盞餞行。宋江當先執盞擎杯道：「太尉恩相回見天顏，善言保奏。」宿太尉回道：「義士但且放心，只早早收拾朝京為上。軍馬若到京師來，可先使人到我府中通報。俺先奏聞天子，使人持節來迎，方見十分公氣。」宋江道：「恩相容覆：小可水窪，自從王倫上山開創之後，卻是晁蓋上山，今至宋江，已經數載，附近居民，擾害不淺，小可愚意，今欲罄竭[3]資財，買市[4]十日，收拾已了，便當盡數朝京，安敢遲滯。亦望太尉將此愚衷上達天聽，以寬限次。」宿太尉應允，別了眾人，帶了開詔，一干人馬，自投濟州而去。

宋江等卻回大寨，到忠義堂上，鳴鼓聚眾。大小頭領坐下，諸多軍校都到堂前。宋江傳令：「眾弟兄在此，自從王倫開創山寨以來，次後晁天王上山建業，如此興旺。我自江州得眾兄弟相救到此，推我為尊，已經數載。今日喜得朝廷招安，重見天日之面，早晚要去朝京，與國家出力。今來汝等眾人但得府庫之物，納於庫中公用，其餘所得之資，並從均分。我等一百單八人，上應天星，生死一處。今者天子寬恩降詔，赦罪招安，大小眾人，盡皆釋其所犯。我等一百單八人，早晚朝京面聖，莫負天子洪恩。汝等軍校，也有自來落草的，也有隨眾上山的，亦有軍官失陷的，亦有擄掠來的。今次我等受了招安，俱赴朝廷。你等如願去的，作數上名進發；如不願去的，就這裏報名相辭。我自齎發你等下山，任從生理[5]。」宋江號令已罷，着落裴宣、蕭讓照數上名。號令一下，三軍各各自去商議。當下辭去的，也有三五千人。宋江皆賞錢物，齎發去了。願隨去充軍者，作數報官。次日，宋江又令蕭讓

---

3)　罄竭：竭盡。

4)　買市：一種以買賣財物為名犒賞百姓的方式。

5)　生理：生活，謀生計。

寫了告示，差人四散去貼，曉示臨近州郡鄉鎮村坊，各各報知，仍請諸人到山買市十日。其告示曰：「梁山泊義士宋江等謹以大義佈告四方：向因聚眾山林，多擾四方百姓，今日幸蒙天子寬仁厚德，特降詔敕，赦免本罪，招安歸降，朝暮朝覲，無以酬謝，就本身買市十日。倘蒙不外，齎價前來，一一報答，並無虛謬。特此告知，遠近居民，勿疑辭避，惠然光臨，不勝萬幸。宣和四年三月日梁山泊義士宋江等謹請」。

蕭讓寫畢告示，差人去附近州郡及四散村坊，盡行貼遍。發庫內金珠、寶貝、彩緞、綾羅、紗絹等項，分散各頭領並軍校人員；另選一分，為上國進奉；其餘堆集山寨，盡行招人買市十日於三月初三日為始，至十三日止。宰下牛羊，醞造酒醴，但到山寨裏買市的人，盡以酒食管待，犒勞從人。至期，四方居民，擔囊負笈[6]，霧集雲屯，俱至山寨。宋江傳令，以一舉十，俱各歡喜，拜謝下山。一連十日，每日如此。十日已外，住罷買市。號令大小，收拾赴京朝覲。宋江便要起送各家老小還鄉。吳用諫道：「兄長未可。且留眾寶眷在此山寨。待我等朝覲面君之後，承恩已定，那時發遣各家老小還鄉未遲。」宋江聽罷道：「軍師之言極當。」再傳將令，教頭領即便收拾，整頓軍士。宋江等隨即火速起身，早到濟州，謝了太守張叔夜。太守即設筵宴，管待眾多義士，賞勞三軍人馬。宋江等辭了張太守，出城進發，帶領眾多軍馬，徑投東京來。先令戴宗、燕青前來京師宿太尉府中報知。太尉見說，隨即便入內裏，奏知天子，「宋江等眾軍馬朝京」。天子聞奏大喜，便差太尉並御駕指揮使一員，手持旌旄節鉞，出城迎接。當下宿太尉領聖旨出郭。

且說宋江軍馬在路，甚是擺的整齊。前面打着兩面紅旗：一面上書「順天」二字，一面上書「護國」二字。眾頭領都是戎裝披掛，唯有吳學究綸巾羽服，公孫勝鶴氅道袍，魯智深烈火僧衣，武行者香皂直裰，其餘都是戰袍金鎧，本身服色。在路非止一日。來到京師城外，前逢御駕指揮使，持節迎着軍馬。宋江聞知，領眾頭領前來參見宿太尉已畢，且把軍馬屯駐新曹門外，下了寨柵，聽候聖旨。

且說宿太尉並御駕指揮使入城，回奏天子說：「宋江等軍馬，俱屯在新曹

---

6)　負笈（jí）：背着書箱。

門外，聽候聖旨。」天子乃曰：「寡人久聞梁山泊宋江等有一百八人，上應天星，更兼英雄勇猛。今已歸降，到於京師。寡人來日，引百官登宣德樓，可教宋江等俱依臨敵披掛戎裝服色，休帶大隊人馬，只將三五百馬步軍進城，自東過西，寡人親要觀看。也教在城軍馬，知此英雄豪傑，為國良臣。然後卻令卸其衣甲，除去軍器，都穿所賜錦袍，從東華門而入，就文德殿朝見。」御駕指揮使直至行營寨前，口傳聖旨與宋江等知道。

次日，宋江傳令，教鐵面孔目裴宣選揀彪形大漢、五七百步軍，前面打着金鼓旗幡，後面擺着槍刀斧鉞，中間豎着「順天」「護國」二面紅旗，軍士各懸刀劍弓矢，眾人各各都穿本身披掛，戎裝袍甲，擺成隊伍，從東郭門而入。只見東京百姓軍民，扶老挈幼，迫路觀看，如睹天神。是時天子引百官在宣德樓上臨軒觀看。見前面擺列金鼓旗幡，槍刀斧鉞，各分隊伍；中有踏白馬軍，打起「順天」「護國」二面紅旗，外有二三十騎馬上隨軍鼓樂；後面眾多好漢，簇簇而行。解珍、解寶開路，朱武壓後。怎見得一百八員英雄好漢入城朝覲？但見：風清玉陛，露挹金盤。東方旭日初升，北闕珠簾半捲。南薰門外，百八員義士歸心；宣德樓前，億萬歲君王刮目。肅威儀乍行朝典，逞精神猶整軍容。風雨日星，並識天顏之霽；電雷霹靂，不煩天討之威。帝闕前萬靈咸集：有聖、有仙、有那吒、有金剛、有閻羅、有判官、有門神、有太歲，乃至夜叉鬼魔，共仰道君皇帝。鳳樓下百獸來朝：為彪、為豹、為麒麟、為狻猊、為犴獐、為金翅、為鵰鵰、為龜猿，以及犬鼠蛇蠍，皆知宋主人王。五龍夾日，是為入雲龍、混江龍、出林龍、九紋龍、獨角龍，如出洞蛟、翻江蜃，自逐隊朝天。眾虎離山，是為插翅虎、跳澗虎、錦毛虎、花項虎、青眼虎、笑面虎、矮腳虎、中箭虎，若病大蟲、母大蟲，亦隨班行禮。原稱公侯伯子的，應諳朝儀；誰知塵舞山呼，亦許園丁、醫算、匠作、船工之輩。凡生毛髮鬚髯的，自堪寵命；豈意緋袍紫綬，並加婦人、浪子、和尚、行者之身。擬空名，則太保、軍師、郡馬、孔目、郎將、先鋒，官銜早列；比古人，則霸王、李廣、關索、温侯、尉遲、仁貴，當代重生。有那生得好的，如白面郎插一枝花，擎着笛扇鼓幡，欲歌且舞；看這生得醜的，似青面獸蒙鬼臉兒，拿着槍刀鞭箭，會戰能征。長的比險道神，身長一丈；狠的像石將軍，力鎮三山。髮可赤，眼可青，俱各抱丹心一片；摸得天，跳得浪，決不走邪佞兩途。喜近君王，不似昔時無面目；恩寬防禦，果然此日沒遮攔。試看全夥裏舞槍弄棒的書生，猶勝滿朝中欺君害民的官吏。義士今欣遇主，皇家始慶得人！

且說道君皇帝，同百官在宣德樓上看了梁山泊宋江等這一行部從，喜動龍顏，心中大悅，與百官道：「此輩好漢，真英雄也！」歎羨不已，命殿頭官傳旨，教宋江等各換御賜錦袍見帝。殿頭官領命，傳與宋江等。向東華門外，脫去戎裝帶，穿了御賜紅綠錦袍，懸帶金銀牌面，各帶朝天巾幘，抹綠朝靴。唯公孫勝將紅錦裁成道袍，魯智深縫做僧衣，武行者改作直裰，皆不忘君賜也。宋江、盧俊義為首，吳用、公孫勝為次，引領眾人，從東華門而入。

當日整肅朝儀，陳設鑾駕，辰牌時候，天子駕升文德殿。儀禮司官，引宋江等依次入朝，排班行禮。殿頭官贊拜舞起居，山呼萬歲已畢，天子欣喜，敕令宣上文德殿來，照依班次賜坐。命排御筵，敕光祿寺[7]擺宴，良醞署進酒，珍羞署進食，掌醢署造飯，大官署供膳，教坊司奏樂。天子親御寶座陪宴。只見九重門啟，鳴噦噦[8]之鸞聲；閶闔[9]天開，睹巍巍之龍袞[10]。筵開玳瑁，七寶器黃金嵌就；爐列麒麟，百和香龍腦修成。玻璃盞間琥珀鍾，瑪瑙杯聯珊瑚斝[11]。赤瑛盤內，高堆麟脯鸞肝；紫玉碟中，滿飣[12]駝蹄熊掌。桃花湯潔，縷塞北之黃羊；銀絲膾鮮，剖江南之赤鯉。黃金盞滿泛香醪，紫霞杯灩浮瓊液。五俎[13]八簋[14]，百味庶羞。糖澆就甘甜獅仙，麪製成香酥定勝。方當酒進五巡，正是湯陳三獻。教坊司鳳鸞韶舞，禮樂司排長伶官。朝鬼門道，分明開說。頭一個裝外的，黑漆襆頭，有如明鏡，描花羅襴，儼若生成；第二個戲色的，繫離水犀角腰帶，裹紅花綠葉羅巾，黃衣襴長襯短靿靴，衫袖襟密排山水樣；第三個末色的，裹結絡球頭帽子，着筆役迭勝羅衫，最先來

7)　光祿寺：古時掌管祭品、膳食、招待的機構。

8)　噦噦（huì）：徐緩而有節奏的響聲。

9)　閶闔（chāng hé）：泛指宮門或京都城門。

10)　龍袞（gǔn）：天子禮服，上繡龍紋。

11)　斝（jiǎ）：古代青銅製的酒器，圓口，三足。

12)　飣（dìng）：羅列，堆砌。

13)　俎（zǔ）：古代祭祀時放祭品的器物

14)　簋（guǐ）：古代盛食物器具，圓口，雙耳。

提掇甚分明，啥幾段雜文真罕有；第四個淨色的，語言動眾，顏色繁過，依院本填腔調曲，按格範打諢發科；第五個貼淨的，忙中九伯，眼目張狂，隊額角塗一道明戧，劈面門抹兩色蛤粉。裹一頂油油膩膩舊頭巾，穿一領邋邋遢遢潑戲襖。吃六棒榧板不嫌疼，打兩杖麻鞭渾似耍。這五人引領着六十四回隊舞優人，百二十名散做樂工，搬演雜劇，裝孤打攛。個個青巾桶帽，人人紅帶紅袍。吹龍笛，擊鼉鼓，聲震雲霄；彈錦瑟，撫銀箏，韻驚魚鳥。吊百戲眾口喧嘩，縱諧語齊聲喝采。裝扮的是太平年萬國來朝，雍熙世八仙慶壽；搬演的是玄宗夢遊廣寒殿，狄青夜奪崑崙關。也有神仙道侶，亦有孝子順孫。觀之者，真可堅其心志；聽之者，足以養其性情。須臾間八個排長，簇擁着四個美人，歌舞雙行，吹彈並舉。歌的是朝天子、賀聖朝、感皇恩、殿前歡，治世之音；舞的是醉回回、活觀音、柳青娘、鮑老兒，淳正之態。果然道百寶裝腰帶，珍珠絡臂韝；笑時花近眼，舞罷錦纏頭。大宴已成，眾樂齊舉。主上無為千萬壽，天顏有喜萬方同。有詩為證：

九重鳳闕新開宴，千歲龍墀舊賜衣。
蓋世功名能自立，矢心忠義豈相違。

且說天子賜宋江等筵宴，至暮方散。謝恩已罷，宋江等俱各簪花出內。在西華門外，各各上馬，回歸本寨。次日入城，禮儀司引至文德殿謝恩。喜動龍顏，天子欲加官爵，敕令宋江等來日受職。宋江等謝恩，出朝回寨，不在話下。

又說樞密院官具本上奏：「新降之人，未效功勞，不可輒便加爵，可待日後征討，建立功勳，量加官賞。現今數萬之眾，逼城下寨，甚為不宜。陛下可將宋江等所部軍馬，原是京師有被陷之將，仍還本處，外路軍兵，各歸原所。其餘人眾，分作五路，山東、河北分調開去，此為上策。」次日，天子命御駕指揮使，直至宋江營中，口傳聖旨，令宋江等分開軍馬，各歸原所。眾頭領聽得，心中不悅，回道：「我等投降朝廷，都不曾見些官爵，便要將俺弟兄等分遣調開。俺等眾頭領，生死相隨，誓不相捨！端的要如此，我們只得再回梁山泊去。」宋江急忙止住，遂用忠言懇求來使，煩乞善言回奏。

那指揮使回到朝廷，那裏敢隱蔽，只得把上項所言，奏聞天子。天子大驚，急宣樞密院官計議。有樞密使童貫奏道：「這廝們雖降，其心不改，終貽大患。以臣愚意，不若陛下傳旨，賺入京城，將此一百八人盡數剿除，然後分散他的軍馬，以絕國家之患。」天子聽罷，聖意沉吟未決。向那御屏風背後轉出一大臣，紫袍象簡，高聲喝道：「四邊狼煙未息，中間又起禍胎，都是汝等庸惡之臣，壞了聖朝天下！」正是：只憑立國安邦口，來救驚天動地人。畢竟御屏風後喝的那員大臣是誰，且聽下回分解。

## 延伸思考

本回書寫招安，為甚麼要敘述梁山泊買市的情節？是否可以刪去？為甚麼？

## 第八十三回

# 宋公明奉詔破大遼
# 陳橋驛滴淚斬小卒

皇帝正對是否鏟除梁山將領猶豫不決時，宿太尉建議派宋江率領人馬攻打邊境的大遼，收復失地，天子當即准奏，並犒勞三軍。分發酒肉過程中，一名軍校與朝廷官員發生衝突，一怒之下殺了貪贓枉法的朝廷命官，宋江及時反應，處理了這場風波，得到了皇帝的誇獎。平定內部後，宋江帶軍水陸並進，攻打大遼。欲知精彩的戰事如何展開，且細讀來。

話說當年有遼國郎主起兵前來，侵佔山後九州邊界。兵分四路而入，劫擄山東、山西，搶掠河南、河北。各處州縣，申達表文，奏請朝廷求救，先經樞密院，然後得到御前。所有樞密童貫同太師蔡京、太尉高俅、楊戩商議，納下表章不奏，只是行移鄰近州府，催趲各處徑調軍馬，前去策應，正如擔雪填井[1]一般。此事人皆盡知，只瞞着天子一個。適來四個賊臣設計，教樞密童貫啟奏，將宋江等眾要行陷害。不期那御屏風後轉出一員大臣來喝住，正是殿前都太尉宿元景，便向殿前啟奏道：「陛下，宋江這夥好漢，方始歸降，一百單八人，恩同手足，意若同胞，他們決不肯便拆散分開，雖死不捨相離。如何今又要害他眾人性命？此輩好漢，智勇非同小可。倘或城中翻變起來，將何解救？現今遼國興兵十萬之眾，侵佔山後九州所屬縣治，各處申達表文求救，累次調兵前去征剿交鋒，如湯潑蟻[2]。賊勢浩大，所遣官軍，又

1)　擔雪填井：比喻白費力氣，於事無補。

2)　如湯潑蟻：指沒有效果。

無良策，每每只是折兵損將，瞞着陛下不奏。以臣愚見，正好差宋江等全夥良將，部領所屬軍將人馬，直抵本境，收伏遼賊，令此輩好漢建功，進用於國，實有便益。微臣不敢自專，乞請聖鑒。」天子聽罷宿太尉所奏，龍顏大喜，詢問眾官，俱言有理。天子大罵樞密院童貫等官：「都是汝等讒佞之徒，誤國之輩，妒賢嫉能，閉塞賢路，飾詞矯情，壞盡朝廷大事！姑恕情罪，免其追問。」天子親書詔敕，賜宋江為破遼都先鋒，盧俊義為副先鋒，其餘諸將，待建功之後，加官受爵。就差太尉宿元景親齎詔敕，去宋江軍前行營開讀。天子退朝，百官皆散。

且說宿太尉領了聖旨出朝，徑到宋江行寨軍前開讀。宋江等忙排香案迎接，跪聽詔敕已罷，眾皆大喜。宋江等拜謝宿太尉道：「某等眾人，正欲如此，與國家出力，建功立業，以為忠臣。今得太尉恩相，力賜保奏，恩同父母。只有梁山泊晁天王靈位，未曾安厝[3]。亦有各家老小家眷，未曾發送還鄉。所有城垣，未曾拆毀，戰船亦未曾將來。有煩恩相題奏，乞降聖旨，寬限旬日，還山了此數事，整頓器具、槍刀、甲馬，便當盡忠報國。」宿太尉聽罷大喜，回奏天子，即降聖旨，敕賜庫內取金一千兩、銀五千兩、彩緞五千匹，頒賜眾將，就令太尉於庫藏開支，去行營俵散[4]與眾將。原有老小者，賞賜給付與老小養贍終身。原無老小者，給付本人，自行收受。宋江奉敕，謝恩已畢，給散眾人收訖。宿太尉回朝，吩咐宋江道：「將軍還山，可速去快來，先使人報知下官，不可遲誤！」

再說宋江聚眾商議，所帶還山人數是誰？宋江與同軍師吳用、公孫勝、林沖、劉唐、杜遷、宋萬、朱貴、宋清、阮家三弟兄馬步水軍一萬餘人回去。其餘大隊人馬，都隨盧先鋒在京師屯紮。宋江與吳用、公孫勝等於路無話，回到梁山泊忠義堂上坐下，便傳將令，教各家老小眷屬收拾行李，準備起程。一面叫宰殺豬羊牲口，香燭錢馬，祭獻晁天王，然後焚化靈牌。隨即將各家老小，各各送回原所州縣，上車乘馬，俱已去了。然後教自家莊客送老小、宋太公並家眷人口，再回鄆城縣宋家村，復為良民。隨即叫阮家三弟

3) 安厝（cuò）：安葬。

4) 俵（biào）散：散給。

兄揀選合用船隻，其餘不堪用的小船，盡行給散與附近居民收用。山中應有屋宇房舍，任從居民搬拆。三關城垣，忠義等屋，盡行拆毀。一應事務，整理已了，收拾人馬，火速還京。

一路無話，早到東京。盧俊義等接至大寨。先使燕青入城，報知宿太尉，要辭天子，引領大軍起程。宿太尉見報，入內奏知天子。次日，引宋江於武英殿朝見天子。龍顏欣悅，賜酒已罷，玉音道：「卿等休辭道途跋涉，軍馬驅馳，與寡人征虜破遼，早奏凱歌而回，朕當重加錄用，其眾將校，量功加爵。卿勿怠焉！」宋江叩頭稱謝，端簡啟奏：「臣乃鄙猥小吏，誤犯刑典，流遞[5]江州。醉後狂言，臨刑棄市[6]，眾力救之，無處逃避，遂乃潛身水泊，苟延微命。所犯罪惡，萬死難逃。今蒙聖上寬恤收錄，大敷曠蕩之恩，得蒙赦免本罪。臣披肝瀝膽，尚不能補報皇上之恩。今奉詔命，敢不竭力盡忠，死而後已！」天子大喜，再賜御酒，教取描金鵲畫弓箭一副，名馬一匹，全副鞍轡，寶刀一口，賜與宋江。宋江叩首謝恩，辭陛出內，將領天子御賜寶刀、鞍馬、弓箭，就帶回營，傳令諸軍將校、準備起行。

且說徽宗天子，次早令宿太尉傳下聖旨，教中書省院官二員，就陳橋驛與宋江先鋒犒勞三軍，每名軍士酒一瓶、肉一斤，對眾關支[7]，毋得克減。中書省得了聖旨，一面連更曉夜，整頓酒肉，差官二員，前去給散。

再說宋江傳令諸軍，便與軍師吳用計議，將軍馬分作二起進程：令五虎八彪將引軍先行，十驃騎將在後，宋江、盧俊義、吳用、公孫勝統領中軍。水軍頭領三阮、李俊、張橫、張順帶領童威、童猛、孟康、王定六並水手頭目人等，撐駕戰船，自蔡河內出黃河，投北進發。宋江催趲三軍，取陳橋驛大路而進，號令軍將，毋得動擾鄉民。有詩為證：

招搖旌旆出天京，受命專師事遠征。
請看梁山軍紀律，何如太尉御營兵。

---

5) 流遞：流放。

6) 棄市：死刑。

7) 關支：由官府發放，或從官府領取。

且說中書省差到二員廂官，在陳橋驛給散酒肉，賞勞三軍。誰想這夥官員貪濫無厭，徇私作弊，克減酒肉。都是那等讒佞之徒，貪愛賄賂的人，卻將御賜的官酒每瓶克減只有半瓶，肉一斤克減六兩。前隊軍馬，盡行給散過了；後軍散到一隊皂軍之中，都是頭上黑盔，身披玄甲，卻是項充、李袞所管的牌手。那軍漢中一個軍校，接着酒肉過來看時，酒只半瓶，肉只十兩，指着廂官罵道：「都是你這等好利之徒，壞了朝廷恩賞！」廂官喝道：「我怎的是好利之徒？」那軍校道：「皇帝賜俺一瓶酒、一斤肉，你都克減了。不是我們爭嘴[8]，堪恨你這廝們無道理，佛面上去刮金！」廂官罵道：「你這大膽剮不盡、殺不絕的賊！梁山泊反性尚不改！」軍校大怒，把這酒和肉劈臉都打將去。廂官喝道：「捉下這個潑賊！」那軍校就團牌邊掣出刀來。廂官指着手大罵道：「腌臢草寇，拔刀敢殺誰？」軍校道：「俺在梁山泊時，強似你的好漢，被我殺了萬千。量你這等賊官，直些甚鳥？」廂官喝道：「你敢殺我？」那軍校走入一步，手起一刀飛去，正中廂官臉上，剁着撲地倒了。眾人發聲喊，都走了。那軍漢又趕將入來，再剁了幾刀，眼見的不能夠活了。眾軍漢簇住了不行。

當下項充、李袞飛報宋江。宋江聽得大驚，便與吳用商議，此事如之奈何？吳學究道：「省院[9]官甚是不喜我等，今又做得這件事來，正中了他的機會。只可先把那軍校斬首號令，一面申覆省院，勒兵聽罪。急急可叫戴宗、燕青悄悄進城，備細告知宿太尉。煩他預先奏知委曲，令中書省院讒害不得，方保無事。」宋江計議定了，飛馬親到陳橋驛邊。那軍校立在死屍邊不動。宋江自令人於館驛內搬出酒肉，賞勞三軍，都教進前；卻喚這軍校直到館驛中，問其情節。那軍校答道：「他千梁山泊反賊，萬梁山泊反賊，罵俺們殺剮不盡，因此一時性起，殺了他。專待將軍聽罪。」宋江道：「他是朝廷命官，我兀自懼他，你如何便把他來殺了！須是要連累我等眾人！俺如今方始奉詔去破大遼，未曾見尺寸之功，倒做了這等的勾當，如之奈何？」那軍校叩首伏死。宋江哭道：「我自從上梁山泊以來，大小兄弟不曾壞了一個，今日一

---

8) 爭嘴：爭吃。

9) 省院：指樞密院。

身入官所管，寸步也由我不得。雖是你強氣未滅，使不的舊時性格。」這軍校道：「小人只是伏死。」宋江令那軍校痛飲一醉，教他樹下縊死，卻斬頭來號令。將廂官屍首備棺槨盛貯，然後動文書申呈中書省院，不在話下。

再說戴宗、燕青潛地進城，徑到宿太尉府內，備細訴知衷情。當晚宿太尉入內，將上項事務奏知天子。次日，皇上於文德殿設朝，當有中書省院官出班奏曰：「新降將宋江部下兵卒，殺死省院差去監散酒肉命官一員，乞聖旨拿問。」天子曰：「寡人待不委[10]你省院來，事卻該你這衙門。你們又委用不得其人，以致惹起事端。賞軍酒肉，大破小用，軍士有名無實，以致如此。」省院等官又奏道：「御酒之物，誰敢克減？」是時天威震怒，喝道：「寡人已自差人暗行體察，深知備細，爾等尚自巧言令色，對朕支吾！寡人御賜之酒，一瓶克半瓶，賜肉一斤，只有十兩，以致壯士一怒，目前流血！」天子喝問：「正犯安在？」省院官奏道：「宋江已自將本犯斬首號令示眾，申呈本院，勒兵聽罪。」天子曰：「他既斬了正犯軍士，宋江禁治不嚴之罪，權且紀錄。待破遼回日，量功理會[11]。」省院官默默無言而退。天子當時傳旨，差官前去，催督宋江起程，所殺軍校，就於陳橋驛梟首[12]示眾。

卻說宋江正在陳橋驛勒兵聽罪，只見駕上差官來到，着宋江等進兵征遼，違犯軍校，梟首示眾。宋江謝恩已畢，將軍校首級，掛於陳橋驛號令，將屍埋了。宋江大哭一場，垂淚上馬，提兵望北而進。每日兵行六十里，紮營下寨，所過州縣，秋毫無犯。沿路無話。

將次相近遼境，宋江便請軍師吳用商議道：「即日遼兵四路侵犯，我等分兵前去征討的是，只打城池的是？」吳用道：「若是分兵前去，奈緣地廣人稀，首尾不能救應。不如只是打他幾個城池，卻再商量。若還攻擊得緊，他自然收兵。」宋江道：「軍師此計甚高！」隨即喚過段景住來吩咐道：「你走北路甚熟，可引領軍馬前進。近的是甚州縣？」段景住稟道：「前面便是檀州，正是遼國緊要隘口。有條水路，港汊最深，喚做潞水，團團繞着城池。這潞水直通渭河，須用戰船征進。宜先趲水軍頭領船隻到了，然後水陸並進，船

10)　委：知道。

11)　理會：處理，解決，對付。

12)　梟首：斬首懸掛。

騎相連，可取檀州。」宋江聽罷，便使戴宗催促水軍頭領李俊等，曉夜趲船至潞水取齊。

卻說宋江整點人馬，水軍船隻，約會日期，水陸並行，殺投檀州來。且說檀州城內，守把城池番官，卻是遼國洞仙侍郎手下四員猛將，一個喚做阿里奇，一個喚做咬兒惟康，一個喚做楚明玉，一個喚做曹明濟。此四員戰將，皆有萬夫不當之勇。聞知宋朝差宋江全夥到來，一面寫表申奏郎主[13]，一面關報鄰近薊州、霸州、涿州、雄州救應，一面調兵出城迎敵。便差阿里奇、楚明玉兩個，引兵出戰。

且說大刀關勝在於前部先鋒，引軍殺近檀州所屬密雲縣來。縣官聞的，飛報與兩個番將說道：「宋朝軍馬，大張旗號，乃是梁山泊新受招安宋江這夥。」阿里奇聽了笑道：「既是這夥草寇，何足道哉！」傳令教番兵紮掂[14]已了，來日出密雲縣，與宋江交鋒。

次日，宋江聽報遼兵已近，即時傳令將士，交鋒要看頭勢，休要失支脫節。眾將得令，披掛上馬。宋江、盧俊義，俱各戎裝擐[15]帶親在軍前監戰。遠遠望見遼兵蓋地而來，黑洞洞遮天蔽日，都是皂鵰旗。兩下齊把弓弩射住陣腳。只見對陣皂旗開處，正中間捧出一員番將，騎着一匹達馬[16]，彎環踢跳。宋江看那番將時，怎生打扮？但見：戴一頂三叉紫金冠，冠口內拴兩根雉尾。穿一領襯甲白羅袍，袍背上繡三個鳳凰。披一副連環鑌鐵鎧，繫一條嵌寶獅蠻帶，着一對雲根鷹爪靴，掛一條護項銷金帕，帶一張鵲畫鐵胎弓，懸一壺鵰翎鈚子箭。手搭梨花點鋼槍，坐騎銀色拳花馬。

那番官旗號上寫的分明：「大遼上將阿里奇」。宋江看了，與諸將道：「此番將不可輕敵！」言未絕，金槍手徐寧出戰。橫着鈎鐮槍，驟坐下馬，直臨陣前。番將阿里奇見了，大罵道：「宋朝合敗，命草寇為將，敢來侵犯大國，尚不知死！」徐寧喝道：「辱國小將，敢出穢言！」兩軍吶喊。徐寧與阿里奇搶到垓心交戰，兩馬相逢，兵器並舉。二將鬥不過三十餘合，徐寧敵不

---

13) 郎主：古時北方少數民族的君主。

14) 紮掂：準備。

15) 擐（huàn）：穿着。

16) 達馬：大馬，一說北方馬。

住番將，望本陣便走。花榮急取弓箭在手。那番將正趕將來，張清又早按住鞍轎，探手去錦袋內取個石子，看着番將較親，照面門上只一石子，正中阿里奇左眼，翻筋斗落於馬下。這裏花榮、林沖、秦明、索超，四將齊出，先搶了那匹好馬，活捉了阿里奇歸陣。副將楚明玉見折了阿里奇，急要向前去救時，被宋江大隊軍馬，前後掩殺將來，就棄了密雲縣，大敗虧輸，奔檀州來。宋江且不追趕，就在密雲縣屯紮下營。看番將阿里奇時，打破眉梢，損其一目，負痛身死。宋江傳令，教把番官屍骸燒化。功績簿上，標寫張清第一功。就將阿里奇連環鑌鐵鎧、出白犁花槍、嵌寶獅蠻帶、銀色拳花馬，並靴、袍、弓、箭，都賜了張清。是日且就密雲縣中，眾皆作賀，設宴飲酒，不在話下。

次日，宋江升帳，傳令起軍，都離密雲縣，直抵檀州來。卻說檀州洞仙侍郎聽得報來折了一員正將，堅閉城門，不出迎敵。又聽的報有水軍戰船，在於城下，遂乃引眾番將，上城觀看。只見宋江陣中猛將，搖旗吶喊，耀武揚威，搦戰廝殺。洞仙侍郎見了說道：「似此，怎不輸了小將軍阿里奇？」當下副將楚明玉答應道：「小將軍那裏是輸與那廝？蠻兵[17]先輸了，俺小將軍趕將過去，被那裏一個穿綠的蠻子，一石子打下馬去。那廝隊裏四個蠻子，四條槍，便來攢住了。俺這壁廂措手不及，以此輸與他了。」洞仙侍郎道：「那個打石子的蠻子，怎地模樣？」左右有認得的，指着說道：「城下兀那個帶青包巾，現今披着小將軍的衣甲，騎着小將軍的馬，那個便是。」洞仙侍郎攀着女牆邊看時，只見張清已自先見了，趲馬向前，只一石子飛來，左右齊叫一聲躲時，那石子早從洞仙侍郎耳根邊擦過，把耳輪擦了一片皮。洞仙侍郎負疼道：「這個蠻子直這般利害！」下城來，一面寫表申奏大遼郎主，一面行報外境各州提備。

卻說宋江引兵在城下，一連打了三五日，不能取勝，再引軍馬回密雲縣屯駐。帳中坐下，計議破城之策。只見戴宗報來，取到水軍頭領乘駕戰船，都到潞水。宋江便教李俊等到軍中商議，李俊等都到帳前參見宋江。宋江道：「今次廝殺，不比在梁山泊時，可要先探水勢深淺，方可進兵。我看這條

---

17)　蠻兵：指宋江兵馬。

潞水，水勢甚急，倘或一失，難以救應。爾等宜仔細，不可託大！將船隻蓋伏的好着，只扮作運糧船相似。你等頭領各帶暗器，潛伏於船內。止着三五人撐駕搖櫓，岸上着兩人牽拽，一步步挨到城下，把船泊在兩岸，待我這裏進兵。城中知道，必開水門來搶糧船。爾等伏兵卻起，奪他水門，可成大功。」李俊等聽令去了。

只見探水小校報道：「西北上有一彪軍馬，捲殺而來，都打着皂鵰旗，約有一萬餘人，望檀州來了。」吳用道：「必是遼國調來救兵。我這裏先差幾將攔截廝殺，殺的散時，免令城中得他壯膽。」宋江便差張清、董平、關勝、林沖，各帶十數個小頭領、五千軍馬，飛奔前來。

原來遼國郎主聞知說是梁山泊宋江這夥好漢，領兵殺至檀州，圍了城子，特差這兩個皇姪前來救應。一個喚做耶律國珍，一個喚做國寶。兩個乃是遼國上將，又是皇姪，皆有萬夫不當之勇，引起一萬番兵，來救檀州。看看至近，迎着宋兵。兩邊擺開陣勢，兩員番將，一齊出馬。但見：頭戴妝金嵌寶三叉紫金冠，身披錦邊珠嵌鎖子黃金鎧。身上猩猩血染戰紅袍，袍上斑斑錦織金翅鵰。腰繫白玉帶，背插虎頭牌。左邊袋內插雕弓，右手壺中攢硬箭。手中搭丈二綠沉槍，坐下騎九尺銀鬃馬。

那番將是弟兄兩個，都一般打扮，都一般使槍。宋兵迎着，擺開陣勢。雙槍將董平出馬，厲聲高叫：「來者甚處番賊？」那耶律國珍大怒，喝道：「水窪草寇，敢來犯吾大國，倒問俺那裏來的！」董平也不再問，躍馬挺槍，直搶耶律國珍。那番家年少的將軍性氣正剛，那裏肯饒人一步，挺起鋼槍，直迎過來。二馬相交，三槍亂舉。二將正在征塵影裏，殺氣叢中，使雙槍的，另有槍法，使單槍的，各用神機。兩個鬥過五十合，不分勝敗。那耶律國寶見哥哥戰了許多時，恐怕力怯，就中軍篩起鑼來。耶律國珍正鬥到熱處，聽的鳴鑼，急要脫身，被董平兩條槍絞住，那裏肯放。耶律國珍此時心忙，槍法慢了些，被董平右手逼過綠沉槍，使起左手槍來，望番將項根上只一槍，搠個正着。可憐耶律國珍金冠倒卓，兩腳登空，落於馬下。兄弟耶律國寶看見哥哥落馬，便搶出陣來，一騎馬，一條槍，奔來救取。宋兵陣上沒羽箭張清，見他過來，這裏那得放空，在馬上約住梨花槍，探隻手去錦袋內拈出一個石子，把馬一拍，飛出陣前。這耶律國寶飛也似來，張清迎頭撲將去。兩騎馬隔不的十來丈遠近，番將不提防，只道他來交戰。只見張清手起，喝聲道：「着！」那石子望耶律國寶面上打個正着，翻筋斗落馬。關勝、林沖擁兵掩殺。遼兵無主，東西亂竄。只一陣，殺散遼兵萬餘人馬，把兩個番官，全副鞍馬，兩面金牌，收拾寶冠袍甲，仍割下兩顆首級，當時奪了戰馬一千餘匹，解到密雲縣來見宋江獻納。宋江大喜，賞勞三軍，書寫董平、張清第二功。等打破檀州，一併申奏。

宋江與吳用商議，到晚寫下軍帖，差調林沖、關勝引領一彪軍馬，從西北上去取檀州。再調呼延灼、董平也引一彪軍馬，從東北上進兵。卻教盧俊義引一彪軍馬，從西南上取路。「我等中軍從東南路上去，只聽的炮響，一齊進發。」卻差炮手淩振及李逵、樊瑞、鮑旭並牌手項充、李袞，將帶滾牌軍一千餘人，直去城下，施放號炮。至二更為期，水陸並進。各路軍兵，都要廝應。號令已了，諸軍各各準備取城。

且說洞仙侍郎正在檀州堅守，專望救兵到來。卻有皇姪敗殘人馬逃命奔入城中，備細告說兩個皇姪大王，耶律國珍被個使雙槍的害了，耶律國寶被個戴青包巾的使石子打下馬來拿去。洞仙侍郎跌腳罵道：「又是這蠻子！不爭損了二位皇姪，教俺有甚面目去見郎主？拿住那個青包巾的蠻子時，碎碎的割那廝！」至晚，番兵報洞仙侍郎道：「潞水河內，有五七百隻糧船泊在兩岸，遠遠處又有軍馬來也！」洞仙侍郎聽了道：「那蠻子不識俺的水路，錯把糧船直行到這裏。岸上人馬，一定是來尋糧船。」便差三員番將楚明玉、曹明濟、咬兒惟康前來吩咐道：「那宋江等蠻子今晚又調許多人馬來，卻有若干糧船在俺河裏。可教咬兒惟康引一千軍馬出城衝突，卻教楚明玉、曹明濟開放水門，從緊溜裏放船出去。三停之內，截他二停糧船，便是汝等幹大功也！」不知成敗何如，有詩為證：

妙算從來迥不同，檀州城下列艨艟。
侍郎不識兵家意，反自開門把路通。

再說宋江人馬，當晚黃昏左側李逵、樊瑞為首，將引步軍在城下大罵。洞仙侍郎叫咬兒惟康催趲軍馬，出城衝殺。城門開處，放下吊橋，遼兵出城。卻說李逵、樊瑞、鮑旭、項充、李袞五個好漢引一千步軍，盡是悍勇刀牌手，就吊橋邊衝住，番軍人馬，那裏能夠出的城來。淩振卻在軍中搭起炮架，準備放炮，只等時候來到。由他城上放箭，自有牌手左右遮抵着，鮑旭卻在後面吶喊。雖是一千餘人，卻是萬餘人的氣象。洞仙侍郎在城中見軍馬衝突不出，急叫楚明玉、曹明濟開了水門搶船。此時宋江水軍頭領都已先自伏在船中準備，未曾動彈。見他水門開了，一片片絞起閘板，放出戰船來。凌振得了消息，便先點起一個風火炮來。炮聲響處，兩邊戰船廝迎將來，抵敵番船。左邊踴出李俊、張橫、張順，右邊踴出阮家三弟兄，都使着戰船，殺入番船隊裏。番將楚明玉、曹明濟見戰船踴躍而來，抵敵不住，料道有埋伏軍兵，急待要回船，早被這裏水手軍兵都跳過船來，只得上岸而走。宋江水軍那六個頭領，先搶了水門。管門番將，殺的殺了，走的走了。這楚明玉、曹明濟各自逃命去了。水門上預先一把火起，凌振又放一個車箱炮來，那炮直飛在半天裏響。洞仙侍郎聽得火炮連天聲響，嚇的魂不附體。李逵、樊瑞、鮑旭引領牌手項充、李袞等眾直殺入城。洞仙侍郎和咬兒惟康在城中，看見城門已都被奪了，又見四路宋兵一齊都殺到來，只得上馬，棄了城池，出北門便走。未及二里，正撞着大刀關勝、豹子頭林沖攔住去路。正是：天羅密佈難移步，地網高張怎脫身。畢竟洞仙侍郎怎的逃生，且聽下回分解。

## 延伸思考

為甚麼從不殺下屬的宋江在招安後的第一場戰役前一定要處死軍校？

## 第八十四回

# 宋公明兵打薊州城
# 盧俊義大戰玉田縣

宋江得了檀州後，兵分兩路開始攻打薊州。由於不熟悉地形，盧俊義部被衝散，各部將領奮勇殺敵，最後會合一處商議攻打薊州的方法。石秀和時遷因為熟悉環境被派去城裏做內應，宋江從外強攻薊州，加上二人城內放火，終於大獲全勝。

話說洞仙侍郎見檀州已失，只得奔走出城，同咬兒惟康擁護而行。正撞着林沖、關勝，大殺一陣，那裏有心戀戰？望剌斜裏，死命撞出去。關勝、林沖要搶城子，也不來追趕，且奔入城。

卻說宋江引大隊軍馬入檀州，趕散番軍，一面出榜安撫百姓軍民，秋毫不許有犯，傳令教把戰船盡數收入城中。一面賞勞三軍，及將在城遼國所用官員，有姓者仍前委用，無姓番官盡行發遣出城，還於沙漠。一面寫表申奏朝廷，得了檀州。盡將府庫財帛金寶，解赴京師。寫書申呈宿太尉，題奏此事。天子聞奏，龍顏大喜。隨即降旨，欽差東京府同知趙安撫統領二萬御營軍馬，前來監戰。

卻說宋江等聽的報來，引眾將出郭遠遠迎接，入到檀州府內歇下，權為行軍帥府。諸將頭目，盡來參見，施禮已畢。原來這趙安撫，祖是趙家宗派，為人寬仁厚德，作事端方，亦是宿太尉於天子前保奏，特差此人上邊，監督兵馬。這趙安撫見了宋江仁德，十分歡喜，說道：「聖上已知你等眾將用心，軍士勞苦，特差下官前來軍前監督，就齎賞賜金銀緞匹二十五車，但有奇功，申奏朝廷，請降官封。將軍今已得了州郡，下官再當申達朝廷。眾將皆須盡忠竭力，早成大功，班師回京，天子必當重用。」宋江等拜謝道：

「請煩安撫相公，鎮守檀州，小將等分兵攻取遼國緊要州郡，教他首尾不能相顧。」一面將賞賜俵散軍將，一面勒回各路軍馬聽調，攻取遼國州郡。有楊雄稟道：「前面便是薊州相近。此處是個大郡，錢糧極廣，米麥豐盈，乃是遼國庫藏。打了薊州，諸處可取。」宋江聽罷，便請軍師吳用商議。

卻說洞仙侍郎與咬兒惟康正往東走，撞見楚明玉、曹明濟引着些敗殘軍馬，一同投奔薊州。入的城來，見了御弟大王耶律得重，訴說：「宋江兵將浩大，內有一個使石子的蠻子，十分了得。那石子百發百中，不放一個空，最會打人。兩位皇姪並小將阿里奇，盡是被他石子打死了。」耶律大王道：「既是這般，你且在這裏幫俺殺那蠻子。」說猶未了，只見流星探馬報將來，說道：「宋江兵分兩路來打薊州，一路殺至平峪縣，一路殺至玉田縣。」御弟大王聽了，隨即便教洞仙侍郎：「將引本部軍馬，把住平峪縣口，不要和他廝殺。俺先引兵，且拿了玉田縣的蠻子，卻從背後抄將過來，平峪縣的蠻子，走往那裏去？一邊關報霸州、幽州，教兩路軍馬，前來接應。」原來這薊州，卻是遼國郎主差御弟耶律得重守把，部領四個孩兒：長子宗雲，次子宗電，三子宗雷，四子宗霖。手下十數員戰將，一個總兵大將，喚做寶密聖，一個副總兵，喚做天山勇，守住着薊州城池。當時御弟大王囑咐寶密聖守城，親引大軍，將帶四個孩兒並副總兵天山勇，飛奔玉田縣來。

且說宋江引兵前至平峪縣，見前面把住關隘，未敢進兵，就平峪縣西屯住。

卻說盧俊義引許多戰將，三萬人馬，前到玉田縣，早與遼兵相近。盧俊義便與軍師朱武商議道：「目今與遼兵相近，只是吳人不識越境[1]，到他地理生疏，何策可取？」朱武答道：「若論愚意，未知他地理，諸軍不可擅進。可將隊伍擺為長蛇之勢，首尾相應，循環無端，如此則不愁地理生疏。」盧先鋒道：「軍師所言，正合吾意。」遂乃催兵前進。遠遠望見遼兵蓋地而來，但見：黃沙漫漫，黑霧濃濃。皂鵰旗展一派烏雲，拐子馬蕩半天殺氣。青氈笠帽，似千池荷葉弄輕風；鐵打兜鍪，如萬頃海洋凝凍日。人人衣襟左掩，個個髮搭齊肩。連環鐵鎧重披，刺納戰袍緊繫。番軍壯健，黑面皮碧眼黃鬚；達馬咆哮，闊膀脾鋼腰鐵腳。羊角弓攢沙柳箭，虎皮袍襯窄雕鞍。生居邊塞，長成會拽硬弓；世

---

1) 吳人不識越境：古代吳國和越國相鄰，但是互不了解對方的情況。

本朔方[2]，養大能騎劣馬。銅腔羯鼓[3]軍前打，蘆葉胡笳[4]馬上吹。

那御弟大王耶律得重引兵先到玉田縣，將軍馬擺開陣勢。宋軍中朱武上雲梯看了，下來回報盧先鋒道：「番人佈的陣，乃是五虎靠山陣，不足為奇。」朱武再上將台，把號旗招動，左盤右旋，調撥眾軍，也擺一個陣勢。盧俊義看了不識，問道：「此是何陣勢？」朱武道：「此乃是鯤化為鵬陣。」盧俊義道：「何為鯤化為鵬？」朱武道：「北海有魚，其名曰鯤，能化大鵬，一飛九萬里。此陣遠觀近看，只是個小陣，若來攻時，便變做大陣，因此喚做鯤化為鵬。」盧俊義聽了，稱讚不已。

對陣敵軍鼓響，門旗開處，那御弟大王，親自出馬，四個孩兒分在左右，都是一般披掛。但見：頭戴鐵縵笠戧箭番盔，上拴純黑球纓。身襯寶圓鏡柳葉細甲，繫條獅蠻金帶。踏鐙靴半彎鷹嘴，梨花袍錦繡盤龍。各掛強弓硬弩，都騎駿馬雕鞍。腰間盡插錕鋙劍，手內齊拿掃帚刀。

中間御弟大王，兩邊四個小將軍，身上兩肩胛，都懸着小小明鏡；鏡邊對嵌着皂纓。四口寶刀，四騎快馬，齊齊擺在陣前。那御弟大王背後又是層層擺列，自有許多戰將。那四員小將軍高聲大叫：「汝等草賊，何敢犯吾邊界！」盧俊義聽的，便問道：「兩軍臨敵，那個英雄當先出戰？」說猶未了，只見大刀關勝舞起青龍偃月刀，爭先出馬。那邊番將耶律宗雲舞刀拍馬來迎關勝。兩個鬥不上五合，耶律宗霖拍馬舞刀，便來協助。呼延灼見了，舉起雙鞭，直出迎住廝殺。那兩個耶律宗電、耶律宗雷弟兄挺刀躍馬，齊出交戰。這裏徐寧、索超各舉兵器相迎。四對兒在陣前廝殺，絞做一團，打做一塊。

正鬥之間，沒羽箭張清看見，悄悄地縱馬趲向陣前。卻有檀州敗殘的軍士認的張清，慌忙報知御弟大王道：「這對陣穿綠戰袍的蠻子，便是慣飛石子的。他如今趲馬出陣來，又使前番手段。」天山勇聽了便道：「大王放心，教這蠻子吃俺一弩箭！」原來那天山勇馬上慣使漆抹弩，一尺來長鐵翎箭，有名喚做一點油。那天山勇在馬上把了事環帶住，趲馬出陣，教兩個副將在前面

---

2)　朔方：北方。

3)　羯（jié）鼓：古代打擊樂器的一種，從西域傳入。

4)　胡笳：古代北方民族的一種樂器。

影射[5]着，三騎馬悄悄直趲至陣前。張清又先見了，偷取石子在手，看着那番官當頭的，只一石子，急叫：「着！」早從盔上擦過。那天山勇卻閃在這將馬背後，安得箭穩，扣的弦正，覷着張清較親，直射將來。張清叫聲：「啊也！」急躲時，射中咽喉，翻身落馬。雙槍將董平、九紋龍史進將引解珍、解寶，死命去救回。盧先鋒看了，急教拔出箭來，血流不止，項上便束縛兜住。隨即叫鄒淵、鄒潤扶張清上車子，護送回檀州，教神醫安道全調治。

車子卻才去了，只見陣前喊聲又起，報道：「西北上有一彪軍馬，飛奔殺來，並不打話，橫衝直撞，趕入陣中。」盧俊義見箭射了張清，無心戀戰，四將各佯輸詐敗，退回去了。四個番將，乘勢趕來；西北上來的番軍，刺斜裏又殺將來；對陣的大隊番軍，山倒也似踴躍將來。那裏變的陣法？三軍眾將，隔的七斷八續，你我不能相救，只留盧俊義一騎馬，一條槍，倒殺過那邊去了。天色傍晚，四個小將軍卻好回來，正迎着盧俊義。一騎馬，一條槍，力敵四個番將，並無半點懼怯。約鬥了一個時辰，盧俊義得便處，賣個破綻，耶律宗霖把刀砍將入來，被盧俊義大喝一聲，那番將措手不及，着一槍，刺下馬去。那三個小將軍，各吃了一驚，皆有懼色，無心戀戰，拍馬去了。盧俊義下馬，拔刀割了耶律宗霖首級，拴在馬項下。翻身上馬，望南而行，又撞見一夥遼兵，約有一千餘人，被盧俊義又撞殺入去，遼兵四散奔走。再行不到數里，又撞見一彪軍馬。

此夜月黑，不辨是何處的人馬，只聽的語音，卻是宋朝人說話。盧俊義便問：「來軍是誰？」卻是呼延灼答應。盧俊義大喜，合兵一處。呼延灼道：「被遼兵衝散，不能救應。小將撞開陣勢，和韓滔、彭玘直殺到此，不知諸將如何？」盧俊義又說：「力敵四將，被我殺了一個，三個走了。次後又撞着一千餘人，亦被我殺散。來到這裏，不想迎着將軍。」兩個並馬，帶着從人，望南而行。不過十數里路，前面早有軍馬攔路。呼延灼道：「黑夜怎地廝殺，待天明決一死戰！」對陣聽的，便問道：「來者莫非呼延灼將軍？」呼延灼認的聲音是大刀關勝，便叫道：「盧頭領在此！」眾頭領都下馬，且來草地上坐下。盧俊義、呼延灼說了本身之事。關勝道：「陣前失利，你我不相救應。我

5) 影射：遮掩。

和宣贊、郝思文、單廷珪、魏定國五騎馬尋條路走，然後收拾的軍兵一千餘人，來到這裏。不識地理，只在此伏路，待天明卻行。不想撞着哥哥。」合兵一處。

眾人捱到天曉，迤邐望南再行。將次到玉田縣，見一彪人馬哨路。看時，卻是雙槍將董平、金槍手徐寧弟兄們，都紮住玉田縣中，遼兵盡行趕散，說道：「侯健、白勝兩個去報宋公明，只不見了解珍、解寶、楊林、石勇。」盧俊義教且進兵在玉田縣內，檢點眾將軍校，不見了五千餘人。心中煩惱。巳牌時分，有人報道：「解珍、解寶、楊林、石勇將領二千餘人來了。」盧俊義又喚來問時，解珍道：「俺四個倒撞過去了！深入重地，迷蹤失路，急切不敢回轉。今早又撞見遼兵，大殺了一場，方才到得這裏。」盧俊義叫將耶律宗霖首級，於玉田縣號令，撫諭三軍百姓。

未到黃昏前後，軍士們正要收拾安歇，只見伏路小校來報道：「遼兵不知多少，四面把縣圍了。」盧俊義聽的大驚，引了燕青上城看時，遠近火把，有十里厚薄[6]。一個小將軍當先指點，正是耶律宗雲，騎着一匹劣馬，在火把中間催趲三軍。燕青道：「昨日張清中他一冷箭，今日回禮則個！」燕青取出弩子，一箭射去，正中番將鼻凹，番將落馬。眾兵急救時，宗雲已自傷悶不醒。番軍早退五里。

盧俊義縣中與眾將商議：「雖然放了一冷箭，遼兵稍退，天明必來攻，圍裏的鐵桶相似，怎生救解？」朱武道：「宋公明若得知這個消息，必然來救。裏應外合，方可免難。」眾人捱到天明，望見遼兵四面擺的無縫。只見東南上塵土起，兵馬數萬人而來，眾將皆望南兵。朱武道：「此必是宋公明軍馬到了！等他收軍，齊望南殺去，這裏盡數起兵，隨後一掩[7]。」

且說對陣遼兵，從辰時直圍到未牌，正待睏倦，卻被宋江軍馬殺來，抵當不住，盡數收拾都去。朱武道：「不就這裏追趕，更待何時！」盧俊義當即傳令，開縣四門，盡領軍馬，出城追殺，遼兵大敗；殺的星落雲散，七斷八續，遼兵四散敗走。宋江趕的遼兵去遠，到天明鳴金收軍，進玉田縣。

---

6)　厚薄：左右。

7)　一掩：一齊掩殺。

盧先鋒合兵一處，訴說攻打薊州。留下柴進、李應、李俊、張橫、張順、阮家三弟兄、王矮虎、一丈青、孫新、顧大嫂、張青、孫二娘、裴宣、蕭讓、宋清、樂和、安道全、皇甫端、童威、童猛、王定六，都隨趙樞密在檀州守禦。其餘諸將，分作左右二軍。宋先鋒總領左軍人馬四十八員：軍師吳用、公孫勝、林沖、花榮、秦明、楊志、朱仝、雷橫、劉唐、李逵、魯智深、武松、楊雄、石秀、黃信、孫立、歐鵬、鄧飛、呂方、郭盛、樊瑞、鮑旭、項充、李袞、穆弘、穆春、孔明、孔亮、燕順、馬麟、施恩、薛永、宋萬、杜遷、朱貴、朱富、凌振、湯隆、蔡福、蔡慶、戴宗、蔣敬、金大堅、段景住、時遷、郁保四、孟康。盧先鋒總領右軍人馬三十七員：軍師朱武、關勝、呼延灼、董平、張清、索超、徐寧、燕青、史進、解珍、解寶、韓滔、彭玘、宣贊、郝思文、單廷珪、魏定國、陳達、楊春、李忠、周通、陶宗旺、鄭天壽、龔旺、丁得孫、鄒淵、鄒潤、李立、李雲、焦挺、石勇、侯健、杜興、曹正、楊林、白勝。分兵已罷，作兩路來取薊州。宋先鋒引軍取平峪縣進發，盧俊義引兵取玉田縣迸發。趙安撫與二十三將，鎮守檀州，不在話下。

且說宋江見軍士連日辛苦，且教暫歇。攻打薊州，自有計較了。先使人往檀州，問張清箭瘡如何。神醫安道全使人回話道：「雖然外損皮肉，卻不傷內，請主將放心。調理的膿水乾時，自然無事。即目炎天，軍士多病，已稟過趙樞密相公，遣蕭讓、宋清前往東京收買藥料，就向太醫院關支暑藥。皇甫端亦要關給官局內啖馬的藥材物料，都委蕭讓、宋清去了，就報先鋒知道。」宋江聽的，心中頗喜，再與盧先鋒計較，先打薊州。宋江道：「我未知你在玉田縣受圍時，已自先商量下計了。有公孫勝原是薊州人，楊雄亦曾在那府裏做節級，石秀、時遷亦在那裏住的久遠。前日殺退遼兵，我教時遷、石秀也只做敗殘軍馬雜在裏面，必然都投薊州城內駐紮。他兩個若入得城中，自有去處。時遷曾獻計道：『薊州城有一座大寺，喚叫寶嚴寺，廊下有法輪寶藏，中間是大雄寶殿，前有一座寶塔，直聳雲霄。』石秀說道：『教他去寶塔頂上躲着，每日飯食，我自對付來與他吃。只等城外哥哥軍馬攻打得緊急時，然後卻就寶嚴寺塔上放起火來為號。』時遷自是個慣飛簷走壁的人，那裏不躲了身子？石秀臨期自去州衙內放火，他兩個商量已定自去了。我這裏一面收拾進兵。」有《西江月》為證：

山後遼兵侵境，中原宋帝興軍。水鄉取出眾天星，奉詔去邪歸正。暗地時遷放火，更兼石秀同行。等閒打破永平城，千載功勛可敬！

次日，宋江引兵，撇了平峪縣，與盧俊義合兵一處，催起軍馬，徑奔薊州來。

且說御弟大王自折了兩個孩兒，不勝懊恨，便同大將寶密聖、天山勇、洞仙侍郎等商議道：「前次涿州、霸州兩路救兵，各自分散前去。如今宋江合兵在玉田縣，早晚進兵來打薊州，似此怎生奈何？」大將寶密聖道：「宋江兵若不來，萬事皆休。若是那夥蠻子來時，小將自出去與他相敵。若不活拿他幾個，這廝們那裏肯退？」洞仙侍郎道：「那蠻子隊有那個穿綠袍的，慣使石子，好生利害，可以提防他。」天山勇道：「這個蠻子，已被俺一弩箭射中咽喉，多是死了也！」洞仙侍郎道：「除了這個蠻子，別的都不打緊。」正商議間，小校來報，宋江軍馬殺奔薊州來。御弟大王連忙整點三軍人馬，教寶密聖、天山勇火速出城迎敵。離城三十里外，與宋江對敵。

各自擺開陣勢，番將寶密聖橫槊出馬。宋江在陣前見了，便問道：「斬將奪旗，乃見頭功！」說猶未了，只見豹子頭林沖便出陣前來，與番將寶密聖大戰。兩個鬥了三十餘合，不分勝敗。林沖要見頭功，持丈八蛇矛，鬥到間深裏，暴雷也似大叫一聲，撥過長槍，用蛇矛去寶密聖脖項上刺中一矛，搠下馬去。宋江大喜。兩軍發喊。番將天山勇見刺了寶密聖，橫槍便出。宋江陣裏，徐寧挺鈎鐮槍直迎將來。二馬相交，鬥不到二十來合，被徐寧手起一槍，把天山勇搠於馬下。宋江見連贏了二將，心中大喜，催軍混戰，遼兵大敗，望薊州奔走。宋江軍馬趕了十數里，收兵回來。

當日宋江紮下營寨，賞勞三軍。次日傳令，拔寨都起，直抵薊州。第三日，御弟大王見折了二員大將，十分驚慌，又見報道：「宋軍到了！」忙與洞仙侍郎道：「你可引這支軍馬出城迎敵，替俺分憂也好。」洞仙侍郎不敢不依，只得引了咬兒惟康、楚明玉、曹明濟，領起一千軍馬，就城下擺開。宋江軍馬漸近城邊，雁翅般排將來。門旗開處，索超橫擔大斧，出馬陣前。番兵隊裏，咬兒惟康便搶出陣來。兩個並不打話，二將相交，鬥到二十餘合。番將終是膽怯，無心戀戰，只得要走。索超縱馬趕上，雙手掄起大斧，覷着番將腦門上劈將下來，把這咬兒惟康腦袋劈做兩半個。洞仙侍郎見了，慌忙叫楚明玉、曹明濟快去策應。這兩個已自八分膽怯，因吃逼不過，只得挺起手中槍，向前出陣。宋江軍中九紋龍史進見番軍中二將雙出，便舞刀拍馬，直取二將。史進逞起英雄，手起刀落，先將楚明玉砍於馬下。這曹明濟急待要走，史進趕上一刀，也砍於馬下。史進縱馬殺入遼軍陣內，宋江見了，鞭梢一指，驅兵大進，直殺到吊橋邊。耶律得重見了，越添愁悶，便教緊閉城門，各將上城緊守。一面申奏郎主，一面差人往霸州、幽州求救。

且說宋江與吳用計議道：「似此城中緊守，如何擺佈？」吳用道：「既城中已有石秀、時遷在裏面，如何耽擱的長遠？教四面豎起雲梯炮架，即便攻城。再教凌振將火炮四下裏施放，打將入去。攻擊得緊，其城必破。」宋江即便傳令，四面連夜攻城。

再說御弟大王見宋兵四下裏攻擊得緊，盡驅薊州在城百姓上城守護。當下石秀在城中寶嚴寺內，守了多日，不見動靜。只見時遷來報道：「城外哥哥軍馬，打得城子緊。我們不就這裏放火，更待何時？」石秀見說了，便和時遷商議，先從寶塔上放起一把火來，然後去佛殿上燒着。時遷道：「你快去州衙內放火。在南門要緊的去處，火着起來，外面見了，定然加力攻城，愁他不破！」兩個商量了，都自有引火的藥頭、火刀、火石、火筒、煙煤藏在身邊。當日晚來，宋江軍馬打城甚緊。

卻說時遷，他是個飛簷走壁的人，跳牆越城，如登平地。當時先去寶嚴寺塔上點起一把火來。那寶塔最高，火起時，城裏城外，那裏不看見？火光照的三十餘里遠近，似火鑽一般。然後卻來佛殿上放火。那兩把火起，城中鼎沸起來。百姓人民，家家老幼慌忙，戶戶兒啼女哭，大小逃生。石秀直爬去薊州衙門庭屋上博風板裏，點起火來。薊州城中，見三處火起，知有細作，百姓那裏有心守護城池，已都阻當不住，各自逃歸看家。沒多時，山門裏又一把火起，卻是時遷出寶嚴寺來，又放了一把火。那御弟大王見了城中無半個更次，四五路火起，知宋江有人在城裏。慌慌急急，收拾軍馬，帶了老小並兩個孩兒，裝載上車，開了北門便走。宋江見城中軍馬慌亂，催促軍兵捲殺入城。城裏城外，喊殺連天，早奪了南門。洞仙侍郎見寡不敵眾，只得跟隨御弟大王投北門而走。

宋江引大隊軍馬人薊州城來，便傳下將令，先教救滅了四邊風火。天明出榜，安撫薊州百姓。將三軍人馬，盡數收入薊州屯住，賞勞三軍諸將。功績簿上，標寫石秀、時遷功次。便行文書，申覆趙安撫知道得了薊州大郡，請相公前來駐紮。趙安撫回文書來說道：「我在檀州，權且屯紮，教宋先鋒且守住薊州。即目炎暑，天氣暄熱，未可動兵。待到天氣微涼，再作計議。」宋江得了回文，便教盧俊義分領原撥軍將於玉田縣屯紮，其餘大隊軍兵守住薊州。待到天氣微涼，別行聽調。

卻說御弟大王耶律得重與洞仙侍郎將帶老小，奔回幽州，直至燕京，來見大遼郎主。且說遼國郎主，升坐金殿，聚集文武兩班臣僚，朝參已畢。有門大使奏道：「薊州御弟大王回至門下。」郎主聞奏，忙教宣召，宣至殿下。那耶律得重與洞仙侍郎俯伏御階之下，放聲大哭。郎主道：「俺的愛弟，且休煩惱，有甚事務，當以盡情奏知寡人。」那耶律得重奏道：「宋朝童子皇帝，差調宋江領兵前來征討，軍馬勢大，難以抵敵。送了臣的兩個孩兒，殺了檀州四員大將。宋軍席捲而來，又失陷了薊州。特來殿前請死！」大遼國主聽了，傳聖旨道：「卿且起來，俺的這裏好生商議。」郎主道：「引兵的那蠻子是甚人？這等嘍囉！」班部中右丞相太師褚堅出班奏道：「臣聞宋江這夥，原是梁山泊水滸寨草寇，卻不肯殺害良民，專一替天行道，只殺濫官污吏，詐害百姓的人。後來童貫、高俅引兵前去收捕，被宋江只五陣，殺得片甲不回。他這夥好漢，剿捕他不得。童子皇帝遣使三番降詔去招安，他後來都投降了。只把宋江封為先鋒使，又不曾實授官職，其餘都是白身人[8]。今日差將他來，便和俺們廝殺。他道有一百單八人，應天上星宿。這夥人好生了得，郎主休要小覷了他！」郎主道：「你這等話說時，恁地怎生是好？」班部叢中轉出一員官，乃是歐陽侍郎，爛袍[9]拂地，象簡當胸，奏道：「郎主萬歲！臣雖不才，願獻小計，可退宋兵。」郎主大喜道：「你既有好的見識，當下便說。」

歐陽侍郎言無數句，話不一席，有分教：宋江名標青史，事載丹書。正是：護國謀成欺呂望，順天功就賽張良。畢竟歐陽侍郎奏出甚事來，且聽下回分解。

---

8)　白身人：無正式授予官職的人，普通老百姓。

9)　爛袍：官員士人穿的長袍公服。

第八十五回

## 精讀 宋公明夜度益津關<br>吳學究智取文安縣

打下薊州後，雙方休戰了一段時間，期間遼國派人勸宋江歸順。宋江將計就計，兵不厭詐，上演了一出假意投降遼國的好戲，奪下霸州。

話說當下歐陽侍郎奏道：「宋江這夥都是梁山泊英雄好漢，如今宋朝童子皇帝被蔡京、童貫、高俅、楊戩四個賊臣弄權，嫉賢妒能，閉塞賢路，非親不進，非財不用，久後如何容的他們！論臣愚意，郎主可加官爵，重賜金帛，多賞輕裘肥馬，臣願為使臣，說他來降俺大遼國。郎主若得這夥軍馬來，覷中原如同反掌。臣不敢自專，乞郎主聖鑒不錯。」郎主聽罷，便道：「你也說的是。你就為使臣，將帶一百八騎好馬、一百八匹好緞子、俺的敕命一道，封宋江為鎮國大將軍，總領遼兵大元帥，賜與金一提，銀一秤，權當信物。教把眾頭目的姓名都抄將來，盡數封他官爵。」只見班部中兀顏都統軍出來啟奏郎主道：「宋江這一夥草賊招安他做甚？放着奴婢手下有二十八宿將軍、十一曜大將，有的是強兵猛將，怕不贏他？若是這夥蠻子不退呵，奴婢親自引兵去剿殺這廝。」國主道：「你便是了得好漢，如插翅大蟲，再添得這夥呵，你又加生兩翅。你且休得阻當。」遼主不聽兀顏之言，再有誰敢多言。原來這兀顏光都統軍，正是遼國第一員上將，十八般武藝，無有不通，兵書戰策，盡皆熟閒。年方三十五六，堂堂一表，凜凜一軀，八尺有餘身材，面白脣紅，鬚黃眼碧，威儀猛勇。上陣時，仗條渾鐵點鋼槍，殺到濃處，不時掣出腰間鐵簡，使的錚錚有聲，端的是有萬夫不當之勇。

且不說兀顏統軍諫奏，卻說那歐陽侍郎領了遼國敕旨，將了許多禮物馬匹，上了馬，徑投薊州來。宋江正在薊州作養軍士，聽的遼國有使命至，未審來意吉凶，遂取玄女之課，當下一卜，卜得個上上之兆。便與吳用商議道：「卦中上上之兆，多是遼國來招安我們，似此如之奈何？」吳用道：「若是如此時，正可將計就計，受了他招安。將此薊州與盧先鋒管了，卻取他霸州。若更得了他霸州，不愁他遼國不破。即今取了他檀州，先去遼國一隻左手。此事容易，只是放些先難後易，令他不疑。」

且說那歐陽侍郎已到城下，宋江傳令，教開城門，放他進來。歐陽侍郎入到城中，至州衙前下馬，直到廳上。敘禮罷，分賓主而坐。宋江便問：「侍郎來意何干？」歐陽侍郎道：「有件小事，上達鈞聽，乞屏左右。」宋江遂將左右喝退，請進後堂深處說話。歐陽侍郎至後堂，欠身與宋江道：「俺大遼國，久聞將軍大名，爭奈山遙水遠，無由拜見威顏。又聞將軍在梁山大寨，替天行道，眾弟兄同心協力。今日宋朝奸臣們閉塞賢路，有金帛投於門下者，便得高官重用；無賄賂投於門下者，總有大功於國，空被沉埋，不得升賞。如此奸黨弄權，讒佞僥幸，嫉賢妒能，賞罰不明，以致天下大亂。江南、兩浙、山東、河北，盜賊並起，草寇猖狂，良民受其塗炭，不得聊生。今將軍統十萬精兵，赤心歸順，止得先鋒之職，又無升受品爵。眾弟兄劬勞[1]報國，俱各白身之士。遂命引兵直抵沙漠，受此勞苦，與國建功，朝廷又無恩賜。此皆奸臣之計。若沿途擄掠金珠寶貝，令人饋

點評

● 一番話句句在理，字字珠璣，情真意切，無一句虛言。

1) 劬（qú）勞：勞累，勞苦。

送浸潤[2]，與蔡京、童貫、高俅、楊戩四個賊臣，可保官爵，恩命立至。若還不肯如此行事，將軍縱使赤心報國，建大功勛，回到朝廷，反坐[3]罪犯。歐某今奉大遼國主特遣，小官齎敕命一道，封將軍為遼邦鎮國大將軍，總領兵馬大元帥。贈金一提，銀一秤，彩緞一百八匹，名馬一百八騎。便要抄錄一百單八位頭領姓名赴國，照名欽授官爵。非來誘說將軍，此是國主久聞將軍盛德，特遣歐某前來，預請將軍眾將，同意協心，輔助本國。」宋江聽罷，便答道：「侍郎言之極是。爭奈宋江出身微賤，鄆城小吏，犯罪在逃，權居梁山水泊，避難逃災。宋天子三番降詔，赦罪招安，雖然官小職微，亦未曾立得功績，以報朝廷赦罪之恩。今蒙郎主賜我以厚爵，贈之以重賞，然雖如此，未敢拜受，請侍郎且回。即今溽暑炎熱，權令軍馬停歇，暫且借國王這兩個城子屯兵，守待早晚秋涼，再作商議。」歐陽侍郎道：「將軍不棄，權且受下遼王金帛、彩緞、鞍馬。俺回去，慢慢地再來說話，未為晚矣！」宋江道：「侍郎不知我等一百單八人，耳目最多，倘或走透消息，先惹其禍。」歐陽侍郎道：「兵權執掌，盡在將軍手內，誰敢不從？」宋江道：「侍郎不知就裏。我等弟兄中間，多有性直剛勇之士。等我調和端正，眾所同心，卻慢慢地回話，亦未為遲。」有詩為證：

金帛重馱出薊州，薰風回首不勝羞。
遼王若問歸降事，雲在青山月在樓。

於是令備酒餚相待，送歐陽侍郎出城上馬去了。

宋江卻請軍師吳用商議道：「適來遼國侍郎這一席話如

---

2) 浸潤：用讒言逐漸影響別人。

3) 反坐：反誣。

何？」吳用聽了，長歎一聲，低首不語，肚裏沉吟。宋江便問道：「軍師何故歎氣？」吳用答道：「我尋思起來，只是兄長以忠義為主，小弟不敢多言。我想歐陽侍郎所說這一席話，端的是有理。目今宋朝天子，至聖至明，果被蔡京、童貫、高俅、楊戩四個奸臣專權，主上聽信。設使日後縱有成功，必無升賞。我等三番招安，兄長為尊，只得個先鋒虛職。若論我小子愚意，棄宋從遼，豈不為勝，只是負了兄長忠義之心。」宋江聽罷，便道：「軍師差矣！若從遼國，此事切不可提。縱使宋朝負我，我忠心不負宋朝。久後縱無功賞，也得青史上留名。若背正順逆，天不容恕！吾輩當盡忠報國，死而後已！」吳用道：「若是兄長存忠義於心，只就這條計上，可以取他霸州。目今盛暑炎天，且當暫停，將養軍馬。」宋江、吳用計議已定，且不與眾人說。同眾將屯駐薊州，待過暑熱。

**點評**

● 你同意二人誰的見解？

次日，與公孫勝在中軍閒話，宋江問道：「久聞先生師父羅真人，乃盛世之高士。前番因打高唐州，要破高廉邪法，特地使戴宗、李逵來尋足下，說：『尊師羅真人，術法靈驗。』敢煩賢弟，來日引宋江去法座前，焚香參拜，一洗塵俗。未知尊意如何？」公孫勝便道：「貧道亦欲歸望老母，參省本師。為見兄長連日屯兵未定，不敢開言。今日正欲要稟仁兄，不想兄長要去。來日清晨，同往參禮本師，貧道就行省視老母。」

● 宋江的「忠」，公孫勝的「孝」，兩者相比，後者更加真實不虛。

次日，宋江暫委軍師掌管軍馬。收拾了名香淨果，金珠彩緞，將帶花榮、戴宗、呂方、郭盛、燕順、馬麟六個頭領。宋江與公孫勝共八騎馬，帶領五千步卒，取路投九宮縣二仙山來。宋江等在馬上離了薊州，來到山峯深處。但見：青松滿徑，涼氣翛翛，炎暑全無，端的好座佳麗之山。公孫勝在馬上道：「有名喚做呼魚鼻山。」宋江看那山時，但見：

四圍巀嵲，八面玲瓏。重重曉色映晴霞，瀝瀝琴聲飛瀑布。溪澗中漱玉飛瓊，石壁上堆藍迭翠。白雲洞口，紫藤高掛綠

點評

蘿垂；碧玉峯前，丹桂懸崖青蔓嫋。引子蒼猿獻果，呼羣麋鹿銜花。千峯競秀，夜深白鶴聽仙經；萬壑爭流，風暖幽禽相對語。地僻紅塵飛不到，山深車馬幾曾來。

當下公孫勝同宋江直至紫虛觀前，眾人下馬，整頓衣巾。小校托着信香禮物，徑到觀裏鶴軒前面。觀裏道眾見了公孫勝，俱各向前施禮，同來見宋江，亦施禮罷。公孫勝便問：「吾師何在？」道眾道：「師父近日只在後面退居靜坐，少曾到觀。」公孫勝聽了，便和宋公明徑投後山退居內來。轉進觀後，崎嶇徑路，曲折階衢。行不到一里之間，但見：荊棘為籬，外面都是青松翠柏，籬內盡是瑤草琪花。中有三間雪洞，羅真人在內端坐誦經。童子知有客來，開門相接。公孫勝先進草庵鶴軒前，禮拜本師已畢，便稟道：「弟子舊友山東宋公明，受了招安，今奉敕命，封先鋒之職，統兵來破遼虜，今到薊州，特地要來參禮我師，現在此間。」羅真人見說，便教請進。

宋江進得草庵，羅真人降階迎接。宋江再三懇請羅真人坐受拜禮。羅真人道：「將軍國家上將，貧道乃山野村夫，何敢當此？」宋江堅意謙讓，要禮拜他，羅真人方才肯坐。宋江先取信香爐中焚爇[4]，參禮了八拜，便呼花榮等六個頭領，俱各禮拜已了。羅真人都教請坐，命童子烹茶獻果已罷。羅真人乃曰：「將軍上應星魁，外合列曜，一同替天行道，今則歸順宋朝，此清名萬載不磨矣！」宋江道：「江乃鄆城小吏，逃罪上山，感謝四方豪傑，望風而來。同聲相應，同氣相求，恩如骨肉，情若股肱。天垂景象，方知上應天星地曜，會合一處。今奉詔命，統領大兵，征進遼國，徑涉仙境，夙生有緣，得一瞻拜。萬望真人指迷前程之事，不勝萬幸。」羅真人道：「蒙將軍不棄，折節下問。出家人

● 宋江心中也開始產生顧慮和矛盾，故求助仙人指點。

4) 焚爇（ruò）：燒毀。

違俗已久，心如死灰，無可效忠，幸勿督過[5]。」宋江再拜求教。羅真人道：「將軍少坐，當具素齋。天色已晚。就此荒山草榻，權宿一宵，來早回馬。未知尊意若何？」宋江便道：「宋江正欲我師指教，點悟愚迷，安忍便去？」隨即喚從人托過金珠彩緞，上獻羅真人。羅真人乃曰：「貧道僻居野叟，寄形宇內[6]，縱使受此金珠，亦無用處。隨身自有布袍遮體，綾錦彩緞，亦不曾穿。將軍統數萬之師，軍前賞賜，日費浩繁，所賜之物，乞請納回。」宋江再拜，望請收納。羅真人堅執不受，當即供獻素齋，齋罷，又吃了茶。羅真人令公孫勝回家省母，明早卻來，隨將軍回城。當晚留宋江庵中閒話。宋江把心腹之事，備細告知羅真人，願求指迷。羅真人道：「將軍一點忠義之心，與天地均同，神明必相護佑。他日生當封侯，死當廟食，決無疑慮。只是將軍一生命薄，不得全美。」宋江告道：「我師，莫非宋江此身不得善終？」羅真人道：「非也！將軍亡必正寢，死必歸墳。只是所生命薄，為人好處多磨，憂中少樂。得意濃時，便當退步，切勿久戀富貴。」宋江再告：「我師，富貴非宋江之意，但願弟兄常常完聚，雖居貧賤，亦滿微心。只求大家安樂。」羅真人笑道：「大限[7]到來，豈容汝等留戀乎？」宋江再拜，求羅真人法語[8]。真人命童子取過紙筆，寫下八句法語，度與宋江。那八句說道是：「忠心者少，義氣者稀。幽燕功畢，明月虛輝。始逢冬暮，鴻雁分飛。吳頭楚尾，官祿同歸。」

宋江看畢，不曉其意，再拜懇告：「乞我師金口剖決[9]，

**點評**

● 言不由衷，如此為何還要招安？

---

5)　督過：責備。

6)　宇內：天下。

7)　大限：壽數，死期

8)　法語：僧道間稱有德望者的話。

9)　剖決：處理，解決。

指引迷愚。」羅真人道：「此乃天機，不可泄漏。他日應時，將軍自知。夜深更靜，請將軍觀內暫宿一宵，來日再會。貧道當年寢寐，未曾還的，再欲赴夢去也。將軍勿罪！」宋江收了八句法語，藏在身邊，辭了羅真人，來觀內宿歇。眾道眾接至方丈，宿了一宵。

次日清晨，來參真人，其時公孫勝已到草庵裏了。羅真人叫備素饌齋飯相待。早饌已畢，羅真人再與宋江道：「將軍在上，貧道一言可稟。這個徒弟公孫勝，本從貧道山中出家，遠絕塵俗，正當其理。奈緣是一會下星辰，不由他不來。今俗緣日短，道行日長。若今日便留下，在此伏侍貧道，卻不見了弟兄往日情分。從今日跟將軍去幹大功，如奏凱還京，此時相辭，卻望將軍還放。一者使貧道有傳道之人，二乃免他老母倚門之望。將軍忠義之士，必舉忠義之行。未知將軍雅意肯納貧道否？」宋江道：「師父法旨，弟子安敢不聽？況公孫勝先生與江弟兄，去住從他，焉敢阻當？」羅真人同公孫勝都打個稽首道：「謝承將軍金諾。」當下眾人，拜辭羅真人。羅真人直送宋江等出庵相別。羅真人道：「將軍善加保重，早得建節封侯。」宋江拜別，出到觀前。所有乘坐馬匹，在觀中餵養，從人已牽在觀外俟候。眾道士送宋江等出到觀外相別。宋江教牽馬至半山平坦之處，與公孫勝等一同上馬，再回薊州。

一路無話，早到城中州衙前下馬。黑旋風李逵接着說道：「哥哥去望羅真人，怎生不帶兄弟去走一遭？」戴宗道：「羅真人說，你要殺他，好生怪你。」李逵道：「他也奈何[10]得我也夠了！」眾人都笑。宋江入進衙內，眾人都到後堂。宋江取出羅真人那八句法語，遞與吳用看詳，不曉其意。眾人反覆看了，亦不省的。公孫勝道：「兄長，此乃天機玄

10) 奈何：處置，對付。

語，不可泄漏。收取過了，終身受用，休得只顧猜疑。師父法語，過後方知。」宋江遂從其說，藏於天書之內。

自此之後，屯駐軍馬，在薊州一月有餘，並無軍情之事。至七月半後，檀州趙樞密行文書到來，說奉朝廷敕旨，催兵出戰。宋江接得樞密院劄付，便與軍師吳用計議，前到玉田縣，合會盧俊義等，操練軍馬，整頓軍器，分撥人員已定，再回薊州，祭祀旗纛[11]，選日出師。聞左右報道：「遼國有使來到。」宋江出接，卻是歐陽侍郎，便請入後堂。敘禮已罷，宋江問道：「侍郎來意如何？」歐陽侍郎道：「乞退左右。」宋江隨即喝散軍士。侍郎乃言：「俺大遼國主，好生慕公之德。若蒙將軍慨然歸順，肯助大遼，必當建節封侯。全望早成大義，免俺國主懸望之心。」宋江答道：「這裏也無外人，亦當盡忠告訴侍郎。不知前番足下來時，眾軍皆知其意。內中有一半人，不肯歸順。若是宋江便隨侍郎出幽州，朝見郎主時，有副先鋒盧俊義，必然引兵追趕。若就那裏城下廝併，不見了我弟兄們日前的義氣。我今先帶些心腹之人，不揀那座城子，借我躲避。他若引兵趕來，知我下落，那時卻好回避他。他若不聽，卻和他廝併也未遲。他若不知我等下落時，他軍馬回報東京，必然別生支節。我等那時朝見郎主，引領大遼軍馬，卻來與他廝殺，未為晚矣！」歐陽侍郎聽了宋江這一席言語，心中甚喜，便回道：「俺這裏緊靠霸州，有兩個隘口，一個喚做益津關，兩邊都是險峻高山，中間只一條驛路；一個是文安縣，兩面都是惡山，過的關口，便是縣治。這兩座去處，是霸州兩扇大門。將軍若是如此，可往霸州躲避。本州是俺遼國國舅康里定安守把。將軍可就那裏，與國舅同住，卻看這裏如何？」宋江道：「若得如此，宋江星夜使人回家，搬取老父，以絕根本。侍郎可

**點評**

● 歐陽侍郎是個直性的漢子，並無絲毫懷疑。

11)　旗纛（dào）：飾以鳥羽的大旗。

暗地使人來引宋江去。只如此說，今夜我等收拾也。」歐陽侍郎大喜，別了宋江，上馬去了。有詩為證：

國士從胡志可傷，常山罵賊姓名香。
宋江若肯降遼國，何似梁山作大王。

當日宋江令人去請盧俊義、吳用、朱武到薊州，一同計議智取霸州之策，下來便見。宋江酌量已定，盧俊義領令去了。吳用、朱武暗暗吩咐眾將，如此如此而行。宋江帶去人數，林沖、花榮、朱仝、劉唐、穆弘、李逵、樊瑞、鮑旭、項充、李袞、呂方、郭盛、孔明、孔亮，共計一十五員頭領，止帶一萬來軍校。撥定人數，只等歐陽侍郎來到便行。

望了兩日，只見歐陽侍郎飛馬而來，對宋江道：「俺郎主知道將軍實是好心的人，既蒙歸順，怕他宋兵做甚麼？俺大遼國有的是好兵好將，強人壯馬相助。你既然要取令大人，不放心時，且請在霸州與國舅作伴，俺卻差人去取未遲。」宋江聽了，與侍郎道：「願去的軍將，收拾已完備，幾時可行？」歐陽侍郎道：「則今夜便行，請將軍傳令。」宋江隨即吩咐下去，都教馬摘鑾鈴，軍卒銜枚疾走，當晚便行。一面管待來使。黃昏左側[12]，開城西門便出。歐陽侍郎引數十騎，在前領路。宋江引一支軍馬，隨後便行。約行過二十餘里，只見宋江在馬上猛然失聲，叫聲：「苦也！」說道：「約下軍師吳學究同來歸順大遼，不想來的慌速，不曾等的他來。軍馬慢行，卻快使人取接他來。」當時已是三更左側，前面已是益津關隘口。歐陽侍郎大喝一聲：「開門！」當下把關的軍將開放關口，軍馬人將，盡數度關，直到霸州。天色將曉，歐陽侍郎請宋江入城，報知國舅康里定安。

---

12)　左側：左右的時間。

原來這國舅是大遼郎主皇后親兄，為人最有權勢，更兼膽勇過人。將着兩員侍郎守住霸州。一個喚做金福侍郎，一個喚做葉清侍郎。聽的報道宋江來降，便叫軍馬且在城外下寨，只教為頭的宋先鋒請進城來。歐陽侍郎便同宋江入城，來見定安國舅。國舅見了宋江，一表非俗，便乃降階而接。請至後堂，敘禮罷，請在上坐。宋江答道：「國舅乃金枝玉葉，小將是投降之人，怎消受國舅殊禮重待？宋江將何報答？」定安國舅道：「多聽得將軍的名傳寰海，威鎮中原，聲名聞於大遼。俺的國主，好生慕愛。」宋江道：「小將比領國舅的福蔭，宋江當盡心報答郎主大恩。」定安國舅大喜，忙叫安排慶賀筵宴。一面又叫椎牛宰馬，賞勞三軍。城中選了一所宅子，教宋江、花榮等安歇，方才教軍馬盡數入城屯紮。花榮等眾將都來見了國舅等眾人。番將同宋江一處安歇已了，宋江便請歐陽侍郎吩咐道：「可煩侍郎差人報與把關的軍漢，怕有軍師吳用來時，吩咐便可教他進關來，我和他一處安歇。昨夜來得倉卒，不曾等候得他。我一時與足下只顧先來了，正忘了他。軍情主事，少他不得。更兼軍師文武足備，智謀並優，六韜三略，無有不會。」歐陽侍郎聽了，隨即便傳下言語，差人去與益津關、文安縣二處把關軍將說知：「但有一個秀才模樣的人，姓吳名用，便可放他過來。」

且說文安縣得了歐陽侍郎的言語，便差人轉出益津關上，報知就裏，說與備細。上關來望時，只見塵頭蔽日，土霧遮天，有軍馬奔上關來。把關將士準備擂木炮石，安排對敵，只見山前一騎馬上，坐着一人，秀才模樣，背後一個行腳僧，一個行者，隨後又有數十個百姓，都趕上關來。馬到關前，高聲大叫：「我是宋江手下軍師吳用，欲待來尋兄長，被宋兵追趕得緊，你可開關救我！」把關將道：「想來正是此人。」隨即開關，放入吳學究來。只見那兩個行腳僧人、行者，也挨入關。關上人當住，那行者早撞在門裏了。和尚便道：「俺兩個出家人，被軍馬趕的緊，救咱們則個！」

**點評**

● 如同昔日宋江接納梁山兄弟的場景。

把關的軍定要推出關去。那和尚發作，行者焦躁，大叫道：「俺不是出家人，俺是殺人的太歲魯智深、武松的便是！」花和尚掄起鐵禪杖，攔頭便打。武行者掣出雙戒刀，就便殺人，正如砍瓜切菜一般。那數十個百姓，便是解珍、解寶、李立、李雲、楊林、石勇、時遷、段景住、白勝、郁保四這夥人，早奔關裏，一發奪了關口。盧俊義引着軍兵都趕到關上，一齊殺入文安縣來。把關的官員，那裏迎敵的住？這夥都到文安縣取齊。

卻說吳用飛馬奔到霸州城下，守門的番官報入城來。宋江與歐陽侍郎在城邊相接，便教引見國舅康里定安。吳用說道：「吳用不合來的遲了些個。正出城來，不想盧俊義知覺，直趕將來，追到關前。小生今入城來，此時不知如何。」又見流星探馬報來說道：「宋兵奪了文安縣，軍馬殺近霸州。」定安國舅便教點兵，出城迎敵，宋江道：「未可調兵，等他到城下，宋江自用好言招撫他。如若不從，卻和他廝併未遲。」只見探馬又報將來說：「宋兵離城不遠！」定安國舅與宋江一齊上城看望。見宋兵整整齊齊，都擺列在城下。盧俊義頂盔掛甲，躍馬橫槍，點軍調將，耀武揚威，立馬在門旗之下，高聲大叫道：「只教反朝廷的宋江出來！」宋江立在城樓下女牆邊，指着盧俊義說道：「兄弟，所有宋朝賞罰不明，奸臣當道，讒佞專權，我已順了大遼國主。汝可同心，也來幫助我，同扶大遼郎主，不失了梁山許多時相聚之意。」盧俊義大罵道：「俺在北京安家樂業，你來賺我上山。宋天子三番降詔，招安我們，有何虧負你處？你怎敢反背朝廷？你那短見無能之人，早出來打話，見個勝敗輸贏！」宋江大怒，喝教開城門，便差林沖、花榮、朱仝、穆弘四將齊出，活拿這廝。盧俊義一見了四將，約住軍校，躍馬橫槍，直取四將，全無懼怯。林沖等四將鬥了二十餘合，撥回馬頭，望城中便走。盧俊義把槍一招，後面大隊軍馬，一齊趕殺入來。林沖、花榮佔住吊橋，回身再殺，詐敗佯輸，誘引盧俊義搶入城中。背後三軍，齊聲吶喊，城中宋江等諸將，一齊兵變，接應入城，四方混殺，人人束手，個個歸心。定安國舅氣得目睁口呆，罔知所措，與眾等侍郎束手被擒。

點評

● 此計細細想來也有許多疏漏之處，之所以能夠一舉成功，正在於國舅與侍郎對宋江的完全信任。

宋江引軍到城中，諸將都至州衙內來，參見宋江。宋江傳令，先請上定安國舅並歐陽侍郎、金福侍郎、葉清侍郎，並皆分坐，以禮相待。宋江道：「汝遼國不知就裏，看得俺們差矣！我這夥好漢，非比嘯聚山林之輩。一個個乃是列宿之臣，豈肯背主降遼？只要取汝霸州，特地乘此機會。今已成功，國舅等請回本國，切勿憂疑，俺無殺害之心。但是汝等部下之人，並各家老小，俱各還本國。霸州城子，已屬天朝，汝等勿得再來爭執。今後刀兵到處，無有再容。」宋江號令已了，將城中應有番官，盡數驅遣起身，隨從定安國舅都回幽州。宋江一面出榜安民，令副先鋒盧俊義將引一半軍馬，回守薊州，宋江等一半軍將守住霸州。差人齎奉軍帖，飛報趙樞密，得了霸州。趙安撫聽了大喜，一面寫表申奏朝廷。

且說定安國舅與同三個侍郎，帶領眾人，歸到燕京，來見郎主，備細奏說宋江詐降一事，因此被那夥蠻子佔了霸州。遼主聽了大怒，喝罵歐陽侍郎：「都是你這奴婢佞臣，往來搬鬥[13]，折了俺的霸州緊要的城池，教俺燕京如何保守？快與我拿去斬了！」班部中轉出兀顏統軍，啟奏道：「郎主勿憂，量這廝何須國主費力。奴婢自有個道理，且免斬歐陽侍郎。若是宋江知得，反被他恥笑。」遼主准奏，赦了歐陽侍郎。兀顏統軍奏道：「奴婢引起部下二十八宿將軍，十一曜大將前去佈下陣勢，把這些蠻子一鼓兒平收。」說言未絕，班部中卻轉出賀統軍前來奏道：「郎主不用憂心，奴

13)　搬鬥：搬弄是非。

婢自有個見識。常言道：『殺雞焉用牛刀。』那裏消得正統軍自去，只賀某聊施小計，教這一夥蠻子死無葬身之地！」郎主聽了，大喜道：「俺的愛卿，願聞你的妙策。」

賀統軍啟口搖舌，說這妙計，有分教：盧俊義來到一個去處，馬無料草，人絕口糧。直教：三軍驍勇齊消魄，一代英雄也皺眉。畢竟賀統軍道出甚計來，且聽下回分解。

## 延伸思考

(1) 試將遼國招安的理由與宋朝皇帝招安的詔書比較閱讀，找出異同並思考原因。

(2) 宋江與吳用對於是否歸順遼國進行了些許爭論，為甚麼吳用很快就妥協，聽從了宋江？

## 第八十六回

精讀

# 宋公明大戰獨鹿山
# 盧俊義兵陷青石峪

勝敗乃常事，何況兵家？宋江和盧俊義得勝心切，不聽吳用等人的勸告，二人帶兵深入敵方關口，卻被打散，盧俊義失陷於山谷中。宋江派出解珍解寶二人去尋，盧俊義也派人滾下山來報信，計策已定，才最終突出重圍，攻打幽州得手。

話說賀統軍，姓賀名重寶，是遼國中兀顏統軍部下副統軍之職。身長一丈，力敵萬人，善行妖法，使一口三尖兩刃刀，現今守住幽州，就行提督諸路軍馬。當時賀重寶奏郎主道：「奴婢這幽州地面，有個去處，喚做青石峪，只一條路入去，四面盡是高山，並無活路。臣撥十數騎人馬，引這夥蠻子直入裏面，卻調軍馬外面圍住。教這廝前無出路，後無退步，必然餓死。」兀顏統軍道：「怎生便得這廝們來？」賀統軍道：「他打了俺三個大郡，氣滿志驕，必然想着幽州。俺這裏分兵去誘引他，他必然乘勢來趕，引入陷坑山內，走那裏去！」兀顏統軍道：「你的計策，怕不濟事，必還用俺大兵撲殺。且看你去如何。」

當下賀統軍辭了國主，帶了盔甲刀馬，引了一行步從兵卒，回到幽州城內。將軍馬點起，分作三隊。一隊守住幽州，二隊望霸州、薊州進發。傳令已了，便驅遣兩隊軍馬出城，差兩個兄弟前去領兵。大兄弟賀拆去打霸州，小兄弟賀雲去打薊州，都不要贏他，只佯輸詐敗，引入幽州境界，自有計策。

卻說宋江等守住霸州，有人來報：「遼兵侵犯薊州，恐有疏失，望調軍兵救護。」宋江道：「既然來打，必須迎敵，就此機會，去取幽州。」宋江留下些少軍馬，守定霸州，其餘大隊軍兵，拔寨都起。引軍前去薊州，會合盧俊義軍馬，約日進兵。

且說番將賀拆引兵霸州來，宋江正調軍馬出來，卻好半路裏接着。不曾鬥的三合，賀拆引軍敗走，宋江不去追趕。卻說賀雲去打薊州，正迎着呼延灼，不戰自退。

宋江會合盧俊義一同上帳，商議攻取幽州之策。吳用、朱武便道：「幽州分兵兩路而來，此必是誘引之計，且未可行。」盧俊義道：「軍師錯矣！那廝連輸了數次，如何是誘敵之計？當取不取，過後難取，不就這裏去取幽州，更待何時？」宋江道：「這廝勢窮力盡，有何良策可施？正好乘此機會。」遂不從吳用、朱武之言，引兵往幽州便進，將兩處軍馬，分作大小三路起行。只見前軍報來說：「遼兵在前攔住。」宋江到軍前看時，山坡後轉出一彪皂旗來。宋江便教前軍擺開人馬，只見那番軍番將分作四路，向山坡前擺開。宋江、盧俊義與眾將看時，如黑雲踴出千百萬人馬相似，簇擁着一員番官，橫着三尖兩刃刀，立馬陣前。那番官怎生打扮？但見：頭戴明霜鑌鐵盔，身披曜日連環甲，足穿抹綠雲根靴，腰繫龜背狻猊帶。襯着錦繡緋紅袍，執着鐵桿狼牙棒。手持三尖兩刃八環刀，坐下四蹄雙翼千里馬。

前面行軍旗上寫的分明：「大遼副統軍賀重寶」。躍馬橫刀，出於陣前。宋江看了道：「遼國統軍，必是上將，誰敢出馬？」說猶未了，大刀關勝舞起青龍偃月刀，縱坐下赤兔馬，飛出陣來，也不打話，便與賀統軍相併。鬥到三十餘合，賀統軍氣力不加，撥過刀，望本陣便走。關勝驟馬追趕，賀統軍引了敗兵，奔轉山坡。宋江便調軍馬追趕，約有四五十里，聽的四下裏戰鼓齊響。宋江急叫回軍時，山坡左邊早撞過一彪番軍攔路。宋江急分兵迎敵時，右手下又早撞出一支遼兵，前面賀統軍勒兵回來夾攻。宋江兵馬，四下救應不迭，被番兵撞做兩段。

卻說盧俊義引兵在後面廝殺時，不見了前面軍馬，急尋門路，要殺回來，只見脅窩裏又撞出番軍來廝併。遼兵喊殺連天，四下裏撞擊，左右被番軍圍住在垓心。盧俊義調撥眾將，左右衝突，前後捲殺，尋路出去。眾將揚威耀武，抖擻精神，正奔四下裏廝殺，忽見陰雲閉合，黑霧遮天，白晝如夜，不分東西南北。盧俊義心慌，急引一支軍馬，死命殺出。昏黑中，聽得前面鑾鈴聲響，縱馬引兵殺過去。至一山口，只聽得裏面人語馬嘶，領軍趕將入去，只見狂風大作，走石飛沙，對面不見。盧俊義殺到裏面，約莫二更前後，方才風靜雲開，復見一天星斗。眾人打一看時，四面盡是高山，左右是懸崖峭壁，只見高山峻嶺，無路可登。隨行人馬，只見徐寧、索超、韓滔、彭玘、陳達、楊春、周通、李忠、鄒淵、鄒潤、楊林、白勝大小十二個頭領，有五千軍馬。星光之下，待尋歸路，四下高山圍匝，不能得出。盧俊義道：「軍士廝殺了一日，神思睏倦，且就這裏權歇一宵，暫停戰馬，明日卻尋歸路。」

再說宋江正廝殺間，只見黑雲四起，走石飛沙，軍士對面都不相見。隨軍內卻有公孫勝在馬上見了，知道此是妖法，急拔寶劍在手，就馬上作用，口中唸唸有詞，喝聲道：「疾！」把寶劍指點之處，只見陰雲四散，狂風頓息，遼軍不戰自退。宋江驅兵殺透重圍，退到一座高山，迎着本部軍馬。且把糧車頭尾相銜，權做寨柵。計點大小頭領，於內不見了盧俊義等一十三人，並五千餘軍馬。至天明，宋江便遣呼延灼、林沖、秦明、關勝各帶軍兵，四下裏去尋了一日，不知些消息回覆。宋江便取玄女課，焚香占卜已罷，說道：「大象不妨，只是陷在幽陰之處，急切難得出來。」宋江放心不下，遂遣解珍、解寶扮作獵戶，繞山來尋。又差時遷、

**點評**

● 每每於大的場面描寫之後穿插描寫日常生活場景，張弛有度。

石勇、段景住、曹正，四下裏去打聽消息。

且說解珍、解寶披上虎皮袍，拕了鋼叉，只望深山裏行。看看天色向晚，兩個行到山中，四邊只一望，不見人煙，都是亂山迭嶂。解珍、解寶又行了幾個山頭。是夜月色朦朧，遠遠地望見山畔一點燈光。弟兄兩個道：「那裏有燈光之處，必是有人家。我兩個且尋去討些飯吃。」望着燈光處，曳開腳步奔將來。未得一里多路，來到一個去處，傍着樹林坡，有三數間草屋，屋下破壁裏閃出燈光來。解珍、解寶推開扇門，燈光之下，見是個婆婆，年紀六旬之上。弟兄兩個，放下鋼叉，納頭便拜。那婆婆道：「我只道是俺孩兒來家，不想卻是客人到此。客人休拜。你是那裏獵戶？怎生到此？」解珍道：「小人原是山東人氏，舊日是獵戶人家。因來此間做些買賣，不想正撞着軍馬熱鬧，連連廝殺，以此消折了本錢，無甚生理。弟兄兩個，只得來山中尋討些野味養口。誰想不識路徑，迷蹤失跡，來到這裏，投宅上暫宿一宵。望老奶奶收留則個！」那婆婆道：「自古云：『誰人頂着房子走哩！』我家兩個孩兒也是獵戶，敢如今便回來也！客人少坐，我安排些晚飯，與你兩個吃。」解珍、解寶謝道：「多感老奶奶！」那婆婆入裏面去了。弟兄兩個卻坐在門前。不多時，只見門外兩個人扛着一個獐子入來，口裏叫道：「娘，你在那裏？」只見那婆婆出來道：「孩兒，你們回了。且放下獐子，與這兩位客人廝見。」解珍、解寶慌忙下拜。那兩個答禮已罷，便問：「客人何處？因甚到此？」解珍、解寶便把卻才的話再說一遍。那兩個道：「俺祖居在此。俺是劉二，兄弟劉三。父是劉一，不幸死了，只有母親。專靠打獵營生，在此三二十年了。此間路徑甚雜，俺們尚有不認的去處。你兩個是山東人氏，如何到此間討得衣飯吃？你休瞞我，你二位敢不是打獵戶麼？」解珍、解寶道：「既到這裏，如何藏得？實訴與兄長。」有詩為證：

峯巒重迭繞周遭，兵陷垓心不可逃。
二解欲知貔虎路，故將蹤跡混漁樵。

當時解珍、解寶跪在地下說道：「小人們果是山東獵戶。弟兄兩個，喚做解珍、解寶，在梁山泊跟隨宋公明哥哥許多時落草，今來受了招安，隨着哥哥來破遼國。前日正與賀統軍大戰，被他衝散一支軍馬，不知陷在那裏，特差小人弟兄兩個來打探消息。」那兩個弟兄笑道：「你二位既是好漢，且請起，俺指與你路頭。你兩個且少坐，俺煮一腿獐子肉，暖杯社酒，安排請你二位。」沒一個更次，煮得肉來。劉二、劉三管待解珍、解寶飲酒之間，動問道：「俺們久聞你梁山泊宋公明替天行道，不損良民，直傳聞到俺遼國。」解珍、解寶便答道：「俺哥哥以忠義為主，誓不擾害善良，單殺濫官酷吏、倚強凌弱之人。」那兩個道：「俺們只聽的說，原來果然如此！」盡皆歡喜，便有相愛不捨之情。解珍、解寶道：「我那支軍馬，有十數個頭領，三五千兵卒，正不知下落何處。我想也得好一片地來排陷[1]他。」那兩個道：「你不知俺這北邊地理。只此間是幽州管下，有個去處，喚做青石峪，只有一條路入去，四面盡是懸崖峻壑的高山。若是填塞了那條入去的路，再也出不來。多定只是陷在那裏了。此間別無這般寬闊去處。如今你那宋先鋒屯軍之處，喚做獨鹿山，這山前平坦地面，可以廝殺。若山頂上望時，都見四邊來的軍馬。你若要救那支軍馬，捨命打開青石峪，方才可以救出。那青石峪口，必然多有軍馬，截斷這條路口。此山柏樹極多，唯有青石峪口兩株大柏樹，最大的好，形如傘蓋，四面盡皆望見。那大樹邊正是峪口。更提防一件，賀統軍會行妖法，教宋先鋒破他這一件要緊。」解

1)　排陷：安排計策，加以陷害。

珍、解寶得了這言語，拜謝了劉家兄弟兩個，連夜回寨來。

宋江見了問道：「你兩個打聽的些分曉麼？」解珍、解寶卻把劉家弟兄的言語，備細說了一遍。宋江失驚，便請軍師吳用商議。正說之間，只見小校報道：「段景住、石勇引將白勝來了。」宋江道：「白勝是與盧先鋒一同失陷，他此來必是有異。」隨即喚來帳下問時，段景住先說：「我和石勇正在高山澗邊觀望，只見山頂上一個大氈包滾將下來。我兩個看時，看看滾到山腳下，卻是一團氈衫，裏面四圍裹定，上用繩索緊拴。直到樹邊看時，裏面卻是白勝。」白勝便道：「盧頭領與小弟等一個三人，正廝殺間，只見天昏地暗，日色無光，不辨東南西北。只聽的人語馬嘶之聲，盧頭領便教只顧殺將入去。誰想深入重地。那裏盡是四面高山，無計可出，又無糧草接濟，一行人馬，實是艱難。盧頭領差小弟從山頂上滾將下來，尋路報信。不想正撞着石勇、段景住二人，望哥哥早發救兵前去接應，遲則諸將必然死了。」

宋江聽罷，連夜點起軍馬，令解珍、解寶為頭引路，望這大柏樹，便是峪口。傳令教馬步軍兵，並力殺去，務要殺開峪口。人馬行到天明，遠遠的望見山前兩株大柏樹，果然形如傘蓋。當下解珍、解寶引着軍馬殺到山前峪口。賀統軍便將軍馬擺開，兩個兄弟爭先出戰。宋江軍將要搶峪口，一齊向前。豹子頭林沖飛馬先到，正迎着賀拆，交馬只兩合，從肚皮上一槍搠着，把那賀拆搠於馬下。步軍頭領見馬軍先到贏了，一發都奔將入去。黑旋風李逵手掄雙斧，一路裏砍殺遼兵。背後便是混世魔王樊瑞、喪門神鮑旭引着牌手項充、李衮並眾多蠻牌，直殺入遼兵隊裏。李逵正迎着賀雲，搶到馬下，一斧砍斷馬腳，當時倒了，賀雲落馬。李逵雙斧如飛，連人帶馬，只顧亂剁。遼兵正擁將來，卻被樊瑞、鮑旭兩下眾牌手撞着。賀統軍見折了兩個兄弟，便口中唸唸有詞，作起妖法，不知道些甚麼。只見狂風大起，就地生雲，黑暗暗罩住山頭，昏慘慘迷合峪口。正作用間，宋軍中轉過公孫勝來，在馬上掣出寶劍在手，口中唸不過數句，大喝一聲道：「疾！」只見四面狂風，掃退浮雲，現出明朗朗一輪紅日。馬步三軍眾將向前，捨死拚殺遼兵。賀統軍見作法不靈，敵軍衝突得緊，自舞刀拍馬，殺過陣來。只見兩軍一齊混戰，宋兵殺的遼兵東西逃竄。

馬軍追趕遼兵，步軍便去扒開峪口。原來被這遼兵重重迭迭將大塊青石填塞住這條出路。步軍扒開峪口，殺進青石峪內。盧俊義見了宋江軍馬，皆稱慚愧。宋江傳令，教且休趕遼兵，收軍回獨鹿山，將息被困人馬。盧俊義見了宋江，放聲大哭道：「若不得仁兄垂救，幾喪了兄弟性命！」宋江、盧俊義同吳用、公孫勝並馬回寨，將息三軍，解甲暫歇。

次日，軍師吳學究說道：「可乘此機會，就好取幽州。若得了幽州，遼國之亡，唾手可待。」宋江便叫盧俊義等一十三人軍馬，且回薊州權歇，宋江自領大小諸將軍卒人等，離了獨鹿山，前來攻打幽州。

賀統軍正退回在城中，為折了兩個兄弟，心中好生納悶。又聽得探馬報道：「宋江軍馬來打幽州。」番軍越慌。眾遼兵上城觀望，見東北下一簇紅旗，西北下一簇青旗，兩彪軍馬奔幽州來，即報與賀統軍。賀統軍聽的大驚，親自上城來看時，認得是遼國來的旗號，心中大喜。來的紅旗軍馬，盡寫銀字，這支軍乃是大遼國駙馬太真胥慶，只有五千餘人。這一支青旗軍馬，旗上都是金字，盡插雉尾，乃是李金吾大將。原來那個番官，正受黃門侍郎左執金吾上將軍，姓李名集，呼為李金吾，乃李陵之後，蔭襲金吾之爵，現在雄州屯紮，部下有一萬來軍馬。侵犯大宋邊界，正是此輩。聽得遼主折了城子，因此調軍前來助戰。賀統軍見了，使人去報兩路軍馬，且休入城，教去山背後埋伏暫歇，待我軍馬出城，一面等宋江兵來，左右掩殺。賀統軍傳報已了，遂引軍兵出幽州迎敵。

宋江諸將已近幽州。吳用便道：「若是他閉門不出，便無準備。若是他引兵出城迎敵，必有埋伏。我軍可先分兵作三路而進。一路直往幽州進發，迎敵來軍。兩路如羽翼相似，左右護持。若有埋伏軍起，便教這兩路軍去迎敵。」宋江便撥調關勝帶宣贊、郝思文領兵在左，再調呼延灼帶單廷珪、魏定國領兵在右，各領一萬餘人，從山後小路，慢慢而行。宋江等引大軍前來，徑往幽州進發。

卻說賀統軍引兵前來，正迎着宋江軍馬。兩軍相對，林沖出馬，與賀統軍交戰，鬥不到五合，賀統軍回馬便走。宋江軍馬追趕，賀統軍分兵兩路，不入幽州，繞城而走。吳用在馬上便叫：「休趕！」說猶未了，左邊撞出太真駙馬來，已有關勝卻好迎住。右邊撞出李金吾來，又有呼延灼卻好迎住。正來三路軍馬，逼住大戰，殺得屍橫遍野，流血成河。

賀統軍情知遼兵不勝，欲回幽州時，撞過二將，接住便殺，乃是花榮、秦明，死戰定賀統軍；欲退回西門城邊，又撞見雙槍將董平，又殺了一陣；轉過南門，撞見朱仝，接着又殺一陣。賀統軍不敢入城，撞條大路，望北而走。不提防前面撞着鎮三山黃信，舞起大刀，直取賀統軍。賀統軍心慌，措手不及，被黃信一刀，正砍在馬頭上。賀統軍棄馬而走，不想脅窩裏又撞出楊雄、石秀，兩步軍頭領齊上，把賀統軍撳翻在肚皮下。宋萬挺槍又趕將來。眾人只怕爭功，壞了義氣，就把賀統軍亂槍戳死。那隊遼兵，已自先散，各自逃生。太真駙馬見統軍隊裏倒了帥字旗，軍校漫散，情知不濟，便引了這彪紅旗軍，從山背後走了。李金吾正戰之間，不見了這紅旗軍，料道不濟事，也引了這彪青旗軍，望山後退去。

宋江見這三路軍兵盡皆退了，大驅人馬，奔來奪取幽州。不動聲色，一鼓而收。來到幽州城內，紮駐三軍，便出榜安撫百姓。隨即差人急往檀州報捷，請趙樞密移兵薊州守把，就取這支水軍頭領並船隻，前來幽州聽調，卻教副先鋒盧俊義分守霸州。前後共得了四個大郡。趙安撫見了來文大喜，一面申奏朝廷，一面行移薊、霸二州知會；再差水軍頭領，收拾進發，準備水陸並進。

且說遼主升殿，會集文武番官。左丞相幽西孛瑾、右丞相太師褚堅，統軍大將等眾，當廷商議：「即目宋江侵奪邊界，佔了俺四座大郡，早晚必來侵犯皇城，燕京難保。賀統軍弟兄三個已亡，汝等文武羣臣，當國家多事之秋，如何處置？」有都統軍兀顏光奏道：「郎主勿憂！前者奴婢累次只要自去領兵，往往被人阻當，以致養成賊勢，成此大禍。伏乞親降聖旨，任臣選調軍馬，會合諸處軍兵，克日興師，務要擒獲宋江等眾，恢復原奪城池。」郎主准奏，遂賜出明珠虎牌，金印敕旨，黃鉞白旄，朱幡皂蓋，盡付與兀顏統軍。「不問金枝玉葉，皇親國戚，不揀是何軍馬，並聽愛卿調遣。速便起兵，前去征進！」

點評

● 遼國的兀顏將軍「千呼萬喚始出來」，前番幾次戰事前他的表現都是鋪墊。

兀顏統軍領了聖旨兵符，便下教場，會集諸多番將，傳下將令，調遣諸處軍馬，前來策應。卻才傳令已罷，有統軍長子兀顏延壽，直至演武亭上稟道：「父親一面整點大軍，孩兒先帶數員猛將，會集太真駙馬、李金吾將軍二處軍馬，先到幽州，殺敗這蠻子們八分。待父親來時，甕中捉鱉，一鼓掃清宋兵。不知父親鈞意如何？」兀顏統軍道：「吾兒言見得是。與汝突騎五千，精兵二萬，就做先鋒，即便會同太真駙馬、李金吾，刻下便行。如有捷音，火速飛報。」小將軍欣然領了號令，整點三軍，徑奔幽州來。正是：萬馬奔馳天地怕，千軍踴躍鬼神愁。畢竟兀顏小將軍怎生搦戰，且聽下回分解。

## 延伸思考

宋江此戰開始時受挫的原因有哪些？對我們有哪些啟示？

## 第八十七回

# 宋公明大戰幽州
# 呼延灼力擒番將

兀顏小將軍和宋江鬥陣法，都被一一識破，前去攻打宋兵又被活捉，其他將領逃的逃，被殺的被殺。遼軍大怒，要與宋江決一死戰。

話說當時兀顏延壽將引二萬餘軍馬，會合了太真駙馬、李金吾，共領三萬五千番軍，整頓槍刀弓箭，一應器械完備，擺佈起身。早有探子來幽州城裏報知宋江。宋江便請軍師吳用商議：「遼兵累敗，今次必選精兵猛將前來廝殺，當以何策應之？」吳用道：「先調兵出城，佈下陣勢。待遼兵來，慢慢地挑戰。他若無能，自然退去。」宋江道：「軍師高論至明。」隨即調遣軍馬出城，離城十里，地名方山，地勢平坦，靠山傍水，排下九宮八卦陣勢。

等候間，只見遼兵分做三隊而來。兀顏小將軍兵馬是皂旗，太真駙馬是紅旗，李金吾是青旗。三軍齊到，見宋江擺成陣勢，那兀顏延壽在父親手下，曾習得陣法，深知玄妙，便令青紅旗二軍分在左右，紮下營寨，自去中軍豎起雲梯，看了宋兵果是九宮八卦陣勢下雲梯來，冷笑不止。左右副將問道：「將軍何故冷笑？」兀顏延壽道：「量他這個九宮八卦陣，誰不省得？他將此等陣勢瞞人不過，俺卻驚他則個！」令眾軍擂三通畫鼓，豎起將台，就台上用兩把號旗招展，左右列成陣勢已了，下將台來。上馬，令首將哨開陣勢，親到陣前，與宋江打話。那小將軍怎生結束？但見：戴一頂三叉如意紫金冠，穿一件蜀錦團花白銀鎧。足穿四縫鷹嘴抹綠靴，腰繫雙環龍角黃鞓帶。蚪螭吞首打將鞭，霜雪裁鋒殺人劍。左懸金畫寶雕弓，右插銀嵌狼牙箭。使一枝畫桿方天戟，騎一匹鐵腳棗騮馬。

兀顏延壽勒馬直到陣前，高聲叫道：「你擺九宮八卦陣，待要瞞誰？你卻識得俺的陣麼？」宋江聽得番將要鬥陣法，叫軍中豎起雲梯。宋江、吳用、朱武上雲梯觀望了遼兵陣勢，三隊相連，左右相顧。朱武早已認得，對宋江道：「此太乙三才[1]陣也。」宋江留下吳用同朱武在將台上，自下雲梯來，上馬出到陣前，挺鞭直指遼將，喝道：「量你這太乙三才陣，何足為奇！」兀顏小將軍道：「你識吾陣，看俺變法，教汝不識。」勒馬入中軍，再上將台，把號旗招展，變成陣勢。吳用、朱武在將台上看了，此乃變作河洛四象[2]陣。使人下雲梯來，回覆宋江知了。兀顏小將軍再出陣門，橫戟問道：「還識俺陣否？」宋江答道：「此乃變出河洛四象陣。」那兀顏小將搖着頭冷笑，再入陣中，上將台，把號旗左招右展，又變成陣勢。吳用、朱武在將台上看了，朱武道：「此乃變作循環八卦陣。」再使人報與宋江知道。那小將軍再出陣前，高聲問道：「還能識吾陣否？」宋江笑道：「料只是變出循環八卦陣，不足為奇！」小將軍聽了，心中自忖道：「俺這幾個陣勢都是祕傳來的，不期都被此人識破。宋兵之中，必有人物！」兀顏小將軍再入陣中，下馬上將台，將號旗招展，左右盤旋，變成個陣勢：四邊都無門路，內藏八八六十四隊兵馬。朱武再上雲梯看了，對吳用說道：「此乃是武侯[3]八陣圖，藏了首尾，人皆不曉。」便着人請宋公明到陣中，上將台，看這陣法。「休欺負[4]他遼兵，這等陣圖，皆得傳授。此四陣皆從一派傳流下來，並無走移。先是太乙三才，生出河洛四象，四象生出循環八卦，八卦生出八八六十四卦，已變為八陣圖。此是循環無比，絕高的陣法。」宋江下將台，上戰馬，直到陣前。小將軍挪戟在手，勒馬陣前，高聲大叫：「能識俺陣否？」宋江喝道：「汝小將年幼學淺，如井底之蛙，只知此等陣法，以為絕高。量這藏頭八陣圖法瞞誰？瞞吾大宋小兒，也瞞不過！」兀顏小將軍道：「你雖識俺陣法，你且排一個奇異的陣勢，瞞俺則個！」宋江喝道：「只俺這九宮八卦陣勢，雖是淺薄，你敢打麼？」小將軍大笑道：「量此等小陣，有何難哉！你軍中休放冷箭，看咱打你這個小陣！」

---

1)　太乙三才：太乙，道家用語，指宇宙萬物的本原。三才指天、地、人。

2)　河洛四象：河洛，河圖洛書。四象，青龍、白虎、朱雀、玄武，代表東西南北四個方向。

3)　武侯：指諸葛亮。

4)　欺負：輕視，小看。

且說兀顏小將軍便傳將令，直教太真駙馬、李金吾各撥一千軍，「待俺打透陣勢，便來策應。」傳令已罷，眾軍擂鼓。宋兵已傳下將令，教軍中整擂三通戰鼓，門旗兩開，放打陣的小將入來。那兀顏延壽帶本部下二十來員牙將，一千披甲馬軍，用手掐算，當日屬火，不從正南離位上來，帶了軍馬，轉過右邊，從西方兌位上，蕩開白旗，殺入陣內，後面的被弓箭手射住，止有一半軍馬入的去，其餘都回本陣。

卻說小將軍走到陣裏，便奔中軍，只見中間白蕩蕩如銀牆鐵壁，團團圍住小將軍。那兀顏延壽見了，驚的面如土色，心中暗想：「陣裏那得這等城子！」便教四邊且打通舊路，要殺出陣來。眾軍回頭看時，白茫茫如銀海相似，滿地只聽的水響，不見路徑。小將軍甚慌，引軍殺投南門來，只見千團火塊，萬縷紅霞，就地而滾，並不見一個軍馬。小將軍那裏敢出南門，鏟斜裏殺投東門來，只見帶葉樹木，連枝山柴，交橫塞滿地下，兩邊都是鹿角，無路可進。卻轉過北門來，又見黑氣遮天，烏雲蔽日，伸手不見掌，如黑暗地獄相似。那兀顏小將軍在陣內，四門無路可出，心中疑道：「此必是宋江行持妖法。休問怎生，只就這裏死撞出去。」眾軍得令，齊聲吶喊，殺將出去。旁邊撞出一員大將，高聲喝道：「孺子小將，走那裏去！」兀顏小將軍欲待來戰，措手不及，腦門上早飛下一鞭來。那小將軍眼明手快，便把方天戟來攔住。只聽得雙鞭齊下，早把戟桿折做兩段。急待掙扎，被那將軍撲入懷內，輕舒猿臂，款扭狼腰，把這兀顏小將軍活捉過去，攔住後軍，都喝下馬來。眾軍黑天摸地，不辨東西，只得下馬受降。拿住小將軍的，不是別人，正是虎軍大將雙鞭呼延灼。當時公孫勝在中軍作法，見報捉了小將軍，便收了法術，陣中仍復如舊，青天白日。

且說太真駙馬並李金吾將軍，各引兵一千，只等陣中消息，便要來策應，卻不想不見些動靜，不敢殺過去。宋江出到陣前，高聲喝道：「你那兩軍不降，更待何時？兀顏小將已被吾生擒在此！」喝令羣刀手簇出陣前。李金吾見了，一騎馬，一條槍，直趕過來，要救兀顏延壽。卻有霹靂火秦明正當前部，飛起狼牙棍，直取李金吾。二馬相交，軍器並舉，兩軍齊聲吶喊。李金吾先自心中慌了，手段緩急差遲，被秦明當頭一棍，連盔透頂，打的粉碎。李金吾下馬來。太真駙馬見李金吾輸了，引軍便回。宋江催兵掩殺，遼兵大敗奔走。奪得戰馬三千餘匹，旗幡劍戟，棄滿川谷。宋江引兵徑望燕京進發，直欲長驅席捲，以復王封[5]。

卻說遼兵敗殘人馬，逃回遼國，見了兀顏統軍，稟說小將軍去打宋兵陣勢，被他活捉去了，其餘牙將，盡皆歸降。李金吾亦被他那裏一棍打死。太真駙馬逃得性命，不知去向。兀顏統軍聽了大驚，便道：「吾兒自小習學陣法，頗知玄妙。宋江那廝，把甚陣勢，捉了吾兒？」左右道：「只是個九宮八卦陣勢，又無甚希奇。俺這小將軍，佈了四個陣勢，都被那蠻子識破了。臨了，對俺小將軍說道：『你識我九宮八卦陣，你敢來打麼？』俺小將軍便領了千百騎馬軍，從西門打將入去，被他強弓硬弩射住，只有一半人馬能夠入去，不知怎生被他生擒活捉了。」兀顏統軍道：「量這個九宮八卦陣有甚難打，必是被他變了陣勢。」眾軍道：「俺們在將台上望見他陣中，隊伍不動，旗幡不改，只見上面一派黑雲，罩定陣中。」兀顏統軍道：「恁的必是妖術。吾不起軍，這廝也來。若不取勝，吾當自刎！誰敢與吾作前部先鋒，引兵前去？俺驅大隊，隨後便來。」帳前轉過二將齊出，「某等兩個，願為前部。」一個是大遼番官瓊妖納延；一個是燕京驍將，姓寇雙名鎮遠。兀顏統軍大喜，便道：「你兩個小心在意，與吾引一萬軍兵作前部先鋒，逢山開路，遇水迭橋。吾引大軍，隨後便到。」

且不說瓊、寇二將起身作先鋒開路，卻說兀顏統軍隨即整點本部下十一曜大將，二十八宿將軍，盡數出征。先說那十一曜大將：太陽星御弟大王耶律得重，引兵五千；太陰星天壽公主答里孛，引女兵五千；羅睺星皇姪耶律得榮，引兵三千；計都星皇姪耶律得華，引兵三千；紫氣星皇姪耶律得忠，引兵三千；月孛星皇姪耶律得信，引兵三千；東方青帝水星大將只兒拂郎，引兵三千；西方太白金星大將烏利可安，引兵三千；南方熒惑火星大將洞仙文榮，引兵三千；北方玄武水星大將曲利出清，引兵三千；中央鎮星土星上將都統軍兀顏光，總領各飛兵馬首將五千，鎮守中壇。

兀顏統軍再點部下那二十八宿將軍：角木蛟孫忠，亢金龍張起，氐土貉劉仁，房日兔謝武，心月狐裴直，尾火虎顧永興，箕水豹賈茂，斗木獬蕭大觀，牛金牛薛雄，女土蝠俞得成，虛日鼠徐威，危月燕李益，室火豬祖

---

5)　王封：王朝的疆域，指國土。

興，壁水成珠那海，奎木狼郭永昌，婁金狗阿里義，胃土雉高彪，昴日雞順受高，畢月烏國永泰，觜火猴潘異，參水猿周豹，井木犴童里合，鬼金羊王景，柳土獐雷春，星日馬卞君保，張月鹿李復，翼火蛇狄聖，軫水蚓班古兒。

那兀顏光整點就十一曜大將、二十八宿將軍，引起大隊軍馬精兵二十餘萬，傾國而起，奉請郎主御駕親征。有古風一篇為證：

羊角風旋天地黑，黃沙漠漠雲陰澀。契丹兵動山嶽摧，萬里乾坤皆失色。狂嘶駿馬坐胡兒，躍溪超嶺流星馳。攙槍發光天狗吠，迷離毒霧奔羣魑。寶雕弓挽烏龍脊，雪刃霜刀映寒日。萬片霞光錦帶旗，千池荷葉青氈笠。胡笳齊和天山歌，鼓聲震起白駱駝。番王左右持繡斧，統軍前後揮金戈。繡斧金戈勢相亞，打圍一路無禾稼。海青放起鴻鵠愁，豹子鳴時神鬼怕。幽州城下如沸波，連營列騎精兵多。罡星天遣除妖祲，紛紛宿曜如予何。

且不說兀顏統軍興起大隊之師，捲地而來。再說先鋒瓊、寇二將引一萬人馬，先來進兵。早有細作報與宋江，這場廝殺不小。宋江聽了大驚，傳下將令，一面教取盧俊義部下盡數軍馬，一面又取檀州、薊州舊有人員都來聽調。就請趙樞密前來監戰。再要水軍頭目將帶水手人員，盡數登岸，都到霸州取齊，陸路進發。

水軍頭領護持趙樞密在後而來，應有軍馬盡在幽州。宋江等接見趙樞密，參拜已罷，趙樞密道：「將軍如此勞神，國之柱石，名傳萬載。下官回朝，於天子前必當重保。」宋江答道：「無能小將，不足掛齒。上託天子洪福，下賴元帥虎威，偶成小功，非人能也！今有探細人報來就裏，聞知遼國兀顏統軍，起二十萬軍馬，傾國而來。興亡勝敗，決此一戰。特請樞相另立營寨，於十五里外屯紮，看宋江施犬馬之勞，與眾弟兄並力向前，決此一戰。」趙樞密道：「將軍善覷方便。」

宋江遂辭了趙樞密，與同盧俊義引起大兵，轉過幽州地面所屬永清縣界，把軍馬屯紮下了營寨；聚集諸將頭領，上帳同坐，商議軍情大事。宋江道：「今次兀顏統軍親引遼兵，傾國而來，決非小可！死生勝負，在此一戰！汝等眾兄弟，皆宜努力向前，勿生退悔。但得微功，上達朝廷，天子恩賞，必當共享。」眾皆起身，都道：「兄長之命，誰敢不依！」正商議間，小校報來，有遼國使人下戰書來。宋江教喚至帳下，將書呈上。宋江拆書看了，乃是遼國兀顏統軍帳前先鋒使瓊、寇二將軍統前部兵馬，相期來日決戰。宋江就批書尾，回示來日決戰。叫與來使酒食，放回本寨。

此時秋盡冬來，軍披重鎧，馬掛皮甲，盡皆得時。次日，五更造飯，平明拔寨，盡數起行。不到四五里，宋兵果與遼兵相迎。遙望皂鵰旗影裏，閃出兩員先鋒旗號來。戰鼓喧天，門旗開處，那個瓊先鋒當先出馬。怎生打扮？但見：頭戴魚尾捲雲鑌鐵冠，披掛龍鱗傲霜嵌縫鎧，身穿石榴紅錦繡羅袍，腰繫荔枝七寶黃金帶，足穿抹綠鷹嘴金線靴，腰懸煉銀竹節熟鋼鞭。左掛硬弓，右懸長箭。馬跨越嶺巴山獸，槍搭翻江攪海龍。

當下那個瓊妖納延，橫槍躍馬，立在陣前。宋江在門旗下看了瓊先鋒如此英雄，便問：「誰與此將交戰？」當下九紋龍史進提刀躍馬，出來與瓊將軍挑鬥。戰馬相交，軍器並舉。二將鬥到三二十合，史進一刀卻砍個空，吃了一驚，撥回馬望本陣便走，瓊先鋒縱馬趕來。宋兵陣上小李廣花榮正在宋江背後，見輸了史進，便拈起弓，搭上箭，把馬挨出陣前，覷得來馬較近，颼的只一箭，正中瓊先鋒面門，翻身落馬。史進聽得背後墜馬，霍地回身，復上一刀，結果了瓊妖納延。

那寇先鋒望見砍了瓊先鋒，怒從心起，躍馬提槍，直出陣前，高聲大罵：「賊將怎敢暗算吾兄！」當有病尉遲孫立飛馬直出，徑來奔寇鎮遠。軍中戰鼓喧天，耳畔喊聲不絕。那孫立的金槍，神出鬼沒。寇先鋒鬥不過二十餘合，勒回馬便走，不敢回陣，恐怕撞動了陣腳，繞陣東北而走。孫立正要建功，那裏肯放，縱馬趕去。寇先鋒去得遠了，孫立在馬上帶住槍，左手拈弓，右手取箭，搭上箭，拽滿弓，覷着寇先鋒後心較親，只一箭，那寇先鋒聽的弓弦響，把身一倒，那枝箭卻好射到，順手只一綽，綽了那枝箭。孫立見了，暗暗地喝采。寇先鋒冷笑道：「這廝賣弄弓箭！」便把那枝箭咬在口裏，自把槍帶在了事環上，急把左後取出硬弓，右手就取那枝箭，搭上弦，扭過身來，望孫立前心窩裏一箭射來。孫立早已偷眼見了，在馬上左來右去。那枝箭到胸前，把身望後便倒，那枝箭從身上飛過去了。這馬收勒不住，只顧跑來。寇先鋒把弓穿在臂上，扭回身，且看孫立倒在馬上。寇先鋒想道：「必是中了箭！」原來孫立兩腿有力，夾住寶鐙，倒在馬上，故作如此，卻不墜下馬來。寇先鋒勒轉馬，要捉孫立。兩個馬頭，卻好相迎着，隔不的丈尺來去，孫立卻跳將起來，大喝一聲。寇先鋒吃了一驚，便回道：「你只躲得我箭，須躲不得我槍。」望孫立胸前，盡力一槍搠來，孫立挺起胸脯，受他一槍。槍尖到甲，略側一側，那槍從肋窩裏放將過去，那寇將軍卻撲入懷裏來。孫立就手提起腕上虎眼鋼鞭，向那寇先鋒腦袋上飛將下來，削去了半個天靈骨。那寇將軍做了半世番官，死於孫立之手，屍骸落於馬前。孫立提槍回來陣前。宋江大縱三軍，掩殺過對陣來。遼兵無主，東西亂竄，各自逃生。

宋江正趕之間，聽的前面連珠炮響。宋江便教水軍頭領，先引一支軍卒人馬，把住水口；差花榮、秦明、呂方、郭盛騎馬上山頂望時，只見垓垓攘攘，番軍人馬，蓋地而來。正是：鳴鏑如雷奔虜騎，揚塵若霧湧胡兵。畢竟來的番軍是何處人馬，且聽下回分解。

## 延伸思考

宋江南征北戰，討伐各方賊寇，第一役就是征大遼。數次戰役都有濃郁的地方特色，試找出文中體現地域文化和民族特色的描寫，仔細體會。

## 第八十八回

# 顏統軍陣列混天象
# 宋公明夢授玄女法

遼國國君親自率兵與宋江決戰，幾個回合下來，梁山好漢均慘敗，還折了一名朝廷命官。走投無路之際，宋江憂思難安，忽然一夢，九天玄女娘娘再次出現，口授陣法。

話說當時宋江在高阜處，看了遼兵勢大，慌忙回馬來到本陣，且教將軍馬退回永清縣山口屯紮。便就帳中與盧俊義、吳用、公孫勝等商議道：「今日雖是贏了他一陣，損了他兩個先鋒，我上高阜處觀望遼兵，其勢浩大，漫天遍地而來，此乃是大隊番軍人馬。來日必用與他大戰交鋒，恐寡不敵眾，如之奈何？」吳用道：「古之善用兵者，能使寡敵眾。昔晉謝玄[1]五萬人馬，戰退苻堅[2]百萬雄兵，先鋒何為懼哉！可傳令與三軍眾將，來日務要旗幡嚴整，弓弩上弦，刀劍出鞘，深栽鹿角，警守營寨，濠塹齊備，軍器並施，整頓雲梯炮石之類，預先伺候。還只擺九宮八卦陣勢，如若他來打陣，依次而起，縱他有百萬之眾，安敢衝突。」宋江道：「軍師言之甚妙。」隨即傳令已畢，諸將三軍，盡皆聽令。五更造飯，平明拔寨都起，前抵昌平縣界，即將軍馬擺開陣勢，紮下營寨。前面擺列馬軍，還是虎軍大將秦明在前，呼延灼在後，關勝居左，林沖居右，東南索超，東北徐寧，西南董平，西北楊志。宋江守領中軍，其餘眾將，各依舊職。後面步軍，另做一陣在後，盧俊義、魯智深、武松三個為主。數萬之中，都是能征慣戰之將，個個磨拳擦掌，準備廝

1)　謝玄：東晉時期著名的政治家、軍事家。

2)　苻堅：十六國時期前秦皇帝。

殺。陣勢已定，專候番軍。

不多時，遙望遼兵遠遠而來。前面六隊番軍人馬，每隊各有五百，左設三隊，右設三隊，循環往來，其勢不定。此六隊游兵，又號哨路，又號壓陣。次後大隊蓋地來時，前軍盡是皂纛旗，一帶有七座旗門，每門有千匹馬，各有一員大將。怎生打扮？頭頂黑盔，身披玄甲，上穿皂袍，坐騎烏馬。手中一般軍器，正按北方斗、牛、女、虛、危、室、壁[3]。七門之內，總設一員把總上將，按上界北方玄武水星。怎生打扮？

頭披青絲細髮，黃抹額緊束金箍，身穿禿袖皂袍，烏油甲密鋪銀鎧。足跨一匹烏騅千里馬，手擎一口黑柄三尖刀。乃是番將曲利出清，引三千披髮黑甲人馬，按北辰五氣星君[4]。皂旗下軍兵，不計其數。正是凍雲截斷東方日，黑氣平吞北海風。

左軍盡是青龍旗，一帶也有七座旗門，每門有千匹馬，各有一員大將。怎生打扮？頭戴四縫盔，身披柳葉甲，上穿翠色袍，下坐青鬃馬。手拿一般軍器，正按東方角、亢、氐、房、心、尾、箕[5]。七門之內，總設一員把總大將，按上界東方蒼龍木星。怎生打扮？頭戴獅子盔，身披狻猊鎧，堆翠繡青袍，縷金碧玉帶。手中月斧金絲桿，身坐龍駒玉塊青。乃是番將只兒拂郎，引三千青色寶幡人馬，按東震九氣星君[6]。青旗下左右圍繞軍兵，不計其數。正似翠色點開黃道路，青霞截斷紫雲根。

右軍盡是白虎旗，一帶也有七座旗門，每門有千匹馬，各有一員大將。怎生打扮？頭戴水磨盔，身披爛銀鎧，上穿素羅袍，坐騎雪白馬，各拿伏手軍器，正按西方奎、婁、胃、昴、畢、觜、參[7]。七門之內，總設一員把總大將，按上界西方咸池金星。怎生打扮？頭頂兜鍪鳳翅盔，身披花銀雙鈎甲，腰間玉帶迸寒光，稱體素袍飛雪練。騎一匹照夜玉狻猊馬，使一枝純鋼銀棗槊。乃是番將烏利可安，引三千白纓素旗人馬，按西兌七氣星君。白旗下前

---

3) 斗、牛、女、虛、危、室、壁：古代天文北天區玄武星中七大星座。

4) 五氣星君：金木水火土五大行星。

5) 角、亢（kàng）、氐（dī）、房、心、尾、箕：古代天文東天區蒼龍星中七大星座。

6) 九氣星君：天蓬、天內、天衝、天輔、天禽、天心、天任、天柱、天英九大行星。

7) 奎、婁、胃、昴（mǎo）、畢、觜（zī）、參：古代天文西天區白虎星中七大星座。

後護禦軍兵不計其數。正似征駝捲盡陰山雪，番將斜披玉井冰。

後軍盡是緋紅旗，一帶亦有七座旗門，每門有千匹馬，各有一員大將。怎生打扮？頭戴鑽箱朱紅漆笠，身披猩猩血染征袍，桃紅鎖甲現魚鱗，衝陣龍駒名赤兔。各搭伏手軍器，正按南方井、鬼、柳、星、張、翼、軫[8]。七門之內，總設一員把總大將，按上界南方朱雀火星。怎生打扮？頭頂着絳冠，朱纓粲爛，身穿緋紅袍，茜色光輝，甲披一片紅霞，靴刺數條花縫；腰間寶帶紅鞓，臂掛硬弓長箭。手持八尺火龍刀，坐騎一匹胭脂馬。乃是番將洞仙文榮，引三千紅羅寶幡人馬，按南離三氣星君[9]。紅旗下朱纓絳衣軍兵，不計其數。正似離宮走卻六丁神，霹靂震開三昧火。

陣前左有一隊五千猛兵，人馬盡是金縷弁冠[10]，鍍金銅甲，緋袍朱纓，火焰紅旗，絳鞍赤馬，簇擁着一員大將。頭戴簇芙蓉如意縷金冠，身披結連環獸面鎖子黃金甲，猩紅烈火繡花袍，碧玉嵌金七寶帶。使兩口日月雙刀，騎一匹五明赤馬。乃是遼國御弟大王耶律得重，正按上界太陽星君，正似金烏[11]擁出扶桑國，火傘初離東海洋。

陣前右設一隊五千女兵，人馬盡是銀花弁冠，銀鈎鎖甲，素袍素纓，白旗白馬，銀桿刀槍，簇擁着一員女將。金鳳釵對插青絲，紅抹額亂鋪珠翠，雲肩巧襯錦裙，繡襖深籠銀甲，小小花靴金鐙穩，翩翩翠袖玉鞭輕。使一口七星寶劍，騎一匹銀鬃白馬。乃是遼國天壽公主答里孛，按上界太陰星君。正似玉兔團團離海角，冰輪皎皎照瑤台。

兩隊陣中，團團一遭，盡是黃旗簇簇，軍將盡騎黃馬，都披金甲。襯甲袍起一片黃雲，繡包巾散半天黃霧。黃軍隊中，有軍馬大將四員，各領兵三千，分於四角。每角上一員大將，團團守護。東南一員大將，青袍金甲，手持寶槍，坐騎粉青馬，立於陣前，按上界羅睺星君，乃是遼國皇姪耶律得榮。西南一員大將，紫袍銀甲，使一口寶刀，坐騎海騮馬，立於陣前，按上界計都星君，乃是遼國皇姪耶律得華。東北一員大將，綠袍銀甲，手執方天

---

8)　井、鬼、柳、星、張、翼、軫（zhěn）：古代天文南天區朱雀星中七大星座。

9)　三氣星君：參宿、心宿、河鼓三星座。

10)　弁（biàn）冠：古代的一種帽子。

11)　金烏：太陽。

畫戟，坐騎五明黃馬，立於陣前，按上界紫氣星君，乃是遼國皇姪耶律得忠。西北一員大將，白袍銅甲，手仗七星寶劍，坐騎踢雲烏騅馬，立於陣前，按上界月孛星君，乃是遼國皇姪耶律得信。

黃軍陣內，簇擁着一員上將，左有執青旗，右有持白鉞，前有擎朱幡，後有張皂蓋。周回旗號，按二十四氣，六十四卦，南辰北斗，飛龍飛虎，飛熊飛豹，明分陰陽左右，暗合璣璿玉衡乾坤混沌之象。那員上將，使一枝朱紅畫杆方天戟。怎生打扮？頭戴七寶紫金冠，身穿龜背黃金甲，西川紅錦繡花袍，藍田美玉玲瓏帶，左懸金畫鐵胎弓，右帶鳳翎鈚子箭，足穿鷹嘴雲根靴，坐騎鐵脊銀鬃馬，錦雕鞍穩踏金鐙，紫絲韁牢絆山鞽，腰間掛劍驅番將，手內揮鞭統大軍。這簇軍馬光輝，四邊渾如金色，按上界中宮土星一氣天君，乃是遼國都統軍大元帥兀顏光。

黃旗之後，中軍是鳳輦龍車。前後左右，七重劍戟槍刀圍繞。九重之內，又有三十六對黃巾力士，推捧車駕。前有九騎金鞍駿馬駕轅，後有八對錦衣衞士隨陣。輦上中間，坐着遼國郎主。頭戴衝天唐巾，身穿九龍黃袍，腰繫藍田玉帶，足穿朱履朝靴。左右兩個大臣：左丞相幽西孛瑾，右丞相太師褚堅。各帶貂蟬冠，火裙朱服，紫綬金章，象簡玉帶。龍床兩邊，金童玉女，執簡捧珪。龍車前後左右兩邊，簇擁護駕天兵。遼國郎主，自按上界北極紫微大帝，總領鎮星。左右二丞相，按上界左輔、右弼星君。正是一天星斗離乾位，萬象森羅降世間。有詩為證：

宿曜隨宜列八方，更將土德鎮中央。
胡人從不關天象，何事紛紛瀆上蒼？

那遼國番軍擺列天陣已定，正如雞卵之形，似覆盆之狀，旗排四角，槍擺八方，循環無定，進退有則。宋江看見，便教強弓硬弩，射住陣腳，就中軍豎起雲梯將台，引吳用、朱武上台觀望。宋江看了，驚訝不已。朱武看了，認得是天陣，便對宋江、吳用道：「此乃是太乙混天象陣也！」宋江問道：「如何攻擊？」朱武道：「此天陣變化無窮，機關莫測，不可造次攻打。」宋江道：「若不打得開陣勢，如何得他軍退？」吳用道：「急切不知他陣內虛實，如何便去打得？」

正商議間，兀顏統軍在中軍傳令，今日屬金，可差亢金龍張起、牛金牛薛雄、婁金狗阿里義、鬼金羊王景四將，跟隨太白金星大將烏利可安，離陣攻打宋兵。宋江眾將在陣前，望見對陣右軍七門或開或閉，軍中雷響，陣勢團團，那引軍旗在陣內自東轉北，北轉西，西投南。朱武見了，在馬上道：「此乃是天盤左旋之象。今日屬金，天盤左動，必有兵來。」說猶未了，五炮齊響，早是對陣踴出軍來。中是金星，四下是四宿，引動五隊軍馬，捲殺過來，勢如山倒，力不可當。宋江軍馬，措手不及，望後急退。大隊壓住陣腳，遼兵兩面夾攻，宋江大敗，急忙退兵，回到本寨，遼兵也不來追趕。點視軍中頭領，孔亮傷刀，李雲中箭，朱富着炮，石勇着槍，中傷軍卒，不計其數。隨即發付上車，去後寨令安道全醫治。宋江教前軍下了鐵蒺藜，深栽鹿角，堅守寨門。

宋江在中軍納悶，與盧俊義等商議：「今日折了一陣，如之奈何？再若不出交戰，必來攻打。」盧俊義道：「來日着兩路軍馬，撞住他那壓陣軍兵。再調兩路軍馬，撞那廝正北七門，卻教步軍從中間打將入去，且看裏面虛實如何。」宋江道：「也是。」

次日便依盧俊義之言，收拾起寨，前至陣前準備，大開寨門，引兵前進。遙望遼兵不遠，六隊壓陣遼兵，遠探將來。宋江便差關勝在左，呼延灼在右，引本部軍馬，撞退壓陣遼兵。大隊前進，與遼兵相接，宋江再差花榮、秦明、董平、楊志在左，林沖、徐寧、索超、朱仝在右，兩隊軍兵來撞皂旗七門。果然撞開皂旗陣勢，殺散皂旗人馬，正北七座旗門，隊伍不整。宋江陣中，卻轉過李逵、樊瑞、鮑旭、項充、李袞五百牌手向前，背後魯智深、武松、楊雄、石秀、解珍、解寶，將帶應有步軍頭目，撞殺入去。混天陣內，只聽四面炮響，東西兩軍，正面黃旗軍撞殺將來。宋江軍馬，抵當不住，轉身便走。後面架隔不定，大敗奔走，退回原寨。急點軍時，折其大半。杜遷、宋萬，又帶重傷。於內不見了黑旋風李逵。原來李逵殺得性起，只顧砍入他陣裏去，被他撓鈎搭住，活捉去了。宋江在寨中聽的，心中納悶。傳令教先送杜遷、宋萬去後寨，令安道全調治。帶傷馬匹，叫牽去與皇甫端料理。

宋江又與吳用等商議：「今日又折了李逵，輸了這一陣，似此怎生奈何？」吳用道：「前日我這裏活捉的他那個小將軍，是兀顏統軍的孩兒，正好與他打換。」宋江道：「這番換了，後來倘若折將，何以解救？」吳用道：「兄長何故執迷，且顧眼下。」說猶未了，小校來報，有遼將遣使到來打話。宋江喚入中軍，那番官來與宋江廝見，說道：「俺奉元帥將令，今日拿得你的一個頭目，到俺總兵面前，不肯殺害，好生與他酒肉，管待在那裏。統軍要送來與你，換他孩兒小將軍還他。如是將軍肯時，便送那個頭目來還。」宋江道：「既是恁地，俺明日取小將軍來到陣前，兩相交換。」番官領了宋江言語，上馬去了。宋江再與吳用商議道：「我等無計破他陣勢，不若取將小將軍來，就這裏解和這陣，兩邊各自罷戰。」吳用道：「且將軍馬暫歇，別生良策，再來破敵，未為晚矣。」到曉，差人星夜去取兀顏小將軍來，也差個人直往兀顏統軍處，說知就裏。

且說兀顏統軍，正在帳中坐地，小軍來報，宋先鋒使人來打話。統軍傳令，教喚入來，到帳前，見了兀顏統軍，說道：「俺的宋先鋒拜意統軍麾下，今送小將軍回來，換俺這個頭目，即今天氣嚴寒，軍士勞苦，兩邊權且罷戰，待來春別作商議，俱免人馬凍傷。請統軍將令。」兀顏統軍聽了大喝道：「無智辱子，被汝生擒，縱使得活，有何面目見咱？不用相換，便拿下替俺斬了。若要罷戰權歇，教你宋江束手來降，免汝一死。若不如此，吾引大兵一到，寸草不留！」大喝一聲：「退去！」使者飛馬回寨，將這話訴與宋江。

宋江慌速，只怕救不得李逵，拔寨便起，帶了兀顏小將軍，直抵前軍，隔陣大叫：「可放過俺的頭目來，我還你小將軍。不罷戰不妨，自與你對陣廝殺。」只見遼兵陣中，無移時，把李逵一騎馬送出陣前來。這裏也牽一匹馬，送兀顏小將軍出陣去。兩家如此，一言為定。兩邊一齊同收同放，李將軍回寨，小將軍也騎馬過去了。當日兩邊，都不廝殺。宋江退兵回寨，且與李逵賀喜。

宋江在帳中與諸將相議道：「遼兵勢大，無計可破，使我憂煎，度日如年，怎生奈何？」呼延灼道：「我等來日，可分十隊軍馬，兩路去當壓陣軍兵，八路一齊撞擊，決此一戰。」宋江道：「全靠你等眾弟兄同心戮力，來日必行。」吳用道：「兩番撞擊不動，不如守等他來交戰。」宋江道：「等他來，也不是良法，只是眾弟兄當以力敵，豈有連敗之理！」

當日傳令，次早拔寨起軍，分作十隊，飛搶前去。兩路先截住後背壓陣軍兵，八路軍馬更不打話，吶喊搖旗，撞入混天陣去。聽的裏面雷聲高舉，四七二十八門，一齊分開，變作一字長蛇之陣，便殺出來。宋江軍馬，措手不及，急令回軍，大敗而走，旗槍不整，金鼓偏斜，速退回來。到得本寨，於路損折軍馬數多。宋江傳令，教軍將緊守山口寨柵，深掘濠塹，牢栽鹿角，堅閉不出，且過冬寒。

卻說副樞密趙安撫，累次申達文書赴京，奏請索取衣襖等件。因此朝廷特差御前八十萬禁軍槍棒教頭，正受鄭州團練使，姓王，雙名文斌，此人文武雙全，滿朝欽敬，將帶京師一萬餘人，起差民夫車輛，押運衣襖五十萬領，前赴宋先鋒軍前交割，就行催並軍將向前交戰，早奏凱歌，毋得違慢，取罪不便。王文斌領了聖旨文書，將帶隨行軍器，拴束衣甲鞍馬，催攢人夫軍馬，起運車仗，出東京，望陳橋驛進發。監押着一二百輛車子，上插黃旗，書「御賜襖」，迤邐前進。經過去處，自有官司供給口糧。

在路非則一日，來到邊庭，參見了趙樞密，呈上中書省公文。趙安撫看了大喜道：「將軍來的正好，目今宋先鋒被遼國兀顏統軍，把兵馬擺成混天陣勢，連輸了數陣。頭目人等，中傷者多，現今發在此間將養，令安道全醫治。宋先鋒紮寨在永清縣地方，並不敢出戰，好生納悶。」王文斌稟道：「朝廷因此就差某來，催並軍士向前，早要取勝。今日既然累敗，王某回京師，見省院官難以回奏。文斌不才，自幼頗讀兵書，略曉些陣法，就到軍前，略施小策，願決一陣，與宋先鋒分憂。未知樞相鈞命若何？」趙樞密大喜，置酒宴賞，就軍中犒勞押車人夫，就教王文斌轉運衣襖，解付宋江軍前給散。趙安撫先使人報知宋先鋒去了。

且說宋江在中軍帳中納悶，聞知趙樞密使人來，轉報東京差教頭鄭州團練使王文斌，押送衣襖五十萬領，就來軍前催並進兵。宋江差人接至寨中下馬，請入帳內，把酒接風。數杯酒後，詢問緣由。宋江道：「宋某自蒙朝廷差遣到邊，上託天子洪福，得了四個大郡。今到幽州，不想被番邦兀顏統軍設此混天象陣，兵屯二十萬，整整齊齊，按周天星象，請啟郎主御駕親征。宋江連敗數陣，無計可施，屯駐不敢輕動。今幸得將軍降臨，願賜指教。」王文斌道：「量這個混天陣，何足為奇！王某不才，同到軍前一觀，別有主見。」宋江大喜，先令裴宣且將衣襖給散軍將，眾人穿罷，望南謝恩。當日中軍置酒，殷勤管待，就行賞勞三軍。

來日結束，五軍都起。王文斌取過帶來的頭盔衣甲，全副披掛上馬，都到陣前。對陣遼兵望見宋兵出戰，報入中軍。金鼓齊鳴，喊聲大舉，六隊戰馬哨出陣來。宋江分兵殺退。王文斌上將台親自看一回，下雲梯來說道：「這個陣勢，也只如常，不見有甚驚人之處。」不想王文斌自己不識，且圖詐人要譽[12]，便叫前軍擂鼓搦戰。對陣番軍，也撾鼓鳴金。宋江立馬大喝道：「不要狐朋狗黨，敢出來挑戰麼？」說猶未了，黑旗隊裏，第四座門內飛出一將。那番官披頭散髮，黃羅抹額，襯着金箍烏油鎧甲，禿袖皂袍，騎匹烏騅馬，挺三尖刀，直臨陣前，背後牙將，不計其數。引軍皂旗上書銀字「大將曲利出清」，躍馬陣前搦戰。王文斌尋思道：「我不就這裏顯揚本事，再於何處施逞？」便挺槍躍馬出陣，與番官更不打話，驟馬相交。王文斌挺槍便搠，番將舞刀來迎。鬥不到二十餘合，番將回身便走。王文斌見了，便驟馬飛槍，直趕將去。原來番將不輸，特地要賣個破綻，漏他來趕。番將掄起刀，覷着王文斌較親，翻身背砍一刀，把王文斌連肩和胸脯，砍做兩段，死於馬下。宋江見了，急叫收軍。那遼兵撞掩過來，又折了一陣，慌慌忙忙，收拾還寨。眾多軍將，看見立馬斬了王文斌，面面廝覷，俱各駭然。宋江回到寨中，動紙文書，申覆趙樞密說：「王文斌自願出戰身死，發付帶來人伴回京。」趙樞密聽知此事，展轉憂悶，甚是煩惱，只得寫了申呈奏本，關會[13]省院打發來的人伴回京去了。有詩為證：

趙括徒能讀父書，文斌殞命又何愚。
平時誇口千人有，臨陣成功一個無。

且說宋江自在寨中納悶，百般尋思，無計可施，怎生破的遼兵，寢食俱廢，夢寐不安。是夜嚴冬，天氣甚冷，宋江閉上帳房，秉燭沉吟悶坐。時已二鼓，神思睏倦，和衣隱几而臥。覺道寨中狂風忽起，冷氣侵入。宋江起身，見一青衣女童，向前打個稽首。宋江便問：「童子自何而來？」童子答曰：「小童奉娘娘法旨，有請將軍，便煩移步。」宋江道：「娘娘現在何處？」

12) 詐人要譽：在人面前顯示，並沽名邀功。
13) 關會：呈報。

童子指道：「離此間不遠。」宋江遂隨童子出的帳房，但見：上下天光一色，金碧交加，香風細細，瑞靄飄飄，有如二三月間天氣。行不過三二里多路，見座大林，青松茂盛，翠柏森然，紫桂亭亭，石欄隱隱，兩邊都是茂林修竹，垂柳夭桃，曲折闌干，轉過石橋，朱紅櫺星門一座。仰觀四面，蕭牆粉壁，畫棟雕樑，金釘朱戶，碧瓦重簷，四邊簾捲蝦鬚，正面窗橫龜背。女童引宋江從左廊下而進，到東向一個閣子前，推開朱戶，教宋江裏面少坐。舉目望時，四面雲窗寂靜，霞彩滿階，天花繽紛，異香繚繞。

童子進去，復又出來傳旨道：「娘娘有請，星主便行。」宋江坐未暖席，即時起身。又見外面兩個仙女入來，頭戴芙蓉碧玉冠，身穿金縷絳綃衣，與宋江施禮。宋江不敢仰視。那兩個仙女道：「將軍何故作謙？娘娘更衣便出，請將軍議論國家大事，便請同行。」宋江唯然而行，聽的殿上金鐘聲響，玉磬音鳴。青衣迎請宋江上殿。二仙女前進，引宋江自東階而上，行至珠簾之前。宋江只聽的簾內玎璫隱隱，玉佩鏘鏘。青衣請宋江入簾內，跪在香案之前。舉目觀望殿上，祥雲靄靄，紫霧騰騰，正面九龍床上，坐着九天玄女娘娘。頭戴九龍飛鳳冠，身穿七寶龍鳳絳綃衣，腰繫山河日月裙，足穿雲霞珍球履，手執無瑕白玉珪，兩邊侍從女仙，約有三二十個。

玄女娘娘與宋江曰：「吾傳天書與汝，不覺又早數年矣！汝能忠義堅守，未嘗少怠。今宋天子令汝破遼，勝負如何？」宋江俯伏在地，拜奏曰：「臣自得蒙娘娘賜與天書，未嘗輕慢泄漏於人。今奉天子敕命破遼，不期被兀顏統軍設此混天象陣，累敗數次。臣無計可施，正在危急之際。」玄女娘娘曰：「汝知混天象陣法否？」宋江再拜奏道：「臣乃下土愚人，不曉其法，望乞娘娘賜教。」玄女娘娘曰：「此陣之法，聚陽象也。只此攻打，永不能破。若欲要破，須取相生相克之理。且如前面皂旗軍馬內設水星，按上界北方五氣辰星。你宋兵中，可選大將七員，黃旗黃甲，黃衣黃馬，撞破遼兵皂旗七門。續後命猛將一員，身披黃袍，直取水星，此乃土克水之義也。卻以白袍軍馬，選將八員，打透他左邊青旗軍陣，此乃金克木之義也。卻以紅袍軍馬，選將八員，打透他右邊白旗軍陣，此乃火克金之義也。卻以皂旗軍馬，選將八員，打透他後軍紅旗軍陣，此乃水克火之義也。卻命一支青旗軍馬，選將九員，直取中央黃旗軍陣主將，此乃木克土之義也。再選兩支軍馬，命一支繡旗花袍軍馬，扮作羅睺，獨破遼兵太陽軍陣。命一支素旗銀甲軍馬，扮作計都，直破遼兵太陰軍陣。再造二十四部雷車，按二十四氣，上放火石火炮，直推入遼兵中軍。令公孫勝佈起風雷天罡正法，徑奔入遼主駕前。可行此計，足取全勝。日間不可行兵，須是夜黑可進。汝當親自領兵，掌握中軍，催動人馬，一鼓成功。吾之所言，汝當祕受。保國安民，勿生退悔。天凡有限，從此永別。他日瓊樓金闕，別當重會。汝宜速還，不可久留。」特命青衣獻茶，宋江吃罷，令青衣即送星主還寨。

宋江再拜，懇謝娘娘，出離殿庭。青衣前引宋江下殿，從西階而出，轉過欞星紅門，再登舊路。才過石橋松徑，青衣用手指道：「遼兵在那裏，汝當破之！」宋江回顧，青衣用手一推，猛然驚覺，就帳中做了一夢。

靜聽軍中更鼓，已打四更，宋江便叫請軍師圓夢。吳用來到中軍帳內，宋江道：「軍師有計破混天陣否？」吳學究道：「未有良策可施。」宋江道：「我已夢玄女娘娘傳與祕訣，尋思定了，特請軍師商議，可以會集諸將，分撥行事。」正是：動達天機施妙策，擺開星斗破迷關。畢竟宋江怎生打陣，且聽下回分解。

## 精華賞析

本回中遼軍久攻不破，與前幾回均不同，是作者的有意安排。如果伐遼一直進行得很順利，就會失去情節的真實性與曲折性，讀者也會產生審美疲勞。另一方面，描寫敵人的強大無比，那麼勝利就更加來之不易，突出宋江等人的勞苦功高。這種襯托的寫法值得借鑒。

## 第八十九回

# 宋公明破陣成功
# 宿太尉頒恩降詔

宋江軍隊終於大敗遼國，兵臨城下。遼軍表示願意投降宋朝，宋江雖想一舉滅掉敵患，但迫於貪官奸臣的進言，無法盡忠。

話說當下宋江夢中授得九天玄女之法，不忘一句，便請軍師吳用計議定了，申稟趙樞密。寨中合造雷車二十四部，都用畫板鐵葉釘成，下裝油柴，上安火炮，連更曉夜，催並完成。商議打陣，會集諸將人馬，宋江傳令，各各分派。便點按中央戊己土黃袍軍馬，戰遼國水星陣內，差大將一員雙槍將董平，左右撞破皂旗軍七門，差副將七員：朱仝、史進、歐鵬、鄧飛、燕順、馬麟、穆春。再點按西方庚辛金白袍軍馬，戰遼國木星陣內，差大將一員豹子頭林沖，左右撞破青旗軍七門，差副將七員：徐寧、穆弘、黃信、孫立、楊春、陳達、楊林。再點按南方丙丁火紅袍軍馬，戰遼國金星陣內，差大將一員霹靂火秦明，左右撞破白旗軍七門，差副將七員：劉唐、雷橫、單廷珪、魏定國、周通、龔旺、丁得孫。再點按北方壬癸水黑袍軍馬，戰遼國火星陣內，差大將一員雙鞭呼延灼，左右撞破紅旗軍七門，差副將七員：楊志、索超、韓滔、彭玘、孔明、鄒淵、鄒潤。再點按東方甲乙木青袍軍馬，戰遼國土星主將陣內，差大將一員大刀關勝，左右撞破中軍黃旗主陣人馬，差副將八員：花榮、張清、李應、柴進、宣贊、郝思文、施恩、薛永。再差一支繡旗花袍軍，打遼國太陽左軍陣內，差大將七員：魯智深、武松、楊雄、石秀、焦挺、湯隆、蔡福。再差一支素袍銀甲軍，打遼國太陰右軍陣中，差大將七員：扈三娘、顧大嫂、孫二娘、王英、孫新、張青、蔡慶。再差打中軍一支悍勇人馬，直擒遼主，差大將六員：盧俊義、燕青、呂方、郭盛、解珍、解寶。再遣護送雷車至中軍，大將五員：李逵、樊瑞、鮑旭、項充、李袞。其餘水軍頭領，並應有人員，盡到陣前協助破陣。陣前還立五方旗幟八面，分撥人員，仍排九宮八卦陣勢。宋江傳令已罷，眾將各各遵依。一面僨造雷車已了，裝載法物，推到陣前。正是：計就驚天地，謀成破鬼神。

且說兀顏統軍，連日見宋江不出交戰，差遣壓陣軍馬，直哨到宋江寨前。宋江連日製造完備，選定日期，是晚起身，來與遼兵相接。一字兒擺開陣勢，前面盡把強弓硬弩，射住陣腳，只待天色傍晚。黃昏左側，只見朔風凜凜，彤雲密佈，罩合天地，未晚先黑。宋江教眾軍人等，斷蘆為笛，銜於口中，唿哨為號。當夜先分出四路兵去，只留黃袍軍擺在陣前。這分出四路軍馬，趕殺哨路番軍，繞陣腳而走，殺投北去。

初更左側，宋江軍中連珠炮響。呼延灼打開陣門，殺入後軍，直取火星。關勝隨即殺入中軍，直取土星主將。林沖引軍殺入左軍陣內，直取木星。秦明領軍撞入右軍陣內，直取金星。董平便調軍攻打頭陣，直取水星。公孫勝在軍中仗劍作法，踏罡步斗[1]，敕起五雷。是夜南風大作，吹得樹梢垂地，走石飛沙。一齊點起二十四部雷車，李逵、樊瑞、鮑旭、項充、李袞將引五百牌手[2]，悍勇軍兵，護送雷車，推入遼軍陣內。一丈青扈三娘引兵便打入遼兵太陰陣中；花和尚魯智深引兵便打入遼兵太陽陣中；玉麒麟盧俊義引領一支軍馬，隨着雷車，直奔中軍。你我自去尋隊廝殺。是夜雷車火起，空中霹靂交加，端的是殺得星移斗轉，日月無光，鬼哭神號，人兵撩亂。

且說兀顏統軍正在中軍遣將，只聽得四下裏喊聲大振，四面廝殺。急上馬時，雷車已到中軍，烈焰漲天，炮聲震地，關勝一支軍馬，早到帳前。兀顏統軍急取方天畫戟與關勝大戰，怎禁沒羽箭張清，取石子望空中亂打，打得四邊牙將，中傷者多逃命散走。李應、柴進、宣贊、郝思文縱馬橫刀，亂殺軍將。兀顏統軍見身畔沒了羽翼，撥回馬望北而走，關勝飛馬緊追。正是饒君走上焰摩天，腳下騰雲須趕上。

花榮在背後見兀顏統軍輸了，一騎馬也追將來，急拈弓搭箭，望兀顏統

1) 踏罡步斗：道士作法時，按星宿之形規定橫直前進的步伐。

2) 牌手：善於用盾牌與敵人作戰的人。

軍射將去。那箭正中兀顏統軍後心，聽得錚地一聲，火光迸散，正射在護心鏡上。卻待再射，關勝趕上，提起青龍刀，當頭便砍。那兀顏統軍披着三重鎧甲，貼裏一層連環鑌鐵鎧，中間一重海獸皮甲，外面方是鎖子黃金甲。關勝那一刀砍過，只透的兩層。再復一刀，兀顏統軍就刀影裏閃過，勒馬挺方天戟來迎。兩個又鬥了三五合，花榮趕上，覷兀顏統軍面門，又放一箭。兀顏統軍急躲，那枝箭帶耳根穿住鳳翅金冠。兀顏統軍急走，張清飛馬趕上，拈起石子，望頭臉上便打。石子飛去，打得兀顏統軍撲在馬上，拖着畫戟而走。關勝趕上，再復一刀。那青龍刀落處，把兀顏統軍連腰截骨帶頭砍着，攛下馬去。花榮搶到，先換了那匹好馬。張清趕來，再復一槍。可憐兀顏統軍一世豪傑，一柄刀，一條槍，結果了性命。堪歎遼國英雄，化作南柯一夢。有詩為證：

李靖六花[3]人亦識，孔明八卦世應知。
混天只想無人敵，也有神機打破時。

卻說魯智深引着武松等六員頭領，眾將吶聲喊，殺入遼兵太陽陣內。那耶律得重急待要走，被武松一戒刀，掠斷馬頭，倒撞下馬來，揪住頭髮，一刀取了首級，殺散太陽陣勢。魯智深道：「俺們再去中軍，拿了遼主，便是了事也！」

且說遼兵太陰陣中天壽公主，聽得四邊喊起廝殺，慌忙整頓軍器上馬，引女兵伺候。只見一丈青舞起雙刀，縱馬引着顧大嫂等六員頭領殺入帳來，正與天壽公主交鋒。兩個鬥無數合，一丈青放開雙刀，搶入公主懷內，劈胸揪住，兩個在馬上扭做一團，絞做一塊。王矮虎趕上，活捉了天壽公主。顧大嫂、孫二娘在陣裏殺散女兵。孫新、張青、蔡慶在外面夾攻。可憐玉葉金枝女，卻作歸降被縛人。

且說盧俊義引兵殺到中軍，解珍、解寶先把帥字旗砍翻，亂殺番兵番將。當有護駕大臣與眾多牙將，緊護遼國郎主鑾駕，往北而走。陣內羅睺、

---

3)　六花：唐代將領李靖所創的六花陣。

月孛二皇姪，俱被刺死於馬下；計都皇姪，就馬上活拿了。紫氣皇姪，不知去向。大兵重重圍住，直殺到四更方息，殺得遼兵二十餘萬，七損八傷。

將及天明，諸將都回。宋江鳴金收軍下寨，傳令教生擒活捉之眾，各自獻功。一丈青獻太陰星天壽公主，盧俊義獻計都星皇姪耶律得華，朱仝獻水星曲利出清，歐鵬、鄧飛、馬麟獻斗木獬蕭大觀，楊林、陳達獻心月狐裴直，單廷珪、魏定國獻胃土雉高彪，韓滔、彭玘獻柳土獐雷春、翼火蛇狄聖。諸將獻首級，不計其數。宋江將生擒八將，盡行解赴趙樞密中軍收禁。所得馬匹，就行俵撥各將騎坐。

且說遼國郎主慌速退入燕京，急傳旨意，堅閉四門，緊守城池，不出對敵。宋江知得遼主退回燕京，便教軍馬拔寨都起，直追至城下，團團圍住。令人請趙樞密，直至後營監臨打城。宋江傳令，教就燕京城外，團團豎起雲梯炮石，紮下寨柵，準備打城。

遼國郎主心慌，會集羣臣商議，都道：「事在危急，莫若歸降大宋，此為上計。」遼主遂從眾議。於是城上早豎起降旗，差人來宋營求告：「年年進牛馬，歲歲獻珠珍，再不敢侵犯中國。」宋江引着來人，直到後營，拜見趙樞密，通說投降一節。趙樞密聽了道：「此乃國家大事，須用取自上裁[4]，我未敢擅便主張。你遼國有心投降，可差的當[5]大臣，親赴東京，朝見天子。聖旨准你遼國皈依表文，除詔赦罪，方敢退兵罷戰。」

來人領了這話，便入城回覆郎主。當下國主聚集文武百官，商議此事，時有右丞相太師褚堅出班奏曰：「目今本國兵微將寡，人馬皆無，如何迎敵？論臣愚意，微臣親往宋先鋒寨內，許以厚賄。一面令其住兵停戰；一面收拾禮物，徑往東京，投買省院諸官，令其於天子之前，善言啟奏，別作宛轉。目今中國蔡京、童貫、高俅、楊戩四個賊臣專權，童子皇帝聽他四個主張。可把金帛賄賂與此四人，買其講和，必降詔赦，收兵罷戰。」郎主准奏。

次日，丞相褚堅出城來，直到宋先鋒寨中。宋江接至帳上，便問來意如何。褚堅先說了國主投降一事，然後許宋先鋒金帛玩好之物。宋江聽了，說

---

4) 上裁：皇上的裁決。

5) 的當：妥當，恰當。

與丞相褚堅道：「俺連日攻城，不愁打你這個城池不破，一發斬草除根，免了萌芽再發。看見你城上豎起降旗，以此停兵罷戰。兩國交鋒，自古國家有投降之理，准你投拜納降，因此按兵不動，容汝赴朝廷請罪獻納。汝今以賄賂相許，覷宋江為何等之人，再勿復言！」褚堅惶恐。宋江又道：「容你修表朝京，取自上裁。俺等按兵不動，待汝速去快來，汝勿遲滯！」

褚堅拜謝了宋先鋒，作別出寨，上馬回燕京來，奏知國主。眾大臣商議已定，次日遼國君臣，收拾玩好之物，金銀寶貝，彩繒珍珠，裝載上車，差丞相褚堅並同番官一十五員，前往京師。鞍馬三十餘騎，修下請罪表章一道，離了燕京，到了宋江寨內，參見了宋江。宋江引褚堅來見趙樞密，說知此事：「遼國今差丞相褚堅，親往京師朝見，告罪投降。」趙樞密留住褚堅，以禮相待，自來與宋先鋒商議，亦動文書，申達天子。就差柴進、蕭讓齎奏，就帶行軍公文，關會省院，一同相伴丞相褚堅前往東京。

在路不止一日，早到京師，便將十車進奉金寶禮物，車仗人馬，於館驛內安下。柴進、蕭讓齎捧行軍公文，先去省院下了，稟說道：「即日兵馬圍困燕京，旦夕可破。遼國郎主於城上豎起降旗，今遣丞相褚堅前來上表，請罪納降，告赦罷兵。未敢自專，來請聖旨。」省院官說道：「你且與他館驛內權時安歇，待俺這裏從長計議。」

此時蔡京、童貫、高俅、楊戩並省院大小官僚，都是好利之徒。卻說遼國丞相褚堅並眾人先尋門路，見了太師蔡京等四個大臣，次後省院各官處，都有賄賂，各各先以門路饋送禮物諸官已了。次日早朝，百官朝賀拜舞已畢，樞密使童貫出班奏曰：「有先鋒使宋江殺退遼兵，直至燕京，圍住城池攻擊，旦夕可破。今有遼主早豎降旗，情願投降，遣使丞相褚堅，奉表稱臣，納降請罪，告赦講和，求敕退兵罷戰，情願年年進奉，不敢有違。伏乞聖鑒。」天子曰：「以此講和，休兵罷戰，汝等眾卿，如何計議？」旁有太師蔡京出班奏曰：「臣等眾官，俱各計議：自古及今，四夷未嘗盡滅。臣等愚意，可存遼國，作北方之屏障。年年進納歲幣，於國有益。合準投降請罪，休兵罷戰，詔回軍馬，以護京師。臣等未敢擅便，乞陛下聖裁。」天子準奏，傳聖旨令遼國來使面君。當有殿頭官傳令，宣褚堅等一行來使都到金殿之下，揚塵拜舞，頓首山呼。侍臣呈上表章，就御案上展開。宣表學士高聲讀道：

「遼國主臣耶律輝頓首頓首，百拜上言：臣生居朔漠，長在番邦，不通聖賢之經，罔究綱常之禮。詐文偽武，左右多狼心狗行之徒。好賂貪財，前後悉鼠目獐頭之輩。小臣昏昧，屯眾猖狂。侵犯疆封，以致天兵討罪，妄驅士馬，動勞王室興師。量螻蟻安足撼泰山，想眾水必然歸大海。今待遣使臣褚堅冒於天威，納土請罪。倘蒙聖上憐憫蕞爾[6]之微生，不廢祖宗之遺業，赦其舊過，開以新圖，退守戎狄之番邦，永作天朝之屏障，老老幼幼，真獲再生，子子孫孫，久遠感戴。進納歲幣，誓不敢違！臣等不勝戰栗屏營[7]之至！謹上表以聞。宣和四年冬月日遼國主臣耶律輝表」。

徽宗天子御覽表文已畢，階下羣臣稱賀。天子命取御酒，以賜來使。丞相褚堅等便取金帛歲幣，進在朝前。天子命寶藏庫收訖，仍另納下每年歲幣牛馬等物。天子回賜緞匹表裏，光祿寺賜宴。敕令：「丞相褚堅等先回，待寡人差官自來降詔。」褚堅等謝恩，拜辭出朝，且歸館驛。是日朝散，褚堅又令人再於各官門下，重打關節。蔡京力許：「令丞相自回，都在我等四人身上。」褚堅謝了太師，自回遼國去了。

卻說蔡太師次日引百官入朝，啟奏降詔，回下遼國。天子准奏，急敕翰林學士草詔一道，就御前便差太尉宿元景齎擎丹詔，直往遼國開讀。另敕趙樞密令宋先鋒收兵罷戰，班師回京。將應有被擒之人，釋放還國。原奪城池，仍舊給遼管領。府庫器具，交割遼邦歸管。天子退朝，百官皆散。次日，省院諸官都到宿太尉府，約日送行。

再說宿太尉領了詔敕，不敢久停，準備轎馬從人，辭了天子，別了省院諸官，就同柴進、蕭讓同上遼邦出京師，望陳橋驛投邊塞進發。在路行時，正值嚴冬之月，彤雲密佈，瑞雪平鋪，粉塑千林，銀裝萬里。宿太尉一行人馬，冒雪撞風，迤邐前進。雪霽未消，漸臨邊塞。柴進、蕭讓先使哨馬報知趙樞密，前去通報宋先鋒。宋江見哨馬飛報，便攜酒禮，引眾出五十里伏道迎接。接着宿太尉，相見已畢，把了接風酒，各官俱喜。請至寨中，設筵相待，同議朝廷之事。宿太尉言說省院等官蔡京、童貫、高俅、楊戩，俱各受

6) 蕞（zui）爾：形容小。

7) 屏營：作謙辭，用於信劄中，意為惶恐。

了遼國賄賂，於天子前極力保奏此事，准其投降，休兵罷戰，詔回軍馬，守備京師。宋江聽了歎道：「非是宋某怨望[8]朝廷，功勛至此，又成虛度。」宿太尉道：「先鋒休憂！元景回朝，天子前必當重保。」趙樞密又道：「放着下官為證，怎肯教虛費了將軍大功！」宋江稟道：「某等一百八人竭力報國，並無異心，亦無希恩望賜之念。只得眾弟兄同守勞苦，實為幸甚。若得樞相肯做主張，深感厚德。」當日飲宴，眾皆歡喜，至晚方散。隨即差人一面報知遼國，準備接詔。

次日，宋江撥十員大將護送宿太尉進遼國頒詔，都是錦袍金甲，戎裝革帶。那十員上將關勝、林沖、秦明、呼延灼、花榮、董平、李應、柴進、呂方、郭盛引領馬步軍三千，護持太尉，前遮後擁，擺佈入城。燕京百姓，有數百年不見中國軍容，聞知太尉到來，盡皆歡喜，排門香花燈燭。遼主親引百官文武，具服乘馬，出南門迎接詔旨，直至金鑾殿上。十員大將，立於左右；宿太尉立於龍亭之左；國主同百官跪於殿前。殿頭官喝拜，國主同文武拜罷。遼國侍郎承恩請詔，就殿上開讀。詔曰：

「大宋皇帝制曰：三皇立位，五帝禪宗，雖中華而有主，豈夷狄之無君？茲爾遼國，不遵天命，數犯疆封，理合一鼓而滅。朕今覽其情詞，憐其哀切，憫汝悍孤，不忍加誅，仍存其國。詔書至日，即將軍前所擒之將，盡數釋放還國。原奪一應城池，仍舊給還本國管領。所供歲幣，慎勿怠忽。於戲[9]敬事大國，祇畏天地，此藩翰之職也。爾其欽哉！宣和四年冬月日」

當時遼國侍郎開讀詔旨已罷，郎主與百官再拜謝恩。行君臣禮畢，抬過詔書龍案，郎主便與宿太尉相見。敍禮已畢，請入後殿，大設華筵，水陸俱備。番官進酒，戎將傳杯，歌舞滿筵，胡笳聒耳，燕姬美女，各奏戎樂，羯鼓塤箎[10]，胡旋慢舞。筵宴已終，送宿太尉並眾將於館驛內安歇。是日跟去人員，都有賞勞。

---

8)　怨望：怨恨，心懷不滿。

9)　於戲：嗚呼。

10)　塤箎（chí）：皆為古代樂器。

次日，國主命丞相褚堅出城至寨，邀請趙樞密、宋先鋒同入燕京赴宴。宋江便與軍師吳用計議不行，只請的趙樞密入城，相陪宿太尉飲宴。是日遼國郎主大張筵席，管待朝使。葡萄酒熟傾銀甕，黃羊肉美滿金盤。異果堆筵，奇花散彩。筵席將終，只見國主金盤捧出玩好之物，上獻宿太尉、趙樞密。直飲至更深方散。第三日，遼主會集文武羣臣，番戎鼓樂，送太尉、樞密出城還寨。再命丞相褚堅，將牛羊馬匹、金銀彩緞等項禮物，直至宋先鋒軍前寨內，大設廣會，犒勞三軍，重賞眾將。

宋江傳令，叫取天壽公主一干人口放回本國，仍將奪過檀州、薊州、霸州、幽州依舊給還遼國管領。一面先送宿太尉還京，次後收拾諸將軍兵車仗人馬，分撥人員，先發中軍軍馬，護送趙樞密起行。宋先鋒寨內，自己設宴，一面賞勞水軍頭目已了，着令乘駕船隻，從水路先回東京駐紮聽調。

宋江再使人入城中，請出左右二丞相前赴軍中說話。當下遼國郎主教左丞相幽西孛瑾、右丞相太師褚堅來至宋先鋒行營，至於中軍相見。宋江邀請上帳，分賓而坐。宋江開話道：「俺武將兵臨城下，將至壕邊，奇功在邇，本不容汝投降，打破城池，盡皆剿滅，正當其理。主帥聽從，容汝申達朝廷。皇上憐憫，存惻隱之心，不肯盡情追殺，准汝投降，納表請罪。今王事已畢，吾待朝京。汝等勿以宋江等輩不能勝爾，再生反覆。年年進貢，不可有缺。吾今班師還國，汝宜謹慎自守，休得故犯！天兵再至，決無輕恕！」二丞相叩首伏罪拜謝。宋江再用好言戒諭，二丞相懇謝而去。

宋江卻撥一隊軍兵，與女將一丈青等先行。隨即喚令隨軍石匠，採石為碑，令蕭讓作文，以記其事。金大堅鐫石已畢，豎立在永清縣東一十五里茅山之下，至今古蹟尚存。有詩為證：

每聞胡馬度陰山，恨殺澶淵縱虜還。
誰造茅山功跡記，寇公泉下亦開顏。

宋江卻將軍馬分作五起進發，克日起行。只見魯智深忽到帳前，合掌作禮，對宋江道：「小弟自從打死了鎮關西，逃走到代州雁門縣，趙員外送洒家上五台山，投禮智真長老，落髮為僧。不想醉後兩番鬧了禪門，師父送俺來東京大相國寺，投託智清禪師，討個執事僧做，相國寺裏着洒家看守菜園。

為救林沖，被高太尉要害[11]，因此落草。得遇哥哥，隨從多時，已經數載，思念本師，一向不曾參禮[12]。洒家常想師父說，俺雖是殺人放火的性，久後卻得正果真身。今日太平無事，兄弟權時告假數日，欲往五台山參禮本師。就將平昔所得金帛之資，都做佈施，再求問師父前程如何。哥哥軍馬只顧前行，小弟隨後便趕來也！」宋江聽罷愕然，默上心來，便道：「你既有這個活佛羅漢在彼，何不早說，與俺等同去參禮，求問前程。」當時與眾人商議，盡皆要去，惟有公孫勝道教不行。宋江再與軍師計議：「留下金大堅、皇甫端、蕭讓、樂和四個，委同副先鋒盧俊義掌管軍馬，陸續先行。俺們只帶一千來人，隨從眾弟兄，跟着魯智深，同去參禮智真長老。」宋江等眾，當時離了軍前。收拾名香、彩帛、表裏、金銀，上五台山來。正是：暫棄金戈甲馬，來遊方外叢林。雨花台畔，來訪道德高僧；善法堂前，要見燃燈古佛。直教：一語打開名利路，片言踢透死生關。畢竟宋江與魯智深怎地參禪，且聽下回分解。

## 延伸思考

遼國雖然投降稱臣，但仍舊繼續管理本國；梁山好漢費盡周折，最終卻沒有得到任何實際利益。這反映了當時一種甚麼樣的社會狀況？

---

11）　要害：陷害。

12）　參禮：參拜。

# 第九十回

## 精讀 五台山宋江參禪 雙林鎮燕青遇故

宋江班師回朝路上，隨魯智深回五台山參見智真長老，長老賜予宋江和魯智深二人各四句偈語。眾將路過雙林鎮時，燕青恰逢一老友許貫忠，便隨他到家中作客，大部隊先行回京受賞。

話說五台山這個智真長老，原來是故宋時一個當世的活佛，知得過去未來之事。數載之前，已知魯智深是個了身達命之人，只是俗緣未盡，要還殺生之債，因此教他來塵世中走這一遭。本人宿根，還有道心，今日起這個念頭，要來參禪投禮本師。宋公明亦是素有善心，時刻點悟。因此要同魯智深來參智真長老。

當下宋江與眾將只帶隨行人馬，同魯智深來到五台山下，就將人馬屯紮下營，先使人上山報知。宋江等眾兄弟都脫去戎裝慣帶，各穿隨身衣服，步行上山。轉到山門外，只聽寺內撞鐘擊鼓，眾僧出來迎接，向前與宋江、魯智深等施了禮。數內有認得魯智深的多，又見齊齊整整這許多頭領跟着宋江，盡皆驚訝。堂頭首座[1]來稟宋江道：「長老坐禪入定，不能相接，將軍切勿見罪。」遂請宋江等先去知客寮內少坐。供茶罷，侍者出來請道：「長老禪定方回，已在方丈[2]

1) 首座：指位居上座的僧人。

2) 方丈：這裏指僧寺長老、住持說法之處和道院觀主的住所。

專候，啟請將軍進來。」宋江等一行百餘人，直到方丈，來參智真長老。那長老慌忙降階而接，邀至上堂。各施禮罷，宋江看那和尚時，六旬之上，眉髮盡白，骨格清奇，儼然有天台方廣[3]出山[4]之相。眾人入進方丈之內，宋江便請智真長老上座，焚香禮拜。一行眾將，都已拜罷，魯智深向前插香禮拜。智真長老道：「徒弟一去數年，殺人放火不易[5]。」魯智深默然無言。宋江向前道：「久聞長老清德，爭奈俗緣淺薄，無路拜見尊顏。今因奉詔破遼到此，得以拜見堂頭大和尚，平生萬幸。智深兄弟雖是殺人放火，忠心不害良善，今引宋江等眾兄弟來參大師。」智真長老道：「常有高僧到此，亦曾閒論世事。久聞將軍替天行道，忠義根心。吾弟子智深跟着將軍，豈有差錯！」宋江稱謝不已。

魯智深將出一包金銀彩緞來供獻本師。智真長老道：「吾弟子此物何處得來？無義錢財，決不敢受。」智深稟道：「弟子累經功賞，積聚之物，弟子無用，特地將來獻納本師，以充公用。」長老道：「眾亦難消。與汝置經一藏，消滅罪惡，早登善果。」魯智深拜謝已了。宋江亦取金銀彩緞，上獻智真長老，長老堅執不受。宋江稟說：「我師不納，可令庫司[6]辦齋，供獻本寺僧眾。」當日，就五台山寺中宿歇一宵，長老設素齋相待，不在話下。

且說次日庫司辦齋完備，五台山寺中法堂上鳴鐘擊鼓，智真長老會集眾僧於法堂上，講法參禪。須臾，合寺眾僧，都披袈裟坐具，到於法堂中坐下。宋江、魯智深並眾頭領立於兩邊。引磬響處，兩碗紅紗燈籠引長老上升法座。智真長老到法座上，先拈信香祝贊道：「此一炷香伏願皇上聖

---

3)　天台方廣：鼻子大而方正。

4)　出山：做官。

5)　不易：不變。

6)　庫司：佛寺中管財務總務的部門。

壽齊天，萬民樂業；再拈信香一炷，願今齋主，身心安樂，壽算延長；再拈信香一炷，願今國安民泰，歲稔[7]年和，三教興隆，四方寧靜。」祝贊已罷，就法座而坐。兩下眾僧，打罷問訊[8]，復皆侍立。宋江向前拈香禮拜畢，合掌近前參禪道：「某有一語，敢問吾師：浮世光陰有限，苦海無邊，人身至微，生死最大。」智真長老便答偈[9]曰：

六根[10]束縛多年，四大[11]牽纏已久。堪嗟石火光中[12]，翻了幾個筋斗。咦！閻浮世界[13]諸眾生，泥沙堆裏頻哮吼。

長老說偈已畢，宋江禮拜侍立。眾將都向前拈香禮拜，設誓道：「只願弟兄同生同死，世世相逢！」焚香已罷，眾僧皆退，就請去雲堂[14]內赴齋。

眾人齋罷，宋江與魯智深跟隨長老來到方丈內。至晚閒話間，宋江求問長老道：「弟子與魯智深本欲從師數日，指示愚迷，但以統領大軍，不敢久戀。我師語錄，實不省悟。今者拜辭還京，某等眾弟兄此去前程如何，萬望吾師明彰點化。」智真長老命取紙筆，寫出四句偈語：

當風雁影翩，東闕不團圓。只眼功勞足，雙林福壽全。

---

7) 歲稔（rěn）：年成豐熟。

8) 問訊：和尚合掌行禮。

9) 偈（jì）：佛經中的唱詞。

10) 六根：佛教語。謂眼、耳、鼻、舌、身、意。根為能生之意，眼為視根，耳為聽根，鼻為嗅根，舌為味根，身為觸根，意為念慮之根。

11) 四大：佛教以地、水、火、風為四大。認為四者分別包含堅、濕、暖、動四種性能，人身即由此構成。因亦用作人身的代稱。

12) 石火光中：表示光陰迅速，一眨眼就過去。

13) 閻浮世界：大千世界

14) 雲堂：僧堂。僧眾設齋吃飯和議事的地方。

寫畢，遞與宋江道：「此是將軍一生之事，可以祕藏，久而必應。」宋江看了，不曉其意，又對長老道：「弟子愚蒙，不悟法語，乞吾師明白開解，以釋憂疑。」智真長老道：「此乃禪機隱語，汝宜自參，不可明說。」長老說罷，喚過智深近前道：「吾弟子此去，與汝前程永別，正果將臨也！與汝四句偈去，收取終身受用。」偈曰：

逢夏而擒，遇臘而執。聽潮而圓，見信而寂。

魯智深拜受偈語，讀了數遍，藏在身邊，拜謝本師又歇了一宵。次日，宋江、魯智深並吳用等眾頭領辭別長老下山，眾人便出寺來，智真長老並眾僧都送出山門外作別。

不說長老眾僧回寺，且說宋江等眾將下到五台山下，引起軍馬，星火趕來。眾將回到軍前，盧俊義、公孫勝等接着宋江眾將，都相見了。宋江便對盧俊義等說五台山眾人參禪設誓一事，將出禪語，與盧俊義、公孫勝看了，皆不曉其意。蕭讓道：「禪機法語，等閒如何省得？」眾皆驚訝不已。

宋江傳令，催趲軍馬起程。眾將得令，催起三軍人馬，望東京進發。凡經過地方，軍士秋毫無犯。百姓扶老攜幼，來看王師。見宋江等眾將英雄，人人稱獎，個個欽服。宋江等在路行了數日，到一個去處，地名雙林鎮。當有鎮上居民，及近村幾個農夫，都走攏來觀看。宋江等眾兄弟雁行般排着，一對對並轡而行。正行之間，只見前隊裏一個頭領，滾鞍下馬，向左邊看的人叢裏，扯着一個人叫道：「兄弟如何在這裏？」兩個敘了禮，說着話。宋江的馬，漸漸近前，看時，卻是浪子燕青和一個人說話。燕青拱手道：「許兄，此位便是宋先鋒。」宋江勒住馬看那人時，生得目炯雙瞳，眉分八字。七尺長短身材，三牙掩口髭鬚。戴一頂烏縐紗抹眉頭巾，穿一領皂沿邊褐布道服。繫一條雜彩呂公絛，着一雙方頭青布履。必非碌碌庸人，定是山林逸士。

**點評**

● 長老與魯智深的對話相比與宋江對話的語氣，更加情真意切，讀之令人喟然而歎。

● 與第五回長老給他的偈語相照應：「遇林而起，遇山而富，遇水而興，遇江而止。」這是魯智深的故事至此為止的寫照，之後的故事又會與此四句對應。

宋江見那人相貌古怪，豐神爽雅，忙下馬來，躬身施禮道：「敢問高士大名？」那人望宋江便拜道：「聞名久矣！今日得以拜見。」慌的宋江答拜不迭，連忙扶起道：「小可宋江，何勞如此。」那人道：「小子姓許，名貫忠，祖貫大名府人氏，今移居山野。昔日與燕將軍交契，不想一別有十數個年頭，不得相聚。後來小子在江湖上聞得小乙哥在將軍麾下，小子欣慕不已。今聞將軍破遼凱還，小子特來此處瞻望，得見各位英雄，平生有幸。欲邀燕兄到敝廬略敍，不知將軍肯放否？」燕青亦稟道：「小弟與許兄久別，不意在此相遇。既蒙許兄雅意，小弟只得去一遭。哥哥同眾將先行，小弟隨後趕來。」宋江猛省道：「兄弟燕青，常道先生英雄肝膽，只恨宋某命薄，無緣得遇，今承垂愛，敢邀同往請教。」許貫忠辭謝道：「將軍慷慨忠義，許某久欲相侍左右，因老母年過七旬，不敢遠離。」宋江道：「恁地時，卻不敢相強。」又對燕青說道：「兄弟就回，免得我這裏放心不下。況且到京，倘早晚便要朝見。」燕青道：「小弟決不敢違哥哥將令。」又去稟知了盧俊義，兩下辭別。宋江上得馬來，前行的眾頭領已去了一箭之地，見宋江和貫忠說話，都勒馬伺候。當下宋江策馬上前，同眾將進發。

話分兩頭。且說燕青喚一個親隨軍漢，拴縛了行囊，另備了一匹馬，卻把自己的駿馬讓與許貫忠乘坐。到前面酒店裏，脫下戎裝慣帶，穿了隨身便服。兩人各上了馬，軍漢背着包裹，跟隨在後，離了雙林鎮，望西北小路而行。過了些村舍林岡，前面卻是山僻曲折的路。兩個說些舊日交情，胸中肝膽。出了山僻小路，轉過一條大溪，約行了三十餘里，許貫忠用手指道：「兀那高峻的山中，方是小弟的敝廬在內。」又行了十數里，才到山中。那山峯巒秀拔，溪澗澄清。燕青正看山景，不覺天色已晚。但見：落日帶煙生碧霧，斷霞映水散紅光。

原來這座山叫做大伾山，上古大禹聖人導河，曾到此處。書經上說道：「至於大伾。」這便是個證見。今屬大名府浚縣地方。話休絮絮。且說許貫忠引了燕青轉過幾個山嘴，來到一個山凹裏，卻有三四里方圓平曠的所在。樹木叢中，閃着兩三處草舍。內中有幾間向南傍溪的茅舍。門外竹籬圍繞，柴扉半掩，修竹蒼松，丹楓翠柏，森密前後。許貫忠指着說道：「這個便是蝸居[15]。」燕青看那竹籬內，一個黃髮村童穿一領布衲襖，向地上收拾些曬乾的松枝榾柮，堆積於茅簷之下。聽得馬蹄響，立起身往外看了，叫聲奇怪：「這裏那得有馬經過！」仔細看時，後面馬上卻是主人。慌忙跑出門外，叉手立着，呆呆地看。原來臨行備馬時，許貫忠說不用鑾鈴，以此至近方覺。二人下了馬，走進竹籬。軍人把馬拴了。二人入得草堂，分賓主坐下。茶罷，貫忠教隨來的軍人卸下鞍轡，把這兩匹馬牽到後面草房中，喚童子尋些草料餵養，仍教軍人前面耳房內歇息。燕青又去拜見了貫忠的老母。貫忠攜着燕青，同到靠東向西的草廬內。推開後窗，卻臨着一溪清水，兩人就倚着窗檻坐地。

貫忠道：「敝廬窄陋，兄長休要笑話！」燕青答道：「山明水秀，令小弟應接不暇，實在難得。」貫忠又問些征遼的事。多樣時，童子點上燈來，閉了窗格，掇張桌子，鋪下五六碟菜蔬，又搬出一盤雞、一盤魚及家中藏下的兩樣山果，旋了一壺熱酒。貫忠篩了一杯，遞與燕青道：「特地邀兄到此，村醪野菜，豈堪待客？」燕青稱謝道：「相擾卻是不當。」數杯酒後，窗外月光如晝。燕青推窗看時，又是一般清致。雲輕風靜，月白溪清，水影山光，相映一室。燕青誇獎不已道：「昔日在大名府，與兄長最為莫逆。自從兄長應武舉後，便不得相見。卻尋這個好去處，何等幽雅！像劣弟恁地東征西逐，怎得一日清閒？」貫忠笑道：「宋公明及

---

15)　蝸居：謙稱自己的住所。

點評

各位將軍，英雄蓋世，上應罡星，今又威服強虜。像許某蝸伏荒山，那裏有分毫及得兄等。俺又有幾分兒不合時宜處，每每見奸黨專權，蒙蔽朝廷，因此無志進取，遊蕩江河，到幾個去處，俺也頗頗留心。」說罷大笑，洗盞更酌。燕青取白金二十兩，送與貫忠道：「些須薄禮，少盡鄙忱。」貫忠堅辭不受。燕青又勸貫忠道：「兄長恁般才略，同小弟到京師覷方便，討個出身。」貫忠歎口氣說道：「今奸邪當道，妒賢嫉能，如鬼如蜮[16]的，都是峨冠博帶[17]；忠良正直的，盡被牢籠陷害。小弟的念頭久灰。兄長到功成名就之日，也宜尋個退步。自古道：『鵰鳥盡，良弓藏。』」燕青點頭嗟歎。兩個說至半夜，方才歇息。

次早洗漱罷，又早擺上飯來，請燕青吃了，便邀燕青去山前山後遊玩。燕青登高眺望，只見重巒迭障，四面皆山，唯有禽聲上下，卻無人跡往來。山中居住的人家，顛倒數過，只有二十餘家。燕青道：「這裏賽過桃源。」燕青貪看山景，當日天晚，又歇了一宵。

次日，燕青辭別貫忠道：「恐宋先鋒懸念，就此拜別。」貫忠相送出門。貫忠道：「兄長少待！」無移時，村童托一軸手卷兒出來，貫忠將來遞與燕青道：「這是小弟近來的幾筆拙畫。兄長到京師，細細的看，日後或者亦有用得着處。」燕青謝了，教軍人拴縛在行囊內。兩個不忍分手，又同行了一二里。燕青道：「『送君千里，終須一別』，不必遠勞，後圖再會。」兩人各悒怏[18]分手。

● 燕青這幾天作客的日子與他以往的生活方式迥然不同，這在他的內心產生了強烈的震撼，從哪些言行能夠看出來？

燕青望許貫忠回去得遠了，方才上馬。便教軍人也上了馬，一齊上路。不則一日，來到東京，恰好宋先鋒屯駐軍馬於陳橋驛，聽候聖旨。燕青入營參見，不題。

---

16) 蜮（yù）：鬼怪的意思。

17) 峨冠博帶：高冠和闊衣帶。古代儒生或士大夫的裝束。

18) 悒怏（yì yàng）：憂鬱不快。

且說先是宿太尉並趙樞密中軍人馬入城，已將宋江等功勞奏聞天子。報說宋先鋒等諸將兵馬，班師回軍，已到關外。趙樞密前來啟奏，說宋江等諸將邊庭勞苦之事。天子聞奏，大加稱讚，就傳聖旨，命黃門侍郎宣宋江等面君朝見，都教披掛入城。

宋江等眾將遵奉聖旨，本身披掛，戎裝革帶，頂盔掛甲，身穿錦襖，懸帶金銀牌面，從東華門而入，都至文德殿朝見天子，拜舞起居，山呼萬歲。皇上看了宋江等眾將英雄，盡是錦袍金帶，唯有吳用、公孫勝、魯智深、武松身着本身服色。天子聖意大喜，乃曰：「寡人多知卿等征進勞苦，邊塞用心，中傷者多，寡人甚為憂戚。」宋江再拜奏道：「託聖上洪福齊天，臣等眾將雖有中傷，俱各無事。今逆虜投降，邊庭寧息，實陛下威德所致，臣等何勞之有？」再拜稱謝。天子特命省院官計議封爵。太師蔡京、樞密童貫商議奏道：「宋江等官爵，容臣等酌議奏聞。」天子准奏，仍敕光祿寺大設御宴，欽賞宋江錦袍一領、金甲一副，名馬一匹，盧俊義以下給賞金帛，盡於內府關支。宋江與眾將謝恩已罷，盡出宮禁，都到西華門外，上馬回營安歇，聽候聖旨。不覺的過了數日，那蔡京、童貫等那裏去議甚麼封爵，只顧延挨。

且說宋江正在營中閒坐，與軍師吳用議論些古今興亡得失的事，只見戴宗、石秀各穿微服來稟道：「小弟輩在營中，兀坐無聊，今日和石秀兄弟閒走一回，特來稟知兄長。」宋江道：「早些回營，候你每同飲幾杯。」戴宗和石秀離了陳橋驛，望北緩步行來。過了幾個街坊市井，忽見路旁一個大石碑，碑上有「造字台」三字，上面又有幾行小字，因風雨剝落，不甚分明。戴宗仔細看了道：「卻是倉頡造字之處。」石秀笑道：「俺每用不着他。」兩個笑着，望前又行。到一個去處，偌大一塊空地，地上都是瓦礫。正北上有個石牌坊，橫着一片石板，上鐫「博浪城」三字。戴宗沉吟了一回，說道：「原來此處是漢留侯擊始皇的所在。」戴宗嘖嘖稱讚道：「好個留侯！」石秀道：「只可惜這一椎不中！」兩個嗟歎了一回，說着話，只顧望北走去，離營卻有二十餘里，石秀道：「俺兩個鳥耍了這半日，尋那裏吃碗酒回營去。」戴宗道：「兀那前面不是個酒店？」兩個進了酒店，揀個近窗明亮的座頭坐地。戴宗敲着桌子叫道：「將酒來！」酒保搬了五六碟菜蔬，擺在桌上，問道：「官人打多少酒？」石秀道：「先打兩角酒，下飯但是下得口的，只顧賣來。」無移時，酒保旋了兩角酒，一盤牛肉，一盤羊肉，一盤嫩雞。兩個正在那裏吃酒閒話，只見一個漢子托着雨傘桿棒，背個包裹，拽紮起皂衫，腰繫着纏袋，腿絣護膝，八搭麻鞋，走得氣急喘促，進了店門，放下傘棒包裹，便向一個座頭坐下，叫道：「快將些酒肉來！」過賣旋了一角酒，擺下兩三碟菜蔬。那漢道：「不必文謅了，有肉快切一盤來，俺吃了，要趕路進城公幹。」拿起酒，大口價吃。戴宗把眼瞅着，肚裏尋思道：「這鳥是個公人，不知甚麼鳥事？」便向那漢拱手問道：「大哥，甚麼事恁般要緊？」那漢一頭吃酒吃肉，一頭夾七夾八的說出幾句話來。有分教：宋公明再建奇功，汾沁地重歸大宋。畢竟那漢說出甚麼話來，且聽下回分解。

## 延伸思考

本回的詳略安排頗有意味，詳寫了參見智真長老和燕青偶遇故人兩個片段，眾將回朝受賞卻一筆帶過，作者這樣用筆原因何在？

## 第九十一回

# 宋公明兵渡黃河
# 盧俊義賺城黑夜

宋江回朝，還沒休整停當，又得知河北田虎作亂，便通過宿太尉保舉，願意出兵征討。這場戰事會像上次打大遼那樣難以攻克嗎？吳用又有何出其不意的計策呢？

話說戴宗、石秀見那漢像個公人打扮，又見他慌慌張張。戴宗問道：「端的是甚麼公幹？」那漢放下箸，抹抹嘴，對戴宗道：「河北田虎作亂，你也知道麼？」戴宗道：「俺每也知一二。」那漢道：「田虎那廝，侵州奪縣，官兵不能抵敵。近日打破蓋州，早晚便要攻打衞州。城中百姓，日夜驚恐，城外居民，四散的逃竄。因此本府差俺到省院，投告急公文的。」說罷，便起身，背了包裹，托着傘棒，急急算還酒錢，出門歎口氣道：「真個是官差不自由，俺們的老小都在城中。皇天，只願早早發救兵便好！」拽開步，望京城趕去了。

戴宗、石秀得了這個消息，也算還酒錢，離了酒店，回到營中，見宋先鋒報知此事。宋江與吳用商議道：「我等諸將，閒居在此，甚是不宜。不若奏聞天子，我等情願起兵前去征進。」吳用道：「此事須得宿太尉保奏方可。」當時會集諸將商議，盡皆歡喜。

次日，宋江穿了公服，引十數騎入城，直至太尉府前下馬。正值太尉在府，令人傳報。太尉知道，忙教請進。宋江到堂上再拜起居。宿太尉道：「將軍何事光降[1]？」宋江道：「上告恩相，宋某聽得河北田虎造反，佔據州郡，擅改年號，侵至蓋州，早晚來打衞州。宋江等人馬久閒，某等情願部領兵馬，

1)　光降：光臨，光顧。

前去征剿，盡忠報國。望恩相保奏則個。」宿太尉聽了大喜道：「將軍等如此忠義，肯替國家出力，宿某當一力保奏。」宋江謝道：「宋某等屢蒙太尉厚恩，雖銘心鏤骨，不能補報。」宿太尉又令置酒相待。至晚，宋江回營，與眾頭領說知。

卻說宿太尉次日早朝入內，見天子在披香殿。省院官正奏：「河北田虎造反，佔據五府五十六縣，改年建號，自霸稱王。目今打破陵川，懷州震鄰，申文告急。」天子大驚，向百官文武問道：「卿等誰與寡人出力，剿滅此寇？」只見班部叢中閃出宿太尉，執簡當胸，俯伏啟奏道：「臣聞田虎斬木揭竿之勢，今已燎原，非猛將雄兵，難以剿滅。今有破遼得勝宋先鋒，屯兵城外，乞陛下降敕，遣這支軍馬前去征剿，必成大功。」天子大喜，即令省院官奉旨出城，宣取宋江、盧俊義，直到披香殿下，朝見天子。拜舞[2]已畢，玉音道：「朕知卿等英雄忠義，今敕卿等征討河北，卿等勿辭勞苦。早奏凱歌而回，朕當優擢[3]。」宋江、盧俊義叩頭奏道：「臣等蒙聖恩委任，敢不鞠躬盡瘁，死而後已！」天子龍顏欣悅，降敕封宋江為平北正先鋒，盧俊義為副先鋒。各賜御酒、金帶、錦袍、金甲、彩緞。其餘正偏將佐，各賜緞匹銀兩。待奏蕩平，論功升賞，加封官爵。三軍頭目，給賜銀兩，都就於內府關支。限定日期，出師起行。宋江、盧俊義再拜謝恩，領旨辭朝，上馬回營，升帳而坐。當時會集諸將，盡教收拾鞍馬衣甲，準備起身，征討田虎。

次日，於內府關到[4]賞賜緞匹銀兩，分俵諸將，給散三軍頭目。宋江與吳用計議，着令水軍頭領，整頓戰船先進，自汴河入黃河，至原武縣界，等候大軍到來，接濟渡河。傳令與馬軍頭領，整頓馬匹，水陸並進，船騎同行，準備出師。

且說河北田虎這廝，是威勝州沁源縣一個獵戶，有膂力，熟武藝，專一交結惡少。本處萬山環列，易於哨聚。又值水旱頻仍，民窮財盡，人心思亂。田虎乘機糾集亡命，捏造妖言，煽惑愚民。初時擄掠些財物，後來侵州奪縣，官兵不敢當其鋒。

---

2) 拜舞：跪拜與舞蹈，古代朝拜的禮節。

3) 優擢：提升官職。

4) 關到：支取到。

說話的，田虎不過一個獵戶，為何就這般猖獗？看官聽着：卻因那時文官要錢，武將怕死，各州縣雖有官兵防禦，都是老弱虛冒。或一名吃兩三名的兵餉，或勢要人家閒着的伴當，出了十數兩頂首，也買一名充當，落得關支些糧餉使用。到得點名操練，卻去僱人答應。上下相蒙，牢不可破。國家費盡金錢，竟無一毫實用。到那臨陣時節，卻不知廝殺，橫的豎的，一見前面塵起炮響，只恨爺娘少生兩隻腳。當時也有幾個軍官引了些兵馬，前去追剿田虎，那裏敢上前？只是尾其後，東奔西逐，虛張聲勢，甚至殺良冒功。百姓愈加怨恨，反去從賊，以避官兵。所以被他佔去了五州五十六縣。那五州一是威勝，即今時沁州；二是汾陽，即今時汾州；三是昭德，即今時潞安；四是晉寧，即今時平陽；五是蓋州，即今時澤州。那五十六縣，都是這五州管下的屬縣。田虎就汾陽起造宮殿，偽設文武官僚，內相外將，獨霸一方，稱為晉王。兵精將猛，山川險峻。目今分兵兩路，前來侵犯。

再說宋江選日出師，相辭了省院諸官，當有宿太尉親來送行，趙安撫遵旨，至營前賞勞三軍。宋江、盧俊義謝了宿太尉、趙樞密，兵分三隊而進，令五虎八驃騎為前部。

五虎將五員：大刀關勝；豹子頭林沖；霹靂火秦明；雙鞭將呼延灼；雙槍將董平。

八驃騎八員：小李廣花榮；金槍手徐寧；青面獸楊志；急先鋒索超；沒羽箭張清；美髯公朱仝；九紋龍史進；沒遮攔穆弘。

令十六彪將為後隊。小彪將十六員：鎮三山黃信；病尉遲孫立；醜郡馬宣贊；井木犴郝思文；百勝將韓滔；天目將彭玘；聖水將軍單廷珪；神火將魏定國；摩雲金翅歐鵬；火眼狻猊鄧飛；錦毛虎燕順；鐵笛仙馬麟；跳澗虎陳達；白花蛇楊春；錦豹子楊林；小霸王周通。

宋江、盧俊義、吳用、公孫勝及其餘將佐，馬步頭領，統領中軍。當日三聲號炮，金鼓樂器齊鳴，離了陳橋驛，望東北進發。

宋江號令嚴明，行伍整肅，所過地方，秋毫無犯，是不必說。兵至原武縣界，縣官出郊迎接，前部哨報水軍頭領船隻，已在河濱等候渡河。宋江傳令李俊等領水兵六百，分為兩哨，分哨左右。再拘聚些當地船隻，裝載馬匹車仗。宋江等大兵，次第渡過黃河北岸，便令李俊等統領戰船，前至衞州衞河齊取。

宋江兵馬前部，行至衞州屯紮。當有衞州官員，置筵設席，等接宋先鋒到來，請進城中管待，訴說：「田虎賊兵浩大，不可輕敵。澤州是田虎手下偽樞密鈕文忠鎮守，差部下張翔、王吉領兵一萬，來攻本州所屬輝縣；沈安、秦升，領兵一萬，來攻懷州屬縣武涉。求先鋒速行解救則個！」宋江聽罷，回營與吳用商議，發兵前去救應。吳用道：「陵川乃蓋州之要地，不若竟領兵去打陵川，則兩縣之圍自解。」當下盧俊義道：「小弟不才，願領兵去取陵川。」宋江大喜，撥盧俊義馬軍一萬，步兵五百。馬軍頭領乃是花榮、秦明、董平、索超、黃信、孫立、楊志、史進、朱仝、穆弘。步軍頭領乃是李逵、鮑旭、項充、李袞、魯智深、武松、劉唐、楊雄、石秀。

次日，盧俊義領兵去了。宋江在帳中，再與吳用計議進兵良策。吳用道：「賊兵久驕，盧先鋒此去，必然成功。只有一件，三晉山川險峻，須得兩個頭領做細作，先去打探山川形勢，方可進兵。」道猶未了，只見帳前走過燕青稟道：「軍師不消費心，山川形勢，已有在此。」當下燕青取出一軸手卷，展放桌上。宋江與吳用從頭仔細觀看，即是三晉山川城池關隘之圖。凡何處可以屯紮，何處可以埋伏，何處可以廝殺，細細的都寫在上面。吳用驚問道：「此圖何處得來？」燕青對宋江道：「前日破遼班師，回至雙林鎮，所遇那個姓許雙名貫忠的，他邀小弟到家，臨別時，將此圖相贈。他說是幾筆醜畫，弟回到營中閒坐，偶取來展看，才知是三晉之圖。」宋江道：「你前日回來，正值收拾朝見，忙忙地不曾問得備細。我看此人，也是個好漢，你平日也常對我說他的好處，他如今何所作為？」燕青道：「貫忠博學多才，也好武藝，有肝膽，其餘小伎，琴弈丹青，件件都省的。」因他不願出仕，山居幽僻，及相敘的言語，備細說了一遍。吳用道：「誠天下有心人也。」宋江、吳用嗟歎稱讚不已。

且說盧俊義領了兵馬，先令黃信、孫立領三千兵去陵川城東五里外埋伏，史進、楊志領三千軍去陵川城西五里外埋伏。「今夜五鼓，銜枚摘鈴，悄地各去。明日我等進兵，敵人若無準備，我兵已得城池，只看南門旗號，眾頭領領了軍馬，徐徐進城。倘敵人有準備，放炮為號，兩路一齊殺出接應。」四將領計去了。盧俊義次早五更造飯，平明軍馬直逼陵川城下。兵分三隊，一帶兒擺開，搖旗擂鼓搦戰。

守城軍慌的飛去報知守將董澄及偏將沈驥、耿恭。那董澄是鈕文忠部下先鋒，身長九尺，膂力過人，使一口三十斤重潑風刀。當下聽的報宋朝調遣梁山泊兵馬，已到城下紮營，要來打城。董澄急升帳整點軍馬，出城迎敵。耿恭諫道：「某聞宋江這夥英雄，不可輕敵，只宜堅守。差人去蓋州求取救兵到來，內外夾攻，方能取勝。」董澄大怒道：「叵耐那廝小覷俺這裏，怎敢就來攻城！彼遠來必疲，待俺出去，教他片甲不回！」耿恭苦諫不聽。董澄道：「既如此，留下一千軍馬與你城中守護。你去城樓坐着，看俺殺那廝。」急披掛提馬，同沈驥領兵出城迎敵。

城門開處，放下吊橋，二三千兵馬，擁過吊橋。宋軍陣裏，用強弓硬弩，射住陣腳。只聽得鼙鼓[5]冬冬，陵川陣中捧出一員將來。怎生打扮？戴一頂點金束髮渾鐵盔，頂上撒斗來大小紅纓。披一副擺連環鎖子鐵甲，穿一領繡雲霞團花戰袍，着一雙斜皮嵌線雲跟靴，繫一條紅鞓釘就迭勝帶。一張弓，一壺箭。騎一匹銀色捲毛馬，手使一口潑風刀。

董澄立馬横刀，大叫道：「水泊草寇，到此送死！」朱仝縱馬喝道：「天兵到此，早早下馬受縛，免污刀斧！」兩軍吶喊。朱仝、董澄搶到垓心，兩馬相交，兩器並舉，二將鬥不過十餘合，朱仝撥馬望東便走，董澄趕來。東隊裏花榮挺槍接住廝殺，鬥到三十餘合，不分勝敗。吊橋邊沈驥見董澄不能取勝，掄起出白點鋼槍，拍馬向前助戰。花榮見兩個夾攻，撥馬望東便走。董澄、沈驥緊緊趕來，花榮回馬再戰。

耿恭在城頭上，看見董澄、沈驥趕去，恐怕有失，正欲鳴鑼收兵。宋軍隊裏忽衝出一彪軍來，李逵、魯智深、鮑旭、項充等十數個頭領飛也似搶過吊橋來，北兵怎當得這樣兇猛，不能攔當。耿恭急叫閉門，說時遲，那時快，魯智深、李逵早已搶入城來。守門軍一齊向前，被智深大叫一聲，一禪杖打翻了兩個。李逵掄斧，劈倒五六個。鮑旭等一擁而入。奪了城門，殺散軍士。耿恭見頭勢不好，急滾下來，望北要走，被步軍趕上活捉了。

董澄、沈驥正鬥花榮，聽的吊橋邊喊起，急回馬趕去。花榮不去追趕，就了事環帶住鋼槍，拈弓取箭，覷定董澄，望董澄後心颼的一箭，董澄兩腳蹬空，撲通的倒撞下馬來。盧俊義等招動軍馬，掩殺過來。沈驥被董平一槍戳死，陵川兵馬，殺死大半，其餘的四散逃竄去了。眾將領兵，一齊進城。

---

5)　鼙（pí）鼓：小鼓和大鼓。古代軍隊所用；古代樂隊也有使用。

黑旋風李逵兀是火剌剌的只顧砍殺，盧俊義連叫：「兄弟，不要殺害百姓。」李逵方肯住手。

盧俊義教軍士快於南門豎立認軍旗號，好教兩路伏兵知道，再分撥軍士各門把守。少頃，黃信、孫立、史進、楊志兩路伏兵一齊都到。花榮獻董澄首級，董平獻沈驥首級，鮑旭等活捉得耿恭並部下幾個頭目解來。盧先鋒都教解了綁縛，扶耿恭於客位，分賓主而坐。耿恭拜謝道：「被擒之將，反蒙厚禮相待。」俊義扶起道：「將軍不出城迎敵，良有深意，豈董澄輩可比。宋先鋒招賢納士，將軍若肯歸順天朝，宋先鋒必行保奏重用。」耿恭叩頷謝道：「既蒙不殺之恩，願為麾下小卒。」盧俊義大喜，再用好言撫慰了這幾個頭目，一面出榜安民，一面備辦酒食，犒勞軍士，置酒管待耿恭及眾將。

盧俊義問耿恭蓋州城中兵將多寡。耿恭道：「蓋州有鈕樞密重兵鎮守，陽城、沈水俱在蓋州之西，唯高平縣去此只六十里遠近，城池傍着韓王山，守將張禮、趙能，部下有二萬軍馬。」盧先鋒聽罷，舉杯向耿恭道：「將軍滿飲此杯，只今夜盧某便要將軍去幹一件功勞，萬勿推卻。」耿恭道：「蒙先鋒如此厚恩，耿恭敢不盡心！」俊義喜道：「將軍既肯去，盧某撥幾個兄弟並將軍部下頭目，依着盧某如此如此，即刻就煩起身。」又喚過那新降的六七個頭目，各賞酒食銀兩，功成另行重賞。當下酒罷，盧俊義傳令李逵、鮑旭等七個步兵頭領並一百名步兵，穿換了陵川軍卒的衣甲旗號。又令史進、楊志領五百馬軍，銜枚摘鈴，遠遠地隨在耿恭兵後。卻令花榮等眾將，在城鎮守，自己領三千兵，隨後接應。

分撥已定，耿恭等領計出城，日色已晚，行至高平城南門外，已是黃昏時候。星光之下，望城上旗幟森密，聽城中更鼓嚴明。耿恭到城下高叫道：「我是陵川守將耿恭，只為董、沈二將不肯聽我說話，開門輕敵，以此失陷。我急領了這百餘人，開北門從小路潛走至此，快放我進城則個！」守城軍士把火照認了，急去報知張禮、趙能。那張禮、趙能親上城樓，軍士打着數把火炬，前後照耀。張禮向下對耿恭道：「雖是自家人馬，也要看個明白。」望下仔細辨認，真個是陵川耿恭領着百餘軍卒，號衣[6]旗幟，無半點差錯。城上軍人多有認得頭目的，便指道：「這個是孫如虎。」又道：「這個是李擒龍。」

---

6) 號衣：上有特殊標誌的衣服。

張禮笑道：「放他進來！」只見城門開處，放下吊橋，又令三四十個軍士把住吊橋兩邊，方才放耿恭進城。後面這那軍人，一擁搶進道：「快進去！快進去！後面追趕來了。」也不顧甚麼耿將軍，把門軍士喝道：「這是甚麼去處？這般亂竄！」正在那裏爭讓，只見韓王山嘴邊火起，飛出一彪軍馬來，二將當先，大喊：「賊休走！」那耿恭的軍卒內，已渾着李逵、鮑旭、項充、李衮、劉唐、楊雄、石秀這七個大蟲在內。當時各掣出兵器，發聲喊，百餘人一齊發作，搶進城來。城中措手不及，那裏關得城門迭。城門內外軍士早被他們砍翻數十個，奪了城門，張禮叫苦不迭，急挺槍下城來尋耿恭，正撞着石秀。鬥了三五合，張禮無心戀戰，拖槍便走，被李逵趕上，搞察的一斧，剁為兩段。再說韓王山嘴邊那彪軍飛到城邊，一擁而入，正是史進、楊志，分投趕殺北兵。趙能被亂兵所殺。高平軍士，殺死大半，把張禮老小，盡行誅戮。城中百姓，在睡夢裏驚醒，號哭震天。須臾，盧先鋒領兵也到了，下令守把各門，教十數個軍士分頭高叫，不得殺害百姓。天明，出榜安民，賞賜軍士，差人飛報宋先鋒知道。

為何盧俊義攻破兩座城池，恁般容易？恁般神速？卻因田虎部下縱橫，久無敵手，輕視官軍，卻不知宋江等眾將如此英雄。盧俊義得了這個竅[7]，出其不意，連破二城，所以吳用說：「盧先鋒此去一定成功。」

說休絮煩。且說宋江軍馬屯紮衛州城外。宋先鋒正在帳中議事，忽報盧先鋒差人飛報捷音，並乞宋先鋒再議進兵之策。宋江大喜，對吳用道：「盧先鋒一日連克二城，賊已喪膽。」正說間，又有兩路哨軍報道：「輝縣、武涉兩處圍城兵馬，聞陵川失守，都解圍去了。」宋江對吳用道：「軍師神算，古今罕有！」欲拔寨西行，與盧先鋒合兵一處，計議進兵。吳用道：「衛州左孟門，右太行，南濱大河，西壓上黨，地當衝要。倘賊人知大兵西去。從昭德提兵南下，我兵東西不能相顧，將如之何？」宋江道：「軍師之言最當！」便令關勝、呼延灼、公孫勝領五千軍馬，鎮守衛州，再令水軍頭領李俊、二張、三阮、二童統領水軍船隻，泊聚衛河，與城內相為犄角。分撥已定，諸將領命去了。

---

7)　竅：道理，竅門。

宋江眾將，統領大兵，即日拔寨起行。於路無話。來到高平、盧俊義等出城迎接。宋江道：「兄弟們連克二城，功勞不小，功績簿上，都一一紀錄。」盧俊義領新降將耿恭參見。宋江道：「將軍棄邪歸正，與宋某等同替國家出力，朝廷自當重用。」耿恭拜謝侍立。

宋江以為人馬眾多，不便入城，就於城外紮寨。即日與吳用、盧俊義商議，如今當去打那個州郡。吳用道：「蓋州山高澗深，道路險阻，今已克了兩個屬縣，其勢已孤。當先取蓋州，以分敵勢，然後分兵兩路夾剿，威勝可破也。」宋江道：「先生之言，正合我意。」傳令柴進同李應去守陵川，替回花榮等六將前來聽用，史進同穆弘守高平。柴進等四人遵令去了。當下有沒羽箭張清稟道：「小將兩日感冒風寒，欲於高平暫住，調攝[8]痊可，赴營聽用。」宋江便教神醫安道全，同張清往高平療治。

次日，花榮等已到。宋江令花榮、秦明、索超、孫立領兵五千為先鋒；董平、楊志、朱仝、史進、穆弘、韓滔、彭玘領兵一萬為左翼，黃信、林沖、宣贊、郝思文、歐鵬、鄧飛領兵一萬為右翼，徐寧、燕順、馬麟、陳達、楊春、楊林、周通、李忠為後隊，宋江、盧俊義等其餘將佐，統領大兵為中軍。這五路雄兵，殺奔蓋州來，卻似龍離大海，虎出深林。正是：人人要建封侯績，個個思成蕩寇功。畢竟宋江兵馬如何攻打蓋州，且聽下回分解。

## 延伸思考

宋江此回是主動請纓出戰，與奉命征討的性質不同，這樣的行為體現了他何種心理？又暗示當時怎樣的社會環境？

8) 調攝：調養。

## 第九十二回

# 振軍威小李廣神箭
# 打蓋郡智多星密籌

田虎久無敵手，輕視梁山軍隊，連失二城。宋江與吳用等商議後，決定攻打道路險阻的蓋州，此役經過軍師籌劃，贏得漂亮，令人應接不暇。

話說宋江統領軍兵人馬，分五隊進發，來打蓋州。蓋州哨探軍人，探聽的實，飛報入城來。城中守將鈕文忠，原是綠林中出身，江湖上打劫的金銀財物，盡行資助田虎，同謀造反，佔據宋朝州郡，因此官封樞密之職。慣使一把三尖兩刃刀，武藝出眾。部下管領着猛將四員，名號四威將，協同鎮守蓋州。那四員威將：猊威將方瓊，貔威將安士榮，彪威將褚亨，熊威將于玉麟。

這四威將手下，各有偏將四員，共偏將一十六員。乃是：楊端、郭信、蘇吉、張翔、方順、沈安、盧元、王吉、石敬、秦升、莫真、盛本、赫仁、曹洪、石遜、桑英。

鈕文忠同正偏將佐，統領着三萬北兵，據守蓋州，近聞陵川、高平失守，一面準備迎敵官軍，一面申文去威勝、晉寧兩處，告急求救。當下聞報，即遣正將方瓊，偏將楊端、郭信、蘇吉、張翔領兵五千，出城迎敵。臨行鈕文忠道：「將軍在意，我隨後領兵接應。」方瓊道：「不消樞密吩咐，那兩處城池，非緣力不能敵，都中了他詭計。方某今日不殺他幾個，誓不回城。」

當下各各披掛上馬，領兵出東門，殺奔前來。宋兵前隊迎着，擺開陣勢，戰鼓喧天。北陣裏門旗開處，方瓊出馬當先，四員偏將簇擁在左右。那方瓊頭戴捲雲冠，披掛龍鱗甲，身穿綠錦袍，腰繫獅蠻帶，足穿抹綠靴。

左掛弓，右懸箭；跨一匹黃鬃馬，拈一條渾鐵槍，高叫道：「水窪草寇，怎敢用詭計賺我城池！」宋陣中孫立喝道：「助逆反賊，今天兵到來，尚不知死！」拍馬直搶方瓊。二將在征塵影裏，殺氣叢中，鬥過三十餘合，方瓊漸漸力怯。北軍陣中，張翔見方瓊鬥不過孫立，他便拈起弓，搭上箭，把馬挨出陣前，向孫立颼的一箭。孫立早已看見，把馬頭一提，正射中馬眼，那馬直立起來。孫立跳在一邊，拈着槍，便來步鬥。那馬負痛，望北跑了十數步便倒。張翔見射不倒孫立，飛馬提刀，又來助戰，卻得秦明接住廝殺。孫立欲歸陣換馬，被方瓊一條槍，不離左右的絞住，不能脫身。那邊惱犯了神臂將花榮，罵道：「賊將怎敢放暗箭，教他認我一箭！」口裏說着，手裏的弓已開得滿滿地，覷定方瓊較親，颼的只一箭，正中方瓊面門，翻身落馬。孫立趕上，一槍結果，急回本陣換馬去了。張翔與秦明廝殺，秦明那條棍不離張翔的頂門上下，張翔只辦得架隔遮攔。又見方瓊落馬，心中懼怯，漸漸輸將下來。北陣裏郭信拍馬拈槍，來助張翔。秦明力敵二將，全無懼怯，三匹馬丁字兒擺開，在陣前廝殺。花榮再取第二枝箭，搭上弦，望張翔後心覷得親切，弓開滿月，箭發流星，颼的又一箭，喝聲道：「認箭！」正中張翔後心，射個透明，那枝箭直透前胸而出，頭盔倒掛，兩腳蹬空，撲通的撞下馬來。郭信見張翔中箭，賣個破綻，撥馬望本陣便走，秦明緊緊趕去。此時孫立已換馬出陣，同花榮、索超招兵捲殺過來，北兵大亂。那邊楊端、郭信、蘇吉抵當不住，望後急退。猛聽的北兵後面，喊聲大振，卻是鈕文忠恐方瓊有失，令安士榮、于玉麟各領五千軍馬，分兩路合殺攏來。這裏花榮等四將急分兵抵敵，卻被那楊端、郭信、蘇吉勒轉兵馬，回身殺來。當不得三面夾攻，花榮等四將奮力衝突，看看圍在垓心。又聽得東邊喊殺連天，北軍大亂，左是董平等七將，右是黃信等七將，兩翼兵馬，一齊衝殺過來，北兵大敗，殺死者甚多。安士榮、于玉麟等，領兵急擁進城，閉了城門。宋兵追至城下，城上擂木炮石打將下來，宋兵方退。

　　須臾，宋先鋒等大兵都到，離城五里屯紮。宋江升帳，教蕭讓標寫花榮頭功。忽然起一陣怪風，飛土揚塵，從西過東，把旗幟都搖撼的歪邪。吳用道：「這陣風，今夜必主賊兵劫寨，可速準備。」宋江道：「這陣風，真個不比尋常！」便令歐鵬、鄧飛、燕順、馬麟領三千兵於寨左埋伏；王英、陳達、楊春、李忠領三千兵於寨右埋伏；魯智深、武松、李逵、鮑旭、項充、李袞領兵五百，於寨中埋伏：炮響為號，一齊殺出。分撥已了，宋江與吳用秉燭談兵。

且說鈕文忠見折了二將，計點軍士，折去二千餘名。正在帳中納悶，當有貔威將安士榮獻計道：「恩相放心！宋江這夥連贏了幾陣，已是志驕氣滿，必無準備。今夜，安某領一支兵去劫寨，可獲全勝，以報今日之仇。」鈕樞密道：「將軍若去，我當親自領兵接應。卻令于、褚二將軍堅守城池。」安士榮大喜道：「若得恩相親征，必擒宋江。」計議已定，至二更時分，士榮同偏將沈安、盧元、王吉、石敬統領五千軍馬，人披軟戰[1]，馬摘鑾鈴，出得城來，銜枚疾走，直至宋兵寨前，發聲喊，一擁殺入寨來。只見寨門大開，寨中燈燭輝煌，安士榮情知中計，急退不迭。宋寨中一聲炮響，左有燕順等四將，右有王英等四將，一齊奔殺攏來。寨內李逵等六將，領蠻牌步兵，滾殺出寨來。北軍大敗，四散逃命。沈安被武松一戒刀砍死，王吉被王英殺死。宋兵把安士榮、盧元、石敬人馬圍在垓心。看看危急，卻得鈕文忠同偏將曹洪、石遜領兵救應，混殺一場，各自收兵。

次日，鈕文忠計點軍士，折去千餘。又折了沈兵、王吉二將，石遜身帶重傷，命在呼吸。正憂悶間，忽報威勝有使命擎賫令旨到來。鈕文忠連忙上馬，出北門迎接。使臣進城，宣讀令旨，說近來司天監夜觀天象，有罡星入犯晉地分野，務宜堅守城池，不得有誤。鈕文忠訴說：「宋朝差宋江等兵馬前來廝殺，連破兩個城池。宋兵已到這裏，昨日廝殺，又折了正偏將佐五員。若得救兵早到，方保無虞。」使臣道：「在下離威勝時，尚未有這個消息。行至中路，始聽的傳說宋朝遣兵到俺這裏。」鈕文忠設宴管待，饋送禮物，一面準備擂木炮石，強弓硬弩，火箭火器，堅守城池，以待救兵，不在話下。

再說燕順、王英等眾將殺散劫寨賊兵，得勝回寨。次日，宋江傳令，修治輼器械，準備攻城：令林沖、索超、宣贊、郝思文領兵一萬，攻打東門；徐寧、秦明、韓滔、彭玘領兵一萬，攻打南門；董平、楊志、單廷珪、魏定國領兵一萬，攻打西門。卻空着北門，恐有救兵到來，城內衝突，兩路受敵。卻令史進、朱仝、穆弘、馬麟領兵五千，於城東北高岡下埋伏；黃信、孫立、歐鵬、鄧飛領兵五千，於城西北密林裏埋伏。倘賊人調遣救兵至，兩

---

1)　軟戰：非金屬製的軟質戰衣。

路夾擊。令花榮、王英、張青、孫新、李立領馬兵一千為游騎，往來四門探聽；李逵、鮑旭、項充、李袞、劉唐、雷橫領步兵三百，與花榮等互相策應。分撥已定，眾將遵令去了。宋江與盧俊義、吳用等正偏將佐，移紮營寨城東一里外。令李雲、湯隆督修雲梯飛樓，推赴各營駕用。

卻說林冲等四將在東城建豎雲梯飛樓，逼近城垣，令輕捷軍士上飛樓，攀援欲上，下面吶喊助威。怎禁得城內火箭如飛蝗般射出來，軍士躲避不迭。無移時那飛樓已被燒毀，吻喇喇傾折下來，軍士跌死了五六名，受傷十數名。西南二處攻打，亦被火箭火炮傷損軍士。為是一連六七日攻打不下。

宋江見攻城不克，同盧俊義、吳用親到南門城下催督攻城，只見花榮等五將，領游騎從西哨探過東來。城樓上于玉麟同偏將楊端、郭信，監督軍士守禦。楊端望見花榮漸近城樓，便道：「前日被他一連傷了二將，今日與他報仇則個！」急拈起弓，搭上箭，望着花榮前心颼的一箭射來。花榮聽得弓弦響，把身望後一倒，那枝箭卻好射到，順手只一綽，綽了那枝箭，咬在口裏；起身把槍帶在了事環上，左手拈弓，右手就取那枝箭，搭上弦，覷定楊端較親，只一箭，正中楊端咽喉，撲通的望後便倒。花榮大叫：「鼠輩怎敢放冷箭，教你一個個都死！」把右手去取箭，卻待要再射時，只聽的城樓上發聲喊，幾個軍士一齊都滾下樓去。于玉麟、郭信嚇得面如土色，躲避不迭。花榮冷笑道：「今日認得神箭將軍了！」宋江、盧俊義喝采不已。吳用道：「兄長，我等卻好同花將軍去看視城垣形勢。」花榮等擁護着宋江、盧俊義、吳用，繞城周匝看了一遍。

宋江、盧俊義、吳用回到寨中，吳用喚陵川降將耿恭，問蓋州城中路徑。耿恭道：「鈕文忠將舊州治作帥府，當城之中。城北有幾個廟宇，空處卻都是草場。」吳用聽罷，對宋江計議，便喚時遷、石秀近前密語道：「如此依計，往花榮軍前密傳將令，相機行事。」再喚凌振、解珍、解寶領二百名軍士，攜帶轟天子母大小號炮，如此前去。教魯智深、武松帶領金鼓手三百名，劉唐、楊雄、郁保四、段景住每人帶領二百名軍士，各備火把，往東南西北，依計而行。又令戴宗往東西南三營，密傳號令，只看城中火起，迸力攻城。分撥已定，眾頭領遵令去了。

且說鈕文忠日夜指望救兵，毫無消耗[2]，十分憂悶。添撥軍士，搬運木石、上城堅守。至夜黃昏時分，猛聽的北門外喊聲振天，鼓角齊鳴。鈕文忠馳往北門，上城眺望時，喊聲金鼓都息了，卻不知何處兵馬。正疑慮間，城南喊聲又起，金鼓振天。鈕文忠令于玉麟堅守北門，自己急馳至南城看時，喊聲已息，金鼓也不鳴了。鈕文忠眺望多時，唯聽的宋軍南營裏隱隱更鼓之聲，靜悄悄地，火光兒也沒半點。徐徐下城，欲到帥府前點視，猛聽的東門外連枝炮響，城西吶喊，擂鼓喧天價起。鈕文忠東奔西逐，直鬧到天明。宋兵又來攻城，至夜方退。是夜二鼓時分，又聽的鼓角喊聲，鈕文忠道：「這廝是疑兵之計，不要睬他，俺這裏只堅守城池，看他怎地。」忽報東門火光燭天，火把不計其數，飛樓雲梯，逼近城來。鈕文忠聞報，馳往東城，同褚亨、石敬、秦升督軍士用火箭炮石正在打射，猛可的一聲火炮，響振山谷，把城樓也振動，城內軍民，十分驚恐。如是的蒿惱[3]了兩夜，天明又來攻城，軍士時刻不得合眼，鈕文忠也時刻在城巡視。忽望見西北上旌旗蔽日遮天，望東南而來，宋兵中十數騎哨馬，飛也似投大寨去了。鈕文忠料是救兵，遣于玉麟準備出城接應。

卻說西北上那支軍馬，乃是晉寧守將田虎的兄弟三大王田彪，接了蓋州求救文書，便遣部下猛將鳳翔王遠，領兵二萬，前來救援。已過陽城，望蓋州進發，離城尚有十餘里，猛聽得一聲炮響，東西高岡下密林中，飛出兩彪軍來，卻是史進、朱仝、穆弘、馬麟、黃信、孫立、歐鵬、鄧飛八員猛將，一萬雄兵，捲殺過來。晉寧兵雖是二萬，遠來勞困，怎當得這裏埋伏了十餘日，養成精銳，兩路夾攻。晉寧軍大敗，棄下金鼓、旗槍、盔甲、馬匹無數，軍士殺死大半，鳳翔王遠脫逃性命，領了敗殘頭目士卒，仍回晉寧去了不題。

再說鈕文忠見兩軍截住廝殺，急遣于玉麟領兵開北門殺出接應，那北門卻是無兵攻打。于玉麟領兵出城，才過吊橋，正遇着花榮游騎從西而來，北軍大叫：「神箭將軍來了！」慌得急退不迭，一擁亂搶進城去。于玉麟已是在南城嚇破了膽，那裏敢來交戰，也跑進城去。花榮等衝過來，殺死二十餘

---

2)　消耗：消息。

3)　蒿惱：騷擾，找麻煩。

人，不去趕殺，讓他進城。城中急急閉門。

那時石秀、時遷穿了北軍號衣，已混入城。時遷、石秀進的城門，趁鬧哄裏溜進小巷。轉過那條巷，卻有一個神祠，牌額上寫道：「當境[4]土地神祠」。時遷、石秀踅進祠來，見一個道人在東壁下向火。那道人看見兩個軍士進祠來，便道：「長官，外面消息如何？」軍人道：「適才俺們被于將軍點去廝殺，卻撞着了那神箭將軍，于將軍也不敢與他交鋒，俺們亂搶進城，卻被俺趁鬧閃到這裏。」便向身邊取出兩塊散碎銀，遞與道人說：「你有藏下的酒，胡亂把兩碗我們吃，其實[5]寒冷。」那人笑將起來道：「長官，你不知這幾日軍情緊急，神道的香火也一些沒有，那討半滴酒來？」便把銀遞還時遷。石秀推住他的手道：「這點兒你且收着，卻再理會。我每連日守城辛苦，時刻不得合眼，今夜權在這裏睡了，明早便去。」那道人搖着手道：「二位長官莫怪！鈕將軍軍令嚴緊，少頃便來查看。我若留二位在此，都不能個乾淨。」時遷道：「恁般說，且再處。」石秀便挨在道人身邊，也去向火。時遷張望前後無人，對石秀丟個眼色，石秀暗地取出佩刀。那道人只顧向火，被石秀從背後橇察的一刀，割下頭來，便把祠門拴了。

此時已是酉牌時分，時遷轉過神廚，後壁卻有門戶。戶外小小一個天井，屋簷下堆積兩堆兒亂草。時遷、石秀搬將出來，遮蓋了道人屍首，開了祠門，從後面天井中爬上屋去。兩個伏在脊下，仰看天邊明朗朗地現出數十個星來。時遷、石秀挨了一回，再溜下屋來，到祠外探看，並無一個人來往。兩個再踅幾步，左右張望，鄰近雖有幾家居民，都靜悄悄地閉着門，隱隱有哭泣之聲。時遷再踅向南去，轉過一帶土牆，卻是偌大一塊空地，上面有數十堆柴草。時遷暗想道：「這是草料場，如何無軍人看守？」原來城中將士，只顧城上禦敵，卻無暇到此處點視。那看守軍人，聽得宋軍殺散救兵，料城中已不濟事，各顧性命，預先藏匿去了。時遷、石秀復身到神祠裏，取了火種，把道人屍首上亂草點着，卻溜到草場內，兩個分投去，一連摔上六七處。少頃，草場內烘烘火起，烈焰沖天，那神祠內也燒將起來。草場西側，一個居民聽的火起，打着火把出來探聽。時遷搶過來，劈手奪了火把。

4) 當境：本地方。

5) 其實：實在，真正。

石秀道：「待我們去報鈕元帥。」居民見兩個是軍士，那敢與他別拗。時遷執着火把，同石秀一徑望南跑去，口裏嚷着報元帥，見居民房屋下得手的所在，又捽上兩把火，卻丟下火把，�過一邊。兩個脫下北軍號衣，躲在僻靜處。

城中見四五路火起，一時鼎沸起來。鈕文忠見草場火起，急領軍士馳往救火。城外見城內火起，知是時遷、石秀內應，迸力攻打。宋江同吳用帶領解珍、解寶馳至城南，吳用道：「我前日見那邊城垣稍低。」便令秦明等把飛樓逼近城垣。吳用對解珍、解寶道：「賊人喪膽，軍士已罷，兄弟努力上城！」解珍帶朴刀上飛樓，攀女牆，一躍而上，隨後解寶也奮躍上去。兩個發聲喊，搶下女牆，揮刀亂砍。城上軍士，本是困頓驚恐，又見解珍、解寶十分兇猛，都亂竄滾下城去。褚亨見二人上城，挺槍來鬥了十數合，被解寶一朴刀搠翻，解珍趕上，剁下頭來。此時宋兵從飛樓攀援上城，已有百十餘人。解珍、解寶當先，一齊搶殺下城，大叫道：「上前的剁做肉泥！」眾人殺死石敬、秦升，砍翻把門軍士，奪了城門，放下吊橋，徐寧等眾將領兵擁入。徐寧同韓滔領兵殺奔東門，安士榮抵敵不住，被徐寧戳死，奪門放林沖等眾將入城。秦明同彭玘領兵搶奪西門，放董平等入城。莫真、赫仁、曹洪被亂兵所殺。殺得屍橫市井，血滿街衢。

鈕文忠見城門已都被奪了，只得上馬，棄了城池，同于玉麟領二百餘人，出北門便走。未及一里，黑暗裏突出黑旋風李逵、花和尚魯智深，一個猛將軍，一個莽和尚，攔住去路。正是：天羅密佈難移步，地網高張怎脫身。畢竟鈕文忠、于玉麟性命如何，再聽下回分解。

## 延伸思考

為何田虎如同「紙老虎」一般較大遼更易於攻打？試從宋江和田虎兩方的角度分析。

## 第九十三回

精讀

# 李逵夢鬧天池
# 宋江兵分兩路

梁山好漢取了蓋州，向朝廷報捷，眾人也得以暫時調養休息。緊張的戰事中，此回屬閒筆，在情節上起着過渡的作用，尤其是李逵一夢，為下文故事埋下伏筆。

話說鈕文忠見蓋州已失，只得奔走出城，與同于玉麟、郭信、盛本、桑英保護而行，正撞着李逵、魯智深，領步兵截住去路。李逵高叫道：「俺奉宋先鋒將令，等候你這夥敗撮鳥多時了！」掄雙斧殺頭，手起斧落，早把郭信、桑英砍翻。鈕文忠嚇得魂不附體，措手不及，被魯智深一禪杖，連盔帶頭，打得粉碎，撞下馬去。二百餘人，殺個盡絕。只被于玉麟、盛本望刺斜裏死命撞出去了。魯智深道：「留下那兩個驢頭罷！等他去報信。」仍割下三顆首級，奪得鞍馬盔甲，一徑進城獻納。

且說宋江大隊人馬入蓋州城，便傳下將令，先教救滅火焰，不許傷害居民。眾將都來獻功。宋先鋒教軍士將首級號令各門，天明出榜，安撫百姓。將三軍人馬，盡數收入蓋州屯住，賞勞三軍諸將。功績簿上，標寫石秀、時遷、解珍、解寶功次。一面寫表申奏朝廷。得了蓋州，盡將府庫財帛金寶，解赴京師，寫書申呈宿太尉。此時臘月將終，宋江料理軍務，不覺過了三四日，忽報張清病可，同安道全來參見聽用。宋江喜道：「甚好。明日是宣和五年的元旦，卻得聚首。」

次日黎明，眾將穿公服襆頭[1]，宋江率領眾兄弟望闕朝賀，行五拜三叩頭禮已畢，卸下襆頭公服，各穿紅錦戰袍，九十二個頭領及新降將耿恭，齊齊整整，都來賀節，參拜宋江。宋先鋒大排筵席，慶賀宴賞。眾兄弟輪次與宋江稱觴獻壽。酒至數巡，宋江對眾將道：「賴眾兄弟之力，國家復了三個城池。又值元旦，相聚歡樂，實為罕有。獨是公孫勝、呼延灼、關勝，水軍頭領李俊等八員，及守陵川柴進、李應，守高平史進，穆弘，這十五兄弟不在面前，甚是悒怏。」當下便喚軍中頭目，領二百餘名軍役，各各另外賞勞，教即日擔送羊酒，分頭去送到衞州、陵川、高平三處守城頭領交納，兼報捷音。吩咐兀是未了，忽報三處守城頭領，差人到此候賀，都奉先鋒將令，戎事在身，不能親來拜賀。宋江大喜道：「得此信息，就如見面一般。」賞勞來人，陪眾兄弟開懷暢飲，盡醉方休。

次日，宋先鋒準備出東郊迎春，因明日子時正四刻，又逢立春節候。是夜颳起東北風，濃雲密佈，紛紛洋洋，降下一天大雪。明日眾頭領起來看時，但見：紛紛柳絮，片片鵝毛。空中白鷺羣飛，江上素鷗翻覆。飛來庭院，轉旋作態因風；映徹戈矛，燦爛增輝荷日。千山玉砌，能令樵子悵迷蹤；萬戶銀裝，多少幽人成佳句。正是盡道豐年好，豐年瑞若何？邊關多荷戟，宜瑞不宜多。

當下地文星蕭讓對眾頭領說道：「這雪有數般名色[2]：一片的是蜂兒，二片的是鵝毛，三片的是攢三，四片的是聚四，五片喚做梅花，六片喚做六出，這雪本是陰氣凝結，所以六出，應着陰數。到立春以後，都是梅花雜片，更無六

點評

● 宋江時時不忘兄弟，體現了會用人處。

● 頗見文人雅趣，此為水滸中不多見的筆墨。

1) 襆（fú）頭：頭巾。宋朝官吏所戴，常塗漆，成為固定形狀，兩側可插上展角。

2) 名色：名目，名稱。

出了。今日雖已立春，尚在冬春之交，那雪片卻是或五或六。」樂和聽了這幾句議論，便走向簷前，把皂衣袖兒承受那落下來的雪片看時，真個雪花六出，內一出尚未全去，還有些圭角，內中也有五出的了。樂和連聲叫道：「果然！果然！」眾人都擁上來看，卻被李逵鼻中衝出一陣熱氣，把那雪花兒衝滅了。眾人都大笑，卻驚動了宋先鋒，走出來問道：「眾兄弟笑甚麼？」眾人說：「正看雪花，被黑旋風鼻氣衝滅了。」宋江也笑道：「我已吩咐置酒在宜春圃，與眾兄弟賞玩則個。」

原來這州治東有個宜春圃，圃中有一座雨香亭，亭前頗有幾株檜柏松梅。當晚眾頭領在雨香亭語笑喧嘩，觥籌交錯，不覺日暮，點上燈燭。宋江酒酣，閒話中追論起昔日被難時，多虧了眾兄弟：「我本鄆城小吏，身犯大罪，蒙眾兄弟於千槍萬刀之中，九死一生之內，屢次捨着性命，救出我來。當江州與戴宗兄弟押赴京曹時，萬分是個鬼。到今日卻得為國家臣子，與國家出力。回思往日之事，真如夢中！」宋江說到此處，不覺潸然淚下。戴宗、花榮及同難的幾個弟兄聽了這般話，也都掉下淚來。

李逵這時多飲了幾杯酒，酣醉上來，一頭與眾人說着話，眼皮兒卻漸漸合攏來，便用雙臂襯着臉，已是睡去。忽轉念道：「外面雪兀是未止。」心裏想着，身體未常動彈，卻像已走出亭子外的一般。看外面時，又是奇怪：「原來無雪，只管在裏面兀坐！待我到那廂去走一回。」離了宜春圃，須臾出了州城，猛可想起：「啊也！忘帶了板斧！」把手向腰間摸時，原來插在這裏。向前不分南北，莽莽撞撞的，不知行了多少路，卻見前面一座高山。無移時，行到山前，只見山凹裏走出一個人來，頭帶折角頭巾，身穿淡黃道袍，迎上前來笑道：「將軍要閒步時，轉過此山，是有得意處。」李逵道：「大哥，這個山名叫做甚麼？」那秀士道：「此山喚做天池嶺，將軍閒玩回來，仍到此處相會。」李逵依着他，真個轉過那山，忽見路旁有一所莊院。只聽的莊裏大鬧，李逵闖將進去，卻是十數個人，都執棍棒器械，在那裏打桌擊凳，把家火什物打的粉碎。內中一個大漢罵道：「老牛子，快把女兒好好地送與我做渾家，萬事干休；若說半個不字，教你們都是個死！」李逵從外入來，聽了這幾句說話，心如火熾，口似煙生，喝道：「你這夥鳥漢，如何強要人家女兒？」那夥人嚷道：「我們是要他女兒，干你屁事！」李逵大怒，拔出板斧砍去。好生作怪，卻是不禁砍，只一斧，砍翻了兩三個。那幾個要走，李逵趕上，一連六七斧，砍的七顛八倒，屍橫滿地。單只走了一個，望外跑去了。

李逵搶到裏面，只見兩扇門兒緊緊地閉着，李逵一腳踢開，見裏面有個白髮老兒，和一個老婆子在那裏啼哭。見李逵搶入來，叫道：「不好了，打進來了！」李逵大叫道：「我是路見不平的。前面那夥鳥漢，被我都殺了，你隨我來看。」那老兒戰戰兢兢的跟出來看了，反扯住李逵道：「雖是除了兇人，須連累我吃官司。」李逵笑道：「你那老兒，也不曉得黑爺爺。我是梁山泊黑旋風李逵，現今同宋公明哥哥奉詔征討田虎。他們現在城中吃酒，我不耐煩，出來閒走。莫說那幾個鳥漢，就是殺了幾千，也打甚麼鳥不禁！」那老兒方才揩淚道：「恁般卻是好也！請將軍到裏面坐地。」李逵走進去，那邊已擺上一桌子酒饌。老兒扶李逵上面坐了，滿滿地篩一碗酒，雙手捧過來道：「蒙將軍救了女兒，滿飲此盞。」李逵接過來便吃，老頭兒又來勸。一連吃了四五碗，只見先前啼哭的老婆子領了一個年少女子上前，叉手雙雙地道了個萬福。婆子便道：「將軍在宋先鋒部下，又恁般奢遮，如不棄醜陋，情願把小女配與將軍。」李逵聽了這句話，跳將起來道：「這樣腌臢歪貨！卻才可是我要謀你的女兒，殺了這幾個撮鳥？快夾了鳥嘴，不要放那鳥屁！」只一腳，把桌子踢翻，跑出門來。

只見那邊一個彪形大漢，仗着一條朴刀，大踏步趕上來，大喝一聲道：「兀那黑賊，不要走！卻才這幾個兄弟，如何都把來殺了？我們是要他家女兒，干你甚事？」挺朴刀直搶上來。李逵大怒，掄斧來迎，與那漢鬥了二十餘合。那漢鬥不過，隔開板斧，拖着朴刀，飛也似跑去。李逵緊緊追趕，趕過一個林子，猛見許多宮殿。那漢奔至殿前，撇了朴刀，在人叢一混，不見了那漢。只聽得殿上喝道：「李逵不得無禮！着他來見朝。」李逵猛省道：「這是文德殿，前日隨宋哥哥在此見朝，這是皇帝的所在。」又聽得殿上說道：「李逵，快俯伏！」李逵藏了板斧，上前觀看，只見皇帝遠遠的坐在殿上，許多官員排列殿前。李逵端端正正朝上拜了三拜，心中想道：「啊也！少了一拜！」天子問道：「適才你為何殺了許多人？」李逵跪着說道：「這廝們強要佔人女兒，臣一時氣忿，所以殺了。」天子道：「李逵路見不平，剿除奸黨，義勇可嘉，赦汝無罪，敕汝做了值殿將軍。」李逵心中喜歡道：「原來皇帝恁般明白！」一連磕了十數個頭，便起身立於殿下。

無移時，只見蔡京、童貫、楊戩、高俅四個，一班兒跪下，俯伏奏道：「今有宋江統領兵馬，征討田虎，逗遛不進，終日飲酒，伏乞皇上治罪。」李逵聽了這句話，那把無明火高舉三千丈，按納不住，兩斧搶上前，一斧一個，劈下頭來，大叫道：「皇帝你不要聽那賊臣的說話。我宋哥哥連破了三個城池，現今屯兵蓋州，就要出兵，如何恁般欺誑？」眾文武見殺了四個大臣，都要來捉李逵。李逵掿兩斧叫道：「敢來捉我，把那四個做樣！」眾人因此不敢動手。李逵大笑道：「快當！快當！那四個賊臣今日才得了當，我去報與宋哥哥知道。」大踏步離了宮殿。猛可的又見一座山，看那山時，卻是適才遇見秀士的所在。那秀士兀是立在山坡前，又迎將上來笑道：「將軍此遊得意否？」李逵道：「好教大哥得知，適才被俺殺了四個賊臣。」那秀士笑道：「原來如此！我原在汾、沁之間，近日偶遊於此，知將軍等心存忠義，我還有緊要說話與將軍說。目今宋先鋒征討田虎，我有十字要訣，可擒田虎。將軍須牢牢記着，傳與宋先鋒知道。」便對李逵唸道：「要夷田虎族，須諧瓊矢鏃。」一連唸了五六遍。李逵聽他說得有理，便依着他溫唸這十個字。那秀士又向樹林中指道：「那邊有一個年老的婆婆在林中坐地。」李逵才轉身看時，已不見了那個秀士。李逵道：「他恁地去得快！我且到林子裏去看，是甚麼人。」搶入林子來，果然有個婆子坐着。李逵近前看時，卻原來是鐵牛的老娘，呆呆地閉着眼，坐在青石上。李逵向前抱住道：「娘呀！你一向在那裏吃苦？鐵牛只道被虎吃了，今日卻在這裏！」娘道：「吾兒，我原不曾被虎吃。」李逵哭着說道：「鐵牛今日受了招安，真個做了官。宋哥哥大兵現屯紮城中，鐵牛背娘到城中去。」正在那裏說，猛可的一聲響亮，林子裏跳出一個斑斕猛虎，吼了一聲，把尾一剪，向前直撲下來。慌得李逵掿板斧，望虎砍去，用力太猛，雙斧劈個空，一交撲去，卻撲在宜春圃雨香亭酒桌上。

點評

● 李逵一夢，時空混淆、虛實相間，夢也寫得真實。

宋江與眾兄弟追論往日之事，正說到濃深處。初時見李逵伏在桌上打盹，也不在意；猛可聽的一聲響，卻是李逵睡中雙手把桌子一拍，碗碟掀翻，濺了兩袖羹汁，口裏兀是嚷道：「娘，大蟲走了！」睜開兩眼看時，燈燭輝煌，眾兄弟團團坐着，還在那裏吃酒。李逵道：「啐！原來是夢，卻也快當！」眾人都笑道：「甚麼夢？恁般得意！」李逵先說夢見我的老娘，原不曾死，正好說話，卻被大蟲打斷。眾人都歎息。李逵再說到殺卻奸徒，踢翻桌子，那邊魯智深、武松、石秀聽了，都拍手道：「快當！」李逵笑道：「還有快當的哩！」又說到殺了蔡京、童貫、楊戩、高俅四個賊臣。眾人拍着手，齊聲大叫道：「快當！快當！如此也不枉了做夢！」宋江道：「眾兄弟禁聲，這是夢中說話，甚麼要緊。」李逵正說到興濃處，揎拳裹袖的說道：「打甚麼鳥不禁？真個一生不曾做恁般快暢的事。還有一樁奇異，夢一個秀士對

點評

● 設置懸念。

我說甚麼『要夷田虎族，須諧瓊矢鏃』。他說這十個字，乃是破田虎的要訣，教我牢牢記着，傳與宋先鋒。」宋江、吳用都詳解不出。當有安道全聽「瓊矢鏃」三字，正欲啟齒說話，張清以目視之，安道全微笑，遂不開口。吳用道：「此夢頗異，雪霽便可進兵。」當下酒散歇息，一宿無話。

次日雪霽，宋江升帳，與盧俊義、吳學究計議兵分兩路，東西進征。東一路渡壺關，取昭德，由潞城、榆社直抵賊巢之後，卻從大谷到臨縣，會兵合剿。西一路取晉寧，出霍山，取汾陽，由介休、平遙、祁縣直抵威勝之西北，合兵臨縣，取威勝，擒田虎。當下分撥兩路將佐。

正先鋒宋江管領正偏將佐四十七員：軍師吳用、林沖、索超、徐寧、孫立、張清、戴宗、朱仝、樊瑞、李逵、魯智深、武松、鮑旭、項充、李衮、單廷珪、魏定國、馬麟、燕順、解珍、解寶、宋清、王英、扈三娘、孫新、顧大嫂、凌振、湯隆、李雲、劉唐、燕青、孟康、王定六、蔡福、蔡慶、朱貴、裴宣、蕭讓、蔣敬、樂和、金大堅、安道全、郁保四、皇甫端、侯健、段景住、時遷。河北降將耿恭。

副先鋒盧俊義帶領正偏將佐四十員：軍師朱武、秦明、楊志、黃信、歐鵬、鄧飛、雷橫、呂方、郭盛、宣贊、郝思文、韓滔、彭玘、穆春、焦挺、鄭天壽、楊雄、石秀、鄒淵、鄒潤、張青、孫二娘、李立、陳達、楊春、李忠、孔明、孔亮、楊林、周通、石勇、杜遷、宋萬、丁得孫、龔旺、陶宗旺、曹正、薛永、朱富、白勝。

宋江分派已定，再與盧俊義商議道：「今從此處分兵，東西征剿，不知賢弟兵取何處？」盧俊義道：「主兵遣將，聽從哥哥嚴令，安敢揀擇？」宋江道：「雖然如此，試看天命。兩隊分定人數，寫成鬮子，各拈一處。」當下裴宣寫成東西兩處鬮子，宋江、盧俊義焚香禱告，宋江拈起一鬮。

只因宋江拈起這個鬮來，直教：三軍隊裏，再添幾個英雄猛將；五龍山前，顯出一段奇聞異術。畢竟宋先鋒拈着那一處，且聽下回分解。

### 延伸思考

李逵的夢與宋江的夢可做對比閱讀，分析二人夢境的異同。

## 第九十四回

# 關勝義降三將
# 李逵莽陷眾人

稍事休息後，宋江再次起兵，不費兵戎，軍民紛紛歸順。宋江人馬行至李逵夢中所遇天池嶺，與守關將領山士奇相持不下，也有田虎部下將領前來投降，助宋江攻城。在敵將的幫助下，梁山好漢能否繼續得勝呢？

話說宋江在蓋州分定兩隊兵馬人數，寫成鬮子，與盧俊義焚香禱告。宋江拈起一個鬮子看時，卻是東路，盧俊義鬮得西路，是不必說，只等雪淨起程。留下花榮、董平、施恩、杜興，撥兵二萬，鎮守蓋州。

到初六日吉期，宋江、盧俊義準備起兵。忽報蓋州屬縣陽城，沁水兩處軍民，累被田虎殘害，不得已投順，今知天兵到來，軍民擒縛陽城守將寇孚、沁水守將陳凱，解赴軍前。兩縣耆老，率領百姓，牽羊擔酒，獻納城池。宋先鋒大喜，大加賞勞兩處軍民，給榜撫慰，復為良民。宋先鋒以寇孚、陳凱知天兵到此，不速來歸順，着即斬首祭旗，以儆賊人。是日兩路大兵，俱出北門，花榮等置酒餞送。宋江執杯對花榮道：「賢弟威振賊軍，堪為此城之保障。今此城唯北面受敵，倘有賊兵，當設奇擊之，以喪賊膽，則賊人不敢南窺矣。」花榮等唯唯受命。宋江又執杯對盧俊義道：「今日出兵，卻得陽城、沁水獻俘之喜。二處既平，賢弟可以長驅直抵晉寧，早建大功，生擒賊首田虎，報效朝廷，同享富貴。」盧逡義道：「賴兄長之威，兩處不戰而服。既奉嚴令，敢不盡心殫力！」宋江又取前日教蕭讓照依許貫忠圖畫另寫成一軸，付與盧俊義收置備用。當下正先鋒宋江傳令撥兵三隊：林沖、索超、徐寧、張清領兵一萬為前隊；孫立、朱仝、燕順、馬麟、單廷珪、魏定國、湯隆、李雲領兵一萬為後隊；宋江與吳用統領其餘將佐，領兵三萬為中軍。三隊共軍兵五萬，望東北進發。副先鋒盧俊義辭了宋江、花榮等，管領四十員將佐，軍兵五萬，望西北進征。

花榮、董平、施恩、杜興餞別宋江、盧俊義入城。花榮傳令，於城北五里外，紮兩個營寨，施恩、杜興各領兵五千，設強弓硬弩，並諸般火器，屯紮以當敵鋒；又於東西兩路，設奇兵埋伏，不題。其高平自有史進、穆弘，陵川自有李應、柴進，衞州自有公孫一清、關勝、呼延灼，各各守禦。看官牢記話頭。

且說宋先鋒三隊人馬，離蓋州行三十餘里。宋江在馬上遙見前面有座山嶺，多樣時，漸近山下，卻在馬首之右。宋江觀看那山形勢，比他山又是不同。但見：萬迭流嵐鱗次密，數峯連峙雁成行。嶺巔崖石如城郭，插天雲木繞蒼蒼。

宋江正在觀看山景，忽見李逵上前用手指道：「哥哥，此山光景，與前日夢中無異。」宋江即喚降將耿恭問道：「你在此久，必知此山來歷。若依許貫忠圖上，房山在州城東，當叫做天池嶺。」李逵道：「夢中那秀士，正是說天池嶺，我卻忘了。」耿恭道：「此山果是天池嶺，其巔石崖如城郭一般，昔人避兵之處。近來土人說此嶺有靈異，夜間石崖中往往有紅光照耀；又有樵者到岸畔，有異香撲鼻。」宋江聽罷，便道：「如此卻符合李逵的夢。」是日兵行六十里安營，於路無話。不則一日，來到壺關之南，離關五里下寨。

卻說壺關原在山之東麓，山形似壺，漢時始置關於此，因此叫做壺關。山東有抱犢山，與壺關山麓相連。壺關正在兩山之中，離昭德城南八十里外，乃昭德之險隘。上有田虎手下猛將八員，精兵三萬鎮守。那八員猛將是誰？山士奇、陸輝、史定、吳成、仲良、雲宗武、伍肅、竺敬。

卻說山士奇原是沁州富戶子弟，膂力過人，好使槍棒。因殺人懼罪，遂投田虎部下，拒敵有功，偽受兵馬都監之職。慣使一條四十斤重渾鐵棍，武藝精熟。田虎聞朝廷差宋江等兵馬前來，特差他到昭德，挑選精兵一萬，協同陸輝等鎮守壺關。彼處一應調遣，俱得便宜行事，不必奏聞。

山士奇到壺關，知蓋州失守，料宋兵必來取關，日日勵兵秣馬，準備迎敵。忽報宋兵已到關南五里外紮營。士奇整點馬軍一萬，同史定、竺敬、仲良各各披掛上馬，領兵出關迎敵，與宋兵對陣。兩邊列成陣勢，用強弓硬弩，射住陣腳。兩陣裏花腔鼉鼓擂，雜彩繡旗搖。北陣門旗開處，一將立馬當先。看他怎生結束？鳳翅明盔穩戴，魚鱗鎧甲重披。錦紅袍上織花枝，獅蠻帶瓊瑤密砌。純鋼鐵棍緊挺，青毛鬃馬頻嘶。壺關新到大將軍，山都監士奇便是。

山士奇高叫：「水窪草寇，敢來侵犯我邊疆！」那邊豹子頭林沖驟馬出陣，喝道：「助虐匹夫，天兵到來，兀是抗拒！」拈矛縱馬，直搶士奇。二將搶到垓心，兩軍吶喊，二騎相交，四條臂膊縱橫，八隻馬蹄撩亂，鬥經五十餘合，不分勝負，林沖暗暗喝采。竺敬見士奇不能取勝，拍馬飛刀助戰，那邊沒羽箭張清飛馬接住。四騎馬在陣前兩對兒廝殺。張清與竺敬鬥至二十餘合，張清力怯，拍馬便走。竺敬驟馬趕來，張清帶住花槍，向錦袋內取一石子，扭過身軀，覷定竺敬面門，一石子飛去，喝聲道：「着！」正中竺敬鼻凹，翻身落馬，鮮血迸流。張清回馬拈槍來刺，北陣裏史定、仲良雙出，死救得脫。關上見打翻一將，恐士奇有失，遂鳴金收兵。宋江亦令鳴金收兵回寨，與吳用商議道：「今日打翻一員賊將，少挫銳氣。我見山勢險峻，關形壯固，用何良策，可破此關？」林沖道：「來日扣關搦戰，一定要殺卻那個賊將，眾兄弟迸力衝殺上去。」吳用道：「將軍不可造次！孫武子云：『不可勝者，守也；可勝者，攻也。』謂敵未可勝，則我當自守；彼敵可勝，則攻之爾。」宋江道：「軍師之言甚善。」

次日，林沖、張清來稟宋先鋒，要領兵搦戰。宋江吩咐道：「縱使戰勝，亦不得輕易上關。」再令徐寧、索超領兵接應。當下林沖、張清領五千軍馬，在關下搖旗擂鼓，辱罵搦戰，從辰至午，關上不見動靜。林沖與張清卻待要回寨，猛聽得關內一聲炮響，關門開處，山士奇同伍肅、史定、吳成、仲良領兵二萬，衝殺下來。林沖對張清道：「賊人乘我之疲，我等努力向前。」後隊索超、徐寧領兵一齊上前。兩邊列陣，更不打話，尋對廝殺。林沖鬥伍肅。士奇出馬，張清拈梨花槍接住。吳成、史定雙出，索超揮斧躍馬，力敵二將。當下兩軍迭聲吶喊，七騎馬在征塵影裏，殺氣叢中，燈影般捉對兒廝殺。正鬥到酣鬧處，豹子頭林沖大喝一聲，只一矛將伍肅戳下馬來。吳成、史定兩個戰索超，兀是力怯，見那邊伍肅落馬，史定急賣個破綻，拍馬望本陣奔去。吳成見史定敗陣，隔開斧要走，被索超揮斧砍為兩段。山士奇見折了二將，撥馬回陣。張清趕上，手起一石子，打着腦後頭盔，鏗然有聲，驚得士奇伏鞍而走。仲良急領兵進關，被林沖等驅兵衝殺過來，北軍大敗。山士奇領兵亂竄入關，閉門不迭。林沖等直殺至關下，被關上矢石打射下來，因此不能得入。林沖左臂早中一矢，收兵回寨。宋江令安道全療治林沖箭瘡，幸的甲厚，不致傷重，不在話下。

且說山士奇進關，計點軍士，折去二千餘名，又折了二將。對眾商議，一面差人往威勝晉王處，說宋江等兵強將猛，難以抵敵，乞添差良將鎮守，庶保無虞；一面密約抱犢山守將唐斌、文仲容、崔埜，領精兵悄地出抱犢之東，抄宋兵之後。約定日期，放炮為號。「我這裏領兵出關，衝殺下來，兩路夾攻，必獲全勝。」當下計議已定，堅守關隘，只等唐斌處消息不題。

再說宋先鋒見壺關險阻，急切不能破，相拒半月有餘，正在帳中納悶，忽報衞州關將軍差人馳書到來，內有機密事情。宋江與吳用連忙拆開觀看，書中說：「抱犢山寨主唐斌，原是蒲東軍官。為人勇敢剛直，素與關某結義。被勢豪陷害，唐斌忿怒，殺死仇家，官府追捕緊急。那時自蒲東南下，欲投梁山，路經此山被劫。當下唐斌與本山頭目文仲容、崔埜爭鬥，文、崔二人都不能贏他；因此請唐斌上山，讓他為寨主。舊年因田虎侵奪壺關，要他降順，唐斌本意不肯，後見勢孤，勉強降順。卻只在本山駐紮，為壺關犄角，以備南兵。近聞關某鎮守衞州，新歲元旦，唐斌單騎潛至衞州，訴說向來衷曲。他久慕兄長忠義，本欲歸順天朝，投降兄長麾下，建功贖罪。關某單騎同唐斌到抱犢山，見文仲容、崔埜二人爽亮，毫無猥瑣之態。二人亦欲歸順，密約相機獻關，以為進身之資。」宋江詳悉來書，與吳用計議，按兵不動，只看關內動靜，然後策應。

卻說山士奇差人密約唐斌悄地出兵，軍人回報：「目今月明如晝，待月晦[1]進兵，務使敵人不覺為妙。」士奇道：「也見得是。」一連過了十幾日，宋軍也不來攻打，忽報唐斌領數騎從抱犢山側馳至關內。須臾，唐斌到關，參見山士奇。唐斌道：「今夜三更，文仲容、崔埜領兵一萬，潛出抱犢山之東，人披軟戰，馬摘鑾鈴，黎明必到宋兵寨後，這裏可速準備出關接應。」士奇喜道：「兩路夾擊，宋兵必敗！」士奇置酒管待。至暮，唐斌上關探望道：

---

1)　月晦：月盡，多指農曆每月的最後一日。

「奇怪，星光下，卻像關外有人哨探的。」一頭說，便向親隨軍士箭壺中取兩枝箭，望關外射去。也是此關合破，關外真個有幾個軍卒，奉宋先鋒將令，在黑影裏潛探關中消息。唐斌那枝箭可可地射着一個軍卒右股[2]，但射得股肉疼痛，卻似無箭鏃的。軍士怪異，取箭細看，原來有許多絹帛，緊緊纏縛着箭鏃。軍卒知有別情，飛奔至寨中，報知宋先鋒。宋江在燈燭之下，拆開看時，內有蠅頭細字幾行，卻是唐斌密約：「次日黎明獻關，有文仲容、崔埜領兵潛至先鋒寨後，只等炮響，關內殺出接應。那時唐斌在彼，乘機奪關。宋先鋒乞速準備進關。」宋江看罷，與吳用密議準備。吳用道：「關將軍料無差誤。然敵兵出我之後，不可不做準備。當令孫立、朱仝、單廷珪、魏定國、燕順領兵一萬，捲旗息鼓，潛往寨後。如遇文、崔二將兵到，勿令彼遽逼營寨，直待我兵已得此關，聽放轟天子母號炮，方可容他近前。再令徐寧、索超領兵五千，潛往寨東埋伏；林沖、張清領兵五千，潛往寨西埋伏。只聽寨內炮響，兩路齊出接應，合兵衝殺上關。萬一我兵中彼奸計，即來救應。」宋江道：「軍師籌畫甚善！」當下依議傳令，眾將遵守，準備去了。

再說山士奇在關內得唐斌消息，專聽宋兵寨後炮聲。候至天明，忽聽得關南連珠炮響，唐斌同士奇上關眺望，見宋軍寨後塵起，旌旗錯亂。唐斌道：「此必文、崔二將兵到，可速出關接應！」山士奇同史定領精兵一萬，先出關衝殺，令唐斌、陸輝領兵一萬，隨後策應，卻令竺敬、仲良駐紮關上。當下宋兵見關上衝出兵來，望後急退。山士奇當先驅兵捲殺過來，猛聽的一聲炮響，宋兵左右，撞出兩彪軍馬，殺奔前來。唐斌見宋兵兩隊殺出，急回馬領兵搶上關來，橫矛立馬於門外。山士奇、史定正在分頭廝殺，宋寨中又一聲炮響，李逵、鮑旭、項充、李袞領標槍牌手，滾殺過來。山士奇知有準備，急招兵回馬上關。關前一將，立馬大叫道：「唐斌在此，壺關已屬宋朝，山士奇可速下馬投降！」手起一矛，早把竺敬戳死。山士奇大驚，罔知所措，領數十騎，望西抵死衝突去了。林沖、張清要奪關隘，也不來追趕，領兵殺上關來。那時李逵等步兵輕捷，已搶上關，即放號炮，同唐斌趕殺把關軍士，奪了壺關。仲良被亂兵所殺。關外史定被徐寧㨪翻。北兵四散逃竄，棄

2) 股：大腿。

下盔甲馬匹無數，殺死二千餘人，生擒五百餘名，降者甚眾。

須臾，宋先鋒等大兵次第入關，唐斌下馬，拜見宋江道：「唐某犯罪，聞先鋒仁義，那時欲奔投大寨，只因無個門路，不獲拜識尊顏。今天假其便，使唐某得隨鞭鐙，實滿平生之願。」說罷，又拜。宋江答禮不迭，慌忙扶起道：「將軍歸順朝廷，同宋某蕩平叛逆，宋某回朝，保奏天子，自當優敘。」次後孫立等眾將，與同文仲容、崔埜，領兩路兵馬，屯紮關外聽令。宋江傳令文、崔二將入關相見。孫立等統領兵馬，且屯紮關外。文仲容、崔埜進關參拜宋先鋒道：「文某、崔某有緣，得侍麾下，願效犬馬。」宋江大喜道：「將軍等同賺此關，功勛不小。宋某於功績簿上，一一標記明白。」即令設宴，與唐斌等二人慶賀。一面計點關內外軍士，新降兵二萬餘人，獲戰馬一千餘匹。眾將都來獻功。

宋先鋒賞勞將佐軍兵已畢。宋江問唐斌，昭德關中兵將多寡。唐斌道：「城內原有三萬兵馬，山士奇選出一萬守關，今城中兵馬尚有二萬，正偏將佐共十員。」那十員乃是：孫琪、葉聲、金鼎、黃鉞、冷寧、戴美、翁奎、楊春、牛庚、蔡澤。

唐斌又道：「田虎恃壺關為昭德屏障，壺關已破，田虎失一臂矣。唐某不才，願為前部去打昭德。」當下陵川降將耿恭願同唐斌為前部，宋江依允。少頃，宋江對文仲容、崔埜道：「兩位素居抱犢山，知彼情形，威風久著。宋某欲令二位管令本部人馬，仍往抱犢屯紮，以當一面。待宋某打破昭德，那時請將軍相會，不知二位意下如何？」文仲容、崔埜同聲答道：「先鋒之令，安敢不遵？」當下酒罷，文、崔辭別宋先鋒，往抱犢去了。

次日，宋先鋒升帳，令戴宗往晉寧盧先鋒處探聽軍情，速來回報。戴宗遵令起程不題。宋江與吳用計議，分撥軍馬，攻打昭德。唐斌、耿恭領兵一萬，攻打東門；索超、張清領兵一萬，攻打南門；卻空着西門，防威勝救兵至，恐內外衝突不便。又令李逵、鮑旭、項充、李袞領步兵五百為游兵，往來接應；令孫立、朱仝、燕順領兵進關，同樊瑞、馬麟管領兵馬，鎮守壺關。分撥已定，宋先鋒與吳學究統領其餘將佐，拔寨起行，離昭德城南十里下寨，不題。

話分兩頭。卻說威勝偽省院官，接得壺關守將山士奇及晉寧田彪告急申文，奏知田虎，說宋兵勢大，壺關、晉寧兩處危急。田虎升殿，與眾人計議，發兵救援。只見班部中閃出一個人，首戴黃冠，身披鶴氅，上前奏道：「臣啟大王，臣願往壺關退敵。」那人姓喬，單名個冽字。其先原是陝西涇原人。其母懷孕，夢豺入室，後化為鹿，夢覺產冽。那喬冽八歲好使槍弄棒，偶遊崆峒山，遇異人傳授幻術，能呼風喚雨，駕霧騰雲。也曾往九宮縣二仙山訪道，羅真人不肯接見，令道童傳命，對喬冽說：「你攻於外道，不悟玄微，待你遇德魔降，然後見我。」喬冽艴然[3]而返，自恃有術，遊浪不羈。因他多幻術，人都稱他做幻魔君。後來到安定州。本州亢陽[4]，五個月雨無涓滴，州官出榜：「如有祈至雨澤者，給信賞錢三千貫。」喬冽揭榜上壇，甘霖大澍[5]。州官見雨足，把這信賞錢不在意了。也是喬冽合當有事，本處有個歪學究，姓何名才，與本州庫吏最密，當下探知此事，他便攛掇庫吏，把信賞錢大半孝順州官，其餘侵來入己。何才與庫吏借貸，也拈得些兒油水。庫吏卻將三貫錢把與喬冽道：「你有恁般高術，要這錢也沒用頭。我這裏正項[6]錢糧，兀自起解不足，東挪西撮。你這項信賞錢，依着我，權且存置庫內，日後要用，卻來陸續支取。」喬冽聽了，大怒道：「信賞錢原是本州富戶協助的，你如何恣意侵克？庫藏糧餉，都是民脂民膏，你只顧侵來肥己，買笑追歡，敗壞了國家許多大事。打死你這污濫腌臢，也與庫藏除一蠹！」提起拳頭，劈臉便打。那庫吏是酒色淘虛的人，更兼身體肥胖，未動手先是氣喘，那裏架隔得住。當下被喬冽拳頭腳踢，痛打一頓，狼狽而歸，臥床四五日，嗚呼哀哉，傷重而死。庫吏妻拏在本州投了狀詞。州官也七分猜着，是因信賞錢弄出這事來。押紙公文，差人勾捉兇身喬冽對問。

喬冽探知此事，連夜逃回涇原收拾，同母離家，逃奔到威勝，更名改姓，扮做全真，把冽字改做清字，起個法號，叫做道清。未幾，田虎作亂，知道清有術，勾引入夥，揑造妖言，逞弄幻術，煽惑愚民，助田虎侵奪州縣。田虎每事靠道清做主，偽封他做護國靈感真人、軍師左丞相之職。那時方才出姓，因此都稱他做國師喬道清。

---

3) 艴（fú）然：惱怒的樣子。

4) 亢陽：旱災。

5) 大澍（shù）：及時的雨。

6) 正項：正收稅。

當下喬道清啟奏田虎，願部領軍馬，往壺關拒敵。田虎道：「國師恁般替寡人分憂！」說還未畢，又見殿帥孫安上殿啟奏：「臣願領軍馬去援晉寧。」田虎加封喬道清、孫安為征南大元帥，各撥兵馬二萬前去。喬道清又奏道：「壺關危急，臣選輕騎，星馳往救。」田虎大喜，令樞密院分撥兵將，隨從喬道清、孫安進征。樞密院得令，選將撥兵，交付二人。喬道清、孫安即日整點軍馬起程。

那個孫安與喬道清同鄉，他也是涇原人。生的身長九尺，腰大八圍，頗知韜略，膂力過人，學得一身出色的好武藝，慣使兩口鑌鐵劍。後來為報父仇，殺死二人，因官府追捕緊急，棄家逃走。他素與喬道清交厚，聞知喬道清在田虎手下，遂到威勝，投訴喬道清。道清薦與田虎，拒敵有功，偽受殿帥之職。今日統領十員偏將，軍馬二萬，往救晉寧。那十員偏將是誰？乃是：梅玉、秦英、金禎、陸清、畢勝、潘迅、楊芳、馮升、胡邁、陸芳。

那十員偏將，都偽授統制之職。當下孫安辭別喬道清，統領軍馬，望晉寧進發不題。

再說喬道清將二萬軍馬，着團練聶新，馮玘統領，隨後自己同四員偏將先行。那四員：雷震、倪麟、費珍、薛燦。

那四員偏將都偽授總管之職，隨着喬道清，管領精兵二千，星夜望昭德迸發。不則一日，來到昭德城北十里外，前騎探馬來報：「昨日被宋兵打破壺關，目今分兵三路，攻打昭德城池。」喬道清聞報，大怒道：「這廝們恁般無禮！教他認俺的手段。」領兵飛奔前來。正遇唐斌、耿恭領兵攻打北門。忽報西北上有二千餘騎到來，唐斌、耿恭列陣迎敵。喬道清兵馬已到，兩陣相對，旗鼓相望，南北尚離一箭之地。唐斌、耿恭看見北陣前四員將佐，簇擁着一個先生，立馬於紅羅寶蓋下。那先生怎生模樣？但見：頭戴紫金嵌寶魚尾道冠，身穿皂沿邊烈火錦鶴氅，腰繫雜色彩絲絛，足穿雲頭方赤舄。仗一口錕铻鐵古劍，坐一匹雪花銀鬃馬。八字眉碧眼落腮鬍，四方口聲與鐘相似。

那先生馬前皂旗上，金寫兩行十七個大字，乃是「護國靈感真人軍師左丞相征南大元帥喬」。耿恭看罷，驚駭道：「這個人利害！」兩軍未及交鋒，恰遇李逵等五百游兵突至。李逵便欲上前，耿恭道：「此人是晉王手下第一個了得的，會行妖術，最是利害。」李逵道：「俺搶上去砍了那撮鳥，卻使甚麼鳥術？」唐斌也說：「將軍不可輕敵。」李逵那裏肯聽，揮板斧衝殺上去，鮑旭、項充、李袞恐李逵有失，領五百團牌標槍手，一齊滾殺過去。那先生呵呵大笑，喝道：「這廝不得狂逞！」不慌不忙，把那口寶劍望空一指，口中唸唸有詞，喝聲道：「疾！」好好地白日青天，霎時黑霧漫漫，狂風颯颯，飛土揚塵。更有一團黑氣，把李逵等五百餘人罩住，卻似攝入黑漆皮袋內一般，眼前並無一隙亮光，一毫也動彈不得，耳畔但聽的風雨之聲，卻不知身在何處。任你英雄好漢，不能插翅飛騰。你便火首金剛，怎逃地網天羅；八臂哪吒，那脫龍潭虎窟。畢竟李逵等眾人危困，生死如何，且聽下回分解。

### 延伸思考

喬道清的發跡與梁山好漢的經歷相似，只不過投了不同的山寨，成為了對立的雙方。你如何看待這樣的命運？對我們有何啟發？

# 第九十五回

# 宋公明忠感后土
# 喬道清術敗宋兵

喬道清會使幻術，連勝兩陣，宋江得到神仙救應才得以逃脫。樊瑞出兵迎敵，也敗下陣來。此戰將如何收場？誰又來雪中送炭了呢？

話說黑旋風李逵不聽唐斌、耿恭說話，領眾將殺過陣去，被喬道清使妖術困住，五百餘人都被生擒活捉，不曾走脫半個。耿恭見頭勢不好，撥馬望東，連打兩鞭，預先走了。唐斌見李逵等被陷，軍兵慌亂，又見耿恭先走，心下尋思道：「喬道清法術利害，倘走不脫時，落得被人恥笑。我聞軍士不怯死而滅名，到此地位，怎顧得性命！」唐斌捨命，拈矛縱馬，衝殺過來。喬道清見他來得兇猛，連忙捏訣唸咒，喝聲道：「疾！」就本陣內捲起一陣黃沙，望唐斌撲面飛來。唐斌被沙迷眼目，舉手無措，早被軍士趕上，把左腿刺了一槍，顛下馬來，也被活捉去了。原來北軍有例，凡解生擒將佐到來，賞賜倍加，所以眾將不曾被害。那時唐斌部下一萬人馬，都被黃沙迷漫，殺得人亡馬倒，星落雲散，軍士折其大半。

且說林沖、徐寧在東門，聽的城南喊殺連天，急領兵來接應。那城中守將孫琪等見是喬道清旗號，連忙開門接應，李逵等已被他捉入城中去了。只見那耿恭同幾個敗殘軍卒，跑的氣喘急促，鞍歪轡側，頭盔也倒在一邊，見了林沖、徐寧，方才把馬勒住。林沖、徐寧忙問何處軍馬，耿恭七顛八倒的說了兩句，林沖、徐寧急同耿恭投大寨來，恰遇王英、扈三娘領三百騎哨到，得了這個消息，一同來報知宋先鋒。耿恭把李逵等被喬道清擒捉的事，備細說了。宋江聞報大驚，哭道：「李逵等性命休矣！」吳用勸道：「兄長且休煩悶，快理正事。賊人既有妖術，當速往壺關取樊瑞抵敵。」宋江道：「一面去取樊瑞，一面進兵，問那賊道討李逵等眾人。」吳用苦諫不聽。

當下宋先鋒令吳用統領眾將守寨，宋江親自統領林沖、徐寧、魯智深、武松、劉唐、湯隆、李雲、郁保四八員將佐，軍馬二萬，即刻望昭德城南殺去。索超、張清接着，合兵一處，搖旗擂鼓，吶喊篩鑼，殺奔城下來。

卻說喬道清進城，升帥府，孫琪等十將參見畢，孫琪等正欲設宴款待，探馬忽報宋兵又到。喬道清怒道：「這廝無禮！」對孫琪道：「待我捉了宋江便來。」即上馬統領四員偏將、三千軍馬出城迎敵。宋兵正在列陣搦戰，只見城門開處，放下吊橋，門內擁出一彪軍來，當先一騎，上面坐着一個先生，正是幻魔君喬道清，仗着寶劍，領軍過吊橋。兩軍相迎，旗鼓相望，各把強弓硬弩射住陣腳，兩陣中吹動畫角，戰鼓齊鳴。宋陣裏門旗開處，宋先鋒出馬，郁保四捧着帥字旗，立於馬前，左有林沖、徐寧、魯智深、劉唐，右有索超、張清、武松、湯隆八員將佐擁護。宋先鋒怒氣填胸，指着喬道清罵道：「助逆賊道，快放還我幾個兄弟及五百餘人！略有遲延，拿住你碎屍萬段！」道清喝道：「宋江不得無禮！俺便不放還你，看你怎地拿我！」宋江大怒，把鞭梢一指，林沖、徐衝、索超、張清、魯智深、武松、劉唐一齊衝殺過來。喬道清叩齒作法，揑訣唸咒，把劍望西一指，喝聲道：「疾！」霎時有無數兵將，從西飛殺過來，早把宋兵衝動。喬道清又把劍望北一指，口中唸唸有詞，喝聲道：「疾！」須臾天昏地暗，日色無光，飛沙走石，撼地搖天。林沖等眾將正殺上前，只見前面都是黃沙黑氣，那裏見一個敵軍。宋軍不戰自亂，驚得坐下馬亂竄咆哮。林沖等急回馬擁護宋江，望北奔走。喬道清招兵掩殺，趕得宋江等軍馬星落雲散，七斷八續，呼兄喚弟，覓子尋爺。宋江等忙亂奔走，未及半里之地，前面恁般奇怪，適才兵馬來時，好好的平原曠野，卻怎麼瀰瀰漫漫，一望都是白浪滔天，天涯無際，卻似個東洋大海，就是肋生兩翅，也飛不過。後面兵馬趕來，眼見得都是個死。魯智深、武松、劉唐齊聲大叫：「難道束手就縛？」三個奮力回身，向北殺來。猛可地一聲霹靂，半空中現出二十餘尊金甲神人，把兵器亂打下來，早把魯智深、武松、劉唐打翻，北軍趕上，也被活捉去了。又聽得大喊道：「宋江下馬受縛，免汝一死！」宋江仰天歎道：「宋江死不足惜，只是君恩未報，雙親年老，無人奉養；李逵等這幾個兄弟，不曾救得。事到如此，只拚一死，免得被擒受辱。」

林冲、徐寧、索超、張清、湯隆、李雲、郁保四七個頭領，擁着宋江，團聚一塊，都道：「我等願隨兄長，為厲鬼殺賊！」郁保四到如此窘迫慌亂的地位，身上又中了兩矢，那面帥字旗兀是挺挺的捧着，緊緊跟隨宋先鋒，不離尺寸。北軍見帥字旗未倒，不敢胡亂上前。

宋江等已掣劍在手，都欲自刎，猛見一個人走向前來，止住眾人道：「休要如此，眾人勿憂。我位尊戊己，見汝等忠義，特來克那妖水，救汝等歸寨。」眾將看那人時，生得奇異：頭長兩塊肉角。遍體青黑色，赤髮裸形，下體穿條黃褌，左手執一個鈴鐸[1]。那人就地撮把土，望着那前面海大般白浪滔天的水只一撒，轉眼間就現出原來平地，對眾人道：「汝等應有數日災厄。今妖水已滅，可速歸營，差人到衞州，方可解救。汝等勉力報國！」言訖，化陣旋風，寂然不見。眾人驚訝不已，保護宋江投奔南來。行過五六里，忽見塵頭起處，又有一彪兵馬自南而來，卻是吳用同王英、扈三娘、孫新、顧大嫂、解珍、解寶領兵一萬，前來接應。宋江對吳用道：「不聽賢弟之言，險些兒不得相見！」吳用道：「且到寨中再說。」眾人次第入到寨裏，把那兵敗被困遇神的事備述。吳用以手加額道：「位尊戊己，土神也。兄長忠義，感動后土之神，土能克水。」宋江等方才省悟，望空拜謝。

此時天色將暮，有敗殘軍士逃回，說混亂之中又被昭德城中孫琪、葉聲、金鼎、黃鉞等開南門領兵掩殺，死者甚眾，其餘四散逃竄。宋江計點軍士、損折萬餘。吳用對宋江道：「賊人會使妖術，連勝兩陣，可速用計準備，提防劫寨。況我兵驚恐，凡杯蛇鬼車，風兵草甲，無往非撼志之物。當空着此寨，只將羊蹄點鼓，我等大兵，退十里另紮營寨。」當下宋江傳令，大兵退十里。吳學究又教宋先鋒傳令，須分紮營寨，大寨包小寨，隅落鈎連，曲折相對，如李藥師六花陣之法。眾將遵令。

扎寨方畢，忽報樊瑞奉令從壺關馳到。入寨參見了宋先鋒，問知喬道清備細，樊瑞道：「兄長放心，無非是妖術。待樊某明日作法擒他。」吳用道：「他若不來搦戰，我這裏只按兵不動，待公孫一清到來，再作計較。」宋江便令張清、王英、解珍、解寶，領輕騎五百星夜出關，馳往衞州，接取公孫

---

1)　鈴鐸：金屬響器名。大者為鈴，小者為鐸。用作警戒、教化、齋醮、奏樂之用。

勝，到此破敵解救。張清等摭紮馬匹，辭別宋江去了。當下宋兵深栽鹿角，牢豎柵寨，弓上弦，刀出鞘，帶甲枕戈，提鈴喝號。宋江等秉燭待旦不題。

再說喬道清用術困住宋江，正待上前擒捉，忽見前面水無涓滴，宋江等已遁去，驚疑不已道：「我這法非同小可，他如何便曉得解破？想軍中必有異人。」當下收兵，同孫琪等入城，升坐帥府。孫琪等一面設宴慶賀。軍士將魯智深、武松、劉唐，又先捉的李逵、鮑旭、項充、李衮、唐斌綁縛解到帳前。孫琪立在喬道清左側，看見唐斌，便罵道：「反賊，晉王不曾負你。」唐斌喝道：「你每的死期也到了。」喬道清叫眾人都說姓名上來。李逵睜圓怪眼，倒豎虎鬚，挺胸大罵道：「賊道聽着！我是黑爺爺黑旋風李逵。」魯智深、武松等都由他問，氣憤憤的只不開口。喬道清教拿那廝們的軍卒上來。無移時，刀斧手將軍卒解到。喬道清一一問過，知道他每都是宋兵中勇將，便對眾人道：「你們若肯歸降，待我奏過晉王，都大大的封你們官爵。」李逵大叫如雷道：「你看老爺輩是甚麼樣人？你卻放那鳥屁。你要砍黑爺爺，憑你拿去，砍上幾百刀，若是黑爺爺皺眉，就不算好漢。」魯智深、武松、劉唐等齊聲罵道：「妖道，你休要做夢！我這幾個兄弟的頭可斷，這幾條鐵腿屈不轉的。」喬道清大怒，喝教都推出去，斬訖來報。魯智深呵呵大笑道：「洒家視死如歸，今日死得正路。」刀斧手簇擁着眾人下去。喬道清心中思想：「我從來不曾見恁般的硬漢，且留着他每，卻再理會。」當下喬道清疾忙傳令，教軍士且把這夥人放轉，監禁聽候。武松罵道：「腌臢反賊，早早把俺砍了乾淨！」喬道清低頭不語，眾軍卒把李逵等一行人監禁去了。

喬道清見三昧神水的法不靈，心中已有幾個疑慮，只在城中屯紮，探聽宋兵的動靜。因此兩家都按兵不動。一連的過了五六日，聶新、馮玘領大兵已到，入城參見喬道清，盡將兵馬收入城中紮住。喬道清見宋兵緊守營寨，不來廝殺，料無別謀。整點軍馬，統領將佐，同孫琪、戴美、聶新、馮玘等領兵二萬，五鼓出城，紮寨城南五龍山，平明進兵。喬道清對孫琪道：「今日必要擒捉宋江，恢復壺關。」孫琪道：「全賴國師相公法力。」當下喬道清統領軍馬一萬，望宋江大寨殺來。小軍探聽的實，飛報宋先鋒。宋江令樊瑞、單廷珪、魏定國整點軍兵，拴縛馬匹，準備迎敵。喬道清在高阜處觀看宋兵營寨，但見：四面八向之有準，前後左右之相救。門戶開辟之有法，吸呼聯絡之有度。

喬道清暗暗喝采，只聽得宋寨中一聲炮響，寨門開處，擁出一彪軍來，兩陣裏彩旗招動，鼉鼓振天。喬道清下高阜，出到陣前，雷震、倪麟、費珍、薛燦擁護左右。宋陣裏旌旗開處，一將縱馬出陣，正是混世魔王樊瑞，手仗寶劍，指着喬道清大罵：「賊道，怎敢逞兇！」喬道清心中思忖道：「此人一定會些法術，我且試他一試。」便對樊瑞喝道：「無知敗將，敢出穢言！你敢與我比武藝麼？」樊瑞道：「你要比武藝，上前來吃我一劍！」兩軍吶喊擂鼓。樊瑞拍馬挺劍，直取喬道清。道清躍馬揮劍相迎。二劍並舉，兩魔相鬥。起先兀是兩騎馬絞做一團廝殺，次後各運神通，只見兩股黑氣，在陣前左旋右轉，一往一來的亂滾。兩邊軍士，都看得呆了。樊瑞戰到酣處，覷個破綻，望喬道清一劍砍去，只砍個空，險些兒顛下馬來。原來喬道清故意賣個破綻，哄樊瑞砍來，自己卻使個烏龍蛻骨之法，早已歸到陣前，呵呵大笑。樊瑞惶恐歸陣。

宋陣左右門旗開處，左邊飛出聖水將軍單廷珪，領五百步兵，盡是黑旗黑甲，手執團牌標槍，鋼叉利刃；右邊飛出神火將軍魏定國，領五百火軍，身穿絳衣，手執火器，前後擁出五十輛火車，車上都裝蘆葦引火之物。軍人背上各拴鐵蘆一個，內藏硫黃焰硝，五色煙藥，一齊點着。那兩路軍兵，左邊的烏雲捲地，右邊的烈火飛騰，一哄衝殺過來，北軍驚懼欲退。喬道清喝道：「退後者斬！」右手仗着寶劍，口中唸唸有詞，霎時烏雲蓋地，風雷大作，降下一陣大塊冰雹，望聖水、神火軍中亂打下來，霹靂交加，火焰滅絕。眾軍被冰雹打得星落雲散，抱頭鼠竄。單廷珪、魏定國嚇得魂不附體，舉手無措，抵死逃回本陣，聖水、神火將軍，以此翻成畫餅[2]。

須臾，雹散雲收，仍是青天白日，地上兀是有如雞卵似拳頭的無數冰塊。喬道清看宋軍時，打得頭損額破，眼瞎鼻歪，踏着冰塊，便滑一跌。喬道清揚武耀威高叫道：「宋兵中再有手段高強，神通廣大的麼？」樊瑞羞忿交集，披髮仗劍，立於馬上，使盡平生法力，口中唸動咒語，只見狂風四起，飛沙走石，天愁地暗，日色無光。樊瑞招動人馬，衝殺過來，喬道清笑道：「量你這鳥術，幹得甚事！」便也仗劍作法，口中唸唸有詞，只見風盡隨着

---

2)　翻成畫餅：指沒有奏效。

宋軍亂滾，半空中又是一聲霹靂，無數神兵天將，殺將下來。宋陣中馬嘶人喊，亂竄起來。喬道清同四個偏將，縱軍掩殺。樊瑞法術不靈，抵當不住，回馬便走。

北軍追趕上來，正在萬分危急，猛見宋寨中一道金光射來，把風沙衝散，那些天兵神將，都亂紛紛墮落陣前。眾人看時，卻是五彩紙剪就的。喬道清見破了神兵法，大展神通，披髮仗劍，捏訣唸咒，喝聲道：「疾！」又使出三昧神水的法來。須臾，有千萬道黑氣，從壬癸方滾來。只見宋陣中一個先生，驟馬出陣，仗口松紋古定劍，口中唸唸有詞，喝聲道：「疾！」猛見半空裏有許多黃袍神將，飛向北去，把那黑氣衝滅。喬道清吃了一驚，手足無措。

宋軍見這個先生破了妖術，齊聲大罵：「喬道清妖賊，如今有手段高強的來了。」喬道清聽了這句，羞得徹耳通紅，望本陣便退。喬道清生平逞弄神通，今日垂首喪氣，正是：總教掬盡三江水，難洗今朝一面羞。畢竟宋陣裏破妖術的先生是誰，且聽下回分解。

## 延伸思考

宋江等人絕處逢生，被土地神相救，這個情節頗具神話色彩。這樣安排的好處或作用是甚麼？

# 第九十六回

# 幻魔君術窘五龍山<br>入雲龍兵圍百穀嶺

關鍵時刻，公孫勝趕來營救，大破喬道清的妖術，北軍大敗。由於羅真人交待讓公孫勝點化他，因此放了喬道清一條生路。

話說宋陣裏破喬道清妖術的那個先生，正是入雲龍公孫勝。他在衞州接了宋先鋒將令，即同王英、張清、解珍、解寶，星夜趕到軍前。入寨參見了宋先鋒，恰遇喬道清逞弄妖法，戰敗樊瑞。那日是二月初八日，干支是戊午，戊屬土。當下公孫勝就請天干神將，克破那壬癸水，掃蕩妖氛，現出青天白日。宋江、公孫勝兩騎馬同到陣前，看見喬道清羞慚滿面，領軍馬望南便走。公孫勝對宋江道：「喬道清法敗奔走，若放他進城，便深根固蒂。兄長疾忙傳令，教徐寧、索超領兵五千，從東路抄至南門，絕住去路。王英、孫新領兵五千，馳往西門截住。如遇喬道清兵敗到來，只截住他進城的路，不必與他廝殺。」宋江依計傳令，分撥眾將遵令去了。

此時兀是巳牌時分，宋江同公孫勝統領林沖、張清、湯隆、李雲、扈三娘、顧大嫂七個頭領，軍馬二萬，趕殺前來。北將雷震等保護喬道清，且戰且走。前面又有軍馬到來，卻是孫琪、聶新領兵接應，合兵一處。剛到五龍山寨，聽得後面宋兵鳴鑼擂鼓，喊殺連天，飛趕上來。孫琪道：「國師入寨駐紮，待孫某等與他決一死戰。」喬道清在眾將面前誇了口，況且自來行法，不曾遇着對手，今被宋兵追迫，十分羞怒，便對孫琪道：「你們且退後，待我上前拒敵。」即便勒兵列陣，一馬當先，雷震等將簇擁左右。喬道清高叫：「水窪草寇，焉得這般欺負人！俺再與你決個勝敗。」原來喬道清生長涇原，是極西北地面，與山東道路遙遠，不知宋江等眾兄弟詳細。

當下宋陣裏把旗左招右展，一起一伏，列成陣勢，兩陣相對，吹動畫角，戰鼓齊鳴。南陣裏黃旗磨動，門旗開處，兩騎馬出陣。中間馬上，坐着山東呼保義及時雨宋公明；左手馬上，坐的是入雲龍公孫一清，手中仗劍，指着喬道清說道：「你那學術，都是外道，不聞正法，快下馬歸順！」喬道清仔細看時，正是那破法的先生。但見：星冠攢玉、鶴氅縷金。九宮衣服燦雲霞，六甲風雷藏寶訣。腰繫雜色彩絲絛，手仗松紋古定劍。穿一雙雲縫赤朝鞋，騎一匹黃鬃昂首馬。八字神眉杏子眼，一部掩口落腮鬚。

當下喬道清對公孫勝道：「今日偶爾行法不靈，我如何便降服你？」公孫勝道：「你還敢逞弄那鳥術麼？」喬道清喝道：「你也小覷俺，再看俺的法！」喬道清抖擻精神，口中唸唸有詞，把手望費珍一招，只見費珍手中執的那條點鋼槍，卻似被人劈手一奪的忽地離了手，如騰蛇般飛起，望公孫勝刺來。公孫勝把劍望秦明一指，那條狼牙棍早離了手，迎着鋼槍，一往一來，風般在空中相鬥。兩軍迭聲喝采。猛可的一聲響，兩軍發喊，空中狼牙棍把槍打落下來，冬的一聲，倒插在北軍戰鼓上，把戰鼓搠破。那司戰鼓的軍士，嚇得面如土色。那條狼牙棍，依然復在秦明手中，恰似不曾離手一般，宋軍笑得眼花沒縫。公孫勝喝道：「你在大匠面前弄斧！」喬道清又捏訣唸咒，把手望北一招，喝聲道：「疾！」只見北軍寨後五龍山凹裏，忽的一片黑雲飛起，雲中現出一條黑龍，張鱗鼓鬣，飛向前來。公孫勝呵呵大笑，把手也望五龍山一招，只見五龍山凹裏，如飛電般掣出一條黃龍，半雲半霧，迎住黑龍，空中相鬥。喬道清又叫：「青龍快來！」只見山頂上才飛出一條青龍，隨後又有白龍飛出，趕上前迎住。兩軍看得目瞪口呆。喬道清仗劍大叫：「赤龍快出幫助！」須臾，山凹裏又騰出一條赤龍，飛舞前來。五條龍向空中亂舞，正按着金、木、水、火、土五行，互生互克，攪做一團。狂風大起，兩陣裏捧旗的軍士，被風捲動，一連顛翻了數十個。公孫勝左手仗劍，右手把麈尾望空一擲，那麈尾在空中打個滾，化成鴻雁般一隻鳥飛起去。須臾，漸高漸大，扶搖而上，直到九霄空裏，化成個大鵬，翼若垂天之雲，望着那五條龍撲擊下來。只聽得刮剌剌的響，卻似青天裏打個霹靂，把那五條龍撲打得鱗散甲飄。原來五龍山有段靈異，山中常有五色雲現。龍神託夢居民，因此起建廟宇，中間供個龍王牌位。又按五方，望成青、黃、赤、黑、白五條龍，按方向蟠旋於柱，都是泥塑金裝彩畫就的。當下被二人用法遣來相鬥，被公孫勝用麈尾化成大鵬，將五條泥龍搏擊的粉碎，望北軍頭上亂紛紛打將下來。北軍發喊，躲避不迭，被那年久乾硬的泥塊打得臉破額穿，鮮血迸流，登時打傷二百餘人，軍中亂竄。喬道清束手無術，不能解救，半空裏落下個黃泥龍尾，把喬道清劈頭一下，險些兒將頭打破，把個道冠打癟。公孫勝把手一招，大鵬寂然不見，麈尾仍歸手中。喬道清再要使妖術時，被公孫勝運動五雷正法的神通，頭上現出一尊金甲神人，大喝:「喬洌下馬受縛！」喬道清口中喃喃吶吶的唸咒，並無一毫兒靈驗，慌得喬道清舉手無措，拍馬望本陣便走。林沖縱馬拈矛趕來，大喝:「妖道休走！」北陣裏倪麟提刀躍馬接住。雷震驟馬挺戟助戰，這裏湯隆飛馬，使鐵瓜錘架住。兩軍迭聲吶喊，四員將兩對兒在陣前廝殺。倪麟與林沖鬥過二十餘合，不分勝敗。林沖覷個破綻，一矛搠中馬腿，那馬便倒，把倪麟顛翻下來，被林沖向心窩胳察的一槍搠死。雷震正與湯隆戰到酣處，見倪麟落馬，賣個破綻，撥馬便走，被湯隆趕上，把鐵瓜錘照頂門一下，連盔帶頭打碎，死於馬下。宋江將鞭梢一指，張清、李雲、扈三娘、顧大嫂一齊衝殺過來。北軍大亂，四散亂竄逃生，殺死者甚眾。

孫琪、聶新、費珍、薛燦保護喬道清，棄了五龍山寨，領兵欲進昭德。轉過山坡，離城尚有六七里，只聽得前面戰鼓喧天，喊聲大振，東首小路撞出一彪兵來，當先二將，乃是金槍手徐寧、急先鋒索超。兩軍未及交鋒，昭德城內見城外廝殺，守將戴美、翁奎領兵五千，開南門出城接應，徐寧、索超分頭拒敵。索超分兵二千，向北抵敵，戴美當先，與索超鬥十餘合，被索超揮金蘸斧，砍為兩段。翁奎急領兵入城，索超趕殺上去，殺死北軍一百餘人，直趕至南門城下，翁奎兵馬已進城去了。急拽起吊橋，緊閉城門，城上擂木炮石，如雨般打將下來，索超只得回兵。

再說徐寧領兵三千，攔住北軍去路。北軍雖是折了一陣，此時尚有二萬餘人，孫琪、聶新二將敵住徐寧兵馬。費珍、薛燦無心戀戰，領五千兵馬，保護喬道清投西奔走。這裏徐寧力敵孫琪、聶新二將；被北軍圍裹上來，正是寡不敵眾，看看圍在垓心。卻是索超、宋江南北兩路兵都到，孫琪、聶新當不得三面攻擊、聶新被徐寧一金槍刺中左臂，墜於馬下，被人馬踐踏如泥。孫琪奪路要走，被張清趕上，手起一槍，搠中後心，撞下馬來。北兵大敗虧輸，三萬軍馬，殺死大半。殺得屍橫遍野，流血成河，棄下金鼓旗幡、盔甲馬匹無數，其餘兵馬，四散逃走去了。

宋江、公孫勝、林沖、張清、湯隆、李雲、扈三娘、顧大嫂與徐寧、索超合兵一處，共得二萬五千，聞喬道清同費珍、薛燦領五千兵馬，望西逃遁，欲上前追趕。此時已是申牌時分，兵馬鏖戰一日，飢餓困罷。宋先鋒正欲收兵回寨食息，忽報軍師吳用知宋先鋒等兵馬鏖戰多時，特令樊瑞、單廷珪、魏定國，整點兵馬一萬，準備火把火炬，前來接應。宋先鋒大喜。公孫勝道：「既有這支軍馬，兄長同眾頭領回寨食息，小弟同樊、單、魏三位頭領，領兵追趕喬道清，務要降服那廝。」宋江道：「賴賢弟神功，解救災厄。賢弟遠來勞頓，同回大寨歇息了，膽日卻再理會。喬道清這廝，法破計窮，料無他虞。」公孫勝道：「兄長有所不知。本師羅真人常對小弟說『涇原有個喬冽，他有道骨，曾來訪道，我暫且拒他，因他魔心正重，亦是下土生靈造惡，殺運未終。他後來魔心漸退，機緣到來，遇德而服。恰有機緣遇汝，汝可點化他，後來亦得了悟玄微，日後亦有用着他處。』小弟在衞州，遵令前來，於路問妖人來歷，張將軍說降將耿恭知他備細，道是喬道清即涇縣喬冽。適才見他的法，與小弟比肩相似，小弟卻得本師羅真人傳授五雷正法，所以破得他的法。此城叫做昭德，合了本師『遇德魔降』的法語。若放他逃遁，倘此人墮陷魔障，有違本師法旨。此機會不可錯過，小弟即刻就領兵追趕，相機降服他。」只一席話，說得宋江心胸豁然，稱謝不已。當下同眾將統領軍馬，回營食息。公孫勝同樊瑞、單廷珪、魏定國統領一萬軍馬，追趕喬道清不題。

再說喬道清同費珍、薛燦領敗殘兵馬五千，奔竄到昭德城西，欲從西門進城，猛聽得鼓角齊鳴，前面密林後飛出一彪軍來，當先二將，乃是矮腳虎王英、小尉遲孫新領五千兵，排開陣勢，截住去路。費珍、薛燦抵死衝突。孫新、王英奉公孫一清的令，只不容他進城，卻不來趕殺，讓他望北去了。城中知喬道清術窘，大敗虧輸，宋兵勢大，唯恐城池有失，緊緊的閉了城門，那裏敢出來接應。

無移時，孫新、王英見公孫勝同樊瑞、單廷珪、魏定國領兵飛趕上來。公孫勝道：「兩位頭領，且到大寨食息，待貧道自去趕他。」孫新、王英依令回寨。此時已是酉牌時分。

卻說喬道清同費珍、薛燦領敗殘兵，急急如喪家之狗，忙忙似漏網之魚，望北奔馳。公孫勝同樊瑞、單廷珪、魏定國領兵一萬，隨後緊緊追趕。

公孫勝高叫道：「喬道清快下馬降順，休得執迷！」喬道清在前面馬上高聲答道：「人各為其主，你何故逼我太甚？」此時天色已暮，宋兵燃點火炬火把，火光照耀如白晝一般。喬道清回顧左右，止有費珍、薛燦及三十餘騎；其餘人馬，已四散逃竄去了。喬道清欲拔劍自刎，費珍慌忙奪住道：「國師不必如此。」用手向前面一座山指道：「此嶺可以藏匿。」喬道清計窮力竭，隨同二將馳入山嶺。原來昭德城東北，有座百穀嶺，相傳神農嘗百穀處。山中有座神農廟，喬道清同費、薛二將，屯紮神農廟中，手下止有十五六騎。只因公孫勝要降服他，所以容他遁入嶺中。不然，宋兵趕上，就是一萬個喬道清也殺了。

話不絮繁。卻說公孫勝知喬道清遁入百穀嶺，即將兵馬分四路，扎立營寨，將百穀嶺四面圍住。至二更時分，忽見東西兩路火光大起，卻是宋先鋒回寨，復令林沖、張清各領兵五千，連夜哨探到來。與公孫勝合兵一處，共是二萬人馬，分頭紮寨，圍困喬道清不題。

且說宋江次日探知喬道清被公孫勝等將兵馬圍困於百穀嶺，即與吳學究計議攻城。傳令大兵拔寨起營，到昭德城下。宋江分撥將佐到昭德，圍得水泄不通。城中守將葉聲等，堅守城池。宋兵一連攻打二日，城尚不破。宋江在城南寨中見攻城不下，十分憂悶，李逵等被陷，不知性命如何，不覺潸然淚下。軍師吳用勸道：「兄長不必煩悶，只消用幾張紙，此城唾手可得。」宋江忙問道：「軍師有何良策？」

當下吳學究不慌不忙，迭着兩個指頭，說出這條計來，有分教：兵不血刃孤城破，將士投戈百姓安。畢竟吳學究說出甚麼來，且聽下回分解。

## 延伸思考

羅真人是故事裏的重要人物之一，雖然正面描寫不多，卻起着貫穿全篇的線索作用，推動着情節發展。回顧前文，思考一下還有沒有類似羅真人這樣的人物？他們是如何在背後推動故事敘述的？

## 第九十七回

# 陳瓘諫官升安撫
# 瓊英處女做先鋒

宋江、吳用乘勝追擊，兵不血刃，奪了昭德城，救出被俘的眾將領。另一路盧俊義軍馬得了晉寧城，又大敗孫安，孫安投降後，幫助勸降了喬道清。宋江大捷，朝廷聞知，天子歡悅，派去重臣前往督戰。

話說當下吳用對宋江道：「城中軍馬單弱，前日恃喬道清妖術，今知喬道清敗困，外援不至，如何不驚恐。小弟今晨上雲梯觀望，見守城軍士都有驚懼之色。今當乘其驚懼，開以自新之路，明其利害之機，城中必縛將出降，兵不血刃，此城唾手可得。」宋江大喜道：「軍師之謀甚善！」當下計議，寫成數十道曉諭的兵檄，其詞云：

大宋征北正先鋒宋示諭昭德州守城將士軍民人等知悉：田虎叛逆，法在必誅，其餘脅從[1]，情有可原。守城將士，能反邪歸正，改過自新，率領軍民，開門降納，定行保奏朝廷，赦罪錄用。如將士怙終不悛[2]，爾等軍民，俱係宋朝赤子，速當興舉大義，擒縛將士，歸順天朝。為首的定行重賞，奏請優敍[3]。如執迷逡巡，城破之日，玉石俱焚，孑遺靡有[4]。特諭。

1) 脅從：助手，隨從。

2) 怙（hù）終不悛（quān）：依仗惡勢力不肯悔改。

3) 優敍：從優敍功，晉升官職。

4) 孑遺靡有：沒有剩餘。孑遺，遺留，剩餘。靡，無，沒有。

宋江令軍士將曉諭拴縛箭矢，四面射入城中。傳令各門稍緩攻擊，看城動靜。次日平明，只聽得城中吶喊振天，四門豎起降旗，守城偏將金鼎、黃鉞聚集軍民，殺死副將葉聲、牛庚、冷寧，將三個首級懸掛竿首，挑示宋軍，牢中放出李逵、魯智深、武松、劉唐、鮑旭、項充、李袞、唐斌，俱用轎扛抬，大開城門，擁送出城。軍民香花燈燭，迎接宋兵入城。宋先鋒大喜，傳諭各門將佐，統領軍馬，次第入城。兵不血刃，百姓秋毫無犯，歡聲雷動。

宋江到帥府升坐，魯智深等八人前來參拜道：「哥哥，萬分不得相見了！今賴兄長威力，復得聚首，恍如夢中。」宋江等眾人，俱感泣淚下。次後，金鼎、黃鉞率領翁奎、蔡澤、楊春上前參拜。宋江連忙答拜，扶起道：「將軍等興舉大義，保全生靈，此不世之勛也。」黃鉞等道：「某等不能速來歸順，罪不可逭[5]。反蒙先鋒厚禮，真是銘心刻骨，誓死圖報！」黃鉞等又將魯智深、李逵等罵賊不屈的事情，備細陳說。宋江感泣稱讚。李逵道：「俺聽得說，那賊鳥道在百穀嶺，待俺去砍那撮鳥一百斧，出那口鳥氣。」宋江道：「喬道清被一清兄弟圍困百穀嶺，欲降伏他。羅真人已有法旨，兄弟不可造次。」魯智深對李逵道：「兄長之命，安敢不遵？」李逵方才肯住。

當下宋先鋒出榜，安撫百姓，賞勞三軍將佐，標寫公孫勝、金鼎、黃鉞功次。正在料理軍務，忽報神行太保戴宗自晉寧回。戴宗入府參見，宋先鋒忙問晉寧消息。戴宗道：「小弟蒙兄長差遣，到晉寧，盧先鋒正在攻打城池。他道：『待盧某克了城池，卻好到兄長處報捷。』故此留小弟在彼，一連住了三四日。晉寧急切攻打不下，到今月初六日，是夜重霧，咫尺不辨，盧先鋒令軍士悄地囊[6]土填積城下。至三更時分，城東北守禦稍懈，我兵潛上土囊，攀援登城，殺死守城將士一十三員。田彪開北門衝突，捨命逃遁，其餘牙將俱降。獲戰馬五千餘匹，投降軍士二萬餘人，殺死者甚眾。當下盧先鋒克了晉寧，天明霧霽，正在安撫料理，忽報威勝田虎，差殿帥孫安統領將佐十員，軍馬二萬，前來救援，離城十里下寨。盧先鋒即令秦明、楊志、歐鵬、鄧飛領兵出城迎敵，盧先鋒親自領兵接應。當下秦明與孫安戰到五六十合，

---

5)　逭（huàn）：逃避。

6)　囊：用口袋盛。

不分勝負。盧先鋒兵到，見孫安勇猛，盧先鋒令鳴金收兵。孫安亦自收兵，各立營寨。盧先鋒回寨，說孫安勇猛，只可智取，不可力敵。次日，分撥軍馬埋伏，盧先鋒親自出陣，與孫安戰到五十餘合，孫安戰馬忽然前失，把孫安顛下馬來。盧先鋒喝道：『此非汝戰敗之罪，快換馬來戰！』孫安換馬，又與盧先鋒鬥過五十餘合，盧先鋒佯敗奔走，誘孫安趕到林子邊，一聲炮響，兩邊伏兵齊出，孫安措手不及，被兩邊拋出絆馬索，將孫安絆倒，眾軍趕上，連人和馬，生擒活捉。北陣裏秦英、陸清、姚約三將齊出，救奪孫安，那邊楊志、歐鵬、鄧飛齊出接住。六騎馬捉對兒廝殺，到間深處，只見楊志大喝一聲，只一槍，將秦英搠下馬來。陸清與歐鵬正鬥，被歐鵬賣個破綻，賺陸清一刀砍來，歐鵬把身一閃，陸清砍個空，收刀不迭，被歐鵬照後心一槍刺死。姚約見二人落馬，撥馬望本陣便走，被鄧飛趕上，舉鐵鏈當頭一下，把姚約連盔透頂，打個粉碎。盧先鋒驅兵掩殺，北兵大敗，殺死四五千人，北軍退十里下寨。我兵得勝進城，眾軍卒把孫安綁縛解來。盧先鋒親釋其縛，待以厚禮，勸孫安歸順天朝。孫安見盧先鋒如此義氣，情願降順。孫安對盧先鋒說道：『城外尚有七員將佐，軍馬一萬五千，容孫某出城，招他來降。』盧先鋒坦然無疑，放孫安出城。孫安單騎到北寨，說降七將，都來參見盧先鋒。盧先鋒大喜，置酒管待。孫安說：『某與喬道清同領兵離威勝，喬道清往救壺關。此人素有妖術，恐宋先鋒處罹其荼毒。喬道清與孫某同鄉，孫某感將軍厚恩，願往壺關，探聽消息，說喬道清歸順。』盧先鋒依允，遂令小弟領孫安同來報捷。盧先鋒令宣贊、郝思文、呂方、郭盛管領兵馬二萬，鎮守晉寧。盧先鋒統領其餘將佐，兵馬二萬，望汾陽進征。戴某昨日於晉寧起程，替孫安也作起神行法。今日於路，已聞得兄長兵圍昭德，喬道清被困。比及到城外，又知兄長大兵進城，特來參見哥哥。孫安現在府門外伺候。」

宋江大喜，令戴宗引孫安進見。戴宗遵令，領孫安入府，上前參見。宋江看孫安軒昂魁偉，一表非俗，下階迎接。孫安納頭便拜道：「孫某抗拒大兵，罪該萬死！」宋江答拜不迭道：「將軍反邪歸正，與宋某同滅田虎，回朝報奏朝廷，自當錄用。」孫安拜謝起立。宋先鋒命坐，置酒管待。孫安道：「喬道清妖術利害，今幸公孫先生解破。」宋江道：「公孫一清欲降服他，授以正法。今圍困三四日，尚未有降意。」孫安道：「此人與孫某最厚，當說他來降。」當下宋先鋒令戴宗同孫安出北門，到公孫勝寨中。相見已畢，戴宗、孫安將來意備細對公孫勝說了。一清大喜，即令孫安入嶺，尋覓喬道清。孫安領命，單騎上嶺。

卻說喬道清與費珍、薛燦，與十五六個軍士藏匿在神農廟裏，與本廟道人借索些粗糲[7]充飢。這廟裏止有三個道人，被喬道清等將他累月募化積下的飯來都吃盡了，又見他人眾，只得忍氣吞聲。是日，喬道清聽得城中吶喊，便出廟登高崖了望，見城外兵已解圍，門內有人馬出入，知宋兵已是入城。

正在嗟歎，忽見崖畔樹林中走出一個樵者，腰插柯斧，將扁擔做個拐杖，一步步捉腳兒走上崖來。口中唸着個歌兒道：「上山如挽舟，下山如順流。挽舟當自戒，順流常自由。我今上山者，預為下山謀。」

喬道清聽了這六句樵歌，心中頗覺恍然，便問道：「你知城中消息麼？」樵叟道：「金鼎、黃鉞殺了副將葉聲，已將城池歸順宋朝。宋江兵不血刃，得了昭德。」喬道清道：「原來如此！」那樵者說罷，轉過石崖，望山城後去了。

喬道清又見一人一騎，尋路上嶺，漸近廟前。喬道清下崖觀看，吃了一驚，原來是殿帥孫安。「他為何便到此處？」孫安下馬，上前敘禮畢。喬道清忙問：「殿帥領兵往晉寧，為何獨自到此？嶺下有許多軍馬，如何不攔當？」孫安道：「好教兄長得知。」喬道清見孫安不稱國師，已有三分疑慮。孫安道：「且到廟中，細細備述。」二人進廟，費珍、薛燦都來相見畢，孫安方把在晉寧被獲投降的事，說了一遍。喬道清默然無語。孫安道：「兄長休要狐疑。宋先鋒等十分義氣，我等投在麾下，歸順天朝，後來亦得個結果。孫某此來，特為兄長。兄長往時曾訪羅真人否？」喬道清忙問：「你如何知道？」孫安道：「羅真人不接見兄長，令童子傳命，說你後來『遇德魔降』，這句話有麼？」喬道清連忙答道：「有，有。」孫安道：「破兄長法的這個人，你認得麼？」喬道清道：「他是我對頭。只知他是宋軍中人，卻不知道他的來歷。」孫安道：「則他便是羅真人徒弟，叫做公孫勝，宋先鋒的副軍師。這句法語，也是他對小弟說的。此城叫做昭德，兄長法破，可不是合了『遇德魔降』的說話！公孫勝專為真人法旨，要點化你，同歸正道，所以將兵馬圍困，不上山來擒捉。他既法可以勝你，他若要害你，此又何難？兄長不可執迷。」喬道清言下大

---

7)　粗糲：粗糧。

悟，遂同孫安帶領費珍、薛燦下嶺，到公孫勝軍前。

孫安先入營報知，公孫勝出寨迎接。喬道清入寨，拜伏請罪道：「蒙法師仁愛，為喬某一人致勞大軍，喬某之罪益深！」公孫勝大喜，答拜不迭，以賓禮相待。喬道清見公孫勝如此義氣，便道：「喬某有眼不識好人，今日得侍法師左右，平生有幸。」公孫勝傳令解圍，樊瑞等眾將，四面拔寨都起。公孫勝率領喬道清、費珍、薛燦入城，參見宋先鋒。宋江以禮相待，用好言撫慰。喬道清見宋江謙和，愈加欽服。少頃，樊瑞、單廷珪、魏定國、林沖、張清都到。宋江傳令，將軍馬盡數收入城中屯住。當下宋江置酒慶賀，席間公孫勝對喬道清說：「足下這法，上等不比諸佛菩薩，累劫修來，證入虛空三昧，自在神通。中等不比蓬萊三十六洞真仙，准幾十年抽添水火，換髓移筋，方得超形度世，遊戲造化。你不過憑着符咒，襲取一時，盜竊天地之精英，假借鬼神之運用，在佛家謂之金剛禪邪法，在仙家謂之幻術。若認此法便可超凡入聖，豈非毫厘千里之謬！」喬道清聽罷，似夢方覺。當下拜公孫勝為師。宋江等聽公孫勝說的明白玄妙，都稱讚公孫勝的神功道德。當日酒散，一宿無話。

次日，宋江令蕭讓寫表，申奏朝廷，得了晉寧、昭德二府。寫書申呈宿太尉報捷，其衞州、晉寧、昭德、蓋州、陵川、高平六府州縣缺的官，乞太尉擇賢能堪任的，奏請速補，更替將領征進。當下蕭讓書寫停當，宋江令戴宗齎捧，即日起程。

戴宗遵令，拴縛行囊包裹，齎捧表文書劄，選個輕捷軍士跟隨，辭別宋先鋒，作起神行法，次日便到東京。先往宿太尉府中呈遞書劄，恰遇宿太尉在府。戴宗在府前，尋得個本府楊虞候，先送了些人事銀兩，然後把書劄相煩轉達太尉。楊虞候接書入府。少頃，楊虞候出來喚道：「太尉有鈞旨，呼喚頭領。」戴宗跟隨虞候進府，只見太尉正在廳上坐地，拆書觀看。戴宗上前參見。太尉道：「正在緊要的時節，來的恁般湊巧！前日正被蔡京、童貫、高俅在天子面前，劾奏你的哥哥宋先鋒復軍殺將，喪師辱國，大肆誹謗，欲皇上加罪。天子猶豫不決，卻被右正言陳瓘上疏，劾蔡京、童貫、高俅誣陷忠良，排擠善類，說汝等兵馬，已渡壺關險隘，乞治蔡京等欺妄之罪。以此忤了蔡太師，尋他罪過。昨日奏過天子說：『陳撰尊堯錄，他尊神宗為堯，即寓訕[8]陛下之意，乞治陳瓘訕上[9]之罪。』幸的天子不即加罪。今日得汝捷報，不但陳瓘有顏，連我也放下許多憂悶。明日早朝，我將汝奏捷表文上達。」戴宗再拜稱謝，出府覓個寓所，安歇聽候，不在話下。

且說宿太尉次日早朝入內，道君皇帝在文德殿朝見文武。宿太尉拜舞山呼畢，將宋江捷表奏聞，說宋江等征討田虎，前後共克復六府州縣，今差人齎捧捷表上聞。天子龍顏欣悅。宿元景又奏道：「正言陳瓘撰尊堯錄，以先帝神宗為堯，陛下為舜，尊堯何得為罪？陳瓘素剛正不屈，遇事敢言，素有膽略，乞陛下加封陳瓘官爵，敕陳瓘到河北監督兵馬，必成大功。」天子准奏，隨即降旨：「陳瓘於原官上加升樞密院同知，着他為安撫，統領御營軍馬二萬，前往宋江軍前督戰，並齎賞賜銀兩，犒勞將佐軍卒。」當下朝散，宿太尉回到私第，喚戴宗打發回書。戴宗已知有了聖旨，拜辭宿太尉，離了東京，作起神行法，次日已到昭德城中。往返東京，剛剛四日。

宋江正在整點兵馬，商議進征，見戴宗回來，忙問奏聞消息。戴宗將宿太尉回書呈上。宋江拆開看罷，將書中備細，一一對眾頭領說知。眾人都道：「難得陳安撫恁般肝膽，我們也不枉在這裏出力。」宋江傳令，待接了敕旨，然後進征。眾將遵令，在城屯住，不在話下。

卻說昭德城北潞城縣，是本府屬縣。城中守將池方，探知喬道清圍困時，便星夜差人到威勝田虎處申報告急。田虎手下偽省院官接了潞城池方告急申文，正欲奏知田虎，忽報晉寧已失，御弟三大王田彪止逃得性命到此。說言未畢，恰好田彪已到。田彪同省院官入內，拜見田虎。田彪放聲大哭說：「宋兵勢大，被他打破晉寧城池，殺了兒子田實，臣止逃得性命至此。失地喪師，臣該萬死！」說罷又哭。那邊省院官又啟奏道：「臣適才接得潞城守將池方申文，說喬國師已被宋兵圍困，昭德危在旦夕。」

田虎聞奏大驚，會集文武眾官，右丞相太師卞祥、樞密官范權、統軍大將馬靈等，當廷商議：「即日宋江侵奪邊界，佔了我兩座大郡，殺死眾多兵將，喬道清已被他圍困，汝等如何處置？」當有國舅鄔梨奏道：「主上勿憂！臣受國恩，願部領軍馬，克日興師，前往昭德，務要擒獲宋江等眾，恢復原

8)　寓訕：譏誚。

9)　訕上：毀謗聖上。

奪城池。」那鄔梨國舅，原是威勝富戶。鄔梨入骨好使槍棒，兩臂有千斤力氣，開的好硬弓，慣使一柄五十斤重潑風大刀。田虎知他幼妹大有姿色，便娶來為妻，遂將鄔梨封為樞密，稱做國舅。當下鄔梨國舅又奏道：「臣幼女瓊英，近夢神人教授武藝，覺來便是膂力過人。不但武藝精熟，更有一件神異的手段，手飛石子，打擊禽鳥，百發百中，近來人都稱他做瓊矢鏃。臣保奏幼女為先鋒，必獲成功。」田虎隨即降旨，封瓊英為郡主。鄔梨謝恩方畢，又有統軍大將馬靈奏道：「臣願部領軍馬，往汾陽退敵。」田虎大喜，都賜金印虎牌，賞賜明珠珍寶。鄔梨、馬靈各撥兵三萬，速便起兵前去。

不說馬靈統領偏牙將佐軍馬望汾陽進發，且說鄔梨國舅領了王旨兵符，下教場挑選兵馬三萬，整頓刀槍弓箭，一應器械。歸第[10]，領了女將瓊英為前部先鋒，入內辭別田虎，擺佈起身。瓊英女領父命，統領軍馬，徑奔昭德來。只因這女將出征，有分教：貞烈女復不共戴天之仇，英雄將成琴瑟伉儷之好。畢竟不知女將軍怎生搦戰，且聽下回分解。

## 延伸思考

本回中簡略正面描寫戰事，卻借宿太尉之口詳細道出朝廷奸臣當道，顛倒是非的現狀，這樣的詳略安排有何用意？

---

10) 歸第：回家。

# 第九十八回

# 張清緣配瓊英
# 吳用計鴆鄔梨

田虎軍中主動請戰的是鄔梨國舅，跟隨出戰的還有他的養女瓊英。這瓊英的來歷可謂曲折離奇，為報父母之仇，她終日不忘習武，又得夢中神人相助，叫張清傳授飛石子的武藝，二人夢中相識，又在現實中共舉大計。

話說鄔梨國舅令郡主瓊英為先鋒，自己統領大軍隨後。那瓊英年方一十六歲，容貌如花的一個處女，原非鄔梨親生的。他本宗姓仇，父名申，祖居汾陽府介休縣，地名綿上。那綿上，即春秋時晉文公求介之推不獲，以綿上為之田，就是這個綿上。那仇申頗有家資，年已五旬，尚無子嗣。又值喪偶，續娶平遙縣宋有烈女兒為繼室，生下瓊英，年至十歲時，宋有烈身故，宋氏隨即同丈夫仇申往奔父喪。那平遙是介休鄰縣，相去七十餘里。宋氏因路遠倉卒，留瓊英在家，吩咐主管葉清夫婦看管伏侍。自己同丈夫行至中途，突出一夥強人，殺了仇申，趕散莊客，將宋氏擄去。莊客逃回，報知葉清。那葉清雖是個主管，倒也有些義氣，也會使槍弄棒。妻子安氏，頗是謹慎，當下葉清報知仇家親族，一面呈報官司，捕捉強人；一面埋葬家主屍首。仇氏親族，議立本宗一人，承繼家業。葉清同妻安氏兩口兒，看管小主女瓊英。

過了一年有餘，值田虎作亂，佔了威勝，遣鄔梨分兵擄掠，到介休綿上搶劫資財，擄掠男婦，那仇氏嗣子[1]，被亂兵所殺，葉清夫婦及瓊英女都被擄

1)　嗣子：舊時稱被指定為繼承人的兒子。中國對建宗法制度下，如男子無子，可以從宗族中選他人之子傳宗接代，繼承家業，稱「立嗣」或「過繼」。

去。那鄔梨也無子嗣，見瓊英眉清目秀，引來見老婆倪氏。那倪氏從未生育的，一見瓊英，便十分愛他，卻似親生的一般。瓊英從小聰明，百伶百俐，料道在此不能脫生，又舉目無親，見倪氏愛他，便對倪氏說，向鄔梨討了葉清的妻安氏進來，因此安氏得與瓊英坐臥不離。那葉清被擄時，他要脫身逃走，卻思想：「瓊英年幼，家主主母只有這點骨血，我若去了，便不知死活存亡。幸得妻子在彼，倘有機會，同他們脫得患難，家主死在九泉之下，亦是瞑目。」因此只得隨順了鄔梨。征戰有功，鄔梨將安氏給還葉清。安氏自此得出入帥府，傳遞消息與瓊英。鄔梨又奏過田虎，封葉清做個總管。

葉清後被鄔梨差往石室山，採取木石。部下軍士向山岡下指道：「此處有塊美石，白賽霜雪，一毫瑕疵兒也沒有。土人欲採取他，卻被一聲霹靂，把幾個採石的驚死，半晌方醒。因此人都齧指相戒，不敢近他。」葉清聽說，同軍士到岡下看時，眾人發聲喊，都叫道：「奇怪！適才兀是一塊白石，卻怎麼就變做一個婦人的屍骸！」葉清上前仔細觀看，恁般奇怪，原來是主母宋氏的屍首，面貌兀是如生，頭面破損處，卻似墜岡撞死的。葉清驚訝涕泣，正在沒理會處，卻有本部內一個軍卒，他原是田虎手下的馬圉[2]，當下將宋氏被擄身死的根因，一一備細說道：「昔日大王初起兵的時節，在介休地方，擄了這個女子，欲將他做個壓寨夫人。那女子哄大王放了綁縛，行到此處，被那女子將身竄下高岡撞死。大王見他撞死，叫我下岡剝了他的衣服首飾。是小的伏侍他上馬，又是小的剝他的衣服，面貌認得仔細，千真萬真是他。今已三年有餘，屍骸如何兀是好好地？」葉清聽罷，把那無窮的眼淚，都落在肚裏去了，便對軍士說：「我也認得不錯，卻是我的舊鄰宋老的女兒。」葉清令軍士挑土來掩，上前看時，仍舊是塊白石。眾人十分驚訝歎息，自去幹那採石的事。事畢，葉清回到威勝，將田虎殺仇申，擄宋氏，宋氏守節撞死這段事，教安氏密傳與瓊英知道。

瓊英知了這個消息，如萬箭攢心，日夜吞聲飲泣，珠淚偷彈[3]，思報父母之仇，時刻不忘。從此每夜合眼，便見神人說：「你欲報父母之仇，待我教你武藝。」瓊英心靈性巧，覺來都是記得，他便悄地拿根桿棒，拴了房門，在

2)　馬圉（yǔ）：養馬的人。

3)　珠淚偷彈：有淚只能在暗中流。

房中演習。自此日久，武藝精熟，不覺挨至宣和四年的季冬，瓊英一夕，偶爾伏几假寐[4]，猛聽得一陣風過，便覺異香撲鼻。忽見一個秀士，頭帶折角巾，引一個綠袍年少將軍來，教瓊英飛石子打擊。那秀士又對瓊英說：「我特往高平，請得天捷星到此，教汝異術，救汝離虎窟，報親仇。此位將軍，又是汝宿世姻緣。」瓊英聽了「宿世姻緣」四字，羞赧無地，忙將袖兒遮臉。才動手，卻把桌上剪刀撥動，鏗然有聲。猛然驚覺，寒月殘燈，依然在目，似夢非夢。瓊英兀坐，呆想了半晌，方才歇息。

次日，瓊英尚記得飛石子的法，便向牆邊揀取雞卵般一塊圓石，不知高低，試向臥房脊上的鴟尾打去，正打個着，一聲響亮，把個鴟尾打的粉碎，亂紛紛拋下地來。卻驚動了倪氏，忙來詢問。瓊英將巧言支吾道：「夜來夢神人說：『汝父有王侯之分，特來教導你的異術武藝，助汝父成功。』適才試將石子飛去，不想正打中了鴟尾。」倪氏驚訝，便將這段話報知鄔梨。那鄔梨如何肯信，隨即喚出瓊英詢問，便把槍、刀、劍、戟、棍、棒、叉、鈀試他，果然件件精熟。更有飛石子的手段，百發百中。鄔梨大驚，想道：「我真個有福分，天賜異人助我。」因此終日教導瓊英，馳馬試劍。

當下鄔梨家中將瓊英的手段傳出去，哄動了威勝城中人，都稱瓊英做瓊矢鏃。此時鄔梨欲擇佳婿，匹配瓊英。瓊英對倪氏說道：「若要匹配，只除是一般會打石的。若要配與他人，奴家只是個死。」倪氏對鄔梨說了。鄔梨見瓊英題目太難，把擇婿事遂爾停止。今日鄔梨想着王侯二字，萌了異心，因此，保奏瓊英做先鋒，欲乘兩家爭鬥，他於中取事。當下鄔梨挑選軍兵，揀擇將佐，離了威勝。撥精兵五千，令瓊英為先鋒，自己統領大軍，隨後進征。

不說鄔梨、瓊英進兵，卻說宋江等在昭德俟候，迎接陳安撫。一連過了十餘日，方報陳安撫軍馬已到。宋江引眾將出郭遠遠迎接，入到昭德府內歇下，權為行軍帥府。諸將頭目盡來參見，施禮已畢。陳安撫雖是素知宋江等忠義，都無由與宋江覿面[5]相會，今日見宋江謙恭仁厚，愈加欽敬，說道：「聖上知先鋒屢建奇功，特差下官到此監督，就齎賞賜金銀緞匹，車載前來給賞。」宋江等拜謝道：「某等感安撫相公極力保奏，今日得受厚恩，皆出相公

4)　假寐：小睡。

5)　覿（dí）面：見面。

之賜。某等上受天子之恩，下感相公之德，宋江等雖肝腦塗地，不能補報。」陳安撫道：「將軍早建大功，班師回京，天子必當重用。」宋江再拜稱謝道：「請煩安撫相公鎮守昭德，小將分兵攻取田虎巢穴，教他首尾不能相顧。」陳安撫道：「下官離京時，已奏過聖上，將近日先鋒所得州縣，現今缺的府縣官員，盡已下該部速行推補，勒限起程，不日便到。」宋江一面將賞賜俵散軍將；一面寫下軍帖，差神行太保戴宗，往各府州縣鎮守頭領處傳令，俟新官一到，即行交代，勒兵前來聽調。到各府州傳令已了，再往汾陽探聽軍情回報。宋江又將河北降將唐斌等功績申呈陳安撫，就薦舉金鼎、黃鉞鎮守壺關、抱犢，更替孫立、朱仝等將佐前來聽用。陳安撫一一依允。

忽有流星探馬報將來，說道：「田虎差馬靈統領將佐軍馬，往救汾陽；又差鄔梨國舅同瓊英郡主，統領將佐從東殺至襄垣了。」宋江聽罷，與吳用商議，分撥將佐迎敵。當下降將喬道清說道：「馬靈素有妖術，亦會神行法，暗藏金磚打人，百發百中。小道蒙先鋒收錄，未曾出得氣力，願與吾師公孫一清同到汾陽，說他來降。」宋江大喜，即撥軍馬二千，與公孫勝、喬道清帶領前去。二人辭別宋江，即日領軍馬起程，望汾陽去了不題。

再說宋江傳令索超、徐寧、單廷珪、魏定國、湯隆、唐斌、耿恭統領軍馬二萬，攻取潞城縣。再令王英、扈三娘、孫新、顧大嫂領騎兵一千，先行哨探北軍虛實。宋江辭了陳安撫，統領吳用、林沖、張清、魯智深、武松、李逵、鮑旭、樊瑞、項充、李袞、劉唐、解珍、解寶、凌振、裴宣、蕭讓、宋清、金大堅、安道全、蔣敬、郁保四、王定六、孟康、樂和、段景住、朱貴、皇甫端、侯健、蔡福、蔡慶及新降將孫安，共正偏將佐三十一員，軍馬三萬五千，離了昭德，望北進發。

前隊哨探將佐王英等已到襄垣縣界、五陰山北，早遇北將葉清、盛本哨探到來。兩軍相撞，擂鼓搖旗。北將盛本，立馬當先。宋陣裏王英驟馬[6]出陣，更不打話，拍馬拈槍，直搶盛本。兩軍吶喊，盛本挺槍縱馬迎住。二將鬥敵十數合之上，扈三娘拍馬舞刀，來助丈夫廝殺。盛本敵二將不過，撥馬便走。扈三娘縱馬趕上，揮刀把盛本砍翻，撞下馬來。王英等驅兵掩殺，葉

---

6) 驟馬：縱馬。

清不敢抵敵，領兵馬急退。宋兵追趕上來，殺死軍士五百餘人，其餘四散逃竄。葉清止領得百餘騎，奔至襄垣城南二十里外。瓊英軍馬已到紮寨。

原來葉清於半年前被田虎調來，同主將徐威等鎮守襄垣。近日聽得瓊英領兵為先鋒，葉清稟過主將徐威，領本部軍馬哨探，欲乘機相見主女。徐威又令偏將盛本同去，卻好被扈三娘殺了，恰遇瓊英兵馬。當下葉清入寨，參見主女。見主女長大，雖是個女子，也覺威風凜凜，也像個將軍。瓊英認得是葉清，叱退左右，對葉清道：「我今日雖離虎窟，手下止有五千人馬，父母之仇，如何得報。欲脫身逃遁，倘彼知覺，反罹其害。正在躊躇，卻得汝來。」葉清道：「小人正在思想計策，卻無門路。倘有機會，即來報知。」說還未畢，忽報南軍將佐領兵追殺到來。瓊英披掛上馬，領軍迎敵。

兩軍相對，旗鼓相望，兩邊列成陣勢，北陣裏門旗開處，當先一騎銀鬃馬上，坐着個少年美貌的女將。怎生模樣？但見：金釵插鳳，掩映烏雲。鎧甲披銀，光欺瑞雪。踏寶鐙鞋尖紅，提畫戟手舒嫩玉。柳腰端跨，迭勝帶紫色飄搖；玉體輕盈，挑繡袍紅霞籠罩。臉堆三月桃花，眉掃初春柳葉。錦袋暗藏打將石，年方二八女將軍。

女將馬前旗號寫的分明：「平南先鋒將郡主瓊英」。南陣軍將看罷，個個喝采。兩陣裏花腔鼉鼓喧天，雜彩繡旗閉日。矮腳虎王英看見是個美貌女子，驟馬出陣，挺槍飛搶瓊英，兩軍吶喊，那瓊英拍馬拈戟來戰。二將鬥到十數餘合，王矮虎拴不住意馬心猿，槍法都亂了。瓊英想道：「這廝可惡！」覷個破綻，只一戟，刺中王英左腿。王英兩腿蹬空，頭盔倒卓，撞下馬來。扈三娘看見傷了丈夫，大罵：「賊潑賤小淫婦兒，焉敢無禮！」飛馬搶出，來救王英。瓊英挺戟，接住廝殺。王英在地掙扎不起，北軍擁上，來捉王英，那邊孫新、顧大嫂雙出，死救回陣。顧大嫂見扈三娘鬥瓊英不過，使雙刀拍馬上前助戰。三個女將，六條臂膊，四把鋼刀，一枝畫戟，各在馬上相迎着，正如風飄玉屑，雪撒瓊花，兩陣軍士，看得眼也花了。三女將鬥到二十餘合，瓊英望空虛刺一戟，拖戟撥馬便走。扈三娘、顧大嫂一齊趕來。瓊英左手帶住畫戟，右手拈石子，將柳腰扭轉，星眼斜睃，覷定扈三娘只一石子飛來，正打中右手腕。扈三娘負痛，早撇下一把刀來，撥馬便回本陣。顧大嫂見打中扈三娘，撇了瓊英，來救扈三娘。瓊英勒馬趕來，那邊孫新大怒，舞雙鞭，拍馬搶來。未及交鋒，早被瓊英飛起一石子，擋的一聲，正打中那熟銅獅子盔。孫新大驚，不敢上前，急回本陣，保護王英、扈三娘，領兵退去。

瓊英正欲驅兵追趕，猛聽得一聲炮響，此時是二月將終天氣，只見柳梢旗亂拂，花外馬頻嘶，山坡後衝出一彪軍來，卻是林沖、孫安及步軍頭領李逵等奉宋公明將令，領軍接應。兩軍相撞，擂鼓搖旗，兩陣裏迭聲吶喊。那邊豹子頭林沖，挺丈八蛇矛，立馬當先；這邊瓊矢鏃瓊英拈方天畫戟，縱馬上前。林沖見是個女子，大喝道：「那潑賤，怎敢抗拒天兵！」瓊英更不打話，拈戟拍馬，直搶林沖。林沖挺矛來鬥。兩馬相交，軍器並舉。鬥無數合，瓊英遮攔不住，賣個破綻，虛刺一戟，撥馬望東便走。林沖縱馬追趕。南陣前孫安看見是瓊英旗號，大叫：「林將軍不可追趕，恐有暗算。」林沖手段高強，那裏肯聽，拍馬緊緊趕將來。那綠茸茸草地上，八個馬蹄翻盞撒鈸般，勃刺刺地風團兒也似般走。瓊英見林沖趕得至近，把左手虛提畫戟，右手便向繡袋中摸出石子，扭回身，覷定林沖面門較近，一石子飛來。林沖眼明手快，將矛柄撥過了石子。瓊英見打不着，再拈第二個石子，手起處，真似流星掣電，石子來，嚇得鬼哭神驚，又望林沖打來。林沖急躲不迭，打在臉上，鮮血迸流，拖矛回陣。瓊英勒馬追趕。

孫安正待上前，只見本陣軍兵分開條路，中間飛出五百步軍，當先是李逵、魯智深、武松、解珍、解寶五員慣步戰的猛將。李逵手搖板斧，直搶過來，大叫：「那婆娘不得無禮！」瓊英見他來的兇猛，手拈石子望李逵打去，正中額角。李逵也吃了一驚，幸得皮老骨硬，只打得疼痛，卻是不曾破損。瓊英見打不倒李逵，跑馬入陣。李逵大怒，虎鬚倒豎，怪跟圓睜，大吼一聲，直撞入去。魯智深、武松、解珍、解寶恐李逵有失，一齊衝殺過來。孫安那裏阻當得住？瓊英見眾人趕來，又一石子，早把解珍打翻在地，解寶、魯智深、武松急來扶救。這邊李逵只顧趕去，瓊英見他來得至近，忙飛一石子，又中李逵額角。兩次被傷，方才鮮血迸流。李逵終是個鐵漢，那綻黑臉上，帶着鮮紅的血，兀是火喇喇地揮雙斧，撞入陣中，把北軍亂砍。那邊孫安見瓊英入陣，招兵衝殺過來，恰好鄔梨領着徐威等正偏將佐八員，統領大軍已到，兩邊混殺一場。那邊魯智深、武松救了解珍，翻身殺入北陣去了。解寶扶着哥哥，不便廝殺，被北軍趕上，撒起絆索，將解珍、解寶雙雙兒橫拖倒拽，捉入陣中去了。步兵大敗奔回。卻得孫安奮勇鏖戰，只一劍，把北將唐顯砍下馬來。鄔梨被孫安手下軍卒放冷箭，射中脖項，鄔梨翻身落馬，徐威等死救上馬。

瓊英眾將見鄔梨中箭，急鳴金收兵。南面宋軍又到，當先馬上一將，卻是沒羽箭張清，在寨中聽流星報馬說，北陣裏有個飛石子的女將，把扈三娘等打傷。張清聽報驚異，稟過宋先鋒，急披掛上馬，領軍到此接應，要認那女先鋒。那邊瓊英已是收兵，保護鄔梨，轉過長林，望襄垣去了。張清立馬惆望，有詩為證：

佳人回馬繡旗揚，士卒將軍個個忙。
引入長林人不見，百花叢裏隔紅妝。

當下孫安見解珍、解寶被擒，魯智深、武松、李逵三人殺入陣去，欲招兵追趕，天色又晚，只得同張清保護林沖，收兵回大寨。

宋江正在升帳，令神醫安道全看治王英。眾將上前看王英時，不止傷足，連頭面也磕破。安道全敷治已畢，又來療治林沖。宋江見說陷了解珍、解寶及李逵等三人，不知下落，十分憂悶。無移時，只見武行者同了李逵，殺得滿身血污，入寨來見宋江。武松訴說：「小弟見李逵殺得性起，只顧上前，兄弟幫他廝殺，殺條血路，衝透北軍，直至城下。只見北軍綁縛着解珍、解寶，欲進城去，被我二人殺死軍士，奪了解珍、解寶，被徐威等大軍趕來，復奪去解珍、解寶，我二人又殺開一條血路，空手到此。只不見魯智深。」宋江聽說，滿眼垂淚，差人四下跟尋探聽魯智深蹤跡，又令安道全敷治李逵。此時已是黃昏時分，宋江計點軍士，損折三百餘名，當下緊閉寨柵，提鈴喝號，一宿無話。

次早，軍士回報，魯智深並無影響[7]。宋江越添憂悶，再差樂和、段景住、朱貴、郁保四各領輕捷軍士，分四路尋覓。宋江欲領兵攻城，怎奈頭領都被打傷，只得按兵不動。城中緊閉城門，也不來廝殺。一連過了二日，只見郁保四獲得奸細一名，解進寨來。孫安看那個人，卻認得是北將總管葉清。孫安對宋江道：「某聞此人素有意氣，他獨自出城，其中必有緣故。」宋

7)　影響：消息。影，身影。響，聲音。

江叫軍士放了綁縛，喚他上前。葉清望宋江磕頭不已道：「某有機密事，乞元帥屏退左右，待葉某備細上陳。」宋江道：「我這裏弟兄，通是一般腸肚，但說不妨。」葉清方才說：「城中鄔梨，前日在陣上中了藥箭，毒發昏亂，城中醫人療治無效。葉某趁此，特借訪求醫人，出城探聽消息。」宋江便問：「前日拿我二將，如何處置了？」葉清道：「小人恐傷二位將軍，乘鄔梨昏亂，小人假傳將令，把二位將軍權且監候，如今好好地在那裏。」葉清又把仇申夫婦被田虎殺害擄掠及瓊英的上項事，備細述了一遍。說罷，悲慟失聲。

宋江見說這段情由，頗覺淒慘。因見葉清是北將，恐有詐謀，正在疑慮，只見安道全上前對宋江道：「真個姻緣天湊，事非偶然！」他便一五一十的說道：「張將軍去冬，也夢甚麼秀士請他去教一個女子飛石。又對他說，是將軍宿世姻緣。張清覺來，癡想成疾。彼時蒙兄長着小弟同張清住高平療治他，小弟診治張清脈息，知道是七情所感，被小弟再三盤問，張將軍方肯說出病根，因是手到病痊。今日聽葉清這段話，卻不是與張將軍符合？」宋江聽罷，再問降將孫安。孫安答道：「小將頗聞得瓊英不是鄔梨嫡女。孫某部下牙將楊芳，與鄔梨左右相交最密，也知瓊英備細。葉清這段話，決無虛偽。」葉清又道：「主女瓊英，素有報仇雪恥之志。小人見他在陣上連犯虎威，恐城破之日，玉石俱焚。今日小人冒萬死到此，懇求元帥。」吳用聽罷，起身熟視葉清一回，便對宋江道：「看他色慘情真，誠義士也！天助兄長成功，天教孝女報仇！」便向宋江附耳低言說道：「我兵雖分三路合剿，倘田虎結連金人，我兵兩路受敵。縱使金人不出，田虎計窮，必然降金，似此如何成得蕩平之功？小生正在策劃，欲得個內應。今天假其便，有張將軍這段姻緣，只除如此如此，田虎首級只在瓊英手中。李逵的夢，神人已有預兆。兄長豈不聞『要夷田虎族，須諧瓊矢鏃』這兩句麼？」宋江省悟，點頭依允，即喚張清、安道全、葉清三人，密語受計。三人領計去了。

卻說襄垣守城將士，只見葉清回來，高叫：「快開城門！我乃鄔府偏將葉清，奉差尋訪醫人全靈、全羽到此。」守城軍士，隨即到幕府傳鼓通報。須臾，傳出令箭，放開城門。葉清帶領全靈、全羽進城，到了國舅幕府前，裏面傳出令來，說喚醫人進來看治。葉清即同全靈進府。隨行軍中伏侍的伴當人等，稟知郡主瓊英，引全靈到內裏參見瓊英已畢，直到鄔梨臥榻前，只見口內一絲兩氣。全靈先診了脈息，外使敷貼之藥，內用長託之劑[8]。三日之間，漸漸皮膚紅白，飲食漸進。不過五日，瘡口雖然未完，飲食復舊。鄔梨大喜，教葉清喚醫人全靈入府參見。鄔梨對全靈說道：「賴足下神術療治，瘡口今漸平復。日後富貴，與汝同享。」全靈拜謝道：「全某鄙術，何足道哉？全某有嫡弟全羽，久隨全某在江湖上學得一身武藝，現今隨全某在此，修治藥餌，求相公提拔。」鄔梨傳令，教全羽入府參見。鄔梨看見全羽一表非俗，心下頗是喜歡，令全羽在府外伺候聽用。

全靈、全羽拜謝出府。一連又過了四日，忽報宋江領兵攻城，葉清入府報知鄔梨，說宋江等兵強將勇，須是郡主，方可退敵。鄔梨聞報，隨即帶領瓊英入教場，整點兵馬。只見全羽上演武廳稟道：「蒙恩相令小人伺候聽用，今聞兵馬臨城，小人不才，願領兵出城，教他片甲不回。」當有總管葉清，假意大怒，對全羽道：「你敢出大言，敢與我比試武藝麼？」全羽笑道：「我十八般武藝自小習學，今日正要與你比試。」葉清來稟鄔梨。鄔梨依允，付與槍馬。二人各綽槍上馬，在演武廳前來來往往，番番覆覆[9]，攪做一團，扭做一塊。鞍上人鬥人，坐下馬鬥馬，鬥了四五十合，不分勝負。

此時瓊英在旁侍立，看見全羽面貌，心下驚疑道：「卻像那裏曾廝見過的，槍法與我一般。」思想一回，猛然省悟道：「夢中教我飛石的，正是這個面龐，不知會飛石也不？」便拈戟驟馬近前，將畫戟隔開二人。這是瓊英恐葉清傷了全羽，卻不知葉清已是一路的人。瓊英挺戟，直搶全羽，全羽挺槍迎住，兩個又鬥過五十餘合。瓊英霍地回馬，望演武廳上便走，全羽就勢裏趕將來。瓊英拈取石子，回身覷定全羽肋下空處，只一石子飛來。全羽早已瞧科，將右手一綽，輕輕的接在手中。瓊英見他接了石子，心下十分驚異，再取第二個石子飛來。全羽見瓊英手起，也將手中接的石子應手飛去。只聽的一聲響亮，正打中瓊英飛來的石子。兩個石子，打得雪片般落將下來。

那日城中將士徐威等，俱各分守四門，教場中只有牙將校尉，也有猜疑這個人是奸細，因見郡主瓊英是金枝玉葉，也和他比試，又是鄔梨部下親密將佐葉清引進來的，他們如何敢來啟齒？眼見得城池不濟事了，各人自思隨

---

8)　長託之劑：長期調養身體的藥物。

9)　番番覆覆：反反覆覆。

風轉舵。也是田虎合敗，天褫[10]鄔梨之魄，使他昏暗。當下喚全羽上廳，賜了衣甲馬匹，即令全羽領兵二千，出城迎敵。全羽拜謝，遵令出城，殺退宋兵，進城報捷。鄔梨大喜。當日賞勞全羽歇息，一宿無話。

次日，宋兵又到，鄔梨又令全羽領兵三千，出城迎敵。從辰至午，鏖戰多時，被全羽用石打得宋將亂竄奔逃。全羽招兵掩殺，直趕過五陰山，宋江等抵敵不住，退入昭德去了。全羽得勝回兵，進城報捷，鄔梨十分歡喜。葉清道：「今日恩主有了此人及郡主瓊英，何患宋兵將猛，何患大事不成！」葉清又說：「郡主前已有願，只除是一般會飛石的，方願匹配。今全將軍如此英雄，也不辱了郡主。」當下被葉清再三攛掇，也是瓊英夫婦姻緣湊合，赤繩繫定，解拆不開的。鄔梨依允，擇吉於三月十六日，備辦各項禮儀筵宴，招贅張清為婿。是日笙歌細樂，錦堆繡簇，筵席酒餚之盛，洞房花燭之美，是不必說。當下儐相贊禮，全羽與瓊英披紅掛錦，雙雙兒交拜神祇，後拜鄔梨假岳丈。鼓樂喧天，異香撲鼻。引入洞房，山盟海誓。全羽在燈下看那瓊英時，與教場內又是不同。有詞《元和令》為證：

指頭嫩似蓮塘藕，腰肢弱比章台柳。凌波步處寸金流，桃腮映帶翠眉修。今宵燈下一回首，總是玉天仙，涉降巫山岫。

當下全羽、瓊英如魚似水，似漆如膠，又不必說。當夜全羽在枕上，方把真姓名說出：原來是宋軍中正將沒羽箭張清；這個醫士全靈，就是神醫安道全。瓊英也把向來冤苦，備細訴說。兩個唧唧噥噥的說了一夜。

挨了兩日，被他兩個裏應外合，鴆[11]死鄔梨，密喚徐威入府議事，也將他殺了，其餘軍將皆降。張清、瓊英下令：城中有走透消息者，同伍中人並斬；本犯不論軍民，皆夷三族。因此水泄不通。又放出解珍、解寶，同張清、葉清分守四門。安道全同葉清步下軍卒，出城到昭德，報知宋先鋒。吳用又令李逵、武松黑夜裏保護聖手書生蕭讓，到襄垣相見瓊英、張清，搜覓鄔梨筆跡，假寫鄔梨字樣，申文書劄，令葉清齎領到威勝，報知田虎招贅郡

---

10) 褫（chǐ）：奪。

11) 鴆（zhèn）：用毒酒害人。

馬之事，就於中相機行事。葉清齎領，辭別張清、瓊英，望威勝去了。

再說宋江在昭德城中，才差蕭讓、安道全去後，又報索超、徐寧等將攻克潞城，差人來報捷音說：「索超等領兵圍潞城，池方堅閉城門，不敢出來接戰。徐寧與眾將設計，令軍士裸形大罵，激怒城中軍士。城中人人欲戰，池方不能阻當，開門出戰。北軍奮勇，四門殺出，我軍且戰且退，誘北軍四散離城。卻被唐斌從東路領軍突出，湯隆從西路引兵撞來。東西二門守城軍士閉門不迭，被湯隆、唐斌二將領兵殺入城中，奪了城池。徐寧搠翻了池方，其餘將佐，殺得殺了，走得走了，殺死北兵五千餘人，奪得戰馬三千餘匹，降服了萬餘軍士。索超等將入城，安撫百姓，特此先來報捷。其餘軍民戶口，庫藏金銀，另行造冊呈報。」宋江聞報大喜，即令申呈陳安撫，並標錄索超等功次，賞賜來人。即寫軍帖，着他回報，待各路兵馬到來，一齊進兵。軍人望潞城回覆去了不題。

卻說威勝田虎處偽省院官，見探馬絡繹來報說：「喬道清、孫安都已降服。」又報：「昭德、潞城已破。」省院官即日奏知田虎。田虎大驚，與眾多將佐正在計議，忽報襄垣守城偏將葉清齎領國舅書劄到來。田虎即命宣進。

只因這葉清進來，有分教：威勝城中，削平哨聚強徒；武鄉縣裏，活捉謀王反賊。畢竟田虎看了鄔梨申文，怎麼回答，且聽下回分解。

## 延伸思考

本回故事情節引人入勝，環環相扣。一方面瓊英的離奇經歷摻入了許多神祕色彩；另一方面，她的經歷又昭示了「多行不義必自斃」的道理，試細細體會。

## 第九十九回

# 花和尚解脫緣纏井
# 混江龍水灌太原城

安道全和張清打入敵人內部，贏得了田虎的信任。宋軍聯合瓊英、葉清，排兵佈陣，途中又勸降了敵將馬靈。田虎決定親征，但無奈大勢已去。

話說田虎接得葉清申文，拆開付與近侍識字的：「讀與寡人聽。」書中說：「臣鄔梨招贅全羽為婿。此人十分驍勇，殺退宋兵，宋江等退守昭德府。臣鄔梨即日再令臣女郡主瓊英，同全羽，領兵恢復昭德城。謹遣總管葉清報捷，並以婚配事奏聞，乞大王恕臣擅配之罪。」田虎聽罷，減了七分憂色，隨即傳令，封全羽為中興平南先鋒郡馬之職，仍令葉清同兩個偽指揮使，齎領令旨及花紅、錦緞、銀兩，到襄垣縣封賞郡馬。葉清拜辭田虎，同兩個偽指揮使望襄垣進發不題。

卻說前日神行太保戴宗，奉宋公明將令，往各府州縣，傳遍軍帖已畢，投汾陽府盧俊義處探聽去了。其各府州縣新官，陸續已到。各路守城將佐，隨即交與新官治理，諸將統領軍馬，次第都到昭德府。第一隊是衞州守將關勝、呼延灼，同壺關守將孫立、朱仝、燕順、馬麟，抱犢山守將文仲容、崔埜，軍馬到來，入城參見陳安撫、宋江已畢，說：「水軍頭領李俊探聽得潞城已克，即同張橫、張順、阮小二、阮小五、阮小七、童威、童猛，統駕水軍船隻，自衞河出黃河，由黃河到潞城縣東潞水，聚集聽調。」當下宋江置酒敘闊。次日，令關勝、呼廷灼、文仲容、崔埜領兵馬到潞城，傳令水軍頭領李俊等，協同汝等及索超等人馬，進兵攻取榆社、大谷等縣，抄出威勝州賊巢之後，不得疏虞！恐賊計窮，投降金人。關勝等遵令去了。次後，陵川縣守城將士李應、柴進，高平縣守城將士史進、穆弘，蓋州守城將士花榮、董平、杜興、施恩，各各交代與新官領軍馬到來，參見已畢，稱說花榮等將在蓋州鎮守，北將山士奇從壺關戰敗，領了敗殘軍士，糾合浮山縣軍馬來寇蓋州，被花榮等兩路伏兵齊發，活擒山士奇，殺死二千餘人，山士奇遂降。其餘軍將，四散逃竄。當下花榮等引山士奇另參宋先鋒，宋江令置酒接風相敘。宋江等軍馬，只在昭德城中屯住，佯示懼怕張清、瓊英之意，以堅田虎之心，不在話下。

且說盧俊義等已克汾陽府，田豹敗走到孝義縣，恰遇馬靈兵到。那馬靈是涿州人，素有妖術。腳踏風火二輪，日行千里，因此人稱他做神駒子。又有金磚法，打人最是利害，凡上陣時，額上又現出一隻妖眼，因此人又稱他做小華光，術法在喬道清之下。他手下有偏將二員，乃是武能、徐瑾。那二將都學了馬靈的妖術。當下馬靈與田豹合兵一處，統領武能、徐瑾、索賢、黨世隆、淩光、段仁、苗成、陳宣並三萬雄兵，到汾陽城北十里外紮寨。南軍將佐，連日與馬靈等交戰不利。盧俊義引兵退入汾陽城中，不敢與他廝殺，只愁北軍來攻城池。

正在納悶，忽有守東門軍士飛報將來，說宋先鋒特差公孫勝、喬道清，領兵馬二千，前來助戰。盧俊義忙教開門請進。相見已畢，盧俊義揖公孫勝上坐，喬道清次之，置酒管待。盧俊義訴說：「馬靈術法利害，被他打傷了雷橫、鄭天壽、楊雄、石秀、焦挺、鄒淵、鄒潤、龔旺、丁得孫、石勇數員將佐。盧某正在束手無策，卻得二位先生到此。」喬道清說道：「小道與吾師為此稟過宋先鋒，特到此拿他。」說還未畢，只見守城軍飛報將來，說馬靈領兵殺奔東門來，武能、徐瑾領兵殺至西門，田豹同索賢、党世隆、淩光、段仁領兵殺奔北門來。公孫勝聽報，說道：「貧道出東門敵馬靈，喬賢弟出西門擒武能、徐瑾，盧先鋒領兵出北門，迎敵田豹。」盧俊義又教黃信、楊志、歐鵬、鄧飛四將統領兵馬，助一清先生。當下戴宗聞馬靈會神行，也要同公孫勝出去，盧俊義依允。再令陳達、楊春、李忠、周通領兵馬助喬先生。盧俊義同秦明、宣贊、郝思文、韓滔、彭玘領兵出南門，迎敵田豹。當日汾陽城外，東西北三面，旗幡蔽日，金鼓振天，同時廝殺。

不說盧俊義、喬道清兩路廝殺，且說神駒子馬靈領兵搖旗擂鼓，辱罵搦戰。只見城門開處，放下吊橋，南軍將佐擁出城來，將軍馬一字兒排開，如長蛇之陣。馬靈縱馬挺戟大喝道：「你們這夥鳥敗漢，可速還俺們的城池！若稍延挨，教你片甲不留！」歐鵬、鄧飛兩馬並出，大喝道：「你的死期到了！」歐鵬拈鐵槍，鄧飛舞鐵鏈，二人拍馬直搶馬靈，馬靈挺戟來迎。三將鬥到十合之上，馬靈手取金磚，正欲望歐鵬打來。此時公孫勝已是驟馬上前，仗劍作法。那時馬靈手起，這邊公孫勝把劍一指，猛可的霹靂也似一聲響亮，只見紅光罩滿，公孫勝滿劍都是火焰，馬靈金磚墮地，就地一滾，即時消滅。公孫勝真個法術通靈，轉眼間，南陣將士、軍卒、器械，渾身都是火焰，把一個長蛇陣變的火龍相似。馬靈金磚法被公孫勝神火克了。公孫勝把鏖尾招動，軍馬首尾合殺攏來，北軍大敗虧輸，殺得星落雲散，七斷八續，軍士三停內折了二停。馬靈戰敗逃生，幸得會使神行法，腳踏風火二輪，望東飛去。南陣裏神行太保戴宗，已是拴縛停當甲馬，也作起神行法，手挺朴刀，趕將上去。頃刻間，馬靈已去了二十餘里，戴宗止行得十六七里，看看望不見馬靈了。前面馬靈正在飛行，卻撞着一個胖大和尚，劈面搶來，把馬靈一禪杖打翻，順手牽羊，早把馬靈擒住。

那和尚正在盤問馬靈，戴宗早已趕到，只見和尚擒住馬靈。戴宗上前看那和尚時，卻是花和尚魯智深。戴宗驚問道：「吾師如何到這裏？」魯智深道：「這裏是甚麼所在？」戴宗道：「此處是汾陽府城東郭。這個是北將馬靈，適被公孫一清在陣上破了妖法，小弟追趕上來。那廝行得快，卻被吾師擒住，真個從天而降！」魯智深笑道：「洒家雖不是天上下來，也在地上出來。」當下二人縛了馬靈，三人腳踏實地，徑望汾陽府來。戴宗再問魯智深來歷，魯智深一頭走，一頭說道：「前日田虎差一個鳥婆娘到襄垣城外廝殺。他也會飛石子，便將許多頭領打傷，洒家在陣上殺入去，正要拿那鳥婆娘，不提防茂草叢中藏着一穴。洒家雙腳落空，只一交顛下穴去，半晌方到穴底，幸得不曾跌傷。洒家看穴中時旁邊有一穴，透出亮光來。洒家走進去觀看，卻是奇怪，一般有天有日，亦有村莊房舍。其中人民，也是在那裏忙忙的營幹，見了洒家，都只是笑。洒家也不去問，也只顧搶入去。過了人煙輳集的所在，前面靜悄悄的曠野，無人居住。洒家行了多時，只見一個草庵，聽的庵中木魚咯咯地響。洒家走進去看時，與洒家一般的一個和尚，盤膝坐地唸經。洒家問他的出路，那和尚答道：『來從來處來，去從去處去。』洒家不省那兩句話，焦躁起來。那和尚笑道：『你知道這個所在麼？』洒家道：『那裏知道恁般鳥所在。』那和尚又笑道：『上至非非想，下至無間地，三千大千，世界廣遠，人莫能知。』又道：『凡人皆有心，有心必有念；地獄天堂，皆生於念。是故三界惟心，萬法惟識，一念不生，則六道俱銷，輪迴斯絕。』酒家聽他這段話說得明白，望那和尚唱了個大喏。那和尚大笑道：『你一入緣纏井，難出慾迷天，我指示你的去路。』那和尚便領酒家出庵，才走得三五步，便對酒家說道：『從此分手，日後再會。』用手向前指道：『你前去可得神駒。』酒家回頭，不見了那和尚，眼前忽的一亮，又是一般景界，卻遇着這個人。酒家見他走的蹊蹺，被酒家一禪杖打翻，卻不知為何已到這裏。此處節氣，又與昭德府那邊不同。桃李只有恁般大葉，卻無半朵花蕊。」戴宗笑道：「如今已是三月下旬，桃李多落盡了。」魯智深不肯信，爭讓道：「如今正是二月下旬，適才落井，只停得一回兒，卻怎麼便是三月下旬？」戴宗聽說，十分驚異。二人押着馬靈，一徑來到汾陽城。

此時公孫勝已是殺退北軍，收兵入城。盧俊義、秦明、宣贊、郝思文、韓滔、彭玘殺了索賢、黨世隆、凌光三將，直追田彪、段仁至十里外，殺散北軍。田彪同段仁、陳宣、苗成領敗殘兵，望北去了。盧俊義收兵回城，又遇喬道清破了武能、徐瑾，同陳達、楊春、李忠、周通領兵追趕到來。被南軍兩路合殺，北兵大敗，死者甚眾。武能被楊春一大桿刀砍下馬來，徐瑾被郝思文刺死，奪獲馬匹、衣甲、金鼓、鞍轡無數。盧俊義與喬道清合兵一處，奏凱進城。盧俊義剛到府治，只見魯智深、戴宗將馬靈解來。盧俊義大喜，忙問：「魯智深為何到此？宋哥哥與鄔梨那廝廝殺，勝敗如何？」魯智深再將前面墮井及宋江與鄔梨交戰的事，細述一遍，盧俊義以下諸將，驚訝不已。

當下盧俊義親釋馬靈之縛。馬靈在路上已聽了魯智深這段話，又見盧俊義如此意氣，拜伏願降。盧俊義賞勞三軍將士。次日，晉寧府守城將佐，已有新官交代，都到汾陽聽用。盧俊義教戴宗、馬靈往宋先鋒處報捷，即日與副軍師朱武計議征進不題。

且說馬靈傳授戴宗日行千里之法，二人一日便到宋先鋒軍前，入寨參見，備細報捷。宋江聽了魯智深這段話，驚訝喜悅，親自到陳安撫處參見報捷，不在話下。

再說田豹同段仁、陳宣、苗成統領敗殘軍卒，急急如喪家之狗，忙忙似漏網之魚，到威勝見田虎，哭訴那喪師失地之事。又有偽樞密院官急入內啟奏道：「大王，兩日流星報馬，將羽書雪片也似報來，說統軍大將馬靈，已被擒拿。關勝、呼延灼兵馬已圍榆社縣；盧俊義等兵馬，已破介休縣城池。獨有襄垣縣鄔國舅處，屢有捷音，宋兵不敢正視。」田虎聞報大驚，手足無措。文武多官計議，欲北降金人。當有偽右丞相太師卞祥，叱退多官，啟奏道：「宋兵縱有三路，我這威勝萬山環列，糧草足支二年，御林衞駕等精兵二十餘萬。東有武鄉，西有沁源二縣，各有精兵五萬。後有太原縣、祈縣、臨縣、大谷縣，城池堅固，糧草充足，尚可戰守。古語有云：『寧為雞口，無為牛後』。」田虎躊躇未答，又報總管葉清到來。田虎即令召進，葉清拜舞畢，稱說：「郡主郡馬，屢次斬獲，兵威大振，兵馬直抵昭德府。正要圍城，因鄔國舅偶患風寒，不能管攝兵馬。乞大王添差良將精兵，協助郡主郡馬，恢復昭德府。」當有偽都督范權啟奏道：「臣聞郡主郡馬甚是驍勇，宋兵不敢正視。若得大王御駕親征，又有雄兵猛將助他，必成中興大功。臣願助太子監國。」田虎准奏。原來范權之女，有傾國之姿。范權獻與田虎，田虎十分寵幸。因此，范權說的，無有不從。今日范權受了葉清重賂，又見宋兵勢大，他便乘機賣國。

當下田虎撥付下卞祥將佐十員，精兵三萬，前往迎敵盧俊義、花榮等兵馬。又令偽太尉房學度也統領將佐十員，精兵三萬，往榆社迎敵關勝等兵馬。田虎親自統領偽尚書李天錫、鄭之瑞、樞密薛時、林昕、都督胡英、唐昌及殿帥、御林護駕教頭、團練使、指揮使、將軍、校尉等眾，挑選精兵十萬，擇日祭旗興師，殺牛宰馬，犒賞三軍。再傳令旨，教兄弟田豹、田彪同都督范權等及文武多官，輔太子田定監國。葉清得了這個消息，密差心腹，星夜馳至襄垣城中，報知張清、瓊英。張清令解珍、解寶將繩索懸掛出城，星夜往報宋先鋒知會去了。

卻說卞祥伺候兵符，挑選軍馬，盤桓了三日，方才統領樊玉明、魚得源、傅祥、顧愷、寇琛、管琰、馮翊、呂振、吉文炳、安士隆等偏牙各項將佐，軍馬三萬，出了威勝州東門。軍分兩隊，前隊是樊玉明、魚得源、馮翊、顧愷，領兵馬五千。剛到沁源縣，地名綿山，山坡下一座大林，前軍卻好抹過林子，只聽得一棒鑼聲響處，林子背後山坡腳邊，撞出一彪軍來。卻是宋公明得了張清消息，密差花榮、董平、林沖、史進、杜興、穆弘領精勇騎兵五千，人披軟戰，馬摘鑾鈴，星夜疾馳到此。軍中一將，驟馬當先，兩手搭兩杆鋼槍。此將乃是宋軍中第一個慣衝頭陣的雙槍將董平，大喝道：「來的是那裏兵馬？不早早受縛，更待何時？」樊玉明大罵：「水窪草寇，何故侵奪俺這裏城池？」董平大怒，喝道：「天兵到此，兀是抗拒！」拍馬挺雙槍，直搶樊玉明。那邊樊玉明縱馬拈槍來迎。二將鬥到二十餘合，樊玉明力怯，遮架不住，被董平一槍，刺中咽喉，翻身落馬。那邊馮翊大怒，挺條渾鐵槍，飛馬直搶董平。那邊小李廣花榮，驟馬接住廝殺。二將鬥到十合之上，花榮撥馬，望本陣便走。馮翊縱馬趕來，卻被花榮帶住花槍，拈弓搭箭，扯得那弓滿滿的，扭轉身軀，覷定馮翊較親，只一箭，正中馮翊面門，頭盔倒卓，兩腳蹬空，撲通的撞下馬來。花榮撥轉馬，再一槍，結果了性命。董平、林沖、史進、穆弘、杜興招動兵馬，一齊捲殺過來。顧愷早被林沖搠翻。魚得源墮馬，被人馬踐踏身死。北兵大敗虧輸，五千軍馬，殺死大半，其餘四散逃竄。花榮等兵士奪了金鼓馬匹，追殺北兵，至五里外，卻遇卞祥大兵到來。

那卞祥是莊家出身，他兩條臂膊有水牛般氣力，武藝精熟，乃是賊中上將。當下兩軍相對，旗鼓相望，兩陣裏畫角齊鳴，鼉鼓迭擂。北將卞祥，立馬當先，頭頂鳳翅金盔，身掛魚鱗銀甲，九尺長短身材，三牙掩口髭鬚，面方肩闊，眉豎眼圓，跨匹衝波戰馬，提把開山大斧。左右兩邊，排着傅祥、管琰、寇琛、呂振四個偽統制官，後面又有偽統軍、提轄、兵馬防禦、團練等官，參隨在後。隊伍軍馬，十分擺佈得整齊。南陣裏九紋龍史進驟馬出陣，大喝：「來將何人？快下馬受縛，免污刀斧！」卞祥呵呵大笑道：「瓶兒罐兒，也有兩個耳朵。你須曾聞得我卞祥的名字麼？」史進喝道：「助逆匹夫，天兵到此，兀是抗拒！」拍馬舞三尖兩刃八環刀，直搶卞祥。卞祥也掄大斧來迎。二馬相交，兩器並舉，刀斧縱橫，馬蹄撩亂，鬥到三十餘合，不分勝敗。這邊花榮愛卞祥武藝高強，卻不肯放冷箭，只拍馬挺槍，上前助戰。卞祥力敵二將，又鬥了三十餘合，不分勝敗。北陣中將士恐卞祥有失，急鳴金收兵。花榮、董平見天色已晚，又寡不敵眾，也不追趕，亦收兵向南，兩軍自去十餘里紮寨。

是夜南風大作，濃雲潑墨，夜半，大雨震雷。此時田虎統領眾多官員將佐軍馬，已離了威勝城池百餘里，天晚紮寨。帳中自有隨行軍中內侍姬妾及范美人在帳中歡宴。是夜也遇了大雨。自此霖雨一連五日不止，上面張蓋的天雨蓋都漏，下面又是水淥淥的，軍士不好炊爨[1]立腳，角弓軟，箭翎脫，各營軍馬都在營中兀守，不在話下。

且說索超、徐寧、單廷珪、魏定國、湯隆、唐斌、耿恭等將，接得關勝，呼延灼、文仲容、崔埜陸兵及水軍頭領李俊等水軍船隻。眾將計議，留單廷珪、魏定國鎮守潞城，關勝等將佐水陸並進，船騎同行，打破榆社縣，再留索超、湯隆，鎮守城池。關勝等眾乘勝長驅，勢如破竹，又克了大谷縣，殺了守城將佐，其餘牙將軍兵，降者無算。關勝安撫軍民，賞勞將士，差人到宋先鋒處報捷。次日，關勝等同時也遇了大雨，在城屯紮，不能前進。忽報：「盧先鋒留下宣贊、郝思文、呂方、郭盛管領兵馬，鎮守汾陽府。盧俊義等已克了介休、平遙兩縣，再留韓滔、彭玘鎮守介休縣，孔明、孔亮鎮守平遙縣，盧先鋒統領眾多將佐軍馬，現圍太原縣城池，也因雨阻，不能攻打。」恰好水軍頭領李俊在城，聽了此報，忙對關勝說道：「盧先鋒等今遇天雨連綿，流水大至，使三軍不得稽留，倘賊人選死士出城衝擊，奈何！小弟有一計，欲到盧先鋒處商議。」關勝依允。

當下混江龍李俊即刻辭了關勝出城，教童威、童猛統管水軍船隻，自己同了二張、三阮，帶領水軍二千，戴笠披蓑，冒雨衝風，間道疾馳到盧俊義軍前，入寨參見。不及寒温，即與盧俊義密語片晌。盧俊義大喜，即隨傳令軍士，冒雨砍木作筏，李俊等分頭行事去了，不題。

且說太原城中守城將士張雄偽授殿帥之職，項忠、徐岳偽授都統制之職，這三個人是賊中最好殺的。手下軍卒，個個兇殘淫暴。城中百姓，受暴虐不過，棄了家產，四散逃亡，十停中已去了七八停。張雄等今被大兵圍困，負固不服。張雄與項忠、徐岳計議，目今天雨，宋兵欲掠無所，水地不利，薪芻既寡，軍無稽留之心，急出擊之，必獲全勝。此時是四月上旬，張雄正欲分兵出四門，衝擊宋兵，忽聽得四面鑼聲振響。張雄忙上敵樓望城外時，只見宋軍冒雨穿屐，俱登高阜山岡。張雄正在驚疑，又聽得智伯渠邊及東西三處，喊聲振天，如千軍萬馬狂奔馳驟之聲。霎時間，洪波怒濤飛至，卻如秋中八月潮洶湧，天上黃河水瀉傾。真個是：功過智伯城三板，計勝淮

1) 炊爨（cuàn）：做飯的鍋灶。

陰沙幾囊。畢竟不知這水勢如何底止，且聽下回分解。

## 延伸思考

為何要插入魯智深墜井遇到和尚指點迷津的情節？是否與本回故事無關？

第一百回

# 張清瓊英雙建功 陳瓘宋江同奏捷

李俊等人水灌太原城，吳用密謀攻城之計，裏應外合，將賊首田虎生擒。

話說太原縣城池，被混江龍李俊乘大雨後水勢暴漲，同二張、三阮統領水軍，約定時刻，分頭決引智伯渠及晉水，灌浸太原城池。頃刻間，水勢洶湧。但見：驟然飛急水，忽地起洪波。軍卒乘木筏衝來，將士駕天潢飛至。神號鬼哭，昏昏日色無光；嶽撼山崩、浩浩波聲若怒。城垣盡倒，窩鋪皆休。旗幟隨波，不見青紅交雜；兵戈汩浪，難排霜雪爭叉。僵屍如魚鱉沉浮，熱血與波濤並沸。須臾樹木連根起，頃刻榱題[1]貼水飛。

當時城中鼎沸，軍民將士見水突至，都是水渰渰的爬牆上屋，攀木抱樑，老弱肥胖的，只好上台上桌。轉眼間，連桌凳也浮起來，房屋傾圮，都做了水中魚鱉。城外李俊、二張、三阮乘着飛江[2]、天浮[3]，逼近城來，恰與城垣高下相等。軍士攀緣上城，各執利刃，砍殺守城士卒。又有軍士乘木筏衝來，城垣被沖，無不傾倒。張雄正在城樓上叫苦不迭，被張橫、張順從飛江上城，手執朴刀，喊一聲，搶上樓來，一連砍翻了十餘個軍卒，眾人亂竄逃生。張雄躲避不迭，被張橫一朴刀砍翻，張順趕上前肐察的一刀，剁下頭來。比及水勢四散退去，城內軍民，沉溺的，壓殺的，已是無數。樑柱門

1) 榱（cui）題：屋椽的端頭。

2) 飛江：渡水的一種工具。

3) 天浮：古代戰具，用以渡水。

扇、窗櫺什物、屍骸順流壅塞南城。城中只有避暑宮乃是北齊神武帝所建，基址高固，當下附近軍民一齊搶上去，挨擠踐踏，死的也有二千餘人。連那高阜及城垣上，一總所存軍民，僅千餘人。城外百姓，卻得盧先鋒密喚里保，傳諭居民，預先擺佈，鑼聲一響，即時都上高阜。況城外四散空闊，水勢去的快，因此城外百姓，不致湮沒。

當下混江龍李俊領水軍據了西門；船火兒張橫同浪裏白條張順奪了北門；立地太歲阮小二、短命二郎阮小五佔了東門；活閻羅阮小七奪了南門。四門俱豎起宋軍旗號。至晚水退，現出平地，李俊等大開城門，請盧先鋒等軍馬入城。城中雞犬不聞，屍骸山積。雖是張雄等惡貫滿盈，李俊這條計策，也忒慘毒了。那千餘人，四散的跪在泥水地上，插燭也似磕頭乞命。盧俊義查點這夥人中，只有十數個軍卒，其餘都是百姓。項忠、徐岳爬在帥府後傍屋的大檜樹上，見水退，溜將下來，被南軍獲住，解到盧先鋒處。盧俊義教斬首示眾。給發本縣府庫中銀兩，賑濟城內外被水百姓。差人往宋先鋒處報捷。一面令軍士埋葬屍骸，修築城垣房屋，召民居住。

不說盧俊義在太原縣撫綏料理，再說太原未破時，田虎統領十萬大軍，因雨在銅鞍山南屯紮，探馬報來，鄔國舅病亡，郡主、郡馬即退軍到襄垣，殯殮國舅。田虎大驚，差人在襄垣城中傳旨，着瓊英在城中鎮守，着全羽前來聽用，並問為何差往襄垣人役都不來回奏。

次日雨霽，平明時分，流星探馬飛報將來，說宋江差孫安、馬靈領兵前來拒敵。田虎聽報，大怒道：「孫安、馬靈都受我高官厚祿，今日反叛，情理難容。待寡人親自去問他。卿等努力，如有擒得二人者，千金賞，萬戶侯。」當下田虎親自驅兵向前，與宋兵相對。北軍觀看宋軍旗號，原來是病尉遲孫立、鐵笛仙馬麟。北陣前金瓜密佈，鐵斧齊排，劍戟成行，旗幡作隊。那九曲飛龍赭黃傘下，玉轡金鞍、銀鬃白馬上，坐着那個草頭大王田虎，出到陣前，親自監戰。南陣後，宋江統領吳用、孫新、顧大嫂、王英、扈三娘、孫立、朱仝、燕順兵馬又到。宋江也親自督戰。

田虎聞說是宋江，方欲遣將出陣，擒捉宋江，只聽得飛馬報道：「關勝等連破榆社、大谷兩個城池。西路盧俊義軍馬又打破平遙、介休兩縣，被他引水灌了太原城池，城中兵將，不留一個。右丞相卞祥紮寨綿山，與花榮等相持，被盧俊義從太原領兵，後面殺來。卞丞相當不得兩面夾攻，大敗虧輸，卞祥被盧俊義活捉過陣去。盧俊義同關勝合兵一處，將沁源縣圍得鐵桶相似。」田虎聽罷，大驚無措，忙傳令旨，便教收軍，退保威勝城內。

當下李天錫等押住陣腳，薛時、林昕、胡英、唐昌保護田虎先行。只聽的銅鞍山北炮聲振響，被宋江密教魯智深、劉唐、鮑旭、項充、李衮統領精勇步兵，抄出銅鞮山北，分兩路殺奔前來。田虎急驅御林軍馬來戰，忽被馬靈、孫安領兵馬從東鏟斜裏殺來。馬靈腳踏風火二輪，將金磚望北軍亂打；孫安揮雙劍砍殺。二將領兵，突入北陣，如入無人之境，把北軍衝做兩截。北軍雖有十萬之眾，被吳用籌畫這三路兵馬，橫衝直撞，縱橫亂殺，北軍大敗，殺得星落雲散，七斷八續。當下偽尚書李天錫等保護田虎，望東衝殺逃奔，卻被魯智深等領着標槍、團牌、飛刀手衝開血路，殺奔前來。又把李天錫、鄭之瑞、薛時、林昕等軍馬，衝散奔西。田虎手下，雖是御林軍馬，挑選那最精勇的，他們自來與官軍鬥敵，從未曾見有恁般兇猛的，今日如何抵當得住！

當下田虎左右，只有都督胡英、唐昌、總管葉清及金吾校尉等將，領着五千敗殘軍馬，擁護奔逃。正在危急，忽的又有一彪軍馬從東突至。田虎見了，仰天大歎道：「天喪我也！」北軍看那彪軍馬中，當先一個俊龐年少將軍，頭戴青巾幘，身穿綠戰袍，手執梨花槍，坐匹高頭雪白捲毛馬，旗號上寫的分明，乃是「中興平南先鋒郡馬全羽」。那時葉清緊隨田虎，看了旗號，奏知田虎。田虎傳旨，快教郡馬救駕。那全郡馬近前，下馬跪奏道：「臣啟大王：甲胄在身，不能俯伏，臣該萬死。」田虎道：「赦卿無罪。」全郡馬又奏道：「事在危急，奉請大王到襄垣城中，權避敵鋒。待臣同郡主殺退宋兵，再請大王到威勝大內，計議良策，恢復基業。」

田虎大喜。傳下令旨，即望襄垣進發。全郡馬在後面，抵當追趕的兵將。田虎等眾，已到襄垣城下，背後喊殺連天，追趕將來。襄垣城上守城將士看見，連忙開城門，放吊橋。胡英引兵在前，軍士聽見後面趕來，一擁搶進城去，也顧不得甚麼大王。胡英剛進得城門，猛聽得一聲梆子響，兩邊伏兵齊發，將胡英及三千餘人，都趕入陷坑中去，被軍士把長槍亂搠，可憐三千餘人，不留半個。城中大叫：「田虎要活的！」田虎見城中變起，方知是計，急勒馬望北奔走。張清、葉清拍馬趕來，田虎那匹好馬行得快，張清、葉清領軍士追趕不上，已離了一箭之地，只見田虎馬前，忽地起陣旋風，風中現出一個女子，大叫道：「奸賊田虎，我仇家夫婦都被汝害了，今日走到那裏去？」就女子身旁又起一陣陰風，望田虎劈面滾來，那女子寂然不見。田虎坐下馬，忽然驚躍嘶鳴，田虎落馬墮地，被張清、葉清趕上，跳下馬來，同軍士一擁上前擒住。唐昌領眾挺槍驟馬來救。張清見唐昌搶來，疾忙上馬，拈一石子飛來，正中唐昌面門，撞下馬去。張清大叫道：「我不是甚麼全羽，乃是天朝宋先鋒部下沒羽箭張清。」那時李逵、武松領五百步兵，從城內搶出來，二人大吼一聲，把那殿帥將軍、金吾較尉等二千餘人殺得星落雲散。張清刺殺了唐昌，縛了田虎，簇擁入城，閉了城門，待宋先鋒殺退北兵，方可解去。魯智深追趕到來，見田虎已捉入城去。魯智深等復向西殺到銅鞍山側。此時已是酉牌時分。

宋江等三路軍馬與北兵鏖戰一日，殺死軍士二萬餘人。北軍無主，四面八方，亂竄逃生。范美人及姬妾等項，都被亂兵所殺。李天錫、鄭之瑞、薛時、林昕領三萬餘人，上銅鞮山據住。宋江領兵四面圍困。魯智深來報，田虎已被張清擒捉。宋江以手加額，忙傳將令，差軍星夜疾馳到襄垣，教武松等堅閉城門，看守田虎。教張清領兵速到威勝，策應瓊英等。

原來瓊英已奉吳軍師密計，同解珍、解寶、樂和、段景住、王定六、郁保四、蔡福、蔡慶帶領五千軍馬，盡着北軍旗號，伏於武鄉縣城外石盤山側。瓊英等探知田虎與我兵廝殺，瓊英領眾人星夜疾馳到威勝城下。是日天晚，已是暮霞斂彩，新月垂鈎，瓊英在城下鶯聲嬌囀叫道：「我乃郡主，保護大王到此，快開城門！」當下守城軍卒飛報王宮內裏。田豹、田彪聞報，上馬疾馳到南城，忙上城樓觀看，果見赭黃傘下，那匹雕鞍銀鬃白馬上，坐着大王，馬前一個女將，旗上大書「郡主瓊英」，後面有尚書都督等官遠遠跟隨。只見瓊英高聲叫道：「胡都督等與宋兵戰敗，我特保護大王到此。教官員速出城接駕！」田豹等見是田虎，即令開了城門，出城迎接。二人才到馬前，只聽馬上的大王大喝道：「武士與寡人拿下二賊。」軍士一擁上前，將二人擒住。田豹、田彪大叫：「我二人無罪！」急要掙扎時，已被軍士將繩索綁縛了。原來這個田虎乃是吳用教孫安揀擇南軍中與田虎一般面貌的一個軍卒依着田虎妝束；後面尚書都督，卻是解珍、解寶等數人假扮的。當下眾人各掣出兵器，王定六、郁保四、蔡福、蔡慶領五百餘人，將田豹、田彪連夜解往襄垣去了。城上見捉了田豹、田彪，又見將二人押解向南，情知有詐，急出城來搶時，卻被瓊英要殺田定，不顧性命，同解珍、解寶一擁搶入城來。守門將士上前來鬥敵，被瓊英飛石子打去，一連傷了六七個人，解珍、解寶幫助瓊英廝殺，城外樂和、段景住急教軍士卸下北軍打扮，個個是南軍號衣，一齊搶入城來，奪了南門。樂和、段景住挺朴刀，領軍上城，殺散軍士，豎起宋軍旗號。城中一時鼎沸起來，尚有許多偽文武官員及王親國戚等眾，急引兵來廝殺。瓊英這四千餘人深入巢穴，如何抵敵？卻得張清領八千餘人到來，驅兵入城，見瓊英、解珍、解寶與北兵正在鏖戰，張清上前飛石，連打四員北將，殺退北軍。張清對瓊英道：「不該深入重地，又且眾寡不敵。」瓊英道：「欲報父仇，雖粉骨碎身，亦所不辭！」張清道：「田虎已被我擒捉在襄垣了。」瓊英方才喜歡。

正欲引兵出城，也是天厭賊眾之惡，又得盧俊義打破沁源城池，統領大兵到來，見了南門旗號，急驅兵馬入城，與張清合兵一處，趕殺北軍。秦明、楊志、杜遷、宋萬領兵奪了東門。歐鵬、鄧飛、雷橫、楊林奪了西門。黃信、陳達、楊春、周通領兵奪了北門。楊雄、石秀、焦挺、穆春、鄭天壽、鄒淵、鄒潤領步兵，大刀闊斧，從王宮前面砍殺入去。龔旺、丁得孫、李立、石勇、陶宗旺領步兵，從後宰門砍殺入去。殺死王宮內院嬪妃、姬妾、內侍人等無算。田定聞變，自刎身死。張清、瓊英、張青、孫二娘、唐斌、文仲容、崔埜、耿恭、曹正、薛永、李忠、朱富、時遷、白勝分頭去殺偽尚書、偽殿帥、偽樞密以下等眾及偽封的王親國戚等賊徒，正是金階殿下人頭滾，玉砌朝門熱血噴。莫道不分玉與石，為慶為殃[4]心自捫。

當下宋兵在威勝城中，殺得屍橫市井，血滿溝渠。盧俊義傳令，不得殺害百姓。連忙差人先往宋先鋒處報捷。當夜宋兵直鬧至五更方息，軍將降者甚多。

天明，盧俊義計點將佐，除神機軍師朱武在沁源城中鎮守外，其餘將佐都無傷損。只有降將耿恭，被人馬踐踏身死。眾將都來獻功。焦挺將田定死屍駝來，瓊英咬牙切齒，拔佩刀割了首級，把他屍骸支解。此時鄔梨老婆倪氏已死，瓊英尋了葉清妻子安氏，辭別盧俊義，同張清到襄垣，將田虎等

---

4) 為慶為殃：是好是壞。

押解到宋先鋒處。盧俊義正在料理軍務，忽有探馬報來，說北將房學度將索超、湯隆圍困在榆社縣。盧俊義即教關勝、秦明、雷橫、陳達、楊春、楊林、周通領兵去解救索超等。

次日，宋江已破李天錫等於銅鞮山。一面差人申報陳安撫道：「賊巢已破，賊首已擒，請安撫到威勝城中料理。」宋江統領大兵，已到威勝城外，盧俊義等迎接入城。宋江出榜，安撫百姓。盧俊義將卞祥解來。宋江見卞祥狀貌魁偉，親釋其縛，以禮相待。卞祥見宋江如此義氣，感激歸降。

次日，張清、瓊英、葉清將田虎、田豹、田彪囚載陷車，解送到來。瓊英同了張清，雙雙的拜見伯伯宋先鋒。瓊英拜謝王英等昔日冒犯之罪。宋江叫將田虎等監在一邊，待大軍班師，一同解送東京獻俘。即教置酒，與張清、瓊英慶賀。當日有威勝屬縣武鄉守城將士方順等，將軍民戶口冊籍、倉庫錢糧，前來獻納。宋江賞勞畢，仍令方順依舊鎮守。宋江在威勝城一連過了兩日，探馬報到，說關勝等到榆杜縣，同索超、湯隆內外夾攻，殺了北將房學度。北軍死者五千餘人，其餘軍士都降。宋江大喜，對眾將道：「都賴眾兄弟之力，得成平寇之功。」即細細標寫眾將功勞及張清、瓊英擒賊首、搗賊巢的大功。

又過了三四日，關勝兵馬方到，又報陳安撫兵馬也到了。宋江統領將佐，出郭迎接入城，參見已畢，陳安撫稱讚道：「將軍等五月之內，成不世之功[5]。下官一聞擒捉賊首，先將表文差人馬上馳往京師奏凱，朝廷必當重封官爵。」宋江再拜稱謝。

次日，瓊英來稟，欲往太原石室山，尋覓母親屍骸埋葬，宋江即命張清、葉清同去，不題。

宋江稟過陳安撫，將田虎宮殿院宇，珠軒翠屋，盡行燒毀。又與陳安撫計議，發倉稟賑濟各處遭兵被火居民。修書申呈宿太尉，寫表申奏朝廷，差戴宗即日起行。

戴宗擎齎表文書劄，趕上陳安撫差的齎奏官，一同入進東京，先到宿太尉府前，依先尋了楊虞候，將書呈遞。宿太尉大喜。明日早朝，並陳安撫表

---

5)　不世之功：極大的功勞。

文，一同上達天聽。道君皇帝龍顏喜悅，敕宋江等料理候代，班師回京，封官受爵。戴宗得了這個消息，即日拜辭宿太尉，離了東京，明日未牌時分，便到威勝城中，報知陳安撫、宋先鋒。

陳瓘、宋江一面教把生擒到賊徒偽官等眾，除留田虎、田豹、田彪，另行解赴東京，其餘從賊，都就威勝市曹斬首施行。所有未收去處，乃是晉寧所屬蒲、解等州縣。賊役贓官，得知田虎已被擒獲，一半逃散，一半自行投首[6]。陳安撫盡皆准首，復為良民。就行出榜去各處招撫，以安百姓。其餘隨從賊徒，不傷人者，亦准其自首投降，復為鄉民，給還產業田園。克復州縣已了，各調守禦官軍，護境安民，不在話下。

再說道君皇帝已降詔敕，差官齎領，到河北諭陳瓘等。次日，臨幸[7]武學。百官先集，蔡京於坐上談兵，眾皆拱聽。內中卻有一官，仰着面孔，看視屋角，不去睬他。蔡京大怒，連忙查問那官員姓名。

正是一人向隅[8]，滿坐不樂。只因蔡京查這個官員姓名，直教：天罡地煞臨軫翼，猛將雄兵定楚郢。畢竟蔡京查問那官員是誰，且聽下回分解。

## 延伸思考

田虎終於被擒，在這一系列戰鬥中，宋江軍隊勢如破竹，更得到了各路人馬的協助，試具體分析取勝原因。

6) 投首：投降。

7) 臨幸：皇帝親臨。

8) 向隅：面對着角落。

## 第一百零一回

# 精讀 謀墳地陰險產逆 蹈春陽妖蠱生姦

宋江征討田虎得勝，未及好好慶祝，又被皇帝派去收服淮西王慶。皆因朝廷被幾個奸臣操控，忠言難進。本回的故事情節作為過渡，結束前文，引出王慶故事的來龍去脈。

話說蔡京在武學中查問那不聽他談兵，仰視屋角的這個官員，姓羅名戩，祖貫雲南軍達州人，現做武學諭[1]。當下蔡京怒氣填胸，正欲發作，因天子駕到報來，蔡京遂放下此事，率領百官，迎接聖駕進學，拜舞山呼。道君皇帝講武已畢，當有武學諭羅戩，不等蔡京開口，上前俯伏，先啟奏道：「武學諭小臣羅戩，冒萬死，謹將淮西強賊王慶造反表形，上達聖聰。王慶作亂淮西，五年於茲，官軍不能抵敵。童貫、蔡攸奉旨往淮西征討，全軍覆沒。懼罪隱匿，欺誑陛下，說軍士水土不服，權且罷兵，以致養成大患。王慶勢愈猖獗，前月又將臣鄉雲安軍攻破，擄掠淫殺，慘毒不忍言說，通共佔據八座軍州，八十六個州縣。蔡京經體贊元[2]，其子蔡攸，如是覆軍殺將，辱國喪師，今日聖駕未臨時，猶儼然上坐談兵，大言不慚，病狂喪心！乞陛下速誅蔡京等誤國賊臣，選將發兵，速行征剿，救生民於塗炭，保社稷以無

**點評**

● 側面寫出朝綱不正、鬆散混亂的局面。

1) 武學諭：宋代官職。

2) 經體贊元：輔助元首，治理國家。

**點評**

● 多少次「不即加罪」，縱容奸臣當道。

● 皇帝昏庸若此。

疆，臣民幸甚！天下幸甚！」道君皇帝聞奏大怒，深責蔡京等隱匿之罪。當被蔡京等巧言宛奏天子，不即加罪，起駕還宮。

次日，又有亳州太守侯蒙到京聽調，上書直言童貫、蔡攸喪師辱國之罪。並薦舉：「宋江等才略過人，屢建奇功，征遼回來，又定河北，今已奏凱班師。目今王慶猖獗，乞陛下降敕，將宋江等先行褒賞，即着這支軍馬征討淮西，必成大功。」徽宗皇帝准奏，隨即降旨下省院，議封宋江等官爵。省院官同蔡京等商議，回奏：「王慶打破宛州，昨有禹州、載州、萊縣三處申文告急。那三處是東京所屬州縣，鄰近神京，乞陛下敕陳瓘、宋江等，不必班師回京，着他統領軍馬，星夜馳援禹州等處。臣等保舉侯蒙為行軍參謀。羅戩素有韜略，着他同侯蒙到陳瓘軍前聽用。宋江等正在征剿，未便升受，待淮西奏凱，另行酌議封賞。」原來蔡京知王慶那裏兵強將猛，與童貫、楊戩、高俅計議，故意將侯蒙、羅戩送到陳瓘那裏，只等宋江等敗績，侯蒙、羅戩怕他走上天去！那時卻不是一網打盡。話不絮繁，卻說那四個賊臣的條議，道君皇帝一一准奏，降旨寫敕，就着侯蒙、羅戩齎捧詔敕，及領賞賜金銀、緞匹、袍服、衣甲、馬匹、御酒等物，即日起行，馳往河北，宣諭宋江等。又敕該部將河北新復各府州縣所缺正佐官員，速行推補，勒限星馳赴任。道君皇帝剖斷政事已畢，復被王黼、蔡攸二人，勸帝到艮嶽娛樂去了，不題。

且說侯蒙齎領詔敕及賞賜將士等物，滿滿的裝載三十五車，離了東京，望河北進發。於路無話，不則一日，過了壺關山、昭德府，來到威勝州，離城尚有二十餘里，遇着宋兵押解賊首到來。卻是宋江先接了班師詔敕，恰遇瓊英葬母回來。宋江將瓊英母子及葉清貞孝節義的事，擒元兇賊首的功，並喬道清、孫安等降順天朝，有功員役，都備細寫表申奏朝廷。就差張清、瓊英、葉清領兵押解賊首先行。當下張清上前，與侯參謀、羅戩相見已畢。張清得了這個消息，差人馳往陳安撫、宋先鋒處報聞。陳瓘、宋江率領諸將，出郭迎接。侯蒙等捧賫聖旨入城，擺列龍亭香案。陳安撫及宋江以下諸將，整整齊齊，朝北跪着，裴宣喝拜。拜罷，侯蒙面南，立於龍亭之左，將詔書宣讀道：

制曰：朕以敬天法祖，纘紹洪基，唯賴傑宏股肱，贊勷[3]大業。邇來[4]邊庭多儆[5]，國祚[6]少寧，爾先鋒使宋江等，跋履[7]山川，逾越險阻，先成平虜之功，次奏靜寇之績，朕實嘉賴。今特差參謀侯蒙，賫捧詔書，給賜安撫陳瓘及宋江、盧俊義等金銀、袍緞、名馬、衣甲、御酒等物，用彰爾功。茲者又因強賊王慶，作敵淮西，傾覆我城池，芟夷[8]我人民，虔劉[9]我邊陲，蕩搖我西京，仍敕陳瓘為安撫，宋江為平西都先鋒，盧俊義為平西副先鋒，侯蒙為行軍參謀。詔書到日，即統領軍馬，星馳先救宛州。爾等將士，協力盡忠，功奏蕩平，定行封賞。其三軍頭目如欽賞未敷，着陳瓘就於河北州縣內豐盈庫藏中挪撮[10]給賞，造冊奏聞。爾其欽哉！特諭。

宣和五年四月日

侯蒙讀罷丹詔，陳瓘及宋江等山呼萬歲，再拜謝恩已畢。侯蒙取過金銀、緞匹等項，依次照名給散：陳安撫及宋

---

3)　贊勷（ráng）：輔助，協助。
4)　邇來：近來。
5)　儆：同「警」。
6)　國祚：國運。
7)　跋履：歷經。
8)　芟（shān）夷：毀滅。
9)　虔劉：劫掠，殺戮。
10)　挪撮：分撥。

江、盧俊義，各黃金五百兩，錦緞十表裏，錦袍一套，名馬一匹，御酒二瓶；吳用等三十四員，各賞白金二百兩，彩緞四表裏，御酒一瓶；朱武等七十二員，各賜白金一百兩，御酒一瓶；餘下金銀，陳安撫設處湊足，俵散軍兵已畢。宋江復令張清、瓊英、葉清押解田虎、田豹、田彪，到京師獻俘去了。

公孫勝來稟，乞兄長修五龍山龍神廟中五條龍象。宋江依允，差匠修塑。

宋江差戴宗、馬靈往諭各路守城將士，一等新官到來，即行交代，勒兵前來，征剿王慶。宋江又料理了數日，各處新官皆到，諸路守城將佐統領軍兵，陸續到來。宋江將欽賞銀兩，俵散已畢。宋江令蕭讓、金大堅鐫勒碑石，記敘其事。正值五月五日天中節[11]，宋江教宋清大排筵席，慶賀太平。請陳安撫上坐，新任太守及侯蒙、羅戩並本州佐貳等官次之；宋江以下，除張清晉京外，其一百單七人，及河北降將喬道清、孫安、卞祥等一十七員，整整齊齊，排坐兩邊。當下席間，陳瓘、侯蒙、羅戩稱讚宋江等功勛。宋江、吳用等感激三位知己，或論朝事，或訴衷曲，觥籌交錯，燈燭輝煌，直飲至夜半方散。

次日，宋江與吳用計議，整點兵馬，辭別州官，離了威勝，同陳瓘等眾望南進發。所過地方，秋毫無犯。百姓香花燈燭，絡繹道路，拜謝宋江等剪除賊寇，「我們百姓得再見天日之恩。」

不說宋江等望南征進，再說沒羽箭張清同瓊英、葉清將陷車囚解田虎等，已到東京，先將宋江書劄呈達宿太尉，並送金珠珍玩。宿太尉轉達上皇，天子大嘉瓊英母子貞孝，降敕特贈瓊英母宋氏為介休貞節縣君，着彼處有司，建造坊

---

11) 天中節：端午節。

祠，表揚貞節，春秋享祀。封瓊英為貞孝宜人，葉清為正排軍，欽賞白銀五十兩，表揚其義。張清復還舊日原職。仍着三人協助宋江，征討淮西，功成升賞。道君皇帝敕下法司，將反賊田虎、田豹、田彪押赴市曹，凌遲碎剮。當下瓊英帶得父母小像，稟過監斬官，將仇申、宋氏小像懸掛法場中，像前擺張桌子，等到午時三刻，田虎開刀碎剮後，瓊英將田虎首級擺在桌上，滴血祭奠父母，放聲大哭。此時瓊英這段事，東京已傳遍了，當日觀者如垛，見瓊英哭得悲慟，無不感泣。瓊英祭奠已畢，同張清、葉清望闕謝恩。三人離了東京，徑望宛州進發，來助宋江征討王慶，不在話下。

看官牢記話頭，仔細聽着，且把王慶自幼至長的事表白出來。那王慶原來是東京開封府內一個副排軍。他父親王砉，是東京大富戶，專一打點衙門，攛唆結訟，放刁把濫，排陷良善，因此人都讓他些個。他聽信了一個風水先生，看中了一塊陰地，當出大貴之子。這塊地，就是王砉親戚人家葬過的，王砉與風水先生設計陷害。王砉出尖[12]，把那家告紙謊狀，官司累年，家產蕩盡，那家敵王砉不過，離了東京，遠方居住。後來王慶造反，三族皆夷，獨此家在遠方，官府查出是王砉被害，獨得保全。王砉奪了那塊墳地，葬過父母，妻子懷孕彌月。王砉夢虎入室，蹲踞堂西，忽被獅獸突入，將虎銜去。王砉覺來，老婆便產王慶。那王慶從小浮浪，到十六七歲，生得身雄力大，不去讀書，專好鬥雞走馬，使槍掄棒。那王砉夫妻兩口兒單單養得王慶一個，十分愛恤，自來護短，憑他慣了，到得長大，如何拘管得下？王慶賭的是錢兒，宿的是娼兒，吃的是酒兒。王砉夫婦，也是時訓誨他，王慶逆性發作，將父母詈罵。王砉無可奈何，只索由他。過了六七年，把個家產費得罄盡，單靠着一身本

12)　出尖：挑頭。

事，在本府充做個副排軍。一有錢鈔在手，三兄四弟，終日大酒大肉價同吃，若是有些不如意時節，拽出拳頭便打。所以眾人又懼怕他，又喜歡他。

一日，王慶五更入衙畫卯，幹辦完了執事，閒步出城南，到玉津圃遊玩。此時是徽宗政和六年，仲春天氣，遊人如蟻，軍馬如雲。正是：上苑花開堤柳眠，遊人隊裏雜嬋娟。金勒馬嘶芳草地，玉樓人醉杏花天。

王慶獨自閒耍了一回，向那圃中一顆傍池的垂楊上，將肩胛斜倚着，欲等個相識到來，同去酒肆中吃三杯進城。無移時，只見池北邊十來個幹辦、虞候、伴當、養娘人等，簇着一乘轎子，轎子裏面如花似朵的一個年少女子。那女子要看景致，不用竹簾。那王慶好的是女色，見了這般標緻的女子，把個魂靈都吊下來，認得那夥幹辦、虞候是樞密童貫府中人。當下王慶遠遠地跟着轎子，隨了那夥人來到艮嶽。那艮嶽在京城東北隅，即道君皇帝所築，奇峯怪石，古木珍禽，亭榭池館，不可勝數。外面朱垣緋戶，如禁門一般，有內相禁軍看守，等閒人腳指頭兒也不敢踅到門前。那簇人歇下轎，養娘扶女子出了轎，徑望艮嶽門內，嬝嬝娜娜，妖妖嬈嬈走進去。那看門禁軍內侍，都讓開條路，讓他走進去了。

原來那女子是童貫之弟童貰之女，楊戩的外孫。童貫撫養為己女，許配蔡攸之子，卻是蔡京的孫兒媳婦了，小名叫做嬌秀，年方二八。他稟過童貫，乘天子兩日在李師師家娛樂，欲到艮嶽遊玩。童貫預先吩咐了禁軍人役，因此不敢攔阻。那嬌秀進去了兩個時辰，兀是不見出來。王慶那廝，呆呆地在外面守着，肚裏飢餓，踅到東竹酒店裏買些酒肉，忙忙地吃了六七杯，恐怕那女子去了，連賬也不算，向便袋裏摸出一塊二錢重的銀子，丟與店小二道：「少停便來算賬。」王慶再踅到艮嶽前，又停了一回，只見那女子同了養娘，輕移蓮步，走出艮嶽來，且不上轎，看那艮嶽外面的景致。王慶趲上前去看那女子時，真個標緻。有《混江龍》詞為證：

豐資毓秀，那裏個金屋堪收？點櫻桃小口，橫秋水雙眸。若不是昨夜晴開新月皎，怎能得今朝腸斷小梁州。芳芬綽約蕙蘭儔，香飄雅麗芙蓉袖，兩下裏心猿都被月引花鈎。

王慶看到好處，不覺心頭撞鹿，骨軟筋麻，好便似雪獅子向火，霎時間酥了半邊。那嬌秀在人叢裏，睃見王慶的相貌：鳳眼濃眉如畫，微鬚白面紅顏。頂平額闊滿天倉，七尺身材壯健。善會偷香竊玉，慣的賣俏行姦。凝眸呆想立人前，俊俏風流無限。

那嬌秀一眼睃着王慶風流，也看上了他。當有幹辦、虞候喝開眾人，養娘扶嬌秀上轎，眾人簇擁着，轉東過西，卻到酸棗門外嶽廟裏來燒香。王慶又跟隨到嶽廟裏，人山人海的，挨擠不開，眾人見是童樞密處虞候、幹辦，都讓開條路。那嬌秀下轎進香，王慶挨趲上前，卻是不能近身，又恐隨從人等叱吒，假意與廟祝廝熟，幫他點燭燒香，一雙眼不住的溜那嬌秀，嬌秀也把眼來頻睃。原來蔡攸的兒子，生來是憨呆的。那嬌秀在家，聽得幾次媒婆傳說是真，日夜叫屈怨恨。今日見了王慶風流俊俏，那小鬼頭兒春心也動了。當下童府中一個董虞候，早已瞧科，認得排軍王慶。董虞候把王慶劈臉一掌打去，喝道：「這個是甚麼人家的宅眷！你是開封府一個軍健，你好大膽，如何也在這裏挨挨擠擠。待俺對相公說了，教你這顆驢頭，安不牢在頸上！」王慶那敢則聲，抱頭鼠竄，奔出廟門來，嚛一口唾，叫聲道：「啐！我直憑這般呆！癩蝦蟆怎想吃天鵝肉！」當晚忍氣吞聲，慚愧回家。誰知那嬌秀回府，倒是日夜思想，厚賄侍婢，反去問那董虞候，教他說王慶的詳細。侍婢與一個薛婆子相熟，同他做了馬泊六，悄地勾引王慶從後門進來，人不知，鬼不覺，與嬌秀勾搭。王慶那廝，喜出望外，終日飲酒。

光陰荏苒，過了三月，正是樂極生悲。王慶一日吃得爛醉如泥，在本府正排軍張斌面前露出馬腳，遂將此事彰揚開去，不免吹在童貫耳朵裏。童貫大怒，思想要尋罪過擺撥他，不在話下。

且說王慶因此事發覺，不敢再進童府去了。一日在家閒坐，此時已是五月下旬，天氣炎熱，王慶掇條板凳放在天井中乘涼，方起身入屋裏去拿扇子。只見那條板凳四腳搬動，從天井中走將入來。王慶喝聲道：「奇怪！」飛起右腳，向板凳只一腳踢去。王慶叫聲道：「啊也苦也！」不踢時，萬事皆休，一踢時，迍邅[13]立至。正是：天有不測風雲，人有旦夕禍福。畢竟王慶踢這板凳為何叫苦起來，且聽下回分解。

---

13) 迍邅（zhūn zhān）：處境艱險，前進困難。

## 第一百零二回

# 王慶因姦吃官司
# 龔端被打師軍犯

從本回開始，是王慶的小傳。他因得罪了童貫，被羅織罪名發配到遠方軍州，路上與龔端兄弟不打不相識，被拜為師父，替人報仇。且看他如何一步步成為作亂首領的。

話說王慶見板凳作怪，用腳去踢那板凳，卻是用力太猛，閃朒了脅肋，蹲在地下，只叫：「苦也，苦也！」半晌價動彈不得。老婆聽的聲喚，走出來看時，只見板凳倒在一邊，丈夫如此模樣，便把王慶臉上打了一掌道：「郎當怪物，卻終日在外面，不顧家裏。今晚才到家裏，一回兒又做甚麼來？」王慶道：「大嫂不要取笑，我閃朒了脅肋，了不的！」那婦人將王慶扶將起來。王慶勾着老婆的肩胛，搖頭咬牙的叫道：「啊也，痛的慌！」那婦人罵道：「浪弟子，鳥歪貨，你閒常時，只歡喜使腿牽拳，今日弄出來了。」那婦人自覺這句話說錯，將紗衫袖兒掩着口笑。王慶聽得「弄出來」三個字，恁般疼痛的時節，也忍不住笑，哈哈的笑起來。那婦人又將王慶打了個耳刮子道：「鳥怪物，你又想了那裏去？」當下婦人扶王慶到床上睡了，敲了一碟核桃肉，旋了一壺熱酒，遞與王慶吃了。他自去拴門戶，撲蚊蟲，下帳子，與丈夫歇息。王慶因腰脅十分疼痛，那椿兒動彈不得，是不必說。

一宿無話。次早王慶疼痛兀是不止，肚裏思想，如何去官府面前聲喏答應？挨到午牌時分，被老婆催他出去贖膏藥。王慶勉強擺到府衙前，與慣醫跌打損傷朝北開鋪子賣膏藥的錢老兒買了兩個膏藥，貼在肋上。錢老兒說道：「都排若要好的快，須是吃兩服療傷行血的煎劑。」說罷，便撮了兩服藥，遞與王慶。王慶向便袋裏取出一塊銀子，約摸有錢二三分重，討張紙兒，包了錢。老兒睃着他包銀子，假把臉兒朝着東邊。王慶將紙包遞來道：「先生莫嫌輕褻，將來買涼瓜啖。」錢老兒道：「都排，朋友家如何計較，這卻使不得！」一頭還在那裏說，那只右手兒已是接了紙包，揭開藥箱蓋，把紙包丟下去了。

王慶拿了藥，方欲起身，只見府西街上走來一個賣卦先生。頭帶單紗抹眉頭巾，身穿葛布直身，撐着一把遮陰涼傘，傘下掛一個紙招牌兒，大書「先天神數」四字，兩旁有十六個小字，寫道：

「荊南李助，十文一數，字字有準，術勝管輅[1]。」

王慶見是個賣卦的，他已有嬌秀這樁事在肚裏，又遇着昨日的怪事，他便叫道：「李先生，這裏請坐。」那先生道：「遵官有何見教？」口裏說着，那雙眼睛骨渌渌的把王慶從頭上直看至腳下。王慶道：「在下欲卜一數。」李助下了傘，走進膏藥鋪中，對錢老兒拱手道：「攪擾！」便向單葛布衣袖裏摸出個紫檀課筒兒[2]，開了筒蓋，取出一個大定銅錢，遞與王慶道：「尊官那邊去對天默默地禱告。」王慶接了卦錢，對着炎炎的那輪紅日，彎腰唱喏。卻是疼痛，彎腰不下，好似那八九十歲老兒，硬着腰，半揖半拱的兜了一兜，仰面立着禱告。那邊李助看了，悄地對錢老兒猜說道：「用了先生膏藥，一定好的快，想是打傷的。」錢老道：「他見甚麼板凳作怪，踢閃了腰肋。適才走來，說話也是氣喘，貼了我兩個膏藥，如今腰也彎得下了。」李助道：「我說是個閃肭的模樣。」王慶禱告已畢，將錢遞與李助。那李助問了王慶姓名，將課筒搖着，口中唸道：「日吉辰良，天地開張。聖人作易，幽贊神明。包羅萬象，道合乾坤。與天地合其德，與日月合其明，與四時合其序，與鬼神合其吉凶。今有東京開封府王姓君子，對天買卦。甲寅旬中，乙卯日，奉請周易文王先師、鬼谷先師、袁天綱先師，至神至聖，聖福至靈，指示疑迷，明彰報應。」

李助將課筒發了兩次，迭成一卦，道是水雷屯卦，看了六爻動靜，便問：「尊官所占何事？」王慶道：「問家宅。」李助搖着頭道：「尊官莫怪小子直言，屯者，難也，你的災難方興哩！有幾句斷詞，尊官須記着。」李助搖着一把竹骨折迭油紙扇兒，唸道：「家宅亂縱橫，百怪生災家未寧。非古廟，即危橋。

---

1) 管輅（lù）：三國時著名的術士。

2) 課筒兒：占卜時用的簽筒。

白虎衝凶官病遭。有頭無尾何曾濟，見貴凶驚訟獄交。人口不安遭跌蹼，四肢無力拐兒撬。從改換，是非消。逢着虎龍雞犬日，許多煩惱禍星招。」

當下王慶對着李助坐地，當不得那油紙扇兒的柿漆臭，把皂羅衫袖兒掩着鼻聽他。李助唸罷，對王慶道：「小子據理直言，家中還有作怪的事哩！須改過遷居，方保無事。明日是丙辰日，要仔細哩！」王慶見他說得凶險，也沒了主意，取錢酬謝了李助。李助出了藥鋪，撐着傘，望東去了。當有府中五六個公人衙役，見了王慶，便道：「如何在這裏閒話？」王慶把見怪閃朒的事說了，眾人都笑。王慶道：「列位，若府尹相公問時，須與做兄弟的周全則個！」眾人都道：「這個理會得。」說罷，各自散去。

王慶回到家中，教老婆煎藥。王慶要病好，不止兩個時辰，把兩服藥都吃了；又要藥行，多飲了幾杯酒。兩個直睡到次日辰牌時分，方才起身。梳洗畢，王慶因腹中空虛，暖些酒吃了。正在吃早飯，兀是未完，只聽得外面叫道：「都排在家麼？」婦人向板壁縫看了道：「是兩個府中人。」王慶聽了這句話，便呆了一呆，只得放下飯碗，抹抹嘴，走將出來，拱拱手問道：「二位光降，有何見教？」那兩個公人道：「都排真個受用！清早兒臉上好春色[3]！太爺今早點名，因都排不到，大怒起來。我每兄弟輩替你稟說見怪閃朒的事，他那裏肯信？便起了一枝簽，差我每兩個來請你回話。」把簽與王慶看了。王慶道：「如今紅了臉，怎好去參見？略停一會兒才好。」那兩個公人道：「不干我們的事，太爺立等回話。去遲了，須帶累我們吃打。快走！快走！」兩個扶着王慶便走。王慶的老婆慌忙走出來問時，丈夫已是出門去了。

兩個公人扶着王慶進了開封府，府尹正坐在堂中虎皮交椅上。兩個公人帶王慶上前稟道：「奉老爺鈞旨，王慶拿到。」王慶勉強朝上磕了四個頭。府尹喝道：「王慶，你是個軍健，如何怠玩，不來伺候？」王慶又把那見怪閃朒的事，細稟一遍道：「實是腰肋疼痛，坐臥不寧，行走不動，非敢怠玩。望相公方便。」府尹聽罷，又見王慶臉紅，大怒喝道：「你這廝專一酗酒為非，幹那不公不法的事，今日又捏妖言，欺誑上官！」喝教扯下去打。王慶那裏分說得開？當下把王慶打得皮開肉綻，要他招認捏造妖書，煽惑愚民，謀為不軌

---

3)　春色：這裏指因喝酒臉色變紅。

的罪。王慶今日被官府拷打，死去再醒，吃打不過，只得屈招。府尹錄了王慶口詞，叫禁子把王慶將刑具枷杻來釘了，押下死囚牢裏，要問他個捏造妖書，謀為不軌的死罪。禁子將王慶扛抬入牢去了。

原來童貫密使人吩咐了府尹，正要尋罪過擺撥他，可可的撞出這節怪事來。那時府中上下人等，誰不知道嬌秀這件勾當，都紛紛揚揚的說開去：「王慶為這節事得罪，如今一定不能個活了。」那時蔡京、蔡攸耳朵裏頗覺不好聽，父子商議，若將王慶性命結果，此事愈真，醜聲一發播傳。於是密挽心腹官員，與府尹相知的，教他速將王慶刺配遠惡軍州，以滅其跡。蔡京、蔡攸擇日迎娶嬌秀成親，一來遮掩了童貫之羞，二來滅了眾人議論。

且說開封府尹遵奉蔡太師處心腹密話，隨即升廳。那日正是辛酉日，叫牢中提出王慶，除了長枷，斷了二十脊杖，喚個文筆匠刺了面頰，量地方遠近，該配西京管下陝州牢城。當廳打一面十斤半團頭鐵葉護身枷釘了，貼上封皮，押了一道牒文，差兩個防送公人，叫做孫琳、賀吉，監押前去。

三人出開封府來，只見王慶的丈人牛大戶接着，同王慶、孫琳、賀吉到衙前南街酒店裏坐定。牛大戶叫酒保搬取酒肉，吃了三杯兩盞，牛大戶向身邊取出一包散碎銀兩遞與王慶道：「白銀三十兩，把與你路途中使用。」王慶用手去接道：「生受泰山！」牛大戶推着王慶的手道：「這等容易！我等閒也不把銀兩與你，你如今配去陝州，一千餘里，路遠山遙，知道你幾時回來？你調戲了別人家女兒，卻不耽誤了自己的妻子！老婆誰人替你養？又無一男半女，田地家產可以守你。你須立紙休書，自你去後，任從改嫁，日後並無爭執。如此，方把銀子與你。」王慶平日會花費，思想：「我囊中又無十兩半斤銀兩，這陝西如何去得？」左思右算，要那銀兩使用，歎了兩口氣道：「罷，罷！只得寫紙休書。」牛大戶一手接紙，一手交銀，自回去了。

王慶同了兩個公人到家中來收拾行囊包裹，老婆已被牛大戶接到家中去了，把個門兒鎖着。王慶向鄰舍人家借了斧鑿，打開門戶，到裏面看時，凡老婆身上穿着的，頭上插戴的，都將去了。王慶又惱怒，又淒慘。央間壁一個周老婆子，到家備了些酒食，把與公人吃了，將銀十兩送與孫琳、賀吉道：「小人棒瘡疼痛，行走不動，欲將息幾日，方好上路。」孫琳、賀吉得了錢，也是應允，怎奈蔡攸處挽心腹催促公人起身。王慶將家伙什物胡亂變賣了，交還了胡員外家賃房。

此時王慶的父王砉，已被兒子氣瞎了兩眼，另居一處，兒子上門，不打便罵。今日聞得兒子遭官司刺配，不覺心痛，教個小廝扶着，走到王慶屋裏，叫道：「兒子呀，你不聽我的訓誨，以致如此。」說罷，那雙盲昏眼內，掉下淚來。王慶從小不曾叫王砉一聲爺的，今值此家破人離的時節，心中也酸楚起來，叫聲道：「爺，兒子今日遭恁般屈官司，叵耐牛老兒無禮，逼我寫了休妻的狀兒，才把銀子與我。」王砉道：「你平日是愛妻子，孝丈人的，今日他如何這等待你？」王慶聽了這兩句搶白的話，便氣憤憤的不來睬着爺，徑同兩個公人，收拾出城去了。王砉頓足捶胸道：「是我不該來看那逆種！」復扶了小廝自回，不題。

卻說王慶同了孫琳、賀吉離了東京，賃個僻靜所在，調治十餘日，棒瘡稍愈，公人催促上路，迤邐而行，望陝州投奔。此時正是六月初旬，天氣炎熱，一日止行得四五十里，在路上免不得睡死人床，吃不滾湯。三個人行了十五六日，過了嵩山。一日正在行走，孫琳用手向西指着遠遠的山峯說道：「這座山叫做北邙山，屬西京管下。」三人說着話，趁早涼，行了二十餘里。望見北邙山東，有個市鎮，只見四面村農，紛紛的投市中去。那市東人家稀少處，丁字兒列着三株大柏樹。樹下陰陰，只見一簇人亞肩迭背的圍着一個漢子，赤着上身，在那陰涼樹上吆吆喝喝地使棒。三人走到樹下歇涼。王慶走得汗雨淋漓，滿身蒸濕，帶着護身枷，挨入人叢中，踮起腳看那漢使棒。看了一歇兒，王慶不覺失口笑道：「那漢子使的是花棒。」那漢正使到熱鬧處，聽了這句話，收了棒看時，卻是個配軍。那漢大怒，便罵：「賊配軍，俺的槍棒遠近聞名，你敢開了那鳥口，輕慢我的棒，放出這個屁來！」丟下棒，提起拳頭，劈臉就打。只見人叢中走出兩個少年漢子來攔住道：「休要動手！」便問王慶道：「足下必是高手。」王慶道：「亂道這一句，惹了那漢子的怒。小人槍棒也略曉得些兒。」那邊使棒的漢子怒罵道：「賊配軍，你敢與我比試罷？」那兩個人對王慶道：「你敢與那漢子使合棒，若贏了他，便將這掠下的兩貫錢都送與你。」王慶笑道：「這也使得。」分開眾人，向賀吉取了桿棒，脫下汗衫，拽紥起裙子，掣棒在手。眾人都道：「你項上帶着個枷兒，卻如何掄棒？」王慶道：「只這節兒[4]稀罕。帶着行枷贏了他，才算手段。」眾人齊聲道：「你

4)　這節兒：這樣才。

若帶枷贏了，這兩貫錢一定與你。」便讓開路，放王慶入去。那使棒的漢也掣棒在手，使個旗鼓，喝道：「來，來，來！」王慶道：「列位恩官，休要笑話。」那邊漢子明欺王慶有護身枷礙着，吐個門戶，喚做蟒蛇吞象勢。王慶也吐個勢，喚做蜻蜓點水勢。那漢喝一聲，便使棒蓋將入來。王慶望後一退，那漢趕入一步，提起棒，向王慶頂門又復一棒打下來。王慶將身向左一閃，那漢的棒打個空，收棒不迭。王慶就那一閃裏，向那漢右手一棒劈去，正打着右手腕，把這條棒打落下來。幸得棒下留情，不然把個手腕打斷。眾人大笑。王慶上前執着那漢的手道：「衝撞休怪！」那漢右手疼痛，便將左手去取那兩貫錢。眾人一齊嚷將起來道：「那廝本事低醜，適才講過，這錢應是贏棒的拿！」只見在先出尖上前的兩個漢子，劈手奪了那漢兩貫錢，把與王慶道：「足下到敝莊一敍。」那使棒的拗眾人不過，只得收拾了行仗，望鎮上去了。眾人都散。

兩個漢子邀了王慶，同兩個公人，都戴了涼笠子，望南抹過兩三座林子，轉到一個村坊。林子裏有所大莊院，一周遭都是土牆，牆處有二三百株大柳樹。莊外新蟬噪柳，莊內乳燕啼樑。兩個漢子，邀王慶等三人進了莊院，入到草堂，敍禮罷，各人脫下汗衫麻鞋，分賓主坐下。莊王問道：「列位都像東京口氣。」王慶道了姓名，並說被府尹陷害的事。說罷，請問二位高姓大名。二人大喜。那上面坐的說道：「小可姓龔，單名個端字。這個是舍弟，單名個正字。舍下祖居在此，因此，這裏叫做龔家村。這裏屬西京新安縣管下。」說罷，叫莊客替三位瀚濯[5]那濕透的汗衫，先汲涼水來解了暑渴，引三人到上房中洗了澡，草堂內擺上桌子，先吃了現成點心，然後殺雞宰鴨，煮豆摘桃的置酒管待。莊客重新擺設，先搬出一碟剝光的蒜頭，一碟切斷的壯蔥，然後搬出菜蔬、果品、魚肉、雞鴨之類。龔端請王慶上面坐了，兩個公人一代兒[6]坐下，龔端和兄弟在下面備席，莊客篩酒。王慶稱謝道：「小人是個犯罪囚人，感蒙二位錯愛，無端相擾，卻是不當。」龔端道：「說那裏話！誰人保得沒事？那個帶着酒食走的？」當下猜枚行令，酒至半酣，龔端開口道：「這個敝村，前後左右，也有二百餘家，都推愚弟兄做個主兒。小可弟兄兩

5) 瀚濯：沖洗。

6) 一代兒：同一張桌子。

個，也好使些拳棒，壓服眾人。今春二月，東村賽神會，搭台演戲，小可弟兄到那邊耍子，與彼村一個人，喚做黃達，因賭錢鬥口，被那廝痛打一頓，俺弟兄兩個，也贏不得他。黃達那廝，在人面前誇口稱強，俺兩個奈何不得他，只得忍氣吞聲。適才見都排棒法十分整密，俺二人願拜都排為師父，求師父點撥愚弟兄，必當重重酬謝。」王慶聽罷大喜，謙讓了一回。龔端同弟隨即拜王慶為師。當晚直飲至盡醉方休，乘涼歇息。

次日天明，王慶乘着早涼，在打麥場上點撥龔端拽拳使腿，只見外面一個人，背叉着手，踱將進來，喝道：「那裏配軍，敢到這裏賣弄本事？」只因走進這個人來，有分教：王慶重種大禍胎，龔端又結深仇怨。真是：禍從浮浪起，辱因賭博招。畢竟走進龔端莊裏這個人是誰，且聽下回分解。

## 延伸思考

王慶同樣是遭人陷害被發配，那麼他與梁山好漢中遭人算計陷害的人物有何不同？

第一百零三回

# 張管營因妾弟喪身
# 范節級為表兄醫臉

王慶果如算命先生所言，命途多舛，為龔瑞兄弟報了仇後便入牢營，免去受刑。誰料冤家路窄，他當初打傷的大漢正是管營的妻弟，因此管營記恨在心，總是找理由陷害他。終於，王慶先下手為強，結果了二人性命，一路逃跑，投奔在范全處，漸漸有了起色。

話說王慶在龔家村龔端莊院內，乘着那杲[1]日初升，清風徐來的涼晨，在打麥場上柳陰下點撥龔端兄弟，使拳拽腿。忽的有個大漢子，禿着頭，不帶巾幘，綰個丫髻，穿一領雷州細葛布短敞衫，繫一條單紗裙子，拖一雙草涼鞋兒，捏着一把三角細蒲扇，仰昂着臉，背叉着手，擺進來，見是個配軍在那裏點撥。他昨日已知道邙東鎮上有個配軍，贏了使槍棒的，恐龔端兄弟學了觔節，開口對王慶罵道：「你是個罪人，如何在路上挨脫，在這裏哄騙人家子弟？」王慶只道是龔氏親戚，不敢回答。原來這個人正是東村黃達，他也乘早涼，欲到龔家村西盡頭柳大郎處討賭賬，聽得龔端村裏吆吆喝喝，他平日欺慣了龔家弟兄，因此徑自闖將進來。龔端見是黃達，心頭一把無明火高舉三千丈，按納不住，大罵道：「驢牛射出來的賊亡八！前日賴了我賭錢，今日又上門欺負人！」黃達大怒罵道：「搗你娘的腸子！」丟了蒲扇，提了拳頭，搶上前望龔端劈臉便打。王慶聽他兩個出言吐氣，也猜着是黃達了，假意上前來勸，只一枷，望黃達膀上打去。黃達撲通的攧個腳梢天，掙扎不迭，被

1) 杲（gǎo）：明亮。

龔端、龔正並兩個莊客，一齊上前按住，拳頭腳尖，將黃達脊背、胸脯、肩胛、脅肋、膀子、臉頰、頭額、四肢無處不着拳腳，只空得個舌尖兒。當下眾人將黃達踢打一個沒算數，把那葛敝衫、紗裙子扯的粉碎。黃達口裏只叫道：「打得好！打得好！」赤條條的一毫絲線兒也沒有在身上，當有防送公人孫琳、賀吉再三來勸龔端等方才住手。黃達被他們打壞了，只在地上喘氣，那裏掙扎得起？龔端叫三四個莊客，把黃達扛到東村半路上草地裏撇下，赤日中曬了半日。黃達那邊的鄰舍莊家出來芸草，遇見了，扶他到家，臥床將息，央人寫了狀詞，去新安縣投遞報辜[2]，不在話下。

卻說龔端等鬧了一個早起，叫莊客搬出酒食，請王慶等吃早膳。王慶道：「那廝日後必來報仇廝鬧。」龔端道：「這賊亡八窮出鳥來，家裏只有一個老婆。左右鄰里，只礙他的膂力，今日見那賊亡八打壞了，必不肯替他出力氣。若是死了，拚個莊客償他的命，便吃官司，也說不得；若是不死，只是個互相廝打的官司。今日全賴師父報了仇，師父且喝杯酒，放心在此，一發把槍棒教導了愚弟兄，必當補報。」龔端取出兩錠銀，各重五兩，送與兩個公人，求他再寬幾日。孫琳、賀吉得了錢，只得應允。自此一連住了十餘日，把槍棒筋節，盡傳與龔端、龔正。因公人催促起身，又聽得黃達央人到縣裏告准，龔端取出五十兩白銀送與王慶，到陝州使用。起個半夜，收拾行囊包裹，天未明時，離了本莊。龔端叫兄弟帶了若干銀兩，又來護送。於路無話，不則一日，來到陝州。孫琳、賀吉帶了王慶到州衙，當廳投下了開封府文牒。州尹看驗明白，收了王慶，押了回文，與兩個公人回去，不在話下。州尹隨即把王慶帖發本處牢城營來，公人討收管回話，又不必說。

當下龔正尋個相識，將些銀兩，替王慶到管營差撥處買上囑下的使用了。那個管營姓張，雙名世開，得了龔正賄賂，將王慶除了行枷，也不打甚麼殺威棒，也不來差他做生活，發下單身房內，由他自在出入。

不覺的過了兩個月，時遇秋深天氣。忽一日，王慶正在單身房裏閒坐，只見一個軍漢走來說道：「管營相公喚你。」王慶隨了軍漢，來到點視廳上磕了頭。管營張世開說道：「你來這裏許多時，不曾差遣你做甚麼。我要買一張陳州來的好角弓，那陳州是東京管下，你是東京人，必知價值真假。」說罷，

---

2)　報辜：舉報。

便向袖中摸出一個紙包兒，親手遞與王慶道：「紋銀二兩，你去買了來回話。」王慶道：「小的理會得。」接了銀子，來到單身房裏，拆開紙包，看那銀子果是雪丟，將等子稱時，反重三四分。王慶出了本營，到府北街市上弓箭鋪中，止用得一兩七錢銀子，買了一張真陳州角弓，將回來，張管營已不在廳上了。王慶將弓交與內宅親隨伴當送進去，喜得落了他三錢銀子。明日張世開又喚王慶到點視廳上說道：「你卻幹得事來，昨日買的角弓甚好。」王慶道：「相公須教把火來放在弓廂裏，不住的焙方好。」張世開道：「這個曉得。」從此張世開日日差王慶買辦食用供應，卻是不比前日發出現銀來，給了一本賬簿，教王慶將日逐買的，都登記在簿上。那行鋪人家，那個肯賒半文？王慶只得取出己財，買了送進衙門內去。張世開嫌好道歉[3]，非打即罵。及至過了十日，將簿呈遞，稟支價銀，那裏有毫忽兒發出來？如是月餘，被張管營或五棒，或十棒，或二十，或三十，前前後後，總計打了三百餘棒，將兩腿都打爛了，把龔端送的五十兩銀子賠費得罄盡。

一日，王慶到營西武功牌坊東側首一個修合丸散、賣飲片、兼內外科、撮熟藥，又賣杖瘡膏藥的張醫士鋪裏，買了幾張膏藥，貼療杖瘡。張醫士一頭與王慶貼膏藥，一頭口裏說道：「張管營的舅爺龐大郎，前日也在這裏取膏藥，貼治右手腕。他說在邙東鎮上跌壞的，咱看他手腕像個打壞的。」王慶聽了這句話，忙問道：「小人在營中，如何從不曾見面？」張醫士道：「他是張管營小夫人的同胞兄弟，單諱個元字兒。那龐夫人是張管營最得意的。那龐大郎好的是賭錢，又要使槍棒耍子。虧了這個姐姐，常照顧他。」王慶聽了這一段話，九分猜是「前日在柏樹下被俺打的那廝，一定是龐元了，怪道張世開尋罪過擺佈俺」。王慶別了張醫士，回到營中，密地與管營的一個親隨小廝，買酒買肉的請他，又把錢與他，慢慢的密問龐元詳細。那小廝的說話，與前面張醫士一般，更有兩句備細的話，說道：「那龐元前日在邙東鎮上被你打壞了，常在管營相公面前恨你。你的毒棒，只恐兀是不能免哩！」正是：

好勝誇強是禍胎，謙和守分自無災。只因一棒成仇隙，如今加利奉還來。

當下王慶問了小廝備細，回到單身房裏，歎口氣道：「不怕官，只怕管。

---

3) 嫌好道歉：說好道壞，挑剔苛求。

前日偶爾失口，說了那廝，贏了他棒，卻不知道是管營心上人的兄弟。他若擺佈得我要緊，只索逃走他處，再作道理。」便悄地到街坊，買了一把解手尖刀，藏在身邊，以防不測。如此又過十數日，幸得管營不來呼喚，棒瘡也覺好了些。

忽一日，張管營又叫他買兩匹緞子。王慶有事在心，不敢怠惰，急急的到鋪中買了回營。張管營正坐在點視廳上，王慶上前回話。張世開嫌那緞子顏色不好，盡頭又短，花樣又是舊的，當下把王慶大罵道：「大膽的奴才！你是個囚徒，本該差你挑水搬石，或鎖禁在大鏈子上。今日差遣你奔走，是十分抬舉你。你這賊骨頭，卻是不知好歹！」罵得王慶頓口無言，插燭也似磕頭求方便。張世開喝道：「權且寄着一頓棒，速將緞匹換上好的來。限你今晚回話，若稍遲延，你須仔細着那條賊性命！」王慶只得脫出身上衣服，向解庫[4]中典了兩貫錢，添錢買換上好的緞子，抱回營來。跋涉久了，已是上燈後了，只見營門閉着。當直軍漢說：「黑夜裏誰肯擔這干係，放你進去？」王慶分說道：「蒙管營相公遣差的。」那當直軍漢那裏肯聽！王慶身邊尚有剩下的錢，送與當直的，方才放他進去，卻是又被他纏了一回。捧了兩匹緞子，來到內宅門外，那守內宅門的說道：「管營相公和大奶奶廝鬧，在後面小奶奶房裏去了。大奶奶卻是利害得緊，誰敢與你傳話，惹是招非？」王慶思想道：「他限着今晚回話，如何又恁般阻拒我？卻不是故意要害我，明日那頓惡棒怎脫得過？這條性命，一定送在那賊亡八手裏，俺被他打了三百餘棒，報答那一棒的仇恨也夠了。前又受了龔正許多銀兩，今日直恁如此翻臉擺佈俺！」

那王慶從小惡逆，生身父母也再不來觸犯他的。當下逆性一起，道是「恨小非君子，無毒不丈夫」，一不做，二不休，挨到更餘，營中人及眾囚徒都睡了，悄地踅到內宅後邊，爬過牆去，輕輕的拔了後門的栓兒，藏過一邊。那星光之下，照見牆垣內東邊有個馬廄，西邊小小一間屋，看時，乃是個坑廁。王慶攝那馬廄裏一扇木柵，豎在二重門的牆邊，從木柵爬上牆去，從牆上抽起木柵，豎在裏面，輕輕溜將下去。先拔了二重門栓，藏過木柵，裏面又是牆垣。只聽得牆裏邊笑語喧嘩。王慶踅到牆邊，伏着側耳細聽，認得是張世開的聲音，一個婦人聲音，又是一個男子聲音，卻在那裏喝酒閒

---

4)　解庫：典當鋪。

話。王慶竊聽多時，忽聽得張開世說道：「舅子，那廝明日來回話，那條性命，只在棒下。」又聽得那個男子說道：「我算那廝身邊東西，也七八分了。姐夫須決意與我下手，出這口鳥氣！」張世開答道：「只在明後日教你快活罷了！」那婦人道：「也夠了！你們每索罷休！」那男子道：「姐姐說那裏話？你莫管！」王慶在牆外聽他每三個一遞一句，說得明白，心中大怒，那一把無明業火高舉三千丈，按納不住，恨不得有金剛般神力，推倒那粉牆，搶進去殺了那廝每。正是：爽口物多終作病，快心事過必為殃[5]。金風未動蟬先覺，無常暗送怎提防！

當下王慶正在按納不住，只聽得張世開高叫道：「小廝，點燈照我往後面去登東廁[6]。」王慶聽了這句，連忙掣出那把解手尖刀，將身一堆兒蹲在那株梅樹後，只聽得呀的一聲，那裏面兩扇門兒開了。王慶在黑地裏觀看，卻是日逐透遞消息的那個小廝，提個行燈，後面張世開擺將出來。不知暗裏有人，望着前只顧走，到了那二重門邊，罵道：「那些奴才們，一個也不小心，如何這早晚不將這栓兒拴了？」那小廝開了門，照張世開。方才出得二重門，王慶悄悄的挨將上來。張世開聽得後面腳步響，回轉頭來，只見王慶右手掣刀，左手叉開五指，搶上前來。張世開把那心肝五臟，都提在九霄雲外，叫聲道：「有賊！」說時遲，那時快，被王慶早落一刀，把張世開齊耳根連脖子砍着，撲地便倒。那小廝雖是平日與王慶廝熟，今日見王慶拿了明晃晃一把刀在那裏行兇，怎的不怕？卻待要走，兩隻腿一似釘住了的，再要叫的，口裏又似啞了的，喊不出來，端的驚得呆了。張世開正在掙命，王慶趕上，照後心又刺一刀，結果了性命。龐元正在姐姐房中吃酒，聽得外面隱隱的聲喚，點燈不迭，忽跑出來看視。王慶見裏面有人出來，把那提燈的小廝只一腳，那小廝連身帶燈跌去，燈火也滅了。龐元只道張世元開打小廝，他便叫道：「姐夫，如何打那小廝？」卻待上前來勸，被王慶飛搶上前，暗地裏望着龐元一刀刺去，正中脅肋。龐元殺豬也似喊了一聲，翻在地。王慶揪住了頭髮，一刀割下頭來。龐氏聽得外面喊聲凶險，急叫丫嬛點燈，一同出來照看。王慶看見龐氏出來，也要上前來殺。你道有恁般怪事！說也不信。王慶那時轉

5) 爽口物多終作病，快心事過必為殃：指要警惕一時痛快帶來的禍害。

6) 登東廁：上廁所。

眼間，便見龐氏背後有十數個親隨伴當，都執器械，趕喊出來。王慶慌了手腳，搶出外去，開了後門，越過營中後牆，脫下血污衣服，揩淨解手刀，藏在身邊。聽得更鼓，已是三更，王慶乘那街坊人靜，踅到城邊。那陝州是座土城，城垣不甚高，濠塹不甚深，當夜被王慶越城去了。

且不說王慶越城，再說張世開的妾龐氏只同得兩個丫嬛，點燈出來照看，原無甚麼伴當同他出來。他先看見了兄弟龐元血淥淥的頭在一邊，體在一邊，唬得龐氏與丫嬛都面面廝覷，正如分開八片頂陽骨，傾下半桶冰雪水，半晌價說不出話。當下龐氏三個，連跌帶滾，戰戰兢兢的跑進去，聲張起來，叫起裏面親隨，外面當值的軍牢，打着火把，執着器械，都到後面照看。只見二重門外，又殺死張管營，那小廝跌倒在地，尚在掙命，口中吐血，眼見得不能夠活了。眾人見後門開了，都道是賊從後面來的，一擁到門外照看，火光下照見兩匹彩緞，拋在地下，眾人齊聲道是王慶。連忙查點各囚徒，只有王慶不在。當下鬧動一營及左右前後鄰舍眾人，在營後牆外照着血污衣服，細細檢認，件件都是王慶的。眾人都商議，趁着未開城門，去報知州尹，急差人搜捉。此時已是五更時分了，州尹聞報大驚，火速差縣尉檢驗殺死人數及行兇人出沒去處，一面差人教將陝州四門閉緊，點起軍兵並緝捕人員、城中坊廂里正，逐一排門搜捉兇人王慶。閉門鬧了兩日，家至戶到，逐一挨查，並無影跡。州尹押了文書，委官下該管地各處鄉保都村，排家搜捉，緝捕兇首。寫了王慶鄉貫、年甲、貌相、模樣，畫影圖形，出一千貫信賞錢。「如有人知得王慶下落，赴州告報，隨文給賞。如有人藏匿犯人在家食宿者，事發到官，與犯人同罪。」遍行鄰近州縣，一同緝捕。

且說王慶當夜越出陝州城，抓紮起衣服，從城濠淺處去過對岸，心中思想道：「雖是逃脫了性命，卻往那裏去躲避好？」此時是仲冬將近，葉落草枯，星光下看得出路徑。王慶當夜轉過了三四條小路，方才有條大路。急忙忙的奔走，到紅日東升，約行了六七十里，卻是望着南方行走，望見前有人家稠密去處。王慶思想身邊尚有一貫錢，且到那裏買些酒食吃了，再算計投那裏去。不多時，走到市裏，天氣尚早，酒肉店尚未開哩。只有朝東一家屋簷下，掛個安歇客商的破燈籠兒，是那家昨晚不曾收得，門兒兀是半開半掩。王慶上前，呀的一聲推進門去，只見一個人兀未梳洗，從裏面走將出來。王慶看時，認得「這個乃是我母姨表兄院長范全。他從小隨父親在房州經紀得利，因此就充做本州兩院押牢節級。今春三月中，到東京公幹，也在我家住過幾日」。當下王慶叫道：「哥哥別來無恙！」范全也道：「是像王慶兄弟。」見他這般模樣，臉上又刺了兩行金印，正在疑慮，未及回答。那邊王慶見左右無人，托地跪下道：「哥哥救兄弟則個！」范全慌忙扶起道：「你果是王慶兄弟麼？」王慶搖手道：「禁聲！」范全會意，一把挽住王慶袖子，扯他到客房中，卻好范全昨晚揀賃的是獨宿房兒。范全悄地忙問：「兄弟何故如此模樣？」王慶附耳低言的將那吃官司刺配陝州的事，述了一遍。次後說張世開報仇忒狠毒，昨夜已是如此如此。范全聽罷大驚，躊躇了一回，急急的梳洗吃飯，算還了房錢飯錢，商議教王慶只做軍牢跟隨的人，離了飯店，投奔房州來。王慶於路上問范全為何到此，范全說道：「蒙本處州尹差往陝州州尹處投遞書劄，昨日方討得回書，隨即離了陝州，因天晚在此歇宿。卻不知兄弟正在陝州，又做出恁般的事來。」范全同了王慶，夜止曉行，潛逃到房州。才過了兩日，陝州行文挨捕兇人王慶。范全捏了兩把汗，回家與王慶說知：「城中必不可安身。城外定山堡東，我有幾間草房，又有二十餘畝田地，是前年買下的。如今發幾個莊客在那裏耕種，我兄弟到那裏躲避幾日，卻再算計。」范全到黑夜裏引王慶出城，到定山堡東草房內藏匿。卻把王慶改姓改名，叫做李德。范全思想王慶臉上金印不穩，幸得昔年到建康，聞得神醫安道全的名，用厚幣交結他，學得個療金印的法兒，卻將毒藥與王慶點去了，後用好藥調治，起了紅疤，再將金玉細末，塗搽調治，二月有餘，那疤痕也消磨了。

光陰荏苒，過了百餘日，卻是宣和元年的仲春了。官府挨捕的事，已是虎頭蛇尾，前緊後慢。王慶臉上沒了金印，也漸漸的闖將出來，衣服鞋襪，都是范全周濟他。一日，王慶在草房內悶坐，忽聽得遠遠地有喧嘩廝鬧的聲，王慶便來問：「莊客，何處恁般熱鬧？」莊客道：「李大官不知，這裏西去一里有餘，乃是定山堡內段家莊。段氏兄弟向本州接得個粉頭，搭戲台，說唱諸般品調。那粉頭是西京來新打踅的行院，色藝雙絕，賺得人山人海價看。大官人何不到那裏瞜一瞜？」王慶聽了這話，那裏耐得腳住？一徑來到定山堡，只因王慶走到這個所在，有分教：配軍村婦諧姻眷，地虎民殃毒一方。畢竟王慶到那裏觀看，真個有粉頭說唱也不，且聽下回分解。

## 第一百零四回

# 段家莊重招新女婿
# 房山寨雙併舊強人

王慶剛剛成婚，便被仇人告發，官兵尋上門來要捉拿他歸案，於是一家老小決定去附近的房山寨落草為寇。

話說當下王慶闖到定山堡，那裏有五六百人家，那戲台卻在堡東麥地上。那時粉頭還未上台，台下四面有三四十隻桌子，都有人圍擠着在那裏擲骰賭錢。那擲色的名兒非止一端，乃是：六風兒、五麼子、火燎毛、朱窩兒。

又有那攧錢的，蹲踞在地上，共有二十餘簇人。那攧錢的名兒也不止一端，乃是：渾純兒、三背間、八叉兒。

好些擲色的，在那裏呼麼喝六，攧錢的在那裏喚字叫背，或夾笑帶罵，或認真廝打。那輸了的，脫衣典裳，褫巾剝襪，也要去翻本，廢事業，忘寢食，到底是個輸字。那贏的，意氣揚揚，東擺西搖，南闖北踅的尋酒頭兒再做，身邊便袋裏、搭膊裏、衣袖裏，都是銀錢。到後捉本算賬，原來贏不多，贏的都被把梢的、放囊的[1]拈了頭兒[2]去。不說賭博光景，更有村姑農婦，丟了鋤麥，撇了灌菜，也是三三兩兩，成羣作隊，仰着黑泥般臉，露着黃金般齒，呆呆地立着，等那粉頭出來。看他一般是爹娘養的，他便如何恁般標緻，有若干人看他。當下不但鄰近村坊人，城中人也趕出來睃看，把那青青的麥地，踏光了十數畝。

話休絮繁。當下王慶閒看了一回，看得技癢。見那戲台裏邊，人叢裏，

1) 放囊的：在賭場上放債的。

2) 拈了頭兒：把梢的和放囊的抽取利錢。

有個彪形大漢，兩手靠着桌子，在杌子上坐地。那漢生的圓眼大臉，闊肩細腰，桌上堆着五貫錢，一個色盆，六隻骰子，卻無主顧與他賭。王慶思想道：「俺自從吃官司到今日，有十數個月，不曾弄這個道兒了。前日范全哥哥把與我買柴薪的一錠銀在此，將來做個梢兒，與那廝擲幾擲，贏幾貫錢回去買果兒吃。」當下王慶取出銀子，望桌上一丟，對那漢道：「胡亂擲一回。」那漢一眼瞅着王慶說道：「要擲便來。」說還未畢，早有一個人向那前面桌子邊人叢裏挨出來，貌相長大，與那坐下的大漢仿佛相似，對王慶說道：「禿禿，他這錠銀怎好出主？將銀來，我有錢在此。你贏了，每貫只要加利二十文。」王慶道：「最好！」與那人打了兩貫錢，那人已是每貫先除去二十文。王慶道：「也罷！」隨即與那漢講過擲朱窩兒[3]。方擲得兩三盆，隨有一人挨下來，出主等擲。那王慶是東京積賭慣家，他信得盆口真，又會躲閃打浪，又狡猾奸詐，下掛主作弊。那放囊的乘鬧裏趄過那邊桌上去了，那挨下來的，說王慶擲得凶，收了去，只替那漢拈頭兒。王慶一口氣擲贏了兩貫錢，得了采，越擲得出，三紅四聚，只管撒出來。那漢性急翻本，擲下便是絕，塌腳、小四不脫手。王慶擲了九點，那漢偏調出倒八來，無一個時辰，把五貫錢輸個罄盡。王慶贏了錢，用繩穿過兩貫，放在一邊，待尋那漢贖梢[4]，又將那三貫穿縛停當。方欲將肩來負錢，那輸的漢子喝道：「你待將錢往那裏去？只怕是才出爐的，熱的熬炙了手。」王慶怒道：「你輸與我的，卻放那鳥屁？」那漢睜圓怪眼罵道：「狗弟子孩兒，你敢傷你老爺！」王慶罵道：「村撮鳥，俺便怕你把拳打在俺肚裏拔不出來，不將錢去！」那漢提起雙拳，望王慶劈臉打來。王慶側身一閃，就勢接住那漢的手，將右肘向那漢胸脯只一搪，右腳應手，將那漢左腳一勾。那漢是蠻力，那裏解得這跌法，撲通的望後攧翻，面孔朝天，背脊着地。那立攏來看的人，都笑起來。那漢卻待掙扎，被王慶上前按住，照實落處只顧打。那在先放囊的走來，也不解勸，也不幫助，只將桌上的錢都搶去了。王慶大怒，棄了地上漢子，大踏步趕去。只見人叢裏閃出一個女子來，大喝道：「那廝不得無禮！有我在此！」王慶看那女子，生

---

3) 擲朱窩兒：賭具，骰子名。

4) 梢：賭本，本錢。

的如何：眼大露兇光，眉粗橫殺氣。腰肢坌蠢[5]，全無嫋娜風情；面皮頑厚，唯賴粉脂鋪翳。異樣釵環插一頭，時興釧鐲露雙臂。頻搬石臼，笑他人氣喘急促；常掇井欄，誇自己膂力不費。針線不知如何拈，拽腿牽拳是長技。

那女子有二十四五年紀。他脫了外面衫子，捲做一團，丟在一個桌上，裏面是箭桿小袖緊身，鸚哥綠短襖，下穿一條大襠紫夾綢褲兒，踏步上前，提起拳頭，望王慶打來。王慶見他是女子，又見他起拳便有破綻，有意耍他，故意不用快跌，也拽雙拳吐個門戶，擺開解數，與那女子相撲。但見：

拽開大四平，踢起雙飛腳。仙人指路，老子騎鶴。拗鸞肘出近前心，當頭炮勢侵額角。翹跟淬地龍，扭腕擎天橐。這邊女子，使個蓋頂撒花；這裏男兒，耍個繞腰貫索。兩個似迎風貼扇兒，無移時急雨催花落。

那時粉頭已上台做笑樂院本，眾人見這邊男女相撲，一齊走攏來，把兩人圍在圈子中看。那女子見王慶只辦得架隔遮攔，沒本事鑽進來，他便覷個空，使個黑虎偷心勢，一拳望王慶劈心打來。王慶將身一側，那女子打個空，收拳不迭。被王慶就勢扭捽定，只一交，把女子攧翻。剛剛着地，順手兒又抱起來。這個勢，叫做虎抱頭。王慶道：「莫污了衣服。休怪俺衝撞，你自來尋俺。」那女子毫無羞怒之色，倒把王慶讚道：「嘖嘖，好拳腿！果是筋節！」那邊輸錢吃打的，與那放囊搶錢的兩個漢子，分開眾人，一齊上前喝道：「驢牛射的狗弟子孩兒，恁般膽大！怎敢跌我妹子？」王慶喝罵道：「輸敗腌臢村烏龜子，搶了俺的錢，反出穢言！」搶上前，拽拳便打。只見一個人從人叢裏搶出來，橫身隔住了一雙半人，六個拳頭，口裏高叫道：「李大郎，不得無禮！段二哥、段五哥，也休要動手！都是一塊土上人，有話便好好地說！」王慶看時，卻是范全。三人真個住了手。范全連忙向那女子道：「三娘拜揖。」那女子也道了萬福，便問：「李大郎是院長親戚麼？」范全道：「是在下表弟。」那女子道：「出色的好拳腳！」王慶對范全道：「叵耐那廝自己輸了錢，反教同夥兒搶去了。」范全笑道：「這個是二哥、五哥的買賣，你如何來鬧他？」那邊段二、段五四隻眼瞅着看妹子。那女子說道：「看范院長面皮，不必和他爭鬧了。拿那錠銀子來！」段五見妹子勸他，又見妹子奢遮，「是我

---

5)　坌（bèn）蠢：粗笨。

也是輸了。」只得取出那錠原銀，遞與妹子三娘。那三娘把與范全道：「原銀在此，將了去！」說罷，便扯着段二、段五，分開眾人去了。范全也扯了王慶，一徑回到草莊內。

范全埋怨王慶道：「俺為娘面上，擔着血海般膽，留哥哥在此。倘遇恩赦，再與哥哥營謀。你卻怎般沒坐性！那段二、段五，最刁潑的。那妹子段三娘，更是滲瀨，人起他個綽號兒，喚他做大蟲窩。良家子弟，不知被他誘紮了多少。他十五歲時，便嫁個老公。那老公果是坌蠢，不上一年，被他炙煿殺了。他恃了膂力，和段二、段五專一在外尋趁廝鬧，賺那惡心錢兒。鄰近村坊，那一處不怕他的？他們接這粉頭，專為勾引人來賭博。那一張桌子，不是他圈套裏？哥哥，你卻到那裏惹是招非！倘或露出馬腳來，你吾這場禍害，卻是不小。」王慶被范全說得頓口無言。范全起身對王慶道：「我要州裏去當直，明日再來看你。」

不說范全進房州城去，且說當日王慶天晚歇息，一宿無話。次日，梳洗方畢，只見莊客報道：「段太公來看大郎。」王慶只得到外面迎接，卻是皺面銀鬚一個老叟。敍禮罷，分賓主坐定。段太公將王慶從頭上直看至腳下，口裏說道：「果是魁偉！」便問王慶：「那裏人氏？因何到此？范院長是足下甚麼親戚？曾娶妻也不？」王慶聽他問的蹺蹊，便捏一派假話，支吾說道：「在下西京人氏，父母雙亡，妻子也死過了，與范節級是中表兄弟。因舊年范節級有公幹到西京，見在下獨自一身，沒有照顧，特接在下到此。在下頗知些拳棒，待後覷個方便，就在本州討個出身。」段太公聽罷大喜，便問了王慶的年庚八字，辭別去了。

又過多樣時，王慶正在疑慮，又有一個人推扉進來，問道：「范院長可在麼？這位就是李大郎麼？」二人都面面廝覷，錯愕相顧，都想道：「曾會過來。」敍禮才罷，正欲動問，恰好范全也到。三人坐定，范全道：「李先生為何到此？」王慶聽了這句，猛可的想着道：「他是賣卦的李助。」那李助也想起來道：「他是東京人，姓王，曾與我問卜。」李助對范全道：「院長，小子一向不曾來親近得。敢問有個令親李大郎麼？」范全指王慶道：「只這個便是我兄弟李大郎。」王慶接過口來道：「在下本姓是李。那個王，是外公姓。」李助拍手笑道：「小子好記分。我說是姓王，曾在東京開封府前相會來。」王慶見他說出備細，低頭不語。李助對王慶道：「自從別後，回到荊南，遇異人，授以劍術，及看子平的妙訣，因此叫小子做金劍先生。近日在房州，聞此處熱鬧，特到此趕節做生理。段氏兄弟知小子有劍術，要小子教導他擊刺，所以留小子在家。適才段太公回來，把貴造與小子推算，那裏有這樣好八字？日後貴不可言。目下紅鸞照臨，應有喜慶之事。段三娘與段太公大喜，欲招贅大郎為婿。小子乘着吉日，特到此為月老。三娘的八字，十分旺夫。適才會合過來，銅盆鐵帚，正是一對兒夫妻。作成小子吃杯喜酒！」范全聽了這一席話，沉吟了一回，心下思想道：「那段氏刁頑，如或不允這頭親事，設或有個破綻，為害不淺。只得將機就機罷！」便對李助道：「原來如此！承段太公、三娘美意。只是這個兄弟粗蠢，怎好做嬌客？」李助道：「啊也！院長不必太謙了。那邊三娘，不住口的稱讚大郎哩！」范全道：「如此極妙的了！在下便可替他主婚。」身邊取出五兩重的一錠銀，送與李助道：「村莊沒甚東西相待，這些薄意，准個茶果，事成另當重謝。」李助道：「這怎麼使得！」范全道：「惶恐，惶恐！只有一句話：先生不必說他有兩姓，凡事都望周全。」李助是個星卜家，得了銀子，千恩萬謝的辭了范全、王慶，來到段家莊回覆，那裏管甚麼一姓兩姓，好人歹人，一味撮合山，騙酒食，賺銅錢。更兼段三娘自己看中意了對頭兒，平日一家都怕他的，雖是段太公，也不敢拗他，所以這件事一說就成。

李助兩邊往來說合，指望多說些聘金，月老方才旺相。范全恐怕行聘播揚惹事，講過兩家一概都省。那段太公是做家的[6]，更是喜歡，一徑擇日成親。擇了本月二十二日，宰羊殺豬，網魚捕蛙，只辦得大碗酒，大盤肉，請些男親女戚吃喜酒。其笙簫鼓吹，洞房花燭，一概都省。范全替王慶做了一身新衣服，送到段家莊上。范全因官府有事，先辭別去了。王慶與段三娘交拜合巹[7]等項，也是草草完事。段太公擺酒在草堂上，同二十餘個親戚及自家兒子、新女婿與媒人李助，在草堂吃了一日酒，至暮方散。眾親戚路近的，都辭謝去了。留下路遠走不迭的，乃是姑丈方翰夫婦，表弟丘翔老小，段二的舅子施俊男女。三個男人在外邊東廂歇息。那三個女眷，通是不老成的，搬

---

6)　做家的：持家節儉的。

7)　合巹（jǐn）：古代婚禮中的一種儀式。剖一瓠為兩瓢，新婚夫婦各執一瓢，斟酒以飲。後多以「合巹」代指成婚。

些酒食與王慶、段三娘暖房[8]，嘻嘻哈哈，又喝了一回酒，方才收拾歇息。當有丫頭老媽到新房中鋪床迭被，請新官人和姐姐安置，丫頭從外面拽上了房門，自各知趣去了。

段三娘從小出頭露面，況是過來人，慣家兒，也不害甚麼羞恥，一徑卸釵鐶脫衫子。王慶是個浮浪子弟，他自從吃官司後，也寡了十數個月。段三娘雖粗眉大眼，不比嬌秀、牛氏妖嬈窈窕，只見他在燈前，敞出胸膛，解下紅主腰兒，露出白淨淨肉奶奶乳兒，不覺淫心蕩漾，便來摟那婦人。段三娘把王慶一掌打個耳刮子道：「莫要歪纏，恁般要緊！」兩個摟抱上床，鑽入被窩裏，共枕歡娛。正是：一個是失節村姑，一個是行兇軍犯。臉皮都是三尺厚，腳板一般十寸長。這個認真氣喘聲嘶，卻似牛齁柳影；那個假做言嬌語澀，渾如鶯囀花間。不穿羅襪，肩膊上露隻赤腳，倒溜金釵，枕頭邊堆一朵烏雲。未解誓海盟山，也搏弄得千般旖旎。並無羞雲怯雨，亦揉搓萬種妖嬈。

當夜新房外，又有嘴也笑得歪的一樁事兒。那方翰、丘翔、施俊的老婆，通是少年，都吃得臉兒紅紅的，且不去睡，扯了段二、段三的兩個老婆，悄地到新房外，隔板側耳竊聽房中聲息。被他們件件都聽得仔細。那王慶是個浮浪子，頗知房中術，他見老婆來得，竭力奉承。外面這夥婦人，聽到濃深處，不覺羅褲兒也濕透了。

眾婦人正在那裏嘲笑打諢，你綽我揑，只見段二搶進來大叫道：「怎麼好！怎麼好！你們也不知利害，兀是在此笑耍！」眾婦人都揑了兩把汗，卻沒理會處。段二又喊道：「妹子，三娘，快起來！你床上招了個禍胎也！」段三娘正在得意處，反嗔怪段二，便在床上答道：「夜晚間有甚事，恁般大驚小怪？」段二又喊道：「火燎鳥毛了！你們兀是不知死活！」王慶心中本是有事的人，教老婆穿衣服，一同出房來問，眾婦人都跑散了。王慶方出房門，被段二一手扯住，來到前面草堂上，卻是范全在那裏叫苦叫屈，如熱鏊上螞蟻，沒走一頭處，隨後段太公、段五、段三娘都到。

卻是新安縣龔家村東的黃達，調治好了打傷的病，被他訪知王慶蹤跡實落處，昨晚到房州報知州尹。州尹張顧行押了公文，便差都頭，領着土兵，

---

8)　暖房：指備物賀人新婚。

來捉兇人王慶，及窩藏人犯范全並段氏人眾。范全因與本州當案薛孔目交好，密地裏先透了個消息。范全棄了老小，一溜煙走來這裏，「頃刻便有官兵來也！眾人個個都要吃官司哩！」眾人跌腳捶胸，好似掀翻了抱雞窠，弄出許多慌來，卻去罵王慶，羞三娘。

正在鬧吵，只見草堂外東廂裏走出算命的金劍先生李助，上前說道：「列位若要免禍，須聽小子一言！」眾人一齊上前擁着來問。李助道：「事已如此，三十六策，走為上策！」眾人道：「走到那裏去？」李助道：「只這裏西去二十里外，有座房山。」眾人道：「那裏是強人出沒去處。」李助笑道：「列位恁般呆！你每如今還想要做好人？」眾人道：「卻是怎麼？」李助道：「房山寨主廖立，與小子頗是相識。他手下有五六百名嘍囉，官兵不能收捕。事不宜遲，快收拾細軟等物，都到那裏入夥，方避得大禍。」方翰等六個男女，恐怕日後捉親屬連累，又被王慶、段三娘十分攛掇，眾人無可如何，只得都上了這條路。把莊裏有的沒的細軟等物，即便收拾，盡教打迭起了，一壁點起三四十個火把。王慶、段三娘、段二、段五、方翰、丘翔、施俊、李助、范全九個人，都結束齊整，各人跨了腰刀，槍架上拿了朴刀，喚集莊客，願去的共是四十餘個，俱拽紮拴縛停當。王慶、李助、范全當頭，方翰、丘翔、施俊保護女子在中。幸得那五個女子，都是鋤頭般的腳，卻與男子一般的會走。段三娘、段二、段五在後，把莊上前後都放把火，發聲喊，眾人都執器械，一哄望西而走。鄰舍及近村人家，平日畏段家人物如虎，今日見他每明火執仗，又不知他每備細，都閉着門，那裏有一個敢來攔當。

王慶等方行得四五里，早遇着都頭土兵，同了黃達，跟同來捉人。都頭上前，早被王慶手起刀落，把一個斬為兩段。李助、段三娘等一擁上前，殺散土兵，黃達也被王慶殺了。

王慶等一行人來到房山寨下，已是五更時分。李助計議，欲先自上山，訴求廖立，方好領眾人上山入夥。寨幾巡視的小嘍囉，見山下火把亂明，即去報知寨主。那廖立疑是官兵。他平日欺慣了官兵沒用，連忙起身，披掛綽槍，開了柵寨，點起小嘍囉，下山拒敵。王慶見山上火起，又有許多人下來，先做準備。當下廖立直到山下，看見許多男女，料道不是官兵。廖立挺槍喝道：「你這夥鳥男女，如何來驚動我山寨，在太歲頭上動土？」李助上前躬身道：「大王，是劣弟李助。」隨即把王慶犯罪及殺管營、殺官兵的事，略述一遍。廖立聽李助說得王慶恁般了得，更有段家兄弟幫助，「我只一身，恐日後受他每氣。」翻着臉對李助道：「我這個小去處，卻容不得你們。」

王慶聽了這句，心下思想：「山寨中只有這個主兒，先除了此人，小嘍囉何足為慮？」便挺朴刀，直搶廖立。那廖立大怒，拈槍來迎。段三娘恐王慶有失，挺朴刀來相助。三個人鬥了十數合，三個人裏倒了一個。正是：瓦罐不離井上破，強人必在鏑前亡。畢竟三人中倒了那一個，且聽下回分解。

## 延伸思考

王慶被逼落草的情形與梁山好漢近似，但境界卻不同。請思考，王慶這個人物的特徵與英雄的境界有何高下之分。

第一百零五回

# 精讀 宋公明避暑療軍兵 喬道清回風燒賊寇

王慶等人由於官兵疲敝，怯懦迎敵，迅速佔領了八處州縣，賊勢漸大。宋江兵到，首戰告捷。

話說王慶、段三娘與廖立鬥不過六七合，廖立被王慶覷個破綻，一朴刀搠翻，段三娘趕上，復一刀結果了性命。廖立做了半世強人，到此一場春夢。王慶提朴刀喝道：「如有不願順者，廖立為樣！」眾嘍囉見殺了廖立，誰敢抗拒，都投戈拜服。王慶領眾上山，來到寨中，此時已是東方發白。那山四面都是生成的石室，如房屋一般，因此叫做房山，屬房州管下。當日王慶安頓了各人老小，計點嘍囉，盤查寨中糧草、金銀、珍寶、錦帛、布匹等項，殺牛宰馬，大賞嘍囉，置酒與眾人賀慶。眾人遂推王慶為寨主。一面打造軍器，一面訓練嘍囉，準備迎敵官兵，不在話下。

點評

● 與當日林沖火併，立晁蓋為頭領的場景類似。

且說當夜房州差來擒捉王慶的一行都頭土兵人役，被王慶等殺散，有逃奔得脫的，回州報知州尹張顧行說：「王慶等預先知覺，拒敵官兵，都頭及報人黃達都被殺害。那夥兇人，投奔西去。」張顧行大驚，次早計點土兵，殺死三十餘名，傷者四十餘人。張顧行即日與本州鎮守軍官計議，添差捕盜官軍及營兵，前去追捕。因強人兇狠，官兵又損折了若干。房山寨嘍囉日眾，王慶等下山來打家劫舍。張顧行見此賊勢猖獗，一面行下文書，仰屬縣知會守禦本境，

點評

撥兵前來，協力收捕，一面再與本州守禦兵馬都監胡有為計議勦捕。

胡有為整點營中軍兵，擇日起兵前去勦捕。兩營軍忽然鼓噪[1]起來，卻是為兩個月無錢米關給[2]，今日癟着肚皮，如何去殺賊？張顧行聞變，只得先將一個月錢米給散。只因這番給散，越激怒了軍士。卻是為何？當事的平日不將軍士撫恤節制，直到鼓噪，方才給發請受[3]，已是驕縱了軍心。更有一椿可笑處，今日有事，那扣頭常例[4]又與平日一般克剝。他每平日受的克剝氣多了，今日一總發泄出來。軍情洶洶，一時發作，把那胡有為殺死。張顧行見勢頭不好，只護着印信[5]，預先躲避。城中無主，又有本處無賴，附和了叛軍，遂將良民焚劫。那強賊王慶，見城中變起，乘勢領眾多嘍囉來打房州。那些叛軍及烏合奸徒，反隨順了強人。因此王慶得志，遂被那廝佔據了房州為巢穴。那張顧行到底躲避不脫，也被殺害。

● 不是賊勢強大，而是官兵內訌。

王慶劫擄房州倉庫錢糧，遣李助、段二、段五分頭於房山寨及各處立豎招軍旗號，買馬招軍，積草屯糧，遠近村鎮，都被劫掠。那些遊手無賴及惡逆犯罪的人，紛紛歸附。那時龔端、龔正，向被黃達訐告[6]，家產蕩盡，聞王慶招軍，也來入了夥。鄰近州縣，只好保守城池，誰人敢將軍馬勦捕？被強人兩月之內，便集聚了二萬餘人，打破鄰近上津縣、竹山縣、鄖鄉縣三個城池。鄰近州縣，申報朝廷，朝廷命就彼處發兵勦捕。宋朝官兵，多因糧餉不足，兵失操練，

---

1) 鼓噪：喧嚷，起哄。

2) 關給：支付。

3) 請受：俸給。

4) 扣頭常例：平常克扣的糧米。

5) 印信：公私印章的總稱。

6) 訐（jié）告：揭發。

兵不畏將，將不知兵。一聞賊警，先是聲張得十分兇猛，使士卒寒心，百姓喪膽。及至臨陣對敵，將軍怯懦，軍士餒弱。怎禁得王慶等賊眾，都是拚着性命殺來，官軍無不披靡。因此，被王慶越弄得大了，又打破了南豐府。到後東京調來將士，非賄蔡京、童貫，即賂楊戩、高俅，他每得了賄賂，那管甚麼庸懦。那將士費了本錢，弄得權柄上手，姿意克剝軍糧，殺良冒功，縱兵擄掠，騷擾地方，反將赤子迫逼從賊。自此賊勢漸大，縱兵南下。李助獻計，因他是荊南人，仍扮做星相入城，密糾惡少奸棍，裏應外合，襲破荊南城池。遂拜李助為軍師，自稱楚王。遂有江洋大盜，山寨強人，都來附和。三四年間，佔據了宋朝六座軍州。王慶遂於南豐城中，建造寶殿、內苑、宮闕，僭號改元。也學宋朝，偽設文武職台，省院官僚，內相外將。封李助為軍師都丞相，方翰為樞密，段二為護國統軍大將，段五為輔國統軍都督，范全為殿帥，龔端為宣撫使，龔正為轉運使——專管支納出入、考算錢糧，丘翔為御營使，偽立段氏為妃。自宣和元年作亂以來，至宣和五年春，那時宋江等正在河北征討田虎，於壺關相拒之日，那邊淮西王慶又打破了雲安軍及宛州，一總被他佔了八座軍州。那八座乃是：南豐、荊南、山南、雲安、安德、東川、宛州、西京。那八處所屬州縣，共八十六處。王慶又於雲安建造行宮，令施俊為留守官，鎮守雲安軍。

初時，王慶令劉敏等侵奪宛州時，那宛州鄰近東京，蔡京等瞞不過天子，奏過道君皇帝，敕蔡攸、童貫征討王慶，來救宛州。蔡攸、童貫兵無節制，暴虐士卒，軍心離散。因此，被劉敏等殺得大敗虧輸，所以陷了宛州，東京震恐。蔡攸、童貫懼罪，只瞞着天子一個。

賊將劉敏、魯成等勝了蔡攸、童貫，遂將魯州、襄州圍困。卻得宋江等平定河北班師，復奉詔征討淮西。真是席不暇暖，馬不停蹄，統領大兵二十餘萬，向南進發。才渡黃河，省院又行文來催促陳安撫、宋江等兵馬星馳來救魯州、襄州。宋江等冒着暑熱，汗馬馳驅，由粟縣、汜水一路行來，所過秋毫無犯。大兵已到陽翟州界。賊人聞宋江兵到來，魯州、襄州二處都解圍去了。

那時張清、瓊英、葉清看剮了田虎，受了皇恩，奉詔協助宋江征討王慶。張清等離了東京，已到穎昌州半月餘了。聞宋先鋒兵到，三人到軍前迎接，參見畢，備述蒙恩褒封之事。宋江以下，稱讚不已。宋江命張清等在軍中聽用。

宋江請陳安撫、侯參謀、羅武諭等駐紮陽翟城中，自己大軍，不便入城。宋江傳令，教大軍都屯紮於方城山樹林深密陰蔭處，以避暑熱。又因軍士跋涉千里，中暑疲困者甚多，教安道全置辦藥料，醫療軍士。再教軍士搭蓋涼廡，安頓馬匹，令皇甫端調治，刻剮鬣毛[7]。吳用道：「大兵屯於叢林，恐敵人用火。」宋江道：「正要他用火。」宋江卻教軍士再去於本山高岡涼蔭樹下，用竹篷茅草，蓋一小小山棚。當有河北降將喬道清會意，來稟宋江道：「喬某感先鋒厚恩，今日願略效微勞。」宋江大喜，密授計於喬清道，往山棚中去了。宋江挑選軍士強健者三萬人，令張清、瓊英管領一萬兵，往東山麓埋伏；令孫安、卞祥也管領一萬人馬，往西山麓埋伏。「只聽我中軍轟天炮響，一齊殺出。」將糧草都堆積於山南平麓，教李應、柴進領五千軍士看守。

分撥甫定，忽見公孫勝說道：「兄長籌畫甚妙！但如此溽暑，軍士往來疲病，倘賊人以精銳突至，我兵雖十倍於眾，必不能取勝。待貧道略施小術，先除了眾人煩燥，軍馬涼爽，自然強健。」說罷，便仗劍作法，腳踏魁罡二字，左手雷印，右手劍訣，凝神觀想，向巽方取了生氣一口，唸咒一遍。須臾，涼風颯颯，陰雲冉冉，從本山嶺岫中噴薄出

---

7) 鬣（liè）毛：動物頭頸部的長毛。

來，彌漫了方城山一座，二十餘萬人馬，都在涼風爽氣之中。除此山外，依舊是銷金鑠鐵般烈日，蜩蟬亂鳴，鳥雀藏匿。宋江以下眾人，十分歡喜，稱謝公孫勝神功道德。如是六七日，又得安道全療人，皇甫端調馬，軍兵馬匹，漸漸強健，不在話下。

且說宛州守將劉敏，乃賊中頗有謀略者，賊人稱為劉智伯。他探知宋江兵馬，屯紮山林叢密處避暑。他道：「宋江這夥，終是水泊草寇，不知兵法，所以不能成大事。待俺略施小計，管教那二十萬軍馬，焦爛一半！」隨即傳令，挑選輕捷軍士五千人，各備火箭、火炮、火炬，再備戰車二千輛，裝載蘆葦乾柴，及硫黃焰硝引火之物。每車一輛，令四人推送。此時是七月中旬新秋天氣，劉敏引了魯成、鄭捷、寇猛、顧岑四員副將，及鐵騎一萬，人披軟戰，馬摘鑾鈴，在後接應。劉敏留下偏將韓喆、班澤等，鎮守城池。劉敏等眾，薄暮離城，恰遇南風大作。劉敏大喜道：「宋江等這夥人合敗！」賊兵行至三更時分，才到方城山南二里外，忽然霧氣彌漫山谷。劉敏道：「天助俺成功！」教軍士在後擂鼓吶喊助威，令五千軍士，只向山林深密處只顧將火箭、火炮、火炬射打焚燒上去。教寇猛、畢勝，催趲推車軍士，將火車點着，向山麓下屯糧處燒來。眾人正奮勇上前，忽的都叫道：「苦也！苦也！」卻有恁般奇事，南風正猛，一霎時，卻怎麼就轉過北風！又聽得山上霹靂般一聲響亮，被喬道清使了回風返火的法，那些火箭、火炬都向南邊賊陣裏飛將來，卻似千萬條金蛇火龍，烈焰騰騰的向賊兵飛撲將來，賊兵躲避不迭，都燒得焦頭爛額。當下宋軍中有口號四句，單笑那劉敏，道是：軍機固難測，賊人妄擘劃。放火自燒軍，好個劉智伯！

那時宋先鋒教凌振將號炮施放，那炮直飛起半天裏振響。東有張清、瓊英，西有孫安、卞祥，各領兵衝殺過來。賊兵大敗虧輸。魯成被孫安一劍，揮為兩段。鄭捷被瓊英一石子打下馬來，張清再一槍，結果了性命。顧岑被卞祥搠死。寇猛被亂兵所殺。二萬三千人馬，被火燒兵殺，折了一大半，其餘四散逃竄。二千輛車，燒個盡絕。只有劉敏同三四百敗殘軍卒，向前逃奔，到宛州去了。宋軍不曾燒毀半莖柴草，也未常損折一個軍卒，奪獲馬匹、衣甲、金鼓甚多。張清、孫安等得勝回到山寨獻功。孫安獻魯成首級，張清、瓊英獻鄭捷首級，卞祥獻顧岑首級。宋江各各賞勞，標寫喬道清頭功及張清、瓊英、孫安、卞祥功次。

吳用道：「兄長妙算，已喪賊膽，但宛州山水盤紆，丘原膏沃，地稱陸海，若賊人添撥兵將，以重兵守之，急切難克。目今金風卻暑，玉露生涼，軍馬都已強健。當乘我軍威大振，城中單弱，速往攻之，必克。然須別分兵南北屯紮，以防賊人救兵衝突。」宋江稱善，依計傳令，教關勝、秦明、楊志、黃信、孫立、宣贊、郝思文、陳達、楊春、周通統領兵馬三萬，屯紮宛州之東，以防賊人南來救兵；林沖、呼延灼、董平、索超、韓滔、彭玘、單廷珪、魏定國、歐鵬、鄧飛領兵三萬，屯紮宛州之西，以拒賊人北來兵馬。眾將遵令，整點軍馬去了。當有河北降將孫安等一十七員，一齊來稟道：「某等蒙先鋒收錄，深感先鋒優禮。今某等願為前部，前去攻城，少報厚恩。」宋江依允，遂令張清、瓊英統領孫安等十七員將佐，軍馬五萬為前部。那十七員乃是：孫安、馬靈、卞祥、山士奇、唐斌、文仲容、崔埜、金鼎、黃鉞、梅玉、金禎、畢勝、潘迅、楊芳、馮升、胡避、葉清。當下張清遵令，統領將佐軍兵，望宛州征進去了。

宋江同盧俊義、吳用等，管領其餘將佐大兵，拔寨都起，離了方城山，望南進發，到宛州十里外紮寨。令李雲、湯隆、陶宗旺監造攻城器具，推送張清等軍前備用。張清等眾將領兵馬將宛州圍得水泄不通。城中守將劉敏，是那夜中了宋江之計，只逃脫得性命。到宛州，即差人往南豐王慶處申報，並行文鄰近州縣，求取救兵。今日被宋兵圍了城池，只令堅守城池，待救兵至，方可出擊。宋兵攻打城池，一連六七日，城垣堅固，急切不能得下。宛州城北臨汝州，賊將張壽領救兵二萬前來，被林沖等殺其主將張壽，其餘偏牙將士及軍卒，都潰散去了。同日，又有宛州之南，安昌、義陽等縣救兵到來，被關勝等大敗賊兵，擒其將柏仁、張怡，送到宋江大寨正刑訖。二處斬獲甚多。此時李雲等已造就攻城器具。孫安、馬靈等同心協力，令軍士襄土，四面擁堆距，逼近城垣。又選勇敢輕捷之士，用飛橋轉送轒轀，越溝塹，渡池濠，軍士一齊奮勇登城，遂克宛州，活擒守將劉敏。其餘偏牙將佐，殺死二十餘名，殺死軍士一千餘人，降者萬人。宋江等大兵入城，將劉敏正法梟示，出榜安民。標寫關勝、林沖、張清並孫安等眾將功次。差人到陽翟州陳安撫處報捷，並請陳安撫等移鎮宛州。陳安撫聞報大喜，隨即同了侯參謀、羅武諭來到宛州。宋江等出郭迎接入城，陳安撫稱讚宋江等功勛，是不必得說。

宋江在宛州料理軍務，過了十餘日，此時已是八月初旬，暑氣漸退。宋江對吳用計議道：「如今當取那一處城池？」吳用道：「此處南去山南軍，南極湖湘，北控關洛，乃是楚蜀咽喉之會。當先取此城，以分賊勢。」宋江道：「軍師所言，正合我意。」遂留花榮、林沖、宣贊、郝思文、呂方、郭盛輔助陳安撫等，管領兵馬五萬，鎮守宛州。陳安撫又留了聖手書生蕭讓，傳令水軍頭領李俊等八員，統駕水軍船隻，由泌水至山南城北漢江會集。

宋江將陸兵分作三隊，辭別陳安撫，統領眾多將佐，並軍馬一十五萬，離了宛州，殺奔山南軍來。真個是：萬馬奔馳天地怕，千軍踴躍鬼神愁。畢竟宋兵如何攻取山南，且聽下回分解。

## 第一百零六回

# 書生談笑卻強敵
# 水軍汨沒破堅城

本回中宋江軍隊以少勝多，以智取勝，可謂水滸中的「空城計」。

話說宋江分撥人馬，水陸並進，船騎同行。陸路分作三隊，前隊衝鋒破敵驍將一十二員，管領兵馬一萬。那十二員？董平、秦明、徐寧、索超、張清、瓊英、孫安、卞祥、馬靈、唐斌、文仲容、崔埜。

後隊彪將一十四員，管領兵馬五萬為合後。那十四員？黃信、孫立、韓滔、彭玘、單廷珪、魏定國、歐鵬、鄧飛、燕順、馬麟、陳達、楊春、周通、楊林。

中隊宋江、盧俊義，統領將佐九十餘員，軍馬十萬，殺奔山南軍來。前隊董平等兵馬已到隆中山北五里外紮寨，探馬報來道：「王慶聞知我兵到了，特於這隆中山北麓，新添設雄兵二萬，令勇將賀吉、縻貹、郭矸、陳贇統領兵馬，在那裏鎮守。」董平等聞報，隨即計議，教孫安、卞祥，領兵五千伏於左，馬靈、唐斌領兵五千伏於右，「只聽我軍中炮響，一齊殺出。」

這裏分撥才定，那邊賊眾已是搖旗擂鼓，吶喊篩鑼，前來搦戰。兩軍相對，旗鼓相望，南北列成陣勢，各用強弓硬弩，射住陣腳。賊陣裏門旗開處，賊將縻貹出馬當先，頭頂鋼盔，身穿鐵鎧，弓彎鵲畫，箭插鵰翎，臉橫紫肉，眼睜銅鈴，擔一把長柄開山大斧，坐一匹高頭捲毛黃馬，高叫道：「你每這夥是水窪小寇，何故與宋朝無道昏君出力，來到這裏送死！」宋軍陣裏，鼉鼓喧天，急先鋒索超驟馬出陣，大喝道：「無端造反的強賊，敢出穢言！待俺劈你一百斧！」揮着金蘸斧，拍馬直搶縻貹。那縻貹也掄斧來迎。兩軍迭聲吶喊，二將搶到垓心，兩騎相交，雙斧並舉，鬥經五十餘合，勝敗未分。那賊將縻貹，果是勇猛！宋陣裏霹靂火秦明，見索超不能取勝，舞着狼牙棍，驟馬搶出陣來助戰，賊將陳贇舞戟來迎。四將在征塵影裏，殺氣叢中，正鬥到熱鬧處，只聽得一聲炮響，孫安、卞祥領兵從左邊殺來，賊將賀吉分兵接住厮殺；馬靈、唐斌領兵從右邊殺來，賊將郭矸分兵接住厮殺。宋陣裏瓊英驟馬出陣，暗拈石子，覷定陳贇，只一石子飛來，正打着鼻凹，陳贇翻身落馬。秦明趕上，照頂門一棍，連頭帶盔，打個粉碎。那左邊孫安與賀吉鬥到三十餘合，被孫安揮劍斬於馬下。右邊唐斌也刺殺了郭矸。縻貹見眾人失利，架住了索超金蘸斧，撥馬便走。索超、孫安、馬靈等驅兵追趕掩殺，賊兵大敗。眾將追趕縻貹，剛剛轉過山嘴，被賊人暗藏一萬兵馬在山背後叢林裏，賊將耿文、薛贊領兵搶出林來，與縻貹合兵一處，回身衝殺過來，縻貹當先，宋陣裏文仲容要幹功勛，挺槍拍馬，來鬥縻貹。戰鬥到十合之上，被縻貹揮斧，將文仲容砍為兩截。崔埜見砍了文仲容，十分惱怒，躍馬提刀，直搶縻貹。二將鬥過六七合，唐斌拍馬來助。縻貹看見有人來助戰，大喝一聲，只一斧，將崔埜斬於馬下，搶來接住唐斌厮殺。這邊張清、瓊英見折了二將，夫婦兩個並馬雙出，張清拈取石子，望縻貹飛來。那縻貹眼明手快，將斧只一撥，一聲響亮，正打在斧上，火光爆散，將石子撥下地去了。瓊英見丈夫石子不中，忙取石子飛去。縻貹見第二個石子飛來，把頭一低，鐺的一聲，正打在銅盔上。宋陣裏徐寧、董平見二個石子都打不中，徐寧、董平雙馬並出，一齊並力殺來。縻貹見眾將都來，隔住唐斌的槍，撥馬便走。唐斌緊緊追趕，卻被賊將耿文、薛贊雙出接住，被縻貹那厮跑脫去了。眾將只殺了耿文、薛贊，殺散賊兵，奪獲馬匹、金鼓、衣甲甚多。董平教軍士收拾文仲容、崔埜二人屍首埋葬。唐斌見折了二人，放聲大哭，親與軍士殯殮二人。董平等九人已將兵馬屯紮在隆中山的南麓了。

次日，宋江等兩隊大兵都到，與董平等合兵一處。宋江見折了二將，十分淒慘。用禮祭奠畢，與吳用商議攻城之策。吳用、朱武上雲梯，看了城池形勢，下來對宋江道：「這座城堅固，攻打無益，且揚示[1]攻打之意，再看機會。」宋江傳令，教一面收拾攻城器械，一面差精細軍卒，四面偵探消息。

---

1)　揚示：假裝。

不說宋江等計議攻城，卻說縻貹那廝，只領得二三百騎，逃到山南州城中。守城主將，卻是王慶的舅子段二。王慶聞宋朝遣宋江等兵馬到來，加封段二為平東大元帥，特教他到此鎮守城池。當下縻貹來參見了，訴說宋江等兵勇將猛，折了五將，全軍覆沒，特來懇告元帥，借兵報仇。原來縻貹等是王慶差出來的，因此說借兵。段二聽說大怒道：「你雖不屬我管，你的覆兵折將的罪，我卻殺得你！」喝叫軍士綁出，斬訖來報。只見帳下閃出一人來稟道：「元帥息怒，且留着這個人。」段二看時，卻是王慶撥來帳前參軍左謀。段二道：「卻如何饒他？」左謀道：「某聞縻貹十分驍勇，連斬宋軍中二將。宋江等真個兵強將勇，只可智取，不可力敵。」段二道：「怎麼叫做智取？」左謀道：「宋江等糧草輜重，都屯積宛州，從那邊運來。聞宛州兵馬單弱，元帥當密差的當人役，往均、鞏二州守城將佐處，約定時日，教他兩路出兵，襲宛州之南，我這裏再挑選精兵，就着縻將軍統領，教他幹功贖罪，馳往襲宛州之北。宋江等聞知，恐宛州有失，必退兵去救宛州。乘其退走，我這裏再出精兵，兩路擊之。宋江可擒也。」段二本是個村鹵漢，那曉得甚麼兵機，今日聽了左謀這段話，便依了他，連忙差人往均、鞏二州約會去了。隨即整點軍馬二萬，令縻貹、闕翥、翁飛三將統領，黑夜裏悄地出西門，掩旗息鼓，一齊投奔宛州去了。

卻說宋江正在營中思算攻城之策，忽見水軍頭領李俊入寨來稟說：「水軍船隻，已都到城西北漢江、襄水兩處屯紮。小弟特來聽令。」宋江留李俊在帳中，略飲幾杯酒，有偵探軍卒來報，說城中如此如此，將兵馬去襲宛州了。宋江聽罷大驚，急與吳用商議。吳用道：「陳安撫及花將軍等俱有膽略，宛州不必憂慮。只就這個機會，一定要破他這座城池。」便向宋江密語半晌。宋江大喜，即授密計與李俊及步軍頭領鮑旭等二十員，帶領步兵二千，至夜密隨李俊去了，不題。

再說賊將縻貹等引兵已到宛州，伏路小軍報入宛州來。陳安撫教花榮、林沖領兵馬二萬，出城迎敵。二將領兵，方出得城，又有流星探馬報將來道：「縻貹等約會均州賊人，均州兵馬三萬，已到城北十里外了。」陳瓘再教呂方、郭盛領兵馬二萬，出北門迎敵去了。未及一個時辰，又有飛報說道：「鞏州賊人季三思、倪懾等統領兵馬三萬，殺奔到西門來。」眾人都相顧錯愕道：「城中只有宣贊、郝思文二將，兵馬雖有一萬，大半是老弱，如何守禦？」

當有聖手書生蕭讓道：「安撫大人，不必憂慮，蕭某有一計。」便疊着兩個指頭，向眾人道：「如此如此，賊眾可破。」陳瓘以下眾人，都點頭稱善。陳瓘傳令，教宣贊、郝思文挑選強壯軍士五千，伏於西門內，待賊退兵，方可出擊。二將領計去了。陳瓘再教那些老弱軍士，不必守城，都要將旗幡掩倒，只聽西門城樓上炮響，卻將旗幟一齊舉豎起來。只許在城內走動，不得出城，分撥已定，陳安撫教軍士扛抬酒饌，到西門城樓上擺設。陳瓘、侯蒙、羅戩隨即上城樓，笑談劇飲，叫軍士大開了城門，等那賊兵到來。多樣時，那賊將季三思、倪懾，領着十餘員偏將，雄糾糾氣昂昂的殺奔到城下來。望見城門大開，三個官員，一個秀才，於城樓上花堆錦簇，大吹大擂的在那裏吃酒；四面城垣上，旗幡影兒也不見一個。季三思疑訝，不敢上前。倪懾道：「城中必有準備，我們當速退兵，勿中他詭計。」季三思急教退軍時，只聽得城樓上一聲炮響，喊聲振天，鼓聲振地，旌旗無數的在城垣內來往。賊兵聽了主將說話，已是驚疑，今見城中如此，不戰自亂。城內宣贊、郝思文領兵殺出城來，賊兵大敗，棄下金鼓、旗幡、兵戈、馬匹、衣甲無數，斬首萬餘。季三思、倪懾都被亂軍所殺。其餘軍士，四散亂竄逃生。宣贊、郝思文得勝，收兵回城，陳安撫等已到帥府去了。

北路花榮、林沖已殺了闕翥、翁飛二將，殺散賊兵，單單只走了縻胜，收兵凱還，方欲進城，聽說又有兩路賊兵到來，西路兵已賴蕭讓妙計殺退了，南路呂方、郭盛，尚不知勝敗。花榮等得了這個消息，傳令教軍士疾馳到南路去。呂方、郭盛正與賊將鏖戰，林沖、花榮驅兵助戰，殺得賊兵星落雲散，七斷八續，斬獲甚多。當日三路賊兵，死者三萬餘人，傷者無算。只見屍橫郊野，血滿田疇。林沖、花榮、呂方、郭盛都收兵入城，與宣贊、郝思文一同來到帥府獻捷。陳瓘、侯蒙、羅戩，俱各大喜，稱讚蕭讓之妙策，花榮等眾將之英雄。眾將喏喏連聲道：「不敢。」陳安撫教大排筵席，宴賞將士，犒勞三軍，標寫蕭讓、林沖等功勞，緊守城池，不在話下。

再說段二差縻胜等軍兵出城後，次夜，段二在城樓上眺望宋軍。此時正是八月中旬望前天氣，那輪兒望的明月，照耀的如白晝一般。段二看見宋軍中旗幡亂動，徐徐的向北退去。段二對左謀道：「想是宋江知道宛州危急，因此退兵。」左謀道：「一定是了！可急點鐵騎出城掩擊。」段二教錢儐、錢儀二將，整點兵馬二萬，出城追擊宋兵，二將遵令去了。段二向西望時，只見城外裹水，一派月色水光，潺潺溶溶，相映上下。那宋軍的三五百隻糧船，也漸漸望北撐去。那段二平日擄掠慣了，今夜看見許多糧船，又沒有甚麼水軍在上，每船只有六七個水手，在那裏撐駕，便叫放開西城水門，令水軍總管諸能，統駕五百隻戰船，放出城來，搶劫糧船。宋軍船上望見，連忙將船泊攏岸來，那船上水手，都跳上岸去。那邊諸能撐駕戰船上前，只聽得宋軍船幫裏一棒鑼聲響，放出百十隻小漁艇來，每船上二人划槳，三四人執着團牌標槍，朴刀短兵，飛也似殺將來。諸能叫水軍把火炮火箭打射將來。那漁艇上人，抵敵不住，發聲喊，都跳下水裏去了。

賊兵得勝，奪了糧船。諸能叫水手撐駕進城。剛放得一隻進城，城內傳出將令來，須逐隻搜看，方教撐進城來，諸能叫軍士先將那撐進來的那隻船搜看。十數個軍士一齊上船來，揭那艎板，卻似一塊木板做就的，莫想揭動分毫。諸能大驚道：「必中了奸計！」忙教將斧鑿撬打開來看。「那些城外的船，且莫撐進來。」說還未畢，只見城外後面三四隻糧船，無人撐駕，卻似順着潮水的，又似使透順風的，自蕩進來。諸能情知中計，急要上岸時，水底下鑽出十數個人來，都是口銜着一把蓼葉刀，正是李俊、二張、三阮、二童這八個英雄。賊兵急待要用兵器來搠時，那李俊一聲胡哨，那四五隻糧船內暗藏的步軍頭領，從板下拔去梢子，推開艎板，大喊一聲，各執短兵搶出來。卻是鮑旭、項充、李衮、李逵、魯智深、武松、楊雄、石秀、解珍、解寶、龔旺、丁得孫、鄒淵、鄒潤、王定六、白勝、段景住、時遷、石勇、凌振等二十個頭領並千餘步兵，一齊發作，奔搶上岸，砍殺賊人。賊兵不能攔當，亂竄奔逃。諸能被童威殺死，城裏城外，戰船上水軍，被李俊等殺死大半，河水通紅。李俊等奪了水門，當下鮑旭等那夥大蟲護衞凌振施放轟天子母號炮，分頭去放火殺人。城中一時鼎沸起來，呼兄喚弟，覓子尋爺，號哭振天。段二聞變，急引兵來策應，正撞着武松、劉唐、楊雄、石秀、王定六這一夥。段二被王定六向腿上一朴刀搠翻，活捉住了。魯智深、李逵等十餘個頭領搶至北門，殺散守門將士，開城門，放吊橋。那時宋江兵馬，聽得城中轟天子母炮響，勒轉兵馬殺來，正撞着錢儐、錢儀兵馬，混殺一場。錢儐被卞祥殺死；錢儀被馬靈打翻，被人馬踏為肉泥。三萬鐵騎，殺死大半。孫安、卞祥、馬靈等領兵在前，長驅直入，進了北門。眾將殺散賊兵，奪了城池，請宋先鋒大兵入城。

此時已是五更時分，宋江傳令，先教軍士救滅火焰，不許殺害百姓。天明出榜安民，眾將都將首級前來獻功。王定六將段二綁縛解來，宋江差軍士押解到陳安撫處發落。左謀被亂兵所殺。其餘偏牙將士，殺死的甚多，降伏軍士萬餘。宋江令殺牛宰馬，賞勞三軍將士，標寫李俊等諸將功次，差馬靈往陳安撫處報捷，並探問賊兵消息。馬靈遵令去了兩三個時辰，便來回覆道：「陳安撫聞報，十分歡喜。隨自為表，差人齎奏朝廷去了。」馬靈又說蕭讓卻敵一事，宋江驚道：「倘被賊人識破，奈何？終是秀才見識。」宋江發本處倉廩中米粟，賑濟被兵火的百姓，料理諸項軍務已畢。宋江正與吳用計議攻打荊南郡之策，忽接陳安撫處奉樞密院劄文，轉行文來說：「西京賊寇縱橫，摽掠東京屬縣，着宋江等先蕩平西京，然後攻剿王慶巢穴。」陳安撫另有私書說樞密院可笑處。

宋江、吳用備悉來意，隨即計議分兵：一面攻打荊南，一面去打西京。當有副先鋒盧俊義及河北降將，俱願領兵到西京，攻取城池。宋江大喜，撥將佐二十四員，軍馬五萬，與盧俊義統領前去。那二十四員將佐：副先鋒盧俊義、副軍師朱武、楊志、徐寧、索超、孫立、單廷珪、魏定國、陳達、楊春、燕青、解珍、解寶、鄒淵、鄒潤、薛永、李忠、穆春、施恩，河北降將喬道清、馬靈、孫安、卞祥、山士奇、唐斌。

盧俊義即日辭別了宋先鋒，統領將佐軍馬，望西京進征去了。宋江令史進、穆弘、歐鵬、鄧飛統領兵馬二萬，鎮守山南城池。宋江對史進等說道：「倘有賊兵至，只宜堅守城池。」宋江統領眾多將佐，兵馬八萬，望荊南殺奔前來，但見：那槍刀流水急，人馬撮風行。正是：旌旗紅展一天霞，刀劍白鋪千里雪。畢竟荊南又是如何攻打，且聽下回分解。

## 延伸思考

本回結尾處朝廷由於擔心首都安危，打亂原先計劃，讓宋江先攻打西京。從中體現了當時甚麼樣的社會背景？

## 第一百零七回

# 宋江大勝紀山軍
# 朱武打破六花陣

宋江一路凱歌，打破宛州、山南兩座城後，奉朝廷之命一路攻打西京，一路攻打荊南。王慶派出將領分路救援。且看這一次如何廝殺。

話說宋江統領將佐軍馬，殺奔荊南來，每日兵行六十里下寨，大軍所過地方，百姓秋毫無犯。戎馬已到紀山地方屯紮。那紀山在荊南之北，乃荊南重鎮。上有賊將李懷管領兵馬三萬，在山上鎮守。那李懷是李助之姪，王慶封他做宣撫使。他聞知宋江等打破山南軍，段二被擒，差人星夜到南豐，飛報王慶、李助知會說：「宋兵勢大，已被他破了兩個大郡。目今來打荊南，又分調盧俊義兵將，往取西京。」李助聞報大驚，隨即進宮，來報王慶。內侍傳奏入內裏去，傳出旨意來說道：「教軍師俟候着，大王即刻出殿了。」李助等候了兩個時辰，內裏不見動靜。李助密問一個相好的近侍，說道：「大王與段娘娘正在廝打的熱鬧哩！」李助問道：「為何大王與娘娘廝鬧？」近侍附李助的耳說道：「大王因段娘娘嘴臉那個，大王久不到段娘娘宮中了，段娘娘因此着惱。」李助又等了一回，有內侍出來說道：「大王有旨，問軍師還在此麼？」李助道：「在此鵠候[1]！」內侍傳奏進去。少頃，只見若干內侍宮娥，簇擁着那王慶出到前殿升坐。李助俯伏拜舞畢，奏道：「小臣姪兒李懷申報來說，宋江等將勇兵強，打破了宛州、山南兩座城池。目今宋江分撥兵馬，一路取西京，一路打荊南。伏乞大王發兵去救援。」王慶聽罷大怒道：「宋江這夥是水

1) 鵠（hú）候：恭候。

窪草寇，如何恁般猖獗？」隨即降旨，令都督杜管領將佐十二員，兵馬二萬，到西京救援。又令統軍大將謝宇，統領將佐十二員，兵馬二萬，救援荊南。二將領了兵符令旨，挑選兵馬，整頓器械。那偽樞密院分撥將佐，偽轉運使龔正運糧草，接濟二將，辭了王慶，各統領兵將，分路來援二處，不在話下。

且說宋江等兵馬到紀山北十里外紮寨屯兵，準備衝擊。軍人偵探賊人消息的實回報。宋江與吳用計議了，對眾將說道：「俺聞李懷手下，都是勇猛的將士。紀山乃荊南之重鎮。我這裏將士兵馬，雖倍於賊，賊人據險，我處山之陰下，為敵所囚。那李懷狡猾詭譎，眾兄弟廝殺，須看個頭勢，不得尋常看視。」於是下令：「將軍入營，即閉門清道，有敢行者誅，有敢高言者誅。軍無二令，二令者誅。留令者誅。」傳令方畢，軍中肅然。宋江教戴宗傳令水軍頭領李俊等，將糧食船隻，須謹慎提防，陸續運到軍前接濟。差人打戰書去，與李懷約定次日決戰。宋先鋒傳令，教秦明、董平、呼延灼、徐寧、張清、瓊英、金鼎、黃鉞領兵馬二萬，前去廝殺；教焦挺、郁保四、段景住、石勇，率領步兵二千，斬伐林木，極廣吾道，以便戰所。分撥已定，宋江與其餘眾將，俱各守寨。

次日五更造飯，軍士飽餐，馬食芻料，平明合戰。李懷統領偏將馬勥、馬勁、袁朗、滕戣、滕戡，兵馬二萬，衝殺下來。這五個人，乃賊中最驍勇者，王慶封他做虎威將軍。當下賊兵與秦明等兩軍相對。賊兵排列在北麓平陽處，山上又有許多兵馬接應。當下兩陣裏旗號招展，兩邊列成陣勢，各用強弓硬弩，射住陣腳，鼉鼓喧天，彩旗迷日。賊陣裏門旗開處，賊將袁朗驟馬當先，頭頂熟銅盔，身穿團花繡羅袍，烏油對嵌鎧甲，騎一匹捲毛烏騅，赤臉黃鬚，九尺長短身材，手搭兩個水磨煉鋼撾，左手的重十五斤，右手的重十六斤，高叫道：「水窪草寇，那個敢上前來納命！」宋陣中河北降將金鼎、黃鉞要幹頭功，兩騎馬一齊搶出陣來，喝罵道：「反國逆賊，何足為道！」金鼎舞着一把潑風大刀，黃鉞拈渾鐵點鋼槍，驟馬直搶袁朗，那袁朗使着兩個鋼撾來迎，三騎馬丁字兒擺開廝殺。三將鬥過三十合，袁朗將撾一隔，撥轉馬便走。金鼎、黃鉞馳馬趕去，袁朗霍地回馬，金鼎的馬稍前。金鼎正掄刀砍來，袁朗左手將撾望上一迎，錯的一聲，那把刀口砍缺。金鼎收刀不迭，早被袁朗右手一鋼撾，把金鼎連盔透頂，打的粉碎，撞下馬來。黃鉞馬到，那根槍早刺到袁朗前心。袁朗眼明手快，將身一閃，黃鉞那根槍刺空，從右軟脅下過去。袁朗將左臂抱了那把撾，右手順勢將槍桿挾住，望後一扯，黃鉞直跌入懷來。袁朗將右手攔腰抱住，捉過馬來，擲於地上。眾兵發聲喊，急搶出來，捉入陣去了。那匹馬直跑回本陣來。宋陣裏霹靂火秦明見折了二將，心中大怒，躍馬上前，舞起狼牙棍，直取袁朗，袁朗舞撾來迎。兩個戰到五十餘合，宋陣中女將瓊英，驟放銀鬃馬，挺着方天畫戟，頭戴紫金點翠鳳冠，身穿紅羅挑繡戰袍，袍上罩着白銀嵌金細甲，出陣來助秦明。賊將滕戣，看見是女子，拍馬出陣，大笑道：「宋江等真是草寇，怎麼用那婦人上陣？」滕戣舞着一把三尖兩刃刀，接住瓊英廝殺。兩個鬥到十合之上，瓊英將戟分開滕戣的那口刀，撥馬望本陣便走。滕戣大喝一聲，驟馬趕來。瓊英向鞍韉邊繡囊中，暗取石子，扭轉柳腰，覷定滕戣，只一石子飛來，正中面門，皮傷肉綻，鮮血迸流，翻身落馬。瓊英霍地回馬趕上，復一畫戟，把滕戣結果。滕戡看見女將殺了他的哥哥，心中大怒，拍馬搶出陣來，舞一條虎眼竹節鋼鞭，來打瓊英。這裏雙鞭將呼延灼縱馬舞鞭，接住廝殺。眾將看他兩個本事，都是半斤八兩的，打扮也差不多。呼延灼是衝天角鐵襆頭，銷金黃羅抹額，七星打釘皂羅袍，烏油對嵌鎧甲，騎一匹踢雪烏騅；滕戡是交角鐵襆頭，大紅羅抹額，百花點翠皂羅袍，烏油戧金甲，騎一匹黃鬃馬。呼延灼只多得一條水磨八棱鋼鞭。兩個在陣前，左盤右旋，一來一往，鬥過五十餘合，不分勝敗。那邊秦明、袁朗兩個，已鬥到一百五十餘合。賊陣中主帥李懹，在高阜處看見女將飛石利害，折了滕戣，即令鳴金收兵。秦明、呼延灼見賊將驍勇，也不去追趕。袁朗、秦明兩家各自回陣。賊兵上山去了。

秦明等收兵回到大寨，說賊將驍勇，折了金鼎、黃鉞，若不是張將軍夫人，卻不是挫了我軍銳氣。宋江十分煩惱，與吳學究計議道：「似此怎麼打得荊南？」吳用疊着兩個指頭，畫出一條計策，說道：「只除如此如此。」宋江依允，當下喚魯智深、武松，焦挺、李逵、樊瑞、鮑旭、項充、李袞、鄭天壽、宋萬、杜遷、龔旺、丁得孫、石勇十四個頭領，同了凌振，帶領勇捷步兵五千，乘今夜月黑時分，各披軟戰，用短兵、團牌、標槍、飛刀，抄小路到山後行事。眾將遵令去了。

次早，李懹差軍下戰書，宋江與吳用商議。吳用道：「賊人必有狡計。魯智深等已是深入重地，可速準備交戰。」宋江批：「即日交戰。」軍人持書上山去了。宋江仍命秦明、董平、呼延灼、徐寧、張清、瓊英為前部，統領兵馬二萬，弓弩為表，盾戟為裏，戰車在前，騎兵為輔，前去衝擊；教黃信、孫立、王英、扈三娘整頓兵馬一萬，在營俟候；李應、柴進、韓滔、彭玘整頓兵馬一萬，也在營中俟候:「聽吾前軍號炮，你等從東西兩路，抄到軍前。」再教關勝、朱仝、雷橫、孫新、顧大嫂、張青、孫二娘統領馬步軍兵二萬，屯紮大寨之後，防備賊人救兵到來。分撥已定，宋江同吳用、公孫勝親自督戰，其餘將佐守寨。是日辰牌時分，吳用上雲梯觀看，山形險峻，急教傳令軍馬，再退後二里列陣，好教兩路奇兵做手腳。

這裏列陣才完，紀山賊將李懹，統領袁朗、滕戣、馬勥、馬勁四個虎將，二萬五千兵馬。滕戣教軍士用竹竿挑着黃鉞首級，押着衝陣的五千鐵騎。軍士都頂深盔，披鐵鎧，只露着一雙眼睛。馬匹都帶重甲，冒面具，只露得四蹄懸地。這是李懹昨日見女將飛石，打傷了一將，今日如此結束，雖有矢石，那裏甲護住了。那五千軍馬，兩個弓手，夾輔一個長槍手，衝突下來。後面軍士，分兩路夾攻攏來。宋江抵當不住，望後急退。宋江忙教把號炮施放。早被他射傷了推車的數百軍士，幸有戰車當住，因此鐵騎不能上前。車後雖有騎兵，不能上前用武。正在危急，只聽得山後連珠炮響，被魯智深等這夥將士，爬山越嶺，殺上山來。山寨裏賊兵，只有五千老弱，一個偏將，被魯智深等殺個罄盡，奪了山寨。李懹等見山後變起，急退兵時，又被黃信等四將、李應等四將，兩路抄殺到來。宋江又教銃炮手打擊鐵騎，賊兵大潰。魯智深、李逵等十四個頭領，引着步兵，於山上衝擊下來，殺得賊兵雨零星散，亂竄逃生。可惜袁朗好個猛將，被火炮打死。李懹在後，被魯智深打死。馬勁、滕戣被亂兵所殺，只走了馬勥一個。奪獲盔甲、金鼓、馬匹無算。三萬軍兵，殺死大半。山上山下，屍骸遍滿。宋江收兵，計點兵士，也折了千餘。因日暮，仍紮寨紀山北。

次日，宋江率領兵將上山，收拾金銀糧食，放火燒了營寨，大賞三軍將士，標寫魯智深等十五人並瓊英功次，督兵前進。過了紀山，大兵屯紮荊南十五里外，與軍師吳用計議，調撥將士，攻打城池，不在話下。

話分兩頭。回文再說盧俊義這支兵馬望西京進發，逢山開路，遇水填橋。所過地方，寶豐等處賊將武順等，香花燈燭，獻納城池，歸順天朝。盧俊義慰撫勸勞，就令武順鎮守城池，因此賊將皆感泣，傾心露膽，棄邪歸正。

自此，盧俊義等無南顧之憂，兵馬長驅直入。不則一日，來到西京城南三十里外，地名伊闕山屯紮。探聽得城中主帥是偽宣撫使龔端與統軍奚勝及數員猛將在那裏鎮守。那奚統軍曾習陣法，深知玄妙。盧俊義隨即與朱武計議，當用何策取城。朱武道：「聞奚勝那廝，頗知兵法，一定要來鬥敵。我兵先佈下陣勢，待賊兵來，慢慢地挑戰。」盧俊義道：「軍師高論極明。」隨即遣調軍馬，向山南平坦處排下循環八卦陣勢。

等候間，只見賊兵分作三隊而來，中一隊是紅旗，左一隊是青旗，右一隊是紅旗，三軍齊到。奚勝見宋軍排成陣勢，便令青紅旗二軍分在左右，紮下營寨。上雲梯看了宋兵是循環八卦陣，奚勝道：「這個陣勢，誰不省得？待俺排個陣勢驚他。」令眾軍擂三通畫鼓，豎起將台，就台上用兩把號旗招展，左右列成陣勢已了，下將台來，上馬領令首將哨開陣勢，到陣前與盧俊義打話。那奚統軍怎生結束？但見：金盔日耀噴霞光，銀鎧霜鋪吞月影。絳征袍綿繡攢成，黃鞓帶珍珠釘就。抹綠靴斜踏寶鐙，描金鞓隨定鞭。陣前馬跨一條龍，手內劍橫三尺水。

奚勝勒馬直到陣前，高聲叫道：「你擺循環八卦陣，待要瞞誰？你卻識得俺的陣麼？」盧俊義聽得奚勝要鬥陣法，同朱武上雲梯觀望。賊兵陣勢，結三人為小隊，合三小隊為一中隊，合五中隊為一大隊，外方而內圓，大陣包小陣，相附聯絡。朱武對盧俊義道：「此是李藥師六花陣法。藥師本武候八陣，裁而為花陣，賊將欺我這裏不識他這個陣，不知就我這個八卦陣，變為八八六十四，即是武候八陣圖法，便可破他六花陣了，盧俊義出陣喝道：「量你這個六花陣，何足為奇！」奚勝道：「你敢來打麼？」盧俊義大笑道：「量此等小陣，有何難哉！」盧俊義入陣，朱武在將台上將號旗左招右展，變成八陣圖法。朱武教盧俊義傳令，楊志、孫安、卞祥，領披甲馬軍一千去打陣：「今日屬金，將我陣正南離位上軍，一齊衝殺過去。」楊志等遵令，擂鼓三通，眾將上前，蕩開賊將西方門旗，殺將入去。這裏盧俊義率馬靈等將佐軍兵，掩殺過去，賊兵大敗。

且說楊志等殺入軍中，正撞着奚勝，領着數員猛將保護，望北逃奔。孫安、卞祥要幹功績，領兵追趕上去，卻不知深入重地。只聽得山坡後一棒鑼聲響，趕出一彪軍來。楊志、孫安等急退不迭，正是：衝陣馬亡青嶂下，戲波船陷綠蒲中。畢竟這支是那裏兵馬，孫安等如何迎敵，且聽下回分解。

## 第一百零八回

# 喬道清興霧取城
# 小旋風藏炮擊賊

楊志等人被困山谷，盧俊義差人尋找解救，緊接着喬道清作法，趁着城中起霧，取了西京城。另一路將領卻被活捉，幸得敵方城中義士蕭嘉穗激聚眾民，殺了賊將，救他們出來，事後飄然而去。戰事進行到尾聲，王慶親征，要與宋江決戰。

話說楊志、孫安、卞祥正追趕奚勝，到伊闕山側，不提防山坡後有賊將埋伏，領一萬騎兵突出，與楊志等大殺一陣。奚勝得脫，領敗殘兵進城去了。孫安奮勇廝併，殺死賊將二人，卻是眾寡不敵，這千餘甲馬騎兵，都被賊兵驅入深谷中去。那谷四面都是峭壁，卻無出路，被賊兵搬運木石，塞斷谷口。賊人進城，報知龔端。龔端差二千兵把住谷口，楊志、孫安等便是插翅也飛不出來。

不說楊志等被困，且說盧俊義等得破奚勝六花陣，大半虧馬靈用金磚術，打翻若干賊兵，更兼眾將勇猛，得獲全勝，殺了賊中猛將三員，乘勢驅兵，奪了龍門關，斬級萬餘，奪獲馬匹、盔甲、金鼓無算，賊兵退入城中去了。盧俊義計點軍馬，只不見了衝頭陣的楊志、孫安、卞祥一千軍馬。當下盧俊義教解珍、解寶、鄒淵、鄒潤各領一千人馬，分四路去尋。至日暮，卻無影響。

次日，盧俊義按兵不動，再令解珍等去尋訪。解寶領一支軍，攀藤附葛，爬山越嶺，到伊闕山東最高的一個山嶺上。望見山嶺之西，下面深谷中，隱隱的有一簇人馬，被樹林叢密遮蔽了，不能夠看得詳細。又且高下懸隔，聲喚不聞。解寶領軍卒下山，尋個居民訪問，那裏有一個人家？都因兵亂遷避去了。次後到一個最深僻的山凹平曠處，方才有幾家窮苦的村農，見了若干軍馬，都慌做一團。解寶道：「我每是朝廷兵馬，來此剿捕賊寇的。」那些人聽說是官兵，更是慌張。解寶用好言撫慰說道：「我每軍將是宋先鋒部下。」那些人道：「可是那殺韃子，擒田虎，不騷擾地方的宋先鋒麼？」解寶道：「正是。」那些村農跪拜道：「可知道將軍等不來抓雞縛狗！前年也有官兵到此剿捕賊人，那些軍士與強盜一般擄掠。因此，我等避到這個所在來。今日得將軍到此，使我們再見天日。」解寶把那楊志等一千人馬，不知下落，並那嶺西深谷去處，問訪眾人。那些人都道：「這個谷叫繆筎谷，只有一條進去的路。」農人遂引解寶等來到谷口，恰好鄒淵、鄒潤兩支軍馬也尋到來。合兵一處，殺散賊兵，一同上前，搬開木石，解寶、鄒淵領兵馬進谷。此時已是深秋天氣，果然好個深巖幽谷。但見：玉露凋傷楓樹林，深巖邃谷氣蕭森。嶺巔雲霧連天湧，壁峭松筠接地陰。

楊志、孫安、卞祥與一千軍士，馬罷人困，都在樹林下，坐以待斃。見了解寶等人馬，眾人都喜躍歡呼。解寶將帶來的乾糧分散楊志等眾人，先且充飢。食罷，眾軍一齊出谷。解寶叫村農隨到大寨，來見盧先鋒。盧俊義大喜，取銀兩米穀，賑濟窮民。村農磕頭感激，千恩萬謝去了。隨後解珍這支軍馬，也回寨了。是日天晚歇息，一宿無話。

次早，盧俊義正與朱武調遣兵馬，攻取城池，忽有流星探馬報將來說：「王慶差偽都督杜壆領十二員將佐，兵馬二萬，前來救援，兵馬已到三十里外了。」盧俊義聞報，教朱武、楊志、孫立、單廷珪、魏定國同喬道清、馬靈，管領兵馬二萬，列陣於大寨前，以當城中賊兵突出；教解珍、解寶、穆春、薛永管領軍馬五千，看守山寨。盧俊義親自統領其餘將佐，軍馬三萬五千，迎敵杜壆。

當有浪子燕青稟道：「主人今日不宜親自臨陣。」盧俊義道：「卻是為何？」燕青道：「小人昨夜，有不祥的夢兆。」盧俊義道：「夢寐之事，何足憑信。既以身許國，也顧不得利害。」燕青道：「若是主人決意要行，乞撥五百步兵，與小人自去行事。」盧俊義笑道：「小乙，你待要怎麼？」燕青道：「主人勿管，只撥與小人便了。」盧俊義道：「便撥與你，看你做出甚事來！」隨即撥五百步兵與燕青。燕青領了自去。盧俊義冷笑不止。統領眾將兵馬，離了大寨，由平泉橋經過。那平泉中多奇異的石子，乃唐朝李德裕舊莊，只見燕青引着眾人，在那裏砍伐樹木。盧俊義心下雖是好笑，忙忙地要去廝殺，無暇去問他。兵馬過了龍門關西十里處，向西列陣等候。至一個時辰，賊兵方到。

兩陣相對，擂鼓吶喊。西陣裏偏將衞鶴，舞大桿刀，拍馬當先。宋陣中山士奇躍馬挺槍，更不打話，接住廝殺。兩騎馬在陣前鬥過三十合，山士奇挺槍刺中衞鶴的戰馬後腿，那馬後蹄將下去，把衞鶴閃下馬來，山士奇又一槍戳死。西陣中酆泰大怒，舞兩條鐵簡，拍馬直搶山士奇。二將鬥到十合之上，卞祥見山士奇鬥不過酆泰，拈槍拍馬助戰。被酆泰大喝一聲，只一簡，把山士奇打下馬來，再加一簡，結果了性命。拍馬舞劍來迎，怎奈卞祥更是勇猛，酆泰馬頭才到，大喝一聲，一槍刺中酆泰心窩，死於馬下。兩軍大喊。西陣主帥杜壆，見連折了二將，心如火熾，氣若煙生，挺一條丈八蛇矛，驟馬親自出陣。宋陣主帥盧俊義也親自出陣，與杜壆鬥過五十合，不分勝敗。杜壆那條蛇矛，神出鬼沒。孫安見盧先鋒不能取勝，揮劍拍馬助戰。賊將卓茂，舞條狼牙棍，縱馬來迎。與孫安鬥不上四五合，孫安奮神威，將卓茂一劍，斬於馬下。撥轉馬，驟上前，揮劍來砍杜壆。杜壆見他殺了卓茂，措手不及，被孫安手起劍落，砍斷右臂，翻身落馬，盧俊義再一槍，結果了性命。盧俊義等驅兵捲殺過去，賊兵大敗。

忽地西南上鏇斜小路裏衝出一隊騎兵，當先馬上一將，狀貌粗黑醜惡，一頭蓬鬆短髮，頂個鐵道冠，穿領絳征袍，坐匹赤炭馬，仗劍指揮眾軍，彎環踢跳，飛奔前來。盧俊義等看是賊兵號衣，驅兵一擁上前衝殺。那將不來與你廝殺，口中喃喃吶吶地唸了兩句，望正南離位上砍了一劍，轉眼間，賊將口中噴出火來。須臾，平空地上，騰騰火熾，烈烈煙生，望宋軍燒將來。盧俊義走避不迭，宋軍大敗，棄下金鼓、馬匹，亂竄奔逃。走不迭的，都燒得焦頭爛額。軍士死者，五千餘人。眾將保護着盧俊義，奔走到平泉橋。軍士爭先上橋，登時把橋擠踏得傾圮下來。幸得燕青砍伐樹木，於橋兩旁，剛搭得完浮橋，軍士得渡，全活者二萬人。盧俊義與卞祥兩騎馬落後，行至橋邊，被賊將趕上，一口火望卞祥噴來。卞祥滿身是火，燒損墜馬，被賊兵所殺。盧俊義幸得浮橋接濟，馳竄去了。

賊將領兵追殺到來，卻得前軍報知喬道清。喬道清單騎仗劍，迎着賊將。那賊將見喬道清迎上來，再把劍望南砍去，那火比前番更是熾焰。喬道清捏訣唸咒，把劍望坎方一指，使出三昧神水的法。霎時間，有千百道黑氣，飛迎前來，卻變成瀑布飛泉，又如億兆斛的瓊珠玉屑，望賊將潑去，滅了妖火。那賊將見破了妖術，撥馬逃奔，戰馬踏着一塊水石，馬蹄後失，把那賊將閃下馬來。喬道清飛馬趕上，揮劍砍為兩段。那五千騎兵，掀翻跌傷者，五百餘人。喬道清仗劍大喝道：「如肯歸降，都留下驢頭！」賊人見喬道清如此法力，都下馬投戈，拜伏乞命。喬道清再用好言撫慰，梟了賊將首級，率領降賊，來見盧先鋒獻捷。盧俊義感謝不已，並稱讚燕青功勞。

眾將問降賊，方曉得那妖人姓寇名威，慣用妖火燒人。人因他貌相醜惡，叫他做毒焰鬼王。昔年助王慶造反的，不知往那裏去了二年，近日又到南豐說：「宋兵勢大，待俺去剿他。」因此，王慶差他星馳到此。龔端、奚勝望見救兵輸了，不敢出來廝殺，只添兵堅守城池。當下喬道清說：「這裏城池深固，急切不能得破。今夜待貧道略施小術，助先鋒成功，以報二位先鋒厚恩。」盧俊義道：「願聞神術。」喬道清附耳低言說道：「如此，如此。」盧俊義大喜，隨即調遣將士，各去行事，準備攻城。一面教軍士以禮殯葬山士奇、卞祥，盧俊義親自設祭。

是夜二更時分，喬道清出來仗劍作法。須臾霧起，把西京一座城池周回都遮漫了。守城軍士，咫尺不辨，你我不能相顧。宋兵乘黑暗裏，從飛橋轉關轆轀上，攀緣上女牆。只聽得一聲炮響，重霧忽然光斂。城上四面，都是宋兵，各向身邊取出火種，燃點火炬，上下照耀，如同白晝一般。守城軍士先是驚得麻木了，都動彈不得，被宋兵掣出兵器砍殺，賊兵墜城死者無算。龔端、奚勝見變起倉卒，急引兵來救應，已被宋軍奪了四門。盧俊義大驅兵馬進城，龔端、奚勝都被亂兵殺死，其餘偏牙將佐頭目俱降，軍士降服者三萬人，百姓秋毫無犯。

天明，盧俊義出榜安民，標錄喬道清大功，重賞三軍將士，差馬靈到宋先鋒處報捷。馬靈遵令去了，至晚便來回話說：「宋先鋒等攻打荊南，連日與賊人交戰，大敗南豐救兵，主帥謝寧被擒。宋先鋒因戎事焦勞，染病在營中，數日軍務，都是吳軍師統握。」盧俊義聞報，鬱鬱不樂，連忙料理軍務，將西京城池交與喬道清、馬靈統兵鎮守。

盧俊義次日辭別喬道清、馬靈，統領朱武等二十員將佐，離了西京，急急忙忙望荊南進發。不則一日，兵馬已到荊南城北大寨中，盧俊義等入寨問候。宋江虧神醫安道全療治，病勢已減了六七分。盧俊義等甚是喜慰。正在敘闊，各述軍務，忽有逃回軍士報說：「唐斌正護送蕭讓等，離大寨行至三十里，忽被荊南賊將糜貹、馬勥領一萬精兵，從斜僻小路抄出，乘先鋒臥病，要來劫大寨之後，正遇着我每人馬。唐斌力敵二將，怎奈眾寡不敵，更兼糜十分勇猛。唐斌被糜貹殺死。蕭讓、裴宣、金大堅都被活捉去。他每正要來劫寨，探聽得盧先鋒等大兵到來，賊人只擄了蕭讓等遁去。」宋江聽罷，不覺失聲哭道：「蕭讓等性命休矣！」病勢仍舊沉重。盧俊義等眾將，都來勸解。盧俊義問道：「蕭讓等到何處去？」宋江嗚咽答道：「蕭讓知我有病，特辭了陳安撫來看視我，並奉陳安撫命，即取金大堅、裴宣到宛州，要他們寫勒碑石，及查勘文卷。我今日特差唐斌領一千人馬護送他三個去，不料被賊人捉擄，三人必被殺害！」宋江遂教盧俊義幫助吳用，攻打城池，拿住糜貹、馬勥報仇。盧俊義等遵令，來到城北軍前。眾人與吳學究敘禮畢，盧俊義連忙說蕭讓等被擄之事。吳用大驚道：「苦也！斷送了這三個人！」傳令教眾將圍城，並力攻打城池。眾將遵令，四面攻城。吳用又令軍漢上雲梯，望城中高叫道：「速將蕭讓、金大堅、裴宣送出來！若稍遲延，打破城池，不論軍民，盡行屠戮！」

卻說城中守將梁永偽授留守之職，同正偏將佐在城鎮守。那糜貹、馬勥都戰敗，逃遁到此。當日捉了蕭讓等三人，因宋兵尚未圍城，糜貹叫開城門進城，將蕭讓等解到帥府獻功。梁永頗聞得聖手書生的名目，教軍士解放綁縛，要他降服。蕭讓、裴宣、金大堅三人睜眼大罵道：「無知逆賊，汝等看我每是何等樣人？逆賊快把我三人一刀兩段罷了！這六個膝蓋骨，休想有半個兒着地！即日宋先鋒打破城池，拿你每這夥鼠輩，碎屍萬段！」梁永大怒，叫軍漢：「打那三個奴狗跪着！」軍漢拿起桿棒便打，只打得跌僕，那裏有一個肯跪。三人罵不絕口。梁永道：「你每要一刀兩段，俺偏要慢慢地擺佈你。」喝叫軍士：「將這三個奴狗立枷在轅門外，只顧打他兩腿，打折了驢腿，自然跪將下來。」軍漢得令，便來套枷絣扒擺佈。

帥府前軍士居民都來看宋軍中人物。內中早惱怒了一個真正有男子氣的鬚眉丈夫。那男子姓蕭，雙名叫嘉穗，寓居帥府南街紙張鋪間壁。他高祖蕭憺，字僧達，南北朝時人，為荊南刺史。江水敗堤，蕭憺親率將吏，冒雨修築。雨甚水壯，將吏請少避之，蕭憺道：「王尊欲以身塞河，我獨何心哉？」言畢，而水退堤立。是歲，嘉禾生，一莖六穗，蕭嘉穗取名在此。那蕭嘉穗偶遊荊南，荊南人思慕其上祖仁德，把蕭嘉穗十分敬重。那蕭嘉穗襟懷豪爽，志氣高遠，度量寬宏，膂力過人，武藝精熟，乃是十分有膽氣的人。凡遇有肝膽者，不論貴賤，都交結他。適遇王慶作亂，侵奪城池，蕭嘉穗獻計禦賊。當事的不肯用他計策，以致城陷。賊人下令，凡百姓只許入城，並不許一個出去。蕭嘉穗在城中，日夜留心圖賊，卻是單絲不成線。今日見賊人將蕭讓等三個綁扒，又聽得宋兵為蕭讓等攻城緊急，軍民都有驚恐之狀。蕭嘉穗想了一回道：「機會在此。只此一着，可以保全城中幾許生靈。」忙歸寓所。此時已是申牌時分，連忙叫小廝磨了一碗墨汁，向間壁紙鋪裏買了數張皮料厚棉紙，在燈下濡墨揮毫，大書特書的寫道：「城中都是宋朝良民，必不肯甘心助賊。宋先鋒是朝廷良將，殺韃子[1]，擒田虎，到處莫敢攖[2]其鋒。手上將佐一百單八人，情同股肱。轅門前綁扒的三人，義不屈膝，宋先鋒等英雄忠義可知。今日賊人若害了這三人，城中兵微將寡，早晚打破城池，玉石俱焚。城中軍民，要保全性命的，都跟我去殺賊！」

蕭嘉穗將那數張紙都寫完了，悄地探聽消息，只聽得百姓每都在家裏哭泣。蕭嘉穗道：「民心如此，我計成矣！」挨到昧爽[3]時分，踅出寓所，將寫下的數張字紙，拋向帥府前左右街市鬧處。

少頃天明，軍士居民這邊方拾一張來看，那邊又有人拾了一張，登時聚着數簇軍民觀看。早有巡風軍卒，搶一張去，飛報與梁永知道。梁永大驚，急差宣令官出府傳令，教軍士謹守轅門及各營，着一面嚴行緝捕奸細。那蕭嘉穗身邊藏一把寶刀，挨入人叢中，也來觀看，將紙上言語，高聲朗誦了兩遍。軍民都錯愕相顧。那宣令官奉着主將的令，騎着馬，五六個軍漢跟隨到各營傳令。蕭嘉穗搶上前，大吼一聲，一刀砍斷馬足，宣令官撞下馬去，一刀剁下頭來。蕭嘉穗左手抓了人頭，右手提刀，大呼道：「要保全性命的，都跟蕭嘉穗去殺賊！」帥府前軍士平素認得蕭嘉穗，又曉得他是鐵漢，霎時有五六百人，擁着他結做一塊。蕭嘉穗見軍士聚攏來，復連聲大呼道：「百姓有膽量的，都來相助！」聲音響振數百步。那時四面響應，百姓都搶棍棒，拔

---

1) 韃（dá）子：古時對北方遊牧民族的稱呼。

2) 攖（yīng）：觸犯。

3) 昧爽：拂曉，黎明。

杉刺，折桌腳，拈指間已有五六千人。迭聲吶喊，蕭嘉穗當先，領眾搶入帥府。那梁永平日暴虐軍民，鞭撻士卒，護衛軍將都恨入骨髓。一聞變起，都來相助，趕入去，把梁永等一家老小都殺了。蕭嘉穗領眾軍民人等，擁出帥府，此時已有二萬餘人。把蕭讓、裴宣、金大堅放了緋扒，都打開了枷。蕭嘉穗選三個有膂力的人，背着蕭讓等三人。蕭嘉穗當先，抓了梁永首級，趕到北門，殺死守門將馬勥，趕散把門軍士，開城門，放吊橋。

那時吳用正到北門，親督將士攻城，聽的城中吶喊，又是開城門，只道賊人出來衝擊，忙教軍馬退下三四箭之地，列陣迎敵。只見蕭嘉穗抓着人頭，背後三個軍漢背負蕭讓等，過了吊橋，忙奔前來。吳用正在驚訝，蕭讓等高叫道：「吳軍師，實虧這個壯士，激聚眾民，殺了賊將，救我等出來。」吳用聽了，又驚又喜。蕭嘉穗對吳用道：「事在倉卒，不及敍禮。請軍師快領兵入城！」那吊橋邊已有若干軍民，都齊聲叫道：「請宋先鋒入城！」吳用見諸色人等，都有在裏面，遂傳令教將士統軍馬入城，如有妄殺一人者，同伍皆斬。北城上守城軍士，看見事勢如此，都投戈下城。其東西南三面守城軍士，聞了這個消息，都捆縛了守城賊將，大開城門，香花燈燭，迎接宋兵入城。只有縻貹那廝勇猛，人近他不得，出西門，殺出重圍走了。

吳用差人飛報宋江。宋江聞報，把那憂國家、哭兄弟的病症退了九分九釐，欣喜雀躍，同眾將拔寨都起。大軍來到荊南城中，宋江升坐帥府，安撫軍民，慰勞將士。宋江請蕭嘉穗到帥府，問了姓名，扶他上坐。宋江納頭便拜道：「壯士豪舉，誅鋤叛逆，保全生靈，兵不血刃，克復城池，又救了宋某的三個兄弟，宋江合當下拜。」蕭嘉穗答拜不迭道：「此非蕭某之能，皆眾軍民之力也！」宋江聽了這句，愈加欽敬。宋江以下將佐，都敍禮畢。城中軍士將賊將解來。宋江問願降者，盡行免罪。因此滿城歡聲雷動，降服數萬人。恰好水軍頭領李俊等統領水軍船隻到了漢江，都來參見。宋江教置酒款待蕭壯士。宋江親自執杯勸酒，說道：「足下鴻才茂德，宋某回朝，面奏天子，一定優擢。」蕭嘉穗道：「這個倒不必，蕭某今日之舉，非為功名富貴。蕭某少負不羈之行，長無鄉曲之譽，是孤陋寡聞的一個人。方今讒人高張[4]，賢士無

4)　高張：得勢。

名，雖材懷隨和，行若由夷[5]的，終不能達九重。蕭某見若干有抱負的英雄，不計生死，赴公家之難者，倘舉事一有不當，那些全軀保妻子的，隨而媒孽[6]其短，身家性命，都在權奸掌握之中。象蕭某今日，無官守之責，卻似那閒雲野鶴，何天之不可飛耶！」這一席話，說得宋江以下，無不嗟歎。座中公孫勝、魯智深、武松、燕青、李俊、童威、童猛、戴宗、柴進、樊瑞、朱武、蔣敬等這十餘個人，把蕭壯士這段話，更是點頭玩味。當晚酒散，蕭嘉穗辭謝出府。

次早，宋江差戴宗到陳安撫處報捷。宋江親自到蕭壯士寓所，特地拜望，卻是一個空寓。間壁紙鋪裏說：「蕭嘉穗今早天未明時，收拾了琴劍書囊，辭別了小人，不知往那裏去了。」後人有詩讚蕭憺祖孫之德云：

冒雨修堤蕭僧達，波狂濤怒心不怛[7]。
恪誠止水堤功成，六穗嘉禾一莖發。
賢孫豪俊侔厥翁，咄叱[8]民從賊首。
澤及生靈哲保身，閒雲野鶴真超脫。

宋江回到帥府，對眾頭領說蕭嘉穗飄然而去，眾將無不歎息。至晚，戴宗回報，說宛州、山南兩處所屬未克州縣，陳安撫、侯參謀授方略與羅戩及林沖、花榮等，俱各討平。朝廷已差若干新官到來，各行交代訖。陳安撫已率領諸將起程，即日便到。宋江與吳用計議：「待陳安撫到這裏鎮守，我每好起大兵，前去剿滅渠魁[9]。」宋江卻在荊南調攝五六日，病已痊癒。一日，報陳安撫等兵馬到來，宋江等接入城中。參見畢，陳安撫大賞三軍將士。次後山南守將史進等，已將州務交代新官，隨後也到。宋江將州務請陳安撫治理。

宋江等拜別陳安撫，統領大軍，水陸並進，戰騎同行，來剿南豐賊人

---

5) 材懷隨和，行若由夷：指賢德之士。

6) 媒孽：比喻藉端誣罔構陷，釀成其罪。

7) 怛（dá）：驚懼。

8) 咄叱（duō chì）：責罵。

9) 渠魁：賊首。

巢穴。此時一百單八個英雄，都在一處，又有河北降將孫安等十一人，軍馬二十餘萬，連戰連捷，兵威大振，所到地方，賊人望風降順。宋江將復過州縣，呈報陳安撫。陳瓘差羅戩統領將士兵馬，前來鎮守。

宋江等水陸大兵，長驅直至南豐地界。哨馬報到，說偵探得賊人王慶將李助為統軍大元帥，就本處調選水陸兵馬五萬；又調雲安、東川、安德三路各兵馬二萬，都是本處偽兵馬都監劉以敬、上官義等統領。數十員猛將及十一萬雄兵，前來拒敵。王慶親自督征。宋江聞報，與吳用計議道：「賊兵傾巢而來，必是抵死廝併。我將何策勝之？」吳用道：「兵法只是『多方以誤[10]之』這一句。俺們如今將士都在一處，多分調幾路前去廝殺，教他應接不暇。」宋江依議傳令，分調兵將。

先一日，有撲天鵰李應、小旋風柴進奉宋先鋒將令，統領馬步頭領單廷珪、魏定國、施恩、薛永、穆春、李忠，領兵五千，護送糧草車仗並緞帛、火炮、車輛。在大兵之後，地名龍門山，南麓下傍山有一村莊，四圍都是高泥岡子，卻象個土城，三面有路出入。居民空下草瓦房數百間，居民因避兵遷避去了。是晚，東北風大作，濃雲潑墨，李應、柴進見天色已暮，恐天雨沾濕了糧草，教軍士拆開門扇，把車輛推送屋裏。軍士方欲造飯食息，忽見病大蟲薛永領兵巡哨，捉了一個奸細，來報柴進說：「審問得奸細說，賊人縻貹領精兵一萬，今夜二更要來劫燒糧草，現今伏在龍門山中。」原來那龍門山兩崖對峙如門，其中可通舟楫，樹木叢密。李應聽說，便對柴進道：「待小弟去莊前，等那鳥敗賊，殺他片甲不回。」柴進道：「那縻貹十分勇猛，不可力敵。況且我這裏兵少，待小弟略施小計，拚五六車火炮，百十車柴薪，與唐斌等報仇，把那奸細殺了；教軍士將糧草、火炮、車輛，教李應領兵三千，都備弓弩火箭，護衛糧車。在黃昏時候，盡數出了土岡，望南先行，卻留下百十輛柴薪車，四散列於西南下風頭草房茅簷邊。將百十輛空車，五六處結隊擺列，上面略放些糧米，各處藏下火炮及鋪放硫黃焰硝灌過的乾柴。教施恩、薛永、穆春、李忠領兵二千，埋於東泥岡路口。教單廷珪領馬兵一千，於莊南路口。等候賊人到來，都是恁般恁般，依我行事。」柴進同神火將軍魏

---

10)　誤：擾亂。

定國，領步兵三百人，都帶火種火器，上山埋伏於叢密樹林裏。

等到二更時分，賊將縻貹果然同了二個偏將，領着萬餘軍馬，人披軟戰，馬摘鑾鈴，掩旗息鼓，疾馳到南土岡門口來。單廷珪見賊兵來，教軍士燃點火把，接住廝殺。單廷珪與縻貹鬥不到四五合，單廷珪撥馬領兵退入去。那縻貹是有勇無謀的人，領兵一逕搶進來。薛永、施恩見南路舉火，即教李忠、穆春分兵一千，疾馳到莊南，把住路口。那時賊兵都喊殺連天搶入去，只望東北上風頭殺來，乃是空屋，不見糧草。縻貹領兵四面搜索，看見下風頭只有一二百輛糧草車，有五六百軍士看守，見賊兵來，發聲喊，都奔散了。縻貹道：「原來不多糧草！」叫軍士打火把照看，中間車隊裏，每隊有兩輛緞匹車。那些賊兵見了，便去亂搶。縻貹急要止遏時，又被山上將火箭火把亂打射下來，草房柴車上都燔燒起來。賊兵發喊，急躲避時，早被火炮藥線引着火，傳遞得快，如轟雷般打擊出來，賊兵奔走不迭的，都被火炮擊死。拈指間，烘烘火起，烈烈煙生。但見：風隨火勢，火趁風威。千枝火箭掣金蛇，萬個轟雷震火焰。驪山頂上，料應褒姒逞英雄；揚子江頭，不弱周郎施妙計。氤氳紫霧騰天起，閃爍紅霞貫地來。必必剝剝響不絕，渾如除夜放炮竹。

當下火勢昌熾，炮聲震響，如天摧地烈之聲。須臾，百十間草房，變做煙團火塊。縻貹被火炮擊死，賊兵擊死大半，焦頭爛額者無數。又被單廷珪、施恩等三路追殺進來，二個偏將都被殺死，一萬人馬，只有千餘人從土岡上爬出去，逃脫性命。

天明，柴進等仍與李應等合兵一處，將糧草運送大寨來。宋先鋒正升帳，遣調兵馬殺賊，只見馬軍拴束馬匹，步軍安排器械，正是：旌旗紅展一天霞，刀劍白鋪千里雪。畢竟宋江等如何廝殺，且聽下回分解。

## 延伸思考

試分析蕭嘉穗這個人物的性格特點和精神品質。

## 第一百零九回

# 王慶渡江被捉
# 宋江剿寇成功

雙方各自調兵遣將，準備大戰。宋江軍隊眾將領輪流抵敵，聲勢浩大，把賊兵殺得慌不擇路，四分五裂。王慶落荒而逃，究竟能否生擒賊首？後事又如何呢？

話說當日宋江升帳，諸將拱立聽調。放炮、鳴金鼓、升旗，隨放靜營炮，各營哨頭目，挨次至帳下，齊立肅靜，聽施號令。吹手點鼓，宣令官傳令畢，營哨頭目依次磕頭，起站兩邊。巡視藍旗手，跪聽發放，凡吶喊不齊，行伍錯亂，喧嘩違令，臨陣退縮，拿來重處。又有旗牌官左右各二十員，宋先鋒親諭：「爾等下營督陣，凡有軍士遇敵不前，退縮不用命者，聽你等拿來處治。」旗牌遵令，各下地方，鳴金大吹，各歸行伍，聽令起行。宋江然後傳令，遣調水陸諸將畢。吹手掌頭號整隊，二號掣旗，三號各起行營向敵。敲金邊，出五方旗，放大炮，掌號儹行營，各各擺陣出戰。正是那：震天鼙鼓搖山嶽，映日旌旗避鬼神。

卻說賊人王慶，調撥軍兵抵敵，除水軍將士聞人世崇等已差撥外，點差雲安州偽兵馬都監劉以敬為正先鋒，東川偽兵馬都監上官義為副先鋒，南豐偽統軍李雄、畢先為左哨，安德偽統軍柳元、潘忠為右哨，偽統軍大將段五為正合後，偽御營使丘翔為副合後，偽樞密方翰為中軍羽翼。王慶掌握中軍，有許多偽尚書、御營金吾、衞駕將軍、校尉等項及各人手下偏牙將佐，共數十員，李助為元帥。隊伍軍馬，十分齊整。王慶親自監督。馬帶皮甲，人披鐵鎧，弓弩上弦，戰鼓三通，諸軍盡起。行不過十里之外，塵土起處，早有宋軍哨路來的漸近。鑾鈴響處，約有三十餘騎哨馬，都戴青將巾，各穿綠戰袍，馬上盡繫着紅纓，每邊拴掛數十個銅鈴，後插一把雉尾，都是釧銀細桿長槍，輕弓短箭。為頭的戰將是奉道君皇帝敕命、復還舊職、虎騎將軍沒羽箭張清。頭裹銷金青巾幘，身穿挑繡綠戰袍，腰繫紫絨絛，足穿軟香皮，騎匹銀鞍馬。左邊是敕封貞孝宜人的瓊矢鏃瓊英，頭帶紫金嵌珠鳳冠，身穿紫羅挑繡戰袍，腰繫雜色彩絨絛，足穿朱繡小鳳頭鞋，坐匹銀鬃駿馬。那右邊略下些，捧旗的是敕授的義僕正排軍葉清，直哨到李助軍前，相離不遠，只隔百十步，勒馬便回。前軍先鋒劉以敬、上官義驟馬驅兵，便來衝擊。張清拍馬，拈出白梨花槍，來戰二將。瓊英馳馬，挺方天畫戟來助戰。四將鬥到十數合，張清、瓊英隔開賊將兵器，撥馬便回。劉以敬、上官義驅兵趕來，左右高叫：「先鋒不可追趕！此二人鞍後錦袋中都是石子，打人不曾放空！」劉以敬、上官義聽說，方才勒住得馬，只見龍門山背後，鼓聲振響，早轉五百步兵來。當先四個步將頭領，乃是黑旋風李逵、混世魔王樊瑞、八臂哪吒項充、飛天大聖李袞，直奔前來。那五百步軍，就在山坡下一字兒擺開，兩邊團牌，齊齊紮住。劉以敬、上官義驅兵掩殺。李逵，樊瑞引步軍分開兩路，都倒提蠻牌，轉過山坡便去。那時王慶、李助大軍已到，一齊衝擊前來。李逵、樊瑞等都飛跑上山，度嶺穿林，都不見了。

李助傳令，教就把軍馬在這個平原曠野之地列成陣勢。只聽得山後炮響，只見山南一路軍馬飛湧出來，簇擁着三個將軍。中間是矮腳虎王英，左是小尉遲孫新，右是菜園子張青。總管馬步軍兵五千，殺向前來。王慶正欲遣將迎敵，又聽得山後一聲炮響，山北一路軍馬飛湧出來，簇擁着三個女將。中間是一丈青扈三娘，左邊是母大蟲顧大嫂，右邊是母夜叉孫二娘。管領馬步軍兵五千，殺向前來，恰遇賊兵右哨柳元、潘忠兵馬，接住廝殺。王英等正遇賊兵左哨李雄、畢先軍馬，接住廝殺。兩邊各鬥到十餘合，南邊王英、孫新、張青勒轉馬，領兵望東便走；北邊扈三娘、顧大嫂、孫二娘也接轉馬匹，率領軍兵，望東便走。王慶看了笑道：「宋江手下都是這些鳥男女，我這裏將士如何屢次輸了？」遂驅大兵，追殺上來。行不到五六里，忽聽得一棒鑼聲響，卻是適才去的李逵、樊瑞、項充、李袞，這四個步軍頭領從山左叢林裏轉向前來，又添了花和尚魯智深、行者武松、沒面目焦挺、赤髮鬼劉唐四個步軍將佐並五百步兵，都執團牌短兵，直衝上來。賊將副先鋒上官義忙撥步軍二千衝殺。李逵、魯智深與賊兵略鬥幾合，卻似抵敵不過的，倒提團牌，分開兩路，都飛奔入叢林中去了。賊兵趕來，那李逵等卻是走得快，拈指間，都四散奔走去了。李助見了，連忙對王慶道：「大王不宜追趕，這是誘敵之計。我每且列陣迎敵。」

李助上將臺列陣，兀是未完，只聽得山坡後轟天子母炮響，就山坡後湧出大隊軍將，急先湧來，佔住中央，裏面列陣勢。王慶令左右攏住戰馬，自上將台看時，只見正南上這隊人馬，盡是紅旗、紅甲、紅袍、朱纓、赤馬，前面一把引軍銷金紅旗。把那紅旗招展處，紅旗中湧出一員大將，乃是霹靂火秦明，左手是聖水將軍單廷珪，右邊是神火將軍魏定國。三員大將，手掿兵器，都騎赤馬，立於陣前。東壁一隊人馬盡是青旗、青甲、青袍、青纓、青馬，前面一把引軍銷金青旗。招展處，青旗中湧出一員大將，乃是大刀關勝，左手是醜郡馬宣贊，右手是井木犴郝思文。三員大將，手掿兵器，都騎青馬，立於陣前。西壁一隊人馬盡是白旗、白甲、白袍、白纓、白馬，前面一把引軍銷金白旗。招展處，白旗內湧出一員大將，乃是豹子頭林沖，左手是鎮三山黃信，右手是病尉遲孫立，三員大將，手掿兵器，都騎白馬，立於陣前。後面一簇人馬，都是皂旗、黑甲、黑袍、黑纓、黑馬，前面一把引軍銷金皂旗。招展處，皂旗中湧出一員大將，乃是雙鞭將呼延灼，左手是百勝將韓滔，右手是天目將彭玘。三員大將，手掿兵器，都騎黑馬，立於陣前。東南方門旗影裏，一隊軍馬，青旗紅甲，前面一把引軍繡旗，招展處，捧出一員大將，乃是雙槍將董平，左手是摩雲金翅歐鵬，右手是火眼狻猊鄧飛。三員大將，手掿兵器，都騎戰馬，立於陣前。西南方門旗影裏，一隊軍馬，紅旗白甲，前面一把引軍繡旗，招展處，捧出一員大將，乃是急先鋒索超，左手是錦毛虎燕順，右手是鐵笛仙馬麟。三員大將，手掿兵器，都騎戰馬，立於陣前。東北方門旗影裏，一隊軍馬，皂旗青甲，前面一把引軍繡旗，招展處，捧出一員大將，乃是九紋龍史進，左手是跳澗虎陳達，右手是白花蛇楊春。三員大將，手掿兵器，都騎戰馬，立於陣前。西北方門旗影裏，一隊軍馬，白旗黑甲，前面一把引軍繡旗，招展處，捧出一員大將，乃是青面獸楊志，左手是錦豹子楊林，右手是小霸王周通。三員大將，手掿兵器，都騎戰馬，立於陣前。八方擺佈的鐵桶相似。陣門裏馬軍隨馬隊，步軍隨步隊，各持鋼刀大斧，闊劍長槍，旗幡齊整，隊伍威嚴。八陣中央都是杏黃旗，間着六十四面長腳旗，上面金銷六十四卦，亦分四門。南門都是馬軍。正南上黃旗影裏，捧出二員上將，上首是美髯公朱仝，下手是插翅虎雷橫，人馬盡是黃旗、黃袍、銅甲，黃纓、黃馬。中央陣，東門是金眼彪施恩，西門是白面郎君鄭天壽，南門是雲裏金剛宋萬，北門是病大蟲薛永。那黃旗後，便是一叢炮架，立着那個炮手轟天雷凌振，引着副手二十餘人，圍繞着炮架。架後都擺列捉將的撓鈎套索，撓鈎後又是一周遭雜彩旗幡，四面立着二十八宿星辰。銷金繡旗中間，立着一面堆絨繡就、真珠圈邊、腳綴金鈴、頂插雉尾、鵝黃帥字旗。有一個守旗壯士，冠簪魚尾，甲皺龍鱗，身長一丈，凜凜威風，便是險道神郁保四。旗邊設立兩個護旗將士，都騎戰馬，一般結束，手執鋼槍，一個是毛頭星孔明，一個是獨火星孔亮。馬前馬後，排列二十四個執狼牙棍的鐵甲軍士。後面兩把領戰繡旗，兩邊排列二十四枝方天畫戟叢中，捧着兩員驍將。左邊是小温侯呂方，右邊是賽仁貴郭盛。兩員將各持畫戟，立馬兩邊。畫戟中間，一簇鋼叉，兩員步軍驍將，一般結束，一個是兩頭蛇解珍，一個是雙尾蠍解寶，各執三股蓮花叉，守護中軍。隨後兩匹錦鞍馬上，左手是聖手書生蕭讓，右手是鐵面孔目裴宣。兩個馬後擺着紫衣持節的、並麻扎刀軍士。那麻扎刀林中，立着兩個行刑劊子，上首是鐵臂膊蔡福，下首是一枝花蔡慶。背陣兩邊，擺着金槍銀槍手，兩邊有大將領隊。金槍隊裏，是金槍手徐寧；銀槍隊裏，是小李廣花榮。背後又是錦衣對對，花帽雙雙，緋袍簇簇，錦襖攢攢。兩壁廂碧幢翠幕，朱幡皂蓋，黃鉞白旄，青萍青電，兩行鉞斧鞭撾中間，三把銷金傘下，三匹錦鞍駿馬上，坐着三個英雄。右邊星冠鶴氅，呼風喚雨的入雲龍公孫勝；左邊綸巾羽扇，文武雙全的智多星吳用；正中間照夜玉獅子金鞍馬上，坐着那個有仁有義，退虜平寇的征西正先鋒，山東及時雨呼保義宋公明。全身結束，自仗錕鋙寶劍，於陣中監戰，掌握中軍。馬前左手，立着神行太保戴宗，專管飛報軍情，調兵遣將；右手立着浪子燕青，專一護持中軍，能幹機密。馬後大戟長戈，錦鞍駿馬，整整齊齊，三十五員牙將，都騎戰馬，手執長槍，全副弓箭。馬後畫角，全部鼓吹大樂。陣後又設兩隊游兵，伏於兩側，以為護持中軍羽翼。左是石將軍石勇同九尾龜陶宗旺，管領馬步兵三千人；右是沒遮攔穆弘引兄弟小遮攔穆春，管領馬步兵三千，伏於兩脅。那座陣排佈得十分整密，正是：

軍師多略帥恢弘，士湧貔貅馬跨龍。

指揮要建平西績，叱吒思成蕩寇功。

那個草頭天子王慶同李助在陣中將台上，定睛看了宋江兵馬，拈指間，排成九宮八卦陣勢，軍兵勇猛，將士英雄，軍容整肅，刀槍鋒利，驚得魂不附體，心膽俱落，不住聲道：「可知道兵將屢次虧輸，原來是那夥人如此利害！」

只聽的宋軍中，戰鼓不絕聲的發擂。王慶、李助下將台，騎上戰馬，左右有金吾護駕等員役，馬後有許多內侍簇擁着他。王慶傳令旨，教前部先鋒出陣衝擊。當下東西對陣，是日干支屬木。宋陣正西方門旗開處，豹子頭林沖從門旗下飛馬出陣，兩軍一齊吶喊。林沖兜住馬，橫着丈八蛇矛，厲聲高叫：「無知叛逆，謀反狂徒，天兵到此，尚不投降！直待骨肉為泥，悔之何及！」賊陣中李助本是算命先生，甚曉得相生相克之理，疾忙傳令，教右哨柳元、潘忠領紅旗軍去衝擊。柳遠、潘忠遵令，領了紅旗軍，驟馬搶來衝擊。兩陣迭聲吶喊，戰鼓齊鳴。林沖接住柳元廝殺，四條臂膊縱橫，八隻馬蹄撩亂。二將在征塵影裏，殺氣叢中，來來往往，左盤右旋，鬥經五十餘合，勝敗未分。那柳元是賊中勇猛之將，潘忠見柳元不能取勝，拍馬提刀，搶來助戰。林沖力敵二將，大喝一聲，奮神威，將柳元一矛戳於馬下。林沖的副將黃信、孫立，飛馬衝出陣來。黃信揮喪門劍，望潘忠一劍砍去。只見：一條血顙光連肉，頓落金鞍在馬邊。

潘忠死於馬下，手下軍卒散亂，早衝動[1]了陣腳，賊兵飛報入中軍。王慶聽的登時折了二將，忙傳令旨，急教退軍。只聽得宋軍中一聲炮響，兵馬紛紛擾擾，白引黑，黑引青，青引紅，變作長蛇之陣，簸箕掌，栲栳圈，圍裹將來。王慶、李助調將遣兵，分頭衝擊，卻似銅牆鐵壁，急切不能衝得出來。官軍與賊兵這場好殺，怎見得：兵戈衝擊，士馬縱橫。槍破刀，刀如劈腦而來，槍必釣魚而應。刀如下發而起，槍必綽地而迎。刀如倒拖而問，槍必裙攔而守。刀解槍，槍如刺心而來，刀用五花以禦。槍如點睛而來，刀用探馬以格。筅[2]破牌，牌或滾身以進，筅即風掃以當。牌或從旁以追，筅必斜插以待。牌或摧擠以入，筅必退卻以捌。牌解筅，筅若平胸，牌用小坐之勢

---

1)　衝動：衝擊撼動。

2)　筅（xiǎn）：炊帚，用竹子等做成的刷鍋、碗的用具。

以避。筅若簇擁，牌將碎剪之法以隨。單刀披掛絞絲，佯輸詐敗。鐵叉上排下掩，側進抵閃。袖箭於馬上覷賊，鈎鐮於車前俟馬。鞭、簡、撾、捶、劍、戟、矛、盾。那邊破解無窮，這裏轉變莫測。須臾血流成河，頃刻屍如山積。

當下鏖戰多時，賊兵大敗，官軍大勝。王慶叫且退入南豐大內，再作區處。只聽得後軍炮響，哨馬飛報將來說：「大王，後面又有宋軍殺來！」那彪軍馬上當先的英雄大將，正是副先鋒河北玉麒麟盧俊義，橫着一條點鋼槍；左邊有使朴刀的好漢病關索楊雄，右邊有使朴刀的頭領拚命三郎石秀，領着一萬精兵，抖擻精神，將正副合後賊兵殺散。楊雄砍翻段五，石秀搠死丘翔，並力衝殺進來。

王慶正在慌迫，又聽得一聲炮響，左有魯智深、武松、李逵、焦挺、項充、李袞、樊瑞、劉唐八個勇猛頭領，引着一千步卒，掄動禪杖、戒刀、板斧、朴刀、喪門劍、飛刀、標槍、團牌，殺死李雄、畢先，如割瓜切菜般直殺入來。右有張清、王英、孫新、張青、瓊英、扈三娘、顧大嫂、孫二娘，四對英雄夫婦，引着一千騎兵，舞動梨花槍、鞭鋼槍、方天畫戟、日月雙刀、鋼槍、短刀，殺散左哨軍兵，如摧枯拉朽的直衝進來。殺得賊兵四分五裂，七斷八續，雨零星散，亂竄奔逃。

盧俊義、楊雄、石秀殺入中軍，正撞着方翰，被盧俊義一槍戳死，殺散中軍羽翼軍兵，徑來捉王慶，卻遇了金劍先生李助。那李助有劍術，一把劍如掣電般舞將來。盧俊義正在抵當不住，卻得宋江中軍兵到，右手下入雲龍公孫勝，口中唸唸有詞，喝聲道：「疾！」李助那口劍托地離了手，落在地上。盧俊義驟馬趕上，輕舒猿臂，款扭狼腰，把李助只一拽，活挾過馬來，教軍士縛了。盧俊義拈槍拍馬，再殺入去尋捉王慶，好似皂鵰追紫燕，猛虎啖羊羔。賊兵抛金棄鼓，撇戟丟槍，覓子尋爺，呼兄喚弟，十餘萬賊兵，殺死大半。屍橫遍野，流血成河。降者三萬人，除那逃走脫的，其餘都是十死九活，七損八傷，顛翻在地，被人馬踐踏，骨肉如泥的，不計其數。劉以敬、上官義兩個猛將，都被焦挺砍翻戰馬，撞下馬來，都被他殺死。李雄被瓊英飛石打下馬來，一畫戟搠死。畢先正在逃避，忽地裏鑽出活閃婆王定六，一朴刀搠下馬來，再向胸膛上一朴刀，結果了性命。其偽尚書、樞密、殿帥、金吾、將軍等項，都逃不脫，只不見了渠魁王慶。宋軍大捷。

宋江教鳴金收集兵馬，望南豐城來。教張清、瓊英領五千馬軍，前去哨探。再差神行太保戴宗先去打聽孫安襲取南豐消息如何。戴宗遵令，作起神行法，趕過張清、瓊英，去了片晌，便來回報說：「孫安奉先鋒將令，假扮西兵去賺城，被賊人知覺，城門內掘下陷坑，開城東門，放軍馬進去。孫安手下梅玉、金禎、畢捷、潘迅、楊芳、馮升、胡邁七個副將，爭先搶入城去，並五百軍士，連人和馬，都入陷坑中。兩邊伏兵齊發，都把長槍利戟，把梅玉等五百餘人，盡行搠死。幸得孫安在後，乘勢奮勇殺進城門，教軍士填了陷坑。孫安一騎當先，領兵殺入城中，賊兵不能抵當。孫安奪了東門，後被賊人四面響應，把孫安兵馬堵截在東門。小弟探知這消息，飛來回覆。半路遇了張將軍及張宜人，說了此情，他兩個催動人馬疾馳去了。」宋江聞報，催動大軍，疾馳上前，將南豐城圍住。那時張清、瓊英進了東門，教孫安據住東門，張清、瓊英正與賊軍鏖戰，因此，宋江等將佐兵馬，搶入東門，奪了城池，殺散賊兵，四門豎起宋軍旗號。城中許多偽文武多官范全等盡行殺死。那偽妃段三娘聽得軍馬進城，他素有膂力，也會騎馬，遂拴縛結束，領了百餘有膂力的內侍，都執兵器，離王宮，出後苑，欲殺出西門，投雲安軍去，恰遇瓊英領兵殺到後苑來。段氏縱馬，挺一口寶刀，抵死衝突。被瓊英一石子飛來，正中段三娘面門，鮮血迸流，撞下馬來，攧個腳梢天，軍士趕上，捉住綁縛了。那些內侍，都被宋兵殺死。瓊英領兵殺入後苑內宮，那些宮娥嬪女，聞得宋兵入城，或投繯，或投井，或刀刎，或撞階，大半自盡，其餘都被瓊英教軍士縛了，解到宋江帳前。宋江大喜，將段氏一行人囚禁，待捉了王慶，一齊解京。再遣兵將，四面八方，去追王慶。

卻說那王慶領着數百鐵騎，撞透重圍，逃奔到南豐城東。見城中有兵廝殺，驚得魂不附體，後面大兵又到，望北奔走不迭。回顧左右，止有百餘騎，其餘的雖是平日最親信的，今日勢敗，都逃去了。王慶同了百餘人，望雲安奔走，在路對跟隨近侍說道：「寡人尚有雲安、東川、安德三座城池，豈不是江東雖小，亦足以王？只恨適才那些跟隨逃散官員，平日受用了寡人大俸大祿，今日有事，都自去了。待寡人興兵來殺退宋兵，緝捕那些逃亡的，細細地醢[3]他。」王慶同眾人馬不停蹄，人不歇足，走到天明，幸的望見雲安城池了。王慶在馬上欣喜道：「城中將士，也是謹慎。你看那旗幡齊整，兵器

3)　醢（hǎi）：做成肉醬。

整密！」王慶一頭說着，同眾人奔近城來。隨從人中，有識字的說道：「大王不好了！怎麼城上都是宋軍旗號？」王慶聽了，定睛一看，果是東門城上遠遠地閃出號旗，上有金銷大字，乃是「禦西宋先鋒麾下水軍正將混江……」，下面尚有三個字，被風飄動旗腳，不甚分明。王慶看了，驚得渾身麻木，半晌時動彈不得，真是宋兵從天而降！當有王慶手下一個有智量近侍說道：「大王，事不宜遲！請大王速卸下袍服，急投東川去，恐城中見了生變。」王慶道：「愛卿言之極當。」王慶隨即卸下衝天轉角金襆頭，脫下日月雲肩蟒繡袍，解下金鑲寶嵌碧玉帶，脫下金顯縫雲根朝靴，換了巾幘、便服、軟皮靴。其餘侍從，亦都脫卸外面衣服。急急如喪家之狗，忙忙如漏網之魚，從小路抄過雲安城池，望東川投奔，走的人困馬乏，腹中飢餒。百姓久被賊人傷殘，又聞得大兵廝殺，凡衝要通衢大路，都沒一個人煙，靜悄悄地雞犬不聞，就要一滴水，也沒喝處，那討酒食來？那時王慶手下親幸跟隨的，都是假登東，詐撒溺[4]，又散去了六七十人。

王慶帶領三十餘騎，走至晚，才到得雲安屬下開州地方，有一派江水阻路。這個江叫做清江，其源出自達州萬頃池，江水最是澄清，所以叫做清江。當下王慶道：「怎得個船隻渡過去？」後面一個近侍指道：「大王，兀那南涯疏蘆落雁處，有一簇漁船。」王慶看了，同眾人走到江邊。此時是孟冬時候，天氣晴和，只見數十隻漁船，捕魚的捕魚，曬網的曬網。其中有幾隻船放於中流，猜拳豁指頭，大碗價吃酒。王慶歎口氣道：「這男女們恁般快樂！我今日反不如他了！這些都是我子民，卻不知寡人這般困乏。」近侍高叫道：「兀那漁人，撐攏幾隻船來，渡俺們過了江，多與你渡錢。」只見兩個漁人放下酒碗，搖着一隻小漁艇，咿咿啞啞搖近岸來，船頭上漁人，向船旁拿根竹篙撐船攏岸，定睛把王慶從頭上直看至腳下，便道：「快活，又有吃酒東西了。上船，上船！」近侍扶王慶下馬。王慶看那漁人，身材長大，濃眉毛，大眼睛，紅臉皮，鐵絲般髭鬚，銅鐘般聲音。那漁人一手執着竹篙，一手扶王慶上船，便把篙望岸上只一點，那船早離岸丈餘。那些隨從賊人，在岸上忙亂起來，齊聲叫道：「快撐攏船來！咱每也要過江的。」那漁人睜眼喝道：「來了！忙到那裏去？」便放下竹篙，將王慶劈胸扭住，雙手向下一按，撲通

4) 撒溺：撒尿。

的按倒地艎板上。王慶待要掙扎，那船上搖櫓的放了櫓，跳過來一齊擒住。那邊曬網船上人，見捉了王慶，都跳上岸，一擁上前，把那三十餘個隨從賊人，一個個都擒住。

原來這撐船的是混江龍李俊，那搖櫓的便是出洞蛟童威，那些漁人，多是水軍。李俊奉宋先鋒將令，統駕水軍船隻，來敵賊人水軍。李俊等與賊人水軍大戰於瞿塘峽，殺其主帥水軍都督聞人世崇，擒其副將胡俊，賊兵大敗。李俊見胡俊狀貌不凡，遂義釋胡俊。胡俊感恩，同李俊賺開雲安水門，奪了城池，殺死偽留守施俊等。混江龍李俊料着賊與大兵廝殺，若敗潰下來，必要奔投巢穴。因此，教張橫、張順鎮守城池，自己與童威、童猛帶領水軍，扮做漁船，在此巡探。又教阮氏三雄，也扮做漁家，分投去灩澦堆、岷江、魚復浦各路埋伏哨探。適才李俊望見王慶一騎當先，後面又許多人簇擁着，料是賊中頭目，卻不知正是元兇。當下李俊審問從人，知是王慶，拍手大笑，綁縛到雲安城中。一面差人喚回三阮同二張守城，李俊同降將胡俊將王慶等一行人，解送到宋先鋒軍前來。於路探聽得宋江已破南豐，李俊等一徑進城，將王慶解到帥府。宋江因眾將捕緝王慶不着，正在納悶，聞報不勝之喜。當下李俊入府，參見了宋先鋒，宋江稱讚道：「賢弟這個功勞不小。」李俊引降將胡俊，參見宋先鋒。李俊道：「功勞都是這個人。」宋江問了胡俊姓名，及賺取雲安的事。

宋江撫賞慰勞畢，隨即與眾將計議，攻取東川、安德二處城池。只見新降將胡俊稟道：「先鋒不消費心。胡某有一言，管教兩座城池，唾手可得！」宋江大喜，連忙離坐，揖胡俊問計。

胡俊躬着身，對宋江說出幾句話來，有分教：一矢不加城克復，三軍鎮靜賊投降。畢竟胡俊說出甚麼話來，且聽下回分解。

## 延伸思考

王慶一夥在宋江軍馬前可謂不堪一擊，如此孱弱，為何能作亂良久？這反映了當時怎樣的社會現實？

## 第一百一十回

# 燕青秋林渡射雁
# 宋江東京城獻俘

宋江等各處安排妥當，凱旋歸朝。功成名就後，公孫勝等辭別眾人，各自歸去。朝廷奸臣弄權，並不升賞眾人，反而發榜不許他們進城。元宵節放燈，燕青等幾人偷溜進城，得知江南方臘作亂，稟知宋江，當下決計請求朝廷允許出兵征討。

話說當下宋江問降將胡俊有何計策去取東川、安德兩處城池。胡俊道：「東川城中守將，是小將的兄弟胡顯。小將蒙李將軍不殺之恩，願往東川招兄弟胡顯來降。剩下安德孤城，亦將不戰而自降矣。」宋江大喜，仍令李俊同去。一面調遣將士，提兵分頭去招撫所屬未復州縣，一面差戴宗賫表，申奏朝廷，請旨定奪；並領文申呈陳安撫，及上宿太尉書劄。宋江令將士到王慶宮中，搜擄了金珠細軟，珍寶玉帛，將違禁的龍樓鳳閣、翠屋珠軒及違禁器仗衣服，盡行燒毀。又差人到雲安，教張橫等將違禁行宮器仗等項，亦皆燒毀。

卻說戴宗先將申文到荊南，報呈陳安撫。陳安撫也寫了表文，一同上達。戴宗到東京，將書劄投遞宿太尉，並送禮物。宿太尉將表進呈御覽。徽宗皇帝龍顏大喜，即時降下聖旨，行到淮西，將反賊王慶解赴東京，候旨處決，其餘擒下偽妃、偽官等眾從賊，都就淮西市曹處斬，梟示[1]施行。淮西百姓遭王慶暴虐，准留兵餉若干，計戶給散，以贍窮民。其陣亡有功降將，俱從厚贈蔭[2]。淮西各州縣所缺正佐官員，速推補赴任交代。各州官多有先行被

---

1) 梟示：斬首並懸掛在桿上示眾。

2) 贈蔭：古代朝廷對已死有功人員的子孫授以官爵。

賊脅從，以後歸正者，都着陳瓘分別事情輕重，便宜處分。其征討有功正偏將佐，俱俟還京之日，論功升賞，敕命一下，戴宗先來報知。那陳安撫等，已都到南豐城中了。那時胡俊已是招降了兄弟胡顯，將東川軍民版籍、戶口及錢糧冊籍，前來獻納聽罪。那安德州賊人，望風歸降。雲安、東川、安德三處，農不離其田業，賈不離其肆宅[3]，皆李俊之功。王慶佔據的八郡八十六州縣，都收復了。

自戴宗從東京回到南豐十餘日，天使捧詔書，馳驛到來。陳安撫與各官接了聖旨，一一奉行。次早，天使還京。陳瓘令監中取出段氏、李助及一行叛逆從賊，判了斬字，推出南豐市曹處斬，將首級各門梟示訖。段三娘從小不循閨訓，自家擇配，做下迷天大罪，如今身首異處，又連累了若干眷屬，其父段太公先死於房山寨。

話不絮繁。卻說陳安撫、宋先鋒標錄李俊、胡俊、瓊英、孫安功次，出榜去各處招撫，以安百姓。八十六州縣，復見天日，復為良民，其餘隨從賊徒不傷人者，撥還產業，復為鄉民。西京守將喬道清、馬靈，已有新官到任，次第都到南豐。各州縣正佐貳官，陸續都到。李俊、二張、三阮、二童已將州務交代，盡到南豐相敘。陳安撫眾官及宋江以下一百單八個頭領及河北降將，都在南豐設太平宴，慶賀眾將官僚，賞勞三軍將佐。

宋江教公孫勝、喬道清主持醮事，打了七日七夜醮事，超度陣亡軍將及淮西屈死冤魂。醮事方完，忽報孫安患暴疾，卒於營中。宋江悲悼不已，以禮殯殮，葬於龍門山側。喬道清因孫安死了，十分痛哭，對宋江說道：「孫安與貧道同鄉，又與貧道最厚，他為父報仇，因而犯罪，陷身於賊，蒙先鋒收錄，他指望日後有個結果，不意他中道而死。貧道得蒙先鋒收錄，亦是他來指迷。今日他死，貧道何以為情。喬某蒙二位先鋒厚恩，銘心鏤骨，終難補報。願乞骸骨[4]歸田野，以延殘喘。」馬靈見喬道清要去，也來拜辭宋江：「懇求先鋒允放馬某與喬法師同往。」宋江聽說，慘然不樂，因二人堅意要去，十分挽留不住，宋江只得允放，乃置酒餞別。公孫勝在旁，只不做聲。喬道清、馬靈拜辭了宋江、公孫勝，又去拜辭了陳安撫，二人飄然去了。後來喬

---

3) 肆宅：店鋪。

4) 乞骸骨：請求退休。

道清、馬靈都到羅真人處，從師學道，以終天年。

陳安撫招撫賑濟淮西諸郡軍民已畢。那淮西乃淮瀆之西，因此，宋人叫宛州、南豐等處是淮西。陳安撫傳令，教先鋒頭目收拾朝京。軍令傳下，宋江一面先發中軍軍馬，護送陳安撫、侯參謀、羅武諭起行，一面着令水軍頭領乘駕船隻，從水路先回東京，駐紮聽調。宋江教蕭讓撰文，金大堅鐫石勒碑以記其事，立石於南豐城東龍門山下，至今古蹟尚存。降將胡俊、胡顯置酒餞別宋先鋒。後來宋江入朝，將胡俊、胡顯反邪歸正，招降二將之功，奏過天子，特授胡俊、胡顯為東川水軍團練之職，此是後話。

當下宋江將兵馬分作五起進發，克日起行，軍士除留下各州縣鎮守外，其間亦有乞歸田里者。現今兵馬共十餘萬，離了南豐，取路望東京來。軍有紀律，所過地方，秋毫無犯。百姓香花燈燭僨拜送。於路行了數日，到一個去處，地名秋林渡。那秋林渡在宛州屬下內鄉縣秋林山之南。那山泉石佳麗，宋江在馬上遙看山景，仰觀天上，見空中數行塞雁，不依次序，高低亂飛，都有驚鳴之意。宋江見了，心疑作怪。又聽的前軍喝采，使人去問緣由，飛馬回報，原來是浪子燕青，初學弓箭，向空中射雁，箭箭不空。卻才須臾之間，射下十數隻鴻雁，因此諸將驚訝不已。宋江教喚燕青來。只見燕青彎弓插箭，即飛馬而來，背後馬上捎帶死雁數隻，來見宋江，下馬離鞍，立在一邊。宋公明問道：「恰才你射雁來？」燕青答道：「小弟初學弓箭，見空中一羣雁過，偶然射之，不想箭箭皆中。」宋江道：「為軍的人，學射弓箭，是本等的事，射的親是你能處。我想賓鴻[5]避寒，離了天山，銜蘆[6]過關，趁江南地暖，求食稻粱，初春方回。此賓鴻仁義之禽，或數十，或三五十隻，遞相謙讓，尊者在前，卑者在後，次序而飛，不越羣伴，遇晚宿歇，亦有當更之報。且雄失其雌，雌失其雄，至死不配。此禽仁義禮智信，五常俱備：空中遙見死雁，盡有哀鳴之意，失伴孤雁，並無侵犯，此為仁也；一失雌雄，死而不配，此為義也；依次而飛，不越前後，此為禮也；預避鷹鵰，銜蘆過關，此為智也；秋南春北，不越而來，此為信也。此禽五常足備之物，豈忍害之。天上一羣鴻雁相呼而過，正如我等弟兄一般。你卻射了那數隻，

5)　賓鴻：指大雁。

6)　銜蘆：口含蘆草。雁用以自衛的一種本能。

比俺兄弟中失了幾個，眾人心內如何？兄弟今後不可害此禮義之禽。」燕青默默無語，悔罪不及。宋江有感於心，在馬上口占詩一首：

山嶺崎嶇水渺茫，橫空雁陣兩三行。忽然失卻雙飛伴，月冷風清也斷腸。

宋江吟詩罷，不覺自己心中淒慘，睹物傷情。當晚屯兵於秋林渡口。宋江在帳中，因復感歎燕青射雁之事，心中納悶，叫取過紙筆，作詞一首：

楚天空闊，雁離羣萬里，恍然驚散。自顧影欲下寒塘。正草枯沙淨，水平天遠。寫不成書，只寄的相思一點。暮日空濠，曉煙古塹，訴不盡許多哀怨。揀盡蘆花無處宿，歎何時玉關重見。嘹嚦憂愁嗚咽，恨江渚難留戀。請觀他春晝歸來，畫樑雙燕。

宋江寫畢，遞與吳用、公孫勝看。詞中之意，甚有悲哀憂戚之思。宋江心中，鬱鬱不樂。當夜，吳用等設酒備餚，盡醉方休。次日天明，俱各上馬，望南而行。路上行程，正值暮冬，景物淒涼。宋江於路，此心終有所感。不則一日，回到京師，屯駐軍馬於陳橋驛，聽候聖旨。

且說先是陳安撫並侯參謀中軍人馬入城，已將宋江等功勞，奏聞天子，報說宋先鋒等諸將兵馬，班師回京，已到關外。陳安撫前來啟奏，說宋江等諸將征戰勞苦之事，天子聞奏，大加稱讚。陳瓘、侯蒙、羅戩各封升官爵，欽賞銀兩緞匹，傳下聖旨，命黃門侍郎宣宋江等面君朝見，都教披掛入城。有詩為證：

去時三十六，回來十八雙。縱橫千萬里，談笑卻還鄉。

且說宋江等眾將一百單八人，遵奉聖旨，本身披掛。戎裝革帶，頂盔掛甲，身穿錦襖，懸帶金銀牌面，從東華門而入，都至文德殿朝見天子，拜舞起居，山呼萬歲。皇上看了宋江等眾將英雄，盡是錦袍金帶，唯有吳用、公孫勝、魯智深、武松身着本身服色，天子聖意大喜，乃曰：「寡人多知卿等征進勞苦，剿寇用心，中傷者多，寡人甚為憂戚。」宋江再拜奏道：「託聖上洪福齊天，臣等眾將雖有金傷，俱各無事。今元兇授首，淮西平定，實陛下威德所致，臣等何勞之有。」再拜稱謝奏道：「臣等奉旨，將王慶獻俘闕下，候旨定奪。」天子降旨：「着法司會官，將王慶凌遲處決。」宋江將蕭嘉穗用奇計克復城池，保全生靈，有功不伐，超然高舉。天子稱獎道：「皆卿等忠誠感動！」命省院官訪取蕭嘉穗赴京擢用。宋江叩頭稱謝。那些省院官，那個肯替朝廷出力，訪問賢良？此是後話。

是日，天子特命省院等官計議封爵。太師蔡京、樞密童貫商議奏道：「目今天下尚未靜平，不可升遷。且加宋江為保義郎，帶禦器械，正受皇城使；副先鋒盧俊義加為宣武郎，帶禦器械，行營團練使；吳用等三十四員，加封為正將軍；朱武等七十二員，加封為偏將軍；支給金銀，賞賜三軍人等。」天子准奏，仍敕與省院眾官，加封爵祿，與宋江等支給賞賜。宋江等就於文德殿頓首謝恩。天子命光祿寺大設御宴，欽賞宋江錦袍一領，金甲一副，名馬一匹；盧俊義以下，賞賜有差，盡於內府關支。宋江與眾將謝恩已罷，盡出宮禁，都到西華門外，上馬回營。一行眾將，出得城來，直至行營安歇，聽候朝廷委用。

當日法司奉旨會官，寫了犯由牌[7]，打開囚車，取出王慶，判了「剮」字，擁到市曹。看的人壓肩迭背，也有唾罵的，也有嗟歎的。那王慶的父王砉及前妻丈人等諸親眷屬，已於王慶初反時收捕，誅夷殆盡，今日只有王慶一個，簇擁在刀劍林中。兩聲破鼓響，一棒碎鑼鳴，槍刀排白雪，皂纛展烏雲。劊子手叫起惡殺都來，恰好午時三刻，將王慶押到十字路頭，讀罷犯由，如法凌遲處死。看的人都道：此是惡人榜樣，到底駢首戕身。若非犯着十惡，如何受此極刑？當下監斬官將王慶處決了當，梟首施行，不在話下。

再說宋江眾人，受恩回營。次日，只見公孫勝直至行營中軍帳內，與宋江等眾人打了稽首，便稟宋江道：「向日本師羅真人囑咐小道，令送兄長還京之後，便回山中。今日兄長功成名遂，貧道就今拜別仁兄，辭別眾位，便歸山中，從師學道，侍養老母，以終天年。」宋江見公孫勝說起前言，不敢翻悔，潸然淚下，便對公孫勝道：「我想昔日弟兄相聚，如花始開，今日弟兄分

---

7) 犯由牌：古代處決罪犯時，公布罪狀的牌子或告示。

別，如花零落。吾雖不敢負汝前言，心中豈忍分別？」公孫勝道：「若是小道半途撇了仁兄，便是寡情薄意。今來仁兄功成名遂，只得曲允。」宋江再四挽留不住，便乃設一筵宴，令眾弟兄相別。筵上舉杯，眾皆歎息，人人灑淚，各以金帛相贐[8]。公孫勝推卻不受，眾兄弟只顧打拴在包裹。次日，眾皆相別。公孫勝穿上麻鞋，背上包裹，打個稽首，望北登程去了。宋江連日思憶，淚如雨下，鬱鬱不樂。

時下又值正旦節[9]相近，諸官準備朝賀。蔡太師恐宋江人等都來朝賀，天子見之，必當重用，隨即奏聞天子，降下聖旨，使人當住，只教宋江、盧俊義兩個有職人員隨班朝賀，其餘出征官員，俱係白身[10]，恐有驚御，盡皆免禮。是日正旦，百官朝賀。宋江，盧俊義俱各公服，都在待漏院伺候早朝，隨班行禮。是日駕坐紫宸殿受朝，宋江、盧俊義隨班拜罷，於兩班侍下，不能上殿。仰觀殿上，玉簪珠履，紫綬金章，往來稱觴獻壽，自天明直至午牌，方始得沾謝恩御酒。百官朝散，天子駕起。宋江、盧俊義出內，卸了公服襆頭，上馬回營，面有愁顏赧色[11]。吳用等接着。眾將見宋江面帶憂容，心悶不樂，都來賀節。百餘人拜罷，立於兩邊，宋江低首不語。吳用問道：「兄長今日朝賀天子回來，何以愁悶？」宋江歎口氣道：「想我生來八字淺薄，命運蹇滯[12]。破遼平寇，東征西討，受了許多勞苦，今日連累眾兄弟無功，因此愁悶。」吳用答道：「兄長既知造化未通，何故不樂？萬事分定，不必多憂。」黑旋風李逵道：「哥哥好沒尋思[13]！當初在梁山泊裏，不受一個的氣，卻今日也要招安，明日也要招安，討得招安了，卻惹煩惱。放着兄弟們都在這裏，再上梁山泊去，卻不快活！」宋江大喝道：「這黑禽獸又來無禮！如今做了國家臣子，都是朝廷良臣。你這廝不省得道理，反心尚兀自未除！」李逵又應道：「哥哥不聽我說，明朝有的氣受哩！」眾人都笑，且捧酒與宋江添壽。是

---

8)　贐（jìn）：臨別時贈送給遠行人的路費、禮物。

9)　正旦節：春節。

10)　白身：指沒有正式授予官職。

11)　赧（nǎn）色：慚愧的神色。

12)　蹇（jiǎn）滯：坎坷。

13)　尋思：考慮。

日只飲到二更，各自散了。

次日引十數騎馬入城，到宿太尉、趙樞密並省院各官處賀節，往來城中，觀看者甚眾。就裏有人對蔡京說知此事。次日，奏過天子，傳旨教省院出榜禁約，於各城門上張掛：「但凡一應出征官員將軍頭目，許於城外下營屯紮，聽候調遣。非奉上司明文呼喚，不許擅自入城。如違，定依軍令擬罪施行。」差人齎榜，徑來陳橋門外張掛榜文。有人看了，徑來報知宋江。宋江轉添愁悶，眾將得知，亦皆焦躁，盡有反心，只礙宋江一個。

且說水軍頭領特地來請軍師吳用商議事務。吳用去到船中，見了李俊、張橫、張順、阮家三昆仲[14]，俱對軍師說道：「朝廷失信，奸臣弄權，閉塞賢路。俺哥哥破了大遼，剿滅田虎，如今又平了王慶，止得個皇城使做，又未曾升賞我等眾人。如今倒出榜文，來禁約我等，不許入城。我想那夥奸臣，漸漸的待要拆散我們弟兄，各調開去。今請軍師自做個主張，若和哥哥商量，斷然不肯。就這裏殺將起來，把東京劫掠一空，再回梁山泊去，只是落草倒好。」吳用道：「宋公明兄長斷然不肯。你眾人枉費了力，箭頭不發，努折箭桿。自古蛇無頭而不行，我如何敢自主張？這話須是哥哥肯時，方才行得。他若不肯做主張，你們要反，也反不出去！」六個水軍頭領見吳用不敢主張，都做聲不得。吳用回至中軍寨中，來與宋江閒話，計較軍情，便道：「仁兄往常千自由，百自在，眾多弟兄亦皆快活。自從受了招安，與國家出力，為國家臣子，不想倒受拘束，不能任用，兄弟們都有怨心。」宋江聽罷，失驚道：「莫不誰在你行說甚來？」吳用道：「此是人之常情，更待多說？古人云：『富與貴，人之所欲；貧與賤，人之所惡。』觀形察色，見貌知情。」宋江道：「軍師，若是弟兄們但有異心，我當死於九泉，忠心不改！」

次日早起，會集諸將，商議軍機，大小人等都到帳前，宋江開話道：「俺是鄆城小吏出身，又犯大罪，託賴你眾弟兄扶持，尊我為頭，今日得為臣子。自古道：『成人不自在，自在不成人。』雖然朝廷出榜禁治，理合如此。汝諸將士，無故不得入城。我等山間林下，鹵莽軍漢極多。倘或因而惹事，必然以法治罪，卻又壞了聲名。如今不許我等入城去，倒是幸事。你們眾

---

14) 昆仲：兄弟。

人，若嫌拘束，但有異心，先當斬我首級，然後你們自去行事。不然，吾亦無顏居世，必當自刎而死，一任你們自為！」眾人聽了宋江之言，俱各垂淚設誓而散。有詩為證：

誰向西周懷好音，公明忠義不移心。
當時羞殺秦長腳[15]，身在南朝心在金。

宋江諸將，自此之後，無事也不入城。看看上元節[16]至，東京年例，大張燈火，慶賞元宵，諸路盡做燈火，於各衙門點放。且說宋江營內浪子燕青，自與樂和商議：「如今東京點放花燈火戲，慶賞豐年，今上天子，與民同樂。我兩個更換些衣服，潛地入城，看了便回。」只見有人說道：「你們看燈，也帶挈我則個！」燕青看見，卻是黑旋風李逵。李逵道：「你們瞞着我，商量看燈，我已聽了多時。」燕青道：「和你去不打緊，只吃你性子不好，必要惹出事來。現今省院出榜，禁治我們，不許入城。倘若和你入城去看燈，惹出事端，正中了他省院之計。」李逵道：「我今番再不惹事便了，都依着你行！」燕青道：「明日換了衣巾，都打扮做客人相似，和你入城去。」李逵大喜。次日都打扮做客人，伺候燕青，同入城去。不期樂和懼怕李逵，潛與時遷先入城去了。燕青灑脫不開，只得和李逵入城看燈，不敢從陳橋門入去，大寬轉卻從封丘門入城。兩個手廝挽着，正投桑家瓦來。來到瓦子前，聽的勾欄內鑼響，李逵定要入去，燕青只得和他挨在人叢裏，聽得上面說平話，正說《三國志》，說到關雲長刮骨療毒。當時有雲長左臂中箭，箭毒入骨。醫人華陀道：「若要此疾毒消，可立一銅柱，上置鐵環，將臂膊穿將過去，用索拴牢，割開皮肉，去骨三分，除卻箭毒，卻用油線縫攏，外用敷藥貼了，內用長託之劑，不過半月，可以平復如初。因此極難治療。」關公大笑道：「大丈夫死生不懼，何況隻手？不用銅柱鐵環，只此便割何妨！」隨即叫取棋盤，與客弈棋，伸起左臂，命華陀刮骨取毒，面不改色，對客談笑自若。正說到這裏，李逵在人叢中高叫道：「這個正是好男子！」眾人失驚，都看李逵。燕青慌忙

---

15) 秦長腳：指秦檜，歷史上著名奸臣。

16) 上元節：元宵節。

攔道：「李大哥，你怎地好村！勾欄瓦舍，如何使得大驚小怪這等叫！」李逵道：「說到這裏，不由人喝采！」燕青拖了李逵便走。

兩個離了桑家瓦，轉過串道[17]，只見一個漢子飛磚擲瓦，去打一戶人家。那人家道：「清平世界，蕩蕩乾坤，散了二次，不肯還錢，顛倒打我屋裏。」黑旋風聽了，路見不平，便要去打。燕青務死抱住，李逵睜着雙眼，要和他廝打的意思。那漢子便道：「俺自和他有賬討錢，干你甚事？即日要跟張招討下江南出征去，你休惹我。到那裏去也是死，要打便和你廝打，死在這裏，也得一口好棺材。」李逵道：「卻是甚麼下江南？不曾聽得點兵調將。」燕青且勸開了鬧，兩個廝挽着，轉出串道，離了小巷，見一個小小茶肆，兩個入去裏面，尋副座頭，坐了吃茶。對席有個老者，便請會茶，閒口論閒話。燕青道：「請問丈丈，卻才巷口一個軍漢廝打，他說道要跟張招討下江南，早晚要去出征，請問端的那裏去出征？」那老人道：「客人原來不知。如今江南草寇方臘反了，佔了八州二十五縣，從睦州起，直至潤州，自號為一國，早晚來打揚州。因此朝廷已差下張招討、劉都督去剿捕。」

燕青、李逵聽了這話，慌忙還了茶錢，離了小巷，徑奔出城，回到營中，來見軍師吳學究，報知此事。吳用見說，心中大喜，來對宋先鋒說知江南方臘造反，朝廷已遣張招討領兵。宋江聽了道：「我等諸將軍馬，閒居在此，甚是不宜。不若使人去告知宿太尉，令其於天子前保奏，我等情願起兵，前去征進。」當時會集諸將商議，盡皆歡喜。

次日，宋江換了些衣服，帶領燕青，自來說此一事。徑入城中，直至太尉府前下馬。正值太尉在府，令人傳報，太尉聞知，忙教請進。宋江來到堂上，再拜起居[18]。宿太尉道：「將軍何事，更衣而來？」宋江稟道：「近因省院出榜，但凡出征官軍，非奉呼喚，不敢擅自入城。今日小將私步至此，上告恩相。聽的江南方臘造反，佔據州郡，擅改年號，侵至潤州，早晚渡江，來打揚州。宋江等人馬久閒，在此屯紮不宜。某等情願部領兵馬，前去征剿，盡忠報國，望恩相於天子前題奏則個！「宿太尉聽了，大喜道：「將軍之言，

---

17) 串道：小胡同。

18) 起居：請安問候。

正合吾意。下官當以一力保奏。將軍請回，來早宿某具本奏聞，天子必當重用。」宋江辭了太尉，自回營寨，與眾兄弟說知。

卻說宿太尉次日早朝入內，見天子在披香殿與百官文武計事，正說江南方臘作耗，佔據八州二十五縣，改年建號，如此作反，自霸稱尊，目今早晚兵犯揚州。天子乃曰：「已命張招討、劉都督征進，未見次第。」宿太尉越班奏道：「想此草寇，既成大患，陛下已遣張總兵、劉都督，再差征西得勝宋先鋒，這兩支軍馬為前部，可去剿除，必幹大功。」天子聞奏大喜，急令使臣宣省院官聽聖旨。當下張招討，從、耿二參謀，亦行保奏，要調宋江這一干人馬為前部先鋒。省院官到殿，領了聖旨，隨即宣取宋先鋒、盧先鋒，直到披香殿下，朝見天子。拜舞已畢，天子降敕，封宋江為平南都總管，征討方臘正先鋒；封盧俊義為兵馬副總管，平南副先鋒。各賜金帶一條，錦袍一領，金甲一副，名馬一騎，彩緞二十五表裏。其餘正偏將佐，各賜緞匹銀兩，待有功次，照名升賞，加受官爵。三軍頭目，給賜銀兩。都就於內務府關支，定限目下出師起行。宋江、盧俊義領了聖旨，就辭了天子。皇上乃曰：「卿等數內，有個能鐫玉石印信金大堅，又有個能識良馬皇甫端，留此二人，駕前聽用。」宋江、盧俊義承旨，再拜謝恩，出內上馬回營。

宋江、盧俊義兩個在馬上歡喜，並馬而行。出的城來，只見街市上一個漢子，手裏拿着一件東西，兩條巧棒，中穿小索，以手牽動，那物便響。宋江見了，卻不識的，使軍士喚那漢子問道：「此是何物？」那漢子答道：「此是胡敲也。用手牽動，自然有聲。」宋江乃作詩一首：

一聲低了一聲高，嘹亮聲音透碧霄。
空有許多雄氣力，無人提挈謾徒勞。

宋江在馬上與盧俊義笑道：「這胡敲[19]正比着我和你，空有沖天的本事，無人提挈，何能振響！」盧俊義道：「兄長何故發此言？據我等胸中學識，不在古今名將之下。如無本事，枉自有人提挈，亦作何用？」宋江道：「賢弟差

---

19)　胡敲：一種玩具，形似扯鈴。

矣！我等若非宿太尉一力保奏，如何能夠天子重用，為人不可忘本！」盧俊義自覺失言，不敢回話。

兩個回到營寨，升帳而坐。當時會集諸將，除女將瓊英因懷孕染病，留下東京，着葉清夫婦伏侍，請醫調治外，其餘將佐，盡教收拾鞍馬衣甲，準備起身，征討方臘。後來瓊英病痊，彌月，產下一個面方耳大的兒子，取名叫做張節。次後聞得丈夫被賊將厲天閏殺死於獨松關，瓊英哀慟昏絕，隨即同葉清夫婦親自到獨松關，扶柩到張清故鄉彰德府安葬。葉清又因病故，瓊英同安氏老嫗，苦守孤兒。張節長大，跟吳玠大敗金兀術於和尚原，殺得兀術亟鬄鬚髯而遁。因此張節得封官爵，歸家養母，以終天年，奏請表揚其母貞節。此是瓊英等貞節孝義的結果。

話休絮繁。再說宋江於奉招討方臘的次日，於內府關到賞賜緞匹銀兩，分俵諸將，給散三軍頭目，便就起送金大堅、皇甫端去御前聽用。宋江一面調撥戰船先行，着令水軍頭領整頓篙櫓風帆，撐駕望大江進發，傳令與馬軍頭領，整頓弓、箭、槍、刀、衣袍、鎧甲。水陸並進，船騎同行，收拾起程。只見蔡太師差府幹到營，索取聖手書生蕭讓，要他代筆。次日，王都尉自來問宋江求要鐵叫子樂和，聞此人善能歌唱，要他府裏使令。宋江只得依允，隨即又起送了二人去訖。宋江自此去了五個弟兄，心中好生鬱鬱不樂。當與盧俊義計議定了，號令諸軍，準備出師。

卻說這江南方臘造反已久，積漸而成，不想弄到許大事業。此人原是歙州山中樵夫，因去溪邊淨手，水中照見自己頭戴平天冠，身穿袞龍袍，以此向人說自家有天子福分。因朱勔在吳中征取花石綱，百姓大怨，人人思亂，方臘乘機造反，就清溪縣內幫源洞中，起造寶殿、內苑、宮闕，睦州、歙州亦各有行宮，仍設文武職台，省院官僚，內相外將，一應大臣。睦州即今時建德，宋改為嚴州；歙州即今時婺源，宋改為徽州。這方臘直從這裏佔到潤州，今鎮江是也。共該八州二十五縣。那八州？歙州、睦州、杭州、蘇州、常州、湖州、宣州、潤州。那二十五縣，都是這八州管下。此時嘉興、松江、崇德、海寧，皆是縣治。方臘自為國王，獨霸一方，非同小可。原來方臘上應天書，推背圖上道：「十千加一點，冬盡始稱尊。縱橫過浙水，顯跡在吳興。」那十千，是萬也；頭加一點，乃方字也。冬盡，乃臘也。稱尊者，乃南面為君也。正應方臘二字。佔據江南八郡，隔着長江天塹，又比淮西差多少來去。

再說宋江選將出師，相辭了省院諸官，當有宿太尉、趙樞密親來送行，賞勞三軍。水軍頭領已把戰船從泗水人淮河，望淮安軍壩，俱到揚州取齊。宋江、盧俊義謝了宿太尉、趙樞密，將人馬分作五起，取旱路投揚州來。於路無話，前軍已到淮安縣屯紮。當有本州官員，置筵設席，等接宋先鋒到來，請進城中管待，訴說：「方臘賊兵浩大，不可輕敵。前面便是揚子大江，此是江南第一個險隘去處。隔江卻是潤州。如今是方臘手下樞密呂師囊並十二個統制官守把住江岸。若不得潤州為家，難以抵敵。」宋江聽了，便請軍師吳用計較良策，即目前面大江攔截，須用水軍船隻向前。吳用道：「揚子江中，有金、焦二山，靠着潤州城郭。可叫幾個弟兄前去探路，打聽隔江消息，用何船隻，可以渡江？」宋江傳令，教喚水軍頭領前來聽令：「你眾弟兄，誰人與我先去探路，打聽隔江消息？」只見帳下轉過四員戰將，盡皆願往。

不是這幾個人來探路，有分教：橫屍似北固山高，流血染揚子江赤。直教：大軍飛渡烏龍陣，戰艦平吞白雁灘。畢竟宋江軍馬怎地去收方臘，且聽下回分解。

## 延伸思考

宋江已然對朝廷頗有不滿，對自身和兄弟們的命運頗為感歎，卻又為何再次主動請纓征討方臘？試分析這種行為背後的心理活動。

第一百一十一回

# 精讀 張順夜伏金山寺 宋江智取潤州城

宋江奉命征剿方臘，水陸並行，到達揚州。屯駐下之後，派了幾人前往打探消息，張順等人打聽到一個名叫陳觀的人交結方臘，吳用定計先拿下陳觀。究竟此計能否奏效呢？

話說這九千三百里揚子大江，遠接三江，卻是漢陽江、潯陽江、揚子江。從四川直至大海，中間通着多少去處，以此呼為萬里長江。地分吳、楚，江心內有兩座山，一座喚做金山，一座喚做焦山。金山上有一座寺，繞山起蓋，謂之寺裹山。焦山上一座寺，藏在山凹裏，不見形勢，謂之山裹寺。這兩座山，生在江中，正佔着楚尾吳頭，一邊是淮東揚州，一邊是浙西潤州，今時鎮江是也。

且說潤州城郭，卻是方臘手下東廳樞密使呂師囊守把江岸。此人原是歙州富戶，因獻錢糧與方臘，官封為東廳樞密使。幼年曾讀兵書戰策，慣使一條丈八蛇矛，武藝出眾。部下管領着十二個統制官，名號江南十二神，協同守把潤州江岸。那十二神是：擎天神福州沈剛、遊弈神歙州潘文得、遁甲神睦州應明、六丁神明州徐統、霹靂神越州張近仁、巨靈神杭州沈澤、太白神湖州趙毅、太歲神宣州高可立、弔客神常州范疇、黃幡神潤州卓萬里、豹尾神江州和潼、喪門神蘇州沈林。

話說樞密使呂師囊統領着五萬南兵，據住江岸。甘露亭下，擺列着戰船三千餘隻，江北岸卻是瓜洲渡口，淨蕩蕩地無甚險阻。

此時先鋒使宋江兵馬戰船，水陸並進，已到淮安了，約至揚州取齊。當日宋先鋒在帳中，與軍師吳用等商議：「此去大江不遠，江南岸便是賊兵守把，誰人與我先去探路一遭，打聽隔江消息，可以進兵。」帳下轉過四員戰將，皆云願往。那四個一個是小旋風柴進，一個是浪裏白條張順，一個是拚命三郎石秀，一個是活閻羅阮小七。宋江道：「你四人分作兩路：張順和柴進，阮小七和石秀。可直到金、焦二山上宿歇，打聽潤州賊巢虛實，前來揚州回話。」四人辭了宋江，各帶了兩個伴當，扮做客人，取路先投揚州來。此時一路百姓，聽得大軍來征剿方臘，都挈家搬在村裏躲避了。四個人在揚州城裏分別，各辦了些乾糧。石秀自和阮小七帶了兩個伴當，投焦山去了。

卻說柴進和張順也帶了兩個伴當，將乾糧捎在身邊，各帶把鋒芒快尖刀，提了朴刀，四個奔瓜洲來。此時正是初春天氣，日暖花香，到得揚子江邊，憑高一望，淘淘雪浪，滾滾煙波，是好江景也！有詩為證：

萬里煙波萬里天，紅霞遙映海東邊。
打魚舟子渾無事，醉擁青蓑自在眠。

這柴進二人，望見北固山下，一帶都是青白二色旗旗，岸邊一字兒擺着許多船隻，江北岸上，一根木頭也無。柴進道：「瓜洲路上雖有屋宇，並無人住，江上又無渡船，怎生得知隔江消息？」張順道：「須得一間屋兒歇下，看兄弟赴水過去對江金山腳下，打聽虛實。」柴進道：「也說得是。」當下四個人奔到江邊，見一帶數間草房，盡皆關閉，推門不開。張順轉過側首，掇開一堵壁子，鑽將入去，見個白頭婆婆，從灶邊走起來。張順道：「婆婆，你家為甚不開

**點評**

● 側面烘托出戰事的緊張，還未開始，便已氣氛凝重。

門？」那婆婆答道：「實不瞞客人說，如今聽得朝廷起大軍來與方臘廝殺。我這裏正是風水門口[1]，有些人家，都搬了別處去躲，只留下老身在這裏看屋。」張順道：「你家男子漢那裏去了？」婆婆道：「村裏去望老小去了。」張順道：「我有四個人，要渡江過去，那裏有船覓一隻？」婆婆道：「船卻那裏去討？近日呂樞密聽得大軍來和他廝殺，都把船隻拘管[2]過潤州去了。」張順道：「我四人自有糧食，只借你家宿歇兩日，與你些銀子作房錢，並不攪擾你。」婆婆道：「歇卻不妨，只是沒有床席。」張順道：「我們自有措置。」婆婆道：「客人，只怕早晚有大軍來！」張順道：「我們自有回避。」當時開門，放柴進和伴當入來，都倚了朴刀，放了行李，取些乾糧燒餅出來吃了。張順再來江邊，望那江景時，見金山寺正在江心裏。但見：江吞鼇背，山聳龍鱗。爛銀盤湧出青螺，軟翠堆遠拖素練。遙觀金殿，受八面之天風；遠望鐘樓，倚千層之石壁。梵塔高侵滄海日，講堂低映碧波雲。無邊閣，看萬里征帆；飛步亭，納一天爽氣。郭璞[3]墓中龍吐浪，金山寺裏鬼移燈。

張順在江邊看了一回，心中思忖道：「潤州呂樞密，必然時常到這山上，我且今夜去走一遭，必知消息。」回來和柴進商量道：「如今來到這裏，一隻小船也沒，怎知隔江之事？我今夜把衣服打拴了，兩個大銀頂在頭上，直赴過金山寺去，把些財賂與那和尚，討個虛實，回報先鋒哥哥。你只在此間等候。」柴進道：「早幹了事便回。」

是夜星月交輝，風恬浪靜，水天一色。黃昏時分，張順脫膊了，扁紮起一腰白絹水褌兒，把這頭巾衣服，裹了兩個大銀，拴縛在頭上，腰間帶一把尖刀，從瓜洲下水，直赴

---

1) 風水門口：要衝。

2) 拘管：拘集，看管。

3) 郭璞：傳說是古代的風水鼻祖、道教術數學宗師。

開江心中來。那水淹不過他胸脯，在水中如走旱路，看看赴到金山腳下，見石峯邊纜着一隻小船，張順爬到船邊，除下頭上衣包，解了濕衣，紮拭了身上，穿上衣服，坐在船中。聽得潤州更鼓，正打三更。張順伏在船內望時，只見上溜頭一隻小船，搖將過來。張順看了道：「這隻船來得蹺蹊，必有奸細！」便要放船開去，不想那隻船一條大索鎖了，又無櫓篙，張順只得又脫了衣服，拔出尖刀，再跳下江裏，直赴到那船邊。船上兩個人搖着櫓，只望北岸，不提防南邊，只顧搖。張順卻從水底下一鑽，鑽到船邊，扳住船舷，把尖刀一削，兩個搖櫓的撒了櫓，倒撞下江裏去了。張順早跳在船上。那船艙裏鑽出兩個人來，張順手起一刀，砍得一個下水去，那個嚇得倒入艙裏去。張順喝道：「你是甚人？那裏來的船隻？實說，我便饒你！」那人道：「好漢聽稟：小人是此間揚州城外定浦村陳將士家幹人，使小人過潤州投拜呂樞密那裏獻糧，准了，使個虞候和小人同回，索要白糧五萬石、船三百隻，作進奉之禮。」張順道：「那個虞候姓甚名誰？現在那裏？」幹人道：「虞候姓葉名貴，卻才好漢砍下江裏去的便是。」張順道：「你卻姓甚？甚麼名字？幾時過去投拜？船裏有甚物件？」幹人道：「小人姓吳名成，今年正月初七日渡江。呂樞密直教小人去蘇州，見了御弟三大王方貌，關了號色旌旗三百面，並主人陳將士官誥，封做揚州府尹，正授中明大夫名爵，更有號衣一千領，及呂樞密劄付一道。」張順又問道：「你的主人姓甚名字？有多少人馬？」吳成道：「人有數千，馬有百十餘匹。嫡親有兩個孩兒，好生了得，長子陳益，次子陳泰。主人將士，叫做陳觀。」張順都問了備細來情去意，一刀也把吳成剁下水裏去了。船尾上裝起櫓來，徑搖到瓜洲。

柴進聽櫓聲響，急忙出來看時，見張順搖隻船來。柴進便問來由，張順把前事一一說了。柴進大喜，去船艙裏取出一包袱文書，並三百面紅絹號旗，雜色號衣一千領，做兩擔打迭了。張順道：「我卻去取了衣裳來。」把船再搖到金山腳下，取了衣裳、巾幘、銀子，再搖到瓜洲岸邊，天色方曉，重霧罩地。張順把船砍漏，推開江裏去沉了。來到屋下，把三二兩銀子與了婆婆，兩個伴當挑了擔子，徑回揚州來。此時宋先鋒軍馬俱屯紮在揚州城外，本州官員迎接宋先鋒入城館驛內安下，連日筵宴，供給軍士。

卻說柴進、張順伺候席散，在館驛內見了宋江，備說陳觀父子交結方臘，早晚誘引賊兵渡江，來打揚州。天幸江心裏遇見，教主帥成這件功勞。宋江聽了大喜，便請軍師吳用商議用甚良策。吳用道：「既有這個機會，覷潤州城易如反掌！先拿了陳觀，大事便定。只除如此如此。」即時喚浪子燕青扮做葉虞候，教解珍、解寶扮做南軍。問了定浦村路頭，解珍、解寶挑着擔子，燕青都領了備細言語，三個出揚州城來，取路投定浦村。離城四十餘里，早問到陳將士莊前。見門首二三十莊客，都整整齊齊，一般打扮。但見：攢竹笠子，上鋪着一把黑纓；細線衲襖，腰繫着八尺紅絹。牛膀鞋，登山似箭；獐皮襪，護腳如綿。人人都帶雁翎刀，個個盡提鴉嘴搠。

當下燕青改作浙人鄉談，與莊客唱喏道：「將士宅上，有麼？」莊客道：「客人那裏來？」燕青道：「從潤州來。渡江錯走了路，半日盤旋，問得到此。」莊客見說，便引入客房裏去，教歇了擔子，帶燕青到後廳來見陳將士。燕青便下拜道：「葉貴就此參見！」拜罷，陳將士問道：「足下何處來？」燕青打浙音道：「回避閒人，方敢對相公說。」陳將士道：「這幾個都是我心腹人，但說不妨。」燕青道：「小人姓葉名貴，是呂樞密帳前虞候。正月初七日接得吳成密書，樞密甚喜，特差葉貴送吳成到蘇州，見御弟三大王，備說相公之意。三大王使人啟奏，降下官誥，就封相公為揚州府尹。兩位直閣舍人，待呂樞密相見了時，再定官爵。今欲使令吳成回程，誰想感冒風寒病症，不能動止。樞密怕誤了大事，特差葉貴送到相公官誥，並樞密文書、關防、牌面、號旗三百面、號衣一千領，克日定時，要相公糧食船隻前赴潤州江岸交割。」便取官誥文書遞與陳將士，看了大喜，忙擺香案，望南謝恩已了，便喚陳益、陳泰出來相見。燕青叫解珍、解寶取出號衣號旗，入後廳交付。陳將士便邀燕青請坐。燕青道：「小人是個走卒，相公處如何敢坐？」陳將士道：「足下是那壁恩相差來的人，又與小官齎誥敕，怎敢輕慢？權坐無妨。」燕青再三謙讓了，遠遠地坐下。陳將士叫取酒來，把盞勸燕青，燕青推卻道：「小人天戒不飲酒。」待他把過三兩巡酒，兩個兒子都來與父親慶賀遞酒。燕青把眼使叫解珍、解寶行事。解寶身邊取出不按君臣[4]的藥頭，張人眼慢，放在酒壺裏。燕青便起身說道：「葉貴雖然不曾將酒過江，借相公酒果，權為上賀之意。」便斟一大鍾酒，以勸陳將士，滿飲此杯。隨即便勸陳益、陳泰兩個，各飲了一杯。當面有幾個心腹莊客，都被燕青勸了一杯。燕青那嘴一努，解珍出來外面，尋了火種，身邊取出號旗號炮，就莊前放起。左右兩邊，已有頭領等候，只聽號炮響，前來策應。燕青在堂裏，見一個個都倒了，身邊掣出短刀，和解寶一齊動手，早都割下頭來。莊門外哄動十個好漢，從前面打將入來。那十員將佐？花和尚魯智深、行者武松、九紋龍史進、病關索楊雄、黑旋風李逵、八臂哪吒項充、飛天大聖李袞、喪門神鮑旭、錦豹子楊林、病大蟲薛永。門前眾莊客那裏迎敵得住？裏面燕青、解珍、解寶早提出陳將士父子首級來。莊門外又早一彪人馬官軍到來，為首六員將佐。那六員？美髯公朱仝、急先鋒索超、沒羽箭張清、混世魔王樊瑞、打虎將李忠、小霸王周通。當下六員首將，引一千軍馬圍住莊院，把陳將士一家老幼盡皆殺了。拿住莊客，引去

---

4)　不按君臣：違反藥理配製的毒藥。

浦裏看時，傍莊傍港，泊着三四百隻船，卻滿滿裝載糧米在內。眾將得了數目，飛報主將宋江。

宋江聽得殺了陳將士，便與吳用計議進兵。收拾行李，辭了總督張招討，部領大隊人馬，親到陳將士莊上，分撥前隊將校，上船行計，一面使人催趲戰船過去。吳用道：「選三百隻快船，船上各插着方臘降來的旗號。着一千軍漢，各穿了號衣，其餘三四千人衣服不等。」三百隻船內，埋伏二萬餘人，更差穆弘扮做陳益，李俊扮做陳泰，各坐一隻大船，其餘船分撥將佐。

第一撥船上，穆弘、李俊管領。穆弘身邊，撥與十個偏將簇擁着。那十個？項充、李袞、鮑旭、薛永、楊林、杜遷、宋萬、鄒淵、鄒潤、石勇。

李俊身邊，也撥與十個偏將簇擁着。那十個？童威、童猛、孔明、孔亮、鄭天壽、李立、李雲、施恩、白勝、陶宗旺。

第二撥船上，差張橫、張順管領。張橫船上，撥與四個偏將簇擁着。那四個？曹正、杜興、龔旺、丁得孫。

張順船上，撥與四個偏將簇擁着。那四個？孟康、侯健、湯隆、焦挺。

第三撥船上便差十員正將管領，也分作兩船進發。那十個？史進、雷橫、楊雄、劉唐、蔡慶、張清、李逵、解珍、解寶、柴進。

這三百船上，分派大小正偏將佐，共計四十二員渡江。次後宋江等，卻把戰船裝載馬匹，游龍飛鯨等船一千隻，打着宋朝先鋒使宋江旗號，大小馬步將佐，一發載船渡江。兩個水軍頭領，一個是阮小二，一個是阮小五，總行催督。

且不說宋江中軍渡江，卻說潤州北固山上，哨見對港三百來隻戰船一齊出浦，船上卻插着護送衣糧先鋒紅旗號。南軍連忙報入行省裏來。呂樞密聚集十二個統制官，都全副披掛，弓弩上弦，刀劍出鞘，帶領精兵，自來江邊觀看。見前面一百隻船，先傍岸攏來。船上望着兩個為頭的，前後簇擁着的，都披着金鎖子號衣，一個個都是那彪形大漢。呂樞密下馬，坐在銀交椅上，十二個統制官兩行把住江岸。穆弘、李俊見呂樞密在江岸上坐地，起身聲喏。左右虞候喝令住船，一百隻船一字兒拋定了錨。背後那二百隻船，乘着順風，都到了。分開在兩下攏來，一百隻在左，一百隻在右，做三下均勻擺定了。客帳司下船來問道：「船從那裏來？」穆弘答道：「小人姓陳名益，兄弟陳泰，父親陳觀，特遣某等弟兄，獻納白米五萬石、船三百隻、精兵五千，來謝樞密恩相保奏之恩。」客帳司道：「前日樞密相公使葉虞候去來，現在何處？」穆弘道：「虞候和吳成各染傷寒時疫，現在莊上養病，不能前來。今將關防文書，在此呈上。」客帳司接了文書，上江岸來稟覆呂樞密道：「揚州定浦村陳府尹男陳益、陳泰，納糧獻兵，呈上原齎去關防文書在此。」呂樞密看，果是原領公文，傳鈞旨，教喚二人上岸。客帳司喚陳益、陳泰上來參見。

穆弘、李俊上得岸來，隨後二十個偏將都跟上去。排軍喝道：「卿相在此，閒雜人不得近前！」二十個偏將都立住了。穆弘、李俊躬身叉手，遠遠侍立。客帳司半晌方才引一人過去參拜了，跪在面前。呂樞密道：「你父親陳觀，如何不自來？」穆弘稟道：「父親聽知是梁山泊宋江等領兵到來，誠恐賊人下鄉擾攪，在家支吾，未敢擅離。」呂樞密道：「你兩個那個是兄？」穆弘道：「陳益是兄。」呂樞密道：「你弟兄兩個曾習武藝麼？」穆弘道：「託賴恩相福蔭，頗曾訓練。」呂樞密道：「你將來白糧[5]，怎地裝載？」穆弘道：「大船裝糧三百石，小船裝糧二百石。」呂樞密道：「你兩個來到，恐有他意！」穆弘道：「小人父子一片孝順之心，怎敢

點評

● 呂樞密的問題看似各不相干，實則體現出他的謹慎嚴密、小心提防。暗示這將是一場鬥智鬥勇、旗鼓相當的苦戰。

5)　白糧：一種專供宮廷和京師官員用的額外漕糧。

懷半點外意？」呂樞密道：「雖然是你好心，吾觀你船上軍漢模樣非常，不由人不疑。你兩個只在這裏，吾差四個統制官引一百軍人下船搜看，但有分外之物，決不輕恕。」穆弘道：「小人此來，指望恩相重用，何必見疑！」

呂師囊正欲點四個統制下船搜看，只見探馬報道：「有聖旨到南門外了，請樞相便上馬迎接。」呂樞密急上了馬，便吩咐道：「且與我把住江岸，這兩個陳益、陳泰隨將我來。」穆弘把眼看李俊一覺。等呂樞密先行去了，穆弘、李俊隨後招呼二十個偏將，便入城門。守門將校喝道：「樞密相關只叫這兩個為頭的人來。其餘人伴，休放進去！」穆弘、李俊過去了，二十個偏將都被擋住在城邊。

且說呂樞密到南門外接着天使，便問道：「緣何來得如此要急？」那天使是方臘面前引進使馮喜，悄悄地對呂師囊道：「近日司天太監浦文英奏道：『夜觀天象，有無數罡星入吳地分野，中間雜有一半無光，就裏為禍不小。』天子特降聖旨，教樞密緊守江岸。但有北邊來的人，須要仔細盤詰，磨問實情。如是形影奇異者，隨即誅殺，勿得停留。」呂樞密聽了大驚：「卻才這一班人，我十分疑忌，如今卻得這話。且請到城中開讀。」馮喜同呂樞密都到行省，開讀聖旨已了，只見飛馬又報：「蘇州又有使命，齎擎御弟三大王令旨到來。」言說：「你前日揚州陳將士投降一節，未可准信，誠恐有詐。近奉聖旨，近來司天監內，照見罡星入於吳地分野，可以牢守江岸，我早晚自差人到來監督。」呂樞密道：「大王亦為此事掛心，下官已奉聖旨。」隨即令人牢守江面，來的船上人，一個也休放上岸，一面設宴管待兩個使命。

卻說那三百隻船上人，見半日沒些動靜。左邊一百隻船上張橫、張順帶八個偏將，提軍器上岸；右邊一百隻船上十員正將都拿了槍刀，鑽上岸來；守江面南軍，攔當不住。黑旋風李逵和解珍、解寶便搶入城。守門官軍急出攔截，李逵掄起雙斧，一砍一剁，早殺翻兩個把門官軍。城邊發起喊來，解珍、解寶各挺鋼叉入城，都一時發作，那裏關得城門迭？李逵橫身在門底下，尋人砍殺，先至城邊二十個偏將，各奪了軍器，就殺起來。呂樞密急使人傳令來，教牢守江面時，城門邊已自殺入城了。十二個統制官聽得城邊發喊，各提動軍馬時，史進、柴進早招起三百隻船內軍兵，脫了南軍的號衣，為首先上岸，船艙裏埋伏軍兵，一齊都殺上岸來。為首統制官沈剛、潘文得兩路軍馬來保城門時，沈剛被史進一刀剁下馬去，潘文得被張橫刺斜裏一槍搠倒。眾軍混殺，那十個統制官，都望城子裏退入去，保守家眷。穆弘、李俊在城中聽得消息，就酒店裏奪得火種，便放起火來。呂樞密急上馬時，早得三個統制官到來救應。城裏降天也似火起。瓜洲望見，先發一彪軍馬過來接應。城裏四門，混戰良久，城上早豎起宋先鋒旗號。四面八方，混殺人馬，難以盡說，下來便見。

且說江北岸，早有一百五十隻戰船傍岸，一齊牽上戰馬，為首十員戰將登岸，都是全付披掛。那十員大將？關勝、呼延灼、花榮、秦明、郝思文、宣贊、單廷珪、韓滔、彭玘、魏定國。正偏戰將一十員，部領二千軍馬，衝殺入城。此時呂樞密方才大敗，引着中傷人馬，徑奔丹徒縣去了。大軍奪得潤州，且教救滅了火，分撥把住四門，卻來江邊，迎接宋先鋒船，正見江面上游龍飛鯨船隻，乘着順風，都到南岸。大小將佐迎接宋先鋒入城，預先出榜，安撫百姓，點本部將佐，都到中軍請功。史進獻沈剛首級，張橫獻潘文得首級，劉唐獻沈澤首級，孔明、孔亮生擒卓萬里，項充、李衮生擒和潼，郝思文箭射死徐統。得了潤州，殺了四個統制官，生擒兩個統制官，殺死牙將官兵，不計其數。

宋江點本部將佐，折了三個偏將，都是亂軍中被箭射死，馬踏身亡，那三個？一個是雲裏金剛宋萬，一個是沒面目焦挺，一個是九尾龜陶宗旺。宋江見折了三將，心中煩惱，快快不樂。吳用勸道：「生死人之分定。雖折了三個兄弟，且喜得了江南第一個險隘州郡，何故煩惱，有傷玉體。要與國家幹功，且請理論大事。」宋江道：「我等一百單八人，天文所載，上應星曜。當初梁山泊發願，五台山設誓，但願同生同死。回京之後，誰想道先去了公孫勝，御前留了金大堅、皇甫端，蔡太師又用了蕭讓，王都尉又要了樂和。今日方渡江，又折了我三個弟兄。想起宋萬這人，雖然不曾立得奇功，當初梁山泊開創之時，多虧此人。今日作泉下之客！」宋江傳令，叫軍士就宋萬死處，搭起祭儀，列了銀錢，排下烏豬白羊，宋江親自祭祀奠酒。就押生擒到偽統制卓萬里、和潼，就那裏斬首瀝血，享祭三位英魂。宋江回府治裏，支給功賞，一面寫了申狀，使人報捷，親請張招討，不在話下。沿街殺的死屍，盡教收拾出城燒化，收拾三個偏將屍骸，葬於潤州東門外。

且說呂樞密折了大半人馬，引着六個統制官，退守丹徒縣，那裏敢再進兵。申將告急文書，去蘇州報與三大王方貌求救。聞有探馬報來，蘇州差元帥邢政領軍到來了。呂樞密接見邢元帥，問慰了，來到縣治，備說陳將士詐降緣由，以致透漏宋江軍馬渡江。「今得元帥到此，可同恢復潤州。」邢政道：「三大王為知罡星犯吳地，特差下官領軍到來，巡守江面。不想樞密失利，下官與你報仇，樞密當以助戰。」次日，邢政引軍來恢奪潤州。

卻說宋江在潤州衙內與吳用商議，差童威、童猛引百餘人去焦山尋取石秀、阮小七，一面調兵出城，來取丹徒縣。點五千軍馬，為首差十員正將。那十人？關勝、林沖、秦明、呼延灼、董平、花榮、徐寧、朱仝、索超、楊志。當下十員正將，部領精兵五千，離了潤州，望丹徒縣來。關勝等正行之次，路上正迎着邢政軍馬。兩軍相對，各把弓箭射住陣腳，排成陣勢。南軍陣上，邢政挺槍出馬，六個統制官，分在兩下。宋軍陣中關勝見了，縱馬舞青龍偃月刀來戰邢政。兩員將鬥到十四五合，一將翻身落馬。正是：瓦罐不

離井上破，將軍必在陣前亡。畢竟二將廝殺，輸了的是誰，
且聽下回分解。

## 延伸思考

本回的景物描寫在情節發展和渲染氣氛方面分別起了甚麼作用？

## 第一百一十二回

# 盧俊義分兵宣州道
# 宋公明大戰毗陵郡

渡江征討方臘，一場惡戰，雙方都損失了幾員將領。宋江因悲傷過度暈了過去。有時，勝與敗的界限確乎沒有那麼清晰。

話說元帥邢政和關勝交馬，戰不到十四五合，被關勝手起一刀，砍於馬下。可憐南國英雄，化作南柯一夢。呼延灼見砍了邢政，大驅人馬，捲殺將去。六個統制官望南而走。呂樞密見本部軍兵大敗虧輸，棄了丹徒縣，領了傷殘軍馬，望常州府而走。宋兵十員大將，奪了縣治，報捷與宋先鋒知道，部領大隊軍兵，前進丹徒縣駐紮。賞勞三軍，飛報張招討，移兵鎮守潤州。次日，中軍從、耿二參謀齎送賞賜到丹徒縣，宋江祗受，給賜眾將。

宋江請盧俊義計議調兵征進。宋江道：「目今宣、湖二州，亦是賊寇方臘佔據。我今與你分兵撥將，作兩路征剿，寫下兩個鬮子，對天拈取。若拈得所征地方，便引兵去。」當下宋江鬮得常、蘇二處，盧俊義鬮得宣、湖二處，宋江便叫鐵面孔目裴宣把眾將均分。除楊志患病不能征進寄留丹徒外，其餘將校撥開兩路。宋先鋒分領將佐攻打常、蘇二處，正偏將共計四十二人，正將一十三員，偏將二十九員。

正將先鋒使呼保義宋江、軍師智多星吳用、撲天鵰李應、大刀關勝、小李廣花榮、霹靂火秦明、金槍手徐寧、美髯公朱仝、花和尚魯智深、行者武松、九紋龍史進、黑旋風李逵、神行太保戴宗。

偏將鎮三山黃信、病尉遲孫立、井木犴郝思文、醜郡馬宣贊、百勝將韓滔、天目將彭玘、混世魔王樊瑞、鐵笛仙馬麟、錦毛虎燕順、八臂哪吒項充、飛天大聖李袞、喪門神鮑旭、矮腳虎王英、一丈青扈三娘、錦豹子楊林、金眼彪施恩、鬼臉兒杜興、毛頭星孔明、獨火星孔亮、轟天雷凌振、鐵臂膊蔡福、一枝花蔡慶、金毛犬段景住、通臂猿侯健、神算子蔣敬、神醫安道全、險道神郁保四、鐵扇子宋清、鐵面孔目裴宣。

大小正偏將佐四十二員，隨行精兵三萬人馬，宋先鋒總領。

副先鋒盧俊義亦分將佐攻打宣、湖二處，正偏將佐共四十七員，正將一十五員，偏將三十二員，朱武偏將之首，受軍師之職。

正將副先鋒玉麒麟盧俊義、神機軍師朱武、小旋風柴進、豹子頭林沖、雙槍將董平、雙鞭呼延灼、急先鋒索超、沒遮攔穆弘、病關索楊雄、插翅虎雷橫、兩頭蛇解珍、雙尾蠍解寶、沒羽箭張清、赤髮鬼劉唐、浪子燕青。

偏將聖水將單廷珪、神火將魏定國、小温侯呂方、賽仁貴郭盛、摩雲金翅歐鵬、火眼狻猊鄧飛、打虎將李忠、小霸王周通、跳澗虎陳達、白花蛇楊春、病大蟲薛永、摸着天杜遷、小遮攔穆春、出林龍鄒淵、獨角龍鄒潤、催命判官李立、青眼虎李雲、石將軍石勇、旱地忽律朱貴、笑面虎朱富、小尉遲孫新、母大蟲顧大嫂、菜園子張青、母夜叉孫二娘、白面郎君鄭天壽、金錢豹子湯隆、操刀鬼曹正、白日鼠白勝、花項虎龔旺、中箭虎丁得孫、活閃婆王定六、鼓上蚤時遷。

大小正偏將佐四十七員，隨征精兵三萬人馬，盧俊義管領。

看官牢記話頭，盧先鋒攻打宣、湖二州，共是四十七人；宋公明攻打常、蘇二處，共是四十二人。計有水軍首領，自是一夥，為因童威、童猛差去焦山，尋見了石秀、阮小七，回報道：「石秀、阮小七來到江邊，殺了一家老小，奪得一隻快船，前到焦山寺內。寺主知道是梁山泊好漢，留在寺中宿食。後知張順幹了功勞，打聽得焦山下船，取茆港，好去攻伐江陰、太倉沿海州縣，使人申將文書來，索請水軍頭領，並要戰具船隻。」宋江即差李俊等八員，撥與水軍五千，跟隨石秀、阮小七等，共取水路，計正偏將一十員。那十員？正將七員，偏將三員：拚命三郎石秀、混江龍李俊、船火兒張橫、浪裏白條張順、立地太歲阮小二、短命二郎阮小五、活閻羅阮小七、出洞蛟童威、翻江蜃童猛、玉幡竿孟康。

大小正偏將佐一十員，水軍精兵五千，戰船一百隻。

看官聽說，宋江自丹徒分兵，共是九十九人，已自不滿百數。大戰船都撥與水軍頭領攻打江陰、太倉，小戰船卻俱入丹徒，都在裏港，隨軍攻打常州。

話說呂師囊引了六個統制官，退保常州毗陵郡。這常州原有守城統制官錢振鵬，手下兩員副將：一個是晉陵縣上濠人氏，姓金名節；一個是錢振鵬心腹之人許定。錢振鵬原是清溪縣都頭出身，協助方臘，累得城池，升做常州制置使。聽得呂樞密失利，折了潤州，一路退回常州，隨即引金節、許定，開門迎接，請入州治，管待已了，商議迎戰之策。錢振鵬道：「樞相放心。錢某不才，願施犬馬之勞，直殺的宋江那廝們大敗過江，恢復潤州，方遂吾願！」呂樞密撫慰道：「若得制置[1]如此用心，何慮國家不安？成功之後，呂某當極力保奏，高遷重爵。」當日筵宴，不在話下。

且說宋先鋒領起分定人馬攻打常、蘇二州，撥馬軍長驅大進，望毗陵郡來。為頭正將一員關勝，部領十員將佐。那十人？秦明、徐寧、黃信、孫立、郝思文、宣贊、韓滔、彭玘、馬麟、燕順。正偏將佐共計十一員，引馬軍三千，直取常州城下，搖旗擂鼓搦戰。呂樞密看了道：「誰敢去退敵軍？」錢振鵬備了戰馬道：「錢某當以效力向前。」呂樞密隨即撥六個統制官相助。六個是誰？應明、張近仁、趙毅、沈抃、高可立、范疇。七員將帶領五千人馬，開了城門，放下吊橋。錢振鵬使口潑風刀，騎一匹捲毛赤兔馬，當先出城。

關勝見了，把軍馬暫退一步，讓錢振鵬列成陣勢，六個統制官分在兩下。對陣關勝當先立馬橫刀，厲聲高叫：「反賊聽着！汝等助一匹夫謀反，損害生靈，人神共怒！今日天兵臨境，尚不知死，敢來與我拒敵！我等不把你這賊徒誅盡殺絕，誓不回兵！」錢振鵬聽了大怒，罵道：「量你等一夥是梁山泊草寇，不知天時，卻不思圖王霸業，倒去降無道昏君，要來和俺大國相併。我今直殺的你片甲不回才罷！」關勝大怒，舞起青龍偃月刀，直衝將來。錢振鵬使動潑風刀，迎殺將去。兩員將廝殺，鬥了三十合之上，錢振鵬漸漸力怯，抵當不住。南軍門旗下，兩個統制官看見錢振鵬力怯，挺兩條槍，一齊出馬，前去夾攻關勝，上首趙毅，下首范疇。宋軍門旗下，惱犯了兩員偏將，一個舞動喪門劍，一個使起虎眼鞭，搶出馬來，乃是鎮三山黃信、病尉遲孫立。六員將，三對兒在陣前廝殺。呂樞密急使許定、金節出城助戰。兩將得令，各持兵器，都上馬直到陣前，見趙毅戰黃信，范疇戰孫立，卻也

---

1)　制置：節制管理軍事的官員。

都是對手。鬥到間深裏，趙毅、范疇漸折便宜。許定、金節各使一口大刀出陣，宋軍陣中韓滔、彭玘二將雙出來迎。金節戰住韓滔，許定戰住彭玘，四將又鬥，五隊兒在陣前廝殺。

原來金節素有歸降大宋之心，故意要本隊陣亂，略鬥數合，撥回馬望本陣先走，韓滔乘勢追將去。南軍陣上高可立，看見金節被韓滔追趕得緊急，取雕弓，搭上硬箭，滿滿地拽開，颼的一箭，把韓滔面頰上射着，倒撞下馬來。這裏秦明急把馬一拍，掄起狼牙棍前來救時，早被那裏張近仁搶出來，咽喉上復一槍，結果了性命。彭玘和韓滔是一正一副的兄弟，見他身死，急要報仇，撇了許定，直奔陣上，去尋高可立。許定趕來，卻得秦明佔住廝殺。高可立看見彭玘趕來，挺槍便迎。不提防張近仁從肋窩裏撞將出來，把彭玘一槍搠下馬去。關勝見損了二將，心中忿怒，恨不得殺進常州，使轉神威，把錢振鵬一刀，也剁於馬下。待要搶他那騎赤兔捲毛馬，不提防自己坐下赤兔馬一腳前失，倒把關勝掀下馬來，南陣上高可立、張近仁兩騎馬便來搶關勝，卻得徐寧引宣贊、郝思文二將齊出，救得關勝回歸本陣。呂樞密大驅人馬，捲殺出城，關勝眾將失利，望北退走，南兵追趕二十餘里。

此日關勝折了些人馬，引軍回見宋江，訴說折了韓滔、彭玘。宋江大哭道：「誰想渡江已來，損折我五個兄弟。莫非皇天有怒，不容宋江收捕方臘，以致損兵折將？」吳用勸道：「主帥差矣！輸贏勝敗，兵家常事，不足為怪。此是兩個將軍祿絕[2]之日，以致如此。請先鋒免憂，且理大事。」只見帳前轉過李逵便說道：「着幾個認得殺俺兄弟的人，引我去殺那賊徒，替我兩個哥哥報仇！」宋江傳令，教來日打起一面白旗，「我親自引眾將，直至城邊，與賊交鋒，決個勝負。」

次日，宋公明領起大隊人馬，水陸並進，船騎相迎，拔寨都起。黑旋風李逵引着鮑旭、項充、李袞，帶領五百悍勇步軍，先來出哨，直到常州城下。呂樞密見折了錢振鵬，心下甚憂，連發了三道飛報文書，去蘇州三大王方貌處求救，一面寫表申奏朝廷。又聽得報道：「城下有五百步軍打城，認旗[3]

---

2)　祿絕：俸祿將要斷絕，指死亡。

3)　認旗：行軍時主將所有的作為表識的旗幟。旗上有不同的標記，以便士兵辨認。

上寫道為首的是黑旋風李逵。」呂樞密道：「這廝是梁山泊第一個兇徒，慣殺人的好漢，誰敢與我先去拿他？」帳前轉過兩個得勝獲功的統制官高可立、張近仁。呂樞密道：「你兩個若拿得這個賊人，我當一力保奏，加官重賞。」張、高二統制各綽了槍上馬，帶領一千馬步兵，出城迎敵。黑旋風李逵見了，便把五百步軍一字兒擺開，手搭兩把板斧，立在陣前。喪門神鮑旭仗着一口大闊板刀，隨於側首。項充、李袞兩個，各人手挽着蠻牌，右手拿着鐵標。四個人各披前後掩心鐵甲，列於陣前。高、張二統制正是得勝狸貓強似虎，及時鴉鵲便欺鵰[4]，統着一千軍馬，靠城排開。

宋軍內有幾個探子，卻認得高可立、張近仁兩個是殺韓滔、彭玘的，便指與黑旋風道：「這兩個領軍的，便是殺俺韓、彭二將軍的！」李逵聽了這說，也不打話，拿起兩把板斧直搶過對陣去。鮑旭見李逵殺過對陣，急呼項充、李袞舞起蠻牌，便去策應。四個齊發一聲喊，滾過對陣。高可立、張近仁吃了一驚，措手不及，急待回馬，那兩個蠻牌早滾到馬頷下，高可立、張近仁在馬上把槍望下搠時，項充、李袞把牌迎住。李逵斧起，早砍翻高可立馬腳，高可立下馬來。項充叫道「留下活的」時，李逵是個好殺人的漢子，那裏忍耐得住，早一斧砍下頭來。鮑旭從馬上揪下張近仁，一刀也割了頭。四個在陣裏亂殺。黑旋風把高可立的頭縛在腰裏，掄起兩把板斧，不問天地，橫身在裏面砍殺，殺得一千軍馬步軍，退入城去，也殺了三四百人，直趕到吊橋邊。李逵和鮑旭兩個便要殺入城去，項充、李袞死當回來。城上擂木炮石，早打下來。四個回到陣前，五百軍兵依原一字擺開，那裏敢輕動？本是也要來混戰，怕黑旋風不分皂白，見的便砍，因此不敢近前。

塵頭起處，宋先鋒軍馬已到，李逵、鮑旭各獻首級，眾將認的是高可立、張近仁的頭，都吃了一驚道：「如何獲得仇人首級？」兩個說：「殺了許多人眾，本待要捉活的來，一時手癢，忍耐不住，就便殺了。」宋江道：「既有仇人首級，可於白旗下望空祭祀韓、彭二將。」宋江又哭了一場，放倒白旗，賞了李逵、鮑旭、項充、李袞四人，便進兵到常州城下。

且說呂樞密在城中心慌，便與金節、許定並四個統制官商議退宋江之

---

4) 得勝狸貓強似虎，及時鴉鵲便欺鵰：比喻暫時得志的人假裝強大，挑戰強者。

策。諸將見李逵等殺了這一陣，眾人都膽顫心寒，不敢出戰。問了數聲，如箭穿雁嘴，鈎搭魚腮，默默無言，無人敢應。呂樞密心內納悶，教人上城看時，宋江軍馬，三面圍住常州，盡在城下擂鼓搖旗，吶喊搦戰。呂樞密叫眾將且各上城守護。眾將退去，呂樞密自在後堂尋思，無計可施，喚集親隨左右心腹人商量，自欲棄城逃走，不在話下。

且說守將金節回到自己家中，與其妻秦玉蘭說道：「如今宋先鋒圍住城池，三面攻擊。我等城中糧食缺少，不經久困。倘或打破城池，我等那時，皆為刀下之鬼。」秦玉蘭答道：「你素有忠孝之心，歸降之意，更兼原是宋朝舊官，朝廷不曾有甚負汝，不若去邪歸正，擒捉呂師囊，獻與宋先鋒，便是進身之計。」金節道：「他手下現有四個統制官，各有軍馬。許定這廝，又與我不睦，與呂師囊又是心腹之人。我恐事未必諧，反惹其禍。」其妻道：「你只密密地夤夜[5]修一封書緘，拴在箭上，射出城去，和宋先鋒達知，裏應外合取城。你來日出戰，詐敗佯輸，引誘入城，便是你的功勞。」金節道：「賢妻此言極當，依汝行之。」史官詩曰：

棄暗投明免禍機，毗陵重見負羈妻。
婦人尚且存忠義，何事男兒識見迷。

次日，宋江領兵攻城得緊，呂樞密聚眾商議，金節答道：「常州城池高廣，只宜守，不可敵。眾將且堅守，等待蘇州救兵來到，方可會合出戰。」呂樞密道：「此言極是。」分撥眾將：應明、趙毅守把東門，沈抃、范疇守把北門，金節守把西門，許定守把南門。調撥已定，各自領兵堅守。當晚金節寫了私書，拴在箭上，待夜深人靜，在城上望着西門外探路軍人射將下去。那軍校拾得箭矢，慌忙報入寨裏來。守西寨正將花和尚魯智深同行者武松兩個見了，隨即使偏將杜興齎了，飛報東北門大寨裏來。宋江、吳用點着明燭，在帳裏議事。杜興呈上金節的私書，宋江看了大喜，便傳令教三寨中知會。

次日，三寨內頭領三面攻城。呂樞密在戰樓上，正觀見宋江陣裏轟天

---

5)　夤（yín）夜：深夜。

雷凌振紮起炮架，卻放了一個風火炮，直飛起去，正打在敵樓角上，骨碌碌一聲響，平塌了半邊。呂樞密急走，救得性命下城來，催督四門守將，出城搦戰。擂了三通戰鼓，大開城門，放下吊橋，北門沈抡、范疇引軍出戰。宋軍中大刀關勝，坐下錢振鵬的捲毛赤兔馬，出於陣前，與范疇交戰。兩個正待相持，西門金節又引出一彪軍來掿戰。宋江陣上病尉遲孫立出馬。兩個交戰，鬥不到三合，金節詐敗，撥轉馬頭便走。孫立當先，燕順、馬麟為次，魯智深、武松、孔明、孔亮、施恩、杜興一發進兵。金節便退入城，孫立已趕入城門邊，佔住西門。城中鬧起，知道大宋軍馬已從西門進城了。那時百姓都被方臘殘害不過，怨氣沖天，聽得宋軍入城，盡出來助戰。城上早豎起宋先鋒旗號。范疇、沈抃見了城中事變，急待奔入城去，保全老小時，左邊衝出王矮虎、一丈青早把范疇捉了。右邊衝出宣贊、郝思文兩個，一齊向前，把沈抃一槍刺下馬去，眾軍活捉了。宋江、吳用大驅人馬入城，四下裏搜捉南兵，盡行誅殺。呂樞密引了許定，自投南門而走，死命奪路，眾軍追趕不上，自回常州聽令，論功升賞。趙毅躲在百姓人家，被百姓捉來獻出。應明亂軍中殺死，獲得首級。宋江來到州治，便出榜安撫，百姓扶老攜幼，詣州拜謝。宋江撫慰百姓，復為良民。眾將各來請功。

金節赴州治拜見宋江，宋江親自下階迎接金節，上廳請坐。金節感激無限，復為宋朝良臣，此皆其妻贊成之功，不在話下。

宋江叫把范疇、沈抃、趙毅三個陷車盛了，寫道申狀，就叫金節親自解赴潤州張招討中軍帳前。金節領了公文，監押三將，前赴潤州交割。比及去時，宋江已自先叫神行太保戴宗，齎飛報文書，保舉金節到中軍了。張招討見宋江申覆金節如此忠義，後金節到潤州，張招討大喜，賞賜金節金銀、緞匹、鞍馬、酒禮。有副都督劉光世，就留了金節，升做行軍都統，留於軍前聽用。後來金節跟隨劉光世大破金兀術四太子，多立功勞，直做到親軍指揮使，至中山陣亡，這是金節的結果。有詩為證：

從邪廓廟生堪愧，殉義沙場骨也香。
他日中山忠義鬼，何如方臘陣中亡。

當日張招討、劉都督賞了金節，把三個賊人，碎屍萬段梟首示眾。隨即使人來常州，犒勞宋先鋒軍馬。

且說宋江在常州屯駐軍馬，使戴宗去宣州、湖州盧先鋒處，飛報調兵消息；一面又有探馬報來說，呂樞密逃回在無錫縣，又會合蘇州救兵，正欲前來迎敵。宋江聞知，便調馬軍步軍、正偏將佐十員頭領，撥與軍兵一萬，望南迎敵。那十員將佐？關勝、秦明、朱仝、李應、魯智深、武松、李逵、鮑旭、項充、李衮。當下關勝等領起前部軍兵人馬，與同眾將，辭了宋先鋒，離城去了。

且說戴宗探聽宣、湖二州進兵的消息，與同柴進回見宋江，報說副先鋒盧俊義得了宣州，特使柴大官人到來報捷。宋江甚喜。柴進到州治，參拜已了，宋江把了接風酒，同入後堂坐下，動問盧先鋒破宣州備細緣由。柴進將出申達文書，與宋江看了，備說打宣州一事：

方臘部下鎮守宣州經略使家餘慶，手下統制官六員，都是歙州、睦州人氏。那六人？李韶、韓明、杜敬臣、魯安、潘濬、程勝祖。當日家餘慶分調六個統制，做三路出城對陣，盧先鋒也分三路軍兵迎敵。中間是呼延灼和李韶交戰，董平共韓明相持。戰到十合，韓明被董平兩槍刺死。李韶遁去。中路軍馬大敗。左軍是林沖和杜敬臣交戰，索超與魯安相持。林沖蛇矛刺死杜敬臣。索超斧劈死魯安。右軍是張清和潘濬交戰，穆弘共程勝祖相持。張清一石子打下潘濬，打虎將李忠趕出去殺了。程勝祖棄馬逃回。此日連勝四將，賊兵退入城去。盧先鋒急驅眾將奪城，趕到門邊，不提防賊兵城上飛下一片磨扇來，打死俺一個偏將。城上箭如雨點一般射下來，那箭矢都有毒藥，射中俺兩個偏將，比及到寨，俱各身死。盧先鋒因見折了三將，連夜攻城。守東門賊將不緊，因此得了宣州。亂軍中殺死了李韶。家餘慶領了些敗殘軍兵，望湖州去了。智深困於陣上，不知去向。磨扇打死了白面郎君鄭天壽。兩個中藥箭的，是操刀鬼曹正、活閃婆王定六。

宋江聽得又折了三個兄弟，大哭一聲，驀然倒地，未知五臟如何，先見四肢不舉。正是：花開又被風吹落，月皎那堪雲霧遮。畢竟宋江昏暈倒了，性命如何，且聽下回分解。

## 延伸思考

宋江受招安後南征北戰，雖屢建奇功，卻似乎並沒有得到應得的實際好處。金聖歎甚至認為招安後的文字是不忍卒讀的。試從本回中體會宋江矛盾的心情。

## 第一百一十三回

# 混江龍太湖小結義
# 宋公明蘇州大會垓

苦戰仍在進行，宋軍人生地不熟，派李俊等人前往太湖打探消息，卻被一夥兄弟擒住，眼看性命休矣，然而不打不相識，好漢間一見如故的場景再一次上演。

話說當下眾將救起宋江，半晌方才甦醒，對吳用等說道：「我們今番必然收伏不得方臘了！自從渡江以來，如此不利，連連損折了我八個弟兄。」吳用勸道：「主帥休說此言，恐懈軍心。當初破大遼之時，大小完全回京，皆是天數。今番折了兄弟們，此是各人壽數。眼見得渡江以來，連得了三個大郡：潤州、常州、宣州。此乃皆是天子洪福齊天，主將之虎威，如何不利！先鋒何故自喪志氣？」宋江道：「雖然天數將盡，我想一百單八人，上應列宿，又合天文所載，兄弟們如手足之親。今日聽了這般凶信，不由我不傷心。」吳用再勸道：「主將請休煩惱，勿傷貴體。且請理會調兵接應，攻打無錫縣。」宋江道：「留下柴大官人與我做伴。別寫軍帖，使戴院長與我送去，回覆盧先鋒，着令進兵攻打湖州，早至杭州聚會。」吳用教裴宣寫了軍帖回覆，使戴宗往宣州去了，不在話下。

卻說呂師囊引着許定，逃回至無錫縣，正迎着蘇州三大王發來救應軍兵，為頭是六軍指揮使衞忠，帶十數個牙將，引兵一萬，來救常州，合兵一處，守住無錫縣。呂樞密訴說金節獻城一事，衞忠道：「樞密寬心，小將必然再要恢復常州。」只見探馬報道：「宋軍至近，早作準備。」衞忠便引兵上馬，出北門外迎敵，早見宋兵軍馬勢大，為頭是黑旋風李逵，引着鮑旭、項充、李袞當先，直殺過來。衞忠力怯，軍馬不曾擺成行列，大敗而走。急退入無錫縣時，四個早隨馬後，趕入縣治。呂樞密便奔南門而走。關勝引着兵馬，已奪了無錫縣。衞忠、許定亦望南門走了，都回蘇州去了。關勝等得了縣治，便差人飛報宋先鋒。宋江與眾頭領都到無錫縣，便出榜安撫了本處百姓，復為良民，引大隊軍馬，都屯住在本縣，卻使人申請張、劉二總兵鎮守常州。

且說呂樞密會同衞忠、許定三個，引了敗殘軍馬，奔蘇州城來告三大王求救，訴說宋軍勢大，迎敵不住，兵馬席捲而來，以致失陷城池。三大王大怒，喝令武士，推轉呂樞密斬訖報來。衞忠等告說：「宋江部下軍將，皆是慣戰兵馬，多有勇烈好漢了得的人，更兼步卒都是梁山泊小嘍囉，多曾慣鬥，因此難敵。」方貌道：「權且寄下你項上一刀，與你五千軍馬，首先出哨。我自分撥大將，隨後便來策應。」呂師囊拜謝了，全身披掛，手執丈八蛇矛，上馬引軍，首先出城。

卻說三大王聚集手下八員戰將，名為八驃騎，一個個都是身長力壯，武藝精熟的人。那八員？飛龍大將軍劉贇，飛虎大將軍張威，飛熊大將軍徐方，飛豹大將軍郭世廣，飛天大將軍鄔福，飛雲大將軍苟正，飛山大將軍甄誠，飛水大將軍昌盛。

當下三大王方貌親自披掛，手持方天畫戟，上馬出陣，監督中軍人馬，前來交戰。馬前擺列着那八員大將，背後整整齊齊有三二十個副將，引五萬南兵人馬，出閶闔門來迎敵宋軍。前部呂師囊引着衞忠、許定，已過寒山寺了，望無錫縣而來。宋江已使人探知，盡引許多正偏將佐，把軍馬調出無錫縣，前進十餘里路。兩軍相遇，旗鼓相望，各列成陣勢。呂師囊忿那口氣，躍坐下馬，橫手中矛，親自出陣，要與宋江交戰。宋江在門旗下見了，回頭問道：「誰人敢拿此賊？」說猶未了，金槍手徐寧挺起手中金槍，驟坐下馬，出到陣前，便和呂樞密交戰。二將交鋒，左右助喊，約戰了二十餘合，呂師囊露出破綻來，被徐寧肋下刺着一槍，攧下馬去。兩軍一齊吶喊。黑旋風李逵手揮雙斧，喪門神鮑旭挺仗飛刀，項充、李衮各舞槍牌，殺過陣來，南兵大亂。

宋江驅兵趕殺，正迎着方貌大隊人馬，兩邊各把弓箭射住陣腳，各列成陣勢。南軍陣上，一字擺開八將。方貌在中軍聽得說殺了呂樞密，心中大怒，便橫戟出馬來，大罵宋江道：「量你等只是梁山泊一夥打家劫舍的草賊，宋朝合敗，封你為先鋒，領兵侵入吾地，我今直把你誅盡殺絕，方才罷兵！」宋江在馬上指道：「你這廝只是睦州一夥村夫，量你有甚福祿，妄要圖王霸業，不如及早投降，免汝一死！天兵到此，尚自巧言抗拒！我若不把你殺盡，誓不回軍！」方貌喝道：「且休與你論口，我手下有八員猛將在此，你敢撥八個出來廝殺麼？」宋江笑道：「若是我兩個併你一個，也不算好漢。你使八個出來，我使八員首將，和你比試本事，便見輸贏。但是殺下馬的，各自抬回本陣，不許暗箭傷人，亦不許搶擄屍首。如若不見輸贏，不得混戰，明日再約廝殺。」方貌聽了，便叫八將出來，各執兵器，驟馬向前。宋江道：「諸將相讓馬軍出戰。」說言未絕，八將齊出。那八人？關勝、花榮、徐寧、秦明、朱仝、黃信、孫立、郝思文。宋江陣內，門旗開處，左右兩邊，分出八員首將，齊齊驟馬，直臨陣上。兩軍中花腔鼓擂，雜彩旗搖，各家放了一個號炮，兩軍助着喊聲，十六騎馬齊出，各自尋着敵手，捉對兒廝殺。那十六員將佐，如何見得尋着對手，配合交鋒？關勝戰劉贇，秦明戰張威，花榮戰徐方，徐寧戰鄔福，朱仝戰苟正，黃信戰郭世廣，孫立戰甄誠，郝思文戰昌盛。真乃是難描難畫，但見：征塵亂起，殺氣橫生。人人欲作哪吒，個個爭為敬德。三十二條臂膊，如織錦穿梭；六十四隻馬蹄，似追風走雹。隊旗錯雜，難分赤白青黃；兵器交加，莫辨槍刀劍戟。試看旋轉烽煙裏，真似元宵走馬燈。

這十六員猛將，都是英雄，用心相敵，鬥到三十合之上，數中一將，翻身落馬，贏得的是誰？美髯公朱仝，一槍把苟正刺下馬來。兩陣上各自鳴金收軍，七對將軍分開。兩下各回本陣。

三大王方貌見折了一員大將，尋思不利，引兵退回蘇州城內。宋江當日催趲軍馬，直近寒山寺下寨，升賞朱仝。裴宣寫了軍狀，申覆張招討，不在話下。

且說三大王方貌退兵入城，堅守不出，分調諸將，守把各門，深栽鹿角，城上列着踏弩硬弓，擂木炮石，窩鋪[1]內熔煎金汁，女牆邊堆垛灰瓶，準備牢守城池。

---

1)　窩鋪：臨時支搭以避風雨的棚子。

次日，宋江見南兵不出，引了花榮、徐寧、黃信、孫立，帶領三千餘騎馬軍，前來看城。見蘇州城郭，一周遭都是水港環繞，牆垣堅固，想道：「急不能勾打得城破。」回到寨中，和吳用計議攻城之策。有人報道：「水軍頭領正將李俊，從江陰來見主將。」宋江教請入帳中。見了李俊，宋江便問沿海消息。李俊答道：「自從撥領水軍，一同石秀等殺至江陰、太倉沿海等處，守將嚴勇、副將李玉部領水軍船隻，出戰交鋒。嚴勇在船上被阮小二一槍搠下水去，李玉已被亂箭射死，因此得了江陰、太倉。即目石秀、張橫、張順去取嘉定，三阮去取常熟，小弟特來報捷。」宋江見說大喜，賞賜了李俊，着令自往常州去見張、劉二招討，投下申狀。

且說這李俊徑投常州來，見了張招討、劉都督，備說收復了江陰、太倉海島去處，殺了賊將嚴勇、李玉。張招討給與了賞賜，令回宋先鋒處聽調。李俊回到寒山寺寨中，來見宋先鋒。宋江因見蘇州城外水面空闊，必用水軍船隻廝殺，因此就留下李俊，教整點船隻，準備行事。李俊說道：「容俊去看水面闊狹，如何用兵，卻作道理。」宋江道：「是。」李俊去了兩日，回來說道：「此城正南上相近太湖，兄弟欲得備舟一隻，投宜興小港，私入太湖裏去，出吳江，探聽南邊消息，然後可以進兵，四面夾攻，方可得破。」宋江道：「賢弟此言極當！只是沒有副手與你同去。」隨即便撥李大官人帶同孔明、孔亮、施恩、杜興四個，去江陰、太倉、昆山、常熟、嘉定等處，協助水軍，收復沿海縣治，便可替回童威、童猛，來幫助李俊行事。李應領了軍帖，辭別宋江，引四員偏將投江陰去了。不過兩日，童威、童猛回來，參見宋先鋒。宋江撫慰了，就叫隨從李俊，乘駕小船，前去探聽南邊消息。

且說李俊帶了童威、童猛，駕起一葉扁舟，兩個水手搖櫓，五個人徑奔宜興小港裏去，盤旋直入太湖中來。看那太湖時，果然水天空闊，萬頃一碧。但見：天連遠水，水接遙天。高低水影無塵，上下天光一色。雙雙野鷺飛來，點破碧琉璃；兩兩輕鷗驚起，衝開青翡翠。春光淡蕩，溶溶波皺魚鱗；夏雨滂沱，滾滾浪翻銀屋。秋蟾皎潔，白蛇游走波瀾；冬雪紛飛，玉蝶彌漫天地。混沌鑿開元氣窟，馮夷獨佔水晶宮。有詩為證：

溶溶漾漾白鷗飛，綠淨春深好染衣。

南去北來人自老，夕陽常送釣船歸。

當下李俊和童威、童猛並兩個水手，駕着一葉小船，徑奔太湖，漸近吳江，遠遠望見一派漁船，約有四五十隻。李俊道：「我等只做買魚，去那裏打聽一遭。」五個人一徑搖到那打漁船邊，李俊問道：「漁翁，有大鯉魚嗎？」漁人道：「你們要大鯉魚，隨我家裏去賣與你。」李俊搖着船，跟那幾隻漁船去。沒多時，漸漸到一個處所。看時，團團一遭，都是駝腰柳樹，籬落中有二十餘家。那漁人先把船來纜了，隨即引李俊、童威、童猛三人上岸，到一個莊院裏。一腳入得莊門，那人嗽了一聲，兩邊鑽出七八條大漢，都拿着撓鉤，把李俊三人一齊搭住，徑捉入莊裏去，不問事情，便把三人都綁在樁木上。

李俊把眼看時，只見草廳上坐着四個好漢。為頭那個赤鬚黃發，穿着領青綢衲襖；第二個瘦長短髯，穿着一般黑綠盤領木綿衫；第三個黑面長鬚，第四個骨臉闊腮扇圈鬍鬚，兩個都一般穿着領青衲襖子，頭上各帶黑氈笠兒，身邊都倚着軍器。為頭那個喝問李俊道：「你等這廝們，都是那裏人氏？來我這湖泊裏做甚麼？」李俊應道：「俺是揚州人，來這裏做客，特來買魚。」那第四個骨臉的道：「哥哥休問他，眼見得是細作了。只顧與我取他心肝來吃酒。」李俊聽得這話，尋思道：「我在潯陽江上，做了許多年私商，梁山泊內又妝了幾年的好漢，卻不想今日結果性命在這裏！罷，罷，罷！」歎了口氣，看着童威、童猛道：「今日是我連累了兄弟兩個，做鬼也只是一處去！」童威、童猛道：「哥哥休說這話，我們便死也勾了。只是死在這裏，埋沒了兄長大名。」三面廝覷着，腆起胸脯受死。

那四個好漢卻看了他們三個說了一回，互相廝覷道：「這個為頭的人，必不是以下之人。」那為頭的好漢又問道：「你三個正是何等樣人？可通個姓名，教我們知道。」李俊又應道：「你們要殺便殺。我等姓名，至死也不說與你，枉惹得好漢們恥笑！」那為頭的見說了這話，便跳起來，把刀都割斷了繩索，放起這三個人來。四個漁人，都扶他至屋內請坐。為頭那個納頭便拜，說道：「我等做了一世強人，不曾見你這般好義氣人物！好漢，三位老兄正是何處人氏？願聞大名姓字。」李俊道：「眼見得你四位大哥，必是個好漢了。便說與你，隨你們拿我三個那裏去。我三個是梁山泊宋公明手下副將。我是混江龍李俊。這兩個兄弟，一個是出洞蛟童威，一個是翻江蜃童猛。今來受了朝廷招安，新破遼國，班師回京，又奉敕命，來收方臘。你若是方臘手下人員，便解我三人去請賞，休想我們掙扎！」那四個聽罷，納頭便拜，齊齊跪道:「有眼不識泰山，卻才甚是冒瀆，休怪！休怪！俺四個兄弟，非是方臘手下，原舊都在綠林叢中討衣吃飯。今來尋得這個去處，地名喚做榆柳莊，四下裏都是深港，非船莫能進。俺四個只着打魚的做眼，太湖裏面尋些衣食。近來一冬，都學得些水勢，因此無人敢來侵傍。俺們也久聞你梁山泊宋公明招集天下好漢，並兄長大名，亦聞有個浪裏白條張順，不想今日得遇哥哥！」李俊道:「張順是我弟兄，亦做同班水軍頭領，現在江陰地面收捕賊人。改日同他來，卻和你們相會。願求你等四位大名。」為頭那一個道:「小弟們因在綠林叢中走，都有異名，哥哥勿笑！小弟是赤鬚龍費保，一個是捲毛虎倪雲，一個是太湖蛟卜青，一個是瘦臉熊狄成。」李俊聽說了四個姓名，大喜道:「列位從此不必相疑，喜得是一家人！俺哥哥宋公明現做收方臘正先鋒，即目要取蘇州，不得次第，特差我三個人來探路。今既得遇你四位好漢，可隨我去見俺先鋒，都保你們做官，待收了方臘，朝廷升用。」費保道:「容覆:若是我四個要做官時，方臘手下也得個統制做了多時。所以不願為官，只求快活。若是哥哥要我四人幫助時，水裏水裏去，火裏火裏去。若說保我做官時，其實不要。」李俊道:「既是恁地，我等只就這裏結義為兄弟如何？」四個好漢見說大喜，便叫宰了一口豬、一腔羊，致酒設席，結拜李俊為兄。李俊叫童威、童猛都結義了。

七個人在榆柳莊上商議，說宋公明要取蘇州一事，「方貌又不肯出戰，城池四面是水，無路可攻，舟船港狹，難以准敵，似此怎得城子破？」費保道:「哥哥且寬心住兩日。杭州不時間有方臘手下人來蘇州公幹，可以乘勢智取城郭。小弟使幾個打魚的去緝聽，若還有人來時，便定計策。」李俊道:「此言極妙！」費保便喚幾個漁人，先行去了，自同李俊每日在莊上飲酒。在那裏住了兩三日，只見打魚的回來報道:「平望鎮上有十數隻遞運船隻，船尾上都插着黃旗，旗上寫着『承造王府衣甲』，眼見的是杭州解來的。每隻船上，只有五七人。」李俊道:「既有這個機會，萬望兄弟們助力。」費保道:「只今便往。」李俊道:「但若是那船上走了一個，其計不諧了。」費保道:「哥哥放心，都在兄弟身上。」隨即聚集六七十隻打魚小船。七籌好漢，各坐一隻，其餘都是漁人，各藏了暗器，盡從小港透入大江，四散接將去。

當夜星月滿天，那十隻官船都灣在江東龍王廟前。費保船先到，忽起一聲號哨，六七十隻漁船一齊攏來，各自幫住大船。那官船裏人急鑽出來，早被撓鈎搭住，三個五個，做一串兒縛了。及至跳得下水的，都被撓鈎搭上船來。盡把小船帶住官船，都移入太湖深處。直到榆柳莊時，已是四更天氣。閒雜之人，都縛做一串，把大石頭墜定，拋在太湖裏淹死。捉得兩個為頭的來問時，原來是守把杭州方臘大太子南安王方天定手下庫官，特奉令旨，押送新造完鐵甲三千副，解赴蘇州三大王方貌處交割。李俊問了姓名，要了一應關防文書，也把兩個庫官殺了。李俊道：「須是我親自去和哥哥商議，方可行此一件事。」費保道：「我着人把船渡哥哥，從小港裏到軍前覺近便。」就叫兩個漁人，搖一隻快船送出去。李俊吩咐童威、童猛並費保等，且教把衣甲船隻悄悄藏在莊後港內，休得吃人知覺了。費保道：「無事。」自來打並船隻。

卻說李俊和兩個漁人駕起一葉快船，徑取小港，棹到軍前寒山寺上岸。來至寨中，見了宋先鋒，備說前事。吳用聽了大喜道：「若是如此，蘇州唾手可得！便請主將傳令，就差李逵、鮑旭、項充、李袞帶領衝陣牌手二百人，跟隨李俊回太湖莊上，與費保等四位好漢，如此行計，約在第二日進發。」李俊領了軍令，帶同一行人，直到太湖邊來。三個先過湖去，卻把船隻接取李逵等一干人，都到榆柳莊上。李俊引着李逵、鮑旭、項充、李袞四個，和費保等相見了。費保看見李逵這般相貌，都皆駭然。邀取二百餘人，在莊上置備酒食相待。到第三日，眾人商議定了。費保扮做解衣甲正庫官，倪雲扮做副使，都穿了南官的號衣，將帶了一應關防文書。眾漁人都裝做官船上艄公水手。卻藏黑旋風等二百餘人將校在船艙裏。卜青、狄成押着後船，都帶了放火的器械。

卻欲要行動，只見漁人又來報道：「湖面上有一隻船，在那裏搖來搖去。」李俊道：「又來作怪！」急急自去看時，船頭上立着兩個人，看來卻是神行太保戴宗和轟天雷凌振。李俊唿了一聲號哨，那隻船飛也似奔來莊上，到得岸邊上岸來，都相見了。李俊問：「二位何來？甚事見報？」戴宗道：「哥哥急使李逵來了，正忘卻一件大事，特地差我與凌振齎一百號炮在船裏，湖面上尋趕不上，這裏又不敢攏來傍岸，教兄弟明早卯時進城，到得裏面，便放這一百個火炮為號。」李俊道：「最好！」便就船裏，搬過炮籠炮架來，都藏埋衣甲船內。費保等聞知是戴宗，又置酒設席管待。凌振帶來十個炮手，都埋伏擺在第三隻船內。

當夜四更，離莊望蘇州來，五更已後，到得城下。守門軍士，在城上望見南國旗號，慌忙報知管門大將，卻是飛豹大將軍郭世廣，親自上城來問了小校備細，接取關防文書，吊上城來看了。郭世廣使人齎至三大王府裏，辨看了來文，又差人來監視，卻才教放入城門。郭世廣直在水門邊坐地，再叫人下船看時，滿滿地堆着鐵甲號衣，因此一隻隻都放入城去。放過十隻船了，便關水門。三大王差來的監視官員，引着五百軍在岸上跟定，便着灣住了船。李逵、鮑旭、項充、李袞從船艙裏鑽出來。監視官見了四個人，形容粗醜，急待問是甚人時，項充、李袞早舞起團牌，飛出一把刀來，把監視官剁下馬去。那五百軍欲待上船，被李逵掣起雙斧，早跳在岸上，一連砍翻十數個，那五百軍人都走了。船裏眾好漢並牌手二百餘人一齊上岸，便放起火來。凌振就岸邊撒開炮架，搬出號炮，連放了十數個。那炮震得城樓也動，四下裏打將入去。

三大王方貌正在府中計議，聽得火炮接連響，驚得魂不附體。各門守將聽得城中炮響不絕，各引兵奔城中來。各門飛報，南軍都被冷箭射死，宋軍已上城了。蘇州城內鼎沸起來，正不知多少宋軍入城。黑旋風李逵和鮑旭引着兩個牌手，在城裏橫衝直撞，追殺南兵。李俊、戴宗引着費保四人，護持凌振，只顧放炮。宋江已調三路軍將取城。宋兵殺入城來，南軍漫散，各自逃生。

且說三大王方貌急急披掛上馬，引了五七百鐵甲軍，奪路待要殺出南門，不想正撞見黑旋風李逵這一夥，殺得鐵甲軍東西亂竄，四散奔走。小巷裏又撞出魯智深，掄起鐵禪杖打將來。方貌抵當不住，獨自躍馬，再回府來。烏鵲橋下轉出武松，趕上一刀，掠斷了馬腳，方貌倒將下來，被武松再復一刀砍了，提首級徑來中軍，參見先鋒請功。此時宋江已進城中王府坐下，令諸將各自去城裏搜殺南軍，盡皆捉獲。單只走了劉贇一個，領了些敗殘軍兵，投秀州去了。有詩為證：

神器從來不可干，僭王稱號詎能安？
武松立馬誅方貌，留與凶頑做樣看。

宋江到王府坐下，便傳下號令，休教殺害良民百姓，一面教救滅了四下裏火，便出安民文榜，曉諭軍民。次後聚集諸將，到府請功。已知武松殺了方貌，朱仝生擒徐方，史進生擒了甄誠，孫立鞭打死張威，李俊槍刺死昌盛，樊瑞殺死鄔福，宣贊和郭世廣鏖戰，你我相傷，都死於飲馬橋下，其餘都擒得牙將，解來請功。宋江見折了醜郡馬宣贊，傷悼不已，便使人安排花棺彩槨，迎去虎丘山下殯葬。把方貌首級並徐方、甄誠解赴常州張招討軍前施行。張招討就將徐方、甄誠碎剮於市，方貌首級，解赴京師；回將許多賞賜，來蘇州給散眾將。張招討移文申狀，請劉光世鎮守蘇州，卻令宋先鋒沿便進兵，收捕賊寇。只見探馬報道：「劉都督、耿參謀來守蘇州。」當日眾將都跟着宋先鋒迎接劉光世等官入城王府安下。參賀已了，宋江眾將自來州治議事，使人去探沿海水軍頭領消息如何。卻早報說，沿海諸處縣治聽得蘇州已破，羣賊各自逃散，海僻縣道，盡皆平靜了。宋江大喜，申達文書到中軍報捷，請張招討曉諭舊官復職，另撥中軍統制前去各處守禦安民，退回水軍頭領正偏將佐，來蘇州調用。

數日之間，統制等官各自分投去了。水軍頭領都回蘇州，訴說三阮打常熟，折了施恩；又去攻取昆山，折了孔亮。石秀、李應等盡皆回了，施恩、孔亮不識水性，一時落水，俱被淹死。宋江見又折了二將，心中大憂，嗟歎不已。武松念起舊日恩義，也大哭了一場。

且說費保等四人來辭宋先鋒，要回去。宋江堅意相留，不肯，重賞了四人，再令李俊送費保等回榆柳莊去。李俊當時又和童威、童猛送費保等四人到榆柳莊上，費保等又治酒設席相款。飲酒中間，費保起身與李俊把盞，說出幾句言語來，有分教：李俊離卻中原之境，別立化外之基。正是：了身達命蟾離殼，立業成名魚化龍。畢竟費保與李俊說出甚言語來，且聽下回分解。

### 延伸思考

李俊與四兄弟結拜的情節，引起了你對前文故事的哪些回憶？

## 第一百一十四回

# 寧海軍宋江弔孝
# 湧金門張順歸神

李俊送費保等人回榆柳莊，費保卻勸說李俊離了宋軍，跟着自己另作打算。李俊不願背棄宋江，不肯拋卻梁山泊的兄弟義氣，辭去費保的好意返回宋軍。隨即，宋江點兵起程直取平望鎮，一場大戰即將來臨。不料，還未開始攻城，守城的段愷卻主動投降了。

話說當下費保對李俊道：「小弟雖是個愚鹵匹夫，曾聞聰明人道：『世事有成必有敗，為人有興必有衰。』哥哥在梁山泊，勛業[1]到今，已經數十餘載，更兼百戰百勝。去破遼國時，不曾損折了一個兄弟。今番收方臘，眼見挫動銳氣，天數不久。為何小弟不願為官？為因世情不好。有日太平之後，一個個必然來侵害你性命。自古道：『太平本是將軍定，不許將軍見太平。』此言極妙！今我四人，既已結義了，哥哥三人，何不趁此氣數未盡之時，尋個了身達命之處，對付[2]些錢財，打了一隻大船，聚集幾人水手，江海內尋個淨辦[3]處安身，以終天年，豈不美哉！」李俊聽罷，倒地便拜，說道：「仁兄，重蒙教導，指引愚迷，十分全美。只是方臘未曾剿得，宋公明恩義難拋，行此一步未得。今日便隨賢弟去了，全不見平生相聚的義氣。若是眾位肯姑待李俊，容待收伏方臘之後，李俊引兩個兄弟，徑來相投，萬望帶挈。是必賢弟

1) 勛業：功業。

2) 對付：湊。

3) 淨辦：安靜。

們先準備下這條門路。若負今日之言，天實厭之[4]，非為男子也！」那四個道：「我等準備下船隻，專望哥哥到來，切不可負約！」李俊、費保結義飲酒，都約定了，誓不負盟。

次日，李俊辭別了費保四人，自和童威、童猛回來參見宋先鋒，俱說費保等四人不願為官，只願打魚快活。宋江又嗟歎了一回，傳令整點水陸軍兵起程。吳江縣已無賊寇，直取平望鎮，長驅而進，前望秀州而來。本州守將段愷聞知蘇州三大王方貌已死，只思量收拾走路[5]。使人探知大軍離城不遠，遙望水陸路上，旌旗蔽日，船馬相連，嚇得魂消膽喪。前隊大將關勝、秦明已到城下，便分調水軍船隻，圍住西門。段愷在城上叫道：「不須攻擊，準備納降。」隨即開放城門，段愷香花燈燭，牽羊擔酒，迎接宋先鋒入城，直到州治歇下。段愷為首參見了，宋江撫慰段愷，復為良臣。便出榜安民。段愷稱說：「愷等原是睦州良民，累被方臘殘害，不得已投順部下。今得天兵到此，安敢不降？」宋江備問：「杭州寧海軍城池，是甚人守據？有多少人馬良將？」段愷稟道：「杭州城郭闊遠，人煙稠密，東北旱路，南面大江，西面是湖，乃是方臘大太子南安王方天定守把，部下有七萬餘軍馬，二十四員戰將，四個元帥，共是二十八員。為首兩個最了得：一個是歙州僧人，名號寶光如來，俗姓鄧，法名元覺，使一條禪杖，乃是渾鐵打就的，可重五十餘斤，人皆稱為國師；又一個乃是福州人氏，姓石名寶，慣使一個流星錘，百發百中，又能使一口寶刀，名為劈風刀，可以裁銅截鐵，遮莫三層鎧甲，如劈風一般過去。外有二十六員，都是遴選之將，亦皆悍勇。主帥切不可輕敵。」宋江聽罷，賞了段愷，便教去張招討軍前說知備細。後來段愷就跟了張招討行軍，守把蘇州，卻委副都督劉光世來秀州守禦，宋先鋒卻移兵在檇李亭下寨。

當與諸將筵宴賞軍，商議調兵攻取杭州之策。只見小旋風柴進起身道：「柴某自蒙兄長高唐州救命已來，一向累蒙仁兄顧愛，坐享榮華，不曾報得恩義。今願深入方臘賊巢，去做細作。或得一陣功勛，報效朝廷，也與兄長有光。未知尊意肯容否？」宋江大喜道：「若得大官人肯去直入賊巢，知得裏面溪山曲折，可以進兵，生擒賊首方臘，解上京師，方表微功，同享富貴。只

---

4)　天實厭之：遭到天譴。

5)　走路：逃跑。

恐賢弟路程勞苦，去不得。」柴進道：「情願捨死一往，只是得燕青為伴同行最好。此人曉得諸路鄉談，更兼見機而作。」宋江道：「賢弟之言，無不依允。只是燕青撥在盧先鋒部下，便可行文取來。」正商議未了，聞人報道：「盧先鋒特使燕青到來報捷。」宋江見報，大喜說道：「賢弟此行，必成大功矣！恰限燕青到來，也是吉兆。」柴進也喜。

燕青到寨中，上帳拜罷宋江，吃了酒食。問道：「賢弟水路來？旱路來？」燕青答道：「乘船到此。」宋江又問道：「戴宗回時，說道已進兵攻取湖州，其事如何？」燕青稟道：「自離宣州，盧先鋒分兵兩處：先鋒自引一半軍馬攻打湖州，殺死偽留守弓溫並手下副將五員，收伏了湖州，殺散了賊兵，安撫了百姓，一百行文申覆張招討，撥統制守禦，特令燕青來報捷。主將所分這一半人馬，叫林沖引領前去，攻取獨松關，都到杭州聚會。小弟來時，聽得說獨松關路上每日廝殺，取不得關。先鋒又同朱武去了，囑咐委呼延將軍統領軍兵，守住湖州。待中軍招討調撥得統制到來，護境安民，才一面進兵，攻取德清縣，到杭州會合。」宋江又問道：「湖州守禦取德清，並調去獨松關廝殺，兩處分的人將，你且說與我姓名，共是幾人去，並幾人跟呼延灼來。」

燕青道：「有單在此。分去獨松關廝殺取關，現有正偏將佐二十三員：先鋒盧俊義、朱武、林沖、董平、張清、解珍、解寶、呂方、郭盛、歐鵬、鄧飛、李忠、周通、鄒淵、鄒潤、孫新、顧大嫂、李立、白勝、湯隆、朱貴、朱富、時遷。現在湖州守禦，即日進兵德清縣，現有正偏將佐一十九員：呼延灼、索超、穆弘、雷橫、楊雄、劉唐、單廷珪、魏定國、陳達、楊春、薛永、杜遷、穆春、李雲、石勇、龔旺、丁得孫、張青、孫二娘。這兩處將佐，通計四十二員。小弟來時，那裏商議定了，目下進兵。」

宋江道：「既然如此，兩路進兵攻取最好。卻才柴大官人要和你去方臘賊巢裏面去做細作，你敢去麼？」燕青道：「主帥差遣，安敢不從？小弟願陪侍柴大官人去。」柴進甚喜，便道：「我扮做個白衣秀才，你扮做個僕者。一主一僕，背着琴劍書箱上路去，無人疑忌。直去海邊尋船，使過越州，卻取小路去諸暨縣。就那裏穿過山路，取睦州不遠了。」商議已定，擇一日，柴進、燕青辭了宋先鋒，收拾琴劍書籍，自投海邊，尋船過去，不在話下。

且說軍師吳用再與宋江道：「杭州南半邊有錢塘大江，通達海島。若得幾個人駕小船從海邊去進赭山門，到南門外江邊，放起號炮，豎立號旗，城中必慌。你水軍中頭領，誰人去走一遭？」說猶未了，張橫、三阮道：「我們都去。」宋江道：「杭州西路又靠着湖泊，亦要水軍用度，你等不可都去。」吳用道：「只可叫張橫同阮小七，駕船將引侯健、段景住去。」當時撥了四個人，引着三十餘個水手，將帶了十數個火炮號旗，自來海邊尋船，望錢塘江裏進發。

看官聽說，這回話都是散沙一般。先人書會[6]留傳，一個個都要說到，只是難做一時說；慢慢敷演[7]關目[8]，下來便見。看官只牢記關目頭行[9]，便知衷曲[10]奧妙。

再說宋江分調兵將已了，回到秀州，計議進兵，攻取杭州，忽聽得東京有使命齎捧御酒賞賜到州。宋江引大小將校，迎接入城，謝恩已罷，作御酒供宴，管待天使。飲酒中間，天使又將出太醫院奏准，為上皇乍感小疾，索取神醫安道全回京，駕前委用，降下聖旨，就令來取。宋江不敢阻當。次日，管待天使已了，就行起送安道全赴京。宋江等送出十里長亭餞行，安道全自同天使回京。有詩讚曰：

安子青囊藝最精，山東行散有聲名。
人誇脈得倉公妙，自負丹如薊子[11]成。
刮骨立看金鏃出，解肌時見刃痕平。
梁山結義堅如石，此別難忘手足情。

再說宋江把頒降到賞賜，分俵眾將，擇日祭旗起軍，辭別劉都督、耿參謀，上馬進兵，水陸並行，船騎同發。路至崇德縣，守將聞知，奔回杭州去了。

且說方臘太子方天定，聚集諸將在行宮議事。今時龍翔宮基址，乃是舊

6)　書會：話本作者和說書藝人的團體。
7)　敷演：鋪敘故事的情節。
8)　關目：回目。
9)　關目頭行：情節。
10)　衷曲：真實情況。
11)　薊子：一種灌木，結子色如紅丹。

日行宮。方天定手下有四員大將。那四員？寶光如來國師鄧元覺，南離大將軍元帥石寶，鎮國大將軍厲天閏，護國大將軍司行方。

這四個皆稱元帥大將軍名號，是方臘加封。又有二十四員偏將。那二十四員？厲天佑、吳值、趙毅、黃愛、晁中、湯逢士、王勣、薛斗南、冷恭、張儉、元興、姚義、溫克讓、茅迪、王仁、崔彧、廉明、徐白、張道原、鳳儀、張韜、蘇涇、米泉、貝應夔。

這二十四個，皆封為將軍。共是二十八員，在方天定行宮，聚集計議。方天定說道：「即目宋江水陸並進，過江南來，平折了與他三個大郡。止有杭州，是南國之屏障，若有虧失，睦州焉能保守？前者司天太監浦文英，奏是『罡星侵入吳地，就裏為禍不小』，正是這夥人了。今來犯吾境界，汝等諸官各受重爵，務必赤心報國，休得怠慢。」眾將啟奏方天定道：「主上寬心！放着許多精兵良將，未曾與宋江對敵。目今雖是折陷了數處州郡，皆是不得其人，以致如此。今聞宋江、盧俊義分兵三路，來取杭州，殿下與國師謹守寧海軍城郭，作萬年基業。臣等眾將，各各分調迎敵。」太子方天定大喜，傳下令旨，也分三路軍馬前去策應，只留國師鄧元覺同保城池。分去那三員元帥？乃是：

護國元帥司行方，引四員首將救應德清州：薛斗南、黃愛、徐白、米泉。

鎮國元帥厲天閏，引四員首將救應獨松關：厲天佑、張儉、張韜、姚義。

南離元帥石寶，引八員首將，總軍出郭迎敵大隊人馬：溫克讓、趙毅、冷恭、王仁、張道原、吳值、廉明、鳳儀。

三員大將，分調三路，各引軍三萬。分撥人馬已定，各賜金帛，催促起身。元帥司行方引了一支軍馬，救應德清州，望奉口鎮進發；元帥厲天閏引一支軍馬，救應獨松關，望餘杭州進發。

且不說兩路軍馬策應去了。卻說這宋先鋒大隊軍兵，迤邐前進，來至臨平山，望見山頂一面紅旗，在那裏磨動。宋江當下差正將二員——花榮、秦明先來哨路，隨即催趲戰船車過長安壩來。花榮、秦明兩個帶領了一千軍馬，轉過山嘴，早迎着南軍石寶軍馬。手下兩員首將當先，望見花榮、秦明，一齊出馬。一個是王仁，一個是鳳儀，各挺一條長槍，便奔將來。宋軍中花榮、秦明便把軍馬擺開出戰。秦明手舞狼牙大棍直取鳳儀，花榮挺槍來戰王仁。四馬相交，鬥過十合，不分勝敗。秦明、花榮覷見南軍後有接應，都喝一聲：「少歇！」各回馬還陣。花榮道：「且休戀戰，快去報哥哥來，別作商議。」後軍隨即飛報去中軍。

宋江引朱仝、徐寧、黃信、孫立四將，直到陣前。南軍王仁、鳳儀再出馬交鋒，大罵：「敗將敢再出來交戰！」秦明大怒，舞起狼牙棍，縱馬而出，和風儀再戰。王仁卻搦花榮出戰。只見徐寧一騎馬，便挺槍殺去。花榮與徐寧是一副一正——金槍手、銀槍手。花榮隨即也縱馬，便出在徐寧背後，拈弓取箭在手，不等徐寧、王仁交手，覷得較親，只一箭，把王仁射下馬去，南軍盡皆失色。鳳儀見王仁被箭射下馬來，吃了一驚，措手不及，被秦明當頭一棍打着，下馬去，南兵漫散奔走。宋軍衝殺過去，石寶抵當不住，退回皋亭山來，直近東新橋下寨。當日天晚，策立不定，南兵且退入城去。

次日，宋先鋒軍馬已過了皋亭山，直抵東新橋下寨，傳令教分調本部軍兵，作三路夾攻杭州。那三路軍兵將佐是誰？

一路分撥步軍頭領正偏將，從湯鎮路去取東門，是：朱仝、史進、魯智深、武松、王英、扈三娘。

一路分撥水軍頭領正偏將，從北新橋取古塘，截西路，打靠湖城門：李俊、張順、阮小二、阮小五、孟康。

中路馬步水三軍，分作三隊進發，取北關門、艮山門。前隊正偏將是：關勝、花榮、秦明、徐寧、郝思文、凌振。

第二隊總兵主將宋先鋒、軍師吳用，部領人馬。正偏將是：戴宗、李逵、石秀、黃信、孫立、樊瑞、鮑旭、項充、李衮、馬麟、裴宣、蔣敬、燕順、宋清、蔡福、蔡慶、郁保四。

第三隊水路陸路助戰策應。正偏將是：李應、孔明、杜興、楊林、童威、童猛。

當日宋江分撥大小三軍已定，各自進發。

有話即長，無話即短。且說中路大隊軍兵前隊關勝，直哨[12]到東新橋，不見一個南軍。關勝心疑，退回橋外，使人回覆宋先鋒。宋江聽了，使戴宗傳令，吩咐道：「且未可輕進，每日輪兩個頭領出哨。」頭一日，是花榮、

---

12)　哨：巡邏。

秦明，第二日徐寧、郝思文，一連哨了數日，又不見出戰。此日又該徐寧、郝思文，兩個帶了數十騎馬，直哨到北關門來，見城門大開着，兩個來到吊橋邊看時，城上一聲擂鼓響，城裏早撞出一彪軍馬來。徐寧、郝思文急回馬時，城西偏路喊聲又起，一百餘騎馬軍，衝在前面。徐寧併力[13]死戰，殺出馬軍隊裏，回頭不見了郝思文。再回來看時，見數員將校，把郝思文活捉了入城去。徐寧急待回身，項上早中了一箭，帶着箭飛馬走時，六將背後趕來，路上正逢着關勝，救得回來，血暈倒了。六員南將，已被關勝殺退，自回城裏去了。慌忙報與宋先鋒知道。宋江急來看徐寧時，七竅流血。宋江垂淚，便喚隨軍醫士治療，拔去箭矢，用金槍藥敷貼。宋江且教扶下戰船內將息，自來看視。當夜三四次發昏，方知中了藥箭。宋江仰天歎道：「神醫安道全已被取回京師，此間又無良醫可救，必損吾股肱也！」傷感不已。吳用來請宋江回寨，主議軍情，勿以兄弟之情，誤了國家重事。宋江使人送徐寧到秀州去養病，不想箭中藥毒，調治不痊。

且說宋江又差人去軍中打聽郝思文消息，次日，只見小軍來報道：「杭州北關門城上，把竹竿挑起郝思文頭來示眾。」方知道被方天定碎剮了。宋江見報，好生傷感。後半月徐寧已死，申文來報。宋江因折了二將，按兵不動，且守住大路。

卻說李俊等引兵到北新橋駐紮，分軍直到古塘深山去處探路，聽得飛報道：「折了郝思文，徐寧中箭而死。」李俊與張順商議道：「尋思我等這條路道，第一要緊是去獨松關、湖州、德清二處衝要路口。抑且賊兵都在這裏出沒，我們若當住他咽喉道路，被他兩面來夾攻，我等兵少，難以迎敵。不若一發殺入西山深處，卻好屯紮。西湖水面好做我們戰場。山西後面，通接西溪，卻又好做退步。」便使小校，報知先鋒，請取軍令。次後引兵直過桃源嶺西山深處，在今時靈隱寺屯駐。山北面西溪山口，亦紮小寨，在今時古塘深處。前軍卻來唐家瓦出哨。當日張順對李俊說道：「南兵都已收入杭州城裏去了。我們在此屯兵，今經半月之久，不見出戰，只在山裏，幾時能夠獲功。小弟今欲從湖裏沒水過去，從水門中暗入城去，放火為號。哥哥便可進兵取

13) 併力：拚命。併，同「拚」。

他水門，就報與主將先鋒，教三路一齊打城。」李俊道：「此計雖好，恐兄弟獨力難成。」張順道：「便把這命報答先鋒哥哥許多年好情分，也不多了。」李俊道：「兄弟且慢去，待我先報與哥哥，整點人馬策應。」張順道：「我這裏一面行事，哥哥一面使人去報。比及兄弟到得城裏，先鋒哥哥已自知了。」

當晚張順身邊藏了一把蓼葉尖刀，飽吃了一頓酒食，來到西湖岸邊，看見那三面青山，一湖綠水，遠望城郭，四座禁門，臨着湖岸。那四座門？錢塘門、湧金門、清波門、錢湖門。看官聽說，原來這杭州舊宋以前，喚做清河鎮。錢王手裏，改為杭州寧海軍，設立十座城門：東有菜市門、薦橋門；南有候潮門、嘉會門；西有錢湖門、清波門、湧金門、錢塘門；北有北關門、艮山門。高宗車駕南渡之後，建都於此，喚做花花臨安府，又添了三座城門。目今方臘佔據時，還是錢王舊都，城子方圓八十里，雖不比南渡以後，安排得十分的富貴，從來江山秀麗，人物奢華，所以相傳道：「上有天堂，下有蘇杭。」怎見得？江浙昔時都會，錢塘自古繁華。休言城內風光，且說西湖景物，有一萬頃碧澄澄掩映琉璃，列三千面青娜娜參差翡翠。春風湖上，豔桃濃李如描；夏日池中，綠蓋紅蓮似畫。秋雲涵如，看南國嫩菊堆金；冬雪紛飛，觀北嶺寒梅破玉。九里松青煙細細，六橋水碧響泠泠。曉霞連映三天竺，暮雲深鎖二高峯。風生在猿呼洞口，雨飛來龍井山頭。三賢堂畔，一條鼇背侵天；四聖觀前，百丈祥雲繚繞。蘇公堤東坡古蹟，孤山路和靖舊居。訪友客投靈隱去，簪花人逐淨慈來。平昔只聞三島遠，豈知湖北勝蓬萊？

蘇東坡學士有詩讚道：

湖光瀲灩晴方好，山色空蒙雨亦奇。
若把西湖比西子，淡妝濃抹總相宜。

又有古詞名《浣溪沙》為證：

湖上朱橋響畫輪，溶溶春水浸春雲，碧琉璃滑淨無塵。當路游絲迎醉客，人花黃鳥喚行人，日斜歸去奈何春！

這西湖，故宋時果是景致無比，說之不盡。張順來到西陵橋上，看了半晌。當時春暖，西湖水色拖藍，四面山光迭翠。張順看了道：「我身生在潯陽江上，大風巨浪經了萬千，何曾見這一湖好水，便死在這裏，也做個快活鬼！」說罷，脫下布衫，放在橋下，頭上挽着個穿心紅的髻兒，下面着腰生絹水裙，繫一條搭膊，掛一口尖刀，赤着腳，鑽下湖裏去，卻從水底下摸將過湖來。此時已是初更天氣，月色微明，張順摸近湧金門邊，探起頭來，在水面上聽時，城上更鼓，卻打一更四點。城外靜悄悄地，沒一個人。城上女牆邊，有四五個人在那裏探望。張順再伏在水裏去了，又等半回，再探起頭來看時，女牆邊悄不見一個人。張順摸到水口邊看時，一帶都是鐵窗櫺隔着。摸裏面時，都是水簾護定，簾子上有繩索，索上縛着一串銅鈴。張順見窗櫺牢固，不能夠入城，舒隻手入去，扯那水簾時，牽得索子上鈴響，城上人早發起喊來。張順從水底下再鑽入湖裏伏了。聽得城上人馬下來，看那水簾時，又不見有人，都在城上說道：「鈴子響得蹺蹊，莫不是個大魚，順水游來，撞動了水簾。」眾軍漢看了一回，並不見一物，又各自去睡了。

張順再聽時，城樓上已打三更，打了好一回更點，想必軍人各自去東倒西歪睡熟了。張順再鑽向城邊去，料是水裏入不得城。爬上岸來看時，那城上不見一個人在上面，便欲要爬上城去，且又尋思道：「倘或城上有人，卻不幹折了性命，我且試探一試探。」摸些土塊，擲撒上城去。有不曾睡的軍士，叫將起來，再下來看水門時，又沒動靜。再上城來敵樓上看湖面上時，又沒一隻船隻。原來西湖上船隻，已奉方天定令旨，都收入清波門外和淨慈港內，別門俱不許泊船。眾人道：「卻是作怪？」口裏說道：「定是個鬼！我們各自睡去，休要睬他！」口裏雖說，卻不去睡，盡伏在女牆邊。張順又聽了一個更次，不見些動靜，卻鑽到城邊來聽，上面更鼓不響。張順不敢使上去，又把些土石拋擲上城去，又沒動靜。張順尋思道：「已是四更，將及天亮，不上城去，更待幾時？」卻才爬到半城，只聽得上面一聲梆子響，眾軍一齊起。張順從半城上跳下水池裏去，待要趁水沒時，城上踏弩、硬弓、苦竹箭、鵝卵石，一齊都射打下來。可憐張順英雄，就湧金門外水池中身死。詩曰：

曾聞善戰死兵戎，善溺終然喪水中。

瓦罐不離井上破，勸君莫但逞英雄。

話分兩頭，卻說宋江日間已接了李俊飛報，說張順沒水入城，放火為號，便轉報與東門軍士去了。當夜宋江在帳中和吳用議事，到四更，覺道神思睏倦，退了左右，在帳中伏幾而臥。猛然一陣冷風，宋江起身看時，只見燈燭無光，寒氣逼人。定睛看時，見一個似人非人，似鬼非鬼，立於冷氣之中。看那人時，渾身血污着，低低道：「小弟跟隨哥哥許多年，恩愛至厚。今以殺身報答，死於湧金門下槍箭之中，今特來辭別哥哥。」宋江道：「這個不是張順兄弟？」回過臉來這邊，又見三四個，都是鮮血滿身，看不仔細。宋江大哭一聲，驀然覺來，乃是南柯一夢。

帳外左右，聽得哭聲，入來看時，宋江道：「怪哉！」叫請軍師圓夢。吳用道：「兄長卻才睏倦暫時，有何異夢？」宋江道：「適間冷氣過處，分明見張順一身血污，立在此間，告道：『小弟跟着哥哥許多年，蒙恩至厚。今以殺身報答，死於湧金門下槍箭之中，特來辭別。』轉過臉來，這面又立着三四個帶血的人，看不分曉，就哭覺來。」吳用道：「早間李俊報說，張順要過湖裏去，越城放火為號，莫不只是兄長記心，卻得這惡夢？」宋江道：「只想張順是個精靈的人，必然死於無辜。」吳用道：「西湖到城邊，必是險隘，想端的送了性命。張順魂來，與兄長託夢。」宋江道：「若如此時，這三四個又是甚人？」和吳學究議論不定，坐而待旦，絕不見城中動靜，心中越疑。

看看午後，只見李俊使人飛報將來說：「張順去湧金門越城，被箭射死於水中，現今西湖城上把竹竿挑起頭來，掛着號令。」宋江見報了，又哭的昏倒；吳用等眾將亦皆傷感。原來張順為人甚好，深得弟兄情分。宋江道：「我喪了父母，也不如此傷悼，不由我連心透骨苦痛！」吳用及眾將勸道：「哥哥以國家大事為念，休為弟兄之情，自傷貴體。」宋江道：「我必須親自到湖邊，與他弔孝。」吳用諫道：「兄長不可親臨險地，若賊兵知得，必來攻擊。」宋江道：「我自有計較。」隨即點李逵、鮑旭、項充、李袞四個引五百步軍去探路，宋江隨後帶了石秀、戴宗、樊瑞、馬麟，引五百軍士，暗暗地從西山小路裏去李俊寨裏。李俊等接着，請到靈隱寺中方丈內歇下。宋江又哭了一場，便請本寺僧人，就寺裏誦經，追薦張順。

次日天晚，宋江叫小軍去湖邊揚一首白幡，上寫道：「亡弟正將張順之魂」，插於水邊。西陵橋上，排下許多祭物，卻吩咐李逵道：「如此如此。」埋伏在北山路口；樊瑞、馬麟、石秀左右埋伏；戴宗隨在身邊。只等天色相近一更時分，宋江掛了白袍，金盔上蓋着一層孝絹，同戴宗並五七個僧人，卻從小行山轉到西陵橋上。軍校已都列下黑豬白羊，金銀祭物，點起燈燭熒煌，焚起香來。宋江在當中證盟，朝着湧金門下哭奠。戴宗立在側邊。先是僧人搖鈴誦咒，攝招呼名，祝贊張順魂魄，降墜神幡。次後戴宗宣讀祭文，宋江親自把酒澆奠，仰天望東而哭。

正哭之間，只聽得橋下兩邊，一聲喊起，南北兩山，一齊鼓響，兩彪軍馬來拿宋江。正是：只因恩義如天大，惹起兵戈捲地來。畢竟宋江、戴宗怎地迎敵，且聽下回分解。

## 延伸思考

本回開頭費保四兄弟勸說李俊早日抽身而退，李俊的回答能否代表其他梁山兄弟的想法？痛失兄弟後宋江傷心欲絕，他又是怎樣的心理？試將這兩種心理加以對比。

## 第一百一十五回

# 張順魂捉方天定
# 宋江智取寧海軍

如果說征討大遼、平田虎、擒王慶等戰役使我們感受了宋江軍的神勇無敵，那麼征方臘的戰鬥中，隨着梁山好漢一個個犧牲，故事便越來越充滿悲劇的意味。

話說宋江和戴宗正在西陵橋上祭奠張順，已有人報知方天定，差下十員首將，分作兩路，來拿宋江，殺出城來。南山五將，是吳值、趙毅、晁中、元興、蘇涇；北山路也差五員首將，是溫克讓、崔彧、廉明、茅迪、湯逢士。南北兩路，共十員首將，各引三千人馬，半夜前後開門，兩頭軍兵一齊殺出來。宋江正和戴宗奠酒化紙，只聽得橋下喊聲大舉。左有樊瑞、馬麟，右有石秀，各引五千人埋伏，聽得前路火起，一齊也舉起火來，兩路分開，趕殺南北兩山軍馬。南兵見有準備，急回舊路。兩邊宋兵追趕。溫克讓引着四將，急回過河去時，不提防保叔塔山背後，撞出阮小二、阮小五、孟康引五千軍殺出來，正截斷了歸路，活捉了茅迪，亂槍戳死湯逢士。南山吳值也引着四將，迎着宋兵追趕，急退回來，不提防定香橋正撞着李逵、鮑旭、項充、李袞引五百步隊軍殺出來。那兩個牌手，直搶入懷裏來，手舞蠻牌，飛刀出鞘，早剁倒元興，鮑旭刀砍死蘇涇，李逵斧劈死趙毅，軍兵大半殺下湖裏去了，都被淹死。及到城裏救軍出來時，宋江軍馬已都入山裏去了，都到靈隱寺取齊，各自請功受賞。兩路奪得好馬五百餘匹。宋江吩咐留下石秀、樊瑞、馬麟，相幫李俊等同管西湖山寨，準備攻城。宋江只帶了戴宗、李逵等回皋亭山寨中。吳用等接入中軍帳坐下。宋江對軍師說道：「我如此行計，也得他四將之首，活捉了茅迪，將來解赴張招討軍前，斬首施行。」

宋江在寨中，唯不知獨松關、德清二處消息，便差戴宗去探，急來回報。戴宗去了數日，回來寨中，參見先鋒，說知盧先鋒已過獨松關了，早晚便到此間。宋江聽了，憂喜相半，就問兵將如何。戴宗答道：「我都知那裏廝殺的備細，更有公文在此。先鋒請休煩惱。」宋江道：「莫非又損了我幾個弟兄？你休隱避我，與我實說情由。」戴宗道：「盧先鋒自從去取獨松關，那關兩邊，都是高山，只中間一條路。山上蓋有關所，關邊有一株大樹，可高數十餘丈，望得諸處皆見，下面盡是叢叢雜雜松樹。關上守把三員賊將：為首的喚做吳升，第二個是蔣印，第三個是衞亨。初時連日下關，和林沖廝殺，被林沖蛇矛戳傷蔣印。吳升不敢下關，只在關上守護，次後厲天閏又引四將到關救應，乃是厲天佑、張儉、張韜、姚義四將。次日下關來廝殺，賊兵內厲天佑首先出馬，和呂方相持，約鬥五六十合，被呂方一戟刺死厲天佑，賊兵上關去了，並不下來。連日在關下等了數日，盧先鋒為見山嶺險峻，卻差歐鵬、鄧飛、李忠、周通四個上山探路，不提防厲天閏要替兄弟復仇，引賊兵衝下關來，首先一刀，斬了周通。李忠帶傷走了。若是救應得遲時，都得休了的。救得三將回寨。次日，雙槍將董平焦躁要去復仇，勒馬在關下大罵賊將，不提防關上一火炮打下來，炮風正傷了董平左臂，回到寨裏，就使槍不得，把夾板綁了臂膊。次日定要去報仇，盧先鋒當住了不曾去。過了一夜，臂膊料好，不教盧先鋒知道，自和張清商議了，兩個不騎馬，先行上關來。關上走下厲天閏、張韜來交戰。董平要捉厲天閏，步行使槍，厲天閏也使長槍來迎，與董平鬥了十合，董平心裏只要廝殺，爭奈左手使槍不應，只得退步。厲天閏趕下關來，張清便挺槍去搠厲天閏。厲天閏卻閃去松樹背後，張清手中那條槍，卻搠在松樹上，急要拔時，搠牢了，拽不脫，被厲天閏還一槍來，腹上正着，戳倒在地。董平見搠倒張清，急使雙槍去戰時，不提防張韜卻在背後攔腰一刀，把董平剁做兩段。盧先鋒知得，急去救應，兵已上關去了，下面又無計可施。得了孫新、顧大嫂夫妻二人，扮了逃難百姓，去到深山裏，尋得一條小路，引着李立、湯隆、時遷、白勝四個，從小路過到關上，半夜裏卻摸上關，放起火來。賊將見關上火起，知有宋兵已透過關，一齊棄了關隘便走。盧先鋒上關點兵將時，孫新、顧大嫂活捉得原守關將吳升，李立、湯隆活捉得原守關將蔣印，時遷、白勝活捉得原守關將衞亨。將此三人，都解赴張招討軍前去了。收拾得董平、張清、周通三人屍骸，葬於關上。盧先鋒追過關四十五里，趕上賊兵，與厲天閏交戰，約鬥了三十餘合，被盧先鋒殺死厲天閏，只存張儉、張韜、姚義引着敗殘軍馬，勉強迎敵，得便退回，只在早晚便到。主帥不信，可看公文。」宋江看了公文，心中添悶，眼淚如泉。

吳用道：「既是盧先鋒得勝了，可調軍將去夾攻，南兵必敗，就行接應湖州呼延灼那路軍馬。」宋江應道：「言之極當！」便調李逵、鮑旭、項充、李袞引三千步軍，從山路接將去。黑旋風引了軍兵，歡天喜地去了。且說宋江軍馬攻打東門，正將朱仝等原撥五千馬步軍兵，從湯鎮路上村中，奔到菜市門外，攻取東門。那時東路沿江，都是人家村居道店，賽過城中，茫茫蕩蕩，田園地段。當時來到城邊，把軍馬排開，魯智深首先出陣，步行搦戰，提着鐵禪杖，直來城下大罵：「蠻撮鳥們，出來和你廝殺！」那城上見是個和尚挑戰，慌忙報入太子宮中來。當有寶光國師鄧元覺，聽的是個和尚勒戰，便起身奏太子道：「小僧聞梁山泊有這個和尚，名為魯智深，慣使一條鐵禪杖，請殿下去東門城上，看小僧和他步鬥幾合。」方天定見說大喜，傳令旨，遂引八員猛將，同元帥石寶，都來菜市門城上看國師迎敵。

當下方天定和石寶在敵樓上坐定，八員戰將簇擁在兩邊，看寶光國師戰時，那寶光和尚怎生結束？但見：穿一領烈火猩紅直裰，繫一條虎筋打就圓縧，掛一串七寶瓔珞數珠，着一雙九環鹿皮僧鞋。襯裹是香線金獸掩心，雙手使錚光渾鐵禪杖。

當時開城門，放吊橋，那寶光國師鄧元覺引五百刀手步軍，飛奔出來。魯智深見了道：「原來南軍也有這禿廝出來。洒家教那廝吃俺一百禪杖！」也不打話，掄起禪杖，便奔將來，寶光國師也使禪杖來迎，兩上一齊都使禪杖相併。但見：魯智深忿怒，全無清淨之心；鄧元覺生嗔，豈有慈悲之念？這個何曾尊佛道，只於月黑殺人；那個不會看經文，唯要風高放火。這個向靈山會上，惱如來懶坐蓮台；那個去善法堂前，勒揭諦使回金杵。一個盡世不修梁武懺[1]，一個平生那識祖師禪。

這魯智深和寶光國師鬥過五十餘合，不分勝敗。方天定在敵樓上看了，

---

1)　梁武懺：梁武帝為了超度其夫人所製的《慈悲道場懺法》。

與石寶道：「只說梁山泊有個花和尚魯智深，不想原來如此了得，名不虛傳！鬥了這許多時，不曾折半點兒便宜與寶光和尚。」石寶答道：「小將也看得呆了，不曾見這一對敵手。」正說之間，只聽得飛馬又報道：「北關門下，又有軍到城下。」石寶慌忙起身去了。

且說城下宋軍中，行者武松見魯智深戰寶光不下，恐有疏失，心中焦躁，便舞起雙戒刀，飛出陣來，直取寶光。寶光見他兩個併一個，拖了禪杖，望城裏便走。武松奮勇直趕殺去。忽地城門裏突出一員猛將，乃是方天定手下貝應夔，便挺槍躍馬，接住武松厮殺。兩個正在吊橋上撞着，被武松閃個過，撇了手中戒刀，搶住他槍桿。只一拽，連人和軍器拖下馬來，槅察的一刀，把貝應夔剁下頭來。魯智深隨後接應了回來。方天定急叫拽起吊橋，收兵入城，這裏朱仝也叫引軍退十里下寨，使人去報捷宋先鋒知會。

當日宋江引軍到北關門搦戰，石寶帶了流星錘上馬，手裏橫着劈風刀，開了城門，出來迎敵。宋軍陣上大刀關勝出馬，與石寶交戰。兩個鬥到二十餘合，石寶撥回馬便走，關勝急勒住馬，也回本陣。宋江問道：「緣何不去追趕？」關勝道：「石寶刀法，不在關勝之下，雖然回馬，必定有計。」吳用道：「段愷曾說，此人慣使流星錘，回馬詐輸，漏人深入重地。」宋江道：「若去追趕，定遭毒手。且收軍回寨，一面差人去賞賜武松。」

卻說李逵等引着步軍去接應盧先鋒，來到山路裏，正撞着張儉等敗軍，並力衝殺入去，亂軍中殺死姚義。有張儉、張韜二人，再奔回關上那條路去，正逢着盧先鋒，大殺一陣，便望深山小路而走。背後追趕得緊急，只得棄了馬，奔走山下逃命。不期竹篥中鑽出兩個人來，各拿一把鋼叉，張儉、張韜措手不及，被兩個拿叉戳翻，直捉下山來。原來戳翻張儉、張韜的，是解珍、解寶。盧先鋒見拿二人到來大喜，與李逵等合兵一處，會同眾將，同到皋亭山大寨中來，參見宋先鋒等，訴說折了董平、張清、周通一事，彼各傷感，諸將盡來參拜了宋江，合兵一處下寨。次日，教把張儉解赴蘇州張招討軍前，梟首示眾。將張韜就寨前割腹剜心，遙空祭奠董平、張清、周通了當。

宋先鋒與吳用計議道：「啟請盧先鋒領本部人馬，去接應德清縣路上呼延灼等這支軍，同到此間，計合取城。」盧俊義得令，便點本部兵馬起程，取路望奉口鎮進兵。三軍路上，到得奉口，正迎着司行方敗殘軍兵回來。盧俊義接着，大殺一陣，司行方墜水而死，其餘各自逃散去了。呼延灼參見盧先鋒，合兵一處，回來皋亭山總寨，參見宋先鋒等，諸將會合計議。宋江見兩路軍馬都到了杭州，那宣州、湖州、獨松關等處，皆是張招討、從參謀自調統制前去各處護境安民，不在話下。

宋江看呼延灼部內，不見了雷横、龔旺二人。呼延灼訴說：「雷横在德清縣南門外，和司行方交鋒，鬥到三十合，被司行方砍下馬去。龔旺因和黃愛交戰，趕過溪來，和人連馬陷倒在溪裏，被南軍亂槍戳死。米泉卻是索超一斧劈死。黃愛、徐白，眾將向前活捉在此。司行方趕逐在水裏淹死。薛斗南亂軍中逃難，不知去向。」宋江聽得又折了雷横、龔旺兩個兄弟，淚如雨下，對眾將道：「前日張順與我託夢時，見右邊立着三四個血污衣襟之人，在我面前現形，正是董平、張清、周通、雷横、龔旺這夥陰魂了。我若得了杭州寧海軍時，重重地請僧人設齋，做好事，追薦超度眾兄弟。」將黃愛、徐白解赴張招討軍前斬首，不在話下。

當日宋江叫殺牛宰馬，宴勞眾軍。次日，與吳用計議定了，分撥正偏將佐，攻打杭州。

副先鋒盧俊義，帶領正偏將一十二員，攻打候潮門：林冲、呼延灼、劉唐、解珍、解寶、單廷珪、魏定國、陳達、楊春、杜遷、李雲、石勇。

花榮等正偏將一十四員，攻打艮山門：花榮、秦明、朱武、黃信、孫立、李忠、鄒淵、鄒潤、李立、白勝、湯隆、穆春、朱貴、朱富。

穆弘等正偏將十一員，去西山寨內，幫助李俊等攻打靠湖門：李俊、阮小二、阮小五、孟康、石秀、樊瑞、馬麟、穆弘、楊雄、薛永、丁得孫。

孫新等正偏將八員，去東門寨幫助朱仝攻打菜市、薦橋等門：朱仝、史進、魯智深、武松、孫新、顧大嫂、張青、孫二娘。

東門寨內，取回偏將八員，兼同李應等，管領各寨探事，各處策應：李應、孔明、楊林、杜興、童威、童猛、王英、扈三娘。

正先鋒使宋江帶領正偏將二十一員，攻打北關門大路：吳用、關勝、索超、戴宗、李逵、呂方、郭盛、歐鵬、鄧飛、燕順、凌振、鮑旭、項充、李衮、宋清、裴宣、蔣敬、蔡福、蔡慶、時遷、郁保四。

當下宋江調撥將佐，取四面城門。

宋江等部領大隊人馬，直近北關門城下勒戰。城上鼓響鑼鳴，大開城門，放下吊橋，石寶首先出馬來戰。宋軍陣上，急先鋒索超平生性急，揮起大斧，也不打話，飛奔出來，便鬥石寶。兩馬相交，二將猛戰，未及十合，石寶賣個破綻，回馬便走。索超追趕，關勝急叫休去時，索超臉上着一錘，打下馬去。鄧飛急去救時，石寶馬到，鄧飛措手不及，又被石寶一刀，砍做兩段。城中寶光國師，引了數員猛將，衝殺出來，宋兵大敗，望北而走。卻得花榮、秦明等剌斜裏殺將來，衝退南軍，救得宋江回寨。石寶得勝，歡天喜地，回城中去了。

宋江等回到皋亭山大寨歇下，升帳而坐，又見折了索超、鄧飛二將，心中好生納悶。吳用諫道：「城中有此猛將，只宜智取，不可對敵。」宋江道：「似此損兵折將，用何計可取？」吳用道：「先鋒計會各門了當，再引軍攻打北關門。城裏兵馬，必然出來迎敵，我卻佯輸詐敗，誘引賊兵，遠離城郭，放炮為號，各門一齊打城。但得一門軍馬進城，便放起火來應號，賊兵必然各不相顧，可獲大功。」宋江便喚戴宗傳令知會。次日，令關勝引些少軍馬去北關門城下勒戰。城上鼓響，石寶引軍出城，和關勝交馬。戰不過十合，關勝急退。石寶軍兵趕來，凌振便放起炮來。號炮起時，各門都發起喊來，一齊攻城。

且說副先鋒盧俊義引着林沖等調兵攻打候潮門，軍馬來到城下，見城門不關，下着吊橋。劉唐要奪頭功，一騎馬，一把刀，直搶入城去。城上看見劉唐飛馬奔來，一斧砍斷繩索，墜下閘板，可憐悍勇劉唐，連馬和人同死於門下。原來杭州城子，乃錢王建都，制立三重門：關外一重閘板，中間兩扇鐵葉大門，裏面又是一層排柵門。劉唐搶到城門下，上面早放下閘板來。兩邊又有埋伏軍兵，劉唐如何不死！林沖、呼延灼見折了劉唐，領兵回營，報覆盧俊義。各門都入不去，只得且退，使人飛報宋先鋒大寨知道。宋江聽得又折了劉唐，被候潮門閘死，痛哭道：「屈死了這個兄弟！自鄆城縣結義，跟着晁天王上梁山泊，受了許多年辛苦，不曾快樂。大小百十場出戰交鋒，出百死，得一生，未嘗折了銳氣。誰想今日卻死於此處！」軍師吳用道：「此非良法。這計不成，倒送了一個兄弟。且教各門退軍，別作道理。」

宋江心焦，急欲要報仇雪恨，嗟歎不已。部下黑旋風便道：「哥哥放心，我明日和鮑旭、項充、李袞四個人，好歹要拿石寶那廝！」宋江道：「那人英雄了得，你如何近傍得他？」李逵道：「我不信，我明日不捉得他，不來見哥哥面。」宋江道：「你只小心在意，休覷得等閒。」黑旋風李逵回到自己帳房裏，篩下大碗酒，大盤肉，請鮑旭、項充、李衮來吃酒，說道：「我四個從來做一路廝殺，今日我在先鋒哥哥面前砍了大嘴，明日要捉石寶那廝，你二個不要心懶。」鮑旭道：「哥哥今日也教馬軍向前，明日也教馬軍向前，今晚我等約定了，來日務要齊心向前，捉石寶那廝。我們四個都爭口氣！」

次日早晨，李逵等四人吃得醉飽了，都拿軍器出寨，請先鋒哥哥看廝殺。宋江見四個都半醉，便道：「你四個兄弟，休把性命作戲！」李逵道：「哥哥，休小覷我們！」宋江道：「只願你們應得口便好！」宋江上馬，帶回關勝、歐鵬、呂方、郭盛四個馬軍將佐，來到北關門下，擂鼓搖旗搦戰。李逵火雜雜地，掿着雙斧，立在馬前；鮑旭挺着板刀，睜着怪眼，只待廝殺；項充、李衮各挽一面團牌，插着飛刀二十四把，挺鐵槍伏在兩側。

只見城上鼓響鑼鳴，石寶騎着一匹瓜黃馬，拿着劈風刀，引兩員首將出城來迎敵。上首吳值，下首廉明。三員將卻才出得城來，李逵是個不怕天地的人，大吼了一聲，四個直奔到石寶馬頭前來。石寶便把劈風刀去迎時，早來到懷裏。李逵一斧，砍斷馬腳，石寶便跳下來，望馬軍羣裏躲了。鮑旭早把廉明一刀，砍下馬來。兩個牌手，早飛出刀來。空中似玉魚亂躍，銀葉交加。宋江把馬軍衝到城邊時，城上擂木炮石，亂打下來。宋江怕有疏失，急令退軍，不想鮑旭早鑽入城門裏去了，宋江只叫得苦。石寶卻伏在城門裏面，看見鮑旭搶將入來，刺斜裏只一刀，早把鮑旭砍做兩斷。項充、李衮急護得李逵回來。宋江軍馬，退還本寨。又見折了鮑旭，宋江越添愁悶，李逵也哭奔回寨裏來。吳用道：「此計亦非良策。雖是斬得他一將，卻折了李逵的副手。」

正是眾人煩惱間，只見解珍、解寶到寨來報事。宋江問其備細時，解珍稟道：「小弟和解寶直哨到南門外二十餘里，地名范村，見江邊泊着一連有數十隻船，下去問時，原來是富陽縣袁評事解糧船。小弟欲要把他殺了，本人哭道：『我等皆是大宋良民，累被方臘不時科斂，但有不從者，全家殺害。我等今得天兵到來剪除，只指望再見太平之日，誰想又遭橫亡。』小弟見他說的情切，不忍殺他，又問他道：『你緣何卻來此處？』他說：『為近奉方天定令旨，行下各縣，要刷洗村坊，着科斂白糧五萬石。老漢為頭，斂得五千石，先解來交納。今到此間，為大軍圍城廝殺，不敢前去，屯泊在此。』小弟得了備細，特來報知主將。」吳用大喜道：「此乃天賜其便，這些糧船上，定要立功。便請先鋒傳令，就是你兩個弟兄為頭，帶將炮手凌振並杜遷、李雲、石勇、鄒淵、鄒潤、李立、白勝、穆春、湯隆。王英、扈三娘、孫新、顧大嫂、張青、孫二娘三對夫妻，扮作艄公艄婆，都不要言語，混雜在艄後，一攪進得城去，便放連珠炮為號，我這裏自調兵來策應。」解珍、解寶喚袁評事上岸來，傳下宋先鋒言語道：「你等既宋國良民，可依此行計。事成之後，必有重賞。」

此時不由袁評事不從，許多將校，已都下船。卻把船上艄公人等，都只留在船上雜用，卻把艄公衣服脫來，與王英、孫新、張青穿了，裝扮做艄公。扈三娘、顧大嫂、孫二娘三人女將，扮做艄婆。小校人等都做搖船水手。軍器眾將都埋藏在船艙裏。把那船一齊都放到江岸邊。此時各門圍哨的宋軍，也都不遠。袁評事上岸，解珍、解寶和那數個艄公跟着，直到城下叫門。城上得知，問了備細來情，報入太子宮中。方天定便差吳值開城門，直來江邊，點了船隻，回到城中，奏知方天定。方天定差下六員將，引一萬軍出城，攔住東北角上，着袁評事搬運糧米，入城交納。此時眾將人等，都雜在艄公水手人內，混同搬糧運米入城，三個女將也隨入城裏去了。五千糧食，須臾之間，都搬運已了。六員首將卻統引軍入城中。宋兵分投而來，復圍住城郭，離城三二里列着陣勢。當夜二更時分，凌振取出九箱子母等炮，直去吳山頂上放將起來。眾將各取火把，到處點着。城中不一時，鼎沸起來，正不知多少宋軍在城裏。方天定在宮中聽了大驚，急急披掛上馬時，各門城上軍士已都逃命去了。宋兵大振，各自爭功奪城。

且說城西山內李俊等得了將令，引軍殺到淨慈港，奪得船隻，便從湖裏使將過來湧金門上岸。眾將分投去搶各處水門，李雲、石秀首先登城。就夜城中混戰，止存南門不圍，亡命敗軍都從那門下奔走。卻說方天定上得馬，四下裏尋不着一員將校，止有幾個步軍跟着，出南門奔走，忙忙似喪家之狗，急急如漏網之魚。走得到五雲山下，只見江裏走起一個人來，口裏銜着一把刀，赤條條跳上岸來。方天定在馬上見來得兇，便打馬要走。可奈那匹馬作怪，百般打也不動，卻似有人籠住嚼環的一般。那漢搶到馬前，把方天定扯下馬來，一刀便割了頭，卻騎了方天定的馬，一手提了頭，一手執刀，奔回杭州城來。林沖、呼延灼領兵趕到六和塔時，恰好正迎着那漢。二將認得是船火兒張橫，吃了一驚。呼延灼便叫：「賢弟那裏來？」張橫也不應，一騎馬直跑入城裏去。

此時宋先鋒軍馬大隊已都入城了，就在方天定宮中為帥府，眾將校都守住行宮。望見張橫一騎馬跑將來，眾人皆吃一驚。張橫直到宋江面前，滚鞍下馬，把頭和刀撇在地下，納頭拜了兩拜，便哭起來。宋江慌忙抱住張橫道：「兄弟，你從那裏來？阮小七又在何處？」張橫道：「我不是張橫。」宋江道：「你不是張橫，卻是誰？」張橫道：「小弟是張順。因在湧金門外，被槍箭攢死，一點幽魂，不離水裏飄蕩，感得西湖震澤龍君，收做金華太保，留於水府龍宮為神。今日哥哥打破了城池，兄弟一魂纏住方天定，半夜裏隨出城去，見哥哥張橫在大江裏，來借哥哥身殼，飛奔上岸，跟到五雲山腳下，殺了這賊，徑奔來見哥哥。」說了，驀然倒地，宋江親自扶起，張橫睜開眼。看了宋江並眾將，刀劍如林，軍士叢滿。張橫道：「我莫不在黃泉見哥哥麼？」宋江哭道：「卻才你與兄弟張順附體，殺了方天定這賊，你不曾死，我等都是陽人，你可精細着。」張橫道：「恁地說時，我的兄弟已死了！」宋江道：「張順因要從西湖水底下去撰水門，入城放火，不想至湧金門外越城，被人知覺，槍箭攢死在彼。」張橫聽了，大哭一聲：「兄弟！」驀然倒了。

眾人看張橫時，四肢不舉，兩眼朦朧，七魄悠悠，三魂杳杳，正是：未從五道將軍去，定是無常二鬼催。畢竟張橫悶倒，性命如何，且聽下回分解。

## 延伸思考

數次戰役，好漢們一個個離我們而去，這不禁促使我們思考，這場自相殘殺的戰爭究竟有何意義？誰又是其中的獲益者？

## 第一百一十六回

# 盧俊義分兵歙州道
# 宋公明大戰烏龍嶺

戰役仍在進行，作者描敍的重點已經放在了眾將領是如何犧牲，對戰爭的正面描寫也是為了突出慘烈的結局罷了。

話說當下張橫聽得道沒了他兄弟張順，煩惱得昏暈了半晌，卻救得甦醒。宋江道：「且扶在帳房裏調治，卻再問他海上事務。」宋江令裴宣，蔣敬寫錄眾將功勞，辰巳時分，都在營前聚集，李俊、石秀生擒吳值，三員女將生擒張道原，林沖蛇矛戳死冷恭，解珍、解寶殺了崔彧，只走了石寶、鄧元覺、王勣、晁中、温克讓五人。宋江便出榜安撫百姓，賞勞三軍，把吳值、張道原解赴張招討軍前，斬首施行。獻糧袁評事申文保舉作富陽縣令，張招討處關領空頭官誥，不在話下。

眾將都到城中歇下，左右報道：「阮小七從江裏上岸，入城來了。」宋江喚到帳前問時，說道：「小弟和張橫並侯健、段景住帶領水手，海邊覓得船隻，行至海鹽等處，指望便駛入錢塘江來。不期風水不順，打出大洋裏去了。急使得回來，又被風打破了船，眾人都落在水裏。侯健、段景住不識水性，落下去淹死海中，眾多水手各自逃生四散去了。小弟赴水到海口，進得赭山門，被潮直漾到半播山，赴水回來。卻見張橫哥哥在五雲山江裏，本待要上岸來，又不知他在那地裏。昨放望見城中火起，又聽得連珠炮響，想必是哥哥在杭州城廝殺，以此從江裏上岸來。不知張橫曾到岸也不曾？」宋江說張橫之事，與阮小七知道，令和他自己兩個哥哥相見了，依前管領水軍頭領船隻。

宋江傳令，先調水軍頭領去江裏收拾江船，伺候征進睦州。想起張順如此通靈顯聖，去湧金門外，靠西湖邊建立廟宇，題名「金華太保」。宋江親去祭奠。後來收伏方臘，有功於朝，宋江回京，奏知此事，特奉聖旨，敕封為「金華將軍」，廟食杭州。

再說宋江在行宮內，因思渡江以來，損折許多將佐，心中十分悲愴。卻去淨慈寺修設水陸道場七晝夜，判施[1]斛[2]食，濟拔[3]沉冥[4]，超度眾將，各設靈位享祭。做了好事已畢，將方天定宮中一應禁物，盡皆毀壞，所有金銀、寶貝、羅緞等項，分賞諸將軍校。杭州城百姓俱寧，設宴慶賞。當與軍師從長計議，調兵收復睦州。

此時已是四月盡間，忽聞報道：「副都督劉光世並東京天使，都到杭州。」宋江當下引眾將出北關門迎接入城，就行宮開讀聖旨：「敕先鋒使宋江等收剿方臘，累建大功，敕賜皇封御酒三十五瓶，錦衣三十五領，賞賜正將。其餘偏將，照名支給賞賜緞匹。」原來朝廷只知公孫勝不曾渡江，收剿方臘，卻不知折了許多頭領。宋江見了三十五員錦衣御酒，驀然傷心，淚不能止。天使問時，宋江把折了眾將的話，對天使說知。天使道：「如此折將，朝廷怎知？下官回京，必當奏聞。」那時設宴款待天使，劉光世主席，其餘大小將佐，各依次序而坐。御賜酒宴，各各沾恩。現亡正偏將佐，留下錦衣御酒賞賜。次日設位，遙空享祭。宋江將一瓶御酒，一領錦衣，去張順廟裏呼名享祭。錦衣就穿泥神身上，其餘的都只遙空焚化。天使住了幾日，送回京師。

不覺迅速光陰，早過了數十日。張招討差人齎文書來，摧促先鋒進兵。宋江與吳用請盧俊義商議：「此去睦州，沿江直抵賊巢。此去歙州，卻從昱嶺關小路而去。今從此處分兵征剿，不知賢弟兵取何處？」盧俊義道：「主兵遣將，聽從哥哥嚴令，安敢選擇？」宋江道：「雖然如此，試看天命。」作兩隊分定人數，寫成兩處鬮子，焚香祈禱，各鬮一處。宋江拈鬮得睦州，盧俊義拈鬮得歙州。宋江道：「方臘賊巢，正是清溪縣幫源洞中。賢弟取了歙州，可屯住軍馬，申文飛報知會，約日同攻清溪賊洞。」盧俊義便請宋公明酌量分調將佐軍校。

---

1)　判施：分別施予。

2)　斛（hú）：中國舊量器名，亦是容量單位。

3)　濟拔：拯救。

4)　沉冥：陰間。迷信的人認為人死後進入的世界。

先鋒使宋江帶領正偏將佐三十六員，攻取睦州並烏龍嶺：軍師吳用、關勝、花榮、秦明、李應、戴宗、朱仝、李逵、魯智深、武松、解珍、解寶、呂方、郭盛、樊瑞、馬麟、燕順、宋清、項充、李袞、王英、扈三娘、凌振、杜興、蔡福、蔡慶、裴宣、蔣敬、郁保四。水軍頭領正偏將佐七員，部領船隻，隨軍征進睦州：李俊、阮小二、阮小五、阮小七、童猛、童威、孟康。副先鋒盧俊義管領正偏將佐二十八員，收取歙州並昱嶺關：軍師朱武、林沖、呼延灼、史進、楊雄、石秀、單廷珪、魏定國、孫立、黃信、歐鵬、杜遷、陳達、楊春、李忠、薛永、鄒淵、李立、李雲、鄒潤、湯隆、石勇、時遷、丁得孫、孫新、顧大嫂、張青、孫二娘。

當下盧先鋒部領正偏將校，共計二十九員，隨行軍兵三萬人馬，擇日辭了劉都督，別了宋江，引兵望杭州取山路，經過臨安縣，進發登程去了。卻說宋江等整頓船隻軍馬，分撥正偏將校，選日祭旗出師，水陸並進，船騎相迎。此時杭州城內瘟疫盛行，已病倒六員將佐，是張橫、穆弘、孔明、朱貴、楊林、白勝。患體未痊，不能征進。就撥穆春、朱富看視病人，共是八員，寄留杭州。其餘眾將，盡隨宋江攻取睦州，共計三十七員，取路沿江望富陽縣進發。

且不說兩路軍馬起程，再說柴進同燕青自秀州檇李亭別了宋先鋒，行至海鹽縣前，到海邊趁船，使過越州，迤邐來到諸暨縣，渡過漁浦，前到睦州界上。把關隘將校攔住，柴進告道：「某乃是中原一秀士，能知天文地理，善會陰陽，識得六甲風雲[5]，辨別三光氣色，九流三教，無所不通，遙望江南有天子氣而來，何故閉塞賢路？」把關將校聽得柴進言語不俗，便問姓名。柴進道：「某乃姓柯名引，一主一僕，投上國而來，別無他故。」守將見說，留住柴進，差人徑來睦州報知，右丞相祖士遠、參政沈壽、僉書[6]桓逸、元帥譚高四個跟前稟了。便使人接取柴進至睦州相見，各敘禮罷。柴進一段話，聳動那四個。更兼柴進一表非俗，那裏坦然不疑。右丞相祖士遠大喜，便叫僉書桓逸，引柴進去清溪大內朝覲。原來睦州，歙州，方臘都有行宮大殿，內卻有五府六部總制在清溪縣幫源洞中。且說柴進、燕青跟隨桓逸來到清溪帝

---

5) 識得六甲風雲：能夠分清季節變化、時局變幻。

6) 僉（qiān）書：官職名。

都，先來參見左丞相婁敏中。柴進高談闊論，一片言語，婁敏中大喜，就留柴進在相府管待。看了柴進、燕青出言不俗，知書通禮，先自有八分歡喜。這婁敏中原是清溪縣教學的先生，雖有些文章，苦不甚高，被柴進這一段話，說得他大喜。

過了一夜，次日早朝，等候方臘王子升殿，內列着侍御、嬪妃、彩女，外列九卿四相，文武兩班，殿前武士，金瓜長隨侍從。當有左丞相婁敏中出班啟奏：「中原是孔夫子之鄉。今有一賢士姓柯名引，文武兼資，智勇足備，普識天文地理，能辨六甲風雲，貫通天地氣色，三教九流，諸子百家，無不通達，望天子氣而來。現在朝門外，伺候我主傳宣。」方臘道：「既有賢士到來，便令白衣[7]朝見。」各門大使傳宣，引柴進到於殿下。拜舞起居，山呼萬歲已畢，宣入簾前。方臘看見柴進一表非俗，有龍子龍孫氣象，先有八分喜色。方臘問道：「賢士所言，望天子氣而來，在於何處？」柴進奏道：「臣柯引賤居中原，父母雙亡，隻身學業，傳先賢之祕訣，授祖師之玄文。近日夜觀乾象，見帝星明朗，正照東吳。因此不辭千里之勞，望氣而來。特至江南，又見一縷五色天子之氣，起自睦州。今得瞻天子聖顏，抱龍鳳之姿，挺天日之表，正應此氣。臣不勝欣幸之至！」言訖再拜。方臘道：「寡人雖有東南地土之分，近被宋江等侵奪城池，將近吾地，如之奈何？」柴進奏道：「臣聞古人有言：『得之易，失之易。得之難，失之難。』今陛下東南之境，開基以來，席捲長驅，得了許多州郡。今雖被宋江侵了數處，不久氣運復歸於聖上。陛下非止江南之境，他日中原社稷，亦屬陛下。」方臘見此等言語，心中大喜。敕賜錦墩命坐，管待御宴，加封為中書侍郎。自此柴進每日得近方臘，無非用些阿諛美言諂佞，以取其事。未經半月，方臘及內外官僚，無一人不喜柴進。

次後，方臘見柴進署事[8]公平，盡心喜愛，卻令左丞相婁敏中做媒，把金芝公主招贅柴進為駙馬，封官主爵都尉。燕青改名雲璧，人都稱為雲奉尉。柴進自從與公主成親之後，出入宮殿，都知內外備細。方臘但有軍情重事，便宣柴進至內宮計議。柴進時常奏說：「陛下氣色真正[9]，只被罡星沖犯，尚有

7)　白衣：穿便服。

8)　署事：處理事情。

9)　真正：純正。

半年不安。直待併得[10]宋江手下無了一員戰將，罡星退度，陛下復興基業，席捲長驅，直佔中原之地。」方臘道：「寡人手下愛將數員，盡被宋江殺死，似此奈何？」柴進又奏道：「臣夜觀天象，陛下氣數，將星雖多數十位，不為正氣，未久必亡。卻有二十八宿星象，正來輔助陛下，復興基業。宋江夥內，亦有十數員來降。此也是數中星宿，盡是陛下開疆展土之臣也！」方臘聽了大喜。有詩為證：

蠶室當時懲太史，何人不罪李陵降？
誰知貴寵柯駙馬，一念原來為宋江。

且不說柴進做了駙馬，卻說宋江部領大隊人馬軍兵，離了杭州，望富陽縣進發。時有寶光國師鄧元覺並元帥石寶、王勣、晁中、温克讓五個，引了敗殘軍馬，守住富陽縣關隘，卻使人來睦州求救。右丞相祖士遠當差兩員親軍指揮使，引一萬軍馬前來策應。正指揮白欽、副指揮景德，兩個都有萬夫不當之勇，來到富陽縣，和寶光國師等合兵一處，佔住山頭。宋江等大隊軍馬，已到七里灣，水軍引着馬軍，一發前進。石寶見了，上馬帶流星錘，拿劈風刀，離了富陽縣山頭，來迎宋江。關勝正欲出馬，呂方叫道：「兄長少停，看呂方和這廝鬥幾合。」宋江在門旗影裏看時，呂方一騎馬，一枝戟，直取石寶，那石寶使劈風刀相迎。兩個鬥到五十合，呂方力怯，郭盛見了，便持戟縱馬，前來夾攻，那石寶一口刀，戰兩枝戟，沒半分漏泄。正鬥到至處，南邊寶光國師急鳴鑼收軍。原來見大江裏戰船乘着順風，都上灘來，卻來傍岸。怕他兩處夾攻，因此鳴鑼收軍。呂方、郭盛纏住廝殺，那裏肯放。石寶又鬥了三五合，宋兵陣上朱仝一騎馬、一條槍，又去夾攻。石寶戰不過三將，分開兵器便走。宋江鞭梢一指，直殺過富陽山嶺。石寶軍馬於路屯紮不住，直到桐廬縣界內。宋江連夜進兵，過白蜂嶺下寨。當夜差遣解珍、解寶、燕順、王矮虎、一丈青取東路，李逵、項充、李衮、樊瑞、馬麟取西路，各帶一千步軍，去桐廬縣劫寨，江裏卻教李俊、三阮、二童、孟康七人取水路進兵。

---

10) 併得：拚殺得。

且說解珍等引着軍兵殺到桐廬縣時，已是三更天氣。寶光國師正和石寶計議軍務，猛聽得一聲炮響，眾人上馬不迭。急看時，三路火起，諸將跟着石寶，只顧逃命，那裏敢來迎敵。三路軍馬，横衝直撞殺將來。温克讓上得馬遲，便望小路而走，正撞着王矮虎、一丈青。他夫妻二人一發上，把温克讓横拖倒拽，活捉去了。李逵和項充、李袞、樊瑞、馬麟只顧在縣裏殺人放火。宋江見報，催趲軍兵，拔寨都起，直到桐廬縣駐屯軍馬。王矮虎、一丈青獻温克讓請功。宋江教把温克讓解赴杭州張招討前斬首，不在話下。次日，宋江調兵，水陸並進，直到烏龍嶺下。過嶺便是睦州。此時寶光國師引着眾將，都上嶺去把關隘，屯駐軍馬。那烏龍關隘，正靠長江，山峻水急，上立關防，下排戰艦。宋江軍馬近嶺下屯駐，紮了寨柵。步軍中差李逵、項充、李袞，引五百牌手出哨探路。到得烏龍嶺下，上面擂木炮石打將下來，不能前進，無計可施，回報宋先鋒。宋江又差阮小二、孟康、童猛、童威四個，先棹一半戰船上灘。當下阮小二帶了兩個副將，引一千水軍，分作一百隻船上，搖旗擂鼓，唱着山歌，漸近烏龍嶺邊來。原來烏龍嶺下那面靠山，卻是方臘的水寨。那寨裏也屯着五百隻戰船，船上有五千來水軍。為頭的四個水軍總管，名號浙江四龍。那四龍？玉爪龍都總管成貴，錦鱗龍副總管翟源，衝波龍左副管喬正，戲珠龍右副管謝福。

這四個總管原是錢塘江裏艄公，投奔方臘，卻受三品職事。當日阮小二等乘駕船隻，從急流下水，搖上灘去。南軍水寨裏四個總管已自知了，準備下五十連火排。原來這火排，只是大松杉木穿成，排上都堆草把，草把內暗藏着硫黃焰硝引火之物，把竹索編住，排在灘頭。這裏阮小二和孟康、童威、童猛四個，只顧搖上灘去。那四個水軍總管在上面看見了，各打一面乾紅號旗，駕四隻快船，順水搖將下來。阮小二看見，喝令水手放箭，那四隻快船便回。阮小二便叫乘勢趕上灘去，四隻快船，傍灘住了。四個總管卻跳上岸，許多水手們也都走了。阮小二望見灘上水寨裏船廣，不敢上去。正在遲疑間，只見烏龍嶺上把旗一招，金鼓齊鳴，火排一齊點着，望下灘順風衝將下來。背後大船一齊喊起，都是長槍撓鈎，盡隨火排下來。童威、童猛見勢大難近，便把船傍岸，棄了船隻，爬過山邊，上了山，尋路回寨。阮小二和孟康兀自在船上迎敵。火排連燒將來。阮小二急下水時，後船趕上，一撓鈎搭住。阮小二心慌，怕吃他拿去受辱，扯了腰刀，自刎而亡。孟康見不是頭，急要下水時，火排上火炮齊發，一炮正打中孟康頭盔，透頂打做肉泥。四個水軍總管，卻上火船，殺將下來。李俊和阮小五、阮小七都在後船，見前船失利，沿江岸殺來，只得急忙轉船，便隨順水放下桐廬岸來。再說烏龍嶺上寶光國師並元帥石寶，見水軍總管得勝，乘勢引軍殺下嶺來。水深不能相趕，路遠不能相追，宋兵復退在桐廬駐紮，南兵也收軍上烏龍嶺去了。宋江在桐廬紮駐寨柵，又見折了阮小二、孟康，在帳中煩惱，寢食俱廢，夢寐不安。吳用與眾將苦勸不得。阮小七、阮小五掛孝已了，自來諫勸宋江道：「我哥哥今日為國家大事，折了性命，也強似死在梁山泊，埋沒了名目，先鋒主兵不須煩惱，且請理國家大事。我弟兄兩個，自去復仇。」宋江聽了，稍稍回顏。

次日，仍復整點軍馬，再要進兵。吳用諫道：「兄長未可急性，且再尋思計策，度嶺未遲。」只見解珍、解寶便道：「我弟兄兩個，原是獵戶出身，巴山度嶺得慣，我兩個裝做此間獵戶，爬上山去，放起一把火來，教那賊兵大驚，必然棄了關去。」吳用道：「此計雖好，只恐這山險峻，難以進步，倘或失腳，性命難保。」解珍、解寶便道：「我弟兄兩個，自登州越獄上梁山泊，託哥哥福蔭，做了許多年好漢。又受了國家誥命，穿了錦襖子。今日為朝廷，便粉骨碎身，報答仁兄，也不為多。」宋江道：「賢弟休說這凶話，只願早早幹了大功回京，朝廷不肯虧負我們。你只顧盡心竭力，與國家出力。」解珍、解寶便去拴束，穿了虎皮套襖，腰裏各跨一口快刀，提了鋼叉。兩個來辭了宋江，便取小路望烏龍嶺上來。此時才有一更天氣，路上撞着兩個伏路小軍。二人結果了兩個，到得嶺下時，已有二更，聽得嶺上寨內，更鼓分明，兩個不敢從大路走，攀藤攬葛，一步步爬上嶺來。是夜月光明朗，如同白日，兩個三停爬了二停之上，望見嶺上燈光閃閃。兩個伏在嶺門邊聽時，上面更鼓已打四更。解珍暗暗地叫兄弟道：「夜又短，天色無多時了，我兩個上去罷。」兩個又攀援上去。正爬到巖壁崎嶇之處，懸崖險峻之中，兩個只顧爬上去，手腳都不閒，卻把搭膊拴住鋼叉，拖在背後，刮得竹藤亂響，山嶺上早吃人看見了。解珍正爬在山凹處，只聽得上面叫道：「着！」一撓鈎正搭住解珍頭髻。解珍急去腰裏拔得刀出來時，上面已把他提得腳懸了。解珍心慌，連忙一刀，砍斷撓鈎，卻從空裏墜下來。可憐解珍做了半世好漢，從這百十丈高巖上倒撞下來，死於非命。下面都是狼牙亂石，粉碎了身軀。解寶見哥哥顛將下去，急退步下嶺時，上頭早滾下大小石塊並短弩弓箭，從竹藤裏射來。可憐解寶為了[11]一世獵戶，做一塊兒射死在烏龍嶺邊。竹藤叢裏，兩個身死。

天明，嶺上差人下來，將解珍、解寶屍首就風化在嶺上。探子聽得備細，報與宋先鋒知道，解珍、解寶已死在烏龍嶺。宋江聽得又折了解珍、解寶，哭得幾番昏暈，便喚關勝、花榮點兵取烏龍嶺關隘，與四個兄弟報仇。吳用諫道：「仁兄不可性急，已死者皆是天命。若要取關，不可造次。須用神機妙策，智取其關，方可調兵遣將。」宋江怒道：「誰想把我們弟兄手足，三停損了一停。不忍那賊們把我兄弟風化在嶺上，今夜必須提兵先去，奪屍首回來，具棺槨埋葬。」吳用阻道：「賊兵將屍風化，誠恐有計，兄長未可造次。」宋江那裏肯聽軍師諫勸，隨即點起三千精兵，帶領關勝、花榮、呂方、郭盛四將，連夜進兵。到烏龍嶺時，已是二更時分。小校報道：「前面風化起兩個人在那裏，敢是解珍、解寶的屍首。」宋江縱馬親自來看時，見兩株樹上把竹竿挑起兩個屍首。樹上削去了一片皮，寫兩行大字在上，月黑不見分曉。宋江令討放炮火種，吹起燈來看時，上面寫道：「宋江早晚也號令在此處。」宋江看了大怒，卻傳令人上樹去取屍首，只見四下裏火把齊起，金鼓亂鳴，團團軍馬圍住。當前嶺上，早亂箭射來。江裏船內水軍，都紛紛上岸來。宋江見了，叫聲苦，不知高低。急退軍時，石寶當先截住去路，轉過側首，又是鄧元覺殺將下來。直使：規模有似馬陵道[12]，光景渾如落鳳坡[13]。畢竟宋江軍馬怎地脫身，且聽下回分解。

## 延伸思考

柴進和燕青混入方臘身邊，甚至成為寵臣，他們的來歷，難道方臘等人沒有絲毫懷疑？這個情節是否不太合理？

---

11)　為了：做了。

12)　馬陵道：戰國時魏統帥龐涓兵敗自殺之地。

13)　落鳳坡：三國劉備的軍師龐統中流矢身亡之處。

## 第一百一十七回

# 睦州城箭射鄧元覺
# 烏龍嶺神助宋公明

宋江對於失去兄弟的結局也無力回天，但事已至此，只能深埋傷痛，繼續征討方臘。

話說宋江因要救取解珍、解寶的屍，到於烏龍嶺下，正中了石寶計策。四下裏伏兵齊起，前有石寶軍馬，後有鄧元覺截住回路。石寶厲聲高叫：「宋江不下馬受降，更待何時？」關勝大怒，拍馬掄刀戰石寶。兩路交鋒未定，後面喊聲又起。腦背後卻是四個水軍總管，一齊登岸，會同王勣、晁中從嶺上殺將下來。花榮急出，當住後隊，便和王交戰。鬥無數合，花榮便走。王勣、晁中乘勢趕來，被花榮手起，急放連珠二箭，射中二將，翻身落馬。眾軍吶聲喊，不敢向前，退後便走。四個水軍總管，見一連射死王勣、晁中，不敢向前，因此花榮抵敵得住。刺斜裏又撞出兩陣軍來，一隊是指揮白欽，一隊是指揮景德。這裏宋江陣中二將齊出，呂方便迎住白欽交戰，郭盛便與景德相持，四下裏分頭廝殺，敵對死戰。宋江正慌促間，只聽得南軍後面，喊殺連天，眾軍奔走。原來卻是李逵引兩個牌手項充、李袞，一千步軍，從石寶馬軍後面殺來。鄧元覺引軍卻待來救應時，背後撞過魯智深、武松，兩口戒刀，橫剁直砍，渾鐵禪杖，一衝一戳，兩個引一千步軍，直殺入來。隨後又是秦明、李應、朱仝、燕順、馬麟、樊瑞、一丈青、王矮虎，各帶馬軍步軍，捨死撞殺入來。四面宋兵，殺散石寶、鄧元覺軍馬，救得宋江等回桐廬縣去，石寶也自收兵上嶺去了。宋江在寨中稱謝眾將：「若非我兄弟相救，宋江已與解珍、解寶同為泉下之鬼。」吳用道：「為是兄長此去，不合愚意，唯恐有失，便遣眾將相援。」宋江稱謝不已。

且說烏龍嶺上石寶、鄧元覺兩個元帥，在寨中商議道：「即目宋江兵馬，退在桐廬縣駐紮，倘或被他私越小路，度過嶺後，睦州咫尺危矣。不若國師親往清溪大內，面見天子，奏請添調軍馬，守護這條嶺隘，可保長久。」鄧元覺道：「元帥之言極當，小僧便往。」鄧元覺隨即上馬，先來到睦州，見了右丞相祖士遠說：「宋江兵強人猛，勢不可當，軍馬席捲而來，誠恐有失。小僧特來奏請添兵遣將，保守關隘。」祖士遠聽了，便同鄧元覺上馬，離了睦州，一同到清溪縣幫源洞中，先見了左丞相婁敏中說過了，奏請添調軍馬。次日早朝，方臘升殿，左右二丞相一同鄧元覺，朝見拜舞已畢。鄧元覺向前起居萬歲，便奏道：「臣僧元覺領着聖旨，與太子同守杭州，不想宋江軍馬，兵強將勇，席捲而來，勢難迎敵，致被袁評事引誘入城，以致失陷杭州，太子貪戰，出奔而亡。今來元覺與元帥石寶，退守烏龍嶺關隘，近日連斬宋江四將，聲勢頗振。即目宋江已進兵到桐廬駐紮，誠恐早晚賊人私越小路，透過關來，嶺隘難保。請陛下早選良將，添調精銳軍馬，同保烏龍嶺關隘，以圖退賊，克復城池。」方臘道：「各處軍兵，已都調盡。近日又為歙州昱嶺上關隘甚緊，又分去了數萬軍兵。止有御林軍馬，寡人要護禦大內，如何四散調得開去？」鄧元覺又奏道：「陛下不發救兵，臣僧無奈。若是宋兵度嶺之後，睦州焉能保守？」左丞相婁敏中出班奏曰：「這烏龍嶺關隘，亦是要緊去處。臣知御林軍兵，總有三萬，可分一萬跟國師去保守關隘。乞我王聖鑒。」方臘不聽婁敏中之言，堅執不肯調撥御林軍馬去救烏龍嶺。當日朝罷，眾人出內。婁丞相與眾官商議，只教祖丞相睦州分一員將，撥五千軍，與國師去保烏龍嶺。因此，鄧元覺同祖士遠回睦州來，選了五千精銳軍馬，首將一員夏侯成，回到烏龍嶺寨內，與石寶說知此事。石寶道：「既是朝廷不撥御林軍馬，我等且守住關隘，不可出戰。着四個水軍總管，牢守灘頭江岸邊，但有船來，便去殺退，不可進兵。」

且不說寶光國師同石寶、白欽、景德、夏侯成五個守住烏龍嶺關隘。卻說宋江自折了將佐，只在桐廬縣駐紮，按兵不動。一住二十餘日，不出交戰。忽有探馬報道：「朝廷又差童樞密齎賞賜，已到杭州。聽知分兵兩路，童樞密轉差大將王稟，分齎賞賜，投昱嶺關盧先鋒軍前去了。童樞密即目便到，親齎賞賜。」宋江見報，便與吳用眾將都離縣二十里迎接。來到縣治裏開讀聖旨，便將賞賜分給眾將。宋江等參拜童樞密，隨即設宴管待。童樞密問道：「征進之間，多聽得損折將佐。」宋江垂淚稟道：「往年跟隨趙樞相，北征遼虜，兵將全勝，端的不曾折了一個將校。自從奉敕來征方臘，未離京師，首先去了公孫勝，駕前又留下了數人，進兵渡得江來，但到一處，必折損數人。近又有八九個將佐，病倒在杭州，存亡未保。前面烏龍嶺廝殺二次，又折了幾將。蓋因山險水急，難以對陣，急切不能打透關隘。正在憂惶之際，幸得恩相到此。」童樞密道：「今上天子，多知先鋒建立大功，後聞損折將佐，特差下官引大將王稟、趙譚，前來助陣。已使王稟齎賞往盧先鋒處，分俵給散眾將去了。」隨喚趙譚與宋江等相見，俱於桐廬縣駐紮。飲宴管待已了。次日，童樞密整點軍馬，欲要去打烏龍嶺關隘。吳用諫道：「恩相未可輕動。且差燕順、馬麟去溪僻小徑去處，尋覓當村土居百姓，問其向道，別求小路，度得關那邊去。兩面夾攻，彼此不能相顧，此關唾手可得。」宋江道：「此言極妙。」隨即差遣馬麟、燕順引數十個軍健，去村落中尋訪百姓問路。去了一日，至晚引將一個老兒來見宋江。宋江問道：「這老者是甚人？」馬麟道：「這老的是本處土居人戶，都知這裏路徑溪山。」宋江道：「老者，你可指引我一條路徑過烏龍嶺去，我自重重賞你。」老兒告道：「老漢祖居是此間百姓，累被方臘殘害，無處逃躲。幸得天兵到此，萬民有福，再見太平。老漢指引一條小路過烏龍嶺去，便是東管，取睦州不遠。便到北門，卻轉過西門，便是烏龍嶺。」宋江聽了大喜，隨即叫取銀物，賞了引路老兒，留在寨中；又着人與酒飯管待。

次日，宋江請啟童樞密守把桐廬縣，自領正偏將一十二員，取小路進發。那十二員是花榮、秦明、魯智深、武松、戴宗、李逵、樊瑞、王英、扈三娘、項充、李衮、凌振。隨行馬步軍兵一萬人數，跟着引路老兒便行。馬摘鑾鈴，軍士銜枚疾走。至小牛嶺，已有一夥軍兵攔路。宋江便叫李逵、項充、李衮衝殺入去，約有三五百守路賊兵，都被李逵等殺盡。四更前後，已到東管。本處守把將伍應星，聽得宋兵已透過東管，思量部下只有二千人馬，如何迎敵得，當時一哄都走了。徑回睦州，報與祖丞相等知道：「今被宋江軍兵私越小路，已透過烏龍嶺這邊，盡到東管來了。」祖士遠聽了大驚，急聚眾將商議。宋江已令炮手凌振放起連珠炮。烏龍嶺上寨中石寶等聽得大驚，急使指揮白欽引軍探時，見宋江旗號，遍天遍地，擺滿山林。急退回嶺上寨中，報與石寶等。石寶便道：「既然朝廷不發救兵，我等只堅守關隘，不要去救。」鄧元覺便道：「元帥差矣。如今若不調兵救應睦州，也自猶可。倘或內苑有失，我等亦不能保。你不去時，我自去救應睦州。」石寶苦勸不住。鄧元覺點了五千人馬，綽了禪杖，帶領夏侯成下嶺去了。

且說宋江引兵到了東管，且不去打睦州，先來取烏龍嶺關隘，卻好正撞着鄧元覺。軍馬漸近，兩軍相迎，鄧元覺當先出馬挑戰。花榮看見，便向宋江耳邊低低道：「此人則除如此如此可獲。」宋江點頭道是。就囑咐了秦明，兩將都會意了。秦明首先出馬，便和鄧元覺交戰。鬥到五六合，秦明回馬便走，眾軍各自東西四散。鄧元覺看見秦明輸了，倒撇了秦明，徑奔來捉宋江。原來花榮已準備了，護持着宋江，只待鄧元覺來得較近，花榮滿滿地攀着弓，覷得親切，照面門上颼地一箭。弓開滿月，箭發流星，正中鄧元覺面門，墜下馬去，被眾軍殺死。一齊捲殺攏來，南兵大敗。夏侯成抵敵不住，便奔睦州去了。宋兵直殺到烏龍嶺邊，擂木炮石，打將下來，不能上去。宋兵卻殺轉來，先打睦州。且說祖丞相見首將夏侯成逃來報道：「宋兵已度過東管，殺了鄧國師，即日來打睦州。」祖士遠聽了，便差人同夏侯成去清溪大內，請婁丞相入朝啟奏：「現今宋兵已從小路透過到東管，前來攻打睦州甚急，乞我王早發軍兵救應，遲延必至失陷。」方臘聽了大驚，急宣殿前太尉鄭彪，點與一萬五千御林軍馬，星夜去救睦州。鄭彪奏道：「臣領聖旨，乞請天師同行策應，可敵宋江。」方臘準奏，便宣靈應天師包道乙。當時宣詔天師，直至殿下面君。包道乙打了稽首。方臘傳旨道：「今被宋江兵馬，看看侵犯寡人地面，累次陷了城池兵將。即目宋兵俱到睦州，可望天師闡揚道法，護國救民，以保江山社稷。」包天師奏道：「主上寬心，貧道不才，憑胸中之學識，仗陛下之洪福，一掃宋江兵馬。」方臘大喜賜坐，設宴管待。包道乙飲筵罷，辭帝出朝。包天師便和鄭彪、夏侯成商議起軍。

原來這包道乙祖是金華山中人，幼年出家，學左道之法。向後跟了方臘，謀叛造反，但遇交鋒，必使妖法害人。有一口寶劍，號為玄元混天劍，能飛百步取人，協助方臘，行不仁之事，因此尊為靈應天師。那鄭彪原是婺州蘭溪縣都頭出身，自幼使得槍棒慣熟，遭際方臘，做到殿帥太尉。酷愛道法，禮拜包道乙為師，學得他許多法術在身。但遇廝殺之處，必有雲氣相隨，因此，人呼為鄭魔君。這夏侯成，亦是婺州山中人，原是獵戶出身，慣使鋼叉，自來隨着祖丞相管領睦州。當日三個在殿帥府中，商議起軍。門吏報道：「有司天太監浦文英來見。」天師問其來故，浦文英說道：「聞知天師與太尉將軍三位，提兵去和宋兵戰，文英夜觀乾象，南方將星，皆是無光，宋江等將星，尚有一半明朗者。天師此行雖好，只恐不利。何不回奏主上，商量投拜為上，且解一國之厄。」包天師聽了大怒，掣出玄元混天劍，把這浦文英一劍揮為兩段。急動文書，申奏方臘去訖，不在話下。史官有詩曰：

王氣東南已漸消，猶憑左道用人妖。
文英既識真天命，何事捐生在偽朝？

當下便遣鬫彪為行先鋒，調前部軍馬出城前進。包天師為中軍，夏侯成為合後，軍馬進發，來救睦州。且說宋江兵將，攻打睦州，未見次第。忽聞探馬報來，清溪救軍到了。宋江聽罷，便差王矮虎、一丈青兩個出哨迎敵。夫妻二人，帶領三千馬軍，投清溪路上來。正迎着鄭彪，首先出馬，便與王矮虎交戰。兩個更不打話，排開陣勢，交馬便鬥。才到八九合，只見鄭彪口裏唸唸有詞，喝聲道：「疾！」就頭盔頂上流出一道黑氣來。黑氣之中，立着一個金甲天神，手持降魔寶杵，從半空裏打將下來。王矮虎看見，吃了一驚，手忙腳亂，失了槍法，被鄭魔君一槍，戳下馬去。一丈青看見戳了他丈夫落馬，急舞雙刀去救時，鄭彪便來交戰。略戰一合，鄭彪回馬便走。一丈青要報丈夫之仇，急趕將來。鄭魔君歇住鐵槍，舒手去身邊錦袋內摸出一塊鍍金銅磚，扭回身，看着一丈青面門上只一磚，打落下馬而死。可憐能戰佳人，到此一場春夢。那鄭魔君招轉軍馬，卻趕宋兵。

宋兵大敗，回見宋江，訴說王矮虎、一丈青都被鄭魔君戳打傷死，帶去軍兵，折其大半。宋江聽得又折了王矮虎、一丈青，心中大怒。急點起軍馬，引了李逵、項充、李袞，帶了五千人馬，前去迎敵。早見鄭魔君軍馬已到。宋江怒氣填胸，當先出馬，大喝鄭彪道：「逆賊怎敢殺吾二將！」鄭彪便提槍出馬，要戰宋江。李逵見了大怒，掣起兩把板斧，便飛奔出去。項充、李袞急舞蠻牌遮護，三個直衝殺入鄭彪懷裏去。那鄭魔君回馬便走，三個直趕入南兵陣裏去。宋江恐折了李逵，急招起五千人馬，一齊掩殺，南兵四散奔走。宋江且叫鳴金收兵。兩個牌手當得李逵回來，只見四下裏烏雲罩合，黑氣漫天，不分南北東西，白晝如夜。宋江軍馬，前無去路。但見：陰雲四合，黑霧漫天。下一陣風雨滂沱，起數聲怒雷猛烈。山川震動，高低渾似天崩；溪澗顛狂，左右卻如地陷。悲悲鬼哭，袞袞神號。定睛不見半分形，滿耳唯聞千樹響。宋江軍兵當被鄭魔君使妖法，黑暗了天地，迷蹤失路。撞到一個去處，黑漫漫不見一物，本部軍兵，自亂起來。宋江仰天歎曰：「莫非吾當死於此地矣！」從巳時直至未牌，方才黑霧消散，微有些光亮。看見一周遭都是金甲大漢，團團圍住。宋江見了，驚倒在地，口中只稱：「乞賜早死！」不敢仰面，耳邊只聽得風雨之聲。手下眾軍將士，一個個都伏地受死，只等刀來砍殺。須臾，風雨過處，宋江卻見刀不砍來。有一人來攙宋江，口稱：「請起！」宋江抬頭仰臉看時，只見面前一個秀才來扶。看那人時，怎生打扮？但見：頭裹烏紗軟角唐巾，身穿白羅圓領涼衫，腰繫烏犀金鞓束帶，足穿四縫乾皂朝靴。面如傅粉，唇若塗朱。堂堂七尺之軀，楚楚三旬之上。若非上界靈官，定是九天進士。

宋江見了失驚，起身敍禮，便問秀才高姓大名。那秀才答道：「小生姓邵名俊，土居於此。今特來報知義士，方十三氣數將盡，只在旬日可破。小生多曾與義士出力，今雖受困，救兵已至，義士知否？」宋江再問道：「先生，方十三氣數，何時可獲？」邵秀才把手一推，宋江忽然驚覺，乃是南柯一夢。醒來看時，面前一周遭大漢，卻原來都是松樹。宋江大叫軍將起來，尋路出去。此時雲收霧斂，天朗氣清，只聽得松樹外面發喊將來。宋江便領起軍兵從裏面殺出去時，早望見魯智深、武松一路殺來，正與鄭彪交手。那包天師在馬上見武松使兩口戒刀，步行直取鄭彪，包道乙便向鞘中掣出那口玄元混天劍來，從空飛下，正砍中武松左臂，血暈倒了。卻得魯智深一條禪杖忿力打入去，救得武松時，已自左臂砍得伶仃將斷，卻奪得他那口混天劍。武松醒來，看見左臂已折，伶仃將斷，一發自把戒刀割斷了。宋江先叫軍校扶送回寨將息。魯智深卻殺入後陣去，正遇着夏侯成交戰。兩個鬥了數合，夏侯成敗走，魯智深一條禪杖直打入去，南軍四散。夏侯成便望山林中奔走。魯智深不捨，趕入深山裏去了。且說鄭魔君那廝，又引兵趕將來，宋軍陣內，李逵、項充、李袞三個見了，便舞起蠻牌、飛刀、標槍、板斧，一齊衝殺入去。那鄭魔君迎敵不過，越嶺渡溪而走。三個不識路徑，只要立功，死命趕過溪去，緊迫鄭彪。溪西岸邊，搶出三千軍來，截斷宋兵。項充急回時，早被岸邊兩將攔住，便叫李逵、李袞時，已過溪趕鄭彪去了。不想前面溪澗又深，李袞先一交跌翻在溪裏，被南軍亂箭射死。項充急鑽下岸來，又被繩索絆翻，卻待要掙扎，眾軍亂上，剁做肉泥。可憐李袞、項充到此，英雄怎使？只有李逵獨自一個，趕入深山裏去了。溪邊軍馬隨後襲將去，未經半裏，背後喊聲振起，卻是花榮、秦明、樊瑞三將引軍來救，殺散南軍，趕入深山，救得李逵回來。只不見了魯智深。眾將齊來參見宋江，訴說追趕鄭魔君，過溪廝殺，折了項充、李袞，止救了李逵回來。宋江聽罷，痛哭不止。整點軍兵，折其一停，又不見了魯智深，武松已折了左臂。

宋江正哭之間，探馬報道：「軍師吳用和關勝、李應、朱仝、燕順、馬麟，提一萬軍兵，從水路到來。」宋江迎見吳用等，便問來情。吳用答道：「童樞密自有隨行軍馬，並大將王稟、趙譚，都督劉光世又有軍馬，已到烏龍嶺下。只留下呂方、郭盛、裴宣、蔣敬、蔡福、蔡慶、杜興、郁保四並水軍頭領李俊、阮小五、阮小七、童威、童猛等十三人，其餘都跟吳用到此策應。」宋江訴說：「折了將佐，武松已成了廢人，魯智深又不知去向，不由我不傷感。」吳用勸道：「兄長且宜開懷，即目正是擒捉方臘之時，只以國家大事為重，不可憂損貴體。」宋江指着許多松樹，說夢中之事與軍師知道。吳用道：「既然有此靈驗之夢，莫非此處坊隅[1]廟宇，有靈顯之神，故來護佑兄長。」宋江道：「軍師所見極當，就與足下進山尋訪。」吳用當與宋江信步行入山林。未及半箭之地，松樹林中早見一所廟宇，金書牌額上寫「烏龍神廟」。宋江、吳用入廟上殿看時，吃了一驚，殿上塑的龍君聖像，正和夢中見者無異。宋江再拜懇謝道：「多蒙龍君神聖救護之恩，未能報謝，望乞靈神助威。若平復了方臘，敬當一力申奏朝廷，重建廟宇，加封聖號。」宋江、吳用拜罷下階，看那石碑時，神乃唐朝一進士，姓邵名俊，應舉不第，墜江而死。天帝憐其忠直，賜作龍神。本處人民祈風得風，祈雨得雨，以此建立廟宇，四時享祭。宋江看了，隨即叫取烏豬白羊，祭祀已畢。出廟來再看備細，見周遭松樹顯化，可謂異事。直至如今，嚴州北門外有烏龍大王廟，亦名萬松林。古蹟尚存，有詩為證：

1) 坊隅：街頭巷尾。

忠心一點鬼神知，暗裏維持信有之。

欲識龍君真姓字，萬松林下讀殘碑。

且說宋江謝了龍君庇佑之恩，出廟上馬，回到中軍寨內，便與吳用商議打睦州之策。坐至半夜，宋江覺道神思睏倦，伏几而臥，只聞一人報曰：「有邵秀才相訪。」宋江急忙起身，出帳迎接時，只見邵龍君長揖宋江道：「昨日若非小生救護，義士已被包道乙作起邪法，松樹化人，擒獲足下矣。適間深感祭奠之禮，特來致謝。就行報知睦州來日可破，方十三旬日可擒。」宋江正待邀請入帳再問間，忽被風聲一攪，撒然覺來，又是一夢。宋江急請軍師圓夢，說知其事。吳用道：「既是龍君如此顯靈，來日便可進兵，攻打睦州。」宋江道：「言之極當。」至天明，傳下軍令，點起大隊人馬，攻取睦州。便差燕順、馬麟守住烏龍嶺這條大路；卻調關勝、花榮、秦明、朱仝四員正將，當先進兵，來取睦州，便望北門攻打；卻令凌振施放九廂子母等火炮，直打入城去。那火炮飛將起去，震的天崩地動，嶽撼山搖，城中軍馬驚得魂消魄喪，不殺自亂。

且說包天師、鄭魔君後軍，已被魯智深殺散，追趕夏侯成，不知下落。那時已將軍馬退入城中屯駐，卻和右丞相祖士遠、參政沈壽、僉書桓逸、元帥譚高、守將伍應星等商議：「宋兵已至，何以解救？」祖士遠道：「自古兵臨城下，將至濠邊，若不死戰，何以解之！打破城池，必被擒獲，事在危急，盡須向前！」當下鄭魔君引着譚高、伍應星並牙將十數員，領精兵一萬，開放城門，與宋江對敵。宋江教把軍馬略退半箭之地，讓他軍馬出城擺列。那包天師拿着把交椅，坐在城頭上。祖丞相、沈參政並桓僉書皆坐在敵樓上看。鄭魔君使挺槍躍馬出陣。宋江陣上大刀關勝，出馬舞刀，來戰鄭彪。二將交馬，鬥不數合，那鄭彪如何敵得關勝，只辦得架隔遮攔，左右躲閃。這包道乙正在城頭上看了，便作妖法，口中唸唸有詞，喝聲道：「疾！」唸着那助咒法，吹口氣去，鄭魔君頭上滾出一道黑氣，黑氣中間顯出一尊金甲神人，手提降魔寶杵，望空打將下來。南軍隊裏，蕩起昏鄧鄧黑雲來。宋江見了，便喚混世魔王樊瑞來看，急令作法，並自唸天書上回風破暗的密咒祕訣。只見關勝頭盔上早捲起一道白雲，白雲之中，也顯出一尊神將，紅髮青臉，碧眼獠牙，騎一條烏龍，手執鐵錘，去戰鄭魔君頭上那尊金甲神人。下面兩軍吶喊，二將交鋒，戰無數合，只見上面那騎烏龍的天將，戰退了金甲神人。下面關勝一刀，砍了鄭魔君於馬下。包道乙見宋軍中風起雷響，急待起身時，被淩振放起一個轟天炮，一個火彈子正打中包天師，頭和身軀擊得粉碎。南兵大敗，乘勢殺入睦州。朱仝把元帥譚高一槍，戳在馬下。李應飛刀殺死守將伍應星。睦州城下，見一火炮打中了包天師身軀，南軍都滾下城去了。宋江軍馬已殺入城，眾將一發向前，生擒了祖丞相、沈參政、桓僉書，其餘牙將，不問姓名，俱被宋兵殺死。宋江等入城，先把火燒了方臘行宮，所有金帛，就賞與了三軍眾將，便出榜文安撫了百姓。尚兀自點軍未了，探馬飛報將來：「西門烏龍嶺上，馬麟被白欽一標槍標下去，石寶趕上，復了一刀，把馬麟剁做兩段。燕順見了，便向前來戰時，又被石寶那廝一流星錘打死。石寶得勝，即日引軍乘勢殺來。」宋江聽得又折了燕順、馬麟，扼腕痛哭不盡。急差關勝、花榮、秦明、朱仝四員正將，迎敵石寶、白欽，就要取烏龍嶺關隘。不是這四員將來烏龍嶺廝殺，有分教：清溪縣裏，削平哨聚賊兵；幫源洞中，活捉草頭天子。直教：宋江等名標青史千年在，功播清時萬古傳。畢竟宋江等怎地迎敵，且聽下回分解。

## 延伸思考

宋江不聽吳用勸告，為祭奠亡靈將自己置身於危險的境地，險些失掉性命，這背後體現出他怎樣的心理？

## 第一百一十八回

# 盧俊義大戰昱嶺關
# 宋公明智取清溪洞

此回所寫的戰事最為激烈殘酷，宋軍的損失也最為慘重，由於都來自山東、中原、河北一帶，失了地利，加上賊勢強大，共犧牲了二十四員大將。

話說當下關勝等四將飛馬引軍，殺到烏龍嶺上，正接着石寶軍馬。關勝在馬上大喝：「賊將安敢殺吾弟兄！」石寶見是關勝，無心戀戰，便退上嶺去，指揮白欽，卻來戰關勝。兩馬相交，軍器並舉，兩個鬥不到十合，烏龍嶺上急又鳴鑼收軍。關勝不趕，嶺上軍兵自亂起來。原來石寶只顧在嶺東廝殺，卻不提防嶺西已被童樞密大驅人馬，殺上嶺來。宋軍中大將王稟，便和南兵指揮景德廝殺。兩個鬥了十合之上，王稟將景德斬於馬下。自此呂方、郭盛首先奔上山來奪嶺，未及到嶺邊，山頭上早飛下一塊大石頭，將郭盛和人連馬打死在嶺邊。這面嶺東關勝望見嶺上大亂，情知嶺西有宋兵上嶺了，急招眾將，一齊都殺上去。兩面夾攻，嶺上混戰。呂方卻好迎着白欽，兩個交手廝殺。鬥不到三合，白欽一槍搠來，呂方閃個過，白欽那條槍從呂方肋下戳個空，呂方這枝戟卻被白欽撥個倒橫。兩將在馬上，各施展不得，都棄了手中軍器，在馬上你我廝相揪住。原來正遇着山嶺險峻處，那馬如何立得腳牢，二將使得力猛，不想連人和馬都滾下嶺去。這兩將做一處死在那嶺下。這邊關勝等眾將步行，都殺上嶺來，兩面盡是宋兵，已殺到嶺上。石寶看見兩邊全無去路，恐吃捉了受辱，便用劈風刀自刎而死。宋江眾將奪了烏龍嶺關隘，關勝急令人報知宋先鋒。江裏水寨中四個水軍總管見烏龍嶺已失，睦州俱陷，都棄了船隻，逃過對江。被隔岸百姓，生擒得成貴、謝福，解送獻入睦州。走了翟源、喬正，不知去向。宋兵大隊回到睦州。宋江得知，出城迎接。童樞密、劉都督入城屯駐，安營已了。出榜招撫軍民復業，南兵投降者勿知其數。宋江盡將倉廒糧米給散百姓，各歸本鄉，復為良民。將水軍總管成貴、謝福割腹取心，致祭兄弟阮小二、孟康並在烏龍嶺亡過一應將佐，前後死魂，俱皆受享。再叫李俊等水軍將佐管領了許多船隻，把獲到賊首偽官，解送張招討軍前去了。宋江又見折了呂方、郭盛，惆悵不已，按兵不動，等候盧先鋒兵馬，同取清溪。且不說宋江在睦州屯駐，卻說副先鋒盧俊義自從杭州分兵之後，統領三萬人馬，本部下正偏將佐二十八員，引兵取山路，望杭州進發，經過臨安鎮錢王故都，道近昱嶺關前。守關把隘，卻是方臘手下一員大將，綽號小養由基龐萬春，乃是江南方臘國中第一個會射弓箭的。帶領着兩員副將：一個喚做雷炯，一個喚做計稷。這兩個副將，都蹬得七八百斤勁弩，各會使一枝蒺藜骨朵，手下有五千人馬。三個守把住昱嶺關隘，聽知宋兵分撥副先鋒盧俊義引軍到來，已都準備下了對敵器械，只待來軍相近。

且說盧先鋒軍馬將次近昱嶺關前，當日先差史進、石秀、陳達、楊春、李忠、薛永六員將校，帶領三千步軍，前去出哨。當下史進等六將，都騎戰馬，其餘都是步軍，迤邐哨到關下，並不曾撞見一個軍馬。史進在馬上心疑，和眾將商議。說言未了，早已來到關前。看時，見關上豎着一面彩繡白旗，旗下立着那小養由基龐萬春，看了史進等大笑，罵道：「你這夥草賊，只好在梁山泊裏住，掯勒宋朝招安誥命，如何敢來我這國土裏裝好漢！你也曾聞俺小養由基的名字麼？我聽得你這廝夥裏，有個甚麼小李廣花榮，着他出來，和我比箭。先鋒你看我神箭。」說言未了，颼的一箭，正中史進，攧下馬去。五將一齊急急向前，救得上馬便回。又見山頂上一聲鑼響，左右兩邊松樹林裏，一齊放箭。五員將顧不得史進，各人逃命而走。轉得過山嘴，對面兩邊山坡上，一邊是雷炯，一邊是計稷，那弩箭如雨一般射將來，總是有十分英雄，也躲不得這般的箭矢。可憐水滸六員將佐，都作南柯一夢。史進、石秀等六人，不曾透得一個出來，做一堆兒都被射死在關下。三千步卒，止剩得百餘個小軍，逃得回來，見盧先鋒說知此事。盧先鋒聽了大驚，如癡似醉，呆了半晌。神機軍師朱武為陳達、楊春垂淚已畢，諫道：「先鋒且勿煩惱，有誤大事，可以別商量一個計策，去奪關斬將，報此仇恨。」盧俊義道：

「宋公明兄長特分許多將校與我，今番不曾贏得一陣，首先倒折了六將。更兼三千軍卒，止有得百餘人回來，似此怎生到歙州相見？」朱武答道：「古人有雲：『天時不如地利，地利不如人和。』我等皆是中原、山東、河北人氏，不曾慣演水戰，因此失了地利。須獲得本處鄉民，指引路徑，方才知得他此間山路曲折。」盧先鋒道：「軍師言之極當，差誰去緝探路徑好？」朱武道：「論我愚意，可差鼓上蚤時遷。他是個飛簷走壁的人，好去山中尋路。」盧俊義隨即教喚時遷，領了言語，捎帶了乾糧，跨口腰刀，離寨去了。且說時遷便望深山去處，只顧走尋路，去了半日，天色已晚，來到一個去處，遠遠地望見一點燈光明朗。時遷道：「燈光處必有人家。」趁黑地裏摸到燈明之處看時，卻是個小小庵堂，裏面透出燈光來。時遷來到庵前，便鑽入去看時，見裏面一個老和尚，在那裏坐地誦經。時遷便乃敲他房門，那老和尚喚一個小行者來開門。時遷進到裏面，便拜老和尚。那老僧便道：「客官休拜。現今萬馬千軍廝殺之地，你如何走得到這裏？」時遷應道：「實不敢瞞師父說，小人是梁山泊宋江的部下一個偏將時遷的便是。今來奉聖旨剿收方臘，誰想夜來被昱嶺關上守把賊將，亂箭射死了我六員首將。無計度關，特差時遷前來尋路，探聽有何小路過關。今從深山臨野，尋到此間。萬望師父指迷，有何小徑，私越過關，當以厚報。」那老僧道：「此間百姓，俱被方臘殘害，無一個不怨恨他。老僧亦靠此間當地百姓施主，齎糧養口。如今村裏的人民都逃散了，老僧沒有去處，只得在此守死。今日幸得天兵到此，萬民有福。將軍來收此賊，與民除害，老僧只是不敢多口，恐防賊人知得。今既是天兵處差來的頭目，便多口也不妨。我這裏卻無路過得關去，直到西山嶺邊，卻有一條小路，可過關上。只怕近日也被賊人築斷了，過去不得。」時遷道：「師父，既然有這條小路通得關上，只不知可到得賊寨裏麼？」老和尚道：「這條私路，一徑直到得龐萬春寨背後，下嶺去，便是過關的路了。只恐賊人已把大石塊築斷了，難得過去。」時遷道：「不防！既有路徑，不怕他築斷了。我自有措置。既然如此，小人回去報知主將，卻來酬謝。」老和尚道：「將軍見外人時，休說貧僧多口。」時遷道：「小人是個精細的人，不敢說出老師父來。」

　　當日辭了老和尚，徑回到寨中，參見盧先鋒，說知此事。盧俊義聽了大喜，便請軍師計議取關之策。朱武道：「若是有此路徑，覷此昱嶺關唾手而得。再差一個人和時遷同去，幹此大事。」時遷道：「軍師要幹甚大事？」朱武道：「最要緊的是放火放炮。你等身邊，將帶火炮、火刀、火石，直要去那寨背後，放起號炮火來，便是你幹大事了。」時遷道：「既然只是要放火放炮，別無他事，不須再用別人同去，只兄弟自往便是。再差一個同去，也跟我做不得飛簷走壁的事，倒誤了時候。假如我去那裏行事，你這裏如何到得關邊？」朱武道：「這卻容易，他那賊人的埋伏，也只好使一遍。我如今不管他埋伏不埋伏，但是於路遇着樹木稠密去處，便放火燒將去。任他埋伏不妨。」時遷道：「軍師高見極明。」當下收拾了火刀、火石並引火煤筒，脊樑上用包袱背着大炮，來辭盧先鋒便行。盧俊義叫時遷齎錢二十兩，糧米一石，送與老和尚，就着一個軍校挑去。當日午後，時遷引了這個軍校挑米，再尋舊路來到庵裏，見了老和尚，說道：「主將先鋒，多多拜覆，些小薄禮相送。」便把銀兩米糧，都與了和尚。老僧收受了。時遷吩咐小軍自回寨去，卻再來告覆老和尚：「望煩指引路徑，可着行者引小人去。」那老和尚道：「將軍少待，夜深可去，日間恐關上知覺。」當備晚飯待時遷。至夜，卻令行者引路，「送將軍到於那邊。」便教行者即回，休教人知覺。當時小行者領着時遷，離了草庵，便望深山徑裏尋路，穿林透嶺，攬葛攀藤，行過數里山徑野坡，月色微明到一處，山嶺險峻，石壁嵯峨，遠遠地望見開了個小路口，巔巖上盡把大石堆迭砌斷了，高高築成牆壁。小行者道：「將軍，關已望見，石迭牆壁那邊便是。過得那石壁，亦有大路。」時遷道：「小行者，你自回去，我已知路途了。」小行者自回，時遷卻把飛簷走壁、跳籬騙馬的本事出來，這些石壁，拈指爬過去了。望東去時，只見林木之間，半天價都紅滿了。卻是盧先鋒和朱武等拔寨都起，一路上放火燒着，望關上來。先使三五百軍人，於路上打並屍首，沿山巴嶺，放火開路，使其埋伏軍兵，無處藏躲。昱嶺關上小養由基龐萬春聞知宋兵放火燒林開路，龐萬春道：「這是他進兵之法，使吾伏兵不能施展。我等只牢守此關，任汝何能得過？」望見宋兵漸近關下，帶了雷炯、計稷，都來關前守護。

卻說時遷一步步摸到關上，爬在一株大樹頂頭，伏在枝葉稠密處，看那龐萬春、雷炯、計稷都將弓箭踏弩，伏在關前伺候。看見宋兵時，一派價把火燒將來。中間林沖、呼延灼立馬在關下，大罵：「賊將安敢抗拒天兵？」南兵龐萬春等卻待要放箭射時，不提防時遷已在關上。那時遷悄悄地溜下樹來，轉到關後，見兩堆柴草，時遷便摸在裏面，取出火刀、火石，發出火種，把火炮擱在柴堆上，先把些硫黃焰硝去燒那邊草堆，又來點着這邊柴堆。卻才方點着火炮，拿那火種帶了，直爬上關屋脊上去點着。那兩邊柴草堆裏一齊火起，火炮震天價響。關上眾將，不殺自亂，發起喊來，眾軍都只顧走，那裏有心來迎敵。龐萬春和兩個副將急來關後救火時，時遷就在屋脊上又放起火炮來。那火炮震得關屋也動，嚇得南兵都棄了刀槍弓箭，衣袍鎧甲，盡望關後奔走。時遷在屋上大叫道：「已有一萬宋兵先過關了，汝等急早投降，免汝一死！」龐萬春聽了，驚得魂不附體，只管跌腳。雷炯、計稷驚得麻木了，動彈不得。林沖、呼延灼首先上山，早趕到關頂，眾將都要爭先，一齊趕過關去三十餘里，追着南兵。孫立生擒得雷炯，魏定國活拿了計稷，單單只走了龐萬春。手下軍兵，擒捉了大半。宋兵已到關上，屯駐人馬。盧先鋒得了昱嶺關，厚賞了時遷。將雷炯、計稷，就關上割腹取心，享祭史進、石秀等六人。收拾屍骸，葬於關上。其餘屍首，盡皆燒化。次日，與同諸將，披掛上馬。一面行文申覆張招討，飛報得了昱嶺關，一面引軍前進，迤邐追趕過關，直到歙州城邊下寨。

原來歙州守禦，乃是皇叔大王方垕，是方臘的親叔叔，與同兩員大將，官封文職，共守歙州。一個是尚書王寅，一個是侍郎高玉，統領十數員戰將，屯軍二萬之眾，守住歙州城郭。原來王尚書是本州山裏石匠出身，慣使一條鋼槍，坐下有一騎好馬，名喚轉山飛。那匹戰馬，登山渡水，如行平地。那高侍郎也是本州土人，故家子孫，會使一條鞭槍。因這兩個頗通文墨，方臘加封做文職官爵，管領兵權之事。當有小養由基龐萬春敗回到歙州，直至行宮，面奏皇叔，告道：「被土居人民透漏誘引宋兵，私越小路過關。因此眾軍漫散，難以抵敵。」皇叔方垕聽了大怒，喝罵龐萬春道：「這昱嶺關是歙州第一處要緊的牆壁，今被宋兵已度關隘，早晚便到歙州，怎與他迎敵？」王尚書奏道：「主上且息雷霆之怒。自古道：『勝負兵家之常，非戰之罪。』今殿下權免龐將軍本罪，取了軍令必勝文狀，着他引軍，首先出戰迎敵，殺退宋兵。如或不勝，二罪俱併。」方垕然其言，撥與軍五千，跟龐萬春出城迎敵，得勝回奏。且說盧俊義度過昱嶺關之後，催兵直趕到歙州城下，當日與諸將上前攻打歙州。城門開處，龐萬春引軍出來交戰。兩軍各列成陣勢，龐萬春出到陣前勒戰。宋軍隊裏歐鵬出馬，使根鐵槍，便和龐萬春交戰。兩個鬥不過五合，龐萬春敗走，歐鵬要顯頭功，縱馬趕去。龐萬春扭過身軀，背射一箭。歐鵬手段高強，綽箭在手。原來歐鵬卻不提防龐萬春能放連珠箭，歐鵬綽了一箭，只顧放心去趕。弓弦響處，龐萬春又射第二枝箭來，歐鵬早着，墜下馬去。城上王尚書、高侍郎見射中了歐鵬落馬，龐萬春得勝，引領城中軍馬，一發趕殺出來。宋軍大敗，退回三十里下寨，紮駐軍馬安營。整點兵將時，亂軍中又折了菜園子張青。孫二娘見丈夫死了，着令手下軍人，尋得屍首燒化，痛哭一場。盧先鋒看了，心中納悶，思量不是良法，便和朱武計議道：「今日進兵，又折了二將，似此如之奈何？」朱武道：「輸贏勝負，兵家常事。今日賊兵見我等退回軍馬，自逞其能，眾賊計議，今晚乘勢，必來劫寨。我等可把軍馬眾將分調開去，四下埋伏。中軍縛幾隻羊在彼，如此如此整頓。叫呼延灼引一支軍在左邊埋伏，林沖引一支軍在右邊埋伏，單廷珪、魏定國引一支軍在背後埋伏。其餘偏將，各於四散小路裏埋伏。夜間賊兵來時，只看中軍火起為號，四下裏各自捉人。」盧先鋒都發放已了，各各自去守備。

且說南國王尚書、高侍郎兩個頗有些謀略，便與龐萬春等商議，上啟皇叔方垕道：「今日宋兵敗回，退去三十餘里屯駐，營寨空虛，軍馬必然疲倦，何不乘勢去劫寨柵，必獲全勝。」方垕道：「你眾官從長計議，可行便行。」高侍郎道：「我便和龐將軍引兵去劫寨，尚書與殿下，緊守城池。」當夜二將披掛上馬，引領軍兵前進，馬摘鑾鈴，軍士銜枚疾走，前到宋軍寨柵。看見營門不開，南兵不敢擅進。初時聽得更點分明，向後更鼓便打得亂了。高侍郎勒住馬道：「不可進去！」龐萬春道：「相公如何不進兵？」高侍郎答道：「聽他營裏更點不明，必然有計。」龐萬春道：「相公誤矣！今日兵敗膽寒，必然睏倦。睡裏打更，有甚分曉，因此不明。相公何必見疑，只顧殺去！」高侍郎道：「也見得是。」當下催軍劫寨，大刀闊斧，殺將進去。二將入得寨門，直到中軍，並不見一個軍將，卻是柳樹上縛着數隻羊，羊蹄上拴着鼓槌打鼓，因此更點不明。兩將劫着空寨，心中自慌，急叫：「中計！」回身便走。中軍內卻早火起。只見山頭上炮響，又放起火來，四下裏伏兵亂起，齊殺將攏來。兩將衝開寨門奔走，正迎着呼延灼，大喝：「賊將快下馬受降，免汝一死！」高侍郎心慌，只要脫身，無心戀戰，被呼延灼趕進去，手起雙鞭齊下，腦袋骨打碎了半個天靈。龐萬春死命撞透重圍，得脫性命。正走之間，不提防湯隆伏在路邊，被他一鈎鐮槍拖倒馬腳，活捉了解來。眾將已都在山路裏趕殺南兵，至天明，都赴寨裏來。盧先鋒已先到中軍坐下，隨即下令，點本部將佐時，丁得孫在山路草中被毒蛇咬了腳，毒氣入腹而死。將龐萬春割腹剜心，祭獻歐鵬並史進等，把首級解赴張招討軍前去了。

次日，盧先鋒與同諸將再進兵到歙州城下，見城門不關，城上並無旌旗。城樓上亦無軍士。單廷珪、魏定國兩個要奪頭功，引軍便殺入城去。後面中軍盧先鋒趕到時，只叫得苦，那二將已到城門裏了。原來王尚書見折了劫寨人馬，只詐做棄城而走，城門裏卻掘下陷坑，二將是一夫之勇，卻不提防，首先入來，不想連人和馬，都陷在坑裏。那陷坑兩邊，卻埋伏着長槍手，弓箭軍士，一齊向前戳殺，兩將死於坑中，可憐聖水並神火，今日嗚呼葬土坑。盧先鋒又見折了二將，心中忿怒，急令差遣前部軍兵，各人兜土塊入城，一面填塞陷坑，一面鏖戰廝殺，殺倒南兵人馬，俱填於坑中。當下盧先鋒當前，躍馬殺入城中，正迎着皇叔方垕。交馬只一合，盧俊義卻忿心頭之火，展平生之威，只一朴刀，剁方垕於馬下。城中軍馬開城西門，衝突而走。宋兵眾將，各各並力向前，剿捕南兵。卻說王尚書正走之間，撞着李雲，截住廝殺。王尚書便挺槍向前，李雲卻是步鬥。那王尚書槍起馬到，早把李雲踏倒。石勇見衝翻了李雲，便衝突向前，急來救時，王尚書把條槍神出鬼沒，石勇如何抵當得住？王尚書戰了數合，得便處把石勇一槍，結果了性命，當下身死。城裏卻早趕出孫立、黃信、鄒淵、鄒潤四將，截住王尚書廝殺。那王寅奮勇力敵四將，並無懼怯。不想又撞出林冲趕到，這個又是個會廝殺的，那王寅便有三頭六臂，也敵不過五將。眾人齊上，亂戳殺王寅，可憐南國尚書將，今日方知志莫伸。當下五將取了首級，飛馬獻與盧先鋒。盧俊義已在歙州城內行宮歇下，平復了百姓，出榜安民，將軍馬屯駐在城裏，一面差人齎文報捷張招討，馳書轉達宋先鋒，知會進兵。卻說宋江等兵將在睦州屯駐，等候軍齊，同攻賊洞。收得盧俊義書，報平復了歙州，軍將已到城中屯駐，專候進兵，同取賊巢。又見折了史進、石秀、陳達、楊春、李忠、薛永、歐鵬、張青、丁得孫、單廷珪、魏定國、李雲、石勇一十三人，許多將佐，煩惱不已，痛哭哀傷。軍師吳用勸道：「生死人皆分定，主將何必自傷玉體？且請料理國家大事。」宋江道：「雖然如此，不由人不傷感。我想當初石碣天文所載一百單八人，誰知到此，漸漸凋零，損吾手足。」吳用勸了宋江煩惱，然後回書與盧先鋒，交約日期，起兵攻城清溪縣。

且不說宋江回書與盧俊義，約日進兵，卻說方臘在清溪幫源洞中大內設朝，與文武百官計議宋江用兵之事。只聽見西州敗殘軍馬回來，報說歙州已陷，皇叔、尚書、侍郎俱已陣亡了。今宋兵作兩路而來，攻取清溪。方臘見報大驚，當下聚集兩班大臣商議，方臘道：「汝等眾卿，各受官爵，同佔州郡城池，共享富貴。豈期今被宋江軍馬席捲而來，州城俱陷，止有清溪大內。今聞宋兵兩路而來，如何迎敵？」當有左丞相婁敏中出班啟奏道：「今次宋兵人馬，已近神州，內苑宮廷，亦難保守。奈緣兵微將寡，陛下若不御駕親征，誠恐兵將不肯盡心向前。」方臘道：「卿言極當！」隨即傳下聖旨，命三省六部、御史台官、樞密院、都督府護駕，二營金吾，龍虎，大小官僚，「都跟隨寡人御駕親征，決此一戰。」婁丞相又奏：「差何將帥，可做前部先鋒？」方臘道：「着殿前金吾上將軍內外諸軍都招討皇姪方傑為正先鋒，馬步親軍都大尉驃騎上將軍杜微為副先鋒，部領幫源洞大內護駕御林軍一萬三千，戰將三千餘員前進。」原來這方傑是方臘的親姪兒，是歙州皇叔方垕長孫，聞知宋兵盧先鋒殺了他公公，要來報仇，他願為前部先鋒。這方傑平生習學，慣使一枝方天畫戟，有萬夫不當之勇。那杜微原是歙州市中鐵匠，會打軍器，亦是方臘心腹之人，會使六口飛刀，只是步鬥。方臘另行聖旨一道，差御林護駕都教師賀從龍，撥與御林軍一萬，總督兵馬，去敵歙州盧俊義軍馬。不說方臘分調人馬，兩處迎敵，先說宋江大隊軍馬起程，水陸並進，離了睦州，望清溪縣而來。水軍頭領李俊等引領水軍船隻，撐駕從溪灘裏上去。且說吳用與宋江在馬上同行，並馬商議道：「此行去取清溪幫源，誠恐賊首方臘知覺逃竄，深山曠野，難以得獲。若要生擒方臘，解赴京師，面見天子，必須裏應外合，認得本人，可以擒獲。亦要知方臘去向下落，不致被其走失。」宋江道：「是若如此，須用詐降，將計就計，方可得裏應外合。前者柴進與燕青去做細作，至今不見些消耗，今次着誰去好？須是會詐投降的。」吳用道：「若論愚意，只除非教水軍頭領李俊等，就將船內糧米，去詐獻投降，教他那裏不疑。方臘那廝，是山僻小人，見了許多糧米船隻，如何不收留了。」宋江道：「軍師高見極明。」便喚戴宗，隨即傳令，從水路直至李俊處，說知如此如此，「教你等眾將行計。」李俊等領了計策。戴宗自回中軍。

李俊卻叫阮小五、阮小七扮做艄公，童威、童猛扮做隨行水手，乘駕六十隻糧船，船上都插着新換的獻糧旗號，卻從大溪裏使將上去。將近清溪縣，只見上水頭早有南國戰船迎將來，敵軍一齊放箭。李俊在船上叫道：「休要放箭，我有話說。俺等都是投拜的人，特將糧米獻納大國，接濟軍士，萬望收錄。」對船上頭目，看見李俊等船上並無軍器，因此就不放箭。使人過船來，問了備細，看了船內糧米，便去報知婁丞相，稟說李俊獻糧投降。婁敏中聽了，叫喚投拜人上岸來。李俊登岸，見婁丞相，拜罷，婁敏中問道：「汝是宋江手下甚人？有何職役？今番為甚來獻糧投拜？」李俊答道：「小人姓李名俊，原是潯陽江上好漢。就江州劫法場，救了宋江性命。他如今受了朝廷招安，得做了先鋒，便忘了我等前恩，累次窘辱小人。現今宋江雖然佔得大國州郡，手下弟兄漸次折得沒了。他猶自不知進退，威逼小人等水軍向前。因此受辱不過，特將他糧米船隻徑自私來獻納，投拜大國。」婁丞相見李俊說了這一席話，就便準信。便引李俊來大內朝見方臘，具說獻糧投拜一事。李俊見方臘再拜起居，奏說前事。方臘坦然不疑，且教李俊、阮小五、阮小七、童威、童猛只在清溪管領水寨守船，「待寡人退了宋江軍馬還朝之時，別有賞賜。」李俊拜謝了。出內自去搬運糧米上岸，進倉交收，不在話下。

再說宋江與吳用分調軍馬，差關勝、花榮、秦明、朱仝四員正將為前隊，引軍直進清溪縣界，正迎着南國皇姪方傑。兩下軍兵，各列陣勢。南軍陣上，方傑橫戟出馬，杜微步行在後。那杜微橫身掛甲，背藏飛刀五把，手中仗口七星寶劍，跟在後面，兩將出到陣前。宋江陣上秦明，首先出馬，手舞狼牙大棍，直取方傑。那方傑年紀後生，精神一擻，那枝戟使得精熟，和秦明連鬥了三十餘合，不分勝敗。方傑見秦明手段高強，也放出自己平生學識，不容半點空閒。兩個正鬥到分際，秦明也把出本事來，不放方傑些空處。卻不提防杜微那廝，在馬後見方傑戰秦明不下，從馬後閃將出來，掣起飛刀望秦明臉上早飛將來。秦明急躲飛刀時，卻被方傑一方天畫戟聳下馬去，死於非命。可憐霹靂火，滅地竟無聲。方傑一戟戳死了秦明，卻不敢追過對陣。宋兵小將爭把撓鈎搭得屍首過來。宋軍見說折了秦明，盡皆失色。宋江一面叫備棺槨盛貯，一面再調軍將出戰。

且說這方傑得勝誇能，卻在陣前高叫：「宋兵再有好漢，快出來廝殺！」宋江在中軍聽得報來，急出到陣前，看見對陣方傑背後便是方臘御駕，直來到軍前擺開。但見：金瓜密佈，鐵斧齊排。方天畫戟成行，龍鳳繡旗作隊。旗旄旌節，一攢攢綠舞紅飛；玉鐙雕鞍，一簇簇珠圍翠繞。飛龍傘散青雲紫霧，飛虎旗盤瑞靄祥煙。左侍下一代文官，右侍下滿排武將。雖是妄稱天子位，也須偽列宰臣班。南國陣中，只見九曲黃羅傘下，玉轡逍遙馬上，坐着那個草頭王子方臘，怎生打扮？但見：頭戴一頂衝天轉角明金襆頭，身穿一領日月雲肩九龍繡袍，腰繫一條金鑲寶嵌玲瓏玉帶，足穿一對雙金顯縫雲根朝靴。那方臘騎着一匹銀鬃白馬，出到陣前，親自監戰。看見宋江親在馬上，便遣方傑出戰，要拿宋江。這邊宋兵等眾將亦準備迎敵，要擒方臘。南軍方傑正要出陣，只聽得飛馬報道：「御林都教師賀從龍總督軍馬，去救歙州，被宋兵盧先鋒活捉過陣去了。軍馬俱已漫散，宋兵已殺到山後。」方臘聽了大驚，急傳聖旨，便教收軍，且保大內。當下方傑且委杜微押住陣腳，卻待方臘御駕先行，方傑、杜微隨後而退。方臘御駕回至清溪州界，只聽得大內城中喊起連天，火光遍滿，兵馬交加，卻是李俊、阮小五、阮小七、童威、童猛在清溪城裏放起火來。方臘見了，大驅御林軍馬來救城中，入城混戰。宋江軍馬，見南兵退去，隨後追殺。趕到清溪，見城中火起，知有李俊等在彼行事，急令眾將招起軍馬，分頭殺將入去。此時盧先鋒軍馬也過山了，兩下接應，卻好湊着。四面宋兵，夾攻清溪大內。宋江等諸將，四面八方殺將入去，各各自去搜捉南軍，打破了清溪城郭。方臘卻得方傑引軍保駕，防護送投幫源洞中去了。

宋江等大隊軍馬都人清溪縣來。眾將殺入方臘宮中，收拾違禁器仗，金銀寶物，搜檢內裏庫藏。就殿上放起火來，把方臘內外宮殿，盡皆燒毀，府庫錢糧，搜索一空。宋江會合盧俊義軍馬，屯駐在清溪縣內。聚集眾將，都來請功受賞。整點兩處將佐時，長漢郁保四、女將孫二娘，都被杜微飛刀傷死；鄒淵、杜遷，馬軍中踏殺；李立、湯隆、蔡福，各帶重傷，醫治不痊，身死；阮小五先在清溪縣，已被婁丞相殺死。眾將擒捉得南國偽官九十二員請功，賞賜已了，只不見婁丞相、杜微下落。一面且出榜文，安撫了百姓。把那活捉偽官解赴張招討軍前，斬首示眾。後有百姓報說，婁丞相因殺了阮小五，見大兵打破清溪縣，自縊松林而死。杜微那廝，躲在他原養的倡妓王嬌嬌家，被他社老[1]獻將出來。宋江賞了社老；卻令人先取了婁丞相首級，叫

---

1) 社老：指老鴇的丈夫。

蔡慶將杜微剖腹剜心，滴血享祭秦明、阮小五、郁保四、孫二娘，並打清溪亡過眾將。宋江親自拈香祭祀已了，次日與同盧俊義起軍，直抵幫源洞口圍住。且說方臘只得方傑保駕，走到幫源洞口大內屯駐人馬，堅守洞口，不出迎敵。宋江、盧俊義把軍馬周回圍住了幫源洞，卻無計可入。卻說方臘在幫源洞，如坐針氈。兩軍困住已經數日。方臘正憂悶間，忽見殿下錦衣繡襖一大臣，俯伏在金階殿下啟奏：「我王，臣雖不才，深蒙主上聖恩寬大，無可補報。憑夙昔所學之兵法，仗平日所韞[2]之武功，六韜三略曾聞，七縱七擒曾習。願借主上一支軍馬，立退宋兵，中興國祚。未知聖意若何？」方臘見了大喜，便傳敕令，盡點山洞內府兵馬，教此將引兵出洞去，與宋江相持。未知勝敗如何，先見威風出眾。

不是方臘國中又出這個人來引兵，有分數：金階殿下人頭滾，玉砌朝門熱血噴。直使掃清巢穴擒方臘，豎立功勛顯宋江。畢竟方臘國中出來引兵的是甚人，且聽下回分解。

## 延伸思考

李俊用糧船詐降，輕易就騙過了方臘。對比宋軍剛進入江南時賊人的警惕，此處情節是否有些不可信？結合前文談談你的看法。

2)　韞：積聚。

## 第一百一十九回

# 精讀 魯智深浙江坐化 宋公明衣錦還鄉

最後一戰，打入方臘內部的柴進、燕青立了大功，給了賊人致命一擊，最後魯智深生擒方臘，法師最後的偈語「遇臘而執」至此才揭開謎底。戰事結束了，結果卻是兩敗俱傷，梁山好漢死的死，散的散，宋江班師回朝時只餘了二十多員大將。

點評

● 在此關鍵時刻，柴進的出場可謂大快人心。

話說當下方臘殿前啟奏，願領兵出洞征戰的，正是東床駙馬主爵都尉柯引。方臘見奏，不勝之喜。柯駙馬當下同領南兵，帶了雲壁奉尉，披掛上馬出師。方臘將自己金甲錦袍，賜於駙馬，又選一騎好馬，叫他出戰。那柯駙馬與同皇姪方傑，引領洞中護禦軍兵一萬人馬，駕前上將二十餘員，出到幫源洞口，列成陣勢。

卻說宋江軍馬困住洞口，已教將佐分調守護。宋江在陣中，因見手下弟兄三停內折了二停，方臘又未曾拿得，南兵又不出戰，眉頭不展，面帶憂容。只聽得前軍報來說：「洞中有軍馬出來交戰。」宋江、盧俊義見報，急令諸將上馬，引軍出戰，擺開陣勢，看南軍陣裏，當先是柯駙馬出戰。宋江軍中，誰不認得是柴進？宋江便令花榮出馬迎敵。花榮得令，便橫槍躍馬，出到陣前，高聲喝問：「你那廝是甚人，敢助反賊，與吾大兵敵對？我若拿住你時，碎屍萬段，骨肉為泥！好好下馬受降，免汝一命！」柯駙馬答道：「我乃山東柯引，誰不聞我大名？量你這廝們是梁山泊一夥強徒草寇，何足道哉！偏俺不如你們手段？我直把你們殺盡，克復城池，是吾之願！」宋江與盧俊義在馬上聽了，尋思柴進口裏說的話，知他心裏的事。他把「柴」字改作「柯」字，「柴」即是「柯」也；「進」字改作「引」字，「引」即是「進」也。吳用道：「且看花榮與他迎敵。」當下花榮挺槍躍馬，來戰柯引。兩馬相交，二般軍器並舉。兩將鬥到間深裏，絞做一團，扭做一塊。柴進低低道：「兄長可且詐敗，來日議事。」花榮聽了，略戰三合，撥回馬便走。柯引喝道：「敗將，吾不趕你！別有了得的，叫他出來，和俺交戰！」花榮跑馬回陣，對宋江、盧俊義說知就裏。吳用道：「再叫關勝出戰交鋒。」當時關勝舞起青龍偃月刀，飛馬出戰，大喝道：「山東小將，敢與吾敵？」那柯駙馬挺槍，便來迎敵。兩個交鋒，全無懼怯。二將鬥不到五合，關勝也詐敗佯輸，走回本陣。柯駙馬不趕，只在陣前大喝：「宋兵敢有強將出來，與吾對敵？」宋江再叫朱仝出陣，與柴進交鋒。往來廝殺，只瞞眾軍。兩個鬥不過五七合，朱仝詐敗而走。柴進趕來虛搠一槍，朱仝棄馬跑歸本陣，南軍先搶得這匹好馬。柯駙馬招動南軍，搶殺過來，宋江急令諸將引軍退去十里下寨。柯駙馬引軍追趕了一程，收兵退回洞中。

　　已自有人先去報知方臘，說道：「柯駙馬如此英雄，戰退宋兵，連勝三將。宋江等又折一陣，殺退十里。」方臘大喜，叫排下御宴，等待駙馬卸了戎裝披掛，請入後宮賜坐。親捧金杯，滿勸柯駙馬道：「不想駙馬有此文武雙全！寡人只道賢婿只是文才秀士，若早知有此等英雄豪傑，不致折許多州郡。煩望駙馬大展奇才，立誅賊將，重興基業，與寡人共享太平無窮之富貴。」柯引奏道：「主上放心！為臣子當以盡心報效，同興國祚。明日謹請聖上登山，看柯引廝殺，立斬宋江等輩。」方臘見奏，心中大喜。當夜宴至更深，各還宮中去了。次早，方臘設朝，叫洞中敲牛宰馬，令三軍都飽食已了，各自披掛上馬，出到幫源洞口，搖旗發喊，擂

**點評**

鼓搦戰。方臘卻領引內侍近臣，登幫源洞山頂，看柯附馬廝殺。且說宋江當日傳令，吩咐諸將：「今日廝殺，非比他時，正在要緊之際，汝等軍將，各各用心，擒獲賊首方臘，休得殺害。你眾軍士，只看南軍陣上柴進回馬引領，就便殺入洞中，並力追捉方臘，不可違誤！」三軍諸將得令，各自摩拳擦掌，掣劍拔槍，都要擄掠洞中金帛，盡要活捉方臘，建功請賞。當時宋江諸將，都到洞前，把軍馬擺開，列成陣勢。只見南兵陣上，柯駙馬立在門旗之下，正待要出戰，只見皇姪方傑立馬橫戟道：「都尉且押手停騎，看方某先斬宋兵一將，然後都尉出馬，用兵對敵。宋兵望見燕青跟在柴進後頭，眾將皆喜道：「今日計必成矣！」各人自行準備。

且說皇姪方傑，爭先縱馬搦戰。宋江陣上，關勝出馬，舞起青龍刀，來與方傑對敵。兩將交馬，一往一來，一翻一複，戰不過十數合，宋江又遣花榮出陣，共戰方傑。方傑見二將來夾攻，全無懼怯，力敵二將。又戰數合，雖然難見輸贏，也只辦得遮攔躲避。宋江隊裏，再差李應、朱仝驟馬出陣，並力追殺。方傑見四將來夾攻，方才撥回馬頭，望本陣中便走。柯駙馬卻在門旗下截住，把手一招，宋將關勝、花榮、朱仝、李應四將趕過來。柯駙馬便挺起手中鐵槍奔來，直取方傑。方傑見頭勢不好，急下馬逃命時，措手不及，早被柴進一槍戳着。背後雲奉尉燕青趕上一刀，殺了方傑。南軍眾將驚得呆了，各自逃生，柯駙馬大叫：「我非柯引，吾乃柴進，宋先鋒部下正將小旋風的便是。隨行雲奉尉，即是浪子燕青。今者已知是洞中內外備細，若有人活捉得方臘的，高官任做，細馬揀騎。三軍投降者，俱免血刃，抗拒者全家斬首！」回身引領四將，招起大軍，殺入洞中。方臘領着內侍近臣，在幫源洞頂上，看見殺了方傑，三軍潰亂，情知事急，一腳踢翻了金交椅，便望深山中奔走。宋江領起大隊軍馬，分開五路，殺入洞來，爭捉方臘，不想已被方臘逃去，只拿得侍從人員。燕青搶入洞中，叫了數個心腹

● 終於能夠表明身份，「大叫」一詞仿佛重見天日。

伴當去那庫裏，擄了兩擔金珠細軟出來，就內宮禁苑，放起火來。柴進殺入東宮時，那金芝公主自縊身死。柴進見了，就連宮苑燒化，以下細人[1]，放其各自逃生。眾軍將都入正宮，殺盡嬪妃彩女、親軍侍御、皇親國戚，都擄掠了方臘內宮金帛。宋江大縱軍將，入宮搜尋方臘。

卻說阮小七殺入內苑深宮裏面，搜出一箱，卻是方臘偽造的平天冠、袞龍袍、碧玉帶、白玉珪、無憂履。阮小七看見上面都是珍珠異寶，龍鳳錦文，心裏想道：「這是方臘穿的，我便着一着，也不打緊。」便把袞龍袍穿上，繫上碧玉帶，着了無憂履，戴起平天冠，把把白玉珪插放懷裏，跳上馬，手執鞭，跑出宮前。三軍眾將，只道是方臘，一齊鬧動，搶將攏來看時，卻是阮小七，眾皆大笑。這阮小七也只把做好嬉，騎着馬東走西走，看那眾將多軍搶擄。正在那裏鬧動，早有童樞密帶來的大將王稟、趙譚入洞助戰。聽得三軍鬧嚷，只說拿得方臘，徑來爭功。卻見是阮小七穿了御衣服，戴着平天冠，在那裏嬉笑。王稟、趙譚罵道：「你這廝莫非要學方臘，做這等樣子！」阮小七大怒，指着王稟、趙譚道：「你這兩個直得甚鳥！若不是俺哥哥宋公明時，你這兩個驢馬頭，早被方臘已都砍下了！今日我等眾將弟兄成了功勞，你們顛倒來欺負！朝廷不知備細，只道是兩員大將來協助成功。」王稟、趙譚大怒，便要和阮小七火併。當時阮小七奪了小校槍，便奔上來戳王稟。呼延灼看見，急飛馬來隔開，已自有軍校報知宋江，飛馬到來。見阮小七穿着御衣服，宋江、吳用喝下馬來，剝下違禁衣服，丟去一邊。宋江陪話解勸。王稟、趙譚二人雖被宋江並眾將勸和了，只是記恨於心。當日幫源洞中，殺得屍橫遍野，流血成渠，按《宋鑒》所載，斬殺方臘蠻兵二萬餘級。當下宋江傳令，教四下

---

1)　細人：年輕的侍女。

舉火，監臨燒毀宮殿。龍樓鳳閣，內苑深宮，珠軒翠屋，盡皆焚化。有詩為證：

黃屋朱軒半入雲，塗膏釁血自訢訢。
若還天意容奢侈，瓊室阿房可不焚。

當時宋江等眾將監看燒毀已了，引軍都來洞口屯駐，下了寨柵，計點生擒人數，只有賊首方臘未曾獲得。傳下將令，教軍將沿山搜捉。告示鄉民：但有人拿得方臘者，奏聞朝廷，高官任做；知而首者，隨即給賞。

卻說方臘從幫源洞山頂落路而走，便望深山曠野，透嶺穿林，脫了赭黃袍，丟去金花襆頭，脫下朝靴，穿上草履麻鞋，爬山奔走，要逃性命。連夜退過五座山頭，走到一處山凹邊，見一個草庵，嵌在山凹裏。方臘肚中飢餓，卻待正要去茅庵內尋討些飯吃，只見松樹背後轉出一個胖大和尚來，一禪杖打翻，便取條繩索綁了。那和尚不是別人，是花和尚魯智深。拿了方臘，帶到草庵中，取了些飯吃，正解出山來，卻好迎着搜山的軍健，一同綁住捉來見宋先鋒。宋江見拿得方臘，大喜，便問道：「吾師，你卻如何正等得這賊首着？」魯智深道：「洒家自從在烏龍嶺上萬松林裏廝殺，追趕夏侯成入深山裏去，被洒家殺了貪戰賊兵，直趕入亂山深處。迷蹤失徑，迤邐隨路尋去，正到曠野琳琅山內，忽遇一個老僧，引領洒家到此處茅庵中，囑咐道：『柴米菜蔬都有，只在此間等候。但見個長大漢從松林深處來，你便捉住。』夜來望見山前火起，小僧看了一夜，又不知此間山徑路數是何處。今早正見這賊爬過山來，因此，俺一禪杖打翻，就捉來綁，不想正是方臘！」宋江又問道：「那一個老僧，今在何處？」魯智深道：「那個老僧，自引小僧到茅庵裏，吩咐了柴米出來，竟不知投何處去了。」宋江道：「那和尚眼見得是聖僧羅漢，如此顯靈，令吾師成此大功，回京奏聞朝廷，可以還俗為官。在京師圖個蔭子封妻，光耀祖宗，報答父母劬勞[2]之恩。」魯智深答道：「洒家心已成灰，不願為官，只圖尋個淨了去處，安身立命足矣！」宋江道：「吾師既不肯還俗，便到京師去住持一個名山大刹，為一僧首，也光顯宗風，亦報答得父母。」智深聽了，搖首叫道：「都不要，要多也無用。只得個囫圇屍首，便是強了。」宋江聽罷，默上心來，各不喜歡。點本部下將佐，俱已數足。教將方臘陷車盛了，解上東京，面見天子。催起三軍，帶領諸將，離了幫源洞清溪縣，都回睦州。

卻說張招討會集劉都督、童樞密，從、耿二參謀，都在睦州聚齊，合兵一處，屯駐軍馬。見說宋江獲了大功，拿住方臘，解來睦州，眾官都來慶賀。宋江等諸將參拜已了，張招討道：「已知將軍邊塞勞苦，損折弟兄。今已全功，實為萬幸。」宋江再拜泣涕道：「當初小將等一百單八人，破遼還就，都不曾損了一個。誰想首先去了公孫勝，京師已留下數人。克復揚州，渡大江，怎知十停去七！今日宋江雖存，有何面目再見山東父老、故鄉親戚？」張招討道：「先鋒休如此說。自古道：『貧富貴賤，宿生所載；壽夭短長，人生分定。』常言道：『有福人送無福人。』何以損折將佐為恥！今日功成名顯，朝廷知道，必當重用。封官賜爵，光顯門閭，衣錦還鄉，誰不稱羨！閒事不須掛意，只顧收拾回軍。」宋江拜謝了總兵等官，自來號令諸將。張招討已傳下軍令，教把生擒到賊徒偽官等眾，除留方臘另行解赴東京，其餘從賊，都就睦州市曹，斬首施行。所有未收去處，衢、婺等縣賊役贓官，得知方臘已被擒獲，一半逃散，一半自行投首。張招討盡皆准首，復為良民。就行出榜，去各處招撫，以安百姓。其餘隨從賊徒，不傷人者，亦准其自首投

**點評**

● 宋江處處強調要通過揚名的手段報答父母，光宗耀祖；而魯智深的這兩句答語輕描淡寫，避而不理會宋江的規勸，卻飽含禪意。兩人的語言無法銜接，處世態度也是如此。

---

2)　劬（qú）勞：辛勞、勞累。

降，複為鄉民，撥還產業田園。克復州縣已了，各調守禦官軍，護境安民，不在話下。再說張招討眾官，都在睦州設太平宴，慶賀眾將官僚，賞勞三軍將校，傳令教先鋒頭目，收拾朝京。軍令傳下，各各準備行裝，陸續登程。

且說先鋒使宋江思念亡過眾將，灑然淚下。不想患病在杭州張橫、穆弘等六人，朱富、穆春看視，共是八人在彼。後亦各患病身死，止留得楊林、穆春到來，隨軍征進。想起諸將勞苦，今日太平，當以超度，便就睦州宮觀淨處，揚起長幡，修設超度九幽拔罪好事，做三百六十分羅天大醮，追薦前亡後化列位偏正將佐已了。次日，椎牛宰馬，致備牲醴[3]，與同軍師吳用等眾將，俱到烏龍神廟裏，焚帛享祭烏龍大王，謝祈龍君護佑之恩。回至寨中，所有部下正偏將佐陣亡之人，收得屍骸者，俱令各自安葬已了。宋江與盧俊義收拾軍馬將校人員，隨張招討回杭州，聽候聖旨，班師回京。眾多將佐功勞，俱各造冊，上了文簿，進呈御前。先寫表章，申奏天子。三軍齊備，陸續起程。宋江看了部下正偏將佐，止剩得三十六員回軍。那三十六人是：呼保義宋江、玉麒麟盧俊義、智多星吳用、大刀關勝、豹子頭林冲，雙鞭呼延灼、小李廣花榮、小旋風柴進、撲天鵰李應、美髯公朱仝、花和尚魯智深、行者武松、神行太保戴宗、黑旋風李逵、病關索楊雄、混江龍李俊、活閻羅阮小七、浪子燕青，神機軍師朱武、鎮三山黃信、病尉遲孫立、混世魔王樊瑞，轟天雷凌振，鐵面孔目裴宣、神算子蔣敬、鬼臉兒杜興、鐵扇子宋清，獨角龍鄒潤、一枝花蔡慶、錦豹子楊林、小遮攔穆春、出洞蛟童威、翻江蜃童猛、鼓上蚤時遷、小尉遲孫新、母大蟲顧大嫂。當下宋江與同諸將，引兵馬離了睦州，前往杭州進發。正是收軍鑼響千山震，得勝旗開十里紅。於

---

3) 牲醴（lǐ）：祭祀用的豬、牛、羊和甜酒。

路無話，已回到杭州。因張招討軍馬在城，宋先鋒且屯兵在六和塔駐紮，諸將都在六和寺安歇。先鋒使宋江、盧俊義早晚入城聽令。

且說魯智深自與武松在寺中一處歇馬聽候，看見城外江山秀麗，景物非常，心中歡喜。是夜月白風清，水天共碧，二人正在僧房裏睡至半夜，忽聽得江上潮聲雷響。魯智深是關西漢子，不曾省得浙江潮信[4]，只道是戰鼓響，賊人生發，跳將起來，摸了禪杖，大喝着便搶出來。眾僧吃了一驚，都來問道：「師父何為如此？趕出何去處？」魯智深道：「洒家聽得戰鼓響，待要出去廝殺。」眾僧都笑將起來道：「師父錯聽了！不是戰鼓響，乃是錢塘江潮信響。」魯智深見說，吃了一驚，問道：「師父，怎地喚做潮信響？」寺內眾僧推開窗，指着那潮頭叫魯智深看，說道：「這潮信日夜兩番來，並不違時刻。今朝是八月十五日，合當三更子時潮來。因不失信，謂之潮信。」魯智深看了，從此心中忽然大悟，拍掌笑道：「俺師父智真長老曾囑咐與洒家四句偈言，道是『逢夏而擒』，俺在萬松林裏廝殺，活捉了個夏侯成；『遇臘而執』，俺生擒方臘；今日正應了『聽潮而圓，見信而寂』，俺想既逢潮信，合當圓寂。眾和尚，俺家問你，如何喚做圓寂？」寺內眾僧答道：「你是出家人，還不省得佛門中圓寂便是死？」魯智深笑道：「既然死乃喚做圓寂，洒家今已必當圓寂。煩與俺燒桶湯來，洒家沐浴。」寺內眾僧，都只道他說耍。又見他這般性格，不敢不依他。只得喚道人燒湯來與魯智深洗浴。換了一身御賜的僧衣，便叫部下軍校：「去報宋公明先鋒哥哥，來看洒家。」又問寺內眾僧處討紙筆，寫了一篇頌子，去法堂上捉把禪椅，當中坐了。焚起一爐好香，放了那張紙在禪床上，自疊起兩隻腳，左腳

---

4)　潮信：潮水。

**點評**

●「今日方知我是我」，妙不可言，魯智深一生豪傑、殺人無數，卻心地純淨，因此有這等瞭悟。

搭在右腳，自然天性騰空。比及宋公明見報，急引眾頭領來看時，魯智深已自坐在禪椅上不動了。頌曰：

平生不修善果，只愛殺人放火。忽地頓開金繩，這裏扯斷玉鎖。咦！錢塘江上潮信來，今日方知我是我。

宋江與盧俊義看了偈語，嗟歎不已。眾多頭領都是來看視魯智深，焚香拜禮。城內張招討並童樞密等眾官，亦來拈香拜禮。宋江自取出金帛，俵散眾僧，做個三晝夜功果，合個朱紅龕子[5]盛了，直去請徑山住持大惠禪師來與魯智深下火[6]；五山十刹禪師，都來誦經。迎出龕子，去六和塔後燒化。那徑山大惠禪師手執火把，直來龕子前，指着魯智深，道幾句法語是：

魯智深，魯智深，起身自綠林。兩隻放火眼，一片殺人心。忽地隨潮歸去，果然無處跟尋。咄！解使滿空飛白玉，能令大地作黃金。

大惠禪師下了火已了，眾僧誦經懺悔，焚化龕子，在六和塔山後，收取骨殖，葬入塔院。所有魯智深隨身多餘衣鉢及朝廷賞賜金銀，並各官佈施，盡都納入六和寺裏，常住公用。渾鐵禪杖，並皂布直裰，亦留於寺中供養。當下宋江看視武松，雖然不死，已成廢人。武松對宋江說道：「小弟今已殘疾，不願赴京朝覲。盡將身邊金銀賞賜，都納此六和寺中，陪堂公用，已作清閒道人，十分好了。哥哥造冊，休寫小弟進京。」宋江見說：「任從你心！」武松自此只在六和寺中出家，後至八十善終，這是後話。再說先鋒宋江，每

5) 龕子：指僧徒的塔狀盛屍器。

6) 下火：佛教徒火葬時舉行的燃火儀式。

日去城中聽令，待張招討中軍人馬前進，已將軍兵入城屯紮。半月中間，朝廷天使到來，奉聖旨令先鋒宋江等班師回京。張招討，童樞密，都督劉光世，從、耿二參謀，大將王禀、趙譚，中軍人馬，陸續先回京師去了。宋江等隨即收拾軍馬回京。比及起程，不想林沖染患風病癱了，楊雄發背瘡而死，時遷又感攪腸痧而死。宋江見了，感傷不已。丹徒縣又申將文書來，報說楊志已死，葬於本縣山園。林沖風癱，又不能痊，就留在六和寺中，教武松看視，後半載而亡。

再說宋江與同諸將離了杭州，望京師進發，只見浪子燕青，私自來勸主人盧俊義道：「小乙自幼隨侍主人，蒙恩感德，一言難盡。今既大事已畢，欲同主人納還原受官誥[7]，私去隱跡埋名，尋個僻淨去處，以終天年。未知主人意下若何？」盧俊義道：「自從梁山泊歸順宋朝已來，俺弟兄們身經百戰，勤勞不易，邊塞苦楚，弟兄損折，幸存我一家二人性命。正要衣錦還鄉，圖個封妻蔭子，你如何卻尋這等沒結果？」燕青笑道：「主人差矣！小乙此去，正有結果，只恐主人此去無結果耳。」若燕青，可謂知進退存亡之機矣。有詩為證：

略地攻城志已酬，陳辭欲伴赤松遊。
時人苦把功名戀，只怕功名不到頭。

盧俊義道：「燕青，我不曾存半點異心，朝廷如何負我？」燕青道：「主人豈不聞韓信立下十大功勞，只落得未央宮裏斬首；彭越醢為肉醬；英布弓弦藥酒？主公你可尋思，禍到臨頭難走！」盧俊義道：「我聞韓信三齊擅自稱王，教陳豨造反；彭越殺身亡家，大梁不朝高祖；英布九江受

7)　官誥：皇帝賜爵或授官的詔令。

任，要謀漢帝江山。以此漢高帝詐遊雲夢，令呂后斬之。我雖不曾受這般重爵，亦不曾有此等罪過。」燕青道：「既然主公不聽小乙之言，只怕悔之晚矣！小乙本待去辭宋先鋒，他是個義重的人，必不肯放，只此辭別主公。」盧俊義道：「你辭我，待要那裏去？」燕青道：「也只在主公前後。」盧俊義笑道：「原來也只恁地。看你到那裏？」燕青納頭拜了八拜，當夜收拾了一擔金珠寶貝挑着，竟不知投何處去了。次日早晨，軍人收拾字紙一張，來報覆宋先鋒。宋江看那一張字紙時，上面寫道是：辱弟燕青百拜懇告先鋒主將麾下：自蒙收錄，多感厚恩。效死幹功，補報難盡。今自思命薄身微，不堪國家任用，情願退居山野，為一閒人。本待拜辭，恐主將義氣深重，不肯輕放，連夜潛去。今留口號四句拜辭，望乞主帥恕罪：

雁序分飛自可驚，納還官誥不求榮。
身邊自有君王赦，灑脫風塵過此生。

宋江看了燕青的書並四句口號，心中鬱悒不樂。當時盡收拾損折將佐的官誥牌面，送回京師，繳納還官。宋兵人馬，迤邐前進，比及行至蘇州城外，只見混江龍李俊詐中風疾，倒在床上。手下軍人來報宋先鋒。宋江見報，親自領醫人來看治，李俊道：「哥哥休誤了回軍的程限，朝廷見責，亦恐張招討先回日久。哥哥憐憫李俊時，可以丟下童威、童猛，看視兄弟。待病體痊可，隨後趕來朝覲，哥哥軍馬，請自赴京。」宋江見說，心雖不然[8]，倒不疑慮，只得引軍前進。又被張招討行文催趲，宋江只得留下李俊、童威、童猛三人，自同諸將上馬赴京去了。且說李俊三人竟來尋見費保

8) 不然：不贊成。

四個，不負前約，七人都在榆柳莊上商議定了，盡將家私打造船隻，從太倉港乘駕出海，自投化外[9]國去了，後來為暹羅國[10]之主。童威、費保等都作了化外官職，自取其樂，另霸海濱，這是李俊的後話。詩曰：

知幾君子事，明哲邁夷論。
重結義中義，更全身外身。
潯水舟無繫，榆莊柳又新。
誰知天海闊，別有一家人。

再說宋江等諸將一行軍馬，在路無話，復過常州、潤州相戰去處，宋江無不傷感。軍馬渡江，十存二三。過揚州，進淮安，望京師不遠了。宋江傳令，叫眾將各各準備朝覲。三軍人馬，九月二十後，回到東京。張招討中軍人馬，先進城去。宋江等軍馬，只就城外屯住，紮營於舊時陳橋驛，聽候聖旨。此時有先前留下伏侍李俊等小校，從蘇州來，報說李俊原非患病，只是不願朝京為官，今與童威、童猛不知何處去了。宋江又復嗟歎。叫裴宣寫錄現在朝京大小正偏將佐數目，共計二十七員。並歿於王事者，俱錄其名數，寫成謝恩表章。仍令正偏將佐，俱各準備襆頭公服，伺候朝見天子。三日之後，上皇設朝，近臣奏聞天子，教宣宋江等面君朝見。

此日東方漸明，宋江、盧俊義等二十七員將佐，奉旨即忙上馬入城，東京百姓看了時，此是第三番朝見。想這宋江等初受招安時，卻奉聖旨，都穿御賜的紅綠錦襖子，懸掛金銀牌面，入城朝見。破遼兵之後回京師時，天子宣命，都是披袍掛甲戎裝入朝朝見。今番太平回朝，天子特命

9)　化外：指政令教化所達不到的地方。

10)　暹羅國：今泰國。

文扮，卻是襆頭公服，入城朝覲。東京百姓看了，止剩得這幾個回來，眾皆嗟歎不已。宋江等二十七人來到正陽門下，齊齊下馬入朝。侍御史引至丹墀玉階之下。宋江、盧俊義為首，上前八拜，退後八拜，進中八拜，三八二十四拜，揚塵舞蹈，山呼萬歲，君臣禮足。徽宗天子看見宋江等止剩得這些人員，心中嗟念。上皇命都宣上殿。宋江、盧俊義引領眾將，都上金階，齊跪在珠簾之下。上皇命賜眾將平身，左右近臣，早把珠簾捲起。天子乃曰：「朕知卿等眾將，收剿江南，多負勞苦。卿等弟兄，損折大半，朕聞不勝傷悼。」宋江垂淚不止，仍自再拜奏曰：「以臣鹵鈍薄才，肝腦塗地，亦不能報國家大恩。昔日念臣共聚義兵一百單八人，登五台發願，誰想今日十損其八。謹錄人數，未敢擅便具奏，伏望天慈，俯賜聖鑒。」上皇曰：「卿等部下，歿於王事者，朕命各墳加封，不沒其功。」宋江再拜，進上表文一通。表曰：「平南都總管正先鋒使臣宋江等謹上表：伏念臣江等愚拙庸才，孤陋俗吏，往犯無涯之罪，幸蒙莫大之恩。高天厚地豈能酬，粉骨碎身何足報！股肱竭力，離水泊以除邪；兄弟同心，登五台而發願。全忠秉義，護國保民。幽州城鏖戰遼兵，清溪洞力擒方臘。雖則微功上達，奈緣良將下沉。臣江日夕憂懷，旦暮悲愴。伏望天恩，俯賜聖鑒，使已歿者皆蒙恩澤，在生者得庇洪休。臣江乞歸田野，願作農民，實陛下仁育之賜。臣江等不勝戰慄之至！謹錄存歿人數，隨表上進以聞。陣亡正偏將佐五十九員：正將一十四員：秦明、徐寧、董平、張清、劉唐、史進、索超、張順、阮小二、阮小五、雷橫、石秀、解珍、解寶。偏將四十五員：宋萬、焦挺、陶宗旺、韓滔、彭玘、鄭天壽、曹正、王定六、宣贊、孔亮、施恩、郝思文、鄧飛、周通、龔旺、鮑旭、段景住、侯健、孟康、王英、扈三娘、項充、李袞、燕順、馬麟、單廷珪、魏定國、呂方、郭盛、歐鵬、陳達、楊春、郁保四、李忠、薛永、李雲、石勇、杜遷、丁得孫、鄒淵、李立、湯隆、蔡福、張青、孫二娘。於路病故正偏將佐一十員：正將五員：林沖、楊志、張橫、穆弘、楊雄。偏將五員：孔明、朱貴、朱富、白勝、時遷。杭州六和寺坐化正將一員：魯智深。折臂不願恩賜，六和寺出家正將一員：武松。舊在京回還薊州出家正將一員：公孫勝。不願恩賜，於路上去正偏將四員：正將二員：燕青、李俊。偏將二員：童威、童猛。舊留在京師，並取回醫士，現在京偏將五員：安道全、皇甫端、金大堅、蕭讓、樂和。現在朝覲正偏將佐二十七員：正將一十二員：宋江、盧俊義、吳用、關勝、呼延灼、花榮、柴進、李應、朱仝、戴宗、李逵、阮小七。偏將一十五員：朱武、黃信、孫立、樊瑞、淩振、裴宣、蔣敬、杜興、宋清、鄒潤、蔡慶、楊林、穆春、孫新、顧大嫂。宣和五年九月日，先鋒使臣宋江、副先鋒臣盧俊義等謹上表。」

上皇覽表，嗟歎不已。乃曰：「卿等一百單八人，上應星曜，今止有二十七人見存，只辭去了四個，真乃十去其八矣！」隨降聖旨，將這已歿於王事者，正將偏將，各授名爵。正將封為忠武郎，偏將封為義節郎。如有子孫者，就令赴京，照名承襲官爵。如無子孫者，敕賜立廟，所在享祭。唯有張順顯靈有功，敕封金華將軍。僧人魯智深擒獲賊寇有功，善終坐化於大剎，加贈義烈照暨禪師；武松對敵有功，傷殘折臂，現於六和寺出家，封清忠祖師，賜錢十萬貫，以終天年。已故女將二人，扈三娘加贈花陽郡夫人，孫二娘加贈旌德郡君。現在朝覲，除先鋒使另封外，正將十員，各授武節將軍，諸州統制。偏將十五員，各授武奕郎，諸路都統領。管軍管民，省院聽調。女將一員顧大嫂，封授東源縣君。先鋒使宋江加授武德大夫，楚州安撫使兼兵馬都總管。副先鋒盧俊義加授武功大夫，廬州安撫使兼馬副總管。軍師吳用授武勝軍承宣使。關勝授大名府正兵馬總管。呼延灼授御營兵馬指揮使。花榮授應天府兵馬都統制。柴進授橫海軍滄州都統制。李應授中山府鄆州都統制。朱仝授保定府都統制。戴宗授兗州府都統制。李逵授鎮江潤州都統制。阮小七授蓋天軍都統制。上皇敕命，各各正偏將佐，封官授職，謝恩聽命，給付賞賜。偏將一十五員，各賜金銀三百兩，彩緞五表裏。正將一十員，各賜金銀五百兩，彩緞八表裏。先鋒使宋江、盧俊義，各賜金銀一千兩，錦緞十表裏，御花袍一套，名馬一匹。宋江等謝恩畢，又奏睦州烏龍大王二次顯靈，護國保民，救護軍將，以致全勝。上皇准奏，聖敕加封忠靖靈德普佑孚惠龍王。御筆改睦州為嚴州，歙州為徽州，因是方臘造反之地，各帶反文字體。清溪縣改為淳安縣，幫源洞鑿開為山島。敕委本州官庫內支錢，起建烏龍大王廟，御賜牌額，至今古蹟尚存。江南但是方臘殘破去處，被害人民，普免差徭三年。

當日宋江等各各謝恩已了，天子命設太平筵宴，慶賀功臣。文武百官，九卿四相，同登御宴。是日，賀宴已畢，眾將謝恩。宋江又奏：「臣部下自梁山泊受招安，軍卒亡過大半，尚有願還家者，乞陛下聖恩優恤。」天子准奏，降敕：「如願為軍者，賜錢一百貫，絹十匹，於龍猛、虎威二營收操，月支俸糧養贍。如不願者，賜錢二百貫，絹十匹，各令回鄉，為民當差。」宋江又奏：「臣生居鄆城縣，獲罪以來，自不敢還鄉，乞聖上寬恩給假，回鄉拜掃，省視親族，卻還楚州之任。未敢擅便，乞請聖旨。」上皇聞奏大喜，再賜錢十萬貫，作還鄉之資。宋江謝恩已罷，辭駕出朝。次日，中書省作太平筵宴，管待眾將。第三日，樞密院又設宴慶賀太平。其張招討、劉都督、童樞密，從、耿二參謀，王、趙二大將，朝廷自升重爵，不在此本話內。太乙院題本，奏請聖旨，將方臘於東京市曹上凌遲處死，剮了三日示眾。有詩為證：

宋江重賞升官日，方臘當刑受剮時。

善惡到頭終有報，只爭來早與來遲！

再說宋江奏請了聖旨，給假回鄉省親。部下軍將，願為軍者報名，送發龍猛、虎威二營收操，關給賞賜馬軍守備。願為民者，關請銀兩，各各還鄉，為民當差。部下偏將，亦各請受恩賜，聽除管軍管民，護境為官，關領誥命，各人赴任，與國安民。宋江分派已了，與眾暫別，自引兄弟宋清，帶領隨行軍健一二百人，挑擔御物、行李、衣裝、賞賜，離了東京，望山東進發。宋江、宋清在馬上衣錦還鄉，離了京師，回歸故里。於路無話，自來到山東鄆城縣宋家村。鄉中故舊父老親戚，都來迎接宋江，回到莊上。不期宋太公已死，靈柩尚存。宋江、宋清痛哭傷感，不勝哀戚。家眷莊客，都來拜見宋江。莊院田產，家私什物，宋太公存日，整置得齊備，亦如舊時。宋江在莊上修設好事，請僧命道，修建功果，薦拔亡過父母宗親。州縣官僚，探望不絕。擇日選時，親扶太公靈柩，高原安葬。是日，本州官員，親鄰父老，賓朋眷屬，盡來送葬已了，不在話下。

宋江思念玄女娘娘願心未酬，將錢五萬貫，命工匠人等重建九天玄女娘娘廟宇，兩廊山門，裝飾聖像，彩畫兩廊，俱已完備。不覺在鄉日久，誠恐上皇見責，選日除了孝服，又做了幾日道場，次後設一大會，請當村鄉尊父老，飲宴酌杯，以敘闊別之情。次日，親戚亦皆置筵慶賀，不在話下。宋江將莊院交割與次弟宋清，雖受官爵，只在鄉中務農，奉祀宗親香火。將多餘錢帛，散惠下民。宋江在鄉中住了數月，辭別了鄉老故舊，再回東京，與眾弟兄相見。眾人有搬取老小家眷回京住的，有往任所去的，亦有夫主兄弟歿於王事的，朝廷已自頒降恩賜金帛，令歸鄉里，優恤其家。宋江自到東京，發遣回鄉，都已完足。朝前聽命，辭別省院諸官，收拾赴任。只見神行太保戴宗來探宋江，坐間說出一席話來，有分教：宋公明生為鄆城縣英雄，死作蓼兒窪土地。正是：凜凜清風生廟宇，堂堂遺像在凌煙。畢竟戴宗對宋江說出甚話來，且聽下回分解。

## 延伸思考

功成身退的魯智深、武松、燕青、李俊等人，他們拒絕功名的回答和方式各不相同，各自的結局也各有千秋。請選擇其中一位的回答進行深入思考。

## 精華賞析

魯智深生擒方臘，立了大功，卻拒絕了宋江為他請功，也拒絕了到京師的名山大刹做住持的提議，這說明他已經看破了世事，認為這一切都是虛妄，瞭悟參透。魯智深一貫的嫉惡如仇、魯莽暴烈的性格特點已經在一次次的戰事與兄弟們一個個死傷、離去的過程中發生了變化。如智真長老所言，是個「了身達命」的人了。本回通過魯智深的語言描寫，寥寥幾言，輕描淡寫，完成了整體人物的塑造。再如，魯智深圓寂前的一連串細節描寫，如聽到潮水以為是賊兵到來，起而殺敵；想起智真長老的偈語，問旁人「圓寂」是甚麼意思等，無不體現出他的真性情與憨直可愛，使讀者對魯智深最後的印象也是這樣帶着微笑和寧靜的。可以說，這是《水滸傳》裏塑造的最立體圓滿的人物形象之一。

## 第一百二十回

# 精讀 宋公明神聚蓼兒窪<br>徽宗帝夢遊梁山泊

故事終於走到了結局，我們也要和諸位梁山好漢分別了。回想一百單八個英雄的一生，戎馬倥偬，英勇慷慨，同生共死，最終飄散無盡，各得其所。或悲壯，或慘烈，或自在。無論結局如何，至少曾經有這樣一個故事，這麼一些人物，感染過我們、啟發過我們，也必將影響着我們。

話說宋江衣錦還鄉，還至東京，與眾弟兄相會，令其各人收拾行裝，前往任所。當有神行太保戴宗來探宋江，二人坐間閒話。只見戴宗起身道：「小弟已蒙聖恩，除授兗州都統制。今情願納下官誥，要去泰安州嶽廟裏，陪堂求閒，過了此生，實為萬幸。」宋江道：「賢弟何故行此念頭？」戴宗道：「是弟夜夢崔府君勾喚，因此發了這片善心。」宋江道：「賢弟生身，既為神行太保，他日必作嶽府靈聰。」自此相別之後，戴宗納還了官誥，去到泰安州嶽廟裏，陪堂出家，每日殷勤奉祀聖帝香火，虔誠無怱。後數月，一夕無恙，請眾道伴相辭作別，大笑而終。後來在嶽廟裏累次顯靈，州人廟祝，隨塑戴宗神像於廟裏，胎骨是他真身。

又有阮小七受了誥命，辭別宋江，已往蓋天軍做都統制職事。未及數月，被大將王稟、趙譚懷挾幫源洞辱罵舊恨，纍纍於童樞密前訴說阮小七的過失，曾穿着方臘的赭黃袍、龍衣玉帶，雖是一時戲耍，終久懷心不良，亦且蓋天軍地僻人蠻，必至造反。童貫把此事達知蔡京，奏過天子，請降了聖旨，行移公文到彼處，追奪阮小七本身的官誥，復為庶民。阮小七見了，心中也自歡喜，帶了老母，回還梁山泊石碣村，依舊打魚為生，奉養老母，以終天年，後來壽至六十而亡。且說小旋風柴進在京師，見戴宗納還官誥，求閒去了，又見說朝廷追奪了阮小七官誥，不合戴了方臘的平天冠、龍衣玉帶，意在學他造反，罰為庶民，尋思：「我亦曾在方臘處做駙馬，倘或日後奸臣們知得，於天子前讒佞，見責起來，追了誥命，豈不受辱？不如自識時務，免受玷辱。」推稱風疾病患，不時舉發，難以任用，情願納還官誥，求閒為農。辭別眾官，再回滄州橫海郡為民，自在過活。忽然一日，無疾而終。

李應受中山府都統制，赴任半年，聞知柴進求閒去了，自思也推稱風癱，不能為官，申達省院，繳納官誥，復還故鄉獨龍岡村中過活。後與杜興一處作富豪，俱得善終。關勝在北京大名府總管兵馬，甚得軍心，眾皆欽伏。一日，操練軍馬回來，因大醉，失腳落馬，得病身亡。呼延灼受御營指揮使。每日隨駕操備。後領大軍，破大金兀術四太子，出軍殺至淮西陣亡。只有朱仝在保定府管軍有功，後隨劉光世破了大金，直做到太平軍節度使。花榮帶同妻小妹子，前赴應天府到任。吳用自來單身，只帶了隨行安童[1]，去武勝軍到任。李逵亦是獨自帶了兩個僕從，自來潤州到任。話說為何只說這三個到任，別的都說了絕後結果？為這七員正將，都不廝見着，先說了結果。後這五員正將宋江、盧俊義、花榮、吳用、李逵還有廝會處，以此未說絕了，結果下來便見。

再說宋江、盧俊義在京師，都分派了諸將賞賜，各各令其赴任去訖。歿於王事者，止將家眷人口，關給與恩賞

---

1) 安童：僕人。

錢帛金銀，仍各送回故鄉，聽從其便。再有現在朝京偏將一十五員，除兄弟宋清還鄉為農外，杜興已自跟隨李應還鄉去了。黃信仍任青州。孫立帶同兄弟孫新、顧大嫂並妻小，自依舊登州任用。鄒潤不願為官，回登雲山去了。蔡慶跟隨關勝，仍回北京為民。裴宣自與楊林商議了，自回飲馬川，受職求閒去了。蔣敬思念故鄉，願回潭州為民。朱武自來投授樊瑞道法，兩個做了全真先生，雲遊江湖，去投公孫勝出家，以終天年。穆春自回揭陽鎮鄉中，復為良民。凌振炮手非凡，仍受火藥局御營任用。舊在京師偏將五員：安道全欽取回京，就於太醫院做了金紫醫官；皇甫端原受御馬監大使；金大堅已在內府御寶監為官；蕭讓在蔡太師府中受職，作門館先生；樂和在駙馬王都尉府中盡老清閒，終身快樂。不在話下。

且說宋江自與盧俊義分別之後，各自前去赴任。盧俊義亦無家眷，帶了數個隨行伴當，自望廬州去了。宋江謝恩辭朝，別了省院諸官，帶同幾個家人僕從，前往楚州赴任。自此相別，都各分散去了。亦不在話下。

且說宋朝原來自太宗傳太祖帝位之時，說了誓願，以致朝代奸佞不清。至今徽宗天子至聖至明，不期致被奸臣當道，讒佞專權，屈害忠良，深可憫念。當此之時，卻是蔡京、童貫、高俅、楊戩四個賊臣，變亂天下，壞國，壞家，壞民。當有殿帥府太尉高俅、楊戩因見天子重禮厚賜宋江等這夥將校，心內好生不然。兩個自來商議道：「這宋江、盧俊義皆是我等仇人，今日倒吃他做了有功之臣，受朝廷這等恩賜，卻教他上馬管軍，下馬管民。我等省院官僚，如何不惹人恥笑？自古道：『恨小非君子，無毒不丈夫！』」楊戩道：「我有一計，先對付了盧俊義，便是絕了宋江一隻臂膊。這人十分英勇，若先對付了宋江，他若得知，必變了事，倒惹出一場不好。」高俅道：「願聞你的妙計如何。」楊戩道：「排出幾個廬州軍漢，來省院首告盧安撫，招軍買

點評

馬，積草屯糧，意在造反。便與他申呈去太師府啟奏，和這蔡太師都瞞了。等太師奏過天子，請旨定奪，卻令人賺他來京師。待上皇賜御食與他，於內下了些水銀，卻墜了那人腰腎，做用[2]不得，便成不得大事。再差天使卻賜御酒與宋江吃，酒裏也與他下了慢藥，只消半月之間，一定沒救。」高俅道：「此計大妙！」有詩堪笑：

自古權奸害善良，不容忠義立家邦。
皇天若肯明昭報，男作俳優女作倡。

兩個賊臣計議定了，着心腹人出來尋覓兩個廬州土人，寫與他狀子，叫他去樞密院首告盧安撫在廬州即日招軍買馬，積草屯糧，意欲造反；使人常往楚州，結連安撫宋江，通情起義。樞密院卻是童貫，亦與宋江等有仇，當即收了原告狀子，徑呈來太師府啟奏。蔡京見了申文，便會官計議。此時高俅、楊戩俱各在彼，四個奸臣，定了計策，引領原告人，入內啟奏天子。上皇曰：「朕想宋江、盧俊義征討四方虜寇，掌握十萬兵權，尚且不生歹心。今已去邪歸正，焉肯背反？寡人不曾虧負他，如何敢叛逆朝廷？其中有詐，未審虛的，難以准信。」當有高俅、楊戩在旁奏道：「聖上道理雖然，人心難忖。想必是盧俊義嫌官卑職小，不滿其心，復懷反意，不幸被人知覺。」上皇曰：「可喚來寡人親問，自取實招。」蔡京、童貫又奏道：「盧俊義是一猛獸，未保其心。倘若驚動了他，必致走透，深為未便，今後難以收捕。只可賺來京師，陛下親賜御膳御酒，將聖言撫諭之，窺其虛實動靜。若無，不必究問，亦顯陛下不負功臣之念。」上皇准奏，隨即降下聖旨，差一使命徑往廬州，宣取

● 奸臣膽大包天，欺君罔上，國家怎得太平？

2) 做用：動作、活動。

盧俊義還朝，有委用的事。天使奉命來到廬州，大小官員出郭迎接，直至州衙，開讀已罷。

話休絮煩。盧俊義聽了聖旨，宣取回朝，便回使命離了廬州，一齊上了鋪馬來京。於路無話，早至東京皇城司前歇了。次日，早到東華門外，伺候早朝。時有太師蔡京、樞密院童貫、太尉高俅、楊戩，引盧俊義於偏殿朝見上皇。拜舞已罷，天子道：「寡人欲見卿一面。」又問：「廬州可容身否？」盧俊義再拜奏道：「託賴聖上洪福齊天，彼處軍民，亦皆安泰。」上皇又問了些閒話，俄延至午，尚膳廚官奏道：「進呈御膳在此，未敢擅便，乞取聖旨。」此時高俅、楊戩已把水銀暗地着放在裏面，供呈在御案上。天子當面將膳賜與盧俊義。盧俊義拜受而食。上皇撫諭道：「卿去廬州，務要盡心，安養軍士，勿生非意。」盧俊義頓首謝恩，出朝回還廬州，全然不知四個賊臣設計相害。高俅、楊戩相謂曰：「此後大事定矣！」

再說盧俊義是夜便回廬州來，覺道腰腎疼痛，動舉不得，不能乘馬，坐船回來。行至泗州淮河，天數將盡，自然生出事來。其夜因醉，要立在船頭上消遣，不想水銀墜下腰胯並骨髓裏去，冊立不牢，亦且酒後失腳，落於淮河深處而死。可憐河北玉麒麟，屈作水中冤抑鬼。從人打撈起屍首，具棺槨殯於泗州高原深處。本州官員動文書申覆省院，不在話下。且說蔡京、童貫、高俅、楊戩四個賊臣計較定了，將賫泗州申達文書，早朝奏聞天子說：「泗州申覆盧安撫行至淮河，因酒醉墮水而死。臣等省院，不敢不奏。今盧俊義已死，只恐宋江心內設疑，別生他事。乞陛下聖鑒，可差天使賫御酒往楚州賞賜，以安其心。」上皇沉吟良久，欲道不准，未知其心。意欲准行，誠恐有弊。上皇無奈，終被奸臣讒佞所惑，片口張舌，花言巧語，緩裏取事，無不納受。遂降御酒二樽，差天使一人賫往楚州，限目下便行。眼見得這使臣亦是高俅、楊戩二賊手下心腹之輩。天數只注宋公明合

**點評**

● 注意，並不是皇帝存心要賜死兩人，實是被奸臣所惑，無奈聽從。

點評

● 宋江臨死前仍擔心自己晚節不保，要讓李逵一同赴死，可歎可悲。

當命盡，不期被這奸臣們將御酒內放了慢藥在裏面，卻教天使齎擎了，徑往楚州來。

且說宋公明自從到楚州為安撫，兼管總領兵馬，到任之後，惜軍愛民，百姓敬之如父母，軍校仰之若神明，訟庭肅然，六事俱備，人心既服，軍民欽敬。宋江公事之暇，時常出郭遊玩。原來楚州南門外，有個去處，地名喚做蓼兒窪。其山四面都是水港，中有高山一座。其山秀麗，松柏森然，甚有風水。雖然是個小去處，其內山峯環繞，龍虎踞盤，曲折峯巒，陂階台砌。四圍港汊，前後湖蕩，儼然是梁山泊水滸寨一般。宋江看了，心中甚喜。自己想道：「我若死於此處，堪為陰宅。」但若身閒，常去遊玩，樂情消遣。

話休絮煩。自此宋江到任以來，將及半載，時是宣和六年首夏初旬，忽聽得朝廷降賜御酒到來，與眾出郭迎接。入到公廨，開讀聖旨已罷。天使捧過御酒，教宋安撫飲畢。宋江亦將御酒回勸天使，天使推稱自來不會飲酒。御酒宴罷，天使回京。宋江備禮饋送天使，天使不受而去。宋江自飲御酒之後，覺道肚腹疼痛，心中疑慮，想被下藥在酒裏。卻自急令從人打聽那來使時，於路館驛，卻又飲酒。宋江已知中了奸計，必是賊臣們下了藥酒，乃歎曰：「我自幼學儒，長而通吏，不幸失身於罪人，並不曾行半點異心之事。今日天子輕聽讒佞，賜我藥酒，得罪何辜！我死不爭，只有李逵現在潤州都統制，他若聞知朝廷行此奸弊，必然再去嘯聚山林，把我等一世清名忠義之事壞了。只除是如此行方可。」連夜使人往潤州喚取李逵星夜到楚州，別有商議。

且說李逵自到潤州為都統制，只是心中悶倦，與眾終日飲酒，只愛貪杯。聽得宋江差人到來有請，李逵道：「哥哥取我，必有話說。」便同幹人下了船，直到楚州，徑入州治，拜見宋江罷。宋江道：「兄弟，自從分散之後，日夜只是想念眾人。吳用軍師，武勝軍又遠；花知寨在應天府，又不知消耗。只有兄弟在潤州鎮江較近，特請你來商量一件大事。」李逵道：「哥哥，甚麼大事？」宋江道：「你且飲酒！」宋江請進後廳，現成杯盤，隨即管待李逵，吃了半晌酒食。將至半酣，宋江便道：「賢弟不知，我聽得朝廷差人齎藥酒來，賜與我吃。如死，卻是怎的好？」李逵大叫一聲：「哥哥，反了罷！」宋江道：「兄弟，軍馬盡都沒了，兄弟們又各分散，如何反得成？」李逵道：「我鎮江有三千軍馬，哥哥這裏楚州軍馬，盡點起來，並這百姓，都盡數起去，並氣力招軍買馬，殺將去！只是再上梁山泊倒快活！強似在這奸臣們手下受氣！」宋江道：「兄弟且慢着，再有計較。」原來那接風酒內，已下了慢藥。當夜李逵飲酒了，次日具舟相送。李逵道：「哥哥幾時起義兵，我那裏也起軍來接應。」宋江道：「兄弟，你休怪我！前日朝廷差天使賜藥酒與我服了，死在旦夕。我為人一世，只主張『忠義』二字，不肯半點欺心。今日朝廷賜死無辜，寧可朝廷負我，我忠心不負朝廷。我死之後，恐怕你造反，壞了我梁山泊替天行道忠義之名。因此，請將你來，相見一面。昨日酒中，已與了你慢藥服了，回至潤州必死。你死之後，可來此處楚州南門外有個蓼兒窪，風景盡與梁山泊無異，和你陰魂相聚。我死之後，屍首定葬於此處，我已看定了也！」言訖，墮淚如雨。李逵見說，亦垂淚道：「罷，罷，罷！生時伏侍哥哥，死了也只是哥哥部下一個小鬼！」言訖淚下，便覺道身體有些沉重。當時灑淚，拜別了宋江下船，回到潤州，果然藥發身死。李逵臨死之時，囑咐從人：「我死了，可千萬將我靈柩去楚州南門外蓼兒窪和哥哥一處埋葬。」囑罷而死。從人置備棺槨盛貯，不負其言，扶柩而往。

再說宋江自從與李逵別後，心中傷感，思念吳用、花榮，不得會面。是夜藥發臨危，囑咐從人親隨之輩：「可依我言，將我靈柩安葬此間南門外蓼兒窪高原深處，必報你眾人之德。乞依我囑！」言訖而逝。宋江從人置備棺槨，依禮殯葬。楚州官吏聽從其言，不負遺囑，當與親隨人從、本

**點評**

● 李逵是唯一一個從始至終明確反對招安，並且心繫再次造反的人，也始終與宋江的忠義形成強烈的對比。

點評

州吏胥老幼，扶宋公明靈柩葬於蓼兒洼。數日之後，李逵靈柩，亦從潤州到來，葬於宋江墓側，不在話下。且說宋清在家患病，聞知家人回來報說，哥哥宋江已故在楚州。病在鄆城不能前來津送。後又聞說葬於本州南門外蓼兒洼，只令得家人到來祭祀，看視墳塋，修築完備，回覆宋清，不在話下。卻說武勝軍承宣使軍師吳用，自到任之後，常常心中不樂，每每思念宋公明相愛之心。忽一日，心情恍惚，寢寐不安。至夜，夢見宋江、李逵二人扯住衣服，說道：「軍師，我等以忠義為主，替天行道，於心不曾負了天子。今朝廷賜飲藥酒，我死無辜。身亡之後，現已葬於楚州南門外蓼兒洼深處。軍師若想舊日之交情，可到墳塋，親來看視一遭。」吳用要問備細，撒然覺來，乃是南柯一夢。吳用淚如雨下，坐而待旦。得了此夢，寢食不安。

次日，便收拾行李徑往楚州來。不帶從人，獨自奔來。前至楚州，果然宋江已死，只聞彼處人民無不嗟歎。吳用安排祭儀，直至南門外蓼兒洼，尋到墳塋，置祭宋公明、李逵。就於墓前，以手摑其墳塚，哭道：「仁兄英靈不昧，乞為昭鑒。吳用是一村中學究，始隨晁蓋，後遇仁兄，救護一命，坐享榮華。到今數十餘載，皆賴兄之德。今日既為國家而死，託夢顯靈與我，兄弟無以報答，願得將此良夢，與仁兄同會於九泉之下。」言罷痛哭。正欲自縊，只見花榮從船上飛奔到於墓前，見了吳用，各吃一驚。吳學究便問道：「賢弟在應天府為官，緣何得知宋兄已喪？」花榮道：「兄弟自從分散到任之後，無日身心得安，常想念眾兄之情。因夜得一異夢，夢見宋公明哥哥和李逵前來，扯住小弟，訴說朝廷賜飲藥酒鴆死，現葬於楚州南門外蓼兒洼高原之上。兄弟如不棄舊，可到墳前，看望一遭。因此，小弟擲了家間[3]，不

● 吳用一席話道盡平生，令人幾欲落淚。

3) 家間：家眷。

避驅馳，星夜到此。」吳用道：「我得異夢，亦是如此，與賢弟無異，因此而來。今得賢弟到此最好，吳某心中想念宋公明恩義難捨，交情難報，正欲就此處自縊而死，魂魄與仁兄同聚一處。身後之事，託與賢弟。」花榮道：「軍師既有此心，小弟便當隨從，亦與仁兄同歸一處。」似此真乃死生契合者也。有詩為證：

紅蓼窪中託夢長，花榮吳用各悲傷。
一腔義血元同有，豈忍田橫獨喪亡？

吳用道：「我指望賢弟看見我死之後，葬我於此，你如何也行此事？」花榮道：「小弟尋思宋兄長仁義難捨，思念難忘。我等在梁山泊時，已是大罪之人，幸然不死。纍纍相戰，亦為好漢。感得天子赦罪招安，北討南征，建立功勳。今已姓揚名顯，天下皆聞。朝廷既已生疑，必然來尋風流罪過[4]。倘若被他奸謀所施，誤受刑戮，那時悔之無及。如今隨仁兄同死於黃泉，也留得個清名於世，屍必歸墳矣！」吳用道：「賢弟，你聽我說，我已單身，又無家眷，死卻何妨？你今現有幼子嬌妻，使其何依？」花榮道：「此事不妨，自有囊篋足以糊口。妻室之家，亦自有人料理。」兩個大哭一場，雙雙懸於樹上，自縊而死。

船上從人久等，不見本官出來，都到墳前看時，只見吳用、花榮自縊身死。慌忙報與本州官僚，置備棺槨，葬於蓼兒窪宋江墓側，宛然東西四丘。楚州百姓，感念宋江仁德，忠義兩全，建立祠堂，四時享祭，里人祈禱，無不感應。

且不說宋江在蓼兒窪纍纍顯靈，所求立應。卻說道君皇帝在東京內院，自從賜御酒與宋江之後，聖意纍纍設疑，

4)　風流罪過：輕微的過失。

又不知宋江消息，常只掛念於懷，每日被高俅、楊戩議論奢華受用所惑，只要閉塞賢路，謀害忠良。忽然一日，上皇在內宮閒玩，猛然思想起李師師，就從地道中和兩個小黃門徑來到他後園中，拽動鈴索。李師師慌忙迎接聖駕，到於臥房內坐定，上皇便叫前後關閉了門戶。李師師盛妝向前起居已罷，天子道：「寡人近感微疾，現令神醫安道全看治，有數十日不曾來與愛卿相會，思慕之甚！今一見卿，朕懷不勝悅樂！」李師師奏道：「深蒙陛下眷愛之心，賤人愧感莫盡！」房內鋪設酒餚，與上皇飲酌取樂。才飲過數杯，只見上皇神思睏倦，點的燈燭熒煌，忽然就房裏起一陣冷風。上皇見個穿黃衫的立在面前。上皇驚起問道：「你是甚人，直來到這裏？」那穿黃衫的人奏道：「臣乃是梁山泊宋江部下神行太保戴宗。」上皇道：「你緣何到此？」戴宗奏道：「臣兄宋江只在左右，啟請陛下車駕同行。」上皇曰：「輕屈寡人車駕何往？」戴宗道：「自有清秀好去處，請陛下遊玩。」上皇聽罷此語，便起身隨戴宗出得後院來。見馬車足備，戴宗請上皇乘馬而行。但見如雲似霧，耳聞風雨之聲，到一個去處。但見：漫漫煙水，隱隱雲山。不覩日月光明，只見水天一色。紅瑟瑟滿目蓼花，綠依依一洲蘆葉。雙雙鴻雁，哀鳴在沙渚磯頭；對對鶺鴒，倦宿在敗荷汀畔。霜楓簇簇，似離人點染淚波；風柳疏疏，如怨婦蹙顰眉黛。淡月寒星長夜景，涼風冷露九秋天。

當下上皇在馬上觀之不足，問戴宗道：「此是何處，要寡人到此？」戴宗指着山上關路道：「請陛下行去，到彼便知。」上皇縱馬登山，行過三重關道。至第三座關前，見有上百人俯伏在地，盡是披袍掛鎧，戎裝革帶，金盔金甲之將。上皇大驚，連問道：「卿等皆是何人？」只見為頭一人，鳳翅金盔，錦袍金甲，向前奏道：「臣乃梁山泊宋江是也。」上皇道：「寡人已教卿在楚州為安撫使，卻緣何在此？」宋江奏道：「臣等謹請陛下到忠義堂上，容臣細訴衷曲枉死之冤。」上皇到忠義堂前下馬，上堂坐定，看堂下時，煙霧中拜伏着許多人。上皇猶豫不定，只見為首的宋江上階，跪膝向前，垂淚啟奏。上皇道：「卿何故淚下？」宋江奏道：「臣等雖曾抗拒天兵，素秉忠義，並無分毫異心。自從奉陛下敕命招安之後，先退遼兵，次平三寇，弟兄手足，十損其八。臣蒙陛下命守楚州，到任已來，與軍民水米無交，天地共知。今陛下賜臣藥酒，與臣服吃，臣死無憾，但恐李逵懷恨，輒起異心。臣特令人去潤州喚李逵到來，親與藥酒鴆死。吳用、花榮亦為忠義而來，在臣塚上，俱皆自縊而亡。臣等四人，同葬於楚州南門外蓼兒窪。里人憐憫，建立祠堂於墓前。今臣等陰魂不散，俱聚於此，伸告陛下，訴平生衷曲，始終無異。乞陛下聖鑒。」上皇聽了大驚曰：「寡人親差天使，親賜黃封御酒，不知是何人換了藥酒賜卿？」宋江奏道：「陛下可問來使，便知奸弊所出。」上皇看見三關寨柵雄壯，慘然問曰：「此是何所，卿等聚會於此？」宋江奏曰：「此是臣等舊日聚義梁山泊也。」上皇又曰：「卿等已死，當往受生，何故相聚於此？」宋江奏道：「天帝哀憐臣等忠義，蒙玉帝符牒敕命，封為梁山泊都土地。眾將已會於此，有屈難伸，特令戴宗屈萬乘之主，親臨水泊，懇告平日衷曲。」上皇曰：「卿等何不詣九重深院，顯告寡人？」宋江奏道：「臣乃幽陰魂魄，怎得到鳳闕龍樓？今者陛下出離宮禁，屈邀至此。」上皇曰：「寡人可以觀玩否？」宋江等再拜謝恩。上皇下堂，回首觀看堂上牌額，大書「忠義堂」三字，上皇點頭下階。忽見宋江背後轉過李逵，手掿雙斧，厲聲高叫道：「皇帝，皇帝！你怎地聽信四個賊臣挑撥，屈壞了我們性命？今日既見，正好報仇！」黑旋風說罷，掄起雙斧，徑奔上皇。天子吃這一驚，撒然覺來，乃是南柯一夢，渾身冷汗。閃開雙眼，見燈燭熒煌，李師師猶然未寢。上皇問曰：「寡人恰在何處去來？」李師師奏道：「陛下適間伏枕而臥。」上皇卻把夢中神異之事，對李師師一一說知。

李師師又奏曰：「凡人正直者，必然為神。莫非宋江端的已死，是他故顯神靈，託夢與陛下？」上皇曰：「寡人來日，必當舉問此事。若是如果死了，必須與他建立廟宇，敕封烈侯。」李師師奏道：「若聖上果然加封，顯陛下不負功臣之德。」上皇當夜嗟歎不已。次日臨朝，傳聖旨，會羣臣於偏殿。當有蔡京、童貫、高俅、楊戩等，只慮恐聖上問宋江之事，已出宮去了。只有宿太尉等幾位大臣在彼侍側。上皇便問宿元景曰：「卿知楚州安撫宋江消息否？」宿太尉奏道：「臣雖一向不知宋安撫消息，臣昨夜得一異夢，甚是奇怪。」上皇曰：「卿得異夢，可奏與寡人知道。」宿太尉奏曰：「臣夢見宋江親到私宅，戎裝慣帶，頂盔明甲，見臣訴說，陛下以藥酒見賜而亡。楚人憐其忠義，葬在楚州南門外蓼兒窪內，建立祠堂，四時享祭。」上皇聽罷，便顛頭道：「此誠異事。與朕夢一般。」又吩咐宿元景道：「卿可差心腹之人，往楚州體察此事，有無急來回報。」宿太尉道：「是。」便領了聖旨，自出宮禁。歸到私宅，便差心腹之人，前去楚州探聽宋江消息，不在話下。

次日，上皇駕坐文德殿，見高俅、楊戩在側，聖旨問道：「汝等省院，近日知楚州宋江消息否？」二人不敢啟奏，各言不知。上皇輾轉心疑，龍體不樂。且說宿太尉幹人，已到楚州打探回來，備說宋江蒙御賜飲藥酒而死。已喪之後，楚人感其忠義，今葬於楚州蓼兒窪高山之上。更有吳用、花榮、李逵三人，一處埋葬。百姓哀憐，蓋造祠堂於墓前，春秋祭賽，虔誠奉祀，士庶祈禱，極有靈驗。宿太尉聽了，慌忙引領幹人入內，備將此事，回奏天子。上皇見說，不勝傷感。次日早朝，天子大怒，當百官前，責罵高俅、楊戩：「敗國奸臣，壞寡人天下！」二人俯伏在地，叩頭謝罪。蔡京、童貫亦向前奏道：「人之生死，皆由注定。省院未有來文，不敢妄奏。昨夜楚州才有申文到院，臣等正欲啟奏。」上皇終被四賊曲為掩飾，不加其罪，當即喝退高俅、楊戩，便教追要原賫御酒使臣。不期天使自離楚州回還，已死於路。

宿太尉次日見上皇於偏殿，再以宋江忠義顯靈之事，奏聞天子。上皇準宣宋江親弟宋清，承襲宋江名爵。不期宋清已感風疾在身，不能為官，上表辭謝，只願鄆城為農。上皇憐其孝道，賜錢十萬貫，田三千畝，以贍其家。待有子嗣，朝廷錄用。後來宋清生一子宋安平，應過科舉，官至祕書學士。這是後話。再說上皇具宿太尉所奏，親書聖旨，敕封宋江為忠烈義濟靈應侯，仍敕賜錢於梁山泊，起蓋廟宇，大建祠堂，妝塑宋江等歿於王事諸多將佐神像。敕賜殿宇牌額，御筆親書「靖忠之廟」。濟州奉敕，於梁山泊起造廟宇。但見：金釘朱戶，玉柱銀門。畫棟雕樑，朱簷碧瓦。綠欄杆低繞軒窗，繡簾幕高懸寶檻。五間大殿，中懸敕額金書；兩廡長廊，彩畫出朝入相。綠槐影裏，欞星門高接青雲；翠柳陰中，靖忠廟直侵霄漢。黃金殿上，塑宋公明等三十六員天罡正將；兩廊之內，列朱武為頭七十二座地煞將軍。門前侍從猙獰，部下神兵勇猛。紙爐巧匠砌樓台，四季焚燒楮帛。簷竿高豎掛長幡，二社鄉人祭賽。庶民恭禮正神祇，祀典朝參忠烈帝。萬年香火享無窮，千載功勛表史記。又有絕句一首，詩曰：

天罡盡已歸天界，地煞還應入地中。
千古為神皆廟食，萬年青史播英雄。

後來宋公明纍纍顯靈，百姓四時享祭不絕。梁山泊內祈風得風，禱雨得雨。楚州蓼兒窪亦顯靈驗。彼處人民，重建大殿，添設兩廊，奏請賜額。妝塑神像三十六員於正殿，兩廊仍塑七十二將。年年享祭，萬民頂禮，至今古蹟尚存。史官有唐律二首哀挽，詩曰：

莫把行藏怨老天，韓彭赤族已堪憐。

一心報國摧鋒日，百戰擒遼破臘年。
煞曜罡星今已矣，讒臣賊子尚依然！
早知鴆毒埋黃壤，學取鴟夷范蠡船。

又詩：

生當鼎食死封侯，男子生平志已酬。
鐵馬夜嘶山月曉，玄猿秋嘯暮雲稠。
不須出處求真跡，卻喜忠良作話頭。
千古蓼窪埋玉地，落花啼鳥總關愁。

## 延伸思考

(1) 讀此回，有很多次幾欲落淚。找出那些感動你的地方，體會梁山好漢彼此間深入骨髓的兄弟情義。

(2) 有說法認為，一整部書以皇帝夢遊，梁山建廟結束，這是虛實相間的寫法，實際上是在為皇帝的昏庸無能開脫。你同意這樣的看法嗎？為甚麼？

## 精華賞析

李逵是《水滸傳》中最為典型的「反抗到底」的好漢，他與朝廷勢不兩立，眼裏又揉不下沙子，可以說是水滸英雄裏的靈魂人物，態度最堅決並且堅持到底。宋江深知李逵個性，因此在得知自己喝下毒酒後，首先想到要李逵一同赴死，防止他再次造反。這二人的悲劇結局象征着梁山聚義的真正失敗。而最後李逵揮着斧頭在皇帝的夢中出現，是對人物性格藝術化的加工，更加突出了李逵誓死反抗的特點。

# 閱讀拓展

## 延伸閱讀

### 《大宋宣和遺事》節選

（宋）佚　名

是時鄆城縣官司得知，帖巡檢王成領大兵弓手，前去宋公莊上捉宋江。爭奈宋江已走在屋後九天玄女廟裏躲了。那王成根捕不獲，只將宋江的父親拿去。

宋江見官兵已退，走出廟來，拜謝玄女娘娘；則見香案上一聲響亮，打一看時，有一卷文書在上。宋江才展開看了，認得是個天書；又寫着三十六個姓名，又題着四句道，詩曰：

破國因山木，兵刀用水工；
一朝充將領，海內聳威風。

宋江讀了，口中不說，心下思量：「這四句分明是說了我裏姓名。」又把開天書一卷，仔細觀覷，見有三十六將的姓名。那三十六人道個甚底？

智多星吳加亮　玉麒麟盧（黃本作李）進義
青面獸楊志　混江龍李海
九紋龍史進　入雲龍公孫勝
浪裏百跳（黃本作白條）張順　霹靂火秦明
活閻羅阮小七　立地太歲阮小五

短命二郎阮進　大刀關必勝

豹子頭林沖　黑旋風李逵

小旋風柴進　金槍手徐寧

撲天鵰李應　赤髮鬼劉唐

一撞直董平　插翅虎雷橫

美髯公朱同　神行太保戴宗

賽關索王雄　病尉遲孫立

小李廣花榮　沒羽箭張青

沒遮攔穆横　浪子燕青

花和尚魯智深　行者武松

鐵鞭呼延綽　急先鋒索超

拚命二郎（黃本作三郎）石秀　火船工張岑

摸着雲杜千　鐵天王晁蓋

宋江看了人名，末後有一行字寫道：「天書付天罡院三十六員猛將，使呼保義宋江為帥，廣行忠義，殄滅奸邪。」宋江看了姓名，見梁山濼上見有二十四人，和俺共二十五人了。

宋江為此，只得帶領朱同、雷横，並李逵、戴宗、李海等九人，直奔梁山濼上，尋那哥哥晁蓋。及到梁山濼上時分，晁蓋已死；又是以次人吳加亮、李進義兩人做落草強人首領。見宋江帶得九人來，吳加亮等不勝歡喜。宋江把那天書，說與吳加亮等道了一遍。吳加亮和那幾個弟兄，共推讓宋江做強人首領。寨內原有二十四人，死了晁蓋一個，只有二十三人；又有宋江領至九人，便成三十二人。就當日殺牛大會，把天書點名，只少了四人。那時吳加亮向宋江道：「是哥哥晁蓋臨終時分道與我：他從正和年間，朝東嶽燒香，得一夢，見寨上會中合得三十六數；若果應數，須是助行忠義，衞護國家。」吳加亮說罷，宋江道：「今會中只少了三人。」那三人是：

花和尚魯智深　一丈青張横　鐵鞭呼延綽

是時筵會已散，各人統率強人，略州劫縣，放火殺人，攻奪淮陽、京西、河北三路二十四州八十餘縣，劫掠子女玉帛，擄掠甚眾。朝廷命呼延綽為將，統兵投降海賊李横等出師收捕宋江等，屢戰屢敗；朝廷督責嚴切。其呼延綽卻帶領得李横，反叛朝廷，亦來投宋江為寇。那時有僧人魯智深反叛，亦來投奔宋江。這三人來後，恰好是三十六人數足。

## 金聖歎《讀第五才子書法》節選

1.《水滸傳》不是輕易下筆，只看宋江出名，直在第十七回，便知他胸中已算過百十來遍。若使輕易下筆，必要第一回就寫宋江，文字便一直賬，無擒放。

2.《水滸傳》一個人出來，分明便是一篇列傳。至於中間事跡，又逐段逐段自成文字，亦有兩三卷成一篇者，亦有五六句成一篇者。

別一部書，看過一遍即休。獨有《水滸傳》，只是看不厭，無非為他把一百八個人性格，都寫出來。

《水滸傳》寫一百八個人性格，真是一百八樣。若別一部書，任他寫一千個人，也只是一樣；便只寫得兩個人，也只是一樣。

3. 江州城劫法場一篇，奇絕了；後面卻又有大名府劫法場一篇；一發奇絕。

潘金蓮偷漢一篇，奇絕了；後面卻又有潘巧雲偷漢一篇，一發奇絕。景陽岡打虎一篇，奇絕了；後面卻又有沂水縣殺虎一篇，一發奇絕。真正其才如海。

劫法場，偷漢，打虎，都是極難題目，直是沒有下筆處，他偏不怕，定要寫出兩篇。

4. 魯達自然是上上人物，寫得心地厚實，體格闊大。論粗鹵處，他也有些粗鹵；論精細處，他亦甚是精細。然不知何故，看來便有不及武松處。想魯達已是人中絕頂，若武松直是天神，有大段及不得處。《水滸傳》只是寫人粗鹵處，便有許多寫法。如魯達粗鹵是性急，史進粗鹵是少年任氣，李逵粗鹵是蠻，武松粗鹵是豪傑不受羈靮，阮小七粗鹵是悲憤無說處，焦挺粗鹵是氣質不好。

李逵是上上人物，寫得真是一片天真爛漫到底。看他意思，便是山泊中一百七人，無一個入得他眼。《孟子》「富貴不能淫，貧賤不能移，威武不能屈」，正是他好批語。看來作文，全要胸中先有緣故。若有緣故時，便隨手所觸，都成妙筆；若無緣故時，直是無動手處，便作得來，也是嚼蠟。

5. 吾最恨人家子弟，凡遇讀書，都不理會文字，只記得若干事跡，便算讀過一部書了。雖《國策》《史記》都作事跡搬過去，何況《水滸傳》。

《水滸傳》有許多文法，非他書所曾有，略點幾則於後：有倒插法。謂將後邊要緊字，驀地先插放前邊。如五台山下鐵匠間壁父子客店，又大相國寺嶽廟間壁菜園，又武大娘子要同王乾娘去看虎，又李逵去買棗糕，收得湯隆等是也。

有夾敘法。謂急切裏兩個人一齊說話，須不是一個說完了，又一個說，必要一筆夾寫出來。如瓦官寺崔道成說「師兄息怒，聽小僧說」，魯智深說「你說你說」等是也。

有草蛇灰線法。如景陽岡勤敘許多「哨棒」字，紫石街連寫若干「簾子」字等是也。驟看之，有如無物，及至細尋，其中便有一條線索，拽之通體俱動。

有大落墨法。如吳用說三阮，楊志北京鬥武，王婆說風情，武松打虎，還道村捉宋江，二打祝家莊等是也。

有綿針泥刺法。如花榮要宋江開枷，宋江不肯；又晁蓋番番要下山，宋江番番勸住，至最後一次便不勸是也。筆墨外，便有利刃直戳進來。

有背面鋪粉法。如要襯宋江奸詐，不覺寫作李逵真率；要襯石秀尖利，不覺寫作楊雄糊塗是也。

有弄引法。謂有一段大文字，不好突然便起，且先作一段小文字在前引之。如索超前，先寫周謹；十分光前，先說五事等是也。《莊子》云：「始終青萍之末，盛於土囊之口」。《禮》云：「魯人有事於泰山，必先有事於配林。」

有獺尾法。謂一段大文字後，不好寂然便住，更作餘波演漾之。如梁中書東郭演武歸去後，如縣時文彬升堂；武松打虎下岡來，遇着兩個獵戶；血濺鴛鴦樓後，寫城壕邊月色等是也。

有正犯法。如武松打虎後，又寫李逵殺虎，又寫二解爭虎；潘金蓮偷漢後，又寫潘巧雲偷漢；江州城劫法場後，又寫大名府劫法場；何濤捕盜後，又寫黃安捕盜；林沖起解後，又寫盧俊義起解；朱仝、雷橫放晁蓋後，又寫朱仝、雷橫放宋江等。正是要故意把題目犯了，卻有本事出落得無一點一畫相借，以為快樂是也。真是渾身都是方法。

有略犯法。如林沖買刀與楊志賣刀，唐牛兒與鄆哥，鄭屠肉鋪與蔣門神快活林，瓦官寺試禪杖與蜈蚣嶺試戒刀等是也。

有極不省法。如要寫宋江犯罪，卻先寫招文袋金子，卻又先寫閻婆惜和張三有事，卻又先寫宋江討閻婆借，卻又先寫宋江捨棺材等。凡有若干文字，都非正文是也。

有極省法。如武松迎入陽谷縣，恰遇武大也搬來，正好撞着；又如宋江琵琶亭吃魚湯後，連日破腹等是也。

有欲合故縱法。如白龍廟前，李俊、二張、二童、二穆等救船已到，卻寫李逵重要殺入城去；還有村玄女廟中，趙能、趙得都已出去，卻有樹根絆跌，士兵叫喊等，令人到臨了又加倍吃嚇是也。

有橫雲斷山法。如兩打祝家莊後，忽插出解珍、解寶爭虎越獄事；又正打大名城時，忽插出截江鬼、油裏鰍謀財傾命事等是也。只為文字太長了，便恐累墜，故從半腰間暫時閃出，以間隔之。

有鸞膠續弦法。如燕青往梁山泊報信，路遇楊雄、石秀，彼此須互不相識。且由梁山泊到大名府，彼此既同取小徑，又豈有止一小徑之理？看他將順手借如意子打鵲求卦，先鬥出巧來，然後用一拳打倒石秀，逗出姓名來等是也。都是刻苦算得出來。

## 寫作有法

### 細節描寫在作文中的應用

沒有細節就沒有文學。它能使作文中的事物更加真實具體，情感更加細膩感人。細節描寫就像是電影裏的特寫鏡頭，它對生活中細微的事物或情節加以生動而細緻的描繪。

《水滸傳》中的細節描寫主要體現在對人物的刻畫和情節的敘述上，在塑造生動立體的人物形象和推動情節發展上起到了不可或缺的重要作用。

如五十六回，時遷偷盜徐寧寶箱的過程中，作者不厭其煩地描寫徐寧一家如何烤火、折衣服，又寫了時遷拿蘆管吹滅燈，丫鬟奉命急忙取燈後時遷的一系列動作：「那個梅香開樓門，下胡梯響。時遷聽得，卻從柱上只一溜，來到後門邊黑影裏伏了。聽得丫嬛正開後門出來，便去開牆門，時遷卻潛入廚房裏，貼身在廚桌下。梅香討了燈火入來看時，又去關門，卻來灶前燒火。這個女使也起來生炭火上樓去。多時湯滾，捧面湯上去，徐寧洗漱了，叫燙些熱酒上來。丫嬛安排肉食炊餅上去，徐寧吃罷，叫把飯與外面當直的吃。時遷聽得徐寧下來，叫伴當吃了飯，背着包袱，拿了金槍出門。兩個梅香點着燈，送徐寧出去。時遷卻從廚桌下出來，便上樓去，從槅子邊直踅到樑上，卻把身軀伏了。」

這一系列的細節描寫，不僅再現了一戶上等人家的日常情景，也襯托出了時遷的機智和敏捷。

作文中如果有意識地進行一些細節上的深入描寫，將會使作文提升一個境界。這是因為細節描寫能夠讓純粹的敘述產生畫面感。你可以形容一下所描繪事物的樣子，可以用更具體的名稱代替概括性的詞語，也可以使用符合人物身份的語言，重現人物當時的動作，甚至可以自己在腦海中演一遍當時的場景再記錄下來。不管怎樣，真實是最能夠動人的，細節描寫就是能讓作文真實的最好手段。

原著　元 施耐庵
總策劃　李繼勇
總主編　倪培耕
總顧問　柳鳴九

責任編輯　楊歌
裝幀設計　小草
封面設計　陳淑娟
排版　時潔
印務　劉漢舉

**出版 / 中華教育**

香港北角英皇道四九九號北角工業大廈一樓 B
電話：（852）2137 2338
傳真：（852）2713 8202
電子郵件：info@chunghwabook.com.hk
網址：http://www.chunghwabook.com.hk

**發行 / 香港聯合書刊物流有限公司**

香港新界荃灣德士古道 220-248 號
荃灣工業中心 16 樓
電話：（852）2150 2100
傳真：（852）2407 3062
電子郵件：info@suplogistics.com.hk

**印刷 / 美雅印刷製本有限公司**

香港觀塘榮業街六號海濱工業大廈四樓 A 室

**版次 / 2021 年 6 月第 1 版第 1 次印刷**



**規格 / 16 開（235mm×170mm）**

**ISBN / 978-988-8758-91-3**

四大名著導讀本

# 水滸傳

中冊

元 施耐庵

中華教育

# 目錄

## 第四十一回

# 宋江智取無為軍
# 張順活捉黃文炳

從本回書開始，宋江開始逐漸成為梁山泊的領導核心，各路英雄們也開始以「百川歸海」之勢，齊聚梁山，共舉大業。

話說江州城外白龍廟中，梁山泊好漢劫了法場，救得宋江、戴宗。正是晁蓋、花榮、黃信、呂方、郭盛、劉唐、燕順、杜遷、宋萬、朱貴、王矮虎、鄭天壽、石勇、阮小二、阮小五、阮小七、白勝，共是一十七人，領帶着八九十個悍勇壯健小嘍囉。潯陽江上來接應的好漢張順、張橫、李俊、李立、穆弘、穆春、童威、童猛、薛永九籌好漢，也帶四十餘人，都是江面上做私商的火家，撐駕三隻大船，前來接應。城裏黑旋風李逵引眾人殺至潯陽江邊。兩路救應，通共有一百四五十人，都在白龍廟裏聚義。只聽得小嘍囉報道：「江州城裏軍兵擂鼓，搖旗鳴鑼，發喊追趕到來。」

那黑旋風李逵聽得，大吼了一聲，提兩把板斧，先出廟門。眾好漢吶聲喊，都挺手中軍器，齊出廟來迎敵。劉唐、朱貴先把宋江、戴宗護送上船；李俊同張順、三阮整頓船隻。就江邊看時，見城裏出來的官軍約有五七千馬軍，當先都是頂盔衣甲，全副弓箭，手裏都使長槍，背後步軍簇擁，搖旗吶喊，殺奔前來。這裏李逵當先，掄着板斧，赤條條地飛奔砍將入去，背後便是花榮、黃信、呂方、郭盛四將擁護。花榮見前面的軍馬都紮住了槍，只怕李逵着傷，偷手取弓箭出來，搭上箭，拽滿弓，望着為頭領的一個馬軍颼地一箭，只見翻筋斗射下馬去。那一夥馬軍，吃了一驚，各自奔命，撥轉馬頭便走，倒把步軍先衝倒了一半。這裏眾多好漢們一齊衝突將去，殺得那官軍屍橫野爛，血染江紅，直殺到江州城下。城上策應官軍早把擂木炮石打將下來。官軍慌忙入城，關上城門。

眾多好漢拖轉黑旋風，回到白龍廟前下船。晁蓋整點眾人完備，都叫分頭下船，開江便走。卻值順風，拽起風帆，三隻大船載了許多人馬頭領，卻投穆太公莊上來。一帆順風，早到岸邊埠頭。一行眾人，都上岸來。穆弘邀請眾好漢到莊內堂上，穆太公出來迎接，宋江等眾人都相見了。太公道：「眾頭領連夜勞神，且請客房中安歇，將息貴體。」各人且去房裏暫歇將養，整理衣服器械。當日穆弘叫莊客宰了一頭黃牛，殺了十數個豬、羊、雞、鵝、魚、鴨，珍希異饌，排下筵席，管待眾頭領。飲酒中間，說起許多情節。晁蓋道：「若非是二哥眾位把船相救，我等皆被陷於縲絏。」穆太公道：「你等如何卻打從那條路上來？」李逵道：「我自只揀人多處殺將去，他們自要跟我來，我又不曾叫他。」眾人聽了，都大笑。

宋江起身與眾人道：「小人宋江，若無眾好漢相救時，和戴院長皆死於非命。今日之恩，深於滄海，如何報答得眾位？只恨黃文炳那廝搜根剔齒，幾番唆毒，要害我們。這冤仇如何不報？怎地啟請眾位好漢，再做個天大人情，去打了無為軍，殺得黃文炳那廝，也與宋江消了這口無窮之恨。那時回去如何？」晁蓋道：「我們眾人偷營劫寨，只可使一遍，如何再行得？似此奸賊已有提備，不若且回山寨去，聚起大隊人馬，一發和學究、公孫二先生，並林沖、秦明，都來報仇，也未為晚。」宋江道：「若是回山去了，再不能夠得來。一者山遙路遠，二乃江州必然申開明文，各處謹守。不要癡想，只是趁這個機會，便好下手，不要等他做了準備。」花榮道：「哥哥見得是。雖然如此，只是無人識得路境，不知他地理如何。先得個人去那裏城中探聽虛實，也要看無為軍出沒的路徑去處，就要認黃文炳那賊的住處了，然後方好下手。」薛永便起身說道：「小弟多在江湖上行，此處無為軍最熟，我去探聽一遭如何？」宋江道：「若得賢弟去走一遭最好。」薛永當日別了眾人自去了。

只說宋江自和眾頭領在穆弘莊上商議要打無為軍一事，整頓軍器槍刀，安排弓弩箭矢，打點大小船隻等項，提備已了。只見薛永去了兩日，帶將一個人回到莊上來，拜見宋江。宋江便問道：「兄弟，這位壯士是誰？」薛永答道：「這人姓侯，名健，祖居洪都人氏。做得第一手裁縫，端的是飛針走線。更兼慣習槍棒，曾拜薛永為師。人見他黑瘦輕捷，因此喚他做通臂猿。現在這無為軍城裏黃文炳家做生活。小弟因見了，就請在此。」宋江大喜，便教同坐商議。那人也是一座地煞星之數，自然義氣相投。

宋江便問江州消息，無為軍路徑如何，薛永說道：「如今蔡九知府計點官軍、百姓被殺死有五百餘人；帶傷中箭者，不計其數。現今差人星夜申奏朝廷去了。城門日中後便關，出入的好生盤問得緊。原來哥哥被害一事，倒不干蔡九知府事，都是黃文炳那廝三回五次，點撥知府，教害二位。如今見劫了法場，城中甚慌，曉夜提備。小弟又去無為軍打聽，正撞見侯健這個兄弟出來吃飯，因是得知備細。」宋江道：「侯兄何以知之？」侯健道：「小人自幼只愛習學槍棒，多得薛師父指教，因此不敢忘恩。近日黃通判特取小人來他家做衣服，因出來遇見師父，提起仁兄大名，說起此一節事來。小人要結識仁兄，特來報知備細。這黃文炳有個嫡親哥哥，喚做黃文燁，與這文炳是一母所生二子。這黃文燁平生只是行善事，修橋補路，塑佛齋僧，扶危濟困，救拔貧苦，那無為軍城中，都叫他黃佛子。這黃文炳雖是罷閒通判，心裏只要害人，慣行歹事，無為軍都叫他做黃蜂刺。他弟兄兩個分開做兩處住，只在一條巷內出入，靠北門裏便是他家。黃文炳貼着城住，黃文燁近着大街。小人在他那裏做生活，卻聽得黃通判回家來說這件事：『蔡九知府已被瞞過了，卻是我點撥他，教知府先斬了，然後奏去。』黃文燁聽得說時，只在背後罵說道：『又做這等短命促掐的事。於你無干，何故定要害他？倘或有天理之時，報應只在目前，卻不是反招其禍。』這兩日聽得劫了法場，好生吃驚。昨夜去江州探望蔡九知府，與他計較，尚兀自未回來。」宋江道：「黃文炳隔着他哥哥家多少路？」侯健道：「原是一家分開的，如今只隔着中間一個菜園。」宋江道：「黃文炳家多少人口？有幾房頭？」侯健道：「男子婦人通有四五十口。」宋江道：「天教我報仇，特地送這個人來。雖是如此，全靠眾弟兄維持。」眾人齊聲應道：「當以死向前，正要驅除這等贓濫奸惡之人，與哥哥報仇雪恨。」宋江又道：「只恨黃文炳那賊一個，卻與無為軍百姓無干。他兄既然仁德，亦不可害他，休教天下人罵我等不仁。眾弟兄去時，不可分毫侵害百姓。今去那裏，我有一計，只望眾人扶助扶助。」眾頭領齊聲道：「專聽哥哥指教。」

宋江道：「有煩穆太公對付八九十個叉袋，又要百十束蘆柴，用着五隻大船，兩隻小船。央及張順、李俊駕兩隻小船，在江面上與他如此行。五隻大船上，用着張橫、三阮、童威和識水的人護船。此計方可。」穆弘道：「此間蘆葦、油柴、布袋都有，我莊上的人都會使水駕船，便請哥哥行事。」宋江道：「卻用侯家兄弟引着薛永並白勝，先去無為軍城中藏了。來日三更二點為期，且聽門外放起帶鈴鵓鴿，便教白勝上城策應。先插一條白絹號帶，近黃文炳家，便是上城去處。再又教石勇、杜遷扮做丐者，去城門邊左近埋伏，只看火為號，便要下手殺把門軍士。李俊、張順只在江面上往來巡綽，等候策應。」

宋江分撥已定。薛永、白勝、侯健先自去了。隨後再是石勇、杜遷扮做丐者，身邊各藏了短刀暗器，也去了。這裏自一面扛抬沙土布袋和蘆葦、油柴，上船裝載。眾好漢至期各各拴束了，身上都準備了器械，船倉裏埋伏軍漢，眾頭領分撥下船。晁蓋、宋江、花榮在童威船上；燕順、王矮虎、鄭天壽在張橫船上；戴宗、劉唐、黃信在阮小二船上；呂方、郭盛、李立在阮小五船上；穆弘、穆春、李逵在阮小七船上。只留下朱貴、宋萬在穆太公莊，看理江州城裏消息。先使童猛棹一隻打漁快船，前去探路。小嘍囉並軍健都伏在倉裏，大家莊客、水手，撐駕船隻，當夜密地望無為軍來。此時正是七月盡天氣，夜涼風靜，月白江清，水影山光，上下一碧。昔日參廖子有首詩題這江景，道是：

洪濤滾滾煙波杳，月淡風清九江曉。
欲從舟子問如何，但覺廬山眼中小。

是夜初更前後，大小船隻都到無為江岸邊，揀那有蘆葦深處，一字兒纜定了船隻，只見童猛回船來報道：「城裏並無些動靜。」宋江便叫手下眾人，把這沙土布袋和蘆葦乾柴都搬上岸，望城邊來。聽那更鼓時，正打二更。宋江叫小嘍囉各各㐌了沙土布袋並蘆柴，就城邊堆垛了。眾好漢各挺手中軍器，只留張橫、三阮、兩童守船接應，其餘頭領都奔城邊來。望城上時，約離北門有半里之路，宋江便叫放起帶鈴鵓鴿。只見城上一條竹竿，縛着白號帶，風飄起來。宋江見了，便叫軍士就這城邊堆起沙土布袋，吩咐軍漢，一面挑擔蘆葦、油柴上城。只見白勝已在那裏接應等候，把手指與眾軍漢道：「只那條巷便是黃文炳住處。」宋江問白勝道：「薛永、侯健在那裏？」白勝道：「他兩個潛入黃文炳家裏去了，只等哥哥到來。」宋江又問道：「你曾見石勇、杜遷麼？」白勝道：「他兩個在城門邊左近伺候。」宋江聽罷，引了眾好漢下城來，徑到黃文炳門前。只見侯健閃在房簷下，宋江喚來，附耳低言道：「你去將菜園門開了，放他軍士把蘆葦、油柴堆放裏面，可教薛永尋把火來點着，卻去敲黃文炳門道：『間壁大官人家失火，有箱籠什物搬來寄頓。』敲得門開，我自有擺佈。」

宋江教眾好漢分幾個把住兩頭。侯健先去開了菜園門，軍漢把蘆柴搬來，堆在裏面。侯健就討了火種，遞與薛永，將來點着。侯健便閃出來，卻去敲門叫道：「間壁大官人家失火，有箱籠搬來寄頓，快開門則個。」裏面聽得，便起來看時，望見隔壁火起，連忙開門出來。晁蓋、宋江等吶聲喊，殺將入去。眾好漢亦各動手，見一個，殺一個，見兩個，殺一雙，把黃文炳一門內外大小四五十口，盡皆殺了，不留一人，只不見了文炳一個。眾好漢把他從前酷害良民積攢下許多家私金銀，收拾俱盡。大哨一聲，眾多好漢都扛了箱籠家財，卻奔城上來。

且說石勇、杜遷見火起，各掣出尖刀，便殺把門軍人，又見前街鄰舍拿了水桶梯子，都來救火。石勇、杜遷大喝道：「你那百姓，休得向前。我們是梁山泊好漢數千在此，來殺黃文炳一門良賤，與宋江、戴宗報仇，不干你百姓事。你們快回家躲避了，休得出來閒管事。」眾鄰舍還有不信的，立住了腳看，只見黑旋風李逵掄起兩把板斧，着地捲將來，眾鄰舍方才吶聲喊，抬了梯子水桶，一哄都走了。這邊後巷也有幾個守門軍漢，帶了些人拕了麻搭火鈎，都奔來救火。早被花榮張起弓，當頭一箭，射翻了一個，大喝道：「要死的，便來救火。」那夥軍漢一齊都退去了。只見薛永拿着火把，便就黃文炳家裏前後點着，亂亂雜雜火起。看那火時，但見：黑雲匝地，紅焰飛天。焠律律走萬道金蛇，焰騰騰散千團火塊。狂風相助，雕樑畫棟片時休。炎焰漲空，大廈高堂彈指沒。這不是火，卻是：文炳心頭惡，觸惱丙丁神；害人施毒焰，惹火自燒身。

當時石勇、杜遷已殺倒把門軍士，李逵砍斷鐵鎖，大開了城門，一半人從城上出去，一半人從城門下出去。張橫、三阮、兩童都來接應，合做一處，扛抬財物上船。無為軍已知江州被梁山泊好漢劫了法場，殺死無數的人，如何敢出來追趕，只得回避了。這宋江一行眾好漢只恨拿不着黃文炳，都上了船去，搖開了，自投穆弘莊上來，不在話下。

卻說江州城裏望見無為軍火起，蒸天價紅，滿城中講動，只得報知本府。這黃文炳正在府裏議事，聽得報說了，慌忙來稟知府道：「敝鄉失火，急欲回家看覷。」蔡九知府聽得，忙叫開城門，差一隻官船相送。黃文炳謝了知府，隨即出來，帶了從人，慌速下船，搖開江面，望無為軍來。看見火勢猛烈，映得江面上都紅，艄公說道：「這火只是北門裏火。」黃文炳見說了，心裏越慌。

看看搖到江心裏，只見一隻小船從江面上搖過去了，不多時，又是一隻小船搖將過來，卻不徑過，望着官船直撞將來。從人喝道：「甚麼船，敢如此直撞來！」只見那小船上一個大漢跳起來，手裏拿着撓鈎，口裏應道：「去江州報失火的船。」黃文炳便鑽出來問道：「那裏失火？」那大漢道：「北門裏黃通判家，被梁山泊好漢殺了一家人口，劫了家私，如今正燒着哩！」黃文炳失口叫聲苦，不知高低。那漢聽了，一撓鈎搭住了船，便跳過來。黃文炳是個乖覺的人，早瞧了八分，便奔船艄後走，望江裏踴身便跳。忽見江面上一隻船，水底下早鑽過一個人，把黃文炳劈腰抱住，攔頭揪起，扯上船來。船上那個大漢早來接應，便把麻索綁了。水底下活捉了黃文炳的，便是浪裏白條張順，船上把撓鈎的，便是混江龍李俊。兩個好漢立在船上，那搖官船的艄公只顧下拜。李俊說道：「我不殺你們，只要捉黃文炳這廝，你們自回去說與蔡九知府那賊驢知道，俺梁山泊好漢們權寄下他那顆驢頭，早晚便要來取。」艄公戰抖抖的道：「小人去說。」李俊、張順拿了黃文炳過自己的小船上，放那官船去了。

兩個好漢棹了兩隻快船，徑奔穆弘莊上，早搖到岸邊，望見一行頭領，都在岸上等候，搬運箱籠上岸。見說拿得黃文炳，宋江不勝之喜。眾好漢一齊心中大喜，說：「正要此人見面。」李俊、張順早把黃文炳帶上岸來，眾人看了，監押着，離了江岸，到穆太公莊上來。朱貴、宋萬接着眾人，入到莊裏草廳上坐下。

宋江把黃文炳剝了濕衣服，綁在柳樹上，請眾頭領團團坐定。宋江叫取一壺酒來，與眾人把盞。上自晁蓋，下至白勝，共是三十位好漢，都把遍了。宋江大罵黃文炳：「你這廝，我與你往日無冤，近日無仇，你如何只要害我，三回五次教唆蔡九知府殺我兩個。你既讀聖賢之書，如何要做這等毒害的事？我又不與你有殺父之仇，你如何定要謀我？你哥哥黃文燁，與你這廝一母所生，他怎恁般修善，久聞你那城中都稱他做黃佛子，我昨夜分毫不曾侵犯他。你這廝在鄉中只是害人，交結權勢，浸潤官長，欺壓良善，我知道無為軍人民都叫你做黃蜂刺。我今日且替你拔了這個刺。」黃文炳告道：「小人已知過失，只求早死。」晁蓋喝道：「你那賊驢，怕你不死！你這廝早知今日，悔不當初。」宋江便問道：「那個兄弟替我下手？」只見黑旋風李逵跳起身來說道：「我與哥哥動手割這廝。我看他肥胖了，倒好燒吃。」晁蓋道：「說得是，教取把尖刀來，就討盆炭火來，細細地割這廝燒來下酒，與我賢弟消這怨氣。」李逵拿起尖刀，看着黃文炳笑道：「你這廝在蔡九知府後堂且會說黃道黑，撥置害人，無中生有攛掇他。今日你要快死，老爺卻要你慢死。」便把尖刀先從腿上割起，揀好的就當面炭火上炙來下酒。割一塊，炙一塊，無片時，割了黃文炳，李逵方才把刀割開胸膛，取出心肝，把來與眾頭領做醒酒湯。眾多好漢看割了黃文炳，都來草堂上與宋江賀喜。有詩為證：

文炳趨炎巧計乖，卻將忠義苦擠排。
奸謀未遂身先死，難免剜心炙肉災。

只見宋江先跪在地下，眾頭領慌忙都跪下，齊道：「哥哥有甚事，但說不妨，兄弟們敢不聽。」宋江便道：「小可不才，自小學吏。初世為人，便要結識天下好漢。奈緣力薄才疏，不能接待，以遂平生之願。自從刺配江州，多感晁頭領並眾豪傑苦苦相留，宋江因見父親嚴訓，不曾肯住。正是天賜機會，於路直至潯陽江上，又遭際許多豪傑。不想小可不才，一時間酒後狂言，險累了戴院長性命。感謝眾位豪傑不避凶險，來虎穴龍潭，力救殘生，又蒙協助，報了冤仇。如此犯下大罪，鬧了兩座州城，必然申奏去了。今日不由宋江不上梁山泊投託哥哥去，未知眾位意下若何？如是相從者，只今收拾便行。如不願去的，一聽尊命。只恐事發，反遭負累，煩可尋思。」說言未絕，李逵跳將起來，便叫道：「都去，都去！但有不去的，吃我一鳥斧，砍做兩截便罷！」宋江道：「你這般粗鹵說話！全在各人弟兄們心肯意肯，方可同去。」眾人議論道：「如今殺死了許多官軍人馬，鬧了兩處州郡，他如何不申奏朝廷？必然起軍馬來擒獲。今若不隨哥哥去，同死同生，卻投那裏去？」

宋江大喜，謝了眾人。當日先叫朱貴和宋萬前回山寨裏去報知，次後分作五起進程：頭一起，便是晁蓋、宋江、花榮、戴宗、李逵；第二起，便是劉唐、杜遷、石勇、薛永、侯健；第三起，便是李俊、李立、呂方、郭盛、童威、童猛；第四起，便是黃信、張順、張橫、阮家三弟兄；第五起，便是燕順、王矮虎、穆弘、穆春、鄭天壽、白勝。五起二十八個頭領，帶了一干人等，將這所得黃文炳家財各各分開，裝載上車子。穆弘帶了太公並家小人等，將應有家財金寶裝載車上。莊客數內有不願去的，都齎發他些銀兩，自投別主去；傭工有願去的，一同便往。前四起陸續去了，已自行動。穆弘收拾莊內已了，放起十數個火把，燒了莊院，撇下了田地，自投梁山泊來。

且不說五起人馬登程，節次進發，只隔二十里而行。先說第一起晁蓋、宋江、花榮、戴宗、李逵五騎馬，帶着車仗人伴，在路行了三日，前面來到一個去處，地名喚做黃門山。宋江在馬上與晁蓋說道：「這座山生得形勢怪惡，莫不有大夥在內？可着人催攢後面人馬上來，一同過去。」說猶未了，只見前面山嘴上鑼鳴鼓響。宋江道：「我說麼！且不要走動，等後面人馬到來，好和他廝殺。」花榮便拈弓搭箭在手，晁蓋、戴宗各執朴刀，李逵拿着雙斧，擁護着宋江，一齊趲馬向前。只見山坡邊閃出三五百個小嘍囉，當先簇擁出四籌好漢，各挺軍器在手，高聲喝道：「你等大鬧了江州，劫掠了無為軍，殺害了許多官軍百姓，待回梁山泊去？我四個等你多時。會事的只留下宋江，都饒了你們性命。」

宋江聽得，便挺身出去，跪在地下，說道：「小可宋江被人陷害，冤屈無伸，今得四方豪傑救了性命，小可不知在何處觸犯了四位英雄，萬望高抬貴手，饒恕殘生。」那四籌好漢見了宋江跪在前面，都慌忙滾鞍下馬，撇了軍器，飛奔前來，拜倒在地下，說道：「俺弟兄四個只聞山東及時雨宋公明大名，想殺也不能夠見面。俺聽知哥哥在江州為事吃官司，我弟兄商議定了，正要來劫牢，只是不得個實信。前日使小嘍囉直到江州來打聽，回來說道：『已有多少好漢鬧了江州，劫了法場，救出往揭陽鎮去了。後又燒了無為軍，劫掠黃通判家。』料想哥哥必從這裏來。節次使人路中來探望，猶恐未真，故反作此一番詰問。衝撞哥哥，萬勿見罪。今日幸見仁兄，小寨裏略備薄酒粗食，權當接風。請眾好漢同到敝寨盤桓片時。」

宋江大喜，扶起四位好漢，逐一請問大名。為頭的那人姓歐，名鵬，祖貫是黃州人氏。守把大江軍戶，因惡了本官，逃走在江湖上綠林中，熬出這個名字，喚做摩雲金翅。第二個好漢姓蔣，名敬，祖貫是湖南潭州人氏。原是落科舉子出身，科舉不第，棄文就武，頗有謀略，精通書算，積萬累千，纖毫不差，亦能刺槍使棒，佈陣排兵，因此人都喚他做神算子。第三個好漢姓馬，名麟，祖貫是南京建康人氏。原是小番子[1]閒漢出身，吹得雙鐵笛，使得好大滾刀，百十人近他不得，因此人都喚他做鐵笛仙。第四個好漢姓陶，名宗旺，祖貫是光州人氏。莊家田戶出身，慣使一把鐵鍬，有的是氣力，亦能使槍掄刀，因此人都喚做九尾龜。怎見得四個好漢英雄，有《西江月》為證：

力壯身強無賽，行時捷似飛騰，摩雲金翅是歐鵬，首位黃山排定。幼恨毛錐失利，長從韜略搜精，如神算法善行兵，文武全才蔣敬。鐵笛一聲山裂，銅刀兩口神驚，馬麟形貌更猙獰，廝殺場中超乘。宗旺力如猛虎，鐵鍬到處無情，神龜九尾喻多能，都是英雄頭領。

這四籌好漢接住宋江，小嘍囉早捧過果盒，一大壺酒，兩大盤肉，托過來把盞。先遞晁蓋、宋江，次遞花榮、戴宗、李逵，與眾人都相見了，一面遞酒。沒兩個時辰，第二起頭領又到了，一個個盡都相見。把盞已遍，邀請眾位上山。兩起十位頭領先來到黃門山寨內，那四籌好漢便叫椎牛宰馬管待。卻教小嘍囉陸續下山，接請後面那三起十八位頭領上山來筵宴。未及半日，三起好漢已都來到了，盡在聚義廳上筵席相會。宋江飲酒中間，在席上開話道：「今次宋江投奔了哥哥晁天王，上梁山泊去，一同聚義，未知四位好漢肯棄了此處，同往梁山泊大寨相聚否？」四個好漢齊答道：「若蒙二位義士不棄貧賤，情願執鞭墜鐙。」宋江、晁蓋大喜，便說道：「既是四位肯從大義，便請收拾起程。」眾多頭領俱各歡喜。在山寨住了一日，過了一夜。次日，宋江、晁蓋仍舊做頭一起，下山進發先去；次後依例而行，只隔着二十里遠近。四籌好漢收拾起財帛金銀等項，帶領了小嘍囉三五百人，便燒毀了寨柵，隨作第六起登程。宋江又合得這四個好漢，心中甚喜，於路在馬上對晁蓋說道：「小弟來江湖上走了這幾遭，雖是受了些驚恐，卻也結識得這許多

1) 小番子：小無賴，小流氓。

好漢。今日同哥哥上山去，這回只得死心塌地，與哥哥同死同生。」一路上說着閒話，不覺早來到朱貴酒店裏了。

且說四個守山寨的頭領吳用、公孫勝、林沖、秦明和兩個新來的蕭讓、金大堅已得朱貴、宋萬先回報知，每日差小頭目棹船出來酒店裏迎接，一起起都到金沙灘上岸，擂鼓吹笛，眾好漢們都乘馬轎，迎上寨來。到得關下，軍師吳學究等六人把了接風酒，都到聚義廳上，焚起一爐好香。晁蓋便請宋江為山寨之主，坐第一把交椅。宋江那裏肯，便道：「哥哥差矣！感蒙眾位不避刀斧，救拔宋江性命，哥哥原是山寨之主，如何卻讓不才？若要堅執如此相讓，宋江情願就死。」晁蓋道：「賢弟如何這般說！當初若不是賢弟擔那血海般干係，救得我等七人性命上山，如何有今日之眾？你正是山寨之恩主。你不坐，誰坐？」宋江道：「仁兄，論年齒，兄長也大十歲，宋江若坐了，豈不自羞。」再三推晁蓋坐了第一位，宋江坐了第二位，吳學究坐了第三位，公孫勝坐了第四位。宋江道：「休分功勞高下，梁山泊一行舊頭領去左邊主位上坐，新到頭領去右邊客位上坐，待日後出力多寡，那時另行定奪。」眾人齊道：「哥哥言之極當。」左邊一帶，是林沖、劉唐、阮小二、阮小五、阮小七、杜遷、宋萬、朱貴、白勝；右邊一帶，論年甲次序，互相推讓，花榮、秦明、黃信、戴宗、李逵、李俊、穆弘、張橫、張順、燕順、呂方、郭盛、蕭讓、王矮虎、薛永、金大堅、穆春、李立、歐鵬、蔣敬，童威、童猛、馬麟、石勇、侯健、鄭天壽、陶宗旺，共是四十位頭領坐下。大吹大擂，且吃慶喜筵席。

宋江說起江州蔡九知府捏造謠言一事，說與眾人：「叵耐黃文炳那廝，事又不干他己，卻在知府面前胡言亂道，解說道：『耗國因家木』，耗散國家錢糧的人，必是家頭着個『木』字，不是個『宋』字？『刀兵點水工』，興動刀兵之人，必是三點水着個『工』字，不是個『江』字？這個正應宋江身上。那後兩句道：『縱橫三十六，播亂在山東。』合主宋江造反在山東。以此拿了小可。不期戴院長又傳了假書，以此黃文炳那廝攛掇知府，只要先斬後奏。若非眾好漢救了，焉得到此！」李逵跳將起來道：「好哥哥，正應着天上的言語。雖然吃了他些苦，黃文炳那賊也吃我割得快活。放着我們有許多軍馬，便造反，怕怎地？晁蓋哥哥便做了大皇帝，宋江哥哥便做了小皇帝，吳先生做個丞相，公孫道士便做個國師，我們都做個將軍，殺去東京，奪了鳥位，在那裏快活，卻不好？不強似這個鳥水泊裏？」戴宗連忙喝道：「鐵牛，你這廝胡說！你今日既到這裏，不可使你那在江州性兒，須要聽兩位頭領哥哥的言語號令，亦不許你胡言亂語，多嘴多舌。再如此多言插口，先割了你這顆頭來為令，以警後人。」李逵道：「啊呟！若割了我這顆頭，幾時再長的一個出來。我只吃酒便了。」眾多好漢都笑。

宋江又題起拒敵官軍一事，說道：「那時小可初聞這個消息，好不驚恐，不期今日輪到宋江身上。」吳用道：「兄長當初若依了弟兄之言，只住山上快活，不到江州，不省了多少事？這都是天數注定如此。」宋江道：「黃安那廝，如今在那裏？」晁蓋道：「那廝住不夠兩三個月，便病死了。」宋江嗟歎不已。當日飲酒，各各盡歡。晁蓋先叫安頓穆太公一家老小。叫取過黃文炳的家財，賞勞了眾多出力的小嘍囉。取出原將來的信籠，交還戴院長收用。戴宗那裏肯要，定教收放庫內，公支使用。晁蓋叫眾多小嘍囉參拜了新頭領李俊等，都參見了。連日山寨裏殺牛宰馬，作慶賀筵席，不在話下。

再說晁蓋教向山前山後各撥定房屋居住，山寨裏再起造房舍，修理城垣。至第三日，酒席上宋江起身對眾頭領說道：「宋江還有一件大事，正要稟眾弟兄，小可今欲下山一遭，乞假數日，未知眾位肯否？」晁蓋便問道：「賢弟今欲要往何處，幹甚麼大事？」

宋江不慌不忙，說出這個去處。有分教：槍刀林裏，再逃一遍殘生；山嶺邊旁，傳授千年勛業。正是：只因玄女書三卷，留得清風史數篇。畢竟宋公明要往何處去走一遭，且聽下回分解。

## 延伸思考

有人認為宋江權術過人，本回中哪裏可以體現這一點？

## 第四十二回

# 還道村受三卷天書
# 宋公明遇九天玄女

本回中宋江回鄉接老父上山，卻發現家中已被官兵包圍，逃亡途中躲在一個廟裏，獲九天玄女搭救，方才脫險，並得到賜書三卷，為故事平添了許多神話色彩。

話說當下宋江在筵上對眾好漢道：「小可宋江自蒙救護上山，到此連日飲宴，甚是快樂，不知老父在家，正是何如。即目[1]江州申奏京師，必然行移濟州，着落鄆城縣追捉家屬，比捕正犯，恐老父存亡不保。宋江想念，欲往家中搬取老父上山，以絕掛念，不知眾弟兄還肯容否？」晁蓋道：「賢弟，這件是人倫中大事，不成我和你受用快樂，倒教家中老父吃苦，如何不依賢弟？只是眾兄弟們連日辛苦，寨中人馬未定，再停兩日，點起山寨人馬，一徑去取了來。」宋江道：「仁兄，再過幾日不妨。只恐江州行文到濟州追捉家屬，以此事不宜遲。今也不須點多人去，只宋江潛地自去，和兄弟宋清搬取老父連夜上山來。那時鄉中神不知，鬼不覺。若還多帶了人伴去，必然驚嚇鄉裏，反招不便。」晁蓋道：「賢弟路中倘有疏失，無人可救。」宋江道：「若為父親，死而不怨。」當日苦留不住，宋江堅執要行，便取個氈笠帶了，提條短棒，腰帶利刃，便下山去。眾頭領送過金沙灘自回。

且說宋江過了渡，到朱貴酒店裏上岸，出大路投鄆城縣來。路上少不得飢餐渴飲，夜住曉行。一日奔宋家村晚了，到不得，且投客店歇了。次日趲行到宋家村時卻早，且在林子裏伏了，等待到晚，卻投莊上來敲後門。莊裏

1)　即目：目前，不久。

聽得，只見宋清出來開門。見了哥哥，吃那一驚。慌忙道：「哥哥，你回家來怎地？」宋江道：「我特來家取父親和你。」宋清道：「哥哥，你在江州做了的事，如今這裏都知道了。本縣差下這兩個趙都頭，每日來勾取，管定了我們，不得轉動。只等江州文書到來，便要捉我們父子二人，下在牢裏監禁，聽候拿你。日裏夜間，一二百土兵巡綽。你不宜遲，快去梁山泊請下眾頭領來，救父親並兄弟。」

宋江聽了，驚得一身冷汗。不敢進門，轉身便走，奔梁山泊路上來。是夜月色朦朧，路不分明，宋江只顧揀僻靜小路去處走。約莫也走了一個更次，只聽得背後有人發喊起來。宋江回頭聽時，只隔一二里路，看見一簇火把照亮，只聽得叫道：「宋江休走！」宋江一頭走，一面肚裏尋思：「不聽晁蓋之言，果有今日之禍，皇天可憐，垂救宋江則個。」遠遠望見一個去處，只顧走。少間風掃薄雲，現出那輪明月，宋江方才認得仔細，叫聲苦，不知高低。看了那個去處，有名喚做還道村。原來團團都是高山峻嶺，山下一遭澗水，中間單單只一條路。入來這村，左來右去走，只是這條路，更沒第二條路。宋江認的這個村口，欲待回身，卻被背後趕來的人已把住了路口，火把照耀如同白日。宋江只得奔入村裏來，尋路躲避。抹過一座林子，早看見一所古廟。但見：牆垣頹損，殿宇傾斜。兩廊畫壁長蒼苔，滿地花磚生碧草。門前小鬼，折臂膊不顯猙獰；殿上判官，無襆頭[2]不成禮數。供床上蜘蛛結網，香爐內螻蟻營窠。狐狸常睡紙爐中，蝙蝠不離神帳裏。

宋江只得推開廟門，乘着月光，入進廟裏來，尋個躲避處。前殿後殿，相了一回，安不得身，心裏越慌。只聽得外面有人道：「都管只走在這廟裏！」宋江聽得時，是趙能聲音。急沒躲處，見這殿上一所神廚，宋江揭起帳幔，望裏面探身便鑽入神廚裏。安了短棒，做一堆兒伏在廚內，氣也不敢喘。只聽的外面拿着火把，照將入來。

宋江在神廚裏偷眼看時，趙能、趙得引着四五十人，拿着火把，各到處照，看看照上殿來。宋江道：「我今番走了死路，望陰靈庇護則個，神明庇佑。」一個個都走過了，沒人看着神廚裏。宋江道：「卻不是天幸！」只見趙

2) 襆（fú）頭：宋朝官吏所戴的一種頭巾，常塗漆，成為固定形狀，兩側可插上展角。

得將火把來神廚內照一照，宋江道：「我這番端的受縛。」趙得一隻手將朴刀桿挑起神帳，上下把火只一照，火煙衝將起來，衝下一片黑塵來，正落在趙得眼裏，眯了眼。便將火把丟在地下，一腳踏滅了。走出殿門外來，對土兵們道：「這廝不在廟裏。別又無路，卻走向那裏去了？」眾土兵道：「多應這廝走入村中樹林裏去了。這裏不怕他走脫。這個村喚做還道村，只有這條路出入，裏面雖有高山林木，卻無路上的去。都頭只把住村口，他便會插翅飛上天去，也走不脫了。待天明，村裏去細細搜捉。」趙得道：「也是。」引了土兵下殿去了。

宋江道：「卻不是神明護佑！若還得了性命，必當重修廟宇，再建祠堂，陰靈保佑則個。」說猶未了，只聽得有幾個土兵在於廟門前叫道：「都頭，在這裏了。」趙能、趙得和眾人一夥搶入來。宋江道：「卻不又是晦氣，這遭必被擒捉。」趙能到廟前問道：「在那裏？」土兵道：「都頭，你來看廟門上兩個塵手跡，一定是卻才推開廟門，閃在裏面去了。」趙能道：「說的是，再仔細搜一搜看。」

這夥人再入廟裏來搜看，宋江道：「我命運這般蹇拙，今番必是休了。」那夥人去殿前殿後搜遍，只不曾翻過磚來。眾人又搜了一回，火把看看照上殿來。趙能道：「多是只在神廚裏，卻才兄弟看不仔細，我自照一照看。」一個土兵拿着火把，趙能一手揭起帳幔，五七個人伸頭來看。不看萬事俱休，才看一看，只見神廚裏捲起一陣惡風，將那火把都吹滅了。黑騰騰罩了廟宇，對面不見。趙能道：「卻又作怪。平地裏捲起這陣惡風來，想是神明在裏面，定嗔怪我們只管來照，因此起這陣惡風顯應。我們且去罷。只守住村口，待天明再來尋。」趙得道：「只是神廚裏不曾看得仔細，再把槍去搠一搠。」趙能道：「也是。」兩個卻待向前，只聽的殿後又捲起一陣怪風，吹的飛沙走石，滾將下來，搖的那殿宇岋岋地動。罩下一陣黑雲，佈合[3]了上下，冷氣侵人，毛髮豎起。趙能情知不好，叫了趙得道：「兄弟快走，神明不樂。」眾人一哄都奔下殿來，望廟門外跑走，有幾個翻了的，也有閃朒[4]腿的，爬得

3)　佈合：籠罩。

4)　閃朒（nà）：扭傷筋絡或肌肉。

起來，奔命走出廟門。只聽得廟裏有人叫：「饒恕我們！」趙能再入來看時，兩三個土兵跌倒在龍墀裏，被樹根鈎住了衣服，死也掙不脫，手裏丟了朴刀，扯着衣裳叫饒。宋江在神廚裏聽了，忍不住笑。

趙能把土兵衣服解脫了，領出廟門去。有幾個在前面的土兵說道：「我說這神道最靈，你們只管在裏面纏障，引的小鬼發作起來。我們只去守住了村口等他，須不吃他飛了去。」趙能、趙得道：「說得是。只消村口四下裏守定。」眾人都望村口去了。

只說宋江在神廚裏口稱慚愧道：「雖不被這廝們拿了，卻怎能夠出村口去？」正在廚內尋思，百般無計，只聽的後面廊下有人出來。宋江道：「卻又是苦也！早是不鑽出去。」只見兩個青衣童子，徑到廚邊舉口道：「小童奉娘娘法旨，請星主[5]說話。」宋江那裏敢做聲答應。外面童子又道：「娘娘有請，星主可行。」宋江也不敢答應。外面童子又道：「宋星主休得遲疑，娘娘久等。」宋江聽的鶯聲燕語，不是男子之音，便從神櫃底下鑽將出來，看時，卻是兩個青衣女童侍立在床邊。宋江吃了一驚，卻是兩個泥神。只聽的外面又說道：「宋星主，娘娘有請。」宋江分開帳幔，鑽將出來，只見是兩個青衣螺髻女童，齊齊躬身，各打個稽首。宋江看那女童時，但見：朱顏綠髮，皓齒明眸。飄飄不染塵埃，耿耿天仙風韻。螺螄髻山峯堆擁，鳳頭鞋蓮瓣輕盈。領抹深青，一色織成銀縷；帶飛真紫，雙環結就金霞。依稀閬苑董雙成[6]，仿佛蓬萊花鳥使。

當下宋江問道：「二位仙童自何而來？」青衣道：「奉娘娘法旨，有請星主赴宮。」宋江道：「仙童差矣。我自姓宋，名江，不是甚麼星主。」青衣道：「如何差了？請星主便行，娘娘久等。」宋江道：「甚麼娘娘？亦不曾拜識，如何敢去？」青衣道：「星主到彼便知，不必詢問。」宋江道：「娘娘在何處？」青衣道：「只在後面宮中。」

青衣前引便行，宋江隨後跟下殿來。轉過後殿側首一座子牆角門，青衣道：「宋星主從此間進來。」宋江跟入角門來看時，星月滿天，香風拂拂，四

---

5) 星主：古代認為品德行為等異於常人的人是天上重要星宿轉世。

6) 閬苑董雙成：閬苑，傳說神仙的住處；董雙成，傳說西王母的蟠桃仙子。

下裏都是茂林修竹。宋江尋思道：「原來這廟後又有這個去處。早知如此，卻不來這裏躲避，不受那許多驚恐。」宋江行着，覺道香塢[7]兩行夾種着大松樹，都是合抱不交的，中間平坦一條龜背大街[8]。宋江看了，暗暗尋思道：「我倒不想古廟後有這般好路徑。」跟着青衣，行不過一里來路，聽得潺潺的澗水響。看前面時，一座青石橋，兩邊都是朱欄杆，岸上栽種奇花、異草、蒼松、茂竹、翠柳、夭桃，橋下翻銀滾雪般的水，流從石洞裏去。過的橋基看時，兩行奇樹，中間一座大朱紅欞星門[9]。宋江入的欞星門看時，抬頭見一所宮殿。但見：金釘朱戶，碧瓦雕簷。飛經盤柱戲明珠，雙鳳幃屏明曉日。紅泥牆壁，紛紛御柳間宮花；翠靄樓台，淡淡祥光籠瑞影。窗橫龜背，香風冉冉透黃紗；簾捲蝦鬚，皓月團團懸紫綺。若非天上神仙府，定是人間帝主家。

宋江見了，尋思道：「我生居鄆城縣，不曾聽的說有這個去處。」心中驚恐，不敢動腳。青衣催促請星主行。一引，引入門內，有個龍墀，兩廊下盡是朱亭柱，都掛着繡簾。正中一所大殿，殿上燈燭熒煌。青衣從龍墀內一步步引到月台上，聽得殿上階前又有幾個青衣道：「娘娘有請星主進來。」宋江到大殿上，不覺肌膚戰栗，毛髮倒豎。下面都是龍鳳磚階。青衣入簾內奏道：「請至宋星主在階前。」宋江到簾前御階之下，躬身再拜，俯伏在地，口稱：「臣乃下濁庶民，不識聖上，伏望天慈，俯賜憐憫。」御簾內傳旨，教請星主坐。宋江那裏敢抬頭。教四個青衣扶上錦墩坐，宋江只得勉強坐下。殿上喝聲捲簾，數個青衣早把珠簾捲起，搭在金鈎上。娘娘問道：「星主別來無恙？」宋江起身再拜道：「臣乃庶民，不敢面覷聖容。」娘娘道：「星主既然至此，不必多禮。」宋江恰才敢抬頭舒眼，看見殿上金碧交輝，點着龍燈鳳燭；兩邊都是青衣女童，持笏捧圭，執旌擎扇侍從；正中七寶九龍床上，坐着那個娘娘。宋江看時，但見：頭綰九龍飛鳳髻，身穿金縷絳綃衣。藍田玉帶曳長裙，白玉圭璋擎彩袖。臉如蓮萼，天然眉目映雲環；唇似櫻桃，自在規模端雪體。正大仙容描不就，威嚴形象畫難成。

那娘娘口中說道：「請星主到此，命童子獻酒。」兩下青衣女童，執着奇

---

7)　香塢：花木深處。

8)　龜背大街：用大小不同的石頭拼起來的路，看起來像龜背。

9)　欞星門：古代學宮孔廟的外門，原名靈星門。靈星即天田星。

花寶瓶，捧酒過來，斟在玉杯內。一個為首的女童執玉杯遞酒，來勸宋江。宋江起身，不敢推辭，接過玉杯，朝娘娘跪飲了一杯。宋江覺道這酒馨香馥鬱，如醍醐灌頂，甘露灑心。又是一個青衣，捧過一盤仙棗，上勸宋江。宋江戰戰兢兢，怕失了體面，尖着指頭，拿了一枚，就而食之，懷核在手。青衣又斟過一杯酒來勸宋江，宋江又一飲而盡。娘娘法旨：「教再勸一杯。」青衣再斟一杯酒過來勸宋江，宋江又飲了。仙女托過仙棗，又食了兩枚。共飲過三杯仙酒，三枚仙棗。宋江便覺道春色微醺，又怕酒後醉失體面，再拜道：「臣不勝酒量，望乞娘娘免賜。」殿上法旨道：「既是星主不能飲酒，可止。教取那三卷天書賜與星主。」青衣去屏風背後，玉盤中托出黃羅袱子，包着三卷天書，度與宋江。宋江看時，可長五寸，闊三寸，厚三寸，不敢開看，再拜祗受，藏於袖中。娘娘法旨道：「宋星主，傳汝三卷天書，汝可替天行道，為主全忠仗義，為臣輔國安民，去邪歸正。他日功成果滿，作為上卿。吾有四句天言，汝當記取，終身佩受，勿忘勿泄。」宋江再拜：「願受天言，臣不敢輕泄於世人。」娘娘法道：「遇宿重重喜，逢高不是凶。外夷及內寇，幾處見奇功。」

宋江聽畢，再拜謹受。娘娘法旨道：「玉帝因為星主魔心未斷，道行未完，暫罰下方，不久重登紫府，切不可分毫懈怠！若是他日罪下酆都，吾亦不能救汝。此三卷之書，可以善觀熟視，只可與天機星同觀，其他皆不可見。功成之後，便可焚之，勿留在世。所囑之言，汝當記取。目今天凡相隔，難以久留，汝當速回。」便令童子急送星主回去，「他日瓊樓金闕，再當重會。」

宋江便謝了娘娘，跟隨青衣女童下得殿庭來，出得櫺星門，送至石橋邊，青衣道：「恰才星主受驚，不是娘娘護佑，已被擒拿。天明時，自然脫離了此難。星主看石橋下水裏二龍相戲。」宋江憑欄看時，果見二龍戲水。二青衣望下一推，宋江大叫一聲，卻撞在神廚內，覺來乃是南柯一夢。

宋江爬將起來看時，月影正午，料是三更時分。宋江把袖子裏摸時，手內棗核三個，袖裏帕子包着天書。摸將出來看時，果是三卷天書，又只覺口裏酒香。宋江想道：「這一夢真乃奇異，似夢非夢。若把做夢來，如何有這天書在袖子裏，口中又酒香，棗核在手裏，說與我的言語，都記得，不曾忘了一句？不把做夢來，我自分明在神廚裏，一交將入來。有甚難見處？想是此間神聖最靈，顯化如此。只是不知是何神明？」揭起帳幔看時，九龍椅上坐着一個妙面娘娘，正和夢中一般。宋江尋思道：「這娘娘呼我做星主，想我前生非等閒人也。這三卷天書，必然有用。吩咐我的四句天言，不曾忘了。青衣女童道：『天明時自然脫離此村之厄。』如今天色漸明，我卻出去。」

便探手去廚裏摸了短棒，把衣服拂拭了，一步步走下殿來。便從左廊下轉出廟前，仰面看時，舊牌額上刻着四個金字道：「玄女之廟」。宋江以手加額稱謝道：「慚愧！原來是九天玄女[10]娘娘傳受與我三卷天書，又救了我的性命。如若能夠再見天日之面，必當來此重修廟宇，再建殿庭。伏望聖慈俯垂護佑。」稱謝已畢，只得望着村口悄悄出來。

離廟未遠，只聽得前面遠遠地喊聲連天。宋江尋思道：「又不濟了。立住了腳，且未可出去。我若到他面前，定吃他拿了。不如且在這裏路旁樹背後躲一躲。」卻才閃得入樹背後去，只見數個土兵急急走得喘做一堆，把刀槍拄着，一步步將入來，口裏聲聲都只叫道：「神聖救命則個。」宋江在樹背後看了，尋思道：「卻又作怪。他們把着村口，等我出來拿我，卻又怎地搶入來？」再看時，趙能也搶入來，口裏叫道：「我們都是死也！」宋江道：「那廝如何恁地慌？」卻見背後一條大漢追將入來。那大漢上半截不着一絲，露出鬼怪般肉，手裏拿着兩把夾鋼板斧，口裏喝道：「含鳥休走！」遠觀不睹，近看分明，正是黑旋風李逵。宋江想道：「莫非是夢裏麼？」不敢走出去。趙能正走到廟前，被松樹根只一絆，一交在地下。李逵趕上，就勢一腳踏住脊背，手起大斧，卻待要砍，背後又是兩籌好漢趕上來，把氈笠兒掀在脊樑上，各挺一條朴刀，上首的是歐鵬，下首的是陶宗旺。李逵見他兩個趕來，恐怕爭功，壞了義氣，就手把趙能一斧，砍做兩半，連胸脯都砍開了，跳將起來，把土兵趕殺，四散走了。宋江兀自不敢便走出來。背後只見又趕上三籌好漢，也殺將來。前面赤髮鬼劉唐，第二石將軍石勇，第三催命判官李立。這六籌好漢說道：「這廝們都殺散了，只尋不見哥哥，卻怎生是好？」石勇叫道：「兀那松樹背後一個人立在那裏！」宋江方才敢挺身出來，說道：「感謝眾兄弟們又來救我性命，將何以報大恩？」六籌好漢見了宋江，大喜道：「哥哥

---

10)　九天玄女：道家傳說中的女神，黃帝之師，聖母元君的弟子，曾助黃帝滅蚩尤。

有了！快去報與晁頭領得知。」石勇、李立分頭去了。

宋江問劉唐道：「你們如何得知，來這裏救我？」劉唐答道：「哥哥前腳下得山來，晁頭領與吳軍師放心不下，便叫戴院長隨即下來探聽哥哥下落。晁頭領又自己放心不下，再着我等眾人前來接應，只恐哥哥有些疏失。半路裏撞見戴宗道：『兩個賊驢追趕捕捉哥哥。』晁頭領大怒，吩咐戴宗去山寨，只教留下吳軍師、公孫勝、阮家三兄弟、呂方、郭盛、朱貴，白勝看守寨柵，其餘兄弟，都叫來此間尋覓哥哥。聽得人說道：『趕宋江入還道村去了。』村口守把的這廝們，盡數殺了，不留一個，只有這幾個奔進村裏來。隨即李大哥追來，我等都趕入來，不想哥哥在這裏。」說猶未了，石勇引將晁蓋、花榮、秦明、黃信、薛永、蔣敬、馬麟到來，李立引將李俊、穆弘、張橫、張順、穆春、侯健、蕭讓、金大堅一行，眾多好漢都相見了。宋江作謝眾位頭領。

晁蓋道：「我叫賢弟不須親自下山，不聽愚兄之言，險些兒又做出來。」宋江道：「小可兄弟，只為父親這一事懸腸掛肚，坐臥不安，不由宋江不來取。」晁蓋道：「好教賢弟歡喜，令尊並令弟家眷，我先叫戴宗引杜遷，宋萬、王矮虎、鄭天壽、童威、童猛送去，已到山寨中了。」宋江聽罷，大喜，拜謝晁蓋道：「得仁兄如此施恩，宋江死亦無怨！」

晁蓋、宋江俱各歡喜，與眾頭領各各上馬，離了還道村口。宋江在馬上以手加額，望空頂禮，稱謝神明庇佑之功，容日專當拜還心願。有古風一篇，單道宋江忠義得天之助：

昏朝氣運將顛覆，四海英雄起微族。流光垂象在山東，天罡上應三十六。瑞氣盤旋繞鄆城，此鄉生降宋公明。幼年涉獵諸經史，長來為吏惜人情。仁義禮智信皆備，兼受九天玄女經。豪傑交遊滿天下，逢凶化吉天生成。他年直上梁山泊，替天行道動天兵。

且說一行人馬離了還道村，徑回梁山泊來。吳學究領了守山頭領，直到金沙灘，都來迎接着，到得大寨聚義廳上，眾好漢都相見了。宋江急問道：「老父何在？」晁蓋便叫請宋太公出來。不多時，鐵扇子宋清策着一乘山轎，抬着宋太公到來，眾人扶策下轎上廳來。宋江見了，喜從天降，笑逐顏開。宋江再拜道：「老父驚恐，宋江做了不孝之子，負累了父親吃驚受怕。」宋太公道：「叵耐趙能那廝弟兄兩個，每日撥人來守定了我們，只待江州公文到來，便要捉取我父子二人，解送官司。聽得你在莊後敲門，此時已有八九個土兵在前面草廳上，續後不見了，不知怎地趕出去了。到三更時候，又有二百餘人把莊門開了，將我搭扶上轎抬了，教你兄弟四郎收拾了箱籠，放火燒了莊院。那時不由我問個緣由，徑來到這裏。」宋江道：「今日父子團圓相見，皆賴眾兄弟之力也。」叫兄弟宋清拜謝了眾頭領。晁蓋眾人都來參拜宋太公已畢。一面殺牛宰馬，且做慶喜筵席，作賀宋公明父子團圓。當日盡醉方散，次日又排筵席賀喜，大小頭領盡皆歡喜。

第三日，晁蓋又體己[11]備個筵席，慶賀宋江父子完聚。忽然感動公孫勝一個念頭，思憶老母在薊州，離家日久，未知如何。眾人飲酒之時，只見公孫勝起身對眾頭領說道：「感蒙眾位豪傑相帶貧道許多時，恩同骨肉。只是小道自從跟着晁頭領到山，逐日宴樂，一向不曾還鄉看視老母。亦恐我真人本師懸望，欲待回鄉省視一遭。暫別眾頭領三五個月，再回來相見，以滿小道之願，免致老母掛念懸望。」晁蓋道：「向日已聞先生所言，令堂在北方無人侍奉，今既如此說時，難以阻當，只是不忍分別。雖然要行，再待來日相送。」公孫勝謝了。當日盡醉方散，各自歸房安歇。次日早，就關下排了筵席，與公孫勝餞行。

且說公孫勝依舊做雲遊道士打扮了，腰裹腰包、肚包，背上雌雄寶劍，肩胛上掛着棕笠，手中拿把鱉殼扇，便下山來。眾頭領接住，就關下筵席，各各把盞送別。餞行已遍，晁蓋道：「一清先生，此去難留，卻不可失信。本是不容先生去，只是老尊堂在上，不敢阻當。百日之外，專望鶴駕降臨，切不可爽約。」公孫勝道：「重蒙列位頭領看待許久，小道豈敢失信！回家參過本師真人，安頓了老母，便回山寨。」宋江道：「先生何不將帶幾個人去，一發就搬取老尊堂上山，早晚也得侍奉。」公孫勝道：「老母平生只愛清幽，吃不得驚唬，因此不敢取來。家中自有田產山莊，老母自能料理。小道只去省視一遭，便來再得聚義。」宋江道：「既然如此，專聽尊命。只望早早降臨為

11)　體己：親自。

幸！」晁蓋取出一盤黃白之資[12]相送，公孫勝道：「不消許多，但只夠盤纏足矣。」晁蓋定教收了一半，打拴在腰包裏，打個稽首[13]，別了眾人，過金沙灘便行，望薊州去了。

眾頭領席散，卻待上山，只見黑旋風李逵就關下放聲大哭起來。宋江連忙問道：「兄弟，你如何煩惱？」李逵哭道：「干鳥氣麼！這個也去取爺，那個也去望娘，偏鐵牛是土掘坑裏鑽出來的。」晁蓋便問道：「你如今待要怎地？」李逵道：「我只有一個老娘在家裏。我的哥哥又在別人家做長工，如何養得我娘快樂？我要去取他來這裏快樂幾時也好。」晁蓋道：「兄弟說的是。我差幾個人同你去，取了上山來，也是十分好事。」宋江便道：「使不得。李家兄弟生性不好，回鄉去必然有失。若是教人和他去，亦是不好。況且他性如烈火，到路上必有衝撞。他又在江州殺了許多人，那個不認得他是黑旋風？這幾時，官司如何不行移文書到那裏了，必然原籍追捕。你又形貌兇惡，倘有疏失，路程遙遠，如何得知？你且過幾時，打聽得平靜了去取未遲。」李逵焦躁，叫道：「哥哥，你也是個不平心的人。你的爺，便要取上山來快活，我的娘，由他在村裏受苦。兀的不是氣破了鐵牛的肚子！」宋江道：「兄弟，你不要焦躁。既是要去取娘，只依我三件事，便放你去。」李逵道：「你且說那三件事？」宋江點兩個指頭，說出這三件事來。有分教：李逵施為撼地搖天手，來鬥巴山跳澗蟲。畢竟宋江對李逵說出那三件事來，且聽下回分解。

## 延伸思考

明代李贄對本回的評價是：「李大哥是個天性孝子。宋公明取爺，有些道學氣味，亦算計利害耳；公孫勝望娘，一團奸詐。如李大哥者，只是要娘快樂，再無第二個念頭。」（《水滸傳資料匯編》），你同意這種看法嗎？為甚麼？

---

12) 黃白之資：金銀。

13) 稽（qǐ）首：道士舉一手向人行禮。

## 第四十三回

# 假李逵剪徑劫單人
# 黑旋風沂嶺殺四虎

本回是描寫李逵的文字，從回家接母，途中遇假李逵，殺之而後快；到為母殺虎報仇，再到被人認出捉拿歸案，一路曲折，活畫出一個憨直、膽大、純孝的黑旋風。

話說李逵道：「哥哥，你且說那三件事？」宋江道：「你要去沂州沂水縣搬取母親，第一件，徑回，不可吃酒。第二件，因你性急，誰肯和你同去？你只自悄悄地取了娘便來。第三件，你使的那兩把板斧，休要帶去，路上小心在意，早去早回。」李逵道：「這三件事，有甚麼依不得！哥哥放心，我只今日便行，我也不住了。」當下李逵拽扎得爽利，只跨一口腰刀，提條朴刀，帶了一錠大銀，三五個小銀子，吃了幾杯酒，唱個大喏，別了眾人，便下山來，過金沙灘去了。

晁蓋、宋江與眾頭領送行已罷，回到大寨裏聚義廳上坐定。宋江放心不下，對眾人說道：「李逵這個兄弟，此去必然有失。不知眾兄弟們，誰是他鄉中人？可與他那裏探聽個消息。」杜遷便道：「只有朱貴原是沂州沂水縣人，與他是鄉裏。」宋江聽罷，說道：「我卻忘了。前日在白龍廟聚會時，李逵已自認得朱貴是同鄉人。」宋江便着人去請朱貴。小嘍囉飛報下山來，直至店裏，請的朱貴到來。宋江道：「今有李逵兄弟前往家鄉搬取老母。因他酒性不好，為此不肯差人與他同去，誠恐路上有失。我們難得知道。今知賢弟是他鄉中人，你可去他那裏探聽走一遭。」朱貴答道：「小弟是沂州沂水縣人，現在一個兄弟喚做朱富，在本縣西門外開着個酒店。這李逵他是本縣百丈村董店東住。有個哥哥，喚做李達，專與人家做長工。這李逵自小兇頑，因打死了人，逃走在江湖上，一向不曾回歸。如今着小弟去那裏探聽也不妨，只怕店裏無人看管。小弟也多時不曾還鄉，亦就要回家探望兄弟一遭。」宋江道：「這個看店，不必你憂心，我自教侯健、石勇替你暫管幾時。」朱貴領了這言語，相辭了眾頭領下山來。便走到店裏，收拾包裹，交割鋪面與石勇、侯健，自奔沂州去了。

這裏宋江與晁蓋在寨中，每日筵席，飲酒快樂，與吳學究看習天書。不在話下。

且說李逵獨自一個離了梁山泊，取路來到沂水縣界。於路，李逵端的不吃酒，因此不惹事，無有話說。行至沂水縣西門外，見一簇人圍着榜看，李逵也立在人叢中，聽得讀道：「榜上第一名正賊宋江，係鄆城縣人；第二名從賊戴宗，係江州兩院押獄；第三名從賊李逵，係沂州沂水縣人。」李逵在背後聽了，正待指手畫腳，沒做奈何處，只見一個人搶向前來，攔腰抱住，叫道：「張大哥，你在這裏做甚麼？」李逵扭過身看時，認得是旱地忽律朱貴。李逵問道：「你如何也來這裏？」朱貴道：「你且跟我來說話。」

兩個一同來西門外近村一個酒店內，直入到後面一間靜房中坐了。朱貴指着李逵道：「你好大膽！那榜上明明寫着賞一萬貫錢捉宋江，五千錢捉戴宗，三千錢捉李逵，你卻如何立在那裏看榜？倘或被眼疾手快的拿了送官，如之奈何？宋公明哥哥只怕你惹事，不肯教人和你同來，又怕你到這裏做出怪來，續後特使我趕來探聽你的消息。我遲下山來一日，又先到你一日，你如何今日才到這裏？」李逵道：「便是哥哥吩咐，教我不要吃酒，以此路上走得慢了。你如何認得這個酒店裏？你是這裏人，家在那裏住？」朱貴道：「這個酒店，便是我兄弟朱富家裏。我原是此間人，因在江湖上做客[1]，消折了本錢，就於梁山泊落草。今次方回。」又叫兄弟朱富來與李逵相見了。朱富置酒管待李逵。李逵道：「哥哥吩咐，教我不要吃酒，今日我已到鄉裏了，便吃兩碗兒，打甚麼鳥緊！」朱貴不敢阻當他，由他吃。

當夜直吃到四更時分，安排些飯食，李逵吃了，趁五更曉星殘月，霞光明朗，便投村裏去。朱貴吩咐道：「休從小路去，只從大樸樹轉彎，投東大

---

1) 做客：做買賣。

路，一直往百丈村去，便是董店東。快取了母親來，和你早回山寨去。」李逵道：「我自從小路去，卻不近？大路走，誰耐煩！」朱貴道：「小路走，多大蟲，又有乘勢奪包裹的剪徑賊人。」李逵應道：「我卻怕甚鳥！」戴上氈笠兒，提了朴刀，跨了腰刀，別了朱貴、朱富，便出門投百丈村來。

約行了數十里，天色漸漸微明，去那露草之中，趕出一隻白兔兒來，望前路去了。李逵趕了一直，笑道：「那畜生倒引了我一程路。」有詩為證：

山徑崎嶇靜復深，西風黃葉滿疏林。
偶因逐兔過前界，不記倉忙行路心。

正走之間，只見前面有五十來株大樹叢雜，時值新秋，葉兒正紅。李逵來到樹林邊廂，只見轉過一條大漢，喝道：「是會的留下買路錢，免得奪了包裹。」李逵看那人時，戴一頂紅絹抓兒頭巾，穿一領粗布衲襖，手裏拿着兩把板斧，把黑墨搽在臉上。李逵見了，大喝一聲：「你這廝是甚麼鳥人？敢在這裏剪徑！」那漢道：「若問我名字，嚇碎你心膽，老爺叫做黑旋風。你留下買路錢並包裹，便饒了你性命，容你過去。」李逵大笑道：「沒你娘鳥興！你這廝是甚麼人？那裏來的？也學老爺名目，在這裏胡行。」李逵挺起手中朴刀來奔那漢，那漢那裏抵當得住，卻待要走，早被李逵腿股上一朴刀，搠翻在地，一腳踏住胸脯，喝道：「認得老爺麼？」那漢在地下叫道：「爺爺，饒恁孩兒性命！」李逵道：「我正是江湖上的好漢黑旋風李逵，便是你這廝辱莫老爺名字。」那漢道：「小人雖然姓李，不是真的黑旋風。為是爺爺江湖上有名目，提起好漢大名，神鬼也怕，因此小人盜學爺爺名目，胡亂在此剪徑。但有孤單客人經過，聽得說了黑旋風三個字，便撇了行李，逃奔了去，以此得這些利息[2]，實不敢害人。小人自己的賤名叫做李鬼[3]，只在這前村住。」李逵道：「叵耐這廝無禮，卻在這裏奪人的包裹行李，壞我的名目，學我使兩把板斧，且教他先吃我一斧。」劈手奪過一把斧來便砍。李逵慌忙叫道：「爺爺殺我一

---

2)　利息：搶劫來的財物。

3)　李鬼：這個名字流傳至今已經有了其特定含義，現特指故意冒充他人，混淆視聽的人，也可以指假冒商品等。

個，便是殺我兩個。」李逵聽得，住了手問道：「怎的殺你一個，便是殺你兩個？」李鬼道：「小人本不敢剪徑，家中因有個九十歲的老母，無人養贍，因此小人單題爺爺大名唬嚇人，奪些單身的包裹，養贍老母。其實並不曾敢害了一個人。如今爺爺殺了小人，家中老母必是餓殺。」李逵雖是個殺人不眨眼的魔君，聽的說了這話，自肚裏尋思道：「我特地歸家來取娘，卻倒殺了一個養娘的人，天地也不佑我。罷，罷！我饒了你這廝性命。」放將起來，李鬼手提着斧，納頭便拜。李逵道：「只我便是真黑旋風，你從今已後，休要壞了俺的名目。」李鬼道：「小人今番得了性命，自回家改業，再不敢倚着爺爺名目，在這裏剪徑。」李逵道：「你有孝順之心，我與你十兩銀子做本錢，便去改業。」李逵便取出一錠銀子把與李鬼，拜謝去了。李逵自笑道：「這廝卻撞在我手裏。既然他是個孝順的人，必去改業，我若殺了他，也不合天理。我也自去休，」拿了朴刀，一步步投山僻小路而來。詩曰：

李逵迎母卻逢傷，李鬼何曾為養娘？
可見世間忠孝處，事情言語貴參詳。

走到巳牌時分，看看肚裏又飢又渴，四下裏都是山徑小路，不見有一個酒店飯店。正走之間，只見遠遠在山凹裏露出兩間草屋。李逵見了，奔到那人家裏來，只見後面走出一個婦人來，髽髻鬢邊插一簇野花，搽一臉胭脂鉛粉。李逵放下朴刀道：「嫂子，我是過路客人，肚中飢餓，尋不着酒食店，我與你一貫足錢，央你回些酒飯吃。」那婦人見了李逵這般模樣，不敢說沒，只得答道：「酒便沒買處，飯便做些與客人吃了去。」李逵道：「也罷。只多做些個，正肚中飢出鳥來。」那婦人道：「做一升米不少麼？」李逵道：「做三升米飯來吃。」那婦人向廚中燒起火來，便去溪邊淘了米，將來做飯。

李逵卻轉過屋後山邊來淨手，只見一個漢子手腳從山後歸來。李逵轉過屋後聽時，那婦人正要上山討菜，開後門見了，便問道：「大哥，那裏閃朒了腿？」那漢子應道：「大嫂[4]，我險些兒和你不廝見了，你道我晦鳥氣麼？指望

4) 大嫂：妻子。

出去等個單身的過，整整等了半個月，不曾發市。甫能今日抹着一個，你道是誰？原來正是那真黑旋風。卻恨撞着那驢鳥，我如何敵得他過？倒吃他一朴刀，攧翻在地，定要殺我，吃我假意叫道：『你殺我一個，卻害了我兩個。』他便問我緣故，我便告道：『家中有個九十歲的老娘，無人養贍，定是餓死。』那驢鳥真個信我，饒了我性命，又與我一個銀子做本錢，教我改了業養娘。我恐怕他省悟了。趕將來，且離了那林子裏僻靜處睡了一回，從後山走回家來。」那婦人道：「休要高聲。卻才一個黑大漢來家中，教我做飯，莫不正是他。如今在門前坐地，你去張一張看。若是他時，你去尋些麻藥來，放在菜內，教那廝吃了，麻翻在地。我和你卻對付了他，謀得他些金銀，搬往縣裏住，去做些買賣，卻不強似在這裏剪徑！」

李逵已聽得了，便道：「叵耐這廝，我倒與了他一個銀子，又饒了性命，他倒又要害我。這個正是情理難容。」一轉踅到後門邊。這李鬼恰待出門，被李逵劈揪住，那婦人慌忙自望前門走了。李逵捉住李鬼，按翻在地，身邊掣出腰刀，早割下頭來。拿着刀，卻奔前門尋那婦人時，正不知走那裏去了。再入屋內來，去房中搜看，只見有兩個竹籠，盛些舊衣裳，底下搜得些碎銀兩並幾件釵環，李逵都拿了。又去李鬼身邊搜了那錠小銀子，都打縛在包裹裏。卻去鍋裏看時，三升米飯早熟了，只沒菜蔬下飯。李逵盛飯來吃了一回，看看自笑道：「好癡漢，放着好肉在面前，卻不會吃。」拔出腰刀，便去李鬼腿上割下兩塊肉來，把些水洗淨了，灶裏抓些炭火來便燒。一面燒，一面吃，吃得飽了，把李鬼的屍首拖放屋下，放了把火，提了朴刀，自投山路裏去了。

比及趕到董店東時，日已平西。徑奔到家中，推開門，入進裏面，只聽得娘在床上問道：「是誰入來？」李逵看時，見娘雙眼都盲了，坐在床上唸佛。李逵道：「娘，鐵牛來家了。」娘道：「我兒，你去了許多時，這幾年正在那裏安身？你的大哥，只是在人家做長工，止博得些飯食吃，養娘全不濟事。我時常思量你，眼淚流乾，因此瞎了雙目。你一向正是如何？」李逵尋思道：「我若說在梁山泊落草，娘定不肯去，我只假說便了。」李逵應道：「鐵牛如今做了官，上路特來取娘。」娘道：「恁地卻好也！只是你怎生和我去得？」李逵道：「鐵牛背娘到前路，卻覓一輛車兒載去。」娘道：「你等大哥來，卻商議。」李逵道：「等做甚麼？我自和你去便了。」恰待要行，只見李達提了一罐子飯來。

入得門，李逵見了，便拜道：「哥哥，多年不見。」李達罵道：「你這廝歸來則甚？又來負累人。」娘便道：「鐵牛如今做了官，特地家來取我。」李達道：「娘呀！休信他放屁。當初他打殺了人，教我披枷帶鎖，受了萬千的苦。如今又聽得他和梁山泊賊人通同，劫了法場，鬧了江州，現在梁山泊做了強盜。前日江州行移公文到來，着落原籍追捕正身，卻要捉我到官比捕。又得財主替我官司分理[5]，說他兄弟已自十來年不知去向，亦不曾回家，莫不是同名同姓的人冒供鄉貫？又替我上下使錢，因此不吃官司杖限追要。現今出榜賞三千錢捉他。你這廝不死，卻走家來胡說亂道！」李逵道：「哥哥不要焦躁，一發和你同上山去快活，多少是好。」李達大怒，本待要打李逵，卻又敵他不過，把飯罐撇在地下，一直去了。

李逵道：「他這一去，必然報人來捉我，卻是脫不得身，不如及早走罷。我大哥從來不曾見這大銀，我且留下一錠五十兩的大銀子，放在床上。大哥歸來見了，必然不趕來。」李逵便解下腰包，取一錠大銀，放在床上，叫道：「娘，我自背你去休。」娘道：「你背我那裏去？」李逵道：「你休問我，只顧去快活便了。我自背你去不妨。」李逵當下背了娘，提了朴刀，出門望小路裏便走。

卻說李達奔來財主家報了，領着十來個莊客，飛也似趕到家裏看時，不見了老娘，只見床上留下一錠大銀子。李達見了這錠大銀，心中忖道：「鐵牛留下銀子，背娘去那裏藏了。必是梁山泊有人和他來，我若趕去，倒吃他壞了性命。想他背娘，必去山寨裏快活。」眾人不見了李逵，都沒做理會處。李達卻對眾莊客說道：「這鐵牛背娘去，不知往那條路去了，這裏小路甚雜，怎地去趕他？」眾莊客見李達沒理會處，俄延了半晌，也各自回去了，不在話下。

這裏只說李逵怕李達領人趕來，背着娘只望亂山深處僻靜小路而走。看看天色晚了，但見：暮煙橫遠岫，宿霧鎖奇峯。慈鴉撩亂投林，百鳥喧呼傍樹。行行雁陣，墜長空飛入蘆花；點點螢光，明野徑偏依腐草。捲起金風飄敗葉，吹來霜氣佈深山。

---

5) 分理：辯解。

當下李逵背娘到嶺下，天色已晚了。娘雙眼不明，不知早晚。李逵卻自認得這條嶺，喚做沂嶺。過那邊去，方才有人家。娘兒兩個，趁着星明月朗，一步步捱上嶺來。娘在背上說道：「我兒，那裏討口水來我吃也好。」李逵道：「老娘，且待過嶺去，借了人家安歇了，做些飯吃。」娘道：「我日中吃了些乾飯，口渴的當不得。」李逵道：「我喉嚨裏也煙發火出。你且等我背你到嶺上，尋水與你吃。」娘道：「我兒，端的渴殺我也！救我一救！」李逵道：「我也睏倦的要不得。」李逵看看捱得到嶺上，松樹邊一塊大青石上把娘放下。插了朴刀在側邊，吩咐娘道：「耐心坐一坐，我去尋水來你吃。」李逵聽得溪澗裏水響，聞聲尋將去，盤過了兩三處山腳，到得那澗邊看時，一溪好水。怎見得？有詩為證：

穿崖透壑不辭勞，遠望方知出處高。
溪澗豈能留得住，終歸大海作波濤。

李逵來到溪邊，捧起水來自吃了幾口，尋思道：「怎生能夠得這水去把與娘吃？」立起身來，東觀西望，遠遠地山頂上見個庵兒。李逵道：「好了。」攀藤攬葛，上到庵前，推開門看時，卻是個泗州大聖祠堂。面前有個石香爐。李逵用手去掇，原來卻是和座子鑿成的。李逵拔了一回，那裏拔得動。一時性起來，連那座子掇出，前面石階上一磕，把那香爐磕將下來。拿了再到溪邊，將這香爐水裏浸了，拔起亂草，洗得乾淨。挽了半香爐水，雙手擎來。再尋舊路，夾七夾八走上嶺來。

到得松樹裏邊，石頭上不見了娘，只見朴刀插在那裏。李逵叫娘吃水，杳無蹤跡，叫了幾聲不應。李逵心慌，丟了香爐，定住眼四下裏看時，並不見娘。走不到三十餘步，只見草地上一團血跡。李逵見了，心裏越疑惑，趁着那血跡尋將去。尋到一處大洞口，只見兩個小虎兒在那裏舐一條人腿。正是：假黑旋風真搗鬼，生時欺心死燒腿。誰知娘腿亦遭傷，餓虎餓人皆為嘴。

李逵心裏忖道：「我從梁山泊歸來，特為老娘來取他，千辛萬苦，背到這裏；卻把來與你吃了。那鳥大蟲拖着這條人腿，不是我娘的是誰的？」心頭火起，赤黃鬚豎立起來，將手中朴刀挺起來，搠那兩個小虎。這小大蟲被搠得慌，也張牙舞爪鑽向前來，被李逵手起，先搠死了一個。那一個望洞裏便鑽了入去，李逵趕到洞裏，也搠死了。李逵卻鑽入那大蟲洞內，伏在裏面張外面時，只見那母大蟲張牙舞爪望窩裏來。李逵道：「正是你這業畜吃了我娘。」放下朴刀，胯邊掣出腰刀。那母大蟲到洞口，先把尾去窩裏一剪，便把後半截身軀坐將入去。李逵在窩內看得仔細，把刀朝母大蟲尾底下盡平生氣力捨命一戳，正中那母大蟲糞門。李逵使得力重，和那刀靶，也直送入肚裏去了。那母大蟲吼了一聲，就洞口帶着刀，跳過澗邊去了。李逵卻拿了朴刀。就洞裏趕將出來。那老虎負疼，直搶下山石巖下去了。李逵恰待要趕，只見就樹邊捲起一陣狂風，吹得敗葉樹木如雨一般打將下來。自古道：「雲生從龍，風生從虎。」那一陣風起處，星月光輝之下，大吼了一聲，忽地跳出一隻吊睛白額虎來。那大蟲望李逵勢猛一撲，那李逵不慌不忙，趁着那大蟲的勢力，手起一刀，正中那大蟲頷下。那大蟲不曾再展再撲，一者護那疼痛，二者傷着他那氣管。那大蟲退不夠五七步，只聽得響一聲，如倒半壁山，登時間死在巖下。

那李逵一時間殺了子母四虎，還又到虎窩邊，將着刀復看了一遍，只恐還有大蟲，已無有蹤跡。李逵也困乏了，走向泗州大聖廟裏，睡到天明。次日早晨，李逵卻來收拾親娘的兩腿及剩的骨殖，把布衫包裹了，直到泗州大聖庵後掘土坑葬了。李逵大哭了一場，有詩為證：

沂嶺西風九月秋，雌雄虎子聚林丘。
因將老母殘軀啖，致使英雄血淚流。
猛拚一身探虎穴，立誅四虎報冤仇。
泗州廟後親埋葬，千古傳名李鐵牛。

這李逵肚裏又飢又渴，不免收拾包裹，拿了朴刀，尋路慢慢的走過嶺來。只見五七個獵戶都在那裏收窩弓弩箭，見了李逵一身血污，行將下嶺來，眾獵戶吃了一驚，問道：「你這客人莫非是山神土地，如何敢獨自過嶺來？」李逵見問，自肚裏尋思道：「如今沂水縣出榜，賞三千貫錢捉我，我如何敢說實話？只謊說罷。」答道：「我是客人。昨夜和娘過嶺來，因我娘要水吃，我去嶺下取水，被那大蟲把我娘拖去吃了。我直尋到虎窩裏，先殺了兩個小虎，後殺了兩個大虎，泗州大聖廟裏睡到天明，方才下來。」眾獵戶齊叫道:「不信你一個人如何殺得四個虎?便是李存孝[6]和子路[7]也只打得一個。這兩個小虎且不打緊，那兩個大虎非同小可。我們為這兩個畜生，不知都吃了幾頓棍棒。這條沂嶺自從有了這窩虎在上面，整三五個月，沒人敢行。我們不信，敢是你哄我?」李逵道:「我又不是此間人，沒來由哄你做甚麼?你們不信，我和你上嶺去尋討與你。就帶些人去扛了下來。」眾獵戶道:「若端的有時，我們自重重的謝你。卻是好也!」

眾獵戶打起胡哨來，一霎時聚起三五十人，都拿了撓鉤槍棒，跟着李逵，再上嶺來。此時天大明朗。都到那山頂上，遠遠望見窩邊果然殺死兩個小虎，一個在窩內，一個在外面;一隻母大蟲死在山巖邊，一隻雄虎死在泗州大聖廟前。

眾獵戶見了殺死四個大蟲，盡皆歡喜。便把索子抓縛起來，眾人扛抬下嶺，就邀李逵同去請賞。一面先使人報知里正上戶，都來迎接着。抬到一個大戶人家，喚做曹太公莊上。那人原是閒吏，專一在鄉放刁把濫。近來暴有幾貫浮財，只是為人行短。當時曹太公親自接來相見了，邀請李逵到草堂上坐定，動問那殺虎的緣由。李逵卻把夜來同娘到嶺上要水吃，因此殺死大蟲的話，說了一遍。眾人都呆了。曹太公動問壯士高姓名諱，李逵答道:「我姓張，無名，只喚做張大膽。」詩曰:

人言只有假李逵，從來再無李逵假。
如何李四冒張三，誰假誰真皆作耍。

曹太公道:「真乃是大膽壯士，不恁地膽大，如何殺的四個大蟲!」一壁廂叫安排酒食管待，不在話下。

且說當村裏得知沂嶺上殺了四個大蟲，抬在曹太公家，講動了村坊道店，哄的前村後村，山僻人家，大男幼女，成羣拽隊，都來看虎;入見曹太公相待着打虎的壯士，在廳上吃酒。數中卻有李鬼的老婆，逃在前村爹娘家裏，隨着眾人也來看虎，卻認得李逵的模樣，慌忙來家對爹娘說道:「這個殺

6) 李存孝:唐末至五代著名猛將，傳說曾赤手空拳打死老虎。

7) 子路:傳說子路打死老虎斬得虎尾。

虎的黑大漢，便是殺我老公，燒了我屋的。他正是梁山泊黑旋風李逵。」爹娘聽了，連忙來報知里正。里正聽了道：「他既是黑旋風時，正是嶺後百丈村打死了人的李逵，逃走在江州，又做出事來，行移到本縣原籍追捉。如今官司出三千貫賞錢拿他。他卻走在這裏！」暗地使人去請得曹太公到來商議。曹太公推道更衣，急急的到里正家裏。正說這個殺虎的壯士，便是嶺後百丈村裏的黑旋風李逵，現今官司着落拿他。曹太公道：「你們要打聽得仔細。倘不是時，倒惹得不好，若真個是時，卻不妨。要拿他時也容易，只怕不是他時卻難。」里正道：「現有李鬼的老婆認得他。曾來李鬼家做飯吃，殺了李鬼。」曹太公道：「既是如此，我們且只顧置酒請他，卻問他：『今番殺了大蟲，還是要去縣請功，只是要村裏討賞？』若還他不肯去縣裏請功時，便是黑旋風了。着人輪換把盞，灌得醉了，縛在這裏。卻去報知本縣，差都頭來取去，萬無一失。」有詩為證：

常言芥投針孔，窄路每遇冤家。
李鬼鬼魂不散，旋風風色非佳。
打虎功思縣賞，殺人身被官拿。
試看螳螂黃雀，勸君得意休誇。

眾人道：「說得是。」里正與眾人商量定了。曹太公回家來款住李逵，一面且置酒來相待，便道：「適間拋撇[8]，請勿見怪。且請壯士解下腰間包裹，放下朴刀，寬鬆坐一坐。」李逵道：「好，好！我的腰刀已搠在雌虎肚裏了，只有刀鞘在這裏。若是開剝時，可討來還我。」曹太公道：「壯士放心，我這裏有的是好刀，相送一把與壯士懸帶。」李逵解了腰刀、尖刀並纏袋、包裹，都遞與莊客收貯，便把朴刀倚在壁邊。曹太公叫取大盤肉、大壺酒來。眾多大戶並里正、獵戶人等，輪番把盞，大碗大鍾，只顧勸李逵。曹太公又請問道：「不知壯士要將這虎解官請功，只是在這裏討些齎發！」李逵道：「我是過往客人，忙些個，偶然殺了這窩猛虎，不須去縣裏請功。只此有些齎發便

---

8) 拋撇：撇開，丟下。

罷；若無，我也去了。」曹太公道：「如何敢輕慢了壯士？少刻村中斂取盤纏相送。我這裏自解虎到縣裏去。」李逵道：「布衫先借一領與我換了上蓋。」曹太公道：「有，有。」當時便取一領細青布衲襖，就與李逵換了身上的血污衣裳。只見門前鼓響笛鳴，都將酒來，與李逵把盞作慶，一杯冷，一杯熱。李逵不知是計，只顧開懷暢飲，全不記宋江吩咐的言語。不兩個時辰，把李逵灌得酩酊大醉，立腳不住。眾人扶到後堂空屋下，放翻在一條板凳上，就取兩條繩子，連板凳綁住了。便叫里正帶人，飛也似去縣裏報知。就引李鬼老婆去做原告，補了一紙狀子。

此時哄動了沂水縣裏，知縣聽得大驚，連忙升廳問道：「黑旋風拿住在那裏？這是謀叛的人，不可走了。」原告人並獵戶答應道：「現縛在本鄉曹大戶家。為是無人禁得他，誠恐有失，路上走了，不敢解來。」知縣隨即叫喚本縣都頭去取來。就廳前轉過一個都頭來聲喏，那人是誰？有詩為證：

面闊眉濃鬚鬢赤，雙睛碧綠似番人[9]。
沂水縣中青眼虎，豪傑都頭是李雲。

當下知縣喚李雲上廳來，吩咐道：「沂嶺下曹大戶莊上拿住黑旋風李逵，你可多帶人去，密地解來，休要哄動村坊，被他走了。」李都頭領了台旨，下廳來，點起三十個老郎土兵，各帶了器械，便奔沂嶺村中來。

這沂水縣是個小去處，如何掩飾得過？此時街市上講動了，說道：「拿着了鬧江州的黑旋風，如今差李都頭去拿來。」朱貴在東莊門外朱富家聽了這個消息，慌忙來後面對兄弟朱富說道：「這黑廝又做出來了，如何解救？宋公明特為他，誠恐有失，差我來打聽消息。如今他吃拿了，我若不救得他時，怎的回寨去見哥哥？似此怎生是好？」朱富道：「大哥且不要慌。這李都頭一身好本事，有三五十人近他不得，我和你只兩個同心合意，如何敢近傍他？只可智取，不可力敵。李雲日常時最是愛我，常常教我使些器械，我卻有個道理對他，只是在這裏安不得身了。今晚煮了三二十斤肉，將十數瓶酒，把

9)　番人：指少數民族或外國人。

肉大塊切了，卻將些蒙汗藥拌在裏面。我兩個五更帶數個火家挑着，去半路裏僻靜處等候他解來時，只做與他把酒賀喜，將眾人都麻翻了，卻放李逵如何？」朱貴道：「此計大妙。事不宜遲，可以整頓，及早便去。」朱富道：「只是李雲不會吃酒，便麻翻了，終久醒得快。還有件事：倘或日後得知，須在此安身不得。」朱貴道：「兄弟，你在這裏賣酒，也不濟事。不如帶領老小，跟我上山，一發入了夥，論秤分金銀，換套穿衣服，卻不快活？今夜便叫兩個火家覓了一輛車兒，先送妻子和細軟行李起身，約在十里牌等候，都去上山。我如今包裹內帶得一包蒙汗藥在這裏，李雲不會吃酒時，肉裏多糝些，逼着他多吃些，也麻倒了，救得李逵同上山去，有何不可。」朱富道：「哥哥說得是。」便叫人去覓下了一輛車兒，打拴了三五個包箱，捎在車兒上，家中粗物都棄了。叫渾家和兒女上了車子，吩咐兩個火家，跟着車子，只顧先去。

且說朱貴、朱富當夜煮熟了肉，切做大塊，將藥來拌了，連酒裝做兩擔，帶了二三十個空碗。又有若干菜蔬，也把藥來拌了。恐有不吃肉的，也教他着手。兩擔酒肉，兩個火家各挑一擔。弟兄兩個，自提了些果盒之類，四更前後，直接將來僻靜山路口坐等。到天明，遠遠地只聽得敲着鑼響，朱貴接到路口。

且說那三十來個土兵自村裏吃了半夜酒，四更前後，把李逵背剪綁了，解將來。後面李都頭坐在馬上，看看來到面前，朱富便向前攔住，叫道：「師父且喜，小弟將來接力。」桶內舀一壺酒來，斟一大鍾，上勸李雲。朱貴托着肉來，火家捧過果盒。李雲見了，慌忙下馬，跳向前來，說道：「賢弟，何勞如此遠接。」朱富道：「聊表徒弟孝順之心。」李雲接過酒來，到口不吃。朱富跪下道：「小弟已知師父不飲酒。今日這個喜酒，也飲半盞兒。」李雲推卻不過，略呷了兩口。朱富便道：「師父不飲酒，須請些肉。」李雲道：「夜間已飽，吃不得了。」朱富道：「師父行了許多路，肚裏也飢了。雖不中吃，胡亂請些，也免小弟之羞。」揀兩塊好的，遞將過來。李雲見他如此殷勤，只得勉意吃了兩塊。朱富把酒來勸上戶、里正，並獵戶人等，都勸了三鍾。朱貴便叫土兵、莊客眾人都來吃酒。這夥男女那裏顧個冷熱、好吃不好吃，酒肉到口，只顧吃，正如這風捲殘雲，落花流水，一齊上來，搶着吃了。李逵光着眼，看了朱貴兄弟兩個，已知用計，故意道：「你們也請我吃些。」朱貴喝道：「你是歹人，有何酒肉與你吃，這般殺才，快閉了口。」

李雲看着土兵，喝道叫走，只見一個個都面面廝覷，走動不得，口顫腳麻，都跌倒了。李雲急叫：「中了計了。」恰待向前，不覺自家也頭重腳輕，暈倒了，軟做一堆，睡在地下。當時朱貴、朱富各奪了一條朴刀，喝聲：「孩兒們休走！」兩個挺起朴刀，來趕這夥不曾吃酒肉的莊客，並那看的人。走得快的走了，走得遲的，就搠死在地。李逵大叫一聲，把那綁縛的麻繩都掙斷了，便奪過一條朴刀來殺李雲。朱富慌忙攔住叫道：「不要害他。他是我的師父，為人最好，你只顧先走。」李逵應道：「不殺得曹太公老驢，如何出得這口氣！」李逵趕上，手起一朴刀，先搠死曹太公並李鬼的老婆，續後里正也殺了。性起來，把獵戶排頭兒一味價搠將去，那三十來個土兵都被搠死了。這看的人和眾莊客只恨爹娘少生兩隻腳，都望深村野路逃命去了。

李逵還只顧尋人要殺，朱貴喝道：「不干看的人事，休只管傷人。」慌忙攔住，李逵方才住了手，就土兵身上剝了兩件衣服穿上。三個人提着朴刀，便要從小路裏走。朱富道：「不好，卻是我送了師父性命。他醒時，如何見的知縣，必然趕來。你兩個先行，我等他一等。我想他日前教我的恩義，且是為人忠直，等他趕來時，就請他一發上山入夥，也是我的恩義，免得教回縣去吃苦。」朱貴道：「兄弟，你也見的是，我便先去跟了車子行，留李逵在路旁幫你等他。只有李雲那廝吃的藥少，沒一個時辰便醒。若是他不趕來，你們兩個休執迷等他。」朱富道：「這是自然了。」當下朱貴前行去了。

只說朱富和李逵坐在路旁邊等候，果然不到一個時辰，只見李雲挺着一條朴刀，飛也似趕來，大叫道：「強賊休走！」李逵見他來的兇，跳起身，挺着朴刀來鬥李雲，恐傷朱富。正是有分教：梁山泊內添雙虎，聚義廳前慶四人。畢竟黑旋風鬥青眼虎，二人勝敗如何，且聽下回分解。

### 延伸思考

前文寫武松打虎，這裏又寫李逵殺虎，並且細節描寫頗有相似之處，作者似乎有意為之，用意何在？

## 第四十四回

# 錦豹子小徑逢戴宗
# 病關索長街遇石秀

本回又是一個過渡，了結前事，又生出要尋公孫勝之事來，派戴宗尋人路上又引出楊林等人入夥一出，到城中尋人又結識石秀，拉他入夥卻又橫生枝節，開始講述病關索楊雄和石秀的故事。

話說當時李逵挺着朴刀來鬥李雲，兩個就官路旁邊鬥了五七合，不分勝敗。朱富便把朴刀去中間隔開，叫道：「且不要鬥，都聽我說。」二人都住了手。朱富道：「師父聽說，小弟多蒙錯愛，指教槍棒，非不感恩。只是我哥哥朱貴現在梁山泊做了頭領，今奉及時雨宋公明將令，着他來照管李大哥。不爭被你拿了解官，教我哥哥如何回去見得宋公明？因此做下這場手段。卻才李大哥乘勢要壞師父，卻是小弟不肯容他下手，只殺了這些土兵。我們本待去得遠了，猜道師父回去不得，必來趕我。小弟又想師父日常恩念，特地在此相等。師父，你是個精細的人，有甚不省得？如今殺害了許多人性命，又走了黑旋風，你怎生回去見得知縣？你若回去時，定吃官司，又無人來相救。不如今日和我們一同上山，投奔宋公明入了夥。未知尊意若何？」李雲尋思了半晌，便道：「賢弟，只怕他那裏不肯收留我。」朱富笑道：「師父，你如何不知山東及時雨大名，專一招賢納士，結識天下好漢？」李雲聽了，歎口氣道：「閃[1]得我有家難奔，有國難投，只喜得我又無妻小，不怕吃官司拿了，只得隨你們去休。」李逵便笑道：「我哥哥，你何不早說？」便和李雲剪拂了。這李雲不曾娶老小，亦無家當，當下三人合作一處，來趕車子，半路上朱貴

1) 閃：害。

接見了大喜。四籌好漢跟了車仗便行，於路無話。

看看相近梁山泊路上，又迎着馬麟、鄭天壽，都相見了，說道：「晁、宋二頭領又差我兩個下山來探聽你消息。今既見了，我兩個先去回報。」當下二人先上山來報知。

次日，四籌好漢帶了朱富家眷，都至梁山泊大寨聚義廳來。朱貴向前，先引李雲拜見晁、宋二頭領，相見眾好漢。說道：「此人是沂水縣都頭，姓李，名雲，綽號青眼虎。」次後朱貴引朱富參拜眾位說道：「這是舍弟朱富，綽號笑面虎。」都相見了。李逵拜了宋江，給還了兩把板斧，訴說取娘至沂嶺，被虎吃了，因此殺了四虎。又說假李逵剪徑被殺一事。眾人大笑。晁、宋二人笑道：「被你殺了四個猛虎，今日山寨裏又添得兩個活虎，正宜作慶。」眾多好漢大喜，便教殺羊宰馬，做筵席慶賀。兩個新到頭領，晁蓋便叫去左邊白勝上首坐定。

吳用道：「近來山寨十分興旺，感得四方豪傑望風而來，皆是晁、宋二兄之德，亦眾弟兄之福也。然是如此，還請朱貴仍復掌管山東酒店，替回石勇，侯健。朱富老小，另撥一所房舍住居。目今山寨事業大了，非同舊日，可再設三處酒館，專一探聽吉凶事情，往來義士上山。如若朝廷調遣官兵捕盜，可以報知如何進兵，好做準備。西山地面廣闊，可令童威、童猛弟兄帶領十數個火伴那裏開店；令李立帶十數個火家去山南邊那裏開店；令石勇也帶十來個伴當去北山那裏開店。仍復都要設立水亭號箭，接應船隻，但有緩急軍情，飛捷報來。山前設置三座大關，專令杜遷總行守把。但有一應委差，不許調遣，早晚不得擅離。又令陶宗旺把總監工，掘港汊，修水路，開河道，整理宛子城垣，修築山前大路。他原是莊戶出身，修理久慣，令蔣敬掌管庫藏倉廒，支出納入，積萬累千，書算賬目。令蕭讓設置寨中寨外，山上山下，三關把隘，許多行移關防文約，大小頭領號數。煩令金大堅刊造雕刻，一應兵符、印信、牌面等項。令侯健管造衣袍鎧甲五方旗號等件。令李雲監造梁山泊一應房舍、廳堂。令馬麟監管修造大小戰船。令宋萬、白勝去金沙灘下寨。令王矮虎、鄭天壽去鴨嘴灘下寨。令穆春、朱富管收山寨錢糧，呂方、郭盛於聚義廳兩邊耳房安歇。令宋清專管筵宴。」都分撥已定，筵席了三日，不在話下。

梁山泊自此無事，每日只是操練人馬，教演武藝。水寨裏頭領都教習駕船、赴水、船上廝殺，亦不在話下。

忽一日，宋江與晁蓋、吳學究並眾人閒話道：「我等弟兄眾位今日都共聚大義，只有公孫一清不見回還。我想他回薊州探母參師，期約百日便回，今經日久，不知信息，莫非昧信不來。可煩戴宗兄弟與我去走一遭，探聽他虛實下落，如何不來。」戴宗願往。宋江大喜，說道：「只有賢弟去得快，旬日便知信息。」當日戴宗別了眾人，次早打扮做承局，下山去了。正是：

雖為走卒，不佔軍班。一生常作異鄉人，兩腿欠他行路債。監司出入，皂花藤杖掛宣牌；帥府行軍，黃色絹旗書令字。家居千里，日不移時；緊急軍情，時不過刻。早向山東餐黍米，晚來魏府吃鵝梨。

且說戴宗自離了梁山泊，取路望薊州來。把四個甲馬拴在腿上，作起神行法來，於路只吃些素茶素食。在路行了三日，來到沂水縣界，只聞人說道：「前日走了黑旋風，傷了好多人，連累了都頭李雲不知去向，至今無獲處。」戴宗聽了冷笑。

當日正行之次，只見遠遠地轉過一個人來，手裏提着一根渾鐵筆管槍。那人看見戴宗走得快，便立住了腳叫一聲：「神行太保！」戴宗聽得，回過臉來定睛看時，見山坡下小徑邊立着一個大漢，生得頭圓耳大，鼻直口方，眉秀目疏，腰細膀闊。戴宗連忙回轉身來問道：「壯士素不曾拜識，如何呼喚賤名？」那漢慌忙答道：「足下果是神行太保！」撇了槍，便拜倒在地。戴宗連忙扶住答禮，問道：「足下高姓大名？」那漢道：「小弟姓楊，名林，祖貫彰德府人氏，多在綠林叢中安身，江湖上都叫小弟做錦豹子楊林。數月之前，路上酒肆裏遇見公孫勝先生，同在店中吃酒相會，備說梁山泊晁、宋二公招賢納士，如此義氣，寫下一封書，教小弟自來投大寨入夥，只是不敢輕易擅進。公孫先生又說：『李家道口舊有朱貴開酒店在彼，招引上山入夥的人。山寨中亦有一個招賢飛報頭領，喚做神行太保戴院長，日行八百里路。』今見兄長行步非常，因此喚一聲看，不想果是仁兄。正是天幸，無心得遇。」戴宗道：「小可特為公孫勝先生回薊州去，杳無音信，今奉晁、宋二公將令，差遣來薊州探聽消息，尋取公孫勝還寨，不期卻遇足下。」楊林道：「小弟雖是彰德府人，這薊州管下地方州郡都走遍了。倘若不棄，就隨侍兄長同去走一遭。」戴宗道：「若得足下作伴，實是萬幸。尋得公孫先生見了，一同回梁山泊去未遲。」楊林見說了，大喜，就邀住戴宗，結拜為兄。

戴宗收了甲馬，兩個緩緩而行，到晚就投村店歇了。楊林置酒請戴宗，戴宗道：「我使神行法，不敢食葷。」兩個只買些素饌相待。過了一夜，次日早起，打火吃了早飯，收拾動身。楊林便問道：「兄長使神行法走路，小弟如何走得上？只怕同行不得！」戴宗笑道：「我的神行法也帶得人同走。我把兩個甲馬拴在你腿上，作起法來，也和我一般走得快，要行便行，要住便住。不然，你如何趕得我走？」楊林道：「只恐小弟是凡胎濁骨，比不得兄長神體。」戴宗道：「不妨，我這法，諸人都帶得。作用了時，和我一般行。只是我自吃素，並無妨礙。」當時取兩個甲馬，替楊林縛在腿上。戴宗也只縛了兩個，作用了神行法，吹口氣在上面。兩個輕輕地走了去，要緊要慢，都隨着戴宗行。兩個於路閒說些江湖上的事，雖只見緩緩而行，正不知走了多少路。

兩個行到巳牌時分，前面來到一個去處，四周都是高山，中間一條驛路。楊林卻自認得，便對戴宗說道：「哥哥，此間地名喚做飲馬川，前面兀那高山裏常常有大夥在內，近日不知如何。因為山勢秀麗，水繞峯環，以此喚做飲馬川。」兩個正來到山邊時，只聽得忽地一聲鑼響，戰鼓亂鳴，走出一二百小嘍囉，攔住去路。當先擁着兩籌好漢，各挺一條朴刀，大喝道：「行人須住腳。你兩個是甚麼鳥人？那裏去的？會事的快把買路錢來，饒你兩個性命！」楊林笑道：「哥哥，你看我結果那呆鳥。」拈着筆管槍搶將入去。那兩個好漢見他來得兇，走近前來看了，上首的那個便叫道：「且不要動手，兀的不是楊林哥哥麼！」楊林見了，卻才認得。上首那個大漢提着軍器向前剪拂了，便喚下首這個長漢都來施禮罷。楊林請過戴宗說道：「兄長且來和這兩個弟兄相見。」戴宗問道：「這兩個壯士是誰？如何認得賢弟？」楊林便道：「這個認得小弟的好漢，他原是蓋天軍襄陽府人氏，姓鄧，名飛。為他雙睛紅赤，江湖上人都喚他做火眼狻猊。能使一條鐵鏈，人皆近他不得。多曾合夥，一別五年，不曾見面，誰想今日卻在這裏相遇着！」鄧飛便問道：「楊林哥哥，這位兄長是誰，必不是等閒人也。」楊林道：「我這仁兄，是梁山泊好漢中神行太保戴宗的便是。」鄧飛聽了道：「莫不是江州的戴院長，能行八百里路程的？」戴宗答道：「小可便是。」那兩個頭領慌忙剪拂道：「平日只聽得說大名，不想今日在此拜識尊顏！」戴宗看那鄧飛時，生得如何？有詩為證：

原是襄陽閒撲漢，江湖飄蕩不思歸。

多餐人肉雙睛赤，火眼狻猊是鄧飛。

當下二位壯士施禮罷。戴宗又問道：「這位好漢高姓大名？」鄧飛道：「我這兄弟，姓孟，名康，祖貫是真定州人氏，善造大小船隻。原因押送花石綱，要造大船，嗔怪這提調官催並責罰他，把本官一時殺了，棄家逃走在江湖上綠林中安身，已得年久。因他長大白淨，人都見他一身好肉體，起他一個綽號，叫他做玉幡竿孟康。」戴宗見說大喜。看那孟康怎生模樣？有詩為證：

能攀強弩衝頭陣，善造艨艟[2]越大江。

真州妙手樓船匠，白玉幡竿是孟康。

當時戴宗見了二人，心中甚喜。四籌好漢說話間，楊林問道：「二位兄弟在此聚義幾時了？」鄧飛道：「不瞞兄長說，也有一年多了。只半載前在這直西地面上遇着一個哥哥，姓裴，名宣，祖貫是京兆府人氏，原是本府六案孔目出身，極好刀筆，為人忠直聰明，分毫不肯苟且，本處人都稱他鐵面孔目。亦會拈槍使棒，舞劍掄刀，智勇足備。為因朝廷除將一員貪濫知府到來，把他尋事刺配沙門島，從我這裏經過，被我們殺了防送公人，救了他在此安身，聚集得三二百人。這裴宣極使得好雙劍，讓他年長，現在山寨中為主。煩請二位義士同往小寨，相會片時。」便叫小嘍囉牽過馬來，請戴宗、楊林都上了馬，四騎馬望山寨來。行不多時，早到寨前，下了馬，裴宣已有人報知，連忙出寨，降階而接[3]。戴宗、楊林看裴宣時，果然好表人物，生得面白肥胖，四平八穩，心中暗喜。有詩為證：

問事時巧智心靈，落筆處神號鬼哭。

心平恕毫髮無私，稱裴宣鐵面孔目。

當下裴宣邀請二位義士到聚義廳上，俱各講禮罷，謙讓戴宗正面坐了，

---

2) 艨艟（méng chōng）：古代戰船，船體用牛皮保護。

3) 降階而接：走下台階迎接。

次是裴宣、楊林、鄧飛、孟康，五籌好漢，賓主相待，坐定筵宴。當日大吹大擂飲酒。

看官聽說，這也都是地煞星之數，時節到來，天幸自然義聚相逢，有詩為證：

豪傑遭逢信有因，連環鈎鎖共相尋。
漢廷將相繇屠釣，莫怪梁山錯用心。

當下眾人飲酒中間，戴宗在筵上說起晁、宋二頭領招賢納士，結識天下四方豪傑，待人接物，一團和氣，仗義疏財，許多好處。眾頭領同心協力，八百里梁山泊如此雄壯，中間宛子城、蓼兒窪，四下裏都是茫茫煙水，更有許多兵馬，何愁官兵來到。只管把言語說他三個。裴宣回道：「小弟寨中也有三百來人馬，財賦亦有十餘輛車子，糧食草料不算，倘若仁兄不棄微賤時，引薦於大寨入夥，願聽號令效力，未知尊意若何？」戴宗大喜道：「晁、宋二公待人接物，並無異心。更得諸公相助，如錦上添花，若果有此心，可便收拾下行李，待小可和楊林去薊州見了公孫勝先生回來，那時一同扮做官軍，星夜前往。」眾人大喜。酒至半酣，移去後山斷金亭上，看那飲馬川景致吃酒，端的好個飲馬川。但見：一望茫茫野水，周回隱隱青山。幾多老樹映殘霞，數片彩雲飄遠岫。荒田寂寞，應無稚子看牛；古渡淒涼，那得奚人[4]飲馬。只好強人安寨柵，偏宜好漢展旌旗。

戴宗看了這飲馬川一派山景，喝采道：「好山好水，真乃秀麗，你等二位如何來得到此？」鄧飛道：「原是幾個不成材小廝們在這裏屯紮，後被我兩個來奪了這個去處。」眾皆大笑。五籌好漢吃得大醉。裴宣起身舞劍助酒，戴宗稱讚不已。至晚，各自回寨內安歇。

次日，戴宗定要和楊林下山，三位好漢苦留不住，相送到山下作別，自回寨裏收拾行裝，整理動身，不在話下。

且說戴宗和楊林離了飲馬川山寨，在路曉行夜住，早來到薊州城外，投

---

4)　奚人：放牧人。

個客店安歇了。楊林便道:「哥哥,我想公孫勝先生是個出家人,必是山間林下村落中住,不在城裏。」戴宗道:「說得是。」當時二人先去城外,到處詢問公孫勝先生下落消息,並無一個人曉得他。住了一日,次早起來,又去遠近村坊街市訪問人時,亦無一個認得。兩個又回店中歇了。第三日,戴宗道:「敢怕城中有人認得他。」當日和楊林卻入薊州城裏來尋他。兩個尋問老成人[5]時,都道:「不認得,敢不是城中人。只怕是外縣名山大刹居住。」

楊林正行到一個大街,只見遠遠地一派鼓樂,迎將一個人來。戴宗、楊林立在街上看時,前面兩個小牢子,一個馱着許多禮物花紅,一個捧着若干緞子彩繒之物;後面青羅傘下,罩着一個押獄劊子。那人生得好表人物,露出藍靛般一身花繡,兩眉入鬢,鳳眼朝天,淡黃面皮,細細有幾根髭髯。那人祖貫是河南人氏,姓楊,名雄,因跟一個叔伯哥哥來薊州做知府,一向流落在此。續後一個新任知府卻認得他,因此就參他做兩院押獄,兼充市曹行刑劊子。因為他一身好武藝,面貌微黃,以此人都稱他做病關索楊雄。有一首《臨江仙》詞,單道着楊雄好處:

兩臂雕青鐫嫩玉,頭巾環眼嵌玲瓏。鬢邊愛插翠芙蓉。背心書劊字,衫串染猩紅。問事廳前逞手段,行刑刀利如風。微黃面色細眉濃。人稱病關索,好漢是楊雄。

當時楊雄在中間走着,背後一個小牢子擎着鬼頭靶法刀。原來才去市心裏決刑了回來,眾相識與他掛紅賀喜,送回家去,正從戴宗、楊林面前迎將過來,一簇人在路口攔住了把盞。只見側首小路裏又撞出七八個軍漢來,為頭的一個,叫做踢殺羊張保。這漢是薊州守禦城池的軍,帶着這幾個,都是城裏城外時常討閒錢使的破落戶漢子,官司累次奈何他不改,為見楊雄原是外鄉人來薊州,卻有人懼怕他,因此不怯氣。當日正見他賞賜得許多緞匹,帶了這幾個沒頭神,吃得半醉,卻好趕來要惹他。又見眾人攔住他在路口把盞,那張保撥開眾人,鑽過面前叫道:「節級拜揖。」楊雄道:「大哥來吃

5) 老成人:老實。

酒。」張保道：「我不要吃酒，我特來問你借百十貫錢使用。」楊雄道：「雖我認得大哥，不曾錢財相交，如何問我借錢？」張保道：「你今日詐得百姓許多財物，如何不借我些？」楊雄應道：「這都是別人與我做好看的，怎麼是詐得百姓的？你來放刁，我與你軍衞有司，各無統屬。」張保不應，便叫眾人向前一哄，先把花紅緞子都搶了去。楊雄叫道：「這廝們無禮。」卻待向前打那搶物事的人，被張保劈胸帶住，背後又是兩個來拖住了手，那幾個都動起手來，小牢子們各自回避了。楊雄被張保並兩個軍漢逼住了，施展不得，只得忍氣，解拆不開。

正鬧中間，只見一條大漢挑着一擔柴來，看見眾人逼住楊雄，動彈不得。那大漢看了，路見不平，便放下柴擔，分開眾人，前來勸道：「你們因甚打這節級？」那張保睜起眼來喝道：「你這打脊餓不死凍不殺的乞丐，敢來多管！」那大漢大怒，焦躁起來，將張保劈頭只一提，一交顛翻在地。那幾個幫閒的見了，卻待要來動手，早被那大漢一拳一個，都打的東倒西歪。楊雄方才脫得身，把出本事來施展動，一對拳頭穿梭相似，那幾個破落戶都打翻在地。張保見不是頭，爬將起來，一直走了。楊雄忿怒，大踏步趕將去。張保跟着搶包袱的走，楊雄在後面追着，趕轉小巷去了。那大漢兀自不歇手，在路口尋人廝打。戴宗、楊林看了，暗暗地喝采道：「端的是好漢，此乃『路見不平，拔刀相助』，真壯士也！」正是：匣裏龍泉爭欲出，只因世有不平人。旁觀能辨非和是，相助安知疏與親。

當時戴宗、楊林便向前邀住勸道：「好漢看我二人薄面，且罷休了。」兩個把他扶勸到一個巷內。楊林替他挑了柴擔，戴宗挽住那漢手，邀入酒店裏來。楊林放下柴擔，同到閣兒裏面。那大漢叉手道：「感蒙二位大哥解救了小人之禍。」戴宗道：「我弟兄兩個也是外鄉人，因見壯士仗義之事，只恐一時拳手太重，誤傷人命，特地做這個出場，請壯士酌三杯，到此相會結義則個。」那大漢道：「多得二位仁兄解拆小人這場，卻又蒙賜酒相待，實是不當。」楊林便道：「『四海之內，皆兄弟也』，有何傷乎？且請坐。」戴宗相讓，那漢那裏肯僭上。戴宗、楊林一帶坐了，那漢坐於對席。叫過酒保，楊林身邊取出一兩銀子來把與酒保道：「不必來問，但有下飯，只顧買來與我們吃了，一發總算。」酒保接了銀子去，一面鋪下菜蔬、果品、案酒之類。

三人飲過數杯，戴宗問道：「壯士高姓大名？貴鄉何處？」那漢答道：「小人姓石，名秀，祖貫是金陵建康府人氏。自小學得些槍棒在身，一生執意，路見不平，但要去相助，人都呼小弟作『拚命三郎』。因隨叔父來外鄉販羊馬賣，不想叔父半途亡故，消折了本錢，還鄉不得，流落在此薊州賣柴度日。既蒙拜識，當以實告。」戴宗道：「小可兩個因來此間幹事，得遇壯士如此豪傑，流落在此賣柴，怎能勾發跡？不若挺身江湖上去，做個下半世快樂也好。」石秀道：「小人只會使些槍棒，別無甚本事，如何能勾發達快樂？」戴宗道：「這般時節認不得真，一者朝廷不明，二乃奸臣閉塞。小可一個薄識[6]，因一口氣去投奔了梁山泊宋公明入夥，如今論秤分金銀，換套穿衣服，只等朝廷招安了，早晚都做個官人。」石秀歎口氣道：「小人便要去，也無門路可進。」戴宗道：「壯士若肯去時，小可當以相薦。」石秀道：「小人不敢拜問二位官人貴姓？」戴宗道：「小可姓戴名宗，兄弟姓楊名林。」石秀道：「江湖上聽的說個江州神行太保，莫非正是足下？」戴宗道：「小可便是。」叫楊林身邊包袱內取一錠十兩銀子，送與石秀做本錢。石秀不敢受，再三謙讓，方才收了。才知道他是梁山泊神行太保。正欲訴說些心腹之話，投託入夥，只聽得外面有人尋問入來。三個看時，卻是楊雄帶領着二十餘人，都是做公的，趕入酒店裏來。戴宗、楊林見人多，吃了一驚，乘鬧哄裏兩個慌忙走了。

石秀起身迎住道：「節級那裏去來？」楊雄便道：「大哥，何處不尋你，卻在這裏飲酒。我一時被那廝封住了手，施展不得，多蒙足下氣力，救了我這場便宜。一時間只顧趕了那廝去，奪他包袱，卻撇了足下。這夥兄弟聽得我廝打，都來相助，依還奪得搶去的花紅緞匹回來，只尋足下不見。卻才有人說道：『兩個客人，勸他去酒店裏吃酒。』因此才知得，特地尋將來。」石秀道：「卻才是兩個外鄉客人，邀在這裏酌三杯，說些閒話，不知節級呼喚。」楊雄大喜，便問道：「足下高姓大名？貴鄉何處？因何在此？」石秀答道：「小人姓石，名秀，祖貫是金陵建康府人氏。平生性直，路見不平，便要去捨命相護，以此都喚小人做『拚命三郎』。因隨叔父來此地販賣羊馬，不期叔父半途亡故，消折了本錢，流落在此薊州賣柴度日。」楊雄看石秀時，好個壯士，生得上下相等。有首《西江月》詞，單道着石秀好處。但見：

---

6) 薄識：謙稱自己熟識的人。

身似山中猛虎，性如火上澆油。心雄膽大有機謀，到處逢人搭救。全仗一條桿棒，只憑兩個拳頭。掀天聲價滿皇州，拚命三郎石秀。

當下楊雄又問石秀道：「卻才和足下一處飲酒的客人何處去了？」石秀道：「他兩個見節級帶人進來，只道相鬧，以此去了。」楊雄道：「恁地時，先喚酒保取兩甕酒來，大碗叫眾人一家三碗，吃了去，明日卻得來相會。」眾人都吃了酒，自去散了。

楊雄便道：「石秀三郎，你休見外。想你此間必無親眷，我今日就結義你做個弟兄如何？」石秀見說大喜，便說道：「不敢動問節級貴庚？」楊雄道：「我今年二十九歲。」石秀道：「小弟今年二十八歲，就請節級坐，受小弟拜為哥哥。」石秀拜了四拜。楊雄大喜，便叫酒保安排飲饌酒果來，「我和兄弟今日吃個盡醉方休。」

正飲酒之間，只見楊雄的丈人潘公帶領了五七個人，直尋到酒店裏來。楊雄見了，起身道：「泰山[7]來做甚麼？」潘公道：「我聽得你和人廝打，特地尋將來。」楊雄道：「多謝這個兄弟救護了我，打得張保那廝見影也害怕。我如今就認義了石家兄弟做我兄弟。」潘公叫：「好，好，且叫這幾個弟兄吃碗酒了去。」楊雄便叫酒保討酒來，每人三碗吃了去。便叫潘公中間坐了，楊雄對席上首，石秀下首。三人坐下，酒保自來斟酒。潘公見了石秀這等英雄長大，心中甚喜，便說道：「我女婿得你做個兄弟相幫，也不枉了公門中出入，誰敢欺負他！」又問道：「叔叔原曾做甚買賣道路？」石秀道：「先父原是操刀屠戶。」潘公道：「叔叔曾省得殺牲口的勾當麼？」石秀笑道：「自小吃屠家飯，如何不省得宰殺牲口？」潘公道：「老漢原是屠戶出身，只因年老做不得了。止有這個女婿，他又自一身入官府差遣，因此撇下這行衣飯。」三人酒至半酣，計算酒錢，石秀將這擔柴也都準折[8]了。

三人取路回來，楊雄入得門，便叫：「大嫂，快來與這叔叔相見。」只見布簾裏面應道：「大哥，你有甚叔叔？」楊雄道：「你且休問，先出來相見。」布簾起處，走出那個婦人來，生得如何，但見：黑鬒鬒鬢兒，細彎彎眉兒，

---

7)　泰山：丈人。

8)　準折：折充，抵償。

光溜溜眼兒，香噴噴口兒，直隆隆鼻兒，紅乳乳腮兒，粉瑩瑩臉兒，輕裊裊身兒，玉纖纖手兒，一捻捻腰兒，軟膿膿肚兒，翹尖尖腳兒，簇簇鞋兒，肉奶奶胸兒 ，白生生腿兒，更有一件窄湫湫，緊搊搊，紅鮮鮮，紫稠稠，正不知是甚麼東西，有詩為證：

二八佳人體似酥，腰懸月鏟殺愚夫。
雖然不見人頭落，暗裏教君骨髓枯。

原來那婦人是七月七日生的，因此小字喚做巧雲，先嫁了一個吏員，是薊州人，喚做王押司，兩年前身故了。方才晚嫁得楊雄，未及一年夫妻。石秀見那婦人出來，慌忙向前施禮道：「嫂嫂請坐。」石秀便拜，那婦人道：「奴家年輕，如何敢受禮？」楊雄道：「這個是我今日新認義的兄弟，你是嫂嫂，可受半禮。」當下石秀推金山，倒玉柱，拜了四拜。那婦人還了兩禮，請入來裏面坐地。收拾一間空房，教叔叔安歇。

話休絮煩。次日，楊雄自出去應當官府，吩咐家中道：「安排石秀衣服巾幘。」客店內有些行李包裹，都教去取來楊雄家裏安放了。

卻說戴宗、楊林自酒店裏看見那夥做公的人來尋訪石秀，鬧哄裏兩個自走了，回到城外客店中歇了。次日，又去尋問公孫勝兩日，絕無人認得，又不知他下落住處，兩個商量了且回去。當日收拾了行李，便起身離了薊州，自投飲馬川來，和裴宣、鄧飛、孟康一行人馬，扮作官軍，星夜望梁山泊來。戴宗要見他功勞，又糾合得許多人馬上山，山上自做慶賀筵席，不在話下。

再說有楊雄的丈人潘公，自和石秀商量，要開屠宰作坊。潘公道：「我家後門頭是一條斷路小巷，又有一間空房在後面，那裏井水又便，可做作坊。就教叔叔做房在裏面，又好照管。」石秀見了也喜：「端的便益。」潘公再尋了個舊時識熟副手，「只央叔叔掌管賬目。」石秀應承了，叫了副手，便把大青大綠妝點起肉案子、水盆、砧頭，打磨了許多刀杖，整頓了肉案，打並了作坊、豬圈，起上十數個肥豬，選個吉日，開張肉鋪。眾鄰舍親戚都來掛紅賀喜，吃了一兩日酒。楊雄一家，得石秀開了店，都歡喜。自此無話。一向潘公、石秀自做買賣。不覺光陰迅速，又早過了兩個月有餘。時值秋殘冬到，石秀裏裏外外，身上都換了新衣穿着。

石秀一日早起五更，出外縣買豬，三日了方回家來，只見鋪店不開。卻到家裏看時，肉店砧頭也都收過了，刀杖家火亦藏過了。石秀是個精細的人，看在肚裏便省得了，自心中忖道：「常言：『人無千日好，花無百日紅。』哥哥自出外去當官，不管家事，必然嫂嫂見我做了這些衣裳，一定背後有說話；又見我兩日不回，必有人搬口弄舌，想是疑心，不做買賣。我休等他言語出來，我自先辭了回鄉去休。自古道：『那得長遠心的人？』」石秀已把豬趕在圈裏，卻在房中換了腳手[9]，收拾了包裹行李，細細寫了一本清賬，從後面入來。潘公已安排下些素酒食，請石秀坐定吃酒。潘公道：「叔叔遠出勞心，自趕豬來辛苦。」石秀道：「丈丈，禮當。且收過了這本明白賬目，若上面有半點私心，天地誅滅。」潘公道：「叔叔何故出此言？並不曾有個甚事。」石秀道：「小人離鄉五七年了，今欲要回家去走一遭，特地交還賬目。今晚辭了哥哥，明早便行。」潘公聽了，大笑起來道：「叔叔差矣。你且住，聽老漢說。」

那老子言無數句，話不一席。有分教：報恩壯士提三尺，破戒沙門喪九泉。畢竟潘公說出甚言語來，且聽下回分解。

### 延伸思考

本書故事情節的發展有一個重要的特點，即以一人引出另一人的故事；或一人和另一人串起來寫，相互映襯。那麼本回是如何寫法？試着歸納。

9)　腳手：腳上和手上穿的，泛指穿戴的衣物等。

## 第四十五回

# 楊雄醉罵潘巧雲
# 石秀智殺裴如海

石秀發現家中嫂嫂潘巧雲和寺裏的和尚裴如海有染，因氣不過，將事情告訴了楊雄。楊雄醉酒後說漏了嘴，潘巧雲反咬一口，告了石秀一狀。楊雄一氣之下趕走了石秀。石秀是個謹慎精細之人，決計要將事情搞個水落石出。

話說石秀回來，見收過店面，便要辭別出門。潘公說道：「叔叔且住，老漢已知叔叔的意了。叔叔兩夜不曾回家，今日回來，見收拾過了家火什物，叔叔一定心裏只道是不開店了，因此要去。休說恁地好買賣，便不開店時，也養叔叔在家。不瞞叔叔說，我這小女先嫁得本府一個王押司，不幸沒了。今得二週年，做些功果[1]與他，因此歇了這兩日買賣。明日請下報恩寺僧人來做功德，就要央叔叔管待則個。老漢年紀高大，熬不得夜，因此一發和叔叔說知。」石秀道：「既然丈丈恁地說時，小人再納定性過幾時。」潘公道：「叔叔今後並不要疑心，只顧隨分且過。」當時吃了幾杯酒，並些素食，收過了杯盤。

只見道人挑將經擔到來，鋪設壇場，擺放佛像、供器、鼓鈸、鐘磬、香花、燈燭。廚下一面安排齋食。楊雄到申牌時分，回家走一遭，吩咐石秀道：「賢弟，我今夜卻限當牢[2]，不得前來，凡事央你支持則個。」石秀道：「哥哥放心自去，晚間兄弟替你料理。」楊雄去了，石秀自在門前照管。沒多時，只見一個年紀小的和尚揭起簾子入來。石秀看那和尚時，端的整齊。但見：

1) 功果：唸佛、誦經、齋醮等功德。

2) 當牢：在牢獄值班。

一個青旋旋光頭新剃，把麝香松子勻搽；一領黃烘烘直裰初縫，使沉速栴檀香染。山根鞋履，是福州染到深青；九縷絲絛，係西地買來真紫。光溜溜一雙賊眼，只睃趁施主嬌娘；美甘甘滿口甜言，專說誘喪家少婦。

那和尚入到裏面，深深地與石秀打個問訊。石秀答禮道：「師父少坐。」隨背後一個道人，挑兩個盒子入來。石秀便叫：「丈丈，有個師父在這裏。」潘公聽得，從裏面出來。那和尚便道：「乾爺如何一向不到敝寺。」老子道：「便是開了這些店面，卻沒工夫出來。」那和尚便道：「押司週年，無甚罕物相送，些少掛麪，幾包京棗。」老子道：「啊也，甚麼道理，教師父壞鈔！」教叔叔收過了。石秀自搬入去，叫點茶出來，門前請和尚吃。

只見那婦人從樓上下來，不敢十分穿重孝，只是淡妝輕抹，便問：「叔叔，誰送物事來？」石秀道：「一個和尚，叫丈丈做乾爺的送來。」那婦人便笑道：「是師兄海闍黎[3]裴如海，一個老實的和尚。他便是裴家絨線鋪裏小官人，出家在報恩寺中。因他師父是家裏門徒，結拜我父做乾爺；長奴兩歲，因此上叫他做師兄。他法名叫做海公。叔叔，晚間你只聽他請佛唸經，有這般好聲音。」石秀道：「原來恁地。」自肚裏已有些瞧科[4]。

那婦人便下樓來見和尚，石秀卻背叉着手，隨後跟出來，布簾裏張看。只見那婦人出到外面，那和尚便起身向前來，合掌深深的打個問訊。那婦人便道：「甚麼道理，教師兄壞鈔！」和尚道：「賢妹，些少薄禮微物，不足掛齒。」那婦人道：「師兄何故這般說？出家人的物事，怎的消受得？」和尚道：「敝寺新造水陸堂[5]，也要來請賢妹隨喜[6]，只恐節級見怪。」那婦人道：「家下拙夫卻不恁地計較，老母死時，也曾許下血盆願心[7]，早晚也要到上剎相煩還了。」和尚道：「這是自家的事，如何恁地說？但是吩咐如海的事，小僧便去辦來。」那婦人道：「師兄，多與我娘唸幾卷經便好。」只見裏面丫嬛捧茶出來，那婦人拿起一盞茶來，把帕子去茶鍾口邊抹一抹，雙手遞與和尚。那和

---

3)　闍（shé）黎：梵文譯音，教育僧徒並作表率的高僧。後通稱和尚。

4)　瞧科：看見，察覺，有數。

5)　水陸堂：舉行水陸道場的齋堂。

6)　隨喜：遊覽佛寺，拜佛吃齋。

7)　血盆願心：女人的特殊心願。

尚一頭接茶，兩隻眼涎瞪瞪的只顧看那婦人身上，這婦人也嘻嘻的笑着看這和尚。人道色膽如天，卻不防石秀在布簾裏張見。石秀自肚裏暗忖道：「『莫信直中直，須防仁不仁。』我幾番見那婆娘常常的只顧對我說些風話，我只以親嫂嫂一般相待，原來這婆娘倒不是個良人。莫教撞在石秀手裏，敢替楊雄做個出場，也不見的。」石秀此時已有三分在意了，便揭起布簾，走將出來。那賊禿放下茶盞，便道：「大郎請坐。」這婦人便插口道：「這個叔叔，便是拙夫新認義的兄弟。」那和尚虛心冷氣，動問道：「大郎貴鄉何處？高姓大名？」石秀道：「我姓石，名秀，金陵人氏。因為只好閒管，替人出力，以此叫做『拚命三郎』。我是個粗鹵漢子，禮數不到，和尚休怪！」裴如海道：「不敢，不敢。小僧去接眾僧來赴道場。」相別出門去了。那婦人道：「師兄早來些個。」那和尚應道：「便來了。」婦人送了和尚出門，自入裏面來了。石秀卻在門前低了頭，只顧尋思。

看官聽說，原來但凡世上的人，唯有和尚色情最緊，為何說這句話？且如俗人出家人，都是一般父精母血所生，緣何見得和尚家色情最緊？唯有和尚家第一閒。一日三餐，吃了檀越施主的好齋好供，住了那高堂大殿僧房，又無俗事所煩，房裏好床好鋪睡着，沒得尋思，只是想着此一件事。假如譬喻說一個財主家，雖然十相俱足，一日有多少閒事惱心，夜間又被錢物掛念，到三更二更才睡，總有嬌妻美妾，同床共枕，那得情趣。又有那一等小百姓們，一日價辛辛苦苦掙扎，早晨巴不到晚，起的是五更，睡的是半夜。到晚來，未上床，先去摸一摸米甕看，到底沒顆米，明日又無錢，總然妻子有些顏色，也無些甚麼意興。因此上輪與這和尚們一心閒靜，專一理會這等勾當。那時古人評論到此去處，說這和尚們真個利害，因此蘇東坡學士道：「不禿不毒，不毒不禿；轉禿轉毒，轉毒轉禿。」和尚們還有四句言語，道是：一個字便是僧，兩個字是和尚，三個字鬼樂官，四字色中餓鬼。

且說這石秀自在門前尋思了半晌，又且去支持管待。不多時，只見行者先來點燭燒香。少刻，海闍黎引領眾僧卻來赴道場，潘公、石秀接着，相待茶湯已罷。打動鼓鈸，歌詠贊揚。只見海闍黎同一個一般年紀小的和尚做闍黎，播動鈴杵[8]，發牒請佛，獻齋贊供，諸大護法監壇主盟，「追薦亡夫王押司

8) 鈴杵：僧、道遊方時手持的法器。

早生天界」。只見那婦人喬素梳妝，來到法壇上，執着手爐，拈香禮佛。那海闍黎越逞精神，搖着鈴杵，唸動真言。這一堂和尚見了楊雄老婆這等模樣，都七顛八倒起來。但見：班首輕狂，唸佛號不知顛倒；闍黎沒亂，誦真言豈顧高低。燒香行者，推倒花瓶；秉燭頭陀，錯拿香盒。宣名表白，大宋國稱做大唐；懺罪沙彌，王押司唸為押禁。動鐃的望空便撇，打鈸的落地不知。敲铦子的軟做一團，擊響磬的酥做一塊。滿堂喧哄，繞席縱橫。藏主心忙，擊鼓錯敲了徒弟手；維那眼亂，磬槌打破了老僧頭。十年苦行一時休，萬個金剛降不住。

那眾僧都在法壇上看見了這婦人，自不覺都手之舞之，足之蹈之，一時間愚迷了佛性禪心，拴不定心猿意馬，以此上德行高僧世間難得。石秀卻在側邊看了，也自冷笑道：「似此有甚功德，正謂之作福不如避罪。」少間，證盟[9]已了，請眾和尚就裏面吃齋。海闍黎卻在眾僧背後，轉過頭來，看着那婦人嘻嘻的笑。那婆娘也掩着口笑。兩個都眉來眼去，以目送情。石秀都看在眼裏，自有五分來不快意。眾僧都坐了吃齋，先飲了幾杯素酒，搬出齋來，都下了襯錢[10]。潘公道：「眾師父飽齋則個。」少刻，眾僧齋罷，都起身行食[11]去了。轉過一遭，再入道場。石秀心中好生不快意，只推肚疼，自去睡在板壁後了。

那婦人一點情動，那裏顧的防備人看見，便自去支持眾僧，又打了一回鼓鈸動事，把些茶食果品煎點。海闍黎着眾僧用心看經，請天王拜懺[12]，設浴召亡，參禮三寶。追薦到三更時分，眾僧睏倦，這海闍黎越逞精神，高聲看誦。那婦人在布簾下看了，便教丫嬛請海和尚說話。那賊禿慌忙來到婦人面前，這婆娘扯住和尚袖子說道：「師兄明日來取功德錢時，就對爹爹說血盆願心一事，不要忘了。」和尚道：「小僧記得。只說要還願，也還了好。」和尚又道：「你家這個叔叔好生利害。」婦人應道：「這個睬他則甚！又不是親骨肉。」海闍黎道：「恁地小僧卻才放心。我只道是節級的至親兄弟。」兩個又

9)　證盟：在祭祀時把死者的姓名寫在紙上燒化給上天。

10)　襯錢：做功德後施給僧道的錢財。

11)　行食：飯後散步消食。

12)　拜懺：僧尼為信徒拜佛誦經以懺悔罪業。

戲笑了一回。那和尚自出去判斛[13]送亡。不想石秀卻在板壁後假睡，正張得着，都看在肚裏了。當夜五更道場滿散[14]，送佛化紙已了，眾僧作謝回去，那婦人自上樓去睡了。石秀卻自尋思了，氣道：「哥哥恁的豪傑，卻恨撞了這個淫婦。」忍了一肚皮鳥氣，自去作坊裏睡了。

次日，楊雄回家，俱各不提。飯後楊雄又出去了。只見海闍黎又換了一套整整齊齊的僧衣，徑到潘公家來。那婦人聽得是和尚來了，慌忙下樓，出來接着，邀入裏面坐地，便叫點茶來。那婦人謝道：「夜來多教師兄勞神，功德錢未曾拜納。」海闍黎道：「不足掛齒。小僧夜來所說血盆懺願心這一事，特稟知賢妹。要還時，小僧寺裏現在唸經，只要都疏一道就是。」那婦人道：「好，好。」便叫丫嬛請父親出來商量。潘公便出來謝道：「老漢打熬不得，夜來甚是有失陪侍。不想石叔叔又肚疼倒了，無人管待，卻是休怪，休怪。」那和尚道：「乾爺正當自在。」那婦人便道：「我要替娘還了血盆懺舊願，師兄說道，明日寺中做好事，就附答還了。先教師兄去寺裏唸經，我和你明日飯罷去寺裏，只要證明懺疏，也是了當一頭事。」潘公道：「也好，明日只怕買賣緊，櫃上無人。」那婦人道：「放着石叔叔在家照管，卻怕怎的？」潘公道：「我兒出口為願，明日只得要去。」那婦人就取些銀子做功果錢，與和尚去，「有勞師兄，莫責輕微，明日準來上刹討素麪吃』。」海闍黎道：「謹候拈香。」收了銀子，便起身謝道：「多承佈施，小僧將去分俵眾僧，來日專等賢妹來證盟。」那婦人直送和尚到門外去了。石秀自在作坊裏安歇，起來宰豬趕趁。詩曰：

古來佛殿有奇逢，偷約歡期情倍濃。
也學裴航勤玉杵，巧雲移處鵲橋通。

卻說楊雄當晚回來安歇，婦人待他吃了晚飯，洗了腳手，卻教潘公對楊雄說道：「我的阿婆臨死時，孩兒許下血盆經懺願心在這報恩寺中，我明日和孩兒去那裏證盟酬了便回，說與你知道。」楊雄道：「大嫂，你便自說與我何妨。」那婦人道：「我對你說，又怕你嗔怪，因此不敢與你說。」當晚無話，

---

13) 判斛（hú）：做佛事時大和尚把食物向空中撒去，以施與鬼神。

14) 滿散：做佛事或道場期滿謝神的一種儀式。

各自歇了。

次日五更，楊雄起來，自去畫卯，承應官府。石秀起來，自理會做買賣。只見那婦人起來，濃妝豔飾，打扮得十分濟楚，包了香盒，買了紙燭，討了一乘轎子。石秀自一早晨顧買賣，也不來管他。飯罷，把丫嬛兒也打扮了。巳牌時候，潘公換了一身衣裳，來對石秀道：「小弟相煩叔叔照管門前，老漢和拙女同去還些願心便回。」石秀笑道：「小人自當照管；丈丈但照管嫂嫂，多燒些好香早早來。」石秀自肚裏已知了。

且說潘公和迎兒跟着轎子一徑望報恩寺裏來。古人有篇偈子說得好，道是：

朝看釋伽經，暮唸華嚴咒。種瓜還得瓜，種豆還得豆。經咒本慈悲，冤結如何救？照見本來心，方便多竟究。心地若無私，何用求天佑？地獄與天堂，作者還自受。

這篇言語，古人留下，單說善惡報應，如影隨形，既修六度萬緣，當守三歸五戒。叵耐緇流之輩，專為狗彘之行，辱莫前修，遺謗後世。

卻說海闍黎這賊禿，單為這婦人結拜潘公做乾爺，只吃楊雄阻滯礙眼，因此不能夠上手。自從和這婦人結識起，只是眉來眼去送情，未見真實的事。因這一夜道場裏，才見他十分有意。期日約定了。那賊禿磨槍備劍，整頓精神，先在山門下伺候，看見轎子到來，喜不自勝，向前迎接。潘公道：「甚是有勞和尚。」那婦人下轎來謝道：「多多有勞師兄。」海闍黎道：「不敢，不敢！小僧已和眾僧都在水陸堂上，從五更起來誦經，到如今未曾住歇，只等賢妹來證盟，卻是多有功德。」把這婦人和老子引到水陸堂上，已自先安排下花果香燭之類，有十數個僧人在彼看經，那婦人都道了萬福，參禮了三寶。海闍黎引到地藏菩薩面前證盟懺悔。通罷疏頭[15]，便化了紙，請眾僧自去吃齋，着徒弟陪侍。

海和尚卻請：「乾爺和賢妹去小僧房裏拜茶。」一邀把這婦人引到僧房裏深處，預先都準備下了，叫聲：「師哥拿茶來。」只見兩個侍者捧出茶來，白

15)　疏頭：僧道寫懺語於紙上，法事完後焚於神佛前。

雪錠器盞內，朱紅托子，絕細好茶。吃罷放下盞子，「請賢妹裹面坐一坐。」又引到一個小小閣兒裏，琴光黑漆春台，排幾幅名人書畫，小桌兒上焚一爐妙香。潘公和女兒一台坐了，和尚對席，迎兒立在側邊。那婦人道：「師兄端的是好個出家人去處，清幽靜樂。」海闍黎道：「妹子休笑話，怎生比得貴宅上。」潘公道：「生受了師兄一日，我們回去。」那和尚那裏肯，便道：「難得乾爺在此，又不是外人，今日齋食已是賢妹做施主，如何不吃箸麪了去？師哥快搬來！」說言未了，卻早托兩盤進來，都是日常裏藏下的希奇果子，異樣菜蔬，並諸般素饌之物，擺滿春台。那婦人便道：「師兄何必治酒，反來打攪。」和尚笑道：「不成禮數，微表薄情而已。」師哥將酒來斟在杯中。和尚道：「乾爺多時不來，試嘗這酒。」老兒飲罷道：「好酒，端的味重。」和尚道：「前日一個施主家傳得此法，做了三五石米，明日送幾瓶來與令婿吃。」老兒道：「甚麼道理？」和尚又勸道：「無物相酬賢妹娘子，胡亂告飲一杯。」兩個小師哥兒輪番篩酒，迎兒也吃勸了幾杯。那婦人道：「酒住，吃不去了。」和尚道：「難得賢妹到此，再告飲幾杯。」潘公叫轎夫入來，各人與他一杯酒吃。和尚道：「乾爺不必記掛，小僧都吩咐了。已着道人邀在外面，自有坐處吃酒。乾爺放心，且請開懷自飲幾杯。」原來這賊禿為這個婦人，特地對付下這等有力氣的好酒，潘公吃央不過，多吃了兩杯，當不住醉了。和尚道：「且扶乾爺去床上睡一睡。」和尚叫兩個師哥只一扶，把這老兒攙在一個冷淨房裏去睡了。

這裏和尚自勸道：「娘子開懷再飲幾杯。」那婦人一者有心，二乃酒入情懷，自古道：「酒亂性，色迷人。」那婦人三杯酒落肚，便覺有些朦朦朧朧上來，口裏嘈道：「師兄，你只顧央我吃酒做甚麼？」和尚扯着口嘻嘻的笑道：「只是敬重娘子。」那婦人道：「我吃不得了。」和尚道：「請娘子去小僧房裏看佛牙[16]。」那婦人便道：「我正要看佛牙則個。」這和尚把那婦人一引，引到一處樓上，卻是海闍黎的臥房，鋪設得十分整齊。那婦人看了，先自五分歡喜，便道：「你端的好個臥房，乾乾淨淨。」和尚笑道：「只是少一個娘子。」那婦人也笑道：「你便討一個不得？」和尚道：「那裏得這般施主。」婦人道：

16)　佛牙：指釋迦牟尼火化後遺留下來的牙齒，佛教徒視為珍寶。

「你且教我看佛牙則個。」和尚道：「你叫迎兒下去了，我便取出來。」那婦人道：「迎兒，你且下去看老爺醒也未。」迎兒自下的樓來去看潘公，和尚把樓門關上。那婦人道：「師兄，你關我在這裏怎的？」這賊禿淫心蕩漾，向前捧住那婦人，說道：「我把娘子十分愛慕，我為你下了兩年心路。今日難得娘子到此，這個機會作成小僧則個！」那婦人又道：「我的老公不是好惹的，你卻要騙我。倘若他得知，卻不饒你。」和尚跪下道：「只是娘子可憐見小僧則個！」那婦人張着手，說道：「和尚家倒會纏人，我老大耳刮子打你！」和尚嘻嘻的笑着說道：「任從娘子打，只怕娘子閃了手。」那婦人淫心也動，便摟起和尚道：「我終不成真個打你。」和尚便抱住這婦人，向床前卸衣解帶，共枕歡娛。正是：不顧如來法教，難遵佛祖遺言。一個色膽歪斜，管甚丈夫利害；一個淫心蕩漾，從他長老埋冤。這個氣喘聲嘶，卻似牛齁柳影；那一個言嬌語澀，渾如鶯囀花間。一個耳邊訴雨意雲情，一個枕上說山盟海誓，闍黎房裏，翻為快活道場；報恩寺中，反作極樂世界。可惜菩提甘露水，一朝傾在巧雲中。

從古及今，先人留下兩句言語，單道這和尚家是鐵裏蛀蟲，凡俗人家豈可惹他。自古說這禿子道：色中餓鬼獸中狨，弄假成真說祖風。此物只宜林下看，豈堪引入畫堂中。

當時兩個雲雨才罷，那和尚摟住這婦人，說道：「你既有心於我，我身死而無怨。只是今日雖然虧你作成了我，只得一霎時的恩愛快活，久後必然害殺小僧。」那婦人便道：「你且不要慌，我已尋思一條計較。我的老公，一個月倒有二十來日當牢上宿，我自買了迎兒，教他每日在後門裏伺候。若是夜晚老公不在家時，便掇一個香桌兒出來，燒夜香為號，你便放心入來。若怕五更睡着了，不知省覺，卻那裏尋得一個報曉的頭陀，買他來後門頭大敲木魚，高聲叫佛，便好出去。若買得這等一個時，一者得他外面策望，二乃不叫你失了曉。」和尚聽了這話大喜道：「妙哉！你只顧如此行，我這裏自有個頭陀胡道人，我自吩咐他來策望便了。」那婦人道：「我不敢留戀長久，恐這廝們疑忌，我快回去是得，你只不要誤約。」那婦人連忙再整雲鬟，重勻粉面，開了樓門，便下樓來，教迎兒叫起潘公，慌忙便出僧房來。轎夫吃了酒麵，已在寺門前伺候。海闍黎直送那婦人出山門外，那婦人作別了上轎，自和潘公、迎兒歸家，不在話下。

卻說這海闍黎自來尋報曉頭陀。本房原有個胡道人，在寺後退居裏小庵中過活，諸人都叫他做胡頭陀。每日只是起五更來敲木魚報曉，勸人唸佛，天明時收掠齋飯。海和尚喚他來房中，安排三杯好酒相待了他，又取些銀子送與胡道。胡道起身說道：「弟子無功，怎敢受祿？屢承師父的恩惠。」海闍黎道：「我自看你是個志誠的人。我早晚出些錢，貼買道度牒，剃你為僧。這些銀子，權且將去，買些衣服穿着。」原來這海闍黎日常時只是教師哥不時送些午齋與胡道吃，已下又帶挈他去唸經，得些齋襯錢。胡道感恩不淺，尚未報他，「今日又與我銀兩，必有用我處，何必等他開口？」胡道便道：「師父有事，若用小道處，即當向前。」海闍黎道：「胡道，你既如此好心，有件事不瞞你，所有潘公的女兒要和我來往，約定後門口擺設香桌兒在外時，便是教我來。我也難去那裏踅，若得你先去看探有無，我才好去。又要煩你五更起來叫人唸佛，要就來那裏後門頭看沒人，便把木魚大敲報曉，高聲叫佛，我便好出來。」胡道便道：「這個有何難哉！」當時應允了。

其日先來潘公後門首討齋飯，只見迎兒出來說道：「你這道人，如何不來前門討齋飯，卻在後門裏來？」那胡道便唸起佛來。裏面這婦人聽得了，已自瞧科，便出來後門問道：「你這道人，莫不是五更報曉的頭陀？」胡道應道：「小道便是五更報曉的頭陀；教人省睡，晚間宜燒些香，教人積福。」那婦人聽了大喜，便叫迎兒去樓上取一串銅錢來佈施他。這頭陀張得迎兒轉身，便對那婦人說道：「小道便是海闍黎心腹之人，特地使我前來探路。」那婦人道：「我已知道了。今夜晚間，你可來看，如有香桌兒在外，你可便報與他則個。」胡道把頭來點着。迎兒就將銅錢來，與胡道去了。那婦人來到樓上，卻把心腹之事對迎兒說了。自古道：「人家女使，謂之奴才。」但得須些小便宜，如何不隨順了，天大之事，也都做了。因此人家婦人女使，可用而不可信，卻又少他不得。有詩為證：

送暖偷寒起禍胎，壞家端的是奴才。
請看當日紅娘事，卻把鶯鶯哄出來。

卻說楊雄此日正該當牢，未到晚，先來取了鋪蓋去，自監裏上宿。這迎兒得了些小意兒，巴不到晚，自去安排了香桌兒，黃昏時撥在後門外，那婦人卻閃在傍邊伺候。初更左側，一個人戴頂頭巾，閃將入來，迎兒問道：「是誰？」那人也不答應，便除下頭巾，露出光頂來。這婦人在側邊見是海和尚，輕輕地罵一聲：「賊禿，倒好見識。」兩個廝摟廝抱着上樓去了。迎兒自來掇過了香桌兒，關上了後門，也自去睡了。他兩個當夜如膠似漆，如糖似蜜，如酥似髓，如魚似水，快活淫戲了一夜。自古道：「莫說歡娛嫌夜短，只要金雞報曉遲。」兩個正好睡哩，只聽得咯咯地木魚響，高聲唸佛，和尚和婦人夢中驚覺。海闍黎披衣起來道：「我去也，今晚再相會。」那婦人道：「今後但有香桌兒在後門外，你便不可負約。如無香桌兒在後門，你便切不可來。」和尚下床，依前戴上頭巾，迎兒開了後門，放他去了。自此為始，但是楊雄出去當牢上宿，那和尚便來家中。只有這個老兒，未晚先自要睡，迎兒這個丫頭，已自做一路了，只要瞞着石秀一個。兩個一似被攝了魂魄的一般。這和尚只待頭陀報了，便離寺來。那婦人專得迎兒做腳，放他出入，因此快活偷養和尚戲耍。自此往來，將近一月有餘。這和尚也來了十數遍。

且說這石秀每日收拾了店時，自在坊裏歇宿，常有這件事掛心，每日委決不下，卻又不曾見這和尚往來。每日五更睡覺，不時跳將起來，料度這件事。只聽得報曉頭陀直來巷裏敲木魚，高聲叫佛。石秀是個乖覺的人，早瞧了八分，冷地裏思量道：「這條巷是條死巷，如何有這頭陀連日來這裏敲木魚叫佛？事有可疑。」當是十二月中旬之日，五更時分，石秀正睡不着，只聽得木魚敲響，頭陀直敲入巷裏來，到後門口高聲叫道：「普度眾生，救苦救難，諸佛菩薩！」石秀聽得叫的蹺蹊，便跳將起來，去門縫裏張時，只見一個人戴頂頭巾從黑影裏閃將出來，和頭陀去了，隨後便是迎兒來關門。石秀見了，自說道：「哥哥如此豪傑，卻恨討了這個淫婦，倒被這婆娘瞞過了，做成這等勾當。」巴得天明，把豬出去門前挑了，賣個早市。飯罷，討了一遭賒錢，日中前後，徑到州衙前來尋楊雄。

卻好行至州橋邊，正迎見楊雄。楊雄便問道：「兄弟，那裏去來？」石秀道：「因討賒錢，就來尋哥哥。」楊雄道：「我常為官事忙，並不曾和兄弟快活吃三杯，且來這裏坐一坐。」楊雄把這石秀引到州橋下一個酒樓上，揀一處僻淨閣兒裏兩個坐下，叫酒保取瓶好酒來，安排盤饌、海鮮、案酒。二人飲過三杯，楊雄見石秀只低了頭尋思。楊雄是個性急的人，便問道：「兄弟心中有些不樂，莫不家裏有甚言語傷觸你處？」石秀道：「家中也無有甚話。兄弟感承哥哥把做親骨肉一般看待，有句話敢說麼？」楊雄道：「兄弟何故今日見外？有的話但說不妨。」石秀道：「哥哥每月出來，只顧承當官府，卻不知背後之事。這個嫂嫂不是良人，兄弟已看在眼裏多遍了，且未敢說。今日見得仔細，忍不住來尋哥哥，直言休怪。」楊雄道：「我自無背後眼，你且說是誰？」石秀道：「前者家裏做道場，請那個賊禿海闍黎來，嫂嫂便和他眉來眼去，兄弟都看見。第三日又去寺裏還血盆懺願心，兩個都帶酒歸來。我近日只聽得一個頭陀直來巷內敲木魚叫佛，那廝敲得作怪。今日五更被我起來張時，看見果然是這賊禿，戴頂頭巾，從家裏出去。似這等淫婦，要他何用？」楊雄聽了大怒道：「這賤人怎敢如此！」石秀道：「哥哥且息怒。今晚都不要提，只和每日一般，明日只推做上宿，三更後卻再來敲門，那廝必然從後門先走，兄弟一把拿來，從哥哥發落。」楊雄道：「兄弟見得是。」石秀又吩咐道：「哥哥今晚且不可胡發說話。」楊雄道：「我明日約你便是。」兩個再飲了幾杯，算還了酒錢，一同下樓來，出得酒肆，各散了。

只見四五個虞候叫楊雄道：「那裏不尋節級？知府相公在花園裏坐地，教尋節級來和我們使棒，快走，快走。」楊雄便吩咐石秀道：「本官喚我，只得去應答，兄弟，你先回家去。」石秀當下自歸家裏來，收拾了店面，自去作坊裏歇息。

且說楊雄被知府喚去到後花園中，使了幾回棒，知府看了大喜，叫取酒來，一連賞了十大賞鍾。楊雄吃了，都各散了，眾人又請楊雄去吃酒。至晚，吃得大醉，扶將歸來。詩曰：

曾聞酒色氣相連，浪子酣尋花柳眠。
只有英雄心裏事，醉中觸憤不能蠲。

那婦人見丈夫醉了，謝了眾人，卻自和迎兒攙上樓梯去，明晃晃地點着燈燭。楊雄坐在床上，迎兒去脫靴鞋，婦人與他除頭巾，解巾幘。楊雄看了那婦人，一時驀上心來。自古道：「醉是醒時言。」指着那婦人罵道：「你這賤人賊妮子，好歹是我結果了你！」那婦人吃了一驚，不敢回話，且伏侍楊雄睡了。楊雄一頭上床睡，一頭口裏恨恨的罵道：「你這賤人，腌臢潑婦，那廝敢大蟲口裏倒涎。我手裏不到得輕輕地放了你。」那婦人那裏敢喘氣，直待楊雄睡着。

看看到五更。楊雄酒醒了，討水吃。那婦人便起舀碗水，遞與楊雄吃了。桌上殘燈尚明。楊雄吃了水，便問道：「大嫂，你夜來不曾脫衣裳睡？」那婦人道：「你吃得爛醉了，只怕你要吐，那裏敢脫衣裳，只在腳後倒了一夜。」楊雄道：「我不曾說甚言語？」那婦人道：「你往常酒性好，但吃醉了便睡，我夜來只有些兒放不下。」楊雄又問道：「石秀兄弟這幾日不曾和他快活吃得三杯，你家裏也自安排些請他。」那婦人也不應，自坐在踏床上，眼淚汪汪，口裏歎氣。楊雄又說道：「大嫂，我夜來醉了，又不曾惱你，做甚麼了煩惱？」那婦人掩着淚眼只不應。楊雄連問了幾聲，那婦人掩着臉假哭。楊雄就踏床上扯起那婦人在床上，務要問他為何煩惱。那婦人一頭哭，一面口裏說道：「我爹娘當初把我嫁王押司，只指望一竹竿打到底，誰想半路相拋！今日嫁得你十分豪傑，卻又是好漢，誰想你不與我做主！」楊雄道：「又作怪，誰敢欺負你，我不做主？」那婦人道：「我本待不說，卻又怕你着他道兒，欲待說來，又怕你忍氣。」楊雄聽了，便道：「你且說怎麼地來。」那婦人道：「我說與你，你不要氣苦。自從你認義了這個石秀家來，初時也好，向後看看放出刺來。見你不歸時，時常看了我說道：『哥哥今日又不來，嫂嫂自睡也好冷落。』我只不睬他，不是一日了。這個且休說。昨日早晨，我在廚房洗脖項，這廝從後走出來，看見沒人，從背後伸隻手來摸我胸前道：『嫂嫂，你有孕也無？』被我打脫了手。本待要聲張起來，又怕鄰舍得知笑話，裝你的望子[17]；巴得你歸來，卻又濫泥也似醉了，又不敢說。我恨不得吃了他，你兀自來問石秀兄弟怎的！」正是：淫婦從來多巧言，丈夫耳軟易為昏。自今石秀前門出，好放阇黎進後門。

楊雄聽了，心中火起，便罵道：「『畫龍畫虎難畫骨，知人知面不知心。』這廝倒來我面前又說海阇黎許多事，說得個沒巴鼻。眼見得那廝慌了，便先來說破，使個見識。」口裏恨恨地道：「他又不是我親兄弟，趕了出去便罷。」楊雄到天明，下樓來對潘公說道：「宰了的牲口，醃了罷，從今日便休要做買賣。」一霎時，把櫃子和肉案都拆了。

---

17)　裝你的望子：讓你出醜。

石秀天明正將了肉出來門前開店，只見肉案並櫃子都拆翻了。石秀是個乖覺的人，如何不省得，笑道：「是了。因楊雄醉後出言，走透了消息，倒吃這婆娘使個見識，攛定是反說我無禮。他教丈夫收了肉店，我若便和他分辯，教楊雄出醜。我且退一步了，卻別作計較。」石秀便去作坊裏收拾了包裹。楊雄怕他羞恥，也自去了。石秀提了包裹，跨了解腕尖刀，來辭潘公道：「小人在宅上打攪了許多時，今日哥哥既是收了鋪面，小人告回，賬目已自明明白白，並無分文來去。如有毫厘昧心，天誅地滅。」潘公被女婿吩咐了，也不敢留他。有詩為證：

枕邊言易聽，背後跟難開。
直道驅將去，奸邪漏進來。

石秀相辭了，卻只在近巷內尋個客店安歇，賃了一間房住下。石秀卻自尋思道：「楊雄與我結義，我若不明白得此事，枉送了他的性命。他雖一時聽信了這婦人說，心中怪我，我也分別不得，務要與他明白了此一事。我如今且去探聽他幾時當牢上宿，起個四更，便見分曉。」在店裏住了兩日，卻去楊雄門前探聽。當晚只見小牢子取了鋪蓋出去，石秀道：「今晚必然當牢，我且做些工夫看便了。」

當晚回店裏，睡到四更起來，跨了這口防身解腕尖刀，悄悄地開了店門，徑踅到楊雄後門頭巷內，伏在黑影裏張時，卻好交五更時候，只見那個頭陀挾着木魚，來巷口探頭探腦。石秀一閃，閃在頭陀背後，一隻手扯住頭陀，一隻手把刀去脖子上擱着，低聲喝道：「你不要掙扎。若高則聲，便殺了你。你只好好實話，海和尚叫你來怎地？」那頭陀道：「好漢，你饒我便說。」石秀道：「你快說；我不殺你。」頭陀道：「海闍黎和潘公女兒有染，每夜來往，教我只看後門頭有香桌兒為號，喚他入鈸[18]；五更裏卻教我來敲木魚叫佛，喚他出鈸[19]。」石秀道：「他如今在那裏？」頭陀道：「他還在他家裏睡着。我如今敲得

18) 入鈸：進門，隱語。

19) 出鈸：出門。

木魚響，他便出來。」石秀道：「你且借衣服木魚與我。」頭陀身上剝了衣服，奪了木魚。頭陀把衣服正脫下來，被石秀將刀就頸上一勒，殺倒在地。頭陀已死了，石秀卻穿上直裰、護膝，一邊插了尖刀，把木魚直敲入巷裏來。海闍黎在床上，卻好聽得木魚咯咯地響，連忙起來，披衣下樓。迎兒先來開門，和尚隨後從後門裏閃將出來。石秀兀自把木魚敲響，那和尚悄悄喝道：「只顧敲甚麼！」石秀也不應他，讓他走到巷口，一交放翻，按住喝道：「不要高則聲！高聲便殺了你。只等我剝了衣服便罷。」海闍黎知道是石秀，那裏敢掙扎則聲。被石秀都剝了衣裳，赤條條不着一絲，悄悄去屈膝邊拔出刀來，三四刀搠死了。卻把刀來放在頭陀身邊，將了兩個衣服，捲做一捆包了，再回客店裏，輕輕地開了門進去，悄悄地關上了自去睡，不在話下。

卻說本處城中一個賣糕粥的王公，其日早挑着擔糕粥，點着個燈籠，一個小猴子跟着出來趕早市。正來到死屍邊過，卻被絆一交，把那老子一擔糕粥傾潑在地下。只見小猴子叫道：「苦也！一個和尚醉倒在這裏。」老子摸得起來，摸了兩手血跡，叫聲苦，不知高低。

幾家鄰舍聽得，都開了門出來，把火照時，只見遍地都是血粥，兩個屍首躺在地上。眾鄰舍一把拖住老子，要去官司陳告。正是：禍從天降，災向地生。畢竟王公怎地脫身，且聽下回分解。

## 延伸思考

此回書可與武松潘金蓮一節對照着看，武松殺人，蕩氣迴腸，石秀殺人，周密籌劃，分別凸顯了兩人甚麼樣的性格特點？

## 第四十六回

# 病關索大鬧翠屏山
# 拚命三火燒祝家莊

石秀為給自己討清白，便給楊雄出主意讓潘巧雲當面對質此事，兩人將潘巧雲騙上城外的翠屏山殺了之後，決定一同投奔梁山。剛要上路，只見林中閃出一人擋住了去路……

話說當下眾鄰舍結住王公，直到薊州府裏首告。知府卻才升廳，一行人跪下告道：「這老子挑着一擔糕粥，潑翻在地下，看時，卻有兩個死屍在地下：一個是和尚，一個是頭陀，俱各身上無一絲，頭陀身邊有刀一把。」老子告道：「老漢每日常賣糕糜營生，只是五更出來趕趁。今朝起得早了些個，和這鐵頭猴子只顧走，不看下面，一交絆翻，碗碟都打碎了。只見兩個死屍血淥淥的在地上，一時失驚，叫起來，倒被鄰舍扯住到官。望相公明鏡，可憐見辨察。」知府隨即取了供詞，行下公文，委當方里甲，帶了仵作公人，押了鄰舍、王公一干人等，下來檢驗屍首，明白回報。眾人登場看檢已了，回州稟覆知府：「被殺死僧人係是報恩寺闍黎裴如海，旁邊頭陀，係是寺後胡道。和尚不穿一絲，身上三四道搠傷致命方死。胡道身邊見有兇刀一把，只見項上有勒死痕傷一道，想是胡道掣刀搠死和尚，懼罪自行勒死。」知府叫拘本寺僧鞫問[1]緣故，俱各不知情由，知府也沒個決斷。當案孔目稟道：「眼見得這和尚裸形赤體，必是和那頭陀幹甚不公不法的事，互相殺死，不干王公之事。鄰舍都教召保聽候，屍首着仰本寺住持即備棺木盛殮，放在別處，立個互相殺死的文書便了。」知府道：「也說得是。」隨即發落了一干人等，不在話下。

---

1)　鞫問：審問。

薊州城裏有些好事的子弟，做成一調兒，道是：

叵耐禿囚無狀，做事直恁狂蕩，暗約嬌娥，要為夫婦，永同鴛帳。怎奈貫惡滿盈，玷辱諸多和尚。血泊內橫屍里巷，今日赤條條甚麼模樣。立雪齊腰，投巖餵虎，全不想祖師經上。目蓮[2]救母生天，這賊禿為婆娘身喪。

後來薊州城裏書會們備知了這件事，拿起筆來，又做了這支《臨江仙》詞，教唱道：

淫行沙門招殺報，暗中不爽分毫。頭陀屍首亦蹊蹺，一絲真不掛，立地吃屠刀。大和尚此時精血喪，小和尚昨夜風騷。空門裏刎頸見相交，拚死爭同穴，殘生送兩條。

這件事，滿城都講動了。那婦人也驚得呆了，自不敢說，只是肚裏暗暗地叫苦。

楊雄在薊州府裏，有人告道殺死和尚、頭陀，心裏早瞧了七八分，尋思：「此一事，準是石秀做出來的。我前日一時間錯怪了他，我今日閒些，且去尋他，問他個真實。」正走過州橋前來，只聽得背後有人叫道：「哥哥，那裏去？」楊雄回過頭來，見是石秀，便道：「兄弟，我正沒尋你處。」石秀道：「哥哥且來我下處，和你說話。」把楊雄引到客店裏小房內，說道：「哥哥，兄弟不說謊麼？」楊雄道：「兄弟，你休怪我。是我一時愚蠢，不是了。酒後失言，反被那婆娘瞞過了，怪兄弟相鬧不得。我今特來尋賢弟，負荊請罪。」石秀道：「哥哥，兄弟雖是個不才小人，卻是頂天立地的好漢，如何肯做這等之事？怕哥哥日後中了奸計，因此來尋哥哥，有表記[3]教哥哥看。」將過和尚、頭陀的衣裳，「盡剝在此。」楊雄看了，心頭火起，便道：「兄弟休怪。我今夜碎割了這賤人，出這口惡氣。」石秀笑道：「你又來了。你既是公門中勾當的人，如何不知法度？你又不曾拿得他真姦，如何殺得人？倘或是小弟胡說

---

2）　目蓮：佛教弟子，傳說曾救母出地獄。

3）　表記：證據。

時，卻不錯殺了人。」楊雄道：「似此怎生罷休得？」石秀道：「哥哥只依着兄弟的言語，教你做個好男子。」楊雄道：「賢弟，你怎地教我做個好男子？」石秀道：「此間東門外有一座翠屏山，好生僻靜。哥哥到明日，只說道：我多時不曾燒香，我今來和大嫂同去。把那婦人賺將出來，就帶了迎兒同到山上。小弟先在那裏等候着，當頭對面，把這是非都對得明白了，哥哥那時寫與一紙休書，棄了這婦人，卻不是上着？」楊雄道：「兄弟，何必說得，你身上清潔，我已知了，都是那婦人謊說。」石秀道：「不然，我也要哥哥知道他往來真實的事。」楊雄道：「既然兄弟如此高見，必然不差，我明日準定和那賤人來，你卻休要誤了。」石秀道：「小弟不來時，所言俱是虛謬。」

楊雄當下別了石秀，離了客店，且去府裏辦事；至晚回來，並不提起，亦不說甚，只和每日一般，次日天明起來，對那婦人說道：「我昨夜夢見神人叫我，說有舊願不曾還得。向日許下東門外嶽廟裏那炷香願，未曾還得。今日我閒些，要去還了，須和你同去。」那婦人道：「你便自去還了罷，要我去何用？」楊雄道：「這願心卻是當初說親時許下的，必須要和你同去。」那婦人道：「既是恁地，我們早吃些素飯，燒湯沐浴了去。」楊雄道：「我去買香紙，僱轎子。你便洗浴了，梳頭插帶了等我，就叫迎兒也去走一遭。」

楊雄又來客店裏，相約石秀：「飯罷便來，兄弟休誤。」石秀道：「哥哥，你若抬得來時，只教在半山裏下了轎。你三個步行上來，我自在上面一個僻處等你，不要帶閒人上來。」楊雄約了石秀，買了紙燭，歸來吃了早飯。那婦人不知此事，只顧打扮的齊齊整整，迎兒也插帶了，轎夫扛轎子，早在門前伺候。楊雄道：「泰山看家，我和大嫂燒香了便回。」潘公道：「多燒香，早去早回。」

那婦人上了轎子，迎兒跟着，楊雄也隨在後面。出得東門來，楊雄低低吩咐轎夫道：「與我抬上翠屏山去，我自多還你些轎錢。」不到兩個時辰，早來到翠屏山上。原來這座翠屏山，卻在薊州東門外二十里，都是人家的亂墳，上面一望，盡是青草白楊，並無庵舍寺院。當下楊雄把那婦人抬到半山，叫轎夫歇下轎子，拔去蔥管[4]，搭起轎簾，叫那婦人出轎來。婦人問道：

---

4) 蔥管：轎子前面擋住轎簾的木棍。

「卻怎地來這山裏？」楊雄道：「你只顧且上去。轎夫只在這裏等候，不要來，少刻一發打發你酒錢。」轎夫道：「這個不妨，小人自只在此間伺候便了。」楊雄引着那婦人並迎兒三個人上了四五層山坡，只見石秀坐在上面。那婦人道：「香紙如何不將來？」楊雄道：「我自先使人將上去了。」把婦人一引，引到一處古墓裏，石秀便把包裹、腰刀、桿棒，都放在樹根前，來道：「嫂嫂拜揖。」那婦人連忙應道：「叔叔怎地也在這裏？」一頭說，一面肚裏吃了一驚。石秀道：「在此專等多時。」楊雄道：「你前日對我說道：叔叔多遍把言語調戲你，又將手摸着你胸前，問你有孕也無。今日這裏無人，你兩個對的明白。」那婦人道：「哎呀，過了的事，只顧說甚麼？」石秀睜着眼來道：「嫂嫂，你怎麼說？這須不是閒話，正要哥哥面前對個明白。」那婦人道：「叔叔，你沒事自把兒提做甚麼？」石秀道：「嫂嫂，你休要硬諍[5]，教你看個證見。」便去包裹裏，取出海闍黎並頭陀的衣服來，撒放地下道：「你認得麼？」那婦人看了，飛紅了臉，無言可對。石秀颼地掣出腰刀，便與楊雄說道：「此事只問迎兒，便知端的。」

楊雄便揪過那丫頭跪在面前，喝道：「你這小賤人，快好好實說，怎地在和尚房裏入姦，怎生約會把香桌兒為號，如何教頭陀來敲木魚。實對我說，饒你這條性命，但瞞了一句，先把你剁做肉泥。」迎兒叫道：「官人，不干我事，不要殺我，我說與你。」卻把僧房中吃酒，上樓看佛牙，趕他下樓來看潘公酒醒說起，「兩個背地裏約下，第三日教頭陀來化齋飯，叫我取銅錢佈施與他。娘子和他約定，但是官人當牢上宿，要我掇香桌兒放在後門外，便是暗號。頭陀來看了，卻去報知和尚。當晚海闍黎扮做俗人，帶頂頭巾入來，五更裏只聽那頭陀來敲木魚響，高聲唸佛為號，叫我開後門放他出去。但是和尚來時，瞞我不得，只得對我說了。娘子許我一副釧鐲，一套衣裳，我只得隨順了。似此往來，通有數十遭，後來便吃殺了。又與我幾件首飾，教我對官人說石叔叔把言語調戲一節。這個我眼裏不曾見，因此不敢說。只此是實，並無虛謬。」

迎兒說罷，石秀便道：「哥哥得知麼？這般言語，須不是兄弟教他如此

---

5)　諍：通「爭」，爭辯。

說。請哥哥卻問嫂嫂備細緣由。」楊雄揪過那婦人來，喝道：「賊賤人，丫頭已都招了，便你一些兒休賴，再把實情對我說了，饒了這賤人一條性命。」那婦人說道：「我的不是了。你看我舊日夫妻之面，饒恕了我這一遍。」石秀道：「哥哥含糊不得，須要問嫂嫂一個明白備細緣由。」楊雄喝道：「賤人，你快說！」那婦人只得把偷和尚的事，從做道場夜裏說起，直至往來，一一都說了。石秀道：「你卻怎地對哥哥倒說我來調戲你？」那婦人道：「前日他醉了罵我，我見他罵得蹺蹊，我只猜是叔叔看見破綻，說與他。到五更裏，又提起來問叔叔如何，我卻把這段話來支吾，實是叔叔並不曾恁地。」石秀道：「今日三面說得明白了，任從哥哥心下如何措置。」楊雄道：「兄弟，你與我拔了這賤人的頭面[6]，剝了衣裳，我親自伏侍[7]他。」石秀便把那婦人頭面首飾衣服都剝了，楊雄割兩條裙帶來，親自用手把婦人綁在樹上。石秀也把迎兒的首飾都去了，遞過刀來說道：「哥哥，這個小賤人，留他做甚麼？一發斬草除根。」楊雄應道：「果然，兄弟把刀來，我自動手。」迎兒見頭勢不好，卻待要叫，楊雄手起一刀，揮作兩段。那婦人在樹上叫道：「叔叔勸一勸。」石秀道：「嫂嫂，哥哥自來伏侍你。」楊雄向前，把刀先挖出舌頭，一刀便割了，且教那婦人叫不的。楊雄卻指着罵道：「你這賊賤人，我一時間誤聽不明，險些被你瞞過了。一者壞了我兄弟情分，二乃久後必然被你害了性命。不如我今日先下手為強。我想你這婆娘心肝五臟怎地生着，我且看一看。」一刀從心窩裏直割到小肚子下，取出心肝五臟，掛在松樹上。楊雄又將這婦人七事件[8]分開了，卻將頭面衣服都拴在包裹裏了。楊雄道：「兄弟，你且來，和你商量一個長便。如今一個姦夫，一個淫婦，都已殺了，只是我和你投那裏去安身？」石秀道：「兄弟已尋思下了，自有個所在，請哥哥便行，不可耽遲。」楊雄道：「卻是那裏去？」石秀道：「哥哥殺了人，兄弟又殺人，不去投梁山泊入夥，卻投那裏去？」楊雄道：「且住。我和你又不曾認得他那裏一個人，如何便肯收錄我們？」石秀道：「哥哥差矣。如今天下江湖上皆聞山東及時雨宋公明招賢納士，結識天下好漢，誰不知道？放着我和你一身好武藝，愁甚不

---

6) 頭面：首飾。

7) 伏侍：殺的隱語。

8) 七事件：七塊八塊的。七，概數。事件，碎塊肉。

收留！」楊雄道：「凡事先難後易，免得後患，我卻不合是公人，只恐他疑心，不肯安着我們。」石秀笑道：「他不是押司出身？我教哥哥一發放心。前者哥哥認義兄弟那一日，先在酒店裏和我吃酒的那兩個人，一個是梁山泊神行太保戴宗，一個是錦豹子楊林。他與兄弟十兩一錠銀子，尚兀自在包裹，因此可去投託他。」楊雄道：「既有這條門路，我去收拾了些盤纏便走。」石秀道：「哥哥，你也這般搭纏。倘或入城事發拿住，如何脫身？放着包裹裏現有若干釵釧首飾，兄弟又有些銀兩，再有三五個人，也夠用了，何須又去取討。惹起是非來，如何解救？這事少時便發，不可遲滯，我們只好望山後走。」

石秀便背上包裹，拿了桿棒，楊雄插了腰刀在身邊，提了朴刀，卻待要離古墓，只見松樹後走出一個人來叫道：「清平世界，蕩蕩乾坤，把人割了，卻去投奔梁山泊入夥。我聽得多時了。」楊雄、石秀看時，那人納頭便拜。楊雄卻認得這人，姓時，名遷，祖貫是高唐州人氏，流落在此；只一地裏做些飛簷走壁、跳籬騙馬的勾當。曾在薊州府裏吃官司，卻是楊雄救了他，人都叫做鼓上蚤。有詩為證：

骨軟身軀健，眉濃眼目鮮。
形容如怪族，行走似飛仙。
夜靜穿牆過，更深繞屋懸。
偷營高手客，鼓上蚤時遷。

當時楊雄便問時遷：「你如何在這裏？」時遷道：「節級哥哥聽稟：小人近日沒甚道路，在這山裏掘些古墳，覓兩分東西。因見哥哥在此行事，不敢出來衝撞。卻聽說去投梁山泊入夥，小人如今在此，只做得些偷雞盜狗的勾當，幾時是了，跟隨的二位哥哥上山去，卻不好？未知尊意肯帶挈小人麼？」石秀道：「既是好漢中人物，他那裏如今招納壯士，那爭你一個。若如此說時，我們一同去。」時遷道：「小人卻認得小路去。」當下引了楊雄、石秀，三個人自取小路下後山，投梁山泊去了。

卻說這兩個轎夫在半山裏等到紅日平西，不見三個下來，吩咐了，又不敢上去。挨不過了，不免信步尋上山來，只見一羣老鴉成團打塊在古墓上。兩個轎夫上去看時，原來卻是老鴉奪那肚腸吃，以此聒噪。轎夫看了，吃那一驚，慌忙回家報與潘公，一同去薊州府裏首告。知府隨即差委一員縣尉，帶了仵作行人，來翠屏山檢驗屍首已了，回覆知府，稟道：「檢得一口婦人潘巧雲，割在松樹邊，使女迎兒，殺死在古墓下。墳邊遺下一堆婦人與和尚、頭陀衣服。」知府聽了，想起前日海和尚、頭陀的事，備細詢問潘公。那老子把這僧房酒醉一節，和這石秀出去的緣由，細說了一遍。知府道：「眼見得這婦人與和尚通姦，那女使、頭陀做腳。想石秀那廝路見不平，殺死頭陀、和尚。楊雄這廝，今日殺了婦人、女使無疑，定是如此。只拿得楊雄、石秀，便知端的。」當即行移文書，出給賞錢，捕獲楊雄、石秀。其餘轎夫人等，各放回聽候。潘公自去買棺木，將屍首殯葬，不在話下。

再說楊雄、石秀、時遷離了薊州地面，在路夜宿曉行，不則一日，行到鄆州地面；過得香林窪，早望見一座高山，不覺天色漸漸晚了。看見前面一所靠溪客店，三個人行到門首看時，但見：前臨官道，後傍大溪。數百株垂柳當門，一兩樹梅花傍屋。荊榛籬落，周回繞定茅茨；蘆葦簾櫳，前後遮藏土炕。右壁廂一行，書寫「庭幽暮接五湖賓」；左勢下七字，題道「戶敞朝迎三島客」。雖居野店荒村外，亦有高車駟馬來。

當日黃昏時候，店小二卻待關門，只見這三個人撞將入來。小二問道：「客人來路遠，以此晚了。」時遷道：「我們今日走了一百里以上路程，因此到得晚了。」小二哥放他三個人來安歇，問道：「客人不曾打火麼？」時遷道：「我們自理會。」小二道：「今日沒客歇，灶上有兩隻鍋乾淨，客人自用不妨。」時遷問道：「店裏有酒肉賣麼？」小二道：「今日早起有些肉，都被近村人家買了去，只剩得一甕酒在這裏，並無下飯。」時遷道：「也罷，先借五升米來做飯，卻理會。」小二哥取出米來與時遷，就淘了，做起一鍋飯來。石秀自在房中安頓行李。楊雄取出一隻釵兒，把與店小二，先回他這甕酒來吃，明日一發算賬。小二哥收了釵兒，便去裏面掇出那甕酒來開了，將一碟兒熟菜放在桌子上。時遷先提一桶湯來，叫楊雄、石秀洗了腳手，一面篩酒來，就來請小二哥一處坐地吃酒，放下四隻大碗，斟下酒來吃。

石秀看見店中簷下插着十數把好朴刀，問小二哥道：「你家店裏怎的有這軍器？」小二哥應道：「都是主人家留在這裏。」石秀道：「你家主人是甚麼樣人？」小二道：「客人，你是江湖上走的人，如何不知我這裏的名字？前面那座高山，便喚做獨龍山。山前有一座凜巍巍岡子，便喚做獨龍岡，上面便是主人家住宅。這裏方圓三十里，卻喚做祝家莊。莊主太公祝朝奉[9]有三個兒子，稱為祝氏三傑。莊前莊後，有五七百人家，都是佃戶，各家分下兩把朴刀與他。這裏喚作祝家店。常有數十個家人來店裏上宿，以此分下朴刀在這裏。」石秀道：「他分軍器在店裏何用？」小二道：「此間離梁山泊不遠，只恐他那裏賊人來借糧，因此準備下。」石秀道：「與你些銀兩，回與我一把朴刀用如何？」小二哥道：「這個卻使不得，器械上都編着字號。我小人吃不得主人家的棍棒。我這主人法度不輕。」石秀笑道：「我自取笑你，你卻便慌。且只顧吃酒。」小二道：「小人吃不得了，先去歇了，客人自便寬飲幾杯。」小二哥去了。

楊雄、石秀又自吃了一回酒，只見時遷道：「哥哥要肉吃麼？」楊雄道：「店小二說沒了肉賣，你又那裏得來？」時遷嘻嘻的笑着，去灶上提出一隻老大公雞來。楊雄問道：「那裏得這雞來？」時遷道：「兄弟卻才去後面淨手，見這隻雞在籠裏，尋思沒甚與哥哥吃酒，被我悄悄把去溪邊殺了。提桶湯去後面，就那裏挦[10]得乾淨，煮得熟了，把來與二位哥哥吃。」楊雄道：「你這廝還是這等賊手賊腳。」石秀笑道：「還不改本行。」三個笑了一回，把這雞來手撕開吃了，一面盛飯來吃。

只見那店小二略睡一睡，放心不下，爬將起來，前後去照管；只見廚桌上有些雞毛和雞骨頭，卻去灶上看時，半鍋肥汁。小二慌忙去後面籠裏看時，不見了雞，連忙出來問道：「客人，你們好不達道理，如何偷了我店裏報曉的雞吃？」時遷道：「見鬼了。耶耶！我自路上買得這隻雞來吃，何曾見你的雞！」小二道：「我店裏的雞，卻那裏去了？」時遷道：「敢被野貓拖了，黃猩子吃了，鷂鷹撲了去，我卻怎地得知！」小二道：「我的雞才在籠裏，不是你偷了是誰？」石秀道：「不要爭，直幾錢，賠了你便罷。」店小二道：「我的是報曉雞，店內少他不得，你便賠我十兩銀子也不濟，只要還我雞。」石秀大怒道：「你詐哄誰？老爺不賠你，便怎地？」店小二笑道：「客人，你們休要在這裏討野火吃！只我店裏不比別處客店，拿你到莊上，便做梁山泊賊

---

9)　朝奉：本是「朝奉郎」「朝奉大夫」的簡稱，後用作對富翁、土豪的尊稱。

10)　挦（xián）：拔毛。

寇解了去。」石秀聽了，大罵道：「便是梁山泊好漢，你怎麼拿了我去請賞！」楊雄也怒道：「好意還你些錢，不賠你，怎地拿我去！」小二叫一聲：「有賊！」只見店裏赤條條地走出三五個大漢來，徑奔楊雄、石秀來，被石秀手起，一拳一個都打翻了。小二哥正待要叫，被時遷一掌，打腫了臉，作聲不得。這幾個大漢都從後門走了。

楊雄道：「兄弟，這廝們一定去報人來，我們快吃了飯走了罷。」三個當下吃飽了，把包裹分開腰了，穿上麻鞋，跨了腰刀，各人去槍架上揀了一條好朴刀。石秀道：「左右只是左右，不可放過了他。」便去灶前尋了把草，灶裏點個火，望裏面四下粹着。看那草房被風一煽，刮刮雜雜火起來。那火頃刻間天也似般大。三個拽開腳步，望大路便走。正是：只為偷兒攘一雞，從教傑士競追麑。梁山水泊興波浪，祝氏山莊作化泥。

三個人行了兩個更次，只見前面後面火把不計其數，約有一二百人，發着喊，趕將來。石秀道：「且不要慌，我們且揀小路走。」楊雄道：「且住。一個來，殺一個，兩個來，殺一雙。待天色明朗卻走。」說猶未了，四下裏合攏來。楊雄當先，石秀在後，時遷在中，三個挺着朴刀，來戰莊客。那夥人初時不知，輪着槍棒趕來。楊雄手起朴刀，早戳翻了五七個。前面的便走，後面的急待要退，石秀趕入去，又戳翻了六七人。四下裏莊客見說殺傷了十數人，都是要性命的，思量不是頭，都退了去。三個得一步，趕一步。正走之間，喊聲又起，枯草裏舒出兩把撓鈎，正把時遷一撓鈎搭住，拖入草窩去了。石秀急轉身來救時遷，背後又舒出兩把撓鈎來，卻得楊雄眼快，便把朴刀一撥，兩把撓鈎撥開去了，將朴刀望草裏便戳，發聲喊，都走了。兩個見捉了時遷，怕深入重地，亦無心戀戰，顧不得時遷了，只四下裏尋路走罷。見遠遠的火把亂明，小路上又無叢林樹木，照得有路便走，一直望東邊去了。眾莊客四下裏趕不着，自救了帶傷的人去，將時遷背剪綁了，押送祝家莊來。

且說楊雄、石秀走到天明，望見一座村落酒店，石秀道：「哥哥，前頭酒肆裏買碗酒飯吃了去，就問路程。」兩個便入村店裏來，倚了朴刀，對面坐下，叫酒保取些酒來，就做些飯吃。酒保一面鋪下菜蔬、案酒，燙將酒來。方欲待吃，只見外面一個大漢奔走入來，生得闊臉方腮，眼鮮耳大，貌醜形粗，穿一領茶褐綢衫，戴一頂萬字頭巾，繫一條白絹搭膊，下面穿一雙油膀靴，叫道：「大官人教你們挑擔來莊上納。」店主人連忙應道：「裝了擔，少刻便送到莊上。」那人吩咐了，便轉身，又說道：「快挑來。」卻待出門，正從楊雄、石秀面前過。楊雄卻認得他，便叫一聲：「小郎，你如何卻在這裏？不看我一看？」那人回轉頭來，看了一看，卻也認得，便叫道：「恩人如何來到這裏？」望着楊雄便拜。

不是楊雄撞見了這個人，有分教：三莊盟誓成虛謬，眾虎咆哮起禍殃。畢竟楊雄、石秀遇見的那人是誰，且聽下回分解。

## 延伸思考

作者有意將石秀殺潘巧雲與武松殺潘金蓮的故事對照起來寫，試比較兩處情節以及兩個人物性格的異同之處。

第四十七回

## 精讀 撲天鵰雙修生死書 宋公明一打祝家莊

石秀與楊雄在酒店遇見的是鬼臉兒杜興，原來楊雄曾有恩於他，二人從杜興口中得知祝家莊等附近三莊的情況後，便告知了時遷被捉一事。杜興決定回李家莊說情，李應兩次派人上門求情，都被祝家三兄弟無禮地拒絕了，這下惹怒了撲天鵰李應，他帶領眾人親自前去要人，卻被一箭射傷。石秀和楊雄只好繼續上路，懇請梁山泊眾頭領救應。

話說當時楊雄扶起那人來，叫與石秀相見。石秀便問道：「這位兄長是誰？」楊雄道：「這個兄弟，姓杜，名興，祖貫是中山府人氏，因為他面顏生得粗莽，以此人都叫他做鬼臉兒。上年間做買賣，來到薊州，因一口氣上打死了同夥的客人，吃官司監在薊州府裏。楊雄見他說起拳棒都省得，一力維持救了他。不想今日在此相會。」杜興便問道：「恩人，為何公事來到這裏？」楊雄附耳低言道：「我在薊州殺了人命，欲要投梁山泊去入夥。昨晚在祝家店投宿，因同一個來的夥伴時遷，偷了他店裏報曉雞吃，一時與店小二鬧將起來，性起把他店屋放火都燒了。我三個連夜逃走，不提防背後趕來。我弟兄兩個搠翻了他幾個，不想亂草中間，舒出兩把撓鉤，把時遷搭了去。我兩個亂撞到此，正要問路，不想遇見賢弟。」杜興道：「恩人不要慌，我叫放時遷還你。」楊雄道：「賢弟少坐，同飲一杯。」

三人坐下，當下飲酒，杜興便道：「小弟自從離了薊州，多得恩人的恩惠，來到這裏。感承此間一個大官人見愛，收錄小弟在家中做個主管。每日撥萬論千，盡託付與杜興身上，甚是信任，以此不想回鄉去。」楊雄道：「此間大官人是誰？」杜興道：「此間獨龍岡前面，有三座山岡，列着三個村坊。中間是祝家莊，西邊是扈家莊，東邊是李家莊。這三處莊上，三村裏算來，總有一二萬軍馬人家。惟有祝家莊最豪傑，為頭家長喚做祝朝奉，有三個兒子，名為祝氏三傑。長子祝龍，次子祝虎，三子祝彪。又有一個教師，喚做鐵棒欒廷玉，此人有萬夫不當之勇。莊上自有一二千了得的莊客。西邊那個扈家莊，莊上扈太公，有個兒子，喚做飛天虎扈成，也十分了得；唯有一個女兒最英雄，名喚一丈青扈三娘，使兩口日月雙刀，馬上如法了得。這裏東村莊上，卻是杜興的主人，姓李，名應，能使一條渾鐵點鋼槍，背藏飛刀五口，百步取人，神出鬼沒。這三村結下生死誓願，同心共意，但有吉凶，遞相救應。唯恐梁山泊好漢過來借糧，因此三村準備下抵敵他。如今小弟引二位到莊上，見了李大官人，求書去搭救時遷。」楊雄又問道：「你那李大官人，莫不是江湖上喚撲天鵰的李應？」杜興道：「正是他。」石秀道：「江湖上只聽得說獨龍岡有個撲天鵰李應是好漢，卻原來在這裏。多聞他真個了得，是好男子，我們去走一遭。」楊雄便喚酒保計算酒錢。杜興那裏肯要他還，便自招了酒錢。

三個離了村店，便引楊雄、石秀來到李家莊上。楊雄看時，真個好大莊院，外面周回一遭闊港，粉牆傍岸，有數百株合抱不交的大柳樹，門外一座吊橋，接着莊門。入得門來，到廳前，兩邊有二十餘座槍架，明晃晃的都插滿軍器。杜興道：「兩位哥哥在此少等，待小弟入去報知，請大官人出來相見。」杜興入去，不多時，只見李應從裏面出來。楊雄、石秀看時，果然好表人物，有《臨江仙》詞為證：

**點評**

● 問的是大官人，卻道出一大段文字，是為引出李大官人背景；也並沒說出李大官人名號，是為從楊雄口中道出，襯托其聲名顯赫。

**點評**

鶻眼鷹睛頭似虎，燕領猿臂狼腰。疏財仗義結英豪。愛騎雪白馬，喜着絳紅袍。背上飛刀藏五把，點鋼槍斜嵌銀條。性剛誰敢犯分毫。李應真壯士，名號撲天鵰。

當時李應出到廳前，杜興引楊雄、石秀上廳拜見。李應連忙答禮，便教上廳請坐，楊雄、石秀再三謙讓，方才坐了。李應便教取酒來且相待。楊雄、石秀兩個再拜道：「望乞大官人致書與祝家莊，來救時遷性命，生死不敢有忘。」李應教請門館先生來商議，修了一封書緘，填寫名諱，使個圖書印記，便差一個副主管齎了，備一匹快馬，星火去祝家莊取這個人來。

● 李應沒有當做大事對待，請人代筆修書，只派了個副總管去辦。

那副主管領了東人書劄，上馬去了，楊雄、石秀拜謝罷。李應道：「二位壯士放心，小人書去，便當放來。」楊雄、石秀又謝了。李應道：「且請去後堂；少敍三杯等待。」兩個隨進裏面，就具早膳相待。飯罷，吃了茶，李應問些槍法，見楊雄、石秀說的有理，心中甚喜。

● 此時的心情是輕鬆、甚喜。

巳牌時分，那個副主管回來，李應喚到後堂問道：「去取的這人在那裏？」主管答道：「小人親見朝奉，下了書，倒有放還之心。後來走出祝氏三傑，反焦躁起來，書也不回，人也不放，定要解上州去。」李應失驚道：「他和我三家村裏結生死之交，書到便當依允，如何恁地起來？必是你說得不好，以致如此。杜主管，你須自去走一遭，親見祝朝奉，說個仔細緣由。」杜興道：「小人願去，只求東人親筆書緘，到那裏方才肯放。」李應道：「說得是。」急取一幅花箋紙來，李應親自寫了書劄，封皮面上使一個諱字圖書，把與杜興接了。後槽牽過一匹快馬；備上鞍轡，拿了鞭子，便出莊門，上馬加鞭，奔祝家莊去了。李應道：「二位放心，我這封親筆書去，少刻定當放還。」楊雄、石秀深謝了，留在後堂飲酒等待。

看看天色待晚，不見杜興回來，李應心中疑惑。再教人去接，只見莊客報道：「杜主管回來了。」李應問道：「幾個人回來？」莊客道：「只是主管獨自一個跑馬回來。」李應搖着頭道：「卻又作怪。往常這廝不是這等兜搭，今日緣何恁地？」楊雄、石秀都跟出前廳來看時，只見杜興下了馬，入得莊門，見他模樣，氣得紫漲了面皮，齜牙露嘴，半晌說不得話。有詩為證：

面貌天生本異常，怒時古怪更難當。
三分不像人模樣，一似酆都焦面王。

李應出到廳前，連忙問道：「你且言備細緣故，怎麼地來。」杜興氣定了，方才道：「小人齎了東人書劄，到他那裏第三重門下，卻好遇見祝龍、祝虎、祝彪弟兄三個坐在那裏。小人聲了三個喏，祝彪喝道：『你又來做甚麼？』小人躬身稟道：『東人有書在此拜上。』祝彪那廝變了臉，罵道：『你那主人恁地不曉人事！早晌使個潑男女來這裏下書，要討那個梁山泊賊人時遷。如今我正要解上州裏去，又來怎地？』小人說道：『這個時遷不是梁山泊夥內人數，他自是薊州來的客人。今投見敝莊東人，不想誤燒了官人店屋，明日東人自當依舊蓋還，萬望俯看薄面，高抬貴手，寬恕寬恕。』祝家三個都叫道：『不還，不還！』小人又道：『官人請看東人親筆書劄在此。』祝彪那廝接過書去，也不拆開來看，就手扯的粉碎，喝叫把小人直叉出莊門。祝彪、祝虎發話道：『休要惹老爺性發，把你那李應捉來，也做梁山泊強寇解了去。』小人本不敢盡言，實被那三個畜生無禮，把東人百般穢罵，便喝叫莊客來拿小人，被小人飛馬走了。於路上氣死小人，叵耐那廝枉與他許多年結生死之交，今日全無些仁義。」詩曰：

徒聞似漆與如膠，利害場中忍便拋。

**點評**

● 神態描寫，抓住「鬼臉兒」的特征。

● 側面表現祝家莊三傑的蠻橫無禮，為下文情節的展開作鋪墊。

點評

平日若無真義氣，臨時休說死生交。

● 誇張手法的運用，突出李應的怒不可遏。

李應聽罷，心頭那把無明業火，高舉三千丈，按納不下，大呼：「莊客，快備我那馬來！」楊雄、石秀諫道：「大官人息怒，休為小人們壞了貴處義氣。」李應那裏肯聽，便去房中披上一副黃金鎖子甲，前後獸面掩心，穿一領大紅袍，背胯邊插着飛刀五把，拿了點鋼槍，戴上風翅盔，出到莊前，點起三百悍勇莊客。杜興也披一副甲，持把槍上馬，帶領二十餘騎馬軍。楊雄、石秀也抓紮起，挺着朴刀，跟着李應的馬，徑奔祝家莊來。

● 與前文李家莊的場景對應，突出祝家莊的軍備嚴整、氣勢宏偉。

日漸銜山時分，早到獨龍岡前，便將人馬排開。原來祝家莊又蓋得好，佔着這座獨龍山岡，四下一遭闊港。那莊正造在岡上，有三層城牆，都是頑石壘砌的，約高二丈。前後兩座莊門，兩條吊橋。牆裏四邊，都蓋窩鋪，四下裏遍插着槍刀軍器，門樓上排着戰鼓銅鑼。李應勒馬，在莊前大叫：「祝家三子，怎敢毀謗老爺！」只見莊門開處，擁出五六十騎馬來，當先一騎似火炭赤的馬上，坐着祝朝奉第三子祝彪。怎生裝束？頭戴纓金荷葉盔，身穿鎖子梅花甲。腰懸錦袋弓和箭，手執純鋼刀與槍。馬額下垂照地紅纓，人面上生撞天殺氣。

李應見了祝彪，指着大罵道：「你這廝口邊奶腥未退，頭上胎髮猶存，你爺與我結生死之交，誓願同心共意，保護村坊。你家但有事情，要取人時，早來早放，要取物件，無有不奉。我今一個平人，二次修書來討，你如何扯了我的書劄，恥辱我名，是何道理？」祝彪道：「俺家雖和你結生死之交，誓願同心協意，共捉梁山泊反賊，掃清山寨，你如何卻結連反賊，意在謀叛？」李應喝道：「你說他是梁山泊甚人？你這廝卻冤平人做賊，當得何罪？」祝彪道：「賊人時遷已自招了，你休要在這裏胡說亂道，遮掩不過。你去便去，不去時，連你捉了，也做賊人解送！」

李應大怒，拍坐下馬，挺手中槍，便奔祝彪。祝彪縱馬去戰李應。兩個就獨龍岡前，一來一往，一上一下，鬥了十七八合，祝彪戰李應不過，撥回馬便走。李應縱馬趕將去，祝彪把槍橫擔在馬上，左手拈弓，右手取箭，搭上箭，拽滿弓，覷得較親，背翻身一箭。李應急躲時，臂上早着。李應翻筋斗，墜下馬來，祝彪便勒轉馬來搶人。楊雄、石秀見了，大喝一聲，拈兩條朴刀，直奔祝彪馬前殺將來。祝彪抵當不住，急勒回馬便走，早被楊雄一朴刀，戳在馬後股上。那馬負疼，壁直立起來，險些兒把祝彪掀在馬下，卻得隨從馬上的人，都搭上箭射將來。楊雄、石秀見了，自思又無衣甲遮身，只得退回不趕。杜興也自把李應救起上馬，先去了。楊雄、石秀跟了眾莊客也走了。祝家莊人馬趕了二三里路，見天色晚來，也自回去了。

杜興扶着李應，回到莊前，下了馬，同入後堂坐。眾宅眷都出來看視，拔了箭矢，伏侍卸了衣甲，便把金瘡藥敷了瘡口，連夜在後堂商議。楊雄、石秀與杜興說道：「既是大官人被那廝無禮，又中了箭，時遷亦不能夠出來，都是我等連累大官人了。我弟兄兩個，只得上梁山泊去，懇告晁、宋二公並眾頭領，來與大官人報仇，就救時遷。」因辭謝了李應。李應道：「非是我不用心，實出無奈。兩位壯士，只得休怪。」叫杜興取些金銀相贈，楊雄、石秀那裏肯受。李應道：「江湖之上，二位不必推卻。」兩個方才收受，拜辭了李應。杜興送出村口，指與大路。杜興作別了，自回李家莊，不在話下。

且說楊雄、石秀取路投梁山泊來，早望見遠遠一處新造的酒店，那酒旗兒直挑出來。兩個入到店裏，買些酒吃，就問路程。這酒店卻是梁山泊新添設做眼的酒店，正是石勇掌管。兩個一面吃酒，一頭動問酒保上梁山泊路程。石勇見他兩個非常；便來答應道：「你兩位客人從那裏來？要問上山去怎地？」楊雄道：「我們從薊州來。」石勇猛可想起道：

點評

「莫非足下是石秀麼？」楊雄道：「我乃是楊雄，這個兄弟是石秀。大哥如何得知石秀名？」石勇慌忙道：「小子不認得。前者戴宗哥哥到薊州回來，多曾稱說兄長。聞名久矣，今得上山，且喜，且喜。」三個敘禮罷，楊雄、石秀把上件事都對石勇說了。石勇隨即叫酒保置辦分例酒來相待。推開後面水亭上窗子，拽起弓，放了一枝響箭。只見對港蘆葦叢中，早有小嘍囉搖過船來。石勇便邀二位上船，直送到鴨嘴灘上岸。石勇已自先使人上山去報知。早見戴宗、楊林下山來迎接。俱各敍禮罷，一同上至大寨裏。

眾頭領知道有好漢上山，都來聚會，大寨坐下。戴宗、楊林引楊雄、石秀上廳參見晁蓋、宋頭並眾頭領。相見已罷，晁蓋細問兩個蹤跡，楊雄、石秀把本身武藝，投託入夥先說了，眾人大喜，讓位而坐。楊雄漸漸說到有個來投託大寨同入夥的時遷，不合偷了祝家店裏報曉雞，一時爭鬧起來，石秀放火燒了他店屋，時遷被捉；李應二次修書去討，怎當祝家三子堅執不放，誓願要捉山寨裏好漢，且又千般辱罵，叵耐那廝十分無禮。不說萬事皆休，才然說罷，晁蓋大怒，喝叫：「孩兒們將這兩個與我斬訖報來！」正是：楊雄、石秀少商量，引帶時遷行不臧[1]。豪傑心腸雖似火，綠林法度卻如霜。

宋江慌忙勸道：「哥哥息怒，兩個壯士不遠千里而來，同心協助，如何卻要斬他？」晁蓋道：「俺梁山泊好漢，自從火併王倫之後，便以忠義為主，全施仁德於民。一個個兄弟下山去，不曾折了銳氣。新舊上山的兄弟們各各都有豪傑的光彩。這廝兩個，把梁山泊好漢的名目去偷雞吃，因此連累我等受辱。今日先斬了這兩個，將這廝首級去那裏號令，便起軍馬去，就洗蕩了那個村坊，不要輸了銳氣。孩兒們快斬了報來。」宋江勸住道：「不然。哥哥不聽這兩位賢

● 晁蓋深明大義，眼裏揉不得沙子。

---

1) 臧：善，好。

弟卻才所說，那個鼓上蚤時遷，他原是此等人，以致惹起祝家那廝來，豈是這二位賢弟要玷辱山寨？我也每每聽得有人說，祝家莊那廝要和俺山寨敵對。即日山寨人馬數多，錢糧缺少，非是我等要去尋他，那廝倒來吹毛求疵，因而正好乘勢去拿那廝。若打得此莊，倒有三五年糧食。非是我們生事害他，其實那廝無禮。哥哥權且息怒，小可不才，親領一支軍馬，啟請幾位賢弟們下山去打祝家莊。若不洗蕩得那個村坊，誓不還山。一是與山寨報仇，不折了銳氣；二乃免此小輩被他恥辱；三則得許多糧食，以供山寨之用；四者就請李應上山入夥。」吳學究道：「公明哥哥之言最好，豈可山寨自斬手足之人？」戴宗便道：「寧乃斬了小弟，不可絕了賢路。」眾頭領力勸，晁蓋方才免了二人。楊雄、石秀也自謝罪。宋江撫諭道：「賢弟休生異心，此是山寨號令，不得不如此。便是宋江，倘有過失，也須斬首，不敢容情。如今新近又立了鐵面孔目裴宣做軍政司，賞功罰罪，已有定例。賢弟只得恕罪恕罪。」楊雄、石秀拜罷，謝罪已了，晁蓋叫去坐在楊林之下。山寨裏都喚小嘍囉來參賀新頭領已畢，一面殺牛宰馬，且做慶喜筵席。撥定兩所房屋，教楊雄、石秀安歇，每人撥十個小嘍囉伏侍。

當晚席散。次日再備筵席，會眾商量議事。

宋江教喚鐵面孔目裴宣，計較下山人數，啟請諸位頭領，同宋江去打祝家莊，定要洗蕩了那個村坊。商量已定，除晁蓋頭領鎮守山寨不動外，留下吳學究、劉唐並阮家三弟兄、呂方、郭盛，護持大寨。原撥定守灘、守關、守店有職事人員，俱各不動。又撥新到頭領孟康管造船隻，頂替馬麟監督戰船。寫下告示，將下山打祝家莊頭領分作兩起：頭一撥，宋江、花榮、李俊、穆弘、李逵、楊雄、石秀、黃信、歐鵬、楊林，帶領三千小嘍囉，三百馬軍，披掛已了，下山前進；第二撥便是林沖、秦明、戴宗、張橫、張順、馬麟、鄧飛、王矮虎，白勝，也帶三千小嘍囉，三百馬軍，隨後接應。再着金沙灘、鴨嘴灘二處小寨，只教宋萬、鄭天壽守把，就行接應糧草。晁蓋送路已了，自回山寨。

且說宋江並眾頭領徑奔祝家莊來，於路無話。早來到獨龍山前，尚有一里多路，前軍下了寨柵。宋江在中軍帳裏坐下，便和花榮商議道：「我聽得說祝家莊裏路徑甚雜，未可進兵，且先使兩個人去探聽路途曲折，知得順逆路程，卻才進去與他敵對。」李逵便道：「哥哥，兄弟閒了多時，不曾殺得一人，我便先去走一遭。」宋江道：「兄弟，你去不得。若是破陣衝敵，用着你先去。這是做細作的勾當，用你不着。」李逵笑道：「量這個鳥莊，何須哥哥費力，只兄弟自帶三二百個孩兒殺將去，把這個鳥莊上人都砍了，何須要人先去打聽。」宋江喝道：「你這廝休胡說！且一壁廂去，叫你便來。」李逵走開去了，自說道：「打死幾個蒼蠅，也何須大驚小怪。」宋江便喚石秀來說道：「兄弟曾到彼處，可和楊林走一遭。」石秀便道：「如今哥哥許多人馬到這裏，他莊上如何不提備，我們扮作甚麼人入去好？」楊林便道：「我自打扮了解魘[2]的法師去，身邊藏了短刀，手裏擎着法環，於路搖將入去。你只聽我法環響，不要離了我前後。」石秀道：「我在薊州原曾賣柴，我只是挑一擔柴進去賣便了。身邊藏了暗器，有些緩急，匾擔也用得着。」楊林道：「好，好。我和你計較了，今夜打點，五更起來便行。」正是只為一雞小忿，致令眾虎相爭。所以古人有篇《西江月》道得好：

軟弱安身之本，剛強惹禍之胎。無爭無競是賢才，虧我些兒何礙！鈍斧錘磚易碎，快刀劈水難開。但看髮白齒牙衰，唯有舌根不壞。

---

2) 解魘：驅鬼。

點評

且說石秀挑着柴擔先入去，行不到二十來里，只見路徑曲折多雜，四下裏彎環相似，樹木叢密，難認路頭，石秀便歇下柴擔不走。聽得背後法環響得漸近，石秀看時，卻見楊林頭帶一個破笠子，身穿一領舊法衣，手裏擎着法環，於路搖將進來。石秀見沒人，叫住楊林說道：「看見路徑彎雜難認，不知那裏是我前日跟隨李應來時的路。天色已晚，他們眾人都是熟路，正看不仔細。」楊林道：「不要管他路徑曲直，只顧揀大路走便了。」石秀又挑了柴，只顧望大路先走，見前面一村人家，數處酒店肉店。石秀挑着柴，便望酒店門前歇了，只見各店內都把刀槍插在門前，每人身上穿一領黃背心，寫個大「祝」字，往來的人，亦各如此。石秀見了，便看着一個年老的人，唱個喏，拜揖道：「丈人，請問此間是何風俗？為甚都把刀槍插在當門？」那老人道：「你是那裏來的客人？原來不知，只可快走。」石秀道：「小人是山東販棗子的客人，消折了本錢，回鄉不得，因此擔柴來這裏賣，不知此間鄉俗地理。」老人道：「只可快走別處躲避，這裏早晚要大廝殺也。」石秀道：「此間這等好村坊去處，怎地了大廝殺？」老人道：「客人，你敢真個不知，我說與你。俺這裏喚做祝家村，岡上便是祝朝奉衙裏。如今惡了梁山泊好漢，現今引領軍馬在村口，要來廝殺。卻怕我這村裏路雜，未敢入來，現今駐紮在外面。如今祝家莊上行號令下來，每戶人家，要我們精壯後生準備着，但有令傳來，便去策應。」石秀道：「丈人村中，總有多少人家？」老人道：「只我這祝家村，也有一二萬人家，東西還有兩村人接應。東村喚做撲天鵰李應李大官人，西村喚扈太公莊，有個女兒，喚做扈三娘，綽號一丈青，十分了得。」石秀道：「似此，如何卻怕梁山做甚麼？」那老人道：「若是我們初來時，不知路的，也要吃捉了。」石秀道：「丈人，怎地初來時要吃捉了？」老人道：「我這村裏的路，有首詩說道：『好個祝家莊，盡是盤陀路。容易入得來，只是出不去。』」石秀聽

● 石秀甚是機警精細。

點評

● 演得入情入境，儼然已經把自己當成賣柴迷路之人了。

罷，便哭起來，撲翻身便拜，向那老人道：「小人是個江湖上折了本錢，歸鄉不得的人，倘或賣了柴出去，撞見廝殺，走不脫，卻不是苦？爺爺，怎地可憐見小人，情願把這擔柴相送爺爺，只指小人出去的路罷。」那老人道：「我如何白要你的柴？我就買你的。你且入來，請你吃些酒飯。」

石秀便謝了，挑着柴，跟那老人入到屋裏。那老人篩下兩碗白酒，盛一碗糕糜，叫石秀吃了。石秀再拜謝道：「爺爺指教出去的路徑。」那老人道：「你便從村裏走去，只看有白楊樹，便可轉彎，不問路道闊狹。但有白楊樹的轉彎，便是活路，沒那樹時，都是死路，如有別的樹木轉彎，也不是活路。若還走差了，左來右去，只走不出去。更兼死路裏地下埋藏着竹簽鐵蒺藜[3]，若是走差了，踏着飛簽，準定吃捉了，待走那裏去？」石秀拜謝了，便問：「爺爺高姓？」那老人道：「這村裏姓祝的最多，惟有我複姓鍾離，土居在此。」石秀道：「酒飯小人都吃夠了，改日當厚報。」

正說之間，只聽得外面鬧吵。石秀聽得道拿了一個細作。石秀吃了一驚，跟那老人出來看時，只見七八十個軍人背綁着一個人過來。石秀看時卻是楊林，剝得赤條條的，索子綁着。石秀看了，只暗暗地叫苦，悄悄假問老人道：「這個拿了的是甚麼人？為甚事綁了他？」那老人道：「你不見說他是宋江那裏來的細作？」石秀又問道：「怎地吃他拿了？」那老人道：「說這廝也好大膽，獨自一個來做細作，打扮做個解魘法師，閃入村裏來。卻又不認這路，只揀大路走了，左來右去，只走了死路，又不曉的白楊樹轉彎抹角的消息。人見他走得差了，來路蹺蹊，報與莊上官人們來捉他，這廝方才又掣出刀來，手起傷了四五個人。當不住這裏人多，一發上，因此吃拿了。有人認得他從來是賊，叫做錦

---

3) 鐵蒺藜（jí lí）：蒺藜狀的尖銳鐵器，戰時置於路上或水中，用以阻止敵方人馬前進。

豹子楊林。」

說言未了，只聽得前面喝道，說是莊上三官人巡綽過來。石秀在壁縫裏張時，看見前面擺着二十對纓槍，後面四五個人騎戰刀，都彎弓插箭；又有三五對青白哨馬，中間擁着一個年少的壯士，坐在一匹雪白馬上，全副披掛了弓箭，手執一條銀槍。石秀自認得他，特地問老人道：「過去相公是誰？」那老人道：「這個正是祝朝奉第三子，喚做祝彪，定着西村扈家莊一丈青為妻。弟兄三個，只有他第一了得。」石秀拜謝道：「老爺爺指點尋路出去。」那老人道：「今日晚上，前面倘或廝殺，枉送了你性命。」石秀道：「爺爺，可救一命則個。」那老人道：「你且在我家歇一夜，明日打聽得沒事，便可出去。」石秀拜謝了，坐在他家，只聽得門前四五替報馬報將來，排門吩咐道：「你那百姓，今夜只看紅燈為號，齊心並力，捉拿梁山泊賊人，解官請賞。」叫過去了，石秀問道：「這個人是誰？」那老人道：「這個官人是本處捕盜巡檢，今夜約會要捉宋江。」石秀見說，心中自忖了一回，討個火把，叫了安置[4]，自去屋後草窩裏睡了。

卻說宋江軍馬在村口屯駐，不見楊林、石秀出來回報，隨後又使歐鵬去到村口，出來回報道：「聽得那裏講動，說道捉了一個細作，小弟見路徑又雜難認，不敢深入重地。」宋江聽罷，忿怒道：「如何等得回報了進兵？又吃拿了一個細作，必然陷了兩個兄弟。我們今夜只顧進兵，殺將入去，也要救他兩個兄弟。未知你眾頭領意下如何？」只見李逵道：「我先殺入去，看是如何！」宋江聽得，隨即便傳將令，教軍士都披掛了。李逵、楊雄前一隊做先鋒，使李俊等引軍做合後，穆弘居左，黃信在右，宋江、花榮、歐鵬等中軍頭領，搖旗吶喊，擂鼓鳴鑼，大刀闊斧，殺奔祝家莊來。比及殺到獨龍岡上，是黃昏時分。

**點評**

● 細節描寫，為後文花榮射紅燈埋伏筆，情節環環相扣，若石秀不夜宿老人家中，便無從聽到這一暗號，可謂細節決定成敗。

4)　安置：臨睡前對人的請安語。

點評

● 三思而後行。

宋江催趲前軍打莊。先鋒李逵脫得赤條條的，揮兩把夾鋼板斧，火剌剌地殺向前來。到得莊前看時，已把吊橋高高地拽起了，莊門裏不見一點火。李逵便要下水過去，楊雄扯住道：「使不得。關閉莊門，必有計策。待哥哥來，別有商議。」李逵那裏忍得住，拍着雙斧，隔岸大罵道：「那鳥祝太公老賊，你出來，黑旋風爺爺在這裏！」莊上只是不應。宋江中軍人馬到來，楊雄接着，報說莊上並不見人馬，亦無動靜。宋江勒馬看時，莊上不見刀槍人馬，心中疑惑，猛省道：「我的不是了。天書上明明戒說，臨敵休急暴。是我一時見不到，只要救兩個兄弟，以此連夜進兵，不期深入重地。直到了他莊前，不見敵軍，他必有計策，快教三軍且退。」李逵叫道：「哥哥，軍馬到這裏了，休要退兵，我與你先殺過去，你們都跟我來。」

說猶未了，莊上早知，只聽得祝家莊裏一個號炮，直飛起半天裏去。那獨龍岡上千百把火把，一齊點着，那門樓上弩箭如雨點般射將來。宋江急取舊路回軍，只見後軍頭領李俊人馬先發起喊來，說道：「來的舊路都阻塞了，必有埋伏。」宋江教軍馬四下裏尋路走。李逵揮起雙斧，往來尋人廝殺，不見一個敵軍。只見獨龍岡上山頂又放一個炮來，響聲未絕，四下裏喊聲震地，驚的宋公明目睜口呆，罔知所措。

你便有文韜武略，怎逃出地網天羅？正是：安排縛虎擒龍計，要捉驚天動地人。畢竟宋公明並眾頭領怎地脫身，且聽下回分解。

## 延伸思考

因為一隻雞，興師動眾，大打出手，祝家莊、李家莊以及梁山泊之間的矛盾起因看似荒誕不經，但有沒有深層原因呢？請思考。

第四十八回

# 一丈青單捉王矮虎
# 宋公明兩打祝家莊

宋江帶領眾頭領攻打祝家莊，第一次進攻雖有石秀探路，仍被俘了一個黃信；第二次再攻，王矮虎、秦明、鄧飛均被捉，林沖擒得前來救援的一丈青扈三娘。正進退兩難時，吳用率幾個頭領前來作戰，不知有何妙計。

話說當下宋江在馬上看時，四下裏都有埋伏軍馬，且教小嘍囉只往大路殺將去，只聽得五軍屯塞住了，眾人都叫起苦來。宋江問道：「怎麼叫苦？」眾軍都道：「前面都是盤陀路，走了一遭，又轉到這裏。」宋江道：「教軍馬望火把亮處，有房屋人家，取路出去。」又走不多時，只見前軍又發起喊來，叫道：「甫能望火把亮處取路，又有苦竹簽、鐵蒺藜，遍地撒滿鹿角，都塞了路口。」宋江道：「莫非天喪我也？」

正在慌急之際，只聽得左軍中間穆弘隊裏鬧動，報來說道：「石秀來了。」宋江看時，見石秀拈着口刀，奔到馬前道：「哥哥休慌，兄弟已知路了。暗傳下將令，教五軍只看有白楊樹，便轉彎走去，不要管他路闊路狹。」宋江催趲人馬，只看有白楊樹便轉。宋江去約走過五六里路，只見前面人馬越添得多了。宋江疑忌，便喚石秀問道：「兄弟，怎麼前面賊兵眾廣？」石秀道：「他有燭燈為號。」花榮在馬上看見，把手指與宋江道：「哥哥，你看見那樹影裏這碗燭燈麼？只看我等投東，他便把那燭燈望東扯；若是我們投西，他便把那燭燈望西扯。只那些兒，想來便是號令。」宋江道：「怎地奈何的他那碗燈？」花榮道：「有何難哉！」便拈弓搭箭，縱馬向前，望着影中只一箭，不端不正，恰好把那碗紅燈射將下來。四下裏埋伏軍兵不見了那碗紅燈，便都自亂攛起來。宋江叫石秀引路，且殺出村口去。只聽得前山喊聲連起，一帶火把縱橫撩亂，宋江教前軍紮住，且使石秀領路去探。不多時，回來報道：「是山寨中第二撥軍馬到了接應，殺散伏兵。」

宋江聽罷，進兵夾攻，奪路奔出村口，祝家莊人馬四散去了。會合着林沖、秦明等眾人軍馬，同在村口駐紮。卻好天明，去高阜處下了寨柵，整點人馬，數內不見了鎮三山黃信。宋江大驚，詢問緣故，有昨夜跟去的軍人見的來說道：「黃頭領聽着哥哥將令，前去探路，不提防蘆葦叢中舒出兩把撓鈎，拖翻馬腳，被五七個人活捉去了，救護不得。」宋江聽罷大怒，要殺隨行軍漢，「如何不早報來？」林沖、花榮勸住宋江。眾人納悶道：「莊又不曾打得，倒折了兩個兄弟，似此怎生奈何？」楊雄道：「此間有三個村坊結並，所有東村李大官人，前日已被祝彪那廝射了一箭，現今在莊上養病，哥哥何不去與他計議？」宋江道：「我正忘了他。他便知本處地理虛實。」吩咐教取一對緞匹羊酒，選一騎好馬並鞍轡，親自上門去求見。林沖、秦明權守柵寨。宋江帶同花榮、楊雄、石秀上了馬，隨行三百馬軍，取路投李家莊來。

到得莊前，早見門樓緊閉，吊橋高拽起了，牆裏擺着許多莊兵人馬。門樓上早擂起鼓來。宋江在馬上叫道：「俺是梁山泊義士宋江，特來謁見大官人，別無他意，休要提備。」莊門上杜興看見有楊雄、石秀在彼，慌忙開了莊門，放隻小船過來，與宋江聲喏。宋江慌忙下馬來答禮。楊雄、石秀近前稟道：「這位兄弟便是引小弟兩個投李大官人的，喚做鬼臉兒杜興。」宋江道：「原來是杜主管。相煩足下對李大官人說，俺梁山泊宋江久聞大官人大名，無緣不曾拜會。今因祝家莊要和俺們做對頭，經過此間，特獻彩緞名馬，羊酒薄禮，只求一見，別無他意。」杜興領了言語，再渡過莊來，直到廳前。李應帶傷披被坐在床上。杜興把宋江要求見的言語說了。李應道：「他是梁山泊造反的人，我如何與他廝見？無私有意。你可回他話道，只說我臥病在床，動止不得，難以相見，改日卻得拜會。所賜禮物，不敢祗受。」

杜興再渡過來見宋江，稟道：「俺東人再三拜上頭領，本欲親身迎迓，奈緣中傷，患軀在床，不能相見，容日專當拜會。適蒙所賜厚禮，並不敢受。」宋江道：「我知你東人的意了。我因打祝家莊失利，欲求相見則個，他恐祝家莊見怪，不肯出來相見。」杜興道：「非是如此，委實患病。小人雖是中山人氏，到此多年了，頗知此間虛實事情。中間是祝家莊，東是俺李家莊，西是扈家莊。這三村莊上，誓願結生死之交，有事互相救應，今番惡了俺東人，自不去救應。只恐西村扈家莊上要來相助。他莊上別的不打緊，只有一個女將，喚做一丈青扈三娘，使兩口日月刀，好生了得。卻是祝家莊第三子祝彪定為妻室，早晚要娶。若是將軍要打祝家莊時，不須提備東邊，只要緊防西路。祝家莊上前後有兩座莊門：一座在獨龍岡前，一座在獨龍岡後。若打前門，卻不濟事，須是兩面夾攻，方可得破。前門打緊，路雜難認，一遭都是盤陀路徑，闊狹不等。但有白楊樹，便可轉彎，方是活路。如無此樹，便是死路。」石秀道：「他如今都把白楊樹木砍伐去了，將何為記？」杜興道：「雖然砍伐了樹，如何起得根盡，也須有樹根在彼。只宜白日進兵攻打，黑夜不可進兵。」

宋江聽罷，謝了杜興，一行人馬卻回寨裏來。林冲等接着，都到大寨裏坐下。宋江把李應不肯相見並杜興說的話對眾頭領說了。李逵便插口道：「好意送禮與他，那廝不肯出來迎接哥哥，我自引三百人去打開鳥莊，腦揪這廝出來拜見哥哥。」宋江道：「兄弟，你不省的，他是富貴良民，懼怕官府，如何造次肯與我們相見？」李逵笑道：「那廝想是個小孩子，怕見。」眾人一齊都笑起來。宋江道：「雖然如此說了，兩個兄弟陷了，不知性命存亡。你眾兄弟可竭力向前，跟我再去攻打祝家莊。」眾人都起身說道：「哥哥將令，誰敢不聽！不知教誰前去？」黑旋風李逵說道：「你們怕小孩子，我便前去。」宋江道：「你做先鋒不利，今番用你不着。」李逵低了頭忍氣。宋江便點馬麟、鄧飛、歐鵬、王矮虎四個，「跟我親自做先鋒去。」第二點戴宗、秦明、楊雄、石秀、李俊、張橫、張順、白勝，準備下水路用人；第三點林沖、花榮、穆弘、李逵，分作兩路策應。眾軍標撥已定，都飽食了，披掛上馬。

且說宋江親自要去做先鋒，攻打頭陣，前面打着一面大紅帥字旗，引着四個頭領，一百五十騎馬軍，一千步軍，直殺奔祝家莊來。於路着人探路，直到獨龍岡前。宋江勒馬看那祝家莊時，果然雄壯，有篇詩讚，便見祝家莊氣象：

獨龍山前獨龍岡，獨龍岡上祝家莊。
繞岡一帶長流水，周遭環匝皆垂楊。
牆內森森羅劍戟，門前密密排刀槍。
對敵盡皆雄壯士，當鋒都是少年郎。
祝龍出陣真難敵，祝虎交鋒莫可當。

更有祝彪多武藝，吒叱喑嗚[1]比霸王。
朝奉祝公謀略廣，金銀羅綺有千箱。
樽酒常時延好客，山林鎮日會豪強。
白旗一對門前立，上面明書字兩行：
「填平水泊擒晁蓋，踏破梁山捉宋江。」

當下宋江在馬上看了祝家莊那兩面旗，心中大怒，設誓道：「我若打不得祝家莊，永不回梁山泊。」眾頭領看了，一齊都怒起來。宋江聽得後面人馬都到了，留下第二撥頭領攻打前門，宋江自引了前部人馬，轉過獨龍岡後面來看祝家莊時，後面都是銅牆鐵壁，把得嚴整。正看之時，只見直西一彪軍馬吶着喊，從後殺來。宋江留下馬麟、鄧飛，把住祝家莊後門，自帶了歐鵬、王矮虎，分一半人馬前來迎接。山坡下來軍約有二三十騎馬軍，當中簇擁着一員女將。怎生結束？但見：蟬鬢金釵雙壓，鳳鞋寶鐙斜踏。連環鎧甲襯紅紗，繡帶柳腰端跨。霜刀把雄兵亂砍，玉纖將猛將生拿。天然美貌海棠花，一丈青當先出馬。

那來軍正是扈家莊女將一丈青扈三娘，一騎青鬃馬上，掄兩口日月雙刀，引着三五百莊客，前來祝家莊策應。宋江道：「剛說扈家莊有這個女將，好生了得，想來正是此人，誰敢與他迎敵？」說猶未了，只見這王矮虎是個好色之徒，聽得說是個女將，指望一合便捉得過來。當時喊了一聲，驟馬向前，挺手中槍，便出迎敵。兩軍吶喊，那扈三娘拍馬舞刀來戰王矮虎，一個雙刀的熟閒，一個單槍的出眾。兩個鬥敵十數合之上，宋江在馬上看時，見王矮虎槍法架隔不住。原來王矮虎初見一丈青，恨不得便捉過來，誰想鬥過十合之上，看看的手顫腳麻，槍法便都亂了。不是兩個性命相撲時，王矮虎卻要做光[2]起來。那一丈青是個乖覺的人，心中道：「這廝無理。」便將兩把雙刀直亡直下砍將入來。這王矮虎如何敵得過，撥回馬卻待要走，被一丈青縱馬趕上，把右手刀掛了，輕舒猿臂，將王矮虎提離雕鞍；活捉去了。眾莊客齊上，把王矮虎橫拖倒拽捉去了。有詩為證：

---

1) 吒叱喑嗚：怒吼。

2) 做光：調情。

色膽能拚不顧身，肯將性命值微塵。
銷金帳裏無強將，喪魄亡精與婦人。

歐鵬見捉了王英，便挺槍來救。一丈青縱馬跨刀，接着歐鵬，兩個便鬥。原來歐鵬祖是軍班子弟出身，使得好一條鐵槍，宋江看了，暗暗的喝采。怎的歐鵬槍法精熟，也敵不得那女將半點便宜。鄧飛在遠遠處看見捉了王矮虎，歐鵬又戰那女將不下，跑着馬，舞起一條鐵鏈，大發喊趕將來。祝家莊上已看多時，誠恐一丈青有失，慌忙放下吊橋，開了莊門，祝龍親自引了三百餘人，驟馬提槍，來捉宋江。馬麟看見，一騎馬使起雙刀，來迎住祝龍廝殺。鄧飛恐宋江有失，不離左右，看他兩邊廝殺，喊聲迭起。宋江見馬麟鬥祝龍不過，歐鵬鬥一丈青不下，正慌哩，只見一彪軍馬從刺斜裏殺將來。宋江看時，大喜。卻是霹靂火秦明，聽得莊後廝殺，前來救應。宋江大叫：「秦統制，你可替馬麟。」

秦明是個急性的人，更兼祝家莊捉了他徒弟黃信，正沒好氣，拍馬飛起狼牙棍，便來直取祝龍。祝龍也挺槍來敵秦明。馬麟引了人卻奪王矮虎。那一丈青看見了馬麟來奪人，便撇了歐鵬，卻來接住馬麟廝殺。兩個都會使雙刀，馬上相迎着，正如這風飄玉屑，雪撒瓊花，宋江看得眼也花了。這邊秦明和祝龍鬥到十合之上，祝龍如何敵得秦明過，莊門裏面那教師欒廷玉帶了鐵錘，上馬挺槍，殺將出來。歐鵬便來迎住欒廷玉廝殺。欒廷玉也不來交馬，帶住槍時，刺斜裏便走。歐鵬趕將去，被欒廷玉一飛錘，正打着，翻筋斗下馬去。鄧飛大叫：「孩兒們救人！」舞着鐵鏈，徑奔欒廷玉。宋江急喚小嘍囉，救得歐鵬上馬。那祝龍當敵秦明不住，拍馬便走。欒廷玉也撇了鄧飛，卻來戰秦明，兩個鬥了一二十合，不分勝敗。欒廷玉賣個破綻，落荒即走，秦明舞棍，徑趕將來。欒廷玉便望荒草之中跑馬入去，秦明不知是計，也追入去。原來祝家莊那等去處，都有人埋伏，見秦明馬到，拽起絆馬索來，連人和馬都絆翻了，發聲喊，捉住了秦明。鄧飛見秦明墜馬，慌忙來救，急見絆馬索拽，卻待回身，兩下裏叫聲着，撓鉤似亂麻一般搭來，就馬上活捉了去。

宋江看見，只叫得苦，止救得歐鵬上馬。馬麟撇了一丈青，急奔來保護宋江，望南而走。背後欒廷玉、祝龍、一丈青，分投趕將來。看看沒路，正待受縛。只見正南上一個好漢飛馬而來，背後隨從約有五百人馬。宋江看時乃是沒遮攔穆弘。東南上也有三百餘人，兩個好漢飛奔前來：一個是病關索楊雄，一個是拚命三郎石秀。東北上又一個好漢，高聲大叫：「留下人着！」宋江看時，乃是小李廣花榮。三路人馬一齊都到，宋江心下大喜，一發並力來戰欒廷玉、祝龍。莊上望見，恐怕兩個吃虧，且教祝虎守把住莊門，小郎君祝彪騎一匹劣馬，使一條長槍，自引五百餘人馬，從莊後殺將出來，一齊混戰。莊前李俊、張橫、張順，下水過來，被莊上亂箭射來，不能下手。戴宗、白勝，只在對岸吶喊。宋江見天色晚了，急叫馬麟先保護歐鵬出村口去。宋江又叫小嘍囉篩鑼[3]，聚攏眾好漢，且戰且走。宋江自拍馬到處尋了看，只恐弟兄們迷了路。

正行之間，只見一丈青飛馬趕來，宋江措手不及，便拍馬望東而走。背後一丈青緊追着，八個馬蹄翻盞撒鈸相似，趕投深村處來。一丈青正趕上宋江，待要下手，只聽得山坡上有人大叫道：「那鳥婆娘趕我哥哥那裏去？」宋江看時，卻是黑旋風李逵，掄兩把板斧，引着七八十個小嘍囉，大踏步趕將來。一丈青便勒轉馬，望這樹林邊去。宋江也勒住馬看時，只見樹林邊轉出十數騎馬軍來，當先簇擁着一個壯士。怎生結束？但見：嵌寶頭盔穩戴，磨銀鎧甲重披。素羅袍上繡花枝，獅蠻帶瓊瑤密砌。丈八蛇矛緊挺，霜花駿馬頻嘶。滿山都喚小張飛，豹子頭林沖便是。

那來軍正是豹子頭林沖，在馬上大喝道：「兀那婆娘走那裏去？」一丈青飛刀縱馬，直奔林沖，林沖挺丈八蛇矛迎敵。兩個鬥不到十合，林沖賣個破綻，放一丈青兩口刀砍入來，林沖把蛇矛逼個住，兩口刀逼斜了，趕攏去，輕舒猿臂，款扭狼腰，把一丈青只一拽，活挾過馬來。宋江看見，喝聲采，不知高低。林沖叫軍士綁了，驟馬向前道：「不曾傷犯哥哥麼？」道：「不曾傷着。」便叫李逵快走村中接應眾好漢，且教來村口商議，天色已晚，不可戀戰。黑旋風領本部人馬去了。林沖保護宋江，押着一丈青在馬上，取路出村口來。當晚眾頭領不得便宜，急急都趕出村口來。祝家莊人馬也收回莊上去了。滿村中殺死的人，不計其數。祝龍教把捉到的人都將來陷車囚了，一發

---

3) 篩鑼：敲，打（鑼）。

拿住宋江，卻解上東京去請功。扈家莊已把王矮虎解送到祝家莊去了。

且說宋江收回大隊人馬，到村口下了寨柵，先教將一丈青過來，喚二十個老成的小嘍囉，着四個頭目，騎四匹快馬，把一丈青拴了雙手，也騎一匹馬，「連夜與我送上梁山泊去，交與我父親宋太公收管，便來回話。待我回山寨，自有發落。」眾頭領都只道宋江自要這個女子，盡皆小心送去。先把一輛車兒教歐鵬上山去將息。一行人都領了將令，連夜去了。宋江其夜在帳中納悶，一夜不睡，坐而待旦。

次日，只見探事人報來，說軍師吳學究引將三阮頭領並呂方、郭盛，帶五百人馬到來。宋江聽了，出寨迎接了軍師吳用，到中軍帳裏坐下。吳學究帶將酒食來，與宋江把盞賀喜，一面犒賞三軍眾將。吳用道：「山寨裏晁頭領多聽得哥哥先次進兵不利，特地使將吳用並五個頭領來助戰。不知近日勝敗如何？」宋江道：「一言難盡。叵耐祝家那廝，他莊門上立兩面白旗，寫道：『填平水泊擒晁蓋，踏破梁山捉宋江。』這廝無禮。先一遭進兵攻打，因為失其地利，折了楊林、黃信。夜來進兵，又被一丈青捉了王矮虎，欒廷玉錘打傷了歐鵬，絆馬索拖翻捉了秦明、鄧飛。如此失利，若不得林教頭恰活捉得一丈青時，折盡銳氣。今來似此，如之奈何？若是宋江打不得祝家莊破，救不出這幾個兄弟來，情願自死於此地，也無面目回去見得晁蓋哥哥。」吳學究笑道：「這個祝家莊也是合當天敗，卻好有這個機會。吳用想來，事在旦夕可破。」宋江聽罷，十分驚喜，連忙問道：「這祝家莊如何旦夕可破？機會自何而來？

吳學究笑着，不慌不忙，疊兩個指頭，說出這個機會來，正是：空中伸出拿雲手[4]，救出天羅地網人。畢竟軍師吳用說出甚麼機會來，且聽下回分解。

### 延伸思考

作者為何要極力渲染祝家莊如此難攻？試體會襯托手法的運用。

4) 拿雲手：能拿雲的手，比喻了不起的本領。

## 第四十九回

# 解珍解寶雙越獄
# 孫立孫新大劫牢

「山重水復疑無路，柳暗花明又一村」是對本回故事最恰當的解釋。宋江兩次攻打祝家莊不得，並損了幾員大將，正是進亦憂，退亦憂之時，橫空來了八員大將，為攻打祝家莊獻計。他們究竟是如何從天而降，又如何投奔梁山泊來呢？

話說當時吳學究對宋公明說道：「今日有個機會，卻是石勇面上來投入夥的人，又與欒廷玉那廝最好，亦是楊林、鄧飛的至愛相識。他知道哥哥打祝家莊不利，特獻這條計策來入夥，以為進身之報，隨後便至。五日之內，可行此計，卻是好麼？」宋江聽了，大喜道：「妙哉！」方才笑逐顏開。

說話的，卻是甚麼計策？下來便見。看官牢記這段話頭。原來和宋公明初打祝家莊時，一同事發。卻難這邊說一句，那邊說一回，因此權記下這兩打祝家莊的話頭，卻先說那一回來投入夥的人乘機會的話，下來接着關目。

原來山東海邊有個州郡，喚做登州。登州城外有一座山，山上多有豺狼虎豹，出來傷人。因此登州知府拘集獵戶，當廳委了杖限文書，捉捕登州山上大蟲。又仰山前山後里正之家，也要捕虎文狀，限外不行解官，痛責枷號不恕。

且說登州山下有一家獵戶，兄弟兩個，哥哥喚做解珍，兄弟喚做解寶。弟兄兩個，都使渾鐵點鋼叉，有一身驚人的武藝。當州裏的獵戶們，都讓他第一。那解珍一個綽號喚做兩頭蛇，這解寶綽號叫做雙尾蠍。二人父母俱亡，不曾婚娶。那哥哥七尺以上身材，紫棠色面皮，腰細膀闊。這個兄弟解寶，更是利害，也有七尺以上身材，面圓身黑，兩隻腿上刺着兩個飛天夜叉，有時性起，恨不得騰天倒地，拔樹搖山。有一篇《西江月》，單道他弟兄的好處：

世本登州獵戶，生來驍勇英豪。穿山越嶺健如猱，麋鹿見時驚倒。手執蓮花鑌鋭，腰懸蒲葉尖刀。豹皮裙子虎筋條，解氏二雄年少。

那弟兄兩個當官受了使限文書，回到家中，整頓窩弓藥箭，弩子鎲叉，穿了豹皮褲、虎皮套體，拿了鐵叉。兩個徑奔登州山上，下了窩弓，去樹上等了一日，不濟事了，收拾窩弓下去。次日，又帶了乾糧，再上山伺候，看看天晚，弟兄兩個再把窩弓下了，爬上樹去，直等到五更，又沒動靜。兩個移了窩弓，卻來西山邊下了，坐到天明，又等不着。兩個心焦，說道：「限三日內要納大蟲，遲時須用受責，卻是怎地好！」

兩個到第三日夜，伏至四更時分，不覺身體睏倦。兩個背廝靠着且睡，未曾合眼，忽聽得窩弓發響。兩個跳將起來，拿了鋼叉，四下裏看時，只見一個大蟲中了藥箭，在那地上滾。兩個拈着鋼叉向前來。那大蟲見了人來，帶着箭便走。兩個追將向前去，不到半山裏時，藥力透來，那大蟲當不住，吼了一聲，骨渌渌滾將下山去了。解寶道：「好了，我認得這山，是毛太公莊後園裏，我和你下去他家取討大蟲。」

當時弟兄兩個提了鋼叉，徑下山來，投毛太公莊上敲門。此時方才天明，兩個敲開莊門入去，莊客報與太公知道。多時，毛太公出來，解珍、解寶放下鋼叉，聲了喏，說道：「伯伯，多時不見，今日特來拜擾。」毛太公道：「賢姪如何來得這等早？有甚話說？」解珍道：「無事不敢驚動伯伯睡寢。如今小姪因為官司委了仗限文書，要捕獲大蟲，一連等了三日，今早五更，射得一個，不想從後山滾下在伯伯園裏。望煩借一路，取大蟲則個。」毛太公道：「不妨，既是落在我園裏，二位且少坐。敢是肚飢了，吃些早飯去取。」叫莊客且去安排早膳來相待。當時勸二位吃了酒飯，解珍、解寶起身謝道：「感承伯伯厚意，望煩引去，取大蟲還小姪。」毛太公道：「既是在我莊後，卻怕怎地？且坐吃茶，卻去取未遲。」解珍、解寶不敢相違，只得又坐下。莊客拿茶來，叫二位吃了。毛太公道：「如今我和賢姪去取大蟲。」解珍、解寶道：「深謝伯伯。」

毛太公引了二人入到莊後，叫莊客把鑰匙來開門，百般開不開。毛太公道：「這園多時不曾有人來開，敢是鎖鏽了，因此開不得，去取鐵錘來打開了罷。」莊客便將鐵錘來，敲開了鎖，眾人都入園裏去看時，遍山邊去看，尋不見。毛太公道：「賢姪，你兩個莫不錯看了，認不仔細？敢不曾落在我園裏？」解珍道：「怎地得我兩個錯看了？是這裏生長的人，如何不認得？」毛太公道：「你自尋便了，有時自抬去。」解寶道：「哥哥，你且來看，這裏一帶草滾得平平地都倒了，又有血路在上頭，如何說不在這裏？必是伯伯家莊客抬過了。」毛太公道：「你休這等說，我家莊上的人如何得知有大蟲在園裏？便又抬得過？你也須看見方才當面敲開鎖來，和你兩個一同入園裏來尋。你如何這般說話！」解珍道：「伯伯，你須還我這個大蟲去解官。」毛太公道：「你這兩個好無道理！我好意請你吃酒飯，你顛倒賴我大蟲。」解寶道：「有甚麼賴處！你家也現當里正，官府中也委了仗限文書，卻沒本事去捉，倒來就我現成，你倒將去請功，教我兄弟兩個吃限棒。」毛太公道：「你吃限棒，干我甚事！」解珍、解寶睜起眼來，便道：「你敢教我搜一搜麼？」毛太公道：「我家比你家，各有內外。你看這兩個教化頭倒來無禮。」解寶搶近廳前尋不見，心中火起，便在廳前打將起來；解珍也就廳前攀折欄杆，打將入去。毛太公叫道：「解珍、解寶白晝搶劫！」那兩個打碎了廳前椅桌，見莊上都有準備，兩個便拔步出門，指着莊上罵道：「你賴我大蟲，和你官司裏去理會。」解氏深機捕獲，毛家巧計牢籠。當日因爭一虎，後來引起雙龍。

那兩個正罵之間，只見兩三匹馬投莊上來，引着一夥伴當。解珍認得是毛太公兒子毛仲義，接着說道：「你家莊上莊客捉過了我大蟲，你爹不討還我，顛倒要打我弟兄兩個。」毛仲義道：「這廝村人不省事，我父親必是被他們瞞過了。你兩個不要發怒，隨我到家裏，討還你便了。」解珍、解寶謝了毛仲義，叫開莊門，教他兩個進去。待得解珍、解寶人得門來，便叫關上莊門，喝一聲：「下手！」兩廊下走出二三十個莊客，並恰才馬後帶來的，都是做公的。那兄弟兩個措手不及，眾人一發上，把解珍、解寶綁了。毛仲義道：「我家昨夜自射得一個大蟲，如何來白賴我的？乘勢搶擄我家財，打碎家中什物，當得何罪？解上本州，也與本州除了一害。」

原來毛仲義五更時，先把大蟲解上州裏去了，卻帶了若干做公的來捉解珍、解寶。不想他這兩個不識局面，正中了他的計策，分說不得。毛太公教把他兩個使的鋼叉並一包贓物，扛抬了許多打碎的家夥什物，將解珍、解寶剝得赤條條地，背剪綁了，解上州裏來。本州有個六案孔目，姓王，名正，卻是毛太公的女婿，已自先去知府面前稟說了。才把解珍、解寶押到廳前，不由分說，捆翻便打，定要他兩個招做混賴大蟲，各執鋼叉，因而搶擄財物。解珍、解寶吃拷不過，只得依他招了。知府教取兩面二十五斤的重枷來枷了，釘下大牢裏去。毛太公、毛仲義自回莊上商議道：「這兩個男女，卻放他不得，不如一發結果了他，免致後患。」當時子父二人自來州裏，吩咐孔目王正：「與我一發斬草除根，萌芽不發，我這裏自行與知府的打關節。」

卻說解珍、解寶押到死囚牢裏，引至亭心上來，見這個節級。為頭的那人，姓包，名吉，已自得了毛太公銀兩，並聽信王孔目之言，教對付他兩個性命，便來亭心裏坐下。小牢子對他兩個說道：「快過來，跪在亭子前。」包節級喝道：「你兩個便是甚麼兩頭蛇、雙尾蠍，是你麼？」解珍道：「雖然別人叫小人們這等混名，實不曾陷害良善。」包節級喝道：「你這兩個畜生，今番我手裏教你兩頭蛇做一頭蛇，雙尾蠍做單尾蠍，且與我押入大牢裏去。」

那一個小牢子把他兩個帶在牢裏來，見沒人，那小節級便道：「你兩個認得我麼？我是你哥哥的妻舅。」解珍道：「我只親弟兄兩個，別無那個哥哥。」那小牢子道：「你兩個須是孫提轄的兄弟。」解珍道：「孫提轄是我姑舅哥哥，我卻不曾與你相會。足下莫非是樂和舅？」那小節級道：「正是，我姓樂，名和，祖貫茅州人氏。先祖挈家到此，將姐姐嫁與孫提轄為妻。我自在此州裏勾當，做小牢子。人見我唱得好，都叫我做鐵叫子樂和。姐夫見我好武藝，教我學了幾路槍法在身。」怎見得？有詩為證：

玲瓏心地衣冠整，俊俏肝腸語話清。
能唱人稱鐵叫子，樂和聰慧自天生。

原來這樂和是一個聰明伶俐的人，諸般樂品，盡皆曉得，學着便會。作事見頭知尾。說起槍棒武藝，如糖似蜜價愛。為見解珍、解寶是個好漢，有心要救他，只是單絲不成線，孤掌豈能鳴，只報得他一個信。樂和說道：「好教你兩個得知，如今包節級得受了毛太公錢財，必然要害你兩個性命，你兩個卻是怎生好？」解珍道：「你不說起孫提轄則休，你既說起他來，只央你寄一個信。」樂和道：「你卻教我寄信與誰？」解珍道：「我有個姐姐，是我爺面上的[1]，卻與孫提轄兄弟為妻，現在東門外十里牌住。他是我姑娘[2]的女兒，叫做母大蟲顧大嫂，開張酒店，家裏又殺牛開賭。我那姐姐有三二十人近他不得，姐夫孫新這等本事，也輸與他。只有那個姐姐，和我弟兄兩個最好。孫新、孫立的姑娘，卻是我母親，以此他兩個又是我姑舅哥哥。央煩的你暗暗地寄個信與他，把我的事說知，姐姐必然自來救我。」

樂和聽罷，吩咐說：「賢親，你兩個且寬心着。」先去藏些燒餅肉食，來牢裏開了門，把與解珍、解寶吃了。推了事故，鎖了牢門，教別個小節級看守了門，一徑奔到東門外，望十里牌來。早望見一個酒店，門前懸掛着牛羊等肉，後面屋下一簇人在那裏賭博。樂和見酒店裏一個婦人坐在櫃上，但見：眉粗眼大，胖面肥腰。插一頭異樣釵環，露兩個時興釧鐲。有時怒起，提井欄便打老公頭；忽地心焦，拿石錐敲翻莊客腿。生來不會拈針線，弄棒持槍當女工。

樂和入進店內，看着顧大嫂，唱個喏道：「此間姓孫麼？」顧大嫂慌忙答道：「便是。足下卻要沽酒，卻要買肉？如要賭錢，後面請坐。」樂和道：「小人便是孫提轄妻弟樂和的便是。」顧大嫂笑道：「原來卻是樂和舅，可知尊顏和姆姆[3]一般模樣。且請裏面拜茶。」樂和跟進裏面客位裏坐下。顧大嫂便動問道：「聞知得舅舅在州裏勾當，家下窮忙少閒，不曾相會。今日甚風吹得到此？」樂和答道：「小人無事，也不敢來相惱。今日廳上偶然發下兩個罪人進來，雖不曾相會，多聞他的大名。一個是兩頭蛇解珍，一個是雙尾蠍解寶。」顧大嫂道：「這兩個是我的兄弟，不知因甚罪犯下在牢裏？」樂和道：「他兩個因射得一個大蟲，被本鄉一個財主毛太公賴了。又把他兩個強扭做賊，搶擄家財，解入州裏來。他又上上下下都使了錢物，早晚間要教包節級牢裏做翻他兩個，結果了性命。小人路見不平，獨力難救。只想一者沾親，二乃義氣為重，特地與他通個消息。他說道：『只除是姐姐便救得他。』若不早早用心着力，難以救拔。」

---

1) 爺面上的：叔伯輩分。

2) 姑娘：姑母。

3) 姆姆：稱丈夫的嫂子。

顧大嫂聽罷，一片聲叫起苦來。便叫火家：「快去尋得二哥家來說話。」有幾個火家去不多時，尋得孫新歸來，與樂和相見。怎見得孫新的好處？有詩為證：

軍班才俊子，眉目有神威。
身在蓬萊寓，家從瓊海移。
自藏鴻鵠志，恰配虎狼妻。
鞭舉龍雙見，槍來蟒獨飛。
年似孫郎少，人稱小尉遲。

原來這孫新祖是瓊州人氏，軍官子孫，因調來登州駐紮，弟兄就此為家。孫新生得身長力壯，全學得他哥哥的本事，使得幾路好鞭槍，因此多人把他弟兄兩個比尉遲恭，叫他做小尉遲。顧大嫂把上件事對孫新說了，孫新道：「既然如此，叫舅舅先回去。他兩個已下在牢裏，全望舅舅看覷則個。我夫妻商量個長便道理，卻徑來相投。」樂和道：「但有用着小人處，盡可出力向前。」顧大嫂置酒相待已了，將出一包碎銀，付與樂和：「望煩舅舅將去牢裏，散與眾人並小牢子們，好生周全他兩個弟兄。」樂和謝了，收了銀兩，自回牢裏來替他使用，不在話下。

且說顧大嫂和孫新商議道：「你有甚麼道理，救我兩個兄弟？」孫新道：「毛太公那廝，有錢有勢，他防你兩個兄弟出來，須不肯干休，定要做翻了他兩個，似此必然死在他手。若不去劫牢，別樣也救他不得。」顧大嫂道：「我和你今夜便去。」孫新笑道：「你好粗鹵。我和你也要算個長便，劫了牢，也要個去向。若不得我那哥哥和這兩個人時，行不得這件事。」顧大嫂道：「這兩個是誰？」孫新道：「便是那叔姪兩個最好賭的鄒淵、鄒潤，如今現在登雲山台峪裏，聚眾打劫。他和我最好，若得他兩個相幫助，此事便成。」顧大嫂道：「登雲山離這裏不遠，你可連夜去請他叔姪兩個來商議。」孫新道：「我如今便去。你可收拾了酒食餚饌，我去定請得來。」顧大嫂吩咐火家，宰了一口豬，鋪下數盤果品按酒，排下桌子。

天色黃昏時候，只見孫新引了兩籌好漢歸來。那個為頭的姓鄒，名淵，原是萊州人氏，自小最好賭錢，閒漢出身，為人忠良慷慨。更兼一身好武藝，性氣高強，不肯容人，江湖上喚他綽號出林龍。第二個好漢，名喚鄒潤，是他姪兒，年紀與叔叔仿佛，二人爭差不多，身材長大，天生一等異相，腦後一個肉瘤，以此人都喚他做獨角龍。那鄒潤往常但和人爭鬧，性起來一頭撞去，忽然一日，一頭撞折了澗邊一株松樹，看的人都驚呆了。有《西江月》一首，單道他叔姪的好處：

廝打場中為首，呼盧[4]隊裏稱雄。天生忠直氣如虹，武藝驚人出眾。結寨登雲台上，英名播滿山東。翻江攪海似雙龍，豈作池中玩弄？

當時顧大嫂見了，請入後面屋下坐地。卻把上件事告訴與他，次後商量劫牢一節。鄒淵道：「我那裏雖有八九十人，只有二十來個心腹的。明日幹了這件事，便是這裏安身不得了。我卻有個去處，我也有心要去多時，只不知你夫婦二人肯去麼？」顧大嫂道：「遮莫甚麼去處，都隨你去，只要救了我兩個兄弟。」鄒淵道：「如今梁山泊十分興旺，宋公明大肯招賢納士。他手下現有我的三個相識在彼：一個是錦豹子楊林，一個是火眼狻猊鄧飛，一個是石將軍石勇，都在那裏入夥了多時。我們救了你兩個兄弟，都一發上梁山泊投奔入夥去，如何？」顧大嫂道：「最好，有一個不去的，我便亂槍戳死他。」鄒潤道：「還有一件，我們倘或得了人，誠恐登州有些軍馬追來，如之奈何？」孫新道：「我的親哥哥現做本州軍馬提轄，如今登州只有他一個了得。幾番草寇臨城，都是他殺散了，到處聞名。我明日自去請他來，要他依允便了。」鄒淵道：「只怕他不肯落草。」孫新說道：「我自有良法。」

當夜吃了半夜酒，歇到天明，留下兩個好漢在家裏，卻使一個火家帶領了一兩個人，推一輛車子：「快走城中營裏，請我哥哥孫提轄並嫂嫂樂大娘子，說道：『家中大嫂害病沉重，便煩來家看覷。』」顧大嫂吩咐火家道：「只說我病重臨危，有幾句緊要的話，須是便來，只有幾番相見囑咐。」火家推車兒去了。

孫新專在門前伺候，等接哥哥。飯罷時分，遠遠望見車兒來了，載着樂

---

4) 呼盧：賭博。

大娘子，背後孫提轄騎着馬，十數個軍漢跟着，望十里牌來。孫新人去報與顧大嫂得知，說：「哥嫂來了。」顧大嫂吩咐道：「只依我如此行。」孫新出來，接見哥嫂，且請嫂嫂下了車兒，同到房裏，看視弟媳婦病症。孫提轄下了馬，入門來，端的好條大漢，淡黃面皮，落腮鬍鬚，八尺以上身材，姓孫，名立，綽號病尉遲，射得硬弓，騎得劣馬，使一管長槍，腕上懸一條虎眼竹節鋼鞭，海邊人見了，望風而降。有詩為證：

鬍鬚黑霧飄，性格流星急。
鞭槍最熟慣，弓箭常温習。
闊臉似妝金，雙睛如點漆。
軍中顯姓名，病尉遲孫立。

當下病尉遲孫立下馬來，進得門便問道：「兄弟，嬸子害甚麼病？」孫新答道：「他害得症候，病得蹺蹊，請哥哥到裏面說話。」孫立便入來。孫新吩咐火家，着這夥跟馬的軍士去對門店裏吃酒。便教火家牽過馬，請孫立入到裏面來坐下。良久，孫新道：「請哥哥、嫂嫂去房裏看病。」孫立同樂大娘子入進房裏，見沒有病人。孫立問道：「嬸子病在那裏房內？」只見外面走入顧大嫂來，鄒淵、鄒潤跟在背後。孫立道：「嬸子，你正是害甚麼病？」顧大嫂道：「伯伯拜了。我害些救兄弟的病。」孫立道：「卻又作怪，救甚麼兄弟？」顧大嫂道：「伯伯你不要推聾裝啞。你在城中，豈不知道他兩個是我兄弟，偏不是你的兄弟。」孫立道：「我並不知因由，是那兩個兄弟？」顧大嫂道：「伯伯在上，今日事急，只得直言拜稟：這解珍、解寶被登雲山下毛太公與同王孔目設計陷害，早晚要謀他兩個性命。我如今和這兩個好漢商量已定，要去城中劫牢，救出他兩個兄弟，都投梁山泊入夥去，恐怕明日事發，先負累伯伯。因此我只推患病，請伯伯、姆姆到此說個長便。若是伯伯不肯去時，我們自去上梁山泊去了。如今朝廷有甚分曉，走了的倒沒事，見在的便吃官司。常言道：『近火先焦。』伯伯便替我們吃官司坐牢，那時又沒人送飯來救你。伯伯尊意如何？」孫立道：「我卻是登州的軍官，怎地敢做這等事！」顧大嫂道：「既是伯伯不肯，我們今日先和伯伯併個你死我活。」顧大嫂身邊便掣出兩把刀來，鄒淵、鄒潤各拔出短刀在手。孫立叫道：「嬸子且住，休要急速！待我從長計較，慢慢地商量。」樂大娘子驚得半晌做聲不得。顧大嫂又道：「既是伯伯不肯去時，即便先送姆姆前行，我們自去下手。」孫立道：「雖要如此行時，也待我歸家去收拾包裹行李，看個虛實，方可行事。」顧大嫂道：「伯伯，你的樂阿舅透風與我們了。一就去劫牢，一就去取行李不遲。」孫立歎了一口氣，說道：「你眾人既是如此行了，我怎地推卻得開，不成日後倒要替你們吃官司？罷，罷，罷，都做一處商議了行。」先叫鄒淵去登雲山寨裏收拾起財物人馬，帶了那二十個心腹的人，來店裏取齊。鄒淵去了。又使孫新入城裏來，問樂和討信，就約會了，暗通消息解珍、解寶得知。

次日，登雲山寨裏鄒淵收拾金銀已了，自和那起人到來相助。孫新家裏也有七八個知心腹的火家，並孫立帶來的十數個軍漢，共有四十餘人。孫新宰了兩口豬，一腔羊，眾人盡吃了一飽。顧大嫂貼肉藏了尖刀，扮做個送飯的婦人先去。孫新跟着孫立，鄒淵領了鄒潤，各帶了火家，分作兩路入去。正是：捉虎翻成縱虎災，虎官虎吏枉安排。全憑鐵叫通關節，始得牢城鐵甕開。

且說登州府牢裏包節級得了毛太公錢物，只要陷害解珍、解寶的性命。當日樂和拿着水火棍，正立在牢門裏獅子口邊，只聽得拽鈴子響，樂和道：「甚麼人？」顧大嫂應道：「送飯的婦人。」樂和已自瞧科了，便來開門，放顧大嫂入來，再關了門。將過廊下去，包節級正在亭心裏，看見便喝道：「這婦人是甚麼人？敢進牢裏來送飯？自古獄不通風。」樂和道：「這是解珍、解寶的姐姐，自來送飯。」包節級喝道：「休要教他入去，你們自與他送進去便了。」樂和討了飯，卻來開了牢門，把與他兩個。解珍、解寶問道：「舅舅夜來所言的事如何？」樂和道：「你姐姐入來了，只等前後相應。」樂和便把匣床與他兩個開了。只聽的小牢子入來報道：「孫提轄敲門，要走入來。」包節級道：「他自是營官，來我牢裏有何事幹？休要開門！」顧大嫂一踅踅下亭心邊去。外面又叫道：「孫提轄焦躁了打門。」包節級忿怒，便下亭心來。顧大嫂大叫一聲：「我的兄弟在那裏？」身邊便掣出兩把明晃晃尖刀來。包節級見不是頭，望亭心外便走。解珍、解寶提起枷，從牢眼裏鑽將出來，正迎着包節級。包節級措手不及，被解寶一枷梢打重，把腦蓋擗得粉碎。當時顧大嫂手起，早戳翻了三五個小牢子，一齊發喊，從牢裏打將出來。孫立、孫新把兩個當住了，見四個從牢裏出來，一發望州衙前便走。鄒淵、鄒潤早從州衙裏提出王孔目頭來。街市上人大喊起，先奔出城去。孫提轄騎着馬，彎着弓，搭着箭，壓在後面。街上人家都關上門，不敢出來。州裏做公的人，認得是孫提轄，誰敢向前攔當。

眾人簇擁着孫立，奔出城門去，一直望十里牌來，扶攙樂大娘子上了車兒。顧大嫂上了馬，幫着便行。解珍、解寶對眾人道：「叵耐毛太公老賊冤家，如何不報了去？」孫立道：「說得是。」便令兄弟孫新與舅舅樂和先護持車兒前行着，「我們隨後趕來。」孫新、樂和簇擁着車兒先行去了。

孫立引着解珍、解寶、鄒淵、鄒潤並火家伴當一徑奔毛太公莊上來，正值毛仲義與太公在莊上慶壽飲酒，卻不提備。一夥好漢吶聲喊，殺將入去，就把毛太公、毛仲義並一門老小盡皆殺了，不留一個。去臥房裏搜檢得十數包金銀財寶，後院裏牽得七八匹好馬，把四匹捎帶馱載。解珍、解寶揀幾件好的衣服穿了，將莊院一把火，齊放起燒了。各人上馬，帶了一行人，趕不到三十里路，早趕上車仗人馬，一處上路行程。於路莊戶人家，又奪得三五匹好馬，一行星夜奔上梁山泊去。有《西江月》為證：

忠義立身之本，奸邪壞國之端。狼心狗行濫居官，致使英雄扼腕。奪虎機謀可惡，劫牢計策堪觀。登州城廓痛悲酸，頃刻橫屍遍滿。

不一二日，來到石勇酒店裏，那鄒淵與他相見了，問起楊林、鄧飛二人。石勇答言，說起宋公明去打祝家莊，二人都跟去，兩次失利，聽得報來說，楊林、鄧飛俱被陷在那裏，不知如何。備聞祝家莊三子豪傑，又有教師鐵棒欒廷玉相助，因此二次打不破那莊。孫立聽罷，大笑道：「我等眾人來投大寨入夥，正沒半分功勞，獻此一條計策打破祝家莊，為進身之報如何？」石勇大喜道：「願聞良策。」孫立道：「欒廷玉那廝，和我是一個師父教的武藝。我學的槍刀，他也知道，他學的武藝，我也盡知。我們今日只做登州對調來鄆州守把，經過來此相望，他必然出來迎接。我們進身入去，裏應外合，必成大事。此計如何？」

正與石勇說計未了，只見小校報道：「吳學究下山來，前往祝家莊救應去。」石勇聽得，便叫小校快去報知軍師，請來這裏相見。說猶未了，已有軍馬來到店前，乃是呂方、郭盛並阮氏三雄，隨後軍師吳用帶領五百人馬到來。石勇接入店內，引着這一行人都相見了，備說投託入夥，獻計一節。吳用聽了大喜，說道：「既然眾位好漢肯作成山寨，且休上山，便煩請往祝家莊行此一事，成全這段功勞如何？」孫立等眾人皆喜，一齊都依允了。吳用道：「小生今去，也如此見陣，我人馬前行，眾位好漢隨後一發便來。」

吳學究商議已了，先來宋江寨中。見宋公明眉頭不展，面帶憂容，吳用置酒與宋江解悶，備說起石勇、楊林、鄧飛三個的一起相識，是登州兵馬提轄病尉遲孫立，和這祝家莊教師欒廷玉是一個師父教的。今來共有八人，投託大寨入夥，特獻這條計策，以為進身之報。今已計較定了，裏應外合，如此行事，隨後便來參見兄長。宋江聽說罷，大喜，把愁悶都撇在九霄雲外，忙叫寨內置酒，安排筵席等來相待。

卻說孫立教自己的伴當人等，跟着車仗人馬投一處歇下，只帶了解珍、解寶、鄒淵、鄒潤、孫新、顧大嫂、樂和共是八人，來參宋江，都講禮已畢。宋江置酒設席管待，不在話下。吳學究暗傳號令與眾人，教第三日如此行，第五日如此行。吩咐已了，孫立等眾人領了計策，一行人自來和車仗人馬投祝家莊進身行事。

再說吳學究道：「啟動戴院長到山寨裏走一遭，快與我取將這四個頭領來，我自有用他處。」

不是教戴宗連夜來取這四個人來，有分教：水泊重添新羽翼，山莊無復舊衣冠。畢竟吳學究取那四個人來，且聽下回分解。

## 精華賞析

本是寫三打祝家莊，卻插敘了一篇解珍解寶打虎，又遭陷害之事，引出孫新、孫立等人一起投奔梁山。只有如此，才可能打破祝家莊。這樣的寫法既能使情節富於變化，又可以使三打祝家莊的寫法不至重複。

# 第五十回

## 精讀 吳學究雙掌連環計<br>宋公明三打祝家莊

新加入的這幾個頭領憑藉孫立的關係混入祝家莊，並假意捉拿了石秀，取得了祝家的信任，與梁山泊兄弟們來了個裏應外合之計，終於破敵，並殺死祝家老小。吳用又用計騙得李應上山落草，達到了宋江最初下山的目的。是何計策如此靈妙？且看下文便知。

話說當時軍師吳用啟煩戴宗道：「賢弟可與我回山寨去取鐵面孔目裴宣、聖手書生蕭讓、通臂猿侯健、玉臂匠金大堅。可教此四人帶了如此行頭[1]，連夜下山來，我自有用他處。」戴宗去了。

只見寨外軍士來報，西村扈家莊上扈成牽牛擔酒，特來求見。宋江叫請入來。扈成來到中軍帳前，再拜懇告道：「小妹一時粗鹵，年幼不省人事，誤犯威顏，今者被擒，望乞將軍寬恕。奈緣小妹原許祝家莊上，前者不合奮一時之勇，陷於縲絏。如蒙將軍饒放，但用之物，當依命拜奉。」宋江道：「且請坐說話。祝家莊那廝，好生無禮，平白欺負俺山寨，因此行兵報仇，須與你扈家無冤。只是令妹引人捉了我王矮虎，因此還禮，拿了令妹。你把王矮虎放回還我，我便把令妹還你。」扈成答道：「不期已被祝家莊拿了這個好漢去。」吳學究便道：「我這王矮虎，今在何處？」扈成

**點評**

● 此處設置懸念，戰事緊急中不知用此四人為何故。

● 此段已按住了扈家莊，後文只在攻打祝家莊着力即可。

1) 行頭：家生器具。

點評

● 言語中表明自己外鄉人身份，不明就裏。

道：「如今拘鎖在祝家莊上，小人怎敢去取？」宋江道：「你不去取得王矮虎來還我，如何能夠得你令妹回去？」吳學究道：「兄長休如此說，只依小生一言：今後早晚祝家莊上，但有些響亮，你的莊上切不可令人來救護。倘或祝家莊上有人投奔你處，你可就縛在彼。若是捉下得人時，那時送還令妹到貴莊。只是如今不在本寨，前日已使人送在山寨，奉養在宋太公處。你且放心回去，我這裏自有個道理。」扈成道：「今番斷然不敢去救應他，若是他莊上果有人來投我時，定縛來奉獻將軍麾下。」宋江道：「你若是如此，便強似送我金帛。」扈成拜謝了去。

且說孫立卻把旗號上改喚作「登州兵馬提轄孫立」，領了一行人馬，都來到祝家莊後門前。莊上牆裏望見是登州旗號，報入莊裏去。欒廷玉聽得是登州孫提轄到來相望，說與祝氏三傑道：「這孫提轄是我弟兄，自幼與他同師學藝，今日不知如何到此？」帶了二十餘人馬，開了莊門，放下吊橋，出來迎接。孫立一行人都下了馬，眾人講禮已罷。欒廷玉問道：「賢弟在登州守把，如何到此？」孫立答道：「總兵府行下文書，對調我來此間鄆州守把城池，提防梁山泊強寇。便道經過，聞知仁兄在此祝家莊，特來相探。本待從前門來，因見村口莊前俱屯下許多軍馬，不好衝突。特地尋覓村裏，從小路問到莊後，入來拜望仁兄。」欒廷玉道：「便是這幾時連日與梁山泊強寇廝殺，已拿得他幾個頭領在莊裏了，只要捉了宋江賊首，一併解官。天幸今得賢弟來此間鎮守，正如錦上添花，旱苗得雨。」孫立笑道：「小弟不才，且看相助捉拿這廝們，成全兄長之功。」欒廷玉大喜。當下都引一行人進莊裏來，再拽起了吊橋，關上了莊門。孫立一行人安頓車仗人馬，更換衣裳，都在前廳來相見。祝朝奉與祝龍、祝虎、祝彪三傑都相見了，一家兒都在廳前相接。

欒廷玉引孫立等上到廳上相見，講禮已罷，便對祝朝奉說道：「我這個賢弟孫立，綽號病尉遲，任登州兵馬提轄。今奉總兵府對調他來，鎮守此間鄆州。」祝朝奉道：「老夫亦是治下。」孫立道：「卑小之職，何足道哉！早晚也要望朝奉提攜指教。」祝氏三傑相請眾位尊坐。孫立動問道：「連日相殺，征陣勞神。」祝龍答道：「也未見勝敗。眾位尊兄，鞍馬勞神不易。」孫立便叫顧大嫂引了樂大娘子叔伯姆兩個去後堂見拜宅眷，喚過孫新、解珍、解寶參見了，說道：「這三個是我兄弟。」指着樂和便道：「這位是此間鄆州差來取的公吏。」指着鄒淵、鄒潤道：「這兩個是登州送來的軍官。」祝朝奉並三子雖是聰明，卻見他又有老小，並許多行李車仗人馬，又是欒廷玉教師的兄弟，那裏有疑心，只顧殺牛宰馬，做筵席管待眾人，且飲酒食。

過了一兩日，到第三日，莊兵報道：「宋江又調軍馬殺奔莊上來了。」祝彪道：「我自去上馬拿此賊。」便出莊門，放下吊橋，引一百餘騎馬軍殺將出來。早迎見一彪軍馬，約有五百來人，當先擁出那個頭領，彎弓插箭，拍馬掄槍，乃是小李廣花榮。祝彪見了，躍馬挺槍，向前來鬥，花榮也縱馬來戰祝彪。兩個在獨龍岡前，約鬥了十數合，不分勝敗。花榮賣個破綻，撥回馬便走，引他趕來。祝彪正待要縱馬追去，背後有認得的說道：「將軍休要去趕，恐防暗器，此人深好弓箭。」祝彪聽罷，便勒轉馬來不趕，領回人馬投莊上來，拽起吊橋。看花榮時，也引軍馬回去了。祝彪直到廳前下馬，進後堂來飲酒。孫立動問道：「小將軍今日拿得甚賊？」祝彪道：「這廝們夥裏有個甚麼小李廣花榮，槍法好生了得。鬥了五十餘合，那廝走了。我卻待要趕去追他，軍人們道，那廝好弓箭，因此各自收兵回來。」孫立道：「來日看小弟不才，拿他幾個。」當日筵席上叫樂和唱曲，眾人皆喜。至晚席散，又歇了一夜。

到第四日午牌，忽有莊兵報道：「宋江軍馬又來在莊前了。」堂下祝龍、祝虎、祝彪三子都披掛了，出到莊前門外，遠遠地望見，早聽得鳴鑼擂鼓，吶喊搖旗，對面早擺下陣勢。這裏祝朝奉坐在莊門上，左邊欒廷玉，右邊孫提轄，祝家三傑並孫立帶來的許多人伴，都擺在兩邊。早見宋江陣上豹子頭林沖高聲叫罵，祝龍焦躁，喝叫放下吊橋，綽槍上馬，引一二百人馬，大喊一聲，直奔林沖陣上。莊門下擂起鼓來，兩邊各把弓弩射住陣腳。林沖挺起丈八蛇矛和祝龍交戰，連鬥到三十餘合，不分勝敗。兩邊鳴鑼，各回了馬。祝虎大怒，提刀上馬，跑到陣前，高聲大叫宋江決戰。說言未了，宋江陣上早有一將出馬，乃是沒遮攔穆弘來戰祝虎。兩個鬥了三十餘合，又沒勝敗。祝彪見了大怒，便綽槍飛身上馬，引二百餘騎，奔到陣前。宋江隊裏病關索楊雄一騎馬，一條槍，飛搶出來戰祝彪。

孫立看見兩隊兒在陣前廝殺，心中忍耐不住，便喚孫新：「取我的鞭槍來，就將我的衣甲、頭盔、袍襖把來披掛了。」牽過自己馬來，——這騎馬號烏騅馬，鞴上鞍子，扣了三條肚帶，腕上懸了虎眼鋼鞭，綽槍上馬。祝家莊上一聲鑼響，孫立出馬在陣前。宋江陣上林沖、穆弘、楊雄都勒住馬立於陣前。孫立早跑馬出來，說道：「看小可捉這廝們。」孫立把馬兜住，喝問道：「你那賊兵陣上有好廝殺的，出來與我決戰。」宋江陣內鸞鈴響處，一騎馬跑將出來，眾人看時，乃是拚命三郎石秀來戰孫立。兩馬相交，雙槍並舉。兩個鬥到五十合，孫立賣個破綻，讓石秀槍搠入來，虛閃一個過，把石秀輕輕的從馬上捉過來，直挾到莊前撇下，喝道：「把來縛了。」祝家三子把宋江軍馬一攪，都趕散了。

三子收軍回到門樓下，見了孫立，眾皆拱手欽伏。孫立便問道：「共是捉得幾個賊人？」祝朝奉道：「起初先捉得一個時遷，次後拿得一個細作楊林，又捉得一個黃信；扈家莊一丈青捉得一個王矮虎；陣上拿得兩個：秦明、鄧飛；今番將軍又捉得這個石秀，這廝正是燒了我店屋的。共是七個了。」孫立道：「一個也不要壞他，快做七輛囚車裝了，與些酒飯，將養身體，休教餓損了他，不好看。他日拿了宋江，一併解上東京去，教天下傳名，說這個祝家莊三傑。」祝朝奉謝道：「多幸得提轄相助，想是這梁山泊當滅也。」邀請孫立到後堂筵宴。石秀自把囚車裝了。

看官聽說，石秀的武藝不低似孫立，要賺祝家莊人，故意教孫立捉了，使他莊上人一發信他。孫立又暗暗地使鄒淵、鄒潤、樂和去後房裏把門戶都看了出入的路數。楊林、鄧飛見了鄒淵、鄒潤，心中暗喜。樂和張看得沒人，便透個消息與眾人知了。顧大嫂與樂大娘子在裏面已看了房戶出入的門徑。

到第五日，孫立等眾人都在莊上閒行，當日辰牌時候，早飯已後，只見莊兵報道：「今日宋江分兵做四路，來打本莊。」孫立道：「分十路待怎地？你手下人且不要慌，早作準備便了。先安排些撓鈎套索，須要活捉，拿死的也不算。」莊上人都披掛了。祝朝奉親自率引着一班兒上門樓來看時，見正東上一彪人馬，當先一個頭領，乃是豹子頭林沖，背後便是李俊、阮小二，約有五百以上人馬在此。正西上又有五百來人馬，當先一個頭領，乃是小李廣花榮，隨背後是張橫、張順。正南門樓上望時，也有五百來人馬，當先三個頭領，乃是沒遮攔穆弘、病關索楊雄、黑旋風李逵。四面都是兵馬，戰鼓齊鳴，喊聲大舉。欒廷玉聽了道：「今日這廝們廝殺，不可輕敵。我引了一隊人馬出後門，殺這正西北上的人馬。」祝龍道：「我出前門，殺這正東上的人馬。」祝虎道：「我也出後門，殺那西南上的人馬。」祝彪道：「我自出前門，捉宋江，是要緊的賊首。」祝朝奉大喜，都賞了酒。各人上馬，盡帶了三百餘騎奔出莊門，其餘的都守莊院門樓前吶喊。此時鄒淵、鄒潤已藏了大斧，只守在監門左側。解珍、解寶藏了暗器，不離後門。孫新、樂和已守定前門左右。顧大嫂先撥軍兵保護樂大娘子，卻自拿了兩把雙刀在堂前踅，只聽風聲，便乃下手。

且說祝家莊上擂了三通戰鼓，放了一個炮，把前後門

點評

● 為下文一場精彩的戰役做好了充分的準備和鋪墊，萬事俱備。

● 祝家莊幾員大將都被引出城了。裏應外合，準備破莊。

都開，放下吊橋，一齊殺將出來。四路軍兵出了門，四下裏分投去廝殺。臨後孫立帶了十數個軍兵，立在吊橋上。門裏孫新便把原帶來的旗號插起在門樓上，樂和便提着槍，直唱將出來。鄒淵、鄒潤聽得樂和唱，便唿哨了幾聲，掄動大斧，早把守監門的莊兵砍翻了數十個，便開了陷車，放出七隻大蟲來，各各尋了器械，一聲喊起。顧大嫂掣出兩把刀，直奔入房裏，把應有婦人一刀一個，盡都殺了。祝朝奉見頭勢不好了，卻待要投井時，早被石秀一刀剁翻，割了首級。那十數個好漢分投來殺莊兵。後門頭解珍、解寶便去馬草堆裏放起把火，黑焰沖天而起。

四路人馬見莊上火起，並力向前。祝虎見莊裏火起，先奔回來。孫立在吊橋上，大喝一聲：「你那廝那裏去？」攔住吊橋。祝虎省口[2]，便撥轉馬頭再奔宋江陣上來。這裏呂方、郭盛兩戟齊舉，早把祝虎和人連馬搠翻在地，眾軍亂上，剁做肉泥。前軍四散奔走。孫立、孫新迎接宋公明入莊。

且說東路祝龍鬥林沖不住，飛馬望莊後而來。到得吊橋邊，見後門頭解珍、解寶把莊客的屍首一個個攛將下來火焰裏。祝龍急回馬，望北而走。猛然撞着黑旋風，踴身便到，掄動雙斧，早砍翻馬腳。祝龍措手不及，倒撞下來，被李逵只一斧，把頭劈翻在地。祝彪見莊兵走來報知，不敢回，直望扈家莊投奔，被扈成叫莊客捉了，綁縛下，正解將來見宋江。恰好遇着李逵，只一斧，砍翻祝彪頭來，莊客都四散走了。李逵再掄起雙斧，便看着扈成砍來。扈成見局面不好，投馬落荒而走，棄家逃命，投延安府去了。後來中興內也做了個軍官武將。

且說李逵正殺得手順，直搶入扈家莊裏，把扈太公一門老幼，盡數殺了，不留一個。叫小嘍囉牽了所有的馬匹，

---

2) 省口：不說話。

把莊裏一應有的財賦，捎搭有四五十馱，將莊院門一把火燒了，卻回來獻納。

再說宋江已在祝家莊上正廳坐下，眾頭領都來獻功，生擒得四五百人，奪得好馬五百餘匹，活捉牛羊不計其數。宋江見了，大喜道：「只可惜殺了欒廷玉那個好漢。」正嗟歎間，聞人報道：黑旋風燒了扈家莊，砍得頭來獻納。宋江便道：「前日扈成已來投降，誰教他殺了此人？如何燒了他莊院？」只見黑旋風一身血污，腰裏插着兩把板斧，直到宋江面前唱個大喏，說道：「祝龍是兄弟殺了，祝彪也是兄弟砍了，扈成那廝走了，扈太公一家都殺得乾乾淨淨，兄弟特來請功。」宋江喝道：「祝龍曾有人見你殺了，別的怎地是你殺了？」黑旋風道：「我砍得手順，望扈家莊趕去，正撞見一丈青的哥哥解那祝彪出來，被我一斧砍了，只可惜走了扈成那廝。他家莊上，被我殺得一個也沒了。」宋江喝道：「你這廝，誰叫你去來？你也須知扈成前日牽牛擔酒前來投降了，如何不聽得我的言語，擅自去殺他一家，故違了我的將令？」李逵道：「你便忘記了，我須不忘記。那廝前日教那個鳥婆娘趕着哥哥要殺，你今卻又做人情。你又不曾和他妹子成親，便又思量阿舅、丈人。」宋江喝道：「你這鐵牛，休得胡說！我如何肯要這婦人？我自有個處置。你這黑廝拿得活的有幾個？」李逵答道：「誰鳥耐煩，見着活的便砍了。」宋江道：「你這廝違了我的軍令，本合斬首，且把殺祝龍、祝彪的功勞折過了，下次違令，定行不饒。」黑旋風笑道：「雖然沒了功勞，也吃我殺得快活。」

只見軍師吳學究引着一行人馬，都到莊上來與宋江把盞賀喜。宋江與吳用商議道，要把這祝家莊村坊洗蕩了。石秀稟說起：「這鍾離老人仁德之人，指路之力，救濟大恩，也有此等善心良民在內，亦不可屈壞了這等好人。」宋江聽罷，叫石秀去尋那老人來。石秀去不多時，引着那個鍾離老人來到莊上，拜見宋江、吳學究。宋江取一包金帛賞與老

點評

● 石秀深明大義，不忘報恩。一部《水滸傳》雖多是殺人不眨眼的章節，卻時時宣揚好人有好報的思想。注意體會其他情節中類似的思想。

人，永為鄉民：「不是你這個老人面上有恩，把你這個村坊盡數洗蕩了，不留一家。因為你一家為善，以此饒了你這一境村坊人民。」那鍾離老人只是下拜。宋江又道：「我連日在此攪擾你們百姓，今日打破祝家莊，與你村中除害。所有各家賜糧米一石，以表人心。」就着鍾離老人為頭給散，一面把祝家莊多餘糧米，盡數裝載上車。金銀財賦，犒賞三軍眾將。其餘牛羊騾馬等物，將去山中支用。打破祝家莊，得糧五十萬石。宋江大喜。大小頭領，將軍馬收拾起身。又得若干新到頭領：孫立、孫新、解珍、解寶、鄒淵、鄒潤、樂和、顧大嫂，並救出七個好漢。孫立等將自己馬也捎帶了自己的財賦，同老小樂大娘子，跟隨了大隊軍馬上山。當有村坊鄉民，扶老挈幼，香花燈燭，於路拜謝。宋江等眾將一齊上馬，將軍兵分作三隊擺開，前隊鞭敲金鐙，後軍齊唱凱歌，正是：

盜可盜，非常盜；強可強，真能強。只因滅惡除兇，聊作打家劫舍。地方恨土豪欺壓，鄉村喜義士濟施。眾虎有情，為救偷雞釣狗；獨龍無助，難留飛虎撲鵰。謹具上萬資糧，填平水泊；更賠許多人畜，踏破梁山。

話分兩頭，且說撲天鵰李應恰才將息得箭瘡平複，閉門在莊上不出，暗地使人常常去探聽祝家莊消息，已知被宋江打破了，驚喜相半。只見莊客人來報說，有本州知府帶領三五十部漢到莊，便問祝家莊事情。李應慌忙叫杜興開了莊門，放下吊橋，迎接入莊。李應把條白絹搭膊絡着手，出來迎迓，邀請進莊裏前廳。知府下了馬，來到廳上，居中坐了，側首坐着孔目，下面一個押番，幾個虞候，階下盡是許多節級、牢子。李應拜罷，立在廳前，知府問道：「祝家莊被殺一事如何？」李應答道：「小人因被祝彪射了一箭，有傷左臂，一向閉門，不敢出去，不知其實。」知府道：「胡說！祝家莊現有狀子，告你結連梁山泊強寇，引誘他軍馬打破了莊，前日又受他鞍馬、羊酒、彩緞、金銀，你如何賴得過？」李應告道：「小人是知法度的人，如何敢受他的東西？」知府道：「難信你說，且提去府裏，你自與他對理明白。」喝教獄卒牢子捉了，帶他州裏去，與祝家分辯。兩下押番虞候把李應縛了，眾人簇擁知府上了馬。知府又問道：「那個是杜主管杜興？」杜興道：「小人便是。」知府道：「狀上也有你名，一同帶去。」也與他鎖了。一行人都出莊門。當時拿了李應、杜興，離了李家莊，腳不停地解來。

行不過三十餘里，只見林子邊撞出宋江、林沖、花榮、楊雄、石秀一班人馬，攔住去路。林沖大喝道：「梁山泊好漢，合夥在此！」那知府人等不敢抵敵，撇了李應、杜興，逃命去了。宋江喝叫趕上。眾人趕了一程，回來說道：「我們若趕上時，也把這個鳥知府殺了，但自不知去向。」便與李應、杜興解了縛索，開了鎖，便牽兩匹馬過來，與他兩個騎了。宋江便道：「且請大官人上梁山泊躲幾時，如何？」李應道：「卻是使不得。知府是你們殺了，不干我事。宋江笑道：「官司裏怎肯與你如此分辯？我們去了，必然要負累了你。既然大官人不肯落草，且在山寨消停幾日，打聽得沒事了時，再下山來不遲。」當下不由李應、杜興不行，大隊軍馬中間，如何回得來？一行三軍人馬，迤邐回到梁山泊了。

寨裏頭領晁蓋等眾人擂鼓吹笛，下山來迎接，把了接風酒，都上到大寨裏聚義廳上，扇圈也似坐下。請上李應與眾頭領都相見了。兩個講禮已罷，李應稟宋江道：「小可兩個已送將軍到大寨了，既與眾頭領亦都相見了，在此趨侍不妨、只不知家中老小如何？可教小人下山助個。」吳學究笑道：「大官人差矣！寶眷已都取到山寨了。貴莊一把火已都燒做白地，大官人卻回到那裏去？」李應不信，早見車仗人馬，隊隊上山來。李應看時，卻見是自家的莊客並老小

點評

人等。李應連忙來問時，妻子說道：「你被知府捉了來，隨後又有兩個巡檢引着四個都頭，帶領三百來土兵到來抄扎家私。把我們好好地教上車子，將家裏一應箱籠、牛羊、馬匹、驢騾等項，都拿了去。又把莊院放起火來都燒了。」李應聽罷，只叫得苦。晁蓋、宋江都下廳伏罪道：「我等兄弟們端的久聞大官人好處，因此行出這條計來，萬望大官人情恕。」李應見了如此言語，只得隨順了。

宋江道：「且請宅眷後廳耳房中安歇。」李應又見廳前廳後這許多頭領亦有家眷老小在彼，便與妻子道：「只得依允他過。」宋江等當時請至廳前敍說閒話，眾皆大喜。宋江便取笑道：「大官人，你看我叫過兩個巡檢並那知府過來相見。」那扮知府的是蕭讓，扮巡檢的兩個是戴宗、楊林，扮孔目的是裴宣，扮虞候的是金大堅、侯健。又叫喚那四個都頭，卻是李俊、張順、馬麟、白勝。李應都看了，目睜口呆，言語不得。宋江喝叫小頭目快殺牛宰馬，與大官人陪話，慶賀新上山的十二位頭領，乃是李應、孫立、孫新、解珍、解寶、鄒淵、鄒潤、杜興、樂和、時遷；女頭領扈三娘、顧大嫂，同樂大娘子、李應宅眷，另做一席，在後堂飲酒。大小三軍，自有犒賞。正廳上大吹大擂，眾多好漢，飲酒至晚方散。新到頭領，俱各撥房安頓。

● 宋公明確實是一諾千金，這是成大事者必備的品質之一。

次日，又作席面會請眾頭領作主張。宋江喚王矮虎來說道：「我當初在清風山時，許下你一頭親事，懸懸掛在心中，不曾完得此願。今日我父親有個女兒，招你為婿。」宋江自去請出宋太公來，引着一丈青扈三娘到筵前。宋江親自與他陪話，說道：「我這兄弟王英雖有武藝，不及賢妹。是我當初曾許下他一頭親事，一向未曾成得。今日賢妹你認義我父親了，眾頭領都是媒人，今朝是個良辰吉日，賢妹與王英結為夫婦。」一丈青見宋江義氣深重，推卻不得，兩口兒只得拜謝了。晁蓋等眾人皆喜，都稱頌宋公明真乃有德有義之士。當日盡皆筵宴飲酒慶賀。

正飲宴間，只見山下有人來報道：「朱貴頭領酒店裏，有個鄆城縣人在那裏，要來見頭領。」晁蓋、宋江聽得報了，大喜道：「既是這恩人上山來入夥，足遂平生之願。」正是：恩仇不辨非豪傑，黑白分明是丈夫。畢竟來的是鄆城縣甚麼人，且聽下回分解。

### 延伸思考

宋公明三打祝家莊，一次比一次複雜，一次比一次來得奇特。試比較三次打法的不同之處，從中得到哪些啟發？

## 第五十一回

# 插翅虎枷打白秀英
# 美髯公誤失小衙內

本回是雷橫、朱仝二人的故事，他們與晁蓋、宋江都有着千絲萬縷的聯繫，故要交代前文未敍之事，詳寫出二人特別是朱仝的性格特點。二人最終上梁山入夥是必然的結局，可是寫法又各不相同，閱讀時請注意。

話說宋江主張一丈青與王英配為夫婦，眾人都稱讚宋公明仁德，當日又設席慶賀。正飲宴間，只見朱貴酒店裏使人上山來報道：「林子前大路上一夥客人經過，小嘍囉出去攔截，數內一個稱是鄆城縣都頭雷橫，朱頭領邀請住了。現在店裏飲分例酒食，先使小校報知。」晁蓋、宋江聽了大喜，隨即同軍師吳用三個下山迎接。朱貴早把船送至金沙灘上岸。宋江見了，慌忙下拜道：「久別尊顏，常切思想。今日緣何經過賤處？」雷橫連忙答禮道：「小弟蒙本縣差遣，往東昌府公幹回來，經過路口，小嘍囉攔討買路錢，小弟提起賤名，因此朱兄堅意留住。」宋江道：「天與之幸！」請到大寨，教眾頭領都相見了，置酒管待。一連住了五日，每日與宋江閒話。晁蓋動問朱仝消息，雷橫答道：「朱仝現今參做本縣當牢節級，新任知縣好生歡喜。」宋江宛曲把話來說雷橫上山入夥，雷橫推辭老母年高，不能相從，「待小弟送母終年之後，卻來相投。」雷橫當下拜辭了下山，宋江等再三苦留不住。眾頭領各以金帛相贈，宋江、晁蓋自不必說。雷橫得了一大包金銀下山，眾頭領都送至路口作別，把船渡過大路，自回鄆城縣去了，不在話下。

且說晁蓋、宋江回至大寨聚義廳上，起請軍師吳學究定議山寨職事。吳用已與宋公明商議已定，次日會合眾頭領聽號令。先撥外面守店頭領。宋江道：「孫新、顧大嫂原是開酒店之家，着令夫婦二人替回童威、童猛別用。」再令時遷去幫助石勇，樂和去幫助朱貴，鄭天壽去幫助李立，東南西北四座店內賣酒賣肉，招接四方入夥好漢。每店內設兩個頭領。一丈青、王矮虎後山下寨，監督馬匹。金沙灘小寨，童威、童猛弟兄兩個守把。鴨嘴灘小寨，鄒淵、鄒潤叔姪兩個守把。山前大路，黃信、燕順部領馬軍下寨守護。解珍、解寶守把山前第一關。杜遷、宋萬守把宛子城第二關。劉唐、穆弘守把大寨口第三關。阮家三雄守把山南水寨。孟康仍前監造戰船。李應、杜興、蔣敬總管山寨錢糧金帛。陶宗旺、薛永監築梁山泊內城垣雁台。侯健專管監造衣袍、鎧甲、旌旗、戰襖。朱富、宋清提調筵宴。穆春、李雲監造屋宇寨柵。蕭讓、金大堅掌管一應賓客書信公文。裴宣專管軍政司賞功罰罪。其餘呂方、郭盛、孫立、歐鵬、馬麟、鄧飛、楊林、白勝分調大寨八面安歇。晁蓋、宋江、吳用居於山頂寨內。花榮、秦明居於山左寨內。林沖、戴宗居於山右寨內。李俊、李逵居於山前。張橫、張順居於山後。楊雄、石秀守護聚義廳兩側。一班頭領，分撥已定，每日輪流一位頭領做筵席慶賀，山寨體統，甚是齊整。有詩為證：

巍巍高寨水中央，列職分頭任所長。
只為朝廷無駕馭，遂令草澤有鷹揚。

再說雷橫離了梁山泊，背了包裹，提了朴刀，取路回到鄆城縣，到家參見老母，更換些衣服，齎了回文，徑投縣裏來拜見了知縣，回了話，銷繳公文批帖，且自歸家暫歇。依舊每日縣中書畫卯酉[1]，聽候差使。因一日行到縣衙東首，只聽得背後有人叫道：「都頭，幾時回來？」雷橫回過臉來看時，卻是本縣一個幫閒的李小二。雷橫答道：「我卻才前日來家。」李小二道：「都頭出去了許多時，不知此處近日有個東京新來打踅[2]的行院[3]，色藝雙絕，叫做白秀

1) 書畫卯酉：上班。衙門裏吏役清晨（卯時）上班簽到，傍晚（酉時）下班簽退。

2) 打踅（xué）：藝人流動演出。

3) 行（háng）院：藝妓，女藝人。

英。那妮子來參都頭，卻值公差出外不在，如今現在勾欄[4]裏說唱諸般品調，每日有那一般打散[5]，或是戲舞，或是吹彈，或是歌唱，賺得那人山人海價看。都頭如何不去睃一睃？端的是好個粉頭[6]！」

雷橫聽了，又遇心閒，便和那李小二徑到勾欄裏來看，只見門首掛着許多金字帳額[7]，旗杆吊着等身靠背[8]。入到裏面，便去青龍頭[9]上第一位坐了。看戲臺上，卻做笑樂院本[10]。那李小二入叢裏撇了雷橫，自出外面趕碗頭腦[11]去了。院本下來，只見一個老兒裹着磕腦兒[12]頭巾，穿着一領茶褐羅衫，繫一條皂條[13]，拿把扇子，上來開呵道：「老漢是東京人氏，白玉喬的便是。如今年邁，只憑女兒秀英歌舞吹彈，普天下伏侍看官。」鑼聲響處，那白秀英早上戲台，參拜四方，拈起鑼棒，如撒喜般點動，拍下一聲界方[14]，唸了四句七言詩，便說道：「今日秀英招牌上明寫着這場話本[15]，是一段風流蘊藉的格範[16]，喚做『豫章城雙漸趕蘇卿』。」說了，開話又唱，唱了又說，合棚價眾人喝采不絕。雷橫坐在上面看那婦人時，果然是色藝雙絕。但見：羅衣迭雪，寶髻堆雲。櫻桃口，杏臉桃腮；楊柳腰，蘭心蕙性。歌喉宛轉，聲如枝上鶯啼；舞態蹁躚，影似花間鳳轉。腔依古調，音出天然，高低緊慢按宮商，輕重疾徐依格範。笛吹紫竹篇篇錦，板拍紅牙[17]字字新。

---

4) 勾欄：宋元時演藝的場所，用欄杆作圍或是張着大幕，把戲場隔開，為一個固定的場所。

5) 打散：泛指曲藝歌舞。

6) 粉頭：稱打扮講究而舉止輕浮的年輕婦女，也特指妓女。

7) 帳額：元代舞台台幔的稱呼。

8) 靠背：劇院裏武生的盔甲。

9) 青龍頭：指劇場中前排中間靠左的上位，最尊。

10) 笑樂院本：滑稽戲，一般指小戲，在正戲之前演出。

11) 趕碗頭腦：找碗酒喝。頭腦，一種用肉與雜味配合的葷酒。一說即「豆腐腦」。

12) 磕腦兒：抹額。宋元明時武士常戴的一種匝束腦門的巾。

13) 皂條：黑色的絲繩。

14) 界方：本為鎮書紙的文具，也作表演時用的醒木。

15) 話本：即劇本，宋元時演戲用的腳本。

16) 格範：說唱本。

17) 紅牙：樂器名。檀木製的拍板，用以調節樂曲的節拍。

那白秀英唱到務頭[18]，這白玉喬按喝[19]道：「雖無買馬博金藝，要動聰明鑒事人[20]。看官喝采道是去過了，我兒且回一回[21]，下來便是襯交鼓兒的院本。」白秀英拿起盤子，指着道：「財門上起，利地上住，吉地上過，旺地上行，手到面前，休教空過。」白玉喬道：「我兒且走一遭，看官都待賞你。」白秀英托着盤子，先到雷橫面前，雷橫便去身邊袋裏摸時，不想並無一文。雷橫道：「今日忘了，不曾帶得些出來，明日一發賞你。」白秀英笑道：「『頭醋不釅徹底薄』[22]，官人坐當其位，可出個標首[23]。」雷橫通紅了面皮道：「我一時不曾帶得出來，非是我捨不得。」白秀英道：「官人既是來聽唱，如何不記得帶錢出來？」雷橫道：「我賞你三五兩銀子也不打緊，卻恨今日忘記帶來。」白秀英道：「官人今日見一文也無，提甚三五兩銀子，正是教俺『望梅止渴，畫餅充飢』。」白玉喬叫道：「我兒，你自沒眼，不看城裏人、村裏人，只顧問他討甚麼？且過去自問曉事的恩官，告個標首。」雷橫道：「我怎地不是曉事的？」白玉喬道：「你若省得這子弟門庭[24]時，狗頭上生角。」眾人齊和起來。雷橫大怒，便罵道：「這忤奴，怎敢辱我？」白玉喬道：「便罵你這三家村使牛[25]的，打甚麼緊？」有認得的喝道：「使不得，這個是本縣雷都頭。」白玉喬道：「只怕是驢筋頭。」雷橫那裏忍耐得住，從坐椅上直跳下戲台來，揪住白玉喬，一拳一腳便打得唇綻齒落。眾人見打得兇，都來解拆開了，又勸雷橫自回去了。勾欄裏人，一哄盡散了。

原來這白秀英卻和那新任知縣舊在東京兩個來往，今日特地在鄆城縣開勾欄。那娼妓見父親被雷橫打了，又帶重傷，叫一乘轎子，徑到知縣衙內，訴告雷橫毆打父親，攪散勾欄，意在欺騙奴家。知縣聽了，大怒道：「快寫狀

---

18) 務頭：說唱演出中情節、語言最動人之處。

19) 按喝：扮演者以外的人插話，讓喝彩聲停下來。

20) 鑒事人：明白事理的人。

21) 回一回：停下來，使已經過去的鞏固一下。

22) 頭醋不釅徹底薄：比喻開頭不行，以後一直好不了。

23) 標首：領頭出的賞錢。

24) 子弟門庭：風流子弟玩的門道。

25) 三家村使牛：鄉下佬。

來。」這個喚做「枕邊靈」。便教白玉喬寫了狀子，驗了傷痕，指定證見。本處縣裏有人都和雷橫好的，替他去知縣處打關節；怎當那婆娘守定在衙內，撒嬌撒癡，不由知縣不行。立等知縣差人把雷橫捉拿到官，當廳責打，取了招狀，將具枷來枷了，押出去號令示眾。那婆娘要逞好手，又去知縣行說了，定要把雷橫號令在勾欄門首。第二日，那婆娘再去做場，知縣卻教把雷橫號令在勾欄門首。這一班禁子[26]人等，都是和雷橫一般的公人，如何肯掤扒[27]他？這婆娘尋思一會，既是出名奈何了他，只是一怪，走出勾欄門，去茶坊裏坐下，叫禁子過去發話道：「你們都和他有首尾[28]，卻放他自在，知縣相公教你們掤扒他，你倒做人情。少刻我對知縣說了，看道奈何得你們也不？」禁子道：「娘子不必發怒，我們自去絣扒他便了。」白秀英道：「恁地時，我自將錢賞你。」禁子們只得來對雷橫說道：「兄長，沒奈何，且胡亂絣一絣。」把雷橫絣扒在街上。

人鬧裏，卻好雷橫的母親正來送飯，看見兒子吃他絣扒在那裏，便哭起來，罵那禁子們道：「你眾人也和我兒一般在衙門裏出入的人，錢財直這般好使！誰保的常沒事？」禁子答道：「我那老娘聽我說，我們卻也要容情，怎禁被原告人監定在這裏要絣，我們也沒做道理處。不時，便要去和知縣說，苦害我們，因此上做不的面皮。」那婆婆道：「幾曾見原告人自監着被告號令的道理。」禁子們又低低道：「老娘，他和知縣來往得好，一句話便送了我們，因此兩難。」那婆婆一面自去解索，一頭口裏罵道：「這個賊賤人直恁的倚勢！我且解了這索子，看他如今怎的！」白秀英卻在茶坊裏聽得，走將過來，便道：「你那老婢子[29]，卻才道甚麼？」那婆婆那裏有好氣，便指着罵道：「你這賤母狗，做甚麼倒罵我！」白秀英聽得，柳眉倒豎，星眼圓睜，大罵道：「老咬蟲、吃貧婆、賤人，怎敢罵我？」婆婆道：「我罵你待怎的？你須不是鄆城縣知縣。」白秀英大怒，搶向前只一掌，把那婆婆打個踉蹌。那婆婆卻待掙扎，白秀英再趕入去，老大耳光子只顧打。

---

26) 禁子：獄卒。

27) 掤扒：捆綁。

28) 首尾：瓜葛，勾搭，不正當的關係。

29) 老婢子：罪犯的家屬。

這雷橫是個大孝的人，見了母親吃打，一時怒從心發，扯起枷來，望着白秀英腦蓋上打將下來。那一枷梢打個正着，劈開了腦蓋，撲地倒了。眾人看時，那白秀英打得腦漿迸流，眼珠突出，動彈不得，情知死了。

眾人見打死了白秀英，就押帶了雷橫，一發來縣裏首告，見知縣備訴前事。知縣隨即差人押雷橫下來，會集相官，拘喚里正、鄰佑人等，對屍檢驗已了，都押回縣來。雷橫一面都招承了，並無難意。他娘自保領回家聽候。把雷橫枷了，下在牢裏。當牢節級卻是美髯公朱仝，見發下雷橫來，也沒做奈何處，只得安排些酒食管待，教小牢子打掃一間淨房，安頓了雷橫。

少間，他娘來牢裏送飯，哭着哀告朱仝道：「老身年紀六旬之上，眼睜睜地只看着這個孩兒，望煩節級哥哥看日常間弟兄面上，可憐見我這個孩兒，看覷看覷。」朱仝道：「老娘自請放心歸去，今後飯食不必來送，小人自管待他。倘有方便處，可以救之。」雷橫娘道：「哥哥救得孩兒，卻是重生父母。若孩兒有些好歹，老身性命也便休了。」朱仝道：「小人專記在心，老娘不必掛念。」那婆婆拜謝去了。朱仝尋思了一日，沒做道理救他處。朱仝自央人去知縣處打關節，上下替他使用人情。那知縣雖然愛朱仝，只是恨這雷橫打死了他表子白秀英，也容不得他說了。又怎奈白玉喬那廝催併，迭成文案，要知縣斷教雷橫償命。因在牢裏六十日，限滿斷結，解上濟州，主案押司抱了文卷先行，卻教朱仝解送雷橫。

朱仝引了十數個小牢子監押雷橫，離了鄆城縣，約行了十數里地，見個酒店，朱仝道：「我等眾人就此吃兩碗酒去。」眾人都到店裏吃酒。朱仝獨自帶過雷橫，只做水火[30]，來後面僻淨處開了枷，放了雷橫，吩咐道：「賢弟自回，快去家裏取了老母，星夜去別處逃難，這裏我自替你吃官司。」雷橫道：「小弟走了自不妨，必須要連累了哥哥。」朱仝道：「兄弟，你不知。知縣怪你打死了他表子，把這文案卻做死了，解到州裏，必是要你償命。我放了你，我須不該死罪。況兼我又無父母掛念，家私盡可賠償。你顧前程萬里自去。」雷橫拜謝了，便從後門小路奔回家裏，收拾了細軟包裹，引了老母，星夜自投梁山泊入夥去了，不在話下。

---

30）　水火：大小便。

卻說朱仝拿着空枷攛[31]在草裏，卻出來對眾小牢子說道：「吃雷橫走了，卻是怎地好？」眾人道：「我們快趕去他家裏捉。」朱仝故意延遲了半晌，料着雷橫去得遠了，卻引眾人來縣裏出首。朱仝告道：「小人自不小心，路上被雷橫走了，在逃無獲，情願甘罪無辭。」知縣本愛朱仝，有心將就出脫他，被白玉喬要赴上司陳告朱仝故意脫放雷橫，知縣只得把朱仝所犯情由申將濟州去。朱仝家中，自着人去上州裏使錢透了，卻解朱仝到濟州來，當廳審錄明白，斷了二十脊杖，刺配滄州牢城。朱仝只得帶上行枷，兩個防送公人領了文案，押送朱仝上路。家間自有人送衣服盤纏，先齎發了兩個公人。當下離了鄆城縣，迤邐望滄州橫海郡來，於路無話。

到得滄州，入進城中，投州衙裏來，正值知府升廳，兩個公人押朱仝在廳階下，呈上公文。知府看了，見朱仝一表非俗，貌如重棗，美髯過腹，知府先有八分歡喜。便教「這個犯人休發下牢城營裏，只留在本府聽候使喚」。當下除了行枷，便與了回文。兩個公人相辭了自回。

只說朱仝自在府中，每日只在廳前伺候呼喚。那滄州府裏押番、虞候、門子、承局、節級、牢子都送了些人情，又見朱仝和氣，因此上都歡喜他。忽一日，本官知府正在廳上坐堂，朱仝在階侍立。知府喚朱仝上廳，問道：「你緣何放了雷橫，自遭配在這裏？」朱仝稟道：「小人怎敢故放了雷橫，只是一時間不小心，被他走了。」知府道：「你如何得此重罪？」朱仝道：「被原告人執定，要小人如此招做故放，以此問得重了。」知府道：「雷橫如何打死了那娼妓？」朱仝卻把雷橫上項的事，備細說了一遍。知府道：「你敢見他孝道，為義氣上放了他？」朱仝道：「小人怎敢欺公罔上？」

正問之間，只見屏風背後轉出一個小衙內來，方年四歲，生得端嚴美貌，乃是知府親子，知府愛惜如金似玉。那小衙內見了朱仝，徑走過來，便要他抱，朱仝只得抱起小衙內在懷裏。那小衙內雙手扯住朱仝長髯，說道：「我只要這鬍子抱。」知府道：「孩兒快放了手，休要羅唣。」小衙內又道：「我只要這鬍子抱，和我去耍。」朱仝稟道：「小人抱衙內去府前閒走，耍一回了來。」知府道：「孩兒既是要你抱，你和他去耍一回了來。」朱仝抱了小衙內，

---

31) 攛：扔，擲。

出府衙前來，買些細糖果子與他吃，轉了一遭，再抱入府裏來。知府看見，問衙內道：「孩兒那裏去來？」小衙內道：「這鬍子和我街上看耍，又買糖和果子請我吃。」知府說道：「你那裏得錢買物事與孩兒吃？」朱仝稟道：「微表小人孝順之心，何足掛齒！」知府教取酒來與朱仝吃。府裏侍婢捧着銀瓶果合篩酒，連與朱仝吃了三大賞鍾。知府道：「早晚孩兒要你耍時，你可自行去抱他耍去。」朱仝道：「恩相台旨，怎敢有違？」自此為始，每日來和小衙內上街閒耍。朱仝囊篋[32]又有，只要本官見喜，小衙內面上盡自倍費。

時過半月之後，便是七月十五日盂蘭盆[33]大齋之日，年例各處點放河燈，修設好事。當日天晚，堂裏侍婢奶子叫道：「朱都頭，小衙內今夜要去看河燈，夫人吩咐，你可抱他去看一看。」朱仝道：「小人抱去。」那小衙內穿一領綠紗衫兒，頭上角兒拴兩條珠子頭須，從裏面走出來。朱仝馱在肩頭上，轉出府衙內前來，望地藏寺裏去看點放河燈。那時恰才是初更時分，但見：鐘聲杳靄，幡影招搖。爐中焚百和名香，盤內貯諸般素食。僧持金杵，誦真言薦拔幽魂；人列銀錢，掛孝服超升滯魄。合堂功德，畫陰司八難三塗；繞寺莊嚴，列地獄四生六道。楊柳枝頭分淨水，蓮花池內放明燈。

當時朱仝肩背着小衙內，繞寺看了一遭，卻來水陸堂放生池邊看放河燈。那小衙內爬在欄杆上，看了笑耍。只見背後有人拽朱仝袖子道：「哥哥借一步說話。」朱仝回頭看時，卻是雷横，吃了一驚，便道：「小衙內且下來，坐在這裏。我去買糖來與你吃，切不要走動。」小衙內道：「你快來，我要去橋上看河燈。」朱仝道：「我便來也。」轉身卻與雷横說話。

朱仝道：「賢弟因何到此？」雷横扯朱仝到淨處拜道：「自從哥哥救了性命，和老母無處歸着，只得上梁山泊投奔了宋公明入夥。小弟說哥哥恩德，宋公明亦然思想哥哥舊日放他的思念。晁天王和眾頭領，皆感激不淺，因此特地教吳軍師同兄弟前來相探。」朱仝道：「吳先生現在何處？」背後轉過吳學究道：「吳用在此。」言罷便拜。朱仝慌忙答禮道：「多時不見，先生一向安樂。」吳學究道：「山寨裏頭領多多致意，今番教吳用和雷都頭特來相請足

32)　囊篋（qiè）：錢財。

33)　盂蘭盆：佛教用語。每年農曆七月十五為「盂蘭盆節」，各家舉行儀式，追念亡人。

下上山，同聚大義。到此多日了，不敢相見，今夜伺候得着，請仁兄便挪尊步，同赴山寨，以滿晁、宋二公之意。」朱仝聽罷，半晌答應不得，便道：「先生差矣！這話休題，恐被外人聽了不好。雷橫兄弟他自犯了該死的罪，我因義氣放了他，出頭不得，上山入夥。我亦為他配在這裏，天可憐見，一年半載，掙扎還鄉，復為良民。我卻如何肯做這等的事？你二位便可請回，休在此間惹口面[34]不好。」雷橫道：「哥哥在此，無非只是在人之下，伏侍他人，非大丈夫男子漢的勾當。不是小弟裹合[35]上山，端的晁、宋二公仰望哥哥久矣，休得遲延自誤。」朱仝道：「兄弟，你是甚麼言語？你不想我為你母老家寒上放了你去，今日你倒來陷我為不義！」吳學究道：「既然都頭不肯去時，我們自告退，相辭了去休。」朱仝道：「說我賤名，上覆眾位頭領。」一同到橋邊。

朱仝回來，不見了小衙內，叫起苦來，兩頭沒路去尋。雷橫扯住朱仝道：「哥哥休尋，多管是我帶來的兩個伴當，聽得哥哥不肯去，因此倒抱了小衙內去了。我們一同去尋。」朱仝道：「兄弟，不是要處。這個小衙內是知府相公的性命，吩咐在我身上。」雷橫道：「哥哥且跟我來。」朱仝幫住雷橫、吳用三個離了地藏寺，徑出城外。朱仝心慌，便問道：「你的伴當抱小衙內在那裏？」雷橫道：「哥哥且走，到我下處，包還你小衙內。」朱仝道：「遲了時，恐知府相公見怪。」吳用道：「我那帶來的兩個伴當，是個沒分曉的，一定直抱到我們的下處去了。」朱仝道：「你那伴當姓甚名誰？」雷橫答道：「我也不認得，只聽聞叫做黑旋風李逵。」朱仝失驚道：「莫不是江州殺人的李逵麼？」吳用道：「便是此人。」朱仝跌腳[36]叫苦，慌忙便趕。離城約走到二十里，只見李逵在前面叫道：「我在這裏。」朱仝搶近前來問道：「小衙內放在那裏？」李逵唱個喏道：「拜揖節級哥哥，小衙內有在這裏。」朱仝道：「你好好的抱出小衙內還我。」李逵指着頭上道：「小衙內頭鬚兒卻在我頭上。」朱仝看了，又問小衙內正在何處。李逵道：「被我拿些麻藥，抹在口裏，直馱出城來，如今睡在林子裏，你自請去看。」朱仝乘着月色明朗，徑搶入林子裏尋時，只見小衙內倒在地上。朱仝便把手去扶時，只見頭劈做兩半個，已死在那裏。

---

34） 口面：口舌，說話引起的糾紛或誤會。

35） 裹合：糾合。

36） 跌腳：跺腳。

當時朱仝心下大怒，奔出林子來，早不見了三個人。四下裏望時，只見黑旋風遠遠地拍着雙斧叫道：「來，來，來，和你鬥二三十合。」朱仝性起，奮不顧身，拽紮起布衫大踏步趕將來。李逵回身便走，背後朱仝趕來。這李逵卻是穿山度嶺慣走的人，朱仝如何趕得上，先自喘做一塊。李逵卻在前面，又叫：「來，來，來，和你併個你死我活。」朱仝恨不得一口氣吞了他，只是趕他不上。趕來趕去，天色漸明。李逵在前面急趕急走，慢趕慢行，不趕不走，看看趕入一個大莊院裏去了。朱仝看了道：「那廝既有下落，我和他干休不得。」

朱仝直趕入莊院內廳前去，見裏面兩邊都插着許多軍器，朱仝道：「想必也是個官宦之家。」立住了腳，高聲叫道：「莊裏有人麼？」只見屏風背後轉出一個人來。那人是誰？正是：累代金枝玉葉，先朝鳳子龍孫。丹書鐵券[37]護家門，萬里招賢名振。待客一團和氣，揮金滿面陽春。能文會武孟嘗君，小旋風聰明柴進。

出來的正是小旋風柴進，問道：「兀的是誰？」朱仝見那人人物軒昂，資質秀麗，慌忙施禮，答道：「小人是鄆城縣當牢節級朱仝，犯罪刺配到此。昨晚因和知府的小衙內出來看放河燈，被黑旋風殺了小衙內，現今走在貴莊，望煩添力捉拿送官。」柴進道：「既是美髯公，且請坐。」朱仝道：「小人不敢拜問官人高姓？」柴進答道：「小可姓柴名進，小旋風便是。」朱仝道：「久聞大名。」連忙下拜，又道：「不期今日得識尊顏！」柴進說道：「美髯公亦久聞名，且請後堂說話。」朱仝隨着柴進直到裏面。朱仝道：「黑旋風那廝，如何卻敢徑入貴莊躲避？」柴進道：「容覆：小可平生專愛結識江湖上好漢。為是家間祖上有陳橋讓位之功，先朝曾敕賜丹書鐵券，但有做下不是的人，停藏在家，無人敢搜。近間有個愛友，和足下亦是舊交，目今在那梁山泊內做頭領，名喚及時雨宋公明，寫一封密書，令吳學究、雷橫、黑旋風俱在敝莊安歇，禮請足下上山，同聚大義。因見足下推阻不從，故意教李逵殺害了小衙內，先絕了足下歸路，只得上山坐把交椅。吳先生、雷兄，如何不出來

---

37)　丹書鐵券：古代帝王頒賜功臣的享有免罪等特權的證件。

陪話[38]？」只見吳用、雷橫從側首閣子裏出來，望着朱仝便拜，說道：「兄長望乞恕罪，皆是宋公明哥哥將令，吩咐如此。若到山寨，自有分曉。」朱仝道：「是則是你們弟兄好情意，只是忒毒些個！」柴進一力相勸，朱仝道：「我去則去，只教我見黑旋風面罷！」柴進道：「李大哥，你快出來陪話。」李逵也從側首出來，唱個大喏。朱仝見了，心頭一把無明業火高三千丈，按納不下，起身搶近前來，要和李逵性命相搏。柴進、雷橫、吳用三個苦死勸住。朱仝道：「若要我上山時，依得我一件事，我便去。」吳用道：「休說一件事，遮莫幾十件，也都依你。願聞那一件事。」

不爭朱仝說出這件事來，有分教：大鬧高唐州，惹動梁山泊，直教：昭賢國戚遭刑法，好客皇親喪土坑。畢竟朱仝說出甚麼事來，且聽下回分解。

## 延伸思考

有一部分好漢如李應、朱仝等是被宋江等人用計甚至是殘暴的手段「逼」上梁山的，你對這樣一種策略有甚麼看法？

38) 陪話：向人賠罪，說好話。

## 第五十二回

# 李逵打死殷天錫
# 柴進失陷高唐州

李逵因朱仝怒氣未消，只得暫住柴進莊上。一個多月後，柴進的叔叔柴皇城得罪了高唐州高俅的親戚殷天錫，被其毆打，生命危在旦夕，來信告知柴進前往。李逵跟隨柴進到了高唐州，因氣不過，幾下便打死了殷天錫，牽連柴進被官府捉拿，關入大牢。梁山泊眾頭領將如何應對這起事件？又將怎樣營救柴進呢？

話說當下朱仝對眾人說道：「若要我上山時，你只殺了黑旋風，與我出了這口氣，我便罷。」李逵聽了大怒道：「教你咬我鳥！晁、宋二位哥哥將令，干我屁事！」朱仝怒發，又要和李逵廝併，三個又勸住了。朱仝道：「若有黑旋風時，我死也不上山去！」柴進道：「恁地也卻容易，我自有個道理，只留下李大哥在我這裏便了。你們三個自上山去，以滿晁、宋二公之意。」朱仝道：「如今做下這件事了，知府必然行移文書，去鄆城縣追捉，拿我家小，如之奈何？」吳學究道：「足下放心，此時多敢宋公明已都取寶眷在山上了。」朱仝方才有些放心。柴進置酒相待，就當日送行。三個臨晚辭了柴大官人便行。柴進叫莊客備三騎馬送出關外。臨別時，吳用又吩咐李逵道：「你且小心，只在大官人莊上住幾時，切不可胡亂惹事累人。待半年三個月，等他性定，卻來取你還山，多管也來請柴大官人入夥。」三個自上馬去了。

不說柴進和李逵回莊，且只說朱仝隨吳用、雷橫來梁山泊入夥。行了一程，出離滄州地界，莊客自騎了馬回去。三個取路投梁山泊來，於路無話。早到朱貴酒店裏，先使人上山寨報知。晁蓋、宋江引了大小頭目，打鼓吹笛，直到金沙灘迎接，一行人都相見了。各人乘馬回到山上大寨前下了馬，都到聚義廳上，敘說舊話。朱仝道：「小弟今蒙呼喚到山，滄州知府必然行移文書去鄆城縣捉我老小，如之奈何？」宋江大笑道：「我教兄長放心，尊嫂並令郎已取到這裏多日了。」朱仝又問道：「現在何處？」宋江道：「奉養在家父太公歇處，兄長請自己去問慰便了。」朱仝大喜。宋江着人引朱仝直到宋太公歇所，見了一家老小，並一應細軟行李。妻子說道：「近日有人齎書來，說你已在山寨入夥了，因此收拾星夜到此。」朱仝出來拜謝了眾人。宋江便請朱仝、雷橫山頂下寨，一面且做筵席，連日慶賀新頭領，不在話下。

卻說滄州知府至晚不見朱仝抱小衙內回來，差人四散去尋了半夜，次日有人見殺死在林子裏，報與知府知道。府尹聽了大怒，親自到林子裏看了，痛哭不已，備辦棺木燒化。次日升廳，便行移公文，諸處緝捕捉拿朱仝正身。鄆城縣已自申報朱仝妻子挈家在逃，不知去向，行開各州縣出給賞錢捕獲，不在話下。

只說李逵在柴進莊上住了一個來月。忽一日，見一個人齎一封書火急奔莊上來，柴大官人卻好迎着，接書看了，大驚道：「既是如此，我只得去走一遭。」李逵便問道：「大官人有甚緊事？」柴進道：「我有個叔叔柴皇城，現在高唐州居住，今被本州知府高廉的老婆兄弟殷天錫那廝，來要佔花園，慪了一口氣，臥病在床，早晚性命不保。必有遺囑的言語吩咐，特來喚我。想叔叔無兒無女，必須親身去走一遭。」李逵道：「既是大官人去時，我也跟大官人去走一遭如何？」柴進道：「大哥肯去時，就同走一遭。」柴進即便收拾行李，選了十數匹好馬，帶了幾個莊客。次日五更起來，柴進、李逵並從人都上了馬，離了莊院望高唐州來。

不一日，來到高唐州，入城直至柴皇城宅前下馬，留李逵和從人在外面廳房內。柴進自徑入臥房裏來看視那叔叔柴皇城時，但見：面如金紙，體似枯柴。悠悠無七魄三魂，細細只一絲兩氣。牙關緊急，連朝水米不沾唇；心膈膨脹，盡日藥丸難下肚。喪門弔客已隨身，扁鵲盧醫[1]難下手。

柴進看了柴皇城，自坐在叔叔榻前，放聲慟哭。皇城的繼室出來勸柴進道：「大官人鞍馬風塵不易，初到此間，且休煩惱。」柴進施禮罷，便問事情。

---

1) 盧醫：名醫扁鵲的別稱。

繼室答道：「此間新任知府高廉，兼管本州兵馬，是東京高太尉的叔伯兄弟，倚仗他哥哥勢，要在這裏無所不為。帶將一個妻舅殷天錫來，人盡稱他做殷直閣。那廝年紀卻小，又倚仗他姐夫高廉的權勢，在此間横行害人。有那等獻勤的賣科[2]，對他說我家宅後有個花園水亭，蓋造得好。那廝帶將許多奸詐不及的三二十人，徑入家裏來宅子後看了，便要發遣我們出去，他要來住。皇城對他說道：『我家是金枝玉葉，有先朝丹書鐵券在門，諸人不許欺侮。你如何敢奪佔我的住宅，赶我老小那裏去？』那廝不容所言，定要我們出屋。皇城去扯他，反被這廝推搶毆打。因此受這口氣，一臥不起，飲食不吃，服藥無效，眼見得上天遠，入地近[3]。今日得大官人來家做個主張，便有些山高水低，也更不憂。」柴進答道：「尊嬸放心，只顧請好醫士調治叔叔。但有門戶[4]，小姪自使人回滄州家裏，去取丹書鐵券來，和他理會。便告到官府今上御前，也不怕他！」繼室道：「皇城幹事，全不濟事，還是大官人理論是得。」

柴進看視了叔叔一回，卻出來和李逵並帶來人從說知備細。李逵聽了，跳將起來說道：「這廝好無道理！我有大斧在這裏，教他吃我幾斧，卻再商量。」柴進道：「李大哥，你且息怒，沒來由和他粗鹵做甚麼？他雖是倚勢欺人，我家放着有護持聖旨，這裏和他理論不得，須是京師也有大似他的，放着明明的條例和他打官司。」李逵道：「條例，條例，若還依得，天下不亂了！我只是前打後商量。那廝若還去告，和那鳥官一發都砍了。」柴進笑道：「可知朱仝要和你廝並，見面不得。這裏是禁城之內，如何比得你小寨裏横行？」李逵道：「禁城便怎地？江州無為軍偏我不曾殺人？」柴進道：「等我看了頭勢，用着大哥時，那時相央，無事只在房裏請坐。」正說之間，裏面侍妾慌忙來請大官人看視皇城。

柴進入到裏面臥榻前，只見皇城閣着兩眼淚，對柴進說道：「賢姪志氣軒昂，不辱祖宗。我今日被殷天錫慪死。你可看骨肉之面，親齎書往京師攔駕告狀，與我報仇，九泉之下，也感賢姪親意。保重！保重！再不多囑！」言罷，便放了命。柴進痛哭了一場。繼室恐怕昏暈，勸住柴進道：「大官人煩惱

---

2)　賣科：賣弄，討好。

3)　上天遠，入地近：形容人將去世，奄奄一息。

4)　門戶：訴訟。

有日，且請商量後事。」柴進道：「誓書在我家裏，不曾帶得來，星夜教人去取，須用將往東京告狀。叔叔尊靈，且安排棺槨盛殮，成了孝服，卻再商量。」柴進教依官制，備辦內棺外槨，依禮鋪設靈位，一門穿了重孝，大小舉哀。李逵在外面聽得堂裏哭泣，自己磨拳擦掌價氣，問從人都不肯說。宅裏請僧修設好事功果。

至第三日，只見這殷天錫騎着一匹攛行[5]的馬，將引閒漢三二十人，手執彈弓、川弩、吹筒、氣球、拈竿、樂器，城外遊玩了一遭，帶五七分酒，佯醉假顛，徑來到柴皇城宅前，勒住馬，叫裏面管家的人出來說話。柴進聽得說，掛着一身孝服，慌忙出來答應。那殷天錫在馬上問道：「你是他家甚麼人？」柴進答道：「小可是柴皇城親姪柴進。」殷天錫道：「前日我吩咐道，教他家搬出屋去，如何不依我言語？」柴進道：「便是叔叔臥病，不敢移動，夜來已自身故，待斷七[6]了搬出去。」殷天錫道：「放屁！我只限你三日便要出屋，三日外不搬，先把你這廝枷號起，先吃我一百訊棍！」柴進道：「直閣休恁相欺！我家也是龍子龍孫，放着先朝丹書鐵券，誰敢不敬？」殷天錫喝道：「你將出來我看！」柴進道：「現在滄州家裏，已使人去取來。」殷天錫大怒道：「這廝正是胡說！便有誓書鐵券，我也不怕，左右與我打這廝！」

眾人卻待動手，原來黑旋風李逵在門縫裏都看見，聽得喝打柴進，便拽開房門，大吼一聲，直搶到馬邊，早把殷天錫揪下馬來，一拳打翻。那二三十人卻待搶他，被李逵手起，早打倒五六個，一哄都走了。李逵拿殷天錫提起來，拳頭腳尖一發上，柴進那裏勸得住。看那殷天錫時，嗚呼哀哉，伏惟尚饗[7]。有詩為證：

慘刻侵謀倚橫豪，豈知天理竟難逃。
李逵猛惡無人敵，不見閻羅不肯饒。

---

5) 攛行：奔跑。

6) 斷七：人死後七天。

7) 嗚呼哀哉，伏惟尚饗：古時寫祭文經常用在結尾的詞。伏惟，敬辭。尚饗：請死去的人享受祭品。

李逵將殷天錫打死在地，柴進只叫得苦，便教李逵且去後堂商議。柴進道：「眼見得便有人到這裏，你安身不得了。官司我自支吾，你快走回梁山泊去。」李逵道：「我便走了，須連累你。」柴進道：「我自有誓書鐵券護身，你便去是，事不宜遲。」李逵取了雙斧，帶了盤纏，出後門，自投梁山泊去了。

不多時，只見二百餘人各執刀杖槍棒，圍住柴皇城家。柴進見來捉人，便出來說道：「我同你們府裏分訴去。」眾人先縛了柴進，便入家裏搜捉行兇黑大漢不見，只把柴進綁到州衙內，當廳跪下。知府高廉聽得打死了他的舅子殷天錫，正在廳上咬牙切齒忿恨，只待拿人來。早把柴進驅翻在廳前階下，高廉喝道：「你怎敢打死了我殷天錫？」柴進告道：「小人是柴世宗嫡派子孫，家門有先朝太祖誓書鐵券，現在滄州居住。為是叔叔柴皇城病重，特來看視，不幸身故，現今停喪在家。殷直閣將帶三二十人到家，定要趕逐出屋，不容柴進分說，喝令眾人毆打，被莊客李大救護，一時行兇打死。」高廉喝道：「李大現在那裏？」柴進道：「心慌逃走了。」高廉道：「他是個莊客，不得你的言語，如何敢打死人！你又故縱他逃走了，卻來瞞昧官府。你這廝，不打如何肯招？牢子下手，加力與我打這廝！」柴進叫道：「莊客李大救主，誤打死人，非干我事！放着先朝太祖誓書，如何便下刑法打我？」高廉道：「誓書有在那裏？」柴進道：「已使人回滄州去取來也。」高廉大怒，喝道：「這廝正是抗拒官府，左右腕頭加力，好生痛打！」眾人下手，把柴進打得皮開肉綻，鮮血迸流，只得招做使令莊客李大打死殷天錫，取面二十五斤死囚枷釘了，發下牢裏監收。殷天錫屍首檢驗了，自把棺木殯葬，不在話下。

這殷夫人要與兄弟報仇，教丈夫高廉抄扎了柴皇城家私，監禁下人口，佔住了房屋圍院。柴進自在牢中受苦。有詩為證：

脂唇粉面毒如蛇，鐵券金書空裏花。
可怪祖宗能讓位，子孫猶不保身家。

卻說李逵連夜回梁山泊，到得寨裏，來見眾頭領。朱仝一見李逵，怒從心起，掣條朴刀，徑奔李逵。黑旋風拔出雙斧，便鬥朱仝。晁蓋、宋江並眾頭領，一齊向前勸住。宋江與朱仝陪話道：「前者殺了小衙內，不干李逵之事。卻是軍師吳學究因請兄長不肯上山，一時定的計策。今日既到山寨，便休記心，只顧同心協助，共興大義，休教外人恥笑。」便叫李逵兄弟與朱仝陪話。李逵睜着怪眼，叫將起來，說道：「他直恁般做得起！我也多曾在山寨出氣力，他又不曾有半點之功，卻怎地倒教我陪話！」宋江道：「兄弟，卻是你殺了小衙內，雖是軍師嚴令，論齒序他也是你哥哥，且看我面，與他伏個禮，我卻自拜你便了。」李逵吃宋江央及不過，便道：「我不是怕你，為是哥哥逼我，沒奈何了，與你陪話。」李逵吃宋江逼住了，只得撇了雙斧，拜了朱仝兩拜。朱仝方才消了這口氣。山寨裏晁頭領且教安排筵席，與他兩個和解。

李逵說起：「柴大官人因去高唐州看親叔叔柴皇城病症，卻被本州高知府妻舅殷天錫，要奪屋宇花園，毆罵柴進，吃我打死了殷天錫那廝。」宋江聽罷，失驚道：「你自走了，須連累柴大官人吃官司。」吳學究道：「兄長休驚，等戴宗回山，便有分曉。」李逵問道：「戴宗哥哥那裏去了？」吳用道：「我怕你在柴大官人莊上惹事不好，特地教他來喚你回山。他到那裏，不見你時，必去高唐州尋你。」說言未絕，只見小校來報戴院長回來了。宋江便去迎接，到了堂上坐下，便問柴大官人一事。戴宗答道：「去到柴大官人莊上，已知同李逵投高唐州去了。徑奔那裏去打聽，只見滿城人傳道殷天錫因爭柴皇城莊屋，被一個黑大漢打死了，現今負累了柴大官人陷於縲絏，下在牢裏。柴皇城一家人口家私，盡都抄扎了。柴大官人性命，早晚不保。」晁蓋道：「這個黑廝又做出來了，但到處便惹口面。」李逵道：「柴皇城被他打傷，慪氣死了，又來佔他房屋，又喝教打柴大官人，便是活佛，也忍不得！」晁蓋道：「柴大官人自來與山寨有恩，今日他有危難，如何不下山去救他？我親自去走一遭。」宋江道：「哥哥是山寨之主，如何可便輕動？小可和柴大官人舊來有恩，情願替哥哥下山。」吳學究道：「高唐州城池雖小，人物稠穰，軍廣糧多，不可輕敵。煩請林沖、花榮、秦明、李俊、呂方、郭盛、孫立、歐鵬、楊林、鄧飛、馬麟、白勝十二個頭領，部引馬步軍兵五千，作前隊先鋒。軍中主帥宋公明、吳用，並朱仝、雷橫、戴宗、李逵、張橫、張順、楊雄、石秀十個頭領，部引馬步軍兵三千策應。」共該二十二位頭領，辭了晁蓋等眾人，離了山寨，望高唐州進發。端的好整齊，但見：繡旗飄號帶，畫角間銅鑼。三股叉，五股叉，燦燦秋霜；點鋼槍，蘆葉槍，紛紛瑞雪。蠻牌[8]遮路，強弓硬弩當先；火炮隨車，大戟長戈擁後。鞍上將似南山猛虎，人人好鬥能爭；坐下馬如北海蒼龍，騎騎能衝敢戰。端的槍刀流水急，果然人馬撮風行。

梁山泊前軍已到高唐州地界，早有軍卒報知高廉。高廉聽了，冷笑道：「你這夥草賊在梁山泊窩藏，我兀自要來剿捕你，今日你倒來就縛，此是天教我成功。左右快傳下號令，整點軍馬出城迎敵，着那眾百姓上城守護。」這高知府上馬管軍，下馬管民，一聲號令下去，那帳前都統、監軍、統領、統制、提轄軍職一應官員，各各部領軍馬，就教場裏點視已罷，諸將便擺佈出城迎敵。高廉手下有三百體己軍士，號為飛天神兵，一個個都是山東、河北、江西、湖南、兩淮、兩浙選來的精壯好漢。那三百飛天神兵怎生結束？但見：頭披亂髮，腦後撒一把煙雲；身掛葫蘆，背上藏千條火焰。黃抹額齊分八卦，豹皮甲盡按四方。熟銅面具似金裝，鑌鐵滾刀如掃帚。掩心鎧甲，前後豎兩面青銅；照眼旌旗，左右列千層黑霧。疑是天蓬離斗府，正如月孛[9]下雲衢。

那知府高廉親自引了三百神兵，披甲背劍，上馬出到城外，把部下軍官周回排成陣勢，卻將三百神兵列在中軍，搖旗吶喊，擂鼓鳴金，只等敵軍到來。卻說林沖、花榮、秦明引領五千人馬到來。兩軍相迎，旗鼓相望，各把強弓硬弩射住陣腳。兩軍中吹動畫角，發起擂鼓。花榮、秦明帶同十個頭領，都到陣前，把馬勒住。頭領林沖橫丈八蛇矛，躍馬出陣，厲聲高叫：「高唐州納命的出來！」高廉把馬一縱，引着三十餘個軍官，都出到門旗下，勒住馬，指着林沖罵道：「你這夥不知死的叛賊，怎敢直犯俺的城池？」林沖喝道：「你這個害民強盜，我早晚殺到京師，把你那廝欺君賊臣高俅，碎屍萬段，方是願足。」高廉大怒，回頭問道：「誰人出馬先捉此賊去？」軍官隊裏轉出一個統制官，姓于，名直，拍馬掄刀，竟出陣前。林沖見了，徑奔于直，兩個戰不到五合，于直被林沖心窩裏一蛇矛刺着，翻筋斗顛下馬去。高廉見了大驚，「再有誰人出馬報仇？」軍官隊裏又轉出一個統制官，姓温，雙

---

8)　蠻牌：盾牌。

9)　月孛（bèi）：道教有月孛星君，乃十一大曜星君之一。

名文寶，使一條長槍，騎一匹黃驃馬，鑾鈴響，珂佩鳴，早出到陣前；四隻馬蹄蕩起征塵，直奔林沖。秦明見了，大叫：「哥哥稍歇，看我立斬此賊。」林沖勒住馬，收了點鋼矛，讓秦明戰温文寶。兩個約鬥十合之上，秦明放個門戶，讓他槍搠入來，手起棍落，把温文寶削去半個天靈蓋，死於馬上，那馬跑回本陣去了。兩陣軍相對，齊吶聲喊。

高廉見連折二將，便去背上掣出那口太阿寶劍來，口中唸唸有詞，喝聲道：「疾！」只見高廉隊中捲起一道黑氣。那道氣散至半空裏，飛沙走石，撼地搖天，亂起怪風，徑掃過對陣來。林沖、秦明、花榮等眾將對面不能相顧，驚得那坐下馬亂竄咆哮，眾人回身便走。高廉把劍一揮，指點那三百神兵，從陣裏殺將出來，背後官軍協助，一掩過來，趕得林沖等軍馬星落雲散，七斷八續，呼兄喚弟，覓子尋爺，五千軍兵折了一千餘人，直退回五十里下寨。高廉見人馬退去，也收了本部軍兵，入高唐州城裏安下。

卻說宋江中軍人馬到來，林沖等接着，具說前事。宋江、吳用聽了大驚，與軍師道：「是何神術，如此利害？」吳學究道：「想是妖法，若能迴風返火，便可破敵。」宋江聽罷，打開天書看時，第三卷上有迴風返火破陣之法。宋江大喜，用心記了咒語並祕訣，整點人馬，五更造飯吃了，搖旗擂鼓，殺進城下來。有人報入城中，高廉再點了得勝人馬，並三百神兵，開放城門，佈下吊橋，出來擺成陣勢。

宋江帶劍縱馬出陣前，望見高廉軍中一簇皂旗，吳學究道：「那陣內皂旗，便是使神師計的官兵。但恐又使此法，如何迎敵？」宋江道：「軍師放心，我自有破陣之法。諸軍眾將勿得驚疑，只顧向前殺去。」高廉吩咐大小將校：「不要與他強敵挑鬥，但見牌響，一齊並力擒獲宋江，我自有重賞。」兩軍喊聲起處，高廉馬鞍鞽上掛着那面聚獸銅牌，上有龍章鳳篆，手裏拿着寶劍，出陣前。宋江指着高廉罵道：「昨夜我不曾到，兄弟們誤折一陣，今日我必要把你誅盡殺絕。」高廉喝道：「你這夥反賊，快早早下馬受縛，省得我腥手污腳！」言罷把劍一揮，口中唸唸有詞，喝聲道：「疾！」黑氣起處，早捲起怪風來。宋江不等那風到，口中也唸唸有詞，左手捏訣，右手提劍一指，說聲道：「疾！」那陣風不望宋江陣裏來，倒望高廉神兵隊裏去了。宋江卻待招呼人馬殺將過去，高廉見回了風，急取銅牌，把劍敲動，向那神兵隊裏捲一陣黃沙，就中軍走出一羣猛獸。但見：狻猊舞爪，獅子搖頭。閃金獬豸逞威雄，奮錦貔貅施勇猛。豺狼作對吐獠牙，直奔雄兵；虎豹成羣張巨口，來噴劣馬。帶刺野豬衝陣入，捲毛惡犬撞人來。如龍大蟒撲天飛，吞象頑蛇鑽地落。

高廉銅牌響處，一群怪獸毒蟲直衝過來，宋江陣裏眾多人馬驚呆了。宋江撇了劍，撥回馬先走。眾頭領簇捧着，盡都逃命。大小軍校，你我不能相顧，奪路而走。高廉在後面把劍一揮，神兵在前，官軍在後，一齊掩殺將來。宋江人馬，大敗虧輸。高廉趕殺二十餘里，鳴金收軍，城中去了。

宋江來到土坡下，收住人馬，紮下寨柵，雖是損折了些軍卒，卻喜眾頭領都有。屯住軍馬，便與軍師吳用商議道：「今番打高唐州，連折了兩陣，無計可破神兵，如之奈何？」吳學究道：「若是這廝會使神師計，他必然今夜要來劫寨，可先用計提備，此處只可屯紮些少軍馬，我等去舊寨內駐紮。」宋江傳令，只留下楊林、白勝看寨，其餘人馬，退去舊寨內將息。

且說楊林、白勝引人離寨半里草坡內埋伏，等到一更時分。但見：雲生四野，霧漲八方。搖天撼地起狂風，倒海翻江飛急雨。雷公忿怒，倒騎火獸逞神威；電母生嗔，亂掣金蛇施聖力。大樹和根拔去，深波徹底捲乾。若非灌口斬蛟龍[10]，疑是泗州降水母[11]。

當夜風雷大作，楊林、白勝引着三百餘人伏在草裏看時，只見高廉步走，引領三百神兵，吹風唿哨，殺入寨裏來，見是空寨，回身便走。楊林、白勝吶聲喊，高廉只怕中了計，四散便走，三百神兵各自奔逃。楊林、白勝亂放弩箭，只顧射去，一箭正中高廉左肩，眾軍四散，冒雨趕殺。高廉引領了神兵去得遠了，楊林、白勝人少，不敢深入。少刻，雨過雲收，復見一天星斗，月光之下，草坡前搠翻射死拿得神兵二十餘人，解赴宋公明寨內，具說雷雨風雲之事。宋江、吳用見說，大驚道：「此間只隔得五里遠近，卻又無雨無風！」眾人議道：「正是妖法只在本處，離地只有三四十丈，雲雨氣味，是左近水泊中攝將來的。」楊林說：「高廉也自披髮仗劍，殺入寨中，身上中了我一弩箭，回城中去了。為是人少，不敢去追。」宋江分賞楊林、白勝。把

---

10)　灌口斬蛟龍：傳說李冰修建都江堰時使兒子於灌口斬蛟龍。

11)　泗州降水母：傳說大禹治水時，水母無支祁搗亂被捉拿。

拿來的中傷神兵斬了。分撥眾頭領下了七八個小寨，圍繞大寨，提備再來劫寨，一面使人回山寨，取軍馬協助。

且說高廉自中了箭，回到城中養病，令軍士守護城池，曉夜提備：「且休與他廝殺，待我箭瘡平復起來，捉宋江未遲。」

卻說宋江見折了人馬，心中憂悶，和軍師吳用商量道：「只這回高廉尚且破不得，倘或別添他處軍馬，並力來劫，如之奈何？」吳學究道：「我想要破高廉妖法，只除非依我如此如此。若不去請這個人來，柴大官人性命也是難救。高唐州城子，永不能得。」正是：要除起霧興雲法，須請通天徹地人。畢竟吳學究說這個人是誰，且聽下回分解。

## 延伸思考

金聖歎認為：「宋江自到山寨，便軟禁晁蓋，不許轉動，而又每以好語遮飾之，權詐可畏如畫。」（《金聖歎批評本水滸傳》）你對這樣的評價有何看法？為甚麼？

## 第五十三回

# 戴宗智取公孫勝
# 李逵斧劈羅真人

戴宗奉命去尋公孫勝，一路上李逵相伴，倒也為文章增添了不少可笑的段落。公孫勝的師傅羅真人起初不同意弟子回到梁山，李逵便像從前一般決定殺死羅真人，除去公孫勝的顧慮。事成後的第二日，羅真人竟好端端地出現在他們面前，並施法術讓李逵吃了個啞巴虧。

話說當下吳學究對宋公明說道：「要破此法，只除非快教人去薊州尋取公孫勝來，便可破得。」宋江道：「前番戴宗去了幾時，全然打聽不着，卻那裏去尋？」吳用道：「只說薊州，有管下多少縣治、鎮市、鄉村，他須不曾尋得到。我想公孫勝他是個清高的人，必然在個名山洞府、大川真境居住。今番教戴宗可去繞薊州管下縣道名山仙境去處，尋覓一遭，不愁不見他。」宋江聽罷，隨即叫請戴院長商議，可往薊州尋取公孫勝。戴宗道：「小可願往，只是得一個做伴的去方好。」吳用道：「你作起神行法來，誰人趕得你上？」戴宗道：「若是同伴的人，我也把甲馬拴在他腿上，教他也走得許多路程。」李逵便道：「我與戴院長做伴走一遭。」戴宗道：「你若要跟我去，須要一路上吃素，都聽我的言語。」李逵道：「這個有甚難處？我都依你便了。」宋江、吳用吩咐道：「路上小心在意，休要惹事。若得見了，早早回來。」李逵道：「我打死了殷天錫，卻教柴大官人吃官司。我如何不要救他？今番並不敢惹事了。」二人各藏了暗器，拴縛了包裹，拜辭宋江並眾人，離了高唐州，取路投薊州來。

走了二十餘里，李逵立住腳道：「大哥，買碗酒吃了走也好。」戴宗道：

「你要跟我作神行法，須要只吃素酒。且向前面去。」李逵答道：「便吃些肉，也打甚麼緊。」戴宗道：「你又來了。今日已晚，且尋客店宿了，明日早行。」兩個又走了三十餘里，天色昏黑，尋着一個客店歇了，燒起火來做飯，沽一角酒來吃。李逵搬一碗素飯，並一碗菜湯，來房裏與戴宗吃。戴宗道：「你如何不吃飯？」李逵應道：「我且未要吃飯哩。」戴宗尋思道：「這廝必然瞞着我背地裏吃葷。」戴宗自把素飯吃了，卻悄悄地來後面張時，見李逵討兩角酒，一盤牛肉，在那裏自吃。戴宗道：「我說甚麼？且不要道破他，明日小小地耍他耍便了。」戴宗自去房裏睡了。李逵吃了一回酒肉，恐怕戴宗說他，自暗暗的來房裏睡了。

到五更時分，戴宗起來叫李逵打火，做些素飯吃了，各分行李在背上，算還了房客錢，離了客店，行不到二里多路，戴宗說道：「我們昨日不曾使神行法，今日須要趕程途，你先把包裹拴得牢了，我與你作法，行八百里便住。」戴宗取四個甲馬，去李逵兩隻腿上也縛了，吩咐道：「你前面酒食店裏等我。」戴宗唸唸有詞，吹口氣在李逵腿上，李逵拽開腳步，渾如駕雲的一般，飛也似去了。戴宗笑道：「且着他忍一日餓。」戴宗也自拴上甲馬，隨後趕來。李逵不省得這法，只道和他走路一般。只聽耳朵邊風雨之聲，兩邊房屋樹木，一似連排價倒了的，腳底下如雲催霧趲。李逵怕將起來，幾遍待要住腳，兩條腿那裏收拾得住，卻似有人在下面推的相似，腳不點地，只管的走去了。看見酒肉飯店，又不能夠入去買吃，李逵只得叫：「爺爺，且住一住！」看看走到紅日平西，肚裏又飢又渴，越不能夠住腳，驚得一身臭汗，氣喘做一團。

戴宗從背後趕來，叫道：「李大哥，怎的不買些點心吃了去？」李逵應道：「哥哥，救我一救，餓殺鐵牛也！」戴宗懷裏摸出幾個炊餅來自吃。李逵叫道：「我不能夠住腳買吃，你與我兩個充飢。」戴宗道：「兄弟，你走上來與你吃。」李逵伸着手，只隔一丈來遠近，只接不着。李逵叫道：「好哥哥，等我一等。」戴宗道：「便是今日有些蹺蹊，我的兩條腿也不能夠住。」李逵道：「啊也！我的這鳥腳不由我半分，自這般走了去，只好把大斧砍了那下半截下來。」戴宗道：「只除是恁的般方好，不然，直走到明年正月初一日，也不能住。」李逵道：「好哥哥，休使道兒耍我，砍了腿下來，你卻笑我。」戴宗道：「你敢是昨夜不依我？今日連我也走不得住，你自走去。」李逵叫道：「好爺爺，你饒我住一住！」戴宗道：「我的這法，不許吃葷，第一戒的是牛肉。若還吃了一塊牛肉，直要走十萬里，方才得住。」李逵道：「卻是苦也！我昨夜不合瞞着哥哥，真個偷買幾斤牛肉吃了。正是怎麼好！」戴宗道：「怪得今日連我的這腿也收不住，只用去天盡頭走一遭了，慢慢地卻得三五年，方才回得來。」李逵聽罷，叫起撞天屈來。

戴宗笑道：「你從今已後，只依得我一件事，我便罷得這法。」李逵道：「老爹，我今都依你便了。」戴宗道：「你如今敢再瞞着我吃葷麼？」李逵道：「今後但吃葷，舌頭上生碗來大療瘡！我見哥哥要吃素，鐵牛卻吃不得，因此上瞞着哥哥，今後並不敢了。」戴宗道：「既是恁地，饒你這一遍！」退後一步，把衣袖去李逵腿上只一拂，喝聲：「住！」李逵卻似釘住了的一般，兩隻腳立定地下，挪移不動。

戴宗道：「我先去，你且慢慢的來。」李逵正待抬腳，那裏移得動，拽也拽不起，一似生鐵鑄就了的。李逵大叫道：「又是苦也！晚夕怎地得去？」便叫道：「哥哥救我一救。」戴宗轉回頭來笑道：「你今番依我說麼？」李逵道：「你是我親爺，卻是不敢違了你的言語。」戴宗道：「你今番卻要依我。」便把手綰了李逵，喝聲：「起！」兩個輕輕地走了去。李逵道：「哥哥，可憐見鐵牛，早歇了罷！」前面到一個客店，兩個且來投宿。戴宗、李逵入到房裏去，腿上都卸下甲馬來，取出幾陌紙錢燒送了，問李逵道：「今番卻如何？」李逵道：「這兩條腿，方才是我的了。」戴宗道：「誰着你夜來私買酒肉吃？」李逵道：「為是你不許我吃葷，偷了些吃，也吃你耍得我夠了。」

戴宗叫李逵安排些素酒素飯吃了，燒湯洗了腳，上床歇了。睡到五更起來，洗漱罷，吃了飯，還了房錢，兩個又上路。行不到三里多路，戴宗取出甲馬道：「兄弟，今日與你只縛兩個，教你慢行些。」李逵道：「親爺，我不要縛了。」戴宗道：「你既依我言語，我和你幹大事，如何肯弄你？你若不依我，教你一似夜來只釘住在這裏。只等我去薊州尋見了公孫勝，回來放你。」李逵慌忙叫道：「我依，我依。」戴宗與李逵當日各縛兩個甲馬，作起神行法，扶着李逵兩個一同走。原來戴宗的法，要行便行，要住便住。李逵從此那裏敢違他言語，於路上只是買些素酒素飯，吃了便行。話休絮繁。兩個用神行法，不旬日，迤邐來薊州城外客店裏歇了。

次日兩個入城來，戴宗扮做主人，李逵扮做僕者。繞城中尋了一日，並無一個認得公孫勝的，兩個自回店裏歇了。次日又去城中小街狹巷尋了一日，絕無消耗。李逵心焦，罵道：「這個乞丐道人，卻鳥躲在那裏！我若見時，腦揪將去見哥哥。」戴宗說道：「你又來了，若不聽我言語，我又教你吃苦。」李逵笑道：「我自這般說耍。」戴宗又埋怨了一回，李逵不敢回話。兩個又來店裏歇了。

次日早起，卻去城外近村鎮市尋覓。戴宗但見老人，便施禮拜問公孫勝先生家在那裏居住，並無一人認得。戴宗也問過數十處。當日晌午時分，兩個走得肚飢，路旁邊見一個素麪店，兩個直入來，買些點心吃。只見裏面都坐滿，沒一個空處，戴宗、李逵立在當路。過賣問道：「客官要吃麪時，和這老人合坐一坐。」戴宗見個老丈，獨自一個佔着一付大座頭，便與他施禮，唱個喏，兩個對面坐了。李逵坐在戴宗肩下，吩咐過賣造四個壯麪[1]來。戴宗道：「我吃一個，你吃三個不少麼？」李逵道：「不濟事。一發做六個來，我都包辦。」過賣見了也笑。等了半日，不見把麪來。李逵卻見都搬入裏面去了，心中已有五分焦躁。只見過賣卻搬一個熱麪，放在合坐老人面前。那老人也不謙讓，拿起麪來便吃。那分麪卻熱，老兒低着頭伏桌兒吃。李逵性急，見不搬面來，叫一聲：「過賣！」罵道：「卻教老爺等了這半日。」把那桌子只一拍，濺那老人一臉熱汁，那分麪都潑翻了。老兒焦躁，便來揪住李逵，喝道：「你是何道理，打翻我麪？」李逵撚起拳頭，要打老兒。

戴宗慌忙喝住，與他陪話道：「丈丈[2]休和他一般見識，小可賠丈丈一分麪。」那老人道：「客官不知，老漢路遠，早要吃了麪回去聽講，遲時誤了程途。」戴宗問道：「丈丈何處人氏？卻聽誰人講甚麼？」老兒答道：「老漢是本處薊州管下九宮縣二仙山下人氏。因來這城中買些好香回去，聽山上羅真人講說長生不老之法。」戴宗尋思道：「莫不公孫勝也在那裏？」便問老人道：「丈丈貴莊，曾有個公孫勝麼？」老人道：「客官問別人定不知，多有人不認的他。老漢和他是鄰舍。他只有個老母在堂。這個先生，一向雲遊在外，此時喚做公孫一清。如今出姓，都只叫他清道人，不叫做公孫勝。此是俗名，無人認得。」戴宗道：「正是『踏破鐵鞋無覓處，得來全不費工夫』。」戴宗

---

1) 壯麪：粗麪。

2) 丈丈：尊稱長者或地位較高者。

又拜問丈丈道：「九宮縣二仙山離此間多少路？清道人在家麼？」老人道：「二仙山只離本縣四十五里便是。清道人他是羅真人上首徒弟，他本師不放離左右。」戴宗聽了大喜。連忙催趲麪來吃，和那老兒一同吃了，算還麪錢，同出店肆，問了路途。戴宗道：「丈丈先行。小可買些香紙，也便來也。」老人作別去了。

戴宗、李逵回到客店裏，取了行李包裹，再拴上甲馬，離了客店，兩個取路投九宮縣二仙山來。戴宗使起神行法，四十五里，片時到了。二人來到縣前，問二仙山時，有人指道：「離縣投東，只有五里便是。」兩個又離了縣治，投東而行。果然行不到五里，早望見那座仙山，委實秀麗。但見：青山削翠，碧岫堆雲。兩崖分虎踞龍盤，四面有猿啼鶴唳。朝看雲封山頂，暮觀日掛林梢。流水潺湲，澗內聲聲鳴玉佩；飛泉瀑布，洞中隱隱奏瑤琴。若非道侶修行，定有仙翁煉藥。

當下戴宗、李逵來到二仙山下，見個樵夫。戴宗與他施禮，說道：「借問此間清道人家在何處居住？」樵夫指道：「只過這東山嘴，門外有條小石橋的便是。」兩個抹過山嘴來，見有十數間草房，一周圍矮牆，牆外一座小小石橋。兩個來到橋邊，見一個村姑提一籃新果子出來。戴宗施禮問道：「娘子從清道人家出來，清道人在家麼？」村姑答道：「在屋後煉丹。」戴宗心中暗喜，吩咐李逵道：「你且去樹背後躲一躲。待我自入去，見了他，卻來叫你。」戴宗自入到裏面看時，一帶三間草房，門上懸掛一個蘆簾。戴宗咳嗽了一聲，只見一個白髮婆婆從裏面出來。戴宗看那婆婆，但見：蒼然古貌，鶴髮酡顏。眼昏似秋月籠煙，眉白如曉霜映日。青裙素服，依稀紫府元君；布襖荊釵，仿佛驪山老姥。形如天上翔雲鶴，貌似山中傲雪松。

戴宗當下施禮道：「告稟老娘：小可欲求清道人相見一面。」婆婆問道：「官人高姓？」戴宗道：「小可姓戴，名宗，從山東到此。」婆婆道：「孩兒出外雲遊，不曾還家。」戴宗道：「小可是舊時相識，要說一句緊要的話，求見一面。」婆婆道：「不在家裏，有甚話說，留下在此不妨。待回家，自來相見。」戴宗道：「小可再來。」就辭了婆婆，卻來門外對李逵道：「今番須用着你。方才他娘說道不在家裏，如今你可去請他。他若說不在時，你便打將起來，卻不得傷犯他老母。我來喝住，你便罷。」

李逵先去包裹裏取出雙斧，插在兩胯下，入的門裏，叫一聲：「着個出來！」婆婆慌忙迎着問道：「是誰？」見了李逵睜着雙眼，先有八分怕他，問道：「哥哥有甚話說？」李逵道：「我是梁山泊黑旋風。奉着哥哥將令，教我來請公孫勝。你叫他出來，佛眼相看；若還不肯出來，放一把鳥火，把你家當都燒做白地，莫言不是。早早出來！」婆婆道：「好漢莫要恁地。我這裏不是公孫勝家，自喚做清道人。」李逵道：「你只叫他出來，我自認得他鳥臉。」婆婆道：「出外雲遊未歸。」李逵拔出大斧，先砍翻一堵壁。婆婆向前攔住，李逵道：「你不叫你兒子出來，我只殺了你。」拿起斧來便砍，把那婆婆驚倒在地。只見公孫勝從裏面走將出來，叫道：「不得無禮！」有詩為證：

藥爐丹灶學神仙，遁跡深山了萬緣。
不是凶神來屋裏，公孫安肯出堂前。

戴宗便來喝道：「鐵牛，如何嚇倒老母！」戴宗連忙扶起。李逵撇了大斧，便唱個喏道：「阿哥休怪。不恁地，你不肯出來。」公孫勝先扶娘入去了，卻出來拜請戴宗、李逵，邀進一間淨室坐下，問道：「虧二位尋得到此。」戴宗道：「自從師父下山之後，小可先來薊州尋了一遍，並無打聽處，只糾合得一夥弟兄上山。今次宋公明哥哥因去高唐州救柴大官人，致被知府高廉兩三陣用妖法贏了，無計奈何，只得教小可和李逵來尋請足下。繞遍薊州，並無尋處。偶因素麪店中，得個此間老丈指引到此。卻見村姑說足下在家燒煉丹藥，老母只是推卻，因此使李逵激出師父來。這個太莽了些，望乞恕罪。哥哥在高唐州界上，度日如年，請師父便可行程，以見始終成全大義之美。」公孫勝道：「貧道幼年飄蕩江湖，多與好漢們相聚。自從梁山泊分別回鄉，非是昧心：一者母親年老，無人奉侍；二乃本師羅真人留在屋前，恐怕有人尋來，故改名清道人，隱藏在此。」戴宗道：「今者宋公明正在危急之際，師父慈悲，只得去走一遭。」公孫勝道：「干礙老母無人養贍，本師羅真人如何肯放。其實去不得了。」戴宗再拜懇告，公孫勝扶起戴宗，說道：「再容商議。」公孫勝留戴宗、李逵在淨室裏坐定，安排些素酒素食相待。

三個吃了一回，戴宗又苦苦哀告道：「若是師父不肯去時，宋公明必被高廉捉了。山寨大義，從此休矣！」公孫勝道：「且容我去稟問本師真人。若肯容許，便一同去。」戴宗道：「只今便去啟問本師。」公孫勝道：「且寬心住一宵，明日早去。」戴宗道：「哥哥在彼一日，如度一年，煩請師父同往一遭。」

公孫勝便起身，引了戴宗、李逵，離了家裏，取路上二仙山來。此時已是秋殘冬初時分，日短夜長，容易得晚，來到半山腰，卻早紅輪西墜。松陰裏面一條小路，直到羅真人觀前，見有朱紅牌額，上寫三個金字，書着「紫虛觀」。三人來到觀前，看那二仙山時，果然是好座仙境。但見：青松鬱鬱，翠柏森森。一羣白鶴聽經，數個青衣碾藥。青梧翠竹，洞門深鎖碧窗寒；白雪黃芽，石室雲封丹灶暖。野鹿銜花穿徑去，山猿擎果度巖來。時聞道士談經，每見仙翁論法。虛皇壇畔，天風吹下步虛聲；禮斗殿中，鸞背忽來環佩韻。只此便為真紫府，更於何處覓蓬萊？

三人就着衣亭上，整頓衣服，從廊下入來，徑投殿後松鶴軒裏去。兩個童子，看見公孫勝領人入來，報知羅真人。傳法旨，教請三人入來。當下公孫勝引着戴宗、李逵到松鶴軒內，正值真人朝真[3]才罷，坐在雲床上。公孫勝向前行禮起居，躬身侍立。戴宗、李逵看那羅真人時，端的有神遊八極之表。但見：星冠攢玉葉，鶴氅[4]縷金霞。長髯廣頰，修行到無漏之天；碧眼方瞳，服食造長生之境。每啖安期之棗，曾嘗方朔之桃。氣滿丹田，端的綠筋紫腦；名登玄篆，定知蒼腎青肝。正是三更步月鸞聲遠，萬里乘雲鶴背高。

戴宗當下見了，慌忙下拜。李逵只管着眼看。羅真人問公孫勝道：「此二位何來？」公孫勝道：「便是昔日弟子曾告我師，山東義友是也。今為高唐州知府高廉顯逞異術，有兄宋江特令二弟來此，呼喚弟子。未敢擅便，故來稟問我師。」羅真人道：「吾弟子既脫火坑，學煉長生，何得再慕此境？」戴宗再拜道：「容乞暫請公孫先生下山，破了高廉，便送還山。」羅真人道：「二位不知，此非出家人閒管之事。汝等自下山去商議。」

公孫勝只得引了二人，離了松鶴軒，連晚下山來。李逵問道：「那老仙先生說甚麼？」戴宗道：「你偏不聽得？」李逵道：「便是不省得這般鳥則聲。」戴宗道：「便是他的師父說道教他休去。」李逵聽了，叫起來道：「教我兩個走了許多路程，千難萬難尋見了，卻放出這個屁來。莫要引老爺性發，一隻手撚碎你這道冠兒，一隻手提住腰胯，把那老賊道倒直撞下山去。」戴宗瞅着

---

3)　朝真：道士拜神。

4)　氅（chǎng）：古代指一種像鶴的水鳥的羽毛，用以做衣服或儀仗中的旗幡。

道：「你又要釘住了腳！」李逵道：「不敢，不敢，我自這般說一聲兒耍。」

三個再到公孫勝家裏，當夜安排些晚飯吃了。公孫勝道：「且權宿一宵，明日再去懇告本師。若肯時，便去。」戴宗至夜叫了安置，兩個收拾行李，都來淨室裏睡了。兩個睡到五更左側，李逵悄悄地爬將起來。聽得戴宗齁齁的睡着，自己尋思道：「卻不是干鳥氣麼？你原是山寨裏人，卻來問甚麼鳥師父！明朝那廝又不肯，卻不誤了哥哥的大事？我忍不得了，只是殺了那個老賊道，教他沒問處，只得和我去。」

李逵當時摸了兩把板斧，悄悄地開了房門，乘着星月明朗，一步步摸上山來。到得紫虛觀前，卻見兩扇大門關了，旁邊籬牆若不甚高。李逵騰地跳將過去，開了大門，一步步摸入裏面來。直至松鶴軒前，只聽隔窗有人看誦玉樞寶經之聲。李逵爬上來，舐破窗紙張時，見羅真人獨自一個坐在雲床上。面前桌兒上燒着一爐好香，點着兩枝畫燭，朗朗誦經。李逵道：「這賊道卻不是當死！」一踅踅過門邊來，把手只一推，呀的兩扇亮槅齊開。李逵搶將入去，提起斧頭，便望羅真人腦門上劈將下來，砍倒在雲床上，流出白血來。李逵看了，笑道：「眼見的這賊道是童男子身，頤養得元陽真氣，不曾走泄，正沒半點的紅。」李逵再仔細看時，連那道冠兒劈做兩半，一顆頭直砍到項下。李逵道：「今番且除了一害，不煩惱公孫勝不去。」便轉身出了松鶴軒，從側首廊下奔將出來，只見一個青衣童子攔住李逵，喝道：「你殺了我本師，待走那裏去！」李逵道：「你這個小賊道，也吃我一斧！」手起斧落，把頭早砍下台基邊去。二人都被李逵砍了。李逵笑道：「只好撒開。」徑取路出了觀門，飛也似奔下山來。到得公孫勝家裏，閃入來，閉上了門，淨室裏聽戴宗時，兀自未覺。李逵依然原又去睡了。

直到天明，公孫勝起來安排早飯，相待兩個吃了。戴宗道：「再請先生同引我二人上山，懇告真人。」李逵聽了，暗暗地冷笑。三個依原舊路，再上山來。人到紫虛觀裏松鶴軒中，見兩個童子。公孫勝問道：「真人何在？」童子答道：「真人坐在雲床上養性。」李逵聽說，吃了一驚，把舌頭伸將出來，半日縮不入去。三個揭起簾子入來看時，見羅真人坐在雲床上中間。李逵暗暗想道：「昨夜莫非是錯殺了？」羅真人便道：「汝等三人又來何干？」戴宗道：「特來哀告我師慈悲，救取眾人免難。」羅真人道：「這黑大漢是誰？」戴宗答道：「是小可義弟，姓李，名逵。」真人笑道：「本待不教公孫勝去，看他的面上，教他去走一遭。」戴宗拜謝。李逵自暗暗尋思道：「那廝知道我要殺他，卻又鳥說！」

只見羅真人道：「我教你三人片時便到高唐州如何？」三個謝了。戴宗尋思：「這羅真人又強似我的神行法。」真人喚道童取三個手帕來。戴宗道：「上告我師：卻是怎生教我們便能夠到高唐州？」羅真人便起身道：「都跟我來。」三個人隨出觀門外石巖上來。先取一個紅手帕，鋪在石上道：「吾弟子可登。」公孫勝雙腳在上面，羅真人把袖一拂，喝聲道：「起！」那手帕化做一片紅雲，載了公孫勝，冉冉騰空便起，離山約有二十餘丈。羅真人喝聲：「住！」那片紅雲不動。卻鋪下一個青手帕，教戴宗踏上，喝聲：「起！」那手帕卻化作一片青雲，載了戴宗，起在半空裏去了。那兩片青紅二雲，如蘆席大，起在天上轉，李逵看得呆了。羅真人卻把一個白手帕鋪在石上，喚李逵踏上。李逵笑道：「你不是耍，若跌下來，好個大疙瘩。」羅真人道：「你見二人麼？」李逵立在手帕上，羅真人說一聲「起！」那手帕化做一片白雲，飛將起去。李逵叫道：「啊呀！我的不穩，放我下來。」羅真人把右手一招，那青紅二雲平平墜將下來。戴宗拜謝，侍立在面前，公孫勝侍立在左手。李逵在上面叫道：「我也要撒尿撒屎，你不着我下來，我劈頭便撒下來也！」羅真人問道：「我等自是出家人，不曾惱犯了你，你因何夜來越牆而過，入來把斧劈我？若是我無道德，已被殺了。又殺了我一個道童。」李逵道：「不是我，你敢錯認了？」羅真人笑道：「雖然只是砍了我兩個葫蘆，其心不善，且教你吃些磨難。」把手一招喝聲：「去！」一陣惡風，把李逵吹入雲端裏。只見兩個黃巾力士，押着李逵，耳邊只聽得風雨之聲，不覺徑到薊州地界，唬得魂不着體，手腳搖戰。忽聽得亂剌剌地響一聲，卻從薊州府廳屋上骨碌碌滾將下來。

當日正值府尹馬士弘坐衙，廳前立着許多公吏人等，看見半天裏落下一個黑大漢來，眾皆吃驚。馬知府見了，叫道：「且拿這廝過來！」當下十數個牢子獄卒，把李逵驅至當面。馬府尹喝道：「你這廝是那裏妖人？如何從半天裏吊將下來？」李逵吃跌得頭破額裂，半晌說不出話來。馬知府道：「必然是個妖人，教去取些法物來。」牢子節級將李逵捆翻，驅下廳前草地裏，一個虞候掇一盆狗血，沒頭一淋；又一個提一桶尿糞來，望李逵頭上直澆到腳底下。李逵口裏、耳朵裏都是尿屎。李逵叫道：「我不是妖人，我是跟羅真人的伴當。」原來薊州人都知道羅真人是個現世的活神仙，因此不肯下手傷他。再驅李逵到廳前，早有吏人稟道：「這薊州羅真人，是天下有名的得道活神仙。若是他的從者，不可加刑。」馬府尹笑道：「我讀千卷之書，每聞今古之事，未見神仙有如此徒弟，即係妖人。牢子，與我加力打那廝！」眾人只得拿翻李逵，打得一佛出世，二佛涅槃。馬知府喝道：「你那廝快招了妖人，便不打你。」李逵只得招做「妖人李二」。取一面大枷釘了，押下大牢裏去。李逵來到死囚獄裏，說道：「我是直日神將，如何枷了我？好歹教你這薊州一城人都死。」那押牢節級、禁子，都知羅真人道德清高，誰不欽服？都來問李逵：「你端的是甚麼人？」李逵道：「我是羅真人親隨直日神將，因一時有失，惡了真人，把我撇在此間，教我受此苦難，三兩日必來取我。你們若不把些酒食來將息我時，我教你們眾人全家都死。」那節級、牢子見了他說，倒都怕他，只得買酒買肉請他吃。李逵見他們害怕，越說起風話來。牢裏眾人越怕了，又將熱水來與他洗浴了，換些乾淨衣裳。李逵道：「若還缺了我酒食，我便飛了去，教你們受苦。」牢裏禁子只得倒陪告他。李逵陷在薊州牢裏不提。

且說羅真人把上項的事，一一說與戴宗。戴宗只是苦苦哀告，求救李逵。羅真人留住戴宗在觀裏宿歇，動問山寨裏事務。戴宗訴說晁天王、宋公明仗義疏財，專只替天行道，誓不損害忠臣烈士，孝子賢孫，義夫節婦，許多好處。羅真人聽罷甚喜。一住五日，戴宗每日磕頭禮拜，求告真人，乞救李逵。羅真人道：「這等人只可驅除了，休帶回去。」戴宗告道：「真人不知：李逵雖是愚蠢，不省理法，也有些小好處：第一，耿直，分毫不肯苟取於人；第二，不會阿諂於人，雖死，其忠不改；第三，並無淫慾邪心，貪財背義，敢勇當先，因此宋公明甚是愛他。不爭沒了這個人回去，教小可難見兄長宋公明之面。」羅真人笑道：「貧道已知這人是上界天殺星之數。為是下土眾生作業[5]太重，故罰他下來殺戮。吾亦安肯逆天，壞了此人。只是磨他一會，我叫取來還你。」戴宗拜謝。

羅真人叫一聲：「力士安在？」就鶴軒前起一陣風。風過處，一尊黃巾力士出現。但見：面如紅玉，鬚似皂絨。仿佛有一丈身材，縱橫有千斤氣力。黃巾側畔，金環日耀噴霞光；繡襖中間，鐵甲霜鋪吞月影。常在壇前護法，

---

5) 作業：作孽。做壞事，作惡。

每來世上降魔。

那個黃巾力士上告：「我師有何法旨？」羅真人道：「先差你押去薊州的那人，罪業已滿。你還去薊州牢裏取他回來，速去速回。」力士聲喏去了。約有半個時辰，從虛空裏把李逵撇將下來。

戴宗連忙扶住李逵，問道：「兄弟這兩日在那裏？」李逵看了羅真人，只管磕頭拜說道：「鐵牛不敢了也！」羅真人道：「你從今已後，可以戒性，竭力扶持宋公明，休生歹心。」李逵再拜道：「敢不遵依真人言語！」戴宗道：「你正在那裏走了這幾日？」李逵道：「自那日一陣風，直颳我去薊州府裏，從廳屋脊上直滾下來，被他府裏眾人拿住。那個馬知府道我是妖人，捉翻我捆了，卻教牢子獄卒把狗血和尿屎淋我一頭一身，打得我兩腿肉爛，把我枷了，下在大牢裏去。眾人問我是何神從天上落下來？我因說是羅真人的親隨直日神將，因有些過失，罰受此苦，過二三日，必來取我。雖是吃了一頓棍棒，卻也詐得些酒食噇，那廝們懼怕真人，卻與我洗浴，換了一身衣裳。方才正在亭心裏詐酒肉吃，只見半空裏跳下這個黃巾力士，把枷鎖開了，喝我閉眼，一似睡夢中，直扶到這裏。」公孫勝道：「師父似這般的黃巾力士有一千餘員，都是本師真人的伴當。」李逵聽了叫道：「活佛，你何不早說，免教我做了這般不是！」只顧下拜。戴宗也再拜懇告道：「小可端的來的多日了，高唐州軍馬甚急，望乞師父慈悲，放公孫先生同弟子去救哥哥宋公明，破了高廉，便送還山。」羅真人道：「我本不教他去，今為汝大義為重，權教他去走一遭。我有片言，汝當記取。」公孫勝向前跪聽真人指教。正是：滿還濟世安邦願，來作乘鸞跨鳳人。畢竟羅真人對公孫勝說出甚話來，且聽下回分解。

## 精華賞析

本回情節帶有很強的神話色彩，羅真人的出現以及曾經出現過的張天師，都是為了增強小說的可讀性，引起讀者好奇。在全書情節上起到了銜接、穿引的作用。

## 第五十四回

# 精讀 入雲龍鬥法破高廉 黑旋風探穴救柴進

本回寫公孫勝出山，大破敵軍，吳用用計，殺死了高廉，惹怒了高俅，從此梁山泊與高俅軍形成對峙態勢。

話說當下羅真人道：「弟子你往日學的法術，卻與高廉的一般。吾今傳授與汝五雷天罡正法，依此而行，可救宋江，保國安民，替天行道。休被人慾所縛，誤了大事，專精從前學道之心。你的老母，我自使人早晚看視，勿得憂念。汝應上界天閒星，以此容汝去助宋公明。吾有八個字，汝當記取，休得臨期有誤。」羅真人說那八個字，道是：「逢幽而止，遇汴而還。」

公孫勝拜授了訣法，便和戴宗、李逵三個拜辭了羅真人，別了眾道伴下山。歸到家中，收拾了道衣，寶劍二口並鐵冠如意等物了當，拜辭了老母，離山上路。

行過了三四十里路程，戴宗道：「小可先去報知哥哥，先生和李逵大路上來，卻得再來相接。」公孫勝道：「正好。賢弟先往報知，吾亦趲行來也。」戴宗吩咐李逵道：「於路小心伏侍先生。但有些差池，教你受苦。」李逵道：「他和羅真人一般的法術，我如何敢輕慢了他？」戴宗拴上甲馬，作起神行法來，預先去了。

卻說公孫勝和李逵兩個離了二仙山九宮縣，取大路而行，到晚尋店安歇。李逵懼怕羅真人法術，十分小心伏侍公孫勝，那裏敢使性。兩個行了三日，來到一個去處，地名喚做武岡鎮。只見街市人煙輳集，公孫勝道：「這兩日於路走的睏倦，買碗素酒素麪吃了行。」李逵道：「也好。」卻見驛道旁邊一個小酒店，兩個人來店裏坐下。公孫勝坐了上首，李逵解了腰包，下首坐了。叫過賣一面打酒，就安排些素饌來與二人吃。公孫勝道：「你這裏有甚素點心賣？」過賣道：「我店裏只賣酒肉，沒有素點心，市口人家有棗糕賣。」李逵道：「我去買些來。」便去包內取了銅錢，徑投市鎮上來，買了一包棗糕。欲待回來，只聽得路旁側首有人喝采道：「好氣力！」李逵看時，一夥人圍定一個大漢，把鐵瓜錘在那裏使，眾人看了喝采他。

李逵看那大漢時，七尺以上身材，面皮有麻，鼻子上一條大路[1]。李逵看那鐵錘時，約有三十來斤。那漢使的發了，一瓜錘正打在壓街石上，把那石頭打做粉碎，眾人喝采。李逵忍不住，便把棗糕揣在懷中，便來拿那鐵錘，那漢喝道：「你是甚麼鳥人？敢來拿我的錘！」李逵道：「你使的甚麼鳥好，教眾人喝采！看了倒污眼？你看老爺使一回，教眾人看。」那漢道：「我借與你，你若使不動時，且吃我一頓脖子拳了去。」李逵接過瓜錘，如弄彈丸一般。使了一回，輕輕放下，面又不紅，心頭不跳，口內不喘。那漢看了，倒身下拜，說道：「願求哥哥大名。」李逵道：「你家在那裏住？」那漢道：「只在前面便是。」引了李逵到一個所在，見一把鎖鎖着門。那漢把鑰匙開了門，請李逵到裏面坐地。

李逵看他屋裏都是鐵砧、鐵錘、火爐、鉗、鑿家火，尋思道：「這人必是個打鐵匠人，山寨里正用得着，何不叫他也去入夥？」李逵又道：「漢子，你通個姓名，教我知

點評

● 暗示家中再無別人。

● 遠遠埋下伏筆，此人有用。

1)　鼻子上一條大路：鼻子上光溜溜的。

點評

道。」那漢道：「小人姓湯，名隆。父親原是延安府知寨官，因為打鐵上，遭際老種經略相公帳前敍用。近年父親在任亡故，小人貪賭，流落在江湖上，因此權在此間打鐵度日。入骨好使槍棒，為是自家渾身有麻點，人都叫小人做『金錢豹子』。敢問哥哥高姓大名？」李逵道：「我便是梁山泊好漢黑旋風李逵。」湯隆聽了，再拜道：「多聞哥哥威名，誰想今日偶然得遇。」李逵道：「你在這裏，幾時得發跡，不如跟我上梁山泊入夥，叫你也做個頭領。」湯隆道：「若得哥哥不棄，肯帶攜兄弟時，願隨鞭鐙。」就拜李逵為兄。李逵認湯隆為弟。湯隆道：「我又無家人伴當，同哥哥去市鎮上吃三杯淡酒，表結拜之意。今晚歇一夜，明日早行。」李逵道：「我有個師父在前面酒店裏，等我買棗糕去吃了便行，耽擱不得，只可如今便行。」湯隆道：「如何這般要緊？」李逵道：「你不知宋公明哥哥，現今在高唐州界首廝殺，只等我這師父到來救應。」湯隆道：「這個師父是誰？」李逵道：「你且休問，快收拾了去。」湯隆急急拴了包裹、盤纏、銀兩，戴上氈笠兒，跨了口腰刀，提條朴刀，棄了家中破房舊屋，粗重家火，跟了李逵，直到酒店裏來見公孫勝。

● 湯隆的命運只此便改變。

公孫勝埋怨道：「你如何去了許多時？再來遲些，我依前回去了。」李逵不敢做聲回話，引過湯隆拜了公孫勝，備說結義一事。公孫勝見說他是打鐵出身，心中也喜。李逵取出棗糕，叫過賣將去整理。三個一同飲了幾杯酒，吃了棗糕，算還了酒錢。李逵、湯隆各背上包裹，與公孫勝離了武岡鎮，迤邐望高唐州來。

三個於路，三停中走了兩停多路，那日早，卻好迎着戴宗來接。公孫勝見了大喜，連忙問道：「近日相戰如何？」戴宗道：「高廉那廝，近日箭瘡平復，每日領兵來搦戰[2]。哥

2) 搦（nuò）戰：挑戰。

哥堅守，不敢出敵，只等先生到來。」公孫勝道：「這個容易。」李逵引着湯隆拜見戴宗，說了備細，四人一處奔高唐州來。離寨五里遠，早有呂方、郭盛引一百餘騎軍馬迎接着。四人都上了馬，一同到寨，宋江、吳用等出寨迎接。各施禮罷，擺了接風酒，敘問間闊之情，請入中軍帳內，眾頭領亦來作慶。李逵引過湯隆來參見宋江、吳用並眾頭領等。講禮已罷，寨中且做慶賀筵席。

次日中軍帳上，宋江、吳用、公孫勝商議破高廉一事。公孫勝道：「主將傳令，且着拔寨都起，看敵軍如何，貧道自有區處。」當日宋江傳令各寨，一齊引軍起身，直抵高唐州城壕，下寨已定。次早五更造飯，軍人都披掛衣甲。宋公明、吳學究、公孫勝，三騎馬直到軍前，搖旗擂鼓，吶喊篩鑼，殺到城下來。

再說知府高廉在城中箭瘡已痊，隔夜小軍來報知宋江軍馬又到，早晨都披掛了衣甲，便開了城門，放下吊橋，將引三百神兵並大小將校，出城迎敵。兩軍漸近，旗鼓相望，各擺開陣勢。兩陣裏花腔鼉鼓[3]擂，雜彩繡旗搖。宋江陣門開處，分十騎馬來，雁翅般擺開在兩邊。左手下五將：花榮、秦明、朱仝、歐鵬、呂方；右手下五將是林沖、孫立、鄧飛、馬麟、郭盛；中間三騎馬上，為頭是主將宋公明。怎生打扮？

頭頂茜紅巾，腰繫獅蠻帶。錦征袍大鵬貼背，水銀盔彩鳳飛簷。抹綠靴斜踏寶鐙，黃金甲光動龍鱗。描金韉隨定紫絲鞭，錦鞍韉穩稱桃花馬。

左邊那騎馬上坐着的便是梁山泊掌握兵權軍師吳學究，怎生打扮？

五明扇齊攢白羽，九綸巾巧簇烏紗。素羅袍香皂沿

---

3)　鼉（tuó）鼓：用鼉皮蒙的鼓。其聲亦如鼉鳴。

邊，碧玉環絲條束定。鳧舄[4]穩踏葵花鐙，銀鞍不離紫絲韁。兩條銅鏈腰間掛，一騎青驄出戰場。

右邊那騎馬上，坐着的便是梁山泊掌握行兵佈陣副軍師公孫勝。怎生打扮？

星冠耀日，神劍飛霜。九霞衣服繡春雲，六甲風雷藏寶訣。腰間繫雜色短須條，背上懸松文古定劍。穿一雙雲頭點翠早朝靴，騎一匹分鬃昂首黃花馬。名標蕊笈玄功[5]著，身列仙班道行高。

三個總軍主將，三騎馬出到陣前。看對陣金鼓齊鳴，門旗開處，也有二三十個軍官，簇擁着高唐州知府高廉出在陣前，立馬於門旗下，怎生結束？但見：束髮冠珍珠嵌就，絳紅袍錦繡攢成。連環鎧甲耀黃金，雙翅銀盔飛彩鳳。足穿雲縫吊墩靴，腰繫獅蠻金鞓帶。手內劍橫三尺水，陣前馬跨一條龍。

那知府高廉出到陣前，厲聲高叫，喝罵道：「你那水窪草賊，既有心要來廝殺，定要分個勝敗，見個輸贏，走的不是好漢！」宋江聽罷，問一聲：「誰人出馬立斬此賊？」小李廣花榮挺槍躍馬，直至垓心[6]。高廉見了，喝問道：「誰與我直取此賊去？」那統制官隊裏轉出一員上將，喚做薛元輝，使兩口雙刀，騎一匹劣馬，飛出垓心，來戰花榮。兩個在陣前鬥了數合，花榮撥回馬，望本陣便走，薛元輝不知是計，縱馬舞刀，盡力來趕，花榮略帶住了馬，拈弓取箭，扭轉身軀，只一箭，把薛元輝頭重腳輕射下馬去。兩軍齊吶聲喊。

高廉在馬上見了大怒，急去馬鞍轎前，取下那面聚獸銅牌，把劍去擊。那裏敲得三下，只見神兵隊裏捲起一陣黃砂來，罩的天昏地暗，日色無光。喊聲起處，豺狼虎豹，怪

---

4) 鳧舄（fú xì）：仙履。

5) 玄功：偉大的功績。

6) 垓（gāi）心：兩陣中間地帶。

獸毒蟲，就這黃砂內捲將出來。眾軍恰待都走，公孫勝在馬上，早掣出那一把松文古定劍來，指着敵軍，口中唸唸有詞，喝聲道「疾！」只見一道金光射去，那夥怪獸毒蟲，都就黃砂中亂紛紛墜於陣前。眾軍人看時，卻都是白紙剪的虎豹走獸，黃砂盡皆蕩散不起。宋江看了，鞭梢一指，大小三軍，一齊掩殺過去。但見人亡馬倒，旗鼓交橫。高廉急把神兵退走入城。宋江軍馬趕到城下，城上急拽起吊橋，閉上城門，擂木炮石，如雨般打將下來。宋江叫且鳴金，收聚軍馬下寨，整點人數，各獲大勝，回帳稱謝公孫先生神功道德，隨即賞勞三軍。

次日，分兵四面圍城，盡力攻打。公孫勝對宋江、吳用道：「昨夜雖是殺敗敵軍大半，眼見得那三百神兵退入城中去了。今日攻擊得緊，那廝夜間必來偷營劫寨，今晚可收軍一處，至夜深，分去四面埋伏。這裏虛紮寨柵，教眾將只聽霹靂響，看寨中火起，一齊進兵。」傳令已了。當日攻城至未牌時分，都收四面軍兵還寨，卻在營中大吹大擂飲酒。看看天色漸晚，眾頭領暗暗分撥開去，四面埋伏已定。

點評

● 公孫勝獻上一計，出山後第二次作戰。

卻說宋江、吳用、公孫勝、花榮、秦明、呂方、郭盛上土坡等候。是夜，高廉果然點起三百神兵，背上各帶鐵葫蘆，於內藏着硫黃焰硝，煙火藥料。各人俱執鉤刃、鐵掃帚，口內都銜蘆哨。二更前後，大開城門，放下吊橋，高廉當先，驅領神兵前進，背後卻帶三十餘騎，奔殺前來。離寨漸近，高廉在馬上作起妖法，卻早黑氣沖天，狂風大作，飛砂走石，播土揚塵。三百神兵各取火種，去那葫蘆口上點着，一聲蘆哨齊響，黑氣中間，火光罩身，大刀闊斧，滾入寨裏來。高埠處，公孫勝仗劍作法，就空寨中平地上刮剌剌起個霹靂。三百神兵急待退走，只見那空寨中火起，光焰亂飛，上下通紅，無路可出。四面伏兵齊趕，圍定寨柵，黑處遍見。三百神兵，不曾走得一個，都被殺在寨裏。

高廉急引了三十餘騎，奔走回城。背後一支軍馬追趕

**點評**

● 本是守護百姓的軍官最終要點百姓保護。

● 又是高俅的人，可見朝中大半為高俅控制。

● 第三次作戰吳用獻計，取得徹底勝利。

將來，乃是豹子頭林沖。看看趕上，急叫得放下吊橋，高廉只帶得八九騎入城，其餘盡被林沖和人連馬生擒活捉了去。高廉進到城中，盡點百姓上城守護。高廉軍馬神兵，被宋江、林沖殺個盡絕。

次日，宋江又引軍馬四面圍城甚急。高廉尋思：「我數年學得術法，不想今日被他破了，似此如之奈何？只得使人去鄰近州府求救。」急急修書二封，教去東昌、寇州，「二處離此不遠，這兩個知府都是我哥哥抬舉的人，教星夜起兵來接應。差了兩個帳前統制官，齎擎書信，放開西門，殺將出來，投西奪路去了。眾將卻待去追趕，吳用傳令：「且放他出去，可以將計就計。」宋江問道：「軍師如何作用？」吳學究道：「城中兵微將寡，所以他去求救。我這裏可使兩支人馬，詐作救應軍兵，於路混戰。高廉必然開門助戰，乘勢一面取城，把高廉引入小路，必然擒獲。」宋江聽了大喜。令戴宗回梁山泊另取兩支軍馬，分作兩路而來。

且說高廉每夜在城中空闊處，堆積柴草，竟天價[7]放火為號，城上只望救兵到來。過了數日，守城軍兵望見宋江陣中不戰自亂，急忙報知。高廉聽了，連忙披掛上城瞻望，只見兩路人馬戰塵蔽日，喊殺連天，衝奔前來。四面圍城軍馬，四散奔走。高廉知是兩路救軍到了，盡點在城軍馬，大開城門，分頭掩殺出去。

且說高廉撞到宋江陣前，看見宋江引着花榮、秦明三騎馬望小路而走。高廉引了人馬，急去追趕，忽聽得山坡後連珠炮響，心中疑惑，便收轉人馬回來。兩邊鑼響，左手下呂方，右手下郭盛，各引五百人馬衝將出來。高廉急奪路走時，部下軍馬折其大半。奔走脫得垓心時，望見城上已都是梁山泊旗號。舉眼再看，無一處是救應軍馬。只得引着些敗

7) 竟天價：滿天空。

卒殘兵，投山僻小路而走，行不到十里之外，山背後撞出一彪人馬，當先擁出病尉遲孫立，攔住去路，厲聲高叫：「我等你多時，好好下馬受縛！」高廉引軍便回，背後早有一彪人馬，截住去路，當先馬上卻是美髯公朱仝。兩頭夾攻將來，四面截了去路，高廉便棄了坐下馬便走上山。四下裏部軍一齊趕上山去，高廉慌忙口中唸唸有詞，喝聲道：「起！」駕一片黑雲，冉冉騰空，直上山頂。只見山坡邊轉出公孫勝來，見了，便把劍在馬上望空作用，口中也唸唸有詞，喝聲道：「疾！」將劍望上一指，只見高廉從雲中倒撞下來。側首搶過插翅虎雷橫，一朴刀把高廉揮做兩段。可憐五馬諸侯貴，化作南柯夢裏人。有詩為證：

點評

● 公孫勝三戰大敗高廉，先生高明。

上臨之以天鑒，下察之以地祇。
明有王法相繼，暗有鬼神相隨。
行兇畢竟逢凶，恃勢還歸失勢。
勸君自警平生，可歎可驚可畏。

且說雷橫提了首級，都下山來，先使人去飛報主帥。宋江已知殺了高廉，收軍進高唐州城內。先傳下將令：「休得傷害百姓。」一面出榜安民，秋毫無犯。且去大牢中救出柴大官人來。那時當牢節級、押獄禁子，已都走了。止有三五十個罪囚，盡數開了枷鎖釋放。數中只不見柴大官人一個。宋江心中憂悶。尋到一處監房內，卻監着柴皇城一家老小；又一座牢內，監着滄州提捉到柴進一家老小，同監在彼。為是連日廝殺，未曾取問發落，只是沒尋柴大官人處。

● 高廉盡點百姓守護，宋江於百姓毫髮無傷。對比之下，分不清誰是強盜誰是父母官。

吳學究教喚集高唐州押獄禁子跟問時，數內有一個稟道：「小人是當牢節級藺仁，前日蒙知府高廉所委，專一牢固監守柴進，不得有失。又吩咐道：『但有凶吉，你可便下手。』三日之前，知府高廉要取柴進出來施刑。小人為見本人是個好男子，不忍下手，只推道：『本人病至八分，不必下手。』後又催並得緊，小人回稱『柴進已死』。因是連日廝殺，知府不閒，小人卻恐他差人下來看視，必見罪責。昨日引柴進去後面枯井邊，開了枷鎖，推放裏面躲避，如今不知存亡。」

宋江聽了，慌忙着藺仁引入。直到後牢枯井邊望時，見裏面黑洞洞地，不知多少深淺。上面叫時，那得人應。把索子放下去探時，約有八九丈深。宋江道：「柴大官人眼見得多是沒了。」宋江垂淚。吳學究道：「主帥且休煩惱。誰人敢下去探看一遭，便見有無。」說猶未了，轉過黑旋風李逵來，大叫道：「等我下去。」宋江道：「正好。當初也是你送了他，今日正宜報本。」李逵笑道：「我下去不怕，你們莫割斷了繩索。」吳學究道：「你卻也忒奸猾。」且取一個大篾籮[8]，把索子絡了，接長索頭，紮起一個架子，把索掛在上面。李逵脫得赤條條的，手拿兩把板斧，坐在籮裏，卻放下井裏去，索上縛兩個銅鈴。漸漸放到底下，李逵卻從籮裏爬將出來，去井底下摸時，摸着一堆，卻是骸骨。李逵道：「爺娘，甚鳥東西在這裏！」又去這邊摸時，底下濕漉漉的，沒下腳處。李逵把雙斧拔放籮裏，兩手去摸底下，四邊卻寬，一摸摸着一個人，做一堆兒蹲在水坑裏。李逵叫一聲：「柴大官人！」那裏見動，把手去摸時，只覺口內微微聲喚。李逵道：「謝天地，恁地時，還有救哩！」隨即爬在籮裏，搖動銅鈴，眾人扯將上來。

李逵說下面的事，宋江道：「你可再下去，先把柴大官人放在籮裏，先發上來，卻再放籮下來取你。」李逵道：「哥哥不知我去薊州着了兩道兒，今番休撞第三遍。」宋江笑道：「我如何肯弄你？你快下去。」李逵只得再坐籮裏，又下井去。到得底下，李逵爬將出籮去，卻把柴大官人抱在籮裏，

---

8)　篾籮：竹筐。

搖動索上銅鈴。上面聽得，早扯起來。到上面，眾人看了大喜。宋江見柴進頭破額裂，兩腿皮肉打爛，眼目略開又閉。宋江心中甚是淒慘，叫請醫生調治。李逵卻在井底下發喊大叫。宋江聽得，急叫把籮放將下去，取他上來。李逵到得上面，發作道：「你們也不是好人，便不把籮放下來救我！」宋江道：「我們只顧看顧柴大官人，因此忘了你，休怪。」

宋江就令眾人把柴進扛扶上車睡了，先把兩家老小，並奪轉許多家財，共有二十餘輛車子，叫李逵、雷橫先護送上梁山泊去。卻把高廉一家老小良賤三四十口，處斬於市。賞謝了藺仁。再把府庫財帛，倉廒糧米，並高廉所有家私，盡數裝載上山。大小將校離了高唐州，得勝回梁山泊。所過州縣，秋毫無犯。

在路已經數日，回到大寨，柴進扶病起來，稱謝晁、宋二公並眾頭領。晁蓋教請柴大官人就山頂宋公明歇處，另建一所房子，與柴進並家眷安歇。晁蓋、宋江等眾皆大喜。自高唐州回來，又添得柴進、湯隆兩個頭領，且作慶賀筵席，不在話下。

再說東昌、寇州兩處已知高唐州殺了高廉，失陷了城池，只得寫表差人申奏朝廷。又有高唐州逃難官員，都到京師說知真實。高太尉聽了，知道殺死他兄弟高廉。次日五更，在待漏院中，專等景陽鐘[9]響。百官各具公服，直臨丹墀，伺候朝見。

當日五更三點，道君皇帝升殿。淨鞭三下響，文武兩班齊。天子駕坐，殿頭官喝道：「有事出班啟奏，無事捲簾退朝。」高太尉出班奏曰：「今有濟州梁山泊賊首晁蓋、宋江，累造大惡，打劫城池，搶擄倉廒，聚集兇徒惡黨。現在濟州殺害官軍，鬧了江州無為軍，今又將高唐州官民殺戮一

**點評**

● 雷橫是新加入者未曾立功，李逵是為牽連柴進贖罪。

● 早先不報朝廷，待到要報私仇時才奏，活畫出奸臣嘴臉。

9)　景陽鐘：宣告早朝開始的鐘。

**點評**

● 天子大驚，高俅不報則不知，天子閉目塞聽如此。

空，倉廒庫藏，盡被擄去。此是心腹大患，若不早行誅剿，他日養成賊勢，難以制伏。伏乞聖斷。」天子聞奏大驚，隨即降下聖旨，就委高太尉選將調兵，前去剿捕，務要掃清水泊，殺絕種類。高太尉又奏道：「量此草寇，不必興舉大兵，臣保一人，可去收復。」天子道：「卿若舉用，必無差錯，即令起行，飛捷報功，加官賜賞，高遷任用。」高太尉奏道：「此人乃開國之初，河東名將呼延贊嫡派子孫，單名喚個灼字。使兩條銅鞭，有萬夫不當之勇。現受汝寧郡都統制，手下多有精兵勇將。臣舉保此人，可以征剿梁山泊。可授兵馬指揮使，領馬步精銳軍士，克日掃清山寨，班師還朝。」天子准奏，降下聖旨：「着樞密院即便差人，齎敕前往汝寧州，星夜宣取。」當日朝罷，高太尉就於帥府着樞密院撥一員軍官，齎擎聖旨，前去宣取。當日起行，限時定日，要呼延灼赴京聽命。

卻說呼延灼在汝寧州統軍司坐衙，聽得門人報道：「有聖旨特來宣取將軍赴京，有委用的事。」呼延灼與本州官員出郭迎接到統軍司。開讀已罷，設宴管待使臣，火急收拾了頭盔衣甲，鞍馬器械，帶引三四十從人，一同使命[10]，離了汝寧州，星夜赴京。於路無話。早到京師城內殿司府前下馬，來見高太尉。當日高俅正在殿帥府坐衙，門吏報道：「汝寧州宣到呼延灼，現在門外。」高太尉大喜，叫喚進來參見了。看那呼延灼一表非俗，正是：開國功臣後裔，先朝良將玄孫，家傳鞭法最通神，英武熟經戰陣。仗劍能探虎穴，彎弓解射鵰羣。將軍出世定乾坤，呼延灼威名大振。

當下高太尉問慰已畢，與了賞賜。次日早朝，引見道君皇帝。徽宗天子看了呼延灼一表非俗，喜動天顏，就賜踢雪烏騅一匹。那馬渾身墨錠似黑四蹄雪練價白，因此名為踢

10） 使命：使者。

雪烏騅。那馬日行千里，聖旨賜與呼延灼騎坐。呼延灼就謝恩已罷，隨高太尉再到殿帥府，商議起軍，剿捕梁山泊一事。呼延灼道：「稟明恩相，小人覷探梁山泊兵多將廣，武藝高強，不可輕敵小覷。乞保二將為先鋒，同提軍馬到彼，必獲大功。」高太尉聽罷大喜，問道：「將軍所保誰人，可為前部先鋒？」

不爭呼延灼舉保此二將，有分教：宛子城重添良將，梁山泊大破官軍。且教：功名未上凌煙閣，姓字先標聚義廳。畢竟呼延灼對高太尉保出誰來，且聽下回分解。

## 延伸思考

戰勝高廉，奪取高唐州的過程，作者是如何寫得富於變化的？

## 第五十五回

# 精讀 高太尉大興三路兵 呼延灼擺佈連環馬

呼延灼率領二先鋒來取梁山泊，折損一將後，使用連環甲馬戰術，大敗宋江。但梁山泊四面環水，易守難攻，呼延灼又奏請朝廷，派來轟天雷凌振協助作戰。究竟梁山泊眾人如何應戰，此戰勝負如何呢？

話說高太尉問呼延灼道：「將軍所保何人，可為先鋒？」呼延灼稟道：「小人舉保陳州團練使，姓韓，名滔。原是東京人氏，曾應過武舉出身，使一條棗木槊[1]，人呼為百勝將軍。此人可為正先鋒。又有一人，乃是潁州團練使，姓彭，名玘。亦是東京人氏，乃累代將門之子，使一口三尖兩刃刀，武藝出眾，人呼為天目將軍。此人可為副先鋒。」高太尉聽了大喜道：「若是韓、彭二將為先鋒，何愁狂寇！」當日高太尉就殿帥府押了兩道牒文，着樞密院差人星夜往陳、潁二州，調取韓滔、彭玘，火速赴京。不旬日之間，二將已到京師，徑來殿帥府，參見了太尉並呼延灼。

次日高太尉帶領眾人，都往御教場中操演武藝。看軍了當，卻來殿帥府，會同樞密院官，計議軍機重事。高太尉問道：「你等三路，總有多少人馬？」呼延灼答道：「三路軍馬，計有五千，連步軍數及一萬。」高太尉道：「你三人親自回州，揀選精銳馬軍三千，步軍五千，約會起程，收剿梁

1) 槊（shuò）：長矛。

山泊。」呼延灼稟道：「此三路馬步軍兵，都是訓練精熟之士，人強馬壯，不必殿帥憂慮。但恐衣甲未全，只怕誤了日期，取罪不便，乞恩相寬限。」高太尉道：「既是如此說時，你三人可就京師甲仗庫內，不拘數目，任意選揀衣甲盔刀，關領前去。務要軍馬整齊，好與對敵。出師之日，我自差官來點視。」呼延灼領了鈞旨，帶人往甲仗庫關支。呼延灼選迄鐵甲三千副，熟皮馬甲五千副，銅鐵頭盔三千頂，長槍二千根，滾刀一千把，弓箭不計其數，火炮鐵炮五百餘架，都裝載上車。臨辭之日，高太尉又撥與戰馬三千匹。三個將軍，各賞了金銀緞匹，三軍盡關了糧賞。呼延灼和韓滔、彭玘，都與了必勝軍狀，辭別了高太尉並樞密院等官，三人上馬，都投汝寧州來，於路無話。

到得本州，呼延灼便說：「韓滔、彭玘，各往陳、潁二州起軍，前來汝寧會合。」不到半月之上，三路兵馬，都已完足。呼延灼便把京師關到衣甲盔刀、旗槍鞍馬，並打造連環、鐵鎧、軍器等物，分俵三軍已了，伺候出軍。高太尉差到殿帥府兩員軍官，前來點視。犒賞三軍已罷，呼延灼擺佈三路兵馬出城，端的是：

鞍上人披鐵鎧，坐下馬帶銅鈴。旌旗紅展一天霞，刀劍白鋪千里雪。弓彎鵲畫，飛魚袋半露龍梢，箭插鵰翎，獅子壺緊拴豹尾。人頂深盔垂護項，微漏雙睛；馬披重甲帶朱纓，單懸四足。開路人兵，齊擔大斧；合後軍將，盡拈長槍。數千甲馬離州城，三個將軍來水泊。

當下起軍，擺佈兵馬出城，前軍開路韓滔，中軍主將呼延灼，後軍催督彭玘，馬步三軍人等，浩浩蕩蕩，殺奔梁山泊來。

卻說梁山泊遠探報馬，徑到大寨，報知此事。聚義廳上，當中晁蓋、宋江，上首軍師吳用，下首法師公孫勝並眾頭領，各與柴進賀喜，終日筵宴。聽知報道：「汝寧州雙鞭呼延灼，引着軍馬到來征進。」眾皆商議迎敵之策。吳用便

**點評**

● 不是一般衣甲，將有重要用途。

● 高太尉如此傾力相助，是為報一己之私仇。呼延灼等人立了軍令狀，戰敗必無退路。

● 為神奇戰法做埋伏。

**點評**

道：「我聞此人，祖乃開國功臣河東名將呼延贊之後，嫡派子孫。此人武藝精熟，使兩條銅鞭，人不可近。必用能征敢戰之將，先以力敵，後用智擒。」說言未了，黑旋風李逵便道：「我與你去捉這廝。」宋江道：「你如何去得？我自有調度。可請霹靂火秦明打頭陣，豹子頭林沖打第二陣，小李廣花榮打第三陣，一丈青扈三娘打第四陣，病尉遲孫立打第五陣。將前面五陣，一隊隊戰罷，如紡車般轉作後軍。我親自帶引十個弟兄，引大隊人馬押後。左軍五將：朱仝、雷橫、穆弘、黃信、呂方；右軍五將：楊雄、石秀、歐鵬、馬麟、郭盛。水路中可請李俊、張橫、張順、阮家三弟兄，駕船接應。」卻教李逵與楊林引步軍分作兩路，埋伏救應。宋江調撥已定，前軍秦明早引人馬下山，向平原曠野之處列成陣勢。此時雖是冬天，卻喜和暖。等候了一日，早望見官軍到來，先鋒隊裏，百勝將韓滔領兵扎下寨柵，當晚不戰。

● 這一調度引領下文一大段文字。戰呼延灼第一次。

次日天曉，兩軍對陣，三通畫鼓，出到陣前。馬上橫着狼牙棍，望對陣門旗開處，先鋒將韓滔橫槊勒馬，大罵秦明道：「天兵到此，不思早早投降，還敢抗拒，不是討死！我直把你水泊填平，梁山踏碎，生擒活捉你這夥反賊解京，碎屍萬段！」秦明本是性急的人，聽了也不打話，便拍馬舞起狼牙棍，直取韓滔。韓滔挺槊躍馬，來戰秦明。兩個鬥到二十餘合，韓滔力怯，只待要走，背後中軍主將呼延灼已到，見韓滔戰秦明不下，便從中軍舞起雙鞭，縱坐下那匹御賜踢雪烏騅，咆哮嘶喊，來到陣前。秦明見了，欲待來戰呼延灼，第二撥豹子頭林沖已到，便叫：「秦統制少歇，看我戰三百合卻理會！」林沖挺起蛇矛，直奔呼延灼，秦明自把軍馬從左邊踅向山坡後去，這裏呼延灼自戰林沖，兩個正是對手。槍來鞭去花一團，鞭去槍來錦一簇。兩個鬥到五十合之上，不分勝敗。第三撥小李廣花榮軍到，陣門下大叫道：「林將軍少息，看我擒捉這廝！」林沖撥轉馬便走。呼延灼因見林沖武藝高強，也回本陣。林沖自把本部軍馬一轉，轉過山坡後

● 紡車第二陣。

● 秦明轉作後軍。

● 紡車第三陣。

去，讓花榮挺槍出馬，呼延灼後軍也到，天目將彭玘橫着那三尖兩刃四竅八環刀，騾着五明千里黃花馬，出陣大罵花榮道：「反國逆賊，何足為道！與吾併個輸贏！」花榮大怒，也不答話，便與彭玘交馬，兩個戰二十餘合，呼延灼看見彭玘力怯，縱馬舞鞭，直奔花榮。鬥不到三合，第四撥一丈青扈三娘人馬已到，大叫：「花將軍少歇，看我捉這廝。」花榮也引軍望右邊踅轉山坡下去了。彭玘來戰一丈青未定，第五撥病尉遲孫立軍馬早到，勒馬於陣前擺着，看這扈三娘去戰彭玘。兩個正在征塵影裏，殺氣陰中，一個使大桿刀，一個使雙刀，兩個鬥到二十餘合，一丈青把雙刀分開，回馬便走。彭玘要逞功勞，縱馬趕來，一丈青便把雙刀掛在馬鞍鞽上，袍底下取出紅錦套索，上有二十四個金鈎，等彭玘馬來得近，扭過身軀，把套索望空一撒，看得親切，彭玘措手不及，早拖下馬來。孫立喝教眾軍一發向前，把彭玘捉了。

點評

● 紡車第四陣。

● 第五陣觀戰。

呼延灼看見大怒，忿力向前來救，一丈青便拍馬來迎敵。呼延灼恨不得一口水吞了那一丈青，兩個鬥到十合之上，急切贏不得一丈青。呼延灼心中想道：「這個潑婦人在我手裏鬥了許多合，倒恁地了得！」心忙意急，賣個破綻，放他入來，卻把雙鞭只一蓋，蓋將下來，那雙刀卻在懷裏；提起右手銅鞭望一丈青頂門上打下來。卻被一丈青眼明手快，早起刀只一隔，右手那口刀望上直飛起來。卻好那一鞭打將下來，正在刀口上，錚地一聲響，火光迸散，一丈青回馬望本陣便走，呼延灼縱馬趕來。病尉遲孫立見了，便挺槍縱馬向前，迎住廝殺。背後宋江卻好引十對良將都到，列成陣勢。一丈青自引了人馬，也投山坡下去了。

宋江見活捉得天目將彭玘，心中甚喜。且來陣前看孫立與呼延灼交戰。孫立也把槍帶住，手腕上綽起那條竹節鋼鞭，來迎呼延灼。兩個都使鋼鞭，那更一般打扮。病尉遲孫立是交角鐵襆頭，大紅羅抹額，百花點翠皂羅袍，烏油戧金甲，騎一匹烏騅馬，使一條竹節虎眼鞭，賽過尉遲恭。這呼

**點評**

延灼卻是沖天角鐵襆頭，鎖金黃羅抹額，七星打釘皂羅袍，烏油對嵌鎧甲，騎一匹御賜踢雪烏騅，使兩條水磨八棱鋼鞭，左手的重十二斤，右手重十三斤，真似呼延贊。兩個在陣前左盤右旋，鬥到三十餘合，不分勝敗，宋江看了，喝采不已。有詩為證：

各跨烏騅健似龍，呼延贊對尉遲恭。
雙鞭遇敵真奇事，更好同歸水滸中。

官軍陣裏韓滔見說折了彭玘，便去後軍隊裏盡起軍馬，一發向前廝殺。宋江只怕衝將過來，便把鞭梢一指，十個頭領引了大小軍士，掩殺過去。背後四路軍兵，分作兩路夾攻攏來。呼延灼見了，急收轉本部軍馬，各敵個住。為何不能全勝？卻被呼延灼陣裏都是連環馬官軍，馬帶馬甲，人披鐵鎧，馬帶甲，只露得四蹄懸地；人披鎧，只露着一對眼睛。宋江陣上雖有甲馬，只是紅纓面具，銅鈴雉尾而已。這裏射將箭去，那裏甲都護住了。那三千馬軍，各有弓箭，對面射來，因此不敢近前。宋江急叫鳴金收軍，呼延灼也退二十餘里下寨。

● 看這全副武裝的裝束，為下文做鋪墊。

宋江收軍，退到山西下寨，屯住軍馬，且教左右羣刀手，簇擁彭玘過來。宋江望見，便起身喝退軍士，親解其縛，扶入帳中，分賓而坐。宋江便拜。彭玘連忙答禮拜道：「小子被擒之人，理合就死。何故將軍以賓禮待之？」宋江道：「某等眾人，無處容身，暫佔水泊，權時避難，造惡甚多。今者朝廷差遣將軍前來收捕，本合延頸就縛。但恐不能存命，因此負罪交鋒，誤犯虎威，敢乞恕罪。」彭玘答道：「素知將軍仗義行仁，扶危濟困，不想果然如此義氣！倘蒙存留微命，當以捐軀保奏。」宋江道：「某等眾兄弟也只待聖主寬恩，赦宥重罪，忘生報國，萬死不辭。」詩曰：

忠為君主恨賊臣，義連兄弟且藏身。
不因忠義心如一，安得團圓百八人。

宋江當日就將天目將彭玘使人送上大寨，教與晁天王相見，留在寨裏。這裏自一面犒賞三軍並眾頭領，計議軍情。

再說呼延灼收軍下寨，自和韓滔商議，如何取勝梁山水泊。韓滔道：「今日這廝們見俺催軍近前，他便慌忙掩擊過來，明日盡數驅馬軍向前，必獲大勝。」呼延灼道：「我已如此安排下了，只要和你商量相通。」隨即傳下將令：「教三千匹馬軍做一排擺着，每三十匹一連，卻把鐵環連鎖；但遇敵軍，遠用箭射，近則使槍，直冲入去；三千連環馬軍，分作一百隊鎖定。五千步軍，在後策應。明日休得挑戰，我和你押後掠陣。但若交鋒，分作三面衝將過去。」計策商量已定，次日天曉出戰。

卻說宋江次日把軍馬分作五隊在前，後軍十將簇擁，兩路伏兵，分於左右。秦明當先，搦呼延灼出馬交戰，只見對陣但只吶喊，並不交鋒。為頭五軍都一字兒擺在陣前：中是秦明，左是林冲、一丈青，右是花榮，孫立在後。隨即宋江引十將也到，重重迭迭，擺着人馬。看對陣時，約有一千步軍，只是擂鼓發喊，並無一人出馬交鋒。宋江看了，心中疑惑，暗傳號令：「教後軍且退。」卻縱馬直到花榮隊裏窺望。猛聽對陣裏連珠炮響，一千步軍，忽然分作兩下，放出三面連環馬軍，直衝將來；兩邊把弓箭亂射，中間盡是長槍，宋江看了大驚，急令眾軍把弓箭施放，那裏抵敵得住。每一隊三十匹馬，一齊跑發，不容你不向前走。那連環馬軍，漫山遍野，橫衝直撞將來。前面五隊軍馬望見，便亂跑了，策立不定；後面大隊人馬，攔當不住，各自逃生。宋江飛馬慌忙便走，十將擁護而行，背後早有一隊連環馬軍追將來，卻得伏兵李逵、楊林引人從蘆葦中殺出來，救得宋江，逃至水邊，卻有李俊、張橫、張順、三阮六個水軍頭領，擺

點評

● 呼延灼第二戰。第一戰詳寫宋江紡車陣法備戰，此處詳寫呼延灼連環甲馬備戰，前述宋江是為襯托呼延灼的陣法。

● 步軍如大幕拉開，馬軍忽然衝出，聲勢浩大，來勢洶洶。此處正面描寫僅一處，其餘都是梁山好漢躲閃逃命的側面描寫，突出連環甲馬的神勇無敵。

下戰船接應。宋江急急上船，便傳將令：教分頭去救應眾頭領下船，那連環馬直趕到水邊，亂箭射來，船上卻有傍牌遮護，不能損傷，慌忙把船掉到鴨嘴灘頭，盡行上岸，就水寨裏整點人馬，折其大半，卻喜眾頭領都全。雖然折了些馬匹，都救得性命。少刻，只見石勇、時遷、孫新、顧大嫂都逃命上山，卻說：「步軍衝殺將來，把店屋平拆了去。我等若無號船接應，盡被擒捉。」宋江一一親自撫慰，計點眾頭領時，中箭者六人：林沖、雷橫、李逵、石秀、孫新、黃信；小嘍囉中傷帶箭者，不計其數。

晁蓋聞知，同吳用、公孫勝下山來動問。宋江眉頭不展，面帶憂容。吳用勸道：「哥哥休憂，勝敗乃兵家常事，何必掛心？別生良策，可破連環軍馬。」晁蓋便傳號令，吩咐水軍，牢固寨棚船隻，保守灘頭，曉夜提備，請宋公明上山安歇。宋江不肯上山，只就鴨嘴灘寨內駐紮，只教帶傷頭領上山養病。

卻說呼延灼大獲全勝，回到本寨，開放連環馬，都次第前來請功。殺死者不計其數，生擒的五百餘人，奪得戰馬三百餘匹。隨即差人前去京師報捷，一面犒賞三軍。

卻說高太尉正在殿帥府坐衙，門上報道：「呼延灼收捕梁山泊得勝，差人報捷。」心中大喜。次日早朝，越班奏聞天子。徽宗甚喜，敕賞黃封御酒十瓶，錦袍一領。差官一員，齎錢十萬貫，前去行營賞軍。高太尉領了聖旨，同到殿帥府，隨即差官齎捧前去。

卻說呼延灼已知有天使[2]到，與韓滔出二十里外迎接。接到寨中，謝恩受賞已畢，置酒管待天使。一面令韓先鋒，俵錢賞軍，且將捉到五百餘人囚在寨中，待拿得賊首，一並解赴京師，示眾施行。天使問：「彭團練如何失陷？」呼延

2) 天使：皇上派來的使者。

點評

灼道：「為因貪捉宋江，深入重地，致被擒捉，今次羣賊必不敢再來，小可分兵攻打，務要肅清山寨，掃盡水窪，擒獲眾賊，拆毀巢穴。但恨四面是水，無路可進。遙觀寨柵，只除非得火炮飛打，以碎賊巢。久聞東京有個炮手凌振，名號轟天雷，此人善造火炮，能去十四五里遠近，石炮落處，天崩地陷，山倒石裂，若得此人，可以攻打賊巢，更兼他深通武藝，弓馬熟嫻，若得天使回京，於太尉前言知此事，可以急急差遣到來，克日可取賊巢。」

使命應允。次日起程，於路無話。回到京師，來見高太尉，備說呼延灼求索炮手凌振，要建大功，高太尉聽罷，傳下鈞旨，教喚甲仗庫副炮手凌振那人來，原來凌振祖貫燕陵人，是宋朝盛世第一個炮手，人都呼他是轟天雷，更兼武藝精熟。曾有四句詩讚凌振的好處：

強火發時城郭碎，煙雲散處鬼神愁。
金輪子母轟天振，炮手名聞四百州。

當下凌振來參見了高太尉，就受了行軍統領官文憑[3]，便教收拾鞍馬軍器起身，且說凌振把應用的煙火、藥料，就將做下的諸色火炮，並一應的炮石、炮架，裝載上車，帶了隨身衣甲盔刀行李等件，並三四十個軍漢，離了東京，取路投梁山泊來。到得行營，先來參見主將呼延灼，次見先鋒韓滔，備問水寨遠近路程，山寨險峻去處，安排三等炮石攻打：第一是風火炮，第二是金輪炮，第三是子母炮。先令軍健整頓炮架，直去水邊豎起，準備放炮。

● 呼延灼第三戰。

卻說宋江在鴨嘴灘上小寨內，和軍師吳學究商議破陣之法，無計可施。有探細人來報道：「東京新差一個炮手，

3)　文憑：作為憑證的官方文書。

**點評**

● 兩個打在水裏，說明梁山水域遼闊；一個打到小寨，是之前宋江駐紮之處，寫出情勢險惡。

號作轟天雷凌振，即日在於水邊豎起架子，安排施放火炮，攻打寨柵。」吳學究道：「這個不妨，我山寨四面都是水泊，港汊甚多，宛子城離水又遠，縱有飛天火炮，如何能夠打得到城邊？且棄了鴨嘴灘小寨，看他怎地設法施放，卻做商議。」當下宋江棄了小寨，便都起身，且上關來。晁蓋、公孫勝接到聚義廳上，問道：「似此如何破敵？」動問未絕，早聽得山下炮響，一連放了三個火炮，兩個打在水裏，一個直打到鴨嘴灘邊小寨上。宋江見說，心中展轉憂悶，眾頭領盡皆失色。吳學究道：「若得一人，誘引凌振到水邊，先捉了此人，方可商議破敵之法。」晁蓋道：「可着李俊、張橫、張順、三阮，六人棹船如此行事，岸上朱仝、雷橫如此接應。」

且說六個水軍頭領得了將令，分作兩隊：李俊和張橫先帶了四五十個會水的軍士，用兩隻快船，從蘆葦深處悄悄過去；背後張順、三阮，掌四十餘隻小船接應。再說李俊、張橫上到對岸，便去炮架子邊吶聲喊，把炮架推翻。軍士慌忙報與凌振知道，凌振便帶了風火二炮，拿槍上馬，引了一千餘人趕將來，李俊、張橫領人便走，凌振追至蘆葦灘邊，看見一字兒擺開四十餘隻小船，船上共有百十餘個水軍，李俊、張橫早跳在船上，故意不把船開，看看人馬到來，吶聲喊，都跳下水裏去了。凌振人馬已到，便來搶船。朱仝、雷橫卻在對岸吶喊擂鼓。凌振奪得許多船隻，叫軍健盡數上船，便殺過去。船才行到波心之中，只見岸上朱仝、雷橫鳴起鑼來。水底下早鑽起四五十水軍，盡把船尾楔子[4]拔了，水都滾入船裏來。外邊就勢扳翻船，軍健都撞在水裏。凌振急待回船，船尾舵櫓已自被拽下水底去了。兩邊卻鑽上兩個頭領來，把船只一扳，仰合轉來，凌振卻被合下水裏去。水底下卻是阮小二，一把抱住，直拖到對岸來。岸上早有頭領

---

4) 楔子：塞子。

接着，便把索子綁了，先解上山來。水中生擒二百餘人，一半水中淹死，些少逃得性命回去。詩曰：

怎許船軍便渡河，不施火炮卻如何？
空說半天轟霹靂，卻愁尺水起風波。

呼延灼得知，急領軍馬趕將來時，船都已過鴨嘴灘去了。箭又射不着，人都不見了，只忍得氣。呼延灼恨了半晌，只得引了人馬回去。

且說眾頭領捉得轟天雷凌振，解上山寨，先使人報知。宋江便同滿寨頭領下第二關迎接，見了凌振，連忙親解其縛，便埋怨眾人道：「我叫你們禮請統領上山，如何恁的無禮！」凌振拜謝不殺之恩。宋江便與他把盞已了，自執其手，相請上山。到大寨，見了彭玘已做了頭領，凌振閉口無言。彭玘勸道：「晁、宋二頭領替天行道，招納豪傑，專等招安，與國家出力。既然我等到此，只得從命。」宋江卻又陪話，凌振答道：「小的在此趨侍不妨，爭奈老母妻子都在京師，倘或有人知覺，必遭誅戮，如之奈何！」宋江道：「但請放心，限日取還統領。」凌振謝道：「若得頭領如此周全，死而瞑目。」晁蓋道：「且教做筵席慶賀。」

次日，廳上大聚會眾頭領。飲酒之間，宋江與眾人商議破連環馬之策。正無良法，只見金錢豹子湯隆起身道：「小人不材，願獻一計，除是得這般軍器和我一個哥哥，可以破得連環甲馬。」吳學究便問道：「賢弟你且說用何等軍器？你這個令親哥哥是誰？」

湯隆不慌不忙，叉手向前，說出這般軍器和那個人來。有分教：四五個頭領直往京師，三千餘馬軍盡遭毒手。正是：計就玉京擒獬豸，謀成金闕捉狻猊。畢竟湯隆對眾說出哪般軍器，甚麼人來，且聽下回分解。

**點評**

● 第三戰輕易取勝，一帶而過，為的仍是突出連環甲馬一戰的驚心動魄。

## 延伸思考

呼延灼一員猛將，究竟是效力於朝廷，還是為高俅所利用？

## 第五十六回

# 吳用使時遷盜甲
# 湯隆賺徐寧上山

本回情節能夠使讀者在緊張的戰鬥中暫得喘息，要破呼延灼的連環甲馬，需用如此一人、如此一甲方才可以。梁山好漢各顯神通，將此人騙上梁山泊來。是何等妙計成此大事呢？

話說當時湯隆對眾頭領說道：「小可是祖代打造軍器為生。先父因此藝上，遭際老種經略相公，得做延安知寨。先朝曾用這連環甲馬取勝。欲破陣時，須用鈎鐮槍可破。湯隆祖傳已有畫樣在此，若要打造，便可下手。湯隆雖是會打，卻不會使。若要會使的人，只除非是我那個姑舅哥哥。會使這鈎鐮槍法，只有他一個教頭，他家祖傳習學，不教外人。或是馬上，或是步行，都有法則，端的使動，神出鬼沒！」說言未了，林沖問道：「莫不是現做金槍班教師徐寧？」湯隆應道：「正是此人。」林沖道：「你不說起，我也忘了。這徐寧的金槍法、鈎鐮槍法，端的是天下獨步。在京師時，多與我相會，較量武藝，彼此相敬相愛。只是如何能夠得他上山來？」湯隆道：「徐寧先祖留下一件寶貝，世上無對，乃是鎮家之寶。湯隆比時，曾隨先父知寨往東京視探姑姑時，多曾見來。是一副雁翎砌就圈金甲。這一副甲，披在身上，又輕又穩，刀劍箭矢，急不能透，人都喚做賽唐猊[1]。多有貴公子要求一見，造次不肯與人看。這副甲，是他的性命。有一個皮匣子盛着，直掛在臥房中樑上。若是先對付得他這副甲來時，不由他不到這裏。」吳用道：「若是如此，何難之有？放着有高手弟兄在此，今次卻用着鼓上蚤時遷去走一遭。」時遷隨即應

1)　唐猊（ní）：古代傳說中的猛獸，皮堅厚，可製甲。

道：「只怕無此一物在彼，若端的有時，好歹定要取了來。」湯隆道：「你若盜得甲來，我便包辦賺他上山。」

宋江問道：「你如何去賺他上山？」湯隆去宋江耳邊低低說了數句，宋江笑道：「此計大妙！」吳學究道：「再用得三個人，同上東京走一遭。一個到京收買煙火、藥料，並炮內用的藥材；兩個去取凌統領家老小。」彭玘見了，便起身稟道：「若得一人到潁州取得小弟家眷上山，實拜成全之德。」宋江便道：「團練放心。便請二位修書，小可自教人去。」便喚楊林，可將金銀書信，帶領伴當，前往潁州取彭玘將軍老小。薛永扮作使槍棒賣藥的，往東京取凌統領老小。李雲扮作客商，同往東京收買煙火、藥料等物。樂和隨湯隆同行，又挈薛永往來作伴。一面先送時遷下山去了。

次後，且叫湯隆打起一把鈎鐮槍做樣，卻教雷橫提調[2]監督，原來雷橫祖上也是打鐵出身。再說湯隆打起鈎鐮槍樣子，教山寨裏打軍器的照着樣子打造，自有雷橫提調監督，不在話下。

大寨做個送路筵席，當下楊林、薛永、李雲、樂和、湯隆辭別下山去了。次日又送戴宗下山，往來探聽事情。這段話一時難盡。

這裏且說時遷離了梁山泊，身邊藏了暗器，諸般行頭，在路迤邐來到東京，投個客店安下了。次日踅進城來，尋問金槍班教師徐寧家，有人指點道：「入得班門裏，靠東第五家黑角子門便是。」時遷轉入班門裏，先看了前門；次後踅來，相了後門，見是一帶高牆，牆裏望見兩間小巧樓屋，側首卻是一根戧柱。時遷看了一回，又去街坊問道：「徐教師在家裏麼？」人應道：「敢在內裏隨直未歸。」時遷又問道：「不知幾時歸？」人應道：「直到晚方歸來，五更便去內裏隨班。」時遷叫了相擾，且回客店裏來，取了行頭，藏在身邊，吩咐店小二道：「我今夜多敢是不歸，照管房中則個。」小二道：「但放心自去，並不差池。」

時遷再入到城裏，買了些晚飯吃了，卻踅到金槍班徐寧家，左右看時，沒一個好安身去處。看看天色黑了，時遷捵入班門[3]裏面。是夜，寒冬天色，

---

2) 提調：調度，指揮。

3) 班門：指金槍班駐所大院的門。

卻無月光。時遷看見土地廟後一株大柏樹，便把兩隻腿夾定，一節節爬將上去樹頭頂，騎馬兒坐在枝柯上。悄悄望時，只見徐寧歸來，望家裏去了。又見班裏兩個人提着燈籠出來關門，把一把鎖鎖了，各自歸家去了。

早聽得譙樓[4]禁鼓，卻轉初更。雲寒星斗無光，露散霜花漸白。時遷見班裏靜悄悄地，卻從樹上溜將下來，踅到徐寧後門邊，從牆上下來，不費半點氣力，爬將過去，看裏面時，卻是個小小院子。時遷伏在廚房外張時，見廚房下燈明，兩個丫嬛兀自收拾未了。時遷卻從戧柱上盤到膊風板[5]邊，伏做一塊兒，張那樓上時，見那金槍手徐寧和娘子對坐爐邊向火，懷裏抱着一個六七歲孩兒。時遷看那臥房裏時，見樑上果然有個大皮匣拴在上面。房門口掛着一副弓箭，一口腰刀。衣架上掛着各色衣服。徐寧口裏叫道：「梅香，你來與我折了衣服。」下面一個丫嬛上來，就側首春台上先折了一領紫繡圓領，又折一領官綠襯裏襖子，並下面五色花繡踢串，一個護項彩色錦帕，一條紅綠結子，並手帕一包。另用一個小黃帕兒，包着一條雙獺尾荔枝金帶，也放在包袱內，把來安在烘籠上。時遷多看在眼裏。

約至二更以後，徐寧收拾上床，娘子問道：「明日隨直也不？」徐寧道：「明日正是天子駕幸龍符宮，須用早起五更去伺候。」娘子聽了，便吩咐梅香道：「官人明日要起五更，出去隨班。你們四更起來燒湯，安排點心。」時遷自忖道：「眼見得樑上那個皮匣子，便是盛甲在裏面。我若趁半夜下手便好。倘若鬧將起來，明日出不得城，卻不誤了大事？且捱到五更裏下手不遲。」

聽得徐寧夫妻兩口兒上床睡了，兩個丫嬛在房門外打鋪。房裏桌上，卻點着碗燈。那五個人都睡着了。兩個梅香一日伏侍到晚，精神睏倦，亦皆睡了。時遷溜下來，去身邊取個蘆管兒，就窗欞眼裏只一吹，把那碗燈早吹滅了。看看伏到四更左側，徐寧起來，便喚丫嬛起來燒湯。那兩個使女，從睡夢裏起來，看房裏沒了燈，叫道：「啊呀，今夜卻沒了燈！」徐寧道：「你不去後面討燈，等幾時！」那個梅香開樓門，下胡梯響。時遷聽得，卻從柱上只一溜，來到後門邊黑影裏伏了。聽得丫嬛正開後門出來，便去開牆門，時遷

---

4)　譙（qiáo）樓：更樓。本是城門上的高樓。

5)　膊風板：封閉簷口的板。

卻潛入廚房裏，貼身在廚桌下。梅香討了燈火入來看時，又去關門，卻來灶前燒火。這個女使也起來生炭火上樓去。多時湯滾，捧面湯上去，徐寧洗漱了，叫燙些熱酒上來。丫嬛安排肉食炊餅上去，徐寧吃罷，叫把飯與外面當直的吃。時遷聽得徐寧下來，叫伴當吃了飯，背着包袱，拿了金槍出門。兩個梅香點着燈，送徐寧出去。時遷卻從廚桌下出來，便上樓去，從槅子邊直踅到樑上，卻把身軀伏了。兩個丫嬛，又關閉了門戶，吹滅了燈火，上樓來脫了衣裳，倒頭便睡。

時遷聽那兩個梅香睡着了，在樑上把那蘆管兒指燈一吹，那燈又早滅了。時遷卻從樑上輕輕解了皮匣，正要下來，徐寧的娘子覺來，聽得響，叫梅香道：「樑上甚麼響？」時遷做老鼠叫。丫鬟道：「娘子不聽得是老鼠叫？因廝打，這般響。」時遷就便學老鼠廝打，溜將下來。悄悄地開了樓門，款款地背着皮匣，下得胡梯，從裏面直開到外門，來到班門口。已自有那隨班的人出門，四更便開了鎖。時遷得了皮匣，從人隊裏趁鬧出去了，一口氣奔出城外，到客店門前。此時天色未曉，敲開店門，去房裏取出行李，拴束做一擔兒挑了；計算還了房錢，出離店肆，投東便走。

行到四十里外，方才去食店裏打火做些飯吃，只見一個人也撞將入來。時遷看時，不是別人，卻是神行太保戴宗。見時遷已得了物，兩個暗暗說了幾句話，戴宗道：「我先將甲投山寨去，你與湯隆慢慢地來。」時遷打開皮匣，取出那副雁翎鎖子甲來，做一包袱包了。戴宗拴在身上，出了店門，作起神行法，自投梁山泊去了。

時遷卻把空皮匣子明明的拴在擔子上，吃了飯食，還了打火錢，挑上擔兒，出店門便走。到二十里路上，撞見湯隆，兩個便入酒店裏商量。湯隆道：「你只依我從這條路去，但過路上酒店、飯店、客店，門上若見有白粉圈兒，你便可就在那店裏買酒買肉吃，客店之中就便安歇，特地把這皮匣子放在他眼睛頭，離此間一程外等我。」時遷依計去了。湯隆慢慢地吃了一回酒，卻投東京城裏來。

且說徐寧家裏，天明兩個丫嬛起來，只見樓門也開了，下面中門大門都不關，慌忙家裏看時，一應物件都有，兩個丫嬛上樓來，對娘子說道：「不知怎的門戶都開了，卻不曾失了物件。」娘子便道：「五更裏聽得樑上響，你說是老鼠廝打，你且看那皮匣子沒甚麼事？」兩個丫嬛看了，只叫得苦：「皮匣子不知那裏去了！」那娘子聽了，慌忙起來道：「快央人去龍符宮裏報與官人知道，教他早來跟尋！」丫嬛急急尋人去龍符宮報徐寧，連央了三四替人，都回來說道：「金槍班直隨駕內苑去了，外面都是親軍護禦守把，誰人能夠入去？直須等他自歸。」徐寧妻子並兩個丫嬛如熱鏊子上螞蟻，走頭無路，不茶不飯，慌做一團。

徐寧直到黃昏時候方才卸了衣袍服色，着當直的背了，將着金槍，徑回家來。到得班門口，鄰舍說道：「娘子在家失盜，等候得觀察，不見回來。」徐寧吃了一驚，慌忙走到家裏，兩個丫嬛迎門道：「官人五更出去，卻被賊人閃將入來，單單只把樑上那個皮匣子盜將去了。」徐寧聽罷，只叫那連聲的苦，從丹田底下直滾出口角來。娘子道：「這賊正不知幾時閃在屋裏？」徐寧道：「別的都不打緊，這副雁翎甲乃是祖宗留傳四代之寶，不曾有失。花兒王太尉曾還我三萬貫錢，我不曾捨得賣與他。恐怕久後軍前陣後要用，生怕有些差池，因此拴在樑上。多少人要看我的，只推沒了，今次聲張起來，枉惹他人恥笑，今卻失去，如之奈何！」徐寧一夜睡不着，思量道：「不知是甚麼人盜了去？——也是曾知我這副甲的人。」娘子想道：「敢是夜來滅了燈時，那賊已躲在家裏了。必然是有人愛你的，將錢問你買不得，因此使這個高手賊來盜了去。你可央人慢慢緝訪出來，別作商議，且不要打草驚蛇。」徐寧聽了，到天明起來，坐在家中納悶。好似：

蜀王[6]春恨，宋玉秋悲。呂虔[7]遺腰下之刀，雷煥[8]失獄中之劍。珠亡照乘，璧碎連城。王愷[9]之珊瑚已毀，無可賠償；裴航[10]之玉杵未逢，難諧歡好。正是鳳落荒坡凋錦羽，龍居淺水失明珠。

這日徐寧正在家中納悶，早飯時分，只聽得有人扣門。當直的出去問了

6) 蜀王：傳說古代蜀國一位君主叫杜宇，死後魂魄化為杜鵑，春天悲鳴不止。

7) 呂虔：三國時曹魏將領，傳說他有一把佩刀，工匠認為有此刀將來必登三公。

8) 雷煥：東晉人，善占卜，曾掘土得一把寶劍。

9) 王愷：晉代人，曾用晉武帝所賜的珊瑚樹與石崇鬥富。

10) 裴航：唐代小說中的主人公，用月宮中玉兔的玉杵臼娶了雲英為妻。

名姓，入去報道：「有個延安府湯知寨兒子湯隆，特來拜望。」徐寧聽罷，教請進客位裏相見。湯隆見了徐寧，納頭拜下，說道：「哥哥一向安樂？」徐寧答道：「聞知舅舅歸天去了，一者官身羈絆，二乃路途遙遠，不能前來弔問。並不知兄弟信息，一向正在何處？今次自何而來？」湯隆道：「言之不盡，自從父親亡故之後，時乖運蹇，一向流落江湖。今從山東徑來京師，探望兄長。」徐寧道：「兄弟少坐。」便叫安排酒食相待。湯隆去包袱內取出兩錠蒜條金，重二十兩，送與徐寧，說道：「先父臨終之日，留下這些東西，教寄與哥哥做遺念。為因無心腹之人，不曾捎來。今次兄弟特地到京師納還哥哥。」徐寧道：「感承舅舅如此掛念，我又不曾有半分孝順處，怎地報答！」湯隆道：「哥哥休恁地說。先父在日之時，常是想念哥哥這一身武藝。只恨山遙水遠，不能夠相見一面，因此留這些物與哥哥做遺念。」徐寧謝了湯隆，交收過了，且安排酒來管待。

湯隆和徐寧飲酒中間，徐寧只是眉頭不展，面帶憂容。湯隆起身道：「哥哥如何尊顏有些不喜？心中必有憂疑不決之事。」徐寧歎口氣道：「兄弟不知，一言難盡，夜來家間被盜。」湯隆道：「不知失去了何物？」徐寧道：「單單只盜去了先祖留下那副雁翎鎖子甲，又喚做賽唐猊。昨夜失了這件東西，以此心下不樂。」湯隆道：「哥哥那副甲，兄弟也曾見來，端的無比，先父常常稱讚不盡。卻是放在何處被盜了去？」徐寧道：「我有一個皮匣子盛着，拴縛在臥房中樑上，正不知賊人甚麼時候人來盜了去。」湯隆問道：「卻是甚等樣皮匣子盛着？」徐寧道：「是個紅羊皮匣子盛着，裏面又用香綿裹住。」湯隆假意失驚道：「紅羊皮匣子？不是上面有白線刺着綠雲頭如意，中間有獅子滾繡球的？」徐寧道：「兄弟，你那裏見來？」湯隆道：「小弟夜來離城四十里，在一個村店裏沽些酒吃，見個鮮眼睛黑瘦漢子，擔兒上挑着。我見了，心中也自暗忖道：『這個皮匣子，卻是盛甚麼東西的？』臨出門時，我問道：『你這皮匣子作何用？』那漢子應道：『原是盛甲的，如今胡亂放些衣服。』必是這個人了。我見那廝卻似閃肭了腿的，一步步挑着了走。何不我們追趕他去？」徐寧道：「若是趕得着時，卻不是天賜其便！」湯隆道：「既是如此，不要耽擱，便趕去罷。」

徐寧聽了，急急換上麻鞋，帶了腰刀，提條朴刀，便和湯隆兩個出了東郭門，拽開腳步，迤邐趕來。前面見壁上有白圈酒店裏，湯隆道：「我們且吃碗酒了趕，就這裏問一聲。」湯隆入得門坐下，便問道：「主人家，借問一問，曾有個鮮眼黑瘦漢子，挑個紅羊皮匣子過去麼？」店主人道：「昨夜晚是有這般一個人挑着個紅羊皮匣子過去了。一似腿上吃跌了的，一步一走。」湯隆道：「哥哥，你聽卻如何？」徐寧聽了，做聲不得。

兩個連忙還了酒錢，出門便去。前面又見一個客店，壁上有那白圈，湯隆立住了腳，說道：「哥哥，兄弟走不動了，和哥哥且就這客店裏歇了。明日早去趕。」徐寧道：「我卻是官身，倘或點名不到，官司必然見責，如之奈何？」湯隆道：「這個不用兄長憂心，嫂嫂必自推個事故。」當晚又在客店裏問時，店小二答道，「昨夜有一個鮮眼黑瘦漢子，在我店裏歇了一夜，直睡到今日小日中，方才去了。口裏只問山東路程。」湯隆道：「恁地可以趕了。明日起個四更，定是趕着，拿住那廝，便有下落。」當夜兩個歇了，次日起個四更，離了客店，又迤邐趕來。湯隆但見壁上有白粉圈兒，便做買酒買食吃了問路，處處皆說得一般。徐寧心中急切要那副甲，只顧跟隨着湯隆趕了去。

看看天色又晚了，望見前面一所古廟，廟前樹下，時遷放着擔兒，在那裏坐地。湯隆看見，叫道：「好了！前面樹下那個，不是哥哥盛甲的匣子？」徐寧見了，搶向前來一把揪住時遷，喝道：「你這廝好大膽！如何盜了我這副甲來！」時遷道：「住，住！不要叫！是我盜了你這副甲來，你如今卻是要怎地？」徐寧喝道：「畜生無禮！倒問我要怎的！」時遷道：「你且看匣子裏有甲也無？」湯隆便把匣子打開看時，裏面卻是空的。徐寧道：「你這廝把我這副甲那裏去了！」時遷道：「你聽我說，小人姓張，排行第一，泰安州人氏，本州有個財主，要結識老種經略相公，知道你家有這副雁翎鎖子甲，不肯貨賣。特地使我同一個李三兩人來你家偷盜，許俺們一萬貫。不想我在你家柱子上跌下來，閃朒了腿，因此走不動。先教李三把甲拿了去，只留得空匣在此。你若要奈何我時，便到官司，只是拚着命，就打死我也不招，休想我指出別人來。若還肯饒我官司時，我和你去討這副甲來還你。」

徐寧躊躇了半晌，決斷不下。湯隆便道：「哥哥，不怕他飛了去！只和他去討甲！若無甲時，須有本處官司告理。」徐寧道：「兄弟也說的是。」三個廝趕着，又投客店裏來息了。徐寧、湯隆監住時遷一處宿歇。原來時遷故把些絹帛紮縛了腿，只做閃朒了腿。徐寧見他又走不動，因此十分中只有五分防他。三個又歇了一夜，次日早起來再行。時遷一路買酒買肉陪告，又行了一日。

次日，徐寧在路上心焦起來，不知畢竟有甲也無。正走之間，只見路旁邊三四個頭口，拽出一輛空車子，背後一個人駕車，旁邊一個客人，看着湯隆，納頭便拜。湯隆問道：「兄弟因何到此？」那人答道：「鄭州做了買賣，要回泰安州去。」湯隆道：「最好。我三個要搭車子，也要到泰安州去走一遭。」那人道：「莫說三個上車，再多些也不計較。」湯隆大喜，叫與徐寧相見。徐寧問道：「此人是誰？」湯隆答道：「我去年在泰安州燒香，結識得這個兄弟，姓李，名榮，是個有義氣的人。」徐寧道：「既然如此，這張一又走不動，都上車子坐地。」只叫車客駕車子行。四個人坐在車子上，徐寧問道：「張一，你且說與我那個財主姓名。」時遷吃逼不過，三回五次推託，只得胡亂說道：「他是有名的郭大官人。」徐寧卻問李榮道：「你那泰安州曾有個郭大官人麼？」李榮答道：「我那本州郭大官人是個上戶財主，專好結識官宦來往，門下養着多少閒人。」徐寧聽罷，心中想道：「既有主坐[11]，必不礙事。」又見李榮一路上說些槍棒，唱幾個曲兒，不覺的又過了一日。

話休絮繁。看看到梁山泊只有兩程多路，只見李榮叫車客把葫蘆去沽些酒來，買些肉來，就車子上吃三杯。李榮把出一個瓢來，先傾一瓢，來勸徐寧，徐寧一飲而盡。李榮再叫傾酒，車客假做手脫，把這一葫蘆酒，都傾翻在地下。李榮喝罵車客再去沽些。只見徐寧口角流涎，撲地倒在車子上了。李榮是誰？卻是鐵叫子樂和。三個從車上跳將下來，趕着車子，直送到旱地忽律朱貴酒店裏。眾人就把徐寧扛扶下船，都到金沙灘上岸。

宋江已有人報知，和眾頭領下山接着。徐寧此時麻藥已醒，眾人又用解藥解了。徐寧開眼見了眾人，吃了一驚，便問湯隆道：「兄弟，你如何賺我到這裏？」湯隆道：「哥哥聽我說，小弟今次聞知宋公明招接四方豪傑，因此上在武岡鎮拜黑旋風李逵做哥哥，投託大寨入夥。今被呼延灼用連環甲馬衝陣，無計可破，是小弟獻此鈎鐮槍法——只除是哥哥會使。由此定這條計：使時遷先來盜了你的甲，卻教小弟賺哥哥上路，後使樂和假做李榮，過山時，下了蒙汗藥，請哥哥上山來坐把交椅。」徐寧道：「卻是兄弟送了我也！」宋江執杯向前陪告道：「現今宋江暫居水泊，專待朝廷招安，盡忠竭力報國，

---

11) 主坐：主事者，主使者。

非敢貪財好殺，行不仁不義之事。萬望觀察憐此真情，一同替天行道。」林冲也來把盞陪話道：「小弟亦到此間，多說兄長清德，休要推卻。」徐寧道：「湯隆兄弟，你卻賺我到此，家中妻子必被官司擒捉，如之奈何！」宋江道：「這個不妨。觀察放心，只在小可身上，早晚便取寶眷到此完聚。」晁蓋、吳用、公孫勝都來與徐寧陪話，安排筵席作慶。

一面選揀精壯小嘍囉，學使鈎鐮槍法，一面使戴宗和湯隆星夜往東京，搬取徐寧老小。旬日之間，楊林自潁州取到彭玘老小，薛永自東京取到凌振老小，李雲收買到五車煙火、藥料回寨。更過數日，戴宗、湯隆取到徐寧老小上山。

徐寧見了妻子到來，吃了一驚，問是如何便到得這裏。妻子答道：「自你轉背[12]，官司點名不到，我使了些金銀首飾，只推道患病在床，因此不來叫喚。忽見湯叔叔齎着雁翎甲來說道：『甲便奪得來了。哥哥只是於路染病，將次死在客店裏，叫嫂嫂和孩兒便來看視。』把我賺上車子，我又不知路徑，迤邐來到這裏。」徐寧道：「兄弟，好卻好了。只可惜將我這副甲陷在家裏了。」湯隆笑道：「好教哥哥歡喜，打發嫂嫂上車之後，我便復翻身去賺了這甲，誘了這兩個丫嬛，收拾了家中應有細軟，做一擔兒挑在這裏。」徐寧道：「恁地時，我們不能夠回東京去了。」湯隆道：「我又教哥哥再知一件事，來在半路上，撞見一夥客人，我把哥哥的雁翎甲穿了，搽畫了臉，說哥哥名姓，劫了那夥客人的財物。這早晚東京已自遍行文書，捉拿哥哥。」徐寧道：「兄弟，你也害得我不淺！」晁蓋、宋江都來陪話道：「若不是如此，觀察如何肯在這裏住？」隨即撥定房屋，與徐寧安頓老小。眾頭領且商議破連環馬軍之法。

此時雷橫監造鈎鐮槍已都完備，宋江、吳用等啟請徐寧，教眾軍健學使鈎鐮槍法。徐寧道：「小弟今當盡情剖露，訓練眾軍頭目，揀選身材長壯之士。」眾頭領都在聚義廳上看徐寧選軍，說那個鈎鐮槍法。有分教：三千甲馬登時破，一個英雄指日降。畢竟金槍徐寧怎地敷演鈎鐮槍法，且聽下回分解。

---

12)　轉背：離開。

## 延伸思考

小說原是虛構之事，之所以讓人感到真實要歸功於對細節的描寫。找出本回中讓你感到如在眼前的細節描寫，體會其妙處。

# 第五十七回

精讀

# 徐寧教使鈎鐮槍
# 宋江大破連環馬

本回是另一個情節的發端，呼延灼大敗後獨自逃出梁山泊，走投無路時想到去投青州慕容知府，期待可以東山再起。而青州地界上三夥好漢也着實令知府頭疼，於是呼延灼又擔起了剿滅魯智深、武松等人的大任。這些英雄的故事得以再續前傳。

話說晁蓋、宋江、吳用、公孫勝與眾頭領，就聚義廳上啟請徐寧教使鈎鐮槍法。眾人看徐寧時，果是一表好人物，六尺五六長身體，團團的一個白臉，三牙細黑髭髯，十分腰圍膀闊。曾有一篇《西江月》單道徐寧模樣：

臂健開弓有準，身輕上馬如飛。彎彎兩道臥蠶眉，鳳翥鸞翔[1]子弟。戰鎧細穿柳葉，烏巾斜帶花枝。常隨寶駕侍丹墀，槍手徐寧無對。

當下徐寧選軍已罷，便下聚義廳來，拿起一把鈎鐮槍自使一回。眾人見了喝采。徐寧便教眾軍道：「但凡馬上使這般軍器，就腰胯裏做步上來，上中七路，三鈎四撥，一搠一分，共使九個變法。若是步行使這鈎鐮槍，亦最得用。先使八步四撥，蕩開門戶；十二步一變，十六步大轉身，分

1)　鳳翥（zhù）鸞翔：像鳳凰高飛。

鈎鐮搠繳；二十四步挪上攢下，鈎東撥西；三十六步渾身蓋護，奪硬鬥強。此是鈎鐮槍正法。有詩訣為證：『四撥三鈎通七路，共分九變合神機。二十四步挪前後，一十六翻大轉圍。』」徐寧將正法一路路敷演，教眾頭領看。眾軍漢見了徐寧使鈎鐮槍，都喜歡。就當日為始，將選揀精銳壯健之人，曉夜習學。又教步軍藏林伏草，鈎蹄拽腿下面三路暗法。不到半月之間，教成山寨五七百人，宋江並眾頭領看了大喜，準備破敵。

卻說呼延灼自從折了彭玘、凌振，每日只把馬軍來水邊搦戰。山寨中只教水軍頭領牢守各處灘頭，水底釘了暗樁。呼延灼雖是在山西山北兩路出哨，決不能夠到山寨邊。梁山泊卻叫凌振製造了諸般火炮，克日定時，下山對敵。學使鈎鐮槍軍士，已都學成。宋江道：「不才淺見，未知合眾位心意否？」吳用道：「願聞其略。」宋江道：「明日並不用一騎馬軍，眾頭領都是步戰。孫吳兵法，卻利於山林沮澤。今將步軍下山，分作十隊誘敵。但見軍馬衝掩將來，都望蘆葦荊棘林中亂走。卻先把鈎鐮槍軍士埋伏在彼，每十個會使鈎鐮槍的，間着十個撓鈎手，但見馬到，一攪鈎翻，便把撓鈎搭將入去捉了。平川窄路，也如此埋伏。此法如何？」吳學究道：「正應如此藏兵捉將。」徐寧道：「鈎鐮槍並撓鈎，正是此法。」

宋江當日分撥十隊步軍人馬：劉唐、杜遷引一隊；穆弘、穆春引一隊；楊雄、陶宗旺引一隊；朱仝、鄧飛引一隊；解珍、解寶引一隊；鄒淵、鄒潤引一隊；一丈青、王矮虎引一隊；薛永、馬麟引一隊；燕順、鄭天壽引一隊；楊林、李雲引一隊。這十隊步軍，先行下山誘引敵軍。再差李俊、張橫、張順、三阮、童威、童猛、孟康九個水軍頭領，乘駕戰船接應。再叫花榮、秦明、李應、柴進、孫立、歐鵬六個頭領，乘馬引軍，只在山邊搦戰。凌振、杜興專放號炮。卻叫徐寧、湯隆總行招引使鈎鐮槍軍士。中軍宋江、吳用、公孫勝、戴宗、呂方、郭盛總制軍馬，指揮號令。其餘頭領俱各守寨。

宋江分撥已定，是夜三更，先載使鈎鐮槍軍士過渡，四面去分頭埋伏已定。四更卻渡十隊步軍過去。淩振、杜興載過風火炮，架上高阜去處，豎起炮架，擱上火炮。徐寧、湯隆各執號帶渡水。平明時分，宋江守中軍人馬，隔水擂鼓吶喊搖旗。呼延灼正在中軍帳內，聽得探子報知，傳令便差先鋒韓滔先來出哨。隨即鎖上連環甲馬，呼延灼全身披掛，騎了踢雪烏騅馬，仗着雙鞭，大驅車馬，殺奔梁山泊來。隔水望見宋江引着許多人馬，呼延灼教擺開馬軍。先鋒韓滔來與呼延灼商議道：「正南上一隊步軍，不知多少的？」呼延灼道：「休問他多少，只顧把連環馬衝將去！」韓滔引着五百馬軍，飛哨出去。又見東南上一隊軍兵起來，卻欲分兵去哨，只見西南上又有起一隊旗號，招颭吶喊。韓滔再引軍回來，對呼延灼道：「南邊三隊賊兵，都是梁山泊旗號。」呼延灼道：「這廝許多時不出來廝殺，必有計策。」說猶未了，只聽得北邊一聲炮響。呼延灼罵道：「這炮必是淩振從賊，教他施放。」眾人平南一望，只見北邊又擁起三隊旗號，呼延灼對韓滔道：「此必是賊人奸計。我和你把人馬分為兩路，我去殺北邊人馬，你去殺南邊人馬。」正欲分兵之際，只見西邊又是四隊人馬起來，呼延灼心慌。又聽的正北上連珠炮響，一帶直接到土坡上。那一個母炮周回接着四十九個子炮，名為「子母炮」，響處風威大作。呼延灼軍兵，不戰自亂，急和韓滔各引馬步軍兵四下衝突。這十隊步軍，東趕東走，西趕西走，呼延灼看了大怒，引兵望北衝將來。宋江軍兵盡投蘆葦中亂走，呼延灼大驅連環馬，捲地而來。那甲馬一齊跑發，收勒不住，盡望敗葦折蘆之中，枯草荒林之內跑了去。只聽裏面胡哨響處，鈎鐮槍一齊舉手，先鈎倒兩邊馬腳，中間的甲馬，便自咆哮起來。那撓鈎手軍士一齊搭住，蘆葦中只顧縛人。呼延灼見中了鈎鐮槍法，便勒

**點評**

● 第一回合，淩振使炮，亂了陣腳。第二回合，中了埋伏，連環甲馬被破。

點評

● 第三回合，單寫呼延灼獨自殺出重圍。

馬回南邊去趕韓滔。背後風火炮當頭打將下來，這邊那邊，漫山遍野，都是步軍追趕着。韓滔、呼延灼部領的連環甲馬，亂滾滾都入荒草蘆葦之中，盡被捉了。

二人情知中了計策，縱馬去四面跟尋馬軍，奪路奔走時，更兼那幾條路上，麻林般擺着梁山泊旗號，不敢投那幾條路走，一直便望西北上來。行不到五六里路，早擁出一隊強人，當先兩個好漢攔路，一個是沒遮攔穆弘，一個是小遮攔穆春，拈兩條朴刀大喝道：「敗將休走！」呼延灼忿怒，舞起雙鞭，縱馬直取穆弘、穆春。略鬥四五合，穆春便走。呼延灼只怕中了計，不來追趕，望正北大路而走。山坡下又轉出一隊強人，當先兩個好漢攔路，一個是兩頭蛇解珍，一個是雙尾蠍解寶，各挺鋼叉，直奔前來。呼延灼舞起雙鞭，來戰兩個。鬥不到五七合，解珍、解寶拔步便走。呼延灼趕不過半裏多路，兩邊鑽出二十四把鈎鐮槍，着地捲將來。呼延灼無心戀戰，撥轉馬頭望東北上大路便走，又撞着王矮虎、一丈青夫妻二人，截住去路。呼延灼見路徑不平，四下兼有荊棘遮攔，拍馬舞鞭，殺開條路，直衝過去。王矮虎、一丈青趕了一直趕不上，呼延灼自投東北上去了，殺的大敗虧輸，雨零星亂。有詩為證：

十路軍兵振地來，烏騅踢雪望風回。
連環盡被鈎鐮破，剩得雙鞭出九垓[2]。

話分兩頭。且說宋江鳴金收軍回山，各請功賞。三千連環甲馬，有停半被鈎鐮槍撥倒，傷損了馬蹄，剝去皮甲，把來做菜馬食；二停多好馬，牽上山去餵養，作坐馬。帶甲軍士，都被生擒上山。五千步軍，被三面圍得緊急，有望中

2) 九垓：多處攔截。

軍躲的，都被鈎鐮槍拖翻捉了；望水邊逃命的，盡被水軍頭領圍裹上船去，拽過灘頭，拘捉上山。先前被拿去的馬匹並捉去軍士，盡行復奪回寨。把呼延灼寨柵盡數拆來，水邊泊內，搭蓋小寨，再造兩處做眼酒店房屋等項，仍前着孫新、顧大嫂、石勇、時遷兩處開店。劉唐、杜遷拿得韓滔，把來綁縛，解到山寨。宋江見了，親解其縛，請上廳來，以禮陪話，相待筵宴，令彭玘、凌振說他入夥。韓滔也是七十二煞之數，自然意氣相投，就梁山泊做了頭領。宋江便教修書，使人往陳州搬取韓滔老小，來山寨中完聚。宋江喜得破了連環馬，又得了許多軍馬、衣甲、盔刀，每日做筵席慶喜。仍舊調撥各路守把，提防官兵，不在話下。

卻說呼延灼折了許多官軍人馬，不敢回京，獨自一個騎着那匹踢雪烏騅馬，把衣甲拴在馬上，於路逃難，卻無盤纏；解下束腰金帶，賣來盤纏。在路尋思道：「不想今日閃得我如此，卻是去投誰好？」猛然想起：「青州慕容知府舊與我有一面相識，何不去那裏投奔他，卻打慕容貴妃的關節，那時再引軍來報仇未遲。」

在路行了二日，當晚又飢又渴。見路旁一個村酒店，呼延灼下馬，把馬拴在門前樹上。入來店內，把鞭子放在桌上，坐下了，叫酒保取酒肉來吃。酒保道：「小人這裏只賣酒。要肉時，村裏卻才殺羊，若要，小人去回買。」呼延灼把腰裏料袋解下來，取出些金帶倒換的碎銀兩，把與酒保道：「你可回一腳羊肉與我煮了，就對付草料，餵養我這匹馬。今夜只就你這裏宿一宵，明日自投青州府裏去。」酒保道：「官人，此間宿不妨，只是沒好床帳。」呼延灼道：「我是出軍的人，但有歇處便罷。」酒保拿了銀子，自去買羊肉。呼延灼把馬背上捎的衣甲取將下來，鬆了肚帶，坐在門前，等了半晌，只見酒保提一腳羊肉歸來。呼延灼便叫煮了，回三斤麪來打餅，打兩角酒來。酒保一面煮肉打餅，一面燒腳湯，與呼延灼洗了腳，便把馬牽放屋後小屋下。酒保

**點評**

● 立下軍令狀，高俅又為其裝備精良，結果卻一敗塗地，回去就是死罪。

● 慕容一派便是慕容貴妃的勢力，裙帶關係錯綜複雜。

**點評**

● 言語中透露出辛酸與驕傲，失意之人喜歡回憶自己曾經得意之事。

● 只見他處處強調要照顧好自己的馬，體現這匹馬的來歷和地位，更是由於自己戰敗落魄到只能與自己的戰馬共患難的地步。

一面切草煮料，呼延灼先討熱酒吃了一回。少刻肉熟，呼延灼叫酒保，也與他些酒肉吃了，吩咐道：「我是朝廷軍官，為因收捕梁山泊失利，待往青州投慕容知府，你好生與我餵養這匹馬。——是今上御賜的，名為踢雪烏騅馬。明日我重重賞你。」酒保道：「感承相公。卻有一件事教相公得知，離此間不遠，有座山，喚做桃花山。山上有一夥強人，為頭的是打虎將李忠，第二個是小霸王周通，聚集着五七百小嘍囉，打家劫舍，時常來攪惱村坊。官司累次着仰捕盜官軍來，收捕他不得，相公夜間須用小心醒睡。」呼延灼說道：「我有萬夫不當之勇，便道那廝們全夥都來，也待怎生！只與我好生餵養這匹馬。」吃了一回酒肉餅子，酒保就店裏打了一鋪，安排呼延灼睡了。

一者呼延灼連日心悶，二乃又多了幾杯酒，就和衣而臥。一覺直睡到三更方醒，只聽得屋後酒保在那裏叫屈[3]起來。呼延灼聽得，連忙跳將起來，提了雙鞭，走去屋後問道：「你如何叫屈？」酒保道：「小人起來上草，只見籬笆推翻，被人將相公的馬偷將去了。遠遠地望見三四里火把尚明，一定是那裏去了。」呼延灼道：「那里正是何處？」酒保道：「眼見得那條路上，正是桃花山小嘍囉偷得去了。」呼延灼吃了一驚，便叫酒保引路，就田塍上趕了二三里。火把看看不見，正不知投那裏去了。呼延灼說道：「若無了御賜的馬，卻怎的是好！」酒保道：「相公明日須去州裏告了，差官軍來剿捕，方才能勾這匹馬。」呼延灼悶悶不已，坐到天明，叫酒保挑了衣甲，徑投青州。來到城裏時，天色已晚了，且在客店裏歇了一夜。

次日天曉，徑到府堂階下參拜了慕容知府。知府大驚，問道：「聞知將軍收捕梁山泊草寇，如何卻到此間？」

---

3）　叫屈：喊叫冤屈。

呼延灼只得把上項訴說了一遍。慕容知府聽了道：「雖是將軍折了許多人馬，此非慢功之罪，中了賊人奸計，亦無奈何。下官所轄地面，多被草寇侵害。將軍到此，可先掃清桃花山，奪取那匹御賜的馬。卻連那二龍山、白虎山兩處強人，一發剿捕了時，下官自當一力保奏，再教將軍引兵復仇如何？」呼延灼再拜道：「深謝恩相主監。若蒙如此，誓當效死報德！」慕容知府教請呼延灼去客房裏暫歇，一面更衣宿食。那挑甲酒保，自叫他回去了。

一住三日，呼延灼急欲要這匹御賜馬，又來稟覆知府，便教點軍。慕容知府便點馬步軍二千，借與呼延灼，又與了一匹青鬃馬。呼延灼謝了恩相，披掛上馬，帶領軍兵前來奪馬，徑往桃花山進發。

且說桃花山上打虎將李忠與小霸王周通自得了這匹踢雪烏騅馬，每日在山上慶喜飲酒。當日有伏路小嘍囉報道：「青州軍馬來也！」小霸王周通起身道：「哥哥守寨，兄弟去退官軍。」便點起一百小嘍囉，綽槍上馬，下山來迎敵官軍。

卻說呼延灼引起二千兵馬來到山前，擺開陣勢，呼延灼當先出馬，厲聲高叫：「強賊早來受縛！」小霸王周通將小嘍囉一字擺開，便挺槍出馬。怎生打扮？身着團花宮錦襖，手持走水綠沉槍。聲雄面闊鬚如戟，盡道周通賽霸王。

呼延灼見了周通，便縱馬向前來戰。周通也躍馬來迎。二馬相交，鬥不到六七合，周通氣力不加，撥轉馬頭，往山上便走。呼延灼趕了一直，怕有計策，急下山來，紮住寨柵，等候再戰。

卻說周通回寨，見了李忠，訴說：「呼延灼武藝高強，遮攔不住，只得且退上山。倘或他趕到寨前來，如之奈何！」李忠道：「我聞二龍山寶珠寺花和尚魯智深在彼，多有人伴，更兼有個甚麼青面獸楊志，又新有個行者武松，都有萬夫不當之勇。不如寫一封書，使小嘍囉去那裏求救。若解得危難，拚得投託他大寨，月終納他些進奉也好。」周通

**點評**

● 先叫呼延灼幫助他剿滅自己所管轄範圍的強盜，才肯助其再戰。堂堂大將，也只是官僚的一名走卒罷了。

點評

● 英雄們可別來無恙？

道：「小弟也多知他那裏豪傑，只恐那和尚記當初之事，不肯來救。」李忠笑道：「他那時又打了你，又得了我們許多金銀酒器，如何倒有見怪之心？他是個直性的好人，使人到彼，必然親引軍來救應。」周通道：「哥哥也說得是。」就寫了一封書，差兩個了事的小嘍囉，從後山踅將下去，取路投二龍山來。行了兩日，早到山下，那裏小嘍囉問了備細來情。

且說寶珠寺裏大殿上坐着三個頭領：為首是花和尚魯智深，第二是青面獸楊志，第三是行者二郎武松。前面山門下坐着四個小頭領：一個是金眼彪施恩，原是孟州牢城施管營的兒子，為因武松殺了張都監一家人口，官司着落他家追捉兇身，以此連夜挈家逃走在江湖上。後來父母俱亡，打聽得武松在二龍山，連夜投奔入夥。一個是操刀鬼曹正，原是同魯智深、楊志收奪寶珠寺，殺了鄧龍，後來入夥。一個是菜園子張青，一個是母夜叉孫二娘。這是夫妻兩個，原是孟州道十字坡賣人肉饅頭的。因魯智深、武松連連寄書招他，亦來投奔入夥。曹正聽得說桃花山有書，先來問了詳細，直去殿上，稟覆三個大頭領知道。智深便道：「洒家當初離五台山時，到一個桃花村投宿，好生打了那周通撮鳥一頓。李忠那廝，卻來認得洒家，卻請去上山吃了一日酒，結識洒家為兄，留俺做個寨主。俺見這廝們慳吝，被俺捲了若干金銀酒器撒開他。如今來求救，且看他說甚麼。放那小嘍囉上關來。」

曹正去不多時，把那小嘍囉引到殿下，唱了喏，說道：「青州慕容知府近日收得個征進梁山泊失利的雙鞭呼延灼。如今慕容知府先教掃蕩俺這裏桃花山、二龍山、白虎山幾座山寨，卻借軍與他收捕梁山泊復仇。俺的頭領今欲啟請大頭領將軍下山相救，明朝無事了時，情願來納進奉。」楊志道：「俺們各守山寨，保護山頭，本不去救應的是。洒家一者怕壞了江湖上豪傑；二者恐那廝得了桃花山，便小覷了洒家這裏。可留下張青、孫二娘、施恩、曹正看守寨柵，俺三個親自走一遭。」隨即點起五百小嘍囉，六十餘騎軍馬，各帶了衣甲軍器，徑往桃花山來。

卻說李忠知二龍山消息，自引了三百小嘍囉下山策應。呼延灼聞知，急領所部軍馬，攔路列陣，舞鞭出馬，來與李忠相持。怎見李忠模樣？

頭尖骨臉似蛇形，槍棒林中獨擅名。

打虎將軍心膽大，李忠祖是霸陵生。

原來李忠祖貫濠州定遠人氏，家中祖傳靠使槍棒為生。人見他身材壯健，因此呼他做打虎將。當時下山來與呼延灼交戰，李忠如何敵得呼延灼過，鬥了十合之上，見不是頭，撥開軍器便走。呼延灼見他本事低微，縱馬趕上山來。小霸王周通正在半山裏看見，便飛下鵝卵石來，呼延灼慌忙回馬下山來。只見官軍迭頭吶喊，呼延灼便問道：「為何吶喊？」後軍答道：「遠望見一彪軍馬飛奔而來。」呼延灼聽了，便來後軍隊裏看時，見塵頭起處，當頭一個胖大和尚，騎一匹白馬，那人是誰？正是：自從落髮寓禪林，萬里曾將壯士尋。臂負千斤扛鼎力，天生一片殺人心。欺佛祖，喝觀音，戒刀禪杖冷森森。不看經卷花和尚，酒肉沙門魯智深。

魯智深在馬上大喝道：「那個是梁山泊殺敗的撮鳥，敢來俺這裏唬嚇人！」呼延灼道：「先殺你這個禿驢，豁我心中怒氣！」魯智深掄動鐵禪杖，呼延灼舞起雙鞭，二馬相交，兩邊吶喊。鬥四五十合，不分勝敗。呼延灼暗暗喝采道：「這個和尚，倒恁地了得！」兩邊鳴金，各自收軍暫歇。

呼延灼少停，再縱馬出陣，大叫：「賊和尚再出來，與你定個輸贏，見個勝敗！」魯智深卻待正要出馬，側首惱犯了這個英雄，叫道：「大哥少歇，看洒家去捉這廝！」那人舞刀出馬。來戰呼延灼的是誰？正是：曾向京師為制使，花

點評

● 至此三個山頭的人馬都已出現，呼延灼在青州這一節的故事展開敍述。

石綱累受艱難。虹霓氣[4]逼牛斗[5]寒。刀能安宇宙，弓可定塵寰。虎體狼腰猿臂健，跨龍駒穩坐雕鞍。英雄聲價滿梁山。人稱青面獸，楊志是軍班。

當下楊志出馬，來與呼延灼交鋒。兩個鬥到四十餘合，不分勝敗。呼延灼見楊志手段高強，尋思道：「怎的那裏走出這兩個來？好生了得！不是綠林中手段！」楊志也見呼延灼武藝高強，賣個破綻，撥回馬，跑回本陣。呼延灼也勒轉馬頭，不來追趕。兩邊各自收軍。魯智深便和楊志商議道：「俺們初到此處，不宜逼近下寨，且退二十里，明日卻再來廝殺。」帶領小嘍囉，自過附近山岡下寨去了。

卻說呼延灼在帳中納悶，心內想道：「指望到此勢如劈竹，便拿了這夥草寇，怎知卻又逢着這般對手！我直如此命薄！」正沒擺佈處，只見慕容知府使人來喚道：「叫將軍且領兵回來，保守城中。今有白虎山強人孔明、孔亮，引人馬來青州借糧，怕府庫有失，特令來請將軍回城守備。」呼延灼聽了，就這機會，帶領軍馬連夜回青州去了。

次日，魯智深與楊志、武松又引了小嘍囉搖旗吶喊，直到山下來看時，一個軍馬也無了，倒吃了一驚。山上李忠、周通引人下來，拜請三位頭領上到山寨裏，殺牛宰馬，筵席相待，一面使人下山，探聽前路消息。

且說呼延灼引軍回到城下，卻見了一彪軍馬，正來到城邊。為頭的乃是白虎山下孔太公的兒子毛頭星孔明、獨火星孔亮。兩個因和本鄉一個財主爭競，把他一門良賤盡都殺了，聚集起五七百人，佔住白虎山，打家劫舍。因為青州城裏有他的叔叔孔賓，被慕容知府捉下，監在牢裏，孔明、孔亮特地點起山寨小嘍囉來打青州，要救叔叔孔賓。正迎着

---

4） 虹霓氣：指天地精氣。

5） 牛斗：二十八星宿中的斗宿和牛宿。

呼延灼軍馬，兩邊擁着，敵住廝殺，呼延灼便出馬到陣前。慕容知府在城樓上觀看，見孔明當先，挺槍出馬，直取呼延灼。兩馬相交，鬥到二十餘合，呼延灼要在知府跟前顯本事，又值孔明武藝不精，只辦得架隔遮攔，鬥到間深裏，被呼延灼就馬上把孔明活捉了去，孔亮只得引了小嘍囉便走。慕容知府在敵樓上指着，叫呼延灼引軍去趕，官兵一掩，活捉得百十餘人。孔亮大敗，四散奔走，至晚尋個古廟安歇。

卻說呼延灼活捉得孔明，解入城中，來見慕容知府。知府大喜，叫把孔明大枷釘下牢裏，和孔賓一處監收。一面賞勞三軍，一面管待呼延灼，備問桃花山消息。呼延灼道：「本待是『甕中捉鱉，手到拿來』，無端又被一夥強人前來救應。數內一個和尚，一個青臉大漢，二次交鋒，各無勝敗。這兩個武藝不比尋常，不是綠林中手段，因此未曾拿得。」慕容知府道：「這個和尚，便是延安府老種經略帳前軍官提轄魯達，今次落髮為僧，喚做花和尚魯智深。這一個青臉大漢，亦是東京殿帥府制使官，喚做青面獸楊志。再有一個行者，喚做武松，原是景陽岡打虎的武都頭。這三個佔住二龍山，打家劫舍，累次拒敵官軍，殺了三五個捕盜官，直至如今，未曾捉得。」呼延灼道：「我見這廝們武藝精熟，原來卻是楊制使和魯提轄，名不虛傳！恩相放心，呼延灼已見他們本事了。只在早晚，一個個活捉了解官。」知府大喜，設筵管待已了，且請客房內歇，不在話下。

卻說孔亮引了敗殘人馬，正行之間，猛可裏樹林中撞出一彪軍馬，當先一籌好漢，怎生打扮？有《西江月》為證：

直裰冷披黑霧，戒箍光射秋霜。額前剪髮拂眉長，腦後護頭齊項。頂骨數珠燦白，雜絨絛結微黃。鋼刀兩口迸寒光，行者武松形象。

孔亮見了是武松，慌忙滾鞍下馬，便拜道：「壯士無恙？」武松連忙答應，扶起問道：「聞知足下弟兄們佔住白虎山聚義，幾次要來拜望，一者不得下，二乃路途不順，以此難得相見。今日何事到此？」孔亮把救叔叔孔賓陷兄之事，告訴了一遍。武松道：「足下休慌。我有六七個弟兄，現在二龍山聚義。今為桃花山李忠、周通被青州官軍攻擊得緊，來我山寨求救。魯、楊二頭領引了孩兒們先來與呼延灼交戰。兩個廝併了一日，呼延灼夜間去了。山寨中留我弟兄三人筵宴，把這匹御賜馬送與我們。今我部領頭隊人馬回山，他二位隨後便到。我叫他去打青州，救你叔兄如何？」

孔亮拜謝武松。等了半晌，只見魯智深、楊志兩個並馬都到。武松引孔亮拜見二位，備說：「那時我與宋江在他莊上相會，多有相擾。今日俺們可以義氣為重，聚集三山人馬，攻打青州，殺了慕容知府，擒獲呼延灼，各取府庫錢糧，以供山寨之用，如何？」魯智深道：「洒家也是這般思想。便使人去桃花山報知，叫李忠、周通引孩兒們來，俺三處一同去打青州。」

楊志便道：「青州城池堅固，人馬強壯，又有呼延灼那廝英勇。不是俺自滅威風，若要攻打青州時，只除非依我一言，指日可得。」武松道：「哥哥，願聞其略。」那楊志言無數句，話不一席，有分教：青州百姓，家家瓦裂煙飛；水滸英雄，個個磨拳擦掌。畢竟楊志對武松說出怎地打青州，且聽下回分解。

### 延伸思考

時隔多日，又見魯智深、楊志、武松等眾好漢，他們每個人的故事是否都還能回憶起來？

# 第五十八回

## 精讀 三山聚義打青州 眾虎同心歸水泊

三山頭領聯合梁山泊好漢，智擒並勸降了呼延灼，派他騙開城門後攻下青州。新加入的頭領使山寨事業日益壯大。一日，魯智深提出想要去尋找當年結識的好漢史進上山入夥，武松便和他一同下山，來到少華山，卻不見史進。原來史進已是身陷囹圄，魯智深執意要親自去營救，卻陷入賀太守圈套。

當有武松引孔亮拜告魯智深、楊志，求救哥哥孔明，並叔叔孔賓。魯智深便要聚集三山人馬，前去攻打。楊志道：「若要打青州，須用大隊軍馬，方可打得。俺知梁山泊宋公明大名，江湖上都喚他做及時雨宋江，更兼呼延灼是他那裏仇人。俺們弟兄和孔家弟兄的人馬都並做一處，洒家這裏再等桃花山人馬齊備，一面且去攻打青州。孔亮兄弟你可親身星夜去梁山泊，請下宋公明來，並力攻城，此為上計。亦且宋三郎與你至厚，你們弟兄心下如何？」魯智深道：「正是如此。我只見今日也有人說宋三郎好，明日也有人說宋三郎好，可惜洒家不曾相會。眾人說他的名字，聒得洒家耳朵也聾了，想必其人是個真男子，以致天下聞名。前番和花知寨在清風山時，洒家有心要去和他廝會，及至洒家去時，又聽得說道去了，以此無緣不得相見。罷了！孔亮兄弟，你要救你哥哥時，快親自去那裏告請他們。洒家等先在這裏和那撮鳥們廝殺。」孔亮交付小嘍囉與了魯智深，只帶一個伴當，扮做客商，星夜投梁山泊來。

且說魯智深、楊志、武松三人，去山寨裏喚將施恩、曹正，再帶一二百人下山來相助。桃花山李忠、周通得了消息，便帶本山人馬盡數起點，只留三五十個小嘍囉看守寨柵，其餘都帶下山來，青州城下聚集，一同攻打城池，不在話下。

卻說孔亮自離了青州，迤邐來到梁山泊邊催命判官李立酒店裏，買酒吃問路。李立見他兩個來得面生，便請坐地，問道：「客人從那裏來？」孔亮道：「從青州來。」李立問道：「客人要去梁山泊尋誰？」孔亮答道：「有個相識在山上，特來尋他。」李立道：「山上寨中，都是大王住處，你如何去得？」孔亮道：「便是要尋宋大王。」李立道：「既是來尋宋頭領，我這裏有分例。」便叫火家快去安排分例酒來相待。孔亮道：「素不相識，如何見款？」李立道：「客官不知，但是來尋山寨頭領，必然是社火[1]中人故舊交友，豈敢有失祗應？便當去報。」孔亮道：「小人便是白虎山前莊戶孔亮的便是。」李立道：「曾聽得宋公明哥哥說大名來，今日且喜上山。」二人飲罷分例酒，隨即開窗，就水亭上放了一枝響箭。見對港蘆葦深處，早有小嘍囉棹過船來。到水亭下，李立便請孔亮下了船，一同搖到金沙灘上岸，卻上關來。孔亮看見三關雄壯，槍刀劍戟如林，心下想道：「聽得說梁山泊興旺，不想做下這等大事業！」已有小嘍囉先去報知，宋江慌忙下來迎接。

孔亮見了，連忙下拜。宋江問道：「賢弟緣何到此？」孔亮拜罷，放聲大哭。宋江道：「賢弟心中有何危厄不決之難，但請盡說不妨。便當不避水火，力為救解，與汝相助。賢弟且請起來。」孔亮道：「自從師父離別之後，老父亡化，哥哥孔明與本鄉上戶爭些閒氣起來，殺了他一家老小，官司

---

1) 社火：特指同夥、同幫派。社，宋元時民間的結社。

來捕捉得緊，因此反上白虎山，聚得五七百人，打家劫舍。青州城裏，卻有叔父孔賓，被慕容知府捉了，重枷釘在獄中。因此我弟兄兩個去打城子，指望救取叔叔孔賓。誰想去到城下，正撞了一個使雙鞭的呼延灼。哥哥與他交鋒，致被他捉了，解送青州，下在牢裏，存亡未保。小弟又被他追殺一陣。次日，正撞着武松，說起師父大名來，他便引我去拜見同伴的：一個是花和尚魯智深，一個是青面獸楊志。他二人一見如故，便商議救兄一事。他道：『我請魯、楊二頭領並桃花山李忠、周通，聚集三山人馬，攻打青州；你可連夜快去梁山泊內，告你師父宋公明，來救你叔兄兩個。』以此今日一徑到此。」宋江道：「此是易為之事，你且放心。先來拜見晁頭領，共同商議。」

宋江便引孔亮參見晁蓋、吳用、公孫勝並眾頭領，備說呼延灼走在青州，投奔慕容知府，今來捉了孔明，以此孔亮來到，懇告求救。晁蓋道：「既然他兩處好漢，尚兀自仗義行仁，今者三郎和他至愛交友，如何不去？三郎賢弟你連次下山多遍，今番權且守寨，愚兄替你走一遭。」宋江道：「哥哥是山寨之主，不可輕動。這個是兄弟的事。既是他遠來相投，小可若自不去，恐他弟兄們心下不安。小可情願請幾位弟兄同走一遭。」說言未了，廳上廳下一齊都道：「願效犬馬之勞，跟隨同去。」宋江大喜。當日設筵管待孔亮。飲筵之間，宋江喚鐵面孔目裴宣定撥下山人數，分作五軍起行：前軍便差花榮、秦明、燕順、王矮虎，開路作先鋒；第二隊便差穆弘、楊雄、解珍、解寶；中軍便是主將宋江、吳用、呂方、郭盛；第四隊便是朱仝、柴進、李俊、張橫；後軍便差孫立、楊林、歐鵬、凌振催軍作合後。梁山泊點起五軍，共計二十個頭領，馬步軍兵二千人馬。其餘頭領，自與晁蓋守把寨柵。當下宋江別了晁蓋，自同孔亮下山來。梁山人馬分作五軍起發，正是：

初離水泊，渾如海內縱蛟龍；乍出梁山，卻似風中奔

**點評**

● 看宋江調遣人馬，開路先鋒原都是青州舊人，心中有怨氣。

虎豹。五軍並進，前後列二十輩英雄；一陣同行，首尾分三千名士卒。繡彩旗如雲似霧，蘸鋼刀燦雪鋪霜。鸞鈴響，戰馬奔馳；畫鼓振，征夫踴躍。捲地黃塵靄靄，漫天土雨蒙蒙。寶纛旗中，簇擁着多智足謀吳學究；碧油幢下，端坐定替天行道宋公明。過去鬼神皆拱手，回來民庶盡歌謠。

話說宋江引了梁山泊二十個頭領、三千人馬，分作五軍前進，於路無事，所過州縣，秋毫無犯。已到青州，孔亮先到魯智深等軍中，報知眾好漢，安排迎接。宋江中軍到了，武松引魯智深、楊志、李忠、周通、施恩、曹正，都來相見了。宋江讓魯智深坐地，魯智深道：「久聞阿哥大名，無緣不曾拜會，今日且喜認得阿哥。」宋江答道：「不才何足道哉！江湖上義士甚稱吾師清德，今日得識慈顏，平生甚幸。」楊志也起身再拜道：「楊志舊日經過梁山泊，多蒙山寨重義相留，為是洒家愚迷，不曾肯住。今日幸得義士壯觀山寨，此是天下第一好事。」宋江答道：「制使威名，播於江湖，只恨宋江相會太晚。」魯智深便令左右置酒管待，一一都相見了。

次日，宋江問青州一節，近日勝敗如何。楊志道：「自從孔亮去了，前後也交鋒三五次，各無輸贏。如今青州只憑呼延灼一個。若是拿得此人，覷此城子，如湯潑雪[2]。」吳學究笑道：「此人不可力敵，只用智擒。」宋江道：「用何智可獲此人？」吳學究道：「只除如此如此。」宋江大喜道：「此計大妙！」當日分撥了人馬。

次早起軍，前到青州城下，四面盡着軍馬圍住，擂鼓搖旗，吶喊搦戰。城裏慕容知府見報，慌忙教請呼延灼商議：「今次羣賊又去報知梁山泊宋江到來，似此如之奈何？」呼延灼道：「恩相放心。羣賊到來，先失地利。這廝們只好在水泊裏張狂，今卻擅離巢穴，一個來，捉一個，那廝們

2) 如湯潑雪：形容很容易。湯，熱水。

如何施展得？請恩相上城，看呼延灼廝殺。」呼延灼連忙披掛衣甲上馬，叫開城門，放下吊橋，領了一千人馬，近城擺開。宋江陣中，一將出馬。那人手搭狼牙棍，厲聲高罵知府：「濫官，害民賊徒！把我全家誅戮，今日正好報仇雪恨！」慕容知府認得秦明，便罵道：「你這廝是朝廷命官，國家不曾負你，緣何敢造反，若拿住你時，碎屍萬段！可先下手拿這賊！」呼延灼聽了，舞起雙鞭，縱馬直取秦明。秦明也出馬，舞動狼牙大棍來迎呼延灼。二將交馬，正是對手。有《西江月》為證：

鞭舞兩條龍尾，棍橫一串狼牙，三軍看得眼睛花。二將縱橫交馬，使棍的軍班領袖，使鞭的將種堪誇。天昏地慘日揚沙，這廝殺鬼神須怕。

兩個鬥到四五十合，不分勝敗。慕容知府見鬥得多時，恐怕呼延灼有失，慌忙鳴金收軍入城。秦明也不追趕，退回本陣。宋江教眾頭領軍校，且退十五里下寨。

卻說呼延灼回到城中，下馬來見慕容知府，說道：「小將正要拿那秦明，恩相如何收軍？」知府道：「我見你鬥了許多合，但恐勞困，因此收軍暫歇。秦明那廝，原是我這裏統制，與花榮一同背反，這廝亦不可輕敵。」呼延灼道：「恩相放心，小將必要擒此背義之賊！適間和他鬥時，棍法已自亂了。來日教恩相看我立斬此賊！」知府道：「既是將軍如此英雄，來日若臨敵之時，可殺開條路，送三個人出去：一個教他去往東京求救；兩個教他去鄰近府州，會合起兵，相助剿捕。」呼延灼道：「恩相高見極明。」當日知府寫了求救文書，選了三個軍官，都發放了當。

只說呼延灼回到歇處；卸了衣甲暫歇。天色未明，只聽的軍校來報道：「城北門外土坡上有三騎私自在那裏看城。中間一個穿紅袍騎白馬的，兩邊兩個，只認得右邊的是

點評

● 捉拿和勸降呼延灼的過程似乎太過簡單，呼延灼答應得爽快，有些脫離現實。但設身處地為呼延灼考慮，因太想貪功結果被捉，本是死路一條，卻得到禮遇和賞識，絕處逢生，必然死心塌地。

小李廣花榮，左邊那個道裝打扮。」呼延灼道：「那個穿紅的，眼見是宋江了，道裝的，必是軍師吳用。你們且休驚動了他，便點一百馬軍，跟我捉這三個。」

呼延灼連忙披掛上馬，提了雙鞭，帶領一百餘騎馬軍，悄悄地開了北門，放下吊橋，引軍趕上坡來。宋江、吳用、花榮三個，只顧呆了臉看城。呼延灼拍馬上坡，三個勒轉馬頭，慢慢走去。呼延灼奮力趕到前面幾株枯樹邊廂，宋江、吳用、花榮三個齊齊的勒住馬。呼延灼方才趕到枯樹邊，只聽得吶聲喊，呼延灼正踏着陷坑，人馬都跌將下坑去了。兩邊走出五六十個撓鈎手，先把呼延灼鈎將起來，綁縛了拿去，後面牽着那匹馬。這許多趕來的馬軍，卻被花榮拈弓搭箭，射倒當頭五七個，後面的勒轉馬，一哄都走了。

宋江回到寨裏坐，左右羣刀手卻把呼延灼推將過來。宋江見了，連忙起身，喝叫：「快解了繩索！」親自扶呼延灼上帳坐定，宋江拜見。呼延灼道：「何故如此？」宋江道：「小可宋江怎敢背負朝廷？蓋為官吏污濫，威逼得緊，誤犯大罪。因此權借水泊裏隨時避難，只待朝廷赦罪招安。不想起動將軍，致勞神力。實慕將軍虎威，今者誤有冒犯，切乞恕罪。」呼延灼道：「被擒之人，萬死尚輕，義士何故重禮陪話？」宋江道：「量宋江怎敢壞得將軍性命？皇天可表寸心。」只是懇告哀求。呼延灼道：「兄長尊意，莫非教呼延灼往東京告請招安，到山赦罪？」宋江道：「將軍如何去得？高太尉那廝是個心地匾窄之徒，忘人大恩，記人小過。將軍折了許多軍馬錢糧，他如何不見你罪責？如今韓滔、彭玘、淩振已多在敝山入夥，倘蒙將軍不棄山寨微賤，宋江情願讓位與將軍。等朝廷見用，受了招安，那時盡忠報國，未為晚矣。」

呼延灼沉思了半晌，一者是天罡之數，自然義氣相投；二者見宋江禮貌甚恭，語言有理，歎了一口氣，跪下在地道：「非是呼延灼不忠於國，實感兄長義氣過人，不容呼延灼不依，願隨鞭鐙。事既如此，決無還理。」有詩為證：

親承天語淨狼煙，不着先鞭願執鞭。
豈昧忠心翻作賊，降魔殿內有因緣。

宋江大喜，請呼延灼和眾頭領相見了，叫問李忠、周通，討這匹踢雪烏騅馬還將軍騎坐。眾人再商議救孔明之計，吳用道：「只除教呼延灼將軍賺開城門，垂手可得！更兼絕了呼延灼將軍念頭。」宋江聽了，來與呼延灼陪話道：「非是宋江貪劫城池，實因孔明叔姪陷在縲紲之中，非將軍賺開城門，必不可得。」呼延灼答道：「小將既蒙兄長收錄，理當效力。」當晚點起秦明、花榮、孫立、燕順、呂方、郭盛、解珍、解寶、歐鵬、王英十個頭領，都扮作軍士衣服模樣，跟了呼延灼，共是十一騎軍馬，來到城邊，直至濠塹上，大呼：「城上開門，我逃得性命回來！」

城上人聽得是呼延灼聲音，慌忙報與慕容知府。此時知府為折了呼延灼正煩悶間，聽得報說呼延灼逃得回來，心中歡喜，連忙上馬，奔到城上。望見呼延灼有十數騎馬跟着，又不見面顏，只認得呼延灼聲音。知府問道：「將軍如何走得回來？」呼延灼道：「我被那廝的陷坑捉了我到寨裏，卻有原跟我的頭目，暗地盜這匹馬與我騎，就跟我來了。」知府只聽得呼延灼說了，便叫軍士開了城門，放下吊橋。十個頭領跟到城門裏，迎着知府，早被秦明一棍，把慕容知府打下馬來。解珍、解寶便放起火來。歐鵬、王矮虎奔上城，把軍士殺散。宋江大隊人馬見城上火起，一齊擁將入來。宋江急急傳令，休教殘害百姓，且收倉庫錢糧，就大牢裏救出孔明，並他叔叔孔賓一家老小，便教救滅了火。把慕容知府一家老幼，盡皆斬首，抄扎家私，分俵眾軍。天明，計點在城百姓被火燒之家，給散糧米救濟。把府庫金帛，倉廒米糧，裝載五六百車，又得了二百餘匹好馬，就青州府裏做個慶喜筵席，請三山頭領同歸大寨。

李忠、周通使人回桃花山，盡數收拾人馬錢糧下山，

點評

放火燒毀寨柵。魯智深也使施恩、曹正回二龍山，與張青、孫二娘收拾人馬錢糧，也燒了寶珠寺寨柵。數日之間，三山人馬都皆完備。宋江領了大隊人馬，班師回山。先叫花榮、秦明、呼延灼、朱仝四將開路，所過州縣，分毫不擾。鄉村百姓，扶老挈幼，燒香羅拜迎接。數日之間，已到梁山泊邊。眾多水軍頭領，具舟迎接。晁蓋引領山寨馬步頭領，都在金沙灘迎接。直至大寨，向聚義廳上列位坐定。大排筵慶賀新到山寨頭領：呼延灼、魯智深、楊志、武松、施恩、曹正、張青、孫二娘、李忠、周通、孔明、孔亮共十二位新上山頭領。坐間林沖說起相謝魯智深相救一事，魯智深動問道：「洒家自與教頭滄州別後，曾知阿嫂信息否？」林沖答道：「小可自火併王倫之後，使人回家搬取老小，已知拙婦被高太尉逆子所逼，隨即自縊而死。妻父亦為憂疑，染病而亡。」楊志舉起舊日王倫手內上山相會之事，眾人皆道：「此皆注定，非偶然也！」晁蓋說起黃泥岡劫取生辰綱一事，眾皆大笑。次日輪流做筵席，不在話下。

且說宋江見山寨又添了許多人馬，如何不喜？便叫湯隆做鐵匠總管，提督打造諸般軍器，並鐵葉連環等甲；侯建管做旌旗袍服總管，添造三才、九曜、四斗；五方、二十八宿等旗，飛龍、飛虎、飛熊、飛豹旗，黃鉞白旄，朱纓皂蓋。山邊四面築起墩台。重造西路南路二處酒店，招接往來上山好漢，一就探聽飛報軍情。山西路酒店，今令張青、孫二娘夫妻二人，原是酒家，前去看守；山南路酒店，仍令孫新、顧大嫂夫妻看守；山東路酒店，依舊朱貴、樂和；山北路酒店，還是李立、時遷。三關上添造寨柵，分調頭領看守。部領已定，各各遵依，不在話下。

● 先是不忘林沖的家眷，再提思念史進之情，魯智深有情有義，令人感動。

忽一日，花和尚魯智深來對宋公明說道：「智深有個相識，李忠兄弟也曾認的，喚做九紋龍史進。現在華州華陰縣少華山上，和那一個神機軍師朱武，又有一個跳澗虎陳達，一個白花蛇楊春，四個在那裏聚義。洒家常常思念他。昔日在瓦罐寺救助洒家，思念不曾有忘。洒家要去那裏探望他一遭，就取他四個同來入夥，未知尊意如何？」宋江道：「我也曾聞得史進大名，若得吾師去請他來，最好。雖然如此，不可獨自去，可煩武松兄弟相伴走一遭。他是行者，一般出家人，正好同行。」武松應道：「我和師父去。」當日便收拾腰包行李，魯智深只做禪和子打扮，武松裝做隨侍行者。兩個相辭了眾頭領下山，過了金沙灘，曉行夜住，不止一日，來到華州華陰縣界，徑投少華山來。

且說宋江自魯智深、武松去後，一時容他下山，常自放心不下，便喚神行太保戴宗隨後跟來，探聽消息。

再說魯智深、武松兩個來到少華山下，伏路小嘍囉出來攔住問道：「你兩個出家人那裏來？」武松便答道：「這山上有史大官人麼？」小嘍囉說道：「既是要尋史大王的，且在這裏少等。我上山報知頭領，便下來迎接。」武松道：「你只說魯智深到來相探。」小嘍囉去不多時，只見神機軍師朱武並跳澗虎陳達、白花蛇楊春三個下山來接魯智深、武松，卻不見有史進。魯智深便問道：「史大官人在那裏？卻如何不見他？」朱武近前上覆道：「吾師不是延安府魯提轄麼？」魯智深道：「洒家便是。這行者便是景陽岡打虎都頭武松。」三個慌忙剪拂道：「聞名久矣！聽知二位在二龍山紮寨，今日緣何到此？」魯智深道：「俺們如今不在二龍山了，投託梁山泊宋公明大寨入夥。今者特來尋史大官人。」朱武道：「既是二位到此，且請到山寨中，容小可備細告訴。」魯智深道：「有話便說，待一待，誰鳥耐煩？」武松道：「師父是個性急的人，有話便說何妨。」

朱武道：「小人等三個在此山寨，自從史大官人上山之後，好生興旺。近日史大官人下山，因撞見一個畫匠，原是北京大名府人氏，姓王，名義。因許下西嶽華山金天聖帝廟內裝畫影壁，前去還願。因為帶將一個女兒，名喚玉嬌枝同行，卻被本州賀太守——原是蔡太師門人，那廝為官貪

點評

● 正如當年魯智深搭救金氏父女一樣。

濫，非理害民。一日，因來廟裏行香，不想正見了玉嬌枝有些顏色，累次着人來說，要娶他為妾。王義不從，太守將他女兒強奪了去為妾，又把王義刺配遠惡軍州。路經這裏過，正撞見史大官人，告說這件事。史大官人把王義救在山上，將兩個防送公人殺了，直去府裏要刺賀太守。被人知覺，倒吃拿了，現監在牢裏。又要聚起軍馬掃蕩山寨，我等正在這裏無計可施！」

魯智深聽了道：「這撮鳥敢如此無禮！倒恁麼利害？洒家與你結果了那廝。」朱武道：「且請二位到寨裏商議。」一行五個頭領，都到少華山寨中坐下，便叫王義見魯智深、武松，訴說賀太守貪酷害民，強佔良家女子。朱武等一面殺牛宰馬，管待魯智深、武松。飲筵間。魯智深想道：「賀太守那廝好沒道理，我明日與你去州裏打死那廝罷！」武松道：「哥哥不得造次。我和你星夜回梁山泊去報知，請宋公明領大隊人馬來打華州，方可救得史大官人。」魯智深叫道：「等俺們去山寨裏叫得人來，史家兄弟性命不知那裏去了。」武松道：「便殺了太守，也怎地救得史大官人？」武松卻決不肯放魯智深去。朱武又勸道：「吾師且息怒。武都頭也論得是。」魯智深焦躁起來，便道：「都是你這般慢性的人，以此送了俺史家兄弟。你也休去梁山泊報知，看洒家去如何！」眾人那裏勸得住，當晚又諫，不從。

明早起個四更，提了禪杖，帶了戒刀，徑奔華州去了。武松道：「不聽人說，此去必然有失。」朱武隨即差兩個精細的小嘍囉，前去打聽消息。

卻說魯智深奔到華州城裏，路旁借問州衙在那裏。人指道：「只過州橋，投東便是。」魯智深卻好來到浮橋上，只見人都道：「和尚且躲一躲，太守相公過來。」魯智深道：「俺正要尋他，卻正好撞在洒家手裏！那廝多敢是當死！」

賀太守頭踏[3]一對對擺將過來，看見太守那乘轎子，卻是暖轎。轎窗兩邊，各有十個虞候簇擁着，人人手執鞭槍鐵鏈，守護兩下。魯智深看了尋思道：「不好打那撮鳥，若打不着，倒吃他笑。」

賀太守卻在轎窗眼裏看見了魯智深欲進不進，過了渭橋，到府中下了轎，便叫兩個虞候吩咐道：「你與我去請橋上那個胖大和尚到府裏赴齋。」虞候領了言語，來到橋上對魯智深說道：「太守相公請你赴齋。」魯智深想道：「這廝合當死在洒家手裏。俺卻才正要打他，只怕打不着，讓他過去了。俺要尋他，他卻來請洒家。」魯智深便隨了虞候徑到府裏。太守已自吩咐下了，一見魯智深進到廳前，太守叫放了禪杖，去了戒刀，請後堂赴齋。魯智深初時不肯，眾人說道：「你是出家人，好不曉事，府堂深處，如何許你帶刀杖入去？」魯智深想：「只俺兩個拳頭，也打碎了那廝腦袋！」廊下放了禪杖、戒刀，跟虞候入來。

賀太守正在後堂坐定，把手一招，喝聲：「捉下這禿賊！」兩邊壁衣內走出三四十個做公的來，橫拖倒拽，捉了魯智深。你便是哪吒太子，怎逃地網天羅！火首金剛，難脫龍潭虎窟？正是：飛蛾投火身傾喪，怒鱉吞鈎命必傷。畢竟魯智深被賀太守拿下，性命如何，且聽下回分解。

**點評**

● 與拳打鎮關西隱隱呼應。

● 遙想林沖誤入白虎堂一節，似曾相識。

## 延伸思考

梁山泊一部分英雄是慕名而來，也有一些頭領是被騙來、甚至逼來的，他們之中甚至有些人原本過着相當安穩富足的生活，如蕭讓、金大堅、徐寧、李應等，你如何看待宋江這種招攬人才的做法？

3) 頭踏：儀仗。

## 第五十九回

# 吳用賺金鈴吊掛
# 宋江鬧西嶽華山

史進、魯智深有難，宋江親自率領眾人前往華山營救，華州太守奸猾狡詐，卻仍被宋江等人假扮的太尉騙至寺廟中結果了性命。回到山寨，史進為報恩立功，自告奮勇去討伐徐州沛縣的強盜，卻出師不利，宋江又親率眾頭領前來支援。

話說賀太守把魯智深賺到後堂內，喝聲：「拿下！」眾多做公的，把魯智深簇擁到廳階下。賀太守喝道：「你這禿驢從那裏來？」魯智深應道：「洒家有甚罪犯？」太守道：「你只實說，誰教你來刺我？」魯智深道：「俺是出家人，你卻如何問俺這話？」太守喝道：「卻才見你這禿驢，意欲要把禪杖打我轎子，卻又思量，不敢下手。你這禿驢好好招了。」魯智深道：「洒家又不曾殺你，你如何拿住洒家，妄指平人？」太守喝罵：「幾曾見出家人自稱洒家。這禿驢必是個關西五路打家劫舍的強盜，來與史進那廝報仇，不打如何肯招。左右好生加力打那禿驢。」魯智深大叫道：「不要打傷老爺。我說與你，俺是梁山泊好漢花和尚魯智深。我死倒不打緊，洒家的哥哥宋公明得知，下山來時，你這顆驢頭趁早兒都砍了送去。」賀太守聽了大怒，把魯智深拷打了一回，教取面大枷來釘了，押下死囚牢裏去。一面申聞都省，乞請明降；禪杖、戒刀，封入府堂裏去了。

此時鬧動了華州一府。小嘍囉得了這個消息，飛報上山來。武松大驚道：「我兩個來華州幹事，折了一個，怎地回去見眾頭領？」正沒理會處，只見山下小嘍囉報道：「有個梁山泊差來的頭領，喚做神行太保戴宗，現在山下。」武松慌忙下來迎接上山，和朱武等三人都相見了，訴說魯智深不聽諫勸失陷一事。戴宗聽了，大驚道：「我不可久停了！就便回梁山泊報與哥哥知道，早遣兵將，前來救取！」武松道：「小弟在這裏專等，萬望兄長早去急來。」戴宗吃了些素食，作起神行法，再回梁山泊來。

三日之間，已到山寨。見了晁、宋二頭領，便說魯智深因救史進，要刺賀太守被陷一事。宋江聽罷，失驚道：「既然兩個兄弟有難，如何不救？我今不可耽擱。便須點起人馬，作三隊而行。」前軍點五員先鋒：花榮、秦明、林沖、楊志、呼延灼引領一千甲馬、二千步軍先行，逢山開路，遇水疊橋；中軍領兵主將宋公明、軍師吳用、朱仝、徐寧、解珍、解寶共是六個頭領，馬步軍兵二千；後軍主掌糧草，李應、楊雄、石秀、李俊、張順共是五個頭領押後，馬步軍兵二千，共計七千人馬，離了梁山泊，直取華州來。在路趲行，不止一日，早過了半路，先使戴宗去報少華山上。朱武等三人安排下豬羊牛馬，醞造下好酒等候。

再說宋江軍馬三隊都到少華山下，武松引了朱武、陳達、楊春三人下山拜請宋江、吳用並眾頭領，都到山寨裏坐下。宋江備問城中之事，朱武道：「兩個頭領已被賀太守監在牢裏，只等朝廷明降發落。」宋江與吳用說道：「怎地定計去救取史進、魯智深？」朱武說道：「華州城郭廣闊，濠溝深遠，急切難打。只除非得裏應外合，方可取得。」吳學究道：「明日且去城邊看那城池如何，卻再商量。」宋江飲酒到晚，巴不得天明，要去看城。吳用諫道：「城中監着兩隻大蟲在牢裏，如何不做提備？白日未可去看。今夜月色必然明朗，申牌前後下山，一更時分，可到那裏窺望。」

當日捱到午後，宋江、吳用、花榮、秦明、朱仝共是五騎馬下山，迤邐前行。初更時分，已到華州城外。在山坡高處，立馬望華州城裏時，正是二月中旬天氣，月華如晝，天上無一片雲彩。看見華州周圍有數座城門，城高地壯，塹濠深闊。看了半晌，遠遠地望見那西嶽華山時，端的是好座名山。但見：峯名仙掌，觀隱雲台。上連玉女洗頭盆，下接天河分派水。乾坤皆秀，尖峯仿佛接雲根；山嶽推尊，怪石巍峨侵斗柄[1]。青如澄黛，碧若浮藍。張

1)　斗柄：泛指星辰。

僧繇[2]妙筆畫難成，李龍眠[3]天機描不就。深沉洞府，月光飛萬道金霞；崒嵂巖崖，日影動千條紫焰。旁人遙指，雲池波內藕如船；故老傳聞，玉井水中花十丈。巨靈神忿怒，劈開山頂逞神通；陳處士[4]清高，結就茅庵來盹睡。千古傳名推華嶽，萬年香火祀金天。

宋江等看了西嶽華山，見城池厚壯，形勢堅牢，無計可施。吳用道：「且回寨裏去再作商議。」五騎馬連夜回到少華山上。宋江眉頭不展，面帶憂容。吳學究道：「且差十數個精細小嘍囉下山，去遠近探聽消息。」

兩日內，忽有一人上山來報道：「如今朝廷差個殿司太尉，將領御賜金鈴吊掛來西嶽降香[5]，從黃河入渭河而來。」吳用聽了，便道：「哥哥休憂，計在這裏了。」便叫李俊、張順：「你兩個與我如此如此而行。」李俊道：「只是無人識得地境，得一個引領路道最好。」白花蛇楊春便道：「小弟相幫同去如何？」宋江大喜。三個下山去了。次日，吳學究請宋江、李應、朱仝、呼延灼、花榮、秦明、徐寧共七個人，悄悄只帶五百餘人下山。徑到渭河渡口，李俊、張順、楊春已奪下十數隻大船在彼。吳用便叫花榮、秦明、徐寧、呼延灼四個埋伏在岸上；宋江、吳用、朱仝、李應下在船裏；李俊、張順、楊春把船都去灘頭藏了。

眾人等候了一夜。次日天明，聽得遠遠地鑼鳴鼓響，三隻官船到來，船上插着一面黃旗，上寫「欽奉聖旨西嶽降香太尉宿元景」。宋江看了，心中暗喜道：「昔日玄女有言，『遇宿重重喜』，今日既見此人，必有主意。」太尉官船將近河口，朱仝、李應各執長槍，立在宋江、吳用背後。太尉船到當港截住。船裏走出紫衫銀帶虞候二十餘人，喝道：「你等甚麼船隻，敢當港攔截住大臣？」宋江執着骨朵[6]，躬身聲喏。吳學究立在船頭上說道：「梁山泊義士宋江，謹參祗候。」船上客帳司[7]出來答道：「此是朝廷太尉，奉聖旨去西嶽

---

2) 張僧繇（yáo）：南朝時著名畫家。

3) 李龍眠：北宋畫家李公麟，號龍眠居士。

4) 陳處士：即陳摶，著名道教學者、隱士。

5) 降香：為祈禱消災而燒香朝拜。

6) 骨朵：古代的一種兵器。是一長棒，以鐵或硬木製成，頂端蒜形或蒺藜形。

7) 客帳司：宋代州郡衙門裏負責招待、禮贊司儀一類事務的小吏。

降香。汝等是梁山泊亂寇，何故攔截！」吳用道：「俺們義士只要求見太尉尊顏，有告覆的事。」客帳司道：「你等是何等人，敢造次要見太尉！」兩邊虞候喝道：「低聲！」宋江說道：「暫請太尉到岸上，自有商量的事。」客帳司道：「休胡說！太尉是朝廷命臣，如何與你商量？」宋江道：「太尉不肯相見，只怕孩兒們驚了太尉。」朱仝把槍上小號旗只一招動，岸上花榮、秦明、徐寧、呼延灼引出馬軍來，一齊搭上弓箭，都到河口，擺列在岸上。那船上艄公，都驚得鑽入艙裏去了。客帳司人慌了，只得入去稟覆，宿太尉只得出到船頭上坐定。宋江躬身唱喏道：「宋江等不敢造次。」宿太尉道：「義士何故如此邀截船隻？」宋江道：「某等怎敢邀截太尉？只欲求請太尉上岸，別有稟覆。」宿太尉道：「我今特奉聖旨，自去西嶽降香，與義士有何商議？朝廷大臣，如何輕易登岸？」宋江道：「太尉不肯時，只怕下面伴當亦不相容。」李應把號帶槍[8]一招，李俊、張順、楊春一齊撐出船來。宿太尉看見大驚。李俊、張順明晃晃掣出尖刀在手，早跳過船來，手起先把兩個虞候攧下水裏去。宋江連忙喝道：「休得胡做，驚了貴人！」李俊、張順撲地也跳下水去，早把兩個虞候又送上船來。張順、李俊在水面上如登平地，托地又跳上船來。嚇得宿太尉魂不着體。宋江喝道：「孩兒們且退去，休得驚着貴人，俺自慢慢地請太尉登岸。」宿太尉道：「義士有甚事？就此說不妨。」宋江道：「這裏不是說話處，謹請太尉到山寨告稟，並無損害之心。若懷此念，西嶽神靈誅滅！」到此時候，不容太尉不上岸，宿太尉只得離船上了岸。眾人牽過一匹馬來，扶策太尉上了馬，不得已隨眾同行。宋江先叫花榮、秦明陪奉太尉上山。宋江隨後也上了馬，吩咐教把船上一應人等，並御香、祭物、金鈴吊掛齊齊收拾上山。只留下李俊、張順，帶領一百餘人看船。

一行眾頭領都到山上，宋江下馬入寨，把宿太尉扶在聚義廳上當中坐定，眾頭領兩邊侍立着。宋江下了四拜，跪在面前，告覆道：「宋江原是鄆城縣小吏，為被官司所逼，不得已哨聚山林，權借梁山水泊避難，專等朝廷招安，與國家出力。今有兩個兄弟，無事被賀太守生事陷害，下在牢裏。欲借太尉御香、儀從並金鈴吊掛，去賺華州。事畢並還，於太尉身上，並無侵

---

8)　號帶槍：用以號令的標帶。

犯。乞太尉鈞鑒。」宿太尉道：「不爭你將了御香等物去，明日事露，須連累下官。」宋江道：「太尉回京，都推在宋江身上便了。」宿太尉看了那一班人模樣，怎生推託得？只得應允了。宋江執盞擎杯，設筵拜謝。就把太尉帶來的人穿的衣服都借穿了。於小嘍囉數內，選揀一個俊俏的，剃了髭鬚，穿了太尉的衣服，扮做宿元景；宋江、吳用扮做客帳司；解珍、解寶、楊雄、石秀扮做虞候；小嘍囉都是紫衫銀帶，執着旌節[9]、旗幡、儀仗、法物，擎抬了御香、祭禮、金鈴吊掛；花榮、徐寧、朱仝、李應扮做四個衙兵。朱武、陳達、楊春款住太尉並跟隨一應人等，置酒管待。卻教秦明、呼延灼引一隊人馬，林沖、楊志引一隊人馬，分作兩路取城。教武松預先去西嶽門下伺候，只聽號起行事。

話休絮繁。且說一行人等離了山寨，徑到河口下船而行，不去報與華州太守，一徑奔西嶽廟來。戴宗先去報知雲台觀觀主，並廟裏職事人等，直至船邊，迎接上岸。香花燈燭，幢幡寶蓋，擺列在前。先請御香上了香亭，廟裏人夫扛抬了，導引金鈴吊掛前行。觀主拜見了太尉。吳學究道：「太尉一路染病不快，且把轎子來。」左右人等，扶策太尉上轎，徑到嶽廟裏官廳內歇下。客帳司吳學究對觀主道：「這是特奉聖旨，齎捧御香、金鈴吊掛來與聖帝供養。緣何本州官員輕慢，不來迎接？」觀主答道：「已使人去報了，敢是便到。」說猶未了，本州先使一員推官，帶領做公的五七十人，將着酒果來見太尉。原來那扮太尉的小嘍囉雖然模樣相似，卻語言發放[10]不得，因此只教妝做染病，把靠褥圍定在床上坐。推官看了，見來的旌節、門旗、牙仗等物都是內府製造出的，如何不信？客帳司假意出入，稟覆了兩遭，卻引推官入去，遠遠地階下參拜了。那假太尉只把手指，並不聽得說甚麼。吳用引到面前，埋怨推官道：「太尉是天子前近幸大臣，不辭千里之遙，特奉聖旨到此降香，不想於路染病未痊，本州眾官如何不來遠接！」推官答道：「前路官司雖有文書到州，不見近報，因此有失迎迓。不期太尉先到廟裏，本是太守便來，奈緣少華山賊人，糾合梁山泊草盜要打城池，每日在彼提防，以此不敢擅離。

---

9) 旌節：古代使者所持的節，以為憑信。

10) 發放：說出來。

特差小官先來貢獻酒禮，太守隨後便來參見。」吳學究道：「太尉涓滴不飲，只叫太守快來商議行禮。」推官隨即教取酒來，與客帳司親隨人把盞了。吳學究又入去稟一遭，將了鑰匙出來，引着推官去看金鈴吊掛，開了鎖，就香帛袋中取出那御賜金鈴吊掛來叫推官看，便把條竹竿叉起。看時，果然製造得無比。但見：渾金打就，五彩妝成。雙懸纓絡金鈴，上掛珠璣寶蓋。黃羅密佈，中間八爪玉龍盤；紫帶低垂，外壁雙飛金鳳遞。對嵌珊瑚瑪瑙，重圍琥珀珍珠。碧琉璃掩映絳紗燈，紅菡萏參差青翠葉。堪宜金屋瓊樓掛，雅稱瑤台寶殿懸。

這一對金鈴吊掛乃是東京內府高手匠人做成的，渾是七寶珍珠嵌造，中間點着碗紅紗燈籠，乃是聖帝殿上正中掛的，不是內府降來，民間如何做得，吳用叫推官看了，再收入櫃匣內鎖了。又將出中書省許多公文，付與推官，便叫太守來商議，揀日祭祀。推官和眾多做公的都見了許多物件文憑，便辭了客帳司，徑回到華州府裏來報賀太守。

卻說宋江暗暗地喝采道：「這廝雖然奸猾，也騙得他眼花心亂了。」此時武松已在廟門下了。吳學究又使石秀藏了尖刀，也來廟門下相幫武松行事；卻又叫戴宗扮虞候。雲台觀主進獻素齋，一面教執事人等安排鋪陳嶽廟。宋江閒步看那西嶽廟時，果然是蓋造的好，殿宇非凡，真乃人間天上。宋江來到正殿上，拈香再拜，暗暗祈禱已罷，回至官廳前。門人報道：「賀太守來也。」宋江便叫花榮、徐寧、朱仝、李應四個衙兵各執着器械，分列在兩邊，解珍、解寶、楊雄、戴宗各帶暗器，侍立在左右。

卻說賀太守將帶三百餘人，來到廟前下馬，簇擁入來。假客帳司吳學究、宋江見賀太守帶着三百餘人，都是帶刀公吏人等入來。吳學究喝道：「朝廷太尉在此，閒雜人不許近前！」眾人立住了腳。賀太守獨自進前來拜見太尉。客帳司道：「太尉教請太守入來廝見。」賀太守入到官廳前，望着假太尉便拜。吳學究道：「太守你知罪麼？」太守道：「賀某不知太尉到來，伏乞恕罪。」吳學究道：「太尉奉敕到此西嶽降香，如何不來遠接？」太守答道：「不曾有近報到州，有失迎迓。」吳學究喝聲：「拿下！」解珍、解寶弟兄兩個身邊早掣出短刀來，一腳把賀太守踢翻，便割了頭。宋江喝道：「兄弟們動手！」早把那跟來的人三百餘個驚得呆了，正走不動。花榮等一發向前，把那一干人算子般都倒在地下；有一半搶出廟門下，武松、石秀舞刀殺將入來，小嘍囉四下趕殺，三百餘人不剩一個回去。續後到廟裏的，都被張順、李俊殺了。

宋江急叫收了御香、吊掛下船，都趕到華州時，早見城中兩路火起，一齊殺將入來。先去牢中救了史進、魯智深；就打開庫藏，取了財帛，裝載上車。一行人離了華州，上船回到少華山上，都來拜見宿太尉，納還了御香、金鈴吊掛、旌節、門旗、儀仗等物，拜謝了太尉恩相。宋江教取一盤金銀相送太尉。隨從人等，不分高低，都與了金銀。就山寨裏做了個送路筵席，謝承太尉。眾頭領直送下山，到河口交割了一應什物船隻，一些不少，還了原來的人等。

宋江謝別了宿太尉，回到少華山上，便與四籌好漢商議，收拾山寨錢糧，放火燒了寨柵。一行人等，軍馬糧草，都望梁山泊來。

且說宿太尉下船來，到華州城中，已知被梁山泊賊人殺死軍兵人馬，劫了府庫錢糧，城中殺死軍校一百餘人，馬匹盡皆擄去。西嶽廟中，又殺了許多人性命，便叫本州推官動文書申達中書省起奏，都做「宋江先在途中劫了御香、吊掛，因此賺知府到廟，殺害性命」。宿太尉到廟裏焚了御香，把這金鈴吊掛吩咐與了雲台觀主，星夜急急自回京師，奏知此事，不在話下。

再說宋江救了史進、魯智深，帶了少華山四個好漢，仍舊作三隊，分俵人馬，向梁山泊來，所過州縣，秋毫無犯。先使戴宗前來上山報知，晁蓋並眾頭領下山迎接宋江等，一同到山寨裏聚義廳上，都相見已罷，一面做慶喜筵席。

次日，史進、朱武、陳達、楊春各以己財做筵宴，拜謝晁、宋二公並眾頭領。過了數日。

話休絮煩。忽一日，有旱地忽律朱貴上山報說：「徐州沛縣芒碭山中新有一夥強人，聚集着三千人馬。為頭一個先生，姓樊，名瑞，綽號混世魔王，能呼風喚雨，用兵如神。手下兩個副將：一個姓項，名充，綽號八臂哪吒，能使一面團牌，牌上插飛刀二十四把，手中仗一條鐵標槍。又有一個姓李，名衮，綽號飛天大聖，也使一面團牌，牌上插標槍二十四根，手中使一口寶劍。這三個結為兄弟，佔住芒碭山，打家劫舍。三個商量了，要來吞併俺梁山泊大寨。小弟聽得說，不得不報。」宋江聽了，大怒道：「這賊怎敢如此無禮！我便再下山走一遭！」只見九紋龍史進便起身道：「小弟等四個初到大寨，無半米之功，情願引本部人馬前去收捕這夥強人。」宋江大喜。

當下史進點起本部人馬，與同朱武、陳達、楊春都披掛了，來辭宋江下山；把船渡過金沙灘，上路徑奔芒碭山來。三日之內，早望見那座山，乃是昔日漢高祖斬蛇起義之處。三軍人馬來到山下，早有伏路小嘍囉上山報知。

且說史進把少華山帶來的人馬擺開，史進全身披掛，騎一匹火炭赤馬，當先出陣。怎見得史進的英雄？但見：

久在華州城外住，出身原是莊農，學成武藝慣心胸。三尖刀似雪，渾赤馬如龍。體掛連環鑌鐵鎧，戰袍風颭猩紅，雕青鐫玉更玲瓏。江湖稱史進，綽號九紋龍。

當時史進首先出馬，手中橫着三尖兩刃刀。背後三個頭領，中間的便是神機軍師朱武。那人原是定遠縣人氏，平生足智多謀，亦能使兩口雙刀，出到陣前，亦有八句詩單道朱武好處：

道服裁棕葉，雲冠剪鹿皮。
臉紅雙眼俊，面目細髯垂。
智可張良[11]比，才將范蠡[12]欺。
今堪副吳用，朱武號神機。

上首馬上坐着一籌好漢，手中橫着一條出白點鋼槍，綽號跳澗虎陳達，原是鄴城人氏。當時提槍躍馬，出到陣前，也有一首詩單道着陳達好處：

每見力人能虎跳，亦知猛虎跳山溪。
果然陳達人中虎，躍馬騰槍奮鼓鼙。

下首馬上坐着一籌好漢，手中使一口大桿刀，綽號白花蛇楊春，原是解良縣蒲城人氏。當下挺刀立馬，守住陣門，也有一首詩單題楊春的好處：

11) 張良：秦末漢初的著名謀士，與韓信、蕭何並稱「漢初三傑」。
12) 范蠡（lǐ）：春秋時著名的謀士、政治家，後經商，富甲一方。

楊春名姓亦奢遮，劫客多年在少華。
伸臂展腰長有力，能吞巨象白花蛇。

四個好漢勒馬在陣前，望不多時，只見芒碭山上飛下一彪人馬來，當先兩個好漢，為頭那一個便是徐州沛縣人氏，姓項，名充，綽號八臂哪吒。使一面團牌，背插飛刀二十四把，百步取人，無有不中，右手仗一條標槍，後面打着一面認軍旗，上書「八臂哪吒」，步行下山。有八句詩單題項充：

鐵帽深遮頂，銅環半掩腮。
傍牌懸獸面，飛刀插龍胎。
腳到如風火，身先降禍災。
哪吒號八臂，此是項充來。

次後那個，便是邳縣人氏，姓李，名袞，綽號飛天大聖。會使一面團牌[13]，背插二十四把標槍，亦能百步取人，左手挽牌，右手仗劍，後面打着一面認軍旗，上書「飛天大聖」，出到陣前。有八句詩單道李袞：

纓蓋盔兜頂，袍遮鐵掩襟。
胸藏拖地膽，毛蓋殺人心。
飛刀齊攢玉，蠻牌滿畫金。
飛天號大聖，李袞眾人欽。

當下兩個步行下山，見了對陣史進、朱武、陳達、楊春四騎馬在陣前，並不打話，小嘍囉篩起鑼來，兩個好漢舞動團牌，齊上直滾入陣來。史進等攔當不住，後軍先走。史進前軍抵敵，朱武等中軍吶喊，亂竄起來，正所謂人住馬不住，殺得退走三四十里。史進險些兒中了飛刀。楊春轉身得遲，被一飛刀，戰馬着傷，棄了馬，逃命走了。

---

13） 團牌：盾牌。

史進點軍，折了一半，和朱武等商議，欲要差人回梁山泊求救。正憂疑之間，只見軍士來報：「北邊大路上塵頭起處，約有二千軍馬到來。」史進等直迎來時，卻是梁山泊旗號，當先馬上兩員上將：一個是小李廣花榮，一個是金槍手徐寧。史進接着，備說項充、李袞蠻牌滾動，軍馬遮攔不住。花榮道：「宋公明哥哥見兄長來了，放心不下，好生懊悔，特遣我兩個到來幫助。」史進等大喜，合兵一處下寨。

次日天曉，正欲起兵對敵，軍士報道：「北邊大路上又有軍馬到來。」花榮、徐寧、史進一齊上馬接時，卻是宋公明親自和軍師吳學究、公孫勝、柴進、朱仝、呼延灼、穆弘、孫立、黃信、呂方、郭盛帶領三千人馬來到。史進備說項充、李袞飛刀、標槍、滾牌難近，折了人馬一事。宋江大驚，吳用道：「且把軍馬紮下寨柵，別作商議。」宋江性急，要起兵剿捕，直到山下。此時天色已晚，望見芒碭山上都是青色燈籠。公孫勝看了，便道：「此寨中青色燈籠，必有個會行妖法之人在內。我等且把軍馬退去，來日貧道獻一個陣法，要捉此二人。」宋江大喜，傳令教軍馬且退二十里紮住營寨。

次日清晨，公孫勝獻出這個陣法，有分教：魔王拱手上梁山，神將傾心歸水泊。畢竟公孫勝獻出甚麼陣法來，且聽下回分解。

第六十回

# 公孫勝芒碭山降魔
# 晁天王曾頭市中箭

本回是全書情節的轉折點。公孫勝利用八陣圖和做法術的方法打敗了敵軍，宋江又將頭領勸降。回山寨途中，遇到一人喊冤，引出了要與梁山作對的曾頭市。晁蓋一怒之下親自帶兵攻打曾頭市，被史文恭一枝毒箭射中面頰而身亡。頭領歸天，梁山泊誰主沉浮？

話說公孫勝對宋江、吳用獻出那個陣圖：「便是漢末三分，諸葛孔明擺石為陣的法。四面八方，分八八六十四隊，中間大將居之。其象四頭八尾，左旋右轉，按天地風雲之機，龍虎鳥蛇之狀。待他下山衝入陣來，兩軍齊開，如若伺候他入陣，只看七星號帶起處，把陣變為長蛇之勢。貧道作起道法，教這三人在陣中前後無路，左右無門。卻於坎地[1]上掘一陷坑，直逼此三人到於那裏。兩邊埋伏下撓鈎手，準備捉將。」宋江聽了大喜，便傳將令，叫大小將校依令而行。再用八員猛將守陣，那八員：呼延灼、朱仝、花榮、徐寧、穆弘、孫立、史進、黃信。卻叫柴進、呂方、郭盛權攝中軍；宋江、吳用、公孫勝帶領陳達磨旗[2]。叫朱武指引五個軍士，在近山高坡上看對陣報事。

是日巳牌時分，眾軍近山擺開陣勢，搖旗擂鼓搦戰。只見芒碭山上有三二十面鑼聲震地價響，三個頭領一齊來到山下，便將三千餘人擺開。左右兩邊，項充、李袞。中間馬上，擁出那個為頭的好漢，姓樊，名瑞，祖貫濮

1) 坎地：《易經》中的卦名，指北方。

2) 磨旗：揮動旗子。

州人氏，幼年作全真先生，江湖上學得一身好武藝。馬上慣使一個流星鍾，神出鬼沒，斬將搴旗，人不敢近，綽號混世魔王。怎見得樊瑞英雄？有《西江月》為證：

頭散青絲細髮，身穿絨繡皂袍，連環鐵甲晃寒霄，慣使銅鍾神妙。好似北方真武[3]，世間伏怪除妖，雲遊江海把名標，混世魔王綽號。

那個混世魔王樊瑞騎一匹黑馬，立於陣前。上首是項充，下首是李袞。那樊瑞雖會使神術妖法，卻不識陣勢。看了宋江軍馬，四面八方，擺成陣勢，心中暗喜道：「你若擺陣，中我計了！」吩咐項充、李袞道：「若見風起，你兩個便引五百滾刀手殺入陣去。」項充、李袞得令，各執定蠻牌，挺着標槍飛劍，只等樊瑞作用[4]。只看樊瑞立於馬上，左手挽定流星銅鍾，右手仗着混世魔王寶劍，口中唸唸有詞，喝聲道：「疾！」只見狂風四起，飛沙走石，天昏地暗，日月無光。項充、李袞吶聲喊，帶了五百滾刀手殺將過去。宋江軍馬見殺將過去，便分開做兩下。項充、李袞一攪入陣，兩下裏強弓硬弩射住來人，只帶得四五十人入去，其餘的都回本陣去了。宋江在高坡上望見項充、李袞已入陣裏了，便叫陳達把七星號旗只一招，那座陣勢，紛紛滾滾，變作長蛇之陣。項充、李袞正在陣裏東趕西走，左盤右轉，尋路不見。高坡上朱武把小旗在那裏指引。他兩個投東，朱武便望東指；若是投西，便望西指。原來公孫勝在高埠處看了，已先拔出那松文古定劍來，口中唸動咒語，喝聲道：「疾！」將那風盡隨着項充、李袞腳跟邊亂捲。兩個在陣中，只見天昏地暗，日色無光，四邊並不見一個軍馬，一望都是黑氣。後面跟的都不見了。項充、李袞心慌起來，只要奪路回陣，百般地沒尋歸路處。正走之間，忽然地雷大振一聲，兩個在陣叫苦不迭，一齊蹉了雙腳，翻筋斗下陷馬坑裏去。兩邊都是撓鈎手，早把兩個搭將起來，便把麻繩綁縛了，解上山坡請功。宋江把鞭梢一指，三軍一齊掩殺過去，樊瑞引人馬奔走上山，走不迭的，折其大半。

---

3)　真武：道教所奉的神靈。

4)　作用：施法術。

宋江收軍，眾頭領都在帳前坐下，軍健早解項充、李袞到於麾下。宋江見了，忙叫解了繩索，親自把盞，說道：「二位壯士，其實休怪，臨敵之際，不如此不得。小可宋江，久聞三位壯士大名，欲來禮請上山，同聚大義。蓋因不得其便，因此錯過。倘若不棄，同歸山寨，不勝萬幸。」兩個聽了，拜伏在地道：「已聞及時雨大名，只是小弟等無緣，不曾拜識。原來兄長果有大義！我等兩個不識好人，要與天地相拗。今日既被擒獲，萬死尚輕，反以禮待。若蒙不殺，誓當效死，報答大恩！樊瑞那人，無我兩個，如何行得？義士頭領若肯放我們一個回去，就說樊瑞來投拜，不知頭領尊意如何？」宋江便道：「壯士，不必留一人在此為當，便請二位同回貴寨。宋江來日專候佳音。」兩個拜謝道：「真乃大丈夫！若是樊瑞不從投降，我等擒來，奉獻頭領麾下。」宋江聽說大喜，請入中軍，待了酒食，換了兩套新衣，取兩匹好馬，呼小嘍囉拿了槍牌，送二人下山回寨。

兩個於路，在馬上感恩不盡。來到芒碭山下，小嘍囉見了大驚，接上山寨。樊瑞問兩個來意如何。項充、李袞道：「我等逆天之人，合該萬死！」樊瑞道：「兄弟如何說這話？」兩個便把宋江如此義氣，說了一遍。樊瑞道：「既然宋公明如此大賢，義氣最重，我等不可逆天，來早都下山投拜。」兩個道：「我們也為如此而來。」當夜把寨內收拾已了，次日天曉，三個一齊下山，直到宋江寨前，拜伏在地。宋江扶起三人，請入帳中坐定。三個見了宋江，沒半點相疑之意，彼此傾心吐膽，訴說平生之事。三人拜請眾頭領都到芒碭山寨中，殺牛宰馬，管待宋公明等眾多頭領，一面賞勞三軍。飲宴已罷，樊瑞就拜公孫勝為師。宋江立主教公孫勝傳授五雷天心正法與樊瑞，樊瑞大喜。數日之間，牽牛拽馬，捲了山寨錢糧，馱了行李，收聚人馬，燒毀了寨柵，跟宋江等班師回梁山泊，於路無話。

宋江同眾好漢軍馬已到梁山泊邊，卻欲過渡，只見蘆葦岸邊大路上一個大漢望着宋江便拜。宋江慌忙下馬扶住，問道：「足下姓甚名誰？何處人氏？」那漢答道：「小人姓段，雙名景住，人見小弟赤髮黃鬚，都呼小人為金毛犬。祖貫是涿州人氏。平生只靠去北邊地面[5]盜馬。今春去到槍竿嶺北邊，盜得一

5)　北邊地面：北方金國。

匹好馬，雪練也似價白，渾身並無一根雜毛，頭至尾，長一丈，蹄至脊，高八尺。那馬又高又大，一日能行千里，北方有名，喚做『照夜玉獅子馬』，乃是大金王子騎坐的，放在槍竿嶺下，被小人盜得來。江湖上只聞及時雨大名，無路可見，欲將此馬前來進獻與頭領，權表我進身之意。不期來到淩州西南上曾頭市過，被那曾家五虎奪了去。小人稱說是梁山泊宋公明的，不想那廝多有污穢的言語，小人不敢盡說。逃走得脫，特來告知。」宋江看這人對，雖是骨瘦形粗，卻甚生得奇怪。怎見得？有詩為證：

焦黃頭髮髭鬚捲，捷足不辭千里遠。
但能盜馬不看家，如何喚做金毛犬？

宋江見了段景住一表非俗，心中暗喜，便道：「既然如此，且同到山寨裏商議。」帶了段景住，一同都下船，到金沙灘上岸。晁天王並眾頭領接到聚義廳上，宋江教樊瑞、項充、李袞和眾頭領相見。段景住一同都參拜了。打起聒廳鼓來，且做慶賀筵席。宋江見山寨連添了許多人馬，四方豪傑，望風而來，因此叫李雲、陶宗旺監工，添造房屋並四邊寨柵。段景住又說起那匹馬的好處，宋江叫神行太保戴宗去曾頭市探聽那匹馬的下落。

戴宗去了四五日，回來對眾頭領說道：「這個曾頭市上共有三千餘家，內有一家，喚做曾家府。這老子[6]原是大金國人，名為曾長者。生下五個孩兒，號為曾家五虎：大的兒子喚做曾塗，第二個喚做曾密，第三個喚做曾索，第四個喚做曾魁，第五個喚做曾升。又有一個教師史文恭，一個副教師蘇定。去那曾頭市上，聚集着五七千人馬，紮下寨柵，造下五十餘輛陷車，發願說，他與我們勢不兩立，定要捉盡俺山寨中頭領，做個對頭。那匹千里玉獅子馬現今與教師史文恭騎坐。更有一般堪恨那廝之處，杜撰幾句言語，教市上小兒們都唱道：『搖動鐵環鈴，神鬼盡皆驚。鐵車並鐵鎖，上下有尖釘。掃蕩梁山清水泊，剿除晁蓋上東京！生擒及時雨，活捉智多星！曾家生五虎，天下盡聞名！』」晁蓋聽罷，心中大怒道：「這畜生怎敢如此無禮！我須親自

6)　老子：老漢。

走一遭，不捉的此輩，誓不回山！」宋江道：「哥哥是山寨之主，不可輕動，小弟願往。」晁蓋道：「不是我要奪你的功勞。你下山多遍了，厮殺勞困，我今替你走一遭。下次有事，卻是賢弟去。」宋江苦諫不聽。晁蓋忿怒，便點起五千人馬，請啟二十個頭領相助下山。其餘都和宋公明保守山寨。

晁蓋點那二十個頭領：林沖、呼延灼、徐寧、穆弘、劉唐、張橫、阮小二、阮小五、阮小七、楊雄、石秀、孫立、黃信、杜遷、宋萬、燕順、鄧飛、歐鵬、楊林、白勝，共是二十個頭領，部領三軍人馬下山，征進曾頭市。宋江與吳用、公孫勝眾頭領，就山下金沙灘餞行。飲酒之間，忽起一陣狂風，正把晁蓋新製的認軍旗半腰吹折。眾人見了，盡皆失色。吳學究諫道：「此乃不祥之兆，兄長改日出軍。」宋江勸道：「哥哥方才出軍，風吹折認旗，於軍不利。不若停待幾時，卻去和那厮理會。」晁蓋道：「天地風雲，何足為怪？趁此春暖之時，不去拿他，直待養成那厮氣勢，卻去進兵，那時遲了。你且休阻我，遮莫怎地要去走一遭！」宋江那裏別拗得住。晁蓋引兵渡水去了。宋江悒怏不已，回到山寨，再叫戴宗下山，去探聽消息。

且說晁蓋領着五千人馬，二十個頭領，來到曾頭市相近，對面下了寨柵。次日，先引眾頭領上馬去看曾頭市。眾多好漢立馬看時，果然這曾頭市是個險隘去處。但見：周回一遭野水，四圍三面高岡，塹邊河港似蛇盤，濠下柳林如雨密。憑高遠望，綠陰濃不見人家；附近潛窺，青影亂深藏寨柵。村中壯漢，出來的勇似金剛；田野小兒，生下地便如鬼子。果然是鐵壁銅牆，端的盡人強馬壯。

晁蓋與眾頭領正看之間，只見柳林中飛出一彪人馬來，約有七八百人。當先一個好漢，戴熟銅盔，披連環甲，使一條點鋼槍，騎着匹衝陣馬，乃是曾家第四子曾魁，高聲喝道：「你等是梁山泊反國草寇，我正要來拿你解官請賞，原來天賜其便！還不下馬受縛，更待何時！」晁蓋大怒，回頭一覷，早有一將出馬，去戰曾魁。那人是梁山初結義的好漢豹子頭林沖。兩個交馬，鬥了二十餘合，不分勝敗。曾魁鬥到二十合之後，料道鬥林沖不過，掣槍回馬，便往柳林中走，林沖勒住馬不趕。

晁蓋領轉軍馬回寨，商議打曾頭市之策。林沖道：「來日直去市口搦戰，就看虛實如何，再作商議。」次日平明，引領五千人馬，向曾頭市口平川曠野之地列成陣勢，擂鼓吶喊。曾頭市上炮聲響處，大隊人馬出來，一字兒擺着七個好漢：中間便是都教師史文恭，上首副教師蘇定，下首便是曾家長子曾塗，左邊曾密、曾魁，右邊曾升、曾索，都是全身披掛。教師史文恭彎弓插箭，坐下那匹卻是千里玉獅子馬，手裏使一枝方天畫戟。三通鼓罷，只見曾家陣裏推出數輛陷車，放在陣前，曾塗指着對陣罵道：「反國草賊，見俺陷車麼？我曾家府裏殺你死的，不算好漢！我一個個直要捉你活的，裝載陷車裏，解上東京，碎屍萬段。你們趁早納降，再有商議。」晁蓋聽了大怒，挺槍出馬，直奔曾塗。眾將怕晁蓋有失，一發掩殺過去，兩軍混戰。曾家軍馬，一步步退入村裏。林沖、呼延灼緊護定晁蓋，東西趕殺。林沖見路途不好，急退回來收兵。看得兩邊各皆折了些人馬。

晁蓋回到寨中，心中甚憂。眾將勸道：「哥哥且寬心，休得愁悶，有傷貴體。往常宋公明哥哥出軍，亦曾失利，好歹得勝回寨，今日混戰，各折了些軍馬，又不曾輸了與他，何須憂悶？」晁蓋只是鬱鬱不樂。在寨內一連三日，每日搦戰，曾頭市上並不曾見一個。

第四日，忽有兩個和尚直到晁蓋寨裏來投拜。軍人引到中軍帳前，兩個和尚跪下告道：「小僧是曾頭市上東邊法華寺裏監寺僧人，今被曾家五虎不時常來本寺作踐羅唣，索要金銀財帛，無所不為。小僧已知他的備細出沒去處，特地前來拜請頭領入去劫寨，剿除了他時，當坊[7]有幸。」晁蓋見說大喜，便請兩個和尚坐了，置酒相待。林沖諫道：「哥哥休得聽信，其中莫非有詐？」和尚道：「小僧是個出家人，怎敢妄語？久聞梁山泊行仁義之道，所過之處，並不擾民，因此特來拜投，如何故來掇賺將軍？況兼曾家未必贏得頭領大軍，何故相疑？」晁蓋道：「兄弟休生疑心，誤了大事。今晚我自去走一遭。」林沖道：「哥哥休去，我等分一半人馬去劫寨，哥哥在外面接應。」晁蓋道：「我不自去，誰肯向前？你可留一半軍馬在外接應。」林沖道：「哥哥帶誰入去？」晁蓋道：「點十個頭領，分二千五百人馬人去。」十個頭領是：劉唐、阮小二、呼延灼、阮小五、歐鵬、阮小七、燕順、杜遷、宋萬、白勝。

當晚造飯吃了，馬摘鸞鈴，軍士銜枚，黑夜疾走，悄悄地跟了兩個和尚，直奔法華寺內，看時，是一個古寺。晁蓋下馬，入到寺內，見沒僧眾，

7)　當坊：本地方。

問那兩個和尚道：「怎地這個大寺院，沒一個僧眾？」和尚道：「便是曾家畜生薅惱，不得已各自歸俗去了。只有長老並幾個侍者，自在塔院裏居住。頭領暫且屯住了人馬，等更深些，小僧直引到那廝寨裏。」晁蓋道：「他的寨在那裏？」和尚道：「他有四個寨柵，只是北寨裏，便是曾家弟兄屯軍之處。若只打得那個寨子時，別的都不打緊。這三個寨便罷了。」晁蓋道：「那個時分可去？」和尚道：「如今只是二更天氣，且待三更時分，他無準備。」初時聽得曾頭市上整整齊齊打更鼓響；又聽了半個更次，絕不聞更點之聲。和尚道：「軍人想是已睡了，如今可去。」和尚當先引路。晁蓋帶同諸將上馬，領兵離了法華寺，跟着和尚。

行不到五里多路，黑影處不見了兩個僧人，前軍不敢行動。看四邊路雜難行，又不見有人家。軍士卻慌起來，報與晁蓋知道。呼延灼便叫急回舊路。走不到百十步，只見四下裏金鼓齊鳴，喊聲震地，一望都是火把。晁蓋眾將引軍奪路而走，才轉得兩個彎，撞出一彪軍馬，當頭亂箭射將來，不期一箭，正中晁蓋臉上，倒撞下馬來。卻得呼延灼、燕順兩騎馬死併將去，背後劉唐、白勝救得晁蓋上馬，殺出村中來。村口林沖等引軍接應，剛才敵得住。兩軍混戰，直殺到天明，各自歸寨。林沖回來點軍時，三阮、宋萬、杜遷水裏逃得性命，帶入去二千五百人馬，止剩得一千二三百人；跟着歐鵬，都回到帳中。眾頭領且來看晁蓋時，那枝箭正射在面頰上。急拔得箭出，血暈倒了。看那箭時，上有史文恭字。林沖叫取金槍藥敷貼上，原來卻是一枝藥箭。晁蓋中了箭毒，已自言語不得。林沖叫扶上車子，便差三阮、杜遷、宋萬先送回山寨。其餘十五個頭領，在寨中商議：「今番晁天王哥哥下山來，不想遭這一場，正應了風折認旗之兆。我等只可收兵回去，這曾頭市急切不能取得。」呼延灼道：「須等宋公明哥哥將令來，方可回軍。」當日眾頭領悶悶不已，眾軍亦無戀戰之心，人人都有還山之意。

當晚二更時分，天色微明，十五個頭領都在寨中納悶，正是蛇無頭而不行，鳥無翅而不飛，嗟咨歎惜，進退無措。忽聽的伏路小校慌急來報：「前面四五路軍馬殺來，火把不計其數。」林沖聽了，一齊上馬。三面山上火把齊明，照見如同白日，四下裏吶喊到寨前。林沖領了眾頭領不去抵敵，拔寨都起，回馬便走。曾家軍馬，背後捲殺將來，兩軍且戰且走。走過了五六十里，方才得脫。計點人兵，又折了五七百人。大敗虧輸，急取舊路，望梁山泊回來。

退到半路，正迎着戴宗傳下軍令，教眾頭領引軍且回山寨，別作良策。眾將得令，引軍回到水滸寨，上山都來看視晁頭領時，已自水米不能入口，飲食不進，渾身虛腫。宋江等守定在床前啼哭，親手敷貼藥餌，灌下湯散。眾頭領都守在帳前看視。當日夜至三更，晁蓋身體沉重，轉頭看着宋江囑付道：「賢弟保重。若那個捉得射死我的，便教他做梁山泊主！」言罷，便瞑目而死。

宋江見晁蓋死了，比似喪考妣[8]一般，哭得發昏。眾頭領扶策宋江出來主事。吳用、公孫勝勸道：「哥哥且省煩惱，生死人之分定，何故痛傷？且請理會大事。」

宋江哭罷，便教把香湯沐浴了屍首，裝殮衣服巾幘，停在聚義廳上。眾頭領都來舉哀祭祀。一面合造內棺外槨，選了吉時，盛放在正廳上，建起靈幃，中間設個神主，上寫道：「梁山泊主天王晁公神主」。山寨中頭領，自宋公明以下，都帶重孝。小頭目並眾小嘍囉亦帶孝頭巾。把那枝誓箭就供養在靈前。寨內揚起長幡，請附近寺院僧眾上山做功德，追薦晁天王。宋江每日領眾舉哀，無心管理山寨事務。林沖與公孫勝、吳用並眾頭領商議，立宋公明為梁山泊主，諸人拱聽號令。

次日清晨，香花燈燭，林沖為首，與眾等請出宋公明在聚義廳上坐定。吳用、林沖開話道：「哥哥聽稟：『國一日不可無君，家一日不可無主。』晁頭領是歸天去了，山寨中事業豈可無主？四海之內，皆聞哥哥大名，來日吉日良辰，請哥哥為山寨之主，諸人拱聽號令。」宋江道：「晁天王臨死時囑付：『如有人捉得史文恭者，便立為梁山泊主。』此話眾頭領皆知。今骨肉未寒，豈可忘了？又不曾報得仇，雪得恨，如何便居得此位？」吳學究又勸道：「晁天王雖是如此說，今日又未曾捉得那人，山寨中豈可一日無主？若哥哥不坐時，誰人敢當此位？寨中人馬如何管領？然雖遺言如此，哥哥權且尊臨此位，坐一坐，待日後別有計較。」

宋江道：「軍師言之極當。今日小可權當此位，待日後報仇雪恨已了，拿

8)　考妣（bǐ）：父母。

住史文恭的，不拘何人，須當此位。」黑旋風李逵在側邊叫道：「哥哥休說做梁山泊主，便做了大宋皇帝，卻不好！」宋江喝道：「這黑廝又來胡說！再休如此亂言，先割了你這廝舌頭！」李逵道：「我又不教哥哥做社長，請哥哥做皇帝，倒要割了我舌頭！」吳學究道：「這廝不識尊卑的人，兄長不要和他一般見識。且請哥哥主張大事。」

宋江焚香已罷，權居主位，坐了第一把椅子。上首軍師吳用，下首公孫勝，左一帶林沖為頭，右一帶呼延灼居長。眾人參拜了，兩邊坐下。宋江乃言道：「小可今日權居此位，全賴眾兄弟扶助，同心合意，共為股肱，一同替天行道。如今山寨，人馬數多，非比往日，可請眾兄弟分做六寨駐紮。聚義廳今改為忠義堂。前後左右立四個旱寨，後山兩個小寨，前山三座關隘，山下一個水寨，兩灘兩個小寨，今日各請弟兄分投去管。忠義堂上，是我權居尊位，第二位軍師吳學究，第三位法師公孫勝，第四位花榮，第五位秦明，第六位呂方，第七位郭盛；左軍寨內，第一位林沖，第二位劉唐，第三位史進，第四位楊雄，第五位石秀，第六位杜遷，第七位宋萬；右軍寨內，第一位呼延灼，第二位朱仝，第三位戴宗，第四位穆弘，第五位李逵，第六位歐鵬，第七位穆春；前軍寨內，第一位李應，第二位徐寧，第三位魯智深，第四位武松，第五位楊志，第六位馬麟，第七位施恩；後軍寨內，第一位柴進，第二位孫立，第三位黃信，第四位韓滔，第五位彭玘，第六位鄧飛，第七位薛永；水軍寨內，第一位李俊，第二位阮小二，第三位阮小五，第四位阮小七，第五位張橫，第六位張順，第七位童威，第八位童猛。六寨計四十三員頭領。山前第一關，令雷橫、樊瑞守把；第二關，令解珍、解寶守把；第三關，令項充、李袞守把。金沙灘小寨內，令燕順、鄭天壽、孔明、孔亮四個守把；鴨嘴灘小寨內，令李忠、周通、鄒淵、鄒潤四個守把。山後兩個小寨：左一個旱寨內，令王矮虎、一丈青、曹正；右一個旱寨內，令朱武、陳達、楊春六人守把。忠義堂內：左一帶房中，掌文卷，蕭讓；掌賞罰，裴宣；掌印信，金大堅；掌算錢糧，蔣敬；右一帶房中，管炮，淩振；管造船，孟康；管造衣甲，侯健；管築城垣，陶宗旺。忠義堂後兩廂房中管事人員：監造房屋，李雲；鐵匠總管，湯隆；監造酒醋，朱富；監備筵宴，宋清；掌管什物，杜興、白勝。山下四路作眼酒店，原撥定朱貴、樂和、時遷、李立、孫新、顧大嫂、張青、孫二娘，已自定數。管北地收買馬匹，楊林、石勇、段景住。分撥已定，各自遵守，毋得違犯。」梁山泊水滸寨內，大小頭領，自從宋公明為寨主，盡皆歡喜，拱聽約束。

一日，宋江聚眾商議，欲要與晁蓋報仇，興兵去打曾頭市。軍師吳用諫道：「哥哥，庶民居喪，尚且不可輕動，哥哥興師，且待百日之後，方可舉兵。」宋江依吳學究之言，守住山寨，每日修設好事，只做功果，追薦晁蓋。

一日，請到一僧，法名大圓，乃是北京大名府在城龍華寺法主。只為遊方來到濟寧，經過梁山泊，就請在寨內做道場。因吃齋之次，閒話間，宋江問起北京風土人物，那大圓和尚說道：「頭領如何不聞河北玉麒麟之名？」宋江、吳用聽了，猛然省起，說道：「你看我們未老，卻恁地忘事！北京城裏是有個盧大員外，雙名俊義，綽號玉麒麟，是河北三絕。祖居北京人氏，一身好武藝，棍棒天下無對。梁山泊寨中若得此人時，何怕官軍緝捕，豈愁兵馬來臨？」吳用笑道：「哥哥何故自喪志氣？若要此人上山，有何難哉！」宋江答道：「他是北京大名府第一等長者，如何能夠得他來落草？」吳學究道：「吳用也在心多時了，不想一向忘卻。小生略施小計，便教本人上山。」宋江便道：「人稱足下為智多星，端的名不虛傳！敢問軍師用甚計策，賺得本人上山？」

吳用不慌不忙，疊兩個指頭，說出這段計來。有分教：盧俊義撇卻錦簇珠圍，來試龍潭虎穴。正是：只為一人歸水滸，致令百姓受兵戈。畢竟吳學究怎地賺盧俊義上山，且聽下回分解。

## 延伸思考

(1) 晁蓋身亡、宋江暫做頭領，是偶然的事故還是必然的結果？試從人物性格等角度進行思考。

(2) 宋江把「聚義廳」更名為「忠義堂」，其中有何深意？

第六十一回

# 精讀 吳用智賺玉麒麟 張順夜鬧金沙渡

宋江做了頭領後第一件事便是設計騙取北京大戶盧俊義上山，於是軍師吳用帶李逵扮作算命先生到盧家，說盧俊義百日之內必有血光之災，須到東南方一千里外方可避禍，而那正是梁山泊所在之處。盧俊義聽後心神不寧，終於決定去走一趟，這一路又會發生甚麼事呢？

話說這龍華寺僧人說出三絕玉麒麟盧俊義名字與宋江，吳用道：「小生憑三寸不爛之舌，直往北京說盧俊義上山，如探囊取物，手到拈來，只是少一個粗心大膽的伴當，和我同去。」說猶未了，只見黑旋風李逵高聲叫道：「軍師哥哥，小弟與你走一遭。」宋江喝道：「兄弟你且住着！若是上風放火，下風殺人，打家劫舍，衝州撞府，合用着你。這是做細作的勾當，你性子又不好，去不的。」李逵道：「你們都道我生的醜，嫌我，不要我去。」宋江道：「不是嫌你，如今大名府做公的極多，倘或被人看破，枉送了你的性命。」李逵叫道：「不妨。我定要去走一遭。」吳用道：「你若依得我三件事，便帶你去。若依不得，只在寨中坐地。」李逵道：「莫說三件，便是三十件也依你！」吳用道：「第一件，你的酒性如烈火，自今日去，便斷了酒，回來你卻開；第二件，於路上做道童打扮，隨着我，我但叫你，不要違拗；第三件最難，你從明日為始，並不要說話，只做啞子一般。依得這三件，便帶你去。」李逵道：「不吃酒，做道童，卻依得，閉着這個嘴不說話，卻是憋殺我！」吳用道：「你若開，便惹出事來。」李逵道：「也容易，我只口裏銜着一文銅錢便了！」宋江道：「兄弟，你堅執要去，若有疏失，休要怨我。」李逵道：「不妨，不妨。我這兩把板斧拿了去，少也砍他娘千百個鳥頭才罷。」眾頭領都笑，那裏勸的住。當日忠義堂上做筵席送路。至晚，各自去歇息。次日清早，吳用收拾了一包行李，教李逵打扮做道童，挑擔下山。宋江與眾頭領都在金沙灘送行，再三吩咐吳用小心在意，休教李逵有失。吳用、李逵別了眾人下山，宋江等回寨。

且說吳用、李逵二人往北京去，行了四五日路程，每日天晚投店安歇，平明打火上路，於路上，吳用被李逵嘔的苦。行了幾日，趕到北京城外店肆裏歇下。當晚李逵去廚下做飯，一拳打的店小二吐血。小二哥來房裏告訴吳用道：「你家啞道童忒狠。小人燒火遲了些，就打的小人吐血。」吳用慌忙與他陪話，把十數貫錢與他將息，自埋怨李逵，不在話下。

過了一夜，次日天明，起來安排些飯食吃了。吳用喚李逵入房中吩咐道：「你這廝苦死要來，一路上嘔死我也！今日入城，不是耍處，你休送了我的性命！」李逵道：「不敢，不敢。」吳用道：「我再和你打個暗號：若是我把頭來搖時，你便不可動彈。」李逵應承了。

兩個就店裏打扮入城。吳用戴一頂烏縐紗抹眉頭巾，穿一領皂沿邊白絹道服，繫一條雜彩呂公條，着一雙方頭青布履，手裏拿一副賽黃金熟銅鈴杵。李逵戧[1]幾根蓬鬆黃髮，綰兩枚渾骨丫髻[2]，黑虎軀穿一領粗布短褐袍，飛熊腰勒一條雜色短鬚條，穿一雙蹬山透土靴，擔一條過頭木拐棒，

---

1)　戧（qiàng）：豎立。

2)　渾骨丫髻：朝兩邊分梳的小圓髻。

挑着個紙招兒[3]，上寫着：「講命談天，卦金一兩。」吳用、李逵兩個打扮了，鎖上房門，離了店肆，望北京城南門來。行無一里，卻早望見城門，端的好個北京！但見：城高地險，塹闊濠深。一周回鹿角交加，四下裏排叉密佈。鼓樓雄壯，繽紛雜彩旗幡；堞道[4]坦平，簇擺刀槍劍戟。錢糧浩大，人物繁華。東西院鼓樂喧天，南北店貨財滿地。千員猛將統層城，百萬黎民居上國。

此時天下各處盜賊生發，各州府縣俱有軍馬守把。唯此北京，是河北第一個去處；更兼又是梁中書統領大軍鎮守，如何不擺得整齊？

且說吳用、李逵兩個搖搖擺擺，卻好來到城門下，守門的約有四五十軍士，簇捧着一個把門的官人在那裏坐定。吳用向前施禮，軍士問道：「秀才那裏來？」吳用答道：「小生姓張，名用。這個道童姓李。江湖上賣卦營生，今來大郡，與人講命。」身邊取出假文引[5]，教軍士看了。眾人道：「這個道童的鳥眼，恰像賊一般看人！」李逵聽得，正待要發作，吳用慌忙把頭來搖，李逵便低了頭。吳用向前與把門軍士陪話道：「小生一言難盡！這個道童又聾又啞，只有一分蠻氣力；卻是家生的孩兒[6]，沒奈何帶他出來。這廝不省人事，望乞恕罪！」辭了便行。李逵跟在背後，腳高步低，望市心裏來。吳用手中搖着鈴杵，口裏唸四句口號道：「甘羅[7]

---

3) 紙招兒：紙招牌，一種招攬顧客的紙質標識。

4) 堞（dié）道：城牆上的通道。

5) 文引：通行證。

6) 家生的孩兒：指家中奴才的子女。

7) 甘羅：戰國人，從小聰明過人，是著名的少年政治家。

發早子牙[8]遲，彭祖[9]顏回[10]壽不齊，范丹[11]貧窮石崇[12]富，八字生來各有時。」吳用又道：「乃時也，運也，命也。知生，知死，知貴，知賤。若要問前程，先賜銀一兩。」說罷，又搖鈴杵。北京城內小兒約有五六十個，跟着看了笑。卻好轉到盧員外解庫[13]門首，自歌自笑，去了復又回來，小兒們哄動。

盧員外正在解庫廳前坐地，看着那一班主管收解，只聽得街上喧哄，喚當直的問道：「如何街上熱鬧？」當直的報覆：「員外，端的好笑！街上一個別處來的算命先生，在街上賣卦，要銀一兩算一命，誰人捨得。後頭一個跟的道童，且是生的滲瀨[14]，走又走的沒樣範，小的們跟定了笑。」盧俊義道：「既出大言，必有廣學。當直的，與我請他來。」當直的慌忙去叫道：「先生，員外有請。」吳用道：「是何人請我？」當直的道：「盧員外相請。」吳用便與道童跟着轉來，揭起簾子，入到廳前，教李逵只在鵝項椅上坐定等候。吳用轉過前來，見盧員外時，那人生的如何？有《滿庭芳》詞為證：

目炯雙瞳，眉分八字，身軀九尺如銀。威風凜凜，儀表似天神。慣使一條棍棒，護身龍絕技無倫。京城內家傳清白，積祖富豪門。殺場臨敵處，衝開萬馬，掃退千軍。更忠肝貫日，壯氣凌雲。慷慨疏財仗義，論英名播滿乾坤。盧員外雙名俊義，綽號玉麒麟。

**點評**

● 要賺人眼球，須有不同凡響之處，要銀昂貴，道童的奇特，都是引起盧俊義好奇的因素。

---

8)　子牙：即姜子牙，大器晚成，年過七旬輔佐周文王立功。

9)　彭祖：傳說中長壽之人，相傳活了八百多歲。

10)　顏回：字子淵，孔子最得意的弟子之一，英年早逝。

11)　范丹：東漢時名士，一生貧困不仕。

12)　石崇：西晉時著名富豪。

13)　解庫：典當鋪。

14)　滲瀨（lài）：使人害怕的樣子。

當時吳用向前施禮，盧俊義欠身答禮問道：「先生貴鄉何處？尊姓高名？」吳用答道：「小生姓張，名用，自號談天口。祖貫山東人氏，能算皇極先天數，知人生死貴賤。卦金白銀一兩，方才算命。」盧俊義請入後堂小閣兒裏，分賓坐定。茶湯已罷，叫當直的取過白銀一兩，奉作命金：「煩先生看賤造[15]則個。」吳用道：「請貴庚月日下算。」盧俊義道：「先生，君子問災不問福，不必道在下豪富，只求推算目下行藏[16]則個。在下今年三十二歲，甲子年，乙丑月，丙寅日，丁卯時。」吳用取出一把鐵算子[17]來，排在桌上，算了一回，拿起算子桌上一拍，大叫一聲「怪哉！」盧俊義失驚問道：「賤造主何吉凶？」吳用道：「員外若不見怪，當以直言。」盧俊義道：「正要先生與迷人指路，但說不妨。」吳用道：「員外這命，目下不出百日之內，必有血光之災。家私不能保守，死於刀劍之下。」盧俊義笑道：「先生差矣。盧某生於北京，長在豪富之家，祖宗無犯法之男，親族無再婚之女，更兼俊義作事謹慎，非理不為，非財不取，如何能有血光之災？」吳用改容變色，急取原銀付還，起身便走，嗟歎而言：「天下原來都要人阿諛諂佞！罷，罷！分明指與平川路，卻把忠言當惡言。小生告退。」盧俊義道：「先生息怒。前言特地戲耳，願聽指教。」吳用道：「小生直言，切勿見怪！」盧俊義道：「在下專聽，願勿隱匿。」吳用道：「員外貴造，一向都行好運。但今年時犯歲君，正交惡限。目今百日之內，屍首異處。此乃生來分定，不可逃也。」盧俊義道：「可以回避否？」吳用再把鐵算子搭了一回，便回員外道：「只除非去東南方巽地[18]上，一千里之外，方可免

---

15) 賤造：謙稱自己的命。

16) 行藏：行止，情況。

17) 鐵算子：一種鐵製的籌碼，上有文字符號，用於占卜。

18) 巽（xùn）地：吉利的地方。巽，八卦方位名。

此大難。雖有些驚恐，卻不傷大體。」盧俊義道：「若是免的此難，當以厚報。」吳用道：「命中有四句卦歌，小生說與員外，寫於壁上。日後應驗，方知小生靈處。」盧俊義叫取筆硯來，便去白粉壁上寫。吳用口歌四句：「蘆花叢裏一扁舟，俊傑俄從此地遊，義士若能知此理，反躬逃難可無憂。」當時盧俊義寫罷，吳用收拾起算子，作揖便行。盧俊義留道：「先生少坐，過午了去。」吳用答道：「多蒙員外厚意，誤了小生賣卦，改日再來拜會。」抽身便起。盧俊義送到門首，李逵拿了拐棒，走出門外。吳學究別了盧俊義，引了李逵，徑出城來。回到店中，算還房宿飯錢，收拾行李包裹，李逵挑出卦牌，出離店肆，對李逵說道：「大事了也！我們星夜趕回山寨，安排圈套，準備機關，迎接盧俊義，他早晚便來也！」

且不說吳用、李逵還寨，卻說盧俊義自從算卦之後，寸心如割，坐立不安。也是天罡星合當聚會，聽了這算命的話，一日耐不得，便叫當直的，去喚眾主管商議事務。少刻都到，那一個為頭管家私的主管，姓李，名固。這李固原是東京人，因來北京投奔相識不着，凍倒在盧員外門前。盧俊義救了他性命，養在家中。因見他勤謹，寫的算的，教他管顧家間事務。五年之內，直抬舉他做了都管。一應裏外家私，都在他身上，手下管着四五十個行財管幹，一家內都稱他做李都管。當日大小管事之人，都隨李固來堂前聲喏。

盧員外看了一遭，便道：「怎生不見我那一個人？」說猶未了，階前走過一人來。但見：六尺以上身材，二十四五年紀，三牙掩口細髯，十分腰細膀闊。帶一頂木瓜心攢頂頭巾，穿一領銀絲紗團領白衫，繫一條蜘蛛斑紅線壓腰，着一雙土黃皮油膀夾靴。腦後一對挨獸金環，護項一枚香羅手帕，腰間斜插名人扇，鬢畔常簪四季花。

這人是北京土居人氏，自小父母雙亡，盧員外家中養的他大。為見他一身雪練也似白肉，盧俊義叫一個高手匠

**點評**

● 算命不如算心。「圈套」和「機關」為後文埋下伏筆。

人，與他刺了這一身遍體花繡，卻似玉亭柱上鋪着軟翠。若賽錦體，由你是誰，都輸與他。不則一身好花繡，更兼吹的、彈的、唱的、舞的、拆白道字、頂真續麻[19]，無有不能，無有不會。亦是說的諸路鄉談[20]，省的諸行百藝的市語。更且一身本事，無人比的：拿着一張川弩，只用三枝短箭，郊外落生[21]，並不放空，箭到物落，晚間入城，少殺也有百十個蟲蟻[22]。若賽錦標社[23]，那裏利物[24]，管取[25]都是他的。亦且此人百伶百俐，道頭知尾。本身姓燕，排行第一，官名單諱個青字。北京城裏人口順，都叫他做浪子燕青。曾有一篇《沁園春》詞單道着燕青的好處，但見：

唇若塗朱，睛如點漆，面似堆瓊。有出入英武，凌雲志氣，資稟聰明。儀表天然磊落，梁山上端的誇能。伊州古調，唱出繞樑聲，果然是藝苑專精，風月叢中第一名。聽鼓板喧雲，笙聲嘹亮，暢敘幽情。棍棒參差，揎拳飛腳，四百軍州到處驚。人都羨英雄領袖，浪子燕青。

原來這燕青是盧俊義家心腹人，也上廳聲喏了，做兩行立住。李固立在左邊，燕青立在右邊。

盧俊義開言道：「我夜來算了一命，道我有百日血光之災，只除非出去東南上一千里之外躲避。我想東南方有個去處是泰安州，那裏有東嶽泰山天齊仁聖帝金殿，管天下人民

---

19) 拆白道字、頂真續麻：都是文字遊戲。拆白道字，拆開一字，使成一句話。頂真續麻，數句連串，後一句頭一個字應是上一句的末一個字。

20) 鄉談：方言土話。

21) 落生：射飛禽。

22) 蟲蟻：鳥雀。宋元明時人們將鳥雀昆蟲一類的小動物通稱為蟲蟻。

23) 錦標社：一種以練習和比賽射箭為活動內容的羣眾團體。

24) 利物：獎品。

25) 管取：管保。

生死災厄。我一者去那裏燒炷香，消災滅罪；二者躲過這場災晦；三者做些買賣，觀看外方景致。李固，你與我覓十輛太平車子，裝十輛山東貨物，你就收拾行李，跟我去走一遭。燕青小乙[26]看管家裏，庫房鑰匙只今日便與李固交割。我三日之內，便要起身。」李固道：「主人誤矣。常言道：『賣卜賣卦，轉回說話。』休聽那算命的胡言亂語，只在家中，怕做甚麼？」盧俊義道：「我命中注定了，你休逆我。若有災來，悔卻晚矣。」燕青道：「主人在上，須聽小乙愚言：這一條路，去山東泰安州，正打從梁山泊邊過。近年泊內，是宋江一夥強人在那裏打家劫舍，官兵捕盜，近他不得。主人要去燒香，等太平了去。休信夜來那個算命的胡講，倒敢是梁山泊歹人，假裝做陰陽人，來煽惑主人。小乙可惜夜來不在家裏，若在家時，三言兩語，盤倒那先生，到敢有場好笑。」盧俊義道：「你們不要胡說，誰人敢來賺我！梁山泊那夥賊男女，打甚麼緊！我觀他如同草芥，兀自要去特地捉他，把日前學成武藝，顯揚於天下，也算個男子大丈夫！」

說猶未了，屏風背後走出娘子來，乃是盧員外的渾家，年方二十五歲，姓賈，嫁與盧俊義，才方五載。娘子賈氏便道：「丈夫，我聽你說多時了。自古道：『出外一里，不如屋裏。』休聽那算命的胡說，撇下海闊一個家業，耽驚受怕，去虎穴龍潭裏做買賣。你且只在家內，清心寡慾，高居靜坐，自然無事。」盧俊義道：「你婦人家省得甚麼？寧可信其有，不可信其無，自古禍出師人[27]口，必主吉凶。我既主意定了，你都不得多言多語！」

燕青又道：「小人靠主人福蔭，學得些個棒法在身。不是小乙說嘴，幫着主人去走一遭，路上便有些個草寇出來，

**點評**

● 盧俊義何嘗不知？

● 這才是大丈夫心中所言。

● 讀了後文再來看賈氏這段話，便知妙處。盧俊義的話點出他的心理：不可全信，也不可不信。

---

26)　小乙：兄弟輩排行最後，或地位最低的人。

27)　師人：占卜、星相人士。

點評

● 娘子流淚究竟為誰，此處伏筆。

小人也敢發落的三五十個開去，留下李都管看家，小人伏侍主人走一遭。」盧俊義道：「便是我買賣上不省的，要帶李固去。他須省的，又替我大半氣力，因此留你在家看守。自有別人管賬，只教你做個椿主[28]。」李固又道：「小人近日有些腳氣的症候，十分走不得多路。」盧俊義聽了，大怒道：「『養兵千日，用在一朝！』我要你跟我去走一遭，你便有許多推故。若是那一個再阻我的，教他知我拳頭的滋味。」李固嚇得面如土色，眾人誰敢再說，各自散了。

李固只得忍氣吞聲，自去安排行李：討了十輛太平車子，喚了十個腳夫，四五十拽車頭口，把行李裝上車子，行貨拴縛完備。盧俊義自去結束。第三日燒了神福，給散了家中大男小女，一個個都吩咐了。當晚先叫李固引兩個當直的盡收拾了出城，李固去了。娘子看了車仗，流淚而去。

次日五更，盧俊義起來沐浴罷，更換一身新衣服，吃了早膳，取出器械，到後堂裏辭別了祖先香火。臨時出門上路，吩咐娘子：「好生看家，多便三個月，少只四五十日便回。」賈氏道：「丈夫路上小心，頻寄書信回來。」說罷，燕青在面前拜了。盧俊義吩咐道：「小乙在家，凡事向前，不可出去三瓦兩舍打哄。」燕青道：「主人如此出行，小乙怎敢怠慢？」

盧俊義提了棍棒，出到城外。有詩一首，單道盧俊義這條好棒：

掛壁懸崖欺瑞雪，撐天柱地撼狂風。
雖然身上無牙爪，出水巴山禿尾龍。

李固接着，盧俊義道：「你可引兩個伴當先去。但有乾

---

28) 椿主：總管。

點評

淨客店，先做下飯等候。車仗腳夫，到來便吃，省得耽擱了路程。」李固也提條桿棒，先和兩個伴當去了。盧俊義和數個當直的隨後押着車仗行，但見：途中山明水秀，路闊坡平，心中歡喜道：「我若是在家，那裏見這般景致！」行了四十餘里，李固接着主人，吃點心中飯罷，李固又先去了。再行四五十里，到客店裏，李固接着車仗人馬宿食。盧俊義來到店房內，倚了棍棒，掛了氈笠兒，解下腰刀，換了鞋襪。宿食皆不必說。次日清早起來，打火做飯，眾人吃了，收拾車輛頭口，上路又行。

自此在路夜宿曉行，已經數日，來到一個客店裏宿食。天明要行，只見店小二哥對盧俊義說道：「好教官人得知：離小人店不得二十里路，正打梁山泊邊口子前過去。山上宋公明大王，雖然不害來往客人，官人須是悄悄過去，休得大驚小怪。」盧俊義聽了道：「原來如此。」便叫當直的取下了衣箱，打開鎖，去裏面提出一個包，內取出四面白絹旗。問小二哥討了四根竹竿，每一根縛起一面旗來，每面栲栳[29]大小幾個字，寫道：慷慨北京盧俊義，遠馱貨物離鄉地。一心只要捉強人，那時方表男兒志。

● 早有準備

李固等眾人看了，一齊叫起苦來。店小二問道：「官人莫不和山上宋大王是親麼？」盧俊義道：「我自是北京財主，卻和這賊們有甚麼親！我特地要來捉宋江這廝！」小二哥道：「官人低聲些，不要連累小人，不是耍處！你便有一萬人馬，也近他不得。」盧俊義道：「放屁！你這廝們都和那賊人做一路！」店小二叫苦不迭，眾車腳夫都癡呆了。李固跪在地下告道：「主人可憐見眾人，留了這條性命回鄉去，強似做羅天大醮！」盧俊義喝道：「你省的甚麼！這等燕雀，安敢和鴻鵠廝併？我思量平生學的一身本事，不曾

29)　栲栳（kǎo lǎo）：常用來形容圓形物之大。

**點評**

● 也是早有準備。

● 這段獨白凸顯男兒壯志，是此行的重要目的之一。

● 襯托出盧俊義一個人的英勇無畏。

● 雖是因為算命先生的話來到梁山，卻也是早有此意，吳用猜心的權術高超。

逢着買主。今日幸然逢此機會，不就這裏發賣[30]，更待何時！我那車子上叉袋裏，已準備下一袋熟麻索。倘或這賊們當死合亡，撞在我手裏，一朴刀一個砍翻，你們眾人與我便縛在車子上。撇了貨物不打緊，且收拾車子捉人。把這賊首解上京師，請功受賞，方表我平生之願。若你們一個不肯去的，只就這裏把你們先殺了。」前面擺四輛車子，上插了四把絹旗，後面六輛車子，隨從了行。那李固和眾人，哭哭啼啼，只得依他。盧俊義取出朴刀，裝在桿棒上，三個丫兒[31]扣牢了，趕着車子，奔梁山泊路上來。李固等見了崎嶇山路，行一步，怕一步，盧俊義只顧趕着要行。從清早起來，行到巳牌時分，遠遠地望見一座大林，有千百株合抱不交的大樹。卻好行到林子邊，只聽得一聲胡哨響，嚇的李固和兩個當直的沒躲處。盧俊義教把車仗押在一邊。車夫眾人都躲在車子底下叫苦。盧俊義喝道：「我若搠翻，你們與我便縛！」說猶未了，只見林子邊走出四五百小嘍囉來，聽得後面鑼聲響處，又有四五百小嘍囉截住後路。林子裏一聲炮響，托地跳出一籌好漢。怎地模樣？但見：茜紅頭巾，金花斜嫋；鐵甲風盔，錦衣繡襖。血染髭髯，虎威雄暴；大斧一雙，人皆嚇倒。

當下李逵手搦雙斧，厲聲高叫：「盧員外，認得啞道童麼？」盧俊義猛省，喝道：「我時常有心要來拿你這夥強盜，今日特地到此，快教宋江那廝下山投拜！倘或執迷，我片時間教你人人皆死，個個不留！」李逵呵呵大笑道：「員外你今日中了俺的軍師妙計，快來坐把交椅！」盧俊義大怒，搦着手中朴刀，來鬥李逵，李逵掄起雙斧來迎。兩個鬥不到三合，李逵托地跳出圈子外來，轉過身望林子裏便走。盧俊義挺着朴刀，隨後趕去。李逵在林木叢中東閃西躲，引得盧俊義性發，破一步，搶入林來。李逵飛奔亂松叢中去了。

---

30) 發賣：出賣，展示。

31) 丫兒：用來扣搭的小物件。

盧俊義趕過林子這邊，一個人也不見了。卻待回身，只聽得松林旁邊轉出一夥人來，一個人高聲大叫：「員外不要走，認的俺麼？」盧俊義看時，卻是一個胖大和尚，身穿皂直裰，倒提鐵禪杖。盧俊義喝道：「你是那裏來的和尚！」魯智深大笑道：「洒家是花和尚魯智深。今奉軍師將令，着俺來迎接員外上山。」盧俊義焦躁，大罵：「禿驢敢如此無禮！」拈手中寶刀，直取那和尚。魯智深掄起鐵禪杖來迎。兩個鬥不到三合，魯智深撥開朴刀，回身便走。盧俊義趕將去，正趕之間，嘍囉裏走出行者武松，掄兩口戒刀，直奔將來。盧俊義不趕和尚，來鬥武松。又不到三合，武松拔步便走。盧俊義哈哈大笑：「我不趕你。你這廝們何足道哉！」說猶未了，只見山坡下一個人在那裏叫道：「盧員外，你如何省得！豈不聞『人怕落蕩，鐵怕落爐』[32]？哥哥定下的計策，你待走那裏去！」盧俊義喝道：「你這廝是誰！」那人笑道：「小可便是赤髮鬼劉唐。」盧俊義罵道：「草賊休走！」挺手中朴刀，直取劉唐。方才鬥得三合，刺斜裏一個人大叫道：「好漢沒遮攔穆弘在此！」當時劉唐、穆弘兩個兩條朴刀，雙鬥盧俊義。正鬥之間，不到三合，只聽的背後腳步響。盧俊義喝聲：「着！」劉唐、穆弘跳退數步。盧俊義便轉身鬥背後的好漢，卻是撲天鵰李應；三個頭領，丁字腳圍定，盧俊義全然不慌，越鬥越健。正好步鬥，只聽得山頂上一聲鑼響，三個頭領各自賣個破綻，一齊拔步去了。盧俊義又鬥得一身臭汗，不去趕他。再回林子邊，來尋車仗人伴時，十輛車子，人伴頭口，都不見了。盧俊義便向高阜處，四下裏打一望，只見遠遠地山坡下一夥小嘍囉，把車仗頭口趕在前面，將李固一干人，連連串串，縛在後面，鳴鑼擂鼓，解投松樹那邊去。

**點評**

● 各人有各人的去法，並不重複，寫法多變。且每個好漢都拿盧俊義開玩笑，可見胸有成竹。

32) 人怕落蕩，鐵怕落爐：比喻落在他人之手，由不得自己。

點評

● 卻不追，說明仍有圈套機關。

盧俊義望見，心如火熾，氣似煙生，提着朴刀，直趕將去。約莫離山坡不遠，只見兩籌好漢喝一聲道：「那裏去！」一個是美髯公朱仝，一個是插翅虎雷橫。盧俊義見了，高聲罵道：「你這夥草賊，好好把車仗人馬還我！」朱仝手拈長鬚大笑道：「盧員外，你還恁地不曉事？中了俺軍師妙計，便肋生雙翅，也飛不出去。快來大寨坐把交椅。」盧俊義聽了大怒，挺起朴刀，直奔二人。朱仝、雷橫各將兵器相迎。鬥不到三合，兩個回身便走。

盧俊義尋思道：「須是趕翻一個，卻才討得車仗。」捨着性命，趕轉山坡，兩個好漢都不見了。只聽得山頂上鼓板吹簫，仰面看時，風颭起那面杏黃旗來，上面繡着「替天行道」四字。轉過來打一望，望見紅羅銷金傘下，蓋着宋江，左有吳用，右有公孫勝。一行部從二百餘人，一齊聲喏道：「員外，別來無恙！」盧俊義見了越怒，指名叫罵山上。吳用勸道：「員外且請息怒。宋公明久慕威名，特令吳某親詣門牆，迎員外上山，一同替天行道，請休見責。」盧俊義大罵：「無端草賊，怎敢賺我！」宋江背後轉過小李廣花榮，拈弓取箭，看着盧俊義喝道：「盧員外休要逞能，先教你看花榮神箭！」說猶未了，颼地一箭，正中盧俊義頭上氈笠兒的紅纓。吃了一驚，回身便走。山上鼓聲震地，只見霹靂火秦明、豹子頭林沖引一彪軍馬，搖旗吶喊，從山東邊殺出來。又見雙鞭將呼延灼、金槍手徐寧也領一彪軍馬，搖旗吶喊，從山西邊殺出來，嚇得盧俊義走投沒路。看看天色將晚，腳又疼，肚又飢，正是慌不擇路，望山僻小徑只顧走。約莫黃昏時分，煙迷遠水，霧鎖深山，星月微明，不分叢莽。正走之間，不到天盡頭，須到地盡處，看看走到鴨嘴灘頭，只一望時，都見滿目蘆花，茫茫煙水。盧俊義看見，仰天長歎道：「是我不聽好人言，今日果有恓惶事。」

正煩惱間，只見蘆葦裏面一個漁人，搖着一隻小船出來。那漁人倚定小船叫道：「客官好大膽！這是梁山泊出沒的去處，半夜三更，怎地來到這裏！」盧俊義道：「便是我迷蹤失路，尋不着宿頭，你救我則個！」漁人道：「此間大寬轉有一個市井，卻用走三十餘里向開路程，更兼路雜，最是難認。若是水路去時，只有三五里遠近。你捨得十貫錢與我，我便把船載你過去。」盧俊義道：「你若渡得我過去，尋得市井客店，我多與你些銀兩。」那漁人搖船傍岸，扶盧俊義下船，把鐵篙撐開。約行三五里水面，只聽得前面蘆葦叢中櫓聲響，一隻小船飛也似來，船上有兩個人，前面一個，赤條條地拿着一條水篙，後面那個搖着櫓。前面的人橫定篙，口裏唱着山歌道：生來不會讀詩書，且就梁山泊裏居。準備窩弓射猛虎，安排香餌釣鰲魚。

盧俊義聽得，吃了一驚，不敢做聲。又聽得右邊蘆葦叢中，也是兩個人，搖一隻小船出來。後面的搖着櫓，有咿啞之聲。前面橫定篙，口裏也唱山歌道：乾坤生我潑皮身，賦性從來要殺人。萬兩黃金渾不愛，一心要捉玉麒麟。

盧俊義聽了，只叫得苦。只見當中一隻小船，飛也似搖將來，船頭上立着一個人，倒提鐵鑽木篙，口裏亦唱着山歌道：蘆花叢裏一扁舟，俊傑俄從此地遊。義士若能知此理，反躬逃難可無憂。

歌罷，三隻船一齊唱喏。中間是阮小二，左邊是阮小五，右邊是阮小七。那三隻小船，一齊撞將來。盧俊義聽了，心內轉驚，自想又不識水性，連聲便叫漁人：「快與我攏船近岸！」那漁人哈哈大笑，對盧俊義說道：「上是青天，下是綠水。我生在潯陽江，來上梁山泊，三更不改名，四更不改姓，綽號混江龍李俊的便是！員外若還不肯降時，枉送了你性命！」盧俊義大驚，喝一聲說道：「不是你，便是我！」拿着朴刀，望李俊心窩裏搠將來，李俊見朴刀搠將來，拿定棹牌，一個背拋筋斗，撲通的翻下水去了，那隻船滴溜溜在水面上轉，朴刀又搠將下水去了。

只見船尾一個人從水底下鑽出來，叫一聲，乃是浪裏白條張順，把手挾住船梢，腳踏水浪，把船只一側，船底朝天，英雄落水。正是：鋪排打鳳牢龍計，坑陷驚天動地人。畢竟盧俊義性命如何，且聽下回分解。

## 延伸思考

盧俊義為何明知危險卻非到梁山泊走一趟不可？又為何非帶上李固，而留下會武功的燕青？請分析他的心理。

## 第六十二回

# 放冷箭燕青救主
# 劫法場石秀跳樓

盧俊義被宋江軟禁在梁山泊幾個月，待回到家，已是物是人非。原來吳用上門算命那天已將陷害他的反詩題寫在了牆壁上，加之總管李固暗中加害，盧員外險些要丟掉性命。家破人亡的關鍵時刻，浪子燕青不離不棄，並從刀下救得主人。可盧俊義難逃再一次被捉的命運，生死攸關之際，究竟如何脫身呢？

話說這盧俊義雖是了得，卻不會水，被浪裏白條張順排翻了船，倒撞下水去。張順卻在水底下攔腰抱住，又鑽過對岸來，搶了朴刀。張順把盧俊義直奔岸邊來。早點起火把，有五六十人在那裏等，接上岸來，團團圍住，解了腰刀，盡脫下濕衣服，便要將索綁縛。只見神行太保戴宗傳令，高叫將來：「不得傷犯了盧員外貴體！」隨即差人將一包袱錦衣繡襖與盧俊義穿着。八個小嘍囉，抬過一乘轎來，扶盧員外上轎便行。只見遠遠地，早有二三十對紅紗燈籠，照着一簇人馬，動着鼓樂，前來迎接。為頭宋江、吳用、公孫勝，後面都是眾頭領，一齊下馬。盧俊義慌忙下轎。宋江先跪，後面眾頭領排排地都跪下。盧俊義亦跪下還禮道：「既被擒捉，願求早死！」宋江大笑，說道：「且請員外上轎。」眾人一齊上馬，動着鼓樂，迎上三關，直到忠義堂前下馬。請盧俊義到廳上，明晃晃地點着燈燭。宋江向前陪話道：「小可久聞員外大名，如雷貫耳。今日幸得拜識，大慰平生。卻才眾兄弟甚是冒瀆，萬乞恕罪。」吳用上前說道：「昨奉兄長之命，特令吳某親詣門牆，以賣卦為由，賺員外上山，共聚大義，一同替天行道。」

宋江便請盧員外坐第一把交椅。盧俊義答禮道：「不才無識無能，誤犯虎威，萬死尚輕，何故相戲？」宋江陪笑道：「怎敢相戲。實慕員外威德，如飢如渴。萬望不棄鄙處，為山寨之主，早晚共聽嚴命。」盧俊義回說：「寧就死亡，實難從命。」吳用道：「來日卻又商議。」當時置備酒食管待。盧俊義無計奈何，只得飲了幾杯，小嘍囉請去後堂歇了。

次日，宋江殺羊宰馬，大排筵宴，請出盧員外來赴席，再三再四，謙讓在中間裏坐了。酒至數巡，宋江起身把盞，陪話道：「夜來甚是衝撞，幸望寬恕。雖然山寨窄小，不堪歇馬，員外可看『忠義』二字之面，宋江情願讓位，休得推卻。」盧俊義答道：「頭領差矣！小可身無罪累，頗有些少家私。生為大宋人，死為大宋鬼，寧死實難聽從。」吳用並眾頭領一個個說，盧俊義越不肯落草。吳用道：「員外既然不肯，難道逼勒？只留得員外身，留不得員外心。只是眾弟兄難得員外到此，既然不肯入夥，且請小寨略住數日，卻送還宅。」盧俊義道：「小可在此不妨，只恐家中老小，不知這般的消息。」吳用道：「這事容易，先教李固送了車仗回去，員外遲去幾日，卻何妨？」吳用問道：「李都管，你的車仗貨物都有麼？」李固應道：「一些兒不少。」宋江叫取兩個大銀把與李固，兩個小銀打發當直的，那十個車腳，共與他白銀十兩。眾人拜謝。盧俊義吩咐李固道：「我的苦，你都知了。你回家中，說與娘子不要憂心。我過三五日便回也。」李固只要脫身，滿口應說：「但不妨事。」辭了便下忠義堂去。吳用隨即便起身說道：「員外寬心少坐，小生發送李都管下山，便來也。」

吳用只推發送李固，卻先到金沙灘等候。少刻，李固和兩個當直的，並車仗、頭口、人伴都下山來。吳用將引五百小嘍囉圍在兩邊，坐在柳陰樹下，便喚李固近前說道：「你的主人，已和我們商議定了，今坐第二把交椅。此乃未曾上山時，預先寫下四句反詩在家裏壁上。我教你們知道，壁上二十八個字，每一句包着一個字。『蘆花蕩裏一扁舟』，包個『盧』字；『俊傑那能此地遊』，包個『俊』字；『義士手提三尺劍』，包個『義』字；『反時須斬逆臣頭』，包個『反』字。這四句詩，包藏『盧俊義反』四字。今日上山，你們怎知？本待把你眾人殺了，顯得我梁山泊行短[1]。今日放你們星夜自回去，

---

1) 行短：行為缺德。

休想望你主人回來！」李固等只顧下拜。吳用教把船送過渡口。一行人上路，奔回北京。正是鰲魚脫卻金鈎去，搖尾搖頭更不回。

話分兩處。不說李固等歸家，且說吳用回到忠義堂上，再入酒席，用巧言說誘盧俊義，筵會直到二更方散。次日，山寨裏再排筵會慶賀，盧俊義說道：「感承眾頭領好意相留，只是小可度日如年，今日告辭。」宋江道：「小可不才，幸識員外，來日宋江體己聊備小酌，對面論心一會，勿請推卻。」又過了一日。明日宋江請，後日吳用請，大後日公孫勝請。話休絮繁，三十餘個上廳頭領，每日輪一個做筵席。光陰荏苒，日月如梭，早過一月有餘。盧俊義尋思，又要告別。宋江道：「非是不留員外，爭奈急急要回。來日忠義堂上，安排薄酒送行。」

次日，宋江又體己送路，只見眾頭領都道：「俺哥哥敬員外十分，俺等眾人當敬員外十二分！偏我哥哥筵席便吃，『磚兒何厚，瓦兒何薄！』李逵在內大叫道：「我捨着一條性命，直往北京請得你來，卻不吃我弟兄們筵席，我和你眉尾相結，性命相撲！」吳學究大笑道：「不曾見這般請客的，甚是粗鹵。員外休怪，見他眾人薄意，再住幾時。」不覺又過了四五日，盧俊義堅意要行。只見神機軍師朱武，將引一班頭領，直到忠義堂上開話道：「我等雖是以次弟兄，也曾與哥哥出氣力，偏我們酒中藏着毒藥？盧員外若是見怪，不肯吃我們的，我自不妨，只怕小兄弟們做出事來，悔之晚矣。」吳用起身便道：「你們都不要煩惱，我與你央及員外，再住幾時，有何不可。常言道：『將酒勸人，終無惡意。』」盧俊義抑眾人不過，只得又住了幾日。——前後卻好三五十日。自離北京，是五月的話，不覺在梁山泊早過了兩個多月。但見：金風淅淅，玉露泠泠，又早是中秋節近。盧俊義思想歸期，對宋江訴說。宋江見盧俊義思歸苦切，便道：「這個容易，來日金沙灘送別。」盧俊義大喜。有詩為證：

一別家山歲月賒，寸心無日不思家。
此身恨不生雙翼，欲借天風過水涯。

次日，還把舊時衣裳刀棒送還員外，一行眾頭領都送下山。宋江把一盤金銀相送。盧俊義推道：「非是盧某說口，金帛錢財，家中頗有，但得到北京盤纏足矣。賜與之物，決不敢受。」宋江等眾頭領直送過金沙灘，作別自回，不在話下。

不說宋江回寨，只說盧俊義拽開腳步，星夜奔波，行了旬日，到得北京。日已薄暮，趕不入城，就在店中歇了一夜。次日早晨，盧俊義離了村店，飛奔入城。尚有一里多路，只見一人頭巾破碎，衣裳襤褸，看着盧俊義納頭便拜。盧俊義抬眼看時，卻是浪子燕青，便問：「小乙，你怎地這般模樣？」燕青道：「這裏不是說話處。」盧俊義轉過土牆側首，細問緣故。燕青說道：「自從主人去後，不過半月，李固回來，對娘子說道：『主人歸順了梁山泊宋江，坐了第二把交椅。』當時便去官司首告了。他已和娘子做了一路，嗔怪燕青違拗，將我趕逐出門。將一應衣服盡行奪了，趕出城外。更兼吩咐一應親戚相識，但有人安着燕青在家歇的，他便捨半個家私和他打官司，因此無人敢着小乙。在城中安不得身，只得來城外求乞度日，權在庵內安身。正要往梁山泊尋見主人，又不敢造次。若主人果自泊裏來，可聽小乙言語，再回梁山泊去，別做個商議。若入城中，必中圈套。」盧俊義喝道：「我的娘子不是這般人，你這廝休來放屁！」燕青又道：「主人腦後無眼，怎知就裏？主人平昔只顧打熬氣力，不親女色。娘子舊日和李固原有私情，今日推門相就，做了夫妻。主人若去，必遭毒手！」盧俊義大怒，喝罵燕青道：「我家五代在北京住，誰不識得？量李固有幾顆頭，敢做恁般勾當？莫不是你做出歹事來，今日倒來反說！我到家中問出虛實，必不和你干休！」燕青痛哭，拜倒地下，拖住主人衣服。盧俊義一腳踢倒燕青，大踏步便入城來。

奔到城內，徑入家中，只見大小主管都吃一驚。李固慌忙前來迎接，請到堂上，納頭便拜。盧俊義便問：「燕青安在？」李固答道：「主人且休問端的，一言難盡！只怕發怒，待歇息定了卻說。」賈氏從屏風後哭將出來。盧俊義說道：「娘子休哭，且說燕小乙怎地來。」賈氏道：「丈夫且休問，慢慢地卻說。」盧俊義心中疑慮，定死要問燕青來歷。李固便道：「主人且請換了衣服，吃了早膳，那時訴說不遲。」一邊安排飯食與盧員外吃。方才舉箸，只聽得前門後門喊聲齊起，二三百個做公的搶將入來。盧俊義驚得呆了，就被做公的綁了，一步一棍，直打到留守司來。

其時梁中書正坐公廳。左右兩行，排列狼虎一般公人七八十個，把盧俊義拿到當面。賈氏和李固也跪在側邊。廳上梁中書大喝道：「你這廝是北京本處百姓良民，如何卻去投降梁山泊落草，坐了第二把交椅？如今倒來裏勾外連，要打北京！今被擒來，有何理說！」盧俊義道：「小人一時愚蠢，被梁山泊吳用假做賣卦先生來家，口出訛言，煽惑良心，掇賺到梁山泊，軟監了兩個多月。今日幸得脫身歸家，並無歹意，望恩相明鏡。」梁中書喝道：「如何說得過！你在梁山泊中，若不通情，如何住了許多時！現放着你的妻子並李固告狀出首，怎地是虛？」李固道：「主人既到這裏，招伏了罷。家中壁上現寫下藏頭反詩，便是老大的證見，不必多說。」賈氏道：「不是我們要害你，只怕你連累我。常言道：『一人造反，九族全誅！』」盧俊義跪在廳下，叫起屈來。李固道：「主人不必叫屈，是真難滅，是假易除。早早招了，免致吃苦。」賈氏道：「丈夫，虛事難入公門，實事難以抵對。你若做出事來，送了我的性命。不奈有情皮肉，無情杖子。你便招了，也只吃得有數的官司。」李固上下都使了錢，張孔目廳上稟說道：「這個頑皮賴骨，不打如何肯招！」梁中書道：「說的是！」喝叫一聲：「打！」左右公人把盧俊義捆翻在地，不由分說，打的皮開肉綻，鮮血迸流，昏暈去了三四次。盧俊義打熬不過，仰天歎曰：「是我命中合當橫死，我今屈招了罷！」張孔目當下取了招狀，討一面一百斤死囚枷釘了，押去大牢裏監禁。府前府後看的人，都不忍見。當日推入牢門，吃了三十殺威棒，押到庭心內，跪在面前。獄子炕上坐着那個兩院押牢節級，帶管劊子，把手指道：「你認的我麼？」盧俊義看了，不敢則聲。那人是誰，有詩為證：

兩院押牢稱蔡福，堂堂儀表氣凌雲。
腰間緊繫青鸞帶，頭上高懸墊角巾。
行刑問事人傾膽，使索施枷鬼斷魂。
滿郡誇稱鐵臂膊，殺人到處顯精神。

這兩院押獄兼充行刑劊子姓蔡名福，北京土居人氏。因為他手段高強，人呼他為鐵臂膊。旁邊立着一個嫡親兄弟，叫做蔡慶，有詩為證：

押獄叢中稱蔡慶，眉濃眼大性剛強。
茜紅衫上描鸂鶒，茶褐衣中繡木香。

曲曲領沿深染皂，飄飄博帶淺塗黃。
金環燦爛頭巾小，一朵花枝插鬢旁。

這個小押獄蔡慶，生來愛帶一枝花，河北人順口，都叫他做一枝花蔡慶。那人拄着一條水火棍，立在哥哥側邊。蔡福道：「你且把這個死囚帶在那一間牢裏，我家去走一遭便來。」蔡慶把盧俊義自帶去了。

蔡福起身，出離牢門來，只見司前牆下轉過一個人來，手裏提個飯罐，面帶憂容。蔡福認的是浪子燕青。蔡福問道：「燕小乙哥，你做甚麼？」燕青跪在地下，擎着兩行眼淚告道：「節級哥哥，可憐見小人的主人盧員外吃屈官司，又無送飯的錢財！小人城外叫化得這半罐子飯權與主人充飢。節級哥哥怎地做個方便。」說罷，淚如雨下，拜倒在地。蔡福道：「我知此事，你自去送飯把與他吃。」燕青拜謝了，自進牢裏去送飯。

蔡福轉過州橋來，只見二個茶博士叫住唱喏道：「節級，有個客人在小人茶房內樓上，專等節級說話。」蔡福來到樓上看時，卻是主管李固。各施禮罷，蔡輻道：「主管有何見教？」李固道：「奸不廝瞞，俏不廝欺，小人的事，都在節級肚裏，今夜晚間，只要光前絕後[2]。無甚孝順，五十兩蒜條金在此，送與節級。廳上官吏，小人自去打點。」蔡福笑道：「你不見正廳戒石[3]上刻着『下民易虐，上蒼難欺』。你那瞞心昧己勾當，怕我不知！你又佔了他家私，謀了他老婆，如今把五十兩金子與我結果了他性命。日後提刑官[4]下馬[5]，我吃不得這等官司。」李固道：「只是節級嫌少，小人再添五十兩。」蔡福道：「李固，你割貓兒尾，拌貓兒飯[6]！北京有名恁地一個盧員外，只值得這一百兩金子？你若要我倒地[7]他，不是我詐你，只把五百兩金子與我。」李固便道：「金子有在這裏，便都送與節級，只要今夜晚些成事。」蔡福收了金子，

2) 光前絕後：乾脆利索。
3) 戒石：宋代立於州郡戒勉官吏的石碑。
4) 提刑官：皇帝派出查勘官司情況的官員。
5) 下馬：在此勘察。
6) 割貓兒尾，拌貓兒飯：比喻不用從外面拿。
7) 倒地：結果性命。

藏在身邊，起身道：「明日早來扛屍。」李固拜謝，歡喜去了。

蔡福回到家裏，卻才進門，只見一人揭起蘆簾，隨即入來，那人叫聲：「蔡節級相見。」蔡福看時，但見那一個人生得十分標緻，且是打扮得整齊，身穿鴉翅青團領，腰繫羊脂玉鬧妝，頭帶鵔鸃冠[8]，足躡珍珠履。那人進得門，看着蔡福便拜。蔡福慌忙答禮，便問道：「官人高姓？有何見教？」那人道：「可借裏面說話。」蔡福便請入來一個商議閣裏，分賓坐下。那人開話道：「節級休要吃驚。在下便是滄州橫海郡人氏，姓柴，名進，大周皇帝嫡派子孫，綽號小旋風的便是。只因好義疏財，結識天下好漢，不幸犯罪，流落梁山泊。今奉宋公明哥哥將令差遣前來，打聽盧員外消息。誰知被贓官污吏、淫婦姦夫通情陷害，監在死囚牢裏，一命懸絲，盡在足下之手。不避生死，特來到宅告知，如是留得盧員外性命在世，佛眼相看，不忘大德。但有半米兒差錯，兵臨城下，將至濠邊，無賢無愚，無老無幼，打破城池，盡皆斬首！久聞足下是個仗義全忠的好漢，無物相送，今將一千兩黃金薄禮在此。倘若要捉柴進，就此便請繩索，誓不皺眉。」蔡福聽罷，嚇得一身冷汗，半晌答應不的。柴進起身道：「好漢做事，休要躊躇，便請一決。」蔡福道：「且請壯士回步，小人自有措置。」柴進便拜道：「既蒙語諾，當報大恩。」出門喚個從人，取出黃金，遞與蔡福，唱個喏便走。外面從人，乃是神行太保戴宗，又是一個不會走的！

蔡福得了這個消息，擺撥不下。思量半晌，回到牢中，把上項的事，卻對兄弟說了一遍。蔡慶道：「哥哥生平最會斷決，量這些小事，有何難哉？常言道：『殺人須見血，救人須救徹！』既然有一千兩金子在此，我和你替他上下使用。梁中書、張孔目，都是好利之徒，接了賄賂，必然周全盧俊義性命。葫蘆提[9]配將出去，救得救不得，自有他梁山泊好漢，俺們幹的事便了也。」蔡福道：「兄弟這一論，正合我意。你且把盧員外安頓好處，早晚把些好酒食將息他，傳個消息與他。」蔡福、蔡慶兩個商議定了，暗地裏把金子買上告下，關節已定。

次日，李固不見動靜，前來蔡福家催併。蔡慶回說：「我們正要下手結

8)　鵔鸃（jùn yí）冠：一種傳說中的鳥，這裏指裝飾羽毛，有海貝飾帶的頭冠。

9)　葫蘆提：糊裏糊塗，含含糊糊。

果他，中書相公不肯，已有人吩咐，要留他性命。你自去上面使用，囑咐下來，我這裏何難？」李固隨即又央人去上面使用。中間過錢人去囑託，梁中書道：「這是押牢節級的勾當，難道教我下手？過一兩日，教他自死。」兩下裏廝推，張孔目已得了金子，只管把文案拖延了日期。

蔡福就裏又打關節，教及早發落。張孔目將了文案來稟。梁中書道：「這事如何決斷？」張孔目道：「小吏看來，盧俊義雖有原告，卻無實跡。雖是在梁山泊住了許多時，這個是扶同詿誤[10]，難問真犯。脊杖四十，刺配三千里，不知相公意下如何？」梁中書道：「孔目見得極明，正與下官相合。」隨喚蔡福牢中取出盧俊義來，就當廳除了長枷，讀了招狀文案，決了四十脊杖，換一具二十斤鐵葉盤頭枷，就廳前釘了；便差董超、薛霸管押前去，直配沙門島。原來這董超、薛霸自從開封府做公人，押解林沖去滄州路上害不得林沖，回來被高太尉尋事，刺配北京。梁中書因見他兩個能幹，就留在留守司勾當。今日又差他兩個監押盧俊義。

當下董超、薛霸領了公文，帶了盧員外，離了州衙，把盧俊義監在使臣房裏，各自歸家，收拾行李包裹，即便起程。詩曰：

不親女色丈夫身，為甚離家憶內人？
誰料室中獅子吼，卻能斷送玉麒麟！

且說李固得知，只叫得苦。便叫人來請兩個防送公人說話。董超、薛霸到得那裏酒店內，李固接着，請至閣兒裏坐下，一面鋪排酒食管待。三杯酒罷，李固開言說道：「實不相瞞，盧員外是我仇家。如今配去沙門島，路途遙遠，他又沒一文，教你兩個空費了盤纏。急待回來，也得三四個月。我沒甚的相送，兩錠大銀，權為壓手。多只兩程，少無數里，就僻靜去處結果了他性命，揭取臉上金印回來表證，教我知道，每人再送五十兩蒜條金與你。你們只動得一張文書，留守司房裏，我自理會。」董超、薛霸兩兩相覷，沉吟了半晌。見了兩個大銀，如何不起貪心。董超道：「只怕行不得。」薛霸便道：

---

10) 扶同詿（guà）誤：在一起連累而犯的錯誤。

「哥哥，這李官人也是個好男子，我們也把這件事結識了他。若有急難之處，要他照管。」李固道：「我不是忘恩失義的人，慢慢地報答你兩個。」

董超、薛霸收了銀子，相別歸家，收拾包裹，連夜起身。盧俊義道：「小人今日受刑，杖瘡疼痛，容在明日上路。」薛霸罵道：「你便閉了鳥嘴！老爺自晦氣，撞着你這窮神！沙門島往回六千里有餘，費多少盤纏！你又沒一文，教我們如何佈擺！」盧俊義訴道：「念小人負屈含冤，上下看覷則個。」董超罵道：「你這財主們閒常一毛不拔，今日天開眼，報應得快！你不要怨悵，我們相幫你走。」盧俊義忍氣吞聲，只得走動。行出東門，董超、薛霸把衣包雨傘都掛在盧員外枷頭上。盧員外一生財主，今做了囚人，無計奈何。那堪又值晚秋天氣，紛紛黃葉墜，對對塞鴻飛，憂悶之中，只聽的橫笛之聲。正是：誰家玉笛弄秋清，撩亂無端惱客情。自是斷腸聽不得，非干吹出斷腸聲。

兩個公人，一路上做好做惡，管押了行。看看天色傍晚，約行了十四五里，前面一個村鎮，尋覓客店安歇。當時小二哥引到後面房裏，安放了包裹，薛霸說道：「老爺們苦殺是個公人，那裏倒來伏侍罪人。你若要飯吃，快去燒火！」盧俊義只得帶着枷，來到廚下，問小二哥討了個草柴，縛做一塊，來灶前燒火。小二哥替他淘米做飯，洗刷碗盞。盧俊義是財主出身，這般事卻不會做。草柴火把又濕，又燒不着，一齊滅了，甫能盡力一吹，被灰眯了眼睛。董超又喃喃訥訥地罵。做得飯熟，兩個都盛去了，盧俊義並不敢討吃。兩個自吃了一回，剩下些殘湯冷飯，與盧俊義吃了。薛霸又不住聲罵了一回。吃了晚飯，又叫盧俊義去燒腳湯。等得湯滾，盧俊義方敢去房裏坐地。兩個自洗了腳。掇一盆百煎滾湯，賺盧俊義洗腳。方才脫得草鞋，被薛霸扯兩條腿，納在滾湯裏，大痛難禁。薛霸道：「老爺伏侍你，顛倒做嘴臉！」兩個公人自去炕上睡了。把一條鐵索，將盧員外鎖在房門背後。聲喚到四更，兩個公人起來，叫小二哥做飯。自吃飽了，收拾包裹要行。盧俊義看腳時，都是潦漿泡，點地不得。

當日秋雨紛紛，路上又滑，盧俊義一步一顛。薛霸拿起水火棍，攔腰便打。董超假意去勸，一路上埋冤叫苦。離了村店，約行了十餘里，到一座大林，盧俊義道：「小人其實捱不動了，可憐見權歇一歇！」兩個公人帶入林子來，正是東方漸明，未有人行。薛霸道：「我兩個起得早了，好生睏倦，欲要就林子裏睡一睡，只怕你走了。」盧俊義道：「小人插翅也飛不去。」薛霸道：「莫要着你道兒，且等老爺縛一縛。」腰間解下麻索來，兜住盧俊義肚皮，去那松樹上只一勒，反拽過腳來，綁在樹上。薛霸對董超道：「大哥，你去林子外立着，若有人來撞着，咳嗽為號。」董超道：「兄弟，放手快些個。」薛霸道：「你放心去看着外面。」說罷，拿起水火棍，看着盧員外道：「你休怪我兩個，你家主管李固，教我們路上結果你。便到沙門島，也是死。不如及早打發了你！陰司地府，不要怨我們。明年今日，是你週年。」盧俊義聽了，淚如雨下，低頭受死。薛霸兩隻手拿起水火棍，望着盧員外腦門上劈將下來。董超在外面，只聽得一聲撲地響，慌忙走入林子裏來看時，盧員外依舊縛在樹上，薛霸倒仰臥樹下，水火棍撇在一邊。董超道：「卻又作怪！莫不是他使的力猛，倒吃一交？」仰着臉四下裏看時，不見動靜。薛霸口裏出血，心窩裏露出三四寸長一枝小小箭桿。卻待要叫，只見東北角樹上坐着一個人，聽的叫聲：「着！」撒手響處，董超脖項上早中了一箭，兩腳蹬空，撲地也倒了。

那人托地從樹上跳將下來，拔出解腕尖刀，割斷繩索，劈碎盤頭枷，就樹邊抱住盧員外，放聲大哭。盧俊義開眼看時，認得是浪子燕青，叫道：「小乙，莫不是魂魄和你相見麼？」燕青道：「小乙直從留守司前跟定這廝兩個。見他把主人監在使臣房裏，又見李固請去說話，小乙疑猜這廝們要害主人，連夜直跟出城來。主人在村店裏時，小乙伏侍在外頭，比及五更裏起來，小乙先在這裏等候。想這廝們必來這林子裏下手。被我兩弩箭結果了他兩個，主人見麼？」這浪子燕青那把弩弓，三枝快箭，端的是百發百中。怎見得弩箭好處：弩樁勁裁烏木，山根對嵌紅牙。撥手輕襯水晶，弦索半抽金線。背纏錦袋，彎彎如秋月未圓；穩放鵰翎，急急似流星飛進。

盧俊義道：「雖是你強救了我性命，卻射死這兩個公人，這罪越添得重了，待走那裏去的是？」燕青道：「當初都是宋公明苦了主人，今日不上梁山泊時，別無去處。」盧俊義道：「只是我杖瘡發作，腳皮破損，點地不得。」燕青道：「事不宜遲，我背着主人去。」便去公人身邊，搜出銀兩，帶着弩弓，插了腰刀，拿了水火棍，背着盧俊義，一直望東邊行走。不到十數里，早馱不動，見一個小小村店，入到裏面，尋房安下。買些酒肉，權且充飢。兩個暫時安歇這裏。

卻說過往人看見林子裏射死兩個公人在彼，近處社長報與里正得知，卻來大名府裏首告。隨即差官下來檢驗，卻是留守司公人董超、薛霸。回覆梁中書，着落大名府緝捕觀察，限了日期，要捉兇身。做公的人都來看了：「論這弩箭，眼見得是浪子燕青的。」事不宜遲，一二百做公的分頭去，一到處貼了告示，說那兩個模樣，曉諭遠近村坊道店，市鎮人家，挨捕捉拿。卻說盧俊義正在村店房中將息杖瘡，又走不動，只得在那裏且住。店小二聽得有殺人公事，村坊裏排頭說來，畫兩個模樣。小二見了，連忙去報本處社長：「我店裏有兩個人，好生腳叉[11]，不知是也不是。」社長轉報做公的去了。

卻說燕青為無下飯，拿了弩子，去近邊處尋幾個蟲蟻吃，卻待回來，只聽得滿村裏發喊。燕青躲在樹林裏張時，看見一二百做公的，槍刀圍定，把盧俊義縛在車子上，推將過去。燕青要搶出去救時，又無軍器，只叫得苦。尋思道：「若不去梁山泊報與宋公明得知，叫他來救，卻不是我誤了主人性命？」

當時取路，行了半夜，肚裏又飢，身邊又沒一文。走到一個土岡子上，叢叢雜雜，有些樹木，就林子裏睡到天明。心中憂悶，只聽得樹枝上喜雀咕咕噪噪，尋思道：「若是射得下來，村坊人家討些水，煮瀑[12]得熟，也得充飢。」走出林子外，抬頭看時，那喜雀朝着燕青噪。燕青輕輕取出弩弓，暗暗問天買卦，望空祈禱，說道：「燕青只有這一隻箭了。若是救的主人性命，箭到處，靈雀墜空；若是主人命運合休，箭到，靈雀飛去。」搭上箭，叫聲：「如意子，不要誤我！」弩子響處，正中喜雀後尾，帶了那枝箭，直飛下岡子去。燕青大踏步趕下岡子去，不見了喜雀。正尋之間，只見兩個人從前面走來。怎生打扮？但見前頭的，帶頂豬嘴頭巾，腦後兩個金裹銀環，上穿香皂羅衫，腰繫銷金搭膊，穿半膝軟襪麻鞋，提一條齊眉棍棒。後面的，白范陽遮塵笠子，茶褐攢線袖衫。腰繫緋紅纏袋，腳穿踢土皮鞋，背了衣包，提條短棒，跨口腰刀。

這兩個來的人，正和燕青打個肩廝拍[13]。燕青轉回身，看了這兩個，尋思道：「我正沒盤纏，何不兩拳打倒兩個，奪了包裹，卻好上梁山泊。」揣了弩弓抽身回來。這兩個低着頭只顧走。燕青趕上，把後面帶氈笠兒的後心一

---

11) 腳叉：奇怪，可疑。

12) 煮瀑：放在水中煮。

13) 廝拍：碰面。

拳，撲地打倒；卻待拽拳再打那前面的，反被那漢子手起棒落，正中燕青左腿，打翻在地。後面那漢子爬將起來，踏住燕青，掣出腰刀，劈面門便剁。燕青大叫道：「好漢，我死不妨，卻誰為主人報信！」那漢便不下刀，收住了手，提起燕青問道：「你這廝報甚麼音信？」燕青道：「你問我待怎地？」那前面的好漢把燕青手一拖，卻露出手腕上花繡，慌忙問道：「你不是盧員外家甚麼浪子燕青？」燕青想道：「左右是死，索性說了，教他捉去，和主人陰魂做一處！」便道：「我正是盧員外家浪子燕青。今要上梁山泊報信，教宋公明救我主人則個。」二人見說，呵呵大笑，說道：「早是不殺了你，原來正是燕小乙哥！你認得我兩個麼？」穿皂的不是別人，梁山泊頭領病關索楊雄，後面的便是拚命三郎石秀。楊雄道：「我兩個今奉哥哥將令，差往北京，打聽盧員外消息。軍師與戴院長亦隨後下山，專候通報。」燕青聽得是楊雄、石秀，把上件事都對兩個說了。楊雄道：「既是如此說時，我和燕青上山寨，報知哥哥，別做個道理。你可自去北京，打聽消息，便來回報。」石秀道：「最好。」便把包裹與燕青背了，跟着楊雄，連夜上梁山泊來。見了宋江，燕青把上項事備細說了一遍，宋江大驚，便會眾頭領商議良策。

且說石秀只帶自己隨身衣服，來到北京城外，天色已晚，入不得城，就城外歇了一宿。次日早飯罷，入得城來，但見人人嗟歎，個個傷情。石秀心疑。來到市心裏，只見人家閉戶關門，石秀問市戶人家時，只見一個老丈回言道：「客人，你不知我這北京有個盧員外，等地[14]財主。因被梁山泊賊人擄掠前去，逃得回來，倒吃了一場屈官司，迭配去沙門島，又不知怎地路上壞[15]了兩個公人。昨夜拿來，今日午時三刻，解來這裏市曹上斬他，客人可看一看。」

石秀聽罷，走來市曹上看時，十字路口，是個酒樓，石秀便來酒樓上，臨街佔個閣兒坐了。酒保前來問道：「客官，還是請人，只是獨自酌杯？」石秀睜着怪眼說道：「大碗酒，大塊肉，只顧賣來，問甚麼鳥！」酒保倒吃了一驚。打兩角酒，切一大盤牛肉將來。石秀大碗大塊，吃了一回。坐不多時，只聽得樓下街上熱鬧，石秀便去樓窗外看時，只見家家閉戶，鋪鋪關門。酒保上樓來道：「客官醉也？樓下出公事，快算了酒錢，別處去回避！」石秀

---

14) 等地：當地。

15) 壞：傷害，殺害。

道：「我怕甚麼鳥！你快走下去，莫要討老爺打！」酒保不敢做聲，下樓去了。不多時，只見街上鑼鼓喧天價來。但是兩聲破鼓響，一棒碎鑼鳴。皂纛旗[16]招展如雲，柳葉槍交加似雪。犯由牌[17]前引，白混棍後隨。押牢節級猙獰，仗刃公人猛勇。高頭馬上，監斬官勝似活閻羅；刀劍林中，掌法吏猶如追命鬼。可憐十字街心裏，要殺含冤負屈人！

石秀在樓窗外看時，十字路口，周回圍住法場，十數對刀棒劊子，前排後擁，把盧俊義綁押到樓前跪下。鐵臂膊蔡福拿着法刀，一枝花蔡慶扶着枷梢，說道：「盧員外，你自精細看，不是我弟兄兩個救你不的，事做拙了[18]。前面五聖堂[19]裏。我已安排下你的坐位了，你可一魂去那裏領受。」說罷，人叢裏一聲叫道：「午時三刻到了！」一邊開枷，蔡慶早拿住了頭，蔡福早掣出法刀在手。當案孔目高聲讀罷犯由牌，眾人齊和一聲。樓上石秀，只就那一聲和裏，掣着腰刀在手，應聲大叫：「梁山泊好漢全夥在此！」蔡福、蔡慶撇了盧員外，扯了繩索先走。石秀從樓上跳將下來，手舉鋼刀，殺人似砍瓜切菜，走不迭的，殺翻十數個；一隻手拖住盧俊義，投南便走。

原來這石秀不認得北京的路，更兼盧員外驚得呆了，越走不動。梁中書聽得報來大驚，便點帳前頭目，引了人馬，分頭去把城四門關上；差前後做公的，合將攏來。隨你好漢英雄，怎出高城峻壘？正是：分開陸地無牙爪，飛上青天欠羽毛。畢竟盧員外同石秀當下怎地脫身，且聽下回分解。

## 延伸思考

本回的情節與前文頗多類似，卻又在關鍵處生出變化，是作者有意為之。試體會這樣寫的好處。

16) 皂纛（dào）旗：軍隊裏的大旗。

17) 犯由牌：處決犯人時書寫罪狀的木牌。

18) 事做拙了：事做大了。

19) 五聖堂：供奉凶神像和凶死者牌位的神廟。

第六十三回

# 宋江兵打北京城
# 關勝議取梁山泊

石秀以一當十，劫了法場，卻和盧俊義兩人雙雙被捉。但由於懼怕梁山泊其他頭領來攻城報仇，梁中書不敢結果二人性命。而宋江決定親自率眾下山前去救援，攻打北京城。梁中書守城的幾員大將紛紛不敵，於是星夜修書前往京師搬取救兵。

話說當時石秀和盧俊義兩個在城內走投沒路，四下裏人馬合來，眾做公的把撓鉤搭住，套索絆翻。可憐悍勇英雄，方信寡不敵眾。兩個當下盡被捉了，解到梁中書面前，叫押過劫法場的賊來。石秀押在廳下，睜圓怪眼，高聲大罵：「你這敗壞國家害百姓的賊，我聽着哥哥將令，早晚便引軍來，打你城子，踏為平地，把你砍做三截！先教老爺來和你們說知。」石秀在廳前千賊萬賊價罵，廳上眾人都唬呆了。梁中書聽了，沉吟半晌，叫取大枷來，且把二人枷了，監放死囚牢裏，吩咐蔡福在意看管，休教有失。蔡福要結識梁山泊好漢，把他兩個做一處牢裏關着，每日好酒好肉與他兩個吃。因此不曾吃苦，倒將養得好了。卻說梁中書喚本州新任王太守當廳發落，就城中計點被傷人數。殺死的有七八十個，跌傷頭面、磕損皮膚、撞折腿腳者，不計其數。報名在官，梁中書支給官錢，醫治燒化了當。次日，城裏城外報說將來：「收得梁山泊沒頭帖子數十張，不敢隱瞞，只得呈上。」梁中書看了，嚇得魂飛天外，魄散九霄。帖子上寫道：

「梁山泊義士宋江，仰示大名府，佈告天下：今為大宋朝濫官當道，污吏專權，毆死良民，塗炭萬姓。北京盧俊義乃豪傑之士，今者啟請上山，一同替天行道。如何妄徇奸賄，殺害善良！特令石秀先來報知，不期俱被擒捉。

如是存得二人性命，獻出淫婦姦夫，吾無侵擾。倘若故傷羽翼，屈壞股肱，便當拔寨興師，同心雪恨，大兵到處，玉石俱焚。剿除奸詐，殄滅愚頑。天地咸扶，鬼神共佑。談笑入城，並無輕恕。義夫節婦，孝子順孫，好義良民，清慎官吏，切勿驚惶，各安職業。諭眾知悉。」

當時梁中書看了沒頭告示，便喚王太守到來商議：「此事如何剖決？」王太守是個善懦之人，聽得說了這話，便稟梁中書道：「梁山泊這一夥，朝廷幾次尚且收捕他不得，何況我這裏一郡之力？倘若這亡命之徒引兵到來，朝廷救兵不迭，那時悔之晚矣！若論小官愚意：且姑存此二人性命，一面寫表申奏朝廷，二即奉書呈上蔡太師恩相知道，三者可教本處軍馬出城下寨，提備不虞[1]。如此，可保北京無事，軍民不傷。若將這兩個一時殺壞，誠恐寇兵臨城，一者無兵解救，二者朝廷見怪，三乃百姓驚慌，城中擾亂，深為未便。」梁中書聽了道：「知府言之極當。」先喚押牢節級蔡福來，便道：「這兩個賊徒，非同小可。你若是拘束得緊，誠恐喪命；若教你寬鬆，又怕他走了。你弟兄兩個，早早晚晚，可緊可慢，在意堅固[2]管候發落，休得時刻怠慢。」蔡福聽了，心中暗喜：「如此發放，正中下懷。」領了鈞旨，自去牢中安慰他兩個，不在話下。

只說梁中書便喚兵馬都監大刀聞達、天王李成兩個，都到廳前商議。梁中書備說梁山泊沒頭告示，王太守所言之事。兩個都監聽罷，李成便道：「量這夥草寇，如何敢擅離巢穴？相公何必有勞神思？李某不才，食祿多矣，無功報德，願施犬馬之勞，統領軍卒，離城下寨。草寇不來，別作商議。如若那夥強寇，年衰命盡，擅離巢穴，領眾前來，不是小將誇口，定令此賊片甲不回！」梁中書聽了大喜，隨即取金花繡緞，賞勞二將。兩個辭謝，別了梁中書，各回營寨安歇。

次日，李成升帳，喚大小官軍，上帳商議。旁邊走過二人，威風凜凜，相貌堂堂，便是急先鋒索超，又出頭相見。李成傳令道：「宋江草寇，早晚臨城，要來打俺北京，你可點本部軍兵，離城三十五里下寨。我隨後卻領軍來。」索超得了將令，次日點起本部軍兵，至三十五里，地名飛虎峪，靠山下了寨柵。次日，李成引領正偏將，離城二十五里，地名槐樹坡，下了寨柵。

---

1)　不虞：預料不到的情況。

2)　堅固：牢牢地。

周圍密佈槍刀，四下深藏鹿角[3]，三面掘下陷坑。眾軍摩拳擦掌，諸將協力同心，只等梁山泊軍馬到來，便要建功。

話分兩頭。原來這沒頭帖子，卻是吳學究聞得燕青、楊雄報信，又叫戴宗打聽得盧員外、石秀都被擒捉，因此虛寫告示，向沒人處撇下，及橋樑道路上貼放，只要保全盧俊義、石秀二人性命。

戴宗回到梁山泊，把上項事備細與眾頭領說知。宋江聽罷大驚，就忠義堂上打鼓集眾，大小頭領，各依次序而坐。宋江開話對吳學究道：「當初軍師好意，啟請盧員外上山來聚義，今日不想卻教他受苦，又陷了石秀兄弟，當用何計可救？」吳用道：「兄長放心，小生不才，願獻一計，乘此機會，就取北京錢糧，以供山寨之用。明日是個吉辰，請兄長分一半頭領，把守山寨，其餘盡隨我等去打城池。」宋江道：「軍師之言極當。」便喚鐵面孔目裴宣，派撥大小軍兵，來日起程。黑旋風李逵便道：「我這兩把大斧，多時不曾發市，聽得打州劫縣，他也在廳邊歡喜。哥哥撥與我五百小嘍囉，搶到北京，把梁中書砍做肉泥，拿住李固和那婆娘碎屍萬段。救取盧員外、石秀二人性命，是我心願。」宋江道：「兄弟雖然勇猛，這北京非比別處州府，且梁中書又是蔡太師女婿，更兼手下有李成、聞達，都是萬夫不當之勇，不可輕敵。」李逵大叫道：「哥哥這般長別人志氣，滅自己威風！且看兄弟去如何？若還輸了，誓不回山。」吳用道：「既然你要去，便教做先鋒，點與五百好漢相隨，就充頭陣，來日下山。」當晚宋江和吳用商議，撥定了人數。裴宣寫了告示，送到各寨，各依撥次施行，不得時刻有誤。

此時秋末冬初天氣，征夫容易披掛，戰馬易得肥滿，軍卒久不臨陣，皆生戰鬥之心；各恨不平，盡想報仇之念。得蒙差遣，歡天喜地，收拾槍刀，拴束鞍馬，摩拳擦掌，時刻下山。第一撥，當先哨路黑旋風李逵，部領小嘍囉五百。第二撥，兩頭蛇解珍、雙尾蠍解寶、毛頭星孔明、獨火星孔亮，部領小嘍囉一千。第三撥，女頭領一丈青扈三娘、副將母夜叉孫二娘、母大蟲顧大嫂，部領小嘍囉一千。第四撥，撲天鵰李應、副將九紋龍史進、小尉遲孫新，部領小嘍囉一千。中軍主將都頭領宋江，軍師吳用。簇帳頭領四員：小溫

---

3) 鹿角：一種軍事障礙物，把一些帶枝的樹木削尖，安在營寨前或交通路口，因其尖頭向上，形象鹿角而得名。

侯呂方、賽仁貴郭盛、病尉遲孫立、鎮三山黃信。前軍頭領：霹靂火秦明，副將百勝將韓滔、天目將彭玘。後軍頭領：豹子頭林沖，副將鐵笛仙馬麟、火眼狻猊鄧飛。左軍頭領：雙鞭呼延灼，副將摩雲金翅歐鵬、錦毛虎燕順。右軍頭領：小李廣花榮、副將跳澗虎陳達、白花蛇楊春，並帶炮手轟天雷凌振，接應糧草。探聽軍情頭領一員，神行太保戴宗。軍兵分撥已定，平明各頭領依次而行，當日進發。只留下副軍師公孫勝，並劉唐、朱仝、穆弘四個頭領，統領馬步軍兵，守把山寨。三關水寨中，自有李俊等守把，不在話下。

卻說索超正在飛虎峪寨中坐地，只見流星報馬前來報說：「宋江軍馬大小人兵不計其數，離寨約有二三十里，將近到來。」索超聽得，飛報李成槐樹坡寨內。李成聽了，一面報馬入城，一面自備了戰馬，直到前寨。索超接着，說了備細。次日五更造飯，平明拔寨都起，前到庾家疃，列成陣勢，擺開一萬五千人馬。李成、索超全副披掛，門旗下勒住戰馬。平東一望，遠遠地塵土起處，約有五百餘人，飛奔前來。李成鞭梢一指，軍健腳踏硬弩，手拽強弓。梁山泊好漢在庾家疃一字兒擺成陣勢。只見人人都帶茜紅巾，個個齊穿緋衲襖。鷺鷥腿緊繫腳綳，虎狼腰牢拴裹肚。三股叉直進寒光，四棱簡橫拖冷霧。柳葉槍，火尖槍，密佈如麻；青銅刀，偃月刀，紛紛似雪。滿地紅旗飄火焰，半空赤幟耀霞光。

東陣上只見一員好漢，當前出馬，乃是黑旋風李逵，手掿雙斧，睁圓怪眼，咬碎鋼牙，高聲大叫：「認得梁山泊好漢黑旋風麼？」李成在馬上看了，與索超大笑道：「每日只說梁山泊好漢，原來只是這等腌臢草寇，何足為道！先鋒，你看麼？何不先捉此賊？」索超笑道：「割雞焉用牛刀，自有戰將建功，不必主將掛念。」言未絕，索超馬後一員首將，姓王，名定，手拈長槍，引領部下一百馬軍，飛奔衝將過來。李逵膽勇過人，雖是帶甲遮護，怎當馬軍一衝，當時四下奔走。索超引軍直趕過庾家疃來，只見山坡背後，鑼鼓喧天，早撞出兩彪軍馬。左有解珍、孔亮，右有孔明、解寶，各領五百小嘍囉，衝殺將來。索超見他有接應軍馬，方才吃驚，不來追趕，勒馬便回。李成問道：「如何不拿賊來？」索超道：「趕過山去，正要拿他，原來這廝們倒有接應人馬，伏兵齊起，難以下手。」李成道：「這等草寇，何足懼哉！」將引前部軍兵，盡數殺過庾家疃來。只見前面搖旗吶喊，擂鼓鳴鑼，又是一彪軍馬。當先一騎馬上卻是一員女將，結束得十分標緻，有《念奴嬌》為證：

玉雪肌膚，芙蓉模樣，有天然標格。金鎧輝煌鱗甲動，銀滲紅羅抹額。玉手纖纖，雙持寶刃。恁英雄烜赫，眼溜秋波，萬種妖嬈堪摘。謾馳[4]寶馬當前，霜刃如風，要把官兵斬馘[5]。粉面塵飛，征袍汗濕，殺氣騰胸腋。戰士消魂，敵人喪膽，女將中間奇特。得勝歸來，隱隱笑生雙頰。

且說這扈三娘引軍，紅旗上金書大字「女將一丈青」，左有顧大嫂，右有孫二娘，引一千餘軍馬，盡是七長八短漢，四山五嶽人。李成看了道：「這等軍人，作何用處！先鋒與我向前迎敵，我卻分兵勒捕四下草寇。」索超領了將令，手搭金蘸斧，拍坐下馬，殺奔前來。一丈青勒馬回頭，望山凹裏便走。李成分開人馬，四下裏趕殺，正趕之間，只聽的喊聲震地，霧氣遮天，一彪人馬，飛也似追來。李成急急退兵十四五里，首尾不能管顧，急退入庾家疃時，左衝出解珍、孔亮，部領人馬，趕殺將來；右衝出孔明、解寶，部領人馬，又殺到來。三員女將，撥轉馬頭，隨後殺來，趕的李成軍馬四分五落。急待回寨，黑旋風李逵當先攔住。李成、索超衝開人馬，奪路而去。比及回寨，大折一陣。宋江軍馬也不追趕，一面收兵暫歇，扎下營寨。

且說李成、索超慌忙差人入城，報知梁中書，連夜再差聞達速領本部軍馬，前來助戰。李成接着，就槐樹坡寨內商議退兵之策。聞達笑道：「疥癩[6]之疾，何足掛意！聞某不才，來日願決一陣，務要全勝。」當夜商議定了，傳令與軍士得知，四更造飯，五更披掛，平明進兵。戰鼓三通，拔寨都起，前到庾家疃。早見宋江軍馬，潑風也似價來。但見：征雲冉冉飛晴空，征塵漠漠迷西東。十萬貔貅聲震地，車廂火炮如雷轟。鼙鼓[7]冬冬撼山谷，旌旗獵獵搖天風。槍影搖空翻玉蟒，劍光耀日飛蒼龍。六師鷹揚鬼神泣，三軍英勇貅虎[8]同。罡星煞曜降凡世，天蓬丁甲離青穹。銀盔金甲灑冰雪，強弓硬弩真難攻。人人只欲盡忠義，擒王斬將非邀功。大刀聞達不知量，狂言逞技真雕蟲！飛虎

---

4) 謾馳：散漫地騎着。謾，同「漫」。

5) 斬馘（guó）：殺敵後割下左耳計功，泛指戰場殺敵。

6) 疥癩：皮膚病名。俗稱頭癬。亦用以喻醜陋，表示鄙視之意。

7) 鼙（pí）鼓：軍中的戰鼓。

8) 貅（xiū）虎：猛獸。

峪中兵四起，星馳電逐無前鋒。閉關收拾殘戈甲，有如脫兔潛葭蓬[9]。

當日大刀聞達便教將軍馬擺開，強弓硬弩，射住陣腳。花腔鼉鼓擂，雜彩繡旗搖。宋江陣中，早已捧出一員大將，紅旗銀字，大書「霹靂火秦明」。怎生打扮？頭戴朱紅漆笠，身穿絳色袍鮮，連環鎖甲獸吞肩。抹綠戰靴雲嵌，鳳翅明盔耀日，獅蠻寶帶腰懸。狼牙混棍手中拈，凜凜英雄罕見。

秦明勒馬，厲聲高叫：「北京濫官污吏聽着！多時要打你這城子，誠恐害了百姓良民。好好將盧俊義、石秀送將過來，淫婦姦夫一同解出，我便退兵罷戰，誓不相侵！若是執迷不悟，便教崑岡火起，玉石俱焚[10]，只在目前。有話早說，休得俄延。」說猶未了，聞達大怒，便問首將：「誰與我力擒此賊？」說言未了，腦後鈴鸞響處，一員大將當先出馬。怎生打扮？耀日兜鍪[11]晃晃，連環鐵甲重重，團花點翠錦袍紅，金帶鈒成雙鳳。鵲畫弓藏袋內，狼牙箭插壺中。雕鞍穩定五花龍，大斧手中摩弄。

這個是北京上將，姓索，名超，因為此人性急，人皆呼他為急先鋒，出到陣前，高聲喝道：「你這廝是朝廷命官，國家有何負你？你好人不做，卻去落草為賊！我今拿住你時，碎屍萬段，死有餘辜。」這個秦明，又是一個性急的人，聽了這話，正是爐中添炭，火上澆油，拍馬向前，掄狼牙棍直奔將來。索超縱馬，直挺秦明。二匹劣馬相交，兩般軍器並舉，眾軍吶喊。鬥過二十餘合，不分勝敗。宋江軍中先鋒隊裏轉過韓滔，就馬上拈弓搭箭，覷的索超較親，颼地只一箭，正中索超左臂，撇了大斧，回馬望本陣便走。宋江鞭梢一指，大小三軍，一齊捲殺過來。殺的屍橫遍野，流血成河，大敗虧輸。直追過庾家疃，隨即奪了槐樹坡小寨。當晚聞達直奔飛虎峪，計點軍兵，三停去一。宋江就槐樹坡寨內屯紮。吳用道：「軍兵敗走，心中必怯。若不乘勢追趕，誠恐養成勇氣，急忙難得。」宋江道：「軍師之言極當。」隨即傳令，當晚就將精銳得勝軍將，分作四路，連夜進發，殺奔城來。

再說聞達奔到飛虎峪，忙忙似喪家之犬，急急如漏網之魚。正在寨中商議計策，小校來報：「近山上一帶火起！」聞達帶領軍兵，上馬看時，只

---

9)　葭蓬：蘆葦和蓬草。

10)　崑岡火起，玉石俱焚：崑崙山失火，將玉和石頭一起燒掉。比喻不分好壞，同歸於盡。

11)　兜鍪（móu）：頭盔。

見東邊山上火把不知其數，照的遍山遍野通紅。聞達便引軍兵迎敵，山後又是馬軍來到。當先首將小李廣花榮、引副將楊春、陳達橫殺將來。聞達措手不及，領兵便回飛虎峪。西邊山上火把不知其數。當先首將雙鞭呼延灼引副將歐鵬、燕順衝擊將來。後面喊聲又起，卻是首將霹靂火秦明引副將韓滔、彭玘並力殺來。聞達軍馬大亂，拔寨都起。只見前面喊聲又起，火光晃耀，卻是轟天雷凌振將帶副手，從小路直轉飛虎峪那邊，放起炮來。聞達引軍奪路，奔城而去。只見前面鼓聲響處，早有一彪軍馬攔路。火光叢中，閃出首將豹子頭林冲，引副將馬麟、鄧飛截住歸路。四下裏戰鼓齊鳴，烈火競起，眾軍亂攛，各自逃生。聞達手舞大刀，殺開條路走，正撞着李成，合兵一處，且戰且走。戰到天明，已至城下。梁中書聽的這個消息，驚的三魂蕩蕩，七魄幽幽，連忙點軍出城，接應敗殘人馬，緊閉城門，堅守不出。次日，宋江軍馬追來，直抵東門下寨，準備攻城。

且說梁中書在留守司聚眾商議，難以解救。李成道：「賊兵臨城，事在告急，若是遲延，必至失陷。相公可修告急家書，差心腹之人，星夜趕上京師，報與蔡太師知道，早奏朝廷，調遣精兵前來救應，此是上策；第二，作緊行文，關報鄰近府縣，亦教早早調兵接應；第三，北京城內，着仰大名府起差民夫上城，同心協助，守護城池，準備擂木炮石，踏弩硬弓，灰瓶金汁，曉夜提備，如此可保無虞。」梁中書道：「家書隨便修下，誰人去走一遭？」當日差下首將王定，全副披掛，又差數個馬軍，領了密書，放開城門吊橋，望東京飛報聲息，及關報鄰近府分，發兵救應。先仰王太守起集民夫，上城守護。不在話下。

且說宋江分調眾將，引軍圍城，東西北三面下寨，只空南門不圍。每日引軍攻打一面。向山寨中催取糧草，為久屯之計。務要打破北京，救取盧員外、石秀二人。李成、聞達連日提兵出城交戰，不能取勝。索超箭瘡，將息未得痊可。

不說宋江軍兵打城。且說首將王定齎領密書，三騎馬直到東京太師府前下馬。門吏轉報入去，太師教喚王定進來，直到後堂拜罷，呈上密書。蔡太師拆開封皮看了大驚，問其備細。王定把盧俊義的事，一一說了。「如今宋江領兵圍城，聲勢浩大，不可抵敵。」庾家疃、槐樹坡、飛虎峪三處廝殺，盡皆說罷。蔡京道：「鞍馬勞困，你且去館驛內安下，待我會官商議。」王定又稟道：「太師恩相，大名危如累卵，破在旦夕，倘或失陷，河北縣郡，如之奈何？望太師恩相，早早發兵剿除！」蔡京道：「不必多說，你且退去。」王定去了。

太師隨即差當日府幹請樞密院官，急來商議軍情重事。不移時，東廳樞密使童貫引三衙太尉，都到節堂，參見太師。蔡京把大名危急之事備細說了一遍：「如今將何計策，用何良將，可退賊兵，以保城郭？」說罷，眾官互相廝覷，各有懼色。只見那步司太尉背後轉出一人，乃是衙門防禦使保義，姓宣名贊，掌管兵馬。此人生的面如鍋底，鼻孔朝天，捲髮赤鬚，彪形八尺，使口鋼刀，武藝出眾。先前在王府曾做郡馬[12]，人呼為醜郡馬。因對連珠箭贏了番將，郡王愛他武藝，招做女婿。誰想郡主嫌他醜陋，懷恨而亡。因此不得重用，只做得個兵馬保義使。童貫是個阿諛諂佞之徒，與他不能相下，常有嫌疑之心。當時此人忍不住，出班來稟太師道：「小將當初在鄉中有個相識。此人乃是漢末三分義勇武安王[13]嫡派子孫，姓關名勝，生的規模與祖出雲長相似，使一口青龍偃月刀，人稱為大刀關勝。現做蒲東巡檢，屈在下僚。此人幼讀兵書，深通武藝，有萬夫不當之勇。若以禮幣請他，拜為上將，可以掃清水寨，殄滅狂徒，保國安民。乞取鈞旨。」蔡京聽罷大喜，就差宣贊為使，齎了文書鞍馬，連夜星火前往蒲東，禮請關勝赴京計議。眾官皆退。

話休絮繁。宣贊領了文書，上馬進發。帶將三五個從人，不則一日，來到蒲東巡檢司前下馬。當日關勝正和郝思文在衙內論說古今興廢之事，聞說東京有使命至，關勝忙與郝思文出來迎接。各施禮罷，請到廳上坐標。關勝問道：「故人久不相見，今日何事，遠勞親自到此？」宣贊回言：「為因梁山泊草寇攻打北京，宣某在太師面前一力保舉兄長，有安邦定國之策，降兵斬將之才，特奉朝廷敕旨，太師鈞命，彩幣鞍馬，禮請起行。兄長勿得推卻，便請收拾赴京。」關勝聽罷大喜，與宣贊說道：「這個兄弟姓郝雙名思文，是我拜義弟兄。當初他母親夢井木犴[14]投胎，因而有孕，後生此人，因此人喚他做井木犴。這兄弟十八般武藝，無有不能。得蒙太師呼喚，一同前去，協力報國，有何不可？」宣贊喜諾，就行催請登程。

當下關勝吩咐老小，一同郝思文將引關西漢十數個人，收拾刀馬、盔

---

12）　郡馬：郡主的丈夫。

13）　義勇武安王：宋代對關羽追加的謚號。

14）　井木犴：星宿名。傳說中的一種凶獸，形狀像野狗。

甲、行李，跟隨宣贊連夜起程，來到東京，徑投太師府前下馬。門吏轉報蔡太師得知，教喚進。宣贊引關勝、郝思文直到節堂，拜見已罷，立在階下。蔡京看了關勝，端的好表人材：堂堂八尺五六身軀，細細三柳髭髯，兩眉入鬢，鳳眼朝天，面如重棗，唇若塗朱。太師大喜，便問：「將軍青春多少？」關勝答道：「小將三旬有二。」蔡太師道：「梁山泊草寇圍困北京城郭，請問良將，願施妙策，以解其圍。」關勝稟道：「久聞草寇佔住水窪，驚羣動眾。今擅離巢穴，自取其禍。若救北京，虛勞人力。乞假精兵數萬，先取梁山，後拿賊寇，教他首尾不能相顧。」太師見說大喜，與宣贊道：「此乃圍魏救趙之計，正合吾心。」隨即喚樞密院官，調撥山東、河北精銳軍兵一萬五千，教郝思文為先鋒，宣贊為合後，關勝為領兵指揮使，步軍太尉段常接應糧草。犒賞三軍，限日下起行，大刀闊斧，殺奔梁山泊來。直教：龍離大海，不能駕霧騰雲；虎到平川，怎辦張牙舞爪？正是：貪觀天上中秋月，失卻盤中照殿珠。畢竟宋江軍馬怎地結果，且聽下回分解。

 **知識拓展**

### 圍魏救趙

原指戰國時齊軍用圍攻魏國的方法，迫使魏國撤回攻趙部隊而使趙國得救。後指襲擊敵人後方的據點以迫使進攻之敵撤退的戰術。

戰國時，魏國圍攻趙國都城邯鄲，趙國向齊國求救，齊國的將領田忌、孫臏率領軍隊出征，田忌起初想要直接進攻邯鄲，被孫臏否決了，他認為應該乘魏國空虛，發兵攻魏。於是田忌依從孫臏之計。果然，魏軍回救本國，齊軍乘其疲憊，在桂陵（今山東菏澤）大敗魏軍，魏將龐涓落荒而逃，趙國因而解困。後來用「圍魏救趙」來指類似的作戰方法。這是中國歷史上的一次著名戰役，「圍魏救趙」也是三十六計中的重要一計。

# 第六十四回

# 呼延灼月夜賺關勝
# 宋公明雪天擒索超

梁中書向蔡太師求援，得了幾員大將前去攻打梁山泊，卻被吳用智取關勝等人，就連梁中書的大將索超最終也被生擒。過程精彩曲折，令人手不釋卷。

話說蒲東關勝這人慣使口大刀，英雄蓋世，義勇過人。當日辭了太師，統領着一萬五千人馬，分為三隊，離了東京，望梁山泊來。

話分兩頭。且說宋江與同眾將每日北京攻打城池不下，李成、聞達那裏敢出對陣？索超箭瘡深重，又未平復，更無人出戰。宋江見攻打城子不破，心中納悶，離山已久，不見輸贏。是夜在中軍帳裏悶坐，點上燈燭，取出玄女天書，正看之間，猛然想起圍城既久，不見有救軍接應，戴宗回去，尚不見來，默然覺得神思恍惚，寢食不安，忽小校報說：「軍師來見。」吳用到得中軍帳內，與宋江道：「我等眾軍圍許多時，如何杳無救軍來到，城中又不出戰？向有三騎馬奔出城去，必是梁中書使人去京師告急。他丈人蔡太師必然上緊遣兵，中間必有良將。倘用圍魏救趙之計，且不來解此處之危，反去取我梁山大寨，如之奈何！兄長不可不慮。我等先着軍士收拾，未可都退。」正說之間，只見神行太保戴宗到來，報說：「東京蔡太師拜請關菩薩玄孫、蒲東郡大刀關勝，引一彪軍馬飛奔梁山泊來。寨中頭領主張不定，請兄長軍師早早收兵回來，且解山寨之難。」吳用道：「雖然如此，不可急還。今夜晚間先教步軍前行，留下兩支軍馬，就飛虎峪兩邊埋伏。城中知道我等退軍，必然追趕。若不如此，我兵先亂。」宋江道：「軍師言之極當。」傳令便差小李廣花榮引五百軍兵，去飛虎峪左邊埋伏。豹子頭林沖引五百軍兵，飛虎峪右邊埋伏。再叫雙鞭呼延灼引二十五騎馬軍，帶着淩振，將了風火等炮，離城十數里遠近，但見追兵過來，隨即施放號炮，令其兩下伏兵，齊去並殺追兵。一面傳令，前隊退兵，倒拖旌旗，不鳴戰鼓，卻如雨散雲行，遇兵勿戰，慢慢退回。步軍隊裏，半夜起來，次第而行。直至次日巳牌前後，方才盡退。

城上望見宋江軍馬手拖旗幡，肩擔刀斧，紛紛滾滾，拔寨都起，有還山之狀。城上看了仔細，報與梁中書知道：「梁山泊軍馬今日盡數收兵，都回去了。」梁中書聽的，隨即喚李成、聞達商議。聞達道：「想是京師救軍去取他梁山泊，這廝們恐失巢穴，慌忙歸去。可以乘勢追殺，必擒宋江。」說猶未了，城外報馬到來，齎東京文字，約會引兵去取賊巢。「他若退兵，可以速追。」梁中書便叫李成、聞達各帶一支軍馬，從東西兩路追趕宋江軍馬。

且說宋江引兵退回，見城中調兵追趕，舍命便走。直退到飛虎峪那邊，只聽的背後火炮齊響。李成、聞達吃了一驚，勒住戰馬看時，後面只見旗幡對刺[1]，戰鼓亂鳴。李成、聞達火急回軍，左手下撞出小李廣花榮，右手下撞出豹子頭林沖，各引五百軍馬，兩邊殺來。措手不及，知道中了奸計，火速回軍。前面又撞出呼延灼，引着一支馬軍，大殺一陣，殺的李成、聞達金盔倒納，衣甲飄零。退入城中，閉門不出。宋江軍馬，次第而回。早轉近梁山泊邊，卻好迎着醜郡馬宣贊攔路。宋江約住軍兵，權且下寨。暗地使人從偏僻小路，赴水上山報知，約會水陸軍兵，兩下救應。

且說水寨內頭領船火兒張橫，與兄弟浪裏白條張順當時議定：「我和你弟兄兩個，自來寨中，不曾建功。只看着別人誇能說會，倒受他氣。如今蒲東大刀關勝，三路調軍打我寨柵。不若我和你兩個，先去劫了他寨，捉得關勝，立這件大功。眾兄弟面前，也好爭口氣。」張順道：「哥哥，我和你只管的些水軍，倘或不相救應，枉惹人恥笑。」張橫道：「你若這般把細[2]，何年月日能夠建功？你不去便罷，我今夜自去。」張順苦諫不聽。當夜張橫點了小船五十餘隻，每船上只有三五人，渾身都是軟戰[3]，手執苦竹槍，各帶蓼葉刀，趁着月光微明，寒露寂靜，把小船直抵旱路。此時約有二更時分。

---

1) 對刺：交叉。

2) 把細：謹小慎微，細心。

3) 軟戰：非金屬製的軟質戰衣。

卻說關勝正在中軍帳裏點燈看書，有伏路小校悄悄來報：「蘆花蕩裏，約有小船四五十隻，人人各執長槍，盡去蘆葦裏面兩邊埋伏，不知何意，特來報知。」關勝聽了，微微冷笑。當時暗傳號令，教眾軍俱各如此準備。三軍得令，各自潛伏。

且說張橫將引三二百人，從蘆葦中間藏蹤躡跡，直到寨邊，拔開鹿角，徑奔中軍。望見帳中燈燭熒煌，關勝手拈髭髯，坐看兵書。張橫暗喜，手搭長槍，搶入帳房裏來。旁邊一聲鑼響，眾軍喊動，如天崩地塌，山倒江翻，嚇的張橫倒拖長槍，轉身便走。四下裏伏兵亂起，可憐會水張橫，怎脫平川羅網。二三百人不曾走的一個，盡數被縛，推到帳前。關勝看了，笑罵：「無端草賊，安敢侮吾！」將張橫陷車盛了，其餘者盡數監了。「直等捉了宋江，一並解上京師，不負宣贊舉薦之意。」

不說關勝捉了張橫，卻說水寨內三阮頭領正在寨中商議，使人去宋江哥哥處聽令，只見張順到來，報說：「我哥哥因不聽小弟苦諫，去劫關勝營寨，不料被捉，囚車監了。」阮小七聽了，叫將起來，說道：「我兄弟們同死同生，吉凶相救，你是他嫡親兄弟，卻怎地教他獨自去，被人捉了？你不去救，我弟兄三個自去救他。」張順道：「為不曾得哥哥將令，卻不敢輕動。」阮小七道：「若等將令來時，你哥哥吃他剁做八段。」阮小二、阮小五都道：「說的是。」張順逆他三個不過，只得依他。

當夜四更，點起大小水寨頭領，各架船一百餘隻，一齊殺奔關勝寨來。岸上小軍，望見水面上戰船如螞蟻相似，都傍岸邊，慌忙報知主帥。關勝笑道：「無見識賊奴，何足為慮！」隨即喚首將附耳低言，如此如此。且說三阮在前，張順在後，吶聲喊，搶入寨來。只見寨內槍刀豎立，旌旗不倒，並無一人。三阮大驚，轉身便走。帳前一聲鑼響，左右兩邊，馬軍步軍，分作八路，簸箕掌[4]，栲栳圈，重重迭迭，圍裹將來。張順見不是頭，撲通的先跳下水去。三阮奪路便走，急到的水邊，後軍趕上，撓鈎齊下，套索飛來，把這活閻羅阮小七搭住，橫施倒拽捉去了。阮小二、阮小五、張順卻得混江龍李俊帶的童威、童猛死救回去。

---

4)　簸箕掌：圓圈形狀。

不說阮小七被捉，囚在陷車之中。且說水軍報上梁山泊來，劉唐便使張順從水路裏直到宋江寨中，報說這個消息。宋江便與吳用商議，怎生退的關勝。吳用道：「來日決戰，且看勝敗如何。」說猶未了，猛聽得戰鼓齊鳴，卻是醜郡馬宣贊部領三軍，直到大寨。宋江舉眾出迎，看了宣贊在門旗下勒戰，便喚：「首將那個出馬，先拿這廝。」只見小李廣花榮拍馬持槍，直取宣贊。宣贊舞刀來迎，一來一往，一上一下，鬥到十合，花榮賣個破綻，回馬便走。宣贊趕來，花榮就了事環帶住鋼槍，拈弓取箭，側坐雕鞍，輕舒猿臂，翻身一箭。宣贊聽得弓弦響，卻好箭來，把刀只一隔，錚地一聲響，射在刀面上。花榮見一箭不中，再取第二枝箭，看的較近，望宣贊胸膛上射來。宣贊鐙裏藏身，又躲過了。宣贊見他弓箭高強，不敢追趕，霍地勒回馬，跑回本陣。花榮見他不趕，連忙便勒轉馬頭，望宣贊趕來。又取第三枝箭，望得宣贊後心較近，再射一箭。只聽得鐺地一聲響，正射在背後護心鏡上。宣贊慌忙馳馬入陣，便使人報與關勝。

關勝得知，便喚小校：「快牽過戰馬來！」那匹馬，頭至尾長一丈，蹄至脊高八尺，渾身上下，沒一根雜毛，純是火炭般赤，拴一副皮甲，束三條肚帶。關勝全裝披掛，綽刀上馬，直臨陣前。門旗開處，便乃出馬，有《西江月》一首為證：

漢國功臣苗裔，三分[5]良將玄孫。繡旗飄掛動天兵，金甲綠袍相稱。赤兔馬騰騰紫霞，青龍刀凜凜寒冰。蒲東郡內產豪英，義勇大刀關勝。

宋江看了關勝一表非俗，與吳用暗暗地喝采，回頭與眾多良將道：「將軍英雄，名不虛傳！」說言未了，林沖忿怒，便道：「我等弟兄自上梁山泊，大小五七十陣，未嘗挫了銳氣，軍師何故滅自己威風！」說罷，便挺槍出馬，直取關勝。關勝見了，大喝道：「水泊草寇，汝等怎敢背負朝廷！單要宋江與吾決戰。」宋江在門旗下喝住林沖，縱馬親自出陣，欠身與關勝施禮，說道：「鄆城小吏宋江到此謹參，唯將軍問罪。」關勝道：「汝為小吏，安敢背叛朝廷？」

---

5) 三分：三國時期。

宋江答道：「蓋為朝廷不明，縱容奸臣當道，讒佞專權，設除濫官污吏，陷害天下百姓。宋江等替天行道，並無異心。」關勝大喝：「天兵到此，尚然抗拒，巧言令色，怎敢瞞吾！若不下馬受降，着你粉骨碎身！」霹靂火秦明聽得大怒，手舞狼牙棍，縱坐下馬，直搶過來。關勝也縱馬出迎，來鬥秦明。林沖怕他奪了頭功，猛可裏飛搶過來，徑奔關勝。三騎馬向征塵影裏，轉燈般廝殺。宋江看了，恐傷關勝，便教鳴金收軍。林沖、秦明回馬陣前，說道：「正待擒捉這廝，兄長何故收軍罷戰？」宋江道：「賢弟，我等忠義自守，以強欺弱，非所願也。縱使陣上捉他，此人不伏，亦乃惹人恥笑。吾看關勝英勇之將，世本忠臣，乃祖為神，若得此人上山，宋江情願讓位。」林沖、秦明都不喜歡。當日兩邊各自收兵。

且說關勝回到寨中，下馬卸甲，心中暗忖道：「我力鬥二將不過，看看輸與他，宋江倒收了軍馬，不知主何意？」卻叫小軍推出陷車中張橫、阮小七過來，問道：「宋江是個鄆城小吏，你這廝們如何伏他？」阮小七應道：「俺哥哥山東、河北馳名，都稱做及時雨呼保義宋公明。你這廝不知禮義之人，如何省得！」關勝低頭不語，且教推過陷車。

當晚寨中納悶，坐臥不安，走出中軍觀看，月色滿天，霜華遍地，嗟歎不已。有伏路小校前來報說：「有個鬍鬚將軍，匹馬單鞭，要見元帥。」關勝道：「你不問他是誰！」小校道：「他又沒衣甲軍器，並不肯說姓名，只言要見元帥。」關勝道：「既是如此，與我喚來。」沒多時，來到帳中，拜見關勝。關勝看了，有些面熟，燈光之下，略也認得，便問是誰。那人道：「乞退左右。」關勝道：「不妨。」那人道：「小將呼延灼的便是。先前曾與朝廷統領連環馬軍，征進梁山泊。誰想中賊奸計，失陷了軍機，不能還鄉。聽得將軍到來，不勝之喜。早間宋江在陣上，林沖、秦明待捉將軍，宋江火急收軍，誠恐傷犯足下。此人素有歸順之意，獨奈眾賊不從。暗與呼延灼商議，正要驅使眾人歸順。將軍若是聽從，明日夜間，輕弓短箭，騎着快馬，從小路直入賊寨，生擒林沖等寇，解赴京師，共立功勛。」關勝聽罷大喜，請入帳，置酒相待。備說宋江專以忠義為主，不幸從賊無辜。二人遞相剖露衷情，並無疑心。

次日，宋江舉眾搦戰。關勝與呼延灼商議：「今日可先贏首將，晚間可行此計。」且說呼延灼借副衣甲穿了，彼各上馬，都到陣前。宋江陣上大罵呼延灼道：「山寨不曾虧負你半分，因何夤夜[6]私去？」呼延灼回道：「汝等草寇，成何大事！」宋江便令鎮三山黃信出馬，仗喪門劍，驅坐下馬，直奔呼延灼。兩馬相交，鬥不到十合，呼延灼手起一鞭，把黃信打落馬下。宋江陣上眾軍搶出來，扛了回去。關勝大喜，令大小三軍一齊掩殺。呼延灼道：「不可追掩。吳用那廝，廣有神機，若還趕殺，恐賊有計。」關勝聽了，火急收軍，都回本寨。到中軍帳裏，置酒相待，動問鎮三山黃信之事。呼延灼道：「此人原是朝廷命官，青州都監，與秦明、花榮一時落草。今日先殺此賊，挫滅威風。今晚偷營，必然成事。」關勝大喜，傳下將令，教宣贊、郝思文兩路接應，自引五百馬軍，輕弓短箭，叫呼延灼引路。至夜二更起身，三更前後，直奔宋江寨中，炮響為號，裏應外合，一齊進兵。

是夜月光如晝。黃昏時候，披掛已了，馬摘鑾鈴，人披軟戰，軍卒銜枚疾走，一齊乘馬，呼延灼當先引路，眾人跟着。轉過山徑，約行了半個更次，前面撞見三五十個伏路小軍，低聲問道：「來的不是呼將軍麼？宋公明差我等在此迎接。」呼延灼喝道：「休言語，隨在我馬後走！」呼延灼縱馬先行，關勝乘馬在後。又轉過一層山嘴，只見呼延灼把槍尖一指，遠遠地一碗紅燈。關勝勒住馬問道：「有紅燈處是那裏？」呼延灼道：「那裏便是宋公明中軍。」急催動人馬，將近紅燈，忽聽得一聲炮響，眾軍跟定關勝，殺奔前來。到紅燈之下看時，不見一個，便喚呼延灼時，亦不見了。關勝大驚，知道中計，慌忙回馬，聽得四邊山上，一齊鼓響鑼鳴。正是慌不擇路，眾軍各自逃生。關勝連忙回馬時，只剩得數騎馬軍跟着。轉出山嘴，又聽得樹林邊腦後一聲炮響，四下裏撓鈎齊出，把關勝拖下雕鞍，奪了刀馬，卸去衣甲，前推後擁，拿投大寨裏來。

卻說林沖、花榮自引一支軍馬，截住郝思文，回頭廝殺。月光之下，遙見郝思文，怎生打扮？有《西江月》為證：

千丈凌雲豪氣，一團筋骨精神。橫槍躍馬蕩征塵，四海英雄難近。身着戰袍錦繡，七星甲掛龍鱗。天丁元是郝思文，飛馬當前出陣。

6) 夤（yín）夜：深夜。

林沖大喝道：「你主將關勝中計被擒，你這無名小將，何不下馬受縛？」郝思文大怒，直取林沖。二馬相交，鬥無數合，花榮挺槍助戰，郝思文勢力不加，回馬便走。肋後撞出個女將一丈青扈三娘，撒起紅綿套索，把郝思文拖下馬來。步軍向前，一齊捉住，解投大寨。

話分兩處。這邊秦明、孫立自引一支軍馬去捉宣贊，當路正逢此人。那宣贊怎生打扮？有《西江月》為證：

捲縮短黃鬚髮，凹兜黑墨容顏。睜開怪眼似雙環，鼻孔朝天仰面。手內鋼刀耀雪，護身鎧甲連環。海騮赤馬錦鞍韉，郡馬英雄宣贊。

當下宣贊拍馬大罵：「草賊匹夫，當吾者死，避我者生！」秦明大怒，躍馬揮狼牙棍，直取宣贊。二馬相交，約鬥數合。孫立側首過來，宣贊慌張，刀法不依古格[7]，被秦明一棍，搠下馬來。三軍齊喊一聲，向前捉住。再有撲天鵰李應，引領大小軍兵，搶奔關勝寨內來，先救了張橫、阮小七並被擒水軍人等，奪去一應糧草馬匹，卻去招安四下敗殘人馬。

宋江會眾上山，此時東方漸明。忠義堂上分開坐次，早把關勝、宣贊、郝思文分頭解來。宋江見了，慌忙下堂，喝退軍卒，親解其縛，把關勝扶在正中交椅上，納頭便拜，叩首伏罪，說道：「亡命狂徒，冒犯虎威，望乞恕罪。」關勝連忙答禮，閉口無言，手腳無措。呼延灼亦向前來伏罪道：「小可既蒙將令，不敢不依，萬望將軍免恕虛誑之罪。」關勝看了一班頭領，義氣深重，回顧與宣贊、郝思文道：「我們被擒在此，所事若何？」二人答道：「並聽將令。」關勝道：「無面還京，俺三人願早賜一死！」宋江道：「何故發此言？將軍倘蒙不棄微賤，一同替天行道。若是不肯，不敢苦留，只今便送回京。」關勝道：「人稱忠義宋公明，話不虛傳。今日我等有家難奔，有國難投，願在帳下為一小卒。」宋江大喜。當日一面設筵慶賀，一邊使人招安逃竄敗軍，又得了五七千人馬。軍內有老幼者，隨即給散銀兩，便放回家。一邊差薛永齎書往蒲東，搬取關勝老小，都不在話下。

7)　不依古格：指亂了章法。

宋江正飲宴間，默然想起盧員外、石秀陷在北京，潸然淚下。吳用道：「兄長不必憂心，吳用自有措置。只過今晚，來日再起軍兵，去打北京，必然成事。」關勝便起身說道：「小將無可報答不殺之罪，願為前部。」宋江大喜。次日早晨傳令，就教宣贊、郝思文撥回舊有軍馬，便為前部先鋒。其餘原打北京頭領，不缺一個。再差李俊、張順將帶水戰盔甲隨去，以次再望北京進發。

這裏卻說梁中書在城中正與索超起病飲酒，只見探馬報道：「關勝、宣贊、郝思文並眾軍馬，俱被宋江捉去，已入夥了。梁山泊軍馬現今又到。」梁中書聽得，唬得目瞪癡呆，手腳無措。只見索超稟道：「前者中賊冷箭，今番且復此仇。」梁中書隨即賞了索超，便教引本部人馬，出城迎敵。李成、聞達隨後調軍接應。其時正是仲冬天氣，時候正冷，連日彤雲密佈，朔風亂吼。宋江兵到，索超直至飛虎峪下寨，次日，引兵迎敵。宋江引前部呂方、郭盛，上高阜處看關勝廝殺。三通戰鼓罷，關勝出陣。只見對面索超出馬，當時索超見了關勝，卻不認得。隨征軍卒說道：「這個來的，便是新背反的大刀關勝。」索超聽了，並不打話，直搶過來，徑奔關勝。關勝也拍馬舞刀來迎。兩個鬥無十合，李成正在中軍，看見索超斧怯，戰關勝不下，自舞雙刀出陣，夾攻關勝。這邊宣贊、郝思文見了，各持兵器，前來助戰，五騎馬攪做一塊。宋江在高阜看見，鞭梢一指，大軍捲殺過去，李成軍馬大敗虧輸，殺得七斷八絕，連夜退入城去，堅閉不出。宋江催兵直抵城下，紮住軍馬。

次日，索超親引一支軍馬，出城衝突。吳用見了，便教軍校迎敵戲戰：「他若追來，乘勢便退。」此時索超又得了這一陣，歡喜入城。

當晚彤雲四合，紛紛雪下。吳用已有計了，暗差步軍，去北京城外，靠山邊河路狹處，掘成陷坑，上用土蓋。是夜雪急風嚴，平明看時，約有二尺深雪。城上望見宋江軍馬，各有懼色，東西柵立不定。索超看了，便點三百軍馬，就時追出城來。宋江軍馬四散奔波而走。卻教水軍頭領李俊、張順身披軟戰，勒馬橫槍，前來迎敵。卻才與索超交馬，棄槍便走，特引索超奔陷坑邊來。索超是個性急的，那裏照顧。這裏一邊是路，一邊是澗。李俊棄馬，跳入澗中去了，向着前面，口裏叫道：「宋公明哥哥快走！」索超聽了，不顧身體，飛馬搶過陣來。山背後一聲炮響，索超連人和馬，將下去。

後面伏兵齊起，這索超便有三頭六臂，也須七損八傷。正是：爛銀深蓋藏圈套，碎玉平鋪作陷坑。畢竟急先鋒索超性命如何，且聽下回分解。

## 延伸思考

(1) 本回中張橫執意劫寨，被關勝捉拿，後三阮也陷，均因不聽張順的勸告。我們的生活中也有很多類似的情況，有時宣泄情緒的語言過多，理性思考的聲音就會被淹沒，以至於成為一邊倒的局面，造成出乎意料甚至惡劣的結果。你的生活中或社會上有沒有類似這樣的事例，請舉例並思考。

(2) 在生擒索超的情節中對大雪的描寫有哪些？有何作用？

## 第六十五回

精讀

# 托塔天王夢中顯聖 浪裏白條水上報冤

宋江攻打北京城不下，又身染重病，張順自告奮勇要遠赴建康府請名醫來治，一路歷盡艱辛，被劫去銀兩，險遭毒手。逃脫後找到神醫，卻橫生枝節。本回可看作張順的小傳來讀，他最後用甚麼辦法完成任務的呢？

點評

話說宋江軍中，因這一場大雪，吳用定出這條計策，就這雪中捉了索超。其餘軍馬，都逃入城去，報說索超被擒。梁中書聽得這個消息，不由他不慌，傳令教眾將只是堅守，不許出戰。意欲殺了盧俊義、石秀，猶恐激惱了宋江，朝廷急無兵馬救應，其禍愈速，只得教監守着二人，再行申報京師，聽憑蔡太師處分。

且說宋江到寨，中軍帳上坐下，早有伏兵解索超到麾下。宋江見了大喜，喝退軍健，親解其縛，請入帳中，致酒相待，用好言撫慰道：「你看我眾兄弟們，一大半都是朝廷軍官。蓋為朝廷不明，縱容濫官當道，污吏專權，酷害良民，都情願協助宋江，替天行道。若是將軍不棄，同以忠義為主。」楊志向前另敍一禮，又細勸了一番。索超本是天罡星之數，自然湊合[1]，降了宋江。當夜帳中置酒作賀。

● 楊志當年與索超同為梁中書部下，比武時可謂不打不相識，使他來勸降，再合適不過。

次日，商議打城，一連打了數日，不得城破。宋江好

1) 湊合：投合。

生憂悶。當夜帳中伏枕而臥，忽然陰風颯颯，寒氣逼人，宋江抬頭看時，只見天王晁蓋欲進不進，叫聲：「兄弟，你不回去，更待何時？」立在面前。宋江吃了一驚，急起身問道：「哥哥從何而來？屈死冤仇，不曾報得，中心[2]日夜不安。前者一向不曾致祭，以此顯靈，必有見責。」晁蓋道：「非為此也。兄弟靠後，陽氣逼人，我不敢近前。今特來報你，賢弟有百日血光之災，則除江南地靈星可治。你可早早收兵，此為上計。」宋江卻欲再問明白，趕向前去說道：「哥哥陰魂到此，望說真實。」被晁蓋一推，撒然覺來，卻是南柯一夢。便叫小校請軍師圓夢。吳用來到中軍帳上，宋江說其異事。吳用道：「既是晁天王顯聖，不可不依。目今天寒地凍，軍馬難以久住，權且回山。守待冬盡春初，雪消冰解，那時再來打城，亦未為晚。」宋江道：「軍師之言甚當，只是盧員外和石秀兄弟陷在縲絏，度日如年，只望我等弟兄來救。不爭[3]我們回來，誠恐這廝們害他性命。此事進退兩難。」計議未定。

次日只見宋江覺道神思疲倦，身體痠疼，頭如斧劈，身似籠蒸，一臥不起。眾頭領都到面前看視，宋江道：「我只覺背上好生熱疼。」眾人看時，只見鏊子[4]一般紅腫起來。吳用道：「此疾非癰[5]即疽[6]。吾看方書[7]，綠豆粉可以護心，毒氣不能侵犯。便買此物，安排與哥哥吃。」一面使人尋藥醫治，亦不能好。只見浪裏白條張順說道：「小弟舊在潯陽

2)　中心：內心。

3)　不爭：如果，果真。

4)　鏊（ào）子：烙餅用的平底鍋。

5)　癰（yōng）：一種皮膚或皮下組織的化膿性炎症，易生於頸、背部，常伴有畏寒、發熱等全身症狀。

6)　疽（jū）：中醫指一種毒瘡。

7)　方書：藥方之書。

江時，因母得患背疾，百藥不能得治，後請得建康府[8]安道全，手到病除。向後小弟但得些銀兩，便着人送去與他。今見兄長如此病症，此去東途路遠，急速不能便到。為哥哥的事，只得星夜前去，拜請他來。」吳用道：「兄長夢晁天王所言：『百日之災，則除江南地靈星可治。』莫非正應此人？」宋江道：「兄弟，你若有這個人，快與我去，休辭生受，只以義氣為重，星夜去請此人，救我一命。」吳用叫取蒜條金一百兩與醫人，再將三二十兩碎銀作為盤纏，吩咐與張順：「只今便行，好歹定要和他同來，切勿有誤。我今拔寨回山，和他山寨裏相會。兄弟可作急快來。」張順別了眾人，背上包裹，望前便去。

且說軍師吳用傳令諸將：「權且收軍，罷戰回山。」車子上載了宋江，連夜起發。北京城內，曾經了伏兵之計，只猜他引誘，不敢來追。次日，梁中書見報，說道：「此去未知何意。」李成、聞達道：「吳用那廝，詭計極多，只可堅守，不宜追趕。」

話分兩頭。且說張順要救宋江，連夜趲行。時值冬盡，無雨即雪，路上好生艱難。更兼慌張，不曾帶得雨具，行了十多日，早近揚子江邊。是日北風大作，凍雲低垂，飛飛揚揚，下一天大雪。張順冒着風雪，要過大江，捨命而行。雖是景物淒涼，江內別是幾般清致，有《西江月》為證：

嘹唳凍雲孤雁，盤旋枯木寒鴉。空中雪下似梨花，片片飄瓊亂灑。玉壓橋邊酒旆，銀鋪渡口魚艖。前村隱隱兩三家，江上晚來堪畫。

那張順獨自一個奔至揚子江邊，看那渡船時，並無一

8) 建康府：今南京。

隻，只叫得苦。繞着這江邊走，只見敗葦折蘆裏面，有些煙起。張順叫道：「艄公，快把渡船來載我！」只見蘆葦裏簌簌地響，走出一個人來，頭戴箬笠[9]，身披蓑衣[10]，問道：「客人要那裏去？」張順道：「我要渡江，去建康府幹事至緊，多與你些船錢，渡我則個。」那艄公道：「載你不妨，只是今日晚了，便過江去，也沒歇處。你只在我船裏歇了，到四更風靜月明時，我便渡你過去，多出些船錢與我。」張順道：「也說的是。」便與艄公鑽入蘆葦裏來。見灘邊纜着一隻小船，見蓬底下一個瘦後生，在那裏向火。艄公扶張順下船，走入艙裏，把身上濕衣服都脫下來，叫那小後生就火上烘焙。張順自打開衣包，取出棉被，和身上捲倒在艙裏，叫艄公道：「這裏有酒賣麼？買些來吃也好。」艄公道：「酒卻沒買處，要飯便吃一碗。」張順吃了一碗飯，放倒頭便睡。一來連日辛苦，二來十分託大，到初更左側[11]，不覺睡着。那瘦後生向着炭火，烘着上蓋的衲襖，看見張順睡着了，便叫艄公道：「大哥，你見麼？」艄公盤將來，去頭邊只一捏，覺道是金帛之物，把手搖道：「你去把船放開，去江心裏下手不遲。」那後生推開蓬，跳上岸，解了纜索，上船把竹篙點開，搭上櫓，咿咿啞啞地搖出江心裏來。艄公在船艙裏取纜船索，輕輕地把張順捆縛做一塊，便去船梢舡板底下，取出板刀來。張順卻好覺來，雙手被縛，掙挫不得。艄公手拿大刀，按在他身上。張順道：「好漢，你饒我性命，都把金子與你。」艄公道：「金子也要，你的性命也要。」張順連聲叫道：「你只教我囫圇死[12]，冤魂便不來纏你。」艄公放下板刀，把張順撲通的丟下水去。

**點評**

● 先換衣，取出棉被躺下之後才叫飯，可見一路寒冷艱辛。

● 臨危不懼，機智脫險。

---

9)　箬（ruò）笠：用箬竹葉及篾編成的寬邊帽。

10)　蓑衣：用草或棕製成的，披在身上的防雨用具。

11)　左側：左右。

12)　囫圇死：保全屍體而死。

那艄公便去打開包來看時，見了許多金銀，便沒心分與那瘦後生，叫道：「五哥，和你說話。」那人鑽入艙裏來，被艄公一手揪住，一刀落時，砍的伶仃[13]，推下水去。艄公打並[14]了船中血跡，自搖船去了。

卻說張順是在水底下伏得三五夜的人，一時被推下去，就江底下咬斷索子，赴水過南岸時，見樹林中隱隱有燈光。張順爬上岸，水淥淥地，轉入林子裏看時，卻是一個村酒店，半夜裏起來醡酒，破壁縫透出燈光。張順叫開門時，見個老丈，納頭便拜。老兒道：「你莫不是江中被人劫了，跳水逃命的麼？」張順道：「實不相瞞老丈，小人來建康幹事。晚了，隔江覓船，不想撞着兩個歹人，把小子應有衣服金銀盡都劫了，攛入江中。小人卻會赴水，逃得性命，公公救度則個。」老丈見說，領張順入後屋下，把個衲頭[15]與他，替下濕衣服來烘，燙些熱酒與他吃。老丈道：「漢子，你姓甚麼？山東人來這裏幹何事？」張順道：「小人姓張。建康府安太醫是我弟兄，特來探望他。」老丈道：「你從山東來，曾經梁山泊過？」張順道：「正從那裏經過。」老丈道：「他山上宋頭領，不劫來往客人，又不殺害人性命，只是替天行道。」張順道：「宋頭領專以忠義為主，不害良民，只怪濫官污吏。」老丈道：「老漢聽得說，宋江這夥端的仁義，只是救貧濟老，那裏是我這裏草賊？若得他來這裏，百姓都快活，不吃這夥濫污官吏薅惱！」張順聽罷道：「公公不要吃驚，小人便是浪裏白條張順。因為俺哥哥宋公明害發背瘡，教我將一百兩黃金來請安道全。誰想託大，在船中睡着，被這兩個賊男女縛了雙手，攛下江裏。被我咬斷繩索，到得這裏。」老丈道：「你既是那裏好漢，我教兒子出來，和你相

---

13) 伶仃：下垂之物將斷而尚有部分相連的樣子。

14) 打並：收拾。

15) 衲頭：用布塊拼綴成的衣服。

見。」不多時，後面走出一個後生來，看着張順便拜道：「小人久聞哥哥大名，只是無緣，不曾拜識。小人姓王，排行第六。因為走跳得快，人都喚小人做活閃婆王定六。平生只好赴水使棒，多曾投師，不得傳受，權在江邊賣酒度日。卻才哥哥被兩個劫了的，小人都認得。一個是截江鬼張旺，那一個瘦後生，卻是華亭縣人，喚做油裏鰍孫五。這兩個男女，時常在這江裏劫人。哥哥放心，在此住幾日，等這廝來吃酒，我與哥哥報仇。」張順道：「感承兄弟好意。我為兄長宋公明，恨不得一日奔回寨裏。只等天明，便入城去，請了安太醫，回來相會。」王定六把自己衣裳都與張順換了。連忙置酒相待，不在話下。次日，天晴雪消，把十數兩銀子與張順，且教入建康府來。

張順進得城中，徑到槐橋下，看見安道全正在門前貨藥。張順進得門，看着安道全，納頭便拜。有首詩單題安道全好處：

肘後良方有百篇，金針玉刃得師傳。
重生扁鵲應難比，萬里傳名安道全。

這安道全祖傳內科外科，盡皆醫得，以此遠方馳名。當時看了張順，便問道：「兄弟多年不見，甚風吹得到此？」張順隨至裏面，把這鬧江州，跟宋江上山的事，一一告訴了。後說宋江見患背瘡，特地來請神醫，揚子江中，險些兒送了性命，因此空手而來，都實訴了。安道全道：「若論宋公明，天下義士，去走一遭最好。只是拙婦亡過，家中別無親人，離遠不得，以此難出。」張順苦苦求告：「若是兄長推卻不去，張順也難回山。」安道全道：「再作商議。」張順百般哀告，安道全方才應允。原來這安道全卻和建康府一個煙花娼妓喚做李巧奴，時常往來。這李巧奴生的十分美麗，安道全以此眷顧他，有詩為證：

**點評**

蕙質溫柔更老成，玉壺明月逼人清。
步搖寶髻尋春去，露濕凌波帶月行。
丹臉笑回花萼麗，朱弦歌罷彩雲停。
願教心地常相憶，莫學章台贈柳情。

當晚就帶張順同去他家，安排酒吃。李巧奴拜張順為叔叔。三杯五盞，酒至半酣，安道全對巧奴說道：「我今晚就你這裏宿歇，明日早和這兄弟去山東地面走一遭，多則是一個月，少是二十餘日，便回來望你。」那李巧奴道：「我卻不要你去。你若不依我口，再也休上我門！」安道全道：「我藥囊都已收拾了，只要動身，明日便去。你且寬心，我便去也，又不耽擱。」李巧奴撒嬌撒癡，便倒在安道全懷裏，說道：「你若還不依我，去了，我只咒得你肉片片兒飛！」張順聽了這話，恨不得一口水吞吃了這婆娘。看看天色晚了，安道全大醉倒了，攙去巧奴房裏，睡在床上。巧奴卻來發付張順道：「你自歸去，我家又沒睡處」張順道：「只待哥哥酒醒同去。」以此發遣他不動，只得安他在門首小房裏歇。

張順心中憂煎，那裏睡得着。初更時分，有人敲門。張順在壁縫裏張時，只見一個人閃將入來，便與虔婆[16]說話。那婆子問道：「你許多時不來，卻在那裏？今晚太醫醉倒在房裏，卻怎生奈何？」那人道：「我有十兩金子送與姐姐打些釵環，老娘怎地做個方便，教他和我廝會則個。」虔婆道：「你只在我房裏，我叫女兒來。」張順在燈影下張時，卻見是截江鬼張旺。原來這廝但是江中尋得些財，便來他家使。張順見了，按不住火起。再細聽時，只見虔婆安排酒食在房裏，叫巧奴相伴張旺。張順本待要搶入去，卻又怕弄壞

● 冤家路窄。

16) 虔婆：常指妓院中的老鴇。

了事，走了這賊。約莫三更時候，廚下兩個使喚的也醉了，虔婆東倒西歪，卻在燈前打醉眼子。張順悄悄開了房門，踅到廚下，見一把廚刀，明晃晃放在灶上，看這虔婆倒在側首板凳上。張順走將入來，拿起廚刀，先殺了虔婆。要殺使喚的時，原來廚刀不甚快，砍了一個人，刀口早捲了。那兩個正待要叫，卻好一把劈柴斧正在手邊，綽起來，一斧一個，砍殺了。房中婆娘聽得，慌忙開門，正迎着張順，手起斧落，劈胸膛砍翻在地。張旺燈影下見砍翻婆娘，推開後窗，跳牆走了。張順懊惱無極，隨即割下衣襟，蘸血去粉牆上寫道：「殺人者安道全也！」連寫數十處。

點評

● 使人遙想起武松當年殺人，又各不相同，武松是題自己名字，體會其妙處。

捱到五更將明，只聽得安道全在房中酒醒，便叫巧奴。張順道：「哥哥，不要則聲，我教你看兩個人。」安道全起來，看見四個死屍，嚇得渾身麻木，顫做一團。張順道：「哥哥，你見壁上寫的麼？」安道全道：「你苦了我也！」張順道：「只有兩條路從你行。若是聲張起來，我自走了，哥哥卻用去償命；若還你要沒事，家中取了藥囊，連夜徑上梁山泊，救我哥哥。這兩件隨你行。」安道全道：「兄弟，忒這般短命見識！」有詩為證：

紅粉無情只愛錢，臨行何事更流連。
冤魂不赴陽台夢，笑煞癡心安道全。

到天明，張順捲了盤纏，同安道全回家，敲開門，取了藥囊，出城來，徑到王定六酒店裏。王定六接着說道：「昨日張旺從這裏過，可惜不遇見哥哥。」張順道：「我自要幹大事，那裏且報小仇。」說言未了，王定六報道：「張旺那廝來也。」張順道：「且不要驚他，看他投那裏去。」只見張旺去灘頭看船。王定六叫道：「張大哥，你留船來，載我兩個親眷過去。」張旺道：「要趁船快來！」王定六報與張順。張順道：「安兄，你可借衣服與小弟穿，小弟衣裳卻

**點評**

● 處處寫出張順細緻謹慎。

● 這兩個短句道出生平事，宣泄出胸中豪氣，擲地有聲，精彩異常。

換與兄長穿了，才去趁船。」安道全道：「此是何意？」張順道：「自有主張；兄長莫問。」安道全脫下衣服，與張順換穿了。張順戴上頭巾，遮塵暖笠影身。王定六背了藥囊，走到船邊。張旺攏船傍岸，三個人上船。張順爬入後梢，揭起艎板看時，板刀尚在。張順拿了，再入船艙裏。張旺把船搖開，咿啞之聲，直到江心裏面。張順脫去上蓋，叫一聲：「艄公快來！你看船艙裏漏進水來！」張旺不知是計，把頭鑽入艙裏來，被張順肐膪地揪住，喝一聲：「強賊，認得前日雪天趁船的客人麼？」張旺看了，則聲不得。張順喝道：「你這廝謀了我一百兩黃金，又要害我性命！你那個瘦後生那裏去了？」張旺道：「好漢，小人得了財，無心分與他，恐他爭論，被我殺死，攛入江裏去了。」張順道：「你認得我麼？」張旺道：「不識得好漢，只求饒了小人一命。」張順喝道：「我生在潯陽江邊，長在小孤山下，作賣魚牙子，誰不認得！只因鬧了江州，上梁山泊，隨從宋公明，縱橫天下，誰不懼我！你這廝漏我下船，縛住雙手，攛下江心。不是我會識水時，卻不送了性命！今日冤仇相見，饒你不得！」就勢只一拖，提在船艙中，把手腳四馬攢蹄，捆縛做一塊，看看那揚子大江，直攛下去！「也免了你一刀！」張旺性命，眼見得黃昏做鬼。王定六看了，十分歎息。張順就船內搜出前日金子並零碎銀兩，都收拾包裹裏，三人棹船到岸。張順對王定六道：「賢弟恩義，生死難忘。你若不棄，便可同父親收拾起酒店，趕上梁山泊來，一同歸順大義。未知你心下如何？」王定六道：「哥哥所言，正合小弟之心。」說罷分別，張順和安道全就北岸上路。王定六作辭二人，復上小船，自回家去，收拾行李趕來。

且說張順與同安道全上得北岸，背了藥囊，移身便走。那安道全是個文墨的人，不會走路，行不得三十餘里，早走不動。張順請入村店，買酒相待。正吃之間，只見外面一個客人走到面前，叫聲：「兄弟，如何這般遲誤！」張順看時，卻是神行太保戴宗，扮做客人趕來。張順慌忙教與安道全相見了，便問宋公明哥哥消息。戴宗道：「如今宋哥哥神思昏迷，水米不吃，看看待死。」張順聞言，淚如雨下。安道全問道：「皮肉血色如何？」戴宗答道：「肌膚憔悴，終夜叫喚，疼痛不止，性命早晚難保。」安道全道：「若是皮肉身體得知疼痛，便可醫治。只怕誤了日期。」戴宗道：「這個容易。」取兩個甲馬，拴在安道全腿上。戴宗自背了藥囊，吩咐張順：「你自慢來，我同太醫前去。」兩個離了村店，作起神行法先去了。

且說這張順在本處村店裏，一連安歇了兩三日，只見王定六背了包裹，同父親果然過來。張順接見，心中大喜，說道：「我專在此等你。」王定六問道：「安太醫何在？」張順道：「神行太保戴宗接來迎着，已和他先行去了。」王定六卻和張順並父親一同起身，投梁山泊來。

且說戴宗引着安道全，作起神行法，連夜趕到梁山泊。寨中大小頭領接着，擁到宋江臥榻內，就床上看時，口內一絲兩氣。安道全先診了脈息，說道：「眾頭領休慌，脈體無事。身軀雖見沉重，大體不妨。不是安某說口，只十日之間，便要復舊。」眾人見說，一齊便拜。安道全先把艾焙[17]引出毒氣，然後用藥。外使敷貼之餌，內用長託之劑。五日之間，漸漸皮膚紅白，肉體滋潤，飲食漸進。不過十日，雖然瘡口未完，飲食復舊。只見張順引着王定六父子二人，拜見宋江並眾頭領，訴說江中被劫，水上報冤之事。眾皆稱歎：「險不誤了兄長之患！」

宋江才得病好，便與吳用商量，要打北京，救取盧員外、石秀。安道全諫道：「將軍瘡口未完，不可輕動，動則急難痊可。」吳用道：「不勞兄長掛心，只顧自己將息，調

**點評**

● 稱歎張順，好漢終於立功並得到肯定。

17）　艾焙：用艾柱熏炙。

理體中元陽真氣。吳用雖然不才，只就目今春秋時候，定要打破北京城池，救取盧員外、石秀二人性命，擒拿淫婦姦夫，不知兄長意下如何？」宋江道：「若得軍師如此扶持，宋江雖死瞑目！」

吳用便就忠義堂上傳令。有分教：北京城內，變成火窟槍林；大名府中，翻作屍山血海。正是：談笑鬼神皆喪膽，指揮豪傑盡傾心。畢竟軍師吳用說出甚麼計來，且聽下回分解。

## 延伸思考

結合前回情節，概括張順這個人物的性格特點。

第六十六回

# 精讀 時遷火燒翠雲樓 吳用智取大名府

本回又是一大篇「八仙過海，各顯神通」之描寫。為救盧俊義和石秀二人，吳用在元宵節帶領眾好漢攻打大名府，火燒北京城，勝利完成任務。且看軍師如何導演這場好戲，演員如何發揮，如何演出成功。

話說吳用對宋江道：「今日幸喜得兄長無事，又得安太醫在寨中看視貴疾。此是梁山泊萬千之幸。比及兄長臥病之時，小生纍纍使人去大名探聽消息，梁中書晝夜憂驚，只恐俺軍馬臨城。又使人直往北京城裏城外市井去處，遍貼無頭告示，曉諭居民，勿得疑慮。冤各有頭，債各有主，大軍到郡，自有對頭。因此，梁中書越懷鬼胎。東京蔡太師見說降了關勝，天子之前，更不敢提。只是主張招安，大家無事。因此纍纍寄書與梁中書，教道且留盧俊義、石秀二人性命，好做手腳。」宋江見說，便要催趲軍馬下山去打北京。吳用道：「即今冬盡春初，早晚元宵節近，北京年例，大張燈火。我欲乘此機會，先令城中埋伏，外面驅兵大進，裏應外合，可以破之。」宋江道：「此計大妙！便請軍師發落。」吳用道：「為頭最要緊的，是城中放火為號。你眾弟兄中，誰敢與我先去城中放火？」只見階下走過一人道：「小弟願往。」眾人看時，卻是鼓上蚤時遷。時遷道：「小弟幼年間曾到北京。城內有座樓，喚做翠雲樓。樓上樓下，大小有百十個閣子。眼見得元宵之夜，必然喧哄。乘空潛地入城，

點評

● 補敘一段前文未述之事。

**點評**

● 原計劃是一更時放火。

● 二人本就是獵戶，不難。

● 二位僧人去寺院內策應，調遣得當。

● 兩人各自發揮優勢。

● 本是柴進負責接洽二人，樂和本是軍官，細緻。

正月十五日夜，盤去翠雲樓上，放起火來為號。軍師可自調人馬劫牢，此為上計。」吳用道：「我心正待如此。你明日天曉，先下山去，只在元宵夜一更時候，樓上放起火來，便是你的功勞。」時遷應允，得令去了。

吳用次日卻調解珍、解寶扮做獵戶，去北京城內官員府裏，獻納野味。正月十五日夜間，只看火起為號，便去留守司前，截住報事官兵。兩個聽令去了。再調杜遷、宋萬扮做糶[18]米客人，推輛車子，去城中宿歇。元宵夜只看號火起時，卻來先奪東門。「此是你兩個功勞。」兩個聽令去了。再調孔明、孔亮扮做僕者，去北京城內鬧市裏房簷下宿歇，只看樓前火起，便去往來接應。兩個聽令去了。再調李應、史進扮做客人，去北京東門外安歇，只看城中號火起時，先斬把門軍士，奪下東門，好做出路。兩個聽令去了。再調魯智深、武松扮做行腳僧，去北京城外庵院掛搭，只看城中號火起時，便去南門外截住大軍，衝擊去路。兩個聽令去了。再調鄒淵、鄒潤扮做賣燈客人，直往北京城中，尋客店安歇，只看樓中火起，便去司獄司前策應。兩個聽令去了。再調劉唐、楊雄扮做公人，直去北京州衙前宿歇，只看號火起時，便去截住一應報事人員，令他首尾不能救應。兩個聽令去了。再調公孫勝先生扮做雲遊道士，卻教凌振扮做道童跟着，將帶風火、轟天等炮數百個，直去北京城內淨處守待，只看號火起時施放。兩個聽令去了。再調張順跟隨燕青，從水門裏入城，徑奔盧員外家，單捉淫婦姦夫。再調王矮虎、孫新、張青、扈三娘、顧大嫂、孫二娘扮做三對村裏夫妻，入城看燈，尋至盧俊義家中放火。再調柴進帶同樂和，扮做軍官，直去蔡節級家中，要保救二人性命。調撥已定，眾頭領俱各聽令去了。各各遵依軍令，不可有誤。

---

18) 糶（tiào）：賣。

此是正月初頭，不說梁山泊好漢依次各各下山進發，且說北京梁中書喚過李成、聞達、王太守等一干官員，商議放燈一事。梁中書道：「年例北京大張燈火，慶賀元宵，與民同樂，全似東京體例。如今被梁山泊賊人兩次侵境，只恐放燈因而惹禍，下官意欲住歇放燈，你眾官心下如何計議？」聞達便道：「想此賊人，潛地退去，沒頭告示亂貼，此是計窮，必無主意。相公何必多慮。若還今年不放燈時，這廝們細作探知，必然被他恥笑。可以傳下鈞旨，曉示居民：比上年多設花燈，添扮社火[19]，市心中添搭兩座鰲山，照依東京體例，通宵不禁，十三至十七，放燈五夜。教府尹點視居民，勿令缺少。相公親自行春[20]，務要與民同樂。聞某親領一彪軍馬出城，去飛虎峪駐紮，以防賊人奸計。再着李都監親引鐵騎馬軍，繞城巡邏，勿令居民驚憂。」梁中書見說大喜。眾官商議已定，隨即出榜，曉諭居民。

這北京大名府是河北頭一個大郡衝要[21]去處，卻有諸路買賣，雲屯霧集。只聽放燈，都來趕趁。在城坊隅巷陌該管廂官，每日點視，只得裝扮社火。豪富之家，各自去賽花燈。遠者三二百里去買，近者也過百十里之外。便有客商，年年將燈到城貨賣。家家門前紮起燈柵，都要賽掛好燈，巧樣煙火。戶內縛起山柵，擺放五色屏風炮燈，四邊都掛名人書畫並奇異古董玩器之物。在城大街小巷，家家都要點燈。大名府留守司州橋邊，搭起一座鰲山，上面盤紅黃紙龍兩條，每片鱗甲上點燈一盞，口噴淨水。去州橋河內周圍上下點燈，不計其數。銅佛寺前紮起一座鰲山，上面盤青龍一條，周回也有千百盞花燈。翠雲樓前也紮起一座鰲山，上面盤着一條白龍，四面點火，不計其數。原來這座酒樓，名

點評

● 真可謂小不忍則亂大謀。

● 照應前文扮作賣燈客商之計。

---

19) 社火：節日中民間扮演的各種遊藝節目。

20) 行春：官員在春天外出遊樂。

21) 衝要：軍事上或交通上重要的地方。

點評

貫河北，號為第一。上有三簷滴水[22]，雕樑繡柱，極是造得好。樓上樓下，有百十處閣子，終朝鼓樂喧天，每日笙歌聒耳。城中各處宮觀寺院，佛殿法堂中，各設燈火，慶賞豐年。三瓦兩舍，更不必說。

那梁山泊探細人得了這個消息，報上山來。吳用得知大喜，去對宋江說知備細。宋江便要親自領兵去打北京，安道全諫道：「將軍瘡口未完，切不可輕動。稍若怒氣相侵，實難痊可。」吳用道：「小生替哥哥走一遭。」隨即與鐵面孔目裴宣，點撥八路軍馬：第一隊，雙鞭呼延灼引領韓滔、彭玘為前部，鎮三山黃信在後策應，都是馬軍。前者呼延灼陣上打了的，是假的，故意要賺關勝，故設此計。第二隊，豹子頭林冲引領馬麟、鄧飛為前部，小李廣花榮在後策應，都是馬軍。第三隊，大刀關勝引領宣贊、郝思文為前部，病尉遲孫立在後策應，都是馬軍。第四隊，霹靂火秦明引領歐鵬、燕順為前部，青面獸楊志在後策應，都是馬軍。第五隊，卻調步軍頭領沒遮攔穆弘將引杜興、鄭天壽。第六隊，步軍頭領黑旋風李逵將引李立、曹正。第七隊，步軍頭領插翅虎雷橫將引施恩、穆春。第八隊，步軍頭領混世魔王樊瑞將引項充、李袞。這八路馬步軍兵，各自取路，即今便要起行，毋得時刻有誤。正月十五日二更為期，都要到北京城下。馬軍步軍，一齊進發。那八路人馬依令下山，其餘頭領，盡跟宋江保守山寨。

且說時遷是個飛簷走壁的人，不從正路入城，夜間越牆而過。城中客店內卻不着單身客人，他自白日在街上閒走，到晚來東嶽廟內神座底下安身。正月十三日，卻在城中往來觀看居民百姓搭縛燈棚，懸掛燈火，正看之間，只見解珍、解寶挑着野味，在城中往來觀看，又撞見杜遷、宋萬兩

● 只他一個單身執行任務，客店不留，因此閒逛，各人均從他眼中看來，避免平鋪直敘。

22) 三簷滴水：指有三層滴水簷，以此顯示樓宇的高大，規模宏偉。

個從瓦子裏走將出來。時遷當日先去翠雲樓上打一個踅，只見孔明披着頭髮，身穿羊皮破衣，右手拄一條杖子，左手拿個碗，腌腌臢臢，在那裏求乞。見了時遷，打抹[23]他在背後說話。時遷道：「哥哥，你這般一個漢子，紅紅白白面皮，不像叫化的，北京做公的多，倘或被他看破，須誤了大事。哥哥可以躲閃回避。」說不了，又見個丐者從牆邊來，看時，卻是孔亮。時遷道：「哥哥，你又露出雪也似白面來，亦不像忍飢受餓的人。這般模樣，必然決撒[24]。」卻才道罷，背後兩個人劈角兒揪住，喝道：「你們做得好事！」回頭看時，卻是楊雄、劉唐。時遷道：「你驚殺我也！」楊雄道：「都跟我來。」帶去僻靜處埋冤道：「你三個好沒分曉，卻怎地在那裏說話！倒是我兩個看見，倘若被他眼明手快的公人看破，卻不誤了哥哥大事？我兩個都已見了，弟兄們不必再上街去。」孔明道：「鄒淵、鄒潤自在街上賣燈，魯智深、武松已在城外庵裏。再不必多說，只顧臨期各自行事。」五個說了，都出到一個寺前，正撞見一個先生從寺裏出來。眾人抬頭看時，卻是入雲龍公孫勝，背後凌振扮做道童跟着。七個人都點頭會意，各自去了。

看看相近上元，梁中書先令大刀聞達將引軍馬出城去飛虎峪駐紮，以防賊寇。十四日，卻令李天王李成親引鐵騎馬軍五百，全副披掛，繞城巡視。次日，正是正月十五日上元佳節，好生晴明，黃昏月上，六街三市，各處坊隅巷陌，點放花燈，大街小巷，都有社火。有詩為證：

北京三五[25]風光好，膏雨[26]初晴春意早。銀花火樹不夜

**點評**

● 前文命二人扮作僕者，卻扮作乞丐，並且不像。二人本就是莊戶出身，確實不像。吳用智者千慮，必有一失，頗有趣味。

● 均已照應妥當。

---

23) 打抹：用眼示意。

24) 決撒：被人發覺，事情敗露。

25) 三五：農曆正月十五。

26) 膏雨：滋潤作物的霖雨。

點評

城，陸地擁出蓬萊島。燭龍銜照夜光寒，人民歌舞欣時安。五鳳羽扶雙貝闕，六鰲背駕三神山[27]。紅妝女立朱簾下，白面郎騎紫騮馬。笙簫嘹亮入青雲，月光清射鴛鴦瓦。翠雲樓高侵碧天，嬉遊來往多嬋娟。燈球燦爛若錦繡，王孫公子真神仙。遊人轇轕尚未絕，高樓頃刻生雲煙。

● 與上次拜訪一樣的文字，體會妙處。

是夜節級蔡福吩咐，教兄弟蔡慶看守着大牢：「我自回家看看便來。」方才進得家門，只見兩個人閃將入來。前面那個軍官打扮，後面僕者模樣。燈光之下看時，蔡福認得是小旋風柴進，後面的已自是鐵叫子樂和。蔡節級只認得柴進，便請入裏面去，現成杯盤，隨即管待。柴進道：「不必賜酒。在下到此，有件緊事相央。盧員外、石秀全得足下相覷，稱謝難盡。今晚小子就欲大牢裏趕此元宵熱鬧看望一遭，望你相煩引進，休得推卻。」蔡福是個公人，早猜了八分。欲待不依，誠恐打破城池，都不見了好處，又陷了老小一家人口性命。只得擔着血海的干係，便取些舊衣裳，教他兩個換了，也扮做公人，換了巾幘，帶柴進、樂和徑奔牢中去了。

● 半央求半威脅的口氣。

● 是被逼無奈。

初更左右，王矮虎、一丈青、孫新、顧大嫂、張青、孫二娘三對兒村裏夫婦，喬喬畫畫，裝扮做鄉村人，挨在人叢裏，便入東門去了。公孫勝帶同凌振，挑着荊簍，去城隍廟裏廊下坐地。這城隍廟只在州衙側邊。鄒淵、鄒潤挑着燈，在城中閒走。杜遷、宋萬各推一輛車子，徑到梁中書衙前，閃在人鬧處。原來梁中書衙，只在東門裏大街住。劉唐、楊雄各提着水火棍，身邊都自有暗器，來州橋上兩邊坐定。燕青領了張順，自從水門裏入城，靜處埋伏。都不在話下。

● 任務是一更放火，這裏偏寫二更。

不移時，樓上鼓打二更。卻說時遷挾着一個籃兒，裏

27） 三神山：傳說東海中仙人所居之山，即蓬萊、方丈、瀛洲。

面都是硫黃、焰硝放火的藥頭，籃兒上插幾朵鬧鵝兒[28]，踅入翠雲樓後。走上樓去，只見閣子內吹笙簫，動鼓板，掀雲鬧社，子弟們鬧鬧穰穰，都在樓上打哄賞燈。時遷上到樓上，只做買鬧鵝兒的，各處閣子裏去看。撞見解珍、解寶，拖着鋼叉，叉上掛着兔兒，在閣子前踅。時遷便道：「更次到了，怎生不見外面動彈？」解珍道：「我兩個方才在樓前，見探馬過去，多管兵馬到了，你只顧去行事。」

言猶未了，只見樓前都發起喊來，說道：「梁山泊軍馬到了西門外。」解珍吩咐時遷：「你自快去，我自去留守司前接應。」奔到留守司前，只見敗殘軍馬一齊奔入城來，說道：「聞大刀吃劫了寨也！梁山泊賊寇引軍都到城下。」李成正在城上巡邏，聽見說了，飛馬來到留守司前，教點軍兵，吩咐閉上城門，守護本州。

卻說王太守親引隨從百餘人，長枷鐵鎖，在街鎮壓。聽得報說這話，慌忙到留守司前。

卻說梁中書正在衙前醉了閒坐，初聽報說，尚自不甚慌。次後沒半個更次，流星探馬，接連報來，嚇得魂不附體，慌忙快叫備馬。

說言未了，只見翠雲樓上烈焰沖天，火光奪月，十分浩大。梁中書見了，急上得馬，卻待要去看時，只見兩條大漢推兩輛車子，放在當路，便去取碗掛的燈來，望車子上點着，隨即火起。梁中書要出東門時，兩條大漢口稱「李應、史進在此！」手拈朴刀，大踏步殺來。把門官軍嚇得走了，手邊的傷了十數個。杜遷、宋萬卻好接着出來，四個合做一處，把住東門。梁中書見不是頭勢，帶領隨行伴當，飛奔南門。南門傳說道：「一個胖大和尚，掄動鐵禪杖；一個虎面行者，掣出雙戒刀，發喊殺入城來。」梁中書回馬，再到留

點評

● 時遷放火成功。

● 虛寫魯智深、武松，梁中書半路聽到南門回覆，即又回馬，寫出慌不擇路情景。

28) 鬧鵝兒：宋元時婦女在節日時戴在頭上的一種飾物。

**點評**

● 解氏兄弟應截住報事官兵，卻截住梁中書去路。劉、楊二人本應截住所有報事人員，卻打死太守。

● 兜兜轉轉，寫出梁中書倉皇逃竄的狼狽之態。

守司前，只見解珍、解寶手拈鋼叉，在那裏東撞西撞；急待回州衙，不敢近前。王太守卻好過來，劉唐、楊雄兩條水火棍齊下，打得腦漿迸流，眼珠突出，死於街前。虞候押番，各逃殘生去了。梁中書急急回馬奔西門，只聽得城隍廟裏火炮齊響，轟天震地。鄒淵、鄒潤手拿竹竿，只顧就房簷下放起火來。南瓦子前，王矮虎、一丈青殺將來。孫新、顧大嫂身邊掣出暗器，就那裏協助。銅佛寺前，張青、孫二娘入去，爬上鰲山，放起火來。此時北京城內百姓黎民，一個個鼠竄狼奔，一家家神號鬼哭，四下裏十數處火光亙天，四方不辨。

卻說梁中書奔到西門，接着李成軍馬，急到南門城上，勒住馬，在鼓樓上看時，只見城下兵馬擺滿，旗號上寫道：「大將呼延灼。」火焰光中，抖擻精神，施逞驍勇。左有韓滔，右有彭玘，黃信在後，催動人馬，雁翅一般橫殺將來，隨到門下。梁中書出不得城去，和李成躲在北門城下，望見火光明亮，軍馬不知其數，卻是豹子頭林沖躍馬橫槍，左有馬麟，右有鄧飛，花榮在後，催動人馬，飛奔將來。再轉東門，一連火把叢中，只見沒遮攔穆弘，左有杜興，右有鄭天壽，三籌步軍好漢當先，手拈朴刀，引領一千餘人，殺入城來。梁中書徑奔南門，捨命奪路而走。吊橋邊火把齊明，只見黑旋風李逵，左有李立，右有曹正。李逵渾身脫剝，咬定牙根，手搭雙斧，從城濠裏飛殺過來；李立、曹正一齊俱到。李成當先，殺開條血路，奔出城來，護着梁中書便走。只見左手下殺聲震響，火把叢中軍馬無數，卻是大刀關勝，拍動赤兔馬，手舞青龍刀，徑搶梁中書。李成手舉雙刀，前來迎敵。那時李成無心戀戰，撥馬便走。左有宣贊，右有郝思文，兩肋裏撞來。孫立在後，催動人馬，並力殺來。正鬥間，背後趕上小李廣花榮，拈弓搭箭，射中李成副將，翻身落馬。李成見了，飛馬奔走。未及半箭之地，只見右手下鑼鼓亂鳴，火光奪目，卻是霹靂火秦明，躍馬舞棍，引着燕順、歐鵬。背後楊志，又殺將來。李成且戰且走，折軍大半，護着梁中書，衝路走脫。

話分兩頭，卻說城中之事。杜遷、宋萬去殺梁中書老小一門良賤。劉唐、楊雄去殺王太守一家老小。孔明、孔亮已從司獄司後牆爬將入去。鄒淵、鄒潤卻在司獄司前接住往來之人。大牢裏柴進、樂和看見號火起了，便對蔡福、蔡慶道：「你弟兄兩個見也不見？更待幾時？」蔡慶在門邊看時，鄒淵、鄒潤早撞開牢門，大叫道：「梁山泊好漢全夥在此！好好送出盧員外、石秀哥哥來！」蔡慶慌忙報蔡福時，孔明、孔亮早從牢屋上跳將下來。不由他弟兄兩個肯與不肯，柴進身邊取出器械，便去開枷，放了盧俊義、石秀。柴進說與蔡福：「你快跟我去家中保護老小！」一齊都出牢門來。鄒淵、鄒潤接着，合做一處。蔡福、蔡慶跟隨柴進，來家中保全老小。

盧俊義將引石秀、孔明、孔亮、鄒淵、鄒潤五個弟兄，徑奔家中，來捉李固、賈氏。卻說李固聽得梁山泊好漢引軍馬入城，又見四下裏火起，正在家中有些眼跳，便和賈氏商量，收拾了一包金珠細軟，背了便出門奔走。只聽得排門一帶都倒，正不知多少人搶將入來。李固和賈氏慌忙回身，便望裏面開了後門，踅過牆邊，徑投河下，來尋自家躲避處。只見岸上張順大叫：「那婆娘走那裏去！」李固心慌，便跳下船中去躲。卻待攢入艙裏，又見一個人伸出手來，劈髯兒揪住，喝道：「李固，你認得我麼？」李固聽得是燕青的聲音，慌忙叫道：「小乙哥，我不曾和你有甚冤仇，你休得揪我上岸！」岸上張順早把那婆娘挾在肋下，拖到船邊。燕青拿了李固，都望東門來了。

再說盧俊義奔到家中，不見了李固和那婆娘，且叫眾人把應有家私金銀財寶，都搬來裝在車子上，往梁山泊給散。

卻說柴進和蔡福到家中收拾家資老小，同上山寨。蔡福道：「大官人，可救一城百姓，休教殘害。」柴進見說，便

點評

● 水路捉拿了李固二人，可見計劃周密細緻。

點評

● 實際上是寫宋江不在時，無人想到百姓。

去尋軍師吳用。比及柴進尋着吳用，急傳下號令去，教休殺害良民時，城中將及損傷一半。但見煙迷城市，火燎樓台。紅光影裏碎琉璃，黑焰叢中燒翡翠。娛人傀儡，顧不得面是背非；照夜山棚，誰管取前明後暗。斑毛老子，猖狂燎盡白髭鬚；綠髮兒郎，奔走不收華蓋傘。踏竹馬[29]的暗中刀槍，舞鮑老的難免刃槊。如花仕女，人叢中金墜玉崩；玩景佳人，片時間星飛雲散。可惜千年歌舞地，翻成一片戰爭場。

當時天色大明，吳用、柴進在城內鳴金收軍。眾頭領卻接着盧員外並石秀，都到留守司相見，備說牢中多虧了蔡福、蔡慶弟兄兩個看覷，已逃得殘生。燕青、張順早把這李固、賈氏解來。盧俊義見了，且教燕青監下，自行看管，聽候發落，不在話下。

再說李成保護梁中書出城逃難，又撞着聞達領着敗殘軍馬回來，合兵一處，投南便走。正走之間，前軍發起喊來，卻是混世魔王樊瑞，左有項充，右有李袞，三籌步軍好漢舞動飛刀飛槍，直殺將來。背後又是插翅虎雷橫，將引施恩、穆春，各引一千步軍，前來截住退路。正是：獄囚遇赦重回禁，病客逢醫又上床。畢竟梁中書一行人馬，怎地計結，且聽下回分解。

## 延伸思考

場景描寫正如拍攝紀錄片，有全景和特寫鏡頭之分，試找出本回中的全景鏡頭和特寫鏡頭，體會兩者結合的好處。

29)　踏竹馬：一種遊戲，把竹竿當馬騎着玩。

## 精華賞析

本回一段全景式描寫令人眼花繚亂，卻又絲毫不亂。為何？各人自有安排，自有任務，卻不完全按照原計劃進行，正是計劃趕不上變化，當然最後都圓滿完成了任務。這樣描寫既達到了目的，又使文章頗多變化，搖曳生姿，精彩紛呈。試想，如果均按照吳用所設計的步驟按部就班地結束，不僅失去了真實性，也缺乏了可讀性。作者此番真可謂用心良苦，讀者須要用心體會。

## 第六十七回

# 宋江賞馬步三軍
# 關勝降水火二將

本回主要為李逵、關勝等人立功張目。梁中書逃得性命後上報蔡太師，朝廷要剿除梁山泊，蔡京舉薦凌州城水火二將。梁山得報，決定先下手為強，派關勝前往攻打凌州，李逵因與宋江鬥氣也下山助力，順利勸降了兩員大將。

話說當下梁中書、李成、聞達慌速尋得敗殘軍馬，投南便走。正行之間，又撞着兩隊伏兵，前後掩殺。李成當先，聞達在後，護着梁中書，並力死戰，撞透重圍，脫得大難。頭盔不整，衣甲飄零，雖是折了人馬，且喜三人逃得性命，投西去了。樊瑞引項充、李袞乘勢追趕不上，自與雷橫、施恩、穆春等，同回北京城內聽令。

再說軍師吳用在城中傳下將令，一面出榜安民，一面救滅了火。梁中書、李成、聞達、王太守各家老小，殺的殺了，走的走了，也不來追究。便把大名府庫藏打開，應有金銀寶物，緞匹綾錦，都裝載上車子。又開倉廒，將糧米俵濟滿城百姓了，餘者亦裝載上車，將回梁山泊倉用。號令眾頭領人馬，都皆完備。把李固、賈氏釘在陷車內，將軍馬標撥作三隊，回梁山泊來。正是：鞍上將敲金鐙響，馬前軍唱凱歌回。卻叫戴宗先去報宋公明。

宋江會集諸將下山迎接，都到忠義堂上。宋江見了盧俊義，納頭便拜，盧俊義慌忙答禮。宋江道：「我等眾人，欲請員外上山同聚大義，不想卻遭此難，幾被傾送，寸心如割。皇天垂佑，今日再得相見，大慰平生。」盧俊義拜謝道：「上託兄長虎威，深感眾頭領之德，齊心並力，救拔賤體，肝膽塗地，難以報答。」便請蔡福、蔡慶拜見宋江，言說：「在下若非此二人，安得殘生到此！」稱謝不盡。當下宋江要盧員外為尊，盧俊義拜道：「盧某是何等之人，敢為山寨之主？若得與兄長執鞭墜鐙，願為一卒，報答救命之恩，實為萬幸！」宋江再三拜請，盧俊義那裏肯坐。

只見李逵道：「哥哥若讓別人做山寨之主，我便殺將起來。」武松道：「哥哥只管讓來讓去，讓得弟兄們心腸冷了。」宋江大喝道：「汝等省得甚麼！不得多言！」盧俊義慌忙拜道：「若是兄長苦苦相讓着，盧某安身不牢。」李逵叫道：「今朝都沒事了，哥哥便做皇帝，教盧員外做丞相，我們都做大官，殺去東京，奪了鳥位，卻不強似在這裏鳥亂！」宋江大怒，喝罵李逵。吳用勸道：「且教盧員外東邊耳房安歇，賓客相待。等日後有功，卻再讓位。」宋江方才歡喜，就叫燕青一處安歇。另撥房屋，叫蔡福、蔡慶安頓老小。關勝家眷，薛永已取到山寨。

宋江便叫大設筵宴，犒賞馬步水三軍，令大小頭目並眾嘍囉軍健，各自成團作隊去吃酒。忠義堂上，設宴慶賀。大小頭領相謙相讓，飲酒作樂。盧俊義起身道：「淫婦姦夫，擒捉在此，聽候發落。」宋江笑道：「我正忘了，叫他兩個過來。」眾軍把陷車打開，拖出堂前。李固綁在左邊將軍柱上，賈氏綁在右邊將軍柱上。宋江道：「休問這廝罪惡，請員外自行發落。」盧俊義手拿短刀，自下堂來，大罵潑婦賊奴，就將二人割腹剜心，凌遲處死。拋棄屍首，上堂來拜謝眾人。眾頭領盡皆作賀，稱讚不已。

且不說梁山泊大設筵宴，犒賞馬步水三軍。卻說北京梁中書探聽得梁山泊軍馬退去，再和李成、聞達引領敗殘軍馬，入城來看覷老小時，十損八九，眾皆號哭不已。比及鄰近起軍追趕梁山泊人馬時，已自去得遠了，且教各自收軍。

梁中書的夫人躲得在後花園中，逃得性命，便叫丈夫寫表申奏朝廷，寫書教太師知道，早早調兵遣將，剿除賊寇報仇。抄寫民間被殺死者五千餘人，中傷者不計其數，各部軍馬，總折卻三萬有餘，首將齎了奏文密書上路，不則一日，來到東京太師府前下馬。門吏轉報，太師教喚入來，首將直至節堂下拜見了，呈上密書申奏，訴說打破北京，賊寇浩大，不能抵敵。蔡京初意亦欲苟且招安，功歸梁中書身上，自己亦有榮寵。今見事體敗壞難遮掩，便欲主戰，因大怒道：「且教首將退去！」

次日五更景陽鐘響，待漏院眾集文武羣臣，蔡太師為首，直臨玉階，面奏道君皇帝。天子覽奏大驚。有諫議大夫趙鼎出班奏道：「前者往往調兵征發，皆折兵將，蓋因失其地利，以致如此。以臣愚意，不若降敕赦罪招安，詔取赴闕[1]，命作良臣，以防邊境之害。」蔡京聽了大怒，喝叱道：「汝為諫議大夫，反滅朝廷綱紀，猖獗小人，罪合賜死！」天子曰：「如此，目下便令出朝。」當下革了趙鼎官爵，罷為庶人。當朝誰敢再奏。有詩為證：

璽書招撫是良謀，卻把忠言作寇仇。
一自老成人去後，梁山軍馬不能收。

天子又問蔡京道：「似此賊勢猖獗，可遣誰人剿捕？」蔡太師奏道：「臣量這等山野草賊，安用大軍，臣舉凌州有二將：一人姓單，名廷珪；一人姓魏，名定國，現任本州團練使。伏乞陛下聖旨，星夜差人，調此一支人馬，克日掃清水泊。」天子大喜，隨即降寫敕符[2]，着樞密院調遣。天子駕起，百官退朝，眾官暗笑。次日，蔡京會省院差官，齎捧聖旨敕符投凌州來。

再說宋江水滸寨內，將北京所得的府庫金寶錢物給賞與馬步水三軍，連日殺牛宰馬，大排筵宴，慶賀盧員外。雖無庖鳳烹龍[3]，端的肉山酒海。眾頭領酒至半酣，吳用對宋江等說道：「今為盧員外打破北京，殺損人民，劫掠府庫，趕得梁中書等離城逃奔，他豈不寫表申奏朝廷？況他丈人是當朝太師，怎肯干罷？必然起軍發馬，前來征討。」宋江道：「軍師所慮，最為得理。何不使人連夜去北京探聽虛實，我這裏好做準備。」吳用笑道：「小弟已差人去了，將次回也。」

正在筵會之間，商議未了，只見原差探事人到來，報說：「北京梁中書果然申奏朝廷，要調兵征剿。有諫議大夫趙鼎奏請招安，致被蔡京喝罵，削了趙鼎官職。如今奏過天子，差人齎捧敕符往凌州調遣單廷珪、魏定國兩個團練使，起本州軍馬前來征討。」宋江便道：「似此如何迎敵？」吳用道：「等他來時，一發捉了。」關勝起身對宋江、吳用道：「關某自從上山，深感仁兄厚

---

1) 赴闕：入朝。

2) 敕符：朝廷用以傳達命令，調兵遣將的憑證。

3) 庖鳳烹龍：指宴席上的山珍海味。

待，不曾出得半分氣力。單廷珪、魏定國蒲城多曾相會。久知單廷珪那廝，善能用水浸兵之法，人皆稱為聖水將軍；魏定國這廝，精熟火攻兵法，上陣專能用火器取人，因此呼為神火將軍。凌州是本境兼管本州兵馬，取此二人為部下。小弟不才，願借五千軍兵，不等他二將起行，先在凌州路上接住。他若肯降時，帶上山來；若不肯投降，必當擒來，奉獻兄長，亦不須用眾頭領張弓挾矢，費力勞神。不知尊意若何？」宋江大喜，便叫宣贊、郝思文二將就跟着一同前去。關勝帶了五千軍馬，來日下山。次早，宋江與眾頭領在金沙灘寨前餞行，關勝三人引兵去了。

眾頭領回到忠義堂上，吳用便對宋江說道：「關勝此去，未保其心，可以再差良將，隨後監督，就行接應。」宋江道：「吾觀關勝義氣凜然，始終如一，軍師不必多疑。」吳用道：「只恐他心不似兄長之心。可再叫林沖、楊志領兵，孫立、黃信為副將，帶領五千人馬，隨即下山。」李逵便道：「我也去走一遭。」宋江道：「此一去用你不着，自有良將建功。」李逵道：「兄弟若閒，便要生病，若不叫我去時，獨自也要去走一遭。」宋江喝道：「你若不聽我的軍令，割了你頭！」李逵見說，悶悶不已，下堂去了。不說林沖、楊志領兵下山，接應關勝。

次日，只見小軍來報：「黑旋風李逵昨夜二更，拿了兩把板斧，不知那裏去了！」宋江見報，只叫得苦：「是我夜來衝撞了他這幾句言語，多管是投別處去了！」吳用道：「兄長，非也。他雖粗鹵，義氣倒重，不到得投別處去。多管是過兩日便來，兄長放心。」宋江心慌，先使戴宗去趕，後着時遷、李雲、樂和、王定六四個首將分四路去尋。

且說李逵是夜提着兩把板斧下山，抄小路徑投凌州去。一路上自尋思道：「這兩個鳥將軍，何消得許多軍馬去征他！我且搶入城中，一斧一個都砍殺了，也教哥哥吃一驚！也和他們爭得一口氣！」走了半日，走得肚飢，原來貪慌下山，不曾帶得盤纏。多時不做這買賣，尋思道：「只得尋個鳥出氣的。」正走之間，看見路旁一個村酒店，李逵便入去裏面坐下，連打了三角酒、二斤肉吃了，起身便走。酒保攔住討錢。李逵道：「待我前頭去尋得些買賣，卻把來還你！」說罷，便動身。只見外面走入個彪形大漢來，喝道：「你這黑廝，好大膽！誰開的酒店，你來白吃，不肯還錢！」李逵睜着眼道：「老爺不揀那裏，只是白吃！」那漢道：「我對你說時，驚得你尿流屁滾！老爺是梁山泊好漢韓伯龍的便是！本錢都是宋江哥哥的。」李逵聽了暗笑：「我山寨裏那裏認得這個鳥人！」原來韓伯龍曾在江湖上打家劫舍，要來上梁山泊入夥，卻投奔了旱地忽律朱貴，要他引見宋江。因是宋公明生發背瘡，在寨中又調兵遣將，多忙少閒，不曾見得。朱貴權且教他在村中賣酒。當時李逵去腰間拔出一把板斧，看着韓伯龍道：「把斧頭為當[4]。」韓伯龍不知是計，舒手來接，見李逵手起，望面門上只一斧，肐瘩地砍着。可憐韓伯龍做了半世強人，死在李逵之手。兩三個火家，只恨爺娘少生了兩隻腳，望深村裏走了。李逵就地下擄掠了盤纏，放火燒了草屋，望凌州去了。

行不得一日，正走之間，官道旁邊只見走過一條大漢直上直下相李逵。李逵見那人看他，便道：「你那廝看老爺怎地？」那漢便答道：「你是誰的老爺？」李逵便搶將入來。那漢子手起一拳，打個塔墩[5]。李逵尋思：「這漢子倒使得好拳！」坐在地下，仰着臉問道：「你這漢子，姓甚名誰？」那漢道：「老爺沒姓，要廝打便和你廝打！你敢起來！」李逵大怒，正待跳將起來，被那漢子肋羅[6]裏只一腳，又踢了一交。李逵叫道：「贏他不得。」爬將起來便走。那漢叫住問道：「這黑漢子，你姓甚名誰？那裏人氏？」李逵道：「我說與你，休要吃驚。我是梁山泊黑旋風李逵的便是。」那漢道：「你端的是不是？不要說謊。」李逵道：「你不信，只看我這兩把板斧。」那漢道：「你既是梁山泊好漢，獨自一個投那裏去？」李逵道：「我和哥哥別口氣，要投凌州去殺那姓單姓魏的兩個。」那漢道：「我聽得你梁山泊已有軍馬去了，你且說是誰？」李逵道：「先是大刀關勝領兵，隨後便是豹子頭林沖、青面獸楊志領軍策應。」那漢聽了，納頭便拜。李逵道：「你端的姓甚名誰？」那漢道：「小人原是中山府人氏，祖傳三代相撲[7]為生。卻才手腳，父子相傳，不教徒弟。平生最無面目[8]，到處投人不着，山東、河北都叫我做沒面目焦挺。近日打聽得寇州地面有座山，名為枯樹山，山上有個強人，平生只好殺人，世人把他比做喪門

4) 當：抵押，抵押品。

5) 塔墩：屁股着地摔倒。

6) 肋羅：肋窩。

7) 相撲：摔跤。

8) 無面目：不講情面。

神，姓鮑名旭。他在那山裏打家劫舍，我如今待要去那裏入夥。」李逵道：「你有這等本事，如何不來投奔俺哥哥宋公明？」焦挺道：「我多時要投奔大寨入夥，卻沒條門路。今日得遇兄長，願隨哥哥。」李逵道：「我卻要和宋公明哥哥爭口氣了下山來，不殺得一個人，空着雙手，怎地回去？你和我去枯樹山，說了鮑旭，同去淩州殺得單、魏二將，便好回山。」焦挺道：「淩州一府城池，許多軍馬在彼，我和你只兩個，便有十分本事，也不濟事，枉送了性命。不如單去枯樹山說了鮑旭，都去大寨入夥，此為上計。」兩個正說之間，背後時遷趕將來，叫道：「哥哥憂得作苦，便請回山。如今分四路去趕你也。」李逵引着焦挺，且教與時遷廝見了。時遷勸李逵回山：「宋公明哥哥等你。」李逵道：「你且住！我和焦挺商量定了，先去枯樹山說了鮑旭，方才回來。」時遷道：「使不得。哥哥等你，即便回寨。」李逵道：「你若不跟我去，你自先回山寨，報與哥哥知道，我便回也。」時遷懼怕李逵，自回山寨去了。焦挺卻和李逵自投寇州來，望枯樹山去了。

話分兩頭。卻說關勝與同宣贊、郝思文引領五千軍馬接來，相近淩州。且說淩州太守接得東京調兵的敕旨並蔡太師劄付，便請兵馬團練單廷珪、魏定國商議。二將受了劄付，隨即選點軍兵，關領軍器，拴束鞍馬，整頓糧草，指日起行。忽聞報說：「蒲東大刀關勝引軍到來，侵犯本州。」單廷珪、魏定國聽得大怒，便收拾軍馬，出城迎敵。兩軍相近，旗鼓相望。門旗下關勝出馬。那邊陣內鼓聲響處，聖水將軍出馬。怎生打扮？戴一頂渾鐵打就四方鐵帽，頂上撒一顆斗來大小黑纓。披一付熊皮砌就嵌縫沿邊烏油鎧甲，穿一領皂羅繡就點翠團花禿袖征袍，着一雙斜皮踢鐙嵌線雲跟靴，繫一條碧鞓釘就迭勝獅蠻帶。一張弓，一壺箭。騎一匹深烏馬，使一條黑桿槍。

前面打一把引軍按北方皂纛旗，上書七個銀字：「聖水將軍單廷珪」。又見這邊鸞鈴響處，轉出這員神火將軍魏定國來出馬。怎生打扮？戴一頂朱紅綴嵌點金束髮盔，頂上撒一把掃帚長短赤纓。披一副擺連環吞獸面搪猊鎧，穿一領繡雲霞飛怪獸絳紅袍，着一雙刺麒麟間翡翠雲縫錦跟靴。帶一張描金雀畫寶雕弓，懸一壺鳳翎鑿山狼牙箭。騎坐一匹胭脂馬，手使一口熟銅刀。

前面打一把引軍按南方紅繡旗，上書七個銀字：「神火將軍魏定國」。兩員虎將一齊出到陣前。關勝見了，在馬上說道：「二位將軍，別來久矣！」單廷珪、魏定國大笑，指着關勝罵道：「無才小輩，背反狂夫！上負朝廷之恩，下辱祖宗名目，不知死活！引軍到來，有何禮說？」關勝答道：「你二將差矣。目今主上昏昧，奸臣弄權，非親不用，非仇不談。兄長宋公明仁德施恩，替天行道，特令關某等到來，招請二位將軍。倘蒙不棄，便請過來，同歸山寨。」單、魏二將聽得大怒，驟馬齊出。一個是北方一朵烏雲，一個如南方一團烈火，飛出陣前。關勝卻待去迎敵，左手下飛出宣贊，右手下奔出郝思文，兩對兒陣前廝殺。刀對刀，迸萬道寒光；槍搠槍，起一天殺氣。關勝遙見神火將越鬥越精神，聖水將無半點懼色。正鬥之間，兩將撥轉馬頭，望本陣便走。郝思文、宣贊隨即追趕，衝入陣中。只見魏定國轉入左邊，單廷珪過右邊。隨後宣贊趕着魏定國，郝思文追住單廷珪。

且說宣贊正趕之間，只見四五百步軍都是紅旗紅甲，一字兒圍裹將來，撓鈎齊下，套索飛來，和人連馬，活捉去了。再說郝思文追住單廷珪到右邊，只見五百來步軍盡是黑旗黑甲，一字兒裹轉來，腦後眾軍齊上，把郝思文生擒活捉去了。可憐二將英雄，到此翻成畫餅。一面把人解入凌州，一面仍率五百精兵捲殺過來。關勝舉手無措，大敗輸虧，望後便退，隨即單廷珪、魏定國拍馬在背後追來。關勝正走之間，只見前面衝出二將。關勝看時，左有林沖，右有楊志，從兩肋窩裏撞將出來，殺散凌州軍馬。關勝收住本部殘兵，與林沖、楊志相見，合兵一處。隨後孫立、黃信，一同見了，權且下寨。

卻說水火二將捉得宣贊、郝思文，得勝回到城中，張太守接着，置酒作賀。一面教人做造陷車，裝了二人。差一員偏將，帶領三百步軍，連夜解上東京，申達朝廷。

且說偏將帶領三百人馬，監押宣贊、郝思文上東京來，迤邐前行，來到一個去處。只見滿山枯樹，遍地蘆芽，一聲鑼響，撞出一夥強人，當先一個，手搭雙斧，聲喝如雷，正是梁山泊黑旋風李逵。後面帶着這個好漢，端的是誰，正是：相撲叢中人盡伏，拽拳飛腳如刀毒。劣性發時似山倒，焦挺從來沒面目。

李逵、焦挺兩個好漢，引着小嘍囉攔住去路，也不打話，便搶陷車。偏將急待要走，背後又撞出一個好漢，正是：猙獰醜臉如鍋底，雙睛迭暴露狼唇。放火殺人提闊劍，鮑旭名喚喪門神。

這個好漢正是喪門神鮑旭，向前把偏將手起劍落，砍下馬來，其餘人等，撇下陷車，盡皆逃命去了。李逵看時，卻是宣贊、郝思文，便問了備細來由。宣贊見李逵亦問：「你怎生在此？」李逵說道：「為是哥哥不肯教我來廝殺，獨自個私走下山來，先殺了韓伯龍，後撞見焦挺，引我在此。鮑旭一見如故，便如親兄弟一般接待。卻才商議，正欲去打凌州，卻有小嘍囉山頭上望見這夥人馬，監押陷車到來。只道官兵捕盜，不想卻是你二位。」鮑旭邀請到寨內，殺牛置酒相待。郝思文道：「兄弟既然有心上梁山泊入夥，不若將引本部人馬，就同去凌州，並力攻打，此為上策。」鮑旭道：「小可與李兄正如此商議。足下之言，說的最是。我山寨之中，也有三二百匹好馬。」帶領五七百小嘍囉，五籌好漢一齊來打凌州。

卻說逃難軍士奔回來，報與張太守說道：「半路裏有強人奪了陷車，殺了偏將。」單廷珪、魏定國聽得大怒，便道：「這番拿着，便在這裏施刑。」只聽得城外關勝引兵搦戰。單廷珪爭先出馬開城門，放下吊橋，引五百玄甲軍，飛奔出城迎敵。門旗開處，聖水將軍單廷珪出馬，大罵關勝道：「辱國敗將，何不就死！」關勝聽了，舞刀拍馬。兩個鬥不到五十餘合，關勝勒轉馬頭，慌忙便走，單廷珪隨即趕將來。約趕十餘里，關勝回頭喝道：「你這廝不下馬受降，更待何時！」單廷珪挺槍，直取關勝後心。關勝使出神威，拖起刀背，只一拍，喝一聲：「下去！」單廷珪落馬。關勝下馬，向前扶起，叫道：「將軍恕罪！」單廷珪惶恐伏禮，乞命受降。關勝道：「某與宋公明哥哥面前多曾舉你。特來相招二位將軍，同聚大義。」單廷珪答道：「不才願施犬馬之力，同共替天行道。」兩個說罷，並馬而行。林沖接見二人並馬行來，便問其故。關勝不說輸贏，答道：「山僻之內，訴舊論新[9]，招請歸降。」林沖等眾皆大喜。單廷珪回至陣前，大叫一聲，五百玄甲軍兵一哄過來，其餘人馬奔入城中去了，連忙報知太守。

魏定國聽了大怒，次日領起軍馬，出城交戰。單廷珪與同關勝、林沖直臨陣前。只見門旗開處，神火將軍魏定國出馬，見了單廷珪順了關勝，大罵：「忘恩背主，負義匹夫！」關勝大怒，拍馬向前迎敵。二馬相交，軍器並舉。兩將鬥不到十合，魏定國望本陣便走。關勝卻欲要追，單廷珪大叫道：

---

9)　訴舊論新：傾訴舊情。

「將軍不可去趕。」關勝連忙勒住戰馬。說猶未了，凌州陣內，早飛出五百火兵，身穿絳衣，手執火器，前後擁出有五十輛火車，車上都滿裝蘆葦引火之物。軍人背上，各拴鐵葫蘆一個，內藏硫黃焰硝，五色煙藥，一齊點着，飛搶出來。人近人倒，馬過馬傷。關勝軍兵四散奔走，退四十餘里紮住。

魏定國收轉軍馬回城，看見本州烘烘火起，烈烈煙生。原來卻是黑旋風李逵與同焦挺、鮑旭帶領枯樹山人馬，都去凌州背後，打破北門，殺入城中，放起火來，劫擄倉庫錢糧。魏定國知了，不敢入城，慌速回軍，被關勝隨後趕上追殺，首尾不能相顧。凌州已失，魏定國只得退走，奔中陵縣屯駐。關勝引軍把縣四下圍住，便令諸將調兵攻打。魏定國閉門不出。

單廷珪便對關勝、林沖等眾位說道：「此人是一勇之夫，攻擊得緊，他寧死，必不辱。事寬即完，急難成效。小弟願往縣中，不避刀斧，用好言招撫此人束手來降，免動干戈。」關勝見說大喜，隨即叫單廷珪單人匹馬到縣。小校報知，魏定國出來相見了。單廷珪用好言說道：「如今朝廷不明，天下大亂，天子昏昧，奸臣弄權，我等歸順宋公明，且居水泊。久後奸臣退位，那時去邪歸正，未為晚矣。」魏定國聽罷，沉吟半晌，說道：「若是要我歸順，須是關勝親自來請，我便投降。他若是不來，我寧死不辱！」單廷珪即便上馬回來，報與關勝。關勝見說，便道：「大丈夫作事，何故疑惑？」便與單廷珪匹馬單刀而去。林沖諫道：「兄長，人心難忖，三思而行。」關勝道：「好漢作事無妨。」直到縣衙。魏定國接着大喜，願拜投降。同敍舊情，設筵管待。當日帶領五百火兵，都來大寨，與林沖、楊志並眾頭領俱各相見已了，即便收軍回梁山泊來。宋江早使戴宗接着，對李逵說道：「只為你偷走下山，教眾兄弟趕了許多路。如今時遷、樂和、李雲、王定六四個先回山去了。我如今先去報知哥哥，免至懸望。」

不說戴宗先去了，且說關勝等軍馬回到金沙灘邊，水軍頭領棹船接濟軍馬，陸續過渡，只見一個人氣急敗壞跑將來。眾人看時，卻是金毛犬段景住。林沖便問道：「你和楊林、石勇去北地裏買馬，如何這等慌速跑來？」

段景住言無數句，話不一席，有分教：宋江調撥軍兵，來打這個去處，重報舊仇，再雪前恨。正是：情知語是鈎和線，從頭釣出是非來。畢竟段景住說出甚言語來，且聽下回分解。

## 延伸思考

本回在梁山泊中出現了一些對宋江行為不滿的論調，你對此有何看法？

第六十八回

# 宋公明夜打曾頭市
# 盧俊義活捉史文恭

梁山泊與曾頭市又因奪馬而結仇，吳用決定智取。幾番攻打之後，終於完勝。但卻被盧俊義活捉了史文恭，為晁蓋報仇雪恨。晁蓋臨終留下的遺言是否能夠得到執行，梁山泊頭領究竟由誰來做呢？

話說當時段景住跑來，對林沖等說道：「我與楊林、石勇前往北地買馬，到彼選得壯竄有筋力好毛片駿馬買了二百餘匹，回至青州地面，被一夥強人，為頭一個喚做險道神郁保四，聚集二百餘人，盡數把馬劫奪，解送曾頭市去了。石勇、楊林不知去向。小弟連夜逃來，報知此事。」關勝見說，叫且回山寨與哥哥相見了，卻商議此事。

眾人且過渡來，都到忠義堂上見了宋江。關勝引單廷珪、魏定國與大小頭領俱各相見了。李逵把下山殺了韓伯龍，遇見焦挺、鮑旭，同去打破凌州之事，說了一遍。宋江聽罷，又添四個好漢，正在歡喜。

段景住備說奪馬一事，宋江聽了大怒道：「前者奪我馬匹，今又如此無禮。晁天王的冤仇未曾報得，旦夕不樂，若不去報此仇，惹人恥笑。」吳用道：「即日春暖，正好廝殺。前者進兵，失其地利，如今必用智取。」宋江道：「此仇深入骨髓，不報得誓不還山。」吳用道：「且教時遷，他會飛簷走壁，可去探聽消息一遭，回來卻作商量。」時遷聽命去了。無三二日，只見楊林、石勇逃得回寨，備說曾頭市史文恭口出大言，要與梁山泊勢不兩立。宋江見說，便要起兵。吳用道：「再待時遷回報，卻去未遲。」宋江怒氣填胸，要報此仇，片時忍耐不住。又使戴宗飛去打聽，立等回報。

不過數日，卻是戴宗先回來，說：「這曾頭市要與淩州報仇，欲起軍馬，現今曾頭市口紮下大寨，又在法華寺內做中軍帳，數百里遍插旌旗，不知何路可進。」次日，時遷回寨報說：「小弟直到曾頭市裏面，探知備細，現今紮下五個寨柵。曾頭市前面二千餘人守住村口。總寨內是教師史文恭執掌，北寨是曾塗與副教師蘇定，南寨是次子曾密，西寨是三子曾索，東寨是四子曾魁，中寨是第五子曾升與父親曾弄守把。這個青州郁保四，身長一丈，腰闊數圍，綽號險道神，將這奪的許多馬匹都餵養在法華寺內。」

吳用聽罷，便教會集諸將，一同商議：「既然他設五個寨柵，我這裏分調五支軍將，可作五路去打他五個寨柵。」盧俊義便起身道：「盧某得蒙救命上山，未能報效，今願盡命向前，未知尊意若何？」宋江大喜，便道：「員外如肯下山，便為前部。」吳用諫道：「員外初到山寨，未經戰陣，山嶺崎嶇，乘馬不便，不可為前部先鋒。別引一支軍馬，前去平川埋伏，只聽中軍炮響，便來接應。」吳用主意，只恐盧俊義捉得史文恭時，宋江不負晁蓋遺言，讓位與他，因此不允他為前部先鋒。宋江大意，只要盧俊義建功，乘此機會，教他為山寨之主。吳用不肯，立主叫盧員外帶同燕青，引領五百步軍，平川小路聽號。再分調五路軍馬：曾頭市正南大寨，差馬軍頭領霹靂火秦明、小李廣花榮，副將馬麟、鄧飛，引軍三千攻打；曾頭市正東大寨，差步軍頭領花和尚魯智深、行者武松，副將孔明、孔亮，引軍三千攻打；曾頭市正北大寨，差馬軍頭領青面獸楊志、九紋龍史進，副將楊春、陳達，引軍三千攻打；曾頭市正西大寨，差步軍頭領美髯公朱仝、插翅虎雷橫，副將鄒淵、鄒潤，引軍三千攻打；曾頭市正中總寨，都頭領宋公明，軍師吳用、公孫勝，隨行副將呂方、郭盛、解珍、解寶、戴宗、時遷，領軍五千攻打；合後步軍頭領黑旋風李逵、混世魔王樊瑞，副將項充、李袞，引馬步軍兵五千。其餘頭領，各守山寨。

不說宋江部領五軍兵將大進。且說曾頭市探事人探知備細，報入寨中。曾長官聽了，便請教師史文恭、蘇定商議軍情重事。史文恭道：「梁山泊軍馬來時，只是多使陷坑，方才捉得他強兵猛將。這夥草寇，須是這條計，以為上策。」曾長官便差莊客人等，將了鋤頭鐵鍬，去村口掘下陷坑數十處，上面虛浮土蓋。四下裏埋伏了軍兵，只等敵軍到來。又去曾頭市北路，也掘下十數處陷坑。比及宋江軍馬起行時，吳用預先暗使時遷又去打聽。數日之間，時遷回來報說：「曾頭市寨南寨北，盡都掘下陷坑，不計其數，只等俺軍馬到來。」吳用見說，大笑道：「不足為奇！」引軍前進，來到曾頭市相近。此時日午時分，前隊望見一騎馬來，項帶銅鈴，尾拴雉尾，馬上一人，青巾白袍，手執短槍。前隊望見，便要追趕，吳用止住。便教軍馬就此下寨，四面掘了濠塹，下了鐵蒺藜，傳下令去，教五軍各自分頭下寨，一般掘下濠塹，下了蒺藜。

一住三日，曾頭市不出交戰。吳用再使時遷扮作伏路小軍，去曾頭市寨中探聽他不出何意，所有陷坑，暗暗地記着，離寨多少路遠，總有幾處。時遷去了一日，都知備細，暗地使了記號，回報軍師。

次日，吳用傳令，教前隊步軍各執鐵鋤，分作兩隊。又把糧車一百有餘，裝載蘆葦乾柴，藏在中軍。當晚傳令與各寨諸軍頭領：「來日巳牌，只聽東西兩路步軍先去打寨。」再教攻打曾頭市北寨的楊志、史進，「把馬軍一字兒擺開，如若那邊擂鼓搖旗，虛張聲勢，切不可進。」吳用傳令已了。

再說曾頭市史文恭只要引宋江軍馬打寨，便着他陷坑，寨前路狹，待走那裏去。次日巳牌，聽得寨前炮響，追兵大隊都到南門。次後，只見東寨邊來報道：「一個和尚掄着鐵禪杖，一個行者舞起雙戒刀，攻打前後。」史文恭道：「這兩個必是梁山泊魯智深、武松。」猶恐有失，便分人去幫助曾魁。只見西寨邊又來報道：「一個長髯大漢，一個虎面賊人，旗號上寫着美髯公朱仝、插翅虎雷橫，前來攻打甚急。」史文恭聽了，又分撥人去幫助曾索。又聽得寨前炮響，史文恭按兵不動，只要等他入來，塌了陷坑，山後伏兵齊起，接應捉人。這裏吳用卻調馬軍，從山背後兩路抄到寨前。前面步軍，只顧看寨，又不敢去。兩邊伏兵，都擺在寨前。背後吳用軍馬趕來，盡數逼下坑去。史文恭卻待出來，吳用鞭梢一指，軍寨中鑼響，一齊排出百餘輛車子來，盡數把火點着。上面蘆葦乾柴，硫黃焰硝，一齊着起，煙火迷天。比及史文恭軍馬出來，盡被火車橫攔當住，只得回避，急待退軍。公孫勝早在陣中，揮劍作法，借起大風，颳得火焰捲入南門，早把敵樓排柵盡行燒毀。已自得勝，鳴金收軍。四下裏入寨，當晚權歇。史文恭連夜修整寨門，再下當住。

次日，曾塗對史文恭計議道：「若不先斬賊首，難以追滅。」囑咐教師史文恭牢守寨柵。曾塗率領軍兵，披掛上馬，出陣搦戰。宋江在中軍聞知曾塗搦戰，帶領呂方、郭盛，相隨出到前軍。門旗影裏，看見曾塗，心懷舊恨，用鞭指道：「誰與我先捉這廝，報往日之仇？」小溫侯呂方拍坐下馬，挺手中方天畫戟，直取曾塗。兩馬交鋒，軍器並舉，鬥到三十合已上。郭盛在門旗下，看見兩個中間，將及輸了一個。原來呂方本事，敵不得曾塗，三十合已前，兀自抵敵不住，三十合已後，戟法亂了，只辦得遮架躲閃。郭盛只恐呂方有失，便驟坐下馬，拈手中方天畫戟飛出陣來，夾攻曾塗。三騎馬在陣前絞做一團。原來兩枝戟上，都拴着金錢豹尾。呂方、郭盛要捉曾塗，兩枝戟齊舉，曾塗眼明，便用槍只一撥，卻被兩條豹尾攪住朱纓，奪扯不開，三個各要掣出軍器使用。小李廣花榮在陣中看見，恐怕輸了兩個。便縱馬出來，左手拈起雕弓，右手急取箭，搭上箭，拽滿弓，望着曾塗射來。這曾塗卻好掣出槍來，那兩枝戟兀自攪做一團。說時遲，那時疾，曾塗掣槍，便望呂方項根搠來。花榮箭早先到，正中曾塗左臂，翻身落馬，頭盔倒卓，兩腳蹬空。呂方、郭盛雙戟並施，曾塗死於非命。十數騎馬軍飛奔回來，報知史文恭，轉報中寨。曾長官聽得大哭。

只見旁邊惱犯了一個壯士曾升，武藝絕高，使兩口飛刀，人莫敢近。當時聽了大怒，咬牙切齒喝教：「備我馬來，要與哥哥報仇！」曾長官攔當不住。全身披掛，綽刀上馬，直奔前寨。史文恭接着勸道：「小將軍不可輕敵。宋江軍中智勇猛將極多。若論史某愚意，只宜堅守五寨，暗地使人前往淩州，便教飛奏朝廷，調兵選將，多撥官軍，分作兩處征剿：一打梁山泊，一保曾頭市，令賊無心戀戰，必欲退兵，急奔回山。那時史某不才，與汝兄弟一同追殺，必獲大功。」說言未了，北寨副教師蘇定到來，見說堅守一節，也道：「梁山泊吳用那廝詭計多謀，不可輕敵，只宜退守。待救兵到來，從長商議。」曾升叫道：「殺我親兄，此冤不報，更待何時！直等養成賊勢，退敵則難！」史文恭、蘇定阻當不住。曾升上馬，帶領數十騎馬軍飛奔出寨搦戰。宋江聞知，傳令前軍迎敵。當時秦明得令，舞起狼牙棍，正要出陣鬥這曾升，只見黑旋風李逵手掿板斧，直奔軍前，不問事由，搶出垓心。對陣有人認的，說道：「這個是梁山泊黑旋風李逵。」曾升見了，便叫放箭。原來李逵但是上陣，便要脫膊，全得項充、李衮蠻牌遮護。此時獨自搶來，被曾升一箭，腿上正着，身如泰山，倒在地下。曾升背後馬軍，齊搶過來。宋江陣上秦明、花榮飛馬向前死救，背後馬麟、鄧飛、呂方、郭盛一齊接應歸陣。曾升見了宋江陣上人多，不敢再戰，以此領兵還寨。宋江也自收軍駐紮。

次日，史文恭、蘇定只是主張不要對陣，怎禁得曾升催併道：「要報兄仇。」史文恭無奈，只得披掛上馬。那匹馬便是先前奪的段景住的千里龍駒照夜玉獅子馬。宋江引諸將擺開陣勢迎敵。對陣史文恭出馬，怎生打扮？

頭上金盔耀日光，身披鎧甲賽冰霜。
坐騎千里龍駒馬，手執朱纓丈二槍。

斯時史文恭出馬，橫殺過來，宋江陣上秦明要奪頭功，飛奔坐下馬來迎。二騎相交，軍器並舉。約鬥二十餘合，秦明力怯，望本陣便走。史文恭奮勇趕來，神槍到處，秦明後腿股上早着，倒下馬來。呂方、郭盛、馬麟、鄧飛四將齊出，死命來救。雖然救得秦明，軍兵折了一陣。收回敗軍，離寨十里駐紮。

宋江叫把車子載了秦明，一面使人送回山寨將息，再與吳用商量。教取大刀關勝、金槍手徐寧，並要單廷珪、魏定國四位下山，同來協助。宋江自己焚香祈禱，占卜一課。吳用看了卦象，便道：「雖然此處可破，今夜必主有賊兵入寨。」宋江道：「可以早作準備。」吳用道：「請兄長放心，只顧傳下號令，先去報與三寨頭領，今夜起東西二寨，便教解珍在左，解寶在右，其餘軍馬各於四下裏埋伏，已定。」

是夜，天清月白，風靜雲閒。史文恭在寨中對曾升道：「賊兵今日輸了兩將，必然懼怯，乘虛正好劫寨。」曾升見說，便教請北寨蘇定、南寨曾密、西寨曾索引兵前來，一同劫寨。二更左側，潛地出哨，馬摘鸞鈴，人披軟戰，直到宋江中軍寨內，見四下無人，劫着空寨，急叫中計，轉身便走。左手下撞出兩頭蛇解珍，右手下撞出雙尾蠍解寶，後面便是小李廣花榮，一發趕上，曾索在黑地裏被解珍一鋼叉，搠於馬下。放起火來，後寨發喊，東西兩邊，進兵攻打寨柵。混戰了半夜，史文恭奪路得回。

曾長官又見折了曾索，煩惱倍增，次日要史文恭寫書投降。史文恭也有八分懼怯，隨即寫書，速差一人賫擎，直到宋江大寨。小校報知，曾頭市有人下書，宋江傳令，教喚入來。小校將書呈上，宋江拆開看時，寫道：「曾頭市主曾弄頓首，再拜宋公明統軍頭領麾下：日昨小男[1]，倚仗一時之勇，誤有冒

---

1) 小男：指年幼的兒子。

犯虎威。向日天王率眾到來，理合就當歸附。奈何無端部卒，施放冷箭，更兼奪馬之罪，雖百口何辭！原之實非本意。今頑犬[2]已亡，遣使講和。如蒙罷戰休兵，將原奪馬匹盡數納還，更賫金帛犒勞三軍。此非虛情，免致兩傷。謹此奉書，伏乞照察。」

宋江看罷來書，心中大怒，扯書罵道：「殺吾兄長，焉肯干休？只待洗蕩村坊，是吾本願！」下書人俯伏在地，凜顫不已。吳用慌忙勸道：「兄長差矣。我等相爭，皆為氣耳。既是曾家差人下書講和，豈為一時之忿，以失大義？」隨即便寫回書，取銀十兩，賞了來使。回還本寨，將書呈上。曾長官與史文恭拆開看時，上面寫道：「梁山泊主將宋江，手書回覆曾頭市主曾弄帳前：國以信而治天下，將以勇而鎮外邦，人無禮而何為，財非義而不取。梁山泊與曾頭市自來無仇，各守邊界。奈緣爾將行一時之惡，惹數載之冤。若要講和，便須發還二次原奪馬匹，並要奪馬兇徒郁保四，犒勞軍士金帛。忠誠既篤，禮數休輕。如或更變，別有定奪。草草具陳，情照不宣。」

曾長官與史文恭看了，俱各驚憂。次日曾長官又使人來說：「若肯講和，各請一人質當。」宋江不肯，吳用便道：「無傷。」隨即便差時遷、李逵、樊瑞、項充、李袞五人前去為信。臨行時，吳用叫過時遷，附耳低言：「如此如此，休得有誤。」

不說五人去了，卻說關勝、徐寧、單廷珪、魏定國到了。當時見了眾人，就在中軍紮駐。

且說時遷引四個好漢來見曾長官。時遷向前說道：「奉哥哥將令，差時遷引李逵等四人前來講和。」史文恭道：「吳用差遣五個人來，必然有謀。」李逵大怒，揪住史文恭便打。曾長官慌忙勸住。時遷道：「李逵雖然粗鹵，卻是俺宋公明哥哥心腹之人，特使他來，休得疑惑。」曾長官中心只要講和，不聽史文恭之言，便教置酒相待，請去法華寺寨中安歇，撥五百軍人前後圍住。卻使曾升帶同郁保四來宋江大寨講和。二人到中軍相見了，隨後將原奪二次馬匹，並金帛一車，送到大寨。宋江看罷道：「這馬都是後次奪的。正有先前段景住送來那匹千里白龍駒照夜玉獅子馬，如何不見將來？」曾升道：「是師父史文恭乘坐着，以此不曾將來。」宋江道：「你疾忙快寫書去，教早早牽那

2)　頑犬：謙稱自己的兒子。

匹馬來還我。」曾升便寫書，叫從人還寨討這匹馬來。史文恭聽得，回道：「別的馬將去不吝，這匹馬卻不與他。」從人往復去了幾遭，宋江定死要這匹馬。史文恭使人來說道：「若還定要我這匹馬時，着他即便退軍，我便送來還他。」

宋江聽得這話，便與吳用商量。尚然未決，忽有人來報道：「青州、淩州兩路有軍馬到來。」宋江道：「那廝們知得，必然變卦。」暗傳下號令，就差關勝、單廷珪、魏定國去迎青州軍馬，花榮、馬麟、鄧飛去迎淩州軍馬。暗地叫出郁保四來，用好言撫恤他，十分恩義相待，說道：「你若肯建這場功勞，山寨裏也教你做個頭領。奪馬之仇，折箭為誓，一齊都罷。你若不從，曾頭市破在旦夕，任從你心。」郁保四聽言，情願投拜，從命帳下。吳用授計與郁保四道：「你只做私逃還寨，與史文恭說道：『我和曾升去宋江寨中講和，打聽得真實了。如今宋江大意[3]只要賺這匹千里馬，實無心講和，若還與了他，必然翻變。如今聽得青州、淩州兩路救兵到了，十分心慌，正好乘勢用計，不可有誤。』他若信從了，我自有處置。

郁保四領了言語，直到史文恭寨裏，把前事具說一遍。史文恭領了郁保四來見曾長官，備說宋江無心講和，可以乘勢劫他寨柵。曾長官道：「我那曾升當在那裏，若還翻變，必然被他殺害。」史文恭道：「打破他寨，好歹救了。今晚傳令與各寨，盡數都起，先劫宋江大寨。如斷去蛇首眾賊無用，回來卻殺李逵等五人未遲。」曾長官道：「教師可以善用良計。」當下傳令與北寨蘇定、東寨曾魁、南寨曾密，一同劫寨。郁保四卻閃入法華寺大寨內，看了李逵等五人，暗與時遷走透這個消息。

再說宋江同吳用說道：「未知此計若何？」吳用道：「如是郁保四不回，便是中俺之計。他若今晚來劫我寨，我等退伏兩邊，卻教魯智深、武松引步軍殺入他東寨；朱仝、雷横引步軍殺入他西寨；卻令楊志、史進引馬軍截殺北寨。此名番犬伏窩之計[4]，百發百中。」

當晚卻說史文恭帶了蘇定、曾密、曾魁，盡數起發。是夜月色朦朧，星辰昏暗。史文恭、蘇定當先，曾密、曾魁押後，馬摘鸞鈴，人披軟戰，盡都來到宋江總寨。只見寨門不關，寨內並無一人，又不見些動靜，情知中計，

---

3) 大意：主意，意見。

4) 番犬伏窩：臥敵營寨，待敵歸時殺之。

即便回身。急望本寨去時，只見曾頭市裏鑼鼓炮響，卻是時遷爬去法華寺鐘樓上撞起鐘來，聲響為號，東西兩門，火炮齊響，喊聲大舉，正不知多少軍馬，殺將入來。

卻說法華寺中李逵、樊瑞、項充、李袞一齊發作，殺將出來。史文恭等急回到寨時，尋路不見。曾長官見寨中大鬧，又聽得梁山泊大軍兩路殺將入來，就在寨裏自縊而死。曾密徑奔西寨，被朱仝一樸刀搠死。曾魁要奔東寨時，亂軍中馬踐為泥。蘇定死命奔出北門，卻有無數陷坑，背後魯智深、武松趕殺將來，前逢楊志、史進，亂箭射死蘇定。後頭撞來的人馬，都入陷坑中去，重重迭迭，陷死不知其數。

且說史文恭得這千里馬，行得快，殺出西門，落荒而走。此時黑霧遮天，不分南北。約行了二十餘里，不知何處。只聽得樹林背後，一齊鑼響，撞出四五百軍來。當先一將，手提桿棒，望馬腳便打。那匹馬是千里龍駒，見棒來時，從頭上跳過去了。史文恭正走之間，只見陰雲冉冉，冷氣颼颼，黑霧漫漫，狂風颯颯，虛空中一人當住去路。史文恭疑是神兵，勒馬便回，東西南北，四邊都是晁蓋陰魂纏住。史文恭再回舊路，卻撞着浪子燕青，又轉過玉麒麟盧俊義來，喝一聲：「強賊，待走那裏去！」腿股上只一樸刀，搠下馬來，便把繩索綁了，解投曾頭市來。燕青牽了那匹千里龍駒，徑到大寨。宋江看了，心中一喜一怒：喜者得盧員外建功；怒者恨史文恭射殺晁天王，仇人相見，分外眼睜。先把曾升就本處斬首，曾家一門老少盡數不留。抄擄到金銀財寶，米麥糧食，盡行裝載上車回梁山泊，給散各都頭領，犒賞三軍。

且說關勝領軍殺退青州軍馬，花榮領兵殺散淩州軍馬，都回來了。大小頭領，不缺一個。又得了這匹千里龍駒照夜玉獅子馬，其餘物件，盡不必說。陷車內囚了史文恭，便收拾軍馬，回梁山泊來。所過州縣村坊，並無侵擾。回到山寨忠義堂上，都來參見晁蓋之靈。宋江傳令，教聖手書生蕭讓作了祭文，令大小頭領人人掛孝，個個舉哀，將史文恭剖腹剜心。

哀祭晁蓋已罷，宋江就忠義堂上與眾弟兄商議立梁山泊之主。吳用便道：「兄長為尊，盧員外為次，其餘眾弟兄各依舊位。」宋江道：「向者，晁天王遺言：『但有人捉得史文恭者，不揀是誰，便為梁山泊之主。』今日盧員外生擒此賊，赴山祭獻晁兄，報仇雪恨，正當為尊，不必多說。」盧俊義道：「小弟德薄才疏，怎敢承當此位！若得居末，尚自過分。」宋江道：「非宋某多謙，有三件不如員外處：第一件，宋江身材黑矮，貌掘才疏；員外堂堂一表，凜凜一軀，有貴人之相。第二件，宋江出身小吏，犯罪在逃，感蒙眾弟兄不棄，暫居尊位；員外生於富貴之家，長有豪傑之譽，雖然有些凶險，累蒙天祐。第三件，宋江文不能安邦，武又不能附眾，手無縛雞之力，身無寸箭之功；員外力敵萬人，通今博古，天下誰不望風而服。尊兄有如此才德，正當為山寨之主。他時歸順朝廷，建功立業，官爵升遷，能使弟兄們盡生光彩。宋江主張已定，休得推託。」盧俊義拜於地下，說道：「兄長枉自多談，盧某寧死，實難從命。」吳用勸道：「兄長為尊，盧員外為次，人皆所伏。兄長若如是再三推讓，恐冷了眾人之心。」原來吳用已把眼視眾人，故出此語。只見黑旋風李逵大叫道：「我在江州捨身拚命，跟將你來，眾人都饒讓你一步。我自天也不怕！你只管讓來讓去，做甚鳥！我便殺將起來，各自散夥！」武松見吳用以目示人，也發作叫道：「哥哥手下許多軍官，受朝廷誥命的，也只是讓哥哥，如何肯從別人？」劉唐便道：「我們起初七個上山，那時便有讓哥哥為尊之意，今日卻要讓別人！」魯智深大叫道：「若還兄長推讓別人，洒家們各自撒開！」

宋江道：「你眾人不必多說，我自有個道理，盡天意，看是如何，方才可定。」吳用道：「有何高見，便請一言。」宋江道：「有兩件事。」正是：教梁山泊內，重添兩個英雄；東平府中，又惹一場災禍。直教：天罡盡數投山寨，地煞空羣聚水涯。畢竟宋江說出那兩件事來，且聽下回分解。

### 延伸思考

梁山泊頭領究竟該誰做？金聖歎認為宋江是有意不為晁蓋報仇，而之前是圖謀頭領之位已久，通過各種手段，間接促成了晁蓋之死。明代李卓吾認為宋江此回的讓位並不是真讓，而是與吳用配合虛讓一讓而已。結合前文，你又對宋江做頭領一事有何見解？

# 第六十九回

# 東平府誤陷九紋龍
# 宋公明義釋雙槍將

晁蓋遺言與眾人之心產生了矛盾，宋江提出與盧俊義各自攻打一個州府，先破城的做頭領，眾人都依允了。本回主要敘述了宋江一方的戰況，沒有了吳用的參與，宋江出師不利，多虧中間吳用幫忙扭轉了局面，獲得勝利。而盧俊義率領的眾人情況又如何呢？

話說宋江不負晁蓋遺言，要把主位讓與盧員外，眾人不服。宋江又道：「目今山寨錢糧缺少，梁山泊東有兩個州府，卻有錢糧。一處是東平府，一處是東昌府。我們自來不曾攪擾他那裏百姓，若去問他借糧，公然不肯。今寫下兩個鬮兒，我和盧員外各拈一處，如先打破城子的，便做梁山泊主，如何？」吳用道：「也好。聽從天命。」盧俊義道：「休如此說。只是哥哥為梁山泊主，某聽從差遣。」此時不由盧俊義，當下便喚鐵面孔目裴宣寫下兩個鬮兒。焚香對天祈禱已罷，各拈一個。宋江拈着東平府，盧俊義拈着東昌府，眾皆無語。

當日設筵，飲酒中間，宋江傳令，調撥人馬。宋江部下：林沖、花榮、劉唐、史進、徐寧、燕順、呂方、郭盛、韓滔、彭玘、孔明、孔亮、解珍、解寶、王矮虎、一丈青、張青、孫二娘、孫新、顧大嫂、石勇、郁保四、王定六、段景住，大小頭領二十五員，馬步軍兵一萬；水軍頭領三員：阮小二、阮小五、阮小七，領水軍駕船接應。盧俊義部下：吳用、公孫勝、關勝、呼延灼、朱仝、雷橫、索超、楊志、單廷珪、魏定國、宣贊、郝思文、燕青、楊林、歐鵬、淩振、馬麟、鄧飛、施恩、樊瑞、項充、李袞、時遷、白勝，大小頭領二十五員，馬步軍兵一萬；水軍頭領三員：李俊、童威、童猛，引水手駕船接應。其餘頭領並中傷者，看守寨柵。

分俵已定，宋江與眾頭領去打東平府，盧俊義與眾頭領去打東昌府。眾多頭領各自下山。此是三月初一日的話。日暖風和，草青沙軟，正好廝殺。

卻說宋江領兵前到東平府，離城只有四十里路，地名安山鎮，紮駐軍馬。宋江道：「東平府太守程萬里和一個兵馬都監，乃是河東上黨郡人氏。此人姓董，名平，善使雙槍，人皆稱為雙槍將，有萬夫不當之勇。雖然去打他城子，也和他通些禮數，差兩個人，齎一封戰書去那裏下。若肯歸降，免致動兵，若不聽從，那時大行殺戮，使人無怨。誰敢與我先去下書？」只見部下走過一人，身長一丈，腰闊數圍。那人是誰？有詩為證：

不好資財惟好義，貌似金剛離古寺。
身長喚做險道神，此是青州郁保四。

郁保四道：「小人認得董平，情願齎書去下。」又見部下轉過一人，瘦小身材，叫道：「我幫他去。」那人是誰？蚱蜢頭尖光眼目，鷺鷥瘦腿全無肉。路遙行走疾如飛，揚子江邊王定六。

這兩個便道：「我們不曾與山寨中出得些氣力，今日情願去走一遭。」宋江大喜，隨即寫了戰書，與郁保四、王定六兩個去下。書上只說借糧一事。

且說東平府程太守聞知宋江起軍馬到了安山鎮駐紮，便請本州兵馬都監雙槍將董平商議軍情重事。正坐間，門人報道：「宋江差人下戰書。」程太守教喚至，郁保四、王定六當府廝見了，將書呈上。程萬里看罷來書，對董都監說道：「要借本府錢糧，此事如何？」董平聽了大怒，叫推出去即便斬首。程太守說道：「不可。自古『兩國相戰，不斬來使』，於禮不當。只將二人各打二十訊棍，發回原寨，看他如何。」董平怒氣未息，喝把郁保四、王定六一索捆翻，打得皮開肉綻，推出城去。兩個回到大寨，哭告宋江說：「董平那廝無禮，好生眇視大寨！」

宋江見打了兩個，怒氣填胸，便要平吞州郡。先叫郁保四、王定六上車回山將息。只見九紋龍史進起身說道：「小弟舊在東平府時，與院子裏一個娼妓有交，喚做李瑞蘭，往來情熟。我如今多將些金銀，潛地入城，借他家裏安歇。約時定日，哥哥可打城池。只等董平出來交戰，我便爬去更鼓樓上放起火來，裏應外合，可成大事。」宋江道：「最好。」史進隨即收拾金銀安在包袱裏，身邊藏了暗器，拜辭起身。宋江道：「兄弟善覷方便，我且頓兵不動。」

且說史進轉入城中，徑到西瓦子李瑞蘭家。大伯見是史進，吃了一驚，接入裏面，叫女兒出去廝見。李瑞蘭生的甚是標格出塵。有詩為證：

萬種風流不可當，梨花帶雨玉生香。
翠禽啼醒羅浮夢，疑是梅花靚曉妝。

李瑞蘭引去樓上坐了，遂問史進道：「一向如何不見你頭影？聽的你在梁山泊做了大王，官司出榜捉你，這兩日街上亂哄哄地說，宋江要來打城借糧，你如何卻到這裏？」史進道：「我實不瞞你說，我如今在梁山泊做了頭領，不曾有功，如今哥哥要來打城借糧，我把你家備細說了。如今我特地來做細作，有一包金銀，相送與你，切不可走漏了消息。明日事完，一發帶你一家上山快活。」李瑞蘭葫蘆提應承，收了金銀，且安排些酒肉相待，卻來和大娘商量道：「他往常做客時，是個好人，在我家出入不妨。如今他做了歹人，倘或事發，不是耍處。」大伯說道：「梁山泊宋江這夥好漢，不是好惹的，但打城池，無有不破。若還出了言語，他們有日打破城子入來，和我們不干罷！」虔婆便罵道：「老蠢物，你省得甚麼人事？自古道：『蜂刺入懷，解衣去趕。』天下通例，自首者即免本罪。你快去東平府裏首告，拿了他去，省得日後負累不好。」李公道：「他把許多金銀與我家，不與他擔些干係，買我們做甚麼？」虔婆罵道：「老畜生，你這般說卻似放屁！我這行院人家，坑陷了千千萬萬的人，豈爭他一個！你若不去首告，我親自去衙前叫屈，和你也說在裏面。」李公道：「你不要性發，且叫女兒款住他，休得『打草驚蛇』，吃他走了。待我去報與做公的，先來拿了，卻去首告。」

且說史進見這李瑞蘭上樓來，覺得面色紅白不定，史進便問道：「你家莫不有甚事，這般失驚打怪？」李瑞蘭道：「卻才上胡梯，踏了個空，爭些兒跌了一交，因此心慌撩亂。」史進雖是英勇，又吃他瞞過了，更不猜疑。有詩為證：

可歎青樓伎倆多，粉頭畢竟護虔婆。
早知暗裏施奸計，錯用黃金買笑歌。

當下李瑞蘭相敍間闊之情，爭不過一個時辰，只聽得胡梯邊腳步響，有人奔上來。窗外吶聲喊，數十個做公的搶到樓上。史進措手不及，正如鷹拿野雀，彈打斑鳩，把史進似抱頭獅子綁將下樓來，徑解到東平府裏廳上。

程太守看了，大罵道：「你這廝膽包身體，怎敢獨自個來做細作！若不是李瑞蘭父親首告，誤了我一府良民！快招你的情由！宋江教你來怎地？」史進只不言語。董平便道：「這等賊骨頭，不打如何肯招！」程太守喝道：「與我加力打這廝！」兩邊走過獄卒牢子，先將冷水來噴腿上，兩腿各打一百大棍。史進由他拷打，不招實情。董平道：「且把這廝長枷木杻，送在死囚牢裏，等拿了宋江，一併解京施刑。」

卻說宋江自從史進去了，備細寫書與吳用知道。吳用看了宋公明來書，說史進去娼妓李瑞蘭家做細作，大驚。急與盧俊義說知，連夜來見宋江，問道：「誰叫史進去來？」宋江道：「他自願去。說這李行首[1]是他舊日的表子，好生情重，因此前去。」吳用道：「兄長欠些主張，若吳某在此決不教去。常言道：娼妓之家，諱『者扯丐漏走[2]』五個字。得便熟閒，迎新送舊，陷了多少才人。更兼水性無定，總有恩情，也難出虔婆之手。此人今去，必然吃虧！」宋江便問吳用請計。吳用便叫顧大嫂：「勞煩你去走一遭，可扮做貧婆，潛入城中，只做求乞的。若有些動靜，火急便回。若是史進陷在牢中，你可去告獄卒，只說：『有舊情恩念，我要與他送一口飯。』捵入牢中，暗與史進說知：『我們月盡[3]夜，黃昏前後，必來打城。你可就水火之處，安排脫身之計。』月盡夜，你就城中放火為號，此間進兵，方好成事。兄長可先打汶上縣，百姓必然都奔東平府。卻叫顧大嫂雜在數內，乘勢入城，便無人知覺。」吳用設計已罷，上馬便回東昌府去了。

宋江點起解珍、解寶，引五百餘人，攻打汶上縣，果然百姓扶老攜幼，

---

1) 行首：泛指妓女。

2) 者扯丐漏走：裝腔作勢、扯謊掉包、乞巧白賴、漏風煽火、溜之大吉。

3) 月盡：農曆每月最後一天。

鼠竄狼奔，都奔東平府來。

卻說顧大嫂頭髻蓬鬆，衣服藍縷，雜在眾人裏面，捵入城來，繞街求乞。到於衙前，打聽得果然史進陷在牢中，方知吳用智料如神。次日，提着飯罐，只在司獄司前，往來伺候。見一個年老公人從牢裏出來，顧大嫂看着便拜，淚如雨下。那年老公人問道：「你這貧婆哭做甚麼？」顧大嫂道：「牢中監的史大郎，是我舊的主人。自從離了，又早十年。只說道在江湖上做買賣，不知為甚事陷在牢裏？眼見得無人送飯，老身叫化得這一口兒飯，特要與他充飢。哥哥，怎生可憐見，引進則個，強如造七層寶塔！」那公人道：「他是梁山泊強人，犯着該死的罪，誰敢帶你入去？」顧大嫂道：「便是一刀一剮，自教他瞑目而受。只可憐見，引老身入去，送這口兒飯，也顯得舊日之情。」說罷又哭。那老公人尋思道：「若是個男子漢，難帶他入去，一個婦人家有甚利害？」當時引顧大嫂直入牢中來，看見史進項帶沉枷，腰纏鐵索。史進見了顧大嫂，吃了一驚，則聲不得。顧大嫂一頭假啼哭，一頭餵飯。別的節級，便來喝道：「這是該死的歹人！『獄不通風』，誰放你來送飯？即忙出去，饒你兩棍！」顧大嫂見這牢內人多，難說備細，只說得：「月盡夜打城，叫你牢中自掙扎。」史進再要問時，顧大嫂被小節級打出牢門。史進只記得「月盡夜」。

原來那個三月，卻是大盡。到二十九，史進在牢中，見兩個節級說話，問道：「今朝是幾時？」那個小節級卻錯記了，回說道：「今日是月盡夜，晚些買帖孤魂紙[4]來燒。」史進得了這話，巴不得晚。一個小節級吃的半醉，帶史進到水火坑邊，史進哄小節級道：「背後的是誰？」賺得他回頭，掙脫了枷，只一枷梢，把那小節級面上正着一下，打倒在地。就拾磚頭，敲開了木杻，睜着鶻眼[5]，搶到亭心裏。幾個公人都酒醉了，被史進迎頭打着，死的死了，走的走了。拔開牢門，只等外面救應。又把牢中應有罪人，盡數放了，總有五六十人，就在牢內發起喊來，一齊走了。

有人報知太守，程萬里驚得面如土色，連忙便請兵馬都監商量。董平道：「城中必有細作，且差多人圍困了這賊。我卻乘此機會，領軍出城，去捉宋江。相公便緊守城池，差數十公人圍定牢門，休教走了。」董平上馬，點軍

---

4)　孤魂紙：為死去的人燒的紙錢。

5)　鶻（hú）眼：明亮靈活的眼睛。

去了。程太守便點起一應節級、虞候、押番，各執槍棒，去大牢前吶喊。史進在牢裏，不敢輕出。外廂的人，又不敢進去。顧大嫂只叫得苦。

卻說都監董平點起兵馬，四更上馬，殺奔宋江寨來。伏路小軍報知宋江。宋江道：「此必是顧大嫂在城中又吃虧了。他既殺來，準備迎敵。」號令一下，諸軍都起。當時天色方明，卻好接着董平軍馬。兩下擺開陣勢，董平出馬，真乃英雄蓋世，謀勇過人。有詩為證：

兩面旗牌耀日明，鏤銀鐵鎧似霜凝。
水磨鳳翅頭盔白，錦繡麒麟戰襖青。
一對白龍爭上下，兩條銀蟒遞飛騰。
河東英勇風流將，能使雙槍是董平。

原來董平心靈機巧，三教九流，無所不通，品竹調弦，無有不會，山東、河北皆號他為風流雙槍將。宋江在陣前看了董平這表人品，一見便喜。又見他箭壺中插一面小旗，上寫一聯道：「英雄雙槍將，風流萬戶侯。」宋江遣韓滔出馬迎敵。韓滔手執鐵搠，直取董平，董平那對鐵槍，神出鬼沒，人不可當。宋江再叫金槍手徐寧，仗鈎鐮槍前去替回韓滔。徐寧飛馬便出，接住董平廝殺。兩個在戰場上鬥到五十餘合，不分勝敗。交戰良久，宋江恐怕徐寧有失，便叫鳴金收軍。徐寧勒馬回來，董平手舉雙槍，直追殺入陣來。宋江鞭梢一展，四下軍兵，一齊圍住。宋江勒馬上高阜處看望，只見董平圍在陣內。他若投東，宋江便把號旗望東指，軍馬向東來圍他；他若投西，號旗便往西指，軍馬便向西來圍他。董平在陣中橫衝直撞，兩枝槍直殺到申牌已後，衝開條路，殺出去了。宋江不趕。董平因見交戰不勝，當晚收軍回城去了。宋江連夜起兵，直抵城下，團團調兵圍住。顧大嫂在城中，未敢放火，史進又不得出來，兩下拒住。

原來程太守有個女兒，十分顏色。董平無妻，纍纍使人去求為親，程萬里不允。因此，日常間有些言和意不和。董平當晚領軍入城，其日使個就裏[6]

---

6) 就裏：親信。

的人，乘勢來問這頭親事。程太守回說：「我是文官，他是武官，相贅為婿，正當其理。只是如今賊寇臨城，事在危急，若還便許，被人恥笑。持得退了賊兵，保護城池無事，那時議親，亦未為晚。」那人把這話回覆董平。董平雖是口裏應道：「說得是。」只是心中躊躇，不十分歡喜，恐怕他日後不肯。

這裏宋江連夜攻打得緊，太守催請出戰。董平大怒，披掛上馬，帶領三軍，出城交戰。宋江親在陣前門旗下喝道：「量你這個寡將，怎敢當吾？豈不聞古人曾有言：『大廈將傾，非一木可支。』你看我手下雄兵十萬，猛將千員，替天行道，濟困扶危，早來就降，免汝一死！」董平大怒，回道：「文面小吏，該死狂徒，怎敢亂言！」說罷，手舉雙槍，直奔宋江。左有林沖，右有花榮，兩將齊出，各使軍器，來戰董平。約鬥數合，兩將便走。宋江軍馬佯敗，四散而奔。董平要逞功勞，拍馬趕來。宋江等卻好退到壽春縣界。宋江前面走，董平後面追，離城有十數里，前至一個村鎮，兩邊都是草屋，中間一條驛路。董平不知是計，只顧縱馬趕來。宋江因見董平了得，隔夜已使王矮虎、一丈青、張青、孫二娘四個，帶一百餘人，先在草屋兩邊埋伏，卻拴數條絆馬索在路上，又用薄土遮蓋，只等來時，鳴鑼為號，絆馬索齊起，準備捉這董平。董平正趕之間，來到那裏，只聽得背後孔明、孔亮大叫：「勿傷吾主！」卻好到草屋前，一聲鑼響，兩邊門扇齊開，拽起繩索。那馬卻待回頭，背後絆馬索齊起，將馬絆倒，董平落馬。左邊撞出一丈青、王矮虎，右邊走出張青、孫二娘，一齊都上，把董平捉了。頭盔、衣甲、雙槍、只馬，盡數奪了。兩個女頭領將董平捉住，用麻繩背剪綁了。兩個女將各執鋼刀，監押董平，來見宋江。

卻說宋江過了草屋，勒住馬，立在綠楊樹下，迎見這兩個女頭領解着董平。宋江隨即喝退兩個女將：「我教你去相請董將軍，誰教你們綁縛他來！」二女將喏喏而退。宋江慌忙下馬，自來解其繩索，便脫護甲錦袍與董平穿着，納頭便拜。董平慌忙答禮。宋江道：「倘蒙將軍不棄微賤，就為山寨之主。」董平答道：「小將被擒小人，萬死猶輕！若得容恕安身，實為萬幸。」宋江道：「敝寨地連水泊，素無擾害。今為缺少糧食，特來東平府借糧，別無他意。」董平道：「程萬里那廝，原是童貫門下門館先生，得此美任，安得不害百姓？若是兄長肯容董平今去賺開城門，殺入城中，共取錢糧，以為報效。」

宋江大喜，便令一行人，將過盔甲槍馬，還了董平，披掛上馬。董平在前，宋江軍馬在後，捲起旗幡，都在東平城下。董平軍馬在前大叫：「城上快開城門。」把門軍士將火把照時，認得是董都監，隨即大開城門，放下吊橋。董平拍馬先入，砍斷鐵鎖，背後宋江等長驅人馬，殺入城來。都到東平府裏，急傳將令，不許殺害百姓、放火燒人房屋。董平徑奔私衙，殺了程太守一家人口，奪了這女兒。宋江先叫開放大牢，救出史進，便開府庫，盡數取了金銀財帛，大開倉廒，裝載糧米上車。先使人護送上梁山泊金沙灘，交割與三阮頭領，接遞上山。史進自引人去西瓦子李瑞蘭家，把虔婆老幼，一門大小，碎屍萬段。宋江將太守家私，依散居民，仍給沿街告示，曉諭百姓：「害民州官，已自殺戮；汝等良民，各安生理。」告示已罷，收拾回軍。

大小將校再到安山鎮。只見白日鼠白勝飛奔前來，報說東昌府交戰之事。宋江聽罷，神眉踢豎，怪眼圓睜，大叫：「眾多兄弟，不要回山，且跟我來！」正是：重驅水泊英雄將，再奪東昌錦繡城。畢竟宋江復引軍馬投何處來，且聽下回分解。

## 延伸思考

宋江提出的決定梁山頭領的方案是否公平？為甚麼？

# 第七十回

# 沒羽箭飛石打英雄
# 宋公明棄糧擒壯士

盧俊義在東昌府遇到了勁敵，宋江前去解圍，吳用、公孫勝等助宋江勸降了張清，梁山好漢的隊伍至此恰好是一百單八將，宋江便順理成章坐上了第一把交椅。

話說宋江打了東平府，收軍回到安山鎮，正待要回山寨，只見白勝前來報說：「盧俊義去打東昌府，連輸了兩陣。城中有個猛將，姓張，名清，原是彰德府[1]人，虎騎出身，善會飛石打人，百發百中，人呼為沒羽箭。手下兩員副將，一個喚做花項虎龔旺，渾身上刺着虎斑，脖項上吞着虎頭，馬上會使飛槍；一個喚做中箭虎丁得孫，面頰連項都有疤痕，馬上會使飛叉。盧員外提兵臨境，一連十日，不出廝殺。前日張清出城交鋒，郝思文出馬迎敵。戰無數合，張清便走。郝思文趕去，被他額角上打中一石子，跌下馬來。卻得燕青一弩箭，射中張清戰馬，因此救得郝思文性命，輸了一陣。次日，混世魔王樊瑞引項充、李袞舞牌去迎，不期被丁得孫從肋窩裏飛出標叉，正中項充，因此又輸了一陣。二人現在船中養病。軍師特令小弟來請哥哥，早去救應。」宋江見說了，歎曰：「盧俊義直如此無緣！特地教吳學究、公孫勝幫他，只想要他見陣成功，山寨中也好眉目[2]，誰想又逢敵手！既然如此，我等眾兄弟引兵都去救應。」當時傳令，便起三軍。諸將上馬，跟隨宋江，直到東昌境界。盧俊義等接着，具說前事，權且下寨。

---

1)　彰德府：今河南安陽。

2)　眉目：揚眉吐氣，有面子。

正商議間，小軍來報沒羽箭張清搦戰。宋江領眾便起，向平川曠野，擺開陣勢。大小頭領，一齊上馬，隨到門旗下。宋江在馬上看對陣時，陣排一字，旗分五色。三通鼓罷，沒羽箭張清出馬。怎生打扮？有一篇《水調歌頭》讚張清的英勇：

頭巾掩映茜紅纓，狼腰猿臂體彪形。錦衣繡襖，袍中微露透深青；雕鞍側坐，青驄玉勒馬輕迎。葵花寶鐙，振響熟銅鈴；倒拖雉尾；飛走四蹄輕。金環搖動，飄飄玉蟒撒朱纓；錦袋石子，輕輕飛動似流星。不用強弓硬弩，何須打彈飛鈴，但着處命須傾。東昌馬騎將，沒羽箭張清。

宋江在門旗下見了喝采，張清在馬上蕩起征塵，往來馳走。門旗影裏，左邊閃出那個花項虎龔旺，右邊閃出這個中箭虎丁得孫。三騎馬來到陣前，張清手指宋江罵道：「水窪草賊，願決一陣！」

宋江問道：「誰可去戰張清？」旁邊惱犯這個英雄，忿怒躍馬，手舞鈎鐮，出到陣前。宋江看時，乃是金槍手徐寧。宋江暗喜，便道：「此人正是對手。」徐寧飛馬，直取張清。兩馬相交，雙槍並舉。鬥不到五合，張清便走。徐寧去趕，張清把左手虛提長槍，右手便向錦袋中摸出石子，扭回身，覷得徐寧面門較近，只一石子，可憐悍勇英雄，石子眉心早中，翻身落馬。龔旺、丁得孫便來捉人。宋江陣上人多，早有呂方、郭盛兩騎馬，兩枝戟，救回本陣。宋江等大驚，盡皆失色，再問：「那個頭領接着廝殺？」宋江言未盡，馬後一將飛出，看時，卻是錦毛虎燕順。宋江卻待阻當，那騎馬已自去了。燕順接住張清，鬥無數合，遮攔不住，撥回馬便走。張清望後趕來，手取石子，看燕順後心一擲，打在鏜甲護鏡上，錚然有聲，伏鞍而走。宋江陣上一人大叫：「匹夫，何足懼哉！」拍馬提搠，飛出陣去。宋江看時，乃是百勝將韓滔。不打話，便戰張清，兩馬方交，喊聲大舉。韓滔要在宋江面前顯能，抖擻精神，大戰張清。不到十合，張清便走。韓滔疑他飛石打來，不去追趕。張清回頭，不見趕來，翻身勒馬便轉。韓滔卻待挺搠來迎，被張清暗藏石子，手起望韓滔鼻凹裏打中，只見鮮血迸流，逃回本陣。彭玘見了大怒，不等宋公明將令，手舞三尖兩刃刀，飛馬直取張清。兩個未曾交馬，被張清暗藏石子在手，手起，正中彭玘面頰，丟了三尖兩刃刀，奔馬回陣。

宋江見輸了數將，心內驚惶，便要將軍馬收轉。只見盧俊義背後一人大叫：「今日將威風折了，來日怎地廝殺，且看石子打得我麼？」宋江看時，乃是醜郡馬宣贊，拍馬舞刀，直奔張清。張清便道：「一個來，一個走，兩個來，兩個逃。你知我飛石手段麼？」宣贊道：「你打得別人，怎近得我！」說言未了，張清手起，一石子正中宣贊嘴邊，翻身落馬。龔旺、丁得孫卻待來捉，怎當宋江陣上人多，眾將救了回陣。宋江見了，怒氣沖天，掣劍在手，割袍為誓：「我若不拿得此人，誓不回軍！」呼延灼見宋江設誓，便道：「兄長此言，要我們弟兄何用！」就拍踢雪烏騅，直臨陣前，大罵張清：「小兒得寵，一力一勇，認得大將呼延灼麼？」張清便道：「辱國敗將，也遭吾毒手！」言未絕，一石子飛來。呼延灼見石子飛來，急把鞭來隔時，卻中在手腕上，早着上一下，便使不動鋼鞭，回歸本陣。

宋江道：「馬軍頭領都被損傷，步軍頭領誰敢捉得這張清，只見部下劉唐，手拈朴刀，挺身出戰。張清見了大笑，罵道：「你那敗將，馬軍尚且輸了，何況步卒！」劉唐大怒，徑奔張清。張清不戰，跑馬歸陣。劉唐趕去，人馬相迎。劉唐手疾，一朴刀砍去，卻砍着張清戰馬。那馬後蹄直踢起來，劉唐面門上掃着馬尾，雙眼生花，早被張清只一石子，打倒在地。急待掙扎，陣中走出軍來，横拖倒拽，拿入陣中去了。宋江大叫：「那個去救劉唐？」只見青面獸楊志，便拍馬舞刀，直取張清。張清虛把槍來迎，楊志一刀砍去，張清鐙裏藏身，楊志卻砍了個空。張清手拿石子，喝聲道：「着！」石子從肋窩裏飛將過去。張清又一石子，錚的打在盔上，唬得楊志膽喪心寒，伏鞍歸陣。宋江看了，輾轉尋思：「若是今番輸了銳氣，怎生回梁山泊？誰與我出得這口氣？」

朱仝聽得，目視雷横，說道：「一個不濟事，我兩個同去夾攻。」朱仝居左，雷横居右，兩條朴刀，殺出陣前。張清笑道：「一個不濟，又添一個！由你十個，更待如何！」全無懼色，在馬上藏兩個石子在手。雷横先到，張清手起，勢如招寶七郎，石子來時，面門上怎生躲避，急待招頭看時，額上早中一石子，撲然倒地。朱仝急來快救，脖項上又一石子打着。關勝在陣上看見中傷，大挺神威，掄起青龍刀，縱開赤兔馬，來救朱仝、雷横。剛搶得兩個奔走還陣，張清又一石子打來，關勝急把刀一隔，正中着刀口，迸出火光。關勝無心戀戰，勒馬便回。

雙槍將董平見了，心中暗忖：「我今新降宋江，若不顯我些武藝，上山去必無光彩。」手提雙槍，飛馬出陣。張清看見，大罵董平：「我和你鄰近州府，唇齒之邦，共同滅賊，正當其理！你今緣何反背朝廷，豈不自羞！」董平大怒，直取張清，兩馬相交，軍器並舉。兩條槍陣上交加，四雙臂環中撩亂。約鬥五七合，張清撥馬便走。董平道：「別人中你石子，怎近得我！」張清帶住槍桿，去錦袋中摸出一個石子，手起處真似流星掣電，石子來嚇得鬼哭神驚。董平眼明手快，撥過了石子。張清見打不着，再取第二個石子，又打將去，董平又閃過了。兩個石子打不着，張清卻早心慌。那馬尾相銜，張清走到陣門左側，董平望後心刺一槍來，張清一閃，鐙裏藏身，董平卻搠了空。那條槍卻搠將過來，董平的馬和張清的馬兩廝併着。張清便撇了槍，雙手把董平和槍連臂膊只一拖，卻拖不動，兩個攪做一塊。

宋江陣上索超望見，掄動大斧，便來解救。對陣龔旺、丁得孫兩騎馬齊出，截住索超廝殺。張清、董平又分拆不開，索超、龔旺、丁得孫三匹馬攪做一團。林沖、花榮、呂方、郭盛四將一齊盡出，兩條槍、兩枝戟來助董平、索超。張清見不是頭，棄了董平，跑馬入陣。董平不捨，直撞入去，卻忘了提備石子。張清見董平追來，暗藏石子在手，待他馬近，喝聲道：「着！」董平急躲，那石子抹耳根上擦過去了。董平便回。索超撇了龔旺、丁得孫，也趕入陣來。張清停住槍，輕取石子，望索超打來，索超急躲不迭，打在臉上，鮮血迸流，提斧回陣。

卻說林沖、花榮把龔旺截住在一邊，呂方、郭盛把丁得孫截住在一邊。龔旺心慌，便把飛槍摽將來，卻摽不着花榮、林沖。龔旺先沒了軍器，被林沖、花榮活捉歸陣。這邊丁得孫舞動飛叉，死命抵敵呂方、郭盛，不提防浪子燕青在陣門裏看見，暗忖道：「我這裏被他片時連打了一十五員大將，若拿他一個偏將不得，有何面目！」放下桿棒，身邊取出弩弓，搭上弦，放一箭去，一聲響，正中了丁得孫馬蹄，那馬便倒，卻被呂方、郭盛捉過陣來。張清要來救時，寡不敵眾，只得拿了劉唐，且回東昌府去。太守在城上看見張清前後打了梁山泊一十五員大將，雖然折了龔旺、丁得孫，也拿得這個劉唐。回到州衙，先把劉唐長枷送獄，卻再商議。

且說宋江收軍回來，把龔旺、丁得孫先送上梁山泊。宋江再與盧俊義、吳用道：「我聞五代時，大梁王彥章日不移影[3]，連打唐將三十六員。今日張清無一時，連打我一十五員大將，雖是不在此人之下，也當是個猛將。」眾人無語。宋江又道：「我看此人，全仗龔旺、丁得孫為羽翼。如今手足羽翼被擒，可用良策，捉獲此人。」吳用道：「兄長放心，小生見了此將出沒，已自安排定了。雖然如此，且把中傷頭領送回山寨，卻教魯智深、武松、孫立、黃信、李立，盡數引領水軍，安排車仗船隻，水陸並進，船隻相迎，賺出張清，便成大事。」吳用分撥已定。

再說張清在城內與太守商議道：「雖是贏得，賊勢根本未除，暗使人去探聽虛實，卻作道理。」只見探事人來回報：「寨後西北上，不知那裏將許多糧米，有百十輛車子，河內又有糧草船，大小有五百餘隻。水陸並進，船馬同來，沿路有幾個頭領監管。」太守道：「這賊們莫非有計？恐遭他毒手。再差人去打聽，端的果是糧草也不是！」次日，小軍回報說：「車上都是糧，尚且撒下米來，水中船隻雖是遮蓋着，盡有米布袋露將出來。」張清道：「今晚出城，先截岸上車子，後去取他水中船隻。太守助戰，一鼓[4]而得。」太守道：「此計甚妙，只可善覷方便。」叫軍漢飽餐酒食，盡行披掛，捎馱錦袋。張清手執長槍，引一千軍兵，悄悄地出城。

是夜月色微明，星光滿天。行不到十里，望見一簇車子，旗上明寫「水滸寨忠義糧」。張清看了，見魯智深擔着禪杖，皂直裰拽紮起，當頭先走。張清道：「這禿驢腦袋上着我一下石子。」魯智深擔着禪杖，此時自望見了，只做不知，大踏步只顧走，卻忘了提防他石子。正走之間，張清在馬上喝聲：「着！」一石子正飛在魯智深頭上，打得鮮血迸流，望後便倒。張清軍馬，一齊吶喊，都搶將來。武松急挺兩口戒刀，死去救回魯智深，撇了糧車便走。張清奪得糧車，見果是糧米，心中歡喜。不來追趕魯智深，且押送糧車，推入城來。太守見了大喜，自行收管。張清道：「再搶河中米船。」太守道：「將軍善覷方便。」

張清上馬，轉過南門。此時望見河港內糧船，不計其數。張清便叫開城門，一齊吶喊，搶到河邊。只見都是陰雲佈滿，黑霧遮天，馬步軍兵回頭

---

3)　日不移影：太陽還沒有轉動，這裏指時間很短。

4)　一鼓：擊鼓一次，指一戰。

看時，你我對面不見。此是公孫勝行持道法。張清看見，心慌眼暗，卻待要回，進退無路，四下裏喊聲亂起，正不知軍兵從那裏來。林沖引鐵騎軍兵，將張清連人和馬，都趕下水去了。河內卻是李俊、張橫、張順、三阮、兩童八個水軍頭領，一字兒擺在那裏。張清便有三頭六臂，也怎生掙扎得脫，被阮氏三雄捉住，繩纏索綁，送入寨中。水軍頭領飛報宋江。吳用便催大小頭領連夜打城。

太守獨自一個，怎生支吾得住，聽得城外四面炮響，城門開了，嚇得太守無路可逃。宋江軍馬殺入城中，先救了劉唐。次後便開倉庫，就將錢糧一分發送梁山泊，一分給散居民。太守平日清廉，饒了不殺。

宋江等都在州衙裏，聚集眾人會面，只見水軍頭領早把張清解來。眾多兄弟都被他打傷，咬牙切齒，盡要來殺張清。宋江見解將來，親自直下堂階迎接，便陪話道：「誤犯虎威，請勿掛意。」邀上廳來。說言未了，只見階下魯智深使手帕包着頭，拿着鐵禪杖，徑奔來要打張清。宋江隔住，連聲喝退：「怎肯教你下手。」張清見宋江如此義氣，叩頭下拜受降。宋江取酒奠地，折箭為誓：「眾弟兄若要如此報仇，皇天不佑，死於刀劍之下。」眾人聽了，誰敢再言。也是天罡星合當會聚，自然義氣相投。宋江設誓已罷，道：「眾弟兄勿得傷情。」眾人大笑，盡皆歡喜。收拾軍馬，都要回山。

只見張清在宋公明面前，舉薦東昌府一個獸醫，複姓皇甫，名端。「此人善能相馬，知得頭口寒暑病症，下藥用針，無不痊可，真有伯樂之材！原是幽州人氏，為他碧眼黃鬚，貌若番人，以此人稱為紫髯伯。梁山泊亦有用他處，可喚此人帶引妻小，一同上山。乞取鈞旨。」宋江聞言大喜：「若是皇甫端肯去相聚，大稱心懷。」張清見宋江相愛甚厚，隨即便去喚到獸醫皇甫端來拜見宋江並眾頭領。有篇七言古風，單道皇甫端醫術：

傳家醫術無人敵，安驥年來有神力。回生起死妙難言，拯憊扶危更多益。鄂公[5]烏騅人盡誇，郭公[6]騄駬[7]來渥窪。吐蕃棗騮號神駁，北地又羨拳毛

---

5) 鄂公：指唐朝時尉遲恭，以勇武著稱。

6) 郭公：指唐朝時平定安史之亂的郭子儀。

7) 騄駬（lù ěr）：代指名馬，傳說是周穆王八駿之一。

騧[8]。騰驤騋騠皆經見，銜橛背鞍亦多變。天閒十二舊馳名，手到病除難應驗。古人已往名不刊，只今又見皇甫端。解治四百零八病，雙瞳炯炯珠走盤。天集忠良真有意，張清鶚薦誠良計。梁山泊內添一人，號名紫髯伯樂裔。

宋江看了皇甫端一表非俗，碧眼重瞳，虬髯過腹，誇獎不已。皇甫端見了宋江如此義氣，心中甚喜，願從大義。宋江大喜，撫慰已了，傳下號令，諸多頭領，收拾車仗、糧食、金銀，一齊進發。把這兩府錢糧，運回山寨。前後諸將都起。於路無話，早回到梁山泊忠義堂上。宋江叫放出龔旺、丁得孫來，亦用好言撫慰，二人叩首拜降。又添了皇甫端在山寨，專工醫獸。董平、張清亦為山寨頭領。

宋江歡喜，忙叫排宴慶賀，都在忠義堂上，各依次席而坐。宋江看了眾多頭領，卻好一百單八員。宋江開言說道：「我等兄弟，自從上山相聚，但到處並無疏失，皆是上天護佑，非人之能。今來扶我為尊，皆託眾弟兄英勇。一者合當聚義，二乃我再有句言語，煩你眾兄弟共聽。」吳用便道：「願請兄長約束。」

宋江對着眾頭領，開口說這個主意下來。正是有分教：三十六天罡臨化地，七十二地煞鬧中原。畢竟宋公明說出甚麼主意，且聽下回分解。

## 延伸思考

為何盧俊義做不得頭領？是宋江的權謀還是眾人不服？其他的原因又有哪些？試分析一下。

8)　拳毛騧（guā）：騧是黑嘴的黃馬，拳毛騧是唐太宗征戰時騎過的「昭陵六駿」之一。

第七十一回

精讀

# 忠義堂石碣受天文 梁山泊英雄排座次

本回水滸英雄大聚義，既是前半文章的結束，又是後半文章的緣起。英雄們歷經磨難終於過上較為安穩的生活，宋江開始將招安作為梁山泊的長遠目標。後面的故事情節均要結合本回文字來讀。

點評

● 宋江作為正式的梁山泊頭領在一百單八將面前說的這段話，具有重要的意義：在總結自己與眾人成功經歷的同時，也提出了聚義後的長遠目標，在全書中具有承上啟下的作用。

話說宋公明一打東平，兩打東昌，回歸山寨，計點大小頭領共有一百單八員，心中大喜。遂對眾兄弟道：「宋江自從鬧了江州上山之後，皆賴託眾弟兄英雄扶助，立我為頭。今者共聚得一百單八員頭領，心中甚喜。自從晁蓋哥哥歸天之後，但引兵馬下山，公然保全。此是上天護佑，非人之能。縱有被擄之人，陷於縲紲，或是中傷回來，且都無事。今者一百單八人皆在面前聚會，端的古往今來，實為罕有。從前兵刃到處，殺害生靈，無可禳謝[1]。我心中欲建一羅天大醮，報答天地神明眷佑之恩。一則祈保眾弟兄身心安樂；二則唯願朝廷早降恩光，赦免逆天大罪，眾當竭力捐軀，盡忠報國，死而後已；三則上薦晁天王早生天界，世世生生，再得相見。就行超度橫亡惡死，火燒水溺，一應無辜被害之人，俱得善道。我欲行此一事，未知眾弟兄意下如何？」眾頭領都稱道：「此是善果好事，哥哥主見不差。」吳用便道：「先請公孫勝一清主行醮事，然後令人下

1) 禳（ráng）謝：向神祭禱，謝罪消災。

山，四遠邀請得道高士，就帶醮器赴寨，仍使人收買一應香燭、紙馬、花果、祭儀、素饌、淨食，並合用一應物件。」商議選定四月十五日為始，七晝夜好事。山寨廣施錢財，督並幹辦。日期已近，向那忠義堂前掛起長幡四首。堂上紮縛三層高台。堂內鋪設七寶三清聖像。兩班設二十八宿、十二宮辰，一切主醮星官真宰。堂外仍設監壇崔、盧、鄧、竇神將。擺列已定，設放醮器齊備，請到道眾連公孫勝共是四十九員。

是日晴明得好，天和氣朗，月白風清。宋江、盧俊義為首，吳用與眾頭領為次拈香。公孫勝作高功，主行齋事，關發一應文書符命，不在話下。當日醮筵，但見：香騰瑞靄，花簇錦屏，一千條畫燭流光，數百盞銀燈散彩。對對高張羽蓋，重重密佈幢幡。風清三界步虛聲，月冷九天垂沆瀣[2]。金鐘撞處，高功表進奏虛皇；玉佩鳴時，都講登壇朝玉帝。絳綃衣星辰燦爛，芙蓉冠金碧交加。監壇神將猙獰，直日功曹勇猛。道士齊宣寶懺[3]，上瑤台酌水獻花；真人密誦靈章，按法劍踏罡佈斗[4]。青龍隱隱來黃道，白鶴翩翩下紫宸。

當日公孫勝與那四十八員道眾，都在忠義堂上做醮，每日三朝，至第七日滿散。宋江要求上天報應[5]，特教公孫勝專拜青詞[6]，奏聞天帝，每日三朝。卻好至第七日三更時分，公孫勝在虛皇壇第一層，眾道士在第二層，宋江等眾頭領在第三層，眾小頭目並將校都在壇下。眾皆懇求上蒼，務要拜求報應。是夜三更時候，只聽得天上一聲響，如裂帛相似，正是西北乾方天門上。眾人看時，直豎金盤，兩頭尖，中間

**點評**

● 具有神話色彩，能夠吸引讀者，與本書開篇的石碣相照應。

2)　沆瀣（hàng xiè）：夜間的水氣，露水。

3)　寶懺：僧道祝禱時唸誦的經文。

4)　踏罡佈斗：道教法師祈天或作法的步伐。表示腳踏在天宮罡星斗宿之上。

5)　報應：回報，回音。

6)　青詞：道教中祭天祭神的禱詞，因用青藤紙書寫，所以稱為青詞。

闔，又喚做天門開，又喚做天眼開。裏面毫光射人眼目，霞彩繚繞，從中間捲出一塊火來，如栲栳之形，直滾下虛皇壇來。那團火繞壇滾了一遭，竟鑽入正南地下去了。此時天眼已合，眾道士下壇來。宋江隨即叫人將鐵鍬鋤頭掘開泥土，根尋火塊。那地下掘不到三尺深淺，只見一個石碣，正面兩側，各有天書文字。有詩為證：

忠義英雄迥結台，感通上帝亦奇哉！
人間善惡皆招報，天眼何時不大開！

當下宋江且教化紙滿散[7]。平明，齋眾道士，各贈與金帛之物，以充襯資。方才取過石碣，看時，上面乃是龍章鳳篆蝌蚪之書，人皆不識。眾道士內有一人姓何，法諱玄通，對宋江說道：「小道家間祖上留下一冊文書，專能辨驗天書，那上面自古都是蝌蚪文字，以此貧道善能辨認，譯將出來，便知端的。」宋江聽了大喜，連忙捧過石碣，教何道士看了，良久說道：「此石都是義士大名鐫在上面。側首一邊是『替天行道』四字，一邊是『忠義雙全』四字。頂上皆有星辰南北二斗，下面卻是尊號。若不見責，當以從頭一一敷宣。」宋江道：「幸得高士指迷，緣分不淺，若蒙見教，實感大德。唯恐上天見責之言，請勿藏匿，萬望盡情剖露，休遺片言。」宋江喚過聖手書生蕭讓，用黃紙謄寫。何道士乃言：「前面有天書三十六行，皆是天罡星；背後也有天書七十二行，皆是地煞星。下面注着眾義士的姓名。」觀看良久，教蕭讓從頭至後，盡數抄謄。

石碣前面，書梁山泊天罡星三十六員：天魁星呼保義宋

7) 化紙滿散：化紙，燒化給死人當錢用到紙錠之類；滿散，做佛事或道場期滿謝神的一種儀式。

江；天罡星玉麟麒盧俊義；天機星智多星吳用；天閒星入雲龍公孫勝；天勇星大刀關勝；天雄星豹子頭林沖；天猛星霹靂火秦明；天威星雙鞭呼延灼；天英星小李廣花榮；天貴星小旋風柴進；天富星撲天鵰李應；天滿星美髯公朱仝；天孤星花和尚魯智深；天傷星行者武松；天立星雙槍將董平；天捷星沒羽箭張清；天暗星青面獸楊志；天祐星金槍手徐寧；天空星急先鋒索超；天速星神行太保戴宗；天異星赤髮鬼劉唐；天殺星黑旋風李逵；天微星九紋龍史進；天究星沒遮攔穆弘；天退星插翅虎雷橫；天壽星混江龍李俊；天劍星立地太歲阮小二；天平星船火兒張橫；天罪星短命二郎阮小五；天損星浪裏白條張順；天敗星活閻羅阮小七；天牢星病關索楊雄；天慧星拚命三郎石秀；天暴星兩頭蛇解珍；天哭星雙尾蠍解寶；天巧星浪子燕青。

石碣背面，書地煞星七十二員：地魁星神機軍師朱武；地煞星鎮三山黃信；地勇星病尉遲孫立；地傑星醜郡馬宣贊；地雄星井木犴郝思文；地威星百勝將韓滔；地英星天目將彭玘；地奇星聖水將單廷珪；地猛星神火將魏定國；地文星聖手書生蕭讓；地正星鐵面孔目裴宣；地闊星摩雲金翅歐鵬；地闔星火眼狻猊鄧飛；地強星錦毛虎燕順；地暗星錦豹子楊林；地軸星轟天雷凌振；地會星神算子蔣敬；地祐星小溫侯呂方；地佑星賽仁貴郭盛；地靈星神醫安道全；地獸星紫髯伯皇甫端；地微星矮腳虎王英；地慧星一丈青扈三娘；地暴星喪門神鮑旭；地然星混世魔王樊瑞；地猖星毛頭星孔明；地狂星獨火星孔亮；地飛星八臂那吒項充；地走星飛天大聖李袞；地巧星玉臂匠金大堅；地明星鐵笛仙馬麟；地進星出洞蛟童威；地退星翻江蜃童猛；地滿星玉幡竿孟康；地遂星通臂猿侯健；地周星跳澗虎陳達；地隱星白花蛇楊春；地異星白面郎君鄭天壽；地理星九尾龜陶宗旺；地俊星鐵扇子宋清；地樂星鐵叫子樂和；地捷星花項虎龔旺；地速星中箭虎丁得孫；地鎮星小遮攔穆春；地稽星操刀鬼曹正；地魔星雲裏金剛宋萬；地妖星摸着天杜遷；地幽星病大蟲薛永；地伏星金眼彪施恩；地空星小霸王周通；地僻星打虎將李忠；地全星鬼臉兒杜興；地孤星金錢豹子湯隆；地角星獨角龍鄒潤；地短星出林龍鄒淵；地藏星笑面虎朱富；地囚星旱地忽律朱貴；地平星鐵臂膊蔡福；地損星一枝花蔡慶；地奴星催命判官李立；地察星青眼虎李雲；地惡星沒面目焦挺；地醜星石將軍石勇；地數星小尉遲孫新；地陰星母大蟲顧大嫂；地刑星菜園子張青；地壯星母夜叉孫二娘；地劣星活閃婆王定六；地健星險道神郁保四；地耗星白日鼠白勝；地賊星鼓上蚤時遷；地狗星金毛犬段景住。

當時何道士辨驗天書，教蕭讓寫錄出來。讀罷，眾人看了，俱驚訝不已。宋江與眾頭領道：「鄙猥小吏，原來上應星魁，眾多弟兄也原來都是一會[8]之人。上天顯應，合當聚義。今已數足，上蒼分定位數，為大小二等。天罡地煞星辰，都已分定次序，眾頭領各守其位，各休爭執，不可逆了天言。」眾人皆道：「天地之意，物理[9]數定，誰敢違拗？」宋江遂取黃金五十兩，酬謝何道士。其餘道眾收得經資，收拾醮器，四散下山去了。有詩為證：

月明風冷醮壇深，鸞鶴空中送好音。
地煞天罡排姓字，激昂忠義一生心。

且不說眾道士回家去了，只說宋江與軍師吳學究、朱武等計議，堂上要立一面牌額，大書「忠義堂」三字，斷金亭也換個大牌匾。前面冊立三關，忠義堂後建築雁台一座，頂上正面大廳一所，東西各設兩房。正廳供養晁天王靈位。

---

8) 一會：指命中安排在一起的。

9) 物理：事物的道理、規律。

東邊房內，宋江、吳用、呂方、郭盛；西邊房內，盧俊義、公孫勝、孔明、孔亮。第二坡左一帶房內，朱武、黃信、孫立、蕭讓、裴宣；右一帶房內，戴宗、燕青、張清、安道全、皇甫端。忠義堂左邊，掌管錢糧倉廒收放，柴進、李應、蔣敬、淩振；右邊花榮、樊瑞、項充、李袞。山前南路第一關，解珍、解寶守把；第二關，魯智深、武松守把；第三關，朱仝、雷橫守把。東山一關，史進、劉唐守把；西山一關，楊雄、石秀守把；北山一關，穆弘、李逵守把。六關之外，置立八寨：有四旱寨，四水寨。正南旱寨，秦明、索超、歐鵬、鄧飛；正東旱寨，關勝、徐寧、宣贊、郝思文；正西旱寨，林沖、董平、單廷珪、魏定國；正北旱寨，呼延灼、楊志、韓滔、彭玘。東南水寨，李俊、阮小二；西南水寨，張橫、張順；東北水寨，阮小五、童威；西北水寨，阮小七、童猛。其餘各有執事。

從新置立旌旗等項，山頂上立一面杏黃旗，上書「替天行道」四字。忠義堂前繡字紅旗二面：一書「山東呼保義」，一書「河北玉麒麟」。外設飛龍飛虎旗、飛熊飛豹旗、青龍白虎旗、朱雀玄武旗、黃鉞白旄、青幡皂蓋、緋纓黑纛；中軍器械外，又有四斗五方旗、三才九曜旗、二十八宿旗、六十四卦旗、周天九宮八卦旗、一百二十四面鎮天旗：盡是侯健製造。金大堅鑄造兵符印信。一切完備，選定吉日良時，殺牛宰馬，祭獻天地神明，掛上忠義堂、斷金亭牌額，立起「替天行道」杏黃旗。

宋江當日大設筵宴，親捧兵符印信，頒布號令：「諸多大小兄弟，各各管領，悉宜遵守，毋得違誤，有傷義氣。如有故違不遵者，定依軍法治之，決不輕恕。計開：

梁山泊總兵都頭領二員：呼保義宋江；玉麒麟盧俊義。

掌管機密軍師二員：智多星吳用；入雲龍公孫勝。

同參贊軍務頭領一員：神機軍師朱武。

掌管錢糧頭領二員：小旋風柴進；撲天鵰李應。

馬軍五虎將五員：大刀關勝；豹子頭林沖；霹靂火秦明；雙鞭呼延灼；雙槍將董平。

馬軍八虎騎兼先鋒使八員：小李廣花榮；金槍手徐寧；青面獸楊志；急先鋒索超；沒羽箭張清；美髯公朱仝；九紋龍史進；沒遮攔穆弘。

馬軍小彪將兼遠探出哨頭領一十六員：鎮三山黃信；病尉遲孫立；醜郡馬宣贊；井木犴郝思文；百勝將韓滔；天目將彭玘；聖水將單廷珪；神火將魏定國；摩雲金翅歐鵬；火眼狻猊鄧飛；錦毛虎燕順；鐵笛仙馬麟；跳澗虎陳達；白花蛇楊春；錦豹子楊林；小霸王周通。

步軍頭領一十員：花和尚魯智深；行者武松；赤髮鬼劉唐；插翅虎雷横；黑旋風李逵；浪子燕青；病關索楊雄；拚命三郎石秀；兩頭蛇解珍；雙尾蠍解寶。

步軍將校一十七員：混世魔王樊瑞；喪門神鮑旭；八臂那吒項充；飛天大聖李衮；病大蟲薛永；金眼彪施恩；小遮攔穆春；打虎將李忠；白面郎君鄭天壽；雲裏金剛宋萬；摸着天杜遷；出林龍鄒淵；獨角龍鄒潤；花項虎龔旺；中箭虎丁得孫；沒面目焦挺；石將軍石勇。

四寨水軍頭領八員：混江龍李俊；船火兒張橫；浪裏白條張順；立地太歲阮小二；短命二郎阮小五；活閻羅阮小七；出洞蛟童威；翻江蜃童猛。

四店打聽聲息，邀接來賓頭領八員：東山酒店小尉遲孫新、母大蟲顧大嫂；西山酒店菜園子張青、母夜叉孫二娘；南山酒店旱地忽律朱貴、鬼臉兒杜興；北山酒店催命判官李立、活閃婆王定六。

總探聲息頭領一員：神行太保戴宗。

軍中走報機密步軍頭領四員：鐵叫子樂和，鼓上蚤時遷，金毛犬段景住，白日鼠白勝。

守護中軍馬軍驍將二員：小温侯呂方，賽仁貴郭盛。

守護中軍步軍驍將二員：毛頭星孔明，獨火星孔亮。

專管行刑劊子二員：鐵臂膊蔡福，一枝花蔡慶。

專掌三軍內採事馬軍頭領二員：矮腳虎王英，一丈青扈三娘。

掌管監造諸事頭領一十六員：行文走檄調兵遣將一員聖手書生蕭讓；定功賞罰軍政司一員鐵面孔目裴宣；考算錢糧支出納入一員神算子蔣敬；監造大小戰船一員玉幡竿孟康；專造一應兵符印信一員玉臂匠金大堅；專造一應旌旗袍襖一員通臂猿侯健；專攻醫獸一應馬匹一員紫髯伯皇甫端；專治諸疾內外科醫士一員神醫安道全；監督打造一應軍器鐵甲一員金錢豹子湯隆；專造一應大小號炮一員轟天雷凌振；起造修緝房舍一員青眼虎李雲；屠宰牛馬豬羊牲口一員操刀鬼曹正；排設筵宴一員鐵扇子宋清；監造供應一切酒醋一員笑面虎朱富；監築梁山泊一應城垣一員九尾龜陶宗旺；專一把捧帥字旗一員險道神郁保四。

宣和二年四月初一日，梁山泊大聚會，分調人員告示。

當日梁山泊宋公明傳令已了，分調眾頭領已定，各各領了兵符印信。筵宴已畢，人皆大醉，眾頭領各歸所撥寨分。中間有未定執事者，都於雁台前後駐紮聽調。有篇言語，單道梁山泊的好處，怎見得：

八方共域，異姓一家。天地顯罡煞之精，人境合傑靈之美。千里面朝夕相見，一寸心死生可同。相貌語言，南北東西雖各別；心情肝膽，忠誠信義並無差。其人則有帝子神孫，富豪將吏，並三教九流，乃至獵戶漁人，屠兒劊子，都一般兒哥弟稱呼，不分貴賤；且又有同胞手足，捉對夫妻，與叔姪郎舅，以及跟隨主僕，爭鬥冤仇，皆一樣的酒筵歡樂，無問親疏。或精靈，或粗鹵，或村樸，或風流，何嘗相礙，果然認性同居；或筆舌，或刀槍，或奔馳，或偷騙，各有偏長，真是隨才器使。可恨的是假文墨，沒奈何着一個聖手書生，聊存風雅；最惱的是大頭巾，幸喜得先殺卻白衣秀士，洗盡酸慳。地方四五百里，英雄一百單八人。昔時常說江湖上聞名，似古樓鐘聲聲傳播；今日始知星辰中列姓，如念珠子個個連牽。在晁蓋恐託膽稱王，歸天及早；唯宋江肯呼羣保義，把寨為頭。休言嘯聚山林，早願瞻依廊廟。

梁山泊忠義堂上號令已定，各各遵守。宋江揀了吉日良時，焚一爐香，鳴鼓聚眾，都到堂上。宋江對眾道：「今非昔比，我有片言。今日既是天罡地曜相會，必須對天盟誓，各無異心，死生相託，患難相扶，一同保國安民。」眾皆大喜。各人拈香已罷，一齊跪在堂上，宋江為首誓曰：「宋江鄙猥小吏，無學無能，荷天地之蓋載，感日月之照臨，聚弟兄於梁山，結英雄於水泊，共一百單八人，上符天數，下合人心。自今已後，若是各人存心不仁，削絕[10]大義，萬望天地行誅，神人共戮，萬世不得人身，億載永沉末劫。但願共存忠義於心，同著功勛於國。替天行道，保境安民。神天鑒察，報應昭彰。」誓畢，眾皆同聲共願，但願生生相會，世世相逢，永無斷阻。當日歃血誓盟[11]，盡醉方散。看官聽說，這裏方才是梁山泊大聚義處。有詩為證：

光耀飛離土窟間，天罡地煞降塵寰。
說時豪氣侵肌冷，講處英雄透膽寒。
仗義疏財歸水泊，報仇雪恨上梁山。
堂前一卷天文字，付與諸公仔細看。

起頭分撥已定，話不重言。原來泊子裏好漢，但閒便

10) 削絕：觸犯。

11) 歃（shà）血誓盟：古代會盟時，把牲畜的血塗在嘴唇上，以表示誠意。

下山，或帶人馬，或只是數個頭領各自取路去。途次中[12]若是客商車輛人馬，任從經過；若是上任官員，箱裏搜出金銀來時，全家不留。所得之物，解送山寨，納庫公用，其餘些小，就便分了。折莫便是百十里，三二百里，若有錢糧廣積害民的大戶，便引人去公然搬取上山，誰敢阻當。但打聽得有那欺壓良善暴富小人，積攢得些家私，不論遠近，令人便去盡數收拾上山。如此之為，大小何止千百餘處。為是無人可以當抵，又不怕你叫起撞天屈[13]來，因此不曾顯露，所以無有話說。

再說宋江自盟誓之後，一向不曾下山，不覺炎威已過，又早秋涼，重陽節近。宋江便叫宋清安排大筵席，會眾兄弟同賞菊花，喚做菊花之會。但有下山的兄弟們，不論遠近，都要招回寨來赴筵。至日，肉山酒海，先行給散馬步水三軍一應小頭目人等，各令自去打團兒吃酒。且說忠義堂上遍插菊花，各依次坐，分頭把盞。堂前兩邊篩鑼擊鼓，大吹大擂，語笑喧嘩，觥籌交錯，眾頭領開懷痛飲。馬麟品簫，樂和唱曲，燕青彈箏，各取其樂。不覺日暮，宋江大醉，叫取紙筆來，一時乘着酒興，作《滿江紅》一詞。寫畢，令樂和單唱這首詞，道是：

喜遇重陽，更佳釀今朝新熟。見碧水丹山，黃蘆苦竹。頭上盡教添白髮，鬢邊不可無黃菊。願樽前長敘弟兄情，如金玉。統豺虎，禦邊幅。號令明，軍威肅。中心願，平虜保民安國。日月常懸忠烈膽，風塵障卻奸邪目。望天王降詔，早招安，心方足。

樂和唱這個詞，正唱到「望天王降詔，早招安」，只見

12)　途次中：路中。

13)　撞天屈：沖天的冤屈，天大的冤枉。

**點評**

● 大聚義後戰事稍安，梁山泊內部對於招安的奮鬥目標產生矛盾，為後文埋下伏筆。

武松叫道：「今日也要招安，明日也要招安去，冷了弟兄們的心！」黑旋風便睜圓怪眼，大叫道：「招安，招安，招甚鳥安！」只一腳，把桌子踢起，做粉碎。宋江大喝道：「這黑廝怎敢如此無禮！左右與我推去，斬訖報來！」眾人都跪下告道：「這人酒後發狂，哥哥寬恕。」宋江答道：「眾賢弟請起，且把這廝監下。」眾人皆喜。有幾個當刑小校，向前來請李逵。李逵道：「你怕我敢掙扎！哥哥殺我也不怨，剮我也不恨，除了他，天也不怕。」說了，便隨着小校去監房裏睡。宋江聽了他說，不覺酒醒，忽然發悲。吳用勸道：「兄長既設此會，人皆歡樂飲酒，他是個粗鹵的人，一時醉後衝撞，何必掛懷，且陪眾兄弟盡此一樂。」宋江道：「我在江州，醉後誤吟了反詩，得他氣力來，今日又作《滿江紅》詞，險些兒壞了他性命！早是得眾兄弟諫救了。他與我身上情分最重，因此潸然淚下。」便叫武松：「兄弟，你也是個曉事的人，我主張招安，要改邪歸正，為國家臣子，如何便冷了眾人的心？」魯智深便道：「只今滿朝文武，多是奸邪，蒙蔽聖聰，就比俺的直裰染做皂了，洗殺怎得乾淨？招安不濟事，便拜辭了，明日一個個各去尋趁罷。」宋江道：「眾弟兄聽說，今皇上至聖至明，只被奸臣閉塞，暫時昏昧，有日雲開見日，知我等替天行道，不擾良民，赦罪招安，同心報國，青史留名，有何不美！因此只願早早招安，別無他意。」眾皆稱謝不已。

當日飲酒，終不暢懷。席散，各回本寨。

次日清晨，眾人來看李逵時，尚兀自未醒。眾頭領睡裏喚起來說道：「你昨日大醉，罵了哥哥，今日要殺你。」李逵道：「我夢裏也不敢罵他！他要殺我時，便由他殺了罷。」眾弟兄引着李逵，去堂上見宋江請罪。宋江喝道：「我手下許多人馬，都似你這般無禮，不亂了法度？且看眾兄弟之面，寄下你項上一刀，再犯必不輕恕。」李逵喏喏連聲而退，眾人皆散。

一向無事，漸近歲終。那一日久雪初晴，只見山下有人來報，離寨七八里，拿得萊州解燈上東京去的一行人，在關外聽候將令。宋江道：「休要執縛，好生叫上關來。」沒多時，解到堂前：兩個公人，八九個燈匠，五輛車子。為頭的這一個告道：「小人是萊州承差公人，這幾個都是燈匠。年例東京着落本州，要燈三架，今年又添兩架，乃是玉棚玲瓏九華燈。」宋江隨即賞與酒食，叫取出燈來看。那做燈匠人將那玉棚燈掛起，安上四邊結帶，上下通計九九八十一盞，從忠義堂上掛起，直垂到地。宋江道：「我本待都留了你的，唯恐教你吃苦，不當穩便。只留下這碗九華燈在此，其餘的你們自解官去。酬煩之資，白銀二十兩。」眾人再拜，懇謝不已，下山去了。宋江教把這碗燈點在晁天王孝堂內。

次日，對眾頭領說道：「我生長在山東，不曾到京師，聞知今上大張燈火，與民同樂，慶賞元宵，自冬至後，便造起燈，至今才完。我如今要和幾個兄弟私去看燈一遭便回。」吳用諫道：「不可，如今東京做公的最多，倘有疏失，如之奈何！」宋江道：「我日間只在客店裏藏身，夜晚入城看燈，有何慮焉？」眾人苦諫不住，宋江堅執要行。正是：猛虎直臨丹鳳闕[14]，殺星夜犯臥牛城。畢竟宋江怎地去東京看燈，且聽下回分解。

## 延伸思考

梁山泊一百單八將，臥虎藏龍，各領風騷。聚義後如何排座次，不僅是宋江的難題，更是作者的難題。小說用天降石碣這樣一個帶有神話色彩的情節來處理，你認為是否合適？說說理由。

14)　丹鳳闕：指朝廷。

## 精華賞析

本回是全書情節的高潮，可分為三個部分。第一部分，以宋江為首的梁山泊一百單八將大聚義，百川歸海，盛況空前；第二部分，以宋江為代表主張招安的一派與一些明確反對招安的頭領產生分歧；第三部分為下文做引，敍述宋江等人要上東京看燈之事。

金聖歎批評本到大聚義處就結束了，他認為後文情節是狗尾續貂。姑且不論金聖歎的說法正確與否，只看這一回在全書中的地位和重要性，便知是無可比擬的。它是前七十回的結束，又是後五十回的開端，對於我們理解《水滸傳》的主題思想也有非常重要的幫助。

# 第七十二回

精讀

# 柴進簪花入禁苑 李逵元夜鬧東京

宋江帶人到東京賞燈遊玩，柴進潛入宮廷禁地，竊得四字，李逵又因與官府發生爭執，大鬧京師，且看好戲如何上演。

話說當日宋江在忠義堂上分撥去看燈人數：「我與柴進一路，史進與穆弘一路，魯智深與武松一路，朱仝與劉唐一路。只此四路人去，其餘盡數在家守寨。」李逵便道：「說東京好燈，我也要去走一遭。」宋江道：「你如何去得？」李逵守死[1]要去，那裏執拗得他住。宋江道：「你既然要去，不許你惹事，打扮做伴當跟我。」就叫燕青也走一遭，專和李逵作伴。

看官聽說，宋江是個文面的人，如何去得京師？原來卻得神醫安道全上山之後，卻把毒藥與他點去了，後用好藥調治，起了紅疤。再要良金美玉，碾為細末，每日塗搽，自然消磨去了。那醫書中說「美玉滅斑」，正此意也。當日先叫史進、穆弘扮作客人去了，次後便使魯智深、武松扮作行腳僧行去了，再後宋江、朱仝、劉唐也扮做客商去了。各人挎腰刀，提朴刀，都藏暗器，不必得說。

點評

● 想去的人應該不止李逵一個，可只有李逵一人提出要去，直率任性。

● 為下文竊字和大鬧東京做鋪墊。

1)　守死：堅持。

且說宋江與柴進扮作閒涼官[2]，再叫戴宗扮作承局[3]，也去走一遭，有些緩急，好來飛報。李逵、燕青扮伴當，各挑行李下山，眾頭領都送到金沙灘餞行。軍師吳用再三吩咐李逵道：「你閒常下山，好歹惹事，今番和哥哥去東京看燈，非比閒時，路上不要吃酒，十分小心在意，使不得往常性格。若有衝撞，弟兄們不好廝見，難以相聚了。」李逵道：「不索軍師憂心，我這一遭並不惹事。」相別了，取路登程，抹過濟州，路經滕州，取單州，上曹州來，前望東京萬壽門外，尋一個客店安歇下了。

宋江與柴進商議，此是正月十一日的話。宋江道：「明日白日裏，我斷然不敢入城，直到正月十四日夜，人物喧嘩，此時方可入城。」柴進道：「小弟明日先和燕青入城中去探路一遭。」宋江道：「最好。」次日，柴進穿一身整整齊齊的衣服，頭上巾幘新鮮，腳下鞋襪乾淨。燕青打扮，更是不俗。兩個離了店肆，看城外人家時，家家熱鬧，戶戶喧嘩，都安排慶賞元宵，各作賀太平風景。來到城門下，沒人阻當，果然好座東京去處。怎見得：

州名汴水，府號開封。逶迤按吳、楚之邦，延亙連齊、魯之境。山河形勝，水陸要衝。禹畫為豫州，周封為鄭地。層迭臥牛之勢，按上界戊己中央；崔嵬伏虎之形，象周天二十八宿。金明池上三春柳，小苑城邊四季花。十萬里魚龍變化之鄉，四百座軍州輻輳之地。靄靄祥雲籠紫閣，融融瑞氣照樓台。

當下柴進、燕青兩個入得城來，行到御街上，往來觀玩，轉過東華門外，見往來錦衣花帽之人，紛紛濟濟，各有

---

2) 閒涼官：沒有實職的官。

3) 承局：當差的。一種低級武官。

服色[4]，都在茶坊酒肆中坐地。柴進引着燕青，徑上一個小小酒樓，臨街佔個閣子，憑欄望時，見班直[5]人等多從內裏出入，襆頭邊各簪翠葉花一朵。柴進喚燕青，附耳低言：「你與我如此如此。」燕青是個點頭會意[6]的人，不必細問，火急下樓。出得店門，恰好迎着個老成的班直官，燕青唱個喏。那人道：「面生並不曾相識。」燕青說道：「小人的東人和觀察[7]是故交，特使小人來相請。」原來那班直姓王，燕青道：「莫非足下是張觀察？」那人道：「我自姓王。」燕青隨口應道：「正是教小人請王觀察，貪慌忘記了。」那王觀察跟隨着燕青來到樓上，燕青揭起簾子，對柴進道：「請到王觀察來了。」燕青接了手中執色[8]，柴進邀入閣兒裏相見，各施禮罷。王班直看了柴進半晌，卻不認得，說道：「在下眼拙，失忘了足下，適蒙呼喚，願求大名。」柴進笑道：「小弟與足下童稚之交，且未可說，兄長熟思之。」一壁便叫取酒肉來，與觀察小酌。酒保安排到餚饌果品，燕青斟酒，殷勤相勸。酒至半酣，柴進問道：「觀察頭上這朵翠花何意？」那王班直道：「今上天子慶賀元宵，我們左右內外共有二十四班，通類有五千七八百人，每人皆賜衣襖一領，翠葉金花一枝，上有小小金牌一個，鑿着『與民同樂』四字，因此每日在這裏聽候點視。如有宮花錦襖，便能勾入內裏去。」柴進道：「在下卻不省得。」又飲了數杯，柴進便叫燕青：「你自去與我旋一杯熱酒來吃。」無移時，酒到了，柴進便起身與王班直把盞道：「足下飲過這杯小弟敬酒，方才達知姓氏。」王班直道：「在下實想不起，願求大名。」

**點評**

● 鎮靜自若，隨機應變，反應迅速。

4)　服色：衣帽打扮。

5)　班直：值班。

6)　點頭會意：反應靈敏。

7)　觀察：對宮廷侍衛的尊稱。

8)　執色：憑證。

王班直拿起酒來，一飲而盡。恰才吃罷，口角流涎，兩腳騰空，倒在凳上。柴進慌忙去了巾幘、衣服、靴襪，卻脫下王班直身上錦襖、踢串、鞋襪之類，從頭穿了，帶上花帽，拿了執色，吩咐燕青道：「酒保來問時，只說這觀察醉了，那官人未回。」燕青道：「不必吩咐，自有道理支吾。」

且說柴進離了酒店，直入東華門去看那內庭時，真乃人間天上，但見：祥雲籠鳳闕，瑞靄罩龍樓。琉璃瓦砌鴛鴦，龜背簾垂翡翠。正陽門徑通黃道，長朝殿端拱紫垣。渾儀台占算星辰，待漏院班分文武。牆塗椒粉，絲絲綠柳拂飛甍；殿繞欄楯，簇簇紫花迎步輦。恍疑身在蓬萊島，仿佛神遊兜率天[9]。

柴進去到內裏，但過禁門，為有服色，無人阻當，直到紫宸殿，轉過文德殿，殿門各有金鎖鎖着，不能勾進去。且轉過凝暉殿，從殿邊轉將入去，到一個偏殿，牌上金書「睿思殿」三字，此是官家看書之處。側首開着一扇朱紅槅子，柴進閃身入去看時，見正面鋪着御座，兩邊几案上放着文房四寶：象管[10]、花箋、龍墨、端硯。書架上盡是羣書，各插着牙簽。正面屏風上，堆青迭綠畫着山河社稷混一之圖。轉過屏風後面，但見素白屏風上御書四大寇姓名，寫着道：

山東宋江

淮西王慶

河北田虎

江南方臘

柴進看了四大寇姓名，心中暗忖道：「國家被我們攪害，因此時常記心，寫在這裏。」便去身邊拔出暗器，正把

9) 兜率天：佛教用語，泛指人死後登上的天界。

10) 象管：象牙製的毛筆。亦指珍貴的毛筆。

「山東宋江」那四個字刻將下來。慌忙出殿，隨後早有人來。

柴進便離了內苑，出了東華門，回到酒樓上看那王班直時，尚未醒來，依舊把錦衣、花帽、服色等項都放在閣兒內。柴進還穿了依舊衣服，喚燕青和酒保計算了酒錢，剩下十數貫錢，就賞了酒保。臨下樓來吩咐道：「我和王觀察是弟兄。恰才他醉了，我替他去內裏點名了回來，他還未醒。我卻在城外住，恐怕誤了城門，剩下錢都賞你，他的服色號衣都在這裏。」酒保道：「官人但請放心，男女自伏侍。」柴進、燕青離得酒店，徑出萬壽門去了。王班直到晚起來，見了服色、花帽都有，但不知是何意。酒保說柴進的話，王班直似醉如癡，回到家中。次日有人來說：「睿思殿上不見『山東宋江』四個字，今日各門好生把得鐵桶般緊，出入的人，都要十分盤詰。」王班直情知是了，那裏敢說。

再說柴進回到店中，對宋江備細說內宮之中，取出御書大寇「山東宋江」四字，與宋江看罷，歎息不已。

點評

● 透露宋江此行意在探「招安」之路。

十四日黃昏，明月從東而起，天上並無雲翳，宋江、柴進扮作閒涼官，戴宗扮作承局，燕青扮為小閒[11]，只留李逵看房。四個人雜在社火隊裏，取路哄入封丘門來，遍玩六街三市，果然夜暖風和，正好遊戲。轉過馬行街來，家家門前紮縛燈棚，賽懸燈火，照耀如同白日。正是樓台上下火照火，車馬往來人看人。四個轉過御街，見兩行都是煙月牌[12]，來到中間，見一家外懸青布幕，裏掛斑竹簾，兩邊盡是碧紗窗，外掛兩面牌，牌上各有五個字，寫道：「歌舞神仙女，風流花月魁。」宋江見了，便入茶坊裏來吃茶，問茶博士道：「前面角妓是誰家？」茶博士道：「這是東京上廳行首，喚做李師師。」宋江道：「莫不是和今上[13]打得熱的？」茶博士道：

11) 小閒：年輕的男傭人。

12) 煙月牌：妓院門前招引客人的字畫牌子。

13) 今上：當今皇帝。

點評

「不可高聲，耳目覺近。」宋江便喚燕青，附耳低言道：「我要見李師師一面，暗裏取事。你可生個婉曲入去，我在此間吃茶等你。」宋江自和柴進、戴宗在茶坊裏吃茶。

卻說燕青徑到李師師門首，揭開青布幕，掀起斑竹簾，轉入中門，見掛着一碗鴛鴦燈，下面犀皮香桌兒上，放着一個博山古銅香爐，爐內細細噴出香來。兩壁上掛着四幅名人山水畫，下設四把犀皮一字交椅。燕青見無人出來，轉入天井裏面，又是一個大客位，設着三座香楠木雕花玲瓏小床，鋪着落花流水紫錦褥，懸掛一架玉棚好燈，擺着異樣古董。燕青微微咳嗽一聲，只見屏風背後轉出一個丫嬛來，見燕青道個萬福，便問燕青：「哥哥高姓？那裏來？」燕青道：「相煩姐姐請媽媽出來，小閒自有話說。」梅香入去，不多時，轉出李媽媽來，燕青請他坐了，納頭四拜。李媽媽道：「小哥高姓？」燕青答道：「老娘忘了，小人是張乙的兒子張閒的便是，從小在外，今日方歸。」原來世上姓張姓李姓王的最多，那虔婆思量了半晌，又是燈下，認人不仔細，猛然省起，叫道：「你不是太平橋下小張閒麼？你那裏去了，許多時不來？」燕青道：「小人一向不在家，不得來相望。如今伏侍個山東客人，有的是家私，說不能盡。他是個燕南河北第一個有名財主，今來此間，一者就賞元宵，二者來京師省親，三者就將貨物在此做買賣，四者要求見娘子一面。怎敢說來宅上出入，只求同席一飲，稱心滿意。不是小閒賣弄，那人實有千百兩金銀，欲送與宅上。」那虔婆是個好利之人，愛的是金資，聽的燕青這一席話，便動了念頭，忙叫李師師出來，與燕青廝見。燈下看時，端的好容貌。燕青見了，納頭便拜。有詩為證：

● 燕青一番話正說到人心坎上，聰慧靈活。

芳年聲價冠青樓，玉貌花顏是罕儔。

共羨至尊曾貼體，何慚壯士便低頭。

那虔婆說與備細，李師師道：「那員外如今在那裏？」燕青道：「只在前面對門茶坊裏。」李師師便道：「請過寒舍拜茶。」燕青道：「不得娘子言語，不敢擅進。」虔婆道：「快去請來。」燕青徑到茶坊裏，耳邊道了消息。戴宗取些錢，還了茶博士，三人跟着燕青，徑到李師師家內。入得中門，相接請到大客位裏，李師師斂手向前動問起居道：「適聞張閒多談大雅，今辱左顧[14]，綺閣生光。」宋江答道：「山僻村野，孤陋寡聞，得睹花容，生平幸甚。」李師師便邀請坐，又看着柴進問道：「這位官人是足下何人？」宋江道：「此是表弟葉巡檢。」就叫戴宗拜了李師師。宋江、柴進居左，客席而坐，李師師右邊，主位相陪。奶子捧茶至，李師師親手與宋江、柴進、戴宗、燕青換盞。不必說那盞茶的香味，細欺雀舌，香勝龍涎。茶罷，收了盞托，欲敍行藏[15]，只見奶子來報：「官家來到後面。」李師師道：「其實不敢相留。來日駕幸上清宮，必然不來，卻請諸位到此，少敍三杯，以洗泥塵。」宋江喏喏連聲，帶了三人便行。

出得李師師門來，與柴進道：「今上兩個表子，一個李師師，一個趙元奴。雖然見了李師師，何不再去趙元奴家走一遭？」宋江徑到茶坊間壁，揭起簾幕，張閒便請趙婆出來說話。燕青道：「我這兩位官人，是山東巨富客商，要見娘子一面，一百兩花銀相送。」趙婆道：「恰恨我女兒沒緣，不快在床，出來相見不得。」宋江道：「如此卻再來求見。」趙婆相送去門，作別了。

四個且出小御街，徑投天漢橋來看鰲山。正打從樊樓前過，聽得樓上笙簧聒耳，鼓樂喧天，燈火凝眸，遊人似蟻。宋江、柴進也上樊樓，尋個閣子坐下，取些酒食餚饌，也在樓上賞燈飲酒。吃不到數杯，只聽得隔壁閣子內有人作

---

14)　左顧：指下臨。左，在卑位。

15)　行藏：情況。

點評

● 體現了只反貪官不反皇帝的思想。

歌道：浩氣沖天貫斗牛，英雄事業未曾酬。手提三尺龍泉劍，不斬奸邪誓不休！

宋江聽得，慌忙過來看時，卻是九紋龍史進、沒遮攔穆弘在閣子內吃得大醉，口出狂言。宋江走近前去喝道：「你這兩個兄弟嚇殺我也！快算還酒錢，連忙出去！早是遇着我，若是做公的聽得，這場橫禍不小。誰想你這兩個兄弟也這般無知粗糙！快出城，不可遲滯。明日看了正燈，連夜便回，只此十分好了，莫要弄得撅撒[16]了！」史進、穆弘默默無言，便叫酒保算還了酒錢。兩個下樓，取路先投城外去了。

宋江與柴進四人微飲三杯，少添春色。戴宗計算還了酒錢，四人拂袖下樓，徑往萬壽門，來客店內敲門。李逵困眼睜開，對宋江道：「哥哥不帶我來也罷了，既帶我來，卻教我看房，悶出鳥來。你們都自去快活！」宋江道：「為你生性不善，面貌醜惡，不爭帶你入城，只恐因而惹禍。」李逵便道：「你不帶我去便了，何消得許多推故！幾曾見我那裏嚇殺了別人家小的大的！」宋江道：「只有明日十五日這一夜帶你入去，看罷了正燈，連夜便回。」李逵呵呵大笑。

過了一夜，次日正是上元節候，天色晴明得好。看看傍晚，慶賀元宵的人不知其數，古人有篇《絳都春》單道元宵景致：

融和初報，乍瑞靄霽色，皇都春早。翠幰競飛，玉勒爭馳，都聞道鰲山彩結蓬萊島。向晚色，雙龍銜照。絳霄樓上，彤芝蓋底，仰瞻天表。縹緲風傳帝樂，慶玉殿共賞，羣仙同到。迤邐御香，飄滿人間開嘻笑。一點星球小，漸隱隱鳴梢聲杳。遊人月下歸來，洞天未曉。

---

16) 撅撒：被人發覺，事情敗露。

當夜宋江與同柴進，依前扮作閒涼官，引了戴宗、李逵、燕青，五個人徑從萬壽門來。是夜雖無夜禁，各門頭目軍士全副披掛，都是戎裝帶，弓弩上弦，刀劍出鞘，擺佈得甚是嚴整。高太尉自引鐵騎馬軍五千，在城上巡禁。宋江等五個向人叢裏挨挨搶搶，直到城裏，先喚燕青，附耳低言：「與我如此如此，只在夜來茶坊裏相等。」燕青徑往李師師家扣門，李媽媽、李行首都出來接見燕青，便說道：「煩達員外休怪，官家不時間來此私行，我家怎敢輕慢。」燕青道：「主人再三上覆媽媽，啟動了花魁娘子，山東海僻之地，無甚希罕之物。便有些出產之物，將來也不中意。只教小人先送黃金一百兩，權當人事[17]。隨後別有罕物，再當拜送。」李媽媽問道：「如今員外在那裏？」燕青道：「只在巷口等小人送了人事，同去看燈。」世上虔婆愛的是錢財，見了燕青取出那火炭也似金子兩塊，放在面前，如何不動心！便道：「今日上元佳節，我子母們卻待家筵數杯，若是員外不棄，肯到貧家少敍片時。」燕青道：「小人去請，無有不來。」說罷，轉身回得茶坊，說與宋江這話了，隨即都到李師師家。宋江教戴宗同李逵只在門前等。

三個人入到裏面大客位裏，李師師接着，拜謝道：「員外識荊[18]之初，何故以厚禮見賜？卻之不恭，受之太過。」宋江答道：「山僻村野，絕無罕物。但送些小微物，表情而已，何勞花魁娘子致謝。」李師師邀請到一個小小閣兒裏，分賓坐定，奶子、侍婢捧出珍異果子，濟楚菜蔬，希奇按酒，甘美餚饌，盡用錠器，擺一春台。李師師執盞向前拜道：「夙世有緣，今夕相遇二君，草草杯盤，以奉長者。」宋江道：「在下山鄉雖有貫伯浮財，未曾見如此富貴。花魁的風流聲價，播傳寰宇，求見一面，如登天之難，何況親賜

17)　人事：饋贈的禮物。

18)　識荊：敬辭。指初次見面或結識。

酒食。」李師師道：「員外獎譽太過，何敢當此。」都勸罷酒，叫奶子將小小金杯巡篩。但是李師師說些街市俊俏的話，皆是柴進回答，燕青立在邊頭和哄取笑。

酒行數巡，宋江口滑，揎拳裸袖，點點指指，把出梁山泊手段來。柴進笑道：「我表兄從來酒後如此，娘子勿笑。」李師師道：「各人稟性何傷。」丫嬛說道：「門前兩個伴當。一個黃髭鬚，且是生的怕人，在外面喃喃吶吶地罵。」宋江道：「與我喚他兩個入來。」只見戴宗引着李逵到閣子裏。李逵看見宋江、柴進與李師師對坐飲酒，自肚裏有五分沒好氣，圓睜怪眼，直瞅他三個。李師師便問道：「這漢是誰？恰像土地廟裏對判官立地的小鬼。」眾人都笑。李逵不省得他說。宋江答道：「這個是家生的孩兒小李。」李師師笑道：「我倒不打緊，辱莫了太白學士。」宋江道：「這廝卻有武藝，挑得三二百斤擔子，打得三五十人。」李師師叫取大銀賞鍾，各與三鍾，戴宗也吃三鍾。燕青只怕他口出訛言，先打抹他和戴宗依先去門前坐地。宋江道：「大丈夫飲酒，何用小杯！」就取過賞鍾，連飲數鍾。李師師低唱蘇東坡「大江東去」詞。宋江乘着酒興，索紙筆來，磨得墨濃，蘸得筆飽，拂開花箋，對李師師道：「不才亂道一詞，盡訴胸中鬱結，呈上花魁尊聽。」當下宋江落筆，遂成樂府詞一首，道是：

天南地北，問乾坤何處可容狂客？借得山東煙水寨，來買鳳城春色。翠袖圍香，降綃籠雪，一笑千金值。神仙體態，薄幸如何消得？

想蘆葉灘頭，蓼花汀畔，皓月空凝碧。六六雁行連八九[19]，只等金雞[20]消息。義膽包天，忠肝蓋地，四海無人識。

---

19) 六六雁行連八九：三十六天罡和七十二地煞結義的兄弟姐妹。

20) 金雞：比喻皇帝的赦免。

離愁萬種，醉鄉一夜頭白。

寫畢，遞與李師師反覆看了，不曉其意。宋江只要等他問其備細，卻把心腹衷曲之事告訴，只見奶子來報：「官家從地道中來至後門。」李師師忙道：「不能遠送，切乞恕罪。」自來後門接駕。

奶子、丫嬛連忙收拾過了杯盤什物，扛過台桌，灑掃亭軒。宋江等都未出來，卻閃在黑暗處，張見李師師拜在面前，奏道：「起居聖上龍體勞困。」只見天子頭戴軟紗唐巾，身穿滾龍袍，說道：「寡人今日幸上清宮方回，教太子在宣德樓賜萬民御酒，令御弟在千步廊買市[21]。約下楊太尉，久等不至，寡人自來。愛卿近前與朕攀話。」

宋江在黑地裏說道：「今番錯過，後次難逢，俺三個就此告一道招安赦書，有何不好！」柴進道：「如何使得？便是應允了，後來也有翻變。」三個正在黑影裏商量。

卻說李逵見了宋江、柴進和那美色婦人吃酒，卻教他和戴宗看門，頭上毛髮倒豎起來，一肚子怒氣正沒發付處。只見楊太尉揭起簾幕，推開扇門，徑走入來，見了李逵，喝問道：「你這廝是誰？敢在這裏？」李逵也不回應，提起把交椅，望楊太尉劈臉打來。楊太尉倒吃了一驚，措手不及，兩交椅打翻地下。戴宗便來救時，那裏攔當得住。李逵扯下幅畫來，就蠟燭上點着，東焠[22]西焠，一面放火，香桌椅凳，打得粉碎。宋江等三個聽得，趕出來看時，見黑旋風褪下半截衣裳，正在那裏行兇。四個扯出門外去時，李逵就街上奪條棒，直打出小御街來。宋江見他性起，只得和柴進、戴宗先趕出城，恐關了禁門，脫身不得，只留燕青看守着他。李師師家火起，驚得趙官家一道煙走了。鄰佑人等一面

**點評**

● 為下文楊太尉來尋作鋪墊。

● 明確了此行真正想要達到的目的：通過李師師完成招安之事

● 李逵是個直性子，對宋江的企圖並不心知肚明。

21) 買市：一種以買賣財物為名犒賞百姓的方式。

22) 焠（cuì）：點火。

救火，一面救起楊太尉，這話都不必說。

城中喊起殺聲，震天動地。高太尉在北門上巡警，聽得了這話，帶領軍馬，便來追趕。燕青伴着李逵，正打之間，撞着穆弘、史進，四人各執槍棒，一齊助力，直打到城邊。把門軍士急待要關門，外面魯智深掄着鐵禪杖，武行者使起雙戒刀，朱仝、劉唐手拈着朴刀，早殺入城來，救出裏面四個。方才出得城門，高太尉軍馬恰好趕到城外來。八個頭領不見宋江、柴進、戴宗，正在那裏心慌。

原來軍師吳用已知此事，定教大鬧東京。克時定日，差下五員虎將，引領帶甲馬軍一千騎，是夜恰好到東京城外等接，正逢着宋江、柴進、戴宗三人，帶來的空馬就教上馬，隨後眾人也到。正都上馬時，於內不見了李逵。高太尉軍馬衝將出來。宋江手下的五虎將關勝、林沖、秦明、呼延灼、董平突到城邊，立馬於濠塹上，大喝道：「梁山泊好漢全夥在此！早早獻城，免汝一死！」高太尉聽得，那裏敢出城來。慌忙教放下吊橋，眾軍上城提防。宋江便喚燕青吩咐道：「你和黑廝最好，你可略等他一等，隨後與他同來。我和軍馬眾將先回，星夜還寨，恐怕路上別有枝節。」

不說宋江等軍馬去了。且說燕青立在人家房簷下看時，只見李逵從店裏取了行李，拿着雙斧，大吼一聲，跳出店門，獨自一個，要去打這東京城池。正是：聲吼巨雷離店肆，手提大斧劈城門。畢竟黑旋風李逵怎地去打城，且聽下回分解。

## 延伸思考

宋江以看燈為名，費重金私會李師師，為招安打通關節，從哪些細節描寫可以看出宋江的意圖？

# 第七十三回

# 黑旋風喬捉鬼
# 梁山泊雙獻頭

本回可看作是為李逵所寫，他的嫉惡如仇、膽大魯莽，都給我們留下了深刻的印象，而這一回他犯錯後勇於承擔，更寫出了他的可敬。「李逵負荊請罪」也流傳為一段津津樂道的故事，還被改編成了戲劇。讀時請仔細體會人物性格的深化是如何表現的。

話說當下李逵從客店裏搶將出來，手搭雙斧，要奔城邊劈門，被燕青抱住腰胯，只一交，攧個腳梢天。燕青拖將起來，望小路便走，李逵只得隨他。

為何李逵怕燕青？原來燕青小廝撲[1]天下第一，因此宋公明着令燕青相守李逵。李逵若不隨他，燕青小廝撲，手到一交。李逵多曾着他手腳，以此怕他，只得隨順。

燕青和李逵不敢從大路上走，恐有軍馬追來，難以抵敵，只得大寬轉奔陳留縣路來。李逵再穿上衣裳，把大斧藏在衣襟底下，又因沒了頭巾，卻把焦黃髮分開，綰做兩個丫髻。行到天明，燕青身邊有錢，村店中買些酒肉吃了，拽開腳步趲行。

次日天曉，東京城中好場熱鬧，高太尉引軍出城，追趕不上自回。李師師只推不知。楊太尉也自歸家將息。抄點城中被傷人數，計有四五百人，推倒跌損者，不計其數。高太尉會同樞密院童貫，都到太師府商議，啟奏早早調兵剿捕。

且說李逵和燕青兩個，在路行到一個去處，地名喚做四柳村，不覺天

---

1)　小廝撲：徒手對打。

晚。兩個便投一個大莊院來，敲開門，直進到草廳上。莊主狄太公出來迎接，看見李逵綰着兩個丫髻，卻不見穿道袍，面貌生得又醜，正不知是甚麼人。太公隨口問燕青道：「這位是那裏來的師父？」燕青笑道：「這師父是個蹺蹊人，你們都不省得他。胡亂趁些晚飯吃，借宿一夜，明日早行。」李逵只不做聲。太公聽得這話，倒地便拜李逵，說道：「師父，可救弟子則個。」李逵道：「你要我救你甚事，實對我說。」那太公道：「我家一百餘口，夫妻兩個，嫡親止有一個女兒，年二十餘歲，半年之前，着了一個邪祟，只在房中，茶飯並不出來討吃。若還有人去叫他，磚石亂打出來，家中人都被他打傷了。纍纍請將法官[2]來，也捉他不得。」李逵道：「太公，我是薊州羅真人的徒弟，會得騰雲駕霧，專能捉鬼。你若捨得東西，我與你今夜捉鬼。如今先要一豬一羊，祭祀神將。」太公道：「豬羊我家盡有，酒自不必得說。」李逵道：「你揀得膘肥的宰了，爛煮將來，好酒更要幾瓶，便可安排。今夜三更，與你捉鬼。」太公道：「師父如要書符紙劄，老漢家中也有。」李逵道：「我的法只是一樣，都沒甚麼鳥符。身到房裏，便揪出鬼來。」燕青忍笑不住。老兒只道他是好話，安排了半夜，豬羊都煮得熟了，擺在廳上。李逵叫討十個大碗，滾熱酒十瓶，做一巡篩，明晃晃點着兩枝蠟燭，焰騰騰燒着一爐好香。李逵掇條凳子，坐在當中，並不唸甚言語。腰間拔出大斧，砍開豬羊，大塊價扯將下來吃。又叫燕青道：「小乙哥，你也來吃些。」燕青冷笑，那裏肯來吃。李逵吃得飽了，飲過五六碗好酒，看得太公呆了。李逵便叫眾莊客：「你們都來散福。」拈指間散了殘肉。李逵道：「快舀桶湯來，與我們洗手洗腳。」無移時，洗了手腳，問太公討茶吃了。又問燕青道：「你曾吃飯也不曾？」燕青道：「吃得飽了。」李逵對太公道：「酒又醉，肉又飽，明日要走路程，老爺們去睡。」太公道：「卻是苦也！這鬼幾時捉得？」李逵道：「你真個要我捉鬼，着人引我到你女兒房裏去。」太公道：「便是神道如今在房中，磚石亂打出來，誰人敢去？」

李逵拔兩把板斧在手，叫人將火把遠遠照着。李逵大踏步直搶到房邊，只見房內隱隱的有燈。李逵把眼看時，見一個後生摟着一個婦人在那裏說話。李逵一腳踢開了房門，斧到處，只見砍得火光爆散，霹靂交加。定睛打

---

2) 法官：有鎮魔法力的道士。

一看時，原來把燈盞砍翻了。那後生卻待要走，被李逵大喝一聲，斧起處，早把後生砍翻。這婆娘便鑽入床底下躲了。李逵把那漢子先一斧砍下頭來，提在床上，把斧敲着床邊喝道：「婆娘，你快出來。若不鑽出來時，和床都剁的粉碎。」婆娘連聲叫道：「你饒我性命，我出來。」卻才鑽出頭來，被李逵揪住頭髮，直拖到死屍邊問道：「我殺的那廝是誰？」婆娘道：「是我姦夫王小二。」李逵又問道：「磚頭飯食，那裏得來？」婆娘道：「這是我把金銀頭面與他，三二更從牆上運將入來。」李逵道：「這等腌臢婆娘，要你何用！」揪到床邊，一斧砍下頭來。把兩個人頭拴做一處，再提婆娘屍首和漢子身屍相並。李逵道：「吃得飽，正沒消食處。」就解下上半截衣裳，拿起雙斧，看着兩個死屍，一上一下，恰似發擂的亂剁了一陣。李逵笑道：「眼見這兩個不得活了。」插起大斧，提着人頭，大叫出廳前來：「兩個鬼我都捉了。」撇下人頭，滿莊裏人都吃一驚。都來看時，認得這個是太公的女兒，那個人頭，無人認得。數內一個莊客相了一回，認出道：「有些像東村頭會粘雀兒的王小二。」李逵道：「這個莊客倒眼乖！」太公道：「師父怎生得知？」李逵道：「你女兒躲在床底下，被我揪出來問時，說道：『他是姦夫王小二，吃的飲食，都是他運來。』問了備細，方才下手。」太公哭道：「師父，留得我女兒也罷。」李逵罵道：「打脊老牛，女兒偷了漢子，兀自要留他！你恁地哭時，倒要賴我不謝。我明日卻和你說話。」燕青尋了個房，和李逵自去歇息。

太公卻引人點着燈燭入房裏去看時，照見兩個沒頭屍首，剁做十來段，丟在地下。太公、太婆煩惱啼哭，便叫人扛出後面，去燒化了。李逵睡到天明，跳將起來，對太公道：「昨夜與你捉了鬼，你如何不謝？」太公只得收拾酒食相待，李逵、燕青吃了便行。狄太公自理家事。不在話下。

且說李逵和燕青離了四柳村，依前上路。此時草枯地闊，木落山空，於路無話。兩個因大寬轉梁山泊北，到寨尚有七八十里，巴不到山，離荊門鎮不遠。當日天晚，兩個奔到一個大莊院敲門，燕青道：「俺們尋客店中歇去。」李逵道：「這大戶人家，卻不強似客店多少！」說猶未了，莊客出來，對說道：「我主太公正煩惱哩。你兩個別處去歇。」李逵直走入去，燕青拖扯不住，直到草廳上。李逵口裏叫道：「過往客人借宿一宵，打甚鳥緊？便道太公煩惱。我正要和煩惱的說話！」裏面太公張時，看見李逵生得兇惡，暗地教人出來接納。請去廳外側首，有間耳房，叫他兩個安歇。造些飯食，與他兩個吃，着他裏面去睡。多樣時，搬出飯來，兩個吃上，就便歇息。

李逵當夜沒些酒，在土炕子上翻來覆去睡不着，只聽得太公、太婆在裏面哽哽咽咽的哭。李逵心焦，那雙眼怎地得合。巴到天明，跳將起來，便向廳前問道：「你家甚麼人哭這一夜，攪得老爺睡不着。」太公聽了，只得出來答道：「我家有個女兒，年方一十八歲，被人強奪了去，以此煩惱。」李逵道：「又來作怪！奪你女兒的是誰？」太公道：「我與你說他姓名，驚得你屁滾尿流！他是梁山泊頭領宋江，有一百單八個好漢，不算小軍。」李逵道：「我且問你：他是幾個來？」太公道：「兩日前，他和一個小後生各騎着一匹馬來。」李逵便叫燕青：「小乙哥，你來聽這老兒說的話，俺哥哥原來口是心非，不是好人了也。」燕青道：「大哥莫要造次，定沒這事！」李逵道：「他在東京兀自去李師師家去，到這裏怕不做出來！」李逵便對太公說道：「你莊裏有飯，討些我們吃。我實對你說，則我便是梁山泊黑旋風李逵，這個便是浪子燕青。既是宋江奪了你的女兒，我去討來還你。」太公拜謝了。

李逵、燕青徑望梁山泊來，直到忠義堂上。宋江見了李逵、燕青回來，便問道：「兄弟，你兩個那裏來？錯了許多路，如今方到。」李逵那裏答應，睜圓怪眼，拔出大斧，先砍倒了杏黃旗，把「替天行道」四個字扯做粉碎，眾人都吃一驚。宋江喝道：「黑廝又做甚麼？」李逵拿了雙斧，搶上堂來，徑奔宋江。詩曰：

梁山泊裏無奸佞，忠義堂前有諍臣。
留得李逵雙斧在，世間直氣尚能伸。

當有關勝、林沖、秦明、呼延灼、董平五虎將慌忙攔住，奪了大斧，揪下堂來。宋江大怒，喝道：「這廝又來作怪！你且說我的過失。」李逵氣做一團，那裏說得出。

燕青向前道：「哥哥聽稟一路上備細。他在東京城外客店裏跳將出來，拿着雙斧，要去劈門，被我一交翻，拖將起來。說與他：『哥哥已自去了，獨自一個風甚麼？』恰才信小弟說，不敢從大路走。他又沒了頭巾，把頭髮綰做兩個丫髻。正來到四柳村狄太公莊上，他去做法官捉鬼，正拿了他女兒並姦夫兩個，都剁做肉醬。後來卻從大路西邊上山，他定要大寬轉。將近荊門鎮，當日天晚了，便去劉太公莊上投宿。只聽得太公兩口兒一夜啼哭，他睡不着，巴得天明，起去問他。劉太公說道：『兩日前梁山泊宋江和一個年紀小的後生，騎着兩匹馬到莊上來，老兒聽得說是替天行道的人，因此叫這十八歲的女兒出來把酒。吃到半夜，兩個把他女兒奪了去。』李逵大哥聽了這話，便道是實。我再三解說道：『俺哥哥不是這般的人，多有依草附木，假名託姓的在外頭胡做。』李大哥道：『我見他在東京時，兀自戀着唱的李師師不肯放，不是他是誰？』因此來發作。」宋江聽罷，便道：「這般屈事，怎地得知？如何不說？」李逵道：「我閒常把你做好漢，你原來卻是畜生！你做得這等好事！」宋江喝道：「你且聽我說！我和三二千軍馬回來，兩匹馬落路[3]時，須瞞不得眾人。若還搶得一個婦人，必然只在寨裏。你卻去我房裏搜看。」李逵道：「哥哥你說甚麼鳥閒話！山寨裏都是你手下的人，護你的多，那裏不藏過了！我當初敬你是個不貪色慾的好漢，你原來是酒色之徒。殺了閻婆惜，便是小樣[4]，去東京養李師師，便是大樣。你不要賴，早早把女兒送還老劉，倒有個商量。你若不把女兒還他時，我早做早殺了你，晚做晚殺了你。」宋江道：「你且不要鬧嚷，那劉太公不死，莊客都在，俺們同去面對。若還對翻了，就那裏舒着脖子，受你板斧。如若對不翻，你這廝沒上下，當得何罪？」李逵道：「我若還拿你不着，便輸這顆頭與你！」宋江道：「最好，你眾兄弟都是證見。」便叫鐵面孔目裴宣寫了賭賽軍令狀二紙，兩個各書了字。宋江的把與李逵收了，李逵的把與宋江收了。李逵又道：「這後生不是別人，只是柴進。」柴進道：「我便同去。」李逵道：「不怕你不來。若到那裏對翻了之時，不怕你柴大官人，是米大官人，也吃我幾斧。」柴進道：「這個不妨，你先去那裏等。我們前去時，又怕有蹺蹊。」李逵道：「正是。」便喚了燕青：「俺兩個依前先去，他若不來，便是心虛，回來罷休不得。」正是：至人無過任評論，其次納諫以為恩。最下自差偏自是，令人敢怒不敢言。

燕青與李逵再到劉太公莊上。太公接見，問道：「好漢，所事如何？」李逵道：「如今我那宋江，他自來教你認他，你和太婆並莊客都仔細認他。若還是時，只管實說，不要怕他，我自替你做主。」只見莊客報道：「有十數騎馬

---

3)　落路：離開大道，走小路。

4)　樣：樣本，例子。

來到莊上了。」李逵道：「正是了。」側邊屯住了人馬，只教宋江、柴進入來。宋江、柴進徑到草廳上坐下。李逵提着板斧立在側邊，只等老兒叫聲是，李逵便要下手。那劉太公近前來拜了宋江。李逵問老兒道：「這個是奪你女兒的不是？」那老兒睜開眼，打起老精神，定睛看了道：「不是。」宋江對李逵道：「你卻如何？」李逵道：「你兩個先着眼瞅他，這老兒懼怕你，便不敢說是。」宋江道：「你叫滿莊人都來認我。」李逵隨即叫到眾莊客人等認時，齊聲叫道：「不是。」宋江道：「劉太公，我便是梁山泊宋江，這位兄弟，便是柴進。你的女兒都是吃假名託姓的騙將去了。你若打聽得出來，報上山寨，我與你做主。」宋江對李逵道：「這裏不和你說話，你回來寨裏，自有辯理。」宋江、柴進自與一行人馬先回大寨裏去。燕青道：「李大哥，怎地好？」李逵道：「只是我性緊上，錯做了事。既然輸了這顆頭，我自一刀割將下來，你把去獻與哥哥便了。」燕青道：「你沒來由尋死做甚麼？我教你一個法則，喚做負荊請罪。」李逵道：「怎地是負荊？」燕青道：「自把衣服脫了，將麻繩綁縛了，脊樑上背着一把荊杖，拜伏在忠義堂前，告道：『由哥哥打多少。』他自然不忍下手。這個喚做負荊請罪。」李逵道：「好卻好，只是有些惶恐，不如割了頭去乾淨。」燕青道：「山寨裏都是你兄弟，何人笑你？」李逵沒奈何，只得同燕青回寨來，負荊請罪。

卻說宋江、柴進先歸到忠義堂上，和眾兄弟們正說李逵的事，只見黑旋風脫得赤條條地，背上負着一把荊杖，跪在堂前，低着頭，口裏不做一聲。宋江笑道：「你那黑廝，怎地負荊？只這等饒了你不成！」李逵道：「兄弟的不是了！哥哥揀大棍打幾十罷！」宋江道：「我和你賭砍頭，你如何卻來負荊？」李逵道：「哥哥既是不肯饒我，把刀來割這顆頭去，也是了當。」眾人都替李逵陪話。宋江道：「若要我饒他，只教他捉得那兩個假宋江，討得劉太公女兒來還他，這等方才饒你。」李逵聽了，跳將起來，說道：「我去甕中捉鱉，手到拿來！」宋江道：「他是兩個好漢，又有兩副鞍馬，你只獨自一個，如何近傍得他？再叫燕青和你同去。」燕青道：「哥哥差遣，小弟願往。」便去房中取了弩子，綽了齊眉棍，隨着李逵，再到劉太公莊上。

燕青細問他來情，劉太公說道：「日平西時來，三更裏去了，不知所在，又不敢跟去。那為頭的生的矮小，黑瘦面皮，第二個夾壯身材，短鬚大眼。」二人問了備細，便叫：「太公放心，好歹要救女兒還你！我哥哥宋公明的將令，務要我兩個尋將來，不敢違誤。」便叫煮下乾肉，做下蒸餅，各把料袋裝了，拴在身邊，離了劉太公莊上。先去正北上尋，但見荒僻無人煙去處，走了一兩日，絕不見些消耗[5]。卻去正東上，又尋了兩日，直到淩州高唐界內，又無消息。李逵心焦面熱，卻回來望西邊尋去，又尋了兩日，絕無些動靜。

當晚兩個且向山邊一個古廟中供床上宿歇，李逵那裏睡得着，爬起來坐地。只聽得廟外有人走的響，李逵跳將起來，開了廟門看時，只見一條漢子提着把朴刀，轉過廟後山腳下上去。李逵在背後跟去。燕青聽得，拿了弩弓，提了桿棍，隨後跟來，叫道：「李大哥，不要趕，我自有道理。」是夜月色朦朧，燕青遞桿棍與了李逵，遠遠望見那漢低着頭只顧走。燕青趕近，搭上箭，弩弦穩放，叫聲：「如意子，不要誤我。」只一箭，正中那漢的右腿，撲地倒了。李逵趕上，劈衣領揪住，直拿到古廟中，喝問道：「你把劉太公的女兒搶的那裏去了？」那漢告道：「好漢，小人不知此事，不曾搶甚麼劉太公女兒。小人只是這裏剪徑，做些小買賣，那裏敢大弄，搶奪人家子女！」李逵把那漢捆做一塊，提起斧來喝道：「你若不實說，砍你做二十段。」那漢叫道：「且放小人起來商議。」燕青道：「漢子，我且與你拔了這箭。」放將起來問道：「劉太公則女兒，端的是甚麼人搶了去？只是你這裏剪徑的，你豈可不知些風聲？」那漢道：「小人胡猜，未知真實。離此間西北上約有十五里有一座山，喚做牛頭山，山上舊有一個道院。近來新被兩個強人，一個姓王，名江，一個姓董，名海，這兩個都是綠林中草賊，先把道士道童都殺了，隨從只有五七個伴當，佔住了道院，專一下來打劫。但到處只稱是宋江。多敢是這兩個搶了去。」燕青道：「這話有些來歷，漢子，你休怕我！我便是梁山泊浪子燕青，他便是黑旋風李逵。我與你調理箭瘡，你便引我兩個到那裏去。」那人道：「小人願往。」

燕青去尋朴刀還了他，又與他扎縛了瘡口。趁着月色微明，燕青、李逵扶着他走過十五里來路，到那山看時，苦[6]不甚高，果似牛頭之狀。三個上得山來，天尚未明。來到山頭看時，團團一遭土牆，裏面約有二十來間房子。李逵道：「我與你先跳入牆去。」燕青道：「且等天明卻理會。」李逵那裏忍耐

---

5)　消耗：消息。

6)　苦：可，卻。

得，騰地跳將過去了。只聽得裏面有人喝聲，門開處，早有人出來，便挺朴刀來奔李逵。燕青生怕撅撒了事，拄着桿棒，也跳過牆來。那中箭的漢子一道煙走了。燕青見這出來的好漢正鬥李逵，潛身暗行，一棒正中那好漢臉頰骨上，倒入李逵懷裏來，被李逵後心只一斧，砍翻在地。裏面絕不見一個人出來。燕青道：「這廝必有後路走了。我與你去截住後門，你卻把着前門，不要胡亂入去。」

且說燕青來到後門牆外，伏在黑暗處，只見後門開處，早有一條漢子拿了鑰匙，來開後面牆門。燕青轉將過去。那漢見了，繞房簷便走出前門來。燕青大叫：「前門截住！」李逵搶將過來，只一斧，劈胸膛砍倒，便把兩顆頭都割下來，拴做一處。李逵性起，砍將入去，泥神也似都推倒了。那幾個伴當躲在灶前，被李逵趕去，一斧一個都殺了。來到房中看時，果然見那個女兒在床上嗚嗚地啼哭，看那女子，雲鬢花顏，其實美麗。有詩為證：

弓鞋窄窄起春羅，香沁酥胸玉一窩。
麗質難禁風雨驟，不勝幽恨蹙秋波。

燕青問道：「你莫不是劉太公女兒麼？」那女子答道：「奴家在十數日之前，被這兩個賊擄在這裏，每夜輪一個將奴家姦宿。奴家晝夜淚雨成行，要尋死處，被他監看得緊。今日得將軍搭救，便是重生父母，再養爹娘。」燕青道：「他有兩匹馬，在那裏放着？」女子道：「只在東邊房內。」燕青備上鞍子，牽出門外，便來收拾房中積攢下的黃白之資，約有三五千兩。燕青便叫那女子上了馬，將金銀包了，和人頭抓了，拴在一匹馬上。李逵縛了個草把，將窗下殘燈把草房四邊點着燒起。

他兩個開了牆門，步送女子下山，直到劉太公莊上。爹娘見了女子，十分歡喜，煩惱都沒了，盡來拜謝兩位頭領。燕青道：「你不要謝我兩個，你來寨裏拜謝俺哥哥宋公明。」兩個酒食都不肯吃，一家騎了一匹馬，飛奔山上來。

回到寨中，紅日銜山之際，都到三關之上。兩個牽着馬，駝着金銀，提了人頭，徑到忠義堂上拜見宋江。燕青將前事細細說了一遍。宋江大喜，叫把人頭埋了，金銀收入庫中，馬放去戰馬羣內餵養。次日，設筵宴與燕青、李逵作賀。劉太公也收拾金銀上山，來到忠義堂上拜謝宋江。宋江那裏肯受，與了酒飯，教送下山回莊去了，不在話下。梁山泊自是無話。

不覺時光迅速。看看鵝黃着柳，漸漸鴨綠生波。桃腮亂簇紅英，杏臉微開絳蕊。山前花，山後樹，俱發萌芽；州上蘋，水中蘆，都回生意[7]。穀雨初晴，可是麗人天氣；禁煙[8]才過，正當三月韶華。

宋江正坐，只見關下解一夥人到來，說道：「拿到一夥牛子[9]，有七八個車箱，又有幾束哨棒。」宋江看時，這夥人都是彪形大漢，跪在堂前告道：「小人等幾個直從鳳翔府來，今上泰安州燒香。目今三月二十八日天齊聖帝[10]降誕之辰，我們都去台上使棒，一連三日，何止有千百對在那裏。今年有個撲手好漢，是太原府人氏，姓任，名原，身長一丈，自號擎天柱，口出大言，說道：『相撲世間無對手，爭交天下我為魁。』聞他兩年曾在廟上爭交，不曾有對手，白白地拿了若干利物。今年又貼招兒，單搦天下人相撲。小人等因這個人來，一者燒香；二乃為看任原本事；三來也要偷學他幾路好棒，伏望大王慈悲則個。」宋江聽了，便叫小校：「快送這夥人下山去，分毫不得侵犯。今後遇有往來燒香的人，休要驚嚇他，任從過往。」那夥人得了性命，拜謝下山去了。

只見燕青起身稟覆宋江，說無數句，話不一席。有分教：驚動了泰安州，大鬧了祥符縣。正是：東嶽廟中雙虎鬥，嘉寧殿上二龍爭。畢竟燕青說出甚麼話來，且聽下回分解。

## 延伸思考

(1) 李逵誤認為宋江作惡一事之前為何要插敘李逵捉鬼，殺死狄太公家女兒和姦夫的故事？有何作用？

(2) 從上一回開始，李逵和燕青便結伴同行，作者將二人安排在一起，有何用意？(提示：可從對比的角度進行思考。)

---

7) 生意：生機。

8) 禁煙：指寒食節，這一天禁止煙火。

9) 牛子：古時強盜對俘虜的稱謂。

10) 天齊聖帝：泰山神。

第七十四回

# 燕青智撲擎天柱
# 李逵壽張喬坐衙

燕青打敗了摔跤冠軍任原，李逵又大打出手、胡鬧了一場。接二連三的內亂，朝廷再也無法安住，決定派人招安。

話說這燕青，他雖是三十六星之末，卻機巧心靈，多見廣識，了身達命[1]，都強似那三十五個。當日燕青稟宋江道：「小乙自幼跟着盧員外學得這身相撲，江湖上不曾逢着對手。今日幸遇此機會，三月二十八日又近了，小乙並不要帶一人，自去獻台[2]上，好歹攀他一交。若是輸了死，永無怨心；倘或贏時，也與哥哥增些光彩。這日必然有一場好鬧，哥哥卻使人救應。」宋江說道：「賢弟，聞知那人身長一丈，貌若金剛，約有千百斤氣力。你這般瘦小身材，縱有本事，怎地近傍得他？」燕青道：「不怕他長大身材，只恐他不着圈套。常言道：『相撲的有力使力，無力鬥智。』非是燕青敢說口，臨機應變，看景生情，不倒的輸與他那呆漢。」盧俊義便道：「我這小乙，端的自小學成好一身相撲，隨他心意，叫他去。至期，盧某自去接應他回來。」宋江問道：「幾時可行？」燕青答道：「今日是三月二十四日了，來日拜辭哥哥下山，路上略宿一宵，二十六日趕到廟上，二十七日在那裏打探一日，二十八日卻好和那廝放對。」當日無事。

次日宋江置酒與燕青送行。眾人看燕青時，打扮得村村樸樸[3]，將一身花

1) 了身達命：能擺脫世俗名利。

2) 獻台：獻聖的高台，也作為相撲的場所。

3) 村村樸樸：形容粗俗樸實的樣子。

繡把衲襖包得不見，扮做山東貨郎，腰裏插着一把串鼓兒[4]，挑一條高肩雜貨擔子，諸人看了都笑。宋江道：「你既然裝做貨郎擔兒，你且唱個山東貨郎轉調歌與我眾人聽。」燕青一手拈串鼓，一手打板，唱出貨郎太平歌，與山東人不差分毫來去，眾人又笑。酒至半酣，燕青辭了眾頭領下山，過了金沙灘，取路往泰安州來。

當日天晚，正待要尋店安歇，只聽得背後有人叫道：「燕小乙哥，等我一等。」燕青歇下擔子看時，卻是黑旋風李逵。燕青道：「你趕來怎地？」李逵道：「你相伴我去荊門鎮走了兩遭，我見你獨自個來，放心不下，不曾對哥哥說知，偷走下山，特來幫你。」燕青道：「我這裏用你不着，你快早早回去。」李逵焦躁起來，說道：「你便是真個了得的好漢，我好意來幫你，你倒翻成惡意！我卻偏要去！」燕青尋思，怕壞了義氣，便對李逵說道：「和你去不爭。那裏聖帝生日，都是四山五嶽的人聚會，認得你的頗多，你依的我三件事，便和你同去。」李逵道：「依得。」燕青道：「從今路上和你前後各自走，一腳到客店裏，入得店門，你便自不要出來，這是第一件了。第二件，到得廟上客店裏，你只推病，把被包了頭臉，假做打齁睡，更不要做聲。第三件，當日廟上，你挨在稠人[5]中看爭交時，不要大驚小怪。大哥，依得麼？」李逵道：「有甚難處！都依你便了。」當晚兩個投客店安歇。

次日五更起來，還了房錢，同行到前面打火吃了飯，燕青道：「李大哥，你先走半里，我隨後來也。」那條路上，只見燒香的人來往不絕，多有講說任原的本事，兩年在泰嶽無對，今年又經三年了。燕青聽得，有在心裏。申牌時候，將近廟上，旁邊眾人都立定腳，仰面在那裏看。燕青歇下擔兒，分開人叢，也挨向前看時，只見兩條紅標柱，恰與坊巷牌額一般相似，上立一面粉牌，寫道：「太原相撲擎天柱任原。」旁邊兩行小字道：「拳打南山猛虎，腳踢北海蒼龍。」燕青看了，便扯扁擔，將牌打得粉碎，也不說甚麼，再挑了擔兒望廟上去了。看的眾人，多有好事的，飛報任原說，今年有劈牌放對[6]的。

且說燕青前面迎着李逵，便來尋客店安歇。原來廟上好生熱鬧，不算

4)　串鼓兒：貨郎手中搖動的撥浪鼓。

5)　稠人：人羣。

6)　劈牌放對：劈碎擺擂台者的名牌，表示決定作他對手。

一百二十行經商買賣，只客店也有一千四五百家，延接天下香官[7]。到菩薩聖節之時，也沒安着人處，許多客店，都歇滿了。燕青、李逵只得就市梢頭賃一所客店安下，把擔子歇了，取一床夾被，教李逵睡着。店小二來問道：「大哥是山東貨郎，來廟上趕趁，怕敢出房錢不起？」燕青打着鄉談說道：「你好小覷人！一間小房，值得多少，便比一間大房錢，沒處去了。別人出多少房錢，我也出多少還你。」店小二道：「大哥休怪，正是要緊的日子，先說得明白最好。」燕青道：「我自來做買賣，倒不打緊，那裏不去歇了，不想路上撞見了這個鄉中親戚，現患氣病，因此只得要討你店中歇。我先與你五貫銅錢，央及你就鍋中替我安排些茶飯，臨起身一發酬謝你。」小二哥接了銅錢，自去門前安排茶飯，不在話下。

沒多時候，只聽得店門外熱鬧，二三十條大漢走入店裏來，問小二哥道：「劈牌定對的好漢，在那房裏安歇？」店小二道：「我這裏沒有。」那夥人道：「都說在你店中。」小二哥道：「只有兩眼房，空着一眼，一眼是個山東貨郎，扶着一個病漢賃了。」那一夥人道：「正是那個貨郎兒劈牌定對。」店小二道：「休道別人取笑！那貨郎兒是一個小小後生，做得甚用！」那夥人齊道：「你只引我們去張一張。」店小二指道：「那角落頭房裏便是。」眾人來看時，見緊閉着房門，都去窗子眼裏張時，見裏面床上兩個人腳廝抵睡着。眾人尋思不下，數內有一個道：「既是敢來劈牌，要做天下對手，不是小可的人，怕人算他，一定是假裝害病的。」眾人道：「正是了，都不要猜，臨期便見。」不到黃昏前後，店裏何止三二十夥人來打聽，分說得店小二口唇也破了。當晚搬飯與二人吃，只見李逵從被窩裏鑽出頭來，小二哥見了，吃一驚，叫聲：「啊呀！這個是爭交的爺爺了！」燕青道：「爭交的不是他，他自病患在身，我便是徑來爭交的。」小二哥道：「你休要瞞我，我看任原吞得你在肚裏。」燕青道：「你休笑我，我自有法度，教你們大笑一場，回來多把利物賞你。」小二哥看着他們吃了晚飯，收了碗碟，自去廚頭洗刮，心中只是不信。

次日，燕青和李逵吃了些早飯，吩咐道：「哥哥，你自拴了房門高睡。」燕青卻隨了眾人，來到岱嶽廟裏看時，果然是天下第一。但見：

---

7)　香官：朝山進香的客人。

廟居泰岱，山鎮乾坤。為山嶽之至尊，乃萬神之領袖。山頭伏檻，直望見弱水蓬萊；絕頂攀松，盡都是密雲薄霧。樓台森聳，疑是金烏展翅飛來；殿閣棱層，恍覺玉兔騰身走到。雕樑畫棟，碧瓦朱簷。鳳扉亮槅映黃紗，龜背繡簾垂錦帶。遙規聖象，九旒冕[8]舜目[9]堯眉[10]；近睹神顏，袞龍袍湯肩禹背。九天司命，芙蓉冠掩映縪紗衣；炳靈聖公，赭黃袍偏稱藍田帶。左侍下玉簪珠履，右侍下紫綬金章。閫殿威嚴，護駕三千金甲將；兩廊猛勇，勤王十萬鐵衣兵。五嶽樓相接東宮，仁安殿緊連北闕。蒿里山[11]下，判官分七十二司；白騾廟中，土神按二十四氣。管火池鐵面太尉，月月通靈；掌生死五道將軍，年年顯聖。御香不斷，天神飛馬報丹書；祭祀依時，老幼望風皆獲福。嘉寧殿祥雲杳靄，正陽門瑞氣盤旋。萬民朝拜碧霞君[12]，四遠歸依仁聖帝。

當時燕青遊玩了一遭，卻出草參亭參拜了四拜，問燒香的道：「這相撲任教師在那裏歇？」便有好事人說：「在迎恩橋下那個大客店裏便是。他教着二三百個上足徒弟。」燕青聽了，徑來迎恩橋下看時，見橋邊欄杆子上坐着二三十個相撲子弟，面前遍插鋪金旗牌，錦繡帳額，等身靠背。燕青閃入客店裏去，看見任原坐在亭心上，真乃有揭諦[13]儀容，金剛貌相。坦開胸脯，顯存孝打虎[14]之威；側坐胡床，有霸王拔山[15]之勢。在那裏看徒弟相撲。數內有人認得燕青曾劈牌來，暗暗報與任原。只見任原跳將起來，掮着膀子，口裏說道：「今年那個合死的，來我手裏納命。」燕青低了頭，急出店門，聽得裏面都笑。急回到自己下處，安排些酒食，與李逵同吃了一回。李逵道：「這們睡，悶死我也！」燕青道：「只有今日一晚，明日便見雌雄。」當時閒話，都不必說。

---

8)　九旒（liú）冕：帝王的禮帽。

9)　舜目：傳說舜帝兩隻眼睛有四個瞳孔。

10)　堯眉：傳說堯帝的眉毛有八種顏色。

11)　蒿里山：在泰山南，為埋葬死人之地。

12)　碧霞君：即碧霞元君，道教女神，神廟在泰山。

13)　揭諦：佛教護法神之一。

14)　存孝打虎：民間流傳唐末武將李存孝十幾歲時打死一隻惡虎的故事。

15)　霸王拔山：霸王，指項羽。傳說項羽被劉邦打敗時曾唱「力拔山兮氣蓋世」一曲。

三更前後，聽得一派鼓樂響，乃是廟上眾香官與聖帝上壽。四更前後，燕青、李逵起來，問店小二先討湯洗了面，梳光了頭，脫去了裏面衲襖，下面牢拴了腿繃護膝，匾紮起了熟絹水褌，穿了多耳麻鞋，上穿汗衫，搭膊繫了腰。兩個吃了早飯，叫小二吩咐道：「房中的行李，你與我照管。」店小二應道：「並無失脫，早早得勝回來。」只這小客店裏，也有三二十個燒香的，都對燕青道：「後生，你自斟酌，不要枉送了性命。」燕青道：「當下小人喝采之時，眾人可與小人奪些利物。」眾人都有先去了的。李逵道：「我帶了這兩把板斧去也好。」燕青道：「這個卻使不得，被人看破，誤了大事。」當時兩個雜在人隊裏，先去廊下，做一塊兒伏了。

那日燒香的人，真乃亞肩迭背，偌大一個東嶽廟，一湧便滿了，屋脊梁上都是看的人。朝着嘉寧殿，紮縛起山棚[16]，棚上都是金銀器皿，錦繡緞匹；門外拴着五頭駿馬，全付鞍轡。知州禁住燒香的人，看這當年相撲獻聖。一個年老的部署[17]拿着竹批，上得獻台，參神已罷，便請今年相撲的對手，出馬爭交。

說言未了，只見人如潮湧，卻早十數對哨棒過來，前面列着四把繡旗。那任原坐在轎上，這轎前轎後三二十對花胳膊的好漢，前遮後擁，來到獻台上。部署請下轎來，開了幾句溫暖的呵會[18]。任原道：「我兩年到岱嶽，奪了頭籌，白白拿了若干利物，今年必用脫膊[19]。」說罷，見一個拿水桶的上來。任原的徒弟，都在獻台邊，一周遭都密密地立着。且說任原先解了搭膊，除了巾幘，虛籠着蜀錦襖子，喝了一聲參神喏[20]，受了兩口神水，脫下錦襖，百十萬人齊喝一聲采。看那任原時，怎生打扮？頭綰一窩穿心紅角子，腰繫一條絳羅翠袖。三串帶兒拴十二個玉蝴蝶牙子扣兒，主腰上排數對金鴛鴦踅褶襯衣。護膝中有銅襠銅褲，繳臁[21]內有鐵片鐵環。紮腕牢拴，踢鞋緊繫。世間架

16) 山棚：用紙糊成的假山形架子。

17) 部署：練武功的老師傅，常主持擂台相搏，相當於今日的裁判。

18) 呵會：客套話。

19) 脫膊：赤露着上身。

20) 參神喏：參拜神仙的敬辭。

21) 繳臁（lián）：纏腿綁帶。

海擎天柱，嶽下降魔斬將人。

那部署道：「教師兩年在廟上不曾有對手，今年是第三番了，教師有甚言語，安覆天下眾香官？」任原道：「四百座軍州，七千餘縣治，好事香官，恭敬聖帝，都助將利物來，任原兩年白受了。今年辭了聖帝還鄉，再也不上山來了。東至日出，西至日沒，兩輪日月，一合乾坤，南及南蠻，北濟幽燕，敢有出來和我爭利物的麼？」

話猶未了，燕青捺着兩邊人的肩臂，口中叫道：「有，有！」從人背上直飛搶到獻台上來。眾人齊發聲喊。那部署接着問道：「漢子，你姓甚名誰？那裏人氏？你從何處來？」燕青道：「我是山東張貨郎，特地來和他爭利物。」那部署道：「漢子，性命只在眼前，你省得麼？你有保人也無？」燕青道：「我就是保人，死了要誰償命？」部署道：「你且脫膊下來看。」燕青除了頭巾，光光的梳着兩個角兒，脫下草鞋，赤了雙腳，蹲在獻台一邊，解了腿綳護膝，跳將起來，把布衫脫將下來，吐個架子[22]，則見廟裏的看官如攪海翻江相似，迭頭價[23]喝采，眾人都呆了。任原看了他這花繡，急健[24]身材，心裏倒有五分怯他。

殿門外月台上本州太守坐在那裏彈壓[25]，前後皂衣公吏環立七八十對，隨即使人來叫燕青下獻台，來到面前。太守見了他這身花繡，一似玉亭柱上鋪着軟翠，心中大喜，問道：「漢子，你是那裏人氏？因何到此？」燕青道：「小人姓張，排行第一，山東萊州人氏，聽得任原搦天下人相撲，特來和他爭交。」知州道：「前面那匹全副鞍馬，是我出的利物，把與任原。山棚上應有物件，我主張分一半與你，你兩個分了罷，我自抬舉你在我身邊。」燕青道：「相公，這利物倒不打緊，只要翻他，教眾人取笑，圖一聲喝采。」知州道：「他是一個金剛般一條大漢，你敢近他不得！」燕青道：「死而無怨。」再上獻台來，要與任原定對。部署問他先要了文書，懷中取出相撲社條[26]，讀了一遍，

22) 吐個架子：擺出一個交戰的架勢。

23) 迭頭價：人山人海。

24) 急健：結實健壯。

25) 彈壓：鎮壓。

26) 社條：相撲組織訂的規則。

對燕青道：「你省得麼？不許暗算。」燕青冷笑道：「他身上都有準備，我單單只這個水褌兒，暗算他甚麼？」知州又叫部署來吩咐道：「這般一個漢子，俊俏後生，可惜了！你去與他分了這撲。」部署隨即上獻台，又對燕青道：「漢子，你留了性命還鄉去罷，我與你分了這撲。」燕青道：「你好不曉事，知是我贏我輸！」眾人都和起來。只見分開了數萬香官，兩邊排得似魚鱗一般，廊廡屋脊上也都坐滿，只怕遮着了這對相撲。任原此時有心恨不得把燕青丟去九霄雲外，跌死了他。部署道：「既然你兩個要相撲，今年且賽這對獻聖，都要小心着，各各在意。」淨淨地獻台上只三個人，此時宿露盡收，旭日初起，部署拿着竹批，兩邊吩咐已了，叫聲：「看撲！」

這個相撲，一來一往，最要說得分明。說時遲，那時疾，正如空中星移電掣相似，些兒遲慢不得。當時燕青做一塊兒蹲在右邊，任原先在左邊立個門戶，燕青只不動彈。初時獻台上各佔一半，中間心裏合交。任原見燕青不動彈，看看逼過右邊來，燕青只瞅他下三面。任原暗忖道：「這人必來算我下三面。你看我不消動手，只一腳踢這廝下獻台去。」任原看看逼將入來，虛將左腳賣個破綻，燕青叫一聲：「不要來！」任原卻待奔他，被燕青去任原左脅下穿將過去。任原性起，急轉身又來拿燕青，被燕青虛躍一躍，又在右脅下鑽過去。大漢轉身終是不便，三換換得腳步亂了。燕青卻搶將入去，用右手扭住任原，探左手插入任原交襠，用肩胛頂住他胸脯，把任原直托將起來，頭重腳輕，借力便旋四五旋，旋到獻台邊，叫一聲：「下去！」把任原頭在下，腳在上，直攛下獻台來。這一撲，名喚做鵓鴿旋，數萬的香官看了，齊聲喝采！

那任原的徒弟們見翻了他師父，先把山棚拽倒，亂搶了利物。眾人亂喝打時，那二三十徒弟搶入獻台來，知州那裏治押得住。

不想旁邊惱犯了這個太歲，卻是黑旋風李逵看見了，睜圓怪眼，倒豎虎鬚，面前別無器械，便把杉刺子[27]蔥般拔斷，拿兩條杉木在手，直打將來。

香官數內有人認得李逵的，說將出名姓來。外面做公的人齊入廟裏大叫道：「休教走了梁山泊黑旋風！」那知府聽得這話，從頂門上不見了三魂，腳

---

27)　杉刺子：柵欄。

底下疏失了七魄，便望後殿走了。四下裏的人湧並圍將來，廟裏香官各自奔走。李逵看任原時，跌得昏暈，倒在獻台邊，口內只有些遊氣。李逵揭塊石板，把任原頭打得粉碎。兩個從廟裏打將出來，門外弓箭亂射入來，燕青、李逵只得爬上屋去，揭瓦亂打。

不多時，只聽得廟門前喊聲大舉，有人殺將入來。當頭一個，頭戴白范陽氈笠兒，身穿白緞子襖，跨口腰刀，挺條朴刀，那漢是北京玉麒麟盧俊義。後面帶着史進、穆弘、魯智深、武松、解珍、解寶七籌好漢，引一千餘人，殺開廟門，入來策應。燕青、李逵見了，便從屋上跳將下來，跟着大隊便走。李逵便去客店裏拿了雙斧，趕來廝殺。這府裏整點得官軍來時，那夥好漢已自去得遠了。官兵已知梁山泊人眾難敵，不敢來追趕。

卻說盧俊義便叫收拾李逵回去，行了半日，路上又不見了李逵。盧俊義又笑道：「正是招災惹禍，必須使人尋他上山。」穆弘道：「我去尋他回寨。」盧俊義道：「最好。」

且不說盧俊義引眾還山，卻說李逵手持雙斧，直到壽張縣。當日午衙方散，李逵來到縣衙門口，大叫入來：「梁山泊黑旋風爹爹在此！」嚇得縣中人手足都麻木了，動彈不得。原來這壽張縣貼着梁山泊最近，若聽得「黑旋風李逵」五個字，端的醫得[28]小兒夜啼驚哭，今日親身到來，如何不怕！

當時李逵徑去知縣椅子上坐了，口中叫道：「着兩個出來說話，不來時，便放火！」廊下房內眾人商量：「只得着幾個出去答應，不然怎地得他去？」數內兩個吏員出來廳上拜了四拜，跪着道：「頭領到此，必有指使。」李逵道：「我不來打攪你縣裏人，因往這裏經過，閒耍一遭，請出你知縣來，我和他廝見。」兩個去了，出來回話道：「知縣相公卻才見頭領來，開了後門，不知走往那裏去了。」李逵不信，自轉入後堂房裏來尋，卻見有那襆頭衣衫匣子在那裏放着。李逵扭開鎖，取出襆頭，插上展角，將來戴了，把綠袍公服穿上，把角帶繫了；再尋皂靴；換了麻鞋，拿着槐簡[29]，走出廳前，大叫道：「吏典人等都來參見！」眾人沒奈何，只得上去答應。李逵道：「我這般打扮也好麼？」

---

28)　醫得：治療。

29)　槐簡：槐木手板，上朝或進見上司時手持。

眾人道:「十分相稱。」李逵道:「你們令史祗候[30]都與我排衙了便去;若不依我,這縣都翻做白地[31]。」眾人怕他,只得聚集些公吏人來,擎着牙杖骨朵,打了三通擂鼓,向前聲喏。李逵呵呵大笑,又道:「你眾人內也着兩個來告狀。」吏人道:「頭領坐在此地,誰敢來告狀?」李逵道:「可知人不來告狀,你這裏自着兩個裝做告狀的來告。我又不傷他,只是取一回笑耍。」公吏人等商量了一會,只得着兩個牢子裝做廝打的來告狀,縣門外百姓都放來看。兩個跪在廳前,這個告道:「相公可憐見,他打了小人。」那個告:「他罵了小人,我才打他。」李逵道:「那個是吃打的?」原告道:「小人是吃打的。」又問道:「那個是打了他的!」被告道:「他先罵了,小人是打他來。」李逵道:「這個打了人的是好漢,先放了他去。這個不長進的,怎地吃人打了,與我枷號在衙門前示眾。」李逵起身。把綠袍抓紮起,槐簡揣在腰裏,掣出大斧,直看着枷了那個原告人,號令在縣門前,方才大踏步去了,也不脫那衣靴。縣門前看的百姓,那裏忍得住笑。

正在壽張縣前走過東,走過西,忽聽得一處學堂讀書之聲,李逵揭起簾子,走將入去,嚇得那先生跳窗走了。眾學生們哭的哭,叫的叫,跑的跑,躲的躲。李逵大笑,出門來,正撞着穆弘。穆弘叫道:「眾人憂得你苦,你卻在這裏瘋!快上山去!」那裏由他,拖着便走。李逵只得離了壽張縣,徑奔梁山泊來。有詩為證:

牧民縣令每猖狂,自幼先生教不良。
應遣鐵牛巡歷到,琴堂[32]鬧了鬧書堂。

二人渡過金沙灘,來到寨裏,眾人見了李逵這般打扮都笑。到得忠義堂上,宋江正與燕青慶喜。只見李逵放下綠襴袍,去了雙斧,搖搖擺擺,直至堂前,執着槐簡,來拜宋江。拜不得兩拜,把這綠襴袍踏裂,絆倒在地,眾人都笑。宋江罵道:「你這廝忒大膽!不曾着我知道,私走下山,這是該死的罪過!

---

30) 祗候:恭敬地等候(使喚),多用於官場。也指那些人。

31) 白地:空地。

32) 琴堂:這裏指公堂。

但到處便惹起事端，今日對眾弟兄說過，再不饒你！」李逵喏喏連聲而退。

梁山泊自此人馬平安，都無甚事，每日在山寨中教演武藝，操練人馬，令會水者上船習學。各寨中添造軍器、衣袍、鎧甲、槍刀、弓箭、牌弩、旗幟，不在話下。

且說泰安州備將前事申奏東京，進奏院中，又有收得各處州縣申奏表文，皆為宋江等反亂，騷擾地方。此時道君皇帝有一個月不曾臨朝視事。當日早朝，正是三下靜鞭鳴御闕，兩班文武列金階，殿頭官喝道：「有事出班早奏，無事捲簾退朝。」進奏院卿出班奏曰：「臣院中收得各處州縣累次表文，皆為宋江等部領賊寇，公然直進府州，劫掠庫藏，搶擄倉廒，殺害軍民，貪厭無足，所到之處，無人可敵。若不早為剿捕，日後必成大患。」天子乃云：「上元夜此寇鬧了京國，今又往各處騷擾，何況那裏附近州郡？朕已累次差遣樞密院進兵，至今不見回奏。」旁有御史大夫崔靖出班奏曰：「臣聞梁山泊上立一面大旗，上書『替天行道』四字，此是曜民之術。民心既服，不可加兵。即目遼兵犯境，各處軍馬遮掩不及，若要起兵征伐，深為不便。以臣愚意，此等山間亡命之徒，皆犯官刑，無路可避，遂乃嘯聚山林，恣為不道。若降一封丹詔，光祿寺頒給御酒珍羞，差一員大臣直到梁山泊，好言撫諭，招安來降。假此以敵遼兵，公私兩便。伏乞陛下聖鑒。」天子云：「卿言甚當，正合朕意。」便差殿前太尉陳宗善為使，齎擎丹詔御酒，前去招安梁山泊大小人數。

是日朝散，陳太尉領了詔敕，回家收拾。不爭陳太尉奉詔招安，有分教：香醪翻做燒身藥，丹詔應為引戰書。畢竟陳太尉怎地來招安宋江，且聽下回分解。

## 延伸思考

燕青打任原之前的一大段敍述，對故事的發展有何作用？

## 第七十五回

# 精讀 活閻羅倒船偷御酒 黑旋風扯詔罵欽差

朝廷派陳太尉前往梁山泊招安，蔡京和高俅都搬出心腹跟隨前往，與梁山好漢言語不和，加之吳用定下計策，使招安不成。朝廷欲再次派兵進剿，梁山泊也希望能再次作戰以顯示自己的實力。

**點評**

● 這是朝廷招安的最初指導思想：好言相勸。

● 蔡太師成為招安的第一重阻礙。

話說陳宗善領了詔書，回到府中，收拾起身，多有人來作賀：「太尉此行，一為國家幹事，二為百姓分憂，軍民除患，梁山泊以忠義為主，只待朝廷招安。太尉可着些甜言美語，加意撫恤。」

正話間，只見太師府幹人來請，說道：「太師相邀太尉說話。」陳宗善上轎，直到新宋門大街太師府前下轎，幹人直引進節堂內書院中，見了太師，側邊坐下。茶湯已罷，蔡太師問道：「聽得天子差你去梁山泊招安，特請你來說知：到那裏不要失了朝廷綱紀，亂了國家法度。你曾聞《論語》有云：『行己有恥，使於四方，不辱君命，可謂使矣。』」陳太尉道：「宗善盡知，承太師指教。」蔡京又道：「我叫這個幹人跟隨你去。他多省得法度，怕你見不到處，就與你提撥。」陳太尉道：「深謝恩相厚意。」辭了太師引着幹人，離了相府，上轎回家。

方才歇定，門吏來報，高殿帥下馬。陳太尉慌忙出來迎接，請到廳上坐定，敘問寒温已畢。高太尉道：「今日朝廷商量招安宋江一事，若是高俅在內，必然阻住。此賊累辱朝廷，罪惡滔天，今更赦宥罪犯，引入京城，必成後患。欲待回奏，玉音[1]已出，且看大意如何。若還此賊仍昧良心，怠慢聖旨。太尉早早回京。不才奏過天子，整點大軍，親身到彼，剪草除根，是吾之願。太尉此去，下官手下有個虞候，能言快語，問一答十，好與太尉提撥事情。」陳太尉謝道：「感蒙殿帥憂心。」高俅起身，陳太尉送至府前，上馬去了。

次日，蔡太師府張幹辦、高殿帥府李虞候二人都到了。陳太尉拴束馬匹，整點人數，將十瓶御酒裝在龍鳳擔內挑了，前插黃旗。陳太尉上馬，親隨五六人，張幹辦、李虞候都乘馬匹，丹詔背在前面，引一行人出新宋門。以下官員，亦有送路的，都回去了。迤邐來到濟州，太守張叔夜接着，請到府中設筵相待，動問招安一節，陳太尉都說了備細。張叔夜道：「論某愚意，招安一事最好。只是一件，太尉到那裏須是陪些和氣，用甜言美語撫恤他眾人，好共歹[2]，只要成全大事。他數內有幾個性如烈火的漢子，倘或一言半語衝撞了他，便壞了大事。」張幹辦、李虞候道：「放着我兩個跟着太尉，定不致差遲。太守，你只管教小心和氣，須壞了朝廷綱紀。小輩人常壓着，不得一半，若放他頭起，便做模樣。」張叔夜道：「這兩個是甚麼人？」陳太尉道：「這一個人是蔡太師府內幹辦，這一個是高太尉府裏虞候。」張叔夜道：「只好教這兩位幹辦不去罷！」陳太尉道：「他是蔡府、高府心腹人，不帶他去，必然疑心。」張叔夜道：「下官這話只是要好，恐怕勞而無功。」張幹辦道：「放着我兩個，萬丈水無涓滴漏。」張叔夜再不敢言語。一面安排筵宴管待，送至館驛內安歇。次日，濟州先使人去梁山泊報知。

卻說宋江每日在忠義堂上聚眾相會，商議軍情，早有

**點評**

● 高俅成為第二重阻力。二人都是與梁山有私仇的人，不肯善罷甘休。

---

1)　玉音：皇帝的詔旨。

2)　好共歹：不管怎麼樣。

點評

● 此番對話表明梁山泊內部對於招安的不同態度。

● 此回眾人聽從的是吳用。

● 飛揚跋扈的態度，言語間一開始便產生芥蒂。

細作人報知此事，未見真實，心中甚喜。當日小嘍囉領着濟州報信的直到忠義堂上，說道：「朝廷今差一個太尉陳宗善，齎到十瓶御酒，赦罪招安丹詔一道，已到濟州城內，這裏準備迎接。」宋江大喜，遂取酒食，並彩緞二匹、花銀十兩，打發報信人先回。宋江與眾人道：「我們受了招安，得為國家臣子，不枉吃了許多時磨難！今日方成正果！」吳用笑道：「論吳某的意，這番必然招安不成。縱使招安，也看得俺們如草芥。等這廝引將大軍來到，教他着些毒手，殺得他人亡馬倒，夢裏也怕，那時方受招安，才有些氣度。」宋江道：「你們若如此說時，須壞了『忠義』二字。」林沖道：「朝廷中貴官來時，有多少裝么[3]，中間未必是好事。」關勝便道：「詔書上必然寫着些唬嚇的言語，來驚我們。」徐寧又道：「來的人必然是高太尉門下。」宋江道：「你們都休要疑心，且只顧安排接詔。」先令宋清、曹正準備筵席，委柴進都管提調，務要十分齊整。鋪設下太尉幕次，列五色絹緞，堂上堂下，搭彩懸花。先使裴宣、蕭讓、呂方、郭盛預前下山，離二十里伏道迎接。水軍頭領準備大船傍岸。吳用傳令：「你們盡依我行，不如此，行不得。」

且說蕭讓引着三個隨行，帶引五六人，並無寸鐵，將着酒果，在二十里外迎接。陳太尉當日在途中，張幹辦、李虞候不乘馬匹，在馬前步行。背後從人，何止二三百。濟州的軍官約有十數騎，前面擺列導引人馬，龍鳳擔內挑着御酒，騎馬的背着詔匣。濟州牢子，前後也有五六十人，都要去梁山泊內，指望覓個小富貴。蕭讓、裴宣、呂方、郭盛在半路上接着，都俯伏道旁迎接。那張幹辦便問道：「你那宋江大似誰？皇帝詔敕到來，如何不親自來接？甚是欺君！你這夥本是該死的人，怎受得朝廷招安？請太尉回去！」蕭

3) 裝么：裝腔作勢。

讓、裴宣、呂方、郭盛俯伏在地，請罪道：「自來朝廷不曾有詔到寨，未見真實。宋江與大小頭領都在金沙灘迎接，萬望太尉暫息雷霆之怒，只要與國家成全好事，恕免則個。」李虞候便道：「不成全好事，也不愁你這夥賊飛上天去了。」有詩為證：

貝錦生讒[4]自古然，小人凡事不宜先。
九天恩雨今宣佈，可惜招安未十全。

當時呂方、郭盛道：「是何言語！只如此輕看人！」蕭讓、裴宣只得懇請他。捧去酒果，又不肯吃。眾人相隨來到水邊，梁山泊已擺着三隻戰船在彼，一隻裝載馬匹，一隻裝裴宣等一干人，一隻請太尉下船，並隨從一應人等，先把詔書御酒放在船頭上。那隻船正是活閻羅阮小七監督。

當日阮小七坐在船梢上，分撥二十餘個軍健棹船，一家帶一口腰刀。陳太尉初下船時，昂昂然[5]，旁若無人，坐在中間。阮小七招呼眾人，把船棹動，兩邊水手齊唱起歌來。李虞候便罵道：「村驢，貴人在此，全無忌憚！」那水手那裏睬他，只顧唱歌。李虞候拿起藤條，來打兩邊水手，眾人並無懼色。有幾個為頭的回話道：「我們自唱歌，干你甚事。」李虞候道：「殺不盡的反賊，怎敢回我話？」便把藤條去打，兩邊水手都跳在水裏去了。阮小七在艄上說道：「直這般打我水手下水裏去了，這船如何得去？」只見上流頭兩隻快船下來接。原來阮小七預先積下兩艙水，見後頭來船相近，阮小七便去拔了楔子，叫一聲：「船漏了！」水早滾上艙裏來，急叫救時，船裏有一尺多水。那兩隻船幫將攏來，眾人急救陳太尉過船去。各人且把船只顧搖開，那裏來

4）　貝錦生讒：小人羅織罪名誣陷好人。

5）　昂昂然：精神振奮，氣度不凡。

顧御酒詔書。兩隻快船先行去了。

阮小七叫上水手來，舀了艙裏水，把展布都拭抹了，卻叫水手道：「你且掇一瓶御酒過來，我先嘗一嘗滋味。」一個水手便去擔中取一瓶酒出來，解了封頭，遞與阮小七。阮小七接過來，聞得噴鼻馨香。阮小七道：「只怕有毒，我且做個不着[6]，先嘗些個。」也無碗瓢，和瓶便呷，一飲而盡。阮小七吃了一瓶道：「有些滋味。」一瓶那裏濟事，再取一瓶來，又一飲而盡。吃得口滑，一連吃了四瓶。阮小七道：「怎地好？」水手道：「船梢頭有一桶白酒在那裏。」阮小七道：「與我取舀水的瓢來，我都教你們到口。」將那六瓶御酒，都分與水手眾人吃了。卻裝上十瓶村醪水白酒，還把原封頭縛了，再放在龍鳳擔內，飛也似搖着船來，趕到金沙灘，卻好上岸。

宋江等都在那裏迎接，香花燈燭，鳴金擂鼓，並山寨裏鼓樂，一齊都響。將御酒擺在桌子上，每一桌令四個人抬。詔書也在一個桌子上抬着。陳太尉上岸，宋江等接着，納頭便拜。宋江道：「文面小吏，罪惡迷天，曲辱貴人到此，接待不及，望乞恕罪。」李虞候道：「太尉是朝廷大貴人大臣，來招安你們，非同小可！如何把這等漏船，差那不曉事的村賊乘駕，險些兒誤了大貴人性命！」宋江道：「我這裏有的是好船，怎敢把漏船來載貴人？」張幹辦道：「太尉衣襟上兀自濕了，你如何要賴！」宋江背後五虎將緊隨定，不離左右，又有八驃騎將簇擁前後，見這李虞候、張幹辦在宋江前面指手劃腳，你來我去，都有心要殺這廝，只是礙着宋江一個，不敢下手。

當日宋江請太尉上轎，開讀詔書，四五次才請得上轎。牽過兩匹馬來，與張幹辦、李虞候騎。這兩個男女，不

---

6) 做個不着：拚着去做犧牲品。

知身已多大，裝煞臭么[7]。宋江央及得上馬行了，令眾人大吹大擂，迎上三關來。宋江等一百餘個頭領都跟在後面，直迎至忠義堂前一齊下馬，請太尉上堂。正面放着御酒詔匣，陳太尉、張幹辦、李虞候立在左邊，蕭讓、裴宣立在右邊。宋江叫點眾頭領時，一百單七人，於內單只不見了李逵。此時是四月間天氣，都穿夾羅戰襖，跪在堂上，拱聽開讀。陳太尉於詔書匣內取出詔書，度與蕭讓。裴宣贊禮，眾將拜罷，蕭讓展開詔書，高聲讀道：

「制曰：文能安邦，武能定國。五帝憑禮樂而有疆封，三皇用殺伐而定天下。事從順逆，人有賢愚。朕承祖宗之大業，開日月之光輝，普天率土，罔不臣伏。近為爾宋江等嘯聚山林，劫擄郡邑，本欲用彰天討，誠恐勞我生民。今差太尉陳宗善前來招安，詔書到日，即將應有錢糧、軍器、馬匹、船只目下納官，拆毀巢穴，率領赴京，原免本罪。倘或仍昧良心，違戾詔制，天兵一至，齠齔[8]不留。故茲詔示，想宜知悉。

宣和三年孟夏四月日詔示」

蕭讓卻才讀罷，宋江以下，皆有怒色。只見黑旋風李逵從樑上跳將下來，就蕭讓手裏奪過詔書，扯的粉碎，便來揪住陳太尉，拽拳便打。此時宋江、盧俊義大橫身抱住，那裏肯放他下手。恰才解拆得開，李虞候喝道：「這廝是甚麼人，敢如此大膽！」李逵正沒尋人打處，劈頭揪住李虞候便打，喝道：「寫來的詔書，是誰說的話？」張幹辦道：「這是皇帝聖旨。」李逵道：「你那皇帝，正不知我這裏眾好漢，來招安老爺們，倒要做大！你的皇帝姓宋，我的哥哥也姓宋，你做得皇帝，偏我哥哥做不得皇帝！你莫要來惱犯着黑爹爹，好歹把你那寫詔的官員盡都殺了！」眾人都來解勸，

**點評**

● 細節描寫，只是此二人死命抱住。

● 這是李逵分不清朝代名和皇帝姓名的區別，宋朝皇帝姓趙。

---

7)　裝煞臭么：裝腔作勢。

8)　齠齔（tiáo chèn）：兒童。

點評

把黑旋風推下堂去。

宋江道：「太尉且寬心，休想有半星兒差池。且取御酒，教眾人沾恩。」隨即取過一副嵌寶金花鍾，令裴宣取一瓶御酒傾在銀酒海內，看時卻是村醪白酒。再將九瓶都打開，傾在酒海內，卻是一般的淡薄村醪。眾人見了，盡都駭然，一個個都走下堂去了。魯智深提着鐵禪杖，高聲叫罵：「入娘撮鳥！忒煞是欺負人！把水酒做御酒來哄俺們吃！」赤髮鬼劉唐也挺着朴刀殺上來，行者武松掣出雙戒刀，沒遮攔穆弘、九紋龍史進一齊發作。六個水軍頭領都罵下關去了。

宋江見不是話，橫身在裏面攔當，急傳將令，叫轎馬護送太尉下山，休教傷犯。此時四下大小頭領，一大半鬧將起來。宋江、盧俊義只得親身上馬，將太尉並開詔一干人數護送下三關，再拜伏罪：「非宋江等無心歸降，實是草詔的官員不知我梁山泊的彎曲[9]。若以數句善言撫恤，我等盡忠報國，萬死無怨。太尉若回到朝廷，善言則個。」急急送過渡口。這一干人嚇得屁滾尿流，飛奔濟州去了。

● 又是只有此二人親自下山道歉。

卻說宋江回到忠義堂上，再聚眾頭領筵席。宋江道：「雖是朝廷詔旨不明，你們眾人也忒性躁。」吳用道：「哥哥，你休執迷！招安須自有日，如何怪得眾兄弟們發怒？朝廷忒不將人為念！如今閒話都打迭起，兄長且傳將令，馬軍拴束馬匹，步軍安排軍器，水軍整頓船隻，早晚必有大軍前來征討。一兩陣殺得他人亡馬倒，片甲不回，夢着也怕，那時卻再商量。」眾人道：「軍師言之極當。」是日散席，各歸本帳。

且說陳太尉回到濟州，把梁山泊開詔一事訴與張叔夜。張叔夜道：「敢是你們多說甚言語來？」陳太尉道：「我幾曾敢發一言！」張叔夜道：「既是如此，枉費了心力，壞

● 陳太尉實際上只是個傀儡，談判全由另二位操縱局面。

9)　彎曲：委屈，底細。

了事情，太尉急急回京，奏知聖上，事不宜遲。」

陳太尉、張幹辦、李虞候一行人從，星夜回京來，見了蔡太師，備說梁山泊賊寇扯詔毀謗一節。蔡京聽了大怒道：「這夥草寇，安敢如此無禮！堂堂宋朝，如何教你這夥橫行！」陳太尉哭道：「若不是太師福蔭，小官粉骨碎身在梁山泊！今日死裏逃生，再見恩相！」太師隨即叫請童樞密，高、楊二太尉都來相府，商議軍情重事。無片時，都請到太師府白虎堂內。眾官坐下，蔡太師教喚過張幹辦、李虞候，備說梁山泊扯詔毀謗一事。楊太尉道：「這夥賊徒如何主張招安他？當初是那一個官奏來？」高太尉道：「那日我若在朝內，必然阻住，如何肯行此事！」童樞密道：「鼠竊狗偷之徒，何足慮哉！區區不才，親引一支軍馬，克時定日，掃清水泊而回。」眾官道：「來日奏聞。」當下都散。

次日早朝，眾官三呼萬歲，君臣禮畢，蔡太師出班，將此事上奏天子。天子大怒，問道：「當日誰奏寡人，主張招安？」侍臣給事中奏道：「此日是御史大夫崔靖所言。」天子教拿崔靖送大理寺問罪。天子又問蔡京道：「此賊為害多時，差何人可以收剿？」蔡太師奏道：「非以重兵，不能收伏，以臣愚意，必得樞密院官親率大軍，前去剿掃，可以刻日取勝。」天子教宣樞密使童貫問道：「卿肯領兵收捕梁山泊草寇麼？」童貫跪下奏曰：「古人有云：『孝當竭力，忠則盡命。』臣願效犬馬之勞，以除心腹之患。」高俅、楊戩亦皆保舉。

天子隨即降下聖旨，賜與金印兵符，拜東廳樞密使童貫為大元帥，任從各處選調軍馬，前去剿捕梁山泊賊寇，擇日出師起行。正是：登壇攘臂稱元帥，敗陣攢眉似小兒。畢竟童樞密怎地出師，且聽下回分解。

## 延伸思考

(1) 這次招安失敗的原因都有哪些？

(2) 從本回的語言、行動描寫中能看出梁山好漢各自對招安的態度是甚麼？

# 第七十六回

# 吳加亮佈四斗五方旗
# 宋公明排九宮八卦陣

童貫受命，集合八路人馬征討梁山。宋江與吳用也商量好了對策，只等大軍前來。一場硬碰硬的戰事即將打響，梁山好漢各顯神通。

話說樞密使童貫受了天子統軍大元帥之職，徑到樞密院中，便發調兵符驗，要撥東京管下八路軍州，各起軍一萬，就差本處兵馬都監統率；又於京師御林軍內選點二萬，守護中軍。樞密院下一應事務，盡委副樞密使掌管。御營中選兩員良將為左羽右翼。號令已定，不旬日間，諸事完備。一應接續軍糧，並是高太尉差人趲運。那八路軍馬：睢州兵馬都監段鵬舉；鄭州兵馬都監陳翥；陳州兵馬都監吳秉彝；唐州兵馬都監韓天麟；許州兵馬都監李明；鄧州兵馬都監王義；洳州兵馬都監馬萬里；嵩州兵馬都監周信。

御營中選到左羽右翼良將二員為中軍，那二人：御前飛龍大將酆美；御前飛虎大將畢勝。

童貫掌握中軍為主帥，號令大小三軍齊備，武庫撥降軍器，選定吉日出師。高、楊二太尉設筵餞行，朝廷着仰中書省一面賞軍。且說童貫已領眾將，次日先驅軍馬出城，然後拜辭天子，飛身上馬，出這新曹門，來五里短亭，只見高、楊二太尉率領眾官，先在那裏等候。童貫下馬，高太尉執盞擎杯，與童貫道：「樞密相公此行，與朝廷必建大功，早奏凱歌。此寇潛伏水窪，只須先截四邊糧草，堅固寨柵，誘此賊下山，然後進兵。那時一個個生擒活捉，庶不負朝廷委用。」童貫道：「重蒙教誨，不敢有忘。」各飲罷酒，楊太尉也來執盞與童貫道：「樞相素讀兵書，深知韜略，剿擒此寇，易如反掌。爭奈此賊潛伏水泊，地利未便。樞相到彼，必有良策。」童貫道：「下官到彼，見機而作，自有法度。」高、楊二太尉一齊進酒賀道：「都門之外，懸望凱旋。」相別之後，各自上馬。有各衙門合屬官員送路的，不知其數。或近送，或遠送，次第回京，皆不必說。大小三軍，一齊進發，各隨隊伍，甚是嚴整。前軍四隊，先鋒總領行軍；後軍四隊，合後將軍監督；左右八路軍馬，羽翼旗牌催督；童貫鎮握中軍，總統馬步御林軍二萬，都是御營選揀的人。童貫執鞭，指點軍兵進發。怎見得軍容整肅，但見：兵分九隊，旗列五方。綠沉槍、點鋼槍、鴉角槍，佈遍野光芒；青龍刀、偃月刀、雁翎刀，生滿天殺氣。雀畫弓、鐵胎弓、寶雕弓，對插飛魚袋內；射虎箭、狼牙箭、柳葉箭，齊攢獅子壺中。樺車弩、漆抹弩、腳登弩、排滿前軍；開山斧、偃月斧、宣花斧，緊隨中隊。竹節鞭、虎眼鞭、水磨鞭，齊懸在肘上；流星錘、雞心錘、飛抓錘，各帶在身邊。方天戟，豹尾翩翻；丈八矛，珠纓錯落。龍文劍掣一汪秋水，虎頭牌畫幾縷春雲。先鋒猛勇，領拔山開路之精兵；元帥英雄，統喝水斷橋之壯士。左統軍、右統軍，恢弘膽略；遠哨馬，近哨馬，馳騁威風。震天鼙鼓搖山嶽，映日旌旗避鬼神。

當日童貫離了東京，迤邐前進，不一二日，已到濟州界分。太守張叔夜出城迎接，大軍屯住城外。只童貫引輕騎入城，至州衙前下馬。張叔夜邀請至堂上，拜罷起居已了，侍立在面前。童樞密道：「水窪草賊，殺害良民，邀劫商旅，造惡非止一端。往往剿捕，蓋為不得其人，致容滋蔓。吾今統率大軍十萬，戰將百員，刻日要掃清山寨，擒拿眾賊，以安兆民。」張叔夜答道：「樞相在上，此寇潛伏水泊，雖然是山林狂寇，中間多有智謀勇烈之士。樞相勿以怒氣自激，引軍長驅，必用良謀，可成功績。」童貫聽了大怒，罵道：「都似你這等懦弱匹夫，畏刀避劍，貪生怕死，誤了國家大事，以致養成賊勢。吾今到此，有何懼哉！」張叔夜那裏再敢言語，且備酒食供送。童樞密隨即出城，次日驅領大軍，近梁山泊下寨。

且說宋江等已有細作人探知多日了。宋江與吳用已自鐵桶般商量下計策，只等大軍到來。告示諸將，各要遵依，毋得差錯。

再說童樞密調撥軍兵，點差睢州兵馬都監段鵬舉為正先鋒，鄭州都監陳翥為副先鋒，陳州都監吳秉彝為正合後，許州都監李明為副合後，唐州都監韓天麟、鄧州都監王義二人為左哨，洳州都監馬萬里、嵩州都監周信二人為右哨，龍虎二將酆美、畢勝為中軍羽翼。童貫為元帥，總領大軍，全身披掛，親自監督。戰鼓三通，諸軍盡起。行不過十里之外，塵土起處，早有敵軍哨路，來的漸近。鸞鈴響處，約有三十餘騎哨馬，都戴青包巾，各穿綠戰襖，馬上盡繫着紅纓，每邊拴掛數十個銅鈴，後插一把雉尾，都是釧銀細桿長槍，輕弓短箭。為頭的戰將是誰？怎生打扮？但見槍橫鴉角，刀插蛇皮。銷金的巾幘佛頭青，挑繡的戰袍鸚哥綠。腰繫絨條真紫色，足穿氣褲軟香皮。雕鞍後對懸錦袋，內藏打將的石頭。戰馬邊緊掛銅鈴，後插招風的雉尾。驃騎將軍沒羽箭，張清哨路最當先。

馬上來的將軍，號旗上寫得分明：「巡哨都頭領沒羽箭張清。」左有龔旺，右有丁得孫，直哨到童貫軍前，相離不遠，只隔百十步，勒馬便回。前軍先鋒二將，不得軍令，不敢亂動，報至中軍，主帥童貫親到軍前，觀猶未盡，張清又哨將來。童貫欲待遣人追戰，左右說道：「此人鞍後錦袋中都是石子，去不放空，不可追趕。」張清連哨了三遭，不見童貫進兵，返回。行不到五里，只見山背後鑼聲響動，早轉出五百步軍來，當先四個步軍頭領，乃是黑旋風李逵、混世魔王樊瑞、八臂哪吒項充、飛天大聖李袞，直奔前來。但見：人人虎體，個個彪形。當先兩座惡星神，隨後二員真殺曜。李逵手持雙斧，樊瑞腰掣龍泉，項充牌畫玉爪狻猊，李袞牌描金精獬豸。五百人絳衣赤襖，一部從紅旆朱纓。青山中走出一羣魔，綠林內迸開三昧火。

那五百步軍就山坡下一字兒擺開，兩邊團牌齊齊紥住。童貫領軍在前見了，便將玉麈尾[1]一招，大隊軍馬衝擊前去。李逵、樊瑞引步軍分開兩路，都倒提着蠻牌，踅過山腳便走。

童貫大軍趕出山嘴，只見一派平川曠野之地，就把軍馬列成陣勢，遙望李逵、樊瑞度嶺穿林，都不見了。童貫中軍立起攢木將台，令撥法官二員上去，左招右颭，一起一伏，擺作四門鬥底陣。陣勢才完，只聽得山後炮響，就後山飛出一彪軍馬來。

童貫令左右攏住戰馬，自上將台看時，只見山東一路軍馬湧出來，前一隊軍馬紅旗，第二隊雜彩旗，第三隊青旗，第四隊又是雜彩旗。只見山西一

---

1)　麈（zhǔ）尾：古人閒談時執以驅蟲、撣塵的一種工具。

路人馬也湧來，前一隊人馬是雜彩旗，第二隊白旗，第三隊又是雜彩旗，第四隊皂旗，旗背後盡是黃旗。大隊軍將，急先湧來，佔住中央，裏面列成陣勢。遠觀未實，近睹分明。

正南上這隊人馬，盡都是火焰紅旗，紅甲紅袍，朱纓赤馬，前面一把引軍紅旗，上面金銷南斗六星，下繡朱雀之狀。那把旗招展動處，紅旗中湧出一員大將，怎生結束？但見：盔頂朱纓飄一顆，猩猩袍上花千朵。獅蠻帶束紫玉團，狻猊甲露黃金鎖。狼牙木棍鐵釘排，龍駒遍體胭脂裹。紅旗招展半天霞，正按南方丙丁火，號旗上寫的分明：「先鋒大將霹靂火秦明」。左右兩員副將；左手是聖水將單廷珪，右邊是神火將魏定國。三員大將，手搭兵器，都騎赤馬，立於陣前。

東壁一隊人馬，盡是青旗，青甲青袍，青纓青馬，前面一把引軍青旗；上面金銷東斗四星，下繡青龍之狀。那把旗招展動處，青旗中湧出一員大將，怎生打扮？但見：藍靛包巾光滿目，翡翠征袍花一簇。鎧甲穿連獸吐環，寶刀閃爍龍吞玉。青驄遍體粉團花，戰襖護身鸚鵡綠。碧雲旗動遠山明，正按東方甲乙木。號旗上寫得分明：「左軍大將大刀關勝」。左右兩員副將，左手是醜郡馬宣贊，右手是井木犴郝思文。三員大將，手搭兵器，都騎青馬，立於陣前。

西壁一隊人馬，盡是白旗，白甲白袍，白纓白馬，前面一把引軍白旗，正面金銷西斗五星，下繡白虎之狀。那把旗招展動處，白旗中湧出一員大將，怎生結束？但見：漠漠寒雲護太陰，梨花萬朵迭層琛。素色羅袍光閃閃，爛銀鎧甲冷森森。賽霜駿馬騎獅子，出白長槍搭綠沉。一簇旗幡飄雪練，正按西方庚辛金。號旗上寫的分明：「右軍大將豹子頭林沖」。左右兩員副將，左手是鎮三山黃信，右手是病尉遲孫立。三員大將，手搭兵器，都騎白馬，立於陣前。

後面一簇人馬，盡是皂旗，黑甲黑袍，黑纓黑馬，前面一把引軍黑旗，上面金銷北斗七星，下繡玄武之狀。那把旗招展動處，黑旗中湧出一員大將，怎生打扮？但見：堂堂捲地烏雲起，鐵騎強弓勢莫比。皂羅袍穿龍虎軀，烏油甲掛豺狼體。鞭似烏龍搭兩條，馬如潑墨行千里。七星旗動玄武搖，正按北方壬癸水。號旗上寫得分明：「合後大將雙鞭呼延灼」。左右兩員副將，左手是百勝將韓滔，右手是天目將彭玘。三員大將，手持兵器，都騎黑馬，立於陣前。

東南方門旗影裏一隊軍馬，青旗紅甲，前面一把引軍繡旗，上面金銷巽卦[2]，下繡飛龍。那一把旗招展動處，捧出一員大將，怎生結束？但見：擐甲披袍出戰場，手中拈着兩條槍。雕弓鸞鳳壺中插，寶劍沙魚鞘內藏。束霧衣飄黃錦帶，騰空馬頓紫絲韁。青旗紅焰龍蛇動，獨據東南守巽方。號旗上寫得分明：「虎軍大將雙槍將董平」。左右兩員副將，左手是摩雲金翅歐鵬，右手是火眼狻猊鄧飛，手持兵器，都騎戰馬，立於陣前。

西南方門旗影裏一隊軍馬，紅旗白甲，前面一把引軍繡旗，上面金銷坤卦，下繡飛熊。那把旗招展動處，捧出一員大將，怎生打扮？但見：當先湧出英雄將，凜凜威風添氣象。魚鱗鐵甲緊遮身，鳳翅金盔拴護項。衝波戰馬似龍形，開山大斧如弓樣。紅旗白甲火雲飛，正據西南坤位上。號旗上寫得分明：「驃騎大將急先鋒索超」。左右兩員副將，左手是錦毛虎燕順，右手是鐵笛仙馬麟。三員大將，手持兵器，都騎戰馬，立於陣前。

東北方門旗影裏一隊軍馬，皂旗青甲，前面一把引軍繡旗，上面金銷艮卦[3]，下繡飛豹。那把旗招展動處，捧出一員大將，怎生結束？但見：虎坐雕鞍膽氣昂，彎弓插箭鬼神慌。朱纓銀蓋遮刀面，絨縷金鈴貼馬旁。盔頂穰花紅錯落，甲穿柳葉翠遮藏。皂旗青甲煙塵內，東北天山守艮方。號旗上寫得分明：「驃騎大將九紋龍史進」。左右兩員副將，左手是跳澗虎陳達，右手是白花蛇楊春。三員大將，手持兵器，都騎戰馬，立於陣前。

西北方門旗影裏一隊軍馬，白旗黑甲，前面一把引軍旗，上面金銷乾卦，下繡飛虎。那把旗招展動處，捧出一員大將，怎生打扮？但見：雕鞍玉勒馬嘶風，介冑稜層黑霧蒙。豹尾壺中銀鏃箭，飛魚袋內鐵胎弓。甲邊翠縷穿雙鳳，刀面金花嵌小龍。一簇白旗飄黑甲，天門西北是乾宮。號旗上寫得分明：「驃騎大將青面獸楊志」。左右兩員副將，左手是錦豹子楊林，右手是小霸王周通。三員大將，手掿兵器，都騎戰馬，立於陣前。

八方擺佈的鐵桶相似，陣門裏馬軍隨馬隊，步軍隨步隊，各持鋼刀大斧，闊劍長槍，旗幡齊整，隊伍威嚴。去那八陣中央，只見團團一遭，都是

---

2)　巽（xùn）卦：八卦之一，代表風，指東南方。

3)　艮（gèn）卦：八卦之一，代表山，指東北方。

杏黃旗，間着六十四面長腳旗，上面金銷六十四卦，亦分四門。南門都是馬軍，正南上黃旗影裏，捧出兩員上將，一般結束，但見：熟銅鑼間花腔鼓，簇簇攢攢分隊伍。戧金鎧甲赭黃袍，剪絨戰襖葵花舞。垓心兩騎馬如龍，陣內一雙人似虎。周圍繞定杏黃旗，正按中央戊己土。那兩員首將都騎黃馬，上首是美髯公朱仝，下首是插翅虎雷橫，一遭人馬，盡都是黃旗，黃袍銅甲，黃馬黃纓。中央陣四門，東門是金眼彪施恩，西門是白面郎君鄭天壽，南門是雲裏金剛宋萬，北門是病大蟲薛永。

那黃旗中間，立着那面「替天行道」杏黃旗，旗桿上拴着四條絨繩，四個長壯軍士晃定。中間馬上，有那一個守旗的壯士，怎生模樣？但見：冠簪魚尾圈金線，甲皺龍鱗護錦衣。凜凜身軀長一丈，中軍守定杏黃旗。這個守旗的壯士，便是險道神郁保四。

那簇黃旗後，便是一叢炮架，立着那個炮手轟天雷凌振，帶着副手二十餘人。圍繞着炮架。架子後一帶，都擺着撓鈎套索，準備捉將的器械。撓鈎手後，又是一遭雜彩旗幡，團團便是七重圍子手，四面立着二十八面繡旗，上面銷金二十八宿星辰，中間立着一面堆絨繡就、真珠圈邊、腳綴金鈴、頂插雉尾、鵝黃帥字旗。那一個守旗的壯士，怎生模樣？但見：鎧甲斜拴海獸皮，絳羅巾幘插花枝。沖天殺氣人難犯，守定中軍帥字旗。這個守旗的壯士，便是沒面目焦挺。去那帥字旗邊，設立兩個護旗的將士，都騎戰馬，一般結束，手執鋼槍，腰懸利劍，一個是毛頭星孔明，一個是獨火星孔亮。馬前馬後，排着二十四個把狼牙棍的鐵甲軍士。

後面兩把領戰繡旗，兩邊排着二十四枝方天畫戟。左手十二枝畫戟叢中，捧着一員驍將，怎生打扮？但見：踞鞍立馬天風裏，鎧甲輝煌光焰起。麒麟束帶稱狼腰，獬豸吞胸當虎體。冠上明珠嵌曉星，鞘中寶劍藏秋水。方天畫戟雪霜寒，風動金錢豹子尾。繡旗上寫得分明：「小温侯呂方」。那右手十二枝畫戟叢中，也捧着一員驍將，怎生打扮？但見三叉寶冠珠燦爛，兩條雉尾錦斕斑。柿紅戰襖遮銀鏡，柳綠征裙壓繡鞍。束帶雙跨魚獺尾；護心甲掛小連環。手持畫桿方天戟，飄動金錢五色幡。繡旗上寫得分明：「賽仁貴郭盛」。兩員將各持畫戟，立馬兩邊。

畫戟中間，一簇鋼叉，兩員步軍驍將，一般結束。但見：虎皮磕腦豹皮褌，襯甲衣籠細織金。手內鋼叉光閃閃，腰間利劍冷森森。一個是兩頭蛇解珍，一個是雙尾蠍解寶。弟兄兩個，各執着三股蓮花叉，引着一行步戰軍士，守護着中軍。隨後兩匹錦鞍馬上，兩員文士，掌管定賞功罰罪的人。左手那一個，烏紗帽，白羅襴，胸藏錦繡，筆走龍蛇，乃是梁山泊掌文案的秀士聖手書生蕭讓。右手那一個，綠紗巾，皂羅衫，氣貫長虹，心如秋水，乃是梁山泊掌吏事的豪傑鐵面孔目裴宣。

這兩個馬後，擺着紫衣持節的人，二十四個當路，將二十四把麻扎刀，那刀林中，立着兩個錦衣三串行刑劊子，怎生結束？有《西江月》為證：

一個皮主腰乾紅簇就，一個羅踢串彩色裝成。一個雙環撲獸創金明，一個頭巾畔花枝掩映。一個白紗衫遮籠錦體，一個皂禿袖半露鴉青。一個將漏塵斬鬼法刀擎，一個把水火棍手中提定。上手是鐵臂膊蔡福，下手是一枝花蔡慶。

弟兄兩個，立於陣前，左右都是擎刀手。背後兩邊擺着二十四枝金槍銀槍，每邊設立一員大將領隊。左邊十二枝金槍隊裏，馬上一員驍將，手執金槍，側坐戰馬。怎生打扮？但見：錦鞍駿馬紫絲韁，金翠花枝壓鬢旁。雀畫弓懸一彎月，龍泉劍掛九秋霜。繡袍巧製鸚哥綠，戰服輕裁柳葉黃。頂上纓花紅燦爛，手拈鐵桿縷金槍。這員驍將，乃是梁山泊金槍手徐寧。右手十二枝銀槍隊裏，馬上一員驍將，手執銀槍，也側坐駿馬。怎生披掛？但見：蜀錦鞍韉[4]寶鐙光，五明駿馬玉玎擋。虎筋弦扣雕弓硬，燕尾梢攢箭羽長。綠錦袍明金孔雀，紅鞓帶束紫鴛鴦。參差半露黃金甲，手執銀絲鐵桿槍。這員驍將，乃是梁山泊小李廣花榮。兩勢下都是風流威猛二將。金槍手，銀槍手，各帶皂羅巾，鬢邊都插翠葉金花。左手十二個金槍手穿綠，右手十二個銀槍手穿紫。背後又是錦衣對對，花帽雙雙，緋袍簇簇，錦襖攢攢。兩壁廂碧幢翠幕，朱幡皂蓋，黃鉞白旄，青萍紫電[5]。兩行二十四把鉞斧，二十四對鞭撾。

中間一字兒三把銷金傘蓋，三匹繡鞍駿馬，正中馬前，立着兩個英雄。左手那個壯士，端的是儀容濟楚，世上無雙。有《西江月》為證：

4)　鞍韉（ān jiān）：馬鞍和托鞍的墊子。

5)　青萍紫電：古代寶劍名。

頭巾側一根雉尾，束腰下四顆銅鈴。黃羅衫子晃金明，飄帶繡裙相稱。兜小襪麻鞋嫩白，壓腿護膝深青。旗標令字號神行，百里登時取應。

這個便是梁山泊能行快走的頭領神行太保戴宗。手持鵝黃令字繡旗，專管大軍中往來飛報軍情，調兵遣將，一應事務。右手那個對立的壯士，打扮得出眾超羣，人中罕有，也有《西江月》為證：

褐衲襖滿身錦襯，青包巾遍體金銷。鬢邊插朵翠花嬌，鸂鶒玉環光耀。紅串繡裙裹肚，白襠素練圍腰。落生弩子捧頭挑，百萬軍中偏俏。

這個便是梁山泊風流子弟，能幹機密的頭領浪子燕青。背着強弓，插着利箭，手提着齊眉桿棒，專一護持中軍。遠望着中軍，去那右邊銷金青羅傘蓋底下，繡鞍馬上，坐着那個道德高人，有名羽士[6]。怎生打扮？有《西江月》為證：

如意冠玉簪翠筆，絳綃衣鶴舞金霞。火神珠履映桃花，環佩玎璫斜掛。背上雌雄寶劍，匣中微噴光華。青羅傘蓋擁高牙，紫騮馬雕鞍穩跨。

這個便是梁山泊呼風喚雨，役使鬼神，行法真師入雲龍公孫勝。馬上背着兩口寶劍，手中按定紫絲韁。去那左邊銷金青羅傘蓋底下，錦鞍馬上，坐着那個足智多謀、全勝軍師吳用。怎生打扮？有《西江月》為證：

白道服皂羅沿襈，紫絲絛碧玉鈎環。手中羽扇動天關，頭上綸巾微岸。貼裏暗穿銀甲，垓心穩坐雕鞍。一雙銅鏈掛腰間，文武雙全師範。

這個便是梁山泊能通韜略，善用兵機，有道軍師智多星吳學究。馬上手擎羽扇，腰懸兩條銅鏈。

---

6) 羽士：高士。

去那正中銷金大紅羅傘蓋底下，那照夜玉獅子金鞍馬上，坐着那個有仁有義統軍大元帥。怎生打扮？但見：風翅盔高攢金寶，渾金甲密砌龍鱗。錦征袍簇陽春，錕铻劍腰懸光噴。繡腿絨圈翡翠，玉玲瓏帶束麒麟。真珠傘蓋展紅雲，第一位天罡臨陣。這個正是梁山泊主，濟州鄆城縣人氏，山東及時雨呼保義宋公明。全身結束，自仗錕铻寶劍，坐騎金鞍白馬，立於陣中監戰，掌握中軍。馬後大戟長戈，錦鞍駿馬，整整齊齊，三五十員牙將，都騎戰馬，手執長槍，全副弓箭，馬後又設二十四支畫角，全部軍鼓大樂。陣後又設兩隊遊兵，伏於兩側，以為護持。中軍羽翼，左是沒遮攔穆弘，引兄弟小遮攔穆春，管領馬步軍一千五百人；右是赤髮鬼劉唐，引着九尾龜陶宗旺，管領馬步軍一千五百人，伏在兩脅。後陣又是一隊陰兵，簇擁着馬上三個女頭領，中間是一丈青扈三娘，左邊是母大蟲顧大嫂，右邊是母夜叉孫二娘。押陣後是他三個丈夫，中間矮腳虎王英，左是小尉遲孫新，右是菜園子張青，總管馬步軍兵三千。那座陣勢非同小可，但見：明分八卦，暗合九宮[7]。佔天地之機關，奪風雲之氣象。前後列龜蛇之狀，左右分龍虎之形。丙丁[8]前進，如萬條烈火燒山；壬癸[9]後隨，似一片烏雲覆地。左勢下盤旋青氣，右手裏貫串白光。金霞遍滿中央，黃道全依戊己。四維有二十八宿之分，周回有六十四卦之變。盤盤曲曲，亂中隊伍變長蛇；整整齊齊，靜裏威儀如伏虎。馬軍則一衝一突，步卒是或後或前。休誇八陣成功，謾說六韜取勝。孔明施妙計，李靖[10]播神機。

樞密使童貫在陣中將台上，定睛看了梁山泊兵馬，無移時擺成這個九宮八卦陣勢，軍馬豪傑，將士英雄，驚得魂飛魄散，心膽俱落，不住聲道：「可知但來此間收捕的官軍，便大敗而回，原來如此利害！」看了半晌，只聽得宋江軍中催戰的鑼鼓不住聲發擂。童貫且下將台，騎上戰馬，再出前軍來諸將中問道：「那個敢廝殺的出去打話？」先鋒隊裏轉過一員猛將，挺身躍馬而出，就馬上欠身稟童貫道：「小將願往，乞取鈞旨。」看乃是鄭州都監陳翥，

---

7)　九宮：術數家所指的九個方位。

8)　丙丁：指火。

9)　壬癸：指水。

10)　李靖：隋末唐初著名將領。

白袍銀甲，青馬絳纓，使一口大桿刀，現充副先鋒之職。童貫便教軍中金鼓旗下發三通擂，將台上把紅旗招展兵馬。陳翥從門旗下飛馬出陣，兩軍一齊吶喊。陳翥兜住馬，橫着刀，厲聲大叫：「無端草寇，背逆狂徒，天兵到此，尚不投降，直待骨肉為泥，悔之何及！」宋江正南陣中先鋒頭領虎將秦明飛馬出陣，更不打話，舞起狼牙棍，直取陳翥。兩馬相交，兵器並舉，一個使棍的當頭便打，一個使刀的劈面砍來。二將來來往往，翻翻復復，鬥了二十餘合，秦明賣個破綻，放陳翥趕將入來，一刀卻砍個空。秦明趁勢，手起棍落，把陳翥連盔帶頂，正中天靈，陳翥翻身死於馬下。秦明的兩員副將單廷珪、魏定國，飛馬直衝出陣來，先搶了那匹好馬，接應秦明去了。

東南方門旗裏，虎將雙槍將董平見秦明得了頭功，在馬上尋思：「大軍已踏動銳氣，不就這裏搶將過去，捉了童貫，更待何時！」大叫一聲，如陣前起個霹靂，兩手持兩條槍，把馬一拍，直撞過陣來。童貫見了，勒回馬望中軍便走。西南方門旗裏驃騎將急先鋒索超也叫道：「不就這裏捉了童貫，更待何時！」手掄大斧，殺過陣來，中央秦明見了兩邊衝殺過去，也招動本隊紅旗軍馬，一齊搶入陣中，來捉童貫，正是：數隻皂鵰追紫燕，一羣猛虎啖羊羔。畢竟樞密使童貫性命如何，且聽下回分解。

## 延伸思考

「九宮八陣圖」是我國優秀傳統文化的實際應用，感興趣的讀者可查閱《易經》、八卦等相關資料，進一步了解。

## 第七十七回

# 梁山泊十面埋伏
# 宋公明兩贏童貫

童貫大敗後再次進攻梁山泊，被十面埋伏的陣法打得落花流水，幾員大將盡數被殺或被捉，最後只剩童貫一人領着殘兵敗將落荒而逃，原來宋江素有歸順之心，不肯趕盡殺絕。

話說當日宋江陣中前部先鋒，三隊軍馬趕過對陣，大刀闊斧，殺得童貫三軍人馬大敗虧輸，星落雲散，七損八傷。軍士拋金棄鼓，撇戟丟槍，覓子尋爺，呼兄喚弟，折了萬餘人馬，退三十里外紮住。吳用在陣中鳴金收軍，傳令道：「且未可盡情追殺，略報個信與他。」梁山泊人馬都收回山寨，各自獻功請賞。

且說童貫輸了一陣，折了人馬，早紮寨柵安歇下，心中憂悶，會集諸將商議。酆美、畢勝二將道：「樞相休憂，此寇知得官軍到來，預先擺佈下這座陣勢。官軍初到，不知虛實，因此中賊奸計。想此草寇，只是倚山為勢，多設軍馬，虛張聲勢，一時失了地利。我等且再整練馬步將士，停歇三日，養成銳氣，將息戰馬，三日後將全部軍將分作長蛇之陣，俱是步軍殺將去。此陣如長山之蛇，擊首則尾應，擊尾則首應，擊中則首尾皆應，都要連絡不斷，決此一陣，必見大功。」童貫道：「此計大妙，正合吾意。」即時傳下將令，整肅三軍，訓練已定。

第三日，五更造飯，軍將飽食，馬帶皮甲，人披鐵鎧，大刀闊斧，弓弩上弦，正是槍刀流水急，人馬擷風行。大將酆美、畢勝當先引軍，浩浩蕩蕩，殺奔梁山泊來。八路軍馬，分於左右，前面發三百鐵甲哨馬前去探路，回來報與童貫中軍知道，說：「前日戰場上，並不見一個軍馬。」童貫聽了心疑，自來前軍問酆美、畢勝道：「退兵如何？」酆美答道：「休生退心，只顧衝突將去，長蛇陣擺定，怕做甚麼？」官軍迤邐前行，直進到水泊邊，竟不見一個軍馬，但見隔水茫茫蕩蕩，都是蘆葦煙火，遠遠地遙望見水滸寨山頂上一面杏黃旗在那裏招展，亦不見些動靜。童貫與酆美、畢勝勒馬在萬軍之前，遙望見對岸水面上蘆林中一隻小船，船上一個人，頭戴青箬笠，身披綠蓑衣，斜倚着船，背岸西獨自釣魚。童貫的步軍隔着岸叫那漁人，問道：「賊在那裏？」那漁人只不應。童貫叫能射箭的放箭。兩騎馬直近岸邊灘頭來，近水兜住馬，扳弓搭箭，望那漁人後心颼地一箭去，那枝箭正射到箬笠上，噹地一聲響，那箭落下水裏去了。這一個馬軍放一箭，正射到蓑衣上，噹地一聲響，那箭也落下水裏去了。那兩個馬軍是童貫軍中第一慣射弓箭的。兩個吃了一驚，勒回馬，上來欠身稟童貫道：「兩箭皆中，只是射不透，不知他身上穿着甚的。」童貫再撥三百能射硬弓的哨路馬軍來灘頭擺開，一齊望着那漁人放箭。那亂箭射去，漁人不慌。多有落在水裏的，也有射着船上的，但射着蓑衣箬笠的，都落下水裏去。

童貫見射他不死，便差會水的軍漢脫了衣甲，赴水過去捉那漁人，早有三五十人赴將開去。那漁人聽得船尾水響，知有人來，不慌不忙，放下魚釣，取棹竿拿在身邊，近船來的，一棹竿一個，太陽上着的，腦袋上着的，面門上着的，都打下水裏去了。後面見沉了幾個，都赴轉岸上去尋衣甲。童貫看見大怒，教撥五百軍漢下水去，定要拿這漁人；若有回來的，一刀兩段。五百軍人脫了衣甲，吶聲喊，一齊都跳下水裏，赴將過去。那漁人回轉船頭，指着岸上童貫大罵道：「亂國賊臣，害民的禽獸，來這裏納命，猶自不知死哩！」童貫大怒，喝教馬軍放箭。那漁人呵呵大笑，說道：「兀那裏有軍馬到了。」把手指一指，棄了蓑衣箬笠，翻身攢入水底下去了。那五百軍正赴到船邊，只聽得在水中亂叫，都沉下去了。那漁人正是浪裏白條張順，頭上箬笠，上面是箬葉裹着，裏面是銅打成的；蓑衣裏面一片熟銅打就，披着如龜殼相似，可知道箭矢射不入。張順攢下水底，拔出腰刀，只顧排頭價戳人，都沉下去，血水滾將起來。有乖的赴了開去，逃得性命。童貫在岸上看得呆了，身邊一將指道：「山頂上那面黃旗正在那裏磨動。」

童貫定睛看了，不解何意，眾將也沒做道理處。酆美道：「把三百鐵甲哨馬，分作兩隊，教去兩邊山後出哨，看是如何。」卻才分到山前，只聽得蘆葦中一個轟天雷炮飛起，火煙繚亂，兩邊哨馬齊回來報，有伏兵到了。童貫在馬上那一驚不小，酆美、畢勝兩邊差人教軍士休要亂動。數十萬軍都掣刀在手。前後飛馬來叫道：「如有先走的便斬！」按住三軍人馬。童貫且與眾將立馬望時，山背後鼓聲震地，喊殺喧天，早飛出一彪軍馬，都打着黃旗，當先有兩員驍將領兵。怎見得那隊軍馬整齊？黃旗擁出萬山中，爍爍金光射碧空。馬似怒濤衝石壁，人如烈火撼天風。鼓聲震動森羅殿，炮力掀翻泰華宮[1]。劍隊暗藏插翅虎，槍林飛出美髯公。

兩騎黃鬃馬上，兩員英雄頭領：上首美髯公朱仝，下首插翅虎雷橫，帶領五千人馬，直殺奔官軍。童貫令大將酆美、畢勝當先迎敵。兩個得令，便驟馬挺槍出陣，大罵：「無端草賊，不來投降，更待何時！」雷橫在馬上大笑，喝道：「匹夫死在眼前，尚且不知！怎敢與吾決戰？」畢勝大怒，拍馬挺槍直取雷橫，雷橫也使槍來迎。兩馬相交，軍器並舉，二將約戰到二十餘合，不分勝敗。酆美見畢勝戰久不能取勝，拍馬舞刀，徑來助戰。朱仝見了，大喝一聲，飛馬掄刀來戰酆美。四匹馬兩對兒在陣前廝殺。童貫看了，喝采不迭。鬥到澗深裏，只見朱仝、雷橫賣個破綻，撥回馬頭望本陣便走。酆美、畢勝兩將不捨，拍馬追將過去。對陣軍發聲喊，望山後便走，童貫叫盡力追趕過山腳去，只聽得山頂上畫角齊鳴，眾將抬頭看時，前後兩個炮直飛起來。童貫知有伏兵，把軍馬約住，教不要去趕。

只見山頂上閃出那面杏黃旗來，上面繡着「替天行道」四字。童貫趕過山那邊看時，見山頭上一簇雜彩繡旗開處，顯出那個鄆城縣蓋世英雄山東呼保義宋江來。背後便是軍師吳用、公孫勝、花榮、徐寧，金槍手，銀槍手，眾多好漢。童貫見了大怒，便差人馬上山來拿宋江。大軍人馬，分為兩路，卻待上山，只聽得山頂上鼓樂喧天，眾好漢都笑。童貫越添心上怒，咬碎口中牙，喝道：「這賊怎敢戲吾！我當自擒這廝。」酆美諫道：「樞相，彼必有計，不可親臨險地。且請回軍，來日卻再打聽虛實，方可進兵。」童貫道：「胡說！事已到這裏，豈可退軍！教星夜與賊交鋒。今已見賊，勢不容退。」語猶未絕，只聽得後軍吶喊，探子報道：「正西山後衝出一彪軍來，把後軍殺開

1)　泰華宮：泰山神廟。

做兩處。」童貫大驚，帶了酆美、畢勝，急回來救應後軍時，東邊山後鼓聲響處，又早飛出一隊人馬來。一半是紅旗，一半是青旗，捧着兩員大將，引五千軍馬殺將來。那紅旗軍隨紅旗，青旗軍隨青旗，隊伍端的整齊。但見：對對紅旗間翠袍，爭飛戰馬轉山腰。日烘旗幟青龍見，風擺旌旗朱雀搖。二隊精兵皆勇猛，兩員上將顯英豪。秦明手舞狼牙棍，關勝斜橫偃月刀。

那紅旗隊裏頭領是霹靂火秦明，青旗隊裏頭領是大刀關勝。二將在馬上殺來，大喝道：「童貫早納下首級！」童貫大怒，便差酆美來戰關勝，畢勝去鬥秦明。童貫見後軍發喊得緊，又教鳴金收軍，且休戀戰，延便且退。朱仝、雷橫引黃旗軍又殺將來，兩下裏夾攻，童貫軍兵大亂。酆美、畢勝保護着童貫，逃命而走，正行之間，刺斜裏又飛出一彪軍馬來，接住了廝殺。那隊軍馬，一半是白旗，一半是黑旗，黑白旗中，也捧着兩員虎將，引五千軍馬，攔住去路。這隊軍端的齊整：

炮似轟雷山石裂，綠林深處顯戈矛。
素袍兵出銀河湧，玄甲軍來黑氣浮。
兩股鞭飛風雨響，一條槍到鬼神愁。
左邊大將呼延灼，右手英雄豹子頭。

那黑旗隊裏頭領是雙鞭呼延灼，白旗隊裏頭領是豹子頭林沖。二將在馬上大喝道：「奸臣童貫，待走那裏去？早來受死！」一衝直殺入軍中來。那睢州都監段鵬舉接住呼延灼交戰，洳州都監馬萬里接着林沖廝殺。這馬萬里與林沖鬥不到數合，氣力不如，卻待要走，被林沖大喝一聲，慌了手腳，着了一矛，戳在馬下。段鵬舉看見馬萬里被林沖搠死，無心戀戰，隔過呼延灼雙鞭，霍地撥回馬便走。呼延灼奮勇趕將入來，兩軍混戰，童貫只教奪路且回。只聽得前軍喊聲大舉，山背後飛出一彪步軍，直殺入垓心裏來。當先一僧一行者，領着軍兵，大叫道：「休教走了童貫！」那和尚不修經懺[2]，專好殺人，單號花和尚，雙名魯智深。這行者景陽岡曾打虎，水滸寨最英雄，有名

2)　經懺：佛教經文和懺悔文。

行者武松。這兩個殺入陣來。怎見得？有《西江月》為證：

魯智深一條禪杖，武行者兩口鋼刀。鋼刀飛出火光飄，禪杖來如鐵炮。禪杖打開腦袋，鋼刀截斷人腰。兩般軍器不相饒，百萬軍中顯耀。

童貫眾軍被魯智深、武松引領步軍一衝，早四分五落。官軍人馬，前無去路，後沒退兵，只得引酆美、畢勝撞透重圍，殺條血路，奔過山背後來。正方喘息，又聽得炮聲大震，戰鼓齊鳴，看兩員猛將當先，一簇步軍攔路。怎見得？兩頭蛇腥風難近，雙尾蠍毒氣齊噴。鋼叉一對世無倫，較獵場中聲震。左手解珍出眾，右手解寶超羣。數千鐵甲虎狼軍，攪碎長蛇大陣。

來的步軍頭領解珍、解寶，各拈五股鋼叉，又引領步軍殺入陣內。童貫人馬遮攔不住，突圍而走。五面馬軍步軍一齊追殺，趕得官軍星落雲散，酆美、畢勝力保童貫而走。見解珍、解寶兄弟兩個挺起鋼叉，直衝到馬前。童貫急忙拍馬，望刺斜裏便走，背後酆美、畢勝趕來救應，又得唐州都監韓天麟、鄧州都監王義，四個並力殺出垓心。方才進步，喘息未定，只見前面塵起，叫殺連天，綠叢叢林子裏又早飛出一彪人馬，當先兩員猛將，攔住去路。那兩個是誰？但見：一個宣花大斧，一個出白銀槍。槍如毒蟒露梢長，斧起處似開山神將。一個風流俊骨，一個猛烈剛腸。董平國士更無雙，急先鋒索超誰讓。

這兩員猛將，雙槍將董平、急先鋒索超兩個更不打話，飛馬直取童貫。王義挺槍去迎，被索超手起斧落，砍於馬下。韓天麟來救，被董平一槍搠死。酆美、畢勝死保護童貫，奔馬逃命。四下裏金鼓亂響，正不知何處軍來。童貫攏馬上坡看時，四面八方四隊馬軍，兩脅兩隊步軍，栲栳圈、簸箕掌，梁山泊軍馬大隊齊齊殺來，童貫軍馬如風落雲散，東零西亂。正看之間，山坡下一簇人馬出來，認的旗號是陳州都監吳秉彝、許州都監李明。這兩個引着些斷槍折戟，敗殘軍馬，趄轉琳琅山躲避。看見招呼時，正欲上坡，急調人馬，又見山側喊聲起來，飛過一彪人馬趕出，兩把認旗招展，馬上兩員猛將，各執兵器，飛奔官軍。這兩個是誰？有《臨江仙》詞為證：

盔上長纓飄火焰，紛紛亂撒猩紅，胸中豪氣吐長虹。戰袍裁蜀錦，鎧甲鍍金銅。兩口寶刀如雪練，垓心抖擻威風，左衝右突顯英雄。軍班青面獸，好漢九紋龍。

這兩員猛將正是楊志、史進，兩騎馬，兩口刀卻才截住吳秉彝、李明兩個軍官廝殺。李明挺槍向前來鬥楊志，吳秉彝使方天戟來戰史進。兩對兒在山坡下一來一往，盤盤旋旋，各逞平生武藝。童貫在山坡上勒住馬觀之不定。四個人約鬥到三十餘合，吳秉彝用戟奔史進心坎上戳將來，史進只一閃，那枝戟從肋窩裏放個過，吳秉彝連人和馬搶近前來，被史進手起刀落，只見一條血顙光連肉，頓落金鍪[3]在馬邊，吳秉彝死於坡下。李明見先折了一個，卻待也要撥回馬走時，被楊志大喝一聲，驚得魂消魄散，膽顫心寒，手中那條槍不知顛倒。楊志把那口刀從頂門上劈將下來，李明只一閃，那刀正剁着馬的後胯下，那馬後蹄將下去，把李明閃下馬來，棄了手中槍，卻待奔走，這楊志手快，隨復一刀，砍個正着。可憐李明半世軍官，化作南柯一夢。兩員官將皆死於坡下。楊志、史進追殺敗軍，正如砍瓜截瓠[4]相似。

童貫和酆美、畢勝在山坡上看了，不敢下來，身無所措。三個商量道：「似此如何殺得出去？」酆美道：「樞相且寬心，小將望見正南上尚兀自有大隊官軍紮住在那裏，旗幡不倒，可以解救。畢都統保守樞相在山頭，酆美殺開條路，取那支軍馬來，保護樞相出去。」童貫道：「天色將晚，你可善覷方便，疾去早來。」酆美提着大桿刀，飛馬殺下山來，衝開條路，直到南邊。看那隊軍馬時，卻是嵩州都監周信，把軍兵團團擺定，死命抵住。垓心裏看見那酆美來，便接入陣內，問：「樞相在那裏？」酆美道：「只在前面山坡上，專等你這支軍馬去救護殺出來。事不宜遲，火速便起。」周信聽說罷，便教傳令，馬步軍兵，都要相顧，休失隊伍，齊心並力。二員大將當先，眾軍助喊，殺奔山坡邊來。行不到一箭之地，刺斜裏一支軍到，酆美舞刀，徑出迎敵，認得是睢州都監段鵬舉，三個都相見了，合兵一處，殺到山坡下。畢勝下坡迎接上去，見了童貫，一處商議道：「今晚便殺出去好？卻捱到來朝去好？」酆美道：「我四人死保樞相，只就今晚殺透重圍出去，可脫賊寇。」

---

3) 鍪（móu）：頭盔。

4) 瓠（hù）：一種草本植物。

看看近夜，只聽得四邊喊聲不絕，金鼓亂鳴。約有二更時候，星月光亮，酆美當先，眾軍官簇擁童貫在中間，一齊並力，殺下山坡來。只聽得四下裏亂叫道：「不要走了童貫！」眾官軍只望正南路衝殺過來。看看混戰到四更左右，殺出垓心，童貫在馬上以手加額[5]，頂禮天地神明道：「慚愧！脫得這場大難！」催趲出界，奔濟州去。

卻才歡喜未盡，只見前面山坡邊一帶火把，不計其數，背後喊聲又起，看見火把光中兩條好漢，拈着兩口朴刀，引出一員騎白馬的英雄大將，在馬上橫着一條點鋼槍。那人是誰？有《臨江仙》詞為證：

馬步軍中推第一，天罡數內為尊，上天降下惡星辰。眼珠如點漆，面部似鐫銀。丈二鋼槍無敵手，身騎快馬騰雲，人材武藝兩超羣。梁山盧俊義，河北玉麒麟。

那馬上的英雄大將，正是玉麒麟盧俊義。馬前這兩個使朴刀的好漢，一個是病關索楊雄，一個是拚命三郎石秀，在火把光中引着三千餘人，抖擻精神，攔住去路。盧俊義在馬上大喝道：「童貫不下馬受縛，更待何時？」童貫聽得，對眾道：「前有伏兵，後有追兵，似此如之奈何？」酆美道：「小將捨條性命，以報樞相，汝等眾官，緊保樞相，奪路望濟州去，我自戰住此賊。」酆美拍馬舞刀，直奔盧俊義。兩馬相交，鬥不到數合，被盧俊義把槍只一逼，逼過大刀，搶入身去，劈腰提住，一腳蹬開戰馬，把酆美活捉去了。楊雄、石秀便來接應，眾軍齊上，橫拖倒拽捉了去。畢勝和周信、段鵬舉捨命保童貫，衝殺攔路軍兵，且戰且走。背後盧俊義趕來，童貫敗軍忙忙似喪家之狗，急急如漏網之魚。天曉脫得追兵，望濟州來。

正走之間，前面山坡背後又衝出一隊步軍來，那軍都是鐵掩心甲，絳紅羅頭巾。當先四員步軍頭領，畢竟是誰？黑旋風雙持板斧，喪門神單仗龍泉。項充、李袞在旁邊，手舞團牌體健。斬虎須投大穴，誅龍必向深淵。三軍威勢振青天，惡鬼眼前活現。

---

5)　以手加額：雙手覆在額上，表示慶幸之意。

這李逵掄兩把板斧，鮑旭仗一口寶劍，項充、李袞各舞蠻牌遮護，卻似一團火塊，從地皮上滾將來，殺得官軍四分五落而走。童貫與眾將且戰且走，只逃性命。李逵直砍入馬軍隊裏，把段鵬舉馬腳砍翻，掀將下來，就勢一斧，劈開腦袋，再復一斧，砍斷咽喉，眼見得段鵬舉不活了。且說敗殘官軍將次捱到濟州，真乃是頭盔斜掩耳，護項半兜腮，馬步三軍沒了氣力，人困馬乏。

奔到一條溪邊，軍馬都且去吃水。只聽得對溪一聲炮響，箭矢如飛蝗一般射將過來。官軍急上溪岸，去樹林邊。轉出一彪軍馬來，為頭馬上三個英雄是誰？舞動一條玉蟒，撒開萬點飛星。東昌驃騎是張清，沒羽箭誰人敢近！飛槍的槍無虛發，飛叉的叉不容情。兩員虎將勢縱橫，左右馬前幫定。

原來這沒羽箭張清和龔旺、丁得孫帶領三百餘騎馬軍。那一隊驍騎馬軍，都是銅鈴面具，雉尾紅纓，輕弓短箭，繡旗花槍。三將為頭直衝將來。嵩州都監周信見張清軍馬少，便來迎敵；畢勝保着童貫而走。周信縱馬挺槍來迎，只見張清左手納住槍，右手似招寶七郎之形，口中喝一聲道：「着！」去周信鼻凹上只一石子打中，翻身落馬。龔旺、丁得孫旁邊飛馬來相助，將那兩條叉戳定咽喉，好似霜摧邊地草，雨打上林花，周信死於馬下。童貫只和畢勝逃命，不敢入濟州，引了敗殘軍馬，連夜投東京去了，於路收拾逃難軍馬下寨。

原來宋江有仁有德，素懷歸順之心，不肯盡情追殺，唯恐眾將不捨，要追童貫，火急差戴宗傳下將令，佈告眾頭領，收拾各路軍馬步卒，都回山寨請功。各處鳴金收軍而回，鞍上將都敲金鐙，步下卒齊唱凱歌，紛紛盡入梁山泊，個個同回宛子城。

宋江、吳用、公孫勝先到水滸寨中忠義堂上坐下，令裴宣驗看各人功賞。盧俊義活捉酆美，解上寨來，跪在堂前。宋江自解其縛，請入堂內上坐，親自捧杯陪話，奉酒壓驚。眾頭領都到堂上，是日殺牛宰馬，重賞三軍，留酆美住了兩日，備辦鞍馬，送下山去。酆美大喜。宋江陪話道：「將軍陣前陣後，冒瀆威嚴，切乞恕罪。宋江等本無異心，只要歸順朝廷，與國家出力，被這不公不法之人逼得如此，望將軍回朝，善言解救。倘得他日重見恩光，生死不忘大德。」酆美拜謝不殺之恩，登程下山。宋江令人直送出界，回京不在話下。

宋江回到忠義堂上，再與吳用等眾頭領商量。原來今次用此十面埋伏之計，都是吳用機謀佈置，殺得童貫膽寒心碎，夢裏也怕，大軍三停折了二停。吳用道：「童貫回到京師，奏了官家，如何不再起兵來！必得一人直投東京，探聽虛實，回報山寨，預作準備。」宋江道：「軍師此論，正合吾心。你弟兄中，不知那個敢去？」只見坐次之中一個人應道：「兄弟願往。」眾人看了，都道：「須是他去，必幹大事。」

不是這個人去，有分教：重施謀略，再敗官軍。且是：衝陣馬亡青嶂下，戲波船陷綠蒲中。畢竟梁山泊是誰人前去打聽，且聽下回分解。

## 第七十八回

# 十節度議取梁山泊
# 宋公明一敗高太尉

高俅等人對皇帝瞞下了戰敗的消息，向皇帝建議再派兵攻打。吳軍師用兵如神，欲知戰況如何，且細細讀來。

再說梁山泊好漢，自從兩贏童貫之後，宋江、吳用商議，必用着一個去東京探聽消息虛實，上山回報，預先準備軍馬交鋒。言之未絕，只見神行太保戴宗道：「小弟願往。」宋江道：「探聽軍情，多虧煞兄弟一個，雖然賢弟去得，必須也用一個相幫去最好。」李逵便道：「兄弟幫哥哥去走一遭。」宋江笑道：「你便是那個不惹事的黑旋風！」李逵道：「今番去時，不惹事便了。」宋江喝退，一壁再問：「有那個兄弟敢去走一遭？」赤髮鬼劉唐稟道：「小弟幫戴宗哥哥去如何？」宋江大喜道：「好！」當日兩個收拾了行裝，便下山去。

且不說戴宗、劉唐來東京打聽消息，卻說童貫和畢勝沿路收聚得敗殘軍馬四萬餘人，比到東京。於路教眾多管軍的頭領，各自部領所屬軍馬回營寨去了，只帶御營軍馬入城來。童貫卸了戎裝衣甲，徑投高太尉府中去商議。兩個見了，各敍禮罷，請入後堂深處坐定。童貫把大折兩陣，結果了八路軍官，並許多軍馬，酆美又被活捉去了，似此如之奈何，一一都告訴了。高太尉道：「樞相不要煩惱，這件事只瞞了今上天子便了。誰敢胡奏！我和你去告稟太師，再作個道理。」童貫和高俅上了馬，徑投蔡太師府內來。已有報知童樞密回了，蔡京料道不勝，又聽得和高俅同來，蔡京教喚入書院裏來廝見。童貫拜了太師，淚如雨下。蔡京道：「且休煩惱，我備知你折了軍馬之事。」高俅道：「賊居水泊，非船不能征進，樞密只以馬步軍征剿，因此失利，中賊詭計。」童貫訴說折兵敗陣之事，蔡京道：「你折了許多軍馬，費了許多錢糧，又折了八路軍官，這事怎敢教聖上得知！」童貫再拜道：「望乞太師遮蓋，救命則個！」蔡京道：「明日只奏道天氣暑熱，軍士不伏水土，權且罷戰退兵。倘或震怒說道：『似此心腹大患，不去剿滅，後必為殃。』如此時，恁眾官卻怎地回答。」高俅道：「非是高俅誇口，若還太師肯保高俅領兵親去那裏征討，一鼓可平。」蔡京道：「若得太尉肯自去，可知是好，明日便當保奏太尉為帥。」高俅又稟道：「只有一件，須得聖旨任便起軍，並隨造船隻，或是拘刷[1]原用官船民船，或備官價收買木料，打造戰船，水陸並進，船騎同行，方可指日成功。」蔡京道：「這事容易。」正話間，門吏報道：「酆美回來了。」童貫大喜。太師教喚進來，問其緣故。酆美拜罷，敘說宋江但是活捉上山去的，盡數放回，不肯殺害，又與盤纏，令回鄉裏，因此小將得見鈞顏[2]。高俅道：「這是賊人詭計，故意慢我國家。今後不點近處軍馬，直去山東、河北揀選得用的人，跟高俅去。」蔡京道：「既然如此計議定了，來日內裏相見，面奏天子。」各自回府去了。

次日五更三點，都在侍班閣子裏相聚。朝鼓響時，各依品從，分列丹墀，拜舞起居已畢，文武分班，列於玉階之下。只見蔡太師出班奏道：「昨遣樞密使童貫統率大軍，進征梁山泊草寇，近因炎熱，軍馬不伏水土，抑且賊居水窪，非船不行，馬步軍兵，急不能進，因此權且罷戰，各回營寨暫歇，別候聖旨。」天子乃云：「似此炎熱，再不復去矣！」蔡京奏道：「童貫可於泰乙宮聽罪，別令一人為帥，再去征伐，乞請聖旨。」天子曰：「此寇乃是心腹大患，不可不除。誰與寡人分憂？」高俅出班奏曰：「微臣不材，願效犬馬之勞，去征剿此寇，伏取聖旨。」天子云：「既然卿肯與寡人分憂，任卿擇選軍馬。」高俅又奏：「梁山泊方圓八百餘里，非仗舟船，不能前進。臣乞聖旨，於梁山泊近處，採伐木植，督工匠造船，或用官錢收買民船，以為戰伐之用。」天子曰：「委卿執掌，從卿處置，可行即行，慎勿害民。」高俅奏道：「微臣安敢！只容寬限，以圖成功。」天子令取錦袍金甲賜與高俅，另選吉日出師。

當日百官朝退，童貫、高俅送太師到府，便喚中書省關房掾史[3]，傳奉

---

1) 拘刷：征用。

2) 鈞顏：您的容貌，對對方的敬稱。

3) 掾（yuàn）史：官名。

聖旨，定奪撥軍。高太尉道：「前者有十節度使，多曾與國家建功，或征鬼方[4]，或伐西夏，並金、遼等處，武藝精熟，請降鈞帖，差撥為將。」蔡太師依允，便發十道劄付文書，仰各各部領所屬精兵一萬，前赴濟州取齊，聽候調用。十個節度使非同小可，每人領軍一萬，克期[5]並進。那十路軍馬：

河南河北節度使王煥；上黨太原節度使徐京；京北弘農節度使王文德；潁州汝南節度使梅展；中山安平節度使張開；江夏零陵節度使楊温；雲中雁門節度使韓存保；隴西漢陽節度使李從吉；琅琊彭城節度使項元鎮；清河天水節度使荊忠。

原來這十路軍馬，都是曾經訓練精兵，更兼這十節度使舊日都是綠林叢中出身，後來受了招安，直做到許大[6]官職，都是精銳勇猛之人，非是一時建了些少功名。當日中書省定了程限，發十道公文，要這十路軍馬如期都到濟州，遲慢者定依軍令處置。金陵建康府有一支水軍，為頭統制官喚做劉夢龍。那人初生之時，其母夢見一條黑龍飛入腹中，感而遂生。及至長大，善知水性，曾在西川峽江討賊有功，升做軍官都統制。統領一萬五千水軍，棹船五百隻，守住江南。高太尉要取這支水軍並船隻星夜前來聽調。又差一個心腹人喚做牛邦喜，也做到步軍校尉，教他去沿江上下並一應河道內拘刷船隻，都要來濟州取齊，交割調用。高太尉帳前牙將極多，於內兩個最了得：一個喚做党世英，一個喚做党世雄。弟兄二人，現做統制官，各有萬夫不當之勇。高太尉又去御營內選撥精兵一萬五千，通共各處軍馬一十三萬。先於諸路差官供送糧草，沿途交納。高太尉連日整頓衣甲，製造旌旗，未及登程。有詩為證：

輕事貪功願領兵，兵權到手便留行。
幸因主帥遲遲去，多得三軍數日生。

卻說戴宗、劉唐在東京住了幾日，打探得備細消息，星夜回還山寨，報

---

4) 鬼方：泛指邊遠之地的少數民族。

5) 克期：限期。

6) 許大：這麼大。

說此事。宋江聽得高太尉親自領兵，調天下軍馬一十三萬、十節度使統領前來，心中驚恐，便和吳用商議。吳用道：「仁兄勿憂，小生也久聞這十節度的名，多與朝廷建功，只是當初無他的敵手，以此只顯他的豪傑。如今放着這一班好弟兄，如狼似虎的人，那十節度已是過時的人了。兄長何足懼哉！比及他十路軍來，先教他吃我一驚。」宋江道：「軍師如何驚他？」吳用道：「他十路軍馬都到濟州取齊，我這裏先差兩個快廝殺的去濟州相近，接着來軍，先殺一陣。——這是報信與高俅知道。」宋江道：「叫誰去好？」吳用道：「差沒羽箭張清、雙槍將董平，此二人可去。」宋江差二將各帶一千馬軍，前去巡哨濟州，相迎截殺各路軍馬。又撥水軍頭領，準備泊子裏奪船。山寨中頭領預先調撥已定，且不細說，下來便知。

再說高太尉在京師俄延了二十餘日，天子降敕，催促起軍，高俅先發御營軍馬出城，又選教坊司[7]歌兒舞女三十餘人隨軍消遣。至日祭旗，辭駕登程，卻好一月光景。時值初秋天氣，大小官員都在長亭餞別。高太尉戎裝披掛，騎一匹金鞍戰馬，前面擺着五匹玉轡雕鞍從馬，左右兩邊，排着党世英、党世雄弟兄兩個，背後許多殿帥統制官、統軍提轄、兵馬防禦、團練等官，參隨在後。那隊伍軍馬，十分擺佈得整齊。詩曰：

匿奸罔上非忠藎，好戰全違舊典章。
不事懷柔服強暴，只驅良善敵刀槍。

那高太尉部領大軍出城，來到長亭前下馬，與眾官作別。飲罷餞行酒，攀鞍上馬，登程望濟州進發。於路上縱容軍士，盡去村中縱橫擄掠，黎民受害，非止一端。

卻說十路軍馬陸續都到濟州，有節度使王文德領着京北等處一路軍馬，星夜奔濟州來，離州尚有四十餘里。當日催動人馬，趕到一個去處，地名鳳尾坡，坡下一座大林。前軍卻好抹過林子，只聽得一棒鑼聲響處，林子背後山坡腳邊轉出一彪軍馬來，當先一將攔路。那員將頂盔掛甲，插箭彎弓，去那弓袋箭壺內側插着小小兩面黃旗，旗上各有五個金字，寫道：「英雄雙槍

7)　教坊司：中國古代宮廷音樂機構。

將，風流萬戶侯。」兩手掿兩桿鋼槍。此將乃是梁山泊第一個慣衝頭陣的勇將董平，因此人稱為董一撞。董平勒定戰馬，截住大路喝道：「來的是那裏兵馬？不早早下馬受縛，更待何時？」這王文德兜住馬，呵呵大笑道：「瓶兒罐兒也有兩個耳朵，你須曾聞我等十節度使累建大功，名揚天下，大將王文德麼？」董平大笑，喝道：「只你便是殺晚爺[8]的大頑[9]。」王文德聽了大怒，罵道：「反國草寇，怎敢辱吾！」拍馬挺槍，直取董平。董平也挺雙槍來迎。兩將鬥到三十合，不分勝敗。王文德料道贏不得董平，喝一聲：「少歇再戰。」各歸本陣。王文德吩咐眾軍，休要戀戰，直衝過去。王文德在前，三軍在後，大發聲喊，殺將過去。

董平後面引軍追趕，將過林子，正走之間，前面又衝出一彪軍馬來。為首一員上將，正是沒羽箭張清，在馬上大喝一聲：「休走！」手中拈定一個石子打將來，望王文德頭上便着。急待躲時，石子打中盔頂，王文德伏鞍而走，跑馬奔逃。兩將趕來，看看趕上，只見側首衝過一隊軍來。王文德看時，卻是一般的節度使楊溫軍馬，齊來救應。因此，董平、張清不敢來追，自回去了。

兩路軍馬同入濟州歇定，太守張叔夜接待各路軍馬。數日之間，前路報來，高太尉大軍到了。十節度出城迎接，都相見了太尉，一齊護送入城，把州衙權為帥府，安歇下了。高太尉傳下號令，教十路軍馬都向城外屯駐，伺候劉夢龍水軍到來，一同進發。這十路軍馬，各自下寨。近山砍伐木植，人家搬擄門窗，搭蓋窩鋪，十分害民。高太尉自在城中帥府內，定奪征進人馬，無銀兩使用者，都充頭哨出陣交鋒；有銀兩者，留在中軍，虛功濫報。似此奸弊，非止一端。

高太尉在濟州不過一二日，劉夢龍戰船到了，參謁帥府。禮畢，高俅隨即便喚十節度使都到廳前，共議良策。王煥等稟覆道：「太尉先教馬步軍去探路，引賊出戰，然後卻調水路戰船去劫賊巢，令其兩下不能相顧，可獲羣賊矣！」高太尉從其所言。當時分撥王煥、徐京為前部先鋒，王文德、梅展為合後收軍，張開、楊溫為左軍，韓存保、李從吉為右軍，項元鎮、荊忠為前後救應使。党世雄引領三千精兵，上船協助劉夢龍水軍船隻，就行監戰。諸軍

---

8) 晚爺：繼父。

9) 大頑：大笨蛋。

盡皆得令，整束了三日，請高太尉看閱諸路軍馬。高太尉親自出城，一一點看了便遣大小三軍並水軍一齊進發，徑望梁山泊來。

且說董平、張清回寨，說知備細。宋江與眾頭領統率大軍，下山不遠，早見官軍到來。前軍射住陣腳，兩邊拒定人馬。只見先鋒王煥出陣，使一條長槍，在馬上厲聲高叫：「無端草寇，敢死村夫，認得大將王煥麼？」對陣繡旗開處，宋江親自出馬，與王煥聲喏道：「王節度，你年紀高大了，不堪與國家出力，當槍對敵，恐有些一差二誤，枉送了你一世清名。你回去罷！另教年紀小的出來戰。」王煥聽得大怒，罵道：「你這廝是個文面俗吏，安敢抗拒天兵！」宋江答道：「王節度，你休逞好手，我這一班兒替天行道的好漢，不到得輸與你！」王煥便挺槍戳將過來。宋江馬後早有一將，鑾鈴響處，挺槍出陣。宋江看時，卻是豹子頭林沖，來戰王煥。兩馬相交，眾軍助喊，高太尉自臨陣前，勒住馬看。只聽得兩軍吶喊喝采，果是馬軍踏鐙抬身看，步卒掀盔舉眼觀。兩個施逞諸路槍法，但見：一個屏風槍勢如霹靂，一個水平槍勇若奔雷。一個朝天槍難防難躲，一個鑽風槍怎敵怎遮。這個恨不得槍戳透九霄雲漢，那個恨不得槍刺透九曲黃河。一個槍如蟒離巖洞，一個槍似龍躍波津。一個使槍的雄似虎吞羊，一個使槍的俊如鵰撲兔。

王煥大戰林沖，約有七八十合，不分勝敗。兩邊各自鳴金，二將分開，各歸本陣。只見節度使荊忠到前軍，馬上欠身，稟覆高太尉道：「小將願與賊人決一陣，乞請鈞旨。」高太尉便教荊忠出馬交戰。宋江馬後鸞鈴響處，呼延灼來迎。荊忠使一口大桿刀，騎一匹瓜黃馬，二將交鋒，約鬥二十合，被呼延灼賣個破綻，隔過大刀，順手提起鋼鞭來只一下，打個襯手，正着荊忠腦袋，打得腦漿迸流，眼珠突出，死於馬下。高俅看見折了一個節度使，火急便差項元鎮，驟馬挺槍，飛出陣前大喝：「草賊敢戰吾麼？」宋江馬後，雙槍將董平撞出陣前，來戰項元鎮。兩個鬥不到十合，項元鎮霍地勒回馬，拖了槍便走。董平拍馬去趕，項元鎮不入陣去，繞着陣腳，落荒而走。董平飛馬去追，項元鎮帶住槍，左手拈弓，右手搭箭，拽滿弓，翻身背射一箭。董平聽得弓弦響，抬手去隔，一箭正中右臂，棄了槍，撥回馬便走。項元鎮掛着弓，拈着箭，倒趕將來。呼延灼、林沖見了，兩騎馬各出，救得董平歸陣。高太尉指揮大軍混戰，宋江先教救了董平回山，後面軍馬，遮攔不住，都四散奔走。高太尉直趕到水邊，卻調人去接應水路船隻。

且說劉夢龍和党世雄佈領水軍，乘駕船隻，迤邐前投梁山泊深處來，只見茫茫蕩蕩，盡是蘆葦蒹葭，密密遮定港汊。這裏官船檣篙不斷，相連十餘里水面。正行之間，只聽得山坡上一聲炮響，四面八方，小船齊出，那官船上軍士，先有五分懼怯，看了這等蘆葦深處，盡皆慌了。怎禁得蘆葦裏面埋伏着小船，齊出衝斷大隊。官船前後不相救應，大半官軍，棄船而走。梁山泊好漢，看見官軍陣腳亂了，一齊鳴鼓搖船，直衝上來。劉夢龍和党世雄急回船時，原來經過的淺港內都被梁山泊好漢用小船裝載柴草，砍伐山中木植，填塞斷了，那櫓槳竟搖不動。眾多軍卒，盡棄了船隻下水。劉夢龍脫下戎裝披掛，爬過水岸，揀小路走了。這党世雄不肯棄船，只顧叫水軍尋港汊深處搖去，不到二里，只見前面三隻小船，船上是阮氏三雄，各人手執蓼葉槍，挨近船邊來。眾多駕船軍士都跳下水裏去了。党世雄自持鐵搠，立在船頭上，與阮小二交鋒，阮小二也跳下水裏去，阮小五、阮小七兩個逼近身來。党世雄見不是頭，撇了鐵搠，也跳下水裏去了。見水底下鑽出船火兒張橫來，一手揪住頭髮，一手提定腰胯，滴溜溜丟上蘆葦根頭。先有十數個小嘍囉躲在那裏，鐃鉤套索搭住，活捉上水滸寨來。

卻說高太尉見水面上船隻都紛紛滾滾，亂投山邊去了，船上縛着的，盡是劉夢龍水軍的旗號，情知水路裏又折了一陣，忙傳軍令，且教收兵回濟州去，別作道理。

五軍比及要退，又值天晚，只聽得四下裏火炮不住價響，宋江軍馬，不知幾路殺將來。高太尉只叫得苦了也。正是：陰陵失路[10]逢神弩，赤壁鏖兵[11]遇怪風。畢竟高太尉怎地脫身，且聽下回分解。

## 延伸思考

梁山泊大敗高俅官軍，但也有折損：董平負傷。這樣安排有甚麼好處？

---

10) 陰陵失路：項羽被劉邦打敗，又在陰陵迷路，最後自刎。

11) 赤壁鏖（áo）兵：孫權、劉備的聯軍在赤壁火燒曹操戰船，大敗曹兵。鏖兵，大規模的激烈戰爭。

# 第七十九回

# 劉唐放火燒戰船
# 宋江兩敗高太尉

高俅帶兵作戰不力，手下大將又被活捉，宋江以禮相待，放回二位將領，請他們向朝廷表明希望招安之心。高俅卻並不買賬，仍然堅持己見。被放回的將領念宋江的好處，想辦法稟明皇上，於是天子決定再次派人前往招安。但高俅又從中作梗，陰謀將詔書的斷句唸錯，想從內部分裂梁山泊，究竟他能否得逞呢？

話說當下高太尉望見水路軍士，情知不濟，正欲回軍，只聽得四邊炮響，急收聚眾將，奪路而走。原來梁山泊只把號炮四下裏施放，卻無伏兵，只嚇得高太尉心驚膽戰，鼠竄狼奔，連夜收軍回濟州。計點步軍，折陷不多，水軍折其大半，戰船沒一隻回來。劉夢龍逃難得回。軍士會水的，逃得性命，不會水的，都淹死在水中。高太尉軍威折挫，銳氣摧殘，且向城中屯駐軍馬，等候牛邦喜拘刷船到。再差人齎公文去催，不論是何船隻，堪中的盡數拘拿，解赴濟州，整頓征進。

卻說水滸寨中，宋江先和董平上山，拔了箭矢，喚神醫安道全用藥調治。安道全使金瘡藥敷住瘡口，在寨中養病。吳用收住眾頭領上山。水軍頭領張橫解党世雄到忠義堂上請功，宋江教且押去後寨軟監着。將奪到的船只，盡數都收入水寨，分派與各頭領去了。

再說高太尉在濟州城中會集諸將，商議收剿梁山之策，數內上黨節度使徐京稟道：「徐某幼年遊歷江湖，使槍賣藥之時，曾與一人交遊。那人深通韜略，善曉兵機，有孫吳之才調，諸葛之智謀，姓聞名煥章，現在東京城外安仁村教學。若得此人來為參謀，可以敵吳用之詭計。」高太尉聽說，便差首將一員，齎帶緞匹鞍馬，星夜回東京，禮請這教村學秀才聞煥章來為軍前參謀。便要早赴濟州，一同參贊軍務。那員首將回京去，不得三五日，城外報來，宋江軍馬直到城邊搦戰。高太尉聽了大怒，隨即點就本部軍兵，出城迎敵，就令各寨節度使同出交鋒。

卻說宋江軍馬見高太尉提兵至近，急忙退十五里外平川曠野之地。高太尉引軍趕去，宋江兵馬已向山坡邊擺成陣勢。紅旗隊裏，捧出一員猛將，號旗上寫得分明，乃是雙鞭呼延灼，兜住馬，橫着槍，立在陣前。高太尉看見道：「這廝便是統領連環馬時背反朝廷的。」便差雲中節度使韓存保出馬迎敵。這韓存保善使一枝方天畫戟。兩個在陣前，更不打話，一個使戟去搠，一個用槍來迎。兩個戰到五十餘合，呼延灼賣個破綻閃出去，拍着馬望山坡下便走。韓存保緊要幹功，跑着馬趕來。八個馬蹄翻盞撒鈸相似，約趕過五七里無人之處，看看趕上，呼延灼勒回馬，帶轉槍，舞起雙鞭來迎。兩個又鬥十數合之上，用雙鞭分開畫戟，回馬又走。韓存保尋思，這廝槍又近不得我，鞭又贏不得我，我不就這裏趕上，活拿這賊，更待何時？搶將近來，趕轉一個山嘴，有兩條路，竟不知呼延灼何處去了。韓存保勒馬上坡來望時，只見呼延灼繞着一條溪走。存保大叫：「潑賊你走那裏去！快下馬來受降，饒你命！」呼延灼不走，大罵存保。韓存保卻大寬轉來抄呼延灼後路。兩個卻好在溪邊相迎着。一邊是山，一邊是溪，只中間一條路，兩匹馬盤旋不得。呼延灼道：「你不降我，更待何時！」韓存保道：「你是我手裏敗將，倒要我降你。」呼延灼道：「我漏你到這裏，正要活捉你。你性命只在頃刻！」韓存保道：「我正來活捉你！」

兩個舊氣又起。韓存保挺着長戟，望呼延灼前心兩脅軟肚上雨點般搠將來。呼延灼用槍左撥右逼，捽風般搠入來。兩個又鬥了三十來合。正鬥到濃深處，韓存保一戟，望呼延灼軟脅搠來，呼延灼一槍，望韓存保前心刺去。兩個各把身軀一閃，兩般軍器都從脅下搠來。呼延灼挾住韓存保戟桿，韓存保扭住呼延灼槍桿，兩個都在馬上，你扯我拽，挾住腰胯，用力相爭。韓存保的馬後蹄先塌下溪裏去了，呼延灼連人和馬也拽下溪裏去了，兩個在水中扭做一塊。那兩匹馬濺起水來，一人一身水。呼延灼棄了手裏的槍，挾住他的戟桿，急去掣鞭時，韓存保也撇了他的槍桿，雙手按住呼延灼兩條臂，你揪我扯，兩個都滾下水去。那兩匹馬迸星也似跑上岸來，望山邊去了。兩個在溪水中都滾沒了軍器，頭上戴的盔沒了，身上衣甲飄零，兩個只把空拳來在水中廝打，一遞一拳，正在水深裏，又拖上淺水裏來。正解拆不開，岸上一彪軍馬趕到，為頭的是沒羽箭張清。眾人下手，活捉了韓存保。差人急去尋那走了的兩匹戰馬，只見那馬卻聽得馬嘶人喊，也跑回來尋隊，因此收住。又去溪中撈起軍器還呼延灼，帶濕上馬，卻把韓存保背剪縛在馬上，一齊都奔峪口。

只見前面一彪軍馬來尋韓存保，兩家卻好當住。為頭兩員節度使，一個是梅展，一個是張開，因見水淥淥地馬上縛着韓存保，梅展大怒，舞三尖兩刃刀直取張清。交馬不到三合，張清便走，梅展趕來，張清輕舒猿臂，款扭狼腰，只一石子飛來，正打中梅展額角，鮮血迸流，撇了手中刀，雙手掩面。張清急便回馬，卻被張開搭上箭，拽滿弓，一箭射來，張清把馬頭一提，正射中馬眼，那馬便倒。張清跳在一邊，拈着槍便來步戰。那張清原來只有飛石打將的本事，槍法上卻慢。張開先救了梅展，次後來戰張清。馬上這條槍，神出鬼沒，張清只辦得架隔，遮攔不住，拖了槍，便走入馬軍隊裏躲閃。張開槍馬到處，殺得五六十馬軍四分五落，再奪得韓存保。卻待回來，只見喊聲大舉，峪口兩彪軍到：一隊是霹靂火秦明，一隊是大刀關勝，兩個猛將殺來。張開只保得梅展走了，眾軍兩路殺入來，又奪了韓存保。張清搶了一匹馬，呼延灼使盡氣力，只好隨眾廝殺。一齊掩擊到官軍隊前，乘勢衝動，退回濟州。梁山泊軍馬也不追趕，只將韓存保連夜解上山寨來。

宋江等坐在忠義堂上，見縛到韓存保來，喝退軍士，親解其索，請坐廳上，殷勤相待。韓存保感激無地。就請出党世雄相見，一同管待。宋江道：「二位將軍切勿相疑，宋江等並無異心，只被濫官污吏逼得如此。若蒙朝廷赦罪招安，情願與國家出力。」韓存保道：「前者陳太尉齎到招安詔敕來山，如何不乘機會去邪歸正？」宋江答道：「便是朝廷詔書寫得不明，更兼用村醪倒換御酒，因此弟兄眾人心皆不伏。那兩個張幹辦、李虞候擅作威福，恥辱眾將。」韓存保道：「只因中間無好人維持，誤了國家大事。」宋江設筵管待已了。次日，具備鞍馬，送出谷口。

這兩個在路上說宋江許多好處，回到濟州城外，卻好晚了。次早入城，來見高太尉，說宋江把二將放回之事。高俅大怒道：「這是賊人詭計，慢我軍心。你這二人，有何面目見吾！左右與我推出，斬訖報來！」王煥等眾官都跪下告道：「非干此二人之事，乃是宋江、吳用之計。若斬此二人，反被賊人恥笑。」高太尉被眾人苦告，饒了兩個性命，削去本身職事，發回東京泰乙宮聽罪。這兩個解回京師。

原來這韓存保是韓忠彥的姪兒。忠彥乃是國老太師，朝廷官員都有出他門下。有個門館[1]教授，姓鄭名居忠，原是韓忠彥抬舉的人，現任御史大夫。韓存保把上件事告訴他。居忠上轎，帶了存保來見尚書余深，同議此事。余深道：「須是稟得太師，方可面奏。」二人來見蔡京說：「宋江本無異心，只望朝廷招安。」蔡京道：「前者毀詔謗上，如此無禮，不可招安，只可勦捕！」二人稟說：「前番招安，惜為去人不佈朝廷德意，用心撫恤。不用嘉言，專說利害，以此不能成事。」蔡京方允。約至次日早朝，道君天子升殿，蔡京奏准再降詔敕，令人招安。天子曰：「現今高太尉使人來請安仁村聞煥章為參謀，早赴軍前委用，就差此人伴使前去。如肯來降，悉免本罪。如仍不伏，就着高俅定限，日下勦捕盡絕還京。」蔡太師寫成草詔，一面取聞煥章赴省筵宴。原來這聞煥章是有名文士，朝廷大臣多有知識[2]的，俱備酒食迎接。席終各散，一邊收拾起行。有詩為證：

年來教授隱安仁，忽召軍前捧綍綸。
權貴滿朝多舊識，可無一個薦賢人。

且不說聞煥章同天使出京，卻說高太尉在濟州心中煩惱。門吏報道：「牛邦喜到來。」高太尉便教喚進，拜罷問道：「船隻如何？」邦喜稟道：「於路拘刷得大小船一千五百餘隻，都到閘下。」太尉大喜，賞了牛邦喜，便傳號令，教把船都放入闊港，每三隻一排釘住，上用板鋪，船尾用鐵環鎖定。盡數發步軍上船；其餘馬軍，近水護送船隻。比及編排得軍士上船，訓練得熟，已得半月之久，梁山泊盡都知了。

吳用喚劉唐受計，掌管水路建功。眾多水軍頭領，各各準備小船，船頭上排排釘住鐵葉，船艙裏裝載蘆葦乾柴，柴中灌着硫黃焰硝引火之物，屯

---

1) 門館：書院，學塾。

2) 知識：朋友。

住在小港內。卻教炮手淩振，於四望高山上放炮為號；又於水邊樹木叢雜之處，都縛旌旗於樹上，每一處設金鼓火炮，虛屯人馬，假設營壘，請公孫勝作法祭風；旱地上分三隊軍馬接應。吳用指畫已了。

卻說高太尉在濟州催起軍馬，水路統軍，卻是牛邦喜，又同劉夢龍並党世英這三個掌管。高太尉披掛了，發三通擂鼓，水港裏船開，旱路上馬發，船行似箭，馬去如飛，殺奔梁山泊來。先說水路裏船隻，連篙不斷，金鼓齊鳴，迤邐殺入梁山泊深處，並不見一隻船。看看漸近金沙灘，只見荷花蕩裏兩隻打魚船，每隻船上只有兩個人，拍手大笑。頭船上劉夢龍便叫放箭亂射，漁人都跳下水底去了。劉夢龍急催動戰船，漸近金沙灘頭，一帶陰陰的都是細柳，柳樹上拴着兩頭黃牛，綠莎草上睡着三四個牧童，遠遠地又有一個牧童，倒騎着一頭黃牛，口中嗚嗚咽咽吹着一管笛子來。劉夢龍便教先鋒悍勇的首先登岸。那幾個牧童跳起來，呵呵大笑，盡穿入柳陰深處去了。前陣五七百人搶上岸去，那柳陰樹中一聲炮響，兩邊戰鼓齊鳴。左邊就衝出一隊紅甲軍，為頭是霹靂火秦明；右邊衝出一隊黑甲軍，為頭是雙鞭呼延灼，各帶五百軍馬，截出水邊。劉夢龍急招呼軍士下船時，已折了大半軍校。牛邦喜聽得前軍喊起，便教後船且退，只聽得山頂上連珠炮響，蘆葦中颼颼有聲，卻是公孫勝披髮仗劍，踏罡佈斗，在山頂上祭風，初時穿林透樹，次後走石飛砂，須臾白浪掀天，頃刻黑雲覆地，紅日無光，狂風大作。劉夢龍急教棹船回時，只見蘆葦叢中藕花深處，小港狹汊，都棹出小船來，鑽入大船隊裏。鼓聲響處，一齊點着火把，霎時間，大火竟起，烈焰飛天，四分五落，都穿在大船內，前後官船一齊燒着。怎見得火起？但見：黑煙迷綠水，紅焰起清波。風威捲荷葉滿天飛，火勢燎蘆林連梗斷。神號鬼哭，昏昏日色無光；嶽撼山崩，浩浩波聲若怒。艦航盡倒，舵櫓皆休。船尾旌旗不見青紅交雜，樓頭劍戟難排霜雪爭叉。僵屍與魚鱉同浮，熱血共波濤並沸。千條火焰連天起，萬道煙霞貼水飛。

當時劉夢龍見滿港火飛，戰船都燒着了，只得棄了頭盔衣甲，跳下水去，又不敢傍岸，揀港深水闊處赴將開去逃命。蘆林裏面一個人，獨駕着小船，直迎將來。劉夢龍便鑽入水底下去了，卻好有一個人攔腰抱住，拖上船來。撐船的是出洞蛟童威，攔腰抱的是混江龍李俊。卻說牛邦喜見四下官船隊裏火着，也棄了戎裝披掛，卻待下水，船梢上鑽起一個人來，拿着鐃鉤，劈頭搭住，倒拖下水裏去。那人是船火兒張橫。這梁山泊內殺得屍橫水面，血濺波心，焦頭爛額者，不計其數。只有党世英搖着小船，正走之間，蘆林兩邊弩箭弓矢齊發，射死水中。眾多軍卒，會水的逃得性命回去，不會水的盡皆淹死。生擒活捉者，都解投大寨。李俊捉得劉夢龍，張橫捉得牛邦喜，欲待解上山寨，唯恐宋江又放了。兩個好漢自商量，把這二人就路邊結果了性命，割下首級，送上山來。

再說高太尉引領軍馬在水邊策應，只聽得連珠炮響，鼓聲不絕，料道是水面上廝殺，驟着馬前來，靠山臨水探望。只見紛紛軍士都從水裏逃命，爬上岸來。高俅認得是自家軍校，問其緣故，說被放火燒盡船隻，俱各不知所在。高太尉聽了，心內越慌。但望見喊聲不斷，黑煙滿空，急引軍回舊路時，山前鼓聲響處衝出一隊馬軍攔路，當先急先鋒索超掄起開山大斧，驟馬搶近前來。高太尉身邊節度使王煥挺槍便出，與索超交戰，鬥不到五合，索超撥回馬便走。高太尉引軍追趕，轉過山嘴，早不見了索超。正走間，背後豹子頭林沖引軍趕來，又殺一陣。再走不過六七里，又是青面獸楊志引軍趕來，又殺一陣。又奔不到八九里，背後美髯公朱仝趕上來，又殺一陣。這是吳用使的追趕之計，不去前面攔截，只在背後趕殺，敗軍無心戀戰，只顧奔走，救護不得後軍。因此高太尉被趕得慌，飛奔濟州，比及入得城時，已自三更；又聽得城外寨中火起，喊聲不絕。原來被石秀、楊雄埋伏下五百步軍，放了三五把火，潛地去了。驚得高太尉魂不附體，連使人探視，回報去了，方才放心。整點軍馬，折其大半。

高俅正在納悶間，遠探報道：「天使到來。」高俅遂引軍馬並節度使出城迎接，見了天使，就說降詔招安一事。都與聞煥章參謀使相見了，同進城中帥府商議。高太尉先討抄白[3]備照觀看，待不招安來，又連折了兩陣，拘刷得許多船隻，又被盡行燒毀；待要招安來，恰又羞回京師。心下躊躇，數日主張不定。

不想濟州有一個老吏，姓王名瑾，那人平生克毒，人盡呼為「剜心王」，卻是濟州府撥在帥府供給的吏。因見了詔書抄白，更打聽得高太尉心內遲疑不

3)　抄白：不蓋官印的文書抄本。

決，遂來帥府，呈獻利便事件，稟說：「貴人不必沉吟，小吏看見詔上已有活路。這個寫草詔的翰林待詔，必與貴人好，先開下一個後門了。」高太尉見說大驚，便問道：「你怎見得先開下後門？」王瑾稟道：「詔書上最要緊是中間一行。道是『除宋江、盧俊義等大小人眾，所犯過惡，並與赦免。』此一句是囫圇話[4]。如今開讀時，卻分作兩句讀。將『除宋江』另做一句，『盧俊義等大小人眾，所犯過惡，並與赦免』另做一句。賺他漏到城裏，捉下為頭宋江一個，把來殺了。卻將他手下眾人，盡數拆散，分調開去。自古道：『蛇無頭而不行，鳥無翅而不飛。』但沒了宋江，其餘的做得甚用？此論不知恩相貴意若何？」

高俅大喜，隨即升王瑾為帥府長史，便請聞參謀說知此事。聞煥章諫道：「堂堂天使，只可以正理相待，不可行詭詐於人。倘或宋江以下有智謀之人識破，翻變起來，深為未便。」高太尉道：「非也！自古兵書有云：『兵行詭道。』豈可用得正大？」聞參謀道：「然雖兵行詭道，這一事是天子聖旨，乃以取信天下。自古王言如綸如綍，因此號為玉音，不可移改。今若如此，後有知者，難以此為准信。」高太尉道：「且顧眼下，卻又理會。」遂不聽聞煥章之言。先遣一人往梁山泊報知，令宋江等全夥前來濟州城下，聽天子詔敕，赦免罪犯。

卻說宋江又贏了高太尉這一陣。燒了的船，令小校搬運做柴，不曾燒的，拘收入水寨。但是活捉的軍將，盡數陸續放回濟州。當日宋江與大小頭領正在忠義堂上商議，小校報道：「濟州府差人上山來報道，『朝廷特遣天使，頒降詔書，赦罪招安，加官賜爵，特來報喜。』」宋江聽罷，喜從天降，笑逐顏開。便叫請那報事人到堂上問時，那人說道：「朝廷降詔，特來招安。高太尉差小人前來報請大小頭領，都要到濟州城下行禮，開讀詔書。並無異議，勿請疑惑。」宋江叫請軍師商議定了，且取銀兩緞匹，賞賜來人，先發付回濟州去了。

宋江傳下號令，大小頭領，盡教收拾去聽開讀詔書。盧俊義道：「兄長且未可性急，誠恐這是高太尉的見識[5]，兄長不宜便去。」宋江道：「你們若如此疑心時，如何能夠歸正？還是好歹去走一遭。」吳用笑道：「高俅那廝被

---

4)　囫圇話：不加句讀而意義含混的話。

5)　見識：計策，辦法。

我們殺得膽寒心碎，便有十分的計策，也施展不得。放着眾兄弟一班好漢，不要疑心，只顧跟隨宋公明哥哥下山。我這裏先差黑旋風李逵引着樊瑞、鮑旭、項充、李袞將帶步軍一千，埋伏在濟州東路。再差一丈青扈三娘引着顧大嫂、孫二娘、王矮虎、孫新、張青，將帶馬軍一千，埋伏在濟州西路。若聽得連珠炮響，殺奔北門來取齊。」吳用分調已定，眾頭領都下山，只留水軍頭領看守寨柵。

只因高太尉要用詐術，誘引這夥英雄下山，不聽聞參謀諫勸，誰想只就濟州城下，翻為九里山前。正是：只因一紙君王詔，惹起全班壯士心。畢竟眾好漢怎地大鬧濟州，且聽下回分解。

## 延伸思考

回憶一下高俅的發跡史，朝廷派這樣的人帶兵打仗，說明了當時怎樣的社會問題？

## 第八十回

# 張順鑿漏海鰍船
# 宋江三敗高太尉

本回內容較豐富，卻絲毫不亂。先是高俅的計策得逞，梁山好漢紛紛氣不過，花榮一箭射死了天使。高俅趁機奏報朝廷，龍顏大怒，決定再次出兵，隨即征調人馬，水陸並進，更是加班加點造大船備戰。梁山泊見招拆招，先是放火燒了船廠，又大敗高俅，將他活捉上山，好生款待。高俅答應回朝廷上奏招安。

話說高太尉在濟州城中帥府坐地，喚過王煥等眾節度商議，傳令將各路軍馬，拔寨收入城中。教現在節度使俱各全副披掛，伏於城內；各寨軍士，盡數準備，擺列於城中；城上俱各不豎旌旗，只於北門上立黃旗一面，上書「天詔」二字。高俅與天使眾官，都在城上，只等宋江到來。

當日梁山泊中，先差沒羽箭張清將帶五百哨馬，到濟州城邊周回轉了一遭，望北去了；須臾，神行太保戴宗步行來探了一遭。人報與高太尉，親自臨月城[1]上女牆[2]邊，左右從者百餘人，大張麾蓋，前設香案，遙望北邊宋江軍馬到來。前面金鼓，五方旌旗，眾頭領簇箕掌、栲栳圈，雁翅一般，擺列將來。當先為首宋江、盧俊義、吳用、公孫勝在馬上欠身，與高太尉聲喏。高太尉見了，使人在城上叫道：「如今朝廷赦你們罪犯，特來招安，如何披甲前來？」宋江使戴宗至城下回覆道：「我等大小人員未蒙恩澤，不知詔意

1)　月城：在城門外修築的用來掩護城門的半圓形小城。

2)　女牆：城牆上的矮牆。

如何，未敢去其介冑。望太尉周全，可盡喚在城百姓耆老[3]，一同聽詔，那時承恩卸甲。」高太尉出令，教喚在城耆老百姓，盡都上城聽詔。無移時，紛紛滾滾，盡皆到了。

宋江等在城下，看見城上百姓老幼擺滿，方才勒馬向前，鳴鼓一通，眾將下馬；鳴鼓二通，眾將步行到城邊。背後小校，牽着戰馬，離城一箭之地，齊齊地伺候着。鳴鼓三通，眾將在城下拱手，聽城上開讀詔書。那天使讀道：

「制曰：人之本心，本無二端；國之恆道，俱是一理。作善則為良民，造惡則為逆黨。朕聞梁山泊聚眾已久，不蒙善化，未復良心。今差天使頒降詔書，除宋江，盧俊義等大小人眾所犯過惡，並與赦免。其為首者，詣京謝恩；協隨助者，各歸鄉閭。嗚呼，速沾雨露，以就去邪歸正之心；毋犯雷霆，當效革故鼎新之意。故茲詔示，想宜悉知。

宣和年月日」

當時軍師吳用正聽讀到「除宋江」三字，便目視花榮道：「將軍聽得麼？」卻才讀罷詔書，花榮大叫：「既不赦我哥哥，我等投降則甚？」搭上箭，拽滿弓，望着那個開詔使臣道：「看花榮神箭！」一箭射中面門，眾人急救。城下眾好漢一齊叫聲「反！」亂箭望城上射來。高太尉回避不迭。四門突出軍馬來。宋江軍中一聲鼓響，一齊上馬便走。城中官軍追趕，約有五六里回來。只聽得後軍炮響，東有李逵，引步軍殺來；西有扈三娘，引馬軍殺來。兩路軍兵，一齊合到。官軍只怕有埋伏，急退時，宋江全夥卻回身捲殺將來。三面夾攻，城中軍馬大亂，急急奔回，殺死者多。宋江收軍，不教追趕，自回梁山泊去了。

卻說高太尉在濟州寫表，申奏朝廷說：「宋江賊寇，射死天使，不伏招安。」外寫密書，送與蔡太師、童樞密、楊太尉，煩為商議。教太師奏過天子，沿途接應糧草，星夜發兵前來，並力剿捕羣賊。

卻說蔡太師收得高太尉密書，徑自入朝，奏知天子。天子聞奏，龍顏不悅云：「此寇數辱朝廷，累犯大逆。」隨即降敕，教諸路各助軍馬，並聽高太

3) 耆（qí）老：年老而有地位的士紳。

尉調遣。楊太尉已知節次失利，再於御營司選撥二將，就於龍猛、虎翼、捧日、忠義四營內各選精兵五百共計二千，跟隨兩個上將，去助高太尉殺賊。

這兩員將軍是誰？一個是八十萬禁軍都教頭，官帶左義衞親軍指揮使，護駕將軍丘岳。一個是八十萬禁軍副教頭，官帶右義衞親軍指揮使，車騎將軍周昂。這兩個將軍，累建奇功，名聞海外，深通武藝，威鎮京師，又是高太尉心腹之人。當時楊太尉點定二將，限目下起身，來辭蔡太師。蔡京吩咐道：「小心在意，早建大功，必當重用！」二將辭謝了。去四營內，一個個選揀身長體健，腰細膀闊，山東、河北能登山、慣赴水，那一等精銳軍漢，撥與二將。這丘岳、周昂辭了眾省院官，去辭楊太尉，稟說明日出城。楊太尉各賜與二將五匹好馬，以為戰陣之用。二將謝了太尉，各自回營，收拾起身。

次日，軍兵拴束了行程[4]，都在御營司前伺候。丘岳、周昂二將分做四隊：龍猛、虎翼二營一千軍，有二千餘騎軍馬，丘岳總領；捧日、忠義二營一千軍，也有二千餘騎軍馬，周昂總領。又有一千步軍，分與二將隨從。丘岳、周昂到辰牌時分，擺列出城。楊太尉親自在城門上看軍。且休說小校威雄，親隨勇猛，去那兩面繡旗下，一叢戰馬之中，簇擁着護駕將軍丘岳。怎生打扮？但見：戴一頂纓撒火、錦兜鍪、雙鳳翅照天盔；披一副綠絨穿、紅綿套、嵌連環鎖子甲；穿一領翠沿邊、珠絡縫、荔枝紅、圈金繡戲獅袍；繫一條襯金葉、玉玲瓏、雙獺尾、紅鞓釘盤螭帶；着一雙簇金線、海驢皮、胡桃紋、抹綠色雲根靴；彎一張紫檀靶、泥金梢、龍角面、虎筋弦寶雕弓；懸一壺紫竹桿、朱紅扣、鳳尾翎、狼牙金點鋼箭；掛一口七星裝、沙魚鞘、賽龍泉、欺巨闕霜鋒劍；橫一把撒朱纓、水磨桿、龍吞頭、偃月樣三停刀；騎一匹快登山、能跳澗、背金鞍、搖玉勒胭脂馬。

那丘岳坐在馬上，昂昂奇偉，領着左隊人馬，東京百姓看了，無不喝采。隨後便是右隊捧日、忠義兩營軍馬，端的整齊，去那兩面繡旗下，一叢戰馬之中，簇擁着車騎將軍周昂。怎生打扮？但見：戴一頂吞龍頭、撒青纓、珠閃爍爛銀盔；披一副損槍尖、壞箭頭、襯香綿熟鋼甲；穿一領繡牡丹、飛雙鳳、圈金線絳紅袍；繫一條稱狼腰、宜虎體、嵌七寶麒麟帶；着一雙起三尖、海獸皮、倒雲根虎尾靴；彎一張雀畫面、龍角靶、紫綜繡六鈞

---

4)　行程：上路，趕路。

弓；攢一壺皂鵰翎、鐵梨桿、透唐猊鑿子箭；使一柄欺袁達、賽石丙、劈開山金蘸斧；馭一匹負千斤、高八尺、能衝陣火龍駒；懸一條簡銀桿、四方稜、賽金光劈楞簡。

這周昂坐在馬上，停停威猛，領着右隊人馬，來到城邊，與丘岳下馬，來拜辭楊太尉，作別眾官，離了東京，取路望濟州進發。

且說高太尉在濟州和聞參謀商議，比及添撥得軍馬到來，先使人去近處山林，砍伐木植大樹；附近州縣，拘刷造船匠人，就濟州城外，搭起船場，打造戰船。一面出榜，招募敢勇水手軍士。

濟州城中客店內，歇着一個客人，姓葉名春，原是泗州人氏，善會造船。因來山東，路經梁山泊過，被他那裏小夥頭目劫了本錢，流落在濟州，不能夠回鄉。聽得高太尉要伐木造船，征進梁山泊，以圖取勝，將紙畫成船樣，來見高太尉。拜罷，稟道：「前者恩相以船征進，為何不能取勝？蓋因船只皆是各處拘刷將來的，使風搖櫓，俱不得法。更兼船小底尖，難以用武。葉春今獻一計，若要收伏此寇，必須先造大船數百隻。最大者名為大海鰍船，兩邊置二十四部水車，船中可容數百人。每車用十二個人踏動，外用竹笆遮護，可避箭矢，船面上豎立弩樓[5]，另造刬車[6]擺佈放於上。如要進發，垛樓[7]上一聲梆子響，二十四部水車一齊用力踏動，其船如飛，他將何等船隻可以攔當！若是遇着敵軍，船面上伏弩齊發，他將何物可以遮護！其第二等船，名為小海鰍船，兩邊只用十二部水車，船中可容百十人。前面後尾，都釘長釘，兩邊亦立弩樓，仍設遮洋笆片[8]。這船卻行梁山泊小港，當住這廝私路伏兵。若依此計，梁山之寇，指日唾手可平。」高太尉聽說，看了圖樣，心中大喜。便叫取酒食衣服，賞了葉春，就着做監造戰船都作頭。連日曉夜催並，砍伐木植，限日定時，要到濟州交納。各路府州縣，均派合用造船物料。如若違限二日，笞四十，每一日加一等。若違限五日外者，定依軍令處斬。各處逼迫守令催督，百姓亡者數多，萬民嗟怨。有詩為證：

---

5) 弩樓：發射弩箭的樓臺。

6) 刬（chǎn）車：裝在船上用以撞擊敵船的器械。

7) 垛樓：弩樓突出的部分。

8) 遮洋笆片：遮陽頂蓋。

井蛙小見豈知天，可慨高俅聽譎言。

畢竟鰍船難取勝，傷財勞眾枉徒然。

且不說葉春監造海鰍等船，卻說各處添撥水軍人等，陸續都到濟州。高太尉分撥各寨節度使下聽調，不在話下。只見門吏報道：「朝廷差遣丘岳、周昂二將到來。」高太尉令眾節度使出城迎接。二將到帥府，參見了太尉，親賜酒食，撫慰已畢。一面差人賞軍，一面管待二將。二將便請太尉將令，引軍出城搦戰。高太尉道：「二公且消停數日，待海鰍船完備，那時水陸並進，船騎雙行，一鼓可平賊寇。」丘岳、周昂稟道：「某等覷梁山泊草寇如同兒戲，太尉放心，必然奏凱還京。」高俅道：「二將若果應口，吾當奏知天子前，必當重用。」是日宴散，就帥府前上馬，回歸本寨，且把軍馬屯駐聽調。

不說高太尉催促造船征進，卻說宋江與眾頭領自從濟州城下叫反殺人，奔上梁山泊來，卻與吳用等商議道：「兩次招安，都傷犯了天使，越增的罪惡重了，朝廷必然又差軍馬來。」便差小嘍囉下山，去探事情如何，火急回報。

不數日，只見小嘍囉探知備細，報上山來：「高俅近日招募一水軍，叫葉春為作頭，打造大小海鰍船數百隻。東京又新遣差兩個御前指揮，俱到來助戰。一個姓丘名嶽，一個姓周名昂，二將英勇。各路又添撥到許多人馬，前來助戰。」宋江便與吳用計議道：「似此大船，飛游水面，如何破得？」吳用笑道：「有何懼哉！只消得幾個水軍頭領便了。旱路上交鋒，自有猛將應敵。然雖如此，料這等大船，要造必在數旬間方得成就。目今尚有四五十日光景，先教一兩個弟兄去那造船廠裏，先薅惱他一遭，後卻和他慢慢地放對。」宋江道：「此言最好！可教鼓上蚤時遷、金毛犬段景住這兩個走一遭。」吳用道：「再叫張青、孫新，扮作拽樹民夫，雜在人叢裏入船廠去。叫顧大嫂、孫二娘扮做送飯婦人，和一般的婦人雜將入去。卻叫時遷、段景住相幫。再用張清引軍接應，方保萬全。」前後喚到堂上，各各聽令已了。眾人歡喜無限，分投下山，自去行事。

卻說高太尉曉夜催促，督造船隻，朝暮捉拿民夫供役。那濟州東路上一帶，都是船廠，趲造大海鰍船百隻，何止匠人數千，紛紛攘攘。那等蠻軍，都拔出刀來，唬嚇民夫，無分星夜，要趲完備。是日，時遷、段景住先到了廠內，兩個商量道：「眼見的孫、張二夫妻，只是去船廠裏放火，我和你也去那裏，不顯我和你高強。我們只伏在這裏左右，等他船廠裏火發，我便卻去城門邊伺候，必然有救軍出來，乘勢閃將入去，就城樓上放起火來。你便卻去城西草料場裏，也放起把火來，教他兩下裏救應不迭。這場驚嚇不小。」兩個自暗暗地相約了，身邊都藏了引火的藥頭，各自去尋個安身之處。

卻說張青、孫新兩個來到濟州城下，看見三五百人，拽木頭入船廠裏去。張、孫二人雜在人叢裏，也去拽木頭，投廠裏去。廠門口約有二百來軍漢，各帶腰刀，手拿棍棒，打着民夫，盡力拖拽入廠裏面交納。團團一遭，都是排柵。前後搭蓋茅草廠屋，有二三百間。張青、孫新入到裏面看時，匠人數千，解板的在一處，釘船的在一處，粘船的在一處。匠人民夫，亂滾滾往來，不計其數。這兩個徑投做飯的笆柵下去躲避。孫二娘、顧大嫂兩個穿了些腌腌臢臢衣服，各提着個飯罐，隨着一般送飯的婦人打哄入去。看看天色漸晚，月色光明，眾匠人大半尚兀自在那裏掙趲[9]未辦的工程。當時近有二更時分，孫新、張青在左邊船廠裏放火，孫二娘、顧大嫂在右邊船廠裏放火。兩下火起，草屋焰騰騰地價燒起來。船廠內民夫工匠，一齊發喊，拔翻眾柵，各自逃生。

高太尉正睡間，忽聽得人報道：「船場裏火起！」急忙起來，差撥官軍，出城救應。丘岳、周昂二將各引本部軍兵，出城救火。去不多時，城樓上一把火起。高太尉聽了，親自上馬，引軍上城救火時，又見報道：「西草場內又一把火起！」照耀渾如白日。丘、周二將引軍去西草場中救護時，只聽得鼓聲振地，喊殺連天。原來沒羽箭張清引着五百驃騎馬軍在那裏埋伏，看見丘岳、周昂引軍來救應，張清便直殺將來，正迎着丘岳、周昂軍馬。張清大喝道：「梁山泊好漢全夥在此！」丘岳大怒，拍馬舞刀，直取張清。張清手搭長槍來迎，不過三合，拍馬便走。丘岳要逞功勞，隨後趕來，大喝：「反賊休走！」張清按住長槍，輕輕去錦袋內偷取個石子在手，扭回身軀，看丘岳來得較近，手起喝聲道：「着！」一石子正中丘岳面門，翻身落馬。周昂見了，便和數個牙將死命來救丘岳。周昂戰住張清，眾將救得丘岳上馬去了。張清與周昂戰不到數合，回馬便走。周昂不趕。張清又回來，卻見王煥、徐京、楊温、李從吉四路軍到。張清手招引了五百驃騎軍，竟回舊路去了。這裏官軍

---

9) 掙趲：爭趕，趕做。

恐有伏兵，不敢去趕，自收軍兵回來，且只顧救火。三處火滅，天色已曉。

高太尉教看丘岳中傷如何。原來那一石子正打着面門唇口裏，打落了四個牙齒，鼻子嘴唇，都打破了。高太尉着令醫人治療，見丘岳重傷，恨梁山泊深入骨髓。一面使人喚葉春，吩咐教在意造船征進。船廠四圍，都教節度便下了寨柵，早晚提備，不在話下。

卻說張青、孫新夫妻四人，俱各歡喜。時遷、段景住兩個，都回舊路。六人已都有部從人馬，迎接回梁山泊去了。都到忠義堂，去說放火一事。宋江大喜，設宴特賞六人。自此之後，不時間使人探視。

造船將完，看看冬到。其年天氣甚暖，高太尉心中暗喜，以為天助。葉春造船，也都完辦。高太尉催趲水軍，都要上船，演習本事。大小海鰍等船，陸續下水。城中帥府招募到四山五嶽水手人等，約有一萬餘人。先教一半去各船上學踏車，着一半學放弩箭。不過二十餘日，戰船演習已都完足了。葉春請太尉看船，有詩為證：

自古兵機在速攻，鋒摧師老豈成功。
高俅鹵莽無通變，經歲勞民造戰艟。

是日，高俅引領眾多節度使、軍官頭目，都來看船。把海鰍船三百餘隻，分佈水面。選十數隻船，遍插旌旗，篩鑼擊鼓，梆子響處，兩邊水車，一齊踏動，端的是風飛電走。高太尉看了，心中大喜：「似此如飛船隻，此寇將何攔截，此戰必勝。」隨即金銀緞匹，賞賜葉春。其餘人匠，各給盤纏，疏放歸家。

次日，高俅令有司宰烏牛、白馬、豬、羊、果品，擺列金銀錢紙，致祭水神。排列已了，眾將請太尉行香。丘岳瘡口已完，恨入心髓，只要活捉張清報仇。當同周昂與眾節度使，一齊都上馬，跟隨高太尉到船邊下馬，隨侍高俅，致祭水神。焚香贊禮已畢，燒化楮帛，眾將稱賀已了，高俅叫取京師原帶來的歌兒舞女，都令上船作樂侍宴。一面教軍健車船演習，飛走水面，船上笙簫謾品，歌舞悠揚，遊玩終夕不散。當夜就船中宿歇。次日，又設席面飲酌，一連三日筵宴，不肯開船。忽有人報道：「梁山泊賊人寫一首詩，貼在濟州城裏土地廟前，有人揭得在此。」其詩寫道：「幫閒得志一高俅，漫領三軍水上遊。便有海鰍船萬隻，俱來泊內一齊休。」

高太尉看了詩大怒，便要起軍征剿，「若不殺盡賊寇，誓不回軍！」聞參謀諫道：「太尉暫息雷霆之怒。想此狂寇懼怕，特寫惡言唬嚇，不為大事。消停數日之間，撥定了水陸軍馬，那時征進未遲。目今深冬，天氣和暖，此天子洪福，元帥虎威也。」高俅聽罷甚喜。遂入城中，商議撥軍遣將。旱路上便調周昂、王煥同領大軍，隨行策應。卻調項元鎮、張開總領軍馬一萬，直至梁山泊山前那條大路上守住廝殺。原來梁山泊自古四面八方，茫茫蕩蕩，都是蘆葦煙水。近來只有山前這條大路，卻是宋公明方才新築的，舊不曾有。高太尉教調馬軍先進，截住這條路口。其餘聞參謀、丘岳、徐京、梅展、王文德、楊温、李從吉、長史王瑾、造船人葉春，隨行牙將，大小軍校隨從人等，都跟高太尉上船征進。聞參謀諫道：「主帥只可監督馬軍，陸路進發，不可自登水路，親臨險地。」高太尉道：「無傷！前番二次皆不得其人，以致失陷了人馬，折了許多船隻。今番造得若干好船，我若不親臨監督，如何擒捉此寇？今次正要與賊人決一死戰，汝不必多言！」聞參謀再不敢開口，隻得跟隨高太尉上船。高俅撥三十隻大海鰍船，與先鋒丘岳、徐京、梅展管領，撥五十隻小海鰍船開路，令楊温同長史王瑾、船匠葉春管領。頭船上立兩面大紅繡旗，上書十四個金字道：「攪海翻江衝巨浪，安邦定國滅洪妖。」中軍船上，卻是高太尉、聞參謀引着歌兒舞女，自守中軍隊伍。向那三五十只大海鰍船上，擺開碧油幢、帥字旗、黃鉞白旄、朱幡皂蓋、中軍器械。後面船上，便令王文德、李從吉壓陣。此是十一月中時。馬軍得令先行，水軍先鋒丘岳、徐京、梅展三個在頭船上首先進發，飛雲捲霧，望梁山泊來。但見：海鰍船前排箭洞，上列弩樓，衝波如蛟蜃之形，走水似鯤鯨之勢。龍鱗密佈，左右排二十四部絞車；雁翅齊分，前後列一十八般軍器。青布織成皂蓋，紫竹製作遮洋。往來衝擊似飛梭，展轉交鋒欺快馬。

宋江、吳用已知備細，預先佈置已定，單等官軍船隻到來。

當下三個先鋒，催動船隻，把小海鰍分在兩邊，當住小港；大海鰍船望中進發。眾軍諸將，正如蟹眼鶴頂，只望前面奔竄，迤邐來到梁山泊深處。

只見遠遠地早有一簇船來，每隻船上，只有十四五人，身上都有衣甲，當中坐着一個頭領。前面三隻船上，插着三把白旗，旗上寫道：「梁山泊阮氏三雄」，中間阮小二，左邊阮小五，右邊阮小七。遠遠地望見明晃晃都是戎裝衣甲，卻原來盡把金銀箔紙糊成的。三個先鋒見了，便叫前船上將火炮、火槍、火箭，一齊打放。那三阮全然不懼，料着船近，槍箭射得着時，發聲喊，齊跳下水裏去了。丘岳等奪得三隻空船。又行不過三里來水面，見三隻快船搶風搖來。頭隻船上，只見十數個人，都把青黛黃丹土朱泥粉抹在身上，頭上披着髮，口中打着胡哨，飛也似來。兩邊兩隻船上，都只五七個人，搽紅畫綠不等。中央是玉幡竿孟康，左邊是出洞蛟童威，右邊是翻江蜃童猛。這裏先鋒丘岳又叫打放火器，只見對面發聲喊，都棄了船，一齊跳下水裏去了。又捉得三隻空船。再行不得三里多路，又見水面上三隻中等船來。每船上四把櫓，八個人搖動，十餘個小嘍囉，打着一面紅旗，簇擁着一個頭領坐在船頭上，旗上寫「水軍頭領混江龍李俊」。左邊這隻船上坐着這個頭領，手搭鐵槍，打着一面綠旗，上寫道「水軍頭領船火兒張橫」。右邊那隻船上立着那個好漢，上面不穿衣服，下腿赤着雙腳，腰間插着幾個鐵鑿，手中挽個銅錘，打着一面皂旗，銀字上書「頭領浪裏白條張順」。乘着船，高聲說道：「承謝送船到泊」。三個先鋒聽了，喝教：「放箭！」弓弩響時，對面三隻船上眾好漢都翻筋斗跳下水裏去了。此是暮冬天氣，官軍船上招來的水手軍士，那裏敢下水去。

正猶豫間，只聽得梁山泊頂上號炮連珠價響，只見四分五落，蘆葦叢中，鑽出千百隻小船來，水面如飛蝗一般。每隻船上只三五個人，船艙中竟不知有何物。大海鰍船要撞時，又撞不得。水車正要踏動時，前面水底下都填塞定了，車輻板竟踏不動。弩樓上放箭時，小船上人一個個自頂片板遮護。看看逼將攏來，一個把撓鈎搭住了舵，一個把板刀便砍那踏車的軍士。早有五六十個爬上先鋒船來。官軍急要退時，後面又塞定了，急切退不得。前船正混戰間，後船又大叫起來。高太尉和聞參謀在中軍船上聽得大亂，急要上岸，只聽得蘆葦中金鼓大振，艙內軍士一齊喊道：「船底漏了。」滾滾走入水來。前船後船，盡皆都漏，看看沉下去。四下小船，如螞蟻相似，望大船邊來。高太尉新船，緣何得漏？卻原來是張順引領一班兒高手水軍，都把錘鑿在船底下鑿透船底，四下裏滾入水來。

高太尉爬去舵樓上，叫後船救應，只見一個人從水底下鑽將起來，便跳上舵樓來，口裏說道：「太尉，我救你性命。」高俅看時，卻不認得。那人近前，便一手揪住高太尉巾幘，一手提住腰間束帶，喝一聲：「下去！」把高太尉撲通地丟下水裏去。堪嗟赫赫中軍將，翻作淹淹水底人！只見旁邊兩隻小船飛來救應，拖起太尉上船去。那個人便是浪裏白條張順，水裏拿人，渾如甕中捉鱉，手到拈來。

前船丘岳見陣勢大亂，急尋脫身之計，只見旁邊水手叢中，走出一個水軍來。丘岳不曾提防，被他趕上，只一刀，把丘岳砍下船去。那個便是梁山泊錦豹子楊林。徐京、梅展見殺了先鋒丘岳，兩節度奔來殺楊林。水軍叢中，連搶出四個小頭領來，一個是白面郎君鄭天壽，一個是病大蟲薛永，一個是打虎將李忠，一個是操刀鬼曹正，一發從後面殺來。徐京見不是頭，便跳下水去逃命，不想水底下已有人在彼，又吃拿了。薛永將梅展一槍，搠着腿股，跌下艙裏去。原來八個頭領來投充水軍，尚兀自有三個在前船上，一個是青眼虎李雲，一個是金錢豹子湯隆，一個是鬼臉兒杜興。眾節度使便有三頭六臂，到此也施展不得。

梁山泊宋江、盧俊義已自各分水陸進攻。宋江掌水路，盧俊義掌旱路。休說水路全勝，且說盧俊義引領諸將軍馬，從山前大路殺將出來，正與先鋒周昂、王煥馬頭相迎。周昂見了，當先出馬，高聲大罵：「反賊，認得俺麼？」盧俊義大喝：「無名小將，死在目前，尚且不知！」便挺槍躍馬，直奔周昂，周昂也掄動大斧，縱馬來敵。兩將就山前大路上交鋒，鬥不到二十餘合，未見勝敗。只聽得後隊馬軍，發起喊來。原來梁山泊大隊軍馬，都埋伏在山前兩下大林叢中，一聲喊起，四面殺將出來。東南關勝、秦明，西北林沖、呼延灼，眾多英雄，四路齊到。項元鎮、張開那裏攔當得住，殺開條路，先逃性命走了。周昂、王煥不敢戀戰，拖了槍斧，奪路而走，逃入濟州城中，紮住軍馬，打聽消息。

再說宋江掌水路，捉了高太尉，急教戴宗傳令，不可殺害軍士。中軍大海鰍船上聞參謀等，並歌兒舞女，一應部從，盡擄過船。鳴金收軍，解投大寨。

宋江、吳用、公孫勝等都在忠義堂上，見張順水淥淥地解到高俅。宋江見了，慌忙下堂扶住，便取過羅緞新鮮衣服，與高太尉從新換了，扶上堂來，請在正面而坐。宋江納頭便拜，口稱「死罪！」高俅慌忙答禮。宋江叫吳用、公孫勝扶住，拜罷就請上坐。再叫燕青傳令下去：「如若今後殺人者，定依軍令，處以重刑！」號令下去，不多時，只見紛紛解上人來。童威、童猛解上徐京；李俊、張橫解上王文德；楊雄、石秀解上楊温；三阮解上李從吉；鄭天壽、薛永、李忠、曹正解上梅展；楊林解獻丘岳首級；李雲、湯隆、杜興解獻葉春、王瑾首級；解珍、解寶擄捉聞參謀並歌兒舞女，一應部從，解將到來。單單只走了四人：周昂、王煥、項元鎮、張開。宋江都教換了衣服，從新整頓，盡皆請到忠義堂上，列坐相待。但是活捉軍士，盡數放回濟州。另教安排一隻好船，安頓歌兒舞女一應部從，令他自行看守。有詩為證：

奉命高俅欠取裁[10]，被人活捉上山來。
不知忠義為何物，翻宴梁山嘯聚台。

當時宋江便教殺牛宰馬，大設筵宴。一面分投賞軍，一面大吹大擂，會集大小頭領，都來與高太尉相見。各施禮畢，宋江持盞擎杯，吳用、公孫勝執瓶捧案，盧俊義等侍立相待。宋江開口道：「文面小吏，安敢叛逆聖朝，奈緣積累罪尤，逼得如此。二次雖奉天恩，中間委曲奸弊，難以縷陳。萬望太尉慈憫，救拔深陷之人，得瞻天日，刻骨銘心，誓圖死保。」高俅見了眾多好漢，一個個英雄猛烈，林沖、楊志怒目而視，有欲要發作之色，先有了十分懼怯，便道：「宋公明，你等放心！高某回朝，必當重奏，請降寬恩大赦，前來招安，重賞加官。大小義士，盡食天祿，以為良臣。」宋江聽了大喜，拜謝太尉。當日筵會，甚是整齊。大小頭領，輪番把盞，殷勤相勸。高太尉大醉，酒後不覺放蕩，便道：「我自小學得一身相撲，天下無對。」盧俊義卻也醉了，怪高太尉自誇天下無對，便指着燕青道：「我這個小兄弟也會相撲，三番上岱嶽爭交，天下無對。」高俅便起身來，脫了衣裳，要與燕青廝撲。眾頭領見宋江敬他是個天朝太尉，沒奈何處，只得隨順聽他說，不想要勒燕青相撲，正要滅高俅的嘴，都起身來道：「好，好！且看相撲！」眾人都哄下堂去。宋江亦醉，主張不定。兩個脫了衣裳，就廳階上，宋江叫把軟褥鋪下。兩個在剪絨毯上，吐個門戶。高俅搶將入來，燕青手到，把高俅扭捽得定，只一交，翻在地褥上，做一塊，半晌掙不起。這一撲，喚做守命撲。宋江、盧俊義慌忙扶起高俅，再穿了衣服，都笑道：「太尉醉了，如何相撲得成功，切乞恕罪！」高俅惶恐無限，卻再入席，飲至夜深，扶入後堂歇了。

次日又排筵會，與高太尉壓驚。高俅遂要辭回，與宋江等作別。宋江

---

10)　取裁：考慮，思量。

道：「某等淹留大貴人在此，並無異心。若有瞞昧，天地誅戮！」高俅道：「若是義士肯放高某回京，便將全家於天子前保奏義士，定來招安，國家重用。若更翻變，天所不蓋，地所不載，死於槍箭之下！」宋江聽罷，叩首拜謝。高俅又道：「義士恐不信高某之言，可留下眾將為當。」宋江道：「太尉乃大貴人之言，焉肯失信？何必拘留眾將。容日各備鞍馬，俱送回營。」高太尉謝了：「既承如此相款，深感厚意，只此告回。」宋江等眾苦留。當日再排大宴，序舊論新，筵席直至更深方散。

第三日，高太尉定要下山，宋江等相留不住，再設筵宴送行。抬出金銀彩緞之類，約數千金，專送太尉，為折席之禮。眾節度使以下，另有饋送。高太尉推卻不得，只得都受了。飲酒中間，宋江又提起招安一事。高俅道：「義士可叫一個精細之人，跟隨某去，我直引他面見天子，奏知你梁山泊衷曲之事，隨即好降詔敕。」宋江一心只要招安，便與吳用計議，教聖手書生蕭讓跟隨太尉前去。吳用便道：「再教鐵叫子樂和作伴，兩個同去。」高太尉道：「既然義士相託，便留聞參謀在此為信。」宋江大喜。至第四日，宋江與吳用帶二十餘騎，送高太尉並眾節度使下山，過金沙灘二十里外餞別，拜辭了高太尉，自回山寨，專等招安消息。

卻說高太尉等一行人馬，望濟州回來，先有人報知。濟州先鋒周昂、王煥、項元鎮、張開、太守張叔夜等出城迎接。高太尉進城，略住了數日，收拾軍馬，教眾節度使各自領兵回程暫歇，聽候調用。高太尉自帶了周昂並大小牙將頭目，領了三軍，同蕭讓、樂和一行部從，離了濟州，迤邐望東京進發。

不因高太尉帶領梁山泊兩個人來，有分教：風流出眾，洞房深處遇君王；細作通神，相府園中尋俊傑。畢竟高太尉回京，怎地保奏招安宋江等眾，且聽下回分解。

## 延伸思考

第二次招安失敗的原因都有哪些？從中看出作者對招安的態度是甚麼？

四大名著導讀本

上冊

元 施耐庵

中華教育

# 目錄

# 閱讀準備

## 作家生平

《水滸傳》的作者歷來有幾種不同的說法，有說是施耐庵所作，也有的認為作者正是《三國演義》的作者羅貫中，還有的說法是施耐庵、羅貫中二人合著。現在我們通常認為《水滸傳》是施耐庵所作。

關於施耐庵本人，由於缺乏可靠的文獻資料，我們無法確知他的經歷和創作情況，僅能憑借一些現有的資料大致梳理其生平。

## 作家生平

施耐庵，元末明初人。生於元成宗元貞丙申年（1296 年），為元文宗至順辛未科（1331 年）進士，曾做官兩年，因為與當時權貴不合，棄官歸家，閉門一心著述。據說面對皇帝征召，他也堅辭不出。施耐庵其他的創作據明代人作的墓志上記載，還有《志餘》《隋唐志傳》《三遂平妖傳》等，甚至還有《三國演義》，但這些未經考證，仍存疑問。有人推測他可能是一個專為當時的說書人寫話本的作者，據傳羅貫中還曾做過他的學生。相傳施耐庵以七十五歲高齡得終天年。

## 創作背景

《水滸傳》中的起義在歷史上確有其事，一些重要人物如宋江、高俅等也都真實不虛。整部書的故事有基本史實作為基礎，是進行了藝術加工後的產物。

宋代史籍中關於宋江的記載並不少見，雖然具體時間地點上並不一致，但對於事件的敘述大體相同。北宋末年，宋江領導起義，範圍波及今山東、河南、河北、江蘇等地，後被鎮壓。也有記載說他受了招安去征討方臘。除了宋江其人其事為真實的之外，對於皇帝宋徽宗和重要臣子高俅、蔡京等的描述也都是那段歷史的真實寫照，就連京城名妓李師師也是確有其人。

《水滸傳》的成書過程前後歷經了數百年的時間，水滸故事在正式成書前已經通過各種形式廣泛流傳於世，宋江等人的綽號和姓名在口耳相傳中幾乎已經確定。後來經過文人的加工，又出現了說書藝人的話本、元雜劇等曲藝形式。話本是宋元時說書人講故事所依據的底本，《水滸傳》由話本發展而來，因此保留了許多說書人的常用語。宋元時期的話本《大宋宣和遺事》就已經具備了水滸故事的輪廓，說明水滸開始從各自獨立的短篇故事漸漸發展為具有較完整結構的整體。而在元雜劇中，雖沒有了招安的情節，但關於李逵的故事是相當多的，如高文秀《黑旋風雙獻功》、康進之《梁山泊李逵負荊》等，說明民間對這個人物頗為喜愛。這些都使得《水滸傳》在成書前已經廣為人知，具備了廣泛的羣眾基礎。水滸英雄也從三十六人，到後來的七十二人，最後發展到一百單八將的規模。

施耐庵就是在此基礎上，對各種版本的水滸故事以及戲劇進行了整理、加工、組合、匯總，以章回體小說的形式呈現出來，成就了今天我們看到的名著巨製《水滸傳》。

## 作品速覽

《水滸傳》是一部宣揚反抗暴政的英雄傳奇，同時也表達了對人與人之間彼此欣賞、相互信賴、親如一家的美好情義的向往，也是一部寫兄弟情的小說。美國女作家賽珍珠就把《水滸傳》翻譯成了 *All Men Are Brothers*（《四海之內皆兄弟》）。

水滸故事可分為兩部分：第一部分寫高俅發跡，朝廷奸臣當道，各路英雄好漢紛紛造反，最後被逼上梁山聚義的故事，可看作水滸英雄的一系列既各自獨立又互有聯繫的小傳；第二部分從第七十一回開始，梁山好漢在宋江的率領下走上了被朝廷「招安」的道路，成為名義上的官兵，隨後為國家征大遼、討方臘，屢建奇功，最終在江南討方臘的戰役中兩敗俱傷，死的死，散的散，宋江等人受封受賞後卻遭奸臣陷害，造成了無可挽回的悲劇結局。

通過生動地描寫梁山泊從興起到鼎盛再到失敗的全過程，《水滸傳》突出了「官逼民反」的深刻主題。

## 文學特色

1. 塑造了生動的人物形象

《水滸傳》在中國文學史上留下的最可圈可點的成就，一定要數它塑造的那些生動感人的英雄形象了。一百單八將，加上另外那些配角，一部小說光人物就有幾百個。而這些人物無論角色大小，都能給人留下極其深刻的印象，原因就在於每個人物都有着自己鮮明的性格。

梁山好漢因為相似的經歷聚到一起，他們的性格也就必然有相近之處，如脾氣火爆、性格粗魯等，可就是一樣的火爆粗魯，各人也有各人的特點：魯智深是粗中有細，李逵是蠻橫魯莽，武松是耿直不阿，阮小七是不受拘束。

雖然故事裏的英雄最後都上了梁山，但有一些人並非主動加入，而是被強迫入夥的。盧俊義就是大名府北京城的富戶，原本衣食無憂；還有蕭讓、金大堅等文人或匠人，也都是沒有造反理由的。這些人物相對於其他人物類型在描寫時又是另一種筆墨。

因此作者不僅抓住了人物性格上內在的不同，還關注了人物身份地位等外在因素的作用。

除英雄之外，作者對普通小人物的刻畫也精彩絕倫、入木三分。如潘金蓮、武大郎、王婆等人物形象，皆為人們津津樂道的對象。有些人物只有一兩句話，便如聞其聲，這是作者對各式各樣人物深入觀察、體會的結果。

2. 環環相扣的故事結構

要駕馭如此繁雜、龐大的故事，還要保證條理清晰。作者行文組織上費了不少心思，既將故事講得精彩，又有着環環相扣的邏輯結構。

由於水滸故事最初是相互獨立的，那麼將之連綴起來成為一個整體就顯得尤為重要。作者採取了先分寫支流，後總寫主幹的方式，像百川歸海般將故事整合起來。其中，各個支流還有相互交叉的部分，都絲毫不亂。

在故事的敍述上，也運用了多種技巧，如倒敍、補敍、設置懸念、埋下伏筆、前後照應等，使讀者在閱讀過程中或如墜雲裏霧裏，或忽然茅塞頓開，這些巧妙的結構避免了敍事的拖沓，牢牢抓住了讀者的心思，也使得故事呈現出渾然一體的嚴密構架。

## 第一回

# 精讀 張天師祈禳[1]瘟疫 洪太尉誤走妖魔

本回是全書的引子，由瘟疫引出消災，由消災引出天師，由天師引出太尉，由太尉引出遊山，遊山時發現一個神祕的「伏魔殿」，太尉便自作主張，下令解除封鎖，終釀成大禍。此回為全書埋下伏筆，也為一百零八個人物的神奇來歷做了交代。

情節層層推進，最終的目的是為全書設置懸念：那「百十道金光」究竟散落何方？「妖魔」們都經歷了甚麼？結局又會怎樣呢？且讓我們一同走進這個引人入勝的水滸世界。

話說大宋仁宗天子在位，嘉祐三年三月三日五更三點，天子駕坐紫宸殿，受百官朝賀。但見：祥雲迷鳳閣[2]，瑞氣罩龍樓。含煙御柳拂旌旗，帶露宮花迎劍戟。天香影裏，玉簪朱履聚丹墀[3]；仙樂聲中，繡襖錦衣扶御駕。珍珠簾捲，黃金殿上現金輿[4]；鳳羽扇開，白玉階前停寶輦[5]。隱隱淨鞭[6]三下響，層層文武兩班齊。

---

1) 祈禳（ráng）：做法事以達到求福消災的目的。

2) 鳳閣：華麗的樓閣。多指皇宮裏的樓閣。

3) 丹墀（chí）：宮殿的紅色台階或地面。

4) 金輿（yú）：帝王乘坐的車轎。

5) 寶輦（niǎn）：帝王所乘的車。

6) 淨鞭：即「靜鞭」。古代皇帝儀仗中的一種鞭，揮鞭發出響聲，提示人們肅靜。

當有殿頭官喝道：「有事出班早奏，無事捲簾退朝。」只見班部[7]叢中，宰相趙哲、參政文彥博出班奏曰：「目今[8]京師瘟疫盛行，傷損軍民甚多。伏望[9]陛下釋罪寬恩，省刑薄稅，祈禳天災，救濟萬民。」天子聽奏，急敕翰林院隨即草詔，一面降赦天下罪囚，應有民間稅賦，悉皆赦免；一面命在京宮觀寺院，修設好事禳災。不料其年瘟疫轉盛。仁宗天子聞知，龍體不安，復會百官計議。向那班部中，有一大臣，越班啟奏。天子看時，乃是參知政事范仲淹，拜罷起居，奏曰：「目今天災盛行，軍民塗炭，日夕不能聊生。以臣愚意，要禳此災，可宣嗣漢天師[10]星夜臨朝，就京師禁院，修設三千六百分羅天大醮[11]，奏聞上帝，可以禳保民間瘟疫。」仁宗天子准奏。急令翰林學士草詔一道，天子御筆親書，並降御香一炷，欽差內外提點殿前太尉洪信為天使，前往江西信州龍虎山，宣請嗣漢天師張真人星夜來朝祈禳瘟疫。就金殿上焚起御香，親將丹詔[12]付與洪太尉，即便登程前去。

洪信領了聖敕，辭別天子，背了詔書，盛了御香，帶了數十人，上了鋪馬[13]，一行部從，離了東京，取路徑投信州貴溪縣來。於路上但見：遙山迭翠，遠水澄清。奇花綻錦繡鋪林，嫩柳舞金絲拂地。風和日暖，時過野店山村；路直沙平，夜宿郵亭驛館。羅衣蕩漾紅塵內，駿馬馳驅紫陌[14]中。

**點評**

● 對於瘟疫盛行的述，筆墨極為簡略。因為後文尋找張天師和放走妖魔的部分才是重點，此處應該略寫，為不得不省處。

●「詔書」「香」這兩處細節描寫，下文將多次出現，試着找一找。

---

7) 班部：指朝班的行列。

8) 目今：現在，當前。

9) 伏望：表希望的敬辭，多用於下對上。

10) 嗣（sì）漢天師：道教稱謂，意為從漢代開始，道脈悠長。

11) 羅天大醮（jiào）：道教最隆重的宗教活動之一，「三千六百分羅天大醮」在當時為最高級別的道教祭禮。

12) 詔：帝王的詔書，以朱筆書寫。

13) 鋪馬：驛站的馬。古時驛站傳遞文書，迎送公差的坐騎。

14) 紫陌：指京師郊野的道路。

**點評**

且說太尉洪信齎擎[15]御詔，一行人從，上了路途，不止一日，來到江西信州。大小官員，出郭迎接。隨即差人報知龍虎山上清宮住持道眾，準備接詔。次日，眾位官同送太尉到於龍虎山下，只見上清宮許多道眾，鳴鐘擊鼓，香花燈燭，幢幡寶蓋[16]，一派仙樂，都下山來迎接丹詔，直至上清宮前下馬。太尉看那宮殿時，端的是好座上清宮。但見：青松屈曲，翠柏陰森。門懸敕額[17]金書，戶列靈符玉篆[18]。虛皇壇畔，依稀垂柳名花；煉藥爐邊，掩映蒼松老檜。左壁廂天丁力士，參隨着太乙真君；右勢下玉女金童，簇捧定紫微大帝。披髮仗劍，北方真武踏龜蛇，趿履[19]頂冠，南極老人伏龍虎。前排二十八宿星君，後列三十二帝天子。階砌下流水潺湲[20]，牆院後好山環繞。鶴生丹頂，龜長綠毛。樹梢頭獻果蒼猿，莎草內銜芝白鹿。三清殿上，擊金鐘道士步虛[21]；四聖堂前，敲玉罄真人禮斗[22]。獻香台砌，彩霞光射碧琉璃；召將瑤壇，赤日影搖紅瑪瑙。早來門外祥雲現，疑是天師送老君。

當下上自住持真人，下及道童侍從，前迎後引，接至三清殿上，請將詔書居中供養着。洪太尉便問監宮真人道：「天師今在何處？」住持真人向前稟道：「好教太尉得知：這代祖師，號曰虛靖天師，性好清高，倦於迎送，自向龍虎山頂，結一茅庵，修真養性，因此不住本宮。」太尉道：「目

● 真人不露相，露相不真人。真人究竟何在？設下小小懸念。

15) 齎擎（jī qíng）：捧持。

16) 幢幡（zhuàng fān）寶蓋：幢幡，指佛、道教所用的旌旗。寶蓋，佛道或帝王儀仗等的傘蓋。

17) 敕額：皇帝賜給寺院匾額。

18) 玉篆：指仙家名冊。

19) 趿履（tā lǚ）：拖着鞋。

20) 潺湲（chán yuán）：水慢慢流動的樣子。

21) 步虛：道士唱經禮贊。

22) 禮斗：禮拜北斗星君。

今天子宣詔，如何得見？」真人答道：「容稟：詔敕權[23]供在殿上，貧道等亦不敢開讀。且請太尉到方丈[24]獻茶，再煩計議。」當時將丹詔供養在三清殿上，與眾官都到方丈。太尉居中坐下，執事人[25]等獻茶，就進齋供，水陸[26]俱備。齋罷，太尉再問真人道：「既然天師在山頂庵中，何不着人[27]請將下來相見，開宣丹詔。」真人稟道：「這代祖師，雖在山頂，其實道行非常，能駕霧興雲，蹤跡不定。貧道等如常亦難得見，怎生教人請得下來？」太尉道：「似此如何得見！目今京師瘟疫盛行，今上天子特遣下官賫捧[28]御書丹詔，親奉龍香，來請天師，要做三千六百分羅天大醮，以禳天災，救濟萬民。似此怎生奈何？」真人稟道：「天子要救萬民，只除[29]是太尉辦一點志誠心，齋戒沐浴，更換布衣，休帶從人，自背詔書，焚燒御香，步行上山禮拜，叩請天師，方許得見。如若心不志誠，空走一遭，亦難得見。」太尉聽說，便道：「俺從京師食素到此，如何心不志誠。既然恁地[30]，依着你說，明日絕早[31]上山。」當晚各自權歇。

次日五更時分，眾道士起來，備下香湯，請太尉起來沐浴，換了一身新鮮布衣，腳下穿上麻鞋草履，吃了素齋，取過丹詔，用黃羅包袱背在脊梁上，手裏提着銀手爐，降降[32]地燒着御香。許多道眾人等，送到後山，指與路徑。真人又

**點評**

● 照應前文太尉出發時的陣勢，原來與之相反，才得以示志誠。

23) 權：暫且，姑且。

24) 方丈：佛寺或道觀中住持的房間，因四方各為一丈，故名。

25) 執事人：主管具體事務者，僕役。

26) 水陸：水裏和陸上所產的食物，特指山珍海味。

27) 着人：派人。

28) 賫捧：捧着。

29) 只（zhī）除：除非。

30) 恁地：如此，這樣。

31) 絕早：極早。

32) 降降：煙火盛的樣子。

稟道：「太尉要救萬民，休生退悔之心，只顧志誠上去。」

太尉別了眾人，口誦天尊[33]寶號，縱步上山來。將至半山，望見大頂直侵霄漢，果然好座大山！正是：根盤地角，頂接天心。遠觀磨斷亂雲痕，近看平吞明月魄。高低不等謂之山，側石通道謂之岫[34]，孤嶺崎嶇謂之路，上面平極謂之頂，頭圓下壯謂之巒；藏虎藏豹謂之穴，隱風隱雲謂之巖，高人隱居謂之洞，有境有界謂之府；樵人出沒謂之徑，能通車馬謂之道；流水有聲謂之澗，古渡源頭謂之溪，巖崖滴水謂之泉。左壁為掩，右壁為映。出的是雲，納的是霧。錐尖象小，崎峻似峭，懸空似險，削蠟如平。千峯競秀，萬壑爭流，瀑布斜飛，藤蘿倒掛。虎嘯時風生谷口，猿啼時月墜山腰。恰似青黛染成千塊玉，碧紗籠罩萬堆煙。

這洪太尉獨自一個行了一回，盤坡轉徑，攬葛攀藤。約莫走過了數個山頭，三二里多路，看看腳痠腿軟，正走不動，口裏不說，肚裏躊躇[35]，心中想道：「我是朝廷貴官，在京師時，重茵[36]而臥，列鼎而食，尚兀自[37]倦怠，何曾穿草鞋，走這般山路！知他天師在那裏，卻教下官受這般苦！」又行不到三五十步，掇[38]着肩氣喘。只見山凹裏起一陣風，風過處，向那松樹背後，奔雷也似吼一聲，撲地跳出一個吊睛白額錦毛大蟲[39]來，洪太尉吃了一驚，叫聲：「啊呀！」撲地望後便倒。偷眼看那大蟲時，但見：毛披一帶黃金色，爪露銀鉤十八隻。睛如閃電尾如鞭，口似血盆牙似戟[40]。伸

33) 天尊：道教對所奉天神中最高貴者的尊稱。

34) 岫（xiù）：山洞。

35) 躊躇：思量，考慮。

36) 重茵：指雙層的坐臥墊褥。

37) 兀（wū）自：還，仍然。

38) 掇（duō）：聳着。

39) 大蟲：老虎。

40) 戟（jǐ）：古代一種合戈、矛為一體的長柄兵器。

腰展臂勢猙獰，擺尾搖頭聲霹靂。山中狐兔盡潛藏，澗下獐麅皆斂跡。

那大蟲望着洪太尉，左盤右旋，咆哮了一回，托地[41]望後山坡下跳了去。洪太尉倒在樹根底下，唬的三十六個牙齒捉對兒廝打，那心頭一似十五個吊桶，七上八落的響，渾身卻如重風[42]麻木，兩腿一似鬥敗公雞，口裏連聲叫苦。大蟲去了一盞茶時，方才爬將起來，再收拾地上香爐，還把龍香燒着，再上山來，務要尋見天師。

又行過三五十步，口裏歎了數口氣，怨道：「皇帝御限差俺來這裏，教我受這場驚恐。」說猶未了，只覺得那裏又一陣風，吹得毒氣直衝將來。太尉定睛看時，山邊竹藤裏簌簌地響，搶出一條吊桶大小雪花也似蛇來。太尉見了，又吃一驚，撇了手爐，叫一聲：「我今番死也！」往後便倒在盤陀[43]石邊。微閃開眼來看那蛇時，但見：昂首驚飆[44]起，掣目電光生。動蕩則折峽倒岡，呼吸則吹雲吐霧。鱗甲亂分千片玉，尾梢斜捲一堆銀。

那條大蛇，徑搶到盤陀石邊，朝着洪太尉盤做一堆，兩隻眼迸出金光，張開巨口，吐出舌頭，噴那毒氣在洪太尉臉上，驚得太尉三魂蕩蕩，七魄悠悠。那蛇看了洪太尉一回，望山下一溜，卻早不見了。太尉方才爬得起來，說道：「慚愧！驚殺下官！」看身上時，寒栗子[45]比餶飿兒[46]大小，口裏罵那道士：「叵耐[47]無禮，戲弄下官，教俺受這般驚恐！若山上尋不見天師，下去和他別有話說。」再拿了銀提爐，

**點評**

● 心理描寫極其生動形象，形容出洪太尉心神不定的樣子，不落俗套。

● 比喻、誇張手法的運用，生動有趣。

---

41) 托地：突然，猛然。

42) 重風：病名，指中風。

43) 盤陀：形容石頭突兀不平。

44) 驚飆（biāo）：突發的暴風；狂風。

45) 寒栗子：因受寒或受驚，皮膚上出現的疙瘩。

46) 餶飿（gǔ duò）兒：古時的一種圓形、有餡、用油煎或水煮的麵食。

47) 叵（pǒ）耐：不可忍耐，可恨。

**點評**

● 重要人物出場時的肖像描寫，未見其人先聞其聲，超凡脱俗，生動傳神。

整頓身上詔敕，並衣服巾幘，卻待再要上山去。

正欲移步，只聽得松樹背後隱隱地笛聲吹響，漸漸近來。太尉定睛看時，只見那一個道童，倒騎着一頭黃牛，橫吹着一管鐵笛，轉出山凹來。太尉看那道童時：頭綰兩枚丫髻，身穿一領青衣，腰間絛結草來編，腳下芒鞋麻間隔。明眸皓齒，飄飄並不染塵埃；綠鬢朱顏，耿耿[48]全然無俗態。

昔日呂洞賓有首牧童詩道得好：

草鋪橫野六七里，笛弄晚風三四聲。
歸來飽飯黃昏後，不脱蓑衣臥月明。

但見那個道童笑吟吟地騎着黃牛，橫吹着那管鐵笛，正過山來。洪太尉見了，便喚那個道童：「你從那裏來？認得我麼？」道童不睬，只顧吹笛。太尉連問數聲，道童呵呵大笑，拿着鐵笛，指着洪太尉說道：「你來此間，莫非要見天師麼？」太尉大驚，便道：「你是牧童，如何得知？」道童笑道：「我早間在草庵中伏侍天師，聽得天師說道：『今上皇帝差個洪太尉齎擎丹詔御香，到來山中，宣我往東京做三千六百分羅天大醮，祈禳天下瘟疫，我如今乘鶴駕雲去也。』這早晚想是去了，不在庵中。你休上去。山內毒蟲猛獸極多，恐傷害了你性命。」太尉再問道：「你不要說謊。」道童笑了一聲，也不回應，又吹着鐵笛，轉過山坡去了。太尉尋思道：「這小的如何盡知此事？想是天師吩咐他，已定是了。」欲待再上山去，方才驚唬的苦，爭些兒送了性命，不如下山去罷。

太尉拿着提爐，再尋舊路，奔下山來。眾道士接着，請至方丈坐下。真人便問太尉道：「曾見天師麼？」太尉說

48) 耿耿：超凡的樣子。

道：「我是朝中貴官，如何教俺走得山路，吃了這般辛苦，爭些兒送了性命。為頭上至半山裏，跳出一隻吊睛白額大蟲，驚得下官魂魄都沒了；又行不過一個山嘴，竹藤裏搶出一條雪花大蛇來，盤做一堆，攔住去路。若不是俺福分大，如何得性命回京？盡是你這道眾戲弄下官！」真人覆道：「貧道等怎敢輕慢大臣？這是祖師試探太尉之心。本山雖有蛇虎，並不傷人。」太尉又道：「我正走不動，方欲再上山坡，只見松樹旁邊轉出一個道童，騎着一頭黃牛，吹着管鐵笛，正過山來。我便問他：『那裏來？識得俺麼？』他道：『已都知了。』說天師吩咐，早晨乘鶴駕雲，往東京去了，下官因此回來。」真人道：「太尉可惜錯過，這個牧童，正是天師。」太尉道：「他既是天師，如何這等猥獕[49]？」真人答道：「這代天師，非同小可。雖然年幼，其實道行非常。他是額外[50]之人，四方顯化，極是靈驗。世人皆稱為道通祖師。」洪太尉道：「我直如此有眼不識真師，當面錯過！」真人道：「太尉且請放心。既然祖師法旨道是去了，比及太尉回京之日，這場醮事，祖師已都完了。」太尉見說，方才放心。

真人一面教安排筵宴，管待太尉，請將丹詔收藏於御書匣內，留在上清宮中，龍香就三清殿上燒了。當日方丈內大排齋供，設宴飲酌，至晚席罷，止宿[51]到曉。

次日早膳以後，真人、道眾並提點、執事人等，請太尉遊山。太尉大喜。許多人從跟隨着，步行出方丈，前面兩個道童引路。行至宮前宮後，看玩許多景致。三清殿上，富貴不可盡言。左廊下九天殿、紫微殿、北極殿；右廊下太乙殿、三宮殿、驅邪殿。諸宮看遍，行到右廊後一所去處。

**點評**

● 太尉不識真師，俗人之眼看不到真實和美好。

49)　猥獕：（容貌、舉止）醜陋難看或庸俗拘束。

50)　額外：脫離紅塵。

51)　止宿：住宿。

點評

洪太尉看時，另外一所殿宇：一遭都是搗椒紅泥牆[52]；正面兩扇朱紅槅子[53]，門上使着胳膊大鎖鎖着，交叉上面貼着十數道封皮，封皮上又是重重迭迭使着朱印；簷前一面朱紅漆金字牌額，左書四個金字，寫道：「伏魔之殿」。太尉指着門道：「此殿是甚麼去處？」真人答道：「此乃是前代老祖天師鎖鎮魔王之殿。」太尉又問道：「如何上面重重迭迭貼着許多封皮？」真人答道：「此是老祖大唐洞玄國師封鎖魔王在此。但是經傳一代天師，親手便添一道封皮，使其子子孫孫，不得妄開。走了魔君，非常利害。今經八九代祖師，誓不敢開。鎖用銅汁灌鑄，誰知裏面的事。小道自來住持本宮三十餘年，也只聽聞。」

● 太尉要開門，真人苦苦勸諫，幾個回合不厭其煩地描寫，目的是突出此事非同小可。下文是否還有類似的「你來我往」？試着找出來，細細體會。

洪太尉聽了，心中驚怪，想道：「我且試看魔王一看。」便對真人說道：「你且開門來，我看魔王甚麼模樣。」真人告道：「太尉，此殿決不敢開！先祖天師叮嚀告戒[54]：今後諸人不許擅開。」太尉笑道：「胡說！你等要妄生怪事，煽惑良民，故意安排這等去處，假稱鎖鎮魔王，顯耀你們道術。我讀一鑒之書[55]，何曾見鎖魔之法！神鬼之道，處隔幽冥[56]，我不信有魔王在內。快疾與我打開，我看魔王如何？」真人三回五次稟說：「此殿開不得，恐惹利害[57]，有傷於人。」太尉大怒，指着道眾說道：「你等不開與我看，回到朝廷，先奏你們眾道士阻當[58]宣詔，違別[59]聖旨，不令我見天師的罪

52) 搗椒紅泥牆：古代宮殿常以椒粉和泥塗牆壁，取其芳香。

53) 槅（gé）子：上半部裝有格眼的落地長窗、門扇或類似的屏障物。

54) 告戒：同「告誡」。警告勸誡。

55) 一鑒之書：國子監所藏的全部書籍。鑒，同「監」，指國子監，封建時代的教育管理機關和最高學府。

56) 幽冥：指陰間。

57) 利害：禍害。

58) 阻當：同「阻擋」。

59) 違別：違反，違抗。

犯；後奏你等私設此殿，假稱鎖鎮魔王，煽惑軍民百姓。把你都追[60]了度牒[61]，刺配[62]遠惡[63]軍州受苦。」

真人等懼怕太尉權勢，只得喚幾個火工道人來，先把封皮揭了，將鐵錘打開大鎖。眾人把門推開，看裏面時，黑洞洞地，但見：昏昏默默，杳杳冥冥，數百年不見太陽光，億萬載難瞻明月影。不分南北，怎辨東西。黑煙靄靄撲人寒，冷氣陰陰侵體顫。人跡不到之處，妖精往來之鄉。閃開[64]雙目有如盲，伸出兩手不見掌。常如三十夜，卻似五更時。

眾人一齊都到殿內，黑暗暗不見一物。太尉教從人取十數個火把點着，將來打一照時，四邊並無一物，只中央一個石碑，約高五六尺，下面石龜趺坐[65]，大半陷在泥裏。照那碑碣[66]上時，前面都是龍章鳳篆，天書符籙[67]，人皆不識；照那碑後時，卻有四個真字大書，鑿着「遇洪而開」。卻不是一來天罡星[68]合當出世，二來宋朝必顯忠良，三來湊巧遇着洪信，豈不是天數？洪太尉看了這四個字，大喜，便對真人說道：「你等阻當我，卻怎地數百年前已注定我姓字在此？遇洪而開，分明是教我開看，卻何妨。我想這個魔王，都只在石碑底下。汝等從人，與我多喚幾個火工人等，將鋤頭鐵鍬來掘開。」

真人慌忙諫道：「太尉不可掘動，恐有利害，傷犯於

---

60) 追：剝奪。

61) 度牒（dié）：古時僧道出家，由官府發給證明身份的憑證。

62) 刺配：古代在犯人臉部刺字並發配邊遠地區。

63) 遠惡：指邊遠惡劣的地方。

64) 閃開：睜開。

65) 趺（fū）坐：盤腿端坐。

66) 碑碣：碑刻。

67) 符籙（lù）：道士畫的一種圖形或線條，相傳可以辟邪。

68) 天罡（gāng）星：道教三十六星之神。

**點評**

人，不當穩便。」太尉大怒，喝道：「你等道眾，省得[69]甚麼？碑上分明鑿着遇我教開，你如何阻當？快與我喚人來開。」真人又三回五次稟道：「恐有不好。」太尉那裏肯聽。只得聚集眾人，先把石碑放倒，一齊並力掘那石龜，半日方才掘得起。又掘下去，約有三四尺深，見一片大青石板，可方丈圍。洪太尉叫再掘起來，真人又苦稟道：「不可掘動。」太尉那裏肯聽。眾人只得把石板一齊扛起。看時，石板底下，卻是一個萬丈深淺地穴。只見穴內刮喇喇一聲響亮，那響非同小可，恰似：

天摧地塌，嶽撼山崩。錢塘江上，潮頭浪擁出海門來；泰華山頭，巨靈神一劈山峯碎。共工忿怒，去盔撞倒了不周山；力士施威，飛錘擊碎了始皇輦。一風撼折千竿竹，十萬軍中半夜雷。

那一聲響亮過處，只見一道黑氣，從穴裏滾將起來，掀塌了半個殿角。那道黑氣，直沖到半天裏，空中散作百十道金光，望四面八方去了。眾人吃了一驚，發聲喊，都走了，撇下鋤頭鐵鍬，盡從殿內奔將出來，推倒翻無數。驚得洪太尉目睜口呆，罔知所措，面色如土。奔到廊下，只見真人向前叫苦不迭。

● 為全書做引，埋下伏筆。

太尉問道：「走了的卻是甚麼妖魔？」那真人言不過數句，話不過一席，說出這個緣由。有分教：一朝皇帝，夜眠不穩，晝食忘餐。直使：宛子城中藏虎豹，蓼兒窪內聚神蛟。畢竟龍虎山真人說出甚麼言語來，且聽下回分解。

69) 省得：懂得。

## 精華賞析

此回是全書的緣起，具有很強的神魔色彩，為水滸英雄們蒙上了一層神祕的面紗，使讀者感到新奇有趣。本回情節環環相扣，結構層層推進，以現實始，以神話終，而整部書的故事由此始得展開。雖然事情是虛構的，但讀來卻毫無不通情理之處，並且人物和場景都給人以鮮活的印象，這也奠定了此書塑造人物和敍述故事的基本模式。

洪太尉作為全書的引子，只出現了這一次，但依然被描摹得如見其人。從哪些文字中能夠看出他的為人？

## 第二回

# 精讀 王教頭私走延安府 九紋龍大鬧史家村

自從洪太尉誤放走「妖魔」後，幾十年間天下太平。哲宗在位時，都城東京一個破落戶閒人高俅因為球踢得好而發跡，後跟隨主人端王一直做到殿帥府太尉，成了京城高官。高俅就任後公報私仇，命令將患病在家的八十萬禁軍教頭王進拿下，王教頭只好用計帶老母親逃離了京城，投奔延安府的舊相識，路上在史家村借宿，受到了熱心的款待。為了報恩，他指點主人的兒子史進學習了十八般武藝，待到史進技藝精熟後才離開。史進在父親病亡後，終日習武，後與附近山上的一夥強盜不打不相識，成了至交好友。八月中秋之夜，他與好友飲酒賞月時，遭人報復告發，官府派兵馬前往家中捉拿他們。

**點評**

● 一百零八個英雄好漢由此橫空出世。

話說當時住持真人對洪太尉說道：「太尉不知，此殿中當初是老祖天師洞玄真人傳下法符，囑咐道：『此殿內鎮鎖着三十六員天罡星，七十二座地煞星[1]，共是一百單八個魔君在裏面。上立石碑，鑿着龍章鳳篆天符，鎮住在此。若還放他出世，必惱下方生靈。』如今太尉放他走了，怎生是好？」有詩為證：

千古幽扃[2]一旦開，天罡地煞出泉台。

1) 地煞星：主凶殺之星。

2) 幽扃（jiōng）：深鎖的門戶。

自來無事多生事，本為禳災卻惹災。
社稷從今云擾擾，兵戈到處鬧垓垓[3]。
高俅奸佞雖堪恨，洪信從今釀禍胎。

當時洪太尉聽罷，渾身冷汗，捉顫不住。急急收拾行李，引了從人，下山回京。真人並道眾送官已罷，自回宮內，修整殿宇，起豎石碑，不在話下。

再說洪太尉在途中吩咐從人，教把走妖魔一節，休說與外人知道，恐天子知而見責。於路無話，星夜回至京師，進得汴梁城，聞人所說：「天師在東京禁院做了七晝夜好事，普施符籙，禳救災病，瘟疫盡消，軍民安泰。天師辭朝，乘鶴駕雲，自回龍虎山去了。」洪太尉次日早朝，見了天子，奏說：「天師乘鶴駕雲，先到京師，臣等驛站而來，才得到此。」仁宗准奏，賞賜洪信，復還舊職，亦不在話下。

後來仁宗天子在位共四十二年，晏駕[4]，無有太子，傳位濮安懿王允讓之子，太宗皇帝之孫，立帝號曰英宗。在位四年，傳位與太子神宗。神宗在位一十八年，傳位與太子哲宗。那時天下盡皆太平，四方無事。

且說東京開封府汴梁宣武軍，一個浮浪破落戶[5]子弟，姓高，排行第二，自小不成家業，只好刺槍使棒，最是踢得好腳氣毬[6]。京師人口順，不叫高二，卻都叫他做高毬。後來發跡，便將氣毬那字去了毛傍，添作立人，便改作姓高名俅。這人吹彈歌舞，刺槍使棒，相撲頑耍，亦胡亂學詩、書、詞、賦。若論仁、義、禮、智、信、行、忠、良，卻是

**點評**

● 開端不寫一百單八之將，先寫高俅，用金聖歎的話說：「不寫高俅，便寫一百八人，則是亂自下生也；不寫一百八人，先寫高俅，則是亂自上作也。」（《水滸傳會評本》）

● 高俅「不會」的仁、義、禮、智、信、行忠、良，卻正是水滸英雄們的可貴品質。記下這幾個字，在後文即將出現的人物性格中都能找到。

---

3) 鬧垓垓（gāi）：嘈雜的樣子。

4) 晏駕：古時稱帝王死。

5) 浮浪破落戶：浮浪，放蕩，放任不羈；破落戶，沒落衰敗的人家。

6) 氣毬：一種以皮革縫成的球，內實羽毛之類，然後吹氣而成（見《水滸詞典》339 頁，下同，只注明頁數）。

**點評**

● 不許他在家，卻進了朝廷，是非顛倒，點明亂自上作的主題。

不會，只在東京城裏城外幫閒[7]。因幫了一個生鐵王員外兒子使錢，每日三瓦兩舍[8]，風花雪月，被他父親開封府裏告了一紙文狀，府尹把高俅斷了二十脊杖，迭配[9]出界發放。東京城裏人民不許容他在家宿食。

高俅無計奈何，只得來淮西臨淮州，投奔一個開賭坊的閒漢柳大郎，名喚柳世權。他平生專好惜客[10]養閒人，招納四方乾隔澇[11]漢子。高俅投託得柳大郎家，一住三年。

後來哲宗天子因拜南郊[12]，感得風調雨順，放寬恩大赦天下，那高俅在臨淮州，因得了赦宥[13]罪犯，思量要回東京。這柳世權卻和東京城裏金梁橋下開生藥鋪的董將士[14]是親戚，寫了一封書劄，收拾些人事盤纏，齎發[15]高俅回東京，投奔董將士家過活。

當時高俅辭了柳大郎，背上包裹，離了臨淮州，迤邐[16]回到東京，徑來金梁橋下董生藥家，下了這封信。董將士一見高俅，看了柳世權來書，自肚裏尋思道：「這高俅我家如何安着得他！若是個志誠老實的人，可以容他在家出入，也教孩兒們學些好。他卻是個幫閒的破落戶，沒信行的人，亦且當初有過犯來，被迭配的人，舊性必不肯改。若留住在家中，倒惹得孩兒們不學好了，待不收留他，又撇不過柳大郎

7) 幫閒：沒有固定職業而專靠他人豢養為生。

8) 三瓦兩舍：宋元時泛稱低級的娛樂場所。

9) 迭配：去充軍。迭，「遞」的借字。

10) 惜客：結交朋友。

11) 乾隔澇：腌臢。河北邯鄲等地區稱疥瘡為「乾癆兒」；杭州稱生疥瘡和類似皮膚病為「格癆兒」。

12) 拜南郊：在郊外祭天。

13) 赦宥（yòu）：寬恕、赦免。

14) 將士：同「將仕」。當時民間對社會上有一定地位但無官職的人的尊稱。將仕，本是宋朝官名「將仕郎」的簡稱。

15) 齎（jī）發：動詞。資助，打發。

16) 迤邐（yǐ lǐ）：曲折連綿，行路繞來繞去。

面皮。」當時只得權且歡天喜地，相留在家宿歇，每日酒食管待。住了十數日，董將士思量出一個路數，將[17]出一套衣服，寫了一封書簡，對高俅說道：「小人家下螢火之光，照人不亮，恐後誤了足下。我轉薦足下與小蘇學士處，久後也得個出身。足下意內如何？」高俅大喜，謝了董將士。

董將士使個人將着書簡，引領高俅，徑到學士府內。門吏轉報小蘇學士，出來見了高俅，看了來書，知道高俅原是幫閒浮浪的人，心下想道：「我這裏如何安着得他！不如做個人情，薦他去駙馬王晉卿府裏，做個親隨。人都喚他做小王都太尉，他便喜歡這樣的人。」當時回了董將士書劄，留高俅在府裏住了一夜。次日，寫了一封書呈，使個幹人[18]，送高俅去那小王都太尉處。

這太尉乃是哲宗皇帝妹夫，神宗皇帝的駙馬。他喜愛風流人物，正用這樣的人。一見小蘇學士差人持書送這高俅來，拜見了，便喜。隨即寫回書，收留高俅在府內做個親隨。自此高俅遭際[19]在王都尉府中出入，如同家人一般。自古道：「日遠日疏，日親日近。」忽一日，小王都太尉慶誕生辰，吩咐府中安排筵宴，專請小舅端王。這端王乃是神宗天子第十一子，哲宗皇帝御弟，現掌東駕[20]，排號九大王，是個聰明俊俏人物。這浮浪子弟門風、幫閒之事，無一般不曉，無一般不會，更無一般不愛。即如琴、棋、書、畫，無所不通，踢毬打彈，品竹調絲，吹彈歌舞，自不必說。當日王都尉府中，準備筵宴，水陸俱備。但見：香焚寶鼎，花插金瓶。仙音院[21]競奏新聲，教坊司頻逞妙藝。水晶壺內，盡

點評

● 為下文高俅在端王處發跡做鋪墊。

17)　將：拿。

18)　幹人：官府中幹事的人。

19)　遭際：際遇。指遇到顯貴或結識志同道合的人，從而使自己否極泰來。

20)　東駕：東宮太子的儀仗車駕。

21)　仙音院：泛稱宮廷音樂機構。

都是紫府瓊漿；琥珀杯中，滿泛着瑤池玉液。玳瑁[22]盤堆仙桃異果，玻璃碗供熊掌駝蹄。鱗鱗膾切銀絲，細細茶烹玉蕊。紅裙舞女，盡隨着象板鸞簫；翠袖歌姬，簇捧定龍笙鳳管。兩行珠翠立階前，一派笙歌臨座上。

且說這端王來王都尉府中赴宴，都尉設席，請端王居中坐定，都尉對席相陪。酒進數杯，食供兩套，那端王起身淨手[23]，偶來書院裏少歇，猛見書案上一對兒羊脂玉碾成的鎮紙獅子，極是做得好，細巧玲瓏。端王拿起獅子，不落手[24]看了一回道：「好！」王都尉見端王心愛，便說道：「再有一個玉龍筆架，也是這個匠人一手做的，卻不在手頭。明日取來，一併相送。」端王大喜道：「深謝厚意，想那筆架，必是更妙。」王都尉道：「明日取出來，送至宮中便見。」端王又謝了。兩個依舊入席，飲宴至暮，盡醉方散。端王相別回宮去了。

次日，小王都太尉取出玉龍筆架，和兩個鎮紙玉獅子，着一個小金盒子盛了，用黃羅包袱包了，寫了一封書呈，卻使高俅送去。高俅領了王都尉鈞旨，將着兩般玉玩器，懷中揣着書呈，徑投端王宮中來。把門官吏轉報與院公。沒多時，院公出來問：「你是那個府裏來的人？」高俅施禮罷，答道：「小人是王駙馬府中，特送玉玩器來進大王。」院公道：「殿下在庭心裏和小黃門[25]踢氣毬，你自過去。」高俅道：「相煩引進。」院公引到庭前，高俅看時，見端王頭戴軟紗唐巾，身穿紫繡龍袍，腰繫文武雙穗絛[26]，把繡龍袍前襟拽紮起，揣在絛兒邊。足穿一雙嵌金線飛鳳

---

22) 玳瑁：爬行動物，形似龜，這裏指用其甲殼製成的裝飾品。

23) 淨手：指大小便。

24) 不落手：不釋手，捨不得放下。

25) 黃門：官名，也指宦者、太監。

26) 絛（tāo）：用絲線編成的裝飾衣物的帶子。

靴，三五個小黃門相伴着蹴[27]氣毬。

高俅不敢過去衝撞，立在從人背後伺候。也是高俅合當發跡，時運到來，那個氣毬騰地起來，端王接個不着，向人叢裏直滾到高俅身邊，那高俅見氣毬來，也是一時的膽量，使個鴛鴦拐，踢還端王。端王見了大喜，便問道：「你是甚人？」高俅向前跪下道：「小的是王都尉親隨，受東人[28]使令，齎送兩般玉玩器來，進獻大王，有書呈在此拜上。」端王聽罷，笑道：「姐夫直如此掛心。」高俅取出書呈進上。端王開盒子看了玩器，都遞與堂候官收了去。那端王且不理玉玩器下落，卻先問高俅道：「你原來會踢氣毬！你喚做甚麼？」高俅叉手[29]跪覆道：「小的叫做高俅，胡亂踢得幾腳。」端王道：「好！你便下場來踢一回耍。」高俅拜道：「小的是何等樣人，敢與恩王下腳！」端王道：「這是：『齊雲社』[30]，名為：『天下圓』，但踢何傷。」高俅再拜道：「怎敢！」三回五次告辭，端王定要他踢，高俅只得叩頭謝罪，解膝下場。才踢幾腳，端王喝采。高俅只得把平生本事都使出來，奉承端王。那身分模樣，這氣毬一似鰾膠[31]粘在身上的。端王大喜，那裏肯放高俅回府去，就留在宮中過了一夜。次日，排個筵會，專請王都尉宮中赴宴。

卻說王都尉當日晚不見高俅回來，正疑思間，只見次日門子報道：「九大王差人來傳令旨，請太尉到宮中赴宴。」王都尉出來，見了那幹人，看了令旨，隨即上馬，來到九大王府前，下馬入宮，來見了端王。端王大喜，稱謝兩般玉玩器。入席飲宴間，端王說道：「這高俅踢得兩腳好氣毬，孤

---

27) 蹴（cù）：踢。

28) 東人：東家，受僱或受聘者對主人的稱呼。

29) 叉手：一種雙手交叉在胸前的恭敬姿勢。後來也指拱手。

30) 齊雲社：踢球的團體組織，相當於現在的足球俱樂部。

31) 鰾（biào）膠：用魚鰾或豬皮等熬製的膠。黏性大，多用來粘木器。

欲索此人做親隨，如何？」王都尉答道：「殿下既用此人，就留在宮中伏侍殿下。」端王歡喜，執杯相謝。二人又閒話一回，至晚席散。王都尉自回駙馬府去，不在話下。

且說端王自從索得高俅做伴之後，就留在宮中宿食。高俅自此遭際端王，每日跟隨，寸步不離。未及兩個月，哲宗皇帝晏駕，無有太子，文武百官商議，冊立端王為天子，立帝號曰徽宗，便是玉清教主微妙道君皇帝。登基之後，一向無事。忽一日，與高俅道：「朕欲要抬舉你，但有邊功，方可升遷，先教樞密院[32]與你入名，只是做隨駕遷轉的人。」後來沒半年之間，直抬舉高俅做到殿帥府太尉職事[33]。正是：不拘貴賤齊雲社，一味模棱天下圓。抬舉高俅毬氣力，全憑手腳會當權。

且說高俅得做了殿帥府太尉，選揀吉日良辰，去殿帥府裏到任。所有一應合屬公吏衙將，都軍監軍，馬步人等，盡來參拜，各呈手本[34]，開報花名。高殿帥一一點過，於內只欠一名八十萬禁軍教頭王進。半月之前，已有病狀[35]在官，患病未痊，不曾入衙門管事。高殿帥大怒，喝道：「胡說！既有手本呈來，卻不是那廝抗拒官府，搪塞下官！此人即係推病在家，快與我拿來。」隨即差人到王進家來，捉拿王進。

且說這王進卻無妻子，只有一個老母，年已六旬之上。牌頭[36]與教頭王進說道：「如今高殿帥新來上任，點你不着，軍正司[37]稟說染患在家，現有病患狀在官。高殿帥焦躁，那裏肯信，定要拿你，只道是教頭詐病在家，教頭只得

---

32) 樞密院：官署名，主掌軍政。

33) 職事：職務。

34) 手本：下屬見上司所呈的名帖。

35) 病狀：請病假的文狀。

36) 牌頭：武官親隨。本指軍衙中軍士之類。

37) 軍正司：管理軍中事務的官員。

去走一遭。若還不去，定連累眾人，小人也有罪犯。」

王進聽罷，只得捱着病來。進得殿帥府前，參見太尉，拜了四拜，躬身唱個喏[38]，起來立在一邊。高俅道：「你那廝便是都軍教頭王升的兒子？」王進稟道：「小人便是。」高俅喝道：「這廝，你爺是街市上使花棒賣藥的，你省的甚麼武藝？前官沒眼，參你做個教頭，如何敢小覷我，不伏俺點視！你託誰的勢，要推病在家，安閒快樂！」王進告道：「小人怎敢，其實患病未痊。」高太尉罵道：「賊配軍，你既害病，如何來得？」王進又告道：「太尉呼喚，安敢不來！」高殿帥大怒，喝令左右：「拿下！加力與我打這廝！」眾多牙將都是和王進好的，只得與軍正司同告道：「今日太尉上任，好日頭，權免此人這一次。」高太尉喝道：「你這賊配軍，且看眾將之面，饒恕你今日，明日卻和你理會。」

王進謝罪罷，起來抬頭看了，認得是高俅。出得衙門，歎口氣道：「俺的性命，今番難保了。俺道是甚麼高殿帥，卻原來正是東京幫閒的『圓社』[39]高二。比先時曾學使棒，被我父親一棒打翻，三四個月將息不起，有此之仇。他今日發跡，得做殿帥府太尉，正待要報仇，我不想正屬他管。自古道：『不怕官，只怕管。』俺如何與他爭得？怎生奈何是好？」回到家中，悶悶不已。對娘說知此事，母子二人，抱頭而哭。娘道：「我兒，『三十六着，走為上着。』只恐沒處走。」王進道：「母親說得是，兒子尋思，也是這般計較。只有延安府老種經略相公[40]鎮守邊庭[41]，他手下軍官，

**點評**

● 句句喝斥王進，卻句句影射到自己，用語可謂用心良苦。

● 小人得勢君子危。

● 前面無來由的爭端，至此點明緣由。寧得罪君子，不得罪小人。

---

38) 唱個喏（rě）：本為一面口稱喏喏，一面敬禮。後來敬禮時不發聲，遂把作揖稱作唱喏。

39) 圓社：宋元時踢球的組織的通稱。習慣上把踢球的人也叫做「圓社」。

40) 老種經略相公：種世衡之孫種師道，也有一說是種世衡之子種諤。種世衡是有功於宋朝的重臣，種家世代鎮守邊關，種世衡的兒子種諤和孫子種師道都在西北邊境出任經略安撫使。相公，是對官員的尊稱。

41) 邊庭：邊疆，邊境。

點評

多有曾到京師的，愛兒子使槍棒，何不逃去投奔他們？那裏是用人去處，足可安身立命。」正是：用人之人，人始為用。恃己自用，人為人送。彼處得賢，此間失重。若驅若引，可惜可痛。

當下娘兒兩個商議定了。其母又道：「我兒，和你要私走，只恐門前兩個牌軍，是殿帥府撥來伏侍你的，他若得知，須走不脫。」王進道：「不妨。母親放心，兒子自有道理措置他。」

當下日晚未昏，王進先叫張牌入來，吩咐道：「你先吃了些晚飯，我使你一處去幹事。」張牌道：「教頭使小人那裏去？」王進道：「我因前日病患，許下酸棗門外嶽廟裏香願，明日早要去燒炷頭香。你可今晚先去吩咐廟祝[42]，教他來日早些開廟門，等我來燒炷頭香，就要三牲[43]獻劉李王。你就廟裏歇了等我。」張牌答應，先吃了晚飯，叫了安置，望廟中去了。

當夜子母二人，收拾了行李、衣服、細軟[44]、銀兩，做一擔兒打挾[45]了。又裝兩個料袋袱駝[46]，拴在馬上的。等到五更，天色未明，王進叫起李牌，吩咐道：「你與我將這些銀兩，去嶽廟裏，和張牌買個三牲煮熟，在那裏等候。我買些紙燭，隨後便來。」李牌將銀子望廟中去了。

王進自去備了馬，牽出後槽，將料袋袱駝搭上，把索子拴縛牢了，牽在後門外，扶娘上了馬。家中粗重都棄了，鎖上前後門，挑了擔兒，跟在馬後。趁五天色更未明，乘勢

● 照應前文的「細軟」

● 沒走前文提到的「酸棗門」，細處用心。

42) 廟祝：廟裏管香火的人。

43) 三牲：古時祭祀用的供品，分大三牲（豬、牛、羊）和小三牲（雞、鴨、魚）兩種。

44) 細軟：便於攜帶的貴重物品。

45) 打挾：收拾。

46) 袱駝：包袱，包裹。

出了西華門，取路望延安府來。

且說兩個牌軍，買了福物[47]煮熟。在廟等到巳牌[48]，也不見來。李牌心焦，走回到家中尋時，見鎖了門，兩頭無路。尋了半日，並無有人。看看待晚，嶽廟裏張牌疑忌，一直奔回家來。又和李牌尋了一黃昏，看看黑了。兩個見他當夜不歸，又不見他老娘。次日，兩個牌軍又去他親戚之家訪問，亦無尋處。兩個恐怕連累，只得去殿帥府首告：「王教頭棄家在逃，子母不知去向。」高太尉見告，大怒道：「賊配軍在逃，看那廝待走那裏去！」隨即押下文書，行開[49]諸州各府，捉拿逃軍王進。二人首告，免其罪責，不在話下。

且說王教頭母子二人，自離了東京，免不得飢餐渴飲，夜住曉行，在路上一月有餘。忽一日，天色將晚，王進挑着擔兒，跟在娘的馬後，口裏與母親說道：「天可憐見，慚愧[50]了！我子母兩個，脫了這天羅地網之厄。此去延安府不遠了。高太尉便要差人拿我，也拿不着了。」子母兩個歡喜，在路上不覺錯過了宿頭[51]。走了這一晚，不遇着一處村坊，那裏去投宿是好？正沒理會[52]處。只見遠遠地林子裏閃出一道燈光來。王進看了道：「好了，遮莫[53]去那裏陪個小心，借宿一宵，明日早行。」當時轉入林子裏來看時，卻是一所大莊院，一周遭[54]都是土牆，牆外卻有二三百株大柳樹。看那莊院，但見：前通官道，後靠溪岡。一周遭青縷如

47) 福物：祭品。

48) 巳牌：上午九時至十一時。古代把一晝夜分為十二個時辰，用子丑寅卯等十二支表示。牌，官府在衙門前掛牌報時，故稱某時為某牌。

49) 行開：頒發、發送（公文）到（下屬衙門）。

50) 慚愧：僥倖，謝天謝地。

51) 宿頭：客店。

52) 理會：辦法。

53) 遮莫：不管怎樣，拚着。

54) 一周遭：四周圍。

點評

● 幾番對話就看得出史太公是個善良寬厚的主人。

● 下文多次提到謝恩，不是王進客套，確實真誠地想要報恩。不僅史太公仁厚，王進也是個知恩圖報的仁義之人。

煙，四下裏綠陰似染。轉屋角牛羊滿地，打麥場鵝鴨成羣。田園廣野，負傭莊客有千人；家眷軒昂，女使兒童難計數。正是家有餘糧雞犬飽，戶多書籍子孫賢。

當時王教頭來到莊前，敲門多時，只見一個莊客出來。王進放下擔兒，與他施禮。莊客道：「來俺莊上有甚事？」王進答道：「實不相瞞，小人母子二人，貪行了些路程，錯過了宿店。來到這裏，前不巴村，後不巴店，欲投貴莊，借宿一宵，明日早行。依例拜納房金，萬望周全方便。」莊客道：「既是如此，且等一等，待我去問莊主太公。肯時，但歇不妨。」王進又道：「大哥方便。」莊客入去多時，出來說道：「莊主太公教你兩個人來。」王進請娘下了馬。王進挑着擔兒，就牽了馬，隨莊客到裏面打麥場上，歇下擔兒，把馬拴在柳樹上。母子二人，直到草堂上來見太公。

那太公年近六旬之上，鬚髮皆白，頭戴遮塵暖帽，身穿直縫寬衫，腰繫皂絲絛，足穿熟皮靴。王進見了便拜。太公連忙道：「客人休拜，你們是行路的人，辛苦風霜，且坐一坐。」王進母子兩個敍禮罷，都坐定。太公問道：「你們是那裏來的？如何昏晚到此？」王進答道：「小人姓張，原是京師人。今來消折了本錢，無可營用，要去延安府投奔親眷。不想今日路上貪行了些程途，錯過了宿店，欲投貴莊，假宿一宵，來日早行。房金依例拜納。」太公道：「不妨。如今世上人那個頂着房屋走哩！你母子二位，敢未打火[55]？」叫莊客安排飯來。沒多時，就[56]廳上放開條桌子，莊客托出一桶盤，四樣菜蔬，一盤牛肉，鋪放桌上。先燙酒來篩[57]下。太公道：「村落中無甚相待，休得見怪。」王進起身謝道：「小人母子無故相擾，此恩難報。」太公道：「休這

55) 打火：旅途中吃飯。

56) 就：在。

57) 篩：斟酒。

般說，且請吃酒。」一面勸了五七杯酒，搬出飯來。二人吃了，收拾碗碟。太公起身，引王進子母到客房裏安歇。王進告道：「小人母親騎的頭口[58]，相煩寄養，草料望乞應付，一並拜酬。」太公道：「這個不妨。我家也有頭口騾馬，教莊客牽出後槽，一發餵養。」王進謝了。挑那擔兒，到客房裏來。莊客點上燈火，一面提湯[59]來洗了腳。太公自回裏面去了。王進子母二人謝了莊客，掩上房門，收拾歇息。次日，睡到天曉，不見起來。

莊主太公來到客房前過，聽得王進子母在房裏聲喚[60]。太公問道：「客官，天曉，好起了。」王進聽得，慌忙出房來，見太公施禮，說道：「小人起多時了。夜來多多攪擾，甚是不當。」太公問道：「誰人如此聲喚？」王進道：「實不相瞞太公說，老母鞍馬勞倦，昨夜心痛病發。」太公道：「既然如此，客人休要煩惱，教你老母且在老夫莊上住幾日。我有個醫心疼的方，叫莊客去縣裏撮藥[61]來，與你老母親吃。教他放心，慢慢地將息。」王進謝了。

話休絮繁，自此王進子母二人在太公莊上服藥。住了五七日，覺得母親病患痊了，王進收拾要行。當日因來後槽看馬，只見空地上一個後生脫膊[62]着，刺着一身青龍，銀盤也似一個面皮，約有十八九歲，拿條棒在那裏使。王進看了半晌，不覺失口道：「這棒也使得好了，只是有破綻，贏不得真好漢。」那後生聽得大怒，喝道：「你是甚麼人？敢來笑話我的本事？俺經了七八個有名的師父，我不信倒不如

**點評**

● 此處細節應注意，下文與史進相逢的重要情節由此處引出。

● 孝子愛母心切，太公熱心好客。

● 真性情、真爽快之人直言不諱。

58) 頭口：牲畜。

59) 湯：熱水。

60) 聲喚：呻吟。

61) 撮（cuō）藥：買藥和取藥。

62) 脫膊：赤露着上身。

點評

你！你敢和我叉一叉[63]麼？」

說猶未了，太公到來，喝那後生：「不得無禮！」那後生道：「叵耐這廝笑話我的棒法。」太公道：「客人莫不會使槍棒？」王進道：「頗曉得些。敢問長上，這後生是宅上何人？」太公道：「是老漢的兒子。」王進道：「既然是宅內小官人，若愛學時，小人點撥他端正如何？」太公道：「恁地時，十分好。」便教那後生來拜師父。那後生那裏肯拜，心中越怒，道：「阿爹，休聽這廝胡說！若吃他贏得我這條棒時，我便拜他為師。」王進道：「小官人若是不當村[64]時，較量一棒耍子。」那後生就空地當中，把一條棒使得風車兒似轉，向王進道：「你來，你來！怕的不算好漢！」王進只是笑，不肯動手。太公道：「客官既是肯教小頑[65]時，使一棒何妨。」王進笑道：「恐衝撞了令郎時，須不好看。」太公道：「這個不妨，若是打折了手腳，也是他自作自受。」

● 區區兩百多字，寫出了少年的不經世事和直率好學，寫出了王進的功力深厚以及為人謙和，動作和語言描寫出神入化，無一處沒有用意，需用心體會。

王進道：「恕無禮。」去槍架上拿了一條棒在手裏，來到空地上，使個旗鼓[66]。那後生看了一看，拿條棒滾將入來，徑奔王進。王進托地拖了棒便走，那後生掄着棒又趕入來。王進回身，把棒望空地裏劈將下來。那後生見棒劈來，用棒來隔[67]。王進卻不打下來，將棒一掣[68]，卻望後生懷裏直搠[69]將來，只一繳[70]，那後生的棒丟在一邊，撲地望後倒了。王進連忙撇了棒，向前扶住道：「休怪，休怪。」那後生爬

63) 叉一叉：較量。

64) 不當村：不嫌棄。不當，算不得；村，冒冒失失。

65) 小頑：謙稱自己的孩子。

66) 旗鼓：架勢或招數。

67) 隔：擋。

68) 掣（chè）：拽。

69) 搠（shuò）將：刺，扎。將，語氣詞。

70) 繳（jiǎo）：攪。

將起來，便去旁邊掇條凳子，納[71]王進坐，便拜道：「我枉自經了許多師家，原來不值半分。師父，沒奈何，只得請教。」王進道：「我母子二人，連日在此攪擾宅上，無恩可報，當以效力。」

太公大喜，教那後生穿了衣裳，一同來後堂坐下。叫莊客殺一個羊，安排了酒食果品之類，就請王進的母親一同赴席。四個人坐定，一面把盞，太公起身勸了一杯酒，說道：「師父如此高強，必是個教頭。小兒有眼不識泰山。」王進笑道：「奸不廝欺，俏不廝瞞[72]，小人不姓張。俺是東京八十萬禁軍教頭王進的便是。這槍棒終日搏弄。為因新任一個高太尉，原被先父打翻，今做殿帥府太尉，懷挾舊仇，要奈何[73]王進。小人不合屬他所管，和他爭不得，只得子母二人逃上延安府，去投託老種經略相公處勾當[74]。不想來到這裏，得遇長上父子二位如此看待；又蒙救了老母病患，連日管顧，甚是不當。既然令郎肯學時，小人一力奉教。只是令郎學的，都是花棒，只好看，上陣無用，小人從新點撥他。」太公見說了，便道：「我兒，可知輸了？快來再拜師父。」那後生又拜了王進。正是：好為師患負虛名，心服應難以力爭。只有胸中真本事，能令頑劣拜先生。

太公道：「教頭在上，老漢祖居在這華陰縣界，前面便是少華山。這村便喚做史家村，村中總有三四百家，都姓史。老漢的兒子從小不務農業，只愛刺槍使棒。母親說他不得，慪氣死了，老漢只得隨他性子。不知使了多少錢財，投師父教他。又請高手匠人與他刺了這身花繡，肩臂胸膛總有九條龍，滿縣人口順，都叫他做九紋龍史進。教頭今日既到

**點評**

● 言語中輕輕帶過，為下文強盜所處之地。

---

71）　納：往下按。

72）　奸不廝欺，俏不廝瞞：誰也欺瞞不了誰。

73）　奈何：處置，對付。

74）　勾當：做事。

點評

這裏，一發成全了他亦好。老漢自當重重酬謝。」王進大喜道：「太公放心。既然如此說時，小人一發教了令郎方去。」自當日為始，吃了酒食，留住王教頭母子二人在莊上。史進每日求王教頭點撥十八般武藝，一一從頭指教。那十八般武藝？矛、錘、弓、弩[75]、銃[76]、鞭、簡[77]、劍、鏈、撾[78]、斧、鉞[79]並戈、戟、牌、棒與槍、杈。

話說這史進每日在莊上管待王教頭母子二人，指教武藝。史太公自去華陰縣中承當里正[80]，不在話下。不覺荏苒光陰，早過半年之上，正是：窗外日光彈指過，席間花影坐前移。一杯未進笙歌送，階下辰牌[81]又報時。

前後得半年之上，史進把這十八般武藝，從新學得十分精熟。多得王進盡心指教，點撥得件件都有奧妙。王進見他學得精熟了，自思：「在此雖好，只是不了。」一日想起來，相辭要上延安府去。史進那裏肯放，說道：「師父只在此間過了，小弟奉養你母子二人，以終天年，多少是好！」王進道：「賢弟，多蒙你好心，在此十分之好；只恐高太尉追捕到來，負累了你，不當穩便[82]，以此兩難。我一心要去延安府，投着在老種經略處勾當。那裏是鎮守邊庭，用人之際，足可安身立命。」

● 徒弟一片誠心，並不是說說而已，以史進的脾氣，定是說到做到。此心可鑒，令人動容。

史進並太公苦留不住，只得安排一個筵席送行。托出一盤兩個緞子、一百兩花銀謝師。次日，王進收拾了擔兒，備了馬，子母二人，相辭史太公。王進請娘乘了馬，望延安

75) 弩（nǔ）：弓箭。

76) 銃（chòng）：火器。

77) 簡：即「鐧」，古時兵器，金屬製成，四棱，無刃，上端略小，下端有柄。

78) 撾（zhuā）：馬鞭子。

79) 鉞（yuè）：古代兵器，青銅或鐵製成，形狀像板斧而較大。

80) 里正：鄉官。

81) 辰牌：上午七時至九時。

82) 不當穩便：不合適，不夠妥當。

府路途進發。史進叫莊客挑了擔兒，親送十里之程，心中難捨。史進當時拜別了師父，灑淚分手，和莊客自回。王教頭依舊自挑了擔兒，跟着馬，和娘兩個，自取關西路裏去了。

話中不說王進去投軍役，只說史進回到莊上，每日只是打熬[83]氣力，亦且壯年，又沒老小，半夜三更起來演習武藝，白日裏只在莊後射弓走馬。不到半載之間，史進父親太公，染病患症，數日不起。史進使人遠近請醫士看治，不能痊可，嗚呼哀哉，太公歿[84]了。史進一面備棺槨[85]盛殮[86]，請僧修設好事，追齋理七[87]，薦拔[88]太公。又請道士建立齋醮，超度生天，整做了十數壇好事功果道場，選了吉日良時，出喪安葬。滿村中三四百史家莊戶，都來送喪掛孝，埋殯在村西山上祖墳內了。史進家自此無人管業。史進又不肯務農，只要尋人使家生，較量槍棒。

自史太公死後，又早過了三四個月日。時當六月中旬，炎天正熱。那一日，史進無可消遣，捉個交床，坐在打麥場邊柳陰樹下乘涼。對面松林透過風來，史進喝采道：「好涼風！」正乘涼哩，只見一個人探頭探腦，在那裏張望。史進喝道：「作怪！誰在那裏張[89]俺莊上？」史進跳起身來，轉過樹背後，打一看時，認得是獵戶摽兔李吉。史進喝道：「李吉，張我莊內做甚麼？莫不來相腳頭[90]？」李吉向前聲喏道：「大郎，小人要尋莊上矮丘乙郎吃碗酒，因見大郎在此乘涼，不敢過來衝撞。」

**點評**

● 英雄也是性情中人。

● 史進對武藝的興趣加上這般努力，再有一些天賦，必然能精進。

● 此番對話為下文李吉記仇做了鋪墊。不是閒筆。「不敢衝撞」側面表現出史進在莊上的聲威。

---

83)　打熬：鍛煉。

84)　歿：死。

85)　棺槨（guǒ）：棺材。

86)　盛殮（shèng liàn）：把屍體裝入棺材。

87)　理七：一種祭祀死人的儀式。

88)　薦拔：超度。

89)　張：張望。

90)　相腳頭：賊人察看下手的路數。腳頭，路。

點評

● 後文李吉為了這三千貫，私下告發史進。隨意一處筆墨皆有大用。

史進道：「我且問你：往常時，你只是擔些野味，來我莊上賣，我又不曾虧了你，如何一向[91]不將來賣與我？敢是欺負我沒錢？」李吉答道：「小人怎敢。一向沒有野味，以此不敢來。」史進道：「胡說！偌大一個少華山，恁地廣闊，不信沒有個獐兒兔兒！」李吉道：「大郎原來不知：如今近日上面添了一夥強人[92]，紮下一個山寨，在上面聚集着五七百個小嘍囉[93]，有百十匹好馬。為頭那個大王，喚作神機軍師朱武，第二個喚做跳澗虎陳達，第三個喚做白花蛇楊春。這三個為頭，打家劫舍，華陰縣裏禁他不得，出三千貫賞錢召人拿他，誰敢上去惹他？因此上小人們不敢上山打捕野味，那討來賣？」史進道：「我也聽得說有強人，不想那廝們如此大弄[94]，必然要惱人。李吉，你今後有野味時，尋些來。」李吉唱個喏，自去了。

史進歸到廳前，尋思：「這廝們大弄，必要來薅惱[95]村坊。既然如此……」便叫莊客揀兩頭肥水牛來殺了，莊內自有造下的好酒，先燒了一陌順溜紙[96]，便叫莊客去請這當村裏三四百史家莊戶，都到家中草堂上，序齒[97]坐下，教莊客一面把盞勸酒。史進對眾人說道：「我聽得少華山上有三個強人，聚集着五七百小嘍囉，打家劫舍，這廝們既然大弄，必然早晚要來俺村中羅唣[98]。我今特請你眾人來商議，倘若那廝們來時，各家準備。我莊上打起梆子，你眾人可各

---

91) 一向：最近一段時間。

92) 強人：強盜。

93) 嘍囉：強盜的部下。

94) 大弄：無法無天地做。

95) 薅（hāo）惱：騷擾，找麻煩。

96) 一陌順溜紙：一陌，本是錢一百文；常作紙錢一串、一掛講。順溜紙，指祈求神鬼保佑順利燒的紙錢。

97) 序齒：以年齡為序定宴會席次或飲酒次序。

98) 羅唣（zào）：吵鬧，騷擾。

執槍棒，前來救應。你各家有事，亦是如此。遞相[99]救護，共保村坊。如若強人自來，都是我來理會。」眾人道：「我等村農，只靠大郎做主。梆子響時，誰敢不來？」當晚眾人謝酒，各自分散，回家準備器械。自此史進修整門戶牆垣，安排莊院，設立幾處梆子，拴束衣甲，整頓刀馬，提防賊寇，不在話下。

且說少華山寨中三個頭領，坐定商議，為頭的神機軍師朱武，那人原是定遠人氏，能使兩口雙刀，雖無十分本事，卻精通陣法，廣有謀略，有八句詩單道朱武好處：

道服裁棕葉，雲冠剪鹿皮。
臉紅雙眼俊，面白細髯垂。
陣法方諸葛，陰謀勝范蠡[100]。
華山誰第一，朱武號神機。

第二個好漢姓陳，名達，原是鄴城人氏，使一條出白點鋼槍，亦有詩讚道：

力健聲雄性粗鹵，丈二長槍撒如雨。
鄴中豪傑霸華陰，陳達人稱跳澗虎。

第三個好漢姓楊，名春，蒲州解良縣人氏，使一口大桿刀。亦有詩讚道：

腰長臂瘦力堪誇，到處刀鋒亂撒花。
鼎立華山真好漢，江湖名播白花蛇。

**點評**

● 第一回洪太尉遊山遇到的虎和蛇，可還記得？正對應此二人。

---

99)　遞相：互相。

100)　范蠡（lǐ）：春秋末期著名的政治家、軍事家和商人。出身貧寒卻聰敏睿智，富有韜略，晚年退隱經商，成為巨富，史稱陶朱公，中國儒商之鼻祖。

點評

● 也是個說做就做的意氣用事之人。

朱武當與陳達、楊春說道：「如今我聽知華陰縣裏出三千貫賞錢，召人捉我們。誠恐來時，要與他廝殺。只是山寨錢糧欠少，如何不去劫擄些來，以供山寨之用。累積些糧食在寨裏，防備官軍來時，好和他打熬。」跳澗虎陳達道：「說得是。如今便去華陰縣裏，先問他借糧，看他如何。」白花蛇楊春道：「不要華陰縣去，只去蒲城縣，萬無一失。」陳達道：「蒲城縣人戶稀少，錢糧不多，不如只打華陰縣，那裏人民豐富，錢糧廣有。」楊春道：「哥哥不知，若去打華陰縣時，須從史家村過。那個九紋龍史進是個大蟲，不可去撩撥他。他如何肯放我們過去？」陳達道：「兄弟好懦弱！一個村坊過去不得，怎地敢抵敵官軍？」楊春道：「哥哥不可小覷了他，那人端的了得。」朱武道：「我也曾聞他十分英雄，說這人真有本事。兄弟休去罷。」陳達叫將起來，說道：「你兩個閉了鳥嘴！長別人志氣，滅自己威風。他只是一個人，須不三頭六臂，我不信。」喝叫小嘍囉：「快備我的馬來。如今便去先打史家莊，後取華陰縣。」朱武、楊春再三諫勸，陳達那裏肯聽。隨即披掛上馬，點了一百四五十小嘍囉，鳴鑼擂鼓下山，望史家村去了。

且說史進正在莊前整製刀馬，只見莊客報知此事。史進聽得，就莊上敲起梆子來。那莊前莊後，莊東莊西，三四百史家莊戶，聽得梆子響，都拖槍拽棒，聚起三四百人，一齊都到史家莊上。看了史進頭戴一字巾，身披朱紅甲，上穿青錦襖，下着抹綠靴，腰繫皮搭膊[101]，前後鐵掩心，一張弓，一壺箭，手裏拿一把三尖兩刃四竅八環刀。莊客牽過那匹火炭赤馬。史進上了馬，綽[102]了刀，前面擺着三四十壯健的莊客，後面列着八九十村蠢的鄉夫。各史家莊

101) 搭膊：一種長帶形的袋，口在當中，可以繫在腰間。

102) 綽（chāo）：很快一抓。

戶，都跟在後頭，一齊吶喊，直到村北路口。

那少華山陳達引了人馬，飛奔到山坡下，便將小嘍囉擺開。史進看時，見陳達頭戴乾紅凹面巾，身披裹金生鐵甲，上穿一領紅納襖，腳穿一對吊墩靴，腰繫七尺攢線搭膊，坐騎一匹高頭白馬，手中橫着丈八點鋼矛。小嘍囉兩勢下吶喊，二員將就馬上相見。

陳達在馬上看着史進，欠身施禮。史進喝道：「汝等殺人放火，打家劫舍，犯着迷天大罪[103]，都是該死的人。你也須有耳朵，好大膽，直來太歲頭上動土！」陳達在馬上答道：「俺山寨裏欠少些糧食，欲往華陰縣借糧，經由貴莊，假一條路，並不敢動一根草，可放我們過去，回來自當拜謝。」史進道：「胡說！俺家現當里正，正要來拿你這夥賊。今日倒來經由我村中過，卻不拿你，倒放你過去！本縣知道，須連累於我。」陳達道：「『四海之內，皆兄弟也』，相煩借一條路。」史進道：「甚麼閒話！我便肯時，有一個不肯，你問得他肯便去。」陳達道：「好漢，教我問誰？」史進道：「你問得我手裏這口刀肯，便放你去。」陳達大怒道：「趕人不要趕上[104]，休得要逞精神！」史進也怒，掄手中刀，驟坐下馬，來戰陳達。陳達也拍馬挺槍，來迎史進。兩個交馬，但見：一來一往，一上一下。一來一往，有如深水戲珠龍；一上一下，卻似半巖爭食虎。九紋龍忿怒，三尖刀只望頂門飛；跳澗虎生嗔，丈八矛不離心坎刺。好手中間逞好手，紅心裏面奪紅心。

史進、陳達兩個鬥了多時，史進賣個破綻，讓陳達把槍望心窩裏搠來，史進卻把腰一閃，陳達和槍入懷裏來，史進輕舒猿臂，款扭狼腰，只一挾，把陳達輕輕摘離了嵌花

**點評**

● 前文王教頭與史進頭回較量的場景再現，可見功夫學到家了。

103) 迷天大罪：極大的罪惡。迷，通「彌」。

104) 趕人不要趕上：比喻不要逼人太過分。

點評

鞍，款款揪住了線搭膊，只一丟，丟落地，那匹戰馬撥風也似去了。史進叫莊客將陳達綁縛了，眾人把小嘍囉一趕都走了。史進回到莊上，將陳達綁在庭心內柱上，等待一發拿了那兩個賊首，一併解官[105]請賞。且把酒來賞了眾人，教權且散。眾人喝采：「不枉了史大郎如此豪傑！」

休說眾人歡喜飲酒，卻說朱武、楊春兩個，正在寨裏猜疑，捉摸不定，且教小嘍囉再去打聽消息。只見同去的人牽着空馬，奔到山前，只叫道：「苦也！陳家哥哥不聽二位哥哥所說，送了性命。」朱武問其緣故，小嘍囉備說交鋒一節，怎當史進英雄。朱武道：「我的言語不聽，果有此禍。」楊春道：「我們盡數都去，與他死拚如何？」朱武道：「亦是不可。他尚自輸了，你如何拚得他過？我有一條苦計，若救他不得，我和你都休[106]。」楊春問道：「如何苦計？」朱武附耳低言說道：「只除恁地。」楊春道：「好計！我和你便去，事不宜遲。」

● 與上文戰馬去了相照應。

再說史進正在莊上忿怒未消，只見莊客飛報道：「山寨裏朱武、楊春自來了。」史進道：「這廝合[107]休，我教他兩個一發解官。快牽馬過來。」一面打起梆子，眾人早都到來。史進上了馬，正待出莊門，只見朱武、楊春步行，已到莊前。兩個雙雙跪下，擎着兩眼淚。史進下馬來喝道：「你兩個跪下如何說？」朱武哭道：「小人等三個，累被官司逼迫，不得已上山落草[108]，當初發願道：『不求同日生，只願同日死。』雖不及關、張、劉備的義氣，其心則同。今日小弟陳達不聽好言，誤犯虎威，已被英雄擒捉在貴莊，無計懇

105) 解官：解送官府。

106) 休：完了（指壞的結果）。

107) 合：命中注定。

108) 落草：入山林為盜。

求，今來一徑[109]就死。望英雄將我三人，一發解官請賞，誓不皺眉。我等就英雄手內請死，並無怨心。」史進聽了，尋思道：「他們直恁義氣！我若拿他去解官請賞時，反教天下好漢們恥笑我不英雄。自古道：『大蟲不吃伏肉。』」史進便道：「你兩個且跟我進來。」朱武、楊春並無懼怯，隨了史進，直到後廳前跪下，又教史進綁縛。史進三回五次叫起來，他兩個那裏肯起來。惺惺惜惺惺，好漢識好漢。史進道：「你們既然如此義氣深重，我若送了你們，不是好漢。我放陳達還你如何？」朱武道：「休得連累了英雄，不當穩便，寧可把我們去解官請賞。」史進道：「如何使得？你肯吃我酒食麼？」朱武道：「一死尚然不懼，何況酒肉乎？」有詩為證：

姓名各異死生同，慷慨偏多計較空。
只為衣冠無義俠，遂令草澤見奇雄。

當時史進大喜，解放陳達，就後廳上座，置酒設席，管待三人。朱武、楊春、陳達拜謝大恩。酒至數杯，少添春色[110]。酒罷，三人謝了史進，回山去了。史進送出莊門，自回莊上。

卻說朱武等三人歸到寨中坐下，朱武道：「我們不是這條苦計，怎得性命在此？雖然救了一人，卻也難得史進為義氣上放了我們。過幾日備些禮物送去，謝他救命之恩。」

話休絮繁。過了十數日，朱武等三人收拾得三十兩蒜條金[111]，使兩個小嘍囉，乘月黑夜送去史家莊上。當夜初更時分，小嘍囉敲門，莊客報知史進，史進火急披衣，來到莊

**點評**

● 說是苦計，其實是誠心。

109)　一徑：一同。

110)　春色：特指酒後臉上泛出的紅色。

111)　蒜條金：條狀的金子。

點評

● 史進招待三人，三人送禮謝恩，史進又回禮，就是強盜也知禮尚往來。

前，問小嘍囉：「有甚話說？」小嘍囉道：「三個頭領再三拜覆：特地使小校進些薄禮，酬謝大郎不殺之恩。不要推卻，望乞笑留。」取出金子，遞與史進。初時推卻，次後尋思道：「既然好意送來，受之為當。」叫莊客置酒管待小校，吃了半夜酒，把些零碎銀兩，賞了小校，回山去了。又過半月有餘，朱武等三人在寨中商議擄掠得一串好大珠子，又使小嘍囉連夜送來史家莊上。史進受了，不在話下。

又過了半月，史進尋思道：「也難得這三個敬重我，我也備些禮物回奉他。」次日，叫莊客尋個裁縫，自去縣裏買了三匹紅錦，裁成三領錦襖子；又揀肥羊，煮了三個，將大盒子盛了，委兩個莊客去送。史進莊上，有個為頭的莊客王四，此人頗能答應官府，口舌利便，滿莊人都叫他做賽伯當。史進教他同一個得力莊客，挑了盒擔，直送到山下。小嘍囉問了備細，引到山寨裏，見了朱武等。三個頭領大喜，受了錦襖子，並肥羊酒禮，把十兩銀子，賞了莊客。每人吃了十數碗酒，下山回歸莊內，見了史進，說道：「山上頭領，多多上覆。」

史進自此常常與朱武等三人往來，不時間，只是王四去山寨裏送物事。不則一日，寨裏頭領也頻頻地使人送金銀來與史進。

荏苒光陰，時遇八月中秋到來。史進要和三人說話，約至十五夜來莊上賞月飲酒。先使莊客王四齎一封請書，直去少華山上請朱武、陳達、楊春來莊上赴席。王四馳書徑到山寨裏，見了三位頭領，下了來書。朱武看了大喜，三個應允，隨即寫封回書，賞了王四五兩銀子，吃了十來碗酒。王四下得山來，正撞着時常送物事來的小嘍囉，一把抱住，那裏肯放。又拖去山路邊村酒店裏，吃了十數碗酒。王四相別了回莊，一面走着，被山風一吹，酒卻湧上來，踉踉蹌蹌，一步一攧。走不到十里之路，見座林子，奔到裏面，望着那綠茸茸莎草地上撲地倒了。

原來摽兔李吉正在那山坡下張[112]兔兒，認得是史家莊上王四，趕入林子裏來扶他，那裏扶得動。只見王四搭膊裏突出銀子來，李吉尋思道：「這廝醉了，那裏討得許多！何不拿他些？」也是天罡星合當聚會，自然生出機會來。李吉解那搭膊，望地下只一抖，那封回書和銀子都抖出來。李吉拿起，頗識幾字，將書拆開看時，見上面寫着少華山朱武、陳達、楊春，中間多有兼文帶武[113]的言語，卻不識得，只認得三個名字。李吉道：「我做獵戶，幾時能夠發跡，算命道我今年有大財，卻在這裏。華陰縣裏現出三千貫賞錢，捕捉他三個賊人。叵耐史進那廝，前日我去他莊上尋矮丘乙郎，他道我來相腳頭盤，你原來倒和賊人來往！」銀子並書都拿去了，望華陰縣裏來出首[114]。

點評

● 事情的起因和發展銜接得恰到好處，與前文遙相呼應，沒有閒筆。

卻說莊客王四，一覺直睡到二更方醒覺來，看見月光微微照在身上，吃了一驚。跳將起來，卻見四邊都是松樹。便去腰裏摸時，搭膊和書都不見了。四下裏尋時，只見空搭膊在莎草地上。王四只管叫苦，尋思道：「銀子不打緊，這封回書，卻怎生好？正不知被甚人拿去了？」眉頭一縱，計上心來，自道：「若回去莊上說脫了回書，大郎必然焦躁，定是趕我出去，不如只說不曾有回書，那裏查照。」計較定了，飛也似取路歸來莊上，卻好五更天氣。

● 太過聰明也會壞事。

史進見王四回來，問道：「你緣何方才歸來？」王四道：「託主人福蔭，寨中三個頭領，都不肯放，留住王四吃了半夜酒，因此回來遲了。」史進又問：「曾有回書否？」王四道：「三個頭領要寫回書，卻是小人道：『三位頭領既然准來赴席，何必回書？小人又有杯酒，路上恐有些失支脫

112)　張：捕捉。

113)　兼文帶武：文雅和俚俗的詞語。

114)　出首：檢舉，告發。

節[115]，不是耍處[116]。』」史進聽了大喜，說道：「不枉了諸人叫做賽伯當，真個了得。」王四應道：「小人怎敢差遲，路上不曾住腳，一直奔回莊上。」史進道：「既然如此，教人去縣裏買些果品、案酒伺候。」

不覺中秋節至，是日晴明得好。史進當日吩咐家中莊客，宰了一腔大羊，殺了百十個雞鵝，準備下酒食筵宴。看看天色晚來，怎見得好個中秋？但見：午夜初長，黃昏已半，一輪月掛如銀。冰盤如晝，賞玩正宜人。清影十分圓滿，桂花玉兔交馨。簾櫳[117]高捲，金杯頻勸酒，歡笑賀升平。年年當此節，酩酊[118]醉醺醺。莫辭終夕飲，銀漢露華新。

且說少華山上朱武、陳達、楊春三個頭領，吩咐小嘍囉看守寨柵，只帶三五個做伴，將了朴刀，各跨口腰刀，不騎鞍馬，步行下山，徑來到史家莊上。史進接着，各敘禮罷，請入後園，莊內已安排下筵宴。史進請三位頭領上坐，史進對席相陪，便叫莊客把前後莊門拴了。一面飲酒，莊內莊客，輪流把盞，一邊割羊勸酒。酒至數杯，卻早東邊推起那輪明月，但見：桂花離海嶠[119]，雲葉散天衢[120]。彩霞照萬里如銀，素魄[121]映千山似水。影橫曠野，驚獨宿之烏鴉；光射平湖，照雙棲之鴻雁。冰輪展出三千里，玉兔平吞四百州。

史進正和三個頭領在後園飲酒，賞玩中秋，敘說舊話新言，只聽得牆外一聲喊起，火把亂明。史進大驚，跳起身來吩咐：「三位賢友且坐，待我去看。」喝叫莊客：「不要開門！」掇條梯子，上牆打一看時，只見是華陰縣縣尉在馬

---

115) 失支脫節：失誤，中間出差錯。

116) 不是耍處：不是能鬧着玩的。

117) 簾櫳（lóng）：泛指門窗的簾子。

118) 酩酊（mǐng dǐng）：大醉的樣子。

119) 海嶠：海邊山嶺。

120) 天衢（qú）：天空廣闊，任意通行。

121) 素魄：月的別稱，也指月光。

上，引着兩個都頭，帶着三四百土兵，圍住莊院。史進和三個頭領只管叫苦，外面火把光中，照見鋼叉、朴刀、五股叉、留客住[122]，擺得似麻林一般。兩個都頭口裏叫道：「不要走了強賊。」

不是這夥人來捉史進並三個頭領，有分教：史進先殺了一兩個人，結識了十數個好漢，直使天罡地煞一齊相會。直教：蘆花深處屯兵士，荷葉陰中治戰船。畢竟史進與三個頭領怎地脫身，且聽下回分解。

## 延伸思考

小說是虛構的，卻能真實可感，這與細節處的精微描寫是分不開的。試着找出本回中幾處細節描寫，並說明其作用。

## 精華賞析

小說中的重要人物從本回開始一一出場，對於人物性格的生動刻畫是本書的重要特色之一，通過對人物的語言、動作、心理等的描寫以及謀篇佈局的巧思，對極細微處的照顧，一個個性格迥異的好漢從書本中跳脫出來，有了鮮活的藝術生命。

本回中對於高俅、王進、史進等人物的描敘就有頗多出彩之處，如高俅公報私仇，對王進雞蛋裏挑骨頭的段落；王進從遇事到出逃這一路上的所作所為；史進習武並結交強人的過程，都細緻地表現出人物的性格特點。甚至連作為引子出場的史太公都讓人對他的敦厚善良如有所感。小說在人物上用心頗多，閱讀時定要小心揣摩，「走過路過別錯過」。

---

122)　留客住：古兵器名。一種頭端有倒鈎的長槍。

第三回

# 精讀 史大郎夜走華陰縣 魯提轄拳打鎮關西

官府前來捉拿強盜，史進不願捉三人請賞，便放火燒莊，與眾人一起擊退官兵，殺了仇人和都頭後逃離史家莊，因不願落草為寇，便決定離開華陰縣去尋找師傅王進。途中遇到經略府提轄魯達和一位從前的老師，三人一同喝酒時，魯達救助了一對落難的父女，並三拳打死了欺凌父女的鄭屠。出了人命後，魯達連忙逃離渭州，一路逃到了代州雁門縣，他並不知官府四處張貼了通緝令，正在人羣中聽讀榜文時，被人拉到了一邊。

話說當時史進道：「卻怎生是好？」朱武等三個頭領跪下答道：「哥哥，你是乾淨的人，休為我等連累了。大郎可把索來綁縛我三個，出去請賞，免得負累了你不好看。」史進道：「如何使得！恁地時，是我賺你們來，捉你請賞，枉惹天下人笑。我若是死時，與你們同死，活時同活。你等起來，放心，別作圓便[1]。且等我問個來歷緣故情由。」

史進上梯子問道：「你兩個都頭，何故半夜三更來劫我莊上？」那兩個都頭答道：「大郎，你兀自賴哩！現有原告人李吉在這裏。」史進喝道：「李吉，你如何誣告平人？」李吉應道：「我本不知，林子裏拾得王四的回書，一時間把在縣前看，因此事發。」史進叫王四問道：「你說無回書，

1) 圓便：指變通、周到的主意和方法。

如何卻又有書？」王四道：「便是小人一時醉了，忘記了回書。」史進大喝道：「畜生，卻怎生好？」外面都頭人等，懼怕史進了得，不敢奔入莊裏來捉人。三個頭領把手指道：「且答應外面。」史進會意，在梯子上叫道：「你兩個都頭都不要鬧動，權退一步，我自綁縛出來，解官請賞。」那兩個都頭卻怕史進，只得應道：「我們都是沒事的，等你綁出來，同去請賞。」史進下梯子，來到廳前，先叫王四，帶進後園，把來一刀殺了。喝教許多莊客，把莊裏有的沒的細軟等物，即便收拾，盡教打迭起了；一壁點起三四十個火把。莊裏史進和三個頭領全身披掛，槍架上各人跨了腰刀，拿了朴刀，拽紮起，把莊後草屋點着。莊客各自打拴了包裹。外面見裏面火起，都奔來後面看。且說史進就中堂又放起火來，大開了莊門，吶聲喊，殺將出來。

史進當頭，朱武、楊春在中，陳達在後，和小嘍囉並莊客，一衝一撞，指東殺西。史進卻是個大蟲，那裏攔當得住！後面火光亂起，殺開條路，衝將出來，正迎着兩個都頭並李吉。史進見了大怒，「仇人相見，分外眼明」，兩個都頭見頭勢不好，轉身便走。李吉也卻待回身，史進早到，手起一朴刀，把李吉斬做兩段。兩個都頭正待走時，陳達、楊春趕上，一家一朴刀，結果了兩個性命。縣尉驚得跑馬走回去了。眾土兵那裏敢向前，各自逃命散了，不知去向。

史進引着一行人，且殺且走，眾官兵不敢趕來，各自散了。史進和朱武、陳達、楊春並莊客人等，都到少華山上寨內坐下，喘息方定。朱武等到寨中，忙叫小嘍囉，一面殺牛宰馬，賀喜飲宴，不在話下。

一連過了幾日，史進尋思：「一時間要救三人，放火燒了莊院，雖是有些細軟家財，粗重什物，盡皆沒了。」心內躊躇，在此不了，開言對朱武等說道：「我的師父王教頭，在關西經略府勾當。我先要去尋他，只因父親死了，不曾去得。今來家私莊院廢盡，我如今要去尋他。」朱武三人道：

點評

● 史進本心不願做強盜，只求有個前程，生活快樂罷了。

「哥哥休去，只在我寨中且過幾時，又作商議。若哥哥不願落草時，待平靜了，小弟們與哥哥重整莊院，再作良民。」史進道：「雖是你們的好情分，只是我心去意難留。我想家私什物盡已沒了，要再去整頓莊院想不能夠。我若尋得師父，也要那裏討個出身，求半世快樂。」朱武道：「哥哥便在此間做個寨主，卻不快活？只恐寨小，不堪歇馬。」史進道：「我是個清白好漢，如何肯把父母遺體來點污了？你勸我落草，再也休題。」史進住了幾日，定要去，朱武等苦留不住。史進帶去的莊客，都留在山寨；只自收拾了些少碎銀兩，打拴一個包裹，餘者多的盡數寄留在山寨。

史進頭戴白范陽氈大帽，上撒一撮紅纓，帽兒下裹一頂渾青抓角軟頭巾，項上明黃縷帶，身穿一領白紵絲兩上領戰袍，腰繫一條揸五指梅紅攢線搭膊，青白間道行纏絞腳，襯着踏山透土多耳麻鞋，跨一口銅鈸磐口雁翎刀，背上包裹，提了朴刀，辭別朱武等三人。眾多小嘍囉都送下山來，朱武等灑淚而別，自回山寨去了。

只說史進提了朴刀，離了少華山，取路投關西五路，望延安府路上來。但見：崎嶇山嶺，寂寞孤村。披雲霧夜宿荒林，帶曉月朝登險道。落日趲行[2]聞犬吠，嚴霜早促聽雞鳴。

史進在路，免不得飢食渴飲，夜住曉行。獨自一個行了半月之上，來到渭州。這裏也有一個經略府，莫非師父王教頭在這裏？史進便入城來看時，依然有六街三市。只見一個小小茶坊，正在路口。史進便入茶坊裏來，揀一副座位坐了。茶博士[3]問道：「客官，吃甚茶？」史進道：「吃個泡茶。」茶博士點個泡茶，放在史進面前。史進問道：「這裏經略府在何處？」茶博士道：「只在前面便是。」史進道：「借問經

2) 趲（zǎn）行：趕緊走，快走。

3) 茶博士：茶館裏的夥計。

略府內有個東京來的教頭王進麼？」茶博士道：「這府裏教頭極多，有三四個姓王的，不知那個是王進？」

道猶未了，只見一個大漢，大踏步竟入走進茶坊裏來。史進看他時，是個軍官模樣，怎生結束，但見：頭裹芝麻羅萬字頂頭巾，腦後兩個太原府紐絲金環，上穿一領鸚哥綠紵絲戰袍，腰繫一條文武雙股鴉青絛，足穿一雙鷹爪皮四縫乾黃靴。生得面圓耳大，鼻直口方，腮邊一部貉䫇鬚。身長八尺，腰闊十圍。

那人入到茶坊裏面坐下。茶博士便道：「客官要尋王教頭，只問這個提轄，便都認得。」史進忙起身施禮道：「官人，請坐拜茶。」那人見了史進長大魁偉，像條好漢，便來與他施禮。兩個坐下。史進道：「小人大膽，敢問官人高姓大名？」那人道：「洒家[4]是經略府提轄，姓魯，諱[5]個達字。敢問阿哥，你姓甚麼？」史進道：「小人是華州華陰縣人氏，姓史，名進。請問官人，小人有個師父，是東京八十萬禁軍教頭，姓王名進，不知在此經略府中有也無？」魯提轄道：「阿哥，你莫不是史家村甚麼九紋龍史大郎？」史進拜道：「小人便是。」魯提轄連忙還禮，說道：「聞名不如見面，見面勝似聞名。你要尋王教頭，莫不是在東京惡了高太尉的王進？」史進道：「正是那人。」魯達道：「俺也聞他名字。那個阿哥不在這裏。洒家聽得說，他在延安府老種經略相公處勾當。俺這渭州，卻是小種經略相公[6]鎮守，那人不在這裏。你既是史大郎時，多聞你的好名字，你且和我上街去吃杯酒。」魯提轄挽了史進的手，便出茶坊來。魯達回頭道：「茶錢洒家自還你。」茶博士應道：「提轄但吃不妨，只

---

4)　洒家：代詞。陝甘一帶人稱自己。

5)　諱：名字。

6)　小種經略相公：有說是種師道，也有說是種師道的弟弟。見第二回注「老種經略相公」。

顧去。」

兩個挽了胳膊，出了茶坊來，上街行得三五十步，只見一簇眾人圍住白地上。史進道：「兄長，我們看一看。」分開人眾看時，中間裏一個人，仗着十來條棍棒，地上攤着十數個膏藥，一盤子盛着，插把紙標兒在上面，卻原來是江湖上使槍棒賣藥的。史進看了，卻認得他，原來是教史進開手的師父，叫做打虎將李忠。史進就人叢中叫道：「師父，多時不見。」李忠道：「賢弟，如何到這裏？」魯提轄道：「既是史大郎的師父，同和俺去吃三杯。」李忠道：「待小子賣了膏藥，討了回錢，一同和提轄去。」魯達道：「誰耐煩等你？去便同去。」李忠道：「小人的衣飯，無計奈何。提轄先行，小人便尋將來。賢弟，你和提轄先行一步。」魯達焦躁，把那看的人，一推一交，便罵道：「這廝們夾着屁眼撒開，不去的，洒家便打。」眾人見是魯提轄，一哄都走了。

李忠見魯達兇猛，敢怒而不敢言，只得陪笑道：「好急性的人。」當下收拾了行頭藥囊，寄頓了槍棒，三個人轉彎抹角，來到州橋之下一個潘家有名的酒店。門前挑出望竿，掛着酒旆，漾在空中飄蕩。怎見得好座酒肆？有詩為證：

風拂煙籠錦旆揚，太平時節日初長。
能添壯士英雄膽，善解佳人愁悶腸。
三尺曉垂楊柳外，一竿斜插杏花旁。
男兒未遂平生志，且樂高歌入醉鄉。

三人上到潘家酒樓上，揀個濟楚[7]閣兒裏坐下。魯提轄坐了主位，李忠對席，史進下首坐了。酒保唱了喏，認得是魯提轄，便道：「提轄官人，打多少酒？」魯達道：「先打四

7) 濟楚：明淨、清爽、漂亮。

角酒來。」一面鋪下菜蔬、果品案酒，又問道：「官人，吃甚下飯？」魯達道：「問甚麼？但有，只顧賣來，一發算錢還你。這廝只顧來聒噪[8]。」酒保下去，隨即盪酒上來；但是下口肉食，只顧將來，擺一桌子。

三個酒至數杯，正說些閒話，較量些槍法，說得入港，只聽得隔壁閣子裏有人哽哽咽咽啼哭。魯達焦躁，便把碟兒、盞兒都丟在樓板上。酒保聽得，慌忙上來看時，見魯提轄氣憤憤地。酒保抄手道：「官人要甚東西，吩咐買來。」魯達道：「洒家要甚麼？你也須認的洒家，卻恁地教甚麼人在間壁吱吱的哭，攪俺弟兄們吃酒。洒家須不曾少了你酒錢！」酒保道：「官人息怒，小人怎敢教人啼哭，打攪官人吃酒。這個哭的，是綽酒座兒[9]唱的父子兩人。不知官人們在此吃酒，一時間自苦了啼哭。」魯提轄道：「可是作怪！你與我喚的他來。」

酒保去叫，不多時，只見兩個到來：前面一個十八九歲的婦人，背後一個五六十歲的老兒，手裏拿串拍板，都來到面前。看那婦人，雖無十分的容貌，也有些動人的顏色。但見鬅鬆[10]雲髻，插一枝青玉簪兒；嫋娜纖腰，繫六幅紅羅裙子。素白舊衫籠雪體，淡黃軟襪襯弓鞋。蛾眉緊蹙，汪汪淚眼落珍珠；粉面低垂，細細香肌消玉雪。若非雨病雲愁，定是懷憂積恨。

那婦人拭着眼淚，向前來深深的道了三個萬福。那老兒也都相見了。魯達問道：「你兩個是那裏人家？為甚啼哭？」那婦人便道：「官人不知，容奴告稟：奴家是東京人氏。因同父母來這渭州，投奔親眷，不想搬移南京去了。母親在客店裏染病身故，子父二人，流落在此生受。此間有個

---

8)　聒噪：嘈雜，吵鬧。

9)　綽酒座兒：串酒樓賣唱的。

10)　鬅（péng）鬆：頭髮蓬鬆。

點評

● 氣話，也好笑，「打死那廝」似是尋常小事一般，魯達的正氣、粗魯、爽直由此可見。

● 史進與魯達同為爽利正直，眼裏揉不得沙子的人。

● 一個「摸」字刻畫得好，直寫出李忠的勉強，反襯好漢的爽快。

財主，叫做鎮關西鄭大官人，因見奴家，便使強媒硬保，要奴作妾。誰想寫了三千貫文書，虛錢實契，要了奴家身體。未及三個月，他家大娘子好生利害，將奴趕打出來，不容完聚，着落店主人家追要原典身錢三千貫。父親懦弱，和他爭執不得，他又有錢有勢。當初不曾得他一文，如今那討錢來還他？沒計奈何，父親自小教得奴家些小曲兒，來這裏酒樓上趕座子。每日但得些錢來，將大半還他，留些少子父們盤纏。這兩日酒客稀少，違了他錢限，怕他來討時，受他羞恥。子父們想起這苦楚來，無處告訴，因此啼哭。不想誤觸犯了官人，望乞恕罪，高抬貴手。」

魯提轄又問道：「你姓甚麼？在那個客店裏歇？那個鎮關西鄭大官人在那裏住？」老兒答道：「老漢姓金，排行第二；孩兒小字翠蓮；鄭大官人便是此間狀元橋下賣肉的鄭屠，綽號鎮關西。老漢父子兩個，只在前面東門裏魯家客店安下。」魯達聽了道：「呸！俺只道那個鄭大官人，卻原來是殺豬的鄭屠。這個腌臢潑才，投託着俺小種經略相公門下做個肉鋪戶，卻原來這等欺負人！」回頭看着李忠、史進道：「你兩個且在這裏，等洒家去打死了那廝便來。」史進、李忠抱住勸道：「哥哥息怒，明日卻理會。」兩個三回五次勸得他住。

魯達又道：「老兒，你來！洒家與你些盤纏，明日便回東京去如何？」父子兩個告道：「若是能夠回鄉去時，便是重生父母，再長爺娘。只是店主人家如何肯放？鄭大官人須着落他要錢。」魯提轄道：「這個不妨事，俺自有道理。」便去身邊摸出五兩來銀子，放在桌上，看着史進道：「洒家今日不曾多帶得些出來，你有銀子，借些與俺，洒家明日便送還你。」史進道：「直甚麼，要哥哥還。」去包裹裏取出一錠十兩銀子，放在桌上。魯達看着李忠道：「你也借些出來與洒家。」李忠去身邊摸出二兩來銀子。魯提轄看了見少，便道：「也是個不爽利的人。」魯達只把十五兩銀子與了金老，吩咐道：「你父子兩個將去做盤纏，一面收拾行李。俺明日清早來，發付你兩個起身，看那個店主人敢留你！」金老並女兒拜謝去了。

魯達把這二兩銀子丟還了李忠。三人再吃了兩角酒，下樓來叫道：「主人家，酒錢洒家明日送來還你。」主人家連聲應道：「提轄只顧自去，但吃不妨，只怕提轄不來賒。」三個人出了潘家酒肆，到街上分手，史進、李忠各自投客店去了。

只說魯提轄回到經略府前下處，到房裏，晚飯也不吃，氣憤憤的睡了。主人家又不敢問他。

再說金老得了這一十五兩銀子，回到店中，安頓了女兒。先去城外遠處覓下一輛車兒，回來收拾了行李，還了房宿錢，算清了柴米錢，只等來日天明。當夜無事，次早五更起來，子父兩個先打火做飯，吃罷，收拾了。

天色微明，只見魯提轄大踏步走入店裏來，高聲叫道：「店小二，那裏是金老歇處？」小二哥道：「金公，提轄在此尋你。」金老開了房門，便道：「提轄官人，裏面請坐。」魯達道：「坐甚麼？你去便去，等甚麼？」金老引了女兒，挑了擔兒，作謝提轄，便待出門，店小二攔住道：「金公，那裏去？」魯達問道：「他少你房錢？」小二道：「小人房錢，昨夜都算還了。須欠鄭大官人典身錢，着落在小人身上看管他哩！」魯提轄道：「鄭屠的錢，洒家自還他。你放這老兒還鄉去。」那店小二那裏肯放。魯達大怒，揸開五指，去那小二臉上只一掌，打的那店小二口中吐血；再復一拳，打下當門兩個牙齒。小二扒將起來，一道煙走向店裏去躲了。店主人那裏敢出來攔他。金老父子兩個，忙忙離了店中，出城自去尋昨日覓下的車兒去了。

且說魯達尋思：恐怕店小二趕去攔截他，且向店裏掇條凳子，坐了兩個時辰。約莫金公去的遠了，方才起身，徑到狀元橋來。

**點評**

● 晚飯沒吃，一大早便起來尋人，可見真心為別人着想。

● 考慮周全，粗中有細。

點評

且說鄭屠開着兩間門面，兩副肉案，懸掛着三五片豬肉。鄭屠正在門前櫃身內坐定，看那十來個刀手賣肉。魯達走到面前，叫聲：「鄭屠！」鄭屠看時，見是魯提轄，慌忙出櫃身來唱喏道：「提轄恕罪。」便叫副手掇條凳子來，「提轄請坐。」魯達坐下道：「奉着經略相公鈞旨，要十斤精肉，切做臊子，不要見半點肥的在上頭。」鄭屠道：「使得，你們快選好的，切十斤去。」魯提轄道：「不要那等醃臢廝們動手！你自與我切。」鄭屠道：「說得是。小人自切便了。」自去肉案上揀下十斤精肉，細細切做臊子。

● 插入店小二前來報信之事，細節描寫，一處不落。

那店小二把手帕包了頭，正來鄭屠家報說金老之事，卻見魯提轄坐在肉案門邊，不敢攏來，只得遠遠的立住，在房簷下望。

這鄭屠整整的自切了半個時辰，用荷葉包了道：「提轄，教人送去？」魯達道：「送甚麼？且住！再要十斤，都是肥的，不要見些精的在上面，也要切做臊子。」鄭屠道：「卻才精的，怕府裏要裹餛飩，肥的臊子何用？」魯達睜着眼道：「相公鈞旨，吩咐洒家，誰敢問他？」鄭屠道：「是合用的東西，小人切便了。」又選了十斤實膘的肥肉，也細細的切做臊子，把荷葉來包了。整弄了一早晨，卻得飯罷時候。

● 為金氏父女逃跑贏得時間。

那店小二那裏敢過來，連那正要買肉的主顧，也不敢攏來。

鄭屠道：「着人與提轄拿了，送將府裏去。」魯達道：「再要十斤寸金軟骨，也要細細地剁做臊子，不要見些肉在上面。」鄭屠笑道：「卻不是特地來消遣我！」魯達聽罷，跳起身來，拿着那兩包臊子在手裏，睜眼看着鄭屠道：「洒家特地要消遣你！」把兩包臊子劈面打將去，卻似下了一陣的肉雨。鄭屠大怒，兩條忿氣從腳底下直衝到頂門，心頭那一把無明業火，焰騰騰的按納不住，從肉案上搶了一把剔骨尖刀，托地跳將下來。魯提轄早拔步在當街上。

眾鄰舍並十來個火家，那個敢向前來勸。兩邊過路的人都立住了腳，和那店小二也驚的呆了。

鄭屠右手拿刀，左手便來要揪魯達，被這魯提轄就勢按住左手，趕將入去，望小腹上只一腳，騰地踢倒在當街上。魯達再入一步，踏住胸脯，提着那醋缽兒大小拳頭，看着這鄭屠道：「洒家始投老種經略相公，做到關西五路廉訪使，也不枉了叫做鎮關西。你是個賣肉的操刀屠戶，狗一般的人，也叫做鎮關西！你如何強騙了金翠蓮？」撲的只一拳，正打在鼻子上，打得鮮血迸流，鼻子歪在半邊，卻便似開了個油醬鋪，鹹的、酸的、辣的，一發都滾出來。鄭屠掙不起來，那把尖刀也丟在一邊，口裏只叫：「打得好！」魯達罵道：「直娘賊，還敢應口！」提起拳頭來，就眼眶際眉梢只一拳，打得眼棱縫裂，烏珠迸出，也似開了個彩帛鋪的，紅的、黑的、絳的，都綻將出來。

兩邊看的人，懼怕魯提轄，誰敢向前來勸。

鄭屠當不過，討饒。魯達喝道：「咄！你是個破落戶，若是和俺硬到底，洒家倒饒了你；你如何對俺討饒，洒家偏不饒你。」又只一拳，太陽上正着，卻似做了一個全堂水陸的道場，磬兒、鈸兒、鐃兒，一齊響。魯達看時，只見鄭屠挺在地下，口裏只有出的氣，沒了入的氣，動彈不得。魯提轄假意道：「你這廝詐死，洒家再打。」只見面皮漸漸的變了。

魯達尋思道：「俺只指望痛打這廝一頓，不想三拳真個打死了他。洒家須吃官司，又沒人送飯，不如及早撒開。」拔步便走，回頭指着鄭屠屍道：「你詐死，洒家和你慢慢理會。」一頭罵，一頭大踏步去了。街坊鄰舍，並鄭屠的火家，誰敢向前來攔他。魯提轄回到下處，急急捲了些衣服、盤纏、細軟、銀兩；但是舊衣粗重，都棄了。提了一條齊眉短棒，奔出南門，一道煙走了。

且說鄭屠家中眾人，救了半日不活，嗚呼死了。老小鄰人徑來州衙告狀。正直府尹升廳，接了狀子，看罷道：

**點評**

● 情節最為緊迫處插入對眾人和店小二的描寫，有張有弛，合情合理。

● 打在鼻子上，用味覺渲染。

● 打在眼睛上，從視覺角度描寫。

● 打在太陽穴，寫出耳鳴的感覺。三處通感修辭手法的運用，表現鄭屠的感受。

● 三拳就打死了人，說明魯達勇猛力大，嫉惡如仇。

● 闖下大禍卻仍不失機智，當着眾人為自己開脫罪責。

「魯達係是經略府提轄，不敢擅自徑來捕捉兇身。」府尹隨即上轎，來到經略府前，下了轎子。把門軍士入去報知。經略聽得，教請到廳上，與府尹施禮罷。經略問道：「何來？」府尹稟道：「好教相公得知，府中提轄魯達，無故用拳打死市上鄭屠。不曾稟過相公，不敢擅自捉拿兇身。」經略聽說，吃了一驚，尋思道：「這魯達雖好武藝，只是性格粗鹵[11]，今番做出人命事，俺如何護得短？須教他推問使得。」經略回府尹道：「魯達這人，原是我父親老經略處軍官，為因俺這裏無人幫護，撥他採做個提轄。既然犯了人命罪過，你可拿他依法度取問。如若供招明白，擬罪已定，也須教我父親知道，方可斷決。怕日後父親處邊上要這個人時，卻不好看。」府尹稟道：「下官問了情由，合行申稟老經略相公知道，方敢斷遣。」

府尹辭了經略相公，出到府前，上了轎，回到州衙裏，升廳坐下。便喚當日緝捕使臣押下文書，捉拿犯人魯達。

當時王觀察領了公文，將帶二十來個做公的人，徑到魯提轄下處。只見房主人道：「卻才拕了些包裹，提了短棒出去了。小人只道奉着差使，又不敢問他。」王觀察聽了，教打開他房門看時，只有些舊衣舊裳，和些被臥在裏面。王觀察就帶了房主人，東西四下裏去跟尋，州南走到州北，捉拿不見。王觀察又捉了兩家鄰舍並房主人，同到州衙廳上回話道：「魯提轄懼罪在逃，不知去向，只拿得房主人並鄰舍在此。」府尹見說，且教監下；一面教拘集鄭屠家鄰佑人等，點了仵作行[12]人，着仰[13]本地坊官人並坊廂[14]里正，

---

11) 粗鹵：粗魯。鹵，通「魯」。

12) 仵（wǔ）作行：仵作，本指官府中檢驗刑傷的小吏；後來，仵作行則指代喪家班裏殮屍、治喪具等事的行業。

13) 着仰：派，叫。

14) 坊廂：街巷。

再三檢驗已了。鄭屠家自備棺木盛殮，寄在寺院。一面疊成文案，一壁差人杖限[15]緝捕兇身；原告人保領回家；鄰佑杖斷[16]有失救應；房主人並下處鄰舍，止得個不應。魯達在逃，行開個海捕急遞的文書[17]，各路追捉；出賞錢一千貫，寫了魯達的年甲、貫址、形貌，到處張緝；一干人等疏放[18]聽候。鄭屠家親人，自去做孝，不在話下。

且說魯達自離了渭州，東逃西奔，急急忙忙，卻似：失羣的孤雁，趁月明獨自貼天飛；漏網的活魚，乘水勢翻身衝浪躍。不分遠近，豈顧高低。心忙撞倒路行人，腳快有如臨陣馬。

這魯提轄急急忙忙行過了幾處州府，正是「逃生不避路，到處便為家」。自古有幾般：「飢不擇食，寒不擇衣，慌不擇路，貧不擇妻。」魯達心慌搶路，正不知投那裏去的是。一連地行了半月之上，在路卻走到代州雁門縣。入得城來，見這市井鬧熱，人煙輳集，車馬駢馳，一百二十行經商買賣，諸物行貨都有，端的整齊。雖然是個縣治，勝如州府。魯提轄正行之間，不覺見一簇人眾圍住了十字街口看榜。但見：扶肩搭背，交頸並頭。紛紛不辨賢愚，擾擾難分貴賤。張三蠢胖，不識字只把頭搖；李四矮矬，看別人也將腳踏。白頭老叟，盡將拐棒拄髭鬚；綠鬢書生，卻把文房抄款目。行行總是蕭何法[19]，句句俱依律令行。

魯達看見眾人看榜，挨滿在十字路口，也鑽在人叢裏聽時，魯達卻不識字，只聽得眾人讀道：「代州雁門縣依奉太原府指揮使司，該准渭州文字，捕捉打死鄭屠犯人魯達，

---

15）　杖限：嚴限日期，逾期則以杖刑處罰。

16）　杖斷：以杖刑處罰。

17）　海捕文書：通緝令。

18）　疏放：釋放。

19）　蕭何法：漢代蕭何定下的法令。

即係經略府提轄。如有人停藏在家宿食，與犯人同罪；若有人捕獲前來，或首告到官，支給賞錢一千貫文。」魯提轄正聽到那裏，只聽得背後一個人大叫道：「張大哥，你如何在這裏？」攔腰抱住，扯離了十字路口。

不是這個人看見了，橫拖倒拽將去，有分教：魯提轄剃除頭髮，削去髭鬚，倒換過殺人姓名，薅惱殺諸佛羅漢。直教：禪杖打開危險路，戒刀殺盡不平人。畢竟扯住魯提轄的是甚人。且聽下回分解。

## 延伸思考

兩種不同的性格寫起來容易，但同一類性格的不同特點就不容易表現了。如同樣寫「粗魯」，如何區分性格的不同？金聖歎在《讀第五才子書法》中說道：「魯達粗魯是性急，史進粗魯是少年任性。」試根據兩人的出場描寫找一找他們「粗魯」個性的不同之處。

## 精華賞析

本回最精彩的部分是魯達三拳打死鎮關西的場景描寫。這段文字將正面描寫和側面描寫相結合，刻畫了魯達不同方面的個性。三拳打在哪，打得如何是正面描寫，眾人的懼怕和驚呆是側面描寫。在對整個行動的描寫中，魯達不同方面的性格特點得以初步展現：找藉口與鄭屠發生爭執，表現了他的謀略；只三拳便打死了鄭屠，這表現了他的勇力和粗魯；發現不妙後拔腿便走，還一面罵鄭屠詐死，表現了他的粗中有細，機智靈敏。

第四回

# 趙員外重修文殊院
# 魯智深大鬧五台山

把魯達拉到一邊的不是別人，正是被他搭救的金老漢。原來金氏父女也來到了這裏，並且經人介紹，女兒嫁了當地趙員外作妾。父女倆一心想要報恩，就託趙員外把魯達安置在了五台山做和尚。可魯達生性不服管教，置寺院的清規戒律於不顧，兩次醉酒鬧事，打了寺中的和尚，還將許多寺中之物毀壞，最後長老也沒法為他護短，只得令他離開五台山，另尋他處。

話說當下魯提轄扭過身來看時，拖扯的不是別人，卻是渭州酒樓上救了的金老。那老兒直拖魯達到僻靜處，說道：「恩人，你好大膽！現今明明地張掛榜文，出一千貫賞錢捉你，你緣何卻去看榜？若不是老漢遇見時，卻不被做公的拿了。榜上現寫着你年甲、貌相、貫址。」魯達道：「洒家不瞞你說，因為你上，就那日回到狀元橋下，正迎着鄭屠那廝，被洒家三拳打死了，因此上在逃。一到處撞了四五十日，不想來到這裏。你緣何不回東京去，也來到這裏？」金老道：「恩人在上：自從得恩人救了，老漢尋得一輛車子，本欲要回東京去，又怕這廝趕來，亦無恩人在彼搭救，因此不上東京去。隨路望北來，撞見一個京師古鄰，來這裏做買賣，就帶老漢父子兩口兒到這裏。虧殺了他，就與老漢女兒做媒，結交此間一個大財主趙員外，養做外宅[1]，衣食豐足，皆出於恩人。我女兒常常對他孤老[2]說提轄大恩，那個員外也愛刺槍使

1）　外宅：外室。指妻子以外長期同居的婦人。

2）　孤老：非正式婚配的男方。

棒，常說道：『怎地得恩人相會一面也好。』想念如何能夠得見。且請恩人到家過幾日，卻再商議。」

魯提轄便和金老行不得半里，到門首，只見老兒揭起簾子，叫道：「我兒，大恩人在此。」那女孩兒濃妝豔飾，從裏面出來，請魯達居中坐了，插燭也似拜了六拜，說道：「若非恩人垂救，怎能夠有今日。」魯達看那女子時，另是一般豐韻，比前不同。但見：金釵斜插，掩映烏雲；翠袖巧裁，輕籠瑞雪。櫻桃口淺暈微紅，春筍手半舒嫩玉。纖腰嫋娜，綠羅裙微露金蓮；素體輕盈，紅繡襖偏宜玉體。臉堆三月嬌花，眉掃初春嫩柳。香肌撲簌瑤台月，翠鬢籠鬆楚岫雲。

那女子拜罷，便請魯提轄道：「恩人上樓去請坐。」魯達道：「不須生受，洒家便要去。」金老便道：「恩人既到這裏，如何肯放教你便去？」老兒接了桿棒包裹，請到樓上坐定。老兒吩咐道：「我兒陪侍恩人坐坐，我去安排飯來。」魯達道：「不消多事，隨分便好。」老兒道：「提轄恩念，殺身難報。量些粗食薄味，何足掛齒。」女子留住魯達在樓上坐地，金老下來，叫了家中新討的小廝，吩咐那個丫鬟，一面燒着火。老兒和這小廝上街來，買了些鮮魚、嫩雞、釀鵝、肥鮓、時新果子之類歸來。一面開酒，收拾菜蔬，都早擺了，搬上樓來。春台上放下三個盞子，三雙箸，鋪下菜蔬、果子、嗄飯等物，丫鬟將銀酒壺燙上酒來。女父二人，輪番把盞。金老倒地便拜。魯提轄道：「老人家如何恁地下禮，折殺俺也。」金老說道：「恩人聽稟：前日老漢初到這裏，寫個紅紙牌兒，旦夕一炷香，父女兩個兀自拜哩。今日恩人親身到此，如何不拜？」魯達道：「卻也難得你這片心。」

三人慢慢地飲酒。將及天晚，只聽得樓下打將起來。魯提轄開窗看時，只見樓下三二十人，各執白木棍棒，口裏都叫拿將下來。人叢裏一個人，騎在馬上，口裏大喝道：「休教走了這賊！」魯達見不是頭[3]，拿起凳子，從樓上打將下來。金老連忙搖手叫道：「都不要動手。」那老兒搶下樓去，直至那騎馬的官人身邊，說了幾句言語。那官人笑將起來，便喝散了那二三十人，各自去了。

---

3) 不是頭：形勢不妙。

那官人下馬，人到裏面，老兒請下魯提轄來，那官人撲翻身便拜道：「聞名不如見面，見面勝似聞名，義士提轄受禮。」魯達便問那金老道：「這官人是誰？素不相識，緣何便拜洒家？」老兒道：「這個便是我兒的官人趙員外。卻才只道老漢引甚麼郎君子弟在樓上吃酒，因此引莊客來廝打。老漢說知，方才喝散了。」魯達道：「原來如此。怪員外不得。」趙員外再請魯提轄上樓坐定。金老重整杯盤，再備酒食相待。趙員外讓魯達上首坐地，魯達道：「洒家怎敢！」員外道：「聊表相敬之禮，小子多聞提轄如此豪傑，今日天賜相見，實為萬幸。」魯達道：「洒家是個粗鹵漢子，又犯了該死的罪過。若蒙員外不棄貧賤，結為相識，但有用洒家處，便與你去。」趙員外大喜，動問打死鄭屠一事，說些閒話，較量些槍法。吃了半夜酒，各自歇了。

次日天明，趙員外道：「此處恐不穩便，可請提轄到敝莊住幾時。」魯達問道：「貴莊在何處？」員外道：「離此間十里多路，地名七寶村便是。」魯達道：「最好。」員外先使人去莊上叫牽兩匹馬來。未及晌午，馬已到來。員外便請魯提轄上馬，叫莊客擔了行李，魯達相辭了金老父女二人，和趙員外上了馬。兩個並馬行程，於路說些閒話，投七寶村來。不多時，早到莊前下馬，趙員外攜住魯達的手，直至草堂上，分賓而坐，一面叫殺羊置酒相待。晚間收拾客房安歇，次日又備酒食管待。魯達道：「員外錯愛，洒家如何報答。」趙員外便道：「『四海之內，皆兄弟也。』如何言報答之事。」

話休絮煩。魯達自此之後，在這趙員外莊上住了五七日。忽一日，兩個正在書院裏閒坐說話，只見金老急急奔來莊上，徑到書院裏，見了趙員外並魯提轄。見沒人，便對魯達道：「恩人，不是老漢心多，為是恩人前日老漢請在樓上吃酒，員外誤聽人報，引領莊客來鬧了街坊，後卻散了，人都有些疑心，說開去。昨日有三四個做公的來鄰舍街坊打聽得緊，只怕要來村裏緝捕恩人。倘或有些疏失，如之奈何？」魯達道：「恁地時，洒家自去便了。」趙員外道：「若是留提轄在此，誠恐有些山高水低，教提轄怨悵；若不留提轄來，許多面皮都不好看。趙某卻有個道理，教提轄萬無一失，足可安身避難。只怕提轄不肯。」魯達道：「洒家是個該死的人，但得一處安身便了，做甚麼不肯？」趙員外道：「若如此，最好。離此間三十餘里有座山，喚做五台山。山上有一個文殊院，原是文殊菩薩道場。寺裏有五七百僧人，為頭智真長老，是我弟兄。我祖上曾捨錢在寺裏，是本寺的施主檀越[4]。我曾許下剃度一僧在寺裏，已買下一道五花度牒在此，只不曾有個心腹之人，了這條願心。如是提轄肯時，一應費用，都是趙某備辦，委實肯落髮做和尚麼？」魯達尋思：「如今便要去時，那裏投奔人，不如就了這條路罷。」便道：「既蒙員外做主，洒家情願做了和尚，專靠員外照管。」當時說定了，連夜收拾衣服盤纏，緞匹禮物，排擔了。次日早起來，叫莊客挑了，兩個取路望五台山來。辰牌已後，早到那山下。魯提轄看那五台山時，果然好座大山！但見：雲遮峯頂，日轉山腰；嵯峨仿佛接天關，崒嵂參差侵漢表。巖前花木舞春風，暗吐清香；洞口藤蘿披宿雨，倒懸嫩線。飛雲瀑布，銀河影浸月光寒；峭壁蒼松，鐵角鈴搖龍尾動。山根雄峙三千界，巒勢高擎幾萬年。

趙員外與魯提轄兩乘轎子，抬上山來，一面使莊客前去通報。到得寺前，早有寺中都寺、監寺，出來迎接。兩個下了轎子，去山門外亭子上坐定。寺內智真長老得知，引着首座、侍者，出山門外來迎接。趙員外和魯達向前施禮，智真長老打了問訊，說道：「施主遠出不易。」趙員外答道：「有些小事，特來上剎相浼[5]。」智真長老便道：「且請員外方丈吃茶。」趙員外前行，魯達跟在背後，看那文殊寺，果然是好座大剎！但見：山門侵翠嶺，佛殿接青雲。鐘樓與月窟相連，經閣共峯巒對立。香積廚通一泓泉水，眾僧寮納四面煙霞。老僧方丈斗牛邊，禪客經堂雲霧裏。白面猿時時獻果，將怪石敲響木魚；黃斑鹿日日銜花，向寶殿供養金佛。七層寶塔接丹霄，千古聖僧來大剎。

當時智真長老請趙員外並魯達到方丈。長老邀員外向客席而坐，魯達便去下首，坐在禪椅上。員外叫魯達附耳低言：「你來這裏出家，如何便對長老坐地？」魯達道：「洒家不省得。」起身立在員外肩下。面前首座、維那、侍者、監寺、都寺、知客、書記，依次排立東西兩班。莊客把轎子安頓了，一齊搬將盒子入方丈來，擺在面前。長老道：「何故又將禮物來？寺中多有相瀆[6]檀越處。」趙員外道：「些小薄禮，何足稱謝！」道人、行童收拾去了。趙員

---

4) 檀越：施主。

5) 相浼（měi）：請求別人辦事。

6) 相瀆：輕慢，不恭敬。

外起身道：「一事啟堂頭大和尚：趙某舊有一條願心，許剃一僧在上剎，度牒詞簿都已有了，到今不曾剃得。今有這個表弟姓魯，是關西軍漢出身，因見塵世艱辛，情願棄俗出家。萬望長老收錄，慈悲慈悲，看趙某薄面，披剃為僧。一應所用，弟子自當準備。煩望長老玉成，幸甚！」長老見說，答道：「這個事緣是光輝老僧山門，容易容易，且請拜茶。」只見行童托出茶來。茶罷，收了盞托。

智真長老便喚首座、維那，商議剃度這人，吩咐監寺、都寺，安排齋食。只見首座與眾僧自去商議道：「這個人不似出家的模樣，一雙眼卻恁兇險。」眾僧道：「知客，你去邀請客人坐地，我們與長老計較。」知客出來，請趙員外、魯達到客館裏坐地。首座眾僧稟長老說道：「卻才這個要出家的人，形容醜惡，貌相兇頑，不可剃度他，恐久後累及山門。」長老道：「他是趙員外檀越的兄弟，如何撇得他的面皮？你等眾人且休疑心，待我看一看。」焚起一炷信香，長老上禪椅，盤膝而去，口誦咒語，入定去了。一炷香過，卻好回來，對眾僧說道：「只顧剃度他。此人上應天星[7]，心地剛直。雖然時下兇頑，命中駁雜，久後卻得清淨，正果非凡，汝等皆不及他。可記吾言，勿得推阻。」首座道：「長老只是護短，我等只得從他。不諫不是，諫他不從，便了。」

長老叫備齋食，請趙員外等方丈會齋。齋罷，監寺打了單賬[8]。趙員外取出銀兩，教人買辦物料。一面在寺裏做僧鞋、僧衣、僧帽、袈裟、拜具。一兩日都已完備。長老選了吉日良時，教鳴鐘擊鼓，就法堂內會集大眾。整整齊齊，五六百僧人，盡披袈裟，都到法座下合掌作禮，分作兩班。趙員外取出銀錠、表禮、信香，向法座前禮拜了。表白宣疏已罷，行童引魯達到法座下。維那教魯達除了巾幘，把頭髮分做九路綰了，捆揲起來。淨髮人先把一周遭都剃了，卻待剃髭鬚，魯達道：「留了這些兒還洒家也好。」眾僧忍笑不住。智真長老在法座上道：「大眾聽偈。」唸道：「寸草不留，六根清淨，與汝剃除，免得爭競。」長老唸罷偈言，喝一聲：「咄！盡皆剃去！」淨髮人只一刀，盡皆剃了。首座呈將度牒上法座前，請長老賜法名。長老拿着空頭度

---

7)　上應天星：對應三十六天罡星之一。

8)　單賬：單子。

牒而說偈曰：「靈光一點，價值千金，佛法廣大，賜名智深[9]。」長老賜名已罷，把度牒轉將下來，書記僧填寫了度牒，付與魯智深收受。長老又賜法衣袈裟，教智深穿了。監寺引上法座前，長老用手與他摩頂受記道：「一要歸依佛性，二要歸奉正法，三要歸敬師友，此是三歸。五戒者：一不要殺生，二不要偷盜，三不要邪淫，四不要貪酒，五不要妄語。」智深不曉得禪宗答應「能」「否」兩字，卻便道：「洒家記得。」眾僧都笑。

受記已罷，趙員外請眾僧到雲堂裏坐下，焚香設齋供獻。大小職事僧人，各有上賀禮物。都寺引魯智深參拜了眾師兄師弟，又引去僧堂背後叢林裏選佛場坐地。當夜無事。

次日趙員外要回，告辭長老，留連不住，早齋已罷，並眾僧都送出山門。趙員外合掌道：「長老在上，眾師父在此，凡事慈悲。小弟智深，乃是愚鹵直人，早晚禮數不到，言語冒瀆，誤犯清規，萬望覷趙某薄面，恕免恕免。」長老道：「員外放心，老僧自慢慢地教他唸經誦咒，辦道參禪。」員外道：「日後自得報答。」人叢裏喚智深到松樹下，低低吩咐道：「賢弟，你從今日難比往常，凡事自宜省戒，切不可託大[10]。倘有不然，難以相見，保重保重。早晚衣服，我自使人送來。」智深道：「不索哥哥說，洒家都依了。」當時趙員外相辭長老，再別了眾人上轎；引了莊客，拕了一乘空轎，取了盒子，下山回家去了。當下長老自引了眾僧回寺。

話說魯智深回到叢林選佛場中禪床上，撲倒頭便睡，上下肩兩個禪和子[11]推他起來，說道：「使不得。既要出家，如何不學坐禪？」智深道：「洒家自睡，干你甚事？」禪和子道：「善哉！」智深裸袖道：「團魚[12]洒家也吃，甚麼『鱔哉』？」禪和子道：「卻是苦也！」智深便道：「團魚大腹，又肥甜了，好吃，那得『苦也』。」上下肩禪和子都不睬他，由他自睡了。次日，要去對長老說知智深如此無禮。首座勸道：「長老說道他後來正果非凡，我等皆不及他，只是護短。你們且沒奈何，休與他一般見識。」禪和子自去了。智深見沒

9) 智深：意指有大智慧之人。

10) 託大：粗心大意。

11) 禪和子：參禪的人，指出家人。

12) 團魚：甲魚。

人說他，每到晚便放翻身體，橫羅十字，倒在禪床上睡，夜間鼻如雷響；要起來淨手，大驚小怪，只在佛殿後撒尿撒屎，遍地都是。侍者稟長老說：「智深好生無禮，全沒些個出家人體面。叢林中如何安着得此等之人？」長老喝道：「胡說！且看檀越之面，後來必改。」自此無人敢說。

魯智深在五台山寺中，不覺攪了四五個月。時遇初冬天氣，智深久靜思動。當日晴明得好，智深穿了皂布直裰，繫了鴉青條，換了僧鞋，大踏步走出山門來。信步行到半山亭子上，坐在鵝項懶凳上，尋思道：「干鳥麼！俺往常好酒好肉，每日不離口，如今教洒家做了和尚，餓得乾癟了。趙員外這幾日又不使人送些東西來與洒家吃，口中淡出鳥來。這早晚怎地得些酒來吃也好。」正想酒哩，只見遠遠地一個漢子，挑着一副擔桶，唱上山來。上面蓋着桶蓋。那漢子手裏拿着一個旋子，唱着上來，唱道：「九里山前作戰場，牧童拾得舊刀槍。順風吹動烏江水，好似虞姬別霸王。」

魯智深觀見那漢子挑擔桶上來，坐在亭子上，看這漢子，也來亭子上，歇下擔桶。智深道：「兀那漢子，你那桶裏，甚麼東西？」那漢子道：「好酒！」智深道：「多少錢一桶？」那漢子道：「和尚，你真個也是作耍？」智深道：「洒家和你要甚麼？」那漢子道：「我這酒挑上去，只賣與寺內火工道人、直廳、轎夫、老郎們做生活的吃。本寺長老已有法旨：但賣與和尚們吃了，我們都被長老責罰，追了本錢，趕出屋去。我們現關着本寺的本錢，現住着本寺的屋宇，如何敢賣與你吃？」智深道：「真個不賣？」那漢子道：「殺了我也不賣！」智深道：「洒家也不殺你，只要問你買酒吃。」那漢子見不是頭，挑了擔桶便走。智深趕下亭子來，雙手拿住匾擔，只一腳，交襠踢着，那漢子雙手掩着，做一堆蹲在地下，半日起不得。智深把那兩桶酒都提在亭子上，地下拾起旋子，開了桶蓋，只顧舀冷酒吃。無移時，兩大桶酒吃了一桶。智深道：「漢子，明日來寺裏討錢。」那漢子方才疼止，又怕寺裏長老得知，壞了衣飯，忍氣吞聲，那裏敢討錢。把酒分做兩半桶挑了，拿了旋子，飛也似下山去了。

只說魯智深在亭子上坐了半日，酒卻上來；下得亭子，松樹根邊又坐了半歇，酒越湧上來。智探把皂布直裰褪膊下來，把兩隻袖子纏在腰裏，露出脊背上花繡來，扇着兩個膀子上山來。但見：頭重腳輕，眼紅面赤；前合後仰，東倒西歪。踉踉蹌蹌上山來，似當風之鶴；擺擺搖搖回寺去，如出水之蛇。指定天宮，叫罵天蓬元帥；踏開地府，要拿催命判官。裸形赤體醉魔君，放火殺人花和尚。

魯達看看來到山門下，兩個門子遠遠地望見，拿着竹篦來到山門下，攔住魯智深便喝道：「你是佛家弟子，如何噇得爛醉了上山來？你須不瞎，也見庫局裏貼的曉示：但凡和尚破戒吃酒，決打四十竹篦，趕出寺去。如門子縱容醉的僧人入寺，也吃十下。你快下山去，饒你幾下竹篦。」魯智深一者初做和尚，二來舊性未改，睜起雙眼罵道：「直娘賊！你兩個要打洒家，俺便和你廝打。」門子見勢頭不好，一個飛也似入來報監寺，一個虛拖竹篦攔他。智深用手隔過，揸開五指，去那門子臉上只一掌，打得踉踉蹌蹌；卻待掙扎，智深再復一拳，打倒在山門下，只是叫苦。智深道：「洒家饒你這廝。」踉踉蹌蹌，入寺裏來。

監寺聽得門子報說，叫起老郎、火工、直廳、轎夫三二十人，各執白木棍棒，從西廊下搶出來，卻好迎着智深。智深望見，大吼了一聲，卻似嘴邊起個霹靂，大踏步搶入來。眾人初時不知他是軍官出身，次後見他行得兇了，慌忙都退入藏殿裏去，便把亮槅關上。智深搶入階來，一拳一腳，打開亮槅，三二十人都趕得沒路，奪條棒，從藏殿裏打將出來。

監寺慌忙報知長老。長老聽得，急引了三五個侍者直來廊下，喝道：「智深不得無禮！」智深雖然酒醉，卻認得是長老，撇了棒，向前來打個問訊，指着廊下對長老道：「智深吃了兩碗酒，又不曾撩撥他們，他眾人又引人來打洒家。」長老道：「你看我面，快去睡了，明日卻說。」魯智深道：「俺不看長老面，洒家直打死你那幾個禿驢！」長老叫侍者扶智深到禪床上，撲地便倒了，齁齁地睡了。

眾多職事僧人圍定長老告訴道：「向日徒弟們曾諫長老來，今日如何？本寺那裏容得這個野貓，亂了清規！」長老道：「雖是如今眼下有些羅唣，後來卻成得正果，無奈何，且看趙員外檀越之面，容恕他這一番。我自明日叫去埋怨他便了。」眾僧冷笑道：「好個沒分曉的長老！」各自散去歇息。

次日，早齋罷，長老使侍者到僧堂裏坐禪處喚智深時，尚兀自未起。待他起來，穿了直裰，赤着腳，一道煙走出僧堂來。侍者吃了一驚，趕出外來尋時，卻走在佛殿後撒屎。侍者忍笑不住，等他淨了手，說道：「長老請你說話。」智深跟着侍者到方丈，長老道：「智深雖是個武夫出身，今來趙員外檀越剃度了你，我與你摩頂受記，教你『一不可殺生，二不可偷盜，三不可邪淫，四不可貪酒，五不可妄語。』此五戒乃僧家常理。出家人第一不可貪酒，你如何夜來吃得大醉，打了門子，傷壞了藏殿上朱紅槅子，又把火工道人都打走了，口出喊聲。如何這般所為？」智深跪下道：「今番不敢了。」長老道：「既然出家，如何先破了酒戒，又亂了清規？我不看你施主趙員外面，定趕你出寺！再後休犯！」智深起來合掌道：「不敢，不敢。」長老留在方丈裏，安排早飯與他吃，又用好言語勸他，取一領細布直裰，一雙僧鞋，與了智深，教回僧堂去了。

昔有一名賢，走筆作一篇口號，單說那酒，端的做得好！道是：

從來過惡皆歸酒，我有一言為世剖。地水火風合成人，麪麴米水和醇酎。酒在瓶中寂不波，人未酣時若無口。誰說孩提即醉翁，未聞食糯顛如狗，如何三杯放手傾，遂令四大不自有！幾人涓滴不能嘗，幾人一飲三百斗。亦有醒眼是狂徒，亦有酕醄神不謬。酒中賢聖得人傳，人負邦家因酒覆。解嘲破惑有常言，酒不醉人人醉酒。

但凡飲酒，不可盡歡，常言：「酒能成事，酒能敗事。」便是小膽的吃了，也胡亂做了大膽，何況性高的人？

再說這魯智深自從吃酒醉鬧了這一場，一連三四個月，不敢出寺門去。忽一日，天氣暴暖，是二月間天氣。離了僧房，信步踱出山門外立地，看着五台山，喝采一回。猛聽得山下叮叮當當的響聲，順風吹上山來。智深再回僧堂裏取了些銀兩，揣在懷裏，一步步走下山來。出得那「五台福地」的牌樓來看時，原來卻是一個市井，約有五七百人家。智深看那市鎮上時，也有賣肉的，也有賣菜的，也有酒店麪店。智深尋思道：「干呆麼！俺早知有這個去處，不奪他那桶酒吃，也自下來買些吃；這幾日熬得清水流，且過去看，有甚東西買些吃？」聽得那響處，卻是打鐵的在那裏打鐵，間壁一家門上，寫着「父子客店」。智深走到鐵匠鋪門前看時，見三個人打鐵。智深便道：「兀那待詔[13]，有好鋼鐵麼？」那打鐵的看見魯智深腮邊新剃，暴長短鬚戧戧[14]地好

13)　待詔：稱手藝工人。

14)　戧戧（qiāng）：硬而直的樣子。

滲瀨[15]人，先有五分怕他。那待詔住了手，道：「師父請坐，要打甚麼生活？」智深道：「洒家要打條禪杖，一口戒刀。不知有上等好鐵麼？」待詔道：「小人這裏正有些好鐵，不知師父要打多少重的禪杖、戒刀，但憑吩咐。」智深道：「洒家只要打一條一百斤重的。」待詔笑道：「重了。師父，小人打怕不打了，只恐師父如何使得動？便是關王刀，也只有八十一斤。」智深焦躁道：「俺便不及關王！他也只是個人。」那待詔道：「小人據常說，只可打條四五十斤的，也十分重了。」智深道：「便依你說，比關王刀，也打八十一斤的。」待詔道：「師父，肥了不好看，又不中使。依着小人，好生打一條六十二斤的水磨禪杖與師父，使不動時，休怪小人。戒刀已說了，不用吩咐，小人自用十分好鐵打造在此。」智深道：「兩件家生，要幾兩銀子？」待詔道：「不討價，實要五兩銀子。」智深道：「俺便依你五兩銀子；你若打得好時，再有賞你。」那待詔接了銀兩道：「小人便打在此。」智深道：「俺有些碎銀子在這裏，和你買碗酒吃。」待詔道：「師父穩便，小人趕趁些生活，不及相陪。」

智深離了鐵匠人家，行不到三二十步，見一個酒望子，挑出在房簷上。智深掀起簾子，入到裏面坐下，敲着桌子叫道：「將酒來！」賣酒的主人家說道：「師父少罪，小人住的房屋，也是寺裏的，本錢也是寺裏的。長老已有法旨：但是小人們賣酒與寺裏僧人吃了，便要追了小人們本錢，又趕出屋。因此，只得休怪。」智深道：「胡亂賣些與洒家吃，俺須不說是你家便了。」店主人道：「胡亂不得，師父別處去吃。休怪，休怪。」智深只得起身，便道：「洒家別處吃得，卻來和你說話。」出得店門，行了幾步，又望見一家酒旗兒，直挑出在門前。智深一直走進去，坐下叫道：「主人家，快把酒來賣與俺吃。」店主人道：「師父，你好不曉事，長老已有法旨，你須也知，卻來壞我們衣飯。」智深不肯動身，三回五次，那裏肯賣。智深情知不肯，起身又走。連走了三五家，都不肯賣。智深尋思一計，若不生個道理，如何能勾酒吃？遠遠地杏花深處，市梢盡頭，一家挑出個草帚兒來。智深走到那裏看時，卻是個傍村小酒店。但見：傍村酒肆已多年，斜插桑麻古道邊。白板凳鋪賓客坐，須籬笆用棘荊編。破甕榨成黃米酒，柴門挑出布青簾。更有一般堪笑

---

15) 滲瀨（shèn lài）：使人害怕的樣子。

處，牛屎泥牆盡酒仙。

智深走入店裏來，靠窗坐下，便叫道：「主人家，過往僧人買碗酒吃。」莊家看了一看道：「和尚，你那裏來？」智深道：「俺是行腳僧人，遊方到此經過，要買碗酒吃。」莊家道：「和尚，若是五台山寺裏的師父，我卻不敢賣與你吃。」智深道：「洒家不是，你快將酒賣來。」莊家看見魯智深這般模樣，聲音各別，便道：「你要打多少酒？」智深道：「休問多少，大碗只顧篩來。」約莫也吃了十來碗，智深問道：「有甚肉，把一盤來吃。」莊家道：「早來有些牛肉，都賣沒了。」智深猛聞得一陣肉香，走出空地上看時，只見牆邊沙鍋裏煮着一隻狗在那裏。智深道：「你家現有狗肉，如何不賣與俺吃？」莊家道：「我怕你是出家人，不吃狗肉，因此不來問你。」智深道：「洒家的銀子有在這裏。」便將銀子遞與莊家道：「你且賣半隻與俺。」那莊家連忙取半隻熟狗肉，搗些蒜泥，將來放在智深面前。智深大喜，用手扯那狗肉，蘸着蒜泥吃，一連又吃了十來碗酒。吃得口滑，只顧要吃，那裏肯住。莊家倒都呆了，叫道：「和尚，只恁地罷！」智深睜起眼道：「洒家又不白吃你的，管俺怎地？」莊家道：「再要多少？」智深道：「再打一桶來。」莊家只得又舀一桶來。智深無移時，又吃了這桶酒，剩下一腳狗腿，把來揣在懷裏，臨出門又道：「多的銀子，明日又來吃。」嚇得莊家目瞪口呆，罔知所措。看見他早望五台山上去了。

智深走到半山亭子上，坐了一回，酒卻湧上來，跳起身，口裏道：「俺好些時不曾拽拳使腳，覺道身體都困倦了，洒家且使幾路看。」下得亭子，把兩隻袖子搭在手裏，上下左右，使了一回。使得力發，只一膀子，搧在亭子柱上，只聽得刮剌剌一聲響亮，把亭子柱打折了，坍了亭子半邊。

門子聽得半山裏響，高處看時，只見魯智深一步一攧，搶上山來。兩個門子叫道：「苦也！這畜生今番又醉得不小！」便把山門關上，把拴拴了。只在門縫裏張時，見智深搶到山門下，見關了門，把拳頭擂鼓也似敲門，兩個門子那裏敢開。智深敲了一回，扭過身來，看了左邊的金剛，喝一聲道：「你這個鳥大漢，不替俺敲門，卻拿着拳頭嚇洒家，俺須不怕你。」跳上台基，把柵剌子拔開了；拿起一根折木頭，去那金剛腿上便打，簌簌地泥和顏色都脫下來。門子張見道：「苦也！」只得報知長老。智深等了一會，調轉身來，看着右邊金剛，喝一聲道：「你這廝張開大口，也來笑洒家。」便跳過右邊台基上，把那金剛腳上打了兩下，只聽得一聲震天價響，那尊金剛從台基上倒撞下來，智深提着折木頭大笑。

兩個門子去報長老，長老道：「休要惹他，你們自去。」只見這首座、監寺、都寺並一應職事僧人，都到方丈稟道：「這野貓今日醉得不好，把半山亭子，山門下金剛，都打壞了。如何是好？」長老道：「自古天子尚且避醉漢，何況老僧乎？若是打壞了金剛，請他的施主趙員外自來塑新的；倒了亭子，也要他修蓋。這個且由他。」眾僧道：「金剛乃是山門之主，如何把來換過？」長老道：「休說壞了金剛，便是打壞了殿上三世佛，也沒奈何，只可回避他。你們見前日的行兇麼？」眾僧出得方丈，都道：「好個囫圇竹的長老！門子，你且休開，只在裏面聽。」智深在外面大叫道：「直娘的禿驢們，不放洒家入寺時，山門外討把火來，燒了這個鳥寺。」眾僧聽得叫，只得叫門子：「拽了大拴，由那畜生入來；若不開時，真個做出來。」門子只得撚腳撚手，把拴拽了，飛也似閃入房裏躲了，眾僧也各自回避。

只說那魯智深雙手把山門盡力一推，撲地將入來，吃了一交。扒將起來，把頭摸一摸，直奔僧堂來。到得選佛場中，禪和子正打坐間，看見智深揭起簾子，鑽將入來，都吃一驚，盡低了頭，智深到得禪床邊，喉嚨裏咯咯地響，看着地下便吐。眾僧都聞不得那臭，個個道：「善哉！」齊掩了口鼻。智深吐了一回，扒上禪床，解下條，把直裰帶子都咇咇剝剝扯斷了，脫下那腳狗腿來。智深道：「好好，正肚飢哩！」扯來便吃。眾僧看見，便把袖子遮了臉，上下肩兩個禪和子遠遠地躲開。智深見他躲開，便扯一塊狗肉，看着上首的道：「你也到口。」上首的那和尚，把兩隻袖子死掩了臉。智深道：「你不吃。」把肉望下首的禪和子嘴邊塞將去，那和尚躲不迭，卻待下禪床，智深把他劈耳朵揪住，將肉便塞。對床四五個禪和子跳過來勸時，智深撇了狗肉，提起拳頭，去那光腦袋上咇咇剝剝只顧鑿。滿堂僧眾大喊起來，都去櫃中取了衣缽要走。此亂喚做捲堂大散，首座那裏禁約得住？智深一味地打將出來，大半禪客都躲出廊下來。

監寺、都寺，不與長老說知，叫起一班職事僧人，點起老郎、火工道人、直廳、轎夫，約有一二百人，都執杖叉棍棒，盡使手巾盤頭，一齊打入僧堂來。智深見了，大吼一聲，別無器械，搶入僧堂裏，佛面前推翻供桌，撅兩條桌腳，從堂裏打將出來。但見：心頭火起，口角雷鳴。奮八九尺猛獸身軀，吐三千丈凌雲志氣。按不住殺人怪膽，圓睜起捲海雙睛。直截橫衝，似中箭投崖虎豹；前奔後湧，如着鎗跳澗豺狼。直饒揭諦也難當，便是金剛須拱手。

當時魯智深掄兩條桌腳，打將出來，眾多僧行見他來得兇了，都拖了棒，退到廊下。智深兩條桌腳，着地捲將來，眾僧早兩下合攏來。智深大怒，指東打西，指南打北，只饒了兩頭的。當時智深直打到法堂下，只見長老喝道：「智深不得無禮，眾僧也休動手。」兩邊眾人，被打傷了數十個，見長老來，各自退去。

智深見眾人退散，撇了桌腳，叫道：「長老，與洒家做主。」此時酒已七八分醒了。長老道：「智深，你連累殺老僧。前番醉了一次，攪擾了一場，我教你兄趙員外得知，他寫書來，與眾僧陪話。今番你又如此大醉無禮，亂了清規，打坍了亭子，又打壞了金剛。這個且由他。你攪得眾僧捲堂而走，這個罪業非小，我這裏五台山文殊菩薩道場，千百年清淨香火去處，如何容得你這個穢污？你且隨我來方丈裏過幾日，我安排你一個去處。」智深隨長老到方丈去。長老一面叫職事僧人留住眾禪客，再回僧堂，自去坐禪；打傷了的和尚，自去將息。長老領智深到方丈，歇了一夜。

次日，智真長老與首座商議：「收拾了些銀兩齎發他，教他別處去，可先說與趙員外知道。」長老隨即修書一封，使兩個直廳道人，徑到趙員外莊上，說知就裏，立等回報。趙員外看了來書，好生不然。回書來拜覆長老說道：「壞了的金剛、亭子，趙某隨即備價來修。智深任從長老發遣。」長老得了回書，便叫侍者取領皂布直裰，一雙僧鞋，十兩白銀，房中喚過智深。長老道：「智深，你前番一次大醉，鬧了僧堂，便是誤犯。今次又大醉，打壞了金剛，坍了亭子，捲堂鬧了選佛場，你這罪業非輕；又把眾禪客打傷了。我這裏出家，是個清淨去處，你這等做，甚是不好。看你趙檀越面皮，與你這封書，投一個去處安身。我這裏決然安你不得了。我夜來看了，贈汝四句偈言，終身受用。」智深道：「師父教弟子那裏去安身立命？願聽俺師四句偈言。」

智真長老指着魯智深，說出這幾句言語，去這個去處。有分教：這人笑揮禪杖，戰天下英雄好漢；怒掣戒刀，砍世上逆子讒臣。直教：名馳塞北三千里，證果江南第一州。畢竟智真長老與智深說出甚言語來，且聽下回分解。

## 延伸思考

魯達捨身搭救金氏父女，卻在五台山上屢犯清規戒律，這兩種性格是否矛盾？為甚麼？

# 第五回

## 精讀 小霸王醉入銷金帳 花和尚大鬧桃花村

魯智深被長老介紹到東京大相國寺做和尚，路上在一戶人家借宿，恰巧又遇不平事，於是再次拔刀相助，將那強搶民女的賊寇打得落荒而逃。山寨的大當家下來尋仇，竟發現是舊相識，魯智深替莊上主人打理好事情後，到山寨小住了幾日。因不願落草，並且不喜兩兄弟的為人，決定給他們點教訓，於是趁兩人下山打劫時捲走了山中財物，從後山滾下來，離開了桃花山。

話說當日智真長老道：「智深，你此間決不可住了。我有一個師弟，現在東京大相國寺住持，喚做智清禪師。我與你這封書，去投他那裏，討個職事僧做。我夜來看了，贈汝四句偈言，你可終身受用，記取今日之言。」智深跪下道：「洒家願聽偈言。」長老道：「遇林而起，遇山而富，遇水而興，遇江而止。」魯智深聽了四句偈言，拜了長老九拜。背了包裹、腰包、肚包，藏了書信，辭了長老並眾僧人，離了五台山，徑到鐵匠間壁客店裏歇了，等候打了禪杖、戒刀，完備就行。寺內眾僧得魯智深去了，無一個不歡喜。長老教火工道人自來收拾打壞了的金剛、亭子。過不得數日，趙員外自將若干錢物來五台山，再塑起金剛，重修起半山亭子，不在話下。有詩為證：

點評

● 為後文埋伏筆。

禪林辭去入禪林，知己相逢義斷金。

且把威風驚賊膽，漫將妙理悅禪心。
綽名久喚花和尚，道號親名魯智深。
俗願了時終證果，眼前爭奈沒知音。

再說這魯智深就客店裏住了幾日，等得兩件家生都已完備，做了刀鞘，把戒刀插放鞘內，禪杖卻把漆來裹了。將些碎銀子賞了鐵匠，背了包裹，跨了戒刀，提了禪杖，作別了客店主人並鐵匠，行程上路。過往人看了，果然是個莽和尚。但見：皂直裰背穿雙袖，青圓絛斜綰雙頭。鞘內戒刀，藏春冰三尺；肩頭禪杖，橫鐵蟒一條。鷺鷥腿緊繫腳，蜘蛛肚牢拴衣缽。嘴縫邊攢千條斷頭鐵線，胸脯上露一帶蓋膽寒毛。生成食肉餐魚臉，不是看經唸佛人。

且說魯智深自離了五台山文殊院，取路投東京來。行了半月之上，於路不投寺院去歇，只是客店內打火安身，白日間酒肆裏買吃。一日正行之間，貪看山明水秀，不覺天色已晚。但見：山影深沉，槐陰漸沒。綠楊郊外，時聞鳥雀歸林；紅杏村中，每見牛羊入圈。落日帶煙生碧霧，斷霞映水散紅光。溪邊釣叟移舟去，野外村童跨犢歸。

魯智深因見山水秀麗，貪行了半日，趕不上宿頭，路中又沒人作伴，那裏投宿是好？又趕了三二十里田地，過了一條板橋，遠遠地望見一簇紅霞，樹木叢中，閃着一所莊院，莊後重重迭迭，都是亂山。魯智深道：「只得投莊上去借宿。」徑奔到莊前看時，見數十個莊家，忙忙急急，搬東搬西。魯智深到莊前，倚了禪杖，與莊客打個問訊。莊客道：「和尚，日晚來我莊上做甚的？」智深道：「洒家趕不上宿頭，欲借貴莊投宿一宵，明早便行。」莊客道：「我莊上今夜有事，歇不得。」智深道：「胡亂借洒家歇一夜，明日便行。」莊客道：「和尚快走，休在這裏討死！」智深道：「也是怪哉！歇一夜，打甚麼不緊？怎地便是討死？」莊家道：「去便去，不去時，便捉來縛在這裏。」魯智深大怒道：「你這廝村人，好沒道理！俺又不曾說甚的，便要綁縛洒家。」莊家們也有罵的，也有勸的。

魯智深提起禪杖，卻待要發作，只見莊裏走出一個老人來。魯智深看那老人時，似年近六旬之上。拄一條過頭拄杖，走將出來，喝問莊客：「你們鬧甚麼？」莊客道：「可奈這個和尚要打我們。」智深便道：「小僧是五台山來的和尚，要上東京去幹事，今晚趕不上宿頭，借貴莊投宿一宵，莊家那廝無禮，要綁縛洒家。」那老人道：「既是五台山來的僧人，隨我進來。」智深跟那老人直到正堂上，分賓主坐下。那老人道：「師父，休要怪。莊家們不省得師父是活佛去處來的，他作尋常一例相看。老漢從來敬信佛天三寶，雖是我莊上今夜有事，權且留師父歇一宵了去。」智深將禪杖倚了，起身打個問訊，謝道：「感承施主，小僧不敢動問貴莊高姓？」老人道：「老漢姓劉，此間喚做桃花村，鄉人都叫老漢做桃花莊劉太公。敢問師父俗姓，喚做甚麼諱字？」智深道：「俺的師父是智真長老，與俺取了個諱字。因洒家姓魯，喚做魯智深。」太公道：「師父請吃些晚飯，不知肯吃葷腥也不？」魯智深道：「洒家不忌葷酒，遮莫甚麼渾清白酒，都不揀選，牛肉狗肉，但有便吃。」太公道：「既然師父不忌葷酒，先叫莊客取酒肉來。」沒多時，莊客掇張桌子，放下一盤牛肉，三四樣菜蔬，一雙箸，放在魯智深面前。智深解下腰包、肚包，坐定。那莊客旋了一壺酒，拿一隻盞子，篩下酒與智深吃。這魯智深也不謙讓，也不推辭，無一時，一壺酒，一盤肉，都吃了。太公對席看見，呆了半晌。莊客搬飯來，又吃了，抬過桌子。

太公吩咐道：「胡亂教師父在外面耳房中歇一宵，夜間如若外面熱鬧，不可出來窺望。」智深道：「敢問貴莊今夜有甚事？」太公道：「非是你出家人閒管的事。」智深道：「太公緣何模樣不甚喜歡？莫不怪小僧來攪擾你麼？明日洒家算還你房錢便了。」太公道：「師父聽說，我家時常齋僧佈

**點評**

施，那爭師父一個。只是我家今夜小女招夫，以此煩惱。」魯智深呵呵大笑道：「『男大須婚，女大必嫁』。這是人倫大事，五常之禮，何故煩惱？」太公道：「師父不知，這頭親事不是情願與的。」智深大笑道：「太公，你也是個癡漢，既然不兩相情願，如何招贅做個女婿？」太公道：「老漢止有這個小女，如今方得一十九歲。被此間有座山，喚做桃花山，近來山上有兩個大王，紮了寨柵，聚集着五七百人，打家劫舍。此間青州官軍捕盜，禁他不得。因來老漢莊上討進奉，見了老漢女兒，撇下二十兩金子、一匹紅錦為定禮，選着今夜好日，晚間來入贅老漢莊上。又和他爭執不得，只得與他，因此煩惱，非是爭師父一個人。」智深聽了道：「原來如此。小僧有個道理，教他回心轉意，不要娶你女兒如何？」太公道：「他是個殺人不眨眼魔君，你如何能夠得他回心轉意？」智深道：「洒家在五台山智真長老處學得說因緣，便是鐵石人，也勸得他轉。今晚可教你女兒別處藏了，俺就你女兒房內說因緣勸他，便回心轉意。」太公道：「好卻甚好，只是不要捋虎鬚。」智探道：「洒家的不是性命！你只依着俺行。」太公道：「卻是好也！我家有福，得遇這個活佛下降。」莊客聽得，都吃一驚。

● 在寺院時處處做錯事，出了寺院便成活佛，兩相對比，引人深思。莫要吃驚，這只是魯達真性情。

太公問智深：「再要飯吃麼？」智深道：「飯便不要吃，有酒再將些來吃。」太公道：「有，有！」隨即叫莊客取一隻熟鵝，大碗斟將酒來，叫智深盡意吃了三二十碗，那隻熟鵝也吃了。叫莊客將了包裹，先安放房裏，提了禪杖，帶了戒刀，問道：「太公，你的女兒躲過了不曾？」太公道：「老漢已把女兒寄送在鄰舍莊裏去了。」智深道：「引洒家新婦房內去。」太公引至房邊，指道：「這裏面便是。」智深道：「你們自去躲了。」太公與眾莊客自出外面安排筵席。智深把房中桌椅等物都掇過了，將戒刀放在床頭，禪杖把來倚在床邊，把銷金帳子下了，脫得赤條條地，跳上床去坐了。

太公見天色看看黑了，叫莊客前後點起燈燭熒煌[1]，就打麥場上放下一條桌子，上面擺着香花燈燭。一面叫莊客大盤盛着肉，大壺温着酒。約莫初更時分，只聽得山邊鑼鳴鼓響。這劉太公懷着鬼胎，莊家們都捏着兩把汗，盡出莊門外看時，只見遠遠地四五十火把，照曜如同白日，一簇人馬，飛奔莊上來。但見：霧鎖青山影裏，滾出一夥沒頭神；煙迷綠樹林邊，擺着幾行爭食鬼。人人兇惡，個個猙獰。頭巾都戴茜根紅，衲襖盡披楓葉赤。纓槍對對，圍遮定吃人心肝的小魔王；梢棒雙雙，簇捧着不養爹娘的真太歲。夜間羅刹去迎親，山上大蟲來下馬。

劉太公看見，便叫莊客大開莊門，前來迎接。只見前遮後擁，明晃晃的都是器械旗槍，盡把紅綠絹縛着，小嘍囉頭巾邊亂插着野花。前面擺着四五對紅紗燈籠，照着馬上那個大王。怎生打扮？但見：頭戴撮尖乾紅凹面巾，鬢傍邊插一枝羅帛像生花，上穿一領圍虎體挽絨金繡綠羅袍，腰繫一條稱狼身銷金包肚紅搭膊，着一雙對掩雲跟牛皮靴，騎一匹高頭捲毛大白馬。

那大王來到莊前下了馬，只見眾小嘍囉齊聲賀道：「帽兒光光，今夜做個新郎。衣衫窄窄，今夜做個嬌客。」劉太公慌忙親捧台盞，斟下一杯好酒，跪在地下。眾莊客都跪着。那大王把手來扶道：「你是我的丈人，如何倒跪我？」太公道：「休說這話，老漢只是大王治下管的人戶。」那大王已有七八分醉了，呵呵大笑道：「我與你家做個女婿，也不虧負了你。你的女兒匹配我也好。」劉太公把了下馬杯[2]，來到打麥場上，見了香花燈燭，便道：「泰山[3]，何須如此迎接？」那裏又飲了三杯，來到廳上，喚小嘍囉教把馬去繫在

---

1)　熒煌：輝煌，明亮。

2)　下馬杯：接風酒。

3)　泰山：岳父。

綠楊樹上。小嘍囉把鼓樂就廳前擂將起來。大王上廳坐下，叫道：「丈人，我的夫人在那裏？」太公道：「便是怕羞，不敢出來。」大王笑道：「且將酒來，我與丈人回敬。」那大王把了一杯，便道：「我且和夫人廝見了，卻來吃酒未遲。」

那劉太公一心只要那和尚勸他，便道：「老漢自引大王去。」拿了燭台，引着大王，轉入屏風背後，直到新人房前。太公指與道：「此間便是，請大王自入去。」太公拿了燭台，一直去了。未知凶吉如何，先辦一條走路。

那大王推開房門，見裏面黑洞洞地。大王道：「你看我那丈人，是個做家的人，房裏也不點碗燈，由我那夫人黑地裏坐地。明日叫小嘍囉山寨裏扛一桶好油來與他點。」魯智深坐在帳子裏都聽得，忍住笑，不做一聲。那大王摸進房中，叫道：「娘子，你如何不出來接我？你休要怕羞，我明日要你做壓寨夫人。」一頭叫娘子，一頭摸來摸去。一摸摸着銷金帳子，便揭起來，探一隻手入去摸時，摸着魯智深的肚皮，被魯智深就勢劈頭巾角兒揪住，一按按將下床來。那大王卻待掙扎，魯智深把右手捏起拳頭，罵一聲：「直娘賊！」連耳根帶脖子只一拳，那大王叫一聲：「做甚麼便打老公？」魯智深喝道：「教你認的老婆！」拖倒在床邊，拳頭腳尖一齊上，打得大王叫救人。劉太公驚得呆了，只道這早晚正說因緣勸那大王，卻聽的裏面叫救人。太公慌忙把着燈燭，引了小嘍囉，一齊搶將入來。眾人燈下打一看時，只見一個胖大和尚，赤條條不着一絲，騎翻大王在床面前打。為頭的小嘍囉叫道：「你眾人都來救大王。」眾小嘍囉一齊拖槍拽棒，打將入來救時，魯智深見了，撇下大王，床邊綽了禪杖，着地打將出來。小嘍囉見來得兇猛，發聲喊都走了。劉太公只管叫苦。打鬧裏，那大王爬出房門，奔到門前，摸着空馬，樹上折枝柳條，托地跳在馬背上，把柳條便打那馬，卻跑不去。大王道：「苦也！這馬也來欺負我。」再看時，原來心慌，不曾解得轡繩，連忙扯斷了，騎着驏馬飛走。出得莊門，大罵：「劉太公老驢休慌，不怕你飛了。」把馬打上兩柳條，撥喇喇地馱了大王上山去。

劉太公扯住魯智深道：「和尚，你苦了老漢一家兒了。」魯智深說道：「休怪無禮！且取衣服和直裰來，洒家穿了說話。」莊家去房裏取來，智深穿了。太公道：「我當初只指望你說因緣，勸他回心轉意，誰想你便下拳打他這一頓，定是去報山寨裏大隊強人來殺我家。」智深道：「太公休慌。俺說與你，洒家不是別人，俺是延安府老種經略相公帳前提轄官，為因打死了人，出家做和尚。休道這兩個鳥人，便是一二千軍馬來，洒家也不怕他。你們眾人不信時，提俺禪杖看。」莊客們那裏提得動。智深接過來手裏，一擬拈燈草一般使起來。太公道：「師父休要走了去，卻要救護我們一家兒使得。」智深道：「甚麼閒話，俺死也不走。」太公道：「且將些酒來師父吃，休得要抵死醉了。」魯智深道：「洒家一分酒，只有一分本事，十分酒，便有十分的氣力。」太公道：「恁地時最好。我這裏有的是酒肉，只顧教師父吃。」

且說這桃花山大頭領坐在寨裏，正欲差人下山來探聽做女婿的二頭領如何，只見數個小嘍囉氣急敗壞，走到山寨裏叫道：「苦也！苦也！」大頭領連忙問道：「有甚麼事，慌做一團？」小嘍囉道：「二哥哥吃打壞了。」大頭領大驚，正問備細，只見報道：「二哥哥來了。」大頭領看時，只見二頭領紅巾也沒了，身上綠袍扯得粉碎，下得馬倒在廳前，口裏說道：「哥哥救我一救。」大頭領問道：「怎麼來？」二頭領道：「兄弟下得山，到他莊上，入進房裏去。叵耐那老驢把女兒藏過了，卻教一個胖和尚躲在女兒床上。我卻不提防，揭起帳子摸一摸，吃那廝揪住，一頓拳頭腳尖，打得一身傷損。那廝見眾人入來救應，放了手，提起禪杖打將出去。因此我得脫了身，拾得性命。哥哥與我做主報仇。」大頭領道：「原來恁地。你去房中將息，我與你去拿那賊禿來。」喝叫左右：「快備我的馬來！」眾小嘍囉都去。大頭領上了

**點評**

● 從無半句虛言，擲地有聲。

**點評**

馬，綽槍在手，盡數引了小嘍囉，一齊吶喊下山去了。

再說魯智深正吃酒哩，莊客報道：「山上大頭領盡數都來了。」智深道：「你等休慌。洒家但打翻的，你們只顧縛了，解去官司請賞。取俺的戒刀來。」魯智深把直裰脫了，拽紮起下面衣服，跨了戒刀，大踏步提了禪杖，出到打麥場上。只見大頭領在火把叢中，一騎馬搶到莊前，馬上挺着長槍，高聲喝道：「那禿驢在那裏？早早出來決個勝負。」智深大怒，罵道：「腌臢打脊[4]潑才，叫你認得洒家！」掄起禪杖，着地捲將來。那大頭領逼住槍，大叫道：「和尚且休要動手，你的聲音好廝熟，你且通個姓名。」魯智深道：「洒家不是別人，老種經略相公帳前提轄魯達的便是。如今出了家，做和尚，喚做魯智深。」那大頭領呵呵大笑，滾鞍下馬，撇了槍，撲翻身便拜道：「哥哥別來無恙，可知二哥着了你手。」魯智深只道賺他，托地跳退數步，把禪杖收住，定睛看時，火把下認得，不是別人，卻是江湖上使槍棒賣藥的教頭打虎將李忠。原來強人下拜，不說此二字，為軍中不利，只喚做剪拂，此乃吉利的字樣。李忠當下剪拂[5]了起來，扶住魯智深道：「哥哥緣何做了和尚？」智深道：「且和你到裏面說話。」劉太公見了，又只叫苦：「這和尚原來也是一路！」

● 引出下一個重要人物。

魯智深到裏面，再把直裰穿了，和李忠都到廳上敘舊。魯智深坐在正面，喚劉太公出來，那老兒不敢向前。智深道：「太公休怕，他也是俺的兄弟。」那老兒見說是兄弟，心裏越慌，又不敢不出來。李忠坐了第二位，太公坐了第三位。魯智深道：「你二位在此，俺自從渭州三拳打死了鎮關西，逃走到代州雁門縣，因見了洒家齎發他的金老。那

4) 打脊：宋代的一種刑罰脊杖，俗稱「打脊」，指該挨脊杖的意思。

5) 剪拂：下拜行禮。原為提攜義。

老兒不曾回東京去，卻隨個相識，也在雁門縣住。他那個女兒，就與了本處一個財主趙員外。和俺廝見了，好生相敬。不想官司追捉得洒家要緊，那員外陪錢去送俺五台山智真長老處落髮為僧。洒家因兩番酒後鬧了僧堂，本師長老與俺一封書，教洒家去東京大相國寺，投了智清禪師，討個職事僧做。因為天晚，到這莊上投宿，不想與兄弟相見。卻才俺打的那漢是誰？你如何又在這裏？」李忠道：「小弟自從那日與哥哥在渭州酒樓上同史進三人分散，次日聽得說哥哥打死了鄭屠。我去尋史進商議，他又不知投那裏去了。小弟聽得差人緝捕，慌忙也走了，卻從這山下經過。卻才被哥哥打的那漢，先在這裏桃花山紮寨，喚做小霸王周通。那時引人下山來和小弟廝殺，被我贏了，他留小弟在山上為寨主，讓第一把交椅，教小弟坐了，以此在這裏落草。」

智深道：「既然兄弟在此，劉太公這頭親事，再也休提。他止有這個女兒，要養終身；不爭被你把了去，教他老人家失所。」太公見說了，大喜，安排酒食出來，管待二位。小嘍囉們每人兩個饅頭，兩塊肉，一大碗酒，都教吃飽了。太公將出原定的金子緞匹。魯智深道：「李家兄弟，你與他收了去，這件事都在你身上。」李忠道：「這個不妨事。且請哥哥去小寨住幾時，劉太公也走一遭。」太公叫莊客安排轎子，抬了魯智深，帶了禪杖、戒刀、行李。李忠也上了馬，太公也乘了一乘小轎，卻早天色大明。眾人上山來，智深、太公到得寨前，下了轎子，李忠也下了馬，邀請智深入到寨中，向這聚義廳上，三人坐定。李忠叫請周通出來。周通見了和尚，心中怒道：「哥哥卻不與我報仇，倒請他來寨裏，讓他上面坐！」李忠道：「兄弟，你認得這和尚麼？」周通道：「我若認得他時，須不吃他打了。」李忠笑道：「這和尚便是我日常和你說的三拳打死鎮關西的，便是他。」周通把頭摸一摸，叫聲：「啊呀！」撲翻身便剪拂。魯智深答禮道：「休怪衝撞。」

**點評**

三個坐定，劉太公立在面前，魯智深便道：「周家兄弟，你來聽俺說，劉太公這頭親事，你卻不知他只有這個女兒，養老送終，承祀香火，都在他身上。你若娶了，教他老人家失所，他心裏怕不情願。你依着洒家，把來棄了，別選一個好的。原定的金子緞匹，將在這裏。你心下如何？」周通道：「並聽大哥言語，兄弟再不敢登門。」智深道：「大丈夫作事，卻休要翻悔！」周通折箭為誓。

劉太公拜謝了，納還金子緞匹，自下山回莊去了。

李忠、周通椎牛宰馬，安排筵席，管待了數日。引魯智深山前山後觀看景致，果是好座桃花山，生得兇怪，四圍險峻，單單只一條路上去。四下裏漫漫都是亂草。智深看了道：「果然好險隘去處。」住了幾日，魯智深見李忠、周通不是個慷慨之人，作事慳吝，只要下山。兩個苦留，那裏肯住，只推道：「俺如今既出了家，如何肯落草？」李忠、周通道：「哥哥既然不肯落草，要去時，我等明日下山，但得多少，盡送與哥哥作路費。」

● 遠遠照應之前李忠摸出二兩銀子的段落。

次日，山寨裏一面殺羊宰豬，且做送路筵席，安排整頓，卻將金銀酒器，設放在桌上。正待入席飲酒，只見小嘍囉報來說：「山下有兩輛車，十數個人來也。」李忠、周通見報了，點起眾多小嘍囉，只留一兩個伏侍魯智深飲酒。兩個好漢道：「哥哥只顧請自在吃幾杯，我兩個下山去取得財來，就與哥哥送行。」吩咐已罷，引領眾人下山去了。

且說這魯智深尋思道：「這兩個人好生慳吝，現放着有許多金銀，卻不送與俺，直等要去打劫得別人的送與洒家。這個不是把官路當人情，只苦別人！洒家且教這廝吃俺一驚。」便喚這幾個小嘍囉近前來篩酒吃。方才吃得兩盞，跳起身來，兩拳打翻兩個小嘍囉，便解搭膊做一塊兒捆了，口裏都塞了些麻核桃。便取出包裹打開，沒要緊的都撇了，只拿了桌上金銀酒器，都踏匾了，拴在包裹；胸前度牒袋內藏了智真長老的書信；跨了戒刀，提了禪杖，頂了衣包，便

● 魯達是個頗明事理的人，善於從細微處看問題，有大智慧。

出寨來。到山後打一望時，都是險峻之處，卻尋思：「洒家從前山去時，一定吃那廝們撞見，不如就此間亂草處滾將下去。」先把戒刀和包裹拴了，望下丟落去，又把禪杖也攛落去。卻把身望下只一滾，骨碌碌直滾到山腳邊，並無傷損。詩曰：

絕險曾無鳥道開，欲行且止自疑猜。
光頭包裹從高下，瓜熟紛紛落蒂來。

當時魯智深從險峻處滾下，跳將起來，尋了包裹，跨了戒刀，拿了禪杖，拽開腳手，取路便走。

再說李忠、周通下到山邊，正迎着那數十個人，各有器械。李忠、周通挺着槍，小嘍囉吶着喊，搶向前來喝道：「兀那客人，會事的留下買路錢。」那客人內有一個便拈着朴刀來鬥李忠，一來一往，一去一回，鬥了十餘合，不分勝負。周通大怒，趕向前來喝一聲，眾小嘍囉一齊都上，那夥客人抵當不住，轉身便走。有那走得遲的，盡被搠死七八個。劫了車子財物，和着凱歌，慢慢地上山來。到得寨裏打一看時，只見兩個小嘍囉捆做一塊在亭柱邊。桌子上金銀酒器，都不見了。周通解了小嘍囉，問其備細，魯智深那裏去了。小嘍囉說道：「把我兩個打翻捆縛了，捲了若干器皿，都拿了去。」周通道：「這賊禿不是好人，倒着了那廝手腳，卻從那裏去了？」團團尋蹤跡，到後山，見一帶荒草平平地都滾倒了。周通看了道：「這禿驢倒是個老賊！這般險峻山岡，從這裏滾了下去。」李忠道：「我們趕上去問他討，也羞那廝一場。」周通道：「罷，罷！賊去了關門，那裏去趕？便趕得着時，也問他取不成。倘有些不然起來，我和你又敵他不過，後來倒難廝見了；不如罷手，後來倒好相見。我們且自把車子上包裹打開，將金銀緞匹分作三分，我和你各捉一分，一分賞了眾小嘍囉。」李忠道：「是我不合引他上山，折了你許多東西，我的這一分都與了你。」周通道：「哥哥，我同你同死同生，休恁地計較。」看官牢記話頭，這李忠、周通自在桃花山打劫。

再說魯智深離了桃花山，放開腳步，從早晨直走到午後，約莫走下五六十里多路，肚裏又飢，路上又沒個打火處，尋思：「早起只顧貪走，不曾吃得些東西，卻投那裏去好？」東觀西望，猛然聽得遠遠地鈴鐸之聲，魯智深聽得道：「好了！不是寺院，便是宮觀，風吹得簷前鈴鐸之聲，洒家且尋去那裏投奔。」

不是魯智深投那個去處，有分教：到那裏斷送了十餘條性命生靈，一把火燒了有名的靈山古蹟。直教：黃金殿上生紅焰，碧玉堂前起黑煙。畢竟魯智深投甚麼寺觀來，且聽下回分解。

### 延伸思考

同為一條道上的兄弟，性格品行也頗有分別。魯智深與另外二位的區別是甚麼？李忠和周通二人之間也有分別嗎？

## 第六回

# 九紋龍剪徑赤松林
# 魯智深火燒瓦罐寺

去東京的路上，魯智深途經一座廢棄的寺院，進去後得知那裏遭到了賊人的洗劫和霸佔，他便去找那兩個賊人理論，卻因腹中飢餓又受到二人夾攻，敗下陣來。他信步來到一片樹林，恰好遇到了九紋龍史進，兩人一番敍舊後回到寺院，合力打死了兩個賊人，一把火燒了寺院。魯智深和史進分路而行，史進想回少華山，魯智深則仍上東京。到了大相國寺，禪師給他安排了個無人肯做的差事，究竟魯智深能否勝任？且接着讀來。

話說魯智深走過數個山坡，見一座大松林，一條山路。隨着那山路行去，走不得半里，抬頭看時，卻見一所敗落寺院，被風吹得鈴鐸響。看那山門時，上有一面舊朱紅牌額，內有四個金字，都昏了，寫着「瓦罐之寺」。又行不得四五十步，過座石橋，再看時，一座古寺，已有年代。入得山門裏，仔細看來，雖是大刹，好生崩損。但見：鐘樓倒塌，殿宇崩摧。山門盡長蒼苔，經閣都生碧蘚。釋迦佛蘆芽穿膝，渾如在雪嶺之時；觀世音荊棘纏身，卻似守香山之日。諸天壞損，懷中鳥雀營巢；帝釋欹斜[1]，口內蜘蛛結網。沒頭羅漢，這法身也受災殃；折臂金剛，有神通如何施展。香積廚中藏兔穴，龍華台上印狐蹤。

魯智深入得寺來，便投知客寮[2]去。只見知客寮門前大門也沒了，四圍壁

---

1)　欹（qī）斜：歪斜不正。

2)　知客寮（liáo）：寺院中的接待室。

落全無。智深尋思道：「這個大寺，如何敗落的恁地？」直入方丈前看時，只見滿地都是燕子糞，門上一把鎖鎖着，鎖上盡是蜘蛛網。智深把禪杖就地下搠着，叫道：「過往僧人來投齋。」叫了半日，沒一個答應。回到香積廚下看時，鍋也沒了，灶頭都塌損。智深把包裹解下，放在監齋使者面前，提了禪杖，到處尋去。尋到廚房後面一間小屋，見幾個老和尚坐地，一個個面黃肌瘦。智深喝一聲道：「你們這和尚，好沒道理！由洒家叫喚，沒一個應。」那和尚搖手道：「不要高聲。」智深道：「俺是過往僧人，討頓飯吃，有甚利害。」老和尚道：「我們三日不曾有飯落肚，那裏討飯與你吃？」智深道：「俺是五台山來的僧人，粥也胡亂請洒家吃半碗。」老和尚道：「你是活佛去處來的僧，我們合當齋你，爭奈我寺中僧眾走散，並無一粒齋糧。老僧等端的餓了三日。」智深道：「胡說，這等一個大去處，不信沒齋糧。」老和尚道：「我這裏是個非細[3]去處。只因是十方常住[4]，被一個雲遊和尚，引着一個道人，來此住持，把常住有的沒的都毀壞了。他兩個無所不為，把眾僧趕出去了。我幾個老的走不動，只得在這裏過，因此沒飯吃。」智深道：「胡說，量他一個和尚，一個道人，做得甚事，卻不去官府告他？」老和尚道：「師父，你不知這裏衙門又遠，便是官軍，也禁不的他。這和尚、道人好生了得，都是殺人放火的人，如今向方丈後面一個去處安身。」智深道：「這兩個喚做甚麼？」老和尚道：「那和尚姓崔，法號道成，綽號生鐵佛；道人姓丘，排行小乙，綽號飛天夜叉。這兩個那裏似個出家人，只是綠林中強賊一般，把這出家影佔[5]身體。」

智深正問間，猛聞得一陣香來。智深提了禪杖，踅過後面打一看時，見一個土灶，蓋着一個草蓋，氣騰騰透將起來。智深揭起看時，煮着一鍋粟米粥。智深罵道：「你這幾個老和尚沒道理！只說三日沒吃飯，如今現煮一鍋粥，出家人何故說謊？」那幾個老和尚被智深尋出粥來，只叫得苦，把碗、碟、缽頭、杓子、水桶都搶過了。智深肚飢，沒奈何，見了粥要吃，沒做道理處，只見灶邊破漆春台，只有些灰塵在上面。智深見了，人急智生，便把禪杖倚了，就灶邊拾把草，把春台揩抹了灰塵；雙手把鍋攝起來，把粥望春

---

3) 非細：不小。

4) 十方常住：接待往來僧人的寺院。

5) 影佔：掩蓋。

台只一傾。那幾個老和尚都來搶粥吃，被智深一推一交，倒的倒了，走的走了。智深卻把手來捧那粥吃。才吃幾口，那老和尚道：「我等端的三日沒飯吃，卻才去那裏抄化得這些粟米，胡亂熬些粥吃，你又吃我們的。」智深吃五七口，聽得了這話，便撇了不吃。只聽的外面有人嘲歌。

智深洗了手，提了禪杖，出來看時，破壁子裏望見一個道人，頭帶皂巾，身穿布衫，腰繫雜色絛，腳穿麻鞋，挑着一擔兒，一頭是個竹籃兒，裏面露些魚尾，並荷葉托着些肉；一頭擔着一瓶酒，也是荷葉蓋着。口裏嘲歌着唱道：「你在東時我在西，你無男子我無妻。我無妻時猶閒可，你無夫時好孤淒。」那幾個老和尚趕出來，搖着手，悄悄地指與智深道：「這個道人便是飛天夜叉丘小乙。」智深見指說了，便提着禪杖，隨後跟去。那道人不知智深在後面跟來，只顧走入方丈後牆裏去。智深隨即跟到裏面，看時，見綠槐樹下放着一條桌子，鋪着些盤饌，三個盞子，三雙箸子，當中坐着一個胖和尚，生的眉如漆刷，臉似墨裝，胳搭的一身橫肉，胸脯下露出黑肚皮來。邊廂坐着一個年幼婦人。那道人把竹籃放下，也來坐地。

智深走到面前，那和尚吃了一驚，跳起身來，便道：「請師兄坐，同吃一盞。」智深提着禪杖道：「你這兩個如何把寺來廢了？」那和尚便道：「師兄請坐，聽小僧說。」智深睜着眼道：「你說！你說！」那和尚道：「在先敝寺十分好個去處，田莊又廣，僧眾極多，只被廊下那幾個老和尚吃酒撒潑，將錢養女。長老禁約他們不得，又把長老排告了出去，因此把寺來都廢了。僧眾盡皆走散，田土已都賣了。小僧卻和這個道人，新來住持此間，正欲要整理山門，修蓋殿宇。」智深道：「這婦人是誰，卻在這裏吃酒？」那和尚道：「師兄容稟：這個娘子，他是前村王有金的女兒。在先他的父親是本寺檀越，如今消乏了家私，近日好生狼狽，家間人口都沒了，丈夫又患病，因來敝寺借米。小僧看施主檀越面，取酒相待，別無他意，師兄休聽那幾個老畜生說。」智深聽了他這篇話，又見他如此小心，便道：「叵耐幾個老僧戲弄洒家。」提了禪杖，再回香積廚來。

這幾個老僧方才吃些粥，正在那裏。看見智深嗔忿的出來，指着老和尚道：「原來是你這幾個壞了常住，猶自在俺面前說謊。」老和尚們一齊都道：「師兄休聽他說，現今養着一個婦女在那裏。他恰才見你有戒刀、禪杖，他無器械，不敢與你相爭。你若不信時，再去走遭，看他和你怎地。師兄，你自尋思：他們吃酒吃肉，我們粥也沒的吃，恰才還只怕師兄吃了。」智深道：「也說得是。」倒提了禪杖，再往方丈後來，見那角門卻早關了。

智深大怒，只一腳踢開了，搶入裏面，看時，只見那生鐵佛崔道成仗着一條朴刀，從裏面趕到槐樹下來搶智深。智深見了，大吼一聲，掄起手中禪杖，來鬥崔道成。兩個鬥了十四五合，那崔道成鬥智深不過，只有架隔遮攔，掣杖躲閃，抵當不住，卻待要走。這丘道人見他當不住，卻從背後拿了條朴刀，大踏步搠將來。智深正鬥間，忽聽的背後腳步響，卻又不敢回頭看他。不時見一個人影來，知道有暗算的人，叫一聲：「着！」那崔道成心慌，只道着他禪杖，托地跳出圈子外去。智深恰才回身，正好三個摘腳兒廝見。崔道成和丘道人兩個又併了十合之上。智深一來肚裏無食，二來走了許多路途，三者當不的他兩個生力，只得賣個破綻，拖了禪杖便走。兩個拈着朴刀，直殺出山門外來，智深又鬥了十合，掣了禪杖便走。兩個趕到石橋下，坐在欄杆上，再不來趕。

智深走得遠了，喘息方定，尋思道：「洒家的包裹放在監齋使者面前，只顧走來，不曾拿得，路上又沒一分盤纏，又是飢餓，如何是好？待要回去，又敵他不過。他兩個併我一個，枉送了性命。」信步望前面去，行一步，懶一步。走了幾里，見前面一個大林，都是赤松樹。但見：虬枝錯落，盤數千條赤腳老龍；怪影參差，立幾萬道紅鱗巨蟒。遠觀卻似判官鬚，近看宛如魔鬼髮。誰將鮮血灑林梢，疑是朱砂鋪樹頂。

魯智深看了道：「好座猛惡林子。」觀看之間，只見樹影裏一個人探頭探腦，望了一望，吐了一口唾，閃入去了。智深道：「俺猜這個撮鳥[6]是個剪徑[7]的強人，正在此間等買賣。見洒家是個和尚，他道不利市[8]，吐一口唾，走入去了。那廝卻不是鳥晦氣，撞了洒家！洒家又一肚皮鳥氣，正沒處發落，且剝小廝衣裳當酒吃。」提了禪杖，徑搶到松林邊，喝一聲：「兀那林子裏的撮鳥快出來！」

那漢子在林子聽的，大笑道：我晦氣，他倒來惹我。」就從林子裏拿着

---

6) 撮鳥：罵男人的下流話。

7) 剪徑：攔路搶劫。

8) 利市：吉利。

朴刀，背翻身跳出來，喝一聲：「禿驢，你是當死，不是我來尋你。」智深道：「教你認的洒家。」掄起禪杖搶那漢。那漢拈着朴刀來鬥和尚，恰待向前，肚裏尋思道：「這和尚聲音好熟。」便道：「兀那和尚，你的聲音好熟，你姓甚？」智深道：「俺且和你鬥三百合，卻說姓名。」那漢大怒，仗手中朴刀來迎禪杖。兩個鬥到十數合，那漢暗暗的喝采道：「好個莽和尚。」又鬥了四五合，那漢叫道：「少歇，我有話說。」兩個都跳出圈子外來，那漢便問道：「你端的姓甚名誰？聲音好熟。」智深說姓名畢，那漢撇了朴刀，翻身便剪拂，說道：「認得史進麼？」智深笑道：「原來是史大郎。」兩個再剪拂了，同到林子裏坐定。

智深問道：「史大郎，自渭州別後，你一向在何處？」史進答道：「自那日酒樓前與哥哥分手，次日聽得哥哥打死了鄭屠，逃走去了。有緝捕的訪知史進和哥哥齎發那唱的金老，因此小弟亦便離了渭州，尋師父王進。直到延州，又尋不着。回到北京，住了幾時，盤纏使盡，以此來在這裏尋些盤纏，不想得遇。哥哥緣何做了和尚？」智深把前面過的話，從頭說了一遍。史進道：「哥哥既是肚飢，小弟有乾肉燒餅在此。」便取出來教智深吃。史進又道：「哥哥既有包裹在寺內，我和你討去。若還不肯時，一發結果了那廝。」智深道：「是。」當下和史進吃得飽了，各拿了器械，再回瓦罐寺來。

到寺前，看見那崔道成、丘小乙兩個兀自在橋上坐地。智深大喝一聲道：「你這廝們，來，來！今番和你鬥個你死我活！」那和尚笑道：「你是我手裏敗將，如何再來敢廝併？」智深大怒，輪起鐵禪杖，奔過橋來。那生鐵佛生嗔，仗着朴刀，殺下橋去。智深一者得了史進，肚裏膽壯；二乃吃得飽了，那精神氣力，越使得出來。兩個鬥到八九合，崔道成漸漸力怯，只辦得走路；那飛天夜叉丘道人見和尚輸了，便仗着朴刀來協助。這邊史進見了，便從樹林子裏跳將出來，大喝一聲：「都不要走！」掀起笠兒，挺着朴刀，來戰丘小乙。四個人兩對廝殺。智深與崔道成正鬥到間深裏，智深得便處喝一聲：「着！」只一禪杖，把生鐵佛打下橋去。那道人見倒了和尚，無心戀戰，賣個破綻便走。史進喝道：「那裏去？」趕上望後心一朴刀，撲地一聲響，道人倒在一邊。史進踏入去，掉轉朴刀，望下面只顧肐肢肐察的搠。智深趕下橋去，把崔道成背後一禪杖。可憐兩個強徒，化作南柯一夢。正是「從前作過事，無幸一齊來」。

智深、史進把這丘小乙、崔道成兩個屍首都縛了，攛在澗裏。兩個再打入寺裏來，香積廚下那幾個老和尚，因見智深輸了去，怕崔道成、丘小乙來殺他，已自都吊死了。智深、史進直走入方丈後角門內看時，那個擄來的婦人投井而死。直尋到裏面八九間小屋，打將入去，並無一人。只見包裹已拿在彼，未曾打開。魯智深見有了包裹，依原背了。再尋到裏面，只見床上三四包衣服，史進打開，都是衣裳，包了些金銀，揀好的包了一包袱，背在身上。尋到廚房，見有酒有肉，兩個都吃飽了。灶前縛了兩個火把，撥開火爐，火上點着，焰騰騰的先燒着後面小屋，燒到門前。再縛幾個火把，直來佛殿下後簷，點着燒起來。湊巧風緊，刮刮雜雜地火起，竟天價燒起來。智深與史進看着，等了一回，四下火都着了。二人道：「梁園雖好，不是久戀之家[9]，俺二人只好撒開。」

二人廝趕着，行了一夜。天色微明，兩個遠遠地望見一簇人家，看來是個村鎮。兩個投那村鎮上來，獨木橋邊，一個小小酒店。但見：柴門半掩，布幙低垂。酸醨酒甕土床邊，墨畫神仙塵壁上。村童量酒，想非滌器之相如[10]；醜婦當壚，不是當時之卓氏[11]。牆間大字，村中學究醉時題；架上蓑衣，野外漁郎乘興當。

智深、史進來到村中酒店內，一面吃酒，一面叫酒保買些肉來，借些米來，打火做飯。兩個吃酒，訴說路上許多事務。吃了酒飯，智深便問史進道：「你今投那裏去？」史進道：「我如今只得再回少華山去，投奔朱武等三人，入了夥，且過幾時，卻再理會。」智深見說了道：「兄弟也是。」便打開包裹，取些金銀，與了史進。二人拴了包裹，拿了器械，還了酒錢。二人出得店門，離了村鎮，又行不過五七里，到一個三岔路口。智深道：「兄弟須要分手，酒家投東京去，你休相送。你打華州，須從這條路去，他日卻得相會。若有個便人，可通個信息來往。」史進拜辭了智深，各自分了路，史進去了。

只說智深自往東京，在路又行了八九日，早望見東京。入得城來，但見：千門萬戶，紛紛朱翠交輝；三市六街，濟濟衣冠聚集。鳳閣列九重金玉，龍樓顯一派玻璃。花街柳陌，眾多嬌豔名姬；楚館秦樓，無限風流歌

---

9) 梁園雖好，不是久戀之家：比喻雖然眼前環境好，但不可長期在此。

10) 相如：指司馬相如。

11) 卓氏：指卓文君。

妓。豪門富戶呼盧會，公子王孫買笑來。

智深看見東京熱鬧，市井喧嘩，來到城中，陪個小心問人道：「大相國寺在何處？」街坊人答道：「前面州橋便是。」智深提了禪杖便走，早來到寺前。入得山門看時，端的好一座大剎！但見：山門高聳，梵宇清幽。當頭敕額字分明，兩下金剛形猛烈。五間大殿，龍鱗瓦砌碧成行；四壁僧房，龜背磨磚花嵌縫。鐘樓森立，經閣巍峨。幡竿高峻接青雲，寶塔依稀侵碧漢。木魚橫掛，雲板高懸。佛前燈燭熒煌，爐內香煙繚繞。幢幡不斷，觀音殿接祖師堂；寶蓋相連，水陸會通羅漢院。時時護法諸天降，歲歲降魔尊者來。

智深進得寺來，東西廊下看時，徑投知客寮內去，道人撞見，報與知客。無移時，知客僧出來，見了智深生得兇猛，提着鐵禪杖，跨着戒刀，背着個大包裹，先有五分懼他。知客問道：「師兄何方來？」智深放下包裹禪杖，打個問訊，知客回了問訊。智深說道：「小徒五台山來，本師智真長老有書在此，着小僧來投上剎智清大師長老處，討個職事僧做。」知客道：「既是智真大師長老有書劄，合當同到方丈裏去。」知客引了智深直到方丈，解開包裹，取出書來，拿在手裏。知客道：「師兄，你如何不知體面，即目[12]長老出來，你可解了戒刀，取出那七條坐具信香[13]來禮拜長老使得。」智深道：「你卻何不早說！」隨即解了戒刀，包裹內取出片香一炷，坐具、七條，半晌沒做道理處。知客又與他披了袈裟，教他先鋪坐具。少刻，只見智清禪師出來，知客向前稟道：「這僧人從五台山來，有智真禪師書在此。」智清長老道：「師兄多時不曾有法帖來。」知客叫智深道：「師兄，快來禮拜長老。」只見智深先把那炷香插在爐內，拜了三拜，將書呈上。智清長老接書拆開看時，中間備細說着魯智深出家緣由，並今下山投託上剎之故，「萬望慈悲收錄，做個職事人員，切不可推故。此僧久後必當證果」。智清長老讀罷來書，便道：「遠來僧人且去僧堂中暫歇，吃些齋飯。」智深謝了，收拾起坐具七條，提了包裹，拿了禪杖、戒刀，跟着行童去了。

智清長老喚集兩班許多職事僧人，盡到方丈，乃言：「汝等眾僧在此，你

---

12)　即目：目前，不久。

13)　七條坐具信香：七條，和尚的上衣，袈裟的一種。因上七條布片縫成，所以也叫「七條衣」；坐具，原為僧人護身護衣護床席臥具之用，也作拜禪之用；信香，信佛者所供奉的線香。

看我師兄智真禪師好沒分曉。這個來的僧人，原來是經略府軍官，為因打死了人，落髮為僧。二次在彼鬧了僧堂，因此難着他。你那裏安他不的，卻推來與我。待要不收留他，師兄如此千萬囑咐，不可推故；待要着他在這裏，倘或亂了清規，如何使得？」知客道：「便是弟子們看那僧人，全不似出家人模樣，本寺如何安着得他？」都寺便道：「弟子尋思起來，只有酸棗門外退居廨宇[14]後那片菜園，時常被營內軍健們並門外那二十來個破落戶侵害，縱放羊馬，好生羅唕。一個老和尚在那裏住持，那裏敢管他？何不教智深去那裏住持，倒敢管的下。」智清長老道：「都寺說的是。」教侍者去僧堂內客房裏等他吃罷飯，便喚將他來。

侍者去不多時，引着智深到方丈裏。智清長老道：「你既是我師兄智真大師薦將來我這寺中掛搭，做個職事人員，我這敝寺有個大菜園，在酸棗門外嶽廟間壁，你可去那裏住持管領。每日教種地人納十擔菜蔬，餘者都屬你用度。」智深便道：「本師智真長老着小僧投大剎，討個職事僧做，卻不教俺做個都寺、監寺，如何教洒家去管菜園？」首座便道：「師兄，你不省得，你新來掛搭，又不曾有功勞，如何便做得都寺？這管菜園也是個大職事人員了。」智深道：「洒家不管菜園，俺只要做都寺、監寺。」知客又道：「你聽我說與你：僧門中職事人員，各有頭項。且如小僧做個知客，只理會管待往來客官僧眾。至如維那、侍者、書記、首座，這都是清職，不容易得做。都寺、監寺、提點、院主，這個都是掌管常住財物。你才到的方丈，怎便得上等職事。還有那管藏的，喚做藏主；管殿的，喚做殿主；管閣的，喚做閣主；管化緣的，喚做化主；管浴堂的，喚做浴主。這個都是主事人員，中等職事。還有那管塔的塔頭，管飯的飯頭，管茶的茶頭，管東廁的淨頭，與這管菜園的菜頭，這個都是頭事人員，末等職事。假如師兄你管了一年菜園好，便升你做個塔頭；又管了一年好，升你做個浴主；又一年好，才做監寺。」智深道：「既然如此，也有出身時，洒家明日便去。」智清長老見智深肯去，就留在方丈裏歇了。當日議定了職事，隨即寫了榜文，先使人去菜園裏退居廨宇內，掛起庫司榜文，明日交割。當夜各自散了。

次早，智清長老升法座，押了法帖，委智深管菜園。智深到座前，領了

---

14) 廨（xiè）宇：官署用屋。

法帖，辭了長老，背上包裹，跨了戒刀，提了禪杖，和兩個送入院的和尚，直來酸棗門外廨宇裏來住持。詩曰：

萍蹤浪跡入東京，行盡山林數十程。古刹今番經劫火，中原從此動刀兵。
相國寺中重掛搭，種蔬園內且經營。自古白雲無去住，幾多變化任縱橫。

且說菜園左近有二三十個賭博不成才破落戶潑皮，泛常在園內偷盜菜蔬，靠着養身。因來偷菜，看見廨宇門上新掛一道庫司榜文，上說：「大相國寺仰委管菜園僧人魯智深前來住持，自明日為始掌管，並不許閒雜人等入園攪擾。」那幾個潑皮看了，便去與眾破落戶商議道：「大相國寺裏差一個和尚，甚麼魯智深，來管菜園。我們趁他新來，尋一場鬧，一頓打下頭來，教那廝伏我們。」數中一個道：「我有一個道理。他又不曾認的我，我們如何便去尋的鬧？等他來時，誘他去糞窖邊，只做參賀他，雙手搶住腳，翻筋斗，攧那廝下糞窖去，只是小耍他。」眾潑皮道：「好，好！」商量已定，且看他來。

卻說魯智深來到廨宇退居內房中，安頓了包裹行李，倚了禪杖，掛了戒刀。那數個種地道人，都來參拜了，但有一應鎖鑰，盡行交割。那兩個和尚，同舊住持老和尚相別了，盡回寺去。

且說智深出到菜園地上，東觀西望，看那園圃。只見這二三十個潑皮，拿着些果盒、酒禮，都嘻嘻的笑道：「聞知和尚新來住持，我們鄰舍街坊都來作慶。」智深不知是計，直走到糞窖邊來。那夥潑皮一齊向前，一個來搶左腳，一個便搶右腳，指望來攧智深。只教智深腳尖起處，山前猛虎心驚；拳頭落時，海內蛟龍喪膽。正是：方圓一片閒園圃，目下排成小戰場。那夥潑皮怎的來攧智深，且聽下回分解。

## 延伸思考

俗話說：無巧不成書。小說情節的發展有時必須用到巧合，本回中哪些場景和事件運用了設置巧合的方法？

第七回

# 花和尚倒拔垂楊柳
# 豹子頭誤入白虎堂

魯智深剛接管寺院的菜園子，附近常來偷菜找茬兒的無賴打算給他一個下馬威，結果被制服，從此和他常來常往，日子倒也安生。不過一波剛平，一波又起：魯智深在寺院剛結識的兄弟，八十萬禁軍教頭林沖惹上了麻煩。高俅高太尉的乾兒子高衙內看上林沖的妻子，卻又懾於其聲威，不敢造次。高衙內身邊的小人設計，聯合林沖的好友陸謙合謀陷害林沖，以達到目的。林沖的命運將如何發展？他的性格在其中又起到了甚麼樣的作用？讀時且用心。

話說那酸棗門外三二十個潑皮破落戶中間，有兩個為頭的，一個叫做過街老鼠張三，一個叫做青草蛇李四。這兩個為頭接將來，智深也卻好去糞窖邊，看見這夥人都不走動，只立在窖邊，齊道：「俺特來與和尚作慶。」智深道：「你們既是鄰舍街坊，都來廨宇裏坐地。」張三、李四便拜在地上，不肯起來，只指望和尚來扶他，便要動手。智深見了，心裏早疑忌道：「這夥人不三不四，又不肯近前來，莫不要攧洒家？那廝卻是倒來捋虎鬚！俺且走向前去，教那廝看洒家手腳。」

智深大踏步近眾人面前來。那張三、李四便道：「小人兄弟們特來參拜師父。」口裏說，便向前去，一個來搶左腳，一個來搶右腳。智深不等他佔身，右腳早起，騰的把李四先踢下糞窖裏去。張三恰待走，智深左腳早起，兩個潑皮都踢在糞窖裏掙扎。後頭那二三十個破落戶驚的目瞪口呆，都待要走。智深喝道：「一個走的，一個下去！兩個走的，兩個下去！」眾潑皮都不敢動彈。只見那張三、李四在糞窖裏探起頭來。原來那座糞窖沒底似深，兩個一身臭屎，頭髮上蛆蟲盤滿，立在糞窖裏叫道：「師父饒恕我們。」智深喝道：「你那眾潑皮，快扶那鳥上來，我便饒你眾人。」眾人打一救，攙到葫蘆架邊，臭穢不可近前。智深呵呵大笑道：「兀那蠢物，你且去菜園池子裏洗了來，和你眾人說話。」

兩個潑皮洗了一回，眾人脫件衣服，與他兩個穿了。智深叫道：「都來廨宇裏坐地說話。」智深先居中坐了，指着眾人道：「你那夥鳥人，休要瞞洒家，你等都是甚麼鳥人？來這裏戲弄洒家！」那張三、李四並眾火伴一齊跪下，說道：「小人祖居在這裏，都只靠賭博討錢為生。這片菜園是俺們衣飯碗[1]，大相國寺裏幾番使錢，要奈何我們不得。師父卻是那裏來的長老，恁的了得！相國寺裏不曾見有師父，今日我等情願伏侍。」智深道：「洒家是關西延安府老種經略相公帳前提轄官，只為殺的人多，因此情願出家，五台山來到這裏。洒家俗姓魯，法名智深。休說你這三二十個人直甚麼，便是千軍萬馬隊中，俺敢直殺的入去出來。」眾潑皮喏喏連聲，拜謝了去。智深自來廨宇裏房內，收拾整頓歇臥。

次日，眾潑皮商量湊些錢物，買了十瓶酒，牽了一個豬來請智深。都在廨宇安排了，請魯智深居中坐了，兩邊一帶，坐定那二三十潑皮飲酒。智深道：「甚麼道理叫你眾人們壞鈔[2]？」眾人道：「我們有福，今日得師父在這裏與我等眾人做主。」智深大喜。吃到半酣裏，也有唱的，也有說的，也有拍手的，也有笑的。正在那裏喧哄，只聽得門外老鴉哇哇的叫。眾人有叩齒[3]的，齊道：「赤口上天，白舌入地。[4]」智深道：「你們做甚麼鳥亂？」眾人道：「老鴉叫，怕有口舌[5]。」智深道：「那裏取這話？」那種地道人笑道：「牆角邊綠楊樹上新添了一個老鴉巢，每日只聒到晚。」眾人道：「把梯子去上面拆了那巢便了。」有幾個道：「我們便去。」

智深也乘着酒興，都到外面看時，果然綠楊樹上一個老鴉巢。眾人道：

---

1) 衣飯碗：即衣飯。生活來源，合「衣服」和「飯碗」為一。

2) 壞鈔：破費。

3) 叩齒：迷信的說法，祈禱時把上下牙齒不住地對擊，可以使禱告靈驗，這種動作叫「叩齒」。

4) 赤口上天，白舌入地：消災的咒語。

5) 口舌：不吉利。

「把梯子上去拆了。也得耳根清淨。」李四便道：「我與你盤上去，不要梯子。」智深相了一相，走到樹前，把直裰脫了，用右手向下，把身倒繳着，卻把左手拔住上截，把腰只一趁，將那株綠楊樹帶根拔起。眾潑皮見了，一齊拜倒在地，只叫：「師父非是凡人，正是真羅漢身體，無千萬斤氣力，如何拔得起？」智深道：「打甚鳥緊？明日都看洒家演武，使器械。」眾潑皮當晚各自散了。

從明日為始，這二三十個破落戶見智深匾匾的伏[6]，每日將酒肉來請智深，看他演武使拳。過了數日，智深尋思道：「每日吃他們酒食多矣，洒家今日也安排些還席。」叫道人去城中買了幾般果子，沽了兩三擔酒，殺翻一口豬，一腔羊。那時正是三月盡，天氣正熱。智深道：「天色熱。」叫道人綠槐樹下鋪了蘆席，請那許多潑皮團團坐定。大碗斟酒，大塊切肉，叫眾人吃得飽了，再取果子吃，酒又吃得正濃。眾潑皮道：「這幾日見師父演力，不曾見師父使器械，怎得師父教我們看一看也好。」智深道：「說的是。」便去房內取出渾鐵禪杖，頭尾長五尺，重六十二斤。眾人看了，盡皆吃驚，都道：「兩臂膊沒水牛大小氣力，怎使得動？」智深接過來，颼颼的使動，渾身上下沒半點兒參差。眾人看了，一齊喝采。

智深正使得活泛，只見牆外一個官人看見，喝采道：「端的使得好！」智深聽得，收住了手，看時，只見牆缺邊立着一個官人。怎生打扮？但見：頭戴一頂青紗抓角兒頭巾，腦後兩個白玉圈連珠鬢環。身穿一領單綠羅團花戰袍，腰繫一條雙搭尾龜背銀帶。穿一對磕瓜頭朝樣皂靴，手中執一把折迭紙西川扇子。

那官人生的豹頭環眼，燕頷虎鬚，八尺長短身材，三十四五年紀。口裏道：「這個師父，端的非凡，使的好器械！」眾潑皮道：「這位教師喝采，必然是好。」智深問道：「那軍官是誰？」眾人道：「這官人是八十萬禁軍槍棒教頭林武師，名喚林沖。」智深道：「何不就請來廝教。」那林教頭便跳入牆來，兩個就槐樹下相見了，一同坐地。林教頭便問道：「師兄何處人氏？法諱喚做甚麼？」智深道：「洒家是關西魯達的便是。只為殺的人多，情願為僧，年幼

6) 匾匾的伏：非常順服、順從。

時也曾到東京，認得令尊林提轄。」林沖大喜，就當結義智深為兄。智深道：「教頭今日緣何到此？」林沖答道：「恰才與拙荊[7]一同來間壁嶽廟裏還香願。林沖聽得使棒，看得入眼，着女使錦兒自和荊婦去廟裏燒香，林沖就只此間相等，不想得遇師兄。」智深道：「洒家初到這裏，正沒相識，得這幾個大哥每日相伴。如今又得教頭不棄，結為弟兄，十分好了。」便叫道人再添酒來相待。

恰才飲得三杯，只見女使錦兒慌慌急急，紅了臉，在牆缺邊叫道：「官人休要坐地！娘子在廟中和人合口[8]。」林沖連忙問道：「在那裏？」錦兒道：「正在五嶽樓下來，撞見個奸詐不及的，把娘子攔住了不肯放。」林沖慌忙道：「卻再來望師兄，休怪，休怪。」

林沖別了智深，急跳過牆缺，和錦兒徑奔嶽廟裏來，搶到五嶽樓看時，見了數個人，拿着彈弓、吹筒、粘竿，都立在欄杆邊；胡梯上一個年少的後生，獨自背立着，把林沖的娘子攔着道：「你且上樓去，和你說話。」林沖娘子紅了臉道：「清平世界，是何道理把良人調戲？」林沖趕到跟前，把那後生肩胛只一扳過來，喝道：「調戲良人妻子，當得何罪？」恰待下拳打時，認的是本管高太尉螟蛉之子[9]高衙內。原來高俅新發跡，不曾有親兒，無人幫助，因此過房這阿叔高三郎兒子在房內為子。本是叔伯弟兄，卻與他做乾兒子。因此，高太尉愛惜他。那廝在東京倚勢豪強，專一愛淫垢人家妻女。京師人懼怕他權勢，誰敢與他爭口，叫他做「花花太歲」。有詩為證：

臉前花現醜難親，心裏花開愛婦人。
撞着年庚不順利，方知太歲是凶神。

當時林沖扳將過來，卻認得是本管高衙內，先自手軟了。高衙內說道：「林沖，干你甚事！你來多管！」原來高衙內不曉得他是林沖的娘子，若還曉的時，也沒這場事。見林沖不動手，他發這話。眾多閒漢見鬧，一齊攏來勸道：「教頭休怪，衙內不認得，多有衝撞。」林沖怒氣未消，一雙眼睜着瞅那

---

7)　拙荊：妻子。

8)　合口：吵架，爭執。

9)　螟蛉之子：養子。

高衙內。眾閒漢勸了林沖，和哄高衙內出廟上馬去了。

林沖將引妻小並使女錦兒，也轉出廊下來。只見智深提着鐵禪杖，引着那二三十個破落戶，大踏步搶入廟來。林沖見了，叫道：「師兄那裏去？」智深道：「我來幫你廝打。」林沖道：「原來是本管高太尉的衙內，不認得荊婦，時間[10]無禮。林沖本待要痛打那廝一頓，太尉面上須不好看。自古道：『不怕官，只怕管。』林沖不合吃着他的請受，權且讓他這一次。」智深道：「你卻怕他本官太尉，洒家怕他甚鳥！俺若撞見那撮鳥時，且教他吃洒家三百禪杖了去。」林沖見智深醉了，便道：「師兄說得是。林沖一時被眾人勸了，權且饒他。」智深道：「但有事時，便來喚洒家與你去。」眾潑皮見智深醉了，扶着道：「師父，俺們且去，明日再得相會。」智深提着禪杖道：「阿嫂休怪，莫要笑話。阿哥，明日再會。」智深相別，自和潑皮去了。林沖領了娘子並錦兒，取路回家，心中只是鬱鬱不樂。

且說這高衙內引了一班兒閒漢，自見了林沖娘子，又被他衝散了，心中好生着迷，怏怏不樂，回到府中納悶。過了三兩日，眾多閒漢都來伺候，見衙內心焦，沒撩沒亂，眾人散了。

數內有一個幫閒的，喚作乾鳥頭富安，理會得高衙內意思，獨自一個到府中伺侯。見衙內在書房中閒坐，那富安走近前去道：「衙內近日面色清減，心中少樂，必然有件不悅之事。」高衙內道：「你如何省得？」富安道：「小子一猜便着。」衙內道：「你猜我心中甚事不樂。」富安道：「衙內是思想[11]那雙木的，這猜如何？」衙內笑道：「你猜得是，只沒個道理得他。」富安道：「有何難哉！衙內怕林沖是個好漢，不敢欺他，這個無妨。他現在帳下聽使喚，大請大受[12]，怎敢惡了太尉？輕則便刺配了他，重則害了他性命。小閒尋思有一計，使衙內能夠得他。」高衙內聽得，便道：「自見了許多好女娘，不知怎的只愛他，心中着迷，鬱鬱不樂。你有甚見識，能勾他時，我自重重的賞你。」富安道：「門下知心腹的陸虞候陸謙，他和林沖最好，明日衙內躲在陸虞候樓上深閣，擺下些酒食，卻叫陸謙去請林沖出來吃酒，教他直去樊樓

---

10) 時間：一時。

11) 思想：思念。

12) 大請大受：高俸厚祿。

上深閣裏吃酒。小閒便去他家，對林沖娘子說道：『你丈夫教頭和陸謙吃酒，一時重氣，悶倒在樓上，叫娘子快去看哩！』賺得他來到樓上。婦人家水性，見了衙內這般風流人物，再着些甜話兒調和他，不由他不肯。小閒這一計如何？」高衙內喝采道：「好計！就今晚着人去喚陸虞候來吩咐了。」原來陸虞候家只在高太尉家隔壁巷內。次日，商量了計策，陸虞候一時聽允，也沒奈何；只要小衙內歡喜，卻顧不得朋友交情。

且說林沖連日悶悶不已，懶上街去。巳牌時，聽得門首有人叫道：「教頭在家麼？」林沖出來看時，卻是陸虞候，慌忙道：「陸兄何來？」陸謙道：「特來探望兄，何故連日街前不見？」林沖道：「心裏悶，不曾出去。」陸謙道：「我同兄長去吃三杯解悶。」林沖道：「少坐拜茶[13]。」兩個吃了茶起身。陸虞候道：「阿嫂，我同兄長到家去吃三杯。」林沖娘子趕到布簾下叫道：「大哥，少飲早歸。」林沖與陸謙出得門來，街上閒走了一回。陸虞候道：「兄長，我們休家去，只就樊樓內吃兩杯。」當時兩個上到樊樓內，佔個閣兒，喚酒保吩咐，叫取兩瓶上色好酒，希奇果子按酒。兩個敍說閒話，林沖歎了一口氣，陸虞候道：「兄長何故歎氣？」林沖道：「賢弟不知，男子漢空有一身本事，不遇明主，屈沉在小人之下，受這般腌臢的氣！」陸虞候道：「如今禁軍中雖有幾個教頭，誰人及得兄長的本事？太尉又看承得好，卻受誰的氣？」林沖把前日高衙內的事告訴陸虞候一遍。陸虞候道：「衙內必不認得嫂子。兄長休氣，只顧飲酒。」林沖吃了八九杯酒，因要小遺，起身道：「我去淨手了來。」

林沖下得樓來，出酒店門，投東小巷內去淨了手，回身轉出巷口，只見女使錦兒叫道：「官人尋得我苦，卻在這裏！」林沖慌忙問道：「做甚麼？」錦兒道：「官人和陸虞候出來，沒半個時辰，只見一個漢子慌慌急急奔來家裏，對娘子說道：『我是陸虞候家鄰舍。你家教頭和陸謙吃酒，只見教頭一口氣不來，便撞倒了，叫娘子且快來看視。』娘子聽得，連忙央間壁王婆看了家，和我跟那漢子去，直到太尉府前小巷內一家人家。上至樓上，只見桌子上擺着些酒食，不見官人。恰待下樓，只見前日在嶽廟裏羅唣娘子的那後生出來道：『娘子少坐，你丈夫來也。』錦兒慌慌下得樓時，只聽得娘子在樓上叫『殺

---

13)　拜茶：喝茶。敬辭。

人』。因此我一地裏尋官人不見，正撞着賣藥的張先生道：『我在樊樓前過，見教頭和一個人入去吃酒。』因此特奔到這裏。官人快去。」

林沖見說，吃了一驚，也不顧女使錦兒，三步做一步跑到陸虞候家，搶到胡梯上，卻關着樓門，只聽得娘子叫道：「清平世界，如何把我良人妻子關在這裏？」又聽得高衙內道：「娘子，可憐見救俺，便是鐵石人，也告的回轉。」林沖立在胡梯上叫道：「大嫂開門。」那婦人聽的是丈夫聲音，只顧來開門。高衙內吃了一驚，斡開了樓窗，跳牆走了。林沖上的樓上，尋不見高衙內，問娘子道：「不曾被這廝點污了？」娘子道：「不曾。」林沖把陸虞候家打得粉碎。將娘子下樓，出得門外看時，鄰舍兩邊都閉了門。女使錦兒接着，三個人一處歸家去了。

林沖拿了一把解腕尖刀，徑奔到樊樓前去尋陸虞候，也不見了。卻回來他門前等了一晚，不見回家，林沖自歸。娘子勸道：「我又不曾被他騙了，你休得胡做。」林沖道：「叵耐這陸謙畜生！我和你如兄若弟，你也來騙我！只怕不撞見高衙內，也照管着他頭面。」娘子苦勸，那裏肯放他出門。陸虞候只躲在太尉府內，亦不敢回家。林沖一連等了三日，並不見面。府前人見林沖面色不好，誰敢問他。

第四日飯時候，魯智深徑尋到林沖家相探，問道：「教頭如何連日不見面？」林沖答道：「小弟少冗[14]，不曾探得師兄。既蒙到我寒家，本當草酌三杯，爭奈一時不能周備。且和師兄一同上街閒玩一遭，市沽兩盞如何？」智深道：「最好。」兩個同上街來，吃了一日酒，又約明日相會。自此每日與智深上街吃酒，把這件事都放慢了。正是：丈夫心事有親朋，談笑酣歌散鬱蒸。只有女人愁悶處，深閨無語病難興。

且說高衙內自從那日在陸虞候家樓上吃了那驚，跳牆脫走，不敢對太尉說知，因此在府中臥病。陸虞候和富安兩個來府裏望衙內，見他容顏不好，精神憔悴，陸謙道：「衙內何故如此精神少樂？」衙內道：「實不瞞你們說：我為林沖老婆，兩次不能夠得他，又吃他那一驚，這病越添得重了。眼見的半年三個月性命難保。」二人道：「衙內且寬心，只在小人兩個身上，好歹要

14) 少冗：缺少閒空。

共那婦人完聚，只除他自縊死了便罷。」正說間，府裏老都管也來看衙內病證。只見：不癢不痛，渾身上或寒或熱；沒撩沒亂，滿腹中又飽又飢。白晝忘餐，黃昏廢寢。對爺娘怎訴心中恨，見相識難遮臉上羞。

那陸虞候和富安見老都管來問病，兩個商量道：「只除恁的……」等候老都管看病已了出來，兩個邀老都管僻淨處說道：「若要衙內病好，只除教太尉得知，害了林沖性命，方能夠得他老婆和衙內在一處，這病便得好。若不如此，已定送了衙內性命。」老都管道：「這個容易。老漢今晚便稟太尉得知。」兩個道：「我們已有了計，只等你回話。」

老都管至晚來見太尉說道：「衙內不害別的證，卻害林沖的老婆。」高俅道：「幾時見了他的渾家[15]？」都管稟道：「便是前月二十八日在嶽廟裏見來，今經一月有餘。」又把陸虞候設的計，備細說了。高俅道：「如此因為他渾家，怎地害他？我尋思起來，若為惜林沖一個人時，須送了我孩兒性命。卻怎生是好？」都管道：「陸虞候和富安有計較。」高俅道：「既是如此，教喚二人來商議。」老都管隨即喚陸謙、富安人到堂裏，唱了喏。高俅問道：「我這小衙內的事，你兩個有甚計較？救得我孩兒好了時，我自抬舉你二人。」陸虞候向前稟道：「恩相在上，只除如此如此使得。」高俅見說了，喝采道：「好計！你兩個明日便與我行。」不在話下。

再說林沖每日和智深吃酒，把這件事不記心了。那一日，兩個同行到閱武坊巷口，見一條大漢，頭戴一頂抓角兒頭巾，穿一領舊戰袍，手裏拿着一口寶刀，插着個草標兒，立在街上，口裏自言自語說道：「不遇識者，屈沉了我這口寶刀。」林沖也不理會，只顧和智深說着話走。那漢又跟在背後道：「好口寶刀，可惜不遇識者！」林沖只顧和智深走着，說得入港。那漢又在背後說道：「偌大一個東京，沒一個識得軍器的。」林沖聽的說，回過頭來，那漢颼的把那口刀掣將出來，明晃晃的奪人眼目。林沖合當有事，猛可地道：「將來看。」那漢遞將過來，林沖接在手內，同智深看了。但見：清光奪目，冷氣侵人。遠看如玉沼春冰，近看似瓊台瑞雪。花紋密佈，如豐城獄內飛來；紫氣

---

15)　渾家：妻子。

橫空，似楚昭夢中收得。太阿巨闕[16]應難比，莫邪干將[17]亦等閒。

當時林沖看了，吃了一驚，失口道：「好刀！你要賣幾錢？」那漢道：「索價三千貫，實價二千貫。」林沖道：「值是值二千貫，只沒個識主。你若一千貫肯時，我買你的。」那漢道：「我急要些錢使，你若端的要時，饒你五百貫，實要一千五百貫。」林沖道：「只是一千貫，我便買了。」那漢歎口氣道：「金子做生鐵賣了！罷，罷！一文也不要少了我的。」林沖道：「跟我來家中取錢還你。」回身卻與智深道：「師兄，且在茶房裏少待，小弟便來。」智深道：「洒家且回去，明日再相見。」

林沖別了智深，自引了賣刀的那漢，到家去取錢與他，就問那漢道：「你這口刀那裏得來？」那漢道：「小人祖上留下。因為家道消乏，沒奈何，將出來賣了。」林沖道：「你祖上是誰？」那漢道：「若說時，辱沒先人！」林沖再也不問。那漢得了銀兩，自去了。

林沖把這口刀翻來覆去看了一回，喝采道：「端的好把刀！高太尉府中有一口寶刀，胡亂不肯教人看。我幾番借看，也不肯將出來。今日我也買了這口好刀，慢慢和他比試。」林沖當晚不落手看了一晚，夜間掛在壁上。未等天明，又去看那刀。

次日，巳牌時分，只聽得門首有兩個承局[18]叫道：「林教頭，太尉鈞旨，道你買一口好刀，就叫你將去比看，太尉在府裏專等。」林沖聽得說道：「又是甚麼多口的報知了。」兩個承局催得林沖穿了衣服，拿了那口刀，隨這兩個承局來。林沖道：「我在府中不認的你。」兩個人說道：「小人新近參隨。」卻早來到府前，進得到廳前。林沖立住了腳，兩個又道：「太尉在裏面後堂內坐地。」轉入屏風至後堂，又不見太尉。林沖又住了腳，兩個又道：「太尉直在裏面等你，叫引教頭進來。」又過了兩三重門，到一個去處，一周遭都是綠欄杆。兩個又引林沖到堂前，說道：「教頭，你只在此少待，等我入去稟太尉。」

林沖拿着刀，立在簷前，兩個人自入去了，一盞茶時，不見出來。林沖心疑，探頭入簾看時，只見簷前額上有四個青字，寫道：「白虎節堂」。林沖

---

16) 太阿巨闕：古代寶劍名。

17) 莫邪干將：古代有名的兩把寶劍。

18) 承局：當差的。本是宋時殿前司屬下的一種低級武官。

猛省道：「這節堂是商議軍機大事處，如何敢無故輒入？」急待回身，只聽的靴履響、腳步鳴，一個人從外面入來。林沖看時，不是別人，卻是本管高太尉。林沖見了，執刀向前聲喏。太尉喝道：「林沖，你又無呼喚，安敢輒入白虎節堂？你知法度否？你手裏拿着刀，莫非來刺殺下官？有人對我說，你兩三日前，拿刀在府前伺候，必有歹心。」林沖躬身稟道：「恩相，恰才蒙兩個承局呼喚林沖，將刀來比看。」太尉喝道：「承局在那裏？」林沖道：「他兩個已投堂裏去了。」太尉道：「胡說！甚麼承局，敢進我府堂裏去！左右與我拿下這廝！」說猶未了，傍邊耳房裏走出二十餘人，把林沖橫推倒拽，恰似皂鵰追紫燕，渾如猛虎啖羊羔。高太尉大怒道：「你既是禁軍教頭，法度也還不知道。因何手執利刃，故入節堂，欲殺本官？」叫左右把林沖推下，不知性命如何。

不因此等，有分教：大鬧中原，縱橫海內。直教：農夫背上添心號，漁父舟中插認旗。畢竟看林沖性命如何，且聽下回分解。

### 延伸思考

陸謙作為林沖的好友，為何轉變得如此徹底，成為陷害林沖的小人？試分析其中的社會因素和個人因素。

## 第八回

# 精讀 林教頭刺配滄州道 魯智深大鬧野豬林

高俅拿下林沖後，要問死罪，送到開封府尹處。多虧一個叫孫定的孔目好心，從中周旋，林沖只被判刺配滄州。但陸謙又奉高太尉之命從中作梗，收買了押送林沖的公差，讓他們在途中害死他。一路上林沖受盡折磨，行到野豬林，公差正欲下手，林沖究竟能否幸免呢？

話說當時太尉喝叫左右排列軍校，拿下林沖要斬，林沖大叫冤屈。太尉道：「你來節堂有何事務？現今手裏拿着利刃，如何不是來殺下官？」

林沖告道：「太尉不喚，如何敢？見有兩個承局望堂裏去了，故賺林沖到此。」太尉喝道：「胡說！我府中那有承局？這廝不服斷遣。」喝叫左右：「解去開封府，吩咐滕府尹好生推問勘理，明白處決。就把寶刀封了去。」左右領了鈞旨，監押林沖投開封府來，恰好府尹坐衙未退。但見：緋羅繳壁[1]，紫綬卓圍[2]。當頭額掛朱紅，四下簾垂斑竹。官僚守正，戒石上刻御制四行；令史謹嚴，漆牌中書低聲二字。提轄官能掌機密，客帳司專管牌單。吏兵沉重，節級嚴威。執藤條祗候[3]立階前，持大杖離班分左右。戶婚詞訟，斷時有

1) 繳壁：圍繞着牆壁的帷。繳，纏繞。

2) 卓圍：同「桌圍」。一種圍繫在案前的繡花裝飾品。

3) 祗（zhī）候：恭敬地等候（使喚）。多用於官場。

似玉衡明；鬥毆是非，判處恰如金鏡照。雖然一郡宰臣官，果是四方民父母。直使囚從冰上立，盡教人向鏡中行。說不盡許多威儀，似塑就一堂神道。

高太尉幹人把林沖押到府前，跪在階下，將太尉言語對滕府尹說了。將上太尉封的那把刀放在林沖面前。府尹道：「林沖，你是個禁軍教頭，如何不知法度，手執利刃，故入節堂？這是該死的罪犯。」林沖告道：「恩相明鏡，念林沖負屈銜冤。小人雖是粗鹵的軍漢，頗識些法度，如何敢擅入節堂？為是前日二十八日，林沖與妻到嶽廟還香願，正迎見高太尉的小衙內，把妻子調戲，被小人喝散了。次後又使陸虞候賺小人吃酒，卻使富安來騙林沖妻子到陸虞候家樓上調戲，亦被小人趕去，是把陸虞候家打了一場。兩次雖不成姦，皆有人證。次日，林沖自買這口刀，今日太尉差兩個承局來家呼喚林沖，叫將刀來府裏比看。因此，林沖同二人到節堂下。兩個承局進堂裏去了，不想太尉從外面進來，設計陷害林沖。望恩相做主。」

府尹聽了林沖口詞，且叫與了回文，一面取刑具枷來枷了，推入牢裏監下。林沖家裏自來送飯，一面使錢。林沖的丈人張教頭亦來買上告下，使用財帛。

正值有個當案孔目[4]，姓孫，名定，為人最鯁直，十分好善，只要周全人，因此人都喚做孫佛兒。他明知道這件事，轉轉宛宛在府上說知就裏，稟道：「此事果是屈了林沖，只可周全他。」府尹道：「他做下這般罪！高太尉批仰[5]定罪，定要問他『手執利刃，故入節堂，殺害本官』，怎周全得他？」孫定道：「這南衙開封府，不是朝廷的，是高太尉家的。」府尹道：「胡說！」孫定道：「誰不知高太尉當權，倚

點評

● 從他之口說出高太尉在任期間種種劣跡，表達正直之人對當權者的不滿。

4)　孔目：高級吏員。

5)　批仰：批示。

點評

勢豪強，更兼他府裏無般不做。但有人小小觸犯，便發來開封府，要殺便殺，要剮便剮，卻不是他家官府。」府尹道：「據你說時，林沖事怎的方便他，施行斷遣？」孫定道：「看林沖口詞是個無罪的人，只是沒拿那兩個承局處。如今着他招認做不合[6]腰懸利刃，誤入節堂；脊杖二十，刺配遠惡軍州。」

滕府尹也知這件事了，自去高太尉面前再三稟說林沖口詞。高俅情知理短，又礙府尹，只得准了。

就此日府尹回來升廳，叫林沖除了長枷，斷了二十脊杖，喚個文筆匠刺了面頰，量地方遠近，該配滄州牢城。當廳打一面七斤半團頭鐵葉護身枷釘了，貼上封皮，押了一道牒文，差兩個防送公人監押前去。

● 寫出眾鄰舍來，下文便有接應。

兩個人是董超、薛霸。二人領了公文，押送林沖出開封府來，只見眾鄰舍並林沖的丈人張教頭都在府前接着，同林沖兩個公人到州橋下酒店裏坐定。林沖道：「多得孫孔目維持，這棒不毒，因此走動得。」張教頭叫酒保安排案酒果子，管待兩個公人。酒至數杯，只見張教頭將出銀兩，齎發他兩個防送公人已了。林沖執手對丈人說道：「泰山在上，年災月厄，撞了高衙內，吃了一場屈官司。今日有句話說，上稟泰山：自蒙泰山錯愛，將令愛嫁事小人，已至三載，不曾有半些兒差池。雖不曾生半個兒女，未曾面紅耳赤，半點相爭。今小人遭這場橫事，配去滄州，生死存亡未保。娘子在家，小人心去不穩，誠恐高衙內威逼這頭親事。況兼青春年少，休為林沖誤了前程。卻是林沖自行主張，非他人逼迫。小人今日就高鄰在此，明白立紙休書，任從改嫁，並無爭執。如此林沖去的心穩，免得高衙內陷害。」張教頭道：

● 林沖執意要寫休書，是料定自己此行凶多吉少，為妻子的前程考慮，忍痛割愛，可謂用情之深，用心之良苦。這樣的豪傑，還有如此好心腸，實屬難得。這個情節寫出了英雄的另一面性格，使人物形象更加豐滿。

6) 不合：不應該。

「賢婿，甚麼言語！你是天年不齊[7]，遭了橫事，又不是你作將出來的。今日權且去滄州躲災避難，早晚天可憐見，放你回來時，依舊夫妻完聚。老漢家中也頗有些過活，便取了我女家去，並錦兒，不揀怎的，三年五載，養贍得他。又不叫他出入，高衙內便要見，也不能夠。休要憂心，都在老漢身上。你在滄州牢城，我自頻頻寄書並衣服與你。休得要胡思亂想，只顧放心去。」林沖道：「感謝泰山厚意。只是林沖放心不下，枉自兩相耽誤。泰山可憐見林沖，依允小人，便死也瞑目。」張教頭那裏肯應承。眾鄰舍亦說行不得。林沖道：「若不依允小人之時，林沖便掙扎得回來，誓不與娘子相聚。」張教頭道：「既然恁地時，權且由你寫下，我只不把女兒嫁人便了。」

當時叫酒保尋個寫文書的人來，買了一張紙來。那人寫，林沖說道是：東京八十萬禁軍教頭林沖，為因身犯重罪，斷配滄州，去後存亡不保。有妻張氏年少，情願立此休書，任從改嫁，永無爭執。委是自行情願，即非相逼。恐後無憑，立此文約為照。年月日。

林沖當下看人寫了，借過筆來，去年月下押個花字，打個手模。

正在閣裏寫了，欲付與泰山收時，只見林沖的娘子，號天哭地叫將來。女使錦兒抱着一包衣服，一路尋到酒店裏。林沖見了，起身接着道：「娘子，小人有句話說，已稟過泰山了。為是林沖年災月厄，遭這場屈事，今去滄州，生死不保，誠恐誤了娘子青春。今已寫下幾字在此，萬望娘子休等小人，有好頭腦，自行招嫁，莫為林沖誤了賢妻。」那娘子聽罷，哭將起來，說道：「丈夫，我不曾有半些兒點污，如何把我休了！」林沖道：「娘子，我是好意，恐怕日

---

7)　天年不齊：時運不好。

點評

●「眾鄰舍」在旁，一是場面描寫的需要；二是說明林沖一家平時與鄰為善，人緣好。好人被陷害，更使人憤慨社會的不公。

後兩下相誤，賺了你。」張教頭便道：「我兒放心，雖是女婿恁的主張，我終不成下得將你來再嫁人！這事且由他放心去。他便不來時，我也安排你一世的終身盤費，只教你守志便了。」那婦人聽得說，心中哽咽，又見了這封書，一時哭倒，聲絕在地。未知五臟如何，先見四肢不動。但見：荊山玉損，可惜數十年結髮成親；寶鑒花殘，枉費九十日東君匹配。花容倒臥，有如西苑芍藥倚朱欄；檀口無言，一似南海觀音來入定。小園昨夜東風惡，吹折江梅就地橫。

林沖與泰山張教頭救得起來，半晌方才甦醒，兀自哭不住。林沖把休書與教頭收了。眾鄰舍亦有婦人來勸林沖娘子，攙扶回去。張教頭囑付林沖道：「你顧前程去掙扎，回來廝見。你的老小，我明日便取回去，養在家裏，待你回來完聚。你但放心去，不要掛念。如有便人，千萬頻頻寄些書信來。」林沖起身謝了，拜辭泰山並眾鄰舍，背了包裹，隨着公人去了。張教頭同鄰舍取路回家，不在話下。

且說兩個防送公人把林沖帶來使臣房[8]裏，寄了監。董超、薛霸各自回家收拾行李。只說董超正在家裏拴束包裹，只見巷口酒店裏酒保來說道：「董端公，一位官人在小人店中請說話。」董超道：「是誰？」酒保道：「小人不認的，只叫請端公便來。」原來宋時的公人，都稱呼端公。當時董超便和酒保徑到店中閣兒內看時，見坐着一個人，頭戴頂萬字頭巾，身穿領皂紗背子，下面皂靴淨襪。見了董超，慌忙作揖道：「端公請坐。」董超道：「小人自來不曾拜識尊顏，不知呼喚有何使令？」那人道：「請坐，少間便知。」董超坐在對席，酒保一面鋪下酒盞，菜蔬、果品、按酒都搬來擺了一桌。那人問道：「薛端公在何處住？」董超道：「只在前邊巷內。」那人喚酒保問了底腳[9]，「與我去請將來。」酒保去

8) 使臣房：宋時緝捕武官臨時休息的處所。

9) 底腳：住址。

了一盞茶時，只見請得薛霸到閣兒裏。董超道：「這位官人請俺說話。」薛霸道：「不敢動問大人高姓？？那人又道：「少刻便知，且請飲酒。」

三人坐定，一面酒保篩酒。酒至數杯，那人去袖子裏取出十兩金子，放在桌上，說道：「二位端公各收五兩，有些小事煩及。」二人道：「小人素不認得尊官，何故與我金子？」那人道：「二位莫不投滄州去？」董超道：「小人兩個奉本府差遣，監押林沖直到那裏。」那人道：「既是如此，相煩二位。我是高太尉府心腹人陸虞候便是。」董超、薛霸喏喏連聲，說道：「小人何等樣人，敢共對席。」陸謙道：「你二位也知林沖和太尉是對頭。今奉着太尉鈞旨，教將這十兩金子送與二位。望你兩個領諾。不必遠去，只就前面僻靜去處，把林沖結果了，就彼處討紙回狀，回來便了。若開封府但有話說，太尉自行吩咐，並不妨事。」董超道：「卻怕使不得。開封府公文，只叫解活的去，卻不曾教結果了他。亦且本人年紀又不高大，如何作的這緣故？倘有些兜搭[10]，恐不方便。」薛霸道：「老董，你聽我說：高太尉便叫你我死，也只得依他。莫說使這官人又送金子與俺。你不要多說，和你分了罷，落得做人情，日後也有照顧俺處。前頭有的是大松林猛惡去處，不揀怎的，與他結果了罷。」當下薛霸收了金子，說道：「官人放心，多是五站路，少便兩程，便有分曉。」陸謙大喜道：「還是薛端公真是爽利！明日到地了時，是必揭取林沖臉上金印回來做表證，陸謙再包辦二位十兩金子相謝。專等好音，切不可相誤。」

原來宋時，但是犯人徒流遷徙的，都臉上刺字，怕人恨怪，只喚做打金印。三個人又吃了一會酒，陸虞候算了酒錢，三人出酒肆來，各自分手。

---

10)　兜搭：麻煩，難對付。

**點評**

● 暗示林沖平日裏生活安逸優越，不曾受過這樣的罪。

只說董超、薛霸將金子分受入己，送回家中，取了行李包裹，拿了水火棍，便來使臣房裏取了林沖，監押上路。當日出得城來，離城三十里多路歇了。宋時途路上客店人家，但是公人監押囚人來歇，不要房錢。當下董、薛二人帶林沖到客店裏，歇了一夜。第二日天明，起來打火，吃了飲食，投滄州路上來。時遇六月天氣，炎暑正熱，林沖初吃棒時，倒也無事。次後三兩日間，天道盛熱，棒瘡卻發，又是個新吃棒的人，路上一步挨一步走不動。薛霸道：「好不曉事，此去滄州二千里有餘的路，你這般樣走，幾時得到？」林沖道：「小人在太尉府裏折了些便宜[11]，前日方才吃棒，棒瘡舉發。這般炎熱，上下只得擔待一步。」董超道：「你自慢慢的走，休聽咭咶。」薛霸一路上喃喃咄咄的口裏埋冤叫苦，說道：「卻是老爺們晦氣，撞着你這個魔頭。」看看天色又晚，但見：火輪低墜，玉鏡將懸。遙觀野炊俱生，近睹柴門半掩。僧投古寺，雲林時見鴉歸；漁傍陰涯，風樹猶聞蟬噪。急急牛羊來熱阪，勞勞驢馬息蒸途。

當晚三個人投村中客店裏來，到得房內，兩個公人放了棍棒，解下包裹。林沖也把包來解了，不等公人開口，去包裹取些碎銀兩，央店小二買些酒肉，糴[12]些米來，安排盤饌[13]，請兩個防送公人坐了吃。董超、薛霸又添酒來，把林沖灌的醉了，和枷倒在一邊。薛霸去燒一鍋百沸滾湯，提將來，傾在腳盆內，叫道：「林教頭，你也洗了腳好睡。」林沖掙的起來，被枷礙了，曲身不得。薛霸便道：「我替你洗。」林沖忙道：「使不得。」薛霸道：「出路人那裏計較的許多。」林沖不知是計，只顧伸下腳來，被薛霸只一按，按在滾湯裏。林沖叫一聲：「哎也！」急縮得起時，泡得腳面

---

11) 折了些便宜：吃虧。

12) 糴（dí）：買。

13) 盤饌（zhuàn）：菜餚。

紅腫了。林沖道：「不消生受。」薛霸道：「只見罪人伏侍公人，那曾有公人伏侍罪人。好意叫他洗腳，顛倒嫌冷嫌熱，卻不是好心不得好報！」口裏喃喃的罵了半夜，林沖那裏敢回話，自去倒在一邊。他兩個潑了這水，自換些水，去外邊洗了腳收拾。

睡到四更，同店人都未起，薛霸起來燒了面湯，安排打火做飯吃。林沖起來暈了，吃不得，又走不動。薛霸拿了水火棍，催促動身。董超去腰裏解下一雙新草鞋，耳朵並索兒卻是麻編的，叫林沖穿。林沖看時，腳上滿面都是燎漿泡，只得尋覓舊草鞋穿，那裏去討。沒奈何，只得把新草鞋穿上。叫店小二算過酒錢，兩個公人帶了林沖出店，卻是五更天氣。林沖走不到三二里，腳上泡被新草鞋打破了，鮮血淋漓，正走不動，聲喚不止。薛霸罵道：「走便快走，不走便大棍搠將起來。」林沖道：「上下方便，小人豈敢怠慢，俄延[14]程途，其實是腳疼走不動。」董超道：「我扶着你走便了。」攙着林沖，只得又挨了四五里路。看看正走不動了，早望見前面煙籠霧鎖，一座猛惡林子，但見：枯蔓層層如雨腳，喬枝鬱鬱似雲頭。不知天日何年照，唯有冤魂不斷愁。

這座林子有名喚做野豬林，此是東京去滄州路上第一個險峻去處。宋時這座林子內，但有些冤仇的，使用些錢與公人，帶到這裏，不知結果了多少好漢。今日這兩個公人帶林沖奔入這林子裏來。董超道：「走了一五更，走不得十里路程，似此，滄州怎的得到？」薛霸道：「我也走不得了，且就林子裏歇一歇。」三個人奔到裏面，解下行李包裹，都搬在樹根頭。林沖叫聲：「啊也！」靠着一株大樹便倒了。

只見董超，薛霸道：「行一步，等一步，倒走得我睏倦起來，且睡一睡卻行。」放下水火棍，便倒在樹邊，略略閉

---

14)　俄延：耽誤，拖延。

得眼，從地下叫將起來。林沖道：「上下做甚麼？」董超、薛霸道：「俺兩個正要睡一睡，這裏又無關鎖，只怕你走了，我們放心不下，以此睡不穩。」林沖答道：「小人是個好漢，官司既已吃了，一世也不走。」薛霸道：「那裏信得你說？要我們心穩，須得縛一縛。」林沖道：「上下要縛便縛，小人敢道怎的？」薛霸腰裏解下索子來，把林沖連手帶腳和枷緊緊的綁在樹上。同董超兩個跳將起來，轉過身來，拿起水火棍，看着林沖說道：「不是俺要結果你，自是前日來時，有那陸虞候傳着高太尉鈞旨，教我兩個到這裏結果你，立等金印回去回話。便多走的幾日，也是死數，只今日就這裏，倒作成我兩個回去快些。休得要怨我弟兄兩個，只是上司差遣，不由自己。你須精細着：明年今日是你週年。我等已限定日期，亦要早回話。」林沖見說，淚如雨下，便道：「上下，我與你二位往日無仇，近日無冤，你二位如何救得小人，生死不忘。」董超道：「說甚麼閒話？救你不得。」

薛霸便提起水火棍來，望着林沖腦袋上劈將來，可憐豪傑束手就死。正是「萬里黃泉無旅店，三魂今夜落誰家」。畢竟林沖性命如何，且聽下回分解。

第九回

精讀

# 柴進門招天下客
# 林沖棒打洪教頭

就在千鈞一髮之際，殺出一人來救了林沖的性命。他教訓了兩位公差，確保萬無一失後，才又與他們分開。公差押解林沖快到滄州時，三人路過一家酒店，聽說附近有一個叫做柴進的人專愛結交好漢，便去尋他。林沖見到柴進，英雄相惜，得到了好生招待。剛到柴進莊上的洪教頭心有不服，硬要與林沖比武，結果被一棒打倒在地。在莊上又住了幾日，隨後林沖帶着柴進的書信和贈予的銀兩來到滄州，沒有遭遇更多的折磨，開始了流配生活。他能否就此安穩度日呢？

話說當時薛霸雙手舉起棍來，望林沖腦袋上便劈下來。說時遲，那時快，薛霸的棍恰舉起來，只見松樹背後雷鳴也似一聲，那條鐵禪杖飛將來，把這水火棍一隔，丟去九霄雲外。跳出一個胖大和尚來，喝道：「洒家在林子裏聽你多時！」兩個公人看那和尚時，穿一領皂布直裰，跨一口戒刀，提起禪杖，掄起來打兩個公人。

林沖方才閃開眼看時，認得是魯智深。林沖連忙叫道：「師兄不可下手，我有話說。」智深聽得，收住禪杖。兩個公人呆了半晌，動彈不得。林沖道：「非干他兩個事，盡是高太尉使陸虞候吩咐他兩個公人，要害我性命。他兩個怎不依他？你若打殺他兩個，也是冤屈。」

魯智深扯出戒刀，把索子都割斷了，便扶起林沖，叫：「兄弟，俺自從和你買刀那日相別之後，洒家憂得你

**點評**

● 先橫空飛出個「鐵禪杖」，再跳出個大和尚，從兩個公人的角度看，猝不及防的情況下來不及弄清是誰，最後還是林沖定下神才認得出。作者非常善於製造懸念和變換敘述角度。

● 不計前嫌，站在二人的角度上考慮問題，真可謂「善利萬物而不爭」。

**點評**

● 從魯智深口中補出前文未提到之事，説明救人的原因。魯智深的出現先是出人意料，看似不可能的巧合，聽他説來又在情理之中。這件事又一次體現了魯智深的謀略、細心和周全，應了長老「遇林而起」的偈言。

● 山窮水盡，柳暗花明。地位陡然變換，可對比前文二人折磨林沖的情節。一般的小人見風使舵，真正的好漢愛憎分明，有自己的原則和立場。

苦。自從你受官司，俺又無處去救你。打聽的你斷配滄州，洒家在開封府前又尋不見。卻聽得人說，監在使臣房內，又見酒保來請兩個公人說道：『店裏一位官人尋說話。』以此洒家疑心，放你不下。恐這廝們路上害你，俺特地跟將來。見這兩個撮鳥帶你入店裏去，洒家也在那裏歇。夜間聽得那廝兩個做神做鬼，把滾湯賺了你腳。那時俺便要殺這兩個撮鳥，卻被客店裏人多，恐防救了。洒家見這廝們不懷好心，越放你不下。你五更裏出門時，洒家先投奔這林子裏來，等殺這廝兩個撮鳥。他到來這裏害你，正好殺這廝兩個。」林沖勸道：「既然師兄救了我，你休害他兩個性命。」魯智深喝道：「你這兩個撮鳥！洒家不看兄弟面時，把你這兩個都剁做肉醬！且看兄弟面皮，饒你兩個性命。」就那裏插了戒刀，喝道：「你這兩個撮鳥，快攙兄弟，都跟洒家來。」提了禪杖先走。兩個公人那裏敢回話，只叫：「林教頭救俺兩個。」依前背上包裹，提了水火棍，扶着林沖。又替他拕了包裹，一同跟出林子來。行得三四里路程，見一座小小酒店在村口，四個人入來坐下。看那店時，但見：前臨驛路，後接溪村。數株桃柳綠陰濃，幾處葵榴紅影亂。門外森森麻麥，窗前猗猗[1]荷花。輕輕酒旆舞薰風，短短蘆簾遮酷日。壁邊瓦甕，白泠泠[2]滿貯村醪[3]；架上磁瓶，香噴噴新開社醞。白髮田翁親滌器，紅顏村女笑當壚。

當下深、沖、超、霸四人在村酒店中坐下，喚酒保買五七斤肉，打兩角酒來吃，回些麪來打餅。酒保一面整治，把酒來篩。兩個公人道：「不敢拜問師父在那個寺裏住持？」智深笑道：「你兩個撮鳥問俺住處做甚麼？莫不去教高俅做甚麼奈何洒家？別人怕他，俺不怕他。洒家若撞着那廝，教

---

1) 猗猗（yī yī）：美麗的。

2) 白泠泠（líng）：清涼。

3) 村醪（láo）：濁酒。

他吃三百禪杖。」兩個公人那裏敢再開口。吃了些酒肉，收拾了行李，還了酒錢，出離了村店。林沖問道：「師兄，今投那裏去？」魯智深道：『殺人須見血，救人須救徹』。洒家放你不下，直送兄弟到滄州。」兩個公人聽了，暗暗地道：「苦也！卻是壞了我們的勾當，轉去時怎回話？且只得隨順他，一處行路。」有詩為證：

**點評**

● 痛快淋漓的做人原則，英雄豪傑的仗義宣言。

最恨奸謀欺白日，獨持義氣薄黃金。
迢遙不畏千程路，辛苦唯存一片心。

自此途中被魯智深要行便行，要歇便歇，那裏敢扭他？好便罵，不好便打。兩個公人不敢高聲，只怕和尚發作。行了兩程，討了一輛車子，林沖上車將息，三個跟着車子行着。兩個公人懷着鬼胎，各自要保性命，只得小心隨順着行。魯智深一路買酒買肉，將息林沖，那兩個公人也吃。遇着客店，早歇晚行，都是那兩個公人打火做飯，誰敢不依他？二人暗商量：「我們被這和尚監押定了，明日回去，高太尉必然奈何俺。」薛霸道：「我聽得大相國寺菜園廨宇裏新來了個僧人，喚做魯智深，想來必是他。回去實說，俺要在野豬林結果他，被這和尚救了，一路護送到滄州，因此下手不得。捨着還了他十兩金子，着陸謙自去尋這和尚便了。我和你只要躲得身上乾淨。」董超道：「也說的是。」兩個暗商量了不題。

話休絮繁。被智深監押不離，行了十七八日，近滄州只有七十來里路程。一路去都有人家，再無僻淨處了。魯智深打聽得實了，就松林裏少歇。智深對林沖道：「兄弟，此去滄州不遠了。前路都有人家，別無僻淨去處，洒家已打聽實了。俺如今和你分手，異日再得相見。」林沖道：「師兄回去，泰山處可說知。防護之恩，不死當以厚報。」魯智深又取出一二十兩銀子與林沖，把三二兩與兩個公人道：

點評

● 側面描寫，通過店主之口引出柴進，與前述人物的出場方式均不同，試比較揣摩。

「你兩個撮鳥，本是路上砍了你兩個頭，兄弟面上，饒你兩個鳥命。如今沒多路了，休生歹心。」兩個道：「再怎敢？皆是太尉差遣。」接了銀子，卻待分手，魯智深看着兩個公人道：「你兩個撮鳥的頭，硬似這松樹麼？」二人答道：「小人頭是父母皮肉，包着些骨頭。」智深掄起禪杖，把松樹只一下，打的樹有二寸深痕，齊齊折了。喝一聲道：「你兩個撮鳥，但有歹心，教你頭也與這樹一般。」擺着手，拖了禪杖，叫聲：「兄弟保重。」自回去了。董超、薛霸都吐出舌頭來，半晌縮不入去。林沖道：「上下，俺們自去罷。」兩個公人道：「好個莽和尚，一下打折了一株樹。」林沖道：「這個直得甚麼？相國寺一株柳樹，連根也拔將出來。」二人只把頭來搖，方才得知是實。

三人當下離了松林，行到晌午，早望見官道上一座酒店。但見：古道孤村，路傍酒店。楊柳岸，曉垂錦旆；蓮花蕩，風拂青簾。劉伶仰臥畫床前，李白醉眠描壁上。社醞壯農夫之膽，村醪助野叟之容。神仙玉佩曾留下，卿相金貂也當來。

三個人入酒店裏來，林沖讓兩個公人上首坐了。董、薛二人，半日方才得自在。只見那店裏有幾處座頭[4]，三五個篩酒的酒保，都手忙腳亂，搬東搬西。林沖與兩個公人坐了半個時辰，酒保並不來問。林沖等得不耐煩，把桌子敲着說道：「你這店主人好欺客，見我是個犯人，便不來睬着，我須不白吃你的，是甚道理？」主人說道：「你這是原來不知我的好意。」林沖道：「不賣酒肉與我，有甚好意？」店主人道：「你不知俺這村中有個大財主，姓柴名進，此間稱為柴大官人，江湖上都喚做小旋風，他是大周柴世宗子孫。自

4) 座頭：座位。

陳橋讓位，太祖武德皇帝敕賜與他誓書鐵券[5]在家中，誰敢欺負他？專一招接天下往來的好漢，三五十個養在家中，常常囑付我們酒店裏：『如有流配來的犯人，可叫他投我莊上來，我自資助他。』我如今賣酒肉與你，吃得面皮紅了，他道你自有盤纏，便不助你。我是好意。」

林沖聽了，對兩個公人道：「我在東京教軍時，常常聽得軍中人傳說柴大官人名字，卻原來在這裏。我們何不同去投奔他。」董超、薛霸尋思道：「既然如此，有甚虧了我們處？」就便收拾包裹，和林沖問道：「酒店主人，柴大官人莊在何處，我等正要尋他。」店主人道：「只在前面，約過三二里路，大石橋邊轉彎抹角，那個大莊院便是。」

林沖等謝了店主人，三個出門，果然三二里，見座大石橋。過得橋來，一條平坦大路，早望見綠柳陰中顯出那座莊院。四下一周遭一條澗河，兩岸邊都是垂楊大樹，樹陰中一遭粉牆。轉彎來到莊前，看時，好個大莊院！但見：門迎黃道，山接青龍。萬枝桃綻武陵溪，千樹花開金谷苑。聚賢堂上，四時有不謝奇花；百卉廳前，八節賽長春佳景。堂懸敕額金牌，家有誓書鐵券。朱甍[6]碧瓦，掩映着九級高堂；畫棟雕樑，真乃是三微精舍。不是當朝勛戚第，也應前代帝王家。

三個人來到莊上，見那條闊板橋上，坐着四五個莊客，都在那裏乘涼。三個人來到橋邊，與莊客施禮罷，林沖說道：「相煩大哥報與大官人知道：京師有個犯人，送配牢城，姓林的求見。」莊客齊道：「你沒福，若是大官人在家時，有酒食錢財與你，今早出獵去了。」林沖道：「不知幾時回來？」莊客道：「說不定，敢怕投東莊去歇，也不見得。

---

5)　誓書鐵券：即丹書鐵券。古代帝王天子頒賜功臣的享有免罪等特權的證件。鐵契如瓦，上有皇帝的信誓和免罪規定。誓書，即詔書。

6)　朱甍（méng）：紅色的屋脊。

許你不得。」林沖道：「如此是我沒福，不得相遇，我們去罷。」別了眾莊客，和兩個公人再回舊路，肚裏好生愁悶。行了半里多路，只見遠遠的從林子深處，一簇人馬飛奔莊上來，但見：人人俊麗，個個英雄。數十匹駿馬嘶風，兩三面繡旗弄日。粉青氈笠，似倒翻荷葉高擎；絳色紅纓，如爛熳蓮花亂插。飛魚袋內，高插着裝金雀畫細輕弓；獅子壺中，整攢着點翠鵰翎端正箭。牽幾隻趕獐細犬，擎數對拿兔蒼鷹。穿雲俊鶻頓絨絛，脫帽錦鵰尋護指。標槍風利，就鞍邊微露寒光；畫鼓團圞，向馬上時聞響震。鞍邊拴繫，無非天外飛禽；馬上擎抬，盡是山中走獸。好似晉王臨紫塞，渾如漢武到長楊。

那簇人馬飛奔莊上來，中間捧着一位官人，騎一匹雪白捲毛馬。馬上那人，生得龍眉鳳目，皓齒朱唇，三牙掩口髭鬚，三十四五年紀。頭戴一頂皂紗轉角簇花巾，身穿一領紫繡團胸繡花袍，腰繫一條玲瓏嵌寶玉環絛，足穿一雙金線抹綠皂朝靴。帶一張弓，插一壺箭，引領從人，都到莊上來。林沖看了，尋思道：「敢是柴大官人麼？」又不敢問他，只自肚裏躊躇。只見那馬上年少的官人縱馬前來問道：「這位帶枷的是甚人？」林沖慌忙躬身答道：「小人是東京禁軍教頭，姓林，名沖，為因惡了高太尉，尋事發下開封府，問罪斷遣，刺配此滄州。聞得前面酒店裏說，這裏有個招賢納士好漢柴大官人，因此特來相投。不期緣淺，不得相遇。」那官人滾鞍下馬，飛近前來，說道：「柴進有失迎迓[7]。」就草地上便拜。林沖連忙答禮。

那官人攜住林沖的手，同行到莊上來。那莊客們看見，大開了莊門，柴進直請到廳前。兩個敍禮罷，柴進說道：「小可久聞教頭大名，不期今日來踏賤地，足稱平生渴仰之願。」

---

7) 迎迓（yà）：迎接。

林沖答道：「微賤林沖，聞大人貴名，傳播海宇，誰人不敬？不想今日因得罪犯，流配來此，得識尊顏，宿生萬幸。」柴進再三謙讓，林沖坐了客席；董超、薛霸也一帶坐了。跟柴進的伴當，各自牽了馬，去院後歇息，不在話下。

柴進便喚莊客，叫將酒來。不移時，只見數個莊客托出一盤肉，一盤餅，溫一壺酒；又一個盤子，托出一斗白米，米上放着十貫錢，都一發將出來。柴進見了道：「村夫不知高下，教頭到此，如何恁地輕意？快將進去。先把果盒酒來，隨即殺羊相待，快去整治。」林沖起身謝道：「大官人，不必多賜，只此十分夠了，感謝不當。」柴進道：「休如此說。難得教頭到此，豈可輕慢。」莊客不敢違命，先捧出果盒酒來。柴進起身，一面手執三杯。林沖謝了柴進，飲酒罷，兩個公人一同飲了。柴進說：「教頭請裏面少坐。」柴進隨即解了弓袋箭壺，就請兩個公人一同飲酒。

柴進當下坐了主席，林沖坐了客席，兩個公人在林沖肩下。敍說些閒話，江湖上的勾當，不覺紅日西沉。安排得酒食果品海味，擺在桌上，抬在各人面前。柴進親自舉杯，把了三巡，坐下叫道：「且將湯來吃。」吃得一道湯，五七杯酒，只見莊客來報道：「教師來也。」柴進道：「就請來一處坐地相會亦好，快抬一張桌來。」林沖起身看時，只見那個教師入來，歪戴着一頂頭巾，挺着脯子，來到後堂。林沖尋思道：「莊客稱他做教師，必是大官人的師父。」急急躬身唱喏道：「林沖謹參。」那人全不睬着，也不還禮。林沖不敢抬頭。柴進指着林沖對洪教頭道：「這位便是東京八十萬禁軍槍棒教頭林武師林沖的便是，就請相見。」林沖聽了，看着洪教頭便拜。那洪教頭說道：「休拜，起來。」卻不躬身答禮。柴進看了，心中好不快意。林沖拜了兩拜，起身讓洪教頭坐。洪教頭亦不相讓，便去上首便坐。柴進看了，又不喜歡。林沖只得肩下坐下，兩個公人亦就坐了。

洪教頭便問道：「大官人今日何故厚禮管待配軍？」柴

**點評**

● 洪教頭和林教頭，一個剛愎自用，一個謙遜和善，通過對比的寫法更突出兩人的個性。

進道：「這位非比其他的，乃是八十萬禁軍教頭。師父如何輕慢？」洪教頭道：「大官人只因好習槍棒，往往流配軍人都來倚草附木，皆道我是槍棒教師，來投莊上，誘些酒食錢米。大官人如何忒認真？」林沖聽了，並不做聲。柴進說道：「凡人不可易相，休小覷他。」洪教頭怪這柴進說「休小覷[8]他」，便跳起身來道：「我不信他，他敢和我使一棒看，我便道他是真教頭。」柴進大笑道：「也好！也好！林武師，你心下如何？」林沖道：「小人卻是不敢。」洪教頭心中忖量道：「那人必是不會，心中先怯了。」因此越來惹林沖使棒。柴進一來要看林沖本事；二者要林沖贏他，滅那廝嘴。柴進道：「且把酒來吃着，待月上來也罷。」

當下又吃過了五七杯酒，卻早月上來了，照見廳堂裏面，如同白日。柴進起身道：「二位教頭較量一棒。」林沖自肚裏尋思道：「這洪教頭必是柴大官人師父，不爭我一棒打翻了他，須不好看。」柴進見林沖躊躇，便道：「此位洪教頭也到此不多時，此間又無對手。林武師休得要推辭，小可也正要看二位教頭的本事。」柴進說這話，原來只怕林沖礙柴進的面皮，不肯使出本事來。林沖見柴進說開就裏，方才放心。只見洪教頭先起身道：「來，來，來！和你使一棒看。」一齊都哄出堂後空地上。莊客拿一束棍棒來，放在地下。洪教頭先脫了衣裳，拽紮起裙子，掣條棒，使個旗鼓，喝道：「來，來，來！」柴進道：「林武師，請較量一棒。」林沖道：「大官人，休要笑話。」就地也拿了一條棒起來道：「師父請教。」洪教頭看了，恨不得一口水吞了他。林沖拿着棒，使出山東大擂，打將入來。洪教頭把棒就地下鞭了一棒，來搶林沖。兩個教頭就明月地下交手，真個好看。怎見是山東大擂？但見：山東大擂，河北夾槍。大擂棒是鰍魚穴

---

8) 小覷（qù）：小看。

內噴來，夾槍棒是巨蟒窠中竄出。大擂棒似連根拔怪樹，夾槍棒如遍地捲枯藤。兩條海內搶珠龍，一對巖前爭食虎。

兩個教頭在明月地上交手，使了四五合棒，只見林沖托地跳出圈子外來，叫一聲：「少歇。」柴進道：「教頭如何不使本事？」林沖道：「小人輸了。」柴進道：「未見二位較量，怎便是輸了？」林沖道：「小人只多這具枷，因此，權當輸了。」

柴進道：「是小可一時失了計較。」大笑着道：「這個容易。」便叫莊客取十兩銀子，當時將至。柴進對押解兩個公人道：「小可大膽，相煩二位下顧，權把林教頭枷開了，明日牢城營內但有事務，都在小可身上，白銀十兩相送。」董超、薛霸見了柴進人物軒昂，不敢違他，落得做人情，又得了十兩銀子，亦不怕他走了。薛霸隨即把林沖護身枷開了。柴進大喜道：「今番兩位教師再試一棒。」

洪教頭見他卻才棒法怯了，肚裏平欺他做，提起棒卻待要使。柴進叫道：「且住！」叫莊客取出一錠銀來，重二十五兩。無一時，至面前。柴進乃言：「二位教頭比試，非比其他，這錠銀子，權為利物。若是贏的，便將此銀子去。」柴進心中只要林沖把出本事來，故意將銀子丟在地下。洪教頭深怪林沖來，又要爭這個大銀子，又怕輸了銳氣，把棒來盡心使個旗鼓，吐個門戶，喚做把火燒天勢。林沖想道：柴大官人心裏只要我贏他。也橫着棒，使個門戶，吐個勢，喚做拔草尋蛇勢。洪教頭喝一聲：「來，來，來！」便使棒蓋將入來。林沖望後一退，洪教頭趕入一步，提起棒，又復一棒下來。林沖看他腳步已亂了，便把棒從地下一跳，洪教頭措手不及，就那一跳裏，和身一轉，那棒直掃着洪教頭臁兒骨[9]上，撇了棒，撲地倒了。柴進大喜，叫快將

**點評**

● 金聖歎此處評點，來來來，諷刺至極。

9)　臁（lián）兒骨：小腿脛骨。

酒來把盞，眾人一齊大笑。洪教頭那裏掙扎起來。眾莊客一頭笑着，扶了洪教頭，羞顏滿面，自投莊外去了。

柴進攜住林沖的手，再入後堂飲酒，叫將利物來，送還教師。林沖那裏肯受，推託不過，只得收了。正是：欺人意氣總難堪，冷眼旁觀也不甘。請看受傷並折利，方知驕傲是羞慚。

柴進留林沖在莊上，一連住了幾日，每日好酒好食相待。又住了五七日，兩個公人催促要行。柴進又置席面相待送行；又寫兩封書，吩咐林沖道：「滄州大尹也與柴進好，牢城管營、差撥，亦與柴進交厚。可將這兩封書去下，必然看覷[10]教頭。」即捧出二十五兩一錠大銀，送與林沖，又將銀五兩齎發兩個公人。吃了一夜酒，次日天明，吃了早飯，叫莊客挑了三個的行李，林沖依舊帶上枷，辭了柴進便行。柴進送出莊門作別，吩咐道：「待幾日小可自使人送冬衣來與教頭。」林沖謝道：「如何報謝大官人！」兩個公人相謝了。

三人取路投滄州來，將及午牌時候，已到滄州城裏，雖是個小去處，亦有六街三市。徑到州衙裏下了公文，當廳引林沖參見了州官大尹，當下收了林沖，押了回文，一面帖下，判送牢城營內來。兩個公人自領了回文，相辭了，回東京去，不在話下。

只說林沖送到牢城營內來，看那牢城營時，但見：門高牆壯，地闊池深。天王堂畔，兩行細柳綠垂煙；點視廳前，一簇喬松青潑黛。來往的，盡是咬釘嚼鐵[11]漢；出入的，無非瀝血剖肝人。埋藏聶政荊軻士，深隱專諸豫讓徒。

滄州牢城營內收管林沖，發在單身房裏，聽候點視。卻有那一般的罪人，都來看覷他，對林沖說道：「此間管

---

10) 看覷：照顧。

11) 咬釘嚼鐵：比喻意志堅強。

營、差撥，十分害人，只是要詐人錢物。若有人情錢物送與他時，便覷的你好；若是無錢，將你撇在土牢裏，求生不生，求死不死。若得了人情，入門便不打你一百殺威棒，只說有病，把來寄下；若不得人情時，這一百棒打得七死八活。」林沖道：「眾兄長如此指教，且如要使錢，把多少與他？」眾人道：「若要使得好時，管營把五兩銀子與他，差撥也得五兩銀子送他，十分好了。」

正說之間，只見差撥過來問道：「那個是新來配軍？」林沖見問，向前答應道：「小人便是。」那差撥不見他把錢出來，變了面皮，指着林沖罵道：「你這個賊配軍，見我如何不下拜？卻來唱喏！你這廝可知在東京做出事來，見我還是大剌剌的。我看這賊配軍，滿臉都是餓文[12]，一世也不發跡！打不死，拷不殺的頑囚！你這把賊骨頭，好歹落在我手裏，教你粉骨碎身。少間叫你便見功效。」把林沖罵得一佛出世，那裏敢抬頭應答。眾人見罵，各自散了。

林沖等他發作過了，去取五兩銀子，陪着笑臉告道：「差撥哥哥，些小薄禮，休言輕微。」差撥看了道：「你教我送與管營和俺的，都在裏面？」林沖道：「只是送與差撥哥哥的；另有十兩銀子，就煩差撥哥哥送與管營。」差撥見了，看着林沖笑道：「林教頭，我也聞你的好名字，端的是個好男子！想是高太尉陷害你了。雖然目下暫時受苦，久後必然發跡。據你的大名，這表人物，必不是等閒之人，久後必做大官。」林沖笑道：「皆賴差撥照顧。」差撥道：「你只管放心。」又取出柴大官人的書禮，說道：「相煩老哥將這兩封書下一下。」差撥道：「既有柴大官人的書，煩惱做甚？這一封書直一錠金子。我一面與你下書，少間管營來點你，要打一百殺威棒時，你便只說你『一路患病，未曾痊可』。

**點評**

● 前後語言的對比刻畫出活脱脱的勢利嘴臉。

12）　餓文：餓死的樣子。

**點評**

我自來與你支吾，要瞞生人的眼目。」林沖道：「多謝指教。」差撥拿了銀子並書，離了單身房，自去了。林沖歎口氣道：「『有錢可以通神』，此語不差。端的有這般的苦處。」

原來差撥落了五兩銀子，只將五兩銀子並書來見管營，備說林沖是個好漢，柴大官人有書相薦，在此呈上。已是高太尉陷害，配他到此，又無十分大事。管營道：「況是柴大官人有書，必須要看顧他。」便教喚林沖來見。

且說林沖正在單身房裏悶坐，只見牌頭叫道：「管營在廳上叫喚新到罪人林沖來點名。」林沖聽得叫喚，來到廳前。管營道：「你是新到犯人，太祖武德皇帝留下舊制：新入配軍，須吃一百殺威棒。左右與我馱起來。」林沖告道：「小人於路感冒風寒，未曾痊可，告寄打。」牌頭道：「這人現今有病，乞賜憐恕。」管營道：「果是這人症候在身，權且寄下，待病痊可卻打。」差撥道：「現今天王堂看守的，多時滿了，可教林沖去替換他。」就廳上押了帖文，差撥領了林沖，單身房裏取了行李，來天王堂交替。差撥道：「林教頭，我十分周全你。教看天王堂時，這是營中第一樣省氣力的勾當，早晚只燒香掃地便了。你看別的囚徒，從早起直做到晚，尚不饒他；還有一等無人情的，撥他在土牢裏，求生不生，求死不死。」林沖道：「謝得照顧。」又取三二兩銀子與差撥道：「煩望哥哥一發周全，開了項上枷更好。」差撥接了銀子，便道：「都在我身上。」連忙去稟了管營，就將枷也開了。

林沖自此在天王堂內，安排宿食處。每日只是燒香掃地，不覺光陰早過了四五十日。那管營、差撥得了賄賂，日久情熟，由他自在，亦不來拘管他。柴大官人又使人來送冬衣並人事與他。那滿營內囚徒，亦得林沖救濟。

● 暫得安穩便周濟他人，本是善心使然。可敬可歎。

話不絮煩。時遇冬深將近，忽一日，林沖巳牌時分，偶出營前閒走。正行之間，只聽得背後有人叫道：「林教頭，如何卻在這裏？」林沖回頭過來看時，見了那人。有分教：林沖火煙堆裏，爭些斷送餘生，風雪途中，幾被傷殘性命。畢竟林沖見了的是甚人，且聽下回分解。

## 精華賞析

此回中林沖與洪教頭比武是頗值得玩味的一場。比武一段就像電影中的動作場面，呈現得不好就會顯得冗餘乏味，使人味同嚼蠟。可這裏的敍述卻寫法多變，跌宕起伏。先說要比武，柴進卻又勸下吃酒；待到真要比試，林沖又礙於面子猶豫不決；說開後沒有了心理負擔總該無事了吧，這下林沖突然跳出來，說要解枷；放開了手腳後柴進又出了一招激將法：定下賞銀。比武終於開始，一百多字便告結束。贏得如此乾脆，直叫人拍手稱快。而此前鋪墊輾轉了許多，效果不亞於正面描寫一場打鬥。另外，比武中林沖盡顯大家本色，謙遜穩重且武藝高強；而洪教頭妄自尊大，目中無人。兩相對比，更凸顯了人物性格，使人物形象更加立體，是不可或缺的一段描寫。

## 第十回

# 精讀 林教頭風雪山神廟 陸虞候火燒草料場

林沖的日子並不就此平安無事，高俅仍不放過他，派了陸謙等人去滄州要置林沖於死地，可巧被店主人聽出些端倪報與林沖知曉，林沖大怒，買了刀遍尋仇人不着。沒過幾天，管營調撥他去看管草料場，和前任交接完畢後，他冒雪出去買些酒肉吃，回到草料場發現住處的草廳被大雪壓塌，只得暫住在附近的古廟中。正在這時，他驚愕地看到草料場着了火，正要出去救火，聽見門外有人在議論陷害他的陰謀，這下才明白所有這些全是針對他的詭計。積怨終於爆發為一腔怒火，他跳出廟門，結果了三人的性命。之後他因討酒喝與一羣莊上的人發生爭執，酒醉倒地後，被眾人綁了拖到莊裏。

話說當日林沖正閒走間，忽然背後人叫，回頭看時，卻認得是酒生兒李小二。當初在東京時，多得林沖看顧。這李小二先前在東京時，不合偷了店主人家財，被捉住了，要送官司問罪。卻得林沖主張陪話，救了他，免送官司。又與他陪了些錢財，方得脫免。京中安不得身，又虧林沖齎發他盤纏，於路投奔人，不意今日卻在這裏撞見。林沖道：「小二哥，你如何地在這裏？」李小二便拜道：「自從得恩人救濟，齎發小人，一地裏投奔人不着。迤邐不想來到滄州，投託一個酒店裏姓王，留小人在店中做過賣。因見小人勤謹，安排的好菜蔬，調和的好汁水，來吃的人都喝采，以此買賣順當。主人家有個女兒，就招了小人做女婿。如今丈人、丈母都死了，只剩得小人夫妻兩個，權在營前開了個茶酒店。因討錢過來，遇見恩人。恩人不知為何事在這裏？」林沖指着臉上道：「我因惡了高太尉，生事陷害，受了一場官司，刺配到這裏。如今叫我管天王堂，未知久後如何。不想今日到此遇見。」

李小二就請林沖到家裏面坐定，叫妻子出來拜了恩人。兩口兒歡喜道：「我夫妻二人正沒個親眷，今日得恩人到來，便是從天降下。」林沖道：「我是罪囚，恐怕玷辱你夫妻兩口。」李小二道：「誰不知恩人大名？休恁地說。但有衣服，便拿來家裏漿洗縫補。」當時管待林沖酒食，至夜送回天王堂。次日又來相請，因此林沖得店小二家來住，不時間送湯送水來營裏，與林沖吃。林沖因見他兩口兒恭敬孝順，常把些銀兩與他做本銀。

且把閒話休題，只說正話。迅速光陰，卻早冬來。林沖的綿衣裙襖，都是李小二渾家整治縫補。忽一日，李小二正在門前安排菜蔬下飯，只見一個人閃將進來，酒店裏坐下，隨後又一人閃入來。看時，前面那個人是軍官打扮，後面這個走卒模樣，跟着也來坐下。李小二人來問道，「可要吃酒？」只見那個人將出一兩銀子與小二道：「且收放櫃上，取三四瓶好酒來。客到時，果品酒饌只顧將來，不必要問。」李小二道：「官人請甚客？」那人道：「煩你與我去營裏請管營、差撥兩個來說話。問時，你只說有個官人請說話，商議些事務，專等專等。」

李小二應承了，來到牢城裏，先請了差撥；同到管營家中請了管營，都到酒店裏。只見那個官人和管營、差撥兩個講了禮。管營道：「素不相識，動問官人高姓大名？」那人道：「有書在此，少刻便知。且取酒來。」李小二連忙開了酒，一面鋪下菜蔬果品酒饌，那人叫討副勸盤來，把了盞，相讓坐了。小二獨自一個穿梭也似伏侍不暇。那跟來的人討了湯桶，自行盪酒，約計吃過十數杯，再討了按酒，鋪放桌上。只見那人說道：「我自有伴當盪酒，不叫你休來。我等自要說話。」

李小二應了，自來門首叫老婆道：「大姐，這兩個人來得不尷尬[1]。」老婆道：「怎麼的不尷尬？」小二道：「這兩個人語言聲音是東京人。初時又不認得管營，向後我將按酒入去，只聽得差撥口裏訥出[2]一句『高太尉』三個字來。這人莫不與林教頭身上有些干礙？我自在門前理會。你且去閣子背後聽說甚麼。」老婆道：「你去營中尋林教頭來認他一認。」李小二道：「你不省得。林教頭是個性急的人，摸不着便要殺人放火。倘或叫的他來看了，正是前日說的甚麼陸虞候，他肯便罷？做出事來，須連累了我和你。你只去聽一聽再理會。」老婆道：「說得是。」便入去聽了一個時辰，出來說道：「他那三四個交頭接耳說話，正不聽得說甚麼。只見那一個軍官模樣的人，去伴當懷裏取出一帕子物事，遞與管營和差撥，帕子裏面的，莫不是金銀。只見差撥口裏說道：『都在我身上，好歹要結果他性命。』」

正說之時，閣子裏叫將湯來。李小二急去裏面換湯時，看見管營手裏拿着一封書。小二換了湯，添些下飯，又吃了半個時辰，算還了酒錢，管營、差撥先去了。次後那兩個低着頭也去了。

轉背不多時，只見林沖將入店裏來，說道：「小二哥，連日好買賣。」李小二慌忙道：「恩人請坐，小二卻待正要尋恩人，有些要緊話說。」有詩為證：

謀人動念震天門，悄語低言號六軍。
豈獨隔牆原有耳，滿前神鬼盡知聞。

---

1)　不尷尬：不正常，同「尷尬」。不，助詞，無實義。

2)　訥（nè）出：遲疑地說出。

當下林沖問道：「甚麼要緊的事？」李小二請林沖到裏面坐下，說道：「卻才有個東京來的尷尬人，在我這裏請管營、差撥吃了半日酒。差撥口裏訥出『高太尉』三個字來，小人心下疑惑。又着渾家聽了一個時辰，他卻交頭接耳，說話都不聽得。臨了只見差撥口裏應道：『都在我兩個身上，好歹要結果了他。』那兩個把一包金銀遞與管營、差撥。又吃一回酒，各自散了。不知甚麼樣人？小人心下疑，只怕恩人身上有些妨礙。」林沖道：「那人生得甚麼模樣？」李小二道：「五短身材，白淨面皮，沒甚髭鬚，約有三十餘歲。那跟的也不長大，紫棠色面皮。」林沖聽了大驚道：「這三十歲的正是陸虞候。那潑賤賊，敢來這裏害我！休要撞着我，只教骨肉為泥！」李小二道：「只要提防他便了。豈不聞古人言：『吃飯防噎，走路防跌？』」

林沖大怒，離了李小二家。先去街上買把解腕尖刀，帶在身上。前街後巷，一地裏去尋。李小二夫妻兩個捏着兩把汗。當晚無事。次日天明起來，洗漱罷，帶了刀，又去滄州城裏城外，小街夾巷，團團尋了一日。牢城營裏，都沒動靜。林沖又來對李小二道：「今日又無事。」小二道：「恩人，只願如此。只是自放仔細便了。」林沖自回天王堂，過了一夜，街上尋了三五日，不見消耗，林沖也自心下慢了。

到第六日，只見管營叫喚林沖到點視廳上，說道：「你來這裏許多時，柴大官人面皮，不曾抬舉的你，此間東門外十五里有座大軍草場，每月但是納草納料的，有些常例錢取覓。原尋一個老軍看管，如今我抬舉你去替那老軍來守天王堂，你在那裏尋幾貫盤纏。你可和差撥便去那裏交割。」林沖應道：「小人便去。」當時離了營中，徑到李小二家，對他夫妻兩個說道：「今日管營撥我去大軍草料場管事，卻如何？」李小二道：「這個差使，又好似天王堂。那裏收草料時，有些常例錢鈔。往常不使錢時，不能夠這差使。」林沖道：「卻不害我，倒與我好差使，正不知何意？」李小二道：

**點評**

● 為後文埋伏。

點評

「恩人休要疑心，只要沒事便好了。只是小人家離得遠了，過幾時挪工夫來望恩人。」就在家裏安排幾杯酒，請林沖吃了。

話不絮煩，兩個相別了。林沖自到天王堂取了包裹，帶了尖刀，拿了條花槍，與差撥一同辭管營，兩個取路投草料場來。正是嚴冬天氣，彤雲密佈，朔風漸起，卻早紛紛揚揚捲下一天大雪來。那雪早下得密了，但見：凜凜嚴凝霧氣昏，空中祥瑞降紛紛。須臾四野難分路，頃刻千山不見痕。銀世界，玉乾坤，望中隱隱接崑崙。若還不到三更後，仿佛填平玉帝門。

林沖和差撥兩個在路上，又沒買酒吃處，早來到草料場外。看時，一周遭有些黃土牆，兩扇大門。推開看裏面時，七八間草屋做着倉廒[3]，四下裏都是馬草堆，中間兩座草廳。到那廳裏，只見那老軍在裏面向火。差撥說道：「管營差這個林沖來替你回天王堂看守，你可即便交割[4]。」老軍拿了鑰匙，引着林沖吩咐道：「倉廒內自有官司封記。這幾堆草，一堆堆都有數目。」老軍都點見了堆數，又引林沖到草廳上，老軍收拾行李，臨了說道：「火盆、鍋子、碗碟都借與你。」林沖道：「天王堂內，我也有在那裏。你要，便拿了去。」老軍指壁上掛一個大葫蘆，說道：「你若買酒吃時，只出草場，投東大路去三二里，便有市井。」老軍自和差撥回營裏來。

● 老軍這句不是閒話，於後文情節有大作用。

只說林沖就床上放了包裹被臥，就坐上生些焰火起來。屋邊有一堆柴炭，拿幾塊來生在地爐裏。仰面看那草屋時，四下裏崩壞了，又被朔風吹撼，搖振得動。林沖道：「這屋如何過得一冬？待雪晴了，去城中喚個泥水匠來修理。」向了一回火，覺得身上寒冷，尋思：「卻才老軍所說

3) 倉廒（áo）：收藏糧食的倉房。

4) 交割：移交有關事項。

二里路外有那市井，何不去沽些酒來吃？」便去包裹裏取些碎銀子，把花槍挑了酒葫蘆，將火炭蓋了，取氈笠子戴上，拿了鑰匙出來，把草廳門拽上；出到大門首，把兩扇草場門反拽上鎖了；帶了鑰匙，信步投東。雪地裏踏着碎瓊亂玉，迤邐背着北風而行。

**點評**

那雪正下得緊，行不上半里多路，看見一所古廟，林沖頂禮道：「神明庇祐，改日來燒紙錢。」又行了一回，望見一簇人家，林沖住腳看時，見籬笆中挑着一個草帚兒在露天裏。林沖徑到店裏，主人問道：「客人那裏來？」林沖道：「你認得這個葫蘆麼？」主人看了道：「這葫蘆是草料場老軍的。」林沖道：「原來如此。」店主道：「既是草料場看守大哥，且請少坐。天氣寒冷，且酌三杯，權當接風。」店家切一盤熟牛肉，燙一壺熱酒，請林沖吃。又自買了些牛肉，又吃了數杯。就又買了一葫蘆酒，包了那兩塊牛肉，留下些碎銀子。把花槍挑着酒葫蘆，懷內揣了牛肉，叫聲相擾，便出籬笆門，仍舊迎着朔風回來。看那雪，到晚越下得緊了。古時有個書生，做了一個詞，單題那貧苦的恨雪：

● 此處引出這座古廟，為後文鋪墊。

〔廣莫〕嚴風颳地，這雪兒下的正好。扯絮綿，裁幾片大如栲栳[5]。見林間竹屋茅茨[6]，爭些兒被他壓倒。富室豪家，卻言道壓瘴猶嫌少。向的是獸炭紅爐，穿的是綿衣絮襖。手拈梅花，唱道國家祥瑞，不念貧民些小。高臥有幽人，吟詠多詩草。

再說林沖踏着那瑞雪，迎着北風，飛也似奔到草場門口開了鎖，入內看時，只叫得苦。原來天理昭然，佑護善人義士。因這場大雪，救了林沖的性命。那兩間草廳，已被雪壓

● 這是作者跳出故事情節，從預知結果的視角為讀者做的解說。讓人忍不住為林沖能夠保命暗暗叫好。

5)　栲栳（kǎo lǎo）：用來形容圓形物之大。

6)　茅茨：茅屋。

點評

● 一個八十萬禁軍教頭，如今落得這步田地，全因一個高衙內仗勢欺人，林沖也算得有一定地位和權力的人，尚且如此，一介小民又該如何自處？

倒了。林沖尋思：「怎地好？」放下花槍、葫蘆在雪裏。恐怕火盆內有火炭延燒起來，搬開破壁子，探半身入去摸時，火盆內火種都被雪水浸滅了。林沖把手床上摸時，只拽得一條絮被。林沖鑽將出來，見天色黑了，尋思：「又沒把火處，怎生安排？」想起：「離了這半里路上，有一古廟，可以安身。我且去那裏宿一夜，等到天明，卻作理會。」把被捲了，花槍挑着酒葫蘆，依舊把門拽上，鎖了，望那廟裏來。

入得廟門，再把門掩上，傍邊止有一塊大石頭，掇將過來，靠了門。入得裏面看時，殿上塑着一尊金甲山神，兩邊一個判官，一個小鬼，側邊堆着一堆紙。團團看來，又沒鄰舍，又無廟主。林沖把槍和酒葫蘆放在紙堆上，將那條絮被放開；先取下氈笠子，把身上雪都抖了，把上蓋白布衫脫將下來，早有五分濕了，和氈笠放在供桌上，把被扯來，蓋了半截下身。卻把葫蘆冷酒提來慢慢地吃，就將懷中牛肉下酒。

正吃時，只聽得外面必必剝剝地爆響。林沖跳起身來，就壁縫裏看時，只見草料場裏火起，刮刮雜雜的燒着。但見：雪欺火勢，草助火威。偏愁草上有風，更訝雪中送炭。赤龍鬥躍，如何玉甲紛紛；粉蝶爭飛，遮莫火蓮焰焰。初疑炎帝縱神駒，此方芻牧；又猜南方逐朱雀，遍處營巢。誰知是白地裏起災殃，也須信暗室中開電目。看這火，能教烈士無明發；對這雪，應使奸邪心膽寒。

當時林沖便拿了花槍，卻待開門來救火，只聽得外面有人說將話來。林沖就伏門邊聽時，是三個人腳步響，直奔廟裏來。用手推門，卻被石頭靠住了，推也推不開。三人在廟簷下立地看火。數內一個道：「這條計好麼？」一個應道：「端的虧管營、差撥兩位用心！回到京師，稟過太尉，都保你二位做大官。這番張教頭沒的推故。」那人道：「林沖今番直吃我們對付了，高衙內這病必然好了。」又一個道：「張教頭那廝，三回五次託人情去說：『你的女婿沒了。』張教頭越不肯應承。因此衙內病患看看重了。太尉特使俺兩個央浼[7]二位幹這件事，不想而今完備了。」又一個道：「小人直爬入牆裏去，四下草堆上，點了十來個火把，待走那裏去？」那一個道：「這早晚燒個八分過了。」又聽得一個道：「便逃得性命時，燒了大軍草料場，也得個死罪。」又一個道：「我們回城裏去罷。」一個道：「再看一看，拾得他一兩塊骨頭回京，府裏見太尉和衙內時，也道我們也能會幹事。」

林沖聽得三個人時，一個是差撥，一個是陸虞候，一個是富安。自思道：「天可憐見林沖！若不是倒了草廳，我准定被這廝們燒死了。」輕輕把石頭掇開，挺着花槍，左手拽開廟門，大喝一聲：「潑賊那裏去？」三個人都急要走時，驚得呆了，正走不動。林沖舉手，肐察[8]的一槍，先撥倒差撥。陸虞候叫聲：「饒命！」嚇得慌了手腳，走不動。那富安走不到十來步，被林沖趕上，後心只一槍，又搠倒了。翻身回來，陸虞候卻才行得三四步，林沖喝聲道：「奸賊，你待那裏去！」批胸只一提，丟翻在雪地上。把槍搠在地裏，用腳踏住胸脯，身邊取出那口刀來，便去陸謙臉上擱着，喝道：「潑賊，我自來又和你無甚麼冤仇，你如何這等害我？正是殺人可恕，情理難容。」陸虞候告道：「不干小人事，太尉差遣，不敢不來。」林沖罵道：「奸賊，我與你自幼相交，今日倒來害我，怎不干你事？且吃我一刀！」把陸謙上身衣服扯開，把尖刀向心窩裏只一剜，七竅迸出血來，將心肝提在手裏。回頭看時，差撥正爬將起來要走。林沖按住喝道：「你這廝原來也恁的歹！且吃我一刀。」又早把頭割下來，挑在槍上。回來，把富安、陸謙頭都割下來。把尖刀插了，將三個人頭髮結做一處，提入廟裏來，都擺在山神面前

**點評**

● 林沖為人處事的態度至此徹底轉變，從對官府之人還抱有幻想到殺人不眨眼的徹底反抗，終於走上不歸路。

---

7)　央浼（měi）：懇求，請求。

8)　肐（gē）察：刀、槍刺殺的擬聲詞。

點評

供桌上。再穿了白布衫，繫了搭膊，把氈笠子帶上，將葫蘆裏冷酒都吃盡了。被與葫蘆都丟了不要，提了槍，便出廟門投東去。走不到三五里，早見近村人家都拿着水桶鈎子來救火。林沖道：「你們快去救應，我去報官了來。」提着槍只顧走，有詩為證：

天理昭昭不可誣，莫將奸惡作良圖。
若非風雪沽村酒，定被焚燒化朽枯。
自謂冥中施計毒，誰知暗裏有神扶。
最憐萬死逃生地，真是魁奇偉丈夫。

那雪越下的猛，林沖投東走了兩個更次，身上單寒，當不過那冷。在雪地裏看時，離得草料場遠了。只見前面疏林深處，樹木交雜，遠遠地數間草屋被雪壓着，破壁縫裏透出火光來。林沖徑投那草屋來。推開門，只見那中間坐着一個老莊客，周圍坐着四五個小莊家向火。地爐裏面焰焰地燒着柴火。林沖走到面前叫道：「眾位拜揖，小人是牢城營差使人，被雪打濕了衣裳，借此火烘一烘，望乞方便。」莊客道：「你自烘便了，何妨得！」

林沖烘着身上濕衣服，略有些乾，只見火炭邊煨着一個甕兒，裏面透出酒香。林沖便道：「小人身邊有些碎銀子，望煩回些酒吃。」老莊客道：「我們每夜輪流看米囤，如今四更天氣正冷，我們這幾個吃尚且不夠，那得回與你。休要指望！」林沖又道：「胡亂只回三兩碗與小人擋寒。」老莊客道：「你那人休纏休纏。」林沖聞得酒香，越要吃，說道：「沒奈何，回些罷。」眾莊客道：「好意着你烘衣裳向火，便來要酒吃！去便去，不去時，將來吊在這裏。」林沖怒道：「這廝們好無道理！」把手中槍看着塊焰焰着的火柴頭，望老莊家臉上只一挑將起來，又把槍去火爐裏只一攪，那老莊家的髭鬚焰焰的燒着，眾莊客都跳將起來。林沖把槍

● 林沖曾經不是這樣好找事的人，只因剛殺過人氣性還沒收斂，又因萬念俱灰，心事重重。與其說方顯英雄本色，不如說被逼上了絕路。

桿亂打，老莊家先走了；莊家們都動彈不得，被林沖趕打一頓，都走了。

林沖道：「都去了，老爺快活吃酒。」土坑上卻有兩個椰瓢，取一個下來，傾那甕酒來，吃了一會，剩了一半。提了槍，出門便走。一步高，一步低，踉踉蹌蹌，捉腳不住。走不過一里路，被朔風一掉，隨着那山澗邊倒了，那裏掙得起來。大凡醉人一倒，便起不得。當時林沖醉倒在雪地上。

卻說眾莊客引了二十餘人，拖槍拽棒，都奔草屋下看時，不見了林沖。卻尋着蹤跡趕將來，只見倒在雪地裏，花槍丟在一邊。莊客一齊上，就地拿起林沖來，將一條索縛了。趁五更時分，把林沖解投一個去處來。不是別處，有分教，蓼兒窪內，前後擺數千隻戰艦艨艟；水滸寨中，左右列百十個英雄好漢。正是：說時殺氣侵人冷，講處悲風透骨寒。畢竟看林沖被莊客解投甚處來，且聽下回分解。

## 延伸思考

(1) 本回中的細節描寫，如林沖到了草料場之後的一系列活動，作者不緊不慢地細細道來，有何作用？

(2) 小說中的人物語言是一大特色。林沖在山神廟裏聽到了陸謙、富安和差撥三個人的對話，作者並沒有指明三人分別是誰，試通過人物的語言判斷出說話人的身份和個性。

## 精華賞析

這一回中需要把握的是景物描寫的作用。其中對風雪的描寫雖然用筆不多，但使人印象深刻。一方面烘托出了人物的心境，渲染了氣氛。另一方面起到了推動情節發展的作用。

首先，正面描寫風急雪大要注意用詞，幾個動詞便情形全出。如林沖初到草料場時，「卻早紛紛揚揚捲下一天大雪來，那雪早下得密了。」；買酒的路上，「那雪下得正緊」；最後英雄忍無可忍，怒殺三人後，「那雪越下得猛」了。「捲」「密」「緊」「猛」幾個詞不僅不落窠臼，生動地寫出大雪逼人的景象，還隨着人物情緒的發展逐漸達到了頂峯，烘托出林沖滿腔怒火一朝全部爆發的心情。

其次，側面描寫突出了風大、雪厚、天寒，並與情節發展緊密相關。正因為「覺得身上寒冷」，才想到要出去買酒吃；等回到住處，發現草廳已被大雪壓倒，才不得不躲進廟中，由此躲過一劫，並報了大仇。情節的關鍵和轉折處都與天冷雪大有緊密的關聯。

## 第十一回

# 朱貴水亭施號箭
# 林沖雪夜上梁山

林沖被綁的地方正是柴進的東莊，因而再次獲救。東窗事發，官府懸賞到處捉拿殺人要犯林沖，為避風頭，他決計離開莊上，不連累柴進。為此柴進修書一封，推薦他落腳到一個朋友處，正是那水泊梁山。千呼萬喚始出來，究竟這水滸的故事如何發展？林沖至此能否暫得避處呢？

話說豹子頭林沖當夜醉倒在雪裏地上，掙扎不起，被眾莊客向前綁縛了，解送來一個莊院。只見一個莊客從院裏出來，說道：「大官人未起，眾人且把這廝高吊起在門樓底下。」看天色曉來，林沖酒醒，打一看時，果然好個大莊院。林沖大叫道：「甚麼人敢吊我在這裏？」那莊客聽得叫，手拿着白木棍，從門裏走出來，喝道：「你這廝還自好口[1]！」那個被燒了髭鬚的老莊客道：「休要問他，只顧打！等大官人起來，問明送官。」莊客一齊上，林沖被打，掙扎不得，只叫道：「不要打我，我自有說處。」只見一個莊客來叫道：「大官人來了。」林沖看時，只見個官人，背叉着手，行將出來，至廊下問道：「你們在此打甚麼人？」眾莊客答道：「昨夜捉得個偷米賊人。」那官人向前來看時，認得是林沖，慌忙喝退莊客，親自解下，問道：「教頭緣何被吊在這裏？」眾莊客看見，一齊走了。

林沖看時，不是別人，卻是小旋風柴進，連忙叫道：「大官人救我！」柴進道：「教頭為何到此，被村夫恥辱！」林沖道：「一言難盡！」兩個且到裏面

1)　好口：吹噓。

坐下，把這火燒草料場一事，備細告訴。柴進聽罷道：「兄長如此命蹇[2]！今日天假其便，但請放心。這裏是小弟的東莊，且住幾時，卻再商量。」叫莊客取一籠衣裳出來，叫林沖徹裏至外都換了。請去暖閣裏坐地，安排酒食杯盤管待。自此林沖只在柴進東莊上住了五七日，不在話下。

卻說滄州牢城營裏管營首告：林沖殺死差撥、陸虞候、富安等三人，放火延燒大軍草料場。州尹大驚，隨即押了公文帖，仰緝捕人員將帶做公的，沿鄉歷邑，道店村坊，四處張掛，出三千貫信賞錢，捉拿正犯林沖。看看挨捕甚緊，各處村坊講動了。

且說林沖在柴大官人東莊上，聽得個信息緊急，俟候柴進回莊，林沖便說道：「非是大官人不留小人，只因官司追捕甚緊，排家搜捉，倘或尋到大官人莊上，猶恐負累大官人不好。既蒙大官人仗義疏財，求借林沖些小盤纏，投奔他處棲身，異日不死，當效犬馬之報。」柴進道：「既是兄長要行，小人有個去處，作書一封與兄長前去。」正是：豪傑蹉跎運未通，行藏隨處被牢籠。不因柴進修書薦，焉得馳名水滸中。

林沖道：「若得大官人如此周濟，教小人安身立命。只不知投何處去？」柴進道：「是山東濟州管下一個水鄉，地名梁山泊，方圓八百餘里，中間是宛子城、蓼兒窪。如今有三個好漢在那裏紮寨。為頭的喚做白衣秀士王倫，第二個喚做摸着天杜遷，第三個喚做雲裏金剛宋萬。那三個好漢，聚集着七八百小嘍囉，打家劫舍。多有做下迷天大罪的人，都投奔那裏躲災避難，他都收留在彼。三位好漢，亦與我交厚，嘗寄書緘來。我今修一封書與兄長，去投那裏入夥如何？」林沖道：「若得如此顧盼，最好！」柴進道：「只是滄州道口現今官司張掛榜文，又差兩個軍官在那裏搜檢，把住道口。兄長必用從那裏經過。」柴進低頭一想道：「再有個計策，送兄長過去。」林沖道：「若蒙周全，死而不忘。」

柴進當日先叫莊客背了包裹出關去等。柴進卻備了三二十匹馬，帶了弓箭旗槍，駕了鷹鵰，牽着獵狗，一行人馬都打扮了，卻把林沖雜在裏面，一齊上馬，都投關外。

---

2) 命蹇（jiǎn）：命運不好，常指仕途困頓。

卻說把關軍官坐在關上，看見是柴大官人，卻都認得。原來這軍官未襲職時，曾到柴進莊上，因此識熟。軍官起身道：「大官人又去快活！」柴進下馬問道：「二位官人緣何在此！」軍官道：「滄州太尹行移文書，畫影圖形，捉拿犯人林沖，特差某等在此守把。但有過往客商，一一盤問，才放出關。」柴進笑道：「我這一夥人內中間夾帶着林沖，你緣何不認得？」軍官也笑道：「大官人是識法度的，不到得[3]肯夾帶了出去？請尊便上馬。」柴進又笑道：「只恁地相託得過，拿得野味回來相送。」作別了，一齊上馬出關去了。

行得十四五里，卻見先去的莊客在那裏等候。柴進叫林沖下了馬，脫去打獵的衣服，卻穿上莊客帶來的自己衣裳，繫了腰馬，戴上紅纓氈笠，背上包裹，提了袞刀，相辭柴進，拜別了便行。

只說那柴進一行人上馬，自去打獵，到晚方回，依舊過關送些野味與軍官，回莊上去了，不在話下。

且說林沖與柴大官人別後，上路行了十數日，時遇暮冬天氣，彤雲密佈，朔風緊起，又見紛紛揚揚，下着滿天大雪。行不到二十餘里，只見滿地如銀。昔金完顏亮有篇詞，名《百字令》，單題着大雪，壯那胸中殺氣：

天丁震怒，掀翻銀海，散亂珠箔。六出奇花飛滾滾，平填了山中丘壑。皓虎顛狂，素麟猖獗，掣斷珍珠索。玉龍酣戰，鱗甲滿天飄落。誰念萬里關山，征夫僵立，縞帶沾旗腳。色映戈矛，光搖劍戟，殺氣橫戎幕。貔虎豪雄，偏裨英勇，共與談兵略。須拚一醉，看取碧空寥廓。

話說林沖踏着雪只顧走，看看天色冷得緊切，漸漸晚了。遠遠望見枕溪靠湖一個酒店，被雪漫漫地壓着。但見：銀迷草舍，玉映茅簷。數十株老樹杈椏，三五處小窗關閉。疏荊籬落，渾如膩粉輕鋪；黃土繞牆，卻似鉛華佈就。千團柳絮飄簾幕，萬片鵝毛舞酒旗。

林沖看見，奔入那酒店裏來，揭開蘆簾，拂身入去，倒側身看時，都是

3)　不到得：不至於，不會。

座頭[4]。揀一處坐下，倚了袞刀，解放包裹，抬了氈笠，把腰刀也掛了。只見一個酒保來問道：「客官打多少酒？」林沖道：「先取兩角酒來。」酒保將個桶兒打兩角酒，將來放在桌上。林沖又問道：「有甚麼下酒？」酒保道：「有生熟牛肉、肥鵝、嫩雞。」林沖道：「先切二斤熟牛肉來。」酒保去不多時，將來鋪下一大盤牛肉，數盤菜蔬，放個大碗，一面篩酒。林沖吃了三四碗酒，只見店裏一個人背叉着手，走出來門前看雪。那人問酒保道：「甚麼人吃酒？」林沖看那人時，頭戴深簷暖帽，身穿貂鼠皮襖，腳着一雙獐皮窄靿靴，身材長大，貌相魁宏，雙拳骨臉，三叉黃鬚，只把頭來摸着看雪。

林沖叫酒保只顧篩酒。林沖說道：「酒保，你也來吃碗酒。」酒保吃了一碗。林沖問道：「此間去梁山泊還有多少路？」酒保答道：「此間要去梁山泊，雖只數里，卻是水路，全無旱路。若要去時，須用船去，方才渡得到那裏。」林沖道：「你可與我覓隻船兒。」酒保道：「這般大雪，天色又晚了，那裏去尋船隻？」林沖道：「我多與你些錢，央你覓隻船來，渡我過去。」酒保道：「卻是沒討處。」林沖尋思道：「這般卻怎的好？」又吃了幾碗酒，悶上心來，驀然想起：「我先在京師做教頭，每日六街三市遊玩吃酒，誰想今日被高俅這賊坑陷了我這一場，文了面，直斷送到這裏，閃得我有家難奔，有國難投，受此寂寞！」因感傷懷抱，問酒保借筆硯來，乘着一時酒興，向那白粉壁上寫下八句道：「仗義是林沖，為人最樸忠。江湖馳譽望，京國顯英雄。身世悲浮梗，功名類轉蓬。他年若得志，威鎮泰山東。」撇下筆，再取酒來。

正飲之間，只見那個穿皮襖的漢子走向前來，把林沖劈腰揪住，說道：「你好大膽！你在滄州做下迷天大罪，卻在這裏！現今官司出三千貫信賞錢捉你，卻是要怎地？」林沖道：「你道我是誰？」那漢道：「你不是豹子頭林沖？」林沖道：「我自姓張。」那漢笑道：「你莫胡說，現今壁上寫下名字，你臉上文着金印，如何要賴得過？」林沖道：「你真個要拿我！」那漢笑道：「我卻拿你做甚麼？你跟我進來，到裏面和你說話。」

那漢放了手，林沖跟着，到後面一個水亭上，叫酒保點起燈來，和林沖施禮，對面坐下。那漢問道：「卻才見兄長只顧問梁山泊路頭，要尋船去，那

---

4) 座頭：座位。

裏是強人山寨，你待要去做甚麼？」林沖道：「實不相瞞：如今官司追捕小人緊急，無安身處，特投這山寨裏好漢入夥，因此要去。」那漢道：「雖然如此，必有個人薦兄長來入夥。」林沖道：「滄州橫海郡故友舉薦將來。」那漢道：「莫非小旋風柴進麼？」林沖道：「足下何以知之？」那漢道：「柴大官人與山寨中大王頭領交厚，常有書信往來。」原來王倫當初不得第之時，與杜遷投奔柴進，多得柴進留在莊子上，住了幾時。臨起身，又齎發盤纏銀兩，因此有恩。林沖聽了，便拜道：「有眼不識泰山，願求大名。」那漢慌忙答禮，說道：「小人是王頭領手下耳目，姓朱，名貴，原是沂州沂水縣人氏，江湖上但叫小弟做旱地忽律。山寨裏教小弟在此間開酒店為名，專一探聽往來客商經過。但有財帛者，便去山寨裏報知。但是孤單客人到此，無財帛的，放他過去；有財帛的，來到這裏，輕則蒙汗藥麻翻，重則登時結果，將精肉片為羓子，肥肉煎油點燈。卻才見兄長只顧問梁山泊路頭，因此不敢下手。次後見寫出大名來，曾有東京來的人，傳說兄長的豪傑，不期今日得會。既有柴大官人書緘相薦，亦是兄長名震寰海，王頭領必當重用。」隨即叫酒保安排分例酒來相待。林沖道：「何故重賜分例酒食？拜擾不當。」朱貴道：「山寨中留下分例酒食，但有好漢經過，必叫小弟相待。兄弟既來入夥，怎敢有失祗應[5]。」隨即安排魚肉、盤饌、酒餚到來相待。兩個在水亭上，吃了半夜酒。林沖道：「如何能夠船來渡過去？」朱貴道：「這裏自有船隻，兄長放心。且暫宿一宵，五更卻請起來同往。」當時兩個各自去歇息。

睡到五更時分，朱貴自來叫林沖起來，洗漱罷，再取三五杯酒相待，吃了些肉食之類。此時天尚未明，朱貴把水亭上窗子開了，取出一張鵲畫弓，搭上那一枝響箭，覷着對港敗蘆折葦裏面射將去。林沖道：「此是何意？」朱貴道：「此是山寨裏的號箭，少頃便有船來。」沒多時，只見對過蘆葦泊裏三五個小嘍囉，搖着一隻快船過來，徑到水亭下。朱貴當時引了林沖，取了刀仗行李下船。小嘍囉把船搖開，望泊子裏去奔金沙灘來。林沖看時，見那八百里梁山水泊，果然是個陷人去處！但見：山排巨浪，水接遙天。亂蘆攢萬隊刀槍，怪樹列千層劍戟。濠邊鹿角，俱將骸骨攢成；寨內碗瓢，盡使骷

---

5)　祗（zhi）應：侍候。

髏做就。剝下人皮蒙戰鼓，截來頭髮做韁繩。阻當官軍，有無限斷頭港陌；遮攔盜賊，是許多絕徑林巒。鵝卵石迭迭如山，苦竹槍森森似雨。斷金亭上愁雲起，聚義廳前殺氣生。

當時小嘍囉把船搖到金沙灘岸邊，朱貴同林沖上了岸。小嘍囉背了包裹，拿了刀杖，兩個好漢上山寨來。那幾個小嘍囉，自把船搖到小港裏去了。

林沖看岸上時，兩邊都是合抱的大樹，半山裏一座斷金亭子。再轉將過來，見座大關，關前擺着槍、刀、劍、戟、弓、弩、戈、矛，四邊都是擂木炮石。小嘍囉先去報知。二人進得關來，兩邊夾道遍擺着隊伍旗號。又過了兩座關隘，方才到寨門口。林沖看見四面高山，三關雄壯，團團圍定；中間裏鏡面也似一片平地，可方三五百丈；靠着山口，才是正門，兩邊都是耳房。

朱貴引着林沖來到聚義廳上，中間交椅上坐着一個好漢，正是白衣秀士王倫，左邊交椅上坐着摸着天杜遷，右邊交椅坐着雲裏金剛宋萬。朱貴、林沖向前聲喏了。林沖立在朱貴側邊，朱貴便道：「這位是東京八十萬禁軍教頭，姓林，名沖，綽號豹子頭。因被高太尉陷害，刺配滄州，那裏又被火燒了大軍草料場，爭奈殺死三人，逃走在柴大官人家，好生相敬。因此，特寫書來舉薦入夥。」

林沖懷中取書遞上，王倫接來拆開看了，便請林沖來坐第四位交椅，朱貴坐了第五位。一面叫小嘍囉取酒來，把了三巡，動問柴大官人近日無恙。林沖答道：「每日只在郊外獵較樂情。」王倫動問了一回，驀然尋思道：「我卻是個不及第的秀才，因鳥氣，合着杜遷來這裏落草；續後宋萬來，聚集這許多人馬伴當。我又沒十分本事，杜遷、宋萬武藝也只平常。如今不爭添了這個人，他是京師禁軍教頭，必然好武藝。倘若被他識破我們手段，他須佔強，我們如何迎敵？不若只是一怪，推卻事故，發付他下山去便了，免致後患。只是柴進面上卻不好看，忘了日前之恩，如今也顧他不得。」正是：未同豪氣豈相求，縱遇英雄不肯留。秀士自來多嫉妒，豹頭空歎覓封侯。

當下王倫叫小嘍囉一面安排酒食，整理筵宴，請林沖赴席，眾好漢一同吃酒。將次席終，王倫叫小嘍囉把一個盤子，托出五十兩白銀、兩匹紵絲來。王倫起身說道：「柴大官人舉薦將教頭來敝寨入夥，爭奈小寨糧食缺少，屋宇不整，人力寡薄，恐日後誤了足下，亦不好看。略有些薄禮，望乞笑留；尋個大寨安身歇馬，切勿見怪。」林沖道：「三位頭領容覆：小人『千里投名，萬里投主』，憑託柴大官人面皮，徑投大寨入夥。林沖雖然不才，望賜收錄。當以一死向前，並無諂佞，實為平生之幸。不為銀兩齎發而來，乞頭領照察。」王倫道：「我這裏是個小去處，如何安着得你？休怪，休怪。」朱貴見了，便諫道：「哥哥在上，莫怪小弟多言。山寨中糧食雖少，近村遠鎮，可以去借；山場水泊木植廣有，便要蓋千間房屋，卻也無妨。這位是柴大官人力舉薦來的人，如何教他別處去？抑且柴大官人自來與山上有恩，日後得知不納此人，須不好看。這位又是有本事的人，他必然來出氣力。」杜遷道：「山寨中那爭他一個！哥哥若不收留，柴大官人知道時見怪，顯的我們忘恩背義。日前多曾虧了他，今日薦個人來，便恁推卻，發付他去！」宋萬也勸道：「柴大官人面上，可容他在這裏做個頭領也好。不然，見得我們無義氣，使江湖上好漢見笑。」王倫道：「兄弟們不知，他在滄州雖是犯了迷天大罪，今日上山，卻不知心腹。倘或來看虛實，如之奈何？」林沖道：「小人一身犯了死罪，因此來投入夥，何故相疑？」王倫道：「既然如此，你若真心入夥，把一個『投名狀』來。」林沖便道：「小人頗識幾字，乞紙筆來便寫。」朱貴笑道：「教頭你錯了。但凡好漢們入夥，須要納投名狀，是教你下山去殺得一個人，將頭獻納，他便無疑心。這個便謂之投名狀。」林沖道：「這事也不難。林沖便下山去等，只怕沒人過。」王倫道：「與你三日限。若三日內有投名狀來，便容你入夥；若三日內沒時，只得休怪。」林沖應承了，自回房中宿歇，悶悶不已。正是：愁懷鬱鬱苦難開，可恨王倫忒弄乖。明日早尋山路去，不知那個送頭來。

　　當夜席散，朱貴相別下山，自去守店。

　　林沖到晚，取了刀仗行李，小嘍囉引去客房內歇了一夜。次日早起來，吃些茶飯，帶了腰刀，提了朴刀，叫一個小嘍囉領路下山，把船渡過去，僻靜小路上等候客人過往。從朝至暮，等了一日，並無一個孤單客人經過。林沖悶悶不已，和小嘍囉再過渡來，回到山寨中。王倫問道：「投名狀何在？」林沖答道：「今日並無一個過往，以此不曾取得。」王倫道：「你明日若無投名狀時，也難在這裏了。」林沖再不敢答應，心內自己不樂，來到房中，討些飯吃了，又歇了一夜。

　　次日清早起來，和小嘍囉吃了早飯，拿了朴刀，又下山來。小嘍囉道：「俺們今日投南山路去等。」兩個來到林子裏潛伏等候，並不見一個客人過往。伏到午牌時候，一夥客人約有三百餘人，結蹤而過。林沖又不敢動手，看他過去。又等了一歇，看看天色晚來，又不見一個客人過。林沖對小嘍囉道：「我恁地晦氣，等了兩日，不見一個孤單客人過往，如何是好？」小嘍囉道：「哥哥且寬心，明日還有一日限，我和哥哥去東山路上等候。」當晚依舊上山，王倫說道：「今日投名狀如何？」林沖不敢答應，只歎了一口氣。王倫笑道：「想是今日又沒了。我說與你三日限，今已兩日了。若明日再無，不必相見了，便請挪步下山，投別處去。」

林沖回到房中，端的是心內好悶，有《臨江仙》詞一篇云：

悶似蛟龍離海島，愁如虎困荒田，悲秋宋玉[6]淚漣漣。江淹[7]初去筆，項羽恨無船。高祖[8]滎陽遭困厄，昭關伍相[9]受憂煎，曹公赤壁火連天，李陵[10]台上望，蘇武[11]陷居延。

當晚林沖仰天長歎道：「不想我今日被高俅那賊陷害，流落到此，天地也不容我，直如此命蹇時乖！」過了一夜，次日天明起來，討些飯食吃了，打拴了那包裹，撇在房中。跨了腰刀，提了朴刀，又和小嘍囉下山過渡，投東山路上來。林沖道：「我今日若還取不得投名狀時，只得去別處安身立命。」兩個來到山下東路林子裏潛伏等候，看看日頭中了，又沒一個人來。

時遇殘雪初晴，日色明朗，林沖提着朴刀對小嘍囉道：「眼見得又不濟事了。不如趁早，天色未晚，取了行李，只得往別處去尋個所在。」小校用手指道：「好了！兀的不是一個人來？」林沖看時，叫聲：「慚愧[12]！」只見那個人遠遠在山坡下望見行來。待他來得較近，林沖把朴刀捍剪了一下，驀地跳

6) 宋玉：戰國時楚國辭賦作家。

7) 江淹：南朝著名文學家。

8) 高祖：即漢高祖劉邦，漢朝開國皇帝。

9) 伍相：指伍子胥，春秋時期著名軍事家。

10) 李陵：西漢時著名將領。

11) 蘇武：西漢時大臣，出使匈奴被扣留近二十年。

12) 慚愧：僥倖，謝天謝地。

將出來。那漢子見了林沖，叫聲：「啊也！」撇了擔子，轉身便走。林沖趕將去，那裏趕得上，那漢子閃過山坡去了。林沖道：「你看，我命苦麼！來了三日，甫能等得一個人來，又吃他走了。」小校道：「雖然不殺得人，這一擔財帛，可以抵當。」林沖道：「你先挑了上山去，我再等一等。」小嘍囉先把擔兒挑出林去。

只見山坡下轉出一個大漢來，林沖見了，說道：「天賜其便。」只見那人挺着朴刀，大叫如雷，喝道：「潑賊，殺不盡的強徒，將俺行李那裏去？洒家正要捉你這廝們，倒來拔虎鬚。」飛也似踴躍而來。林沖見他來得勢猛，也使步迎他。

不是這個人來鬥林沖，有分教：梁山泊內，添幾個弄風白額大蟲；水滸寨中，輳幾隻跳澗金睛猛獸。畢竟來與林沖鬥的，正是甚人，且聽下回分解。

## 延伸思考

林沖領了「投名狀」，限期三日，文中是如何敘述這三日之事的？

林沖的心情都有哪些變化？有何表達效果？

第十二回

精讀

# 梁山泊林沖落草
# 汴京城楊志賣刀

林沖接了「投名狀」，要到山下殺一人才可以入夥，等了三日，才得與一人交鋒，便是青面獸楊志。他本是三代將門之後，只因公事沒辦成，出逃在外，後又獲赦，回東京復職的路上經過梁山。表明身份後，受到了好生招待，但面對入夥的邀約，他婉言謝絕。回到東京後，高俅拒為他復職，走投無路下，為討生計，楊志只好上街變賣祖傳寶刀。不想被開封府一個地痞牛二纏上，一氣之下殺了牛二，之後楊志直奔官府自首。因名聲在外，又是為民除害，他一路綠燈被押送到大名府充軍，又遇伯樂有心抬舉。那麼楊志的命運會就此一帆風順嗎？

點評

● 細節描寫。為何林沖先跳出？說明本無心再鬥，楊志丟了財物，一心要取回，不會先行罷手。

話說林沖打一看時，只見那漢子頭戴一頂范陽氈笠，上撒着一托紅纓；穿一領白緞子征衫，繫一條縱線絛；下面青白間道行纏，抓着褲子口，獐皮襪，帶毛牛膀靴；跨口腰刀，提條朴刀；生得七尺五六身材，面皮上老大一搭青記，腮邊微露些少赤鬚；把氈笠子掀在背梁上，坦開胸脯，帶着抓角兒軟頭巾，挺手中朴刀，高聲喝道：「你那潑賊，將俺行李財帛那裏去了？」林沖正沒好氣，那裏答應，睜圓怪眼，倒豎虎鬚，挺着朴刀，搶將來鬥那個大漢。此時殘雪初晴，薄雲方散，溪邊踏一片寒冰，岸畔湧兩條殺氣，一往一來，鬥到三十來合，不分勝敗。

兩個又鬥了十數合，正鬥到分際，只見山高處叫道：「兩位好漢不要鬥了！」林沖聽得，驀地跳出圈子外來。兩個收住手中朴刀，看那山頂上時，卻是白衣秀士王倫和杜遷、宋萬並許多小嘍囉，走下山來，將船渡過了河，說道：「兩位好漢，端的好兩口朴刀，神出鬼沒！這個是俺的兄弟豹子頭林沖。青面漢，你卻是誰？願通姓名。」那漢道：「洒家是三代將門之後，五侯楊令公之孫，姓楊，名志。流落在此關西。年紀小時，曾應過武舉，做到殿司制使官。道君因蓋萬歲山，差一般十個制使去太湖邊搬運花石綱，赴京交納。不想洒家時乖運蹇，押着那花石綱，來到黃河裏，遭風打翻了船，失陷了花石綱，不能回京赴任，逃去他處避難。如今赦了俺們罪犯，洒家今來收的一擔兒錢物，待回東京去樞密院使用，再理會本身的勾當。打從這裏經過，顧倩莊家挑那擔兒，不想被你們奪了。可把來還洒家如何？」王倫道：「你莫是綽號喚做青面獸的？」楊志道：「洒家便是。」王倫道：「既然是楊制使，就請到山寨吃三杯水酒，納還行李如何？」楊志道：「好漢既然認得洒家，便還了俺行李，更強似請吃酒。」王倫道：「制使，小可數年前到東京應舉時，便聞制使大名。今日幸得相見，如何教你空去！且請到山寨少敍片時，並無他意。」

楊志聽說了，只得跟了王倫一行人等過了河，上山寨來。就叫朱貴同上山寨相會，都來到寨中聚義廳上。左邊一帶四把交椅，卻是王倫、杜遷、宋萬、朱貴。右邊一帶兩把交椅，上首楊志，下首林沖，都坐定了。王倫叫殺羊置酒，安排筵宴，管待楊志，不在話下。

話休絮煩，酒至數杯，王倫心裏想道：「若留林沖，實形容得我們不濟，不如我做個人情，並留了楊志，與他作敵。」因指着林沖對楊志道：「這個兄弟，他是東京八十萬禁軍教頭，喚做豹子頭林沖。因這高太尉那廝安不得好人，把他尋事刺配滄州，那裏又犯了事，如今也新到這裏。卻才制使要上東京勾當，不是王倫糾合制使，小可兀自棄文就武，來此落草。制使又是有罪的人，雖經赦宥，難復前職。

**點評**

● 與對待林沖的態度做對比，欲留楊志，要逐林沖，皆出於私心。

點評

亦且高俅那廝現掌軍權，他如何肯容你？不如只就小寨歇馬，大秤分金銀，大碗吃酒肉，同做好漢，不知制使心下主意若何？」楊志答道：「重蒙眾頭領如此帶攜，只是洒家有個親眷，現在東京居住。前者官事連累了他，不曾酬謝得。今日欲要投那裏走一遭，望眾頭領還了洒家行李。如不肯還，楊志空手也去了。」王倫笑道：「既是制使不肯在此，如何敢勒逼入夥？且請寬心住一宵，明日早行。」楊志大喜。當日飲酒到一更方歇，各自去歇息了。

次日早起來，又置酒與楊志送行。吃了早飯，眾頭領叫一個小嘍囉，把昨夜擔兒挑了，一齊都送下山來，到路口與楊志作別。叫小嘍囉渡河，送出大路。眾人相別了，自回山寨。王倫自此方才肯教林沖坐第四位，朱貴坐第五位。從此五個好漢在梁山泊打家劫舍，不在話下。

只說楊志出了大路，尋個莊家挑了擔子，發付小嘍囉自回山寨。楊志取路，不數日，來到東京。入得城來，尋個客店安歇下；莊客交還擔兒，與了些銀兩，自回去了。楊志到店中放下行李，解了腰刀、朴刀，叫店小二將些碎銀子買些酒肉吃了。

● 把金銀財物都使盡了，點明下文賣祖傳寶刀的原因。

過數日，央人來樞密院打點，理會本等的勾當，將出那擔兒內金銀財物，買上告下，再要補殿司府制使職役。把許多東西都使盡了，方才得申文書，引去見殿帥高太尉。來到廳前，那高俅把從前歷事文書都看了，大怒道：「既是你等十個制使去運花石綱，九個回到京師交納了，偏你這廝把花石綱失陷了。又不來首告，倒又在逃，許多時捉拿不着。今日再要勾當，雖經赦宥所犯罪名，難以委用。」把文書一筆都批倒了，將楊志趕出殿帥府來。

楊志悶悶不已，回到客店中，思量：「王倫勸俺，也見得是。只為洒家清白姓字，不肯將父母遺體來玷污了。指望把一身本事，邊庭上一槍一刀，搏個封妻蔭子，也與祖宗爭口氣，不想又吃這一閃。高太尉，你忒毒害，恁地刻薄！」心中煩惱了一回。在客店裏又住幾日，盤纏都使盡了。正是：花石綱原沒紀綱，奸邪到底困忠良。早知廊廟當權重，不若山林聚義長。

楊志尋思道：「卻是恁地好？只有祖上留下這口寶刀，從來跟着洒家，如今事急無措，只得拿去街上貨賣得千百貫錢鈔，好做盤纏，投往他處安身。」當日將了寶刀，插了草標兒，上市去賣，走到馬行街內，立了兩個時辰，並無一個人問。將立到晌午時分，轉來到天漢州橋熱鬧處去賣。楊志立未久，只見兩邊的人都跑入河下巷內去躲。楊志看時，只見都亂攛，口裏說道：「快躲了，大蟲來也！」楊志道：「好作怪！這等一片錦城池，卻那得大蟲來！」當下立住腳看時，只見遠遠地黑凜凜一大漢，吃得半醉，一步一撞將來。楊志看那人時，形貌生得粗陋。但見：面目依稀似鬼，身材仿佛如人。榿杈怪樹，變為肐瘩形骸；臭穢枯樁，化作腌臢魍魎。渾身遍體，都生滲滲瀨瀨沙魚皮；夾腦連頭，盡長拳拳彎彎捲螺髮。胸前一片緊頑皮，額上三條強拗皺。

原來這人是京師有名的破落戶潑皮，叫做沒毛大蟲牛二，專在街上撒潑、行兇、撞鬧。連為幾頭官司，開封府也治他不下，以此滿城人見那廝來都躲了。

卻說牛二搶到楊志面前，就手裏把那口寶刀扯將出來，問道：「漢子，你這刀要賣幾錢？」楊志道：「祖上留下寶刀，要賣三千貫。」牛二喝道：「甚麼鳥刀，要賣許多錢！我三十文買一把，也切得肉，切得豆腐。你的鳥刀有甚好處，叫做寶刀！」楊志道：「洒家的須不是店上賣的白鐵刀，這是寶刀。」牛二道：「怎的喚做寶刀？」楊志道：「第一件，砍銅剁鐵，刀口不捲；第二件，吹毛得過；第三件，殺人刀上沒血。」牛二道：「你敢剁銅錢麼？」楊志道：「你便將來剁與你看。」

牛二便去州橋下香椒鋪裏討了二十文當三錢，一垛兒將來放在州橋欄杆上，叫楊志道：「漢子，你若剁得開時，

**點評**

● 與此情節類似的，前文林沖買刀，引出禍端，楊志賣刀，也伏一禍。相似卻不重複，可對比閱讀。

我還你三千貫。」那時看的人，雖然不敢近前，向遠遠地圍住了望。楊志道：「這個直得甚麼？」把衣袖捲起，拿刀在手，看的較準，只一刀，把銅錢剁做兩半。眾人都喝采。牛二道：「喝甚麼鳥采！你且說第二件是甚麼？」楊志道：「吹毛得過：若把幾根頭髮望刀口上只一吹，齊齊都斷。」牛二道：「我不信。」自把頭上拔下一把頭髮，遞與楊志：「你且吹我看。」楊志左手接過頭髮，照着刀口上盡氣力一吹，那頭髮都做兩段，紛紛飄下地來。眾人喝采，看的人越多了。牛二又問：「第三件是甚麼？」楊志道：「殺人刀上沒血。」牛二道：「怎麼殺人刀上沒血？」楊志道：「把人一刀砍了，並無血痕，只是個快。」牛二道：「我不信，你把刀來剁一個人我看。」楊志道：「禁城之中，如何敢殺人？你不信時，取一隻狗來殺與你看。」牛二道：「你說殺人，不曾說殺狗！」楊志道：「你不買便罷，只管纏人做甚麼？」牛二道：「你將來我看。」楊志道：「你只顧沒了當[1]，洒家又不是你撩撥[2]的！」牛二道：「你敢殺我？」楊志道：「和你往日無冤，昔日無仇，一物不成，兩物現在[3]，沒來由殺你做甚麼？」

牛二緊揪住楊志說道：「我偏要買你這口刀。」楊志道：「你要買，將錢來。」牛二道：「我沒錢。」楊志道：「你沒錢，揪住洒家怎地？」牛二道：「我要你這口刀。」楊志道：「我不與你。」牛二道：「你好男子，剁我一刀。」楊志大怒，把牛二推了一交。牛二爬將起來，鑽入楊志懷裏。楊志叫道：「街坊鄰舍，都是證見：楊志無盤纏，自賣這口刀，這個潑皮強奪洒家的刀，又把俺打。」街坊人都怕這牛二，誰敢向前來勸。牛二喝道：「你說我打你，便打殺直甚麼？」口裏說，一面揮起右手一拳打來，楊志霍地躲過，拿着刀搶入來；一

---

1) 沒了當：沒完沒了。

2) 撩撥：挑逗。

3) 一物不成，兩物現在：做買賣不成，大家沒損失，不該傷和氣。

時性起，望牛二嗓根[4]上搠個着，撲地倒了。楊志趕入去，把牛二胸脯上又連搠了兩刀，血流滿地，死在地上。

楊志叫道：「洒家殺死這個潑皮，怎肯連累你們！潑皮既已死了，你們都來同洒家去官府裏出首。」坊隅眾人慌忙攏來，隨同楊志徑投開封府出首。正值府尹坐衙，楊志拿着刀和地方鄰舍眾人都上廳來，一齊跪下，把刀放在面前。楊志告道：「小人原是殿司制使，為因失陷花石綱，削去本身職役，無有盤纏，將這口刀在街貨賣。不期被個潑皮破落戶牛二強奪小人的刀，又用拳打小人。因此一時性起，將那人殺死。眾鄰舍都是證見。」眾人亦替楊志告說，分訴了一回。府尹道：「既是自行前來出首，免了這廝入門的款打。」且叫取一面長枷枷了。差兩員相官帶了仵作行人，監押楊志並眾鄰舍一干人犯，都來天漢州橋邊登場檢驗了，迭成文案。眾鄰舍都出了供狀，保放隨衙聽候，當廳發落。將楊志於死囚牢裏監守。但見：推臨獄內，擁入牢門。黃鬚節級，麻繩準備吊繃揪；黑面押牢，木匣安排牢鎖鐐。殺威棒[5]，獄卒斷時腰痛；撒子角[6]，囚人見了心驚。休言死去見閻王，只此便如真地獄。

點評

● 與史進、魯達殺人後的行動做對比，楊志是另一種豪傑大丈夫。

且說楊志押到死囚牢裏，眾多押牢禁子、節級，見說楊志殺死沒毛大蟲牛二，都可憐他是個好男子，不來問他取錢，又好生看覷他。天漢州橋下眾人，為是楊志除了街上害人之物，都斂些盤纏，湊些銀兩，來與他送飯，上下又替他使用。推司也覷他是個身首的好漢，又與東京街上除了一害，牛二家又沒苦主[7]，把款狀都改得輕了。三推六問，卻招做一時鬥毆殺傷，誤傷人命。待了六十日限滿，當廳推司稟

4)　嗓根：喉頭。

5)　殺威棒：新入監的犯人所受的棍刑。

6)　撒子角：一種刑具，用繩子穿着五條小木棍，套在指上收緊。

7)　苦主：被害人家屬。

點評

過府尹，將楊志帶出廳前，除了長枷，斷了二十脊杖，喚個文墨匠人刺了兩行金印，迭配北京大名府留守司充軍。那口寶刀沒官入庫。

當廳押了文牒，差兩個防送公人，免不得是張龍、趙虎，把七斤半鐵葉子盤頭護身枷釘了。吩咐兩個公人，便教監押上路。

● 與林沖一路受盡折磨做對比，一個是遭上級陷害，一個是為民為官除害。

天漢州橋那幾個大戶科斂[8]些銀兩錢物，等候楊志到來，請他兩個公人一同到酒店裏吃了些酒食，把出銀兩，齎發兩位防送公人，說道：「念楊志是個好漢，與民除害，今去北京，路途中望乞二位上下照觑，好生看他一看。」張龍、趙虎道：「我兩個也知他是好漢，亦不必你眾位吩咐，但請放心。」楊志謝了眾人，其餘多的銀兩，盡送與楊志做盤纏，眾人各自散了。

話裏只說楊志同兩個公人來到原下的客店裏，算還了房錢，取了原寄的衣服行李，安排些酒食，請了兩位公人；尋醫士贖了幾個棒瘡的膏藥，貼了棒瘡，便同兩個公人上路。三個望北京進發，五里單牌，十里雙牌，逢州過縣，買些酒肉，不時間請張龍、趙虎同吃。三個在路，夜宿旅館，曉行驛道，不數日來到北京，入得城中，尋個客店安下。

原來北京大名府留守司，上馬管軍，下馬管民，最有權勢。那留守喚作梁中書，諱世傑，他是東京當朝太師蔡京的女婿。當日是二月初九日，留守升廳，兩個公人解楊志到留守司廳前，呈上開封府公文。梁中書看了。原在東京時，也曾認得楊志，當下一見了，備問情由。楊志便把高太尉不容復職，使盡錢財，將寶刀貨賣，因而殺死牛二的實情通前一一告稟了。梁中書聽得大喜，當廳就開了枷，留在廳前聽用。押了批回與兩個公人，自回東京了，不在話下。

8) 科斂：聚斂錢財。

只說楊志自在梁中書府中早晚殷勤聽候使喚。梁中書見他勤謹，有心要抬舉他，欲要遷他做個軍中副牌，月支一分請受[9]。只恐眾人不伏，因此傳下號令，教軍政司告示大小諸將人員，來日都要出東郭門教場中去演武試藝。當晚梁中書喚楊志到廳前，梁中書道：「我有心要抬舉你做個軍中副牌，月支一分請受，只不知你武藝如何？」楊志稟道：「小人應過武舉出身，曾做殿司府制使職役。這十八般武藝，自小習學。今日蒙恩相抬舉，如撥雲見日一般，楊志若得寸進，當效銜環背鞍之報。」梁中書大喜，賜與一副衣甲。當夜無事。

次日天曉，時當二月中旬，正值風和日暖。梁中書早飯已罷，帶領楊志上馬，前遮後擁，往東郭門來，上得教場中，大小軍卒，並許多官員接見。就演武廳前下馬，到廳上，正面撒着一把渾銀交椅，坐下。左右兩邊，齊臻臻地排着兩行官員，指揮使、團練使、正制使、統領使、牙將、校尉、正牌軍、副牌軍。前後周圍，惡狠狠地列着百員將校。正將台上立着兩個都監：一個喚做李天王李成，一個喚做聞大刀聞達，二人皆有萬夫不當之勇，統領着許多軍馬，一齊都來朝着梁中書呼三聲喏。卻早將台上豎起一面黃旗來，將台兩邊左右列着三五十對金鼓手，一齊發起擂來。品了三通畫角[10]，發了三通擂鼓，教場裏面誰敢高聲。又見將台上豎起一面淨平旗[11]來。前後五軍，一齊整肅。將台上把一面引軍紅旗麾動，只見鼓聲響處，五百軍列成兩陣，軍士各執器械在手。將台上又把白旗招動，兩陣馬軍齊齊地都立在面前，各把馬勒住。

梁中書傳下令來，叫喚副牌軍周謹向前聽令。右陣裏

---

9)　請受：薪俸，工資。

10)　畫角：軍中的號角。

11)　淨平旗：整頓隊伍所用的白色旗幟。

周謹聽得呼喚，躍馬到廳前，跳下馬，插了槍，暴雷也似聲個大喏。梁中書道：「着副牌軍施逞本身武藝。」周謹得了將令，綽槍上馬，在演武廳前，左盤右旋，右盤左旋，將手中槍使了幾路，眾人喝采。梁中書道：「叫東京對撥來的軍健楊志。」楊志轉過廳前，唱個大喏。梁中書道：「楊志，我知你原是東京殿司府制使軍官，犯罪配來此間。即目盜賊猖狂，國家用人之際，你敢與周謹比試武藝高低？如若贏得，便遷你充其職役。」楊志道：「若蒙恩相差遣，安敢有違鈞旨。」梁中書叫取一匹戰馬來，教甲仗庫隨行官吏應付軍器，教楊志披掛上馬，與周謹比試。楊志去廳後把取來衣甲穿了，拴束罷，帶了頭盔、弓、箭、腰刀，手拿長槍上馬，從廳後跑將出來。

梁中書看了道：「着楊志與周謹先比槍。」周謹怒道：「這個賊配軍敢來與我交槍！」誰知惱犯了這個好漢，來與周謹鬥武。不因這番比試，有分教：楊志在萬馬叢中聞姓字，千軍隊裏奪頭功。畢竟楊志與周謹比試，引出甚麼人來，且聽下回分解。

## 延伸思考

高俅和楊志分別代表了當時社會的哪兩類人？楊志和林沖的遭遇是那個時代的個別情況還是反映了普遍的社會狀況？請深入思考。

## 知識拓展

### 銜環背鞍

銜環背鞍是知恩報恩的意思。

銜環，據《續齊諧記》載，講的是東漢有一個孩子叫楊寶，他九歲時，有一天在山林中看到一隻黃雀被老鷹所傷墜落在地上，被螞蟻圍困，於是將牠帶回家放在箱子裏精心照料，給牠餵黃花。一百多天後黃雀恢復，就飛走了。楊寶當天晚上做了一個夢，夢見一個黃衣童子，稱自己是西王母的使者，感動於他的仁愛之心，特拿來四枚白玉環送給他，保佑楊寶子孫位列三公，為官清廉，如同玉環一般。後來楊寶的子孫果然如童子所言，都做了大官，並且都清廉正直，為人稱頌。

背鞍，就是做牛做馬的意思。

第十三回

# 急先鋒東郭爭功
# 青面獸北京鬥武

梁中書欲提攜楊志，便設比武一局，勝者可以升職。經過數場苦戰，軍中選出楊志和索超兩個戰將，皆大歡喜，至此不提。不日從梁中書處又牽出一線，便是給提攜他的老丈人蔡太師斥巨資購買的生辰賀禮要送至京師，正尋找得力人手；另一條線是新任知縣要派人捉拿水泊梁山附近的盜賊。這兩條線並行展開，至智取生辰綱一節合為一線，究竟此線如何蜿蜒？且往下讀來。

話說當時周謹、楊志兩個勒馬，在於旗下，正欲出戰交鋒，只見兵馬都監聞達喝道：「且住！」自上廳來稟覆梁中書道：「覆恩相：論這兩個比試武藝，雖然未見本事高低，槍刀本是無情之物，只宜殺賊剿寇。今日軍中自家比試，恐有傷損，輕則殘疾，重則致命，此乃於軍不利。可將兩根槍去了槍頭，各用氈片包裹，地下蘸了石灰，再各上馬，都與皂衫穿着。但是槍桿廝搠，如白點多者，當輸。」梁中書道：「言之極當。」隨即傳令下去。

兩個領了言語，向這演武廳後去了槍尖，都用氈片包了，縛成骨朵，身上各換了皂衫，各用槍去石灰桶裏蘸了石灰，再各上馬，出到陣前。那周謹躍馬挺槍，直取楊志，這楊志也拍戰馬，拈手中槍，來戰周謹。兩個在陣前，來來往往，番番復復，攪做一團，扭做一塊，鞍上人鬥人，坐下馬鬥馬，兩個鬥了四五十合。看周謹時，恰似打翻了豆腐的，斑斑點點，約有三五十處；看楊志時，只有左肩胛下一點白。

梁中書大喜，叫喚周謹上廳，看了跡道：「前官參你做個軍中副牌，量你這般武藝，如何南征北討？怎生做得正請受的副牌？」教楊志替此人職役。管軍兵馬都監李成上廳稟覆梁中書道：「周謹槍法生疏，弓馬熟閒，不爭[1]把他來逐了職事，恐怕慢了軍心。再教周謹與楊志比箭如何？」梁中書道：「言之極當。」再傳下將令來，叫楊志與周謹比箭。

兩個得了將令，都扎了槍，各關了弓箭。楊志就弓袋內取出那張弓來，扣得端正，擎了弓，跳上馬，跑到廳前，立在馬上，欠身稟覆道：「恩相，弓箭發處，事不容情，恐有傷損，乞請鈞旨。」梁中書道：「武夫比試，何慮傷殘？但有本事，射死勿論。」楊志得令，回到陣前。李成傳下言語，叫兩個比箭好漢，各關[2]與一面遮箭牌，防護身體。兩個各領遮箭防牌，綰在臂上。楊志說道：「你先射我三箭，後卻還你三箭。」周謹聽了，恨不得把楊志一箭射個透明。楊志終是個軍官出身，識破了他手段，全不把他為事。怎見得兩個比箭？

這個曾向山中射虎，那個慣從風裏穿楊[3]。彀滿處，兔狐喪命；箭發時，鵰鶚魂傷。較藝術，當場比併；施手段，對眾揄揚。一個磨鞦解，實難抵當；一個閃身解，不可提防。頃刻內要觀勝負，霎時間便見存亡。雖然兩個降龍手，必定其中有一強。

當時將台上早把青旗麾動，楊志拍馬望南邊去，周謹縱馬趕來，將韁繩搭在馬鞍鞽[4]上，左手拿着弓，右手搭上箭，拽得滿滿地望楊志後心颼地一箭。楊志聽得背後弓弦響，霍地一閃，去鐙裏藏身，那枝箭早射個空。周謹見一箭射不着，卻早慌了，再去壺中急取第二枝箭來，搭上弓弦，覷的楊志較親[5]，望後心再射一箭。楊志聽得第二枝箭來，卻不去鐙裏藏身，那枝箭風也似來，楊志那時也取弓在手，用弓梢只一撥，那枝箭滴溜溜撥下草地裏去了。周謹見第二枝箭又射不着，心裏越慌。楊志的馬早跑到教場盡頭，霍地把馬一兜，那馬便轉身望正廳上走回來。周謹也把馬只一勒，那馬也跑回，

---

1) 不爭：如果，果真。

2) 關：發（官家錢物）。

3) 穿楊：射箭能從遠處命中楊柳的葉子。極言射技之精。

4) 鞍鞽：馬鞍上的架子。

5) 較親：最準。

就勢裏趕將來去。那綠茸茸芳草地上，八個馬蹄翻盞撒鈸[6]相似，勃喇喇地風團兒也似般走。周謹再取第三枝箭，搭在弓弦上，扣得滿滿地，盡平生氣力，眼睜睜地看着楊志後心窩上，只一箭射將來。楊志聽得弓弦響，扭回身，就鞍上把那枝箭只一綽，綽在手裏。便縱馬入演武廳前，撇下周謹的箭。

梁中書見了大喜，傳下號令，卻叫楊志也射周謹三箭。將台上又把青旗麾動，周謹撇了弓箭，拿了防牌在手，拍馬望南而走。楊志在馬上把腰只一縱，略將腳一拍，那馬潑喇喇的便趕。楊志先把弓虛扯一扯，周謹在馬上聽得腦後弓弦響，扭轉身來，便把防牌來迎，卻早接個空。周謹尋思道：「那廝只會使槍，不會射箭。等他第二枝箭再虛詐時，我便喝住了他，便算我贏了。」周謹的馬早到教場南盡頭，那馬便轉望演武廳來。楊志的馬見周謹馬跑轉來，那馬也便回身。楊志早去壺中掣出一枝箭來，搭弓在弦上，心裏想道：「射中他後心窩，必至傷了他性命。他和我又沒冤仇，洒家只射他不致命處便了。」左手如托太山，右手如抱嬰孩，弓開如滿月，箭去似流星。說時遲，那時快，一箭正中周謹左肩。周謹措手不及，翻身落馬。那匹空馬直跑過演武廳背後去了。眾軍卒自去救那周謹去了。梁中書見了大喜，叫軍政司便呈文案來，教楊志截替了周謹職役。

楊志喜氣洋洋，下了馬，便向廳前來拜謝恩相，充其職役。正是：得罪幽燕作配兵，當場比試死相爭。能將一箭穿楊手，奪得牌軍半職榮。

不想階下左邊轉上一個人來叫道：「休要謝職，我和你兩個比試！」楊志看那人時，身材七尺以上長短，面圓耳大，唇闊口方，腮邊一部落腮鬍鬚，威風凜凜，相貌堂堂，直到梁中書面前聲了喏，稟道：「周謹患病未痊，精神不在，因此誤輸與楊志。小將不才，願與楊志比試武藝，如若小將折半點便宜與楊志，休教截替周謹，便教楊志替了小將職役，雖死而不怨。」梁中書看時，不是別人，卻是大名府留守司正牌軍索超。為是他性急，撮鹽入火[7]，為國家面上，只要爭氣，當先廝殺，以此人都叫他做急先鋒。李成聽得，便下將台來，直到廳前稟覆道：「相公，這楊志既是殿司制使，必將好武藝，須知周

6) 翻盞撒鈸（bó）：形容馬蹄離地面迅速。

7) 撮鹽入火：比喻性子急，一觸即發。

謹不是對手；正好與索正牌比試武藝，便見優劣。」梁中書聽了，心中想道：「我指望一力要抬舉楊志，眾將不伏。一發等他贏了索超，他們也死而無怨，卻無話說。」

梁中書隨即喚楊志上廳問道：「你與索超比試武藝如何？」楊志稟道：「恩相將令，安敢有違。」梁中書道：「既然如此，你去廳後換了裝束，好生披掛，教甲仗庫隨行官吏取應用軍器給與，就叫牽我的戰馬借與楊志騎，小心在意，休覷得等閒。」楊志謝了，自去結束。

卻說李成吩咐索超道：「你卻難比別人，周謹是你徒弟，先自輸了。你若有些疏失，吃他把大名府軍官都看得輕了。我有一匹慣曾上陣的戰馬，並一副披掛，都借與你，小心在意，休教折了銳氣。」索超謝了，也自去結束。

梁中書起身，走出階前來，從人移轉銀交椅，直到月台欄杆邊放下。梁中書坐定，左右祗候兩行；喚打傘的撐開那把銀葫蘆頂茶褐羅三簷涼傘來，蓋定在梁中書背後。將台上傳下將令，早把紅旗招動。兩邊金鼓齊鳴，發一通擂。去那教場中兩陣內，各放了個炮。炮響處，索超跑馬入陣內，藏在門旗下；楊志也從陣裏跑馬入軍中，直到門旗背後。將台上又把黃旗招動，又發了一通擂，兩軍齊吶一聲喊。教場中誰敢做聲，靜蕩蕩的。再一聲鑼響，扯起淨平白旗。兩下眾官沒一個敢走動胡言說話，靜靜地立着。

將台上又把青旗招動，只見第三通戰鼓響處，去那左邊陣內門旗下看看分開。鸞鈴響處，正牌軍索超出馬，直到陣前，兜住馬，拿軍器在手，果是英雄豪傑。但見：頭帶一頂熟鋼獅子盔，腦後斗大來一顆紅纓，身披一副鐵葉攢成鎧甲，腰繫一條鍍金獸面束帶，前後兩面青銅護心鏡；上籠着一領緋紅團花袍，上面垂兩條綠絨縷頷帶；下穿一雙斜皮氣跨靴，左帶一張弓，右懸一壺箭；手裏橫着一柄金蘸斧，坐下李都監那匹慣戰能征雪白馬。看那馬時，又是一匹好馬。但見：色按庚辛[8]，仿佛南山白額虎；毛堆膩粉，如同北海玉麒麟。衝得陣，跳得溪，喜戰鼓，性如君子；負得重，走得遠，慣嘶風，必是龍媒。勝如伍相梨花馬，賽過秦王白玉駒。

左陣上急先鋒索超兜住馬，掗着金蘸斧，立馬在陣前。

---

8)　庚辛：白色。

右邊陣內門旗下看看分開，鸞鈴響處，楊志提手中槍出馬，直至陣前，勒住馬，橫着槍在手，果是勇猛。但見：頭戴一頂鋪霜耀日鑌鐵盔，上撒着一把青纓；身穿一副鈎嵌梅花榆葉甲，繫一條紅絨打就勒甲條，前後獸面掩心；上籠着一領白羅生色花袍，垂着條紫絨飛帶；腳登一雙黃皮襯底靴；一張皮靶弓，數根鑿子箭；手中挺着渾鐵點鋼槍；騎的是梁中書那匹火塊赤千里嘶風馬。看那馬時，又是匹無敵的好馬。但見：鬃分火焰，尾擺朝霞。渾身亂掃胭脂，兩耳對攢紅葉。侵晨臨紫塞，馬蹄迸四點寒星；日暮轉沙堤，就地滚一團火塊。休言南極神駒，真乃壽亭赤兔。

右陣上青面獸楊志拈手中槍，勒坐下馬，立於陣前。兩邊軍將暗暗地喝采，雖不知武藝如何，先見威風出眾。

正南上旗牌官拿着銷金令字旗，驟馬而來，喝道：「奉相公鈞旨，教你兩個俱各用心，如有虧誤處，定行責罰。若是贏時，多有重賞。」二人得令，縱馬出陣，到教場中心，兩馬相交，二般兵器並舉。索超忿怒，掄手中大斧，拍馬來戰楊志。楊志逞威，拈手中神槍，來迎索超。兩個在教場中間，將台前面，二將相交，各賭平生本事。一來一往，一去一回，四條臂膊縱橫，八隻馬蹄撩亂。但見：征旗蔽日，殺氣遮天。一個金蘸斧直奔頂門，一個渾鐵槍不離心坎。這個是扶持社稷毗沙門，托塔李天王；那個是整頓江山掌金闕，天蓬大元帥。一個槍尖上吐一條火焰，一個斧刃中進幾道寒光。那個是七國中袁達重生，這個是三分內張飛出世。一個是巨靈神忿怒，揮大斧劈碎山根；一個如華光藏生嗔，仗金槍搠開地府。這個圓彪彪睜開雙眼，胳查查斜砍斧頭來；那個必剝剝咬碎牙關，火焰焰搖得槍桿斷。各人窺破綻，那放半些閒。

兩個鬥到五十餘合，不分勝敗。月台上梁中書看得呆了；兩邊眾軍官看了，喝采不迭；陣面上軍士們遞相廝覷道：「我們做了許多年軍，也曾出了幾遭征，何曾見這等一對好漢廝殺！」李成、聞達在將台上，不住聲叫道：「好鬥！」聞達心上只恐兩個內傷了一個，慌忙招呼旗牌官，拿着令字旗，與他分了。將台上忽的一聲鑼響，楊志和索超鬥到是處，各自要爭功，那裏肯回馬。旗牌官飛來叫道：「兩個好漢歇了，相公有令。」楊志、索超方才收了手中軍器，勒座下馬，各跑回本陣來，立馬在旗下。看那梁中書，只等將令。

李成、聞達下將台來，直到月台下，稟覆梁中書道：「相公，據這兩個武藝一般，皆可重用。」梁中書大喜，傳下將令，喚楊志、索超。牌旗中傳令，喚兩個到廳前，都下了馬。小校接了二人的軍器，兩個都上廳來，躬身聽令。梁中書叫取兩錠白銀，兩副表裏[9]，來賞賜二人。就叫軍政司將兩個都升做管軍提轄使，便叫貼了文案，從今日便參了他兩個。索超、楊志都拜謝了梁中書，將着賞賜下廳來，解了槍刀弓箭，卸了頭盔衣甲，換了衣裳。索超也自去了披掛，換了錦襖，都上廳來，再拜謝了眾軍官。梁中書叫索超、楊志兩個也見了禮，入班做了提轄。眾軍卒便打着得勝鼓，把着那金鼓旗先散。

梁中書和大小軍官，都在演武廳上筵宴。看看紅日沉西，筵席已罷，梁中書上了馬，眾官員都送歸府。馬頭前擺着這兩個新參的提轄，上下肩都騎着馬，頭上亦都帶着紅花，迎入東郭門來。兩邊街道扶老攜幼，都看了歡喜。梁中書在馬上問道：「你那百姓，歡喜為何？」眾老人都跪了稟道：「老漢等生在北京，長在大名府，不曾見今日這等兩個好漢將軍比試。今日教場中看了這般敵手，如何不歡喜？」梁中書在馬上聽了大喜。回到府中，眾官各自散了。索超自有一班弟兄請去作慶飲酒。楊志新來，未有相識，自去梁府宿歇，早晚殷勤聽候使喚，都不在話下。

且把這閒話丟過，只說正話。自東郭演武之後，梁中書十分愛惜楊志，早晚與他並不相離。月中又有一分請受，自漸漸地有人來結識他。那索超見了楊志手段高強，心中也自欽伏。

不覺光陰迅速，又早春盡夏來，時逢端午，蕤賓節[10]至，梁中書與蔡夫人在後堂家宴，慶賀端陽。但見：盆栽綠艾，瓶插紅榴。水晶簾捲蝦鬚，錦繡屏開孔雀。菖蒲切玉，佳人笑捧紫霞杯；角黍[11]堆銀，美女高擎青玉案。食烹異品，果獻時新。葵扇風中，奏一派聲清韻美；荷衣香裏，出百般舞態嬌姿。

當日梁中書正在後堂與蔡夫人家宴，慶賞端陽，酒至數杯，食供兩套，只見蔡夫人道：「相公自從出身，今日為一統帥，掌握國家重任，這功名富貴從何而來？」梁中書道：「世傑自幼讀書，頗知經史，人非草木，豈不知泰山之恩？提攜之力，感激不盡！」蔡夫人道：「丈夫既知我父親恩德，如何忘了

---

9)　表裏：贈賞用的衣料，也作「表禮」。

10)　蕤（ruí）賓節：端午節。

11)　角黍：粽子。

他生辰？」梁中書道：「下官如何不記得，泰山是六月十五日生辰，已使人將十萬貫收買金珠寶貝，送上京師慶壽。一月之前，幹人都關領去了。現今九分齊備，數日之間，也待打點停當，差人起程。只是一件，在此躊躇。上年收買了許多玩器並金珠寶貝，使人送去，不到半路，盡被賊人劫了。枉費了這一遭財物，至今嚴捕賊人不獲。今年叫誰人去好？」蔡夫人道：「帳前現有許多軍校，你選擇心腹的人去便了。」梁中書道：「尚有四五十日，早晚催並禮物完足，那時選擇去人未遲。夫人不必掛心，世傑自有理會。」當日家宴，午牌至二更方散，自此不在話下。

不說梁中書收買禮物玩器，選人上京去慶賀蔡太師生辰。且說山東濟州鄆城縣新到任一個知縣，姓時，名文彬。此人為官清正，作事廉明，每懷惻隱之心，常有仁慈之念。爭田奪地，辨曲直而後施行；鬥毆相爭，分輕重方才決斷。閒暇時撫琴會客，忙迫裏飛筆判詞。名為縣之宰官，實乃民之父母。

當日知縣時文彬升廳公座，左右兩邊排着公吏人等。知縣隨即叫喚尉司捕盜官員並兩個巡捕都頭。本縣尉司管下有兩個都頭：一個喚做步兵都頭，一個喚做馬兵都頭。這馬兵都頭，管着二十四坐馬弓手，二十個土兵；那步兵都頭管着二十個使槍的頭目，二十個土兵[12]。

這馬兵都頭姓朱名仝，身長八尺四五；有一部虎鬚髯，長一尺五寸，面如重棗；目若朗星，似關雲長模樣，滿縣人都稱他做美髯公。原是本處富戶，只因他仗義疏財，結識江湖上好漢，學得一身好武藝。怎見的朱仝氣象？但見：義膽忠肝豪傑，胸中武藝精通，超羣出眾果英雄。彎弓能射虎，提劍可誅龍。一表堂堂神鬼怕，形容凜凜威風。面如重棗色通紅，雲長重出世，人號美髯公。

那步兵都頭姓雷名橫，身長七尺五寸，紫棠色面皮，有一部扇圈鬍鬚，為他膂力過人，跳二三丈闊澗，滿縣人都稱他做插翅虎。原是本縣打鐵匠人出身，後來開張碓房[13]，殺牛放賭，雖然仗義，只有些心地匾窄，也學得一身好武藝。怎見得雷橫的氣象？但見：天上罡星臨世上，就中一個偏能，都頭

---

12) 土兵：宋代指西北、廣南兩路的地方兵，本書泛指地方兵。

13) 碓（duì）房：磨米的作坊。

好漢是雷橫。拽拳神臂健，飛腳電光生。江海英雄推武勇，跳牆過澗身輕，豪雄誰敢與相爭！山東插翅虎，寰海盡聞名。

那朱仝、雷橫兩個，專管擒拿賊盜。當日知縣呼喚兩個上廳來，聲了喏，取台旨。知縣道：「我自到任以來，聞知本府濟州管下所屬水鄉梁山泊賊盜聚眾打劫，拒敵官軍。亦恐各處鄉村盜賊猖狂，小人甚多，今喚你等兩個，休辭辛苦，與我將帶本管土兵人等，一個出西門，一個出東門，分投巡捕。若有賊人，隨即剿獲申解，不可擾動鄉民。體知東溪村山上有株大紅葉樹，別處皆無，你們眾人採幾片來縣裏呈納，方表你們曾巡到那裏。若無紅葉，便是汝等虛妄，定行責罰不恕。」兩個都頭領了台旨，各自回歸，點了本管土兵，分投自去巡察。

不說朱仝引人出西門自去巡捕，只說雷橫當晚引了二十個土兵出東門，繞村巡察，遍地裏走了一遭，回來到東溪村山上，眾人採了那紅葉，就下村來。行不到三二里，早到靈官廟前，見殿門不關，雷橫道：「這殿裏又沒有廟祝，殿門不關，莫不有歹人在裏面麼？我們直入去看一看。」眾人拿着火，一齊照將入來，只見供桌上赤條條地睡着一個大漢。天道又熱，那漢子把些破衣裳團做一塊作枕頭，枕在項下，齁齁的沉睡着了在供桌上。雷橫看了道：「好怪，好怪！知縣相公忒神明，原來這東溪村真個有賊！」大喝一聲，那漢卻待要掙扎，被二十個土兵一齊向前，把那漢子一條索綁了，押出廟門，投一個保正[14]莊上來。

不是投那個去處，有分教：東溪村裏，聚三四籌好漢英雄；鄆城縣中，尋十萬貫金珠寶貝。正是：天上罡星來聚會，人間地煞得相逢。畢竟雷橫拿住那漢，投解甚處來，且聽下回分解。

---

14)　保正：一保之長，主要負責治安，由富戶擔任。

## 精華賞析

楊志比武一節，場面描寫得十分精彩，情節變化多端，有起有落，並無重複之處，收尾皆大歡喜。與周謹比槍、比箭，贏得爽利，先略寫比槍一段，後詳寫比箭，接連幾箭，各自不同，將人物的心理活動連帶寫出，塑造了二人迥異的個性；與索超比武，沒有像和周謹比武一樣鋪陳開來正面描寫，而是寥寥幾筆交代二人勢均力敵，不相上下，接着通過側面描寫烘托出二人較量的精彩程度，如「梁中書看得呆了」，連軍士們都交頭接耳說這麼多年「不曾看到這等好漢廝殺」，比武結束後騎馬回府，「兩邊街道扶老攜幼，都看了歡喜」。正面描寫與側面描寫相結合，達到了很好的表達效果。

試想，若這兩場比武都只是一味描寫你來我往，豈不單調乏味，不忍卒讀？作者用心良苦，由此可見一斑。

## 第十四回

# 赤髮鬼醉臥靈官殿
# 晁天王認義東溪村

雷橫在殿裏抓了嫌疑人，到附近的東溪村保正晁蓋處歇息吃酒。這晁蓋也是個仗義疏財的好漢，得知雷橫抓的漢子是特來投奔他的，便設法營救了下來。這個漢子喚作赤髮鬼劉唐，為報恩，私自作主去向雷橫追要晁蓋的贈銀，惹出事端，一書生出面勸和，正是智多星吳用。由此引出三個重要人物，一起開始商議要劫取梁中書生辰綱一事，與前文線索相合。

話說當時雷橫來到靈官殿上，見了這條大漢，睡在供桌上，眾土兵向前，把條索子綁了，捉離靈官殿來。天色卻早，是五更時分。雷橫道：「我們且押這廝去晁保正莊上討些點心吃了，卻解去縣裏取問。」一行眾人卻都奔這保正莊上來。

原來那東溪村保正姓晁，名蓋，祖是本縣本鄉富戶，平生仗義疏財，專愛結識天下好漢，但有人來投奔他的，不論好歹，便留在莊上住。若要去時，又將銀兩齎助他起身。最愛刺槍使棒，亦自身強力壯，不娶妻室，終日只是打熬筋骨。鄆城縣管下東門外有兩個村坊，一個東溪村，一個西溪村，只隔着一條大溪。當初這西溪村常常有鬼，白日迷人下水，在溪裏，無可奈何。忽一日，有個僧人經過，村中人備細說知此事，僧人指個去處，教用青石鑿個寶塔，放於所在，鎮住溪邊。其時西溪村的鬼，都趕過東溪村來。那時晁蓋得知了，大怒。從這裏走將過去，把青石寶塔獨自奪了過來東溪村放下，因此人皆稱他做托塔天王。晁蓋獨霸在那村坊，江湖都聞他名字。

卻早雷橫並土兵押着那漢來到莊前敲門，莊裏莊客聞知，報與保正。此時晁蓋未起，聽得報是雷都頭到來，慌忙叫開門。莊客開得莊門，眾土兵先把那漢子吊在門房裏。雷橫自引了十數個為頭的人到草堂上坐下。晁蓋起來接待，動問道：「都頭有甚公幹到這裏？」雷橫答道：「奉知縣相公鈞旨：着我與朱仝兩個引了部下土兵，分投下鄉村各處巡捕賊盜。因走得力乏，欲得少歇，徑投貴莊暫息，有驚保正安寢。」晁蓋道：「這個何妨！」一面叫莊客安排酒食管待，先把湯來吃。晁蓋動問道：「敝村曾拿得個把小賊麼？」雷橫道：「卻才前面靈官殿上有個大漢睡着在那裏，我看那廝不是良善君子，一定是醉了，就便睡着。我們把索子縛綁了，本待便解去縣裏見官，一者忒早些，二者也要教保正知道，恐日後父母官問時，保正也好答應。現今吊在貴莊門房裏。」晁蓋聽了，記在心，稱謝道：「多虧都頭見報。」少刻莊客捧出盤饌酒食，晁蓋喝道：「此間不好說話，不如去後廳軒下少坐。」便叫莊客裏面點起燈燭，請都頭到裏面酌杯。晁蓋坐了主位，雷橫坐了客席。兩個坐定，莊客鋪下果品、按酒、菜蔬、盤饌。莊客一面篩酒，晁蓋又叫買酒與土兵眾人吃，莊客請眾人都引去廊下客位裏管待，大盤酒肉只管叫眾人吃。晁蓋一頭相待雷橫吃酒，一面自肚裏尋思：「村中有甚小賊吃他拿了？我且自去看是誰。」相陪吃了五七杯酒，便叫家裏一個主管出來：「陪奉都頭坐一坐，我去淨了手便來。」

那主管陪侍着雷橫吃酒，晁蓋卻去裏面拿了個燈籠，徑來門樓下看時，土兵都去吃酒，沒一個在外面。晁蓋便問看門的莊客：「都頭拿的賊吊在那裏？」莊客道：「在門房裏關着。」晁蓋去推開門，打一看時，只見高高吊起那漢子在裏面，露出一身黑肉，下面抓紮起兩條黑魆魆毛腿，赤着一雙腳。晁蓋把燈照那人臉時，紫黑闊臉，鬢邊一搭朱砂記，上面生一片黑黃毛。晁蓋便問道：「漢子，你是那裏人？我村中不曾見有你。」那漢道：「小人是遠鄉客人，來這裏投奔一個人，卻把我來拿做賊，我須有分辨處。」晁蓋道：「你來我這村中投奔誰？」那漢道：「我來這村中投奔一個好漢。」晁蓋道：「這好漢叫做甚麼？」那漢道：「他喚做晁保正。」晁蓋道：「你卻尋他有甚勾當？」那漢道：「他是天下聞名的義士好漢。如今我有一套富貴[1]要與他說知，因此而來。」晁蓋道：「你且住，只我便是晁保正，卻要我救你，你只認我做娘舅之

1)　富貴：財寶，好處。

親。少刻，我送雷都頭那人出來時，你便叫我做阿舅，我便認你做外甥，只說四五歲離了這裏，今番來尋阿舅，因此不認得。」那漢道：「若得如此救護，深感厚恩，義士提攜則個[2]！」

正是：黑甜[3]一枕古祠中，被獲高懸草舍東。百萬贓私天不佑，解圍晁蓋有奇功。

當時晁蓋提了燈籠，自出房來，仍舊把門拽上，急入後廳來見雷橫，說道：「甚是慢客。」雷橫道：「多多相擾，理甚不當。」兩個又吃了數杯酒，只見窗子外射入天光來，雷橫道：「東方動了，小人告退，好去縣中畫卯[4]。」晁蓋道：「都頭官身，不敢久留。若再到敝村公幹，千萬來走一遭。」雷橫道：「卻得再來拜望，不須保正吩咐。請保正免送。」晁蓋道：「卻罷，也送到莊門口。」

兩個同走出來，那夥土兵眾人都得了酒食，吃得飽了，各自拿了槍棒，便去門房裏解了那漢，背剪縛着帶出門外。晁蓋見了，說道：「好條大漢！」雷橫道：「這廝便是靈官廟裏捉的賊。」

說猶未了，只見那漢叫一聲：「阿舅，救我則個！」晁蓋假意看他一看，喝問道：「兀的這廝不是王小三麼？」那漢道：「我便是，阿舅救我。」眾人吃了一驚。雷橫便問晁蓋道：「這人是誰？如何卻認得保正？」晁蓋道：「原來是我外甥王小三。這廝如何在廟裏歇？乃是家姐的孩兒，從小在這裏過活，四五歲時隨家姐夫和家姐上南京去住，一去了十數年。這廝十四五歲又來走了一遭，跟個本京客人來這裏販賣，向後再不曾見面。多聽得人說這廝不成器，如何卻在這裏？小可本也認他不得，為他鬢邊有這一搭朱砂記，因此影影認得。」晁蓋喝道：「小三，你如何不徑來見我？卻去村中做賊！」那漢叫道：「阿舅，我不曾做賊。」晁蓋喝道：「你既不做賊，如何拿你在這裏？」奪過土兵手裏棍棒，劈頭劈臉便打。雷橫並眾人勸道：「且不要打，聽他說。」那漢道：「阿舅息怒，且聽我說：自從十四五歲時來走了這遭，如今不是十年了？昨夜路上多吃了一杯酒，不敢來見阿舅，權去廟裏睡得醒了，卻來尋阿舅；不想被他們不問事由，將我拿了，卻不曾做賊。」晁蓋拿起棍來又要打，

---

2)　則個：加重語氣。

3)　黑甜：夢。

4)　畫卯：衙門卯時開始辦公，吏役於此時前往簽到。

口裏罵道：「畜生！你卻不徑來見我，且在路上貪噇這口黃湯[5]，我家中沒有與你吃，辱沒殺人[6]！」雷橫勸道：「保正息怒，你令甥本不曾做賊。我們見他偌大一條大漢在廟裏睡得蹺蹊，亦且面生，又不認得，因此設疑，捉了他來這裏。若早知是保正的令甥，定不拿他。」喚土兵快解了綁縛的索子，放還保正。眾土兵登時放了那漢。雷橫道：「保正休怪，早知是令甥，不致如此，甚是得罪，小人們回去。」晁蓋道：「都頭且住，請入小莊，再有話說。」

雷橫放了那漢，一齊再入草堂裏來。晁蓋取出十兩花銀送與雷橫，說道：「都頭休嫌輕微，望賜笑留。」雷橫道：「不當如此。」晁蓋道：「若是不肯收受時，便是怪小人。」雷橫道：「既是保正厚意，權且收受，改日卻得報答。」晁蓋叫那漢拜謝了雷橫，晁蓋又取些銀兩賞了眾土兵，再送出莊門外。雷橫相別了，引着土兵自去。

晁蓋卻同那漢到後軒下，取幾件衣裳與他換了，取頂頭巾與他戴了，便問那漢姓甚名誰，何處人氏。那漢道：「小人姓劉，名唐，祖貫東潞州人氏，因這鬢邊有這朱砂記，人都喚小人做赤髮鬼，特地送一套富貴來與保正哥哥。昨夜晚了，因醉倒廟裏，不想被這廝們捉住，綁縛了來，正是『有緣千里來相會，無緣對面不相逢』。今日幸得在此，哥哥坐定，受劉唐四拜。」拜罷，晁蓋道：「你且說送一套富貴與我，現在何處？」

劉唐道：「小人自幼飄蕩江湖，多走途路，專好結識好漢，往往多聞哥哥大名，不期有緣得遇。曾見山東、河北做私商的，多曾來投奔哥哥，因此劉唐敢說這話。這裏別無外人，方可傾心吐膽對哥哥說。」晁蓋道：「這裏都是我心腹人，但說不妨。」

劉唐道：「小弟打聽得北京大名府梁中書收買十萬貫金珠、寶貝、玩器等物，送上東京，與他丈人蔡太師慶生辰。去年也曾送十萬貫金珠寶貝，來到半路裏，不知被誰人打劫了，至今也無捉處。今年又收買十萬貫金珠寶貝，早晚安排起程，要趕這六月十五日生辰。小弟想此一套是不義之財，取之何礙！便可商議個道理去半路上取了，天理知之，也不為罪。聞知哥哥大名，是個真男子，武藝過人。小弟不才，頗也學得本事，休道三五個漢子，便是

5) 黃湯：黃酒。

6) 辱沒殺人：即辱沒煞人的意思。

一二千軍馬隊中，拿條槍，也不懼他。倘蒙哥哥不棄時，獻此一套富貴，不知哥哥心內如何？」晁蓋道：「壯哉！且再計較。你既來這裏，想你吃了些艱辛，且去客房裏將息少歇。待我從長商議，來日說話。」晁蓋叫莊客引劉唐廊下客房裏歇息，莊客引到房中，也自去幹事了。

且說劉唐在房裏尋思道：「我着甚來由，苦惱這遭！多虧晁蓋完成，解脫了這件事。只叵耐雷橫那廝平白騙了晁保正十兩銀子，又吊我一夜。想那廝去未遠，我不如拿了條棒趕上去，齊打翻了那廝們，卻奪回那銀子，送還晁蓋，也出一口惡氣。此計大妙。」劉唐便出房門，去槍架上拿了一條朴刀，便出莊門，大踏步投南趕來。此時天色已明，但見：北斗初橫，東方欲白。天涯曙色才分，海角殘星漸落。金雞三唱，喚佳人傳粉施朱；寶馬頻嘶，催行客爭名競利。幾縷丹霞橫碧漢，一輪紅日上扶桑。

這赤發鬼劉唐挺着朴刀，趕了五六里路，卻早望見雷橫引着土兵，慢慢地行將去。劉唐趕上來，大喝一聲：「兀那都頭不要走！」

雷橫吃了一驚，回過頭來，見是劉唐拈着朴刀趕來。雷橫慌忙去土兵手裏奪條朴刀拿着，喝道：「你那廝趕將來做甚麼？」劉唐道：「你曉事的，留下那十兩銀子還了我，我便饒了你！」雷橫道：「是你阿舅送我的，幹你甚事？我若不看你阿舅面上，直結果了你這廝性命，刬地[7]問我取銀子？」劉唐道：「我須不是賊，你卻把我吊了一夜，又騙我阿舅十兩銀子。是會的[8]將來還我，佛眼相看[9]；你若不還我，叫你目前流血！」雷橫大怒，指着劉唐大罵道：「辱門敗戶的謊賊，怎敢無禮！」劉唐道：「你那作害百姓的腌臢潑才，怎敢罵我！」雷橫又罵道：「賊頭賊臉賊骨頭，必然要連累晁蓋！你這等賊心賊肝，我行[10]須使不得！」劉唐大怒道：「我來和你見個輸贏。」拈着朴刀，直奔雷橫。雷橫見劉唐趕上來，呵呵大笑，挺手中朴刀來迎。兩個就大路上廝併，但見：一來一往，似鳳翻身；一撞一衝，如鷹展翅。一個照搠，盡依良法；一個遮攔，自有悟頭。這個丁字腳，搶將入來；那個四換頭，奔將進去。兩

7)　刬（chàn）地：怎麼。

8)　會的：懂事的。

9)　佛眼相看：不加傷害。

10)　我行：我面前。

句道：「雖然不上凌煙閣，只此堪描入畫圖。」

當時雷橫和劉唐就路上鬥了五十餘合，不分勝敗。眾士兵見雷橫贏劉唐不得，卻待都要一齊上併他。只見側首籬門開處，一個人掣兩條銅鏈，叫道：「你們兩個好漢且不要鬥，我看了多時，權且歇一歇，我有話說。」便把銅鏈就中一隔，兩個都收住了朴刀，跳出圈子外來，立住了腳。看那人時，似秀才打扮，戴一頂桶子樣抹眉梁頭巾，穿一領皂沿邊麻布寬衫，腰繫一條茶褐鑾帶；下面絲鞋淨襪，生得眉清目秀，面白鬚長。這人乃是智多星吳用，表字學究，道號加亮先生，祖貫本鄉人氏。曾有一首《臨江仙》讚吳用的好處：

萬卷經書曾讀過，平生機巧心靈，六韜三略究來精。胸中藏戰將，腹內隱雄兵。謀略敢欺諸葛亮，陳平[11]豈敵才能。略施小計鬼神驚。字稱吳學究，人號智多星。

當時吳用手提銅鏈，指着劉唐叫道：「那漢且住，你因甚和都頭爭執？」劉唐光着眼[12]看吳用道：「不干你秀才事！」雷橫便道：「教授[13]不知，這廝夜來赤條條地睡在靈官廟裏，被我們拿了這廝，帶到晁保正莊上。原來卻是保正的外甥，看他母舅面上放了他。晁天王請我們吃了酒，送些禮物與我。這廝瞞了他阿舅，直趕到這裏問我取，你道這廝大膽麼？」吳用尋思道：「晁蓋我都是自幼結交，但有些事，便和我相議計較。他的親眷相識，我都知道，不曾見有這個外甥。亦且年甲也不相登，必有些蹺蹊。我且勸開了這場鬧，卻再問他。」吳用便道：「大漢休執迷，你的母舅與我至交，又和這都頭亦過得好[14]，他便送些人情與這都頭，你卻來討了，也須壞了你母舅面皮。且看小生[15]面，我自與你母舅說。」劉唐道：「秀才，你不省得。這個不是我阿舅甘

11) 陳平：漢朝開國功臣，劉邦的謀士。

12) 光着眼：睜大眼睛。

13) 教授：對私塾先生的尊稱。

14) 過得好：有交情。

15) 小生：謙辭，我。

心與他，他詐取了我阿舅的銀兩；若是不還我，誓不回去。」雷橫道：「只除是保正自來取，便還他，卻不還你。」劉唐道：「你屈冤人做賊，詐了銀子，怎地不還？」雷橫道：「不是你的銀子，不還，不還！」劉唐道：「你不還！只除問得我手裏朴刀肯便罷。」吳用又勸：「你兩個鬥了半日，又沒輸贏，只管鬥到幾時是了？」劉唐道：「他不還我銀子，直和他拚個你死我活便罷。」雷橫大怒道：「我若怕你，添個土兵來併你，也不算好漢。我自好歹搠翻你便罷！」劉唐大怒，拍着胸前叫道：「不怕！不怕！」便趕上來。這邊雷橫便指手劃腳也趕攏來。兩個又要廝併。這吳用橫身在裏面勸，那裏勸得住。劉唐拈着朴刀，正待鑽將過來。雷橫口裏千賊萬賊罵，挺起朴刀，只待要鬥。只見眾土兵指道：「保正來了。」

劉唐回身看時，只見晁蓋披着衣裳，前襟攤開，從大路上趕來，大喝道：「畜生不得無禮！」那吳用大笑道：「須是保正自來，方才勸得這場鬧。」晁蓋趕得氣喘，問道：「你怎的趕來這裏鬥朴刀？」雷橫道：「你的令甥拿着朴刀趕來問我取銀子。小人道：『不還你，我自送還保正，非干你事。』他和小人鬥了五十合，教授解勸在此。」晁蓋道：「這畜生，小人並不知道，都頭看小人之面請回，自當改日登門陪話[16]。」雷橫道：「小人也知那廝胡為，不與他一般見識，又勞保正遠出。」作別自去，不在話下。

且說吳用對晁蓋說道：「不是保正自來，幾乎做出一場大事。這個令甥端的非凡，是好武藝。小生在籬笆裏看了。這個有名慣使朴刀的雷都頭，也敵不過，只辦得架隔遮攔。若再鬥幾合，雷橫必然有失性命，因此小人慌忙出來間隔了。這個令甥從何而來？往常時莊上不曾見有。」晁蓋道：「卻待正要求請先生到敝莊商議句話，正欲使人來，只是不見了他，槍架上朴刀又沒尋處。只見牧童報說，一個大漢拿條朴刀望南一直趕去，我慌忙隨後追得來，早是得教授諫勸住了。請尊步同到敝莊，有句話計較計較。」那吳用還至書齋，掛了銅鏈在書房裏，吩咐主人家道：「學生來時，說道先生今日有幹，權放一日假。」有詩為證：

---

16)　陪話：向人賠罪，說好話。

文才不下武才高，銅鏈猶能勸朴刀。只愛雄談偕義士，豈甘枯坐伴兒曹。
放他眾鳥籠中出，許爾羣蛙野外跳。自是先生多好動，學生歡喜主人焦。

吳用拽上書齋門，將鎖鎖了，同晁蓋、劉唐到晁家莊上。晁蓋徑邀入後堂深處，分賓而坐。吳用問道：「保正，此人是誰？」晁蓋道：「江湖上好漢，此人姓劉，名唐，是東潞州人氏。因有一套富貴，特來投奔我。夜來他醉臥在靈官廟裏，卻被雷橫捉了，拿到我莊上，我因認他做外甥，方得脫身。他說：『有北京大名府梁中書收買十萬貫金珠寶貝，送上東京，與他丈人蔡太師慶生辰，早晚從這裏經過，此等不義之財，取之何礙！』他來的意，正應我一夢。我昨夜夢見北斗七星，直墜在我屋脊上，斗柄上另有一顆小星，化道白光去了。我想星照本家，安得不利？今早正要求請教授商議，此一件事若何？」吳用笑道：「小生見劉兄趕得來蹺蹊，也猜個七八分了。此一事卻好，只是一件，人多做不得，人少又做不得。宅上空有許多莊客，一個也用不得。如今只有保正、劉兄、小生三人，這件事如何團弄[17]？便是保正與劉兄十分了得，也擔負不下。這段事須得七八個好漢方可，多也無用。」晁蓋道：「莫非要應夢之星數？」吳用便道：「兄長這一夢也非同小可，莫非北地上再有扶助的人來？」吳用尋思了半晌，眉頭一縱，計上心來，說道：「有了！有了！」晁蓋道：「先生既有心腹好漢，可以便去請來，成就這件事。」

吳用不慌不忙，迭兩個指頭，說出這句話來，有分數：東溪莊上，聚義漢翻作強人；石碣村中，打魚船權為戰艦。正是：指揮說地談天口，來誘翻江攪海人。畢竟智多星吳用說出甚麼人來，且聽下回分解。

## 延伸思考

晁蓋是水泊梁山中實至名歸的第一人，這第一件替天行道的大事卻以一場夢為由頭，有何象徵意義？

---

17)　團弄：對付、安排。

## 第十五回

# 精讀 吳學究説三阮撞籌 公孫勝應七星聚義

為召集人馬，吳用自告奮勇前去勸說阮氏三兄弟入夥，用盡曲筆，終於雲開霧散，得了三人投到晁蓋名下。正商議着，有人闖進莊園，自稱要見晁蓋，細細問來，也是個好漢，要劫生辰綱。七星聚義，好戲開演。

話說當時吳學究道：「我尋思起來，有三個人，義膽包身，武藝出眾，敢赴湯蹈火，同死同生。只除非得這三個人，方才完得這件事。」晁蓋道：「這三個卻是甚麼樣人？姓甚名誰？何處居住？」吳用道：「這三個人是弟兄三個，在濟州梁山泊邊石碣村住，日常只打魚為生，亦曾在泊子裏做私商勾當。本身姓阮，弟兄三人，一個喚做立地太歲阮小二，一個喚做短命二郎阮小五，一個喚做活閻羅阮小七。這三個是親弟兄。小生舊日在那裏住了數年，與他相交時，他雖是個不通文墨的人，為見他與人結交真有義氣，是個好男子，因此和他來往。今已好兩年不曾相見。若得此三人，大事必成。」晁蓋道：「我也曾聞這阮家三弟兄的名字，只不曾相會。石碣村離這裏只有百十里以下路程，何不使人請他們來商議？」吳用道：「着人去請，他們如何肯來？小生必須自去那裏，憑三寸不爛之舌，說他們入夥。」晁蓋大喜道：「先生高見，幾時可行？」吳用答道：「事不宜遲，只今夜三更便去，明日晌午可到那裏。」晁蓋道：「最好。」

**點評**

● 石碣村，暗合第一回中伏魔殿的石碣，又在梁山泊邊，一部書的故事，自石碣被挖開始，也就從此地開始。

● 三人的諢名值得玩味：立地太歲管生，閻羅管死，活的時候短命。為水滸英雄一歎。

點評

當時叫莊客且安排酒食來吃。吳用道：「北京到東京也曾行到，只不知生辰綱從那條路來？再煩劉兄休辭生受，連夜去北京路上探聽起程的日期，端的從那條路上來。」劉唐道：「小弟只今夜也便去。」吳用道：「且住，他生辰是六月十五日，如今卻是五月初頭，尚有四五十日。等小生先去說了三阮弟兄回來，那時卻教劉兄去。」晁蓋道：「也是，劉兄弟只在我莊上等候。」

話休絮煩，當日吃了半晌酒食，至三更時分，吳用起來洗漱罷，吃了些早飯，討了些銀兩，藏在身邊，穿上草鞋。晁蓋、劉唐送出莊門，吳用連夜投石碣村來。行到晌午時分，早來到那村中。但見：青鬱鬱山峯迭翠，綠依依桑柘[1]堆雲。四邊流水繞孤村，幾處疏篁沿小徑。茅簷傍澗，古木成林。籬外高懸沽酒旆，柳陰閒纜釣魚船。

吳學究自來認得，不用問人，來到石碣村中，徑投阮小二家來。到得門前看時，只見枯樁上纜着數隻小漁船，疏籬外曬着一張破魚網。倚山傍水，約有十數間草房。吳用叫一聲道：「二哥在家麼？」只見一個人從裏面走出來，生得如何？但見：腽兜臉[2]兩眉豎起，略綽口[3]四面連拳。胸前一帶蓋膽黃毛，背上兩枝橫生板肋。臂膊有千百斤氣力，眼睛射幾萬道寒光。休言村裏一漁人，便是人間真太歲。

那阮小二走將出來，頭戴一頂破頭巾，身穿一領舊衣服，赤着雙腳。出來見了是吳用，慌忙聲喏道：「教授何來？甚風吹得到此？」吳用答道：「有些小事，特來相浼二郎。」阮小二道：「有何事，但說不妨。」吳用道：「小生自離了此間，又早二年。如今在一個大財主家做門館，他要辦筵席，用着十數尾重十四五斤的金色鯉魚，因此特地來相投

● 這藉口看似信口一說，實則有大機關。

1) 桑柘（zhè）：一種樹。

2) 腽（kōu）兜臉：眼珠下陷，臉部扁平。

3) 略綽口：闊大的嘴巴。

足下。」阮小二笑了一聲，說道：「小人且和教授吃三杯，卻說。」吳用道：「小生的來意，也欲正要和二哥吃三杯。」阮小二道：「隔湖有幾處酒店，我們就在船裏蕩將過去。」吳用道：「最好。也要就與五郎說句話，不知在家也不在？」阮小二道：「我們去尋他便了。」兩個來到泊岸邊，枯樁上纜的小船解了一隻，便扶着吳用下船去了。樹根頭拿了一把樺楸[4]，只顧蕩。早蕩將開去，望湖泊裏來。正蕩之間，只見阮小二把手一招，叫道：「七哥，曾見五郎麼？」吳用看時，只見蘆葦叢中搖出一隻船來。那漢生的如何？但見：疙疸臉橫生怪肉，玲瓏眼突出雙睛。腮邊長短淡黃鬚，身上交加烏黑點。渾如生鐵打成，疑是頑銅鑄就。世上降生真五道，村中喚作活閻羅。

那阮小七頭戴一頂遮日黑箬笠，身上穿個棋子布背心，腰繫着一條生布裙，把那隻船蕩着，問道：「二哥，你尋五哥做甚麼？」吳用叫一聲：「七郎，小生特來相央你們說話。」阮小七道：「教授恕罪，好幾時不曾相見。」吳用道：「一同和二哥去吃杯酒。」阮小七道：「小人也欲和教授吃杯酒，只是一向不曾見面。」

兩隻船廝跟着在湖泊裏，不多時，劃到個去處，團團都是水，高埠上有七八間草房，阮小二叫道：「老娘，五哥在麼？」那婆婆道：「說不得，魚又不得打，連日去賭錢，輸得沒了分文。卻才討了我頭上釵兒，出鎮上賭去了。」阮小二笑了一聲，便把船划開。阮小七便在背後船上說道：「哥哥，正不知怎地，賭錢只是輸，卻不晦氣！莫說哥哥不贏，我也輸得赤條條地。」吳用暗想道：「中了我的計了。」兩隻船廝併着，投石碣村鎮上來。划了半個時辰，只見獨木橋邊一個漢子，把着兩串銅錢，下來解船。阮小二道：「五

---

4)　樺楸：船槳。

郎來了。」吳用看時，但見：一雙手渾如鐵棒，兩隻眼有似銅鈴。面上雖有些笑容，眉間卻帶着殺氣。能生橫禍，善降非災。拳打來，獅子心寒；腳踢處，蚖蛇喪膽。何處覓行瘟使者，只此是短命二郎。

那阮小五斜戴着一頂破頭巾，鬢邊插朵石榴花，披着一領舊布衫，露出胸前刺着的青鬱鬱一個豹子來，裏面匾紮起褲子，上面圍着一條間道棋子布手巾。吳用叫一聲道：「五郎得采[5]麼？」阮小五道：「原來卻是教授，好兩年不曾見面，我在橋上望你們半日了。」阮小二道：「我和教授直到你家尋你，老娘說道出鎮上賭錢去了，因此同來這裏尋你。且來和教授去水閣上吃三杯。」阮小五慌忙去橋邊解了小船，跳在艙裏，捉了樺楫，只一划，三隻船廝併着划了一歇，早到那個水閣酒店前。看時，但見：前臨湖泊，後映波心。數十株槐柳綠如煙，一兩蕩荷花紅照水。涼亭上窗開碧檻，水閣中風動朱簾。休言三醉嶽陽樓，只此便是蓬島客。

當下三隻船撐到水亭下荷花蕩中，三隻船都纜了。扶吳學究上了岸，入酒店裏來，都到水閣內揀一副紅油桌凳。阮小二便道：「先生休怪我三個弟兄粗俗，請教授上坐。」吳用道：「卻使不得。」阮小七道：「哥哥只顧坐主位，請教授坐客席，我兄弟兩個便先坐了。」吳用道：「七郎只是性快。」四個人坐定了，叫酒保打一桶酒來。店小二把四隻大盞子擺開，鋪下四雙箸，放了四盤菜蔬，打一桶酒，放在桌子上。阮小二道：「有甚麼下口？」小二哥道：「新宰得一頭黃牛，花糕也似好肥肉。」阮小二道：「大塊切十斤來。」阮小五道：「教授休笑話，沒甚孝順。」吳用道：「倒來相擾，多激惱[6]你們。」阮小二道：「休恁地說！」催促小二哥只顧

---

5) 得采：賭博運氣好。

6) 激惱：打擾，麻煩。

篩酒，早把牛肉切做兩盤，將來放在桌上。阮家三兄弟讓吳用吃了幾塊，便吃不得了。那三個狼餐虎食，吃了一回。

阮小五動問道：「教授到此貴幹？」阮小二道：「教授如今在一個大財主家做門館教學，今來要對付[7]十數尾金色鯉魚，要重十四五斤的，特來尋我們。」阮小七道：「若是每常，要三五十尾也有，莫說十數個，再要多些，我弟兄們也包辦得。如今便要重十斤的也難得。」阮小五道：「教授遠來，我們也對付十來個重五六斤的相送。」吳用道：「小生多有銀兩在此，隨算價錢，只是不用小的，須得十四五斤重的便好。」阮小七道：「教授，卻沒討處，便是五哥許五六斤的，也不能勾，須是等得幾日才得，我的船裏有一桶小活魚，就把來吃酒。」阮小七便去船內取將一桶小魚上來，約有五七斤，自去灶上安排，盛做三盤，把來放在桌上。阮小七道：「教授胡亂吃些個。」

四個又吃了一回。看看天色漸晚，吳用尋思道：「這酒店裏須難說話，今夜必是他家權宿，到那裏卻又理會。」阮小二道：「今夜天色晚了，請教授權在我家宿一宵，明日卻再計較。」吳用道：「小生來這裏走一遭，千難萬難，幸得你們弟兄今日做一處，眼見得這席酒不肯要小生還錢。今晚借二郎家歇一夜，小生有些須銀子在此，相煩就此店中沽[8]一甕酒，買些肉，村中尋一對雞，夜間同一醉如何？」阮小二道：「那裏要教授壞錢，我們弟兄自去整理，不煩惱沒對付處。」吳用道：「徑來要請你們三位。若還不依小生時，只此告退。」阮小七道：「既是教授這般說時，且順情吃了，卻再理會。」吳用道：「還是七郎性直爽快！」吳用取出一兩銀子，付與阮小七，就問主人家沽了一甕酒，借個大甕盛

---

7)　對付：搞到，弄到。

8)　沽：買

點評

● 成功地將話題引入梁山泊，可見這個借口找得頗費心思。試探三人對水泊梁山是否了解。

了；買了二十斤生熟牛肉，一對大雞。阮小二道：「我的酒錢，一發還你。」店主人道：「最好！最好！」

四人離了酒店，再下了船，把酒肉都放在船艙裏，解了纜索，徑划將開去，一直投阮小二家來。到得門前，上了岸，把船仍舊纜在樁上，取了酒肉，四人一齊都到後面坐地，便叫點起燈來。原來阮家弟兄三個，只有阮小二有老小，阮小五、阮小七都不曾婚娶，四個人都在阮小二家後面水亭上坐定。阮小七宰了雞，叫阿嫂同討的小猴子[9]在廚下安排。約有一更相次[10]，酒肉都搬來擺在桌上。

吳用勸他弟兄們吃了幾杯，又提起買魚事來，說道：「你這裏偌大一個去處，卻怎地沒了這等大魚？」阮小二道：「實不瞞教授說，這般大魚，只除梁山泊裏便有。我這石碣湖中狹小，存不得這等大魚。」吳用道：「這裏和梁山泊一望不遠，相通一派之水，如何不去打些？」阮小二歎了一口氣道：「休說！」吳用又問道：「二哥如何歎氣？」阮小五接了說道：「教授不知，在先這梁山泊是我弟兄們的衣飯碗，如今絕不敢去。」吳用道：「偌大去處，終不成官司[11]禁打魚鮮。」阮小五道：「甚麼官司，敢來禁打魚鮮！便是活閻王，也禁治不得！」吳用道：「既沒官司禁治，如何絕不敢去？」阮小五道：「原來教授不知來歷，且和教授說知。」吳用道：「小生卻不理會得。」阮小七接着便道：「這個梁山泊去處，難說難言。如今泊子裏新有一夥強人佔了，不容打魚。」吳用道：「小生卻不知，原來如今有強人，我這裏並不曾聞得說。」

阮小二道：「那夥強人，為頭的是個落第舉子，喚做白衣秀士王倫，第二個叫做摸着天杜遷，第三個叫做雲裏金剛

9) 小猴子：小孩子。

10) 相次：用於時間，指左右。

11) 官司：衙門。

宋萬。以下有個旱地忽律朱貴，現在李家道口開酒店，專一探聽事情，也不打緊。如今新來一個好漢，是東京禁軍教頭，甚麼豹子頭林沖，十分好武藝。這幾個賊男女聚集了五七百人，打家劫舍，搶擄來往客人。我們有一年多不去那裏打魚，如今泊子裏把住了，絕了我們的衣飯，因此一言難盡。」吳用道：「小生實是不知有這段事，如何官司不來捉他們？」阮小五道：「如今那官司一處處動彈，便害百姓。但一聲下鄉村來，倒先把好百姓家養的豬、羊、雞、鵝，盡都吃了，又要盤纏打發他。如今也好教這夥人奈何！那捕盜官司的人，那裏敢下鄉村來！若是那上司官員差他們緝捕人來，都嚇得尿屎齊流，怎敢正眼兒看他！」阮小二道：「我雖然不打得大魚，也省了若干科差[12]。」吳用道：「恁地時，那廝們倒快活！」阮小五道：「他們不怕天，不怕地，不怕官司，論秤分金銀，異樣穿綢錦，成甕吃酒，大塊吃肉，如何不快活？我們弟兄三個空有一身本事，怎地學得他們！」吳用聽了，暗暗地歡喜道：「正好用計了。」阮小七說道：「人生一世，草生一秋，我們只管打魚營生，學得他們過一日也好！」

吳用道：「這等人學他做甚麼？他做的勾當，不是笞杖五七十的罪犯，空自把一身虎威都撇下；倘或被官司拿住了，也是自做的罪。」阮小二道：「如今該管官司沒甚分曉，一片糊塗，千萬犯了迷天大罪的，倒都沒事！我弟兄們不能快活，若是但有肯帶挈我們的，也去了罷。」阮小五道：「我也常常這般思量，我弟兄三個的本事，又不是不如別人！誰是識我們的？」吳用道：「假如便有識你們的，你們便如何肯去！」阮小七道：「若是有識我們的，水裏水裏去，火裏火裏去。若能夠受用得一日，便死了開眉展眼。」吳用暗暗喜道：「這三個都有意了，我且慢慢地誘他。」吳用又勸

**點評**

● 試探他們對落草為寇的看法。卻不直接問，而是先虛表出自己的質疑，目的是引出三人的真心話。

12）　科差：捐稅和差役。

**點評**

● 為何不問入夥之事，反而先問敢不敢捉賊？其實是為了引出撞籌的正事，試探三人是否要入夥。

● 最後試探三人對晁蓋的態度。

他三個吃了兩巡酒，正是：只為奸邪屈有才，天教惡曜下凡來。試看阮氏三兄弟，劫取生辰不義財。

吳用又說道：「你們三個敢上梁山泊捉這夥賊麼？」阮小七道：「便捉的他們，那裏去請賞？也吃江湖上好漢們笑話！」吳用道：「小生短見，假如你們怨恨打魚不得，也去那裏撞籌[13]卻不是好？」阮小二道：「先生，你不知，我弟兄們幾遍商量要去入夥，聽得那白衣秀士王倫的手下人都說道他心地窄狹，安不得人。前番那個東京林沖上山，慪盡他的氣。王倫那廝，不肯胡亂着人。因此我弟兄們看了這般樣，一齊都心懶了。」阮小七道：「他們若似老兄這等慷慨，愛我弟兄們便好！」阮小五道：「那王倫若得似教授這般情分時，我們也去了多時，不到今日！我弟兄三個，便替他死也甘心！」吳用道：「量小生何足道哉！如今山東、河北多少英雄豪傑的好漢！」阮小二道：「好漢們盡有，我弟兄自不曾遇着。」

吳用道：「只此間鄆城縣東溪村晁保正，你們曾認得他麼？」阮小五道：「莫不是叫做托塔天王的晁蓋麼？」吳用道：「正是此人。」阮小七道：「雖然與我們只隔得百十里路程，緣分淺薄，聞名不曾相會。」吳用道：「這等一個仗義疏財的好男子，如何不與他相見！」阮小二道：「我弟兄們無事也不曾到那裏，因此不能夠與他相見。」吳用道：「小生這幾年也只在晁保正莊上左近教些村學；如今打聽得他有一套富貴待取，特地來和你們商議，我等就那半路裏攔住取了，如何？」阮小五道：「這個卻使不得。他既是仗義疏財的好男子，我們卻去壞他的道路，須吃江湖上好漢們知時笑話。」吳用道：「我只道你們弟兄心志不堅，原來真個惜客好義。我對你們實說，果有協助之心，我教你們知此一事。

---

13) 撞籌：湊數，入夥。

我如今現在晁保正莊上住。保正聞知你三個大名，特地教我來請你們說話。」阮小二道：「我弟兄三個，真真實實地並沒半點兒假！晁保正敢有件奢遮的私商買賣，有心要帶挈我們，一定是煩老兄來。若還端的有這事，我三個若捨不得性命相幫他時，殘酒為誓，教我們都遭橫事，惡病臨身，死於非命！」阮小五和阮小七把手拍着脖項道：「這腔熱血，只要賣與識貨的！」

吳用道：「你們三位弟兄在這裏，不是我壞心術來誘你們，這件事非同小可的勾當！目今朝內蔡太師是六月十五日生辰，他的女婿是北京大名府梁中書，即目起解十萬貫金珠寶貝與他丈人慶生辰。今有一個好漢姓劉，名唐，特來報知。如今欲要請你們去商議，聚幾個好漢，向山凹僻靜去處，取此一套富貴不義之財，大家圖個一世快活。因此特教小生只做買魚來請你們三個計較，成此一事。不知你們心意如何？」阮小五聽了道：「罷！罷！」叫道：「七哥，我和你說甚麼來！」阮小七跳起來道：「一世的指望，今日還了願心！正是搔着我癢處！我們幾時去？」吳用道：「請三位即便去來，明日起個五更，一齊都到晁天王莊上去。」阮家三弟兄大喜。有詩為證：

學究知書豈愛財，阮郎漁樂亦悠哉！
只因不義金珠去，致使羣雄聚義來。

當夜過了一宿，次早起來，吃了早飯，阮家三弟兄吩咐了家中，跟着吳學究，四個人離了石碣村，拽開腳步，取路投東溪村來。行了一日，早望見晁家莊，只見遠遠地綠槐樹下晁蓋和劉唐在那裏等，望見吳用引着阮家三兄弟直到槐樹前，兩下都廝見了。晁蓋大喜道：「阮氏三雄名不虛傳，且請到莊裏說話。」

六人俱從莊外入來，到得後堂，分賓主坐定。吳用把

**點評**

● 三番五次地試探，最後終於有了定奪。不愧為智多星，誘人説話不露痕跡，只是順着對方的思路，便可達到自己的目的。

前話說了，晁蓋大喜，便叫莊客宰殺豬羊，安排燒紙。阮家三弟兄見晁蓋人物軒昂，語言灑落，三個說道：「我們最愛結識好漢，原來只在此間。今日不得吳教授相引，如何得會？」三個弟兄好生歡喜。當晚且吃了些飯，說了半夜話。

次日天曉，去後堂前面列了金錢、紙馬、香花、燈燭，擺了夜來煮的豬羊、燒紙。眾人見晁蓋如此志誠，盡皆歡喜，個個說誓道：「梁中書在北京害民，詐得錢物，卻把去東京與蔡太師慶生辰，此一等正是不義之財。我等六人中但有私意者，天地誅滅，神明鑒察。」六人都說誓了，燒化紙錢。

六籌好漢，正在後堂散福[14]飲酒，只見一個莊客報說：「門前有個先生要見保正化齋糧。」晁蓋道：「你好不曉事！見我管待客人在此吃酒，你便與他三五升米便了，何須直來問我！」莊客道：「小人化米與他，他又不要，只要面見保正。」晁蓋道：「一定是嫌少！你便再與他三二斗米去。你說與他，保正今日在莊上請人吃酒，沒工夫相見。」莊客去了多時，只見又來說道：「那先生，與了他三斗米，又不肯去；自稱是一清道人，不為錢米而來，只要求見保正一面。」晁蓋道：「你這廝不會答應，便說今日委實沒工夫，教他改日卻來相見拜茶。」莊客道：「小人也是這般說，那個先生說道：『我不為錢米齋糧，聞知保正是個義士，特求一見。』」晁蓋道：「你也這般纏，全不替我分憂！他若再嫌少時，可與他三四斗去，何必又來說！我若不和客人們飲時，便去廝見一面，打甚麼緊！你去發付他罷，再休要來說！」

莊客去了沒半個時，只聽得莊門外熱鬧。又見一個莊客飛也似來報道：「那先生發怒，把十來個莊客都打倒了。」晁蓋聽得，吃了一驚，慌忙起身道：「眾位弟兄少坐，晁蓋

---

14) 散福：祭祀後將供品分給眾人。

自去看一看。」便從後堂出來，到莊門前看時，只見那個先生身長八尺，道貌堂堂，生得古怪，正在莊門外綠槐樹下打那眾莊客。晁蓋看那先生，但見：頭綰兩枚鬅鬆雙丫髻，身穿一領巴山短褐袍，腰繫雜色彩絲絛，背上松紋古銅劍。白肉腳襯着多耳麻鞋，綿囊手拿着鱉殼扇子。八字眉，一雙杏子眼；四方口，一部落腮鬍。

那先生一頭打，一頭口裏說道：「不識好人。」晁蓋見了，叫道：「先生息怒，你來尋晁保正，無非是投齋化緣，他已與了你米，何故嗔怪如此？」那先生哈哈大笑道：「貧道不為酒食錢米而來，我覷得十萬貫如同等閒。特地來尋保正，有句話說。叵耐村夫無理，毀罵貧道，因此性發。」晁蓋道：「你可曾認得晁保正麼？」那先生道：「只聞其名，不曾會面。」晁蓋道：「小子便是。先生有甚話說？」那先生看了道：「保正休怪，貧道稽首[15]。」晁蓋道：「先生少請，到莊裏拜茶如何？」那先生道：「多感[16]。」

兩人入莊裏來，吳用見那先生入來，自和劉唐、三阮一處躲過。且說晁蓋請那先生到後堂吃茶已罷，那先生道：「這裏不是說話處。別有甚麼去處可坐？」晁蓋見說，便邀那先生又到一處小小閣兒內，分賓坐定。晁蓋道：「不敢拜問先生高姓？貴鄉何處！」那先生答道：「貧道複姓公孫，單諱一個勝字，道號一清先生。小道是薊州人氏，自幼鄉中好習槍棒，學成武藝多般，人但呼為公孫勝大郎。為因學得一家道術，亦能呼風喚雨，駕霧騰雲，江湖上都稱貧道做入雲龍。貧道久聞鄆城縣東溪村晁保正大名，無緣不曾拜識。今有十萬貫金珠寶貝，專送與保正，作進見之禮。未知義士肯納受否？」晁蓋大笑道：「先生所言，莫非北地生辰綱

---

15)　稽首：施禮。

16)　多感：多謝。

麼？」那先生大驚道：「保正何以知之？」晁蓋道：「小子胡猜，未知合先生意否？」公孫勝道：「此一套富貴，不可錯過。古人有云：『當取不取，過後莫悔。』晁保正心下如何？」

正說之間，只見一個人從閣子外搶將入來，劈胸揪住公孫勝說道：「好呀！明有王法，暗有神靈，你如何商量這等的勾當！我聽得多時也！」嚇得這公孫勝面如土色。

正是：機謀未就，爭奈窗外人聽；計策才施，又早蕭牆禍起。畢竟搶來揪住公孫勝的卻是何人，且聽下回分解。

## 延伸思考

阮氏三兄弟各自的性格特點有何不同？可通過三人的行為和語言試着來分析。

## 知識拓展

### 禍起蕭牆

蕭牆，古代宮室內作為屏障的矮牆。蕭，通「肅」，臣子至此，便要肅然起敬，因此得名，用來比喻內部。禍起蕭牆，指禍亂發生在家裏，比喻內部發生禍亂。出自《論語，季氏》：「吾恐季孫之憂，不在顓臾，而在蕭牆之內也。」大意是說，季氏準備進攻顓臾，而孔子認為季氏應該擔憂的不是顓臾的威脅，而是自己家門之內的事情。後來季氏家臣陽虎果然囚禁了季桓子，被孔子言中。

第十六回

# 精讀 楊志押送金銀擔 吳用智取生辰綱

七人議定一起謀事，晁蓋又舉薦一人加入，吳用獻了一條妙計，確保萬無一失。那邊梁中書選定楊志負責押送生辰綱，楊志領了令狀，若有閃失，甘當重罪。出發前，梁中書又臨時加了一擔夫人的禮物，派了老都管跟隨押送。一路上，隨從及老都管對楊志趕路的策略頗多不滿，產生嫌隙，楊志奈何不得，只得隨他們在前不着村後不着店的黃泥岡歇腳，卻被晁蓋一夥人劫走了生辰綱。如何使一路小心謹慎的楊志放鬆警惕最終中計呢？且來看看智多星使了個甚麼樣的障眼法。

話說當時公孫勝正在閣兒裏對晁蓋說這北京生辰綱是不義之財，取之何礙。只見一個人從外面搶將入來，揪住公孫勝道：「你好大膽！卻才商議的事，我都知了也。」那人卻是智多星吳學究。晁蓋笑道：「先生休慌，且請相見。」兩個敘禮罷。吳用道：「江湖上久聞人說入雲龍公孫勝一清大名，不期今日此處得會！」晁蓋道：「這位秀才先生，便是智多星吳學究。」公孫勝道：「吾聞江湖上多人曾說加亮先生大名，豈知緣法卻在保正莊上得會。只是保正疏財仗義，以此天下豪傑，都投門下。」晁蓋道：「再有幾個相識在裏面，一發請進後堂深處相見。」

三個人入到裏面，就與劉唐、三阮都相見了。正是：金帛多藏禍有基，英雄聚會本無期。一時豪俠欺黃屋，七宿光芒動紫微。

眾人道：「今日此一會，應非偶然，須請保正哥哥正面而坐。」晁蓋道：「量小子是個窮主人，怎敢佔上！」吳用道：「保正哥哥年長，依着小生，且請坐了。」晁蓋只得坐了第一位，吳用坐了第二位，公孫勝坐了第三位，劉唐坐了第四位，阮小二坐了第五位，阮小五坐第六位，阮小七坐第七位。卻才聚義飲酒，重整杯盤，再備酒餚，眾人飲酌。吳用道：「保正夢見北斗七星墜在屋脊上，今日我等七人聚義舉事，豈不應天垂象！此一套富貴，唾手而取。前日所說央劉兄去探聽路程從那裏來，今日天晚，來早便請登程。」公孫勝道：「這一事不須去了。貧道已打聽，知他來的路數了，只是黃泥岡大路上來。」晁蓋道：「黃泥岡東十里路，地名安樂村，有一個閒漢，叫做白日鼠白勝，也曾來投奔我，我曾齎助他盤纏。」吳用道：「北斗上白光，莫不是應在這人？自有用他處。」劉唐道：「此處黃泥岡較遠，何處可以容身？」吳用道：「只這個白勝家便是我們安身處，亦還要用了白勝。」晁蓋道：「吳先生，我等還是軟取[1]，卻是硬取？」吳用笑道：「我已安排定了圈套，只看他來的光景，力則力取，智則智取。我有一條計策，不知中你們意否？如此，如此。」晁蓋聽了大喜，着腳道：「好妙計！不枉了稱你做智多星！果然賽過諸葛亮！好計策！」吳用道：「休得再提，常言道：『隔牆須有耳，窗外豈無人。』只可你知我知。」晁蓋便道：「阮家三兄且請回歸，至期來小莊聚會。吳先生依舊自去教學。公孫先生並劉唐，只在敝莊權住。」當日飲酒至晚，各自去客房裏歇息。

次日五更起來，安排早飯吃了，晁蓋取出三十兩花銀，送與阮家三兄弟道：「權表薄意，切勿推卻。」三阮那裏肯受。吳用道：「朋友之意，不可相阻。」三阮方才受了

---

1) 軟取：智取。

銀兩。一齊送出莊外來，吳用附耳低言道：「這般這般，至期不可有誤。」三阮相別了，自回石碣村去。晁蓋留住公孫勝、劉唐在莊上。吳學究常來議事。正是：取非其有官皆盜，損彼盈餘盜是公。計就只須安穩待，笑他寶擔去匆匆。

話休絮繁，卻說北京大名府梁中書收買了十萬貫慶賀生辰禮物完備，選日差人起程。當下一日在後堂坐下，只見蔡夫人問道：「相公，生辰綱幾時起程？」梁中書道：「禮物都已完備，明後日便用起身。只是一件事，在此躊躇未決。」蔡夫人道：「有甚事躊躇未決？」梁中書道：「上年費了十萬貫收買金珠寶貝，送上東京去，只因用人不着，半路被賊人劫將去了，至今無獲。今年帳前眼見得又沒個了事的人送去，在此躊躇未決。」蔡夫人指着階下道：「你常說這個人十分了得，何不着他，委紙領狀，送去走一遭，不致失誤。」

梁中書看階下那人時，卻是青面獸楊志。梁中書大喜，隨即喚楊志上廳說道：「我正忘了你。你若與我送得生辰綱去，我自有抬舉你處。」楊志叉手向前稟道：「恩相差遣，不敢不依！只不知怎地打點？幾時起身？」梁中書道：「着落大名府差十輛太平車子，帳前撥十個廂禁軍監押着車，每輛上各插一把黃旗，上寫着『獻賀太師生辰綱』。每輛車子再使個軍健跟着，三日內便要起身去。」楊志道：「非是小人推託，其實去不得。乞鈞旨別差英雄精細的人去。」梁中書道：「我有心要抬舉你，這獻生辰綱的劄子[2]內，另修一封書在中間，太師跟前重重保你受道敕命回來，如何倒生支調[3]，推辭不去？」楊志道：「恩相在上，小人也曾聽得上年已被賊人劫去了，至今未獲。今歲途中盜賊又多，此去東京，又無水路，都是旱路。經過的是紫金山、二龍山、桃花山、傘蓋山、黃泥岡、白沙塢、野雲渡、赤松林，這幾處

---

2)　劄子：呈報上級的公文。

3)　支調：支吾，敷衍。

都是強人出沒的去處。更兼單身客人亦不敢獨自經過，他知道是金銀寶物，如何不來搶劫？枉結果了性命，以此去不得。」梁中書道：「恁地時，多着軍校防護送去便了。」楊志道：「恩相便差五百人去，也不濟事。這廝們一聲聽得強人來時，都是先走了的。」梁中書道：「你這般地說時，生辰綱不要送去了？」楊志又稟道：「若依小人一件事，便敢送去。」梁中書道：「我既委在你身上，如何不依你說。」楊志道：「若依小人說時，並不要車子，把禮物都裝做十餘條擔子，只做客人的打扮行貨[4]。也點十個壯健的廂禁軍，卻裝做腳夫挑着。只消一個人和小人去，卻打扮做客人，悄悄連夜上東京交付，恁地時方好。」梁中書道：「你甚說的是。我寫書呈重重保你受道誥命回來。」楊志道：「深謝恩相抬舉。」當日便叫楊志一面打拴擔腳，一面選揀軍人。

次日，叫楊志來廳前伺候，梁中書出廳來問道：「楊志，你幾時起身？」楊志稟道：「告覆恩相，只在明早准行，就委領狀。」梁中書道：「夫人也有一擔禮物，另送與府中寶眷，也要你領。怕你不知頭路，特地再教奶公謝都管，並兩個虞候，和你一同去。」楊志告道：「恩相，楊志去不得了。」梁中書說道：「禮物都已拴縛完備，如何又去不得？」楊志稟道：「此十擔禮物都在小人身上，和他眾人，都由楊志，要早行便早行，要晚行便晚行，要住便住，要歇便歇，亦依楊志提調。如今又叫老都管並虞候和小人去，他是夫人行[5]的人，又是太師府門下奶公，倘或路上與小人別拗起來，楊志如何敢和他爭執得？若誤了大事時，楊志那其間如何分說？」梁中書道：「這個也容易，我叫他三個都聽你提調便了。」楊志答道：「若是如此稟過，小人情願便委領狀。倘有疏失，甘當重罪。」梁中書大喜道：「我也不枉了抬舉

---

4) 行貨：貨物。

5) 夫人行：夫人輩分。

你，真個有見識！」隨即喚老謝都管並兩個虞候出來，當廳吩咐道：「楊志提轄情願委了一紙領狀，監押生辰綱，十一擔金珠寶貝，赴京太師府交割，這干係都在他身上。你三人和他做伴去，一路上早起、晚行、住歇，都要聽他言語，不可和他別拗。夫人處吩咐的勾當，你三人自理會，小心在意，早去早回，休教有失。」老都管一一都應了。

當日楊志領了，次日早起五更，在府裏把擔仗都擺在廳前。老都管和兩個虞候又將一小擔財帛共十一擔，揀了十一個壯健的廂禁軍，都做腳夫打扮。楊志戴上涼笠兒，穿着青紗衫子，繫了纏帶行履麻鞋，跨口腰刀，提條朴刀。老都管也打扮做個客人模樣，兩個虞候假裝做跟的伴當。各人都拿了條朴刀，又帶幾根藤條。梁中書付與了劄付書呈，一行人都吃得飽了，在廳上拜辭了梁中書。看那軍人擔仗起程。楊志和謝都管、兩個虞候監押着，一行共是十五人，離了梁府，出得北京城門，取大路投東京進發。此時正是五月半天氣，雖是晴明得好，只是酷熱難行。昔日吳七郡王有八句詩道：

玉屏四下朱闌繞，簇簇遊魚戲萍藻。
簟[6]鋪八尺白蝦鬚，頭枕一枚紅瑪瑙。
六龍懼熱不敢行，海水煎沸蓬萊島。
公子猶嫌扇力微，行人正在紅塵道。

這八句詩單題着炎天暑月，那公子王孫在涼亭上水閣中浸着浮瓜沉李，調冰雪藕避暑，尚兀自嫌熱，怎知客人為些微名薄利，又無枷鎖拘縛，三伏內，只得在那途路中行。今日楊志這一行人要取六月十五日生辰，只得在路途上行。

6)　簟（diàn）：竹席。

**點評**

自離了這北京五七日，端的只是起五更，趁早涼便行，日中熱時便歇。

五七日後，人家漸少，行路又稀，一站站都是山路。楊志卻要辰牌[7]起身，申時[8]便歇。那十一個廂禁軍，擔子又重，無有一個稍輕，天氣熱了行不得，見着林子，便要去歇息。楊志趕着催促要行，如若停住，輕則痛罵，重則藤條便打，逼趕要行。兩個虞候雖只背些包裹行李，也氣喘了行不上。楊志也嗔道：「你兩個好不曉事！這干係須是俺的，你們不替洒家打這夫子，卻在背後也慢慢地挨。這路上不是耍處！」那虞候道：「不是我兩個要慢走，其實熱了行不動，因此落後。前日只是趁早涼走，如今怎地正熱裏要行，正是好歹不均勻。」楊志道：「你這般說話，卻似放屁！前日行的須是好地面，如今正是尷尬去處[9]，若不日裏趕過去，誰敢五更半夜走？」兩個虞候口裏不道，肚中尋思：「這廝不直得便罵人。」

● 楊志用人只知簡單粗暴，有能力有經驗卻管教無方，一路上積怨漸深。

楊志提了朴刀，拿着藤條，自去趕那擔子。兩個虞候坐在柳陰樹下，等得老都管來，兩個虞候告訴道：「楊家那廝，強殺只是我相公門下一個提轄，直這般會做大[10]！」老都管道：「須是相公當面吩咐，道休要和他別拗，因此我不做聲，這兩日也看他不得，權且耐他。」兩個虞候道：「相公也只是人情話兒，都管自做個主便了。」老都管又道：「且耐他一耐。」

● 一山不容二虎，一個隊伍中有兩個地位相當的人，事情便難辦。

當日行到申牌時分，尋得一個客店裏歇了。那十個廂禁軍雨汗通流，都歎氣吹噓，對老都管說道：「我們不幸做了軍健，情知道被差出來。這般火似熱的天氣，又挑着重

7) 辰牌：上午七時至九時。

8) 申時：下午三時至五時。

9) 尷尬去處：不安全的地方。

10) 做大：自以為了不起，擺架子。

擔，這兩日又不揀早涼行，動不動老大藤條打來，都是一般父母皮肉，我們直恁地苦！」老都管道：「你們不要怨悵，巴到東京時，我自賞你。」眾軍漢道：「若是似都管看待我們時，並不敢怨悵。」又過了一夜。

次日天色未明，眾人起來，都要趁涼起身去。楊志跳起來喝道：「那裏去！且睡了，卻理會。」眾軍漢道：「趁早不走，日裏熱時走不得，卻打我們。」楊志大罵道：「你們省得甚麼？」拿了藤條要打，眾軍忍氣吞聲，只得睡了。當日直到辰牌時分，慢慢地打火，吃了飯走，一路上趕打着，不許投涼處歇。那十一個廂禁軍口裏喃喃訥訥地怨悵，兩個虞候在老都管面前絮絮聒聒地搬口。老都管聽了，也不着意，心內自惱他。

話休絮繁，似此行了十四五日，那十四個人沒一個不怨悵楊志。當日客店裏辰牌時分慢慢地打火，吃了早飯行。正是六月初四日時節，天氣未及晌午，一輪紅日當天，沒半點雲彩，其實十分大熱。古人有八句詩道：

祝融[11]南來鞭火龍，火旗焰焰燒天紅。
日輪當午凝不去，萬國如在紅爐中。
五嶽翠乾雲彩滅，陽侯[12]海底愁波竭。
何當一夕金風起，為我掃除天下熱。

當日行的路，都是山僻崎嶇小徑，南山北嶺，卻監着那十一個軍漢，約行了二十餘里路程。那軍人們思量要去柳陰樹下歇涼，被楊志拿着藤條打將來，喝道：「快走！教你早歇！」眾軍人看那天時，四下裏無半點雲彩，其時那熱不

---

11)　祝融：火神。

12)　陽侯：水神。

點評

可當。但見：熱氣蒸人，囂塵撲面。萬里乾坤如甑[13]，一輪火傘當天。四野無雲，風寂寂樹焚溪坼；千山灼焰，咇剝剝石裂灰飛。空中鳥雀命將休，倒入樹林深處；水底魚龍鱗角脫，直鑽入泥土窖中。直教石虎喘無休，便是鐵人須汗落。

當時楊志催促一行人在山中僻路裏行，看看日色當午，那石頭上熱了，腳疼走不得。眾軍漢道：「這般天氣熱，兀的不曬殺人！」楊志喝着軍漢道：「快走，趕過前面岡子去，卻再理會。」正行之間，前面迎着那土岡子。眾人看這岡子時，但見：頂上萬株綠樹，根頭一派黃沙。嵯峨[14]渾似老龍形，險峻但聞風雨響。山邊茅草，亂絲絲攢遍地刀槍；滿地石頭，磣[15]可可睡兩行虎豹。休道西川蜀道險，須知此是太行山。

當時一行十五人奔上岡子來，歇下擔仗，那十四人都去松陰樹下睡倒了。楊志說道：「苦也！這裏是甚麼去處，你們卻在這裏歇涼？起來快走！」眾軍漢道：「你便剁做我七八段，其實去不得了！」楊志拿起藤條，劈頭劈腦打去，打得這個起來，那個睡倒，楊志無可奈何。

只見兩個虞候和老都管氣喘急急，也巴到岡子上松樹下坐了喘氣。看這楊志打那軍健，老都管見了說道：「提轄，端的熱了走不得，休見他罪過。」楊志道：「都管，你不知這裏正是強人出沒的去處，地名叫做黃泥岡。閒常太平時節，白日裏兀自出來劫人，休道是這般光景，誰敢在這裏停腳！」兩個虞候聽楊志說了，便道：「我見你說好幾遍了，只管把這話來驚嚇人！」老都管道：「權且教他們眾人歇一歇，略過日中行如何？」楊志道：「你也沒分曉了！如何使得？這裏下岡子去，兀自有七八里沒人家，甚麼去處，敢在此歇涼！」老

13) 甑（zèng）：古代蒸飯的一種瓦罐，相當於現在的蒸鍋。

14) 嵯峨（cuó é）：山勢高峻。

15) 磣（chěn）：醜陋，難看。

都管道：「我自坐一坐了走，你自去趕他眾人先走。」

楊志拿着藤條喝道：「一個不走的，吃俺二十棍。」眾軍漢一齊叫將起來，數內一個分說道：「提轄，我們挑着百十斤擔子，須不比你空手走的，你端的不把人當人！便是留守相公自來監押時，也容我們說一句。你好不知疼癢，只顧逞辯！」楊志罵道：「這畜生不慪死俺！只是打便了。」拿起藤條，劈臉便打去。老都管喝道：「楊提轄，且住！你聽我說，我在東京太師府裏做奶公[16]時，門下官軍見了無千無萬，都向着我喏喏連聲。不是我口棧[17]，量你是個遭死的軍人，相公可憐抬舉你做個提轄，比得芥菜子大小的官職，直得恁地逞能！休說我是相公家都管，便是村莊一個老的，也合依我勸一勸。只顧把他們打，是何看待？」楊志道：「都管，你須是城市裏人，生長在相府裏，那裏知道途路上千難萬難。」老都管道：「四川、兩廣也曾去來，不曾見你這般賣弄。」楊志道：「如今須不比太平時節。」都管道：「你說這話，該剜口割舌，今日天下恁地不太平？」

楊志卻待再要回言，只見對面松林裏影着一個人，在那裏舒頭探腦價望，楊志道：「俺說甚麼？兀的不是歹人來了！」撇下藤條，拿了朴刀，趕入松林裏來喝一聲道：「你這廝好大膽，怎敢看俺的行貨！」正是：說鬼便招鬼，說賊便招賊，卻是一家人，對面不能識。

楊志趕來看時，只見松林裏一字兒擺着七輛江州車兒[18]，七個人脫得赤條條的在那裏乘涼。一個鬢邊老大一搭朱砂記，拿着一條朴刀，望楊志跟前來。七個人齊叫一聲：「呵也！」都跳起來。楊志喝道：「你等是甚麼人？」那七人道：「你是甚麼人？」楊志又問道：「你等莫不是歹人？」那

**點評**

● 軍健說的確實有道理。

● 不出門不知天下事。

16) 奶公：奶媽的丈夫。

17) 口棧：說話刻薄。

18) 江州車兒：一種獨輪小車。

七人道：「你顛倒問，我等是小本經紀，那裏有錢與你？」楊志道：「你等小本經紀人，偏俺有大本錢！」那七人問道：「你端的是甚麼人？」楊志道：「你等且說那裏來的人？」那七人道：「我等弟兄七人是濠州人，販棗子上東京去，路途打從這裏經過。聽得多人說這裏黃泥岡上時常有賊打劫客商。我等一面走，一頭自說道：『我七個只有些棗子，別無甚財賦。』只顧過岡子來。上得岡子，當不過這熱，權且在這林子裏歇一歇，待晚涼了行。只聽得有人上岡子來，我們只怕是歹人，因此使這個兄弟出來看一看。」楊志道：「原來如此，也是一般的客人。卻才見你們窺望，惟恐是歹人，因此趕來看一看。」那七個人道：「客官請幾個棗子了去。」楊志道：「不必。」提了朴刀，再回擔邊來。

老都管道：「既是有賊，我們去休。」楊志說道：「俺只道是歹人，原來是幾個販棗子的客人。」老都管道：「似你方才說時，他們都是沒命的！」楊志道：「不必相鬧，只要沒事便好。你們且歇了，等涼些走。」眾軍漢都笑了。楊志也把朴刀插在地上，自去一邊樹下坐了歇涼。

沒半碗飯時，只見遠遠地一個漢子挑着一副擔桶，唱上岡子來，唱道：「赤日炎炎似火燒，野田禾稻半枯焦。農夫心內如湯煮，公子王孫把扇搖。」那漢子口裏唱着，走上岡子來，松林裏頭歇下擔桶，坐地乘涼。眾軍看見了，便問那漢子道：「你桶裏是甚麼東西？」那漢子應道：「是白酒。」眾軍道：「挑往那裏去？」那漢子道：「挑出村裏賣。」眾軍道：「多少錢一桶？」那漢子道：「五貫足錢。」眾軍商量道：「我們又熱又渴，何不買些吃，也解暑氣。」

正在那裏湊錢，楊志見了，喝道：「你們又做甚麼？」眾軍道：「買碗酒吃。」楊志調過朴刀桿便打，罵道：「你們不得洒家言語，胡亂便要買酒吃，好大膽！」眾軍道：「沒事又來鳥亂！我們自湊錢買酒吃，干你甚事？也來打人！」楊志道：「你這村鳥，理會的甚麼！到來只顧吃嘴！全不曉得路途上的勾當艱難，多少好漢，被蒙汗藥麻翻了！」那挑酒的漢子看着楊志冷笑道：「你這客官好不曉事！早是[19]我不賣與你吃，卻說出這般沒氣力[20]的話來！」

正在松樹邊鬧動爭說，只見對面松林裏那夥販棗子的客人都提着朴刀，走出來問道：「你們做甚麼鬧？」那挑酒的漢子道：「我自挑這酒過岡子村裏賣，熱了，在此歇涼，他眾人要問我買些吃，我又不曾賣與他。這個客官道我酒裏有甚麼蒙汗藥，你道好笑麼？說出這般話來！」

那七個客人說道：「我只道有歹人出來，原來是如此，說一聲也不打緊。我們正想酒來解渴，既是他們疑心，且賣一桶與我們吃。」那挑酒的道：「不賣！不賣！」這七個客人道：「你這鳥漢子也不曉事，我們須不曾說你。你左右將到村裏去賣，一般還你錢，便賣些與我們，打甚麼不緊？看你不道得[21]捨施了茶湯，便又救了我們熱渴。」那挑酒的漢子便道：「賣一桶與你不爭，只是被他們說的不好。又沒碗瓢舀吃。」那七人道：「你這漢子忒認真！便說了一聲，打甚麼不緊？我們自有椰瓢在這裏。」只見兩個客人去車子前取出兩個椰瓢來，一個捧出一大捧棗子來。七個人立在桶邊，開了桶蓋，輪替換着舀那酒吃，把棗子過口。無一時，一桶酒都吃盡了。

七個客人道：「正不曾問得你多少價錢？」那漢道：「我一了[22]不說價，五貫足錢一桶，十貫一擔。」七個客人道：「五貫便依你五貫，只饒我們一瓢吃。」那漢道：「饒不的，做定的價錢。」一個客人把錢還他，一個客人便去揭開桶蓋，兜了一瓢，拿上便吃。那漢去奪時，這客人手拿半瓢

---

19)　早是：幸虧

20)　沒氣力：沒道理，沒分寸。

21)　不道得：豈不是。

22)　一了：一句話算數。說一不二。

酒，望松林裏便走，那漢趕將去。只見這邊一個客人從松林裏走將出來，手裏拿一個瓢，便來桶裏舀了一瓢酒。那漢看見，搶來劈手奪住，望桶裏一傾，便蓋了桶蓋，將瓢望地下一丟，口裏說道：「你這客人好不君子相！戴頭識臉的，也這般羅唣！」

那對過眾軍漢見了，心內癢起來，都待要吃，數中一個看着老都管道：「老爺爺與我們說一聲，那賣棗子的客人買他一桶吃了，我們胡亂也買他這桶吃，潤一潤喉也好。其實熱渴了，沒奈何。這裏岡子上又沒討水吃處，老爺方便。」老都管見眾軍所說，自心裏也要吃得些，竟來對楊志說：「那販棗子客人已買了他一桶酒吃，只有這一桶，胡亂教他們買吃些避暑氣。岡子上端的沒處討水吃。」楊志尋思道：「俺在遠遠處望這廝們都買他的酒吃了，那桶裏當面也見吃了半瓢，想是好的。打了他們半日，胡亂容他買碗吃罷。」楊志道：「既然老都管說了，教這廝們買吃了，便起身。」

眾軍健聽了這話，湊了五貫足錢，來買酒吃。那賣酒的漢子道：「不賣了！不賣了！這酒裏有蒙汗藥在裏頭！」眾軍陪着笑說道：「大哥直得便還言語！」那漢道：「不賣了！休纏！」這販棗子的客人勸道：「你這個鳥漢子，他也說得差了，你也忒認真！連累我們也吃你說了幾聲。須不關他眾人之事，胡亂賣與他眾人吃些。」那漢道：「沒事討別人疑心做甚麼？」這販棗子客人把那賣酒的漢子推開一邊，只顧將這桶酒提與眾軍去吃。那軍漢開了桶蓋，無甚舀吃，陪個小心，問客人借這椰瓢用一用。眾客人道：「就送這幾個棗子與你們過酒。」眾軍謝道：「甚麼道理。」客人道：「休要相謝，都是一般客人，何爭在這百十個棗子上。」眾軍謝了，先兜兩瓢，叫老都管吃一瓢，楊提轄吃一瓢，楊志那裏肯吃。老都管自先吃了一瓢，兩個虞候各吃一瓢。眾軍漢一發上，那桶酒登時吃盡了。

楊志見眾人吃了無事，自本不吃，一者天氣甚熱，二乃口渴難熬，拿起來只吃了一半，棗子分幾個吃了。那賣酒的漢子說道：「這桶酒被那客人饒一瓢吃了，少了你些酒，我今饒了你眾人半貫錢罷。」眾軍漢湊出錢來還他。那漢子收了錢，挑了空桶，依然唱着山歌，自下岡子去了。

那七個販棗子的客人，立在松樹傍邊，指着這一十五人說道：「倒也！倒也！」只見這十五個人頭重腳輕，一個個面面廝覷，都軟倒了。那七個客人從松樹林裏推出這七輛江州車兒，把車子上棗子丟在地上，將這十一擔金珠寶貝都裝在車子內，遮蓋好了，叫聲：「聒噪！」一直望黃泥岡下推了去。正是：誅求膏血慶生辰，不顧民生與死鄰。始信從來招劫盜，虧心必定有緣因。

楊志口裏只是叫苦，軟了身體，掙扎不起；十五人眼睜睜地看着那七個人都把這金寶裝了去，只是起不來，掙不動，說不的。

我且問你，這七人端的是誰？不是別人，原來正是晁蓋、吳用、公孫勝、劉唐、三阮這七個。卻才那個挑酒的漢子，便是白日鼠白勝。卻怎地用藥？原來挑上岡子時，兩桶都是好酒。七個人先吃了一桶，劉唐揭起桶蓋，又兜了半瓢吃，故意要他們看着，只是叫人死心搭地。次後吳用去松林裏取出藥來，抖在瓢裏，只做走來饒他酒吃，把瓢去兜時，藥已攪在酒裏，假意兜半瓢吃，那白勝劈手奪來，傾在桶裏，這個便是計策。那計較都是吳用主張，這個喚做智取生辰綱。

原來楊志吃的酒少，便醒得快，爬將起來，兀自捉腳不住。看那十四個人時，口角流涎，都動不得，正應俗語道：「饒你奸似鬼，吃了洗腳水。」

楊志憤悶道：「不爭你把了生辰綱去，教俺如何回去見得梁中書？這紙領狀須繳不得，就扯破了。如今閃得俺有家難奔，有國難投，待走那裏去？不如就這岡子上尋個死處。」撩衣破步，望着黃泥岡下便跳。正是：斷送落花三月

**點評**

● 先敘事，再道破計策，這種結構叫做「抖包袱」，引起讀者好奇。

雨，摧殘楊柳九秋霜。畢竟楊志在黃泥岡上尋死，性命如何，且聽下回分解。

## 延伸思考

本回的故事裏有兩個團隊，一夥是晁蓋率領的強賊，一夥是楊志率領的官兵。造成生辰綱被劫的原因有哪些？試從領導者、團隊合作、管理方法等角度進行分析。另外，梁中書在這件事中有沒有失誤之處，也可深入思考。

## 精華賞析

黃泥岡智取生辰綱這段情節，作者運用了補敍的寫法，即先敍述故事，最後再道出原委，讀者正在雲裏霧裏，疑惑為何同一桶酒販棗的喝了沒事，楊志他們卻被迷倒時，作者站出來交代過程及原因，使人恍然大悟。這樣寫的好處是便於吸引讀者興趣，引發讀者思考。如果在敍事的同時就將原因和盤托出，那麼讀者就會覺得索然無味了。因此，補敍也叫追敍，就是敍述時先藏起關鍵情節，到最後再單獨托出以饗讀者的特殊寫法。

## 第十七回

# 花和尚單打二龍山
# 青面獸雙奪寶珠寺

楊志被劫了生辰綱，萬念俱灰，本想自尋死路，卻轉念一想，自己拔腳逃了。其餘人等回去將楊志和那幾人一併告發，官府下令限期捉拿。且說楊志來到一處酒家喝完酒，卻無錢付賬，與店主曹正不打不相識，聞知附近有個去處可以入夥，便上山去尋。半路遇見魯智深，二人相見恨晚，聊天得知魯智深也正要投奔那處卻不得，於是兩人與曹正一起使了個計策打下二龍山，做了頭領，從此安營紮寨。那邊梁中書與蔡太師催逼官府盡快了卻此案，追尋禮物下落。本回的故事是智取生辰綱一節的餘波，也有引出後面情節的作用。

話說楊志當時在黃泥岡上被取了生辰綱去，如何回轉去見得梁中書，欲要就岡子上自尋死路。卻待望黃泥岡下躍身一跳，猛可醒悟，曳住了腳，尋思道：「爹娘生下洒家，堂堂一表，凜凜一軀，自小學成十八般武藝在身，終不成只這般休了。比及今日尋個死處，不如日後等他拿得着時，卻再理會。」回身再看那十四個人時，只是眼睜睜地看着楊志，沒個掙扎得起。楊志指着罵道：「都是你這廝們不聽我言語，因此做將出來，連累了洒家。」樹根頭拿了朴刀，掛了腰刀，周圍看時，別無物件，楊志歎了口氣，一直下岡子去了。

那十四個人直到二更，方才得醒，一個個爬將起來，口裏只叫得連珠箭的苦。老都管道：「你們眾人不聽楊提轄的好言語，今日送了我也！」眾人道：「老爺，今日事已做出來了，且通個商量。」老都管道：「你們有甚見識？」眾人道：「是我們不是了。古人有言：『火燒到身，各自去掃；蜂蠆入懷，隨即解衣。』[1] 若還楊提轄在這裏，我們都說不過。如今他自去的不知去向，我們回去見梁中書相公，何不都推在他身上。只說道：『他一路上，凌辱打罵眾人，逼迫得我們都動不得。他和強人做一路，把蒙汗藥將俺們麻翻了，縛了手腳，將金寶都擄去了。』」老都管道：「這話也說的是。我們等天明，先去本處官司首告。留下兩個虞候，隨衙聽候，捉拿賊人。我等眾人，連夜趕回北京，報與本官知道，教動文書，申覆太師得知，着落濟州府，追獲這夥強人便了。」次日天曉，老都管自和一行人來濟州府該管官吏首告，不在話下。

且說楊志提着朴刀，悶悶不已，離黃泥岡，望南行了半日，看看又走了半夜，去林子裏歇了，尋思道：「盤纏又沒了，舉眼無個相識，卻是怎地好？」漸漸天色明亮，只得趁早涼了行。又走了二十餘里，正是：

面皮青毒逞雄豪，白送金珠十一挑。
今日為何行急急，不知若個打藤條。

當時楊志走得辛苦，到一酒店門前。楊志道：「若不得些酒吃，怎地打熬得過？」便入那酒店去，向這桑木桌凳座頭上坐了，身邊倚了朴刀。只見灶邊一個婦人問道：「客官莫不要打火？」楊志道：「先取兩角酒來吃，借些米來做飯，有肉安排些個，少停一發算錢還你。」只見那婦人先叫一個後生來面前篩酒，一面做飯，一邊炒肉，都把來楊志吃了。楊志起身，綽了朴刀，便出店門。那婦人道：「你的酒肉飯錢都不曾有！」楊志道：「待俺回來還你，權賒咱一賒。」說了便走。

那篩酒的後生趕將出來，揪住楊志，被楊志一拳打翻了。那婦人叫起屈來。楊志只顧走，只聽得背後一個人趕來，叫道：「你那廝走那裏去！」楊志回頭看時，那人大脫着膊，拖着桿棒，搶奔將來。楊志道：「這廝卻不是晦氣，倒來尋酒家！」立腳住了不走。看後面時，那篩酒後生也拿條叉，隨後趕來，又引着三兩個莊客，各拿桿棒，飛也似都奔將來。楊志道：「結果了這廝一個，那廝們都不敢追來。」便挺了手中朴刀來鬥這漢。這漢也輪轉手中桿

---

1) 火燒到身，各自去掃；蜂蠆入懷，隨即解衣：緊急時只能保全自己；不利自己的事來臨，就得趕緊擺脫。

棒，搶來相迎。兩個鬥了三二十合，這漢怎地敵的楊志，只辦得架隔遮攔，上下躲閃。

那後來的後生並莊客，卻待一發上，只見這漢托地跳出圈子外來叫道：「且都不要動手！兀那使朴刀的大漢，你可通個姓名。」那楊志拍着胸道：「洒家行不更名，坐不改姓，青面獸楊志的便是！」這漢道：「莫不是東京殿司楊制使麼？」楊志道：「你怎地知道洒家是楊制使？」這漢撇了槍棒，便拜道：「小人有眼不識泰山。」楊志便扶這人起來，問道：「足下是誰？」這漢道：「小人原是開封府人氏，乃是八十萬禁軍都教頭林沖的徒弟，姓曹，名正，祖代屠戶出身。小人殺的好牲口，挑觔剮骨，開剝推撏，只此被人喚做操刀鬼。為因本處一個財主，將五千貫錢，教小人來此山東做客，不想折了本，回鄉不得，在此入贅在這個莊農人家。卻才灶邊婦人，便是小人的渾家。這個拿叉的，便是小人的妻舅。卻才小人和制使交手，見制使手段和小人師父林教師一般，因此抵敵不住。」楊志道：「原來你卻是林教師的徒弟。你的師父，被高太尉陷害，落草去了。如今現在梁山泊。」曹正道：「小人也聽得人這般說將來，未知真實。且請制使到家少歇。」

楊志便同曹正再回到酒店裏來。曹正請楊志裏面坐下，叫老婆和妻舅都來拜了楊志，一面再置酒食相待。飲酒中間，曹正動問道：「制使緣何到此？」楊志把做制使失陷花石綱，並如今又失陷了梁中書的生辰綱一事，從頭備細告訴了。曹正道：「既然如此，制使且在小人家裏住幾時，再有商議。」楊志道：「如此卻是深感你的厚意。只恐官司追捕將來，不敢久住。」曹正道：「制使這般說時，要投那裏去？」楊志道：「洒家欲投梁山泊，去尋你師父林教頭。俺先前在那裏經過時，正撞着他下山來，與洒家交手。王倫見了俺兩個本事一般，因此都留在山寨裏相會，以此認得你師父林沖。王倫當初苦苦相留，俺卻不曾落草，如今臉上又添了金印，卻去投奔他時，好沒志氣。因此躊躇未決，進退兩難。」

曹正道：「制使見的是。小人也聽的人傳說：王倫那廝，心地偏窄，安不得人。說我師父林教頭上山時，受盡他的氣。不若小人此間離不遠，卻是青州地面，有座山，喚做二龍山。山上有座寺，喚做寶珠寺。那座山生來卻好，裹着這座寺，只有一條路上的去。如今寺裏住持還了俗，養了頭髮，餘者和尚都隨順[2]了。說道他聚集的四五百人，打家劫舍。為頭那人，喚做金眼虎鄧龍。制使若有心落草時，到去那裏入夥，足可安身。」楊志道：「既有這個去處，何不去奪來安身立命？」

當下就曹正家裏住了一宿，借了些盤纏，拿了朴刀，相別曹正，曳開腳步，投二龍山來。行了一日，看看漸晚，卻早望見一座高山。楊志道：「俺去林子裏且歇一夜，明日卻上山去。」轉入林子裏來，吃了一驚。只見一個胖大和尚，脫的赤條條的，背上刺着花繡，坐在松樹根頭乘涼。那和尚見了楊志，就樹根頭綽了禪杖，跳將起來，大喝道：「兀那撮鳥，你是那裏來的？」正是：平將珠寶擔落空，卻問寶珠寺討賬。要投入寺裏強人，先引出寺外和尚。

楊志聽了道：「原來也是關西和尚。俺和他是鄉中，問他一聲。」楊志叫道：「你是那裏來的僧人？」那和尚也不回說，輪起手中禪杖，只顧打來。楊志道：「怎奈這禿廝無禮，且把他來出口氣！」挺起手中朴刀，來奔那和尚。兩個就林子裏，一來一往，一上一下，兩個放對，但見：兩條龍競寶，一對虎爭餐。禪杖起如虎尾龍筋，朴刀飛似龍鬠虎爪。崒崒嵂嵂，忽喇喇，天崩地塌，陣雲中黑氣盤旋；惡狠狠，雄赳赳，雷吼風呼，殺氣內金光閃爍。兩條龍競寶，嚇得那身長力壯仗霜鋒周處眼無光；一對虎爭，驚的這膽大心粗施雪刃卞莊魂魄喪。兩條龍競寶，眼珠放彩，尾擺得水母殿台搖；一對虎爭，野獸奔馳，聲震的山神毛髮豎。

當時楊志和那和尚鬥到四五十合，不分勝敗。那和尚賣個破綻，托地跳出圈子外來，喝一聲：「且歇！」兩個都住了手。楊志暗暗地喝采道：「那裏來的這個和尚！真個好本事，手段高！俺卻剛剛地只敵的他住！」那僧人叫道：「兀那青面漢子，你是甚麼人？」楊志道：「洒家是東京制使楊志的便是。」那和尚道：「你不是在東京賣刀殺了破落戶牛二的？」楊志道：「你不見俺臉上金印？」那和尚笑道：「卻原來在這裏相見。」楊志道：「不敢問師兄卻是誰？緣何知道洒家賣刀？」那和尚道：「洒家不是別人，俺是延安府老種經略相公帳前軍官魯提轄的便是。為因三拳打死了鎮關西，卻去五台山淨髮為僧。人見洒家背上有花繡，都叫俺做花和尚魯智深。」

楊志笑道：「原來是自家鄉里，俺在江湖上多聞師兄大名。聽得說道，師

---

2) 隨順：順從。

兄在大相國寺裏掛搭[3]，如今何故來在這裏？」魯智深道：「一言難盡。洒家在大相國寺管菜園，遇着那豹子頭林冲，被高太尉要陷害他性命。俺卻路見不平，直送他到滄州，救了他一命。不想那兩個防送公人回來，對高俅那廝說道：『正要在野豬林裏結果林冲，卻被大相國寺魯智深救了，那和尚直送到滄州，因此害他不得。』這直娘賊恨殺洒家，吩咐寺裏長老不許俺掛搭，又差人來捉洒家。卻得一夥潑皮通報，不是着[4]了那廝的手。吃俺一把火燒了那菜園裏廨宇，逃走在江湖上，東又不着，西又不着。來到孟州十字坡過，險些兒被個酒店婦人害了性命，把洒家着蒙汗藥麻翻了。得他的丈夫歸來得早，見了洒家這般模樣，又看了俺的禪杖、戒刀吃驚，連忙把解藥救俺醒來。因問起洒家名字，留住俺過了幾日，結義洒家做了弟兄。那人夫妻兩個，亦是江湖上好漢有名的，都叫他做菜園子張青，其妻母夜叉孫二娘，甚是好義氣。住了四五日，打聽的這裏二龍山寶珠寺可以安身，洒家特地來奔那鄧龍入夥，叵耐那廝不肯安着洒家在這山上。和俺廝併，又敵洒家不過，只把這山下三座關，牢牢地拴住。又沒別路上去，那撮鳥由你叫罵，只是不下來廝殺，氣得洒家正苦在這裏沒個委結，不想卻是大哥來。」楊志大喜。兩個就林子裏剪拂了，就地坐了一夜。

楊志訴說了賣刀殺死牛二的事，並解生辰綱失陷一節，都備細說了。又說曹正指點來此一事，便道：「既是閉了關隘，俺們休在這裏，如何得他下來？不若且去曹正家商議。」

兩個廝趕着行離了那林子，來到曹正酒店裏。楊志引魯智深與他相見了。曹正慌忙置酒相待，商量要打二龍山一事。曹正道：「若是端的閉了關時，休說道你二位，便有一萬軍馬，也上去不得。似此只可智取，不可力求。」魯智深道：「叵耐那撮鳥，初投他時，只在關外相見。因不留俺，廝併起來，那廝小肚上，被俺一腳點翻了。卻待要結果了他性命，被他那裏人多，救了上山去，閉了這鳥關。由你自在下面罵，只是不肯下來廝殺。」楊志道：「既然好去處，俺和你如何不用心去打！」魯智深道：「便是沒做個道理上去，奈何不得他！」

---

3)　掛搭：和尚（多指行腳僧）歇住於所到的寺院。

4)　着：受，挨。

曹正道：「小人有條計策，不知中二位意也不中？」楊志道：「願聞良策則個。」曹正道：「制使也休這般打扮，只照依小人這裏近村莊家穿着。小人把這位師父禪杖、戒刀都拿了，卻叫小人的妻弟，帶六個火家，直送到那山下，把一條索子綁了師父，小人自會做活結頭。卻去山下叫道：『我們近村開酒店莊家，這和尚來我店中吃酒，吃得大醉了，不肯還錢，口裏說道，去報人來打你山寨。因此我們聽的，乘他醉了，把他綁縛在這裏，獻與大王。』那廝必然放我們上山去。到得他山寨裏面，見鄧龍時，把索子曳脫了活結頭，小人便遞過禪杖與師父。你兩個好漢一發上，那廝走往那裏去！若結果了他時，以下的人，不敢不伏。此計若何？」魯智深、楊志齊道：「妙哉！妙哉！」有詩為證：

乳虎稱龍亦枉然，二龍山許二龍蟠。
人逢忠義情偏洽，事到顛危策愈全。

當晚眾人吃了酒食，又安排了些路上乾糧。次日五更起來，眾人都吃得飽了。魯智深的行李包裹都寄放在曹正家。當日楊志、魯智深、曹正帶了小舅並五七個莊家，取路投二龍山來。晌午後，直到林子裏，脫了衣裳，把魯智深用活結頭使索子綁了，教兩個莊家牢牢地牽着索頭。楊志戴了遮日頭涼笠兒，身穿破布衫，手裏倒提着朴刀。曹正拿着他的禪杖。眾人都提着棍棒，在前後簇擁着。到得山下，看那關時，都擺着強弩硬弓，灰瓶炮石。

小嘍囉在關上，看見綁得這個和尚來，飛也似報上山去。多樣時，只見兩個小頭目上關來問道：「你等何處人？來我這裏做甚麼？那裏捉得這個和尚來？」曹正答道：「小人等是這山下近村莊家，開着一個小酒店。這個胖和尚不時來我店中吃酒。吃得大醉，不肯還錢，口裏說道：『要去梁山泊叫千百個人來打此二龍山，和你這近村坊都洗蕩了！』因此小人只得又將好酒請他，灌得醉了，一條索子綁縛這廝，來獻與大王，表我等村鄰孝順之心，免的村中後患。」

兩個小頭目聽了這話，歡天喜地，說道：「好了！眾人在此少待一時。」兩個小頭目就上山來報知鄧龍，說拿得那胖和尚來。鄧龍聽了大喜，叫：「解上山來，且取這廝的心肝來做下酒，消我這點冤仇之恨！」小嘍囉得令，來把關隘門開了，便叫送上來。

楊志、曹正緊押魯智深解上山來。看那三座關時，端的險峻：兩下裏山環繞將來，包住這座寺。山峯生得雄壯，中間只一條路上關來。三重關上，擺着擂木炮石，硬弩強弓，苦竹槍密密地攢着。過得三處關閘，來到寶珠寺前看時，三座殿門，一段鏡面也似平地，周遭都是木柵為城。寺前山門下立着七八個小嘍囉，看見縛的魯智深來，都指手罵道：「你這禿驢，傷了大王，今日也吃拿了！慢慢的碎割了這廝！」魯智深只不做聲。押到佛殿看時，殿上都把佛來抬去了，中間放着一把虎皮交椅；眾多小嘍囉拿着槍棒，立在兩邊。

少刻，只見兩個小嘍囉扶出鄧龍來，坐在交椅上。曹正、楊志緊緊地綁着魯智深到階下。鄧龍道：「你那廝禿驢，前日點翻了我，傷了小腹，至今青腫未消。今日也有見我的時節。」魯智深睜圓怪眼，大喝一聲：「撮鳥休走！」兩個莊家把索頭只一曳，曳脫了活結頭，散開索子。魯智深就曹正手裏接過禪杖，雲飛掄動。楊志撇了涼笠兒，倒轉手中朴刀。曹正又掄起桿棒。眾莊家一齊發作，並力向前。鄧龍急待掙扎時，早被魯智深一禪杖，當頭打着，把腦蓋劈作兩半個，和交椅都打碎了。手下的小嘍囉，早被楊志搠翻了四五個。曹正叫道：「都來投降！若不從者，便行掃除處死！」寺前寺後，五六百小嘍囉並幾個小頭目，驚嚇的呆了，只得都來歸降投伏。隨即叫把鄧龍等屍首扛抬去後山燒化了。一面去點倉廒[5]，整頓房舍，再去看那寺後有多少物件，且把酒肉安排些來吃。魯智深並楊志做了山寨之主，置酒設宴慶賀。小嘍囉們盡皆投伏了，仍設小頭目管領。

曹正別了二位好漢，領了莊家，自回家去了，不在話下。正是：

古刹雄奇隱翠微，翻為賊寨假慈悲。天生神力花和尚，弄棒磨刀作住持。

又有詩一首並及楊志：

有智能深助智深，綠林豪客主叢林。降龍伏虎真同志，獸面誰知有佛心。

---

5)　倉廒（áo）：儲藏糧食的倉庫。

不說魯智深、楊志自在二龍山落草，卻說那押生辰綱老都管並這幾個廂禁軍，曉行夜住，趕回北京，到的梁中書府，直至廳前，齊齊都拜翻在地下告罪。梁中書道：「你們路上辛苦，多虧了你眾人。」又問：「楊提轄何在？」眾人告道：「不可說！這人是個大膽忘恩的賊！自離了此間五七日後，行到黃泥岡時，天氣大熱，都在林子裏歇涼。不想楊志和七個賊人通同，假裝做販棗子客商。楊志約會與他做一路，先推七輛江州車兒，在這黃泥岡上松林裏等候。卻叫一個漢子，挑一擔酒來岡子上歇下。小的眾人不合買他酒吃，被那廝把蒙汗藥都麻翻了，又將索子捆縛眾人。楊志和那七個賊人卻把生辰綱財寶並行李，盡裝載車上將了去。現今去本管濟州府呈告了，留兩個虞候在那裏隨衙聽候，捉拿賊人。小人等眾人星夜趕回來告知恩相。」

梁中書聽了大驚，罵道：「這賊配軍！你是犯罪的囚徒，我一力抬舉你成人，怎敢做這等不仁忘恩的事！我若拿住他時，碎屍萬段！」隨即便喚書吏，寫了文書，當時差人星夜來濟州投下；又寫一封家書，着人也連夜上東京，報與太師知道。

且不說差人去濟州下公文，只說着人上東京來到太師府報知，見了太師，呈上書劄。蔡太師看了，大驚道：「這班賊人，甚是膽大！去年將我女婿送來的禮物打劫了去，至今未獲；今年又來無禮，如何干罷[6]！」隨即押了一紙公文，着一個府幹，親自齎了，星夜望濟州來，着落府尹，立等捉拿這夥賊人，便要回報。

且說濟州府尹自從受了北京大名府留守司梁中書劄付，每日理論不下。正憂悶間，只見門吏報道：「東京太師府裏差府幹現到廳前，有緊急公文，要見相公。」府尹聽得，大驚道：「多管[7]是生辰綱的事！」慌忙升廳，來與府幹相見了，說道：「這件事，下官已受了梁府虞候的狀子，已經差緝捕的人，跟捉賊人，未見蹤跡。前日留守司又差人行劄付到來，又經着仰尉司並緝捕觀察，杖限跟捉，未曾得獲。若有些動靜消息，下官親到相府回話。」府幹道：「小人是太師府裏心腹人，今奉太師鈞旨，特差來這裏要這一干人。臨行時，太師親自吩咐，教小人到本府，只就州衙裏宿歇，立等相公要拿這七個販棗

---

6) 干罷：讓它去，不再追究。

7) 多管：多半。

子的並賣酒一人，在逃軍官楊志，各賊正身。限在十日捉拿完備，差人解赴東京。若十日不獲得這件公事時，怕不先來請相公去沙門島[8]走一遭。小人也難向太師府裏去，性命亦不知如何。相公不信，請看太師府裏行來的鈞帖。」

府尹看罷大驚，隨即便喚緝捕人等。只見階下一人聲喏，立在簾前，太守道：「你是甚人？」那人稟道：「小人是三都緝捕使臣何濤。」太守道：「前日黃泥岡上打劫了去的生辰綱，是你該管麼？」何濤答道：「稟覆相公：何濤自從領了這件公事，晝夜無眠，差下本管眼明手快的公人去黃泥岡上往來緝捕；雖是累經杖責，到今未見蹤跡。非是何濤怠慢官府，實出於無奈。」府尹喝道：「胡說！『上不緊則下慢』。我自進士出身，歷任到這一郡諸侯，非同容易！今日東京太師府差一幹辦來到這裏，領太師台旨：限十日內，須要捕獲各賊正身，完備解京。若還違了限次，我非止罷官，必陷我投沙門島走一遭。你是個緝捕使臣，倒不用心，以致禍及於我。先把你這廝迭配遠惡軍州，雁飛不到去處！」便喚過文筆匠來，去何濤臉上刺下「迭配……州」字樣，空着甚處州名，發落道：「何濤，你若獲不得賊人，重罪決不饒恕！」正是：臉皮打稿太乖張，自要平安人受殃。賤面可無煩作計，本心也合細商量。

卻說何濤領了台旨，下廳前來到使臣房裏，會集許多做公的，都到機密房中，商議公事。眾做公的都面面相覷，如箭穿雁嘴，鈎搭魚腮[9]，盡無言語。何濤道：「你們閒常時都在這房裏賺錢使用，如今有此一事難捉，都不做聲。你眾人也可憐我臉上刺的字樣。」眾人道：「上覆觀察，小人們人非草木，豈不省的？只是這一夥做客商的，必是他州外府深山曠野強人遇着，一時劫了他的財寶，自去山寨裏快活，如何拿的着？便是知道，也只看得他一看。」何濤聽了，當初只有五分煩惱，見說了這話，又添了五分煩惱，自離了使臣房裏，上馬回到家中，把馬牽去後槽上拴了。獨自一個，悶悶不已。正是：雙眉重上三鎖，滿腹填平萬斛愁。網裏漏魚何處覓？甕中捉鱉向誰求？

只見老婆問道：「丈夫，你如何今日這般嘴臉？」何濤道：「你不知，前日太守委我一紙批文，為因黃泥岡上一夥賊人，打劫了梁中書與丈人蔡太師慶生辰的金珠寶貝計十一擔，正不知是甚麼樣人打劫了去。我自從領了這道

8)　沙門島：宋代登州（今山東蓬萊）西北海域中的一個荒島，是當時流配犯人的地方。

9)　箭穿雁嘴，鈎搭魚腮：比喻吃驚得發不出聲音，說不出話來。

鈞批，到今未曾得獲。今日正去轉限[10]，不想太師府又差幹辦來立等要拿這一夥賊人解京。太守問我賊人消息，我回覆道：『未見次第，不曾獲得。』府尹將我臉上刺下『迭配……州』字樣，只不曾填甚去處，在後知我性命如何！」老婆道：「似此怎地好？卻是如何得了！」

正說之間，只見兄弟何清來望哥哥。何濤道：「你來做甚麼？不去賭錢，卻來怎地？」何濤的妻子乖覺[11]，連忙招手說道：「阿叔，你且來廚下，和你說話。」何清當時跟了嫂嫂進到廚下坐了。嫂嫂安排些酒肉菜蔬，燙幾杯酒，請何清吃。何清問嫂嫂道：「哥哥忒殺欺負人！我不中，也是你一個親兄弟！你便奢遮[12]殺，只做得個緝捕觀察，便叫我一處吃盞酒，有甚麼辱沒了你！」阿嫂道：「阿叔，你不知道，你哥哥心裏自過活不得哩！」何清道：「他每日起了大錢大物，那裏去了？有的是錢和米，有甚麼過活不得處？」阿嫂道：「你不知，為這黃泥岡上，前日一夥販棗子的客人打劫了北京梁中書慶賀蔡太師的生辰綱去。如今濟州府尹奉着太師鈞旨：限十日內，定要捉拿各賊解京。若還捉不着正身時，便要刺配遠惡軍州去。你不見你哥哥先吃府尹刺了臉上『迭配……州』字樣，只不曾填甚麼去處，早晚捉不着時，實是受苦！他如何有心和你吃酒？我卻才安排些酒食與你吃。他悶了幾時了，你卻怪他不得。」

何清道：「我也誹誹[13]地聽得人說道：『有賊打劫了生辰綱去。』正在那裏地面上？」阿嫂道：「只聽的說道黃泥岡上。」何清道：「卻是甚麼樣人劫了？」阿嫂道：「叔叔，你又不醉，我方才說了，是七個販棗子的客人打劫了去。」何清呵呵的大笑道：「原來恁地。知道是販棗子的客人了，卻悶怎地？何不差精細的人去捉。」阿嫂道：「你倒說得好，便是沒捉處。」何清笑道：「嫂嫂，倒要你憂。哥哥放着常來的一班兒好酒肉弟兄，閒常不睬的是親兄弟，今日才有事，便叫沒捉處。若是教兄弟得知，賺得幾貫錢使，量這夥小賊，有甚難處！」阿嫂道：「阿叔，你倒敢知得些風路[14]？」何清笑道：「直等哥哥臨危之

---

10) 轉限：延長期限。

11) 乖覺：機警。

12) 奢遮：了不起。

13) 誹誹：沸沸揚揚的省語。

14) 風路：線索。

際，兄弟卻來有個道理救他。」說了，便起身要去。阿嫂留住再吃兩杯。

那婦人聽了這話說得蹺蹊，慌忙來對丈夫備細說了。何濤連忙叫請兄弟到面前。何濤陪着笑臉說道：「兄弟，你既知此賊去向，如何不救我？」何清道：「我不知甚麼來歷，我自和嫂子說要。兄弟如何救的哥哥？」何濤道：「好兄弟，休得要看冷暖。只想我日常的好處，休記我閒時的歹處，救我這條性命！」何清道：「哥哥，你管下許多眼明手快的公人，也有三二百個，何不與哥哥出些大氣？量兄弟一個，怎救的哥哥！」何濤道：「兄弟休說他們，你的話眼裏有些門路，休要把與別人做好漢。你且說與我些去向，我自有補報你處。正教我怎地心寬！」何清道：「有甚麼去向，兄弟不省的！」何濤道：「你不要慪氣，只看同胞共母之面。」何清道：「不要慌。且待到至急處，兄弟自來出些氣力，拿這夥小賊。」阿嫂便道：「阿叔，胡亂救你哥哥，也是弟兄情分。如今被太師府鈞帖，立等要這一干人，天來大事，你卻說小賊！」何清道：「嫂嫂，你須知我只為賭錢上，吃哥哥多少言語。但是打罵，不曾和他爭涉。閒常有酒有食，只和別人快活，今日兄弟也有用處。」

何濤見他話眼有些來歷，慌忙取一個十兩銀子，放在桌上，說道：「兄弟，權將這錠銀收了。日後捕得賊人時，金銀緞匹賞賜，我一力包辦。」何清笑道：「哥哥正是『急來抱佛腳，閒時不燒香』。我若要你銀子時，便是兄弟勒掯[15]你。你且把去收了，不要將來賺我。你若如此，我便不說。既是你兩口兒我行陪話，我說與你。不要把銀子出來驚我。」何濤道：「銀兩都是官司信賞出的，如何沒三五百貫錢？兄弟，你休推卻。我且問你：這夥賊卻在那裏有些來歷？」何清拍着大腿道：「這夥賊，我都捉在便袋[16]裏了。」何濤大驚道：「兄弟，你如何說這夥賊在你便袋裏？」何清道：「哥哥，你莫管我，自都有在這裏便了。你只把銀子收了去，不要將來賺我，只要常情便了。我卻說與你知道。」

何清不慌不忙，迭着兩個指頭說出來。有分教：鄆城縣裏，引出個仗義英雄；梁山泊中，聚一夥擎天好漢。畢竟何清對何濤說出甚人來，且聽下回分解。

---

15)　勒掯（kèn）：要挾，刁難。

16)　便袋：衣服口袋或隨身攜帶的袋子。

## 第十八回

# 美髯公智穩插翅虎
# 宋公明私放晁天王

官府循得線索，白勝被捉，其餘七人處境堪憂。正在官府實行抓捕時，又一重要人物宋江出場，他素與晁蓋交好，第一時間得知消息時便冒着生命危險飛馬奔到莊上報信，放了他們一條生路，並設法拖住官兵，待到抓捕時，晁蓋等人已準備就緒，安頓妥當。殺出院子去時，當地公差朱仝、雷横兩人也故意放了晁蓋一條逃路。七人逃到了梁山腳下的村子，決計一同投奔水泊梁山，入夥為寇。

當時何觀察與兄弟何清道：「這錠銀子，是官司信賞的，非是我把來賺你，後頭再有重賞。兄弟，你且說這夥人如何在你便袋裏？」只見何清去身邊招文袋[1]內摸出一個經折兒[2]來，指道：「這夥賊人都在上面。」何濤道：「你且說怎地寫在上面？」何清道：「不瞞哥哥說：兄弟前日為賭博輸了，沒一文盤纏，有個一般[3]賭博的，引兄弟去北門外十五里，地名安樂村，有個王家客店內，湊些碎賭。為是官司行下文書來，着落本村，但凡開客店的，須要置立文簿，一面上用勘合印信[4]。每夜有客商來歇宿，須要問他：『那裏來？何處去？姓甚名誰？做甚買賣？』都要抄寫在簿子上。官司查照時，每月一次，去里正處報名。為是小二哥不識字，央我替他抄了半個月。當日是六月初三

1) 招文袋：一種有帶子的公文袋。

2) 經折兒：記事簿。

3) 一般：一起。

4) 勘合印信：騎縫蓋章。

日，有七個販棗子的客人，推着七輛江州車兒來歇。我卻認得一個為頭的客人，是鄆城縣東溪村晁保正。因何認得他？我比先[5]曾跟一個賭漢去投奔他，因此我認得。我寫着文簿，問他道：『客人高姓？』只見一個三髭鬚白淨面皮的搶將過來，答應道：『我等姓李，從濠州來販棗子，去東京賣。』我雖寫了，有些疑心。第二日，他自去了，店主帶我去村裏相賭，來到一處三叉路口，只見一個漢子挑兩個桶來。我不認得他。店主人自與他廝叫道：『白大郎，那裏去？』那人應道：『有擔醋，將去村裏財主家賣。』店主人和我說道：『這人叫做白日鼠白勝，他是個賭客。』我也只安在心裏。後來聽得沸沸揚揚地說道：『黃泥岡上一夥販棗子的客人，把蒙汗藥麻翻了人，劫了生辰綱去。』我猜不是晁保正，卻是兀誰！如今只捕了白勝，一問便知端的。這個經折兒，是我抄的副本。」

何濤聽了大喜，隨即引了兄弟何清，徑到州衙裏見了太守。府尹問道：「那公事有些下落麼？」何濤稟道：「略有些消息了。」府尹叫進後堂來說，仔細問了來歷。何清一一稟說了。

當下便差八個做公的，一同何濤、何清，連夜來到安樂村，叫了店主人做眼[6]，徑奔到白勝家裏，卻是三更時分。叫店主人賺開門來打火，只聽得白勝在床上做聲。問他老婆時，卻說道害熱病，不曾得汗。從床上拖將起來，見白勝面色紅白，就把索子綁了，喝道：「黃泥岡上做得好事！」白勝那裏肯認。把那婦人捆了，也不肯招。眾做公的繞屋尋贓，尋到床底下，見地面不平；眾人掘開，不到三尺深。眾多公人發聲喊，白勝面如土色，就地下取出一包金銀，隨即把白勝頭臉包了，帶他老婆，扛抬贓物，都連夜趕回濟州城裏來。卻好五更天明時分，把白勝押到廳前，便將索子捆了。問他主情造意[7]，白勝抵賴，死不肯招晁保正等七人。連打三四頓，打的皮開肉綻，鮮血迸流。府尹喝道：「告的正主招了贓物，捕人已知是鄆城縣東溪村晁保正了，你這廝如何賴得過！你快說那六人是誰，便不打你了。」白勝又捱了一歇，打熬不過，只得招道：「為首的是晁保正。他自同六人來糾合白勝與他挑酒，其

---

5)　比先：從前，過去。

6)　做眼：做眼線，幫公人去破案捉人。

7)　主情造意：主謀。

實不認得那六人。」知府道：「這個不難。只拿住晁保正，那六人便有下落。」先取一面二十斤死枷枷了白勝，他的老婆也鎖了，押去女牢裏監收。

隨即押一紙公文，就差何濤親自帶領二十個眼明手快的公人，徑去鄆城縣投下，着落本縣，立等要捉晁保正並不知姓名六個正賊。就帶原解生辰綱的兩個虞候，作眼拿人。一同何觀察領了一行人，去時不要大驚小怪，只恐怕走透了消息。星夜來到鄆城縣，先把一行公人並兩個虞候，都藏在客店裏，只帶一兩個跟着，來下公文，徑奔鄆城縣衙門前來。當下巳牌時分，卻值知縣退了早衙，縣前靜悄悄地。何濤走去縣對門一個茶坊裏坐下，吃茶相等。吃了一個泡茶，問茶博士道：「今日如何縣前恁地靜？」茶博士說道：「知縣相公早衙方散，一應公人和告狀的，都去吃飯了未來。」何濤又問道：「今日縣裏不知是那個押司[8]直日？」茶博士指着道：「今日直日的押司來也。」何濤看時，只見縣裏走出一個吏員來。看那人時，怎生模樣？但見：眼如丹鳳，眉似臥蠶。滴溜溜兩耳懸珠，明皎皎雙睛點漆。唇方口正，髭鬚地閣輕盈；額闊頂平，皮肉天倉飽滿。坐定時渾如虎相，走動時有若狼形。年及三旬，有養濟萬人之度量；身軀六尺，懷掃除四海之心機。志氣軒昂，胸襟秀麗。刀筆敢欺蕭相國[9]，聲名不讓孟嘗君[10]。

那押司姓宋，名江，表字公明，排行第三，祖居鄆城縣宋家村人氏。為他面黑身矮，人都喚他做黑宋江；又且於家大孝，為人仗義疏財，人皆稱他做孝義黑三郎。上有父親在堂，母親早喪。下有一個兄弟，喚做鐵扇子宋清，自和他父親宋太公在村中務農，守些田園過活。這宋江自在鄆城縣做押司。他刀筆精通，吏道純熟；更兼愛習槍棒，學得武藝多般。平生只好結識江湖上好漢，但有人來投奔他的，若高若低，無有不納，便留在莊上館穀，終日追陪，並無厭倦。若要起身，盡力資助，端的是揮金似土。人問他求錢物，亦不推託；且好做方便，每每排難解紛，只是周全人性命。時常散施棺材藥餌，濟人貧苦，周人之急，扶人之困，以此山東、河北聞名，都稱他做及時雨，卻把他比做天上下的及時雨一般，能救萬物。曾有一首《臨江仙》讚

---

8)　押司：經辦案牘的官吏。

9)　蕭相國：蕭何，漢朝開國丞相。

10)　孟嘗君：戰國四公子之一，齊國貴族，好客養士、樂善好施。

宋江好處：

起自花村刀筆吏，英靈上應天星，疏財仗義更多能。事親行孝敬，待士有聲名。濟弱扶傾心慷慨，高名水月雙清。及時甘雨四方稱，山東呼保義，豪傑宋公明。

當時宋江帶着一個伴當，走將出縣前來。只見這何觀察當街迎住，叫道：「押司，此間請坐拜茶。」宋江見他似個公人打扮，慌忙答禮道：「尊兄何處？」何濤道：「且請押司到茶坊裏面吃茶說話。」宋公明道：「謹領。」兩個人到茶坊裏坐定，伴當都叫去門前等候。宋江道：「不敢拜問尊兄高姓？」何濤答道：「小人是濟州府緝捕使臣何觀察的便是。不敢動問押司高姓大名？」宋江道：「賤眼不識觀察，少罪。小吏姓宋名江的便是。」何濤倒地便拜，說道：「久聞大名，無緣不曾拜識。」宋江道：「惶恐。觀察請上坐。」何濤道：「小人安敢佔上？」宋江道：「觀察是上司衙門的人，又是遠來之客。」兩個謙讓了一回，宋江坐了主位，何濤坐了客席。宋江便叫茶博士將兩杯茶來。沒多時，茶到。兩個吃了茶。

宋江道：「觀察到敝縣，不知上司有何公務？」何濤道：「實不相瞞，來貴縣有幾個要緊的人。」宋江道：「莫非賊情公事否？」何濤道：「有實封公文在此，敢煩押司作成[11]。」宋江道：「觀察是上司差來捕盜的人，小吏怎敢怠慢？不知為甚麼賊情緊事？」何濤道：「押司是當案[12]的人，便說也不妨。敝府管下黃泥岡上一夥賊人，共是八個，把蒙汗藥麻翻了北京大名府梁中書差遣送蔡太師的生辰綱軍健一十五人，劫去了十一擔珍珠寶貝，計該十萬貫正贓。今捕得從賊一名白勝，指說七個正賊，都在貴縣。這是太師府特差一個幹辦，在本府立等要這件公事，望押司早早維持[13]。」宋江道：「休說太師處着落，便是觀察自齎公文來要，敢不捕送？只不知道白勝供指那七人名字？」何濤道：「不瞞押司說：是貴縣東溪村晁保正為首。更有六名從賊，不識姓名，

11)　作成：成全。

12)　當案：負責辦案。

13)　維持：幫助。

煩乞用心。」

宋江聽罷，吃了一驚，肚裏尋思道：「晁蓋是我心腹弟兄。他如今犯了彌天大罪，我不救他時，捕獲將去，性命便休了！」心內自慌，卻答應道：「晁蓋這廝，奸頑役戶[14]，本縣內上下人，沒一個不怪他。今番做出來了，好教他受！」何濤道：「相煩押司便行此事。」宋江道：「不妨，這事容易，『甕中捉鱉，手到拿來』。只是一件，這實封公文，須是觀察自己當廳投下，本官看了，便好施行發落，差人去捉，小吏如何敢私下擅開？這件公事，非是小可，不當輕泄於人。」何濤道：「押司高見極明，相煩引進。」宋江道：「本官發放一早晨事務，倦怠了少歇。觀察略待一時，少刻坐廳[15]時，小吏來請。」何濤道：「望押司千萬作成。」宋江道：「理之當然，休這等說話。小吏略到寒舍，分撥[16]了些家務便到，觀察少坐一坐。」何濤道：「押司尊便，小弟只在此專等。」

宋江起身，出得閣兒，吩咐茶博士道：「那官人要再用茶，一發我還茶錢。」離了茶坊，飛也似跑到下處。先吩咐伴當去叫直司在茶坊門前伺候：「若知縣坐衙時，便可去茶坊裏安撫那公人道：『押司穩便』，叫他略待一待。」卻自槽上鞁了馬，牽出後門外去；拿了鞭子，慌忙的跳上馬，慢慢地離了縣治。出得東門，打上兩鞭，那馬撥喇喇的望東溪村攛將去，沒半個時辰，早到晁蓋莊上。莊客見了，入去莊裏報知。正是：義重輕他不義財，奉天法網有時開。剝民官府過於賊，應為知交放賊來。

且說晁蓋正和吳用、公孫勝、劉唐在後園葡萄樹下吃酒。此時三阮已得了錢財，自回石碣村去了。晁蓋見莊客報說宋押司在門前。晁蓋問道：「有多少人隨從着？」莊客道：「只獨自一個飛馬而來，說快要見保正。」晁蓋道：「必然有事。」慌忙出來迎接。宋江道了一個喏，攜了晁蓋手，便投側邊小房裏來。晁蓋問道：「押司如何來的慌速？」宋江道：「哥哥不知，兄弟是心腹弟兄，我捨着條性命來救你。如今黃泥岡事發了！白勝已自拿在濟州大牢裏了，供出你等七人。濟州府差一個何緝捕，帶着若干人，奉着太師府鈞帖並本州文書，來捉你等七人，道你為首。天幸撞在我手裏，我只推說知縣

14) 奸頑役戶：奸邪刁鑽。

15) 坐廳：審理公事。

16) 分撥：吩咐，安排。

睡着，且教何觀察在縣對門茶坊裏等我。以此飛馬而來，報道哥哥。『三十六計，走為上計』。若不快走時，更待甚麼？我回去引他當廳下了公文，知縣不移時[17]便差人連夜下來。你們不可耽擱。倘有些疏失，如之奈何！休怨小弟不來救你。」

晁蓋聽罷，吃了一驚道：「賢弟大恩難報！」宋江道：「哥哥，你休要多說，只顧安排走路，不要纏障[18]。我便回去也。」晁蓋道：「七個人：三個是阮小二、阮小五、阮小七，已得了財，自回石碣村去了；後面有三個在這裏，賢弟且見他一面。」宋江來到後園，晁蓋指着道：「這三位：一個吳學究；一個公孫勝，薊州來的；一個劉唐，東潞州人。」宋江略講一禮，回身便走，囑咐道：「哥哥保重，作急快走，兄弟去也。」宋江出到莊前，上了馬，打上兩鞭，飛也似望縣裏來了。當時有個學究，為此事作詩一首，也說得是。詩曰：

保正緣何養賊曹，押司縱賊罪難逃。
須知守法清名重，莫謂通情義氣高。
爵固畏鸇能害爵，貓如伴鼠豈成貓。
空持刀筆稱文吏，羞說當年漢相蕭。

且說晁蓋與吳用、公孫勝、劉唐三人道：「你們認得那來相見的這個人麼？」吳用道：「卻怎地慌慌忙忙便去了？正是誰人？」晁蓋道：「你三位還不知哩！我們不是他來時，性命只在咫尺休了！」三人大驚道：「莫不走了消息，這件事發了？」晁蓋道：「虧殺這個兄弟，擔着血海也似干係，來報與我們。原來白勝已自捉在濟州大牢裏了，供出我等七人。本州差個緝捕何觀察，將帶若干人，奉着太師鈞帖來，着落鄆城縣，立等要拿我們七個。虧了他穩住那公人在茶坊裏俟候，他飛馬先來報知我們，如今回去下了公文，少刻便差人連夜到來捕獲我們，卻是怎地好！」吳用道：「若非此人來報，都打在網裏。這大恩人姓甚名誰？」晁蓋道：「他便是本縣押司呼保義宋江的便是。」吳用道：「只聞宋押司大名，小生卻不曾得會。雖是住居咫尺，無緣難

---

17)　不移時：不多時。

18)　纏障：拖延。

得見面。」公孫勝、劉唐都道：「莫不是江湖上傳說的及時雨宋公明？」晁蓋點頭道：「正是此人。他和我心腹相交，結義弟兄。吳先生不曾得會。四海之內，名不虛傳。結義得這個兄弟，也不枉了。」

晁蓋問吳用道：「我們事在危急，卻是怎地解救？」吳學究道：「兄長不須商議，『三十六計，走為上計』。」晁蓋道：「卻才宋押司也教我們走為上計，卻是走那裏去好？」吳用道：「我已尋思在肚裏了。如今我們收拾五七擔挑了，一徑都走奔石碣村三阮家裏去。今急遣一人，先與他弟兄說知。」晁蓋道：「三阮是個打魚人家，如何安得我等許多人？」吳用道：「兄長，你好不精細！石碣村那裏一步步近去，便是梁山泊。如今山寨裏好生興旺。官軍捕盜，不敢正眼兒看他。若是趕得緊，我們一發入了夥。」晁蓋道：「這一論極是上策，只恐怕他們不肯收留我們。」吳用道：「我等有的是金銀，送獻些與他，便入夥了。」正是：無道之時多有盜，英雄進退兩俱難。只因秀士居山寨，買盜猶然似買官。

當時晁蓋道：「既然恁地商量定了，事不宜遲。吳先生，你便和劉唐帶了幾個莊客，挑擔先去阮家安頓了，卻來旱路上接我們。我和公孫先生兩個打並了便來。」吳用、劉唐把這生辰綱打劫得金珠寶貝，做五六擔裝了，叫五六個莊客，一發吃了酒食。吳用袖了銅鏈，劉唐提了朴刀，監押着五七擔，一行十數人，投石碣村來。晁蓋和公孫勝在莊上收拾。有些不肯去的莊客，齎發他些錢物，從他去投別主。有願去的，都在莊上並迭財物，打拴行李。正是：須信錢財是毒蛇，錢財聚處即亡家。人稱義士猶難保，天鑒貪官漫自誇。

再說宋江飛馬去到下處[19]，連忙到茶坊裏來，只見何觀察正在門前望。宋江道：「觀察久等。卻被村裏有個親戚，在下處說些家務，因此耽擱了些。」何濤道：「有煩押司引進。」宋江道：「請觀察到縣裏。」

兩個入得衙門來，正值知縣時文彬在廳上發落事務。宋江將着實封公文，引着何觀察直至書案邊，叫左右掛上回避牌。宋江向前稟道：「奉濟州府公文，為賊情緊急公務，特差緝捕使臣何觀察到此下文書。」知縣接來拆開，就當廳看了，大驚，對宋江道：「這是太師府差幹辦來立等要回話的勾當。這

---

19) 下處：住處，常指臨時住所。

一干賊，便可差人去捉。」宋江道：「日間去，只怕走了消息，只可差人就夜去捉。拿得晁保正來，那六人便有下落。」時知縣道：「這東溪村晁保正，聞名是個好漢，他如何肯做這等勾當？」隨即叫喚尉司並兩個都頭：一個姓朱，名仝；一個姓雷，名橫。他兩個，非是等閒人也。

當下朱仝、雷橫兩個來到後堂，領了知縣言語，和縣尉上了馬，徑到尉司，點起馬步弓手並土兵一百餘人，就同何觀察並兩個虞候，作眼拿人。當晚都帶了繩索軍器，縣尉騎着馬，兩個都頭亦各乘馬，各帶了腰刀弓箭，手拿朴刀，前後馬步弓手簇擁着，出得東門，飛奔東溪村晁家來。到得東溪村裏，已是一更天氣，都到一個觀音庵取齊[20]。

朱仝道：「前面便是晁家莊。晁蓋家有前後兩條路，若是一齊去打他前門，他望後門走了；一齊哄去打他後門，他奔前門走了。我須知晁蓋好生了得，又不知那六個是甚麼人，必須也不是善良君子。那廝們都是死命，倘或一齊殺出來，又有莊客協助，卻如何抵敵他？只好聲東擊西，等那廝們亂竄，便好下手。不若我和雷都頭分做兩路，我與你分一半人，都是步行去，先望他後門埋伏了。等候唿哨響為號，你等向前門只顧打入來，見一個捉一個，見兩個捉一雙。」雷橫道：「也說的是。朱都頭，你和縣尉相公從前門打入來，我去截住後路。」朱仝道：「賢弟，你不省得。晁蓋莊上有三條活路，我閒常時都看在眼裏了。我去那裏，須認得他的路數，不用火把便見。你還不知他出沒的去處，倘若走漏了事情，不是耍處。」縣尉道：「朱都頭說得是，你帶一半人去。」朱仝道：「只消得三十來個夠了。」朱仝領了十個弓手，二十個土兵，先去了。縣尉再上了馬，雷橫把馬步弓手，都擺在前後，幫護着縣尉。土兵等都在馬前，明晃晃照着三二十個火把，拿着叉、朴刀、留客住、鈎鐮刀，一齊都奔晁家莊來。

到得莊前，兀自有半里多路，只見晁蓋莊裏一縷火起，從中堂燒將起來，湧得黑煙遍地，紅焰飛空。又走不到十數步，只見前後門四面八方，約有三四十把火發，焰騰騰地一齊都着。前面雷橫挺着朴刀，背後眾土兵發着喊，一齊把莊門打開，都撲入裏面看時，火光照得如同白日一般明亮，並不

---

20)　取齊：聚集。

曾見有一個人。只聽得後面發着喊，叫將起來，叫前面捉人。原來朱仝有心要放晁蓋，故意賺雷橫去打前門。這雷橫亦有心要救晁蓋，以此爭先要來打後門；卻被朱仝說開了，只得去打他前門。故意這等大驚小怪，聲東擊西，要催逼晁蓋走了。

朱仝那時到莊後時，兀自晁蓋收拾未了。莊客看見，來報與晁蓋說道：「官軍到了！事不宜遲！」晁蓋叫莊客四下裏只顧放火，他和公孫勝引了十數個去的莊客，吶着喊，挺起朴刀，從後門殺將出來，大喝道：「當吾者死！避吾者生！」朱仝在黑影裏叫道：「保正休走！朱仝在這裏等你多時。」晁蓋那裏顧他說，與同公孫勝，捨命只顧殺出來。朱仝虛閃一閃，放開條路，讓晁蓋走了。晁蓋卻叫公孫勝引了莊客先走，他獨自押着後。朱仝使步弓手從後門撲入去，叫道：「前面趕捉賊人！」雷橫聽的，轉身便出莊門外，叫馬步弓手分頭去趕。雷橫自在火光之下，東觀西望做尋人。朱仝撇了土兵，挺着刀，去趕晁蓋。晁蓋一面走，口裏說道：「朱都頭，你只管追我做甚麼？我須沒歹處！」朱仝見後面沒人，方才敢說道：「保正，你兀自不見我好處：我怕雷橫執迷，不會做人情，被我賺他打你前門，我在後面等你出來放你。你見我閃開條路，讓你過去。你不可投別處去，只除梁山泊可以安身。」晁蓋道：「深感救命之恩，異日必報！」有詩為證：

捕盜如何與盜通，官贓應與盜贓同。
莫疑官府能為盜，自有皇天不肯容。

朱仝正趕間，只聽得背後雷橫大叫道：「休教走了人！」朱仝吩咐晁蓋道：「保正，你休慌，只顧一面走，我自使轉他去。」朱仝回頭叫道：「有三個賊望東小路去了，雷都頭，你可急趕。」雷橫領了人，便投東小路上，並土兵眾人趕去。朱仝一面和晁蓋說着話，一面趕他，卻如防送的相似。

漸漸黑影裏不見了晁蓋。朱仝只做失腳撲地，倒在地下。眾土兵隨後趕來，向前扶起，急救得。朱仝答道：「黑影裏不見路徑，失腳走下野田裏，滑倒了，閃挫[21]了左腿。」縣尉道：「走了正賊，怎生奈何！」朱仝道：「非是小

---

21) 閃挫：扭傷。

人不趕，其實月黑了，沒做道理處。這些土兵，全無幾個有用的人，不敢向前。」縣尉再叫土兵去趕，眾土兵心裏道：「兩個都頭尚兀自不濟事，近他不得，我們有何用？」都去虛趕了一回，轉來道：「黑地裏正不知那條路去了。」雷橫也趕了一直回來，心內尋思道：「朱仝和晁蓋最好，多敢是放了他去，我沒來由做甚麼惡人。我也有心亦要放他，今已去了，只是不見了人情。晁蓋那人，也不是好惹的。」回來說道：「那裏趕得上？這夥賊端的了得！」縣尉和兩個都頭回到莊前時，已是四更時分。何觀察見眾人四分五落，趕了一夜，不曾拿得一個賊人，只叫苦道：「如何回得濟州去見府尹！」縣尉只得捉了幾家鄰舍去，解將鄆城縣裏來。

這時知縣一夜不曾得睡，立等回報，聽得道：「賊都走了，只拿得幾個鄰舍。」知縣把一干拿到的鄰舍，當廳勘問。眾鄰舍告道：「小人等雖在晁保正鄰近住居，遠者三二里田地，近者也隔着些村坊。他莊上時常有搠槍使棒的人來，如何知他做這般的事！」知縣逐一問了時，務要問他們一個下落。數內一個貼鄰告道：「若要知他端的，除非問他莊客。」知縣道：「說他家莊客，也都跟着走了。」鄰舍告道：「也有不願去的，還在這裏。」

知縣聽了，火速差人，就帶了這個貼鄰做眼，來東溪村捉人。無兩個時辰，早拿到兩個莊客。當廳勘問時，那莊客初時抵賴，吃打不過，只得招道：「先是六個人商議，小人只認得一個，是本鄉中教學的先生，叫做吳學究；一個叫做公孫勝，是全真先生；又有一個黑大漢，姓劉。更有那三個，小人不認得，卻是吳學究合將來的。聽的說道：『他姓阮，在石碣村住。他是打魚的，弟兄三個。』只此是實。」知縣取了一紙招狀，把兩個莊客交割與何觀察，回了一道備細公文，申呈本府。宋江自周全那一干鄰舍，保放回家聽候。

且說這眾人與何濤押解了兩個莊客，連夜回到濟州，正值府尹升廳。何濤引了眾人到廳前，稟說晁蓋燒莊在逃一事，再把莊客口詞說一遍。府尹道：「既是恁地說時，再拿出白勝來！」問道：「那三個姓阮的，端的住在那裏？」白勝抵賴不過，只得供說：「三個姓阮的：一個叫做立地太歲阮小二，一個叫做短命二郎阮小五，一個是活閻羅阮小七，都在石碣湖村裏住。」知府道：「還有那三個姓甚麼？」白勝告道：「一個是智多星吳用，一個是入雲龍公孫勝，一個叫做赤髮鬼劉唐。」知府聽了，便道：「既有下落，且把白勝依原監了，收在牢裏。」隨即又喚何觀察，差去石碣村，緝捕這幾個賊人。

不是何濤去石碣村去，有分教：天罡地煞，來尋際會風雲；水滸山城，去聚縱橫人馬。畢竟何觀察怎生差去石碣村緝捕，且聽下回分解。

## 精華賞析

宋江的出場是本回的精彩內容，不僅正面描寫用了頗多筆墨，私放晁蓋一節也寫出了他的權術、智謀和決斷。他「捨着條性命」去向晁蓋通風報信，顯示出他為義氣可以奮不顧身。這是水泊梁山賊首，必定權謀過人。這捉賊的人況且以義為先放了大盜，天下怎能不是非顛倒？

# 第十九回

# 林冲水寨大併火<br>晁蓋梁山小奪泊

大隊官軍被派往阮氏兄弟及七人藏身之處要去拿人，七人帶領眾人，仗着熟悉水性和地形的優勢排兵佈陣，各顯神通，將五百官兵全部殲滅，只留了一個首領何濤回去報信。之後，七人收拾財物，投奔梁山。梁山頭領王倫故伎重演，不願收留眾位好漢，林冲忍無可忍，吳用將計就計，七人配合林冲殺死了王倫，梁山好漢的座次將面臨重排。

話說當下何觀察領了知府台旨下廳來，隨即到機密房裏，與眾人商議。眾多做公的道：「若說這個石碣村湖蕩，緊靠着梁山泊，都是茫茫蕩蕩，蘆葦水港。若不得大隊官軍，舟船人馬，誰敢去那裏捕捉賊人？」何濤聽罷，說道：「這一論也是。」再到廳上稟覆府尹道：「原來這石碣村湖泊，正傍着梁山水泊，周圍盡是深港水汊，蘆葦草蕩。閒常時也兀自劫了人，莫說如今又添了那一夥強人在裏面。若不起得大隊人馬，如何敢去那裏捕獲得人？」府尹道：「既是如此說時，再差一員了得事的捕盜巡檢，點與五百官兵人馬，和你一處去緝捕。」何觀察領了台旨，再回機密房來，喚集這眾多做公的，整選了五百餘人，各各自去準備什物器械。次日，那捕盜巡檢領了濟州府帖文，與同何觀察兩個，點起五百軍兵同眾多做公的，一齊奔石碣村來。

且說晁蓋、公孫勝自從把火燒了莊院，帶同十數個莊客，來到石碣村，半路上撞見三阮弟兄，各執器械，卻來接應到家。七個人都在阮小五莊上。那時阮小二已把老小搬入湖泊裏。七個商議要去投梁山泊一事。吳用道：「現今李家道口有那旱地忽律朱貴在那裏開酒店，招接四方好漢。但要入夥的，須是先投奔他。我們如今安排了船隻，把一應的物件裝在船裏，將些人情送與他引進。」

大家正在那裏商議投奔梁山泊，只見幾個打魚的來報道：「官軍人馬，飛奔村裏來也！」晁蓋便起身叫道：「這廝們趕來，我等休走！」阮小二道：「不妨！我自對付他。叫那廝大半下水裏去死，小半都搠殺他。」公孫勝道：「休慌！且看貧道的本事！」晁蓋道：「劉唐兄弟，你和學究先生且把財賦老小裝載船裏，徑撐去李家道口左側相等。我們看些頭勢，隨後便到。」阮小二選兩隻棹船，把娘和老小，家中財賦，都裝下船裏。吳用、劉唐各押着一隻，叫七八個伴當搖了船，先到李家道口去等。又吩咐阮小五、阮小七撐駕小船，如此迎敵。兩個各棹船去了。

且說何濤並捕盜巡檢帶領官兵，漸近石碣村，但見河埠有船，盡數奪了。便使會水的官兵且下船裏進發。岸上人馬，船騎相迎，水陸並進。到阮小二家，一齊吶喊，人兵並起，撲將入去，早是一所空房，裏面只有些粗重家火。何濤道：「且去拿幾家附近漁戶。」問時，說道：「他的兩個兄弟阮小五、阮小七，都在湖泊裏住，非船不能去。」何濤與巡檢商議道：「這湖泊裏港汊又多，路徑甚雜，抑且水蕩坡塘，不知深淺，若是四分五落去捉時，又怕中了這賊人奸計。我們把馬匹都教人看守在這村裏，一發都下船裏去。」當時捕盜巡檢並何觀察，一同做公的人等都下了船。

那時捉的船非止百十隻，也有撐的，亦有搖的，一齊都望阮小五打魚莊上來。行不到五六里水面，只聽得蘆葦中間有人嘲歌[1]。眾人且住了船聽時，那歌道：

打魚一世蓼兒窪，不種青苗不種麻。
酷吏贓官都殺盡，忠心報答趙官家。

何觀察並眾人聽了，盡吃一驚。只見遠遠地一個人，獨棹一隻小船兒唱將來。有認得的指道：「這個便是阮小五。」何濤把手一招，眾人並力向前，各執器械挺着迎將去。只見阮小五大笑罵道：「你這等虐害百姓的賊官，直如

---

1) 嘲歌：唱山歌。

此大膽！敢來引老爺做甚麼！卻不是來捋虎鬚！」何濤背後有會射弓箭的，搭上箭，曳滿弓，一齊放箭。阮小五見放箭來，拿着樺楸，翻筋斗鑽下水裏去。眾人趕到跟前，拿個空。

又行不到兩條港汊，只聽得蘆花蕩裏打唿哨，眾人把船擺開，見前面兩個人棹着一隻船來。船頭上立着一個人，頭戴青箬笠，身披綠蓑衣，手裏拈着條筆管槍，口裏也唱着道：

老爺生長石碣村，稟性生來要殺人。
先斬何濤巡檢首，京師獻與趙王君。

何觀察並眾人聽了，又吃一驚。一齊看時，前面那個人拈着槍，唱着歌，背後這個搖着櫓。有認得的說道：「這個正是阮小七。」何濤喝道：「眾人並力向前，先拿住這個賊！休教走了！」阮小七聽得笑道：「潑賊！」便把槍只一點，那船便使轉來，望小港裏串着走。眾人發着喊，趕將去。這阮小七和那搖船的，飛也似搖着櫓，口裏打着唿哨，串着小港汊中只顧走。

眾官兵趕來趕去，看見那水港窄狹了，何濤道：「且住！把船且泊了，都傍岸邊。」上岸看時，只見茫茫蕩蕩，都是蘆葦，正不見一些旱路。何濤心內疑惑，卻商議不定，便問那當村住的人。說道：「小人們雖是在此居住，也不知道這裏有許多去處。」何濤便教划着兩隻小船，船上各帶三兩個做公的，去前面探路。去了兩個時辰有餘，不見回報。何濤道：「這廝們好不了事[2]！」再差五個做公的，又划兩隻船去探路。這幾個做公的，划了兩隻船，又去了一個多時辰，並不見些回報。何濤道：「這幾個都是久慣做公的，四清六活的人，卻怎地也不曉事，如何不着一隻船轉來回報？不想這些帶來的官兵，人人亦不知顛倒[3]！」

天色又看看晚了，何濤思想：「在此不着邊際，怎生奈何！我須用自去走一遭。」揀一隻疾快小船，選了幾個老郎[4]做公的，各拿了器械，槳起五六把

2)　不了事：辦事不力。

3)　顛倒：倒霉。

4)　老郎：老練。

樺楫，何濤坐在船頭上，望這個蘆葦港裏蕩將去。

那時已是日沒沉西，划得船開，約行了五六里水面，看見側邊岸上一個人，提着把鋤頭走將來。何濤問道：「兀那漢子，你是甚人？這裏是甚麼去處？」那人應道：「我是這村裏莊家。這裏喚做斷頭溝，沒路了。」何濤道：「你曾見兩隻船過來麼？」那人道：「不是來捉阮小五的？」何濤道：「你怎地知得是來捉阮小五的？」那人道：「他們只在前面烏林裏廝打。」何濤道：「離這裏還有多少路？」那人道：「只在前面望得見便是。」何濤聽得，便叫攏船，前去接應。便差兩個做公的，拿了叉上岸來。只見那漢提起鋤頭來，手到，把這兩個做公的一鋤頭一個，翻筋斗都打下水裏去。何濤見了吃一驚，急跳起身來時，卻待奔上岸，只見那隻船忽地搪將開去，水底下鑽起一個人來，把何濤兩腿只一扯，撲通地倒撞下水裏去。那幾個船裏的卻待要走，被這提鋤頭的趕將上船來，一鋤頭一個，排頭[5]打下去，腦漿也打出來。這何濤被水底下這人倒拖上岸來，就解下他的搭膊來捆了。看水底下這人，卻是阮小七。岸上提鋤頭的那漢，便是阮小二。

弟兄兩個看着何濤罵道：「老爺弟兄三個，從來只愛殺人放火。量你這廝，直得甚麼！你如何大膽，特地引着官兵來捉我們！」何濤道：「好漢！小人奉上命差遣，蓋不由己。小人怎敢大膽，要來捉好漢？望好漢可憐見家中有個八十歲的老娘，無人養贍，望乞饒恕性命則個！」阮家弟兄道：「且把他來捆做個粽子，撇在船艙裏。」把那幾個屍首，都攛去水裏去了。個個胡哨一聲，蘆葦叢中鑽出四五個打魚的人來，都上了船。阮小二、阮小七各駕了一隻船出來。

且說這捕盜巡檢，領着官兵，都在那船裏說道：「何觀察他道做公的不了事，自去探路，也去了許多時，不見回來。」那時正是初更左右，星光滿天。眾人都在船上歇涼。忽然只見起一陣怪風，但見：飛沙走石，捲水搖天。黑漫漫堆起烏雲，昏鄧鄧催來急雨。傾翻荷葉，滿波心翠蓋交加；擺動蘆花，繞湖面白旗繚亂。吹折崑崙山頂樹，喚醒東海老龍君。

那一陣怪風從背後吹將來，吹得眾人掩面大驚，只叫得苦，把那纜船索

5) 排頭：逐一，挨個兒。

都颩斷了。正沒擺佈處，只聽得後面胡哨響。迎着風看時，只見蘆花側畔，射出一派火光來。眾人道：「今番卻休了！」那大船小船，約有四五十隻，正被這大風颩得你撞我磕，捉摸不住，那火光卻早來到面前。原來都是一叢小船，兩隻價幫[6]住，上面滿滿堆着蘆葦柴草，刮刮雜雜燒着，乘着順風直衝將來。那四五十隻官船，屯塞做一塊，港汊又狹，又沒回避處。那頭等大船也有十數隻，卻被他火船推來，鑽在大船隊裏一燒。水底下原來又有人扶助着船燒將來，燒得大船上官兵都跳上岸來逃命奔走，不想四邊盡是蘆葦野港，又沒旱路。只見岸上蘆葦又刮刮雜雜，也燒將起來。那捕盜官兵，兩頭沒處走。風又緊，火又猛，眾官兵只得鑽去，都奔爛泥裏立地。

火光叢中，只見一隻小快船，船尾上一個搖着船，船頭上坐着一個先生，手裏明晃晃地拿着一口寶劍，口裏喝道：「休教走了一個！」眾兵都在爛泥裏慌做一堆。說猶未了，只見蘆葦東岸，兩個人引着四五個打魚的，都手裏明晃晃拿着刀槍走來。這邊蘆葦西岸，又是兩個人，也引着四五個打魚的，手裏也明晃晃拿着飛魚鉤走來。東西兩岸，四個好漢並這夥人，一齊動手，排頭兒搠將來。無移時，把許多官兵都搠死在爛泥裏。

東岸兩個是晁蓋、阮小五；西岸兩個是阮小二、阮小七；船上那個先生，便是祭風的公孫勝。五位好漢，引着十數個打魚的莊家，把這夥官兵都搠死在蘆葦蕩裏。單單只剩得一個何觀察，捆做粽子也似丟在船艙裏。阮小二提將上岸來，指着罵道：「你這廝，是濟州一個詐害百姓的蠢蟲！我本待把你碎屍萬段，卻要你回去對那濟州府管事的賊驢說：俺這石碣村阮氏三雄，東溪村天王晁蓋，都不是好撩撥的！我也不來你城裏借糧，他也休要來我這村中討死！倘或正眼兒覷着，休道你是一個小小州尹，也莫說蔡太師差幹人來要拿我們，便是蔡京親自來時，我也搠他三二十個透明的窟窿。俺們放你回去，休得再來！傳與你的那個鳥官人，教他休要討死！這裏沒大路，我着兄弟送你出路口去。」當時阮小七把一隻小快船載了何濤，直送他到大路口，喝道：「這裏一直去，便有尋路處。別的眾人都殺了，難道只恁地好好放了你去，也吃你那州尹賊驢笑！且請下你兩個耳朵來做表證！」阮小七身邊拔起尖

6)　幫：靠。

刀，把何觀察兩個耳朵割下來，鮮血淋漓。插了刀，解了胳膊，放上岸去。詩曰：

官兵盡付斷頭漢，要放何濤不便休。

留着耳朵聽說話，旋將驢耳代驢頭。

何濤得了性命，自尋路回濟州去了。

且說晁蓋、公孫勝和阮家三弟兄，並十數個打魚的，一發都駕了五七隻小船，離了石碣村湖泊，徑投李家道口來。到得那裏，相尋着吳用、劉唐船隻，合做一處。吳用問起拒敵官兵一事，晁蓋備細說了。吳用眾人大喜。整頓船隻齊了，一同來到旱地忽律朱貴酒店裏來相投。朱貴見了許多人來說投託入夥，慌忙迎接。吳用將來歷實說與朱貴聽了，大喜。逐一都相見了，請入廳上坐定，忙叫酒保安排分例酒來，管待眾人。隨即取出一張皮靶弓來，搭上一枝響箭，望着那對港蘆葦中射去。響箭到處，早見有小嘍囉搖出一隻船來。朱貴急寫了一封書呈，備細寫眾豪傑入夥姓名人數，先付與小嘍囉齎了，教去寨裏報知；一面又殺羊管待眾好漢。

過了一夜，次日早起，朱貴喚一隻大船，請眾多好漢下船，就同帶了晁蓋等來的船隻，一齊望山寨裏來。行了多時，早來到一處水口，只聽的岸上鼓響鑼鳴。晁蓋看時，只見七八個小嘍囉，划出四隻哨船來，見了朱貴，都聲了喏，自依舊先去了。

再說一行人來到金沙灘上岸，便留老小船隻並打魚的人在此等候。又見數十個小嘍囉，下山來接引到關上。王倫領着一班頭領，出關迎接。晁蓋等慌忙施禮。王倫答禮道：「小可王倫，久聞晁天王大名，如雷灌耳。今日且喜光臨草寨。」晁蓋道：「晁某是個不讀書史的人，甚是粗鹵。今日事在藏拙，甘心與頭領帳下做一小卒，不棄幸甚。」王倫道：「休如此說，且請到小寨，再有計議。」一行從人，都跟着兩個頭領上山來。到得大寨聚義廳上，王倫再三謙讓晁蓋一行人上階。晁蓋等七人在右邊一字兒立下。王倫與眾頭領在左邊一字兒立下。一個個都講禮罷，分賓主對席坐下。王倫喚階下眾小頭目聲喏已畢，一壁廂動起山寨中鼓樂。先叫小頭目去山下管待來的從人，關下另有客館安歇。詩曰：

入夥分明是一羣，相留意氣便須親。

如何待彼為賓客，只恐身難作主人。

且說山寨裏宰了兩頭黃牛、十個羊、五個豬，大吹大擂筵席。眾頭領飲酒中間，晁蓋把胸中之事，從頭至尾都告訴王倫等眾位。王倫聽罷，駭然了半晌，心內躊躇，做聲不得，自己沉吟，虛應答筵宴。至晚席散，眾頭領送晁蓋等眾人關下客館內安歇，自有來的人伏侍。

晁蓋心中歡喜，對吳用等六人說道：「我們造下這等迷天大罪，那裏去安身？不是這王頭領如此錯愛，我等皆已失所，此恩不可忘報！」吳用只是冷笑。晁蓋道：「先生何故只是冷笑？有事可以通知。」吳用道：「兄長性直，你道王倫肯收留我們？兄長不看他的心，只觀他的顏色動靜規模[7]。」晁蓋道：「觀他顏色怎地？」吳用道：「兄長不見他早間席上與兄長說話，倒有交情；次後因兄長說出殺了許多官兵捕盜巡檢，放了何濤，阮氏三雄如此豪傑，他便有些顏色變了。雖是口中應答，動靜規模，心裏好生不然[8]。若是他有心收留我們，只就早上便議定了座位。杜遷、宋萬這兩個自是粗鹵的人，待客之事，如何省得？只有林沖那人，原是京師禁軍教頭，大郡的人，諸事曉得；今不得已，坐了第四位。早間見林沖看王倫答應兄長模樣，他自便有些不平之氣，頻頻把眼瞅這王倫，心內自己躊躇。我看這人，倒有顧盼[9]之心，只是不得已。小生略放片言，教他本寨自相火併[10]。」晁蓋道：「全仗先生妙策良謀，可以容身。」當夜七人安歇了。

次早天明，只見人報道：「林教頭相訪。」吳用便對晁蓋道：「這人來相探，中俺計了。」七個人慌忙起來迎接，邀請林沖入到客館裏面。吳用向前稱謝道：「夜來重蒙恩賜，拜擾不當。」林沖道：「小可有失恭敬。雖有奉承之心，奈緣[11]不在其位，望乞恕罪。」吳學究道：「我等雖是不才，非為草木，

---

7)　顏色動靜規模：顏色，臉色；規模，模樣。

8)　不然：不高興。

9)　顧盼：照顧，照應。

10)　火併：同夥相拚殺。

11)　奈緣：只因。

豈不見頭領錯愛之心，顧盼之意，感恩不淺。」晁蓋再三謙讓林沖上坐，林沖那裏肯，推晁蓋上首坐了，林沖便在下首坐定。吳用等六人一帶坐下。晁蓋道：「久聞教頭大名，不想今日得會。」林沖道：「小人舊在東京時，與朋友交有禮節，不曾有誤。雖然今日能夠得見尊顏，不得遂平生之願，特地徑來陪話。」晁蓋稱謝道：「深感厚意。」

吳用便動問道：「小生舊日久聞頭領在東京時，十分豪傑，不知緣何與高俅不睦，致被陷害。後聞在滄州，亦被火燒了大軍草料場，又是他的計策。向後不知誰薦頭領上山？」林沖道：「若說高俅這賊陷害一節，但提起，毛髮直立，又不能報得此仇！來此容身，皆是柴大官人舉薦到此。」吳用道：「柴大官人，莫非是江湖上人稱為小旋風柴進的麼？」林沖道：「正是此人。」晁蓋道：「小可多聞人說柴大官人仗義疏財，接納四方豪傑，說是大周皇帝嫡派子孫，如何能夠會他一面也好。」

吳用又對林沖道：「據這柴大官人，名聞寰海，聲播天下的人，教頭若非武藝超羣，他如何肯薦上山？非是吳用過稱[12]，理合王倫讓這第一位頭領坐。此天下之公論，也不負了柴大官人之書信。」林沖道：「承先生高談，只因小可犯下大罪，投奔柴大官人，非他不留林沖，誠恐負累他不便，自願上山。不想今日去住無門！非在位次低微，且王倫只心術不定，語言不準，難以相聚。」吳用道：「王頭領待人接物，一團和氣，如何心地倒恁窄狹？」林沖道：「今日山寨，天幸得眾多豪傑到此，相扶相助，似錦上添花，如旱苗得雨。此人只懷妒賢嫉能之心，但恐眾豪傑勢力相壓。夜來因見兄長所說眾位殺死官兵一節，他便有些不然，就懷不肯相留的模樣，以此請眾豪傑來關下安歇。」吳用便道：「既然王頭領有這般之心，我等休要待他發付，自投別處去便了。」林沖道：「眾豪傑休生見外之心，林沖自有分曉。小可只恐眾豪傑生退去之意，特來早早說知。今日看他如何相待。若這廝語言有理，不似昨日，萬事罷論；倘若這廝今朝有半句話參差時，盡在林沖身上。」晁蓋道：「頭領如此錯愛，俺兄弟皆感厚恩。」吳用便道：「頭領為我弟兄面上，倒教頭領與舊弟兄分顏[13]。若是可容即容，不可容時，小生等登時告退。」林沖道：「先生差矣！

---

12) 過稱：過誇。

13) 分顏：翻臉。

古人有言：『惺惺惜惺惺，好漢惜好漢。』量這一個潑男女，腌臢畜生，終作何用！眾豪傑且請寬心。」林沖起身別了眾人，說道：「少間相會。」眾人相關出來，林沖自上山去了。正是：如何此處不留人，休言自有留人處。應留人者怕人留，身苦難留留客住。

當日沒多時，只見小嘍囉到來相請，說道：「今日山寨裏頭領相請眾好漢，去山南水寨亭上筵會。」晁蓋道：「上覆頭領，少間便到。」小嘍囉去了。

晁蓋問吳用道：「先生，此一會如何？」吳學究笑道：「兄長放心，此一會倒有分做山寨之主。今日林教頭必然有火併王倫之意。他若有些心懶，小生憑着三寸不爛之舌，不由他不火併。兄長身邊各藏了暗器，只看小生把手來拈鬚為號，兄長便可協力。」晁蓋等眾人暗喜。

辰牌已後，三四次人來催請。晁蓋和眾頭領身邊各各帶了器械，暗藏在身上，結束得端正，卻來赴席。只見宋萬親自騎馬，又來相請，小嘍囉抬過七乘山轎，七個人都上轎子，一徑投南山水寨裏來。直到寨後水亭子前下了轎，王倫、杜遷、林沖、朱貴都出來相接，邀請到那水亭子上，分賓主坐定。看那水亭一遭景致時，但見：四面水簾高捲，周回花壓朱闌。滿目香風，萬朵芙蓉鋪綠水；迎眸翠色，千枝荷葉繞芳塘。華簷外陰陰柳影，鎖窗前細細松聲。江山秀氣滿亭台，豪傑一羣來聚會。

當下王倫與四個頭領杜遷、宋萬、林沖、朱貴坐在左邊主位上；晁蓋與六個好漢吳用、公孫勝、劉唐、三阮坐在右邊客席。階下小嘍囉輪番把盞。酒至數巡，食供兩次，晁蓋和王倫盤話。但提起聚義一事，王倫便把閒話支吾開去。吳用把眼來看林沖時，只見林沖側坐交椅上，把眼瞅王倫身上。看看飲酒至午後，王倫回頭叫小嘍囉取來。三四個人去不多時，只見一人捧個大盤子，裏放着五錠大銀。王倫便起身把盞，對晁蓋說道：「感蒙眾豪傑到此聚義，只恨敝山小寨，是一窪之水，如何安得許多真龍？聊備些小薄禮，萬望笑留，煩投大寨歇馬，小可使人親到麾下納降。」晁蓋道：「小子久聞大山招賢納士，一徑地特來投託入夥，若是不能相容，我等眾人自行告退。重蒙所賜白金，決不敢領。非敢自誇豐富，小可聊有些盤纏使用。速請納回厚禮，只此告別。」王倫道：「何故推卻？非是敝山不納眾位豪傑，奈緣只為糧少房稀，恐日後誤了足下，眾位面皮不好，因此不敢相留。」

說言未了，只見林沖雙眉剔起，兩眼圓睜，坐在交椅上大喝道：「你前番我上山來時，也推道糧少房稀。今日晁兄與眾豪傑到此山寨，你又發出這等言語來，是何道理？」吳用便說道：「頭領息怒。自是我等來的不是，倒壞了你山寨情分。今日王頭領以禮發付我們下山，送與盤纏，又不曾熱趕[14]將去。請頭領息怒，我等自去罷休。」林沖道：「這是笑裏藏刀，言清行濁的人！我其實今日放他不過！」王倫喝道：「你看這畜生！又不醉了，倒把言語來傷觸我，卻不是反失上下！」林沖大怒道：「量你是個落第窮儒，胸中又沒文學[15]，怎做得山寨之主！」吳用便道：「晁兄，只因我等上山相投，反壞了頭領面皮。只今辦了船隻，便當告退。」

晁蓋等七人便起身，要下亭子。王倫留道：「且請席終了去。」林沖把桌子只一腳，踢在一邊，搶起身來，衣襟底下掣出一把明晃晃刀來，搭的火雜雜。吳用便把手將髭鬚一摸，晁蓋、劉唐便上亭子來，虛攔住王倫叫道：「不要火併！」吳用一手扯住林沖，便道：「頭領不可造次！」公孫勝假意勸道：「休為我等壞了大義。」阮小二便去幫住杜遷，阮小五便幫住宋萬，阮小七幫住朱貴，嚇得小嘍囉們目瞪口呆。

林沖拿住王倫罵道：「你是一個村野窮儒，虧了杜遷得到這裏。柴大官人這等資助你，賙給盤纏，與你相交；舉薦我來，尚且許多推卻。今日眾豪傑特來相聚，又要發付他下山去。這梁山泊便是你的！你這嫉賢妒能的賊，不殺了，要你何用！你也無大量大才，也做不得山寨之主！」杜遷、宋萬、朱貴本待要向前來勸，被這幾個緊緊幫着，那裏敢動。王倫那時也要尋路走，卻被晁蓋、劉唐兩個攔住。王倫見頭勢不好，口裏叫道：「我的心腹都在那裏？」雖有幾個身邊知心腹的人，本待要來救，見了林沖這般兇猛頭勢，誰敢向前。林沖即時拿住王倫，又罵了一頓，去心窩裏只一刀，察地攧倒在亭上。可憐王倫做了多年寨主，今日死在林沖之手，正應古人言：「量大福也大，機深禍亦深。」有詩為證：

獨據梁山志可羞，嫉賢傲士少寬柔。
只將寨主為身有，卻把羣英作寇仇。

---

14) 熱趕：急趕。

15) 文學：學問。

酒席歡時生殺氣，杯盤響處落人頭。
胸懷褊狹真堪恨，不肯留賢命不留。

晁蓋見殺了王倫，各掣刀在手。林沖早把王倫首級割下來，提在手裏，嚇得那杜遷、宋萬、朱貴都跪下說道：「願隨哥哥執鞭墜鐙！」晁蓋等慌忙扶起三人來。吳用就血泊裏曳過頭把交椅來，便納林沖坐地，叫道：「如有不伏者，將王倫為例！今日扶林教頭為山寨之主。」林沖大叫道：「先生差矣！我今日只為眾豪傑義氣為重上頭，火併了這不仁之賊，實無心要謀此位。今日吳兄卻讓此第一位與林沖坐，豈不惹天下英雄恥笑？若欲相逼，寧死而已！弟有片言，不知眾位肯依我麼？」眾人道：「頭領所言，誰敢不依？願聞其言。」

林沖言無數句，話不一席，有分教：斷金亭上，招多少斷金之人；聚義廳前，開幾番聚義之會。正是：替天行道人將至，仗義疏財漢便來。畢竟林沖對吳用說出甚言語來，且聽下回分解。

## 延伸思考

王倫小人肚量，確實不適合做首領，但是否必須誅殺？為甚麼？

## 第二十回

# 梁山泊義士尊晁蓋
# 鄆城縣月夜走劉唐

在林沖的安排和眾人的推舉下，梁山好漢重排了首領的座次。重整旗鼓後，又一大波官兵來捉拿，吳用輔佐晁蓋領導眾人擊退官軍，繳獲戰利品若干。後又成功劫了幾十個客商的貨物，山寨中連得兩場喜事。晁蓋念起宋江等人的恩情，欲要酬謝，便派劉唐下山去尋。宋江執意推脫，並寫了封回書叮囑他們不可再來找他，怕惹是非。

縣裏做媒的王婆託宋江幫一戶人家辦喪事，宋江後來娶了這家的女兒閻婆惜，負擔起一家的生計。但閻婆惜很快和他人勾搭成姦，慢慢疏遠了宋江，宋江卻也沒將此事放在心上。

話說林沖殺了王倫，手拿尖刀，指着眾人說道：「據林沖雖係禁軍遭配到此，今日為眾豪傑至此相聚，爭奈王倫心胸狹隘，嫉賢妒能，推故不納，因此火併了這廝，非林沖要圖此位。據着我胸襟膽氣，焉敢拒敵官軍，剪除君側元兇首惡[1]？今有晁兄，仗義疏財，智勇足備，方今天下人聞其名，無有不伏。我今日以義氣為重，立他為山寨之主，好麼？」眾人道：「頭領言之極當。」晁蓋道：「不可。自古『強後不壓主』。晁蓋強殺，只是個遠來新到的人，安敢便來佔上？」林沖把手向前，將晁蓋推在交椅上，叫道：「今日事已到頭，請勿推卻。若有不從者，將王倫為例。」再三再四，扶晁蓋坐了。林沖

1) 君側元兇首惡：暗指高俅一類貪官污吏，表明梁山聚義的目的是成大事，並非只是打家劫舍而已。

喝叫眾人就於亭前參拜了。一面使小嘍囉去大寨裏擺下筵席，一面叫人抬過了王倫屍首，一面又着人去山前山後喚眾多小頭目都來大寨裏聚義。

林沖等一行人，請晁蓋上了轎馬，都投大寨裏來。到得聚義廳前，下了馬，都上廳來。眾人扶晁天王去正中第一位交椅上坐定，中間焚起一爐香來。林沖向前道：「小可林沖，只是個粗鹵匹夫，不過只會些槍棒而已，無學無才，無智無術。今日山寨，天幸得眾豪傑相聚，大義既明，非比往日苟且。學究先生在此，便請做軍師，執掌兵權，調用將校，須坐第二位。」吳用答道：「吳某村中學究，胸次又無經綸濟世之才，雖只讀些孫吳兵法，未曾有半粒微功，怎敢佔上？」林沖道：「事已到頭，不必謙讓。」吳用只得坐了第二位。林沖道：「公孫先生請坐第三位。」晁蓋道：「卻使不得。若是這等推讓之時，晁蓋必須退位。」林沖道：「晁兄差矣。公孫先生名聞江湖，善能用兵，有鬼神不測之機，呼風喚雨之法，誰能及得？」公孫勝道：「雖有些小之法，亦無濟世之才，如何便敢佔上？還是頭領請坐。」林沖道：「只今番克敵制勝，便見得先生妙法。正是鼎分三足，缺一不可，先生不必推卻。」公孫勝只得坐了第三位。

林沖再要讓時，晁蓋、吳用、公孫勝都不肯。三人俱道：「適蒙頭領所說，鼎分三足，以此不敢違命。我三人佔上，頭領再要讓人時，晁蓋等只得告退。」三人扶住林沖，只得坐了第四位。晁蓋道：「今番須請宋、杜二頭領來坐。」那杜遷、宋萬見殺了王倫，尋思道：「自身本事低微，如何近的他們，不若做個人情。」苦苦地請劉唐坐了第五位，阮小二坐了第六位，阮小五坐了第七位，阮小七坐了第八位，杜遷坐了第九位，宋萬坐了第十位，朱貴坐了第十一位。梁山泊自此是十一位好漢坐定。山前山後，共有七八百人，都來廳前參拜了，分立在兩下。

晁蓋道：「你等眾人在此，今日林教頭扶我做山寨之主，吳學究做軍師，公孫先生同掌兵權，林教頭等共管山寨。汝等眾人，各依舊職，管領山前山後事務，守備寨柵灘頭，休教有失。各人務要竭力同心，共聚大義。」再教收拾兩邊房屋，安頓了阮家老小，便教取出打劫得的生辰綱——金珠寶貝，並自家莊上過活的金銀財帛，就當廳賞賜眾小頭目並眾多小嘍囉。當下椎牛宰馬，祭祀天地神明，慶賀重新聚義。眾頭領飲酒至半夜方散。次日，又辦筵宴慶會，一連吃了數日筵席。

晁蓋與吳用等眾頭領計議，整點倉廒，修理寨柵，打造軍器——槍、刀、弓、箭、衣甲、頭盔，準備迎敵官軍；安排大小船隻，教演人兵水手上船廝殺，好做提備，不在話下。自此梁山泊十一位頭領聚義，真乃是交情渾似股肱，義氣如同骨肉。有詩為證：

古人交誼斷黃金，心若同時誼亦深。
水滸請看忠義士，死生能守歲寒心。

因此，林沖見晁蓋作事寬洪，疏財仗義，安頓各家老小在山，驀然思念妻子在京師，存亡未保，遂將心腹備細訴與晁蓋道：「小人自從上山之後，欲要搬取妻子上山來，因見王倫心術不定，難以過活，一向蹉跎過了。流落東京，不知死活。」晁蓋道：「賢弟既有寶眷在京，如何不去取來完聚？你快寫書，便教人下山去，星夜取上山來，多少是好。」林沖當下寫了一封書，叫兩個自身邊心腹小嘍囉下山去了。

不過兩個月，小嘍囉還寨說道：「直至東京城內殿帥府前，尋到張教頭家，聞說娘子被高太尉威逼親事，自縊身死，已故半載。張教頭亦為憂疑，半月之前，染患身故。止剩得女使錦兒，已招贅丈夫在家過活。訪問鄰里，亦是如此說。打聽得真實，回來報與頭領。」林沖見說，潸然淚下，自此杜絕了心中掛念。晁蓋等見說了，悵然嗟歎。

山寨中自此無話，每日只是操練人兵，準備抵敵官軍。

忽一日，眾頭領正在聚義廳上商議事務，只見小嘍囉報上山來說道：「濟州府差撥軍官，帶領約有一千人馬，乘駕大小船四五百隻，現在石碣村湖蕩裏屯住，特來報知。」晁蓋大驚，便請軍師吳用商議道：「官軍將至，如何迎敵？」吳用笑道：「不須兄長掛心，吳某自有措置。自古道：『水來土掩，兵到將迎。』隨即喚阮氏三雄，附耳低言道：「如此如此。」又喚林沖、劉唐受計道：「你兩個便這般這般。」再叫杜遷、宋萬，也吩咐了。正是：西迎項羽三千陣，今日先施第一功。

且說濟州府尹點差團練使黃安並本府捕盜官一員，帶領一千餘人，拘集本處船隻，就石碣村湖蕩調撥，分開船隻作兩路來取泊子。

且說團練使黃安帶領人馬上船，搖旗吶喊，殺奔金沙灘來。看看漸近灘頭，只聽得水面上嗚嗚咽咽吹將起來。黃安道：「這不是畫角之聲？且把船來分作兩路，去那蘆花蕩中灣[2]住。」看時，只見水面上遠遠地三隻船來。看那船時，每隻船上只有五個人：四個人搖着雙櫓，船頭上立着一個人，頭帶絳紅巾，都一樣身穿紅羅繡襖，手裏各拿着留客住，三隻船上人，都一般打扮。於內有人認得的，便對黃安說道：「這三隻船上三個人，一個是阮小二，一個是阮小五，一個是阮小七。」黃安道：「你眾人與我一齊並力向前，拿這三個人！」兩邊有四五十隻船，一齊發着喊，殺奔前去。那三隻船唿哨了一聲，一齊便回。黃團練把手內槍拈搭[3]動，向前來叫道：「只顧殺這賊，我自有重賞。」那三隻船前面走，背後官軍船上把箭射將去。那三阮去船艙裏各拿起一片青狐皮來遮那箭矢。後面船隻只顧趕。

趕不過二三里水港，黃安背後一隻小船，飛也似划來報道：「且不要趕！我們那一條殺入去的船隻，都被他殺下水裏去，把船都奪去了。」黃安問道：「怎的着了那廝的手！」小船上人答道：「我們正行船時，只見遠遠地兩隻船來，每船上各有五個人。我們並力殺去趕他，趕不過三四里水面，四下裏小港鑽出七八隻小船來。船上弩箭似飛蝗一般射將來，我們急把船回時，來到窄狹港口，只見岸上約有二三十人，兩頭牽一條大篾索，橫截在水面上。卻待向前看索時，又被他岸上灰瓶、石子如雨點一般打將來。眾官軍只得棄了船隻，下水逃命。我眾人逃得出來，到旱路邊看時，那岸上人馬皆不見了，馬也被他牽去了，看馬的軍人都殺死在水裏。我們蘆花蕩邊尋得這隻小船兒，徑來報與團練。」黃安聽得說了，叫苦不迭，便把白旗招動，教眾船不要去趕，且一發回來。

那眾船才撥得轉頭，未曾行動，只見背後那三隻船又引着十數隻船，都只是這三五個人，把紅旗搖着，口裏吹着唿哨，飛也似趕來。黃安卻待把船擺開迎敵時，只聽得蘆葦叢中炮響。黃安看時，四下裏都是紅旗擺滿，慌了手腳。後面趕來的船上叫道：「黃安留下了首級回去！」黃安把船盡力搖過蘆葦岸邊，卻被兩邊小港裏鑽出四五十隻小船來，船上弩箭如雨點射將來。黃

---

2)　灣：船停住。

3)　拈（niān）搭：用手搓轉，擺弄。

安就箭林裏奪路時，只剩得三四隻小船了。黃安便跳過快船內，回頭看時，只見後面的人，一個個都撲通的跳下水裏去了。有和船被拖去的，大半都被殺死。

黃安駕着小快船，正走之間，只見蘆花蕩邊一隻船上立着劉唐，一撓鈎搭住黃安的船，托地跳將過來，只一把攔腰提住，喝道：「不要掙扎！」別的軍人能識水者，水裏被箭射死。不敢下水的，就船裏都活捉了。

黃安被劉唐扯到岸邊，上了岸，遠遠地晁蓋、公孫勝山邊騎着馬，挺着刀，引五六十人，三二十匹馬，齊來接應。一行人生擒活捉得一二百人，奪的船隻，盡數都收在山南水寨裏安頓了。大小頭領，一齊都到山寨。晁蓋下了馬，來到聚義廳上坐定。眾頭領各去了戎裝軍器，團團坐下。捉那黃安綁在將軍柱上。取過金銀緞匹，賞了小嘍囉。點檢共奪得六百餘匹好馬，這是林冲的功勞。東港是杜遷、宋萬的功勞。西港是阮氏三雄的功勞。捉得黃安，是劉唐的功勞。

眾頭領大喜，殺牛宰馬，山寨裏筵會。自醞的好酒，水泊裏出的新鮮蓮藕並鮮魚，山南樹上，自有時新的桃、杏、梅、李、枇杷、山棗、柿、栗之類，自養的雞、豬、鵝、鴨等品物，不必細說。眾頭領只顧慶賞。新到山寨，得獲全勝，非同小可。有詩為證：

堪笑王倫妄自矜，庸才大任豈能勝！
一從火併歸新主，會見梁山事業新。

正飲酒間，只見小嘍囉報道：「山下朱頭領使人到寨。」晁蓋喚來問有甚事。小嘍囉道：「朱頭領探聽得一起客商，有數十人結聯一處，今晚必從旱路經過，特來報知。」晁蓋道：「正沒金帛使用，誰領人去走一遭？」三阮道：「我弟兄們去。」晁蓋道：「好兄弟，小心在意，速去早來。」三阮便下廳去，換了衣裳，跨了腰刀，拿了朴刀、叉、留客住。點起一百餘人上廳來，別了頭領，便下山，就金沙灘把船載過朱貴酒店裏去了。

晁蓋恐三阮擔負不下，又使劉唐點起一百餘人，教領了下山去接應，又吩咐道：「只可善取金帛財物，切不可傷害客商性命。」劉唐去了。晁蓋到三更，不見回報，又使杜遷、宋萬引五十餘人下山接應。

晁蓋與吳用、公孫勝、林沖飲酒至天明，只見小嘍囉報喜道：「三阮頭領得了二十餘輛車子金銀財物，並四五十匹驢騾頭口。」晁蓋又問道：「不曾殺人麼？」小嘍囉答道：「那許多客人，見我們來得頭勢猛了，都撇下車子、頭口、行李，逃命去了，並不曾傷害他一個。」晁蓋見說大喜：「我等初到山寨，不可傷害於人。」取一錠白銀，賞了小嘍囉。便叫將了酒果下山來，直接到金沙灘上。見眾頭領盡把車輛扛上岸來，再叫撐船去載頭口馬匹，眾頭領大喜。把盞已畢，教人去請朱貴上山來筵宴。

晁蓋等眾頭領，都上到山寨聚義廳上，簸箕掌[4]栲栳圈坐定。叫小嘍囉扛抬過許多財物在廳上，一包包打開，將彩帛衣服堆在一邊，行貨等物堆在一邊，金銀寶貝堆在正面。眾頭領看了打劫得許多財物，心中歡喜。便叫掌庫的小頭目，每樣取一半，收貯在庫，聽候支用。這一半分做兩分：廳上十一位頭領均分一分；山上山下眾人均分一分。把這新拿到的軍健，臉上刺了字號，選壯浪的分撥去各寨餵馬砍柴，軟弱的，各處看車切草。黃安鎖在後寨監房內。

晁蓋道：「我等今日初到山寨，當初只指望逃災避難，投託王倫帳下，為一小頭目，多感林教頭賢弟推讓我為尊，不想連得了兩場喜事：第一贏得官軍，收得許多人馬船隻，捉了黃安；二乃又得了若干財物金銀。此不是皆託眾弟兄的才能？」眾頭領道：「皆託得大哥哥的福蔭，以此得采。」

晁蓋再與吳用道：「俺們弟兄七人的性命，皆出於宋押司、朱都頭兩個。古人道：『知恩不報，非為人也！』今日富貴安樂，從何而來？早晚將些金銀，可使人親到鄆城縣走一遭，此是第一件要緊的事務。再有白勝陷在濟州大牢裏，我們必須要去救他出來。」吳用道：「兄長不必憂心，小生自有擺劃。宋押司是個仁義之人，緊地不望我們酬謝。然雖如此，禮不可缺，早晚待山寨粗安，必用一個兄弟自去。白勝的事，可教驀生人[5]去那裏使錢，買上囑下，鬆寬他，便好脫身。我等且商量屯糧，造船，製辦軍器，安排寨柵、城垣，添造房屋，整頓衣袍、鎧甲，打造槍、刀、弓、箭，防備迎敵官軍。」

---

4)　簸箕掌：表示圓圈形狀。

5)　驀生人：陌生人。

晁蓋道：「既然如此，全仗軍師妙策指教。」吳用當下調撥眾頭領，分派去辦，不在話下。

且不說梁山泊自從晁蓋上山，好生興旺。卻說濟州府太守見黃安手下逃回的軍人備說梁山泊殺死官軍，生擒黃安一事；又說梁山泊好漢十分英雄了得，無人近傍得他，難以收捕；抑且水路難認，港汊多雜，以此不能取勝。府尹聽了，只叫得苦，向太師府幹辦說道：「何濤先折了許多人馬，獨自一個逃得性命回來，已被割了兩個耳朵，自回家將息，至今不能痊；去的五百人，無一個回來；因此又差團練使黃安並本府捕盜官帶領軍兵前去追捉，亦皆失陷。黃安已被活捉上山，殺死官軍，不知其數，又不能取勝，怎生是好！」太守肚裏正懷着鬼胎，沒個道理處。只見承局來報說：「東門接官亭上，有新官到來，飛報到此。」

太守慌忙上馬，來到東門外接官亭上，望見塵土起處，新官已到亭子前下馬。府尹接上亭子，相見已了。那新官取出中書省更替文書來，度與府尹。太守看罷，隨即和新官到州衙裏，交割牌印、一應府庫錢糧等項。當下安排筵席，管待新官。舊太守備說梁山泊賊盜浩大，殺死官軍一節。說罷，新官面如土色，心中思忖道：「蔡太師將這件勾當抬舉我，卻是此等地面，這般府分[6]。又沒強兵猛將，如何收捕得這夥強人？倘或這廝們來城裏借糧時，卻怎生奈何？」舊官太守次日收拾了衣裝行李，自回東京聽罪[7]，不在話下。

且說新官宗府尹到任之後，請將一員新調來鎮守濟州的軍官來，當下商議招軍買馬，集草屯糧，招募悍勇民夫，智謀賢士，準備收捕梁山泊好漢。一面申呈中書省，轉行牌[8]仰附近州郡，並力勦捕；一面自行下文書所屬州縣，知會收勦，及仰屬縣，着令守禦本境。這個都不在話下。

且說本州孔目，差人賷一紙公文，行下所屬鄆城縣，教守禦本境，防備梁山泊賊人。鄆城縣知縣看了公文，教宋江迭成文案，行下各鄉村，一體守備。宋江見了公文，心內尋思道：「晁蓋等眾人，不想做下這般大事，犯了大罪，劫了生辰綱，殺了做公的，傷了何觀察，又損害了許多官軍人馬，又把

---

6) 府分：即府，行政區的名稱。

7) 聽罪：聽候處置。

8) 行牌：文書。

黃安活捉上山。如此之罪，是滅九族的勾當。雖是被人逼迫，事非得已，於法度上卻饒不得。倘有疏失，如之奈何？」自家一個心中納悶。吩咐貼書後司張文遠將此文書立成文案，行下各鄉各保。張文遠自理會文卷，宋江卻信步走出縣來。

走不過三二十步，只聽得背後有人叫聲：「押司！」宋江轉回頭來看時，卻是做媒的王婆，引着一個婆子，卻與他說道：「你有緣，做好事的押司來也！」宋江轉身來問道：「有甚麼話說？」王婆攔住，指着閻婆對宋江說道：「押司不知，這一家兒從東京來，不是這裏人家。嫡親三口兒，夫主閻公，有個女兒婆惜。他那閻公，平昔是個好唱的人，自小教得他那女兒婆惜，也會唱諸般耍令。年方一十八歲，頗有些顏色。三口兒因來山東投奔一個官人不着，流落在此鄆城縣。不想這裏的人，不喜風流宴樂，因此不能過活，在這縣後一個僻淨巷內權住。昨日他的家公因害時疫死了，這閻婆無錢津送，停屍在家沒做道理處，央及老身做媒。我道：『這般時節，那裏有這等恰好？』又沒借換處，正在這裏走頭沒路的，只見押司打從這裏過，以此老身與這閻婆趕來，望押司可憐見他則個，作成[9]一具棺材。」宋江道：「原來恁地。你兩個跟我來，去巷口酒店裏，借筆硯寫個帖子，與你去縣東陳三郎家，取具棺材。」宋江又問道：「你有結果[10]使用麼？」閻婆答道：「實不瞞押司說，棺材尚無，那討使用？」宋江道：「我再與你銀子十兩，做使用錢。」閻婆道：「便是重生的父母，再長的爺娘，做驢做馬，報答押司。」宋江道：「休要如此說。」隨即取出一錠銀子，遞與閻婆，自回下處去了。

且說這婆子將了帖子，徑來縣東街陳三郎家，取了一具棺材，回家發送了當，兀自餘剩下五六兩銀子，娘兒兩個，把來盤纏，不在話下。

忽一朝，那閻婆因來謝宋江，見他下處，沒有一個婦人家面，回來問間壁王婆道：「宋押司下處，不見一個婦人面，他曾有娘子也無？」王婆道：「只聞宋押司家裏在宋家村住，卻不曾見說他有娘子。在這縣裏做押司，只是客居。常常見他散施棺材藥餌，極肯濟人貧苦，敢怕是未有娘子。」閻婆道：「我這女兒長得好模樣，又會唱曲兒，省得諸般耍笑，從小兒在東京時，只去

---

9)　作成：成全。

10)　結果：處理喪葬善後事宜所需的費用。

行院[11]人家串，那一個行院不愛他！有幾個上行首[12]，要問我過房[13]幾次，我不肯。只因我兩口兒無人養老，因此不過房與他。不想今來倒苦了他。我前日去謝宋押司，見他下處沒娘子，因此央你與我對宋押司說，他若要討人時，我情願把婆惜與他。我前日得你作成，虧了宋押司救濟，無可報答他，與他做個親眷來往。」

王婆聽了這話，次日來見宋江，備細說了這件事。宋江初時不肯，怎當這婆子撮合山[14]的嘴攛掇，宋江依允了。就在縣西巷內，討了一所樓房，置辦些家火什物，安頓了閻婆惜娘兒兩個，在那裏居住。沒半月之間，打扮得閻婆惜滿頭珠翠，遍體綾羅。正是：花容嫋娜，玉質娉婷。髻横一片烏雲，眉掃半彎新月。金蓮窄窄，湘裙微露不勝情；玉筍纖纖，翠袖半籠無限意。星眼渾如點漆，酥胸真似截肪。金屋美人離御苑，蕊珠仙子下塵寰。

宋江又過幾日，連那婆子，也有若干頭面衣服，端的養的婆惜豐衣足食。

初時宋江夜夜與婆惜一處歇臥，向後漸漸來得慢了。卻是為何？原來宋江是個好漢，只愛學使槍棒，於女色上不十分要緊。這閻婆惜水也似後生，況兼十八九歲，正在妙齡之際，因此宋江不中那婆娘意。

一日，宋江不合帶後司貼書張文遠來閻婆惜家吃酒。這張文遠卻是宋江的同房押司，那廝喚做小張三，生得眉清目秀，齒白唇紅。平昔只愛去三瓦兩舍，飄蓬浮蕩，學得一身風流俊俏。更兼品竹調絲，無有不會。這婆惜是個酒色娼妓，一見張三，心裏便喜，倒有意看上他。那張三見這婆惜有意，以目送情，等宋江起身淨手，倒把言語來嘲惹張三。常言道：「風不來，樹不動；船不搖，水不渾。」那張三亦是個酒色之徒，這事如何不曉得。因見這婆娘眉來眼去，十分有情，便記在心裏。向後宋江不在時，這張三便去那裏，假意兒只做來尋宋江。那婆娘留住吃茶，言來語去，成了此事。誰想那婆娘自從和那張三兩個搭識上了，打得火塊一般熱。亦且這張三又是個慣弄此事的，豈不聞古人有言：「一不將，二不帶。」只因宋江千不合，萬不合，帶這

---

11) 行院：妓院。

12) 上行首：高級的妓女。

13) 過房：轉賣給妓院。

14) 合山：為男女兩方牽線說合的人。山，媒婆、賣卦人之流的總稱。

張三來他家裏吃酒，以此看上了他。自古道：「風流茶說合，酒是色媒人。」正犯着這條款。

閻婆惜自從和那小張三兩個搭上，並無半點兒情分在這宋江身上。宋江但若來時，只把言語傷他，全不兜攬他些個。這宋江是個好漢，不以這女色為念，因此半月十日，去走得一遭。那張三和這婆惜，如膠似漆，夜去明來，街坊上人也都知了，卻有些風聲吹在宋江耳朵裏。宋江半信不信，自肚裏尋思道：「又不是我父母匹配的妻室，他若無心戀我，我沒來由惹氣做甚麼？我只不上門便了。」自此有幾個月不去。閻婆累使人來請，宋江只推事故不上門去。正是：花娘有意隨流水，義士無心戀落花。婆愛錢財娘愛俏，一般行貨兩家茶。

話分兩頭。忽一日將晚，宋江從縣裏出來，去對過茶房裏坐定吃茶。只見一個大漢，頭帶白范陽氈笠兒，身穿一領黑綠羅襖，下面腿護膝，八搭麻鞋，腰裏跨着一口腰刀，背着一個大包，走得汗雨通流，氣急喘促，把臉別轉着看那縣裏。宋江見了這個大漢走得蹺蹊，慌忙起身趕出茶房來，跟着那漢走。約走了三二十步，那漢回過頭來，看了宋江，卻不認得。宋江見了這人，略有些面熟，「莫不是那裏曾廝會來？」心中一時思量不起。那漢見宋江看了一回，也有些認得，立住了腳，定睛看那宋江，又不敢問。宋江尋思道：「這個人好作怪！卻怎地只顧看我？」宋江亦不敢問他。只見那漢去路邊一個篦頭鋪裏問道：「大哥，前面那個押司是誰？」篦頭待詔應道：「這位是宋押司。」那漢提着朴刀，走到面前，唱個大喏，說道：「押司認得小弟麼？」宋江道：「足下有些面善。」那漢道：「可借一步說話。」宋江便和那漢入一條僻淨小巷。那漢道：「這個酒店裏好說話。」

兩個上到酒樓，揀個僻淨閣兒裏坐下。那漢倚了朴刀，解下包裹，撇在桌子底下。那漢撲翻身便拜。宋江慌忙答禮道：「不敢拜問足下高姓？」那人道：「大恩人，如何忘了小弟？」宋江道：「兄長是誰？真個有些面熟，小人失忘了。」那漢道：「小弟便是晁保正莊上曾拜識尊顏，蒙恩救了性命的赤髮鬼劉唐便是。」宋江聽了大驚，說道：「賢弟，你好大膽！早是沒做公的看見，險些兒惹出事來！」劉唐道：「感承大恩，不懼一死，特地來酬謝。」宋江道：「晁保正弟兄們近日如何？兄弟，誰教你來？」劉唐道：「晁頭領哥哥再三拜上大恩人。得蒙救了性命，現今做了梁山泊主都頭領。吳學究做了軍師，公孫勝同掌兵權。林沖一力維持，火併了王倫。山寨裏原有杜遷、宋萬、朱貴，和俺弟兄七個，共是十一個頭領。現今山寨裏聚集得七八百人，糧食不計其數。只想兄長大恩，無可報答，特使劉唐賫一封書並黃金一百兩相謝押司，並朱、雷二都頭。」劉唐打開包裹，取出書來，便遞與宋江。宋江看罷，便拽起褶子前襟，摸出招文袋。打開包兒時，劉唐取出金子放在桌上。宋江把那封書就取了一條金子和這書包了，插在招文袋內，放下衣襟，便道：「賢弟，將此金子依舊包了。」隨即便喚量酒的打酒來，叫大塊切一盤肉來，鋪下些菜蔬果子之類，叫量酒人篩酒與劉唐吃。

看看天色晚了，劉唐吃了酒，把桌上金子包打開，要取出來。宋江慌忙攔住道：「賢弟，你聽我說，你們七個弟兄初到山寨，正要金銀使用；宋江家中頗有些過活，且放在你山寨裏，等宋江缺少盤纏時，卻教兄弟宋清來取。今日非是宋江見外，於內已受了一條。朱仝那人，也有些家私，不用與他，我自與他說知人情便了。雷橫這人，又不知我報與保正；況兼這人貪賭，倘或將些出去賭時，便惹出事來，不當穩便，金子切不可與他。賢弟，我不敢留你相請去家中住，倘或有人認得時，不是耍處。今夜月色必然明朗，你便可回山寨去，莫在此停擱。宋江再三申意[15]眾頭領，不能前來慶賀，切乞恕罪。」劉唐道：「哥哥大恩，無可報答，特令小弟送些人情來與押司，微表孝順之心。保正哥哥今做頭領，學究軍師號令非比舊日，小弟怎敢將回去？到山寨中必然受責。」宋江道：「既是號令嚴明，我便寫一封回書，與你將去便了。」劉唐苦苦相央宋江收受，宋江那裏肯接，隨即取一幅紙來，借酒家筆硯，備細寫了一封回書，與劉唐收在包內。

劉唐是個直性的人，見宋江如此推卻，想是不肯受了，便將金子依前包了。看看天色晚來，劉唐道：「既然兄長有了回書，小弟連夜便去。」宋江道：「賢弟，不及相留，以心相照。」劉唐又下了四拜。宋江教量酒人來道：「有此位官人留下白銀一兩在此，我明日卻自來算。」劉唐背上包裹，拿了朴刀，跟着宋江下樓來。離了酒樓，出到巷口，天色昏黃，是八月半天氣，月輪上來。宋江攜住劉唐的手，吩咐道：「賢弟保重，再不可來。此間做公的多，不

15) 申意：致意。

是要處。我更不遠送，只此相別。」劉唐見月色明朗，拽開腳步，望西路便走，連夜回梁山泊來。

再說宋江與劉唐別了，自慢慢行回下處來，一頭走，一面肚裏尋思道：「早是沒做公的看見，爭些兒惹出一場大事來！」一頭想：「那晁蓋倒去落了草，直如此大弄。」

轉不過兩個彎，只聽得背後有人叫一聲：「押司，那裏去來，好兩日不見面。」宋江回頭看時，正是閻婆。不因這番，有分教：宋江小膽翻為大膽，善心變做惡心。畢竟宋江怎地發付閻婆，且聽下回分解。

## 精華賞析

本回與前回中，「七星聚義」的七個人物都紛紛登場，顯示了自己的本領。如朱仝來捉拿時，晁蓋斷後；與何濤作戰時，阮氏熟識水性；公孫勝用火攻；吳用運籌梁山泊；劉唐視死如歸，送謝禮給宋江。而與黃安一戰中，「點檢共奪得六百餘匹好馬，這是林沖的功勞。東港是杜遷、宋萬的功勞。西港是阮氏三雄的功勞。捉得黃安，是劉唐的功勞。後山下劫取客商財物，是朱貴的功勞。」十一個頭領各自都有大用，並沒有一個屍位素餐。

## 第二十一回

# 虔婆醉打唐牛兒
# 宋江怒殺閻婆惜

宋江別過劉唐，回去路上被閻婆纏住拉至家中，要他陪女兒閻婆惜說話，兩人卻各懷心事，無心在一起。正尷尬時，常受宋江接濟的唐牛兒恰好來討錢，被閻婆打了出去，由此懷恨在心。夜深了，宋江只好與閻婆惜仍舊生着悶氣，各自睡下。第二天天沒亮，宋江就起身離開。在一處喝湯時想起要周濟老兒，才發現劉唐給他的金子和書信落在了閻婆惜家裏，急忙回去取卻為時已晚，閻婆惜以此為要挾激怒了宋江，使他動了殺人的念頭。

話說宋江別了劉唐，乘着月色滿街，信步自回下處來。卻好的遇着閻婆，趕上前來叫道：「押司，多日使人相請，好貴人，難見面！便是小賤人有些言語高低傷觸了押司，也看得老身薄面，自教訓他與押司陪話。今晚老身有緣，得見押司，同走一遭去。」宋江道：「我今日縣裏事務忙，擺撥不開，改日卻來。」閻婆道：「這個使不得。我女兒在家裏專望，押司胡亂温顧他便了。直恁地下得[1]！」宋江道：「端的忙些個，明日准來。」閻婆道：「我今晚要和你去。」便把宋江衣袖扯住了，發話道：「是誰挑撥你？我娘兒兩個下半世過活，都靠着押司。外人說的閒事閒非，都不要聽他，押司自做個主張。我女兒但有差錯，都在老身身上。押司胡亂去走一遭。」宋江道：「你不要纏，我的事務分撥不開在這裏。」閻婆道：「押司便誤了些公事，知縣相公不到得便責罰你。這回錯過，後次難逢。押司只得和老身去走一遭，到家裏自有告

1) 下得：忍心做得出。

訴。」宋江是個快性的人，吃那婆子纏不過，便道：「你放了手，我去便了。」閻婆道：「押司不要跑了去，老人家趕不上。」宋江道：「直恁地這等？」兩個廝跟着來到門前，正是：

酒不醉人人自醉，花不迷人人自迷。直饒今日能知悔，何不當初莫去為？

宋江立住了腳，閻婆把手一攔，說道：「押司來到這裏，終不成不入去了。」宋江進到裏面凳子上坐了，那婆子是乖的，自古道：「老虔婆[2]如何出得他手。」只怕宋江走去，便幫在身邊坐了，叫道：「我兒，你心愛的三郎在這裏！」那閻婆惜倒在床上，對着盞孤燈，正在沒可尋思處，只等這小張三來。聽得娘叫道「你的心愛的三郎在這裏」，那婆娘只道是張三郎，慌忙起來，把手掠一掠雲髻，口裏喃喃的罵道：「這短命，等得我苦也！老娘先打兩個耳刮子着！」飛也似跑下樓來，就槅子眼裏張時，堂前琉璃燈卻明亮，照見是宋江，那婆娘復翻身轉又上樓去，依前倒在床上。

閻婆聽得女兒腳步下樓來了，又聽得再上樓去了。婆子又叫道：「我兒，你的三郎在這裏，怎地倒走了去。」那婆惜在床上應道：「這屋裏多遠，他不會來。他又不瞎，如何自不上來，直等我來迎接他，沒了當絮絮聒聒地。」閻婆道：「這賤人真個望不見押司來，氣苦了。恁地說，也好教押司受他兩句兒。」婆子笑道：「押司，我同你上樓去。」宋江聽了那婆娘說這幾句，心裏自有五分不自在；被這婆子來扯，勉強只得上樓去。

原來是一間六椽樓屋。前半間安一副春台[3]、桌凳；後半間鋪着臥房，貼裏安一張三面棱花的床；兩邊都是欄杆，上掛着一頂紅羅幔帳；側首放個衣架，搭着手巾；這邊放着個洗手盆；一張金漆桌子上，放一個錫燈台；邊廂兩個杌子[4]；正面壁上掛一幅仕女；對床排着四把一字交椅。

宋江來到樓上，閻婆便拖入房裏去。宋江便向杌子上朝着床邊坐了。閻婆就床上拖起女兒來，說道：「押司在這裏。我兒，你只是性氣不好，把言語來傷觸他，惱得押司不上門，閒時卻在家裏思量。我如今不容易請得他來，

---

2)　虔婆：賊婆，常指老鴇一類人。

3)　春台：一種長方形的桌子。

4)　杌（wù）子：凳子

你卻不起來陪句話兒，顛倒使性[5]！」婆惜把手拓開，說那婆子：「你做甚麼這般鳥亂！我又不曾做了歹事！他自不上門，教我怎地陪話！」

宋江聽了，也不做聲。婆子便推過一把交椅，在宋江肩下，便推他女兒過來，說道：「你且和三郎坐一坐。不陪話便罷，不要焦躁。你兩個多時不見，也說一句有情的話兒。」那婆娘那裏肯過來，便去宋江對面坐了。宋江低了頭不做聲。婆子看女兒時，也別轉了臉。閻婆道：「沒酒沒漿，做甚麼道場？老身有一瓶兒好酒在這裏，買些果品來與押司陪話。我兒，你相陪押司坐地，不要怕羞，我便來也。」宋江自尋思道：「我吃這婆子釘住了，脫身不得。等他下樓去，我隨後也走了。」那婆子瞧見宋江要走的意思，出得房門去，門上卻有屈戌[6]，便把房門拽上，將屈戌搭了。宋江暗忖道：「那虔婆倒先算了我。」

且說閻婆下樓來，先去灶前點起個燈，灶裏現成燒着一鍋腳湯，再湊上些柴頭，拿了些碎銀子，出巷口去買得些時新果品、鮮魚、嫩雞、肥鮓之類。歸到家中，都把盤子盛了；取酒傾在盆裏，舀半旋子，在鍋裏燙熱了，傾在酒壺裏。收拾了數盆菜蔬，三隻酒盞，三雙箸，一桶盤托上樓來，放在春台上。開了房門，搬將入來，擺在桌子上。看宋江時，只低着頭，看女兒時，也朝着別處。

閻婆道：「我兒起來把盞酒。」婆惜道：「你們看吃，我不耐煩！」婆子道：「我兒，爺娘手裏從小兒慣了你性兒，別人面上須使不得。」婆惜道：「不把盞便怎地？終不成飛劍來取了我頭！」那婆子倒笑起來，說道：「又是我的不是了。押司是個風流人物，不和你一般見識。你不把酒便罷，且回過臉來吃盞酒兒，」婆惜只不回過頭來。那婆子自把酒來勸宋江，宋江勉意吃了一盞。婆子笑道：「押司莫要見責。閒話都打迭起，明日慢慢告訴。外人見押司在這裏，多少乾熱的不怯氣[7]，胡言亂語，放屁辣臊[8]，押司都不要聽，且只顧吃酒。」篩了三盞在桌子上，說道：「我兒不要使小孩兒的性，胡亂吃一盞酒。」

---

5) 顛倒使性：反而任性。顛倒 ，這裏是反而的意思。

6) 屈戌：門窗上的環鈕、搭扣。

7) 乾熱的不怯氣：眼紅而不樂意。

8) 放屁辣臊：胡說八道。

婆惜道：「沒得只顧纏我！我飽了，吃不得。」閻婆道：「我兒，你也陪侍你的三郎吃盞酒使得。」婆惜一頭聽了，一面肚裏尋思：「我只心在張三身上，兀誰耐煩相伴這廝！若不把他灌得醉了，他必來纏我。」婆惜只得勉意拿起酒來，吃了半盞。婆子笑道：「我兒只是焦躁，且開懷吃兩盞兒睡。押司也滿飲幾杯。」宋江被他勸不過，連飲了三五杯。婆子也連連吃了幾杯，再下樓去盪酒。

那婆子見女兒不吃酒，心中不悅，才見女兒回心吃酒，歡喜道：「若是今夜兜得他住，那人惱恨都忘了。且又和他纏幾時，卻再商量。」婆子一頭尋思，一面自在灶前吃了三大鍾酒，覺得有些癢麻上來，卻又篩了一碗吃，旋了大半旋，傾在注子[9]裏，爬上樓來，見那宋江低着頭不做聲，女兒也別轉着臉弄裙子。這婆子哈哈地笑道：「你兩個又不是泥塑的，做甚麼都不做聲？押司，你不合是個男子漢，只得裝些温柔，說些風話兒耍。」宋江正沒做道理處，口裏只不做聲，肚裏好生進退不得。閻婆惜自想道：「你不來睬我，指望老娘一似閒常時來陪你話，相伴你耍笑，我如今卻不耍。」那婆子吃了許多酒，口裏只管夾七帶八嘈[10]，正在那裏張家長，李家短，說白道綠。有詩為證：

只要孤老不出門，花言巧語弄精魂。
幾多聰慧遭他陷，死後應須拔舌根。

卻有鄆城縣一個賣糟的唐二哥，叫做唐牛兒，如常在街上只是幫閒，常常得宋江齎助他。但有些公事去告宋江，也落得幾貫錢使。宋江要用他時，死命向前。這一日晚正賭錢輸了，沒做道理處，卻去縣前尋宋江，奔到下處尋不見。街坊都道：「唐二哥，你尋誰，這般忙？」唐牛兒道：「我喉急[11]了，要尋孤老[12]，一地裏不見他。」眾人道：「你的孤老是誰？」唐牛兒道：「便是縣裏宋押司。」眾人道：「我方才見他和閻婆兩個過去，一路走着。」唐牛兒

9)　注子：上小下大，設有提把的酒器，常用來温酒。
10)　夾七帶八嘈：說這說那，混雜不清，沒有條理。
11)　喉急：急得慌。
12)　孤老：主顧。

道：「是了。這閻婆惜賊賤蟲，他自和張三兩個打得火塊也似熱，只瞞着宋押司一個。他敢也知些風聲，好幾時不去了。今晚必然吃那老咬蟲假意兒纏了去。我正沒錢使，喉急了，胡亂去那裏尋幾貫錢使，就幫兩碗酒吃。」一徑奔到閻婆門前，見裏面燈明，門卻不關。入到胡梯邊，聽得閻婆在樓上呵呵地笑。唐牛兒捏腳捏手，上到樓上，板壁縫裏張時，見宋江和婆惜兩個都低着頭；那婆子坐在橫頭桌子邊，口裏七十三八十四只顧嘈。

唐牛兒閃將入來，看着閻婆和宋江、婆惜，唱了三個喏，立在邊頭。宋江尋思道：「這廝來的最好。」把嘴望下一努。唐牛兒是個乖的人，便瞧科[13]，看着宋江便說道：「小人何處不尋過，原來卻在這裏吃酒耍，好吃得安穩！」宋江道：「莫不是縣裏有甚麼要緊事？」唐牛兒道：「押司，你怎地忘了？便是早間那件公事，知縣相公在廳上發作，着四五替公人來下處尋押司，一地裏又沒尋處，相公焦躁做一片，押司便可動身。」宋江道：「恁地要緊，只得去。」便起身要下樓，吃那婆子攔住道：「押司不要使這科分。這唐牛兒撚泛[14]過來，你這精賊也瞞老娘！正是『魯班手裏調大斧』！這早晚知縣自回衙去，和夫人吃酒取樂，有甚麼事務得發作？你這般道兒，只好瞞魍魎[15]，老娘手裏說不過去。」

唐牛兒便道：「真個是知縣相公緊等的勾當，我卻不會說謊。」閻婆道：「放你娘狗屁！老娘一雙眼卻是琉璃葫蘆兒一般，卻才見押司努嘴過來，叫你發科，你倒不攛掇押司來我屋裏，顛倒打抹他去。常言道：『殺人可恕，情理難容！』」這婆子跳起身來，便把那唐牛兒劈脖子只一叉，踉踉蹌蹌，直從房裏叉下樓來。唐牛兒道：「你做甚麼便叉我？」婆子喝道：「你不曉得破人買賣衣飯，如殺父母妻子，你高做聲，便打你這賊乞丐！」唐牛兒鑽將過來道：「你打！」這婆子乘着酒興，叉開五指，去那唐牛兒臉上連打兩掌，直出簾子外去。婆子便扯簾子，撇放門背後，卻把兩扇門關上，拿拴拴了，口裏只顧罵。

那唐牛兒吃了這兩掌，立在門前大叫道：「賊老咬蟲，不要慌！我不看

---

13) 瞧科：看見，察覺，有數。

14) 撚泛：耍花樣。泛，機關。

15) 魍魎（wǎng liǎng）：鬼怪。

宋押司面皮，教你這屋裏粉碎，教你雙日不着單日着[16]！我不結果了你不姓唐！」拍着胸大罵了去。

婆子再到樓上，看着宋江道：「押司沒事睬那乞丐做甚麼？那廝一地裏去搪酒吃，只是搬是搬非。這等倒街臥巷的橫死賊，也來上門上戶欺負人！」宋江是個真實的人，吃這婆子一篇道着了真病，倒抽身不得。婆子道：「押司不要心裏見責，老身只恁地知重[17]得了。我兒和押司只吃這杯。我猜着你兩個多時不見，一定要早睡，收拾了罷休。」婆子又勸宋江吃兩杯，收拾杯盤下樓來，自去灶下去。

宋江在樓上，自肚裏尋思說：「這婆子女兒和張三兩個有事，我心裏半信不信，眼裏不曾見真實。待要去來，只道我村[18]。況且夜深了，我只得權睡一睡，且看這婆娘怎地，今夜與我情分如何。」只見那婆子又上樓來說道：「夜深了，我叫押司兩口兒早睡。」那婆娘應道：「不干你事，你自去睡。」婆子笑下樓來，口裏道：「押司安置。今夜多歡，明日慢慢地起。」婆子下樓來，收拾了灶上，洗了腳手，吹滅燈，自去睡了。

卻說宋江坐在杌子上，只指望那婆娘似比先時，先來偎倚陪話，胡亂又將就幾時。誰想婆惜心裏尋思道：「我只思量張三，吃他攪了，卻似眼中釘一般。那廝倒直指望我一似先前時來下氣，老娘如今卻不要耍。只見說撐船就岸，幾曾有撐岸就船。你不來睬我，老娘倒落得！」

看官聽說，原來這色最是怕人。若是他有心戀你時，身上便有刀劍水火，也攔他不住，他也不怕。若是他無心戀你時，你便身坐在金銀堆裏，他也不睬你。常言道：「佳人有意村夫俏，紅粉無心浪子村。」宋公明是個勇烈大丈夫，為女色的手段卻不會。這閻婆惜被那張三小意兒百依百隨，輕憐重惜，賣俏迎姦，引亂這婆娘的心，如何肯戀宋江？當夜兩個在燈下，坐着對面，都不做聲，各自肚裏躊躇，卻似等泥乾掇入廟。看看天色夜深，窗間月上，但見：銀河耿耿，玉漏迢迢。穿窗斜月映寒光，透戶涼風吹夜氣。譙樓禁鼓，一更未盡一更催；別院寒砧，千搗將殘千搗起。畫簷間叮當鐵馬，敲

---

16)　雙日不着單日着：總有一天碰上。

17)　知重：看重，尊重。

18)　村：粗俗，鄙陋，愚蠢。

碎旅客孤懷；銀台上閃爍清燈，偏照閨人長歎。貪淫妓女心如火，仗義英雄氣似虹。

當下宋江坐在杌子上睃那婆娘時，復地歎口氣。約莫也是二更天氣，那婆娘不脫衣裳，便上床去，自倚了繡枕，扭過身，朝裏壁自睡了。宋江看了，尋思道：「可奈這賤人全不睬我些個，他自睡了。我今日吃這婆子言來語去，央了幾杯酒，打熬不得，夜深只得睡了罷。」把頭上巾幘除下，放在桌子上。脫下上蓋衣裳，搭在衣架上。腰裏解下鸞帶，上有一把解衣刀和招文袋，卻掛在床邊欄杆子上。脫去了絲鞋淨襪，便上床去那婆娘腳後睡了。半個更次，聽得婆惜在腳後冷笑。宋江心裏氣悶，如何睡得着。自古道：「歡娛嫌夜短，寂寞恨更長。」看看三更交半夜，酒卻醒了。

捱到五更，宋江起來，面桶裏冷水洗了臉，便穿了上蓋衣裳，帶了巾幘，口裏罵道：「你這賊賤人好生無禮！」婆惜也不曾睡着，聽得宋江罵時，扭過身來回道：「你不羞這臉。」宋江忍那口氣，便下樓來。閻婆聽得腳步響，便在床上說道：「押司且睡歇，等天明去。沒來由起五更做甚麼？」宋江也不應，只顧來開門。婆子又道：「押司出去時，與我拽上門。」宋江出得門來，就拽上了。忍那口氣沒出處，一直要奔回下處來。卻從縣前過，見一碗燈明，看時，卻是賣湯藥的王公來到縣前趕早市。

那老兒見是宋江來，慌忙道：「押司如何今日出來得早？」宋江道：「便是夜來酒醉，錯聽更鼓。」王公道：「押司必然傷酒，且請一盞醒酒二陳湯。」宋江道：「最好。」就凳上坐了。那老子濃濃的奉一盞二陳湯，遞與宋江吃。宋江吃了，驀然想起道：「時常吃他的湯藥，不曾要我還錢。我舊時曾許他一具棺材，不曾與得他。想起昨日有那晁蓋送來的金子，受了他一條在招文袋裏，何不就與那老兒做棺材錢，教他歡喜。」宋江便道：「王公，我日前曾許你一具棺木錢，一向不曾把得與你。今日我有些金子在這裏，把與你，你便可將去陳三郎家，買了一具棺材，放在家裏。你百年歸壽時，我卻再與你些送終之資。」王公道：「恩主時常覷老漢，又蒙與終身壽具，老子今世不能報答，後世做驢做馬報答押司。」宋江道：「休如此說。」便揭起背子前襟去取那招文袋時，吃了一驚道：「苦也！昨夜正忘在那賤人的床頭欄杆子上，我一時氣起來，只顧走了，不曾繫得在腰裏。這幾兩金子值得甚麼，須有晁蓋寄來的那一封書，包着這金。我本欲在酒樓上劉唐前燒毀了，他回去說時，只道我不把他來為念。正要將到下處來燒，卻被這閻婆纏將我去。昨晚要就燈下燒時，恐怕露在賤人眼裏，因此不曾燒得。今早走得慌，不期忘了。我常時見這婆娘看些曲本，頗識幾字，若是被他拿了，倒是利害！」便起身道：「阿公休怪。不是我說謊，只道金子在招文袋裏，不想出來得忙，忘了在家。我去取來與你。」王公道：「休要去取。明日慢慢的與老漢不遲。」宋江道：「阿公，你不知道，我還有一件物事，做一處放着，以此要去取。」宋江慌慌急急，奔回閻婆家裏來。正是：合是英雄有事來，天教遺失篋中財。已知着愛皆冤對，豈料酬恩是禍胎！

且說這閻婆惜聽得宋江出門去了，爬將起來，口裏自言自語道：「那廝攪了老娘一夜，睡不着。那廝含臉，只指望老娘陪氣下情。我不信你，老娘自和張三過得好，誰耐煩睬你！你不上門來倒好！」口裏說着，一頭鋪被，脫下上截襖兒，解了下面裙子，袒開胸前，脫下截襯衣。床面前燈卻明亮，照見床欄杆子上拖下條紫羅鸞帶。婆惜見了，笑道：「黑三那廝吃𠻘[19]不盡，忘了鸞帶在這裏，老娘且捉了，把來與張三繫。」便用手去一提，提起招文袋和刀子來。只覺袋裏有些重，便把手抽開，望桌子上只一抖，正抖出那包金子和書來。這婆娘拿起來看時，燈下照見是黃黃的一條金子。婆惜笑道：「天教我和張三買物事吃。這幾日我見張三瘦了，我也正要買些東西和他將息[20]。」將金子放下，卻把那紙書展開來燈下看時，上面寫着晁蓋並許多事務。婆惜道：「好呀！我只道『吊桶落在井裏』，原來也有『井落在吊桶裏』[21]。我正要和張三兩個做夫妻，單單只多你這廝，今日也撞在我手裏！原來你和梁山泊強賊通同往來，送一百兩金子與你。且不要慌，老娘慢慢地消遣你。」就把這封書依原包了金子，還插在招文袋裏，「不怕你教五聖來攝了去。」正在樓上自言自語，只聽得樓下呀地門響。婆子問道：「是誰？」宋江道：「是我。」婆子道：「我說早哩，押司卻不信要去，原來早了又回來。且再和姐姐睡一睡，到天明去。」宋江也不回話，一徑奔上樓來。

那婆娘聽得是宋江回來，慌忙把鸞帶、刀子、招文袋一發捲做一塊，

19)　吃𠻘：吃喝。

20)　將息：調養。

21)　井落在吊桶裏：出現意想不到的事。

藏在被裏；緊緊地靠了床裏壁，只齁齁假睡着。宋江撞到房裏，徑去床頭欄杆上取時，卻不見了。宋江心內自慌，只得忍了昨夜的氣，把手去搖那婦人道：「你看我日前的面，還我招文袋。」那婆惜假睡着，只不應。宋江又搖道：「你不要急躁，我自明日與你陪話。」婆惜道：「老娘正睡哩，是誰攪我？」宋江道：「你情知是我，假做甚麼？」婆惜扭轉身道：「黑三，你說甚麼？」宋江道：「你還了我招文袋。」婆惜道：「你在那裏交付與我手裏？卻來問我討。」宋江道：「忘了在你腳後小欄杆上。這裏又沒人來，只是你收得。」婆惜道：「呸！你不見鬼來！」宋江道：「夜來是我不是了，明日與你陪話。你只還了我罷，休要作耍。」婆惜道：「誰和你作耍？我不曾收得！」宋江道：「你先時不曾脫衣裳睡，如今蓋着被子睡，一定是起來鋪被時拿了。」

只見那婆惜柳眉踢豎，星眼圓睜，說道：「老娘拿是拿了，只是不還你！你使官府的人便拿我去做賊斷。」宋江道：「我須不曾冤你做賊，」婆惜道：「可知老娘不是賊哩！」宋江見這話，心裏越慌，便說道：「我須不曾歹看承[22]你娘兒兩個，還了我罷！我要去幹事。」婆惜道：「閒常也只嗔老娘和張三有事。他有些不如你處，也不該一刀的罪犯，不強似你和打劫賊通同。」宋江道：「好姐姐，不要叫，鄰舍聽得，不是耍處。」婆惜道：「你怕外人聽得，你莫做不得！這封書，老娘牢牢地收着。若要饒你時，只依我三件事便罷！」宋江道：「休說三件事，便是三十件事也依你。」婆惜道：「只怕依不得。」宋江道：「當行即行，敢問那三件事？」

閻婆惜道：「第一件，你可從今日便將原典我的文書來還我，再寫一紙，任從我改嫁張三，並不敢再來爭執的文書。」宋江道：「這個依得。」婆惜道：「第二件，我頭上帶的，我身上穿的，家裏使用的，雖都是你辦的，也委一紙文書，不許你日後來討。」宋江道：「這個也依得。」閻婆惜又道：「只怕你第三件依不得。」宋江道：「我已兩件都依你，緣何這件依不得？」婆惜道：「有那梁山泊晁蓋送與你的一百兩金子，快把來與我，我便饒你這一場天字第一號官司，還你這招文袋裏的款狀。」宋江道：「那兩件倒都依得。這一百兩金子，果然送來與我，我不肯受他的，依前教他把了回去。若端的有時，雙

---

22) 看承：照顧。

手便送與你。」婆惜道：「可知哩！常言道：『公人見錢，如蠅子見血。』他使人送金子與你，你豈有推了轉去的？這話卻似放屁！做公人的，『那個貓兒不吃腥？』[23] 閻羅王面前，須沒放回的鬼！你待瞞誰！便把這一百兩金子與我，值得甚麼！你怕是賊贓時，快熔過了與我。」宋江道：「你也須知我是老實的人，不會說謊。你若不信，限我三日，我將家私變賣一百兩金子與你。你還了我招文袋。」婆惜冷笑道：「你這黑三倒乖，把我一似小孩兒般捉弄。我便先還了你招文袋、這封書，歇三日卻問你討金子，正是『棺材出了，討挽歌郎錢』[24]。我這裏一手交錢，一手交貨。你快把來兩相交割。」宋江道：「果然不曾有這金子。」婆惜道：「明朝到公廳上，你也說不曾有這金子？」

宋江聽了公廳兩字，怒氣直起，那裏按納得住，睜着眼道：「你還也不還！」那婦人道：「你恁地狠，我便還你不迭！」宋江道：「你真個不還！」婆惜道：「不還！再饒你一百個不還！若要還時，在鄆城縣還你！」宋江便來扯那婆惜蓋的被。婦人身邊卻有這件物，倒不顧被，兩手只緊緊地抱住胸前。宋江扯開被來，卻見這鸞帶頭正在那婦人胸前拖下來。宋江道：「原來卻在這裏！」一不做，二不休，兩手便來奪。那婆娘那裏肯放，宋江在床邊捨命的奪，婆惜死也不放。宋江狠命只一拽，倒拽出那把壓衣刀子在席上，宋江便搶在手裏。那婆娘見宋江搶刀在手，叫：「黑三郎殺人也！」只這一聲，提起宋江這個念頭來。那一肚皮氣，正沒出處。婆惜卻叫第二聲時，宋江左手早按住那婆娘，右手卻早刀落，去那婆惜顙子上只一勒，鮮血飛出。那婦人兀自吼哩。宋江怕他不死，再復一刀，那顆頭伶伶仃仃，落在枕頭上。但見：手到處青春喪命，刀落時紅粉亡身。七魄悠悠，已赴森羅殿上；三魂渺渺，應歸枉死城中。緊閉星眸，直挺挺屍橫席上；半開檀口，濕津津頭落枕邊。從來美興一時休，此日嬌容堪戀否。

宋江一時怒起，殺了閻婆惜，取過招文袋，抽出那封書來，便就殘燈下燒了。繫上鸞帶，走下樓來。那婆子在下面睡，聽他兩口兒論口，倒也不着在意裏。只聽得女兒叫一聲：「黑三郎殺人也！」正不知怎地，慌忙跳起來，

---

23)　那個貓兒不吃腥：比喻誰都會按照本性去做。常用於貶義。

24)　棺材出了，討挽歌郎錢：比喻事過後再補辦，將失去原來的有利條件。挽歌郎，出殯時僱用的遊民，他們列隊在靈柩前，手執旗幡，口唱挽歌。

穿了衣裳，奔上樓來，卻好和宋江打個胸廝撞。閻婆問道：「你兩口兒做甚麼鬧？」宋江道：「你女兒忒無禮，被我殺了！」婆子笑道：「卻是甚話？便是押司生的眼兇，又酒性不好，專要殺人？押司休取笑老身。」宋江道：「你不信時，去房裏看，我真個殺了。」婆子道：「我不信。」推開房門看時，只見血泊裏挺着屍首。婆子道：「苦也！卻是怎地好？」宋江道：「我是烈漢！一世也不走，隨你要怎地。」婆子道：「這賤人果是不好，押司不錯殺了，只是老身無人養贍。」宋江道：「這個不妨，既是你如此說時，你卻不用憂心。我頗有家計，只教你豐衣足食便了，快活過半世。」閻婆道：「恁地時卻是好也，深謝押司。我女兒死在床上，怎地斷送？」宋江道：「這個容易。我去陳三郎家買一具棺材與你。仵作行人入殮時，我自吩咐他來。我再取十兩銀子與你結果。」婆子謝道：「押司只好趁天未明時討具棺材盛了，鄰舍街坊都不要見影。」宋江道：「也好。你取紙筆來，我寫個票子與你去取。」閻婆道：「票子也不濟事，須是押司自去取，便肯早早發來。」宋江道：「也說得是。」

兩個下樓來。婆子去房裏拿了鎖鑰，出到門前，把門鎖了，帶了鑰匙。宋江與閻婆兩個投縣前來。此時天色尚早未明，縣門卻才開。那婆子約莫到縣前左側，把宋江一把結住，發喊叫道：「有殺人賊在這裏！」嚇得宋江慌做一團，連忙掩住口道：「不要叫。」那裏掩得住。縣前有幾個做公的走將攏來看時，認得是宋江，便勸道：「婆子閉嘴！押司不是這般的人，有事只消得好說。」閻婆道：「他正是兇首，與我捉住，同到縣裏。」原來宋江為人最好，上下愛敬，滿縣人沒一個不讓他，因此做公的都不肯下手拿他，又不信這婆子說。有詩為證：

好人有難皆憐惜，奸惡無災盡詫憎。
可見生平須自檢，臨時情義始堪憑。

正是那裏沒個解救，恰好唐牛兒托一盤子洗淨的糟薑來縣前趕趁[25]，正見這婆子結扭住宋江在那裏叫冤屈。唐牛兒見是閻婆一把結扭住宋江，想起昨

25) 趕趁：為掙錢而奔忙，常指做小買賣，趕場賣唱演出和做雜差等。

夜的一肚子鳥氣來，便把盤子放在賣藥的老王凳子上，鑽將過來，喝道：「老賊蟲，你做甚麼結扭住押司？」婆子道：「唐二，你不要來打奪人去，要你償命也！」唐牛兒大怒，那裏聽他說，把婆子手一拆，拆開了，不問事由，叉開五指去閻婆臉上只一掌，打個滿天星。那婆子昏撒了，只得放手。宋江得脫，往鬧裏[26]一直走了。

婆子便一把去結扭住唐牛兒叫道：「宋押司殺了我的女兒，你卻打奪去了。」唐牛兒慌道：「我那裏得知！」閻婆叫道：「上下替我捉一捉殺人賊則個！不時，須要帶累你們。」眾做公的，只礙宋江面皮，不肯動手；拿唐牛兒時，須不耽擱。

眾人向前，一個帶住婆子，三四個拿住唐牛兒，把他橫拖倒拽，直推進鄆城縣裏來。正是：禍福無門，唯人自召；披麻救火，惹焰燒身。畢竟唐牛兒被閻婆結住，怎地脫身，且聽下回分解。

## 延伸思考

宋江的禍事起源於仗義疏財，殺了閻婆惜後他也並無心逃脫罪責，何況事後知縣也有心放他一馬，為何還要亡命天涯？他究竟怕的是甚麼？

---

26)　鬧裏：熱鬧的地方，或指亂紛紛的場面。

## 第二十二回

# 閻婆大鬧鄆城縣
# 朱仝義釋宋公明

知縣有心放過宋江，閻婆和張三卻堅持捉拿其歸案，沒辦法只好差人到宋家村捉拿。弟弟宋清將哥哥藏在地窖中，宋太公拿出憑證證明宋江已與家裏撇清了關係，公差明知是應付他們，卻也存心讓宋江逃過此劫。第二次到家中捉拿時朱仝識破機關，私下裏告知宋江最好逃離此地，投奔他處安身。此後，宋江兩兄弟辭別老父，投奔到了柴進莊上，受到了熱情款待，席間宋江出去躲酒，與一漢子爭執起來。那大漢得知了宋江身份後，立即倒身便拜。

話說當時眾做公的拿住唐牛兒，解進縣裏來。知縣聽得有殺人的事，慌忙出來升廳。眾做公的把這唐牛兒簇擁在廳前。知縣看時，只見一個婆子跪在左邊，一個漢子跪在右邊。知縣問道：「甚麼殺人公事？」婆子告道：「老身姓閻。有個女兒喚做婆惜，典與宋押司做外宅。昨夜晚間，我女兒和宋江一處吃酒，這個唐牛兒一徑來尋鬧，叫罵出門，鄰裏盡知。今早宋江出去走了一遭，回來把我女兒殺了。老身結扭到縣前，這唐二又把宋江打奪了去。告相公做主。」知縣道：「你這廝怎敢打奪了兇身？」唐牛兒告道：「小人不知前後因依。只因昨夜去尋宋江搪碗酒吃，被這閻婆叉小人出來。今早小人自出來賣糟薑，遇見閻婆結扭宋押司在縣前。小人見了，不合去勸他，他便走了。卻不知他殺死他女兒的緣由。」知縣喝道：「胡說！宋江是個君子誠實的人，如何肯造次殺人？這人命之事，必然在你身上！左右在那裏？」便喚當廳公吏。

當下轉上押司張文遠來，見說閻婆告宋江殺了他女兒，「正是我的表子[1]。」隨即取了各人口詞，就替閻婆寫了狀子，迭了一宗案。便喚當地方件作、行人並地廂、裏正、鄰佑一干人等，來到閻婆家，開了門，取屍首登場檢驗了。身邊放着行兇刀子一把。當日再三看驗得，係是生前項上被刀勒死。眾人登場了當，屍首把棺木盛了，寄放寺院裏，將一干人帶到縣裏。

知縣卻和宋江最好，有心要出脫他，只把唐牛兒來再三推問。唐牛兒供道：「小人並不知前後。」知縣道：「你這廝如何隔夜去他家尋鬧？一定你有干涉！」唐牛兒告道：「小人一時撞去搪碗酒吃。」知縣道：「胡說！打這廝！」左右兩邊狼虎一般公人把這唐牛兒一索捆翻了，打到三五十，前後語言一般。知縣明知他不知情，一心要救宋江，只把他來勘問。且叫取一面枷來釘了，禁在牢裏。那張文遠上廳來稟道：「雖然如此，現有刀子是宋江的壓衣刀，必須去拿宋江來對問，便有下落。」知縣吃他三回五次來稟，遮掩不住，只得差人去宋江下處捉拿。宋江已自在逃去了。只拿得幾家鄰人來回話：「兇身宋江在逃，不知去向。」張文遠又稟道：「犯人宋江逃去，他父親宋太公並兄弟宋清現在宋家村居住，可以勾追到官，責限比捕，跟尋宋江到官理問。」知縣本不肯行移，只要朦朧做在唐牛兒身上，日後自慢慢地出他。怎當這張文遠立主文案，唆使閻婆上廳，只管來告。知縣情知阻當不住，只得押紙公文，差三兩個做公的去宋家莊勾追宋太公並兄弟宋清。

公人領了公文，來到宋家村宋太公莊上。太公出來迎接，至草廳上坐定。公人將出文書，遞與太公看了。宋太公道：「上下請坐，容老漢告稟：老漢祖代務農，守此田園過活。不孝之子宋江，自小忤逆，不肯本分生理，要去做吏，百般說他不從。因此，老漢數年前，本縣官長處告了他忤逆，出了他籍，不在老漢戶內人數。他自在縣裏住居，老漢自和孩兒宋清在此荒村，守些田畝過活。他與老漢水米無交，並無干涉。老漢也怕他做出事來，連累不便，因此在前官手裏告了，執憑文帖，在此存照。老漢取來，教上下看。」眾公人都是和宋江好的，明知道這個是預先開的門路，苦死[2]不肯做冤家。眾人回說道：「太公既有執憑，把將來我們看，抄去縣裏回話。」太公隨即宰殺

---

1)　表子：外婦。

2)　苦死：拚命地。

些雞鵝，置酒管待了眾人，齎發了十數兩銀子，取出執憑公文，教他眾人抄了。眾公人相辭了宋太公，自回縣去回知縣的話，說道：「宋太公三年前出了宋江的籍，告了執憑文帖，見有抄白在此，難以勾捉。」知縣又是要出脫宋江的，便道：「既有執憑公文，他又別無親族，只可出一千貫賞錢，行移諸處，海捕捉拿便了。」

那張三又挑唆閻婆去廳上披頭散髮來告道：「宋江實是宋清隱藏在家，不令出官。相公如何不與老身做主去拿宋江？」知縣喝道：「他父親已自三年前告了他忤逆在官，出了他籍，現有執憑公文存照，如何拿得他父親兄弟來比捕？」閻婆告道：「相公，誰不知道他叫做孝義黑三郎？這執憑是個假的，只是相公做主則個！」知縣道：「胡說！前官手裏押的印信公文，如何是假的？」閻婆在廳下叫屈叫苦，哽哽咽咽地價哭告相公道：「人命大如天，若不肯與老身做主時，只得去州裏告狀。只是我女兒死得甚苦！」那張三又上廳來替他稟道：「相公不與他行移拿人時，這閻婆上司去告狀，倒是利害。倘或來提問時，小吏難去回話。」知縣情知有理，只得押了一紙公文，便差朱仝、雷橫二都頭，當廳發落：「你等可帶多人，去宋家村宋大戶莊上，搜捉犯人宋江來。」有詩為證：

不關心事總由他，路上何人怨折花？
為惜如花婆惜死，俏冤家做惡冤家。

朱、雷二都頭領了公文，便來點起土兵四十餘人，徑奔宋家莊上來。宋太公得知，慌忙出來迎接。朱仝、雷橫二人說道：「太公休怪我們。上司差遣，蓋不由己。你的兒子押司現在何處？」宋太公道：「兩位都頭在上，我這逆子宋江，他和老漢並無干涉。前官手裏，已告開了他，現告的執憑在此。已與宋江三年多各戶另籍，不同老漢一家過活，亦不曾回莊上來。」朱仝道：「然雖如此，我們憑書請客，奉帖勾人，難憑你說不在莊上。你等我們搜一搜看，好去回話。」便叫土兵三四十人，圍了莊院。「我自把定前門，雷都頭，你先入去搜。」雷橫便入進裏面，莊前莊後搜了一遍，出來對朱仝說道：「端的不在莊裏。」朱仝道：「我只是放心不下，雷都頭，你和眾弟兄把了門，我親自細細地搜一遍。」宋太公道：「老漢是識法度的人，如何敢藏在莊裏？」

朱仝道：「這個是人命的公事，你卻嗔怪我們不得。」太公道：「都頭尊便，自細細地去搜。」朱仝道：「雷都頭，你監着太公在這裏，休教他走動。」

朱仝自進莊裏，把朴刀倚在壁邊，把門來拴了。走入佛堂內去，把供床拖在一邊，揭起那片地板來。板底下有條索頭，將索子頭只一拽，銅鈴一聲響，宋江從地窨子[3]裏鑽將出來。見了朱仝，吃那一驚。朱仝道：「公明哥哥，休怪小弟今來捉你。閒常時和你最好，有的事都不相瞞。一日酒中，兄長曾說道：『我家佛座底下有個地窨子，上面放着三世佛，佛堂內有片地板蓋着，上面設着供床。你有些緊急之事，可來這裏躲避。』小弟那時聽說，記在心裏。今日本縣知縣。差我和雷橫兩個來時，沒奈何，要瞞生人眼目。相公也有覷兄長之心，只是被張三和這婆子在廳上發言發語，道本縣不做主時，定要在州裏告狀，因此上又差我兩個來搜你莊上。我只怕雷橫執着[4]，不會周全人，倘或見了兄長，沒個做圓活處。因此小弟賺他在莊前，一徑自來和兄長說話。此地雖好，也不是安身之處，倘或有人知得，來這裏搜着，如之奈何？」宋江道：「我也自這般尋思。若不是賢兄如此周全，宋江定遭縲絏[5]之厄。」朱仝道：「休如此說。兄長卻投何處去好？」宋江道：「小可尋思有三個安身之處：一是滄州橫海郡小旋風柴進莊上，二乃是青州清風寨小李廣花榮處，三者是白虎山孔太公莊上。他有兩個孩兒：長男叫做毛頭星孔明，次子叫做獨火星孔亮，多曾來縣裏相會。那三處在這裏躊躇未定，不知投何處去好。」朱仝道：「兄長可以作急尋思，當行即行。今晚便可動身，切勿遲延自誤。」宋江道：「上下官司之事，全望兄長維持，金帛使用，只顧來取。」朱仝道：「這事放心，都在我身上。兄長只顧安排去路。」宋江謝了朱仝，再入地窨子去。

朱仝依舊把地板蓋上，還將供床壓了，開門拿朴刀，出來說道：「真個沒在莊裏。」叫道：「雷都頭，我們只拿了宋太公去如何？」雷橫見說要拿宋太公去，尋思：「朱仝那人和宋江最好，他怎地顛倒要拿宋太公？這話一定是反說。他若再提起，我落得做人情。」

---

3)　地窨子：地窖，地下室。

4)　執着：固執，不知變通。

5)　縲絏（lié xiè）：監獄，囚禁。

朱仝、雷橫叫攏土兵，都入草堂上來。宋太公慌忙置酒管待眾人。朱仝道：「休要安排酒食。且請太公和四郎同到本縣裏走一遭。」雷橫道：「四郎如何不見？」宋太公道：「老漢使他去近村打些農器，不在莊裏。宋江那廝，自三年已前，把這逆子告出了戶，現有一紙執憑公文在此存照。」朱仝道：「如何說得過！我兩個奉着知縣台旨，叫拿你父子二人，自去縣裏回話。」雷橫道：「朱都頭，你聽我說：宋押司他犯罪過，其中必有緣故，也未便該死罪。既然太公已有執憑公文，係是印信官文書，又不是假的，我們看宋押司日前交往之面，權且擔負[6]他些個，只抄了執憑去回話便了。」朱仝尋思道：「我自反說，要他不疑。」朱仝道：「既然兄弟這般說了，我沒來由做甚麼惡人。」宋太公謝了道：「深感二位都頭相覷。」隨即排下酒食，犒賞眾人。將出二十兩銀子，送與兩位都頭。朱仝、雷橫堅執不受，把來散與眾人，四十個土兵分了。抄了一張執憑公文，相別了宋太公，離了宋家村。朱、雷二位都頭自引了一行人回縣去了。

縣裏知縣正值升廳，見朱仝、雷橫回來了，便問緣由。兩個稟道：「莊前莊後，四圍村坊，搜遍了二次，其實沒這個人。宋太公臥病在床，不能動止，早晚臨危；宋清已自前月出外未回。因此只把執憑抄白在此。」知縣道：「既然如此……」一面申呈本府，一面動了一紙海捕文書，不在話下。縣裏有那一等和宋江好的相交之人，都替宋江去張三處說開。那張三也耐不過眾人面皮，況且婆娘已死了，張三又平常亦受宋江好處，因此也只得罷了。朱仝自湊些錢物，把與閻婆，教不要去州裏告狀。這婆子也得了些錢物，沒奈何，只得依允了。朱仝又將若干銀兩教人上州裏去使用，文書不要駁將下來。又得知縣一力主張，出一千貫賞錢，行移開了一個海捕文書，只把唐牛兒問做成個「故縱兇身在逃」，脊杖二十，刺配五百里外。干連的人，盡數保放寧家。這是後話。有詩為證：

一身狼狽為煙花，地窨藏身亦可拿。
臨別叮嚀好趨避，髯公端不愧朱家。

6) 擔負：放過，不計較。

且說宋江，他是個莊農之家，如何有這地窨子？原來故宋時，為官容易，做吏最難。為甚的為官容易？皆因那時朝廷奸臣當道，讒佞專權，非親不用，非財不取。為甚做吏最難？那時做押司的，但犯罪責，輕則刺配遠惡軍州，重則抄紮家產，結果了殘生性命，以此預先安排下這般去處躲身。又恐連累父母，教爹娘告了忤逆，出了籍冊，各戶另居，官給執憑公文存照，不相來往，卻做家私在屋裏。宋時多有這般算的。

且說宋江從地窨子出來，和父親、兄弟商議：「今番不是朱仝相覷，須吃官司，此恩不可忘報。如今我和兄弟兩個，且去逃難。天可憐見，若遇寬恩大赦，那時回來，父子相見。父親可使人暗暗地送些金銀去與朱仝，央他上下使用，及資助閻婆些少，免得他上司去告擾。」太公道：「這事不用你憂心。你自和兄弟宋清在路小心，若到了彼處，那裏使個得託的人寄封信來。」

當晚弟兄兩個拴束包裹，到四更時分起來，洗漱罷，吃了早飯，兩個打扮動身。宋江戴着白范陽氈笠兒，上穿白緞子衫，繫一條梅紅縱線絛，下面纏腳襯着多耳麻鞋。宋清做伴當打扮，背了包裹，都出草廳前，拜辭了父親宋太公。三人灑淚不住。太公吩咐道：「你兩個前程萬里，休得煩惱。」宋江、宋清卻吩咐大小莊客，小心看家，早晚殷勤伏侍太公，休教飲食有缺。兄弟兩個，各跨了一口腰刀，都拿了一條朴刀，徑出離了宋家村。

兩個取路登程，五里單牌，十里雙牌，都不在話下。正遇着秋末冬初天氣。但見：柄柄芰荷枯，葉葉梧桐墜。蛩吟腐草中，雁落平沙地。細雨濕楓林，霜重寒天氣。不是路行人，怎諳秋滋味。

話說宋江弟兄兩個行了數程，在路上思量道：「我們卻投奔兀誰的是？」宋清答道：「我只聞江湖上人傳說滄州橫海郡柴大官人名字，說他是大周皇帝嫡派子孫，只不曾拜識，何不只去投奔他？人都說仗義疏財，專一結識天下好漢，救助遭配的人，是個現世的孟嘗君。我兩個只投奔他去。」宋江道：「我也心裏是這般思想。他雖和我常常書信來往，無緣分上不曾得會。」兩個商量了，徑望滄州路上來。途中免不得登山涉水，過府衝州。但凡客商在路，早晚安歇，有兩件事免不得：吃癩子碗，睡死人床。

且把閒話提過，只說正話。宋江弟兄兩個，不則一日，來到滄州界分，問人道：「柴大官人莊在何處？」問了地名，一徑投莊前來，便問莊客：「柴大官人在莊上也不？」莊客答道：「大官人在東莊上收租米，不在莊上。」宋江便問：「此間到東莊有多少路？」莊客道：「有四十餘里。」宋江道：「從何處落路去？」莊客道：「不敢動問二人官人高姓？」宋江道：「我是鄆城縣宋江的便是。」莊客道：「莫不是及時雨宋押司麼？」宋江道：「便是。」莊客道：「大官人時常說大名，只怨悵不能相會。既是宋押司時，小人引去。」莊客慌忙便領了宋江、宋清，徑投東莊來。沒三個時辰，早來到東莊。宋江看時，端的好一所莊院，十分齊整。但見：前迎闊港，後靠高峯。數千株槐柳成林，三五處廳堂待客。轉屋角牛羊滿地，打麥場鵝鴨成羣。飲饌豪華，賽過那孟嘗食客；田園主管，不數他程鄭家僮。正是：家有餘糧雞犬飽，戶無差役子孫閒。

當下莊客便道：「二位官人且在此亭上坐一坐，待小人去通報大官人出來相接。」宋江道：「好。」自和宋清在山亭上倚了朴刀，解下腰刀，歇了包裹，坐在亭子上。那莊客人去不多時，只見那座中間莊門大開，柴大官人引着三五個伴當，慌忙跑將出來，亭子上與宋江相見。

柴大官人見了宋江，拜在地下，口稱道：「端的想殺柴進，天幸今日甚風吹得到此，大慰平生渴仰之念，多幸！多幸！」宋江也拜在地下答道：「宋江疏頑小吏，今日特來相投。」柴進扶起宋江來，口裏說道：「昨夜燈花報，今早喜鵲噪[7]，不想卻是貴兄來。」滿臉堆下笑來。宋江見柴進接得意重，心裏甚喜，便喚兄弟宋清，也來相見了。柴進喝叫伴當收拾了宋押司行李，在後堂西軒下歇處。

柴進攜住宋江的手，入到裏面正廳上，分賓主坐定。柴進道：「不敢動問，聞知兄長在鄆城縣勾當，如何得暇來到荒村敝處？」宋江答道：「久聞大官人大名，如雷灌耳。雖然節次[8]收得華翰[9]，只恨賤役無閒，不能夠相會。今日宋江不才，做出一件沒出豁[10]的事來，弟兄二人尋思，無處安身，想起大官人仗義疏財，特來投奔。」柴進聽罷，笑道：「兄長放心。遮莫做下十惡大罪，既到敝莊，但不用憂心。不是柴進誇口，任他捕盜官軍，不敢正眼兒覷

7) 昨夜燈花報，今早喜鵲噪：有了喜事的兆頭。

8) 節次：一次接一次。

9) 華翰：書信。

10) 沒出豁：沒辦法，走投無路。

着小莊。」宋江便把殺了閻婆惜的事，一一告訴了一遍。柴進笑將起來，說道：「兄長放心。便殺了朝廷的命官，劫了府庫的財物，柴進也敢藏在莊裏。」說罷，便請宋江弟兄兩個洗浴。隨即將出兩套衣服、巾幘、絲鞋、淨襪，教宋江弟兄兩個換了出浴的舊衣裳。兩個洗了浴，都穿了新衣服。莊客自把宋江弟兄的舊衣裳送在歇宿處。柴進邀宋江去後堂深處，已安排下酒食了，便請宋江正面坐地，柴進對席。宋清有宋江在上，側首坐了。

三人坐定，有十數個近上的莊客並幾個主管，輪替着把盞，伏侍勸飲。柴進再三勸宋江弟兄寬懷飲幾杯，宋江稱謝不已。酒至半酣，三人各訴胸中朝夕相愛之念。看看天色晚了，點起燈燭。宋江辭道：「酒止。」柴進那裏肯放，直吃到初更左側。宋江起身去淨手。

柴進喚一個莊客，提碗燈籠，引領宋江東廊盡頭處去淨手。便道：「我且躲杯酒。」大寬轉[11]穿出前面廊下來，俄延走着，卻轉到東廊前面。宋江已有八分酒，腳步趄[12]了，只顧踏去。那廊下有一個大漢，因害瘧疾，當不住那寒冷，把一鍁火在那裏向。宋江仰着臉，只顧踏將去，正跐在火鍁柄上，把那火鍁裏炭火，都掀在那漢臉上。那漢吃了一驚，驚出一身汗來。那漢氣將起來，把宋江劈胸揪住，大喝道：「你是甚麼鳥人？敢來消遣我！」宋江也吃一驚。

正分說不得，那個提燈籠的莊客，慌忙叫道：「不得無禮！這位是大官人最相待的客官。」那漢道：「『客官』『客官』！我初來時，也是『客官』，也曾相待的厚。如今卻聽莊客搬口，便疏慢了我，正是『人無千日好，花無百日紅』。」卻待要打宋江，那莊客撇了燈籠，便向前來勸。正勸不開，只見兩三碗燈籠飛也似來。柴大官人親趕到說：「我接不着押司，如何卻在這裏鬧？」

那莊客便把跐了火鍁的事說一遍。柴進笑道：「大漢，你不認的這位奢遮的押司？」那漢道：「奢遮，奢遮！他敢比不得鄆城宋押司少些兒！」柴進大笑道：「大漢，你認得宋押司不？」那漢道：「我雖不曾認的，江湖上久聞他是個及時雨宋公明。且又仗義疏財，扶危濟困，是個天下聞名的好漢。」柴進問道：「如何見的他是天下聞名的好漢？」那漢道：「卻才說不了，他便是真大

---

11)　大寬轉：大轉彎，大兜轉。

12)　趄（qiè）：趔趄，腳步不穩。

丈夫，有頭有尾，有始有終。我如今只等病好時，便去投奔他。」柴進道：「你要見他麼？」那漢道：「我可知要見他哩！」柴進道：「大漢，遠便十萬八千里，近便只在面前。」柴進指着宋江，便道：「此位便是及時雨宋公明。」那漢道：「真個也不是？」宋江道：「小可便是宋江。」那漢定睛看了看，納頭便拜，說道：「我不是夢裏麼？與兄長相見！」宋江道：「何故如此錯愛？」那漢道：「卻才甚是無禮，萬望恕罪。有眼不識泰山！」跪在地下，那裏肯起來。宋江慌忙扶住道：「足下高姓大名？」

柴進指着那漢，說出他姓名，叫甚諱字。有分教：山中猛虎，見時魄散魂離；林下強人，撞着心驚膽裂。正是：說開星月無光彩，道破江山水倒流。畢竟柴大官人說出那漢還是何人，且聽下回分解。

## 精華賞析

宋江的身份雖說是個押司，但卻是當時社會中最低級的官吏之一，本回的故事反映了當時奸臣當道，官大一級壓死人，凡事都拿小官吏是問，根本顧不得他們家破人亡的命運。前幾回的何濤、黃安等都是這樣的例子。宋江的曲折經歷反映了社會的黑暗，人們只好想出各種對策防止連累全家人，甚至已經成了官府都睜隻眼閉隻眼的「祕密」，可見民眾皆有苟且偷生的心理。不僅是官逼民反，魯達的出家、林沖的叛逆、宋江的逃離都是官逼官反啊。

# 第二十三回

# 精讀 橫海郡柴進留賓 景陽岡武松打虎

武松得識宋江後，每日在一處相陪，先前的病也痊癒了，又聽說曾經要躲的禍事已平息，便思量着回鄉找哥哥。宋江依依不舍，臨走與武松結拜為兄弟，並贈銀給他。與宋江分別後，武松來到了陽谷縣一家酒店，喝了十五碗烈酒後不顧店主勸阻，執意要走景陽岡回家。官府張貼了告示捉拿岡上的一隻大虎，武松因酒醉沒放在心上，在景陽岡與虎遭遇後，幾個回合便打死了老虎，眾鄉人尊他為英雄，陽谷縣知縣封他做了都頭，英雄終於有了用武之地。

話說宋江因躲一杯酒，去淨手了，轉出廊下來，跐了火鍁柄，引得那漢焦躁，跳將起來，就欲要打宋江。柴進趕將出來，偶叫起宋押司，因此露出姓名來。那大漢聽得是宋江，跪在地下，那裏肯起，說道：「小人『有眼不識泰山』！一時冒瀆兄長，望乞恕罪。」宋江扶起那漢，問道：「足下是誰？高姓大名？」柴進指着道：「這人是清河縣人氏，姓武，名松，排行第二，今在此間一年矣。」宋江道：「江湖上多聞說武二郎名字，不期今日卻在這裏相會，多幸，多幸！」

柴進道：「偶然豪傑相聚，實是難得。就請同做一席說話。」宋江大喜，攜住武松的手，一同到後堂席上，便喚宋清與武松相見。柴進便邀武松坐地。宋江連忙讓他一同在上面坐。武松那裏肯坐，謙了半晌，武松坐了第三位。柴進教再整杯盤來，勸三人痛飲。宋江在燈下看那武松時，果然是一條好漢。但見：身軀凜凜，相貌堂堂。一雙眼光射寒星，兩彎眉渾如刷漆。胸脯橫闊，有萬夫難敵之威風；語話軒昂，吐千丈淩雲之志氣。心雄膽大，似撼天獅子下雲端；骨健筋強，如搖地貔貅[1]臨座上。如同天上降魔主，真是人間太歲神。

當下宋江在燈下看了武松這表人物，心中甚喜，便問武松道：「二郎因何在此？」武松答道：「小弟在清河縣，因酒後醉了，與本處機密相爭，一時間怒起，只一拳，打得那廝昏沉。小弟只道他死了，因此一徑地逃來投奔大官人處，躲災避難，今已一年有餘。後來打聽得那廝卻不曾死，救得活了。今欲正要回鄉去尋哥哥，不想染患瘧疾，不能夠動身回去。卻才正發寒冷，在那廊下向火，被兄長跐了鍁柄，吃了那一驚，驚出一身冷汗，覺得這病好了。」宋江聽了大喜。當夜飲至三更，酒罷，宋江就留武松在西軒下做一處安歇。次日起來，柴進安排席面，殺羊宰豬，管待宋江，不在話下。

過了數日，宋江將出些銀兩來與武松做衣裳。柴進知道，那裏肯要他壞錢，自取出一箱緞匹綢絹，門下自有針工，便教做三人的稱體衣裳。

說話的，柴進因何不喜武松？原來武松初來投奔柴進時，也一般接納管待；次後在莊上，但吃醉了酒，性氣剛，莊客有些顧管不到處，他便要下拳打他們。因此滿莊裏莊客，沒一個道他好。眾人只是嫌他，都去柴進面前告訴他許多不是處。柴進雖然不趕他，只是相待得他慢了。卻得宋江每日帶挈他一處，飲酒相陪，武松的前病都不發了。

相伴宋江住了十數日，武松思鄉，要回清河縣看望哥哥。柴進、宋江兩個都留他再住幾時，武松道：「小弟的哥哥多時不通信息，因此要去望他。」宋江道：「實是二郎要去，不敢苦留。如若得閒時，再來相會幾時。」武松相謝了宋江。柴進取出些金銀送與武松，武松謝道：「實是多多相擾了大官人。」武松縛了包裹，拴了哨棒要行，柴進又治酒食送路。武松穿了一領新納紅綢襖，戴着個白范陽氈笠兒，背上包裹，提了桿棒，相辭了便行。宋江道：「賢弟少等一等。」回到自己房內，取了些銀兩，趕出到莊門前來，說道：「我送兄弟一程。」宋江和兄弟宋清兩個送武松。待他辭了柴大官人，宋江也道：「大官人，暫別了便來。」

三個離了柴進東莊，行了五七里路，武松作別道：「尊兄遠了，請回。柴

---

1) 貔貅（pí xiū）：古書上說的一種兇猛野獸。

大官人必然專望[2]。」宋江道：「何妨再送幾步。」路上說些閒話，不覺又過了三二里。武松挽住宋江說道：「尊兄不必遠送。常言道：『送君千里，終須一別。』」宋江指着道：「容我再行幾步。兀那官道上有個小酒店，我們吃三鍾了作別。」三個來到酒店裏，宋江上首坐了，武松倚了哨棒，下席坐了，宋清橫頭坐定。便叫酒保打酒來，且買些盤饌、果品、菜蔬之類，都搬來擺在桌子上。三人飲了幾杯，看看紅日平西，武松便道：「天色將晚，哥哥不棄武二時，就此受武二四拜，拜為義兄。」宋江大喜。武松納頭拜了四拜，宋江叫宋清身邊取出一錠十兩銀子，送與武松。武松那裏肯受，說道：「哥哥客中自用盤費。」宋江道：「賢弟不必多慮。你若推卻，我便不認你做兄弟。」武松只得拜受了，收放纏袋裏。宋江取些碎銀子，還了酒錢。武松拿了哨棒，三個出酒店前來作別。武松墮淚，拜辭了自去。

宋江和宋清立在酒店門前，望武松不見了，方才轉身回來。行不到五里路頭，只見柴大官人騎着馬，背後牽着兩匹空馬來接。宋江望見了大喜，一同上馬回莊上來。下了馬，請入後堂飲酒。宋江弟兄兩個，自此只在柴大官人莊上。

話分兩頭。只說武松自與宋江分別之後，當晚投客店歇了。次日早起來打火，吃了飯，還了房錢，拴束包裹，提了哨棒，便走上路，尋思道：「江湖上只聞說及時雨宋公明，果然不虛。結識得這般弟兄，也不枉了！」

武松在路上行了幾日，來到陽谷縣地面。此去離縣治還遠。當日晌午時分，走得肚中飢渴，望見前面有一個酒店，挑着一面招旗在門前，上頭寫着五個字道：「三碗不過岡。」武松入到裏面坐下，把哨棒倚了，叫道：「主人家，快把酒來吃。」只見店主人把三隻碗，一雙箸，一碟熱菜，放在武松面前，滿滿篩一碗酒來。武松拿起碗，一飲而盡，叫道：「這酒好生有氣力！主人家，有飽肚的買些吃酒。」酒家道：「只有熟牛肉。」武松道：「好的，切二三斤來吃酒。」店家去裏面切出二斤熟牛肉，做一大盤子，將來放在武松面前，隨即再篩一碗酒。武松吃了道：「好酒！」又篩下一碗。恰好吃了三碗酒，再也不來篩。武松敲着桌子叫道：「主人家，怎的不來篩酒？」酒家道：「客官要肉便添來。」武松道：「我也要酒，也再切些肉來。」酒家道：「肉便

---

2)　專望：一心盼望。

切來添與客官吃，酒卻不添了。」武松道：「卻又作怪！」便問主人家道：「你如何不肯賣酒與我吃？」酒家道：「客官，你須見我門前招旗上面明明寫道：『三碗不過岡』。」

武松道：「怎地喚做『三碗不過岡』？」酒家道：「俺家的酒雖是村酒，卻比老酒的滋味；但凡客人來我店中，吃了三碗的，便醉了，過不得前面的山岡去，因此喚做『三碗不過岡』。若是過往客人到此，只吃三碗，更不再問。」武松笑道：「原來恁地。我卻吃了三碗，如何不醉？」酒家道：「我這酒叫做『透瓶香』，又喚做『出門倒』。初入口時，醇醲好吃，少刻時便倒。」武松道：「休要胡說！沒地不還你錢，再篩三碗來我吃！」酒家見武松全然不動，又篩三碗。武松吃道：「端的好酒！主人家，我吃一碗，還你一碗錢，只顧篩來。」酒家道：「客官休只管要飲，這酒端的要醉倒人，沒藥醫。」武松道：「休得胡鳥說！便是你使蒙汗藥在裏面，我也有鼻子。」店家被他發話不過，一連又篩了三碗。武松道：「肉便再把二斤來吃。」酒家又切了二斤熟牛肉，再篩了三碗酒。武松吃得口滑，只顧要吃。去身邊取出些碎銀子，叫道：「主人家，你且來看我銀子，還你酒肉錢夠麼？」酒家看了道：「有餘。還有些貼錢[3]與你。」武松道：「不要你貼錢。只將酒來篩。」酒家道：「客官，你要吃酒時，還有五六碗酒哩！只怕你吃不的了。」武松道：「就有五六碗多時，你盡數篩將來。」酒家道：「你這條長漢，倘或醉倒了時，怎扶的你住？」武松答道：「要你扶的，不算好漢。」酒家那裏肯將酒來篩。武松焦躁道：「我又不白吃你的！休要引老爺性發，通教你屋裏粉碎！把你這鳥店子倒翻轉來！」酒家道：「這廝醉了，休惹他。」再篩了六碗酒，與武松吃了。前後共吃了十五碗，綽了哨棒，立起身來道：「我卻又不曾醉！」走出門前來笑道：「卻不說『三碗不過岡！』」手提哨棒便走。

酒家趕出來叫道：「客官那裏去！」武松立住了，問道：「叫我做甚麼？我又不少你酒錢，喚我怎地？」酒家叫道：「我是好意。你且回來我家，看抄白官司榜文[4]。」武松道：「甚麼榜文？」酒家道：「如今前面景陽岡上有隻吊睛白額大蟲，晚了出來傷人，壞了三二十條大漢性命。官司如今杖限獵戶擒

3) 貼錢：找回的零錢。

4) 抄白官司榜文：不蓋官印的官府榜文抄本。抄白，不蓋官印的文書抄本。

捉發落。岡子路口，多有榜文：可教往來客人，結夥成隊，於巳、午、未三個時辰過岡，其餘寅、卯、申、酉、戌、亥六個時辰，不許過岡。更兼單身客人，務要等伴結夥而過。這早晚正是未末申初時分，我見你走都不問人，枉送了自家性命。不如就我此間歇了，等明日慢慢湊的三二十人，一齊好過岡子。」武松聽了，笑道：「我是清河縣人氏，這條景陽岡上，少也走過了一二十遭，幾時見說有大蟲？你休說這般鳥話來嚇我。便有大蟲，我也不怕！」酒家道：「我是好意救你，你不信時，進來看官司榜文。」武松道：「你鳥子聲！便真個有虎，老爺也不怕！你留我在家裏歇，莫不半夜三更要謀我財，害我性命，卻把鳥大蟲唬嚇我。」酒家道：「你看麼！我是一片好心，反做惡意，倒落得你恁地！你不信我時，請尊便自行！」正是：前車倒了千千輛，後車過了亦如然。分明指與平川路，卻把忠言當惡言。那酒店裏主人搖着頭，自進店裏去了。

這武松提了哨棒，大着步，自過景陽岡來。約行了四五里路，來到岡子下，見一大樹，刮去了皮，一片白，上寫兩行字。武松也頗識幾字，抬頭看時，上面寫道：近因景陽岡大蟲傷人，但有過往客商，可於巳、午、未三個時辰，結夥成隊過岡，請勿自誤。

武松看了，笑道：「這是酒家詭詐，驚嚇那等客人，便去那廝家裏宿歇。我卻怕甚麼鳥！」橫拖着哨棒，便上岡子來。

那時已有申牌時分，這輪紅日，厭厭地相傍下山。武松乘着酒興，只管走上岡子來。走不到半里多路，見一個敗落的山神廟。行到廟前，見這廟門上貼着一張印信榜文。武松住了腳讀時，上面寫道：陽谷縣示：為景陽岡上，新有一隻大蟲，傷害人命。現今杖限各鄉里正並獵戶人等行捕，未獲。如有過往客商人等，可於巳、午、未三個時辰，結伴過岡；其餘時分及單身客人，不許過岡，恐被傷害性命。各宜知悉。

武松讀了印信榜文，方知端的有虎。欲待轉身再回酒店裏來，尋思道：「我回去時，須吃他恥笑，不是好漢，難以轉去。」存想了一回，說道：「怕甚麼鳥！且只顧上去看怎地！」

武松正走，看看酒湧上來，便把氈笠兒背在脊樑上，將哨棒綰在肋下，一步步上那岡子來。回頭看這日色時，漸漸地墜下去了。此時正是十月間天氣，日短夜長，容易得晚。武松自言自說道：「那得甚麼大蟲？人自怕了，不敢上山。」武松走了一直，酒力發作，焦熱起來。一隻手提着哨棒，一隻手把胸膛前袒開，踉踉蹌蹌，直奔過亂樹林來。見一塊光撻撻大青石，把那哨棒倚在一邊，放翻身體，卻待要睡，只見發起一陣狂風來。古人有四句詩單道那風：

無形無影透人懷，四季能吹萬物開。
就樹撮將黃葉去，入山推出白雲來。

原來但凡世上雲生從龍，風生從虎。那一陣風過處，只聽得亂樹背後撲地一聲響，跳出一隻吊睛白額大蟲來。武松見了，叫聲：「呵呀！」從青石上翻將下來，便拿那條哨棒在手裏，閃在青石邊。

那個大蟲又飢又渴，把兩隻爪在地下略按一按，和身望上一撲，從半空裏攛將下來。武松被那一驚，酒都做冷汗出了。說時遲，那時快，武松見大蟲撲來，只一閃，閃在大蟲背後。那大蟲背後看人最難，便把前爪搭在地下，把腰胯一掀，掀將起來。武松只一躲，躲在一邊。大蟲見掀他不着，吼一聲，卻似半天裏起個霹靂，振得那山岡也動，把這鐵棒也似虎尾，倒豎起來只一剪。武松卻又閃在一邊。原來那大蟲拿人，只是一撲，一掀，一剪；三般提不着時，氣性先自沒了一半。

那大蟲又剪不着，再吼了一聲，一兜兜將回來。武松見那大蟲復翻身回來，雙手掄起哨棒，盡平生氣力只一棒，從半空劈將下來。只聽得一聲響，簌簌地將那樹連枝帶葉劈臉打將下來。定睛看時，一棒劈不着大蟲，原來打急了，正打在枯樹上，把那條哨棒折做兩截，只拿得一半在手裏。

那大蟲咆哮，性發起來，翻身又只一撲，撲將來。武松又只一跳，卻退了十步遠。那大蟲恰好把兩隻前爪搭在武松面前。武松將半截棒丟在一邊，兩隻手就勢把大蟲頂花皮肐地揪住，一按按將下來。那隻大蟲急要掙扎，被武松盡氣力納定，那裏肯放半點兒鬆寬。武松把隻腳望大蟲面門上、眼睛裏，只顧亂踢。那大蟲咆哮起來，把身底下爬起兩堆黃泥，做了一個土坑。武松把那大蟲嘴直按下黃泥坑裏去。那大蟲吃武松奈何得沒了些氣力。武松把左手緊緊地揪住頂花皮，偷出右手來，提起鐵錘般大小拳頭，盡平生之力，只顧打。打到五七十拳，那大蟲眼裏、口裏、鼻子裏、耳朵裏，都迸出鮮血來。那武松盡平昔神威，仗胸中武藝，半歇兒把大蟲打做一堆，卻似躺着一個錦皮袋。有一篇古風單道景陽岡武松打虎：

景陽岡頭風正狂，萬里陰雲霾日光。觸目晚霞掛林藪，侵人冷霧彌穹蒼。忽聞一聲霹靂響，山腰飛出獸中王。昂頭踴躍逞牙爪，麋鹿之屬皆奔忙。清河壯士酒未醒，岡頭獨坐忙相迎。上下尋人虎飢渴，一掀一撲何猙獰！虎來撲人似山倒，人往迎虎如巖傾。臂腕落時墜飛炮，爪牙爬處成泥坑。拳頭腳尖如雨點，淋漓兩手猩紅染。腥風血雨滿松林，散亂毛鬚墜山奄。近看千鈞勢有餘，遠觀八面威風斂。身橫野草錦斑銷，緊閉雙睛光不閃。

當下景陽岡上那隻猛虎，被武松沒頓飯之間，一頓拳腳，打得那大蟲動彈不得，使得口裏兀自氣喘。武松放了手，來松樹邊尋那打折的棒橛，拿在手裏，只怕大蟲不死，把棒橛又打了一回。那大蟲氣都沒了。武松再尋思道：「我就地拖得這死大蟲下岡子去。」就血泊裏雙手來提時，那裏提得動。原來使盡了氣力，手腳都酥軟了，動彈不得。武松再來青石坐了半歇，尋思道：「天色看看黑了，倘或又跳出一隻大蟲來時，卻怎地鬥得他過？且掙扎下岡子去，明早卻來理會。」就石頭邊尋了氈笠兒，轉過亂樹林邊，一步步捱下岡子來。

走不到半里多路，只見枯草叢中，鑽出兩隻大蟲來。武松道：「呵呀！我今番罷了！」只見那兩個大蟲，於黑影裏直立起來。武松定睛看時，卻是兩個人，把虎皮縫做衣裳，緊緊拼在身上。那兩個人手裏各拿着一條五股叉，見了武松，吃一驚道：「你那人吃了㹠貄心、豹子肝、獅子腿，膽倒包着身軀，如何敢獨自一個，昏黑將夜，又沒器械，走過岡子來？不知你是人是鬼？」武松道：「你兩個是甚麼人？」那個人道：「我們是本處獵戶。」武松道：「你們上嶺來做甚麼？」兩個獵戶失驚道：「你兀自不知哩！如今景陽岡上有一隻極大的大蟲，夜夜出來傷人。只我們獵戶，也折了七八個。過往客人，不記其數，都被這畜生吃了。本縣知縣着落當鄉里正和我們獵戶人等捕捉。那業畜勢大難近，誰敢向前！我們為他，正不知吃了多少限棒，只捉他不得。今夜又該我們兩個捕獵，和十數個鄉夫在此，上上下下，放了窩弓藥箭等他。正在這裏埋伏，卻見你大剌剌地從岡子上走將下來，我兩個吃了一驚。你卻正是甚人？曾見大蟲麼？」武松道：「我是清河縣人氏，姓武，排行第二。卻才岡子上亂樹林邊，正撞見那大蟲，被我一頓拳腳打死了。」兩個獵戶聽得癡呆了，說道：「怕沒這話？」武松道：「你不信時，只看我身上兀自有血跡。」兩個道：「怎地打來？」武松把那打大蟲的本事[5]，再說了一遍。兩個獵戶聽了，又驚又喜，叫攏那十個鄉夫來。

只見這十個鄉夫，都拿着鋼叉、踏弩、刀、槍，隨即攏來。武松問道：「他們眾人，如何不隨着你兩個上山？」獵戶道：「便是那畜生利害，他們如何敢上來？」一夥十數個人，都在面前。兩個獵戶把武松打殺大蟲的事，說向眾人，眾人都不肯信。武松道：「你眾人不信時，我和你去看便了。」眾人身邊都有火刀、火石，隨即發出火來，點起五七個火把。眾人都跟着武松，一同再上岡子來，看見那大蟲做一堆兒死在那裏。眾人見了大喜，先叫一個去報知本縣里正並該管上戶。這裏五七個鄉夫，自把大蟲縛了，抬下岡子來。

到得嶺下，早有七八十人，都哄將來。先把死大蟲抬在前面，將一乘兜轎抬了武松，徑投本處一個上戶家來。那戶里正，都在莊前迎接。把這大蟲扛到草廳上。卻有本鄉上戶、本鄉獵戶三二十人，都來相探武松。眾人問道：「壯士高姓大名？貴鄉何處？」武松道：「小人是此間鄰郡清河縣人氏，姓武，名松，排行第二。因從滄州回鄉來，昨晚在岡子那邊酒店吃得大醉了，上岡子來，正撞見這畜生。」把那打虎的身分[6]、拳腳，細說了一遍。眾上戶道：「真乃英雄好漢！」眾獵戶先把野味將來與武松把杯。武松因打大蟲睏乏了，要睡。大戶便叫莊客打並客房，且教武松歇息。

到天明，上戶先使人去縣裏報知，一面合[7]具虎床，安排端正，迎送縣裏去。天明，武松起來洗漱罷，眾多上戶牽一腔羊，挑一擔酒，都在廳前伺候。武松穿了衣裳，整頓巾幘，出到前面，與眾人相見。眾上戶把盞說道：「被這個畜生，正不知害了多少人性命，連累獵戶，吃了幾頓限棒。今日幸得壯士來到，除了這個大害。第一，鄉中人民有福；第二，客侶通行，實出壯士之賜！」武松謝道：「非小子之能，託賴眾長上福蔭。」眾人都來作賀。吃了一早晨酒食，抬出大蟲，放在虎床上。眾鄉村上戶，都把緞匹花紅來掛與

---

5）　本事：原來的經過情況。

6）　身分：體態。

7）　合：配成一物。

武松。武松有些行李包裹，寄在莊上。一齊都出莊門前來。早有陽谷縣知縣相公使人來接武松。都相見了，叫四個莊客，將乘涼轎，來抬了武松。把那大蟲扛在前面，掛着花紅緞匹，迎到陽谷縣裏來。

那陽谷縣人民，聽得說一個壯士打死了景陽岡上大蟲，迎喝將來，盡皆出來看，哄動了那個縣治。武松在轎上看時，只見亞肩迭背[8]，鬧鬧穰穰，屯街塞巷，都來看迎大蟲。到縣前衙門口，知縣已在廳上專等。武松下了轎，扛着大蟲，都到廳前，放在甬道上。知縣看了武松這般模樣，又見了這個老大錦毛大蟲，心中自忖道：「不是這個漢，怎地打得這個猛虎！」便喚武松上廳來。武松去廳前聲了喏，知縣問道：「你那打虎的壯士，你卻說怎生打了這個大蟲？」武松就廳前將打虎的本事說了一遍，廳上廳下眾多人等都驚的呆了。知縣就廳上賜了幾杯酒，將出上戶湊的賞賜錢一千貫給與武松。武松稟道：「小人託賴相公的福蔭，偶然僥倖打死了這個大蟲，非小人之能，如何敢受賞賜？小人聞知這眾獵戶，因這個大蟲受了相公責罰，何不就把這一千貫給散與眾人去用？」知縣道：「既是如此，任從壯士。」武松就把這賞錢在廳上散與眾人獵戶。

知縣見他忠厚仁德，有心要抬舉他，便道：「雖你原是清河縣人氏，與我這陽谷縣只在咫尺。我今日就參你在本縣做個都頭如何？」武松跪謝道：「若蒙恩相抬舉，小人終身受賜。」知縣隨即喚押司立了文案，當日便參武松做了步兵都頭。眾上戶都來與武松作賀慶喜，連連吃了三五日酒。武松自心中想道：「我本要回清河縣去看望哥哥，誰想倒來做了陽谷縣都頭。」自此上官見愛，鄉裏聞名。

又過了三二日，那一日，武松走出縣前來閒玩，只聽得背後一個人叫聲：「武都頭，你今日發跡了，如何不看覷我則個？」武松回過頭來看了，叫聲：「啊呀！你如何卻在這裏？」

不是武松見了這個人，有分教：陽谷縣裏，屍橫血染。直教：鋼刀響處人頭滾，寶劍揮時熱血流。畢竟叫喚武都頭的正是甚人，且聽下回分解。

---

8)　亞肩迭背：形容人羣擁擠。亞，同「壓」。

## 延伸思考

武松從一個有「前科」甚至受過排擠的底層小人物，一夜之間成為了打虎英雄，並做了都頭，體會他的心理變化，以及這個情節安排對後文的作用。

## 精華賞析

「武松打虎」是我們耳熟能詳的典故，出處就是本回中武松在景陽岡打死老虎的精彩段落。這個故事之所以為眾口傳誦，為眾版本所演繹，原因不僅僅在於它寫出了武松是個力大無比的英雄，更在於它把武松塑造成了一個「人」。是一個「人」，才會貪杯而醉，不顧店主勸阻執意上山；是一個「人」，才會在看到官府告示後心生畏懼，卻又怕店主恥笑，硬着頭皮趕路；是一個「人」，才會打死老虎後全身癱軟，心知不能再鬥，「掙扎下岡子」去。

小說把他塑造成了一個真正的人，同時也是真英雄、真漢子。本回正面描述打虎的文字其實並不算多，先是老虎的「一撲」「一掀」「一剪」被武松機智躲過；接着他「用盡平生氣力」揮出一棒卻打在樹枝上，唯一的武器斷為兩截；最後武松靠過人的勇猛和力量，用拳腳打得老虎動彈不得，又三拳兩腳結果了性命。三個回合的描寫既有曲折，又讓人感到酣暢淋漓。

文中除了正面描寫武松，更多的是進行了大量的側面烘托，突出老虎的兇猛，以達到顯示武松勇力的目的。如官府對過往行人的警告、店主的好言規勸、武松下山後獵戶的大驚失色、眾百姓的歡呼雀躍等，這些描寫有武松上山前的，也有打虎後的，分別營造了緊張和歡樂的氣氛：之前是為武松捏了把汗，之後是為他的神勇有力由衷地感到敬佩。以上這些側面描寫在本回中起到了不可或缺的補充作用。

## 第二十四回

# 王婆貪賄說風情
# 鄆哥不忿鬧茶肆

武松在陽谷縣遇到的人正是自己的哥哥武大郎，原來相貌醜陋的哥哥娶了一個大戶人家的使女潘金蓮，常遭人挑撥恥笑，不得已搬到了臨近的陽谷縣。兄弟重逢，本是樂事，而武松的嫂子潘金蓮卻橫生是非，加之王婆挑唆，紅杏出牆，埋下了禍事的種子。

話說當日武都頭回轉身來，看見那人，撲翻身便拜。那人原來不是別人，正是武松的嫡系哥哥武大郎。武松拜罷，說道：「一年有餘不見哥哥，如何卻在這裏？」武大道：「二哥，你去了許多時，如何不寄封書來與我？我又怨你，又想你。」武松道：「哥哥如何是怨我，想我？」武大道：「我怨你時，當初你在清河縣裏，要便[1]吃酒醉了，和人相打，時常吃官司，教我要便隨衙聽候，不曾有一個月淨辦[2]，常教我受苦，這個便是怨你處。想你時，我近來取得一個老小[3]，清河縣人，不怯氣都來相欺負，沒人做主。你在家時，誰敢來放個屁？我如今在那裏安身不得，只得搬來這裏賃房居住，因此便是想你處。」

看官聽說：原來武大與武松，是一母所生兩個。武松身長八尺，一貌堂堂，渾身上下，有千百斤氣力，不恁地，如何打得那個猛虎？這武大郎，身不滿五尺，面目醜陋，頭腦可笑。清河縣人見他生得短矮，起他一個諢名，叫做「三寸丁穀樹皮」。

1)　要便：有了便。

2)　淨辦：安靜。

3)　老小：妻子。

那清河縣裏有一個大戶人家，有個使女，小名喚做潘金蓮。年方二十餘歲，頗有些顏色，因為那個大戶要纏他，這女使只是去告主人婆，意下不肯依從。那個大戶以此記恨於心，卻倒賠些房奩[4]，不要武大一文錢，白白地嫁與他。自從武大娶得那婦人之後，清河縣裏有幾個奸詐的浮浪子弟們，卻來他家裏薅惱。原來這婦人，見武大身材短矮，人物猥瑣，不會風流。這婆娘倒諸般好，為頭的愛偷漢子。有詩為證：

金蓮容貌更堪題，笑蹙春山八字眉。
若遇風流清子弟，等閒雲雨便偷期。

卻說那潘金蓮過門之後，武大是個懦弱依本分的人，被這一班人不時間在門前叫道：「好一塊羊肉，倒落在狗口裏！」因此武大在清河縣住不牢，搬來這陽谷縣紫石街賃房居住，每日仍舊挑賣炊餅。

此日正在縣前做買賣，當下見了武松。武大道：「兄弟，我前日在街上聽得人沸沸地說道：『景陽岡上一個打虎的壯士，姓武，縣裏知縣參他做個都頭。』我也八分猜道是你，原來今日才得撞見。我且不做買賣，一同和你家去。」武松道：「哥哥家在那裏？」武大用手指道：「只在前面紫石街便是。」

武松替武大挑了擔兒。武大引着武松，轉彎抹角，一徑望紫石街來。轉過兩個彎，來到一個茶坊間壁，武大叫一聲：「大嫂開門。」只見蘆簾起處，一個婦人出到簾子下應道：「大哥，怎地半早便歸？」武大道：「你的叔叔在這裏，且來廝見。」武大郎接了擔兒入去，便出來道：「二哥，入屋裏來，和你嫂嫂相見。」武松揭起簾子，入進裏面，與那婦人相見。武大說道：「大嫂，原來景陽岡上打死大蟲新充做都頭的，正是我這兄弟。」那婦人叉手向前道：「叔叔萬福。」武松道：「嫂嫂請坐。」武松當下推金山，倒玉柱[5]，納頭便拜。那婦人向前扶住武松道：「叔叔，折殺奴家。」武松道：「嫂嫂受禮。」那婦人道：「奴家也聽得說道：『有個打虎的好漢，迎到縣前來。』奴家也正待要去看一看。不想去得遲了，趕不上，不曾看見，原來卻是叔叔，且請叔叔到樓上

---

4) 房奩（lián）：嫁妝。

5) 推金山，倒玉柱：比喻壯漢跪下去的樣子。

去坐。」武松看那婦人時，但見：眉似初春柳葉，常含着雨恨雲愁；臉如三月桃花，暗藏着風情月意。纖腰嫋娜，拘束的燕懶鶯慵；檀口輕盈，勾引得蜂狂蝶亂。玉貌妖嬈花解語，芳容窈窕玉生香。

當下那婦人叫武大請武松上樓，主客席裏坐地。三個人同到樓上坐了。那婦人看着武大道：「我陪侍着叔叔坐地，你去安排些酒食來，管待叔叔。」武大應道：「最好。二哥，你且坐一坐，我便來也。」武大下樓去了。

那婦人在樓上，看了武松這表人物，自心裏尋思道：「武松與他是嫡親一母兄弟，他又生的這般長大。我嫁得這等一個，也不枉了為人一世！你看我那三寸丁穀樹皮，三分像人，七分似鬼，我直恁地晦氣！據着武松，大蟲也吃他打倒了，他必然好氣力。說他又未曾婚娶，何不叫他搬來我家裏住？不想這段因緣，卻在這裏！」那婦人臉上堆下笑來，問武松道：「叔叔，來這裏幾日了？」武松答道：「到此間十數日了。」婦人道：「叔叔在那裏安歇？」武松道：「胡亂權在縣衙裏安歇。」那婦人道：「叔叔，恁地時，卻不便當。」武松道：「獨自一身，容易料理。早晚自有土兵伏侍。」婦人道：「那等人伏侍叔叔，怎地顧管得到，何不搬來一家裏住？早晚要些湯水吃時，奴家親自安排與叔叔吃，不強似這夥腌臢人。叔叔便吃口清湯，也放心得下。」武松道：「深謝嫂嫂。」那婦人道：「莫不別處有嬸嬸，可取來廝會也好。」武松道：「武二並不曾婚娶。」婦人又問道：「叔叔青春多少？」武松道：「虛度二十五歲。」那婦人道：「長奴三歲。叔叔今番從那裏來？」武松道：「在滄州住了一年有餘，只想哥哥在清河縣住，不想卻搬在這裏。」那婦人道：「一言難盡！自從嫁得你哥哥，吃他忒善了，被人欺負，清河縣裏住不得，搬來這裏。若得叔叔這般雄壯，誰敢道個不字！」武松道：「家兄從來本分，不似武二撒潑。」那婦人笑道：「怎地這般顛倒說？常言道：『人無剛骨，安身不牢。』奴家平生快性，看不得這般三答不回頭，四答和身轉[6]的人。」武松道：「家兄卻不到得惹事，要嫂嫂憂心。」

正在樓上說話未了，武大買了些酒肉果品歸來，放在廚下，走上樓來叫道：「大嫂，你下來安排。」那婦人應道：「你看那不曉事的，叔叔在這裏坐

---

6)　三答不回頭，四答和身轉：形容反應遲鈍。

地，卻教我撇了下來。」武松道：「嫂嫂請自便。」那婦人道：「何不去叫間壁王乾娘安排便了？只是這般不見便[7]。」

武大自去央了間壁王婆。安排端正了，都搬上樓來，擺在桌子上，無非是些魚肉果菜之類，隨即燙酒上來。武大叫婦人坐了主位，武松對席，武大打橫。三個人坐下，武大篩酒在各人面前。那婦人拿起酒來道：「叔叔休怪，沒甚管待，請酒一杯。」武松道：「感謝嫂嫂，休這般說。」武大只顧上下篩酒燙酒，那裏來管別事。那婦人笑容可掬，滿口兒叫：「叔叔，怎地魚和肉也不吃一塊兒？」揀好的遞將過來。武松是個直性的漢子，只把做親嫂嫂相待。誰知那婦人是個使女出身，慣會小意兒。武大又是個善弱的人，那裏會管待人。

那婦人吃了幾杯酒，一雙眼只看着武松的身上。武松吃他看不過，只低下頭，不恁麼理會。當日吃了十數杯酒，武松便起身。武大道：「二哥，再吃幾杯了去。」武松道：「只好恁地，卻又來望哥哥。」都送下樓來。那婦人道：「叔叔是必搬來家裏住。若是叔叔不搬來時，教我兩口兒也吃別人笑話，親兄弟難比別人。大哥，你便打點一間房，請叔叔來家裏過活，休教鄰舍街坊道個不是。」武大道：「大嫂說的是。二哥，你便搬來，也教我爭口氣。」武松道：「既是哥哥、嫂嫂恁地說時，今晚有些行李，便取了來。」那婦人道：「叔叔是必記心，奴這裏專望。」那婦人情意十分殷勤，正是：叔嫂通言禮禁嚴，手援須識是從權。英雄只念連枝樹，淫婦偏思並蒂蓮。

武松別了哥嫂，離了紫石街，徑投縣裏來。正值知縣在廳上坐衙。武松上廳來稟道：「武松有個親兄，搬在紫石街居住，武松欲就家裏宿歇，早晚衙門中聽候使喚。不敢擅去，請恩相鈞旨。」知縣道：「這是孝悌的勾當，我如何阻你？你可每日來縣裏伺候。」武松謝了，收拾行李鋪蓋。有那新製的衣服，並前者賞賜的物件，叫個土兵挑了，武松引到哥哥家裏。那婦人見了，卻比半夜裏拾金寶的一般歡喜，堆下笑來。武大叫個木匠，就樓上整了一間房，鋪下一張床，裏面放一條桌子，安兩個杌子，一個火爐。武松先把行李安頓了，吩咐土兵自回去，當晚就哥嫂家裏歇臥。

次日早起，那婦人慌忙起來，燒洗面湯，舀漱口水。叫武松洗漱了口

7) 不見便：不機靈。

面，裹了巾幘，出門去縣裏畫卯。那婦人道：「叔叔畫了卯，早些個歸來吃飯，休去別處吃。」武松道：「便來也。」徑去縣裏畫了卯，伺候了一早晨，回到家裏。那婦人洗手剔甲，齊齊整整，安排下飯食，三口兒共桌兒吃。武松吃了飯，那婦人雙手捧一盞茶，遞與武松吃。武松道：「教嫂嫂生受，武松寢食不安。縣裏撥一個土兵來使喚。」那婦人連聲叫道：「叔叔卻怎地這般見外？自家的骨肉，又不伏侍了別人。便撥一個土兵來使用，這廝上鍋上灶地不乾淨，奴眼裏也看不得這等人。」武松道：「恁地時，卻生受嫂嫂。」

話休絮煩。自從武松搬將家裏來，取些銀子與武大，教買餅饊茶果，請鄰舍吃茶。眾鄰舍鬥分子[8]來與武松人情，武大又安排了回席，都不在話下。

過了數日，武松取出一匹彩色緞子與嫂嫂做衣裳。那婦人笑嘻嘻道：「叔叔，如何使得！既然叔叔把與奴家，不敢推辭，只得接了。」武松自此只在哥哥家裏宿歇。武大依前上街挑賣炊餅。武松每日自去縣裏畫卯，承應差使。不論歸遲歸早，那婦人頓羹頓飯，歡天喜地伏侍武松。武松倒過意不去。那婦人常把些言語來撩撥他，武松是個硬心直漢，卻不見怪。

有話即長，無話即短。不覺過了一月有餘，看看是十一月天氣。連日朔風緊起，四下裏彤雲密佈，又早紛紛揚揚，飛下一天大雪來。怎見得好雪？正是：眼波飄瞥任風吹，柳絮沾泥若有私。粉態輕狂迷世界，巫山雲雨未為奇。

當日那雪，直下到一更天氣，卻似銀鋪世界，玉碾乾坤。次日，武松清早出去縣裏畫卯，直到日中未歸。武大被這婦人趕出去做買賣，央及間壁王婆買下些酒肉之類，去武松房裏簇了一盆炭火，心裏自想道：「我今日着實撩鬥他一撩鬥，不信他不動情。」那婦人獨自一個冷冷清清立在簾兒下等着，只見武松踏着那亂瓊碎玉歸來。那婦人揭起簾子，陪着笑臉迎接道：「叔叔寒冷。」武松道：「感謝嫂嫂憂念。」入得門來，便把氈笠兒除將下來。那婦人雙手去接，武松道：「不勞嫂嫂生受。」自把雪來拂了，掛在壁上；解了腰裏纏袋，脫了身上鸚哥綠紵絲衲襖，入房裏搭了。那婦人便道：「奴等一早起，叔叔怎地不歸來吃早飯？」武松道：「便是縣裏一個相識請吃早飯。卻才又有

---

8)　鬥分子：湊集。

一個作杯[9]，我不奈煩，一直走到家來。」那婦人道：「恁地，叔叔向火。」武松道：「好。」便脫了油靴，換了一雙襪子，穿了暖鞋，掇個杌子，自近火邊坐地。

那婦人把前門上了拴，後門也關了，卻搬些按酒、果品、菜蔬，入武松房裏來，擺在桌子上。武松問道：「哥哥那裏去未歸？」婦人道：「你哥哥每日自出去做買賣，我和叔叔自飲三杯。」武松道：「一發等哥哥家來吃。」婦人道：「那裏等的他來！等他不得！」說猶未了，早暖了一注子酒來。武松道：「嫂嫂坐地，等武二去盪酒正當。」婦人道：「叔叔，你自便。」那婦人也掇個杌子，近火邊坐了。火頭邊桌兒上，擺着杯盤。那婦人拿盞酒，擎在手裏，看着武松道：「叔叔滿飲此杯。」武松接過手來，一飲而盡。那婦人又篩一杯酒來說道：「天色寒冷，叔叔飲個成雙杯兒。」武松道：「嫂嫂自便。」接來又一飲而盡。武松卻篩一杯酒，遞與那婦人吃，婦人接過酒來吃了，卻拿注子再斟酒來，放在武松面前。

那婦人將酥胸微露，雲鬟半亸，臉上堆着笑容說道：「我聽得一個閒人說道，叔叔在縣前東街上養着一個唱的，敢端的有這話麼？」武松道：「嫂嫂休聽外人胡說，武二從來不是這等人。」婦人道：「我不信，只怕叔叔口頭不似心頭。」武松道：「嫂嫂不信時，只問哥哥。」那婦人道：「他曉的甚麼！曉的這等事時，不賣炊餅了。叔叔且請一杯。」連篩了三四杯酒飲了。那婦人也有三杯酒落肚，哄動春心，那裏按納得住，只管把閒話來說。武松也知了八九分，自家只把頭來低了，卻不來兜攬他。

那婦人起身去盪酒，武松自去房裏拿起火箸簇火。那婦人暖了一注子酒來到房裏，一隻手拿着注子，一隻手便去武松肩胛上只一捏，說道：「叔叔，只穿這些衣裳不冷？」武松已自有五分不快意，也不應他。那婦人見他不應，劈手便來奪火箸，口裏道：「叔叔，你不會簇火，我與你撥火，只要一似火盆常熱便好。」武松有八分焦躁，只不做聲。那婦人慾心似火，不看武松焦躁，便放了火箸，卻篩一盞酒來，自呷了一口，剩了大半盞，看着武松道：「你若有心，吃我這半盞兒殘酒。」武松劈手奪來，潑在地下，說道：「嫂嫂休要恁

---

9) 作杯：請喝酒。

地不識羞恥！」把手只一推，爭些兒把那婦人推一交。武松睜起眼來道：「武二是個頂天立地、噙齒戴髮[10]男子漢，不是那等敗壞風俗、沒人倫的豬狗，嫂嫂休要這般不識廉恥，為此等的勾當。倘有些風吹草動，武二眼裏認的是嫂嫂，拳頭卻不認的是嫂嫂！再來休要恁地！」那婦人通紅了臉，便收拾了杯盤盞碟，口裏說道：「我自作樂耍子，不值得便當真起來，好不識人敬重！」搬了家火，自向廚下去了。有詩為證：

酒作媒人色膽張，貪淫不顧壞綱常。
席間便欲求雲雨，激得雷霆怒一場。

卻說潘金蓮勾搭武松不動，反被搶白一場。武松自在房裏氣忿忿地，天色卻早，未牌時分，武大挑了擔兒，歸來推門，那婦人慌忙開門。武大進來，歇了擔兒，隨到廚下。見老婆雙眼哭的紅紅的。武大道：「你和誰鬧來？」那婦人道：「都是你不爭氣，教外人來欺負我。」武大道：「誰人敢來欺負你？」婦人道：「情知是有誰！爭奈武二那廝，我見他大雪裏歸來，連忙安排酒請他吃。他見前後沒人，便把言語來調戲我。」武大道：「我的兄弟不是這等人，從來老實。休要高做聲，吃鄰舍家笑話！」

武大撇了老婆，來到武松房裏叫道：「二哥，你不曾吃點心，我和你吃些個。」武松只不則聲。尋思了半晌，再脫了絲鞋，依舊穿上油膀靴，着了上蓋，帶上氈笠兒，一頭繫纏袋，一面出門。武大叫道：「二哥那裏去？」也不應，一直地只顧去了。

武大回到廚下來問老婆道：「我叫他又不應，只顧望縣前這條路走了去，正是不知怎地了。」那婦人罵道：「糊突桶，有甚麼難見處！那廝羞了，沒臉兒見你，走了出去。我猜他已定叫個人來搬行李，不要在這裏宿歇。」武大道：「他搬了去，須吃別人笑話。」那婦人道：「混沌魍魎[11]，他來調戲我，倒不吃別人笑。你要便自和他道話，我卻做不的這樣的人。你還了我一紙休書

10)　噙齒戴髮：像個人的樣子。

11)　混沌魍魎：糊塗鬼怪。

來，你自留他便了。」武大那裏敢再開口。

正在家中兩口兒絮聒，只見武松引了一個土兵，拿着條匾擔，徑來房裏，收拾了行李，便出門去。武大趕出來叫道：「二哥，做甚麼便搬了去？」武松道：「哥哥不要問，說起來，裝你的幌子[12]。你只由我自去便了。」武大那裏敢再問備細，由武松搬了去。那婦人在裏面喃喃吶吶的罵道：「卻也好！人只道一個親兄弟做都頭，怎地養活了哥嫂，卻不知反來嚼咬人！正是『花木瓜，空好看』。你搬了去，倒謝天地，且得冤家離眼前。」武大見老婆這等罵，正不知怎地，心中只是咄咄不樂，放他不下。

自從武松搬了去縣衙裏宿歇，武大自依然每日上街挑賣炊餅。本待要去縣裏尋兄弟說話，卻被這婆娘千叮萬囑吩咐，教不要去兜攬他，因此武大不敢去尋武松。

撚指間，歲月如流，不覺雪晴，過了十數日。卻說本縣知縣自到任已來，卻得二年半多了。賺得好些金銀，欲待要使人送上東京去，與親眷處收貯使用，謀個升轉。卻怕路上被人劫了去，須得一個有本事的心腹人去便好。猛可想起武松來：「須是此人可去。有這等英雄了得！」當日便喚武松到衙內商議道：「我有一個親戚，在東京城裏住，欲要送一擔禮物去，就捎封書問安則個。只恐途中不好行，須是得你這等英雄好漢方去得。你可休辭辛苦，與我去走一遭，回來我自重重賞你。」武松應道：「小人得蒙恩相抬舉，安敢推故？既蒙差遣，只得便去。小人也自來不曾到東京，就那裏觀看光景一遭。相公明日打點端正了便行。」知縣大喜，賞了三杯，不在話下。

且說武松領下知縣言語，出縣門來，到得下處，取了些銀兩，叫了個土兵，卻上街來買了一瓶酒並魚肉果品之類，一徑投紫石街來，直到武大家裏。武大恰好賣炊餅了回來，見武松在門前坐地，叫土兵去廚下安排。那婦人餘情不斷，見武松把將酒食來，心中自想道：「莫不這廝思量我了，卻又回來？那廝一定強不過我，且慢慢地相問他！」

那婦人便上樓去，重勻粉面，再整雲鬢，換些豔色衣服穿了，來到門前

12) 裝你的幌子：出醜。

迎接武松。那婦人拜道：「叔叔，不知怎地錯見[13]了？好幾日並不上門，教奴心裏沒理會處。每日叫你哥哥來縣裏尋叔叔陪話，歸來只說道：『沒尋處。』今日且喜得叔叔家來，沒事壞錢做甚麼？」武松答道：「武二有句話，特來要和哥哥、嫂嫂說知則個。」那婦人道：「既是如此，樓上去坐地。」

三個人來到樓上客位裏，武松讓哥嫂上首坐了，武松掇個杌子，橫頭坐了。土兵搬將酒肉上樓來，擺在桌子上。武松勸哥哥、嫂嫂吃酒。那婦人只顧把眼來睃武松，武松只顧吃酒。酒至五巡，武松討付勸杯[14]，叫土兵篩了一杯酒，拿在手裏，看着武大道：「大哥在上，今日武二蒙知縣相公差往東京幹事，明日便要起程，多是兩個月，少是四五十日便回。有句話特來和你說知：你從來為人懦弱，我不在家，恐怕被外人來欺負。假如你每日賣十扇籠炊餅，你從明日為始，只做五扇籠出去賣。每日遲出早歸，不要和人吃酒。歸到家裏，便下了簾子，早閉上門，省了多少是非口舌。如若有人欺負你，不要和他爭執，待我回來自和他理論。大哥依我時，滿飲此杯。」武大接了酒道：「我兄弟見得是，我都依你說。」吃過了一杯酒。

武松再篩第二杯酒，對那婦人說道：「嫂嫂是個精細的人，不必用武松多說。我哥哥為人質樸，全靠嫂嫂做主看覷他。常言道：『表壯不如裏壯。』嫂嫂把得家定，我哥哥煩惱做甚麼？豈不聞古人言：『籬牢犬不入。』」那婦人聽了這話，被武松說了這一篇，一點紅從耳朵邊起，紫漲了面皮，指着武大便罵道：「你這個腌臢混沌！有甚麼言語，在外人處說來，欺負老娘！我是一個不戴頭巾男子漢，叮叮當當響的婆娘！拳頭上立得人，胳膊上走得馬[15]，人面上行的人，不是那等搠不出的鱉老婆。自從嫁了武大，真個螻蟻也不敢入屋裏來，有甚麼籬笆不牢，犬兒鑽得入來！你胡言亂語，一句句都要下落，丟下磚頭瓦兒，一個個也要着地。」武松笑道：「若得嫂嫂這般做主最好。只要心口相應，卻不要心頭不似口頭。既然如此，武二都記得嫂嫂說的話了，請飲過此杯。」那婦人推開酒盞，一直跑下樓來，走到半胡梯上發話道：「你既是聰明伶俐，卻不道『長嫂為母』！我當初嫁武大時，曾不聽得說有甚麼阿

---

13) 錯見：誤會。

14) 勸杯：一種敬酒用的杯子。

15) 拳頭上立得人，胳膊上走得馬：表明自己站得端正，清清白白。

叔，那裏走得來！『是親不是親，便要做喬家公』[16]。自是老娘晦氣了，鳥撞着許多事！」哭下樓去了。有詩為證：

良言逆聽即為仇，笑眼登時有淚流。
只是兩行淫禍水，不因悲苦不因羞。

且說那婦人做出許多奸偽張致[17]。那武大、武松弟兄兩個吃了幾杯，武松拜辭哥哥。武大道：「兄弟去了，早早回來，和你相見。」口裏說，不覺眼中墮淚。武松見武大眼中垂淚，便說道：「哥哥便不做得買賣也罷，只在家裏坐地。盤纏兄弟自送將來。」武大送武松下樓來，臨出門，武松又道：「大哥，我的言語，休要忘了。」

武松帶了土兵，自回縣前來收拾。次日早起來，拴束了包裹，來見知縣。那知縣已自先差下一輛車兒，把箱籠都裝載車子上。點兩個精壯土兵，縣衙裏撥兩個心腹伴當，都吩咐了。那四個跟了武松，就廳前拜辭了知縣，曳紮起，提了朴刀，監押車子，一行五人離了陽谷縣，取路望東京去了。

話分兩頭。只說武大郎自從武松說了去，整整的吃那婆娘罵了三四日。武大忍氣吞聲，由他自罵，心裏只依着兄弟的言語，真個每日只做一半炊餅出去賣，未晚便歸。一腳歇了擔兒，便去除了簾子，關上大門，卻來家裏坐地。那婦人看了這般，心內焦躁，指着武大臉上罵道：「混沌濁物，我倒不曾見日頭在半天裏，便把着喪門關了，也須吃別人道我家怎地禁鬼！聽你那兄弟鳥嘴，也不怕別人笑恥。」武大道：「由他們笑道說我家禁鬼。我的兄弟說的是好話，省了多少是非。」那婦人道：「呸！濁物！你是個男子漢，自不做主，卻聽別人調遣。」武大搖手道：「由他。他說的話，是金子言語。」

自武松去了十數日，武大每日只是晏出早歸；歸到家裏，便關了門。那婦人也和他鬧了幾場，向後鬧慣了，不以為事。自此這婦人約莫到武大歸時，先自去收了簾子，關上大門。武大見了，自心裏也喜，尋思道：「恁地時

---

16) 喬家公：不是家主而行家主權勢的人。

17) 張致：模樣。

卻好！」

又過了三二日，冬已將殘，天色回陽微暖。當日武大將次歸來，那婦人慣了，自先向門前來叉那簾子。也是合當有事，卻好一個人從簾子邊走過。自古道：「沒巧不成話。」這婦人正手裏拿叉竿不牢，失手滑將倒去，不端不正，卻好打在那人頭巾上。那人立住了腳，正待要發作，回過臉來看時，是個生的妖嬈的婦人，先自酥了半邊，那怒氣直鑽過爪窪國去了，變作笑吟吟的臉兒。這婦人情知不是，叉手深深地道個萬福，說道：「奴家一時失手，官人休怪。」那人一頭把手整頭巾，一面把腰曲着地還禮道：「不妨事。娘子請尊便。」卻被這間壁的王婆見了。那婆子正在茶局子裏水簾底下看見了，笑道：「兀誰教大官人打這屋簷邊過？打得正好！」那人笑道：「倒是小人不是。衝撞娘子，休怪。」那婦人答道：「官人不要見責。」那人又笑着，大大地唱個肥喏道：「小人不敢。」那一雙眼，卻只在這婦人身上，臨動身，也回了七八遍頭，自搖搖擺擺，踏着八字腳去了。這婦人自收了簾子叉竿歸去，掩上大門，等武大歸來。詩曰：籬不牢時犬會鑽，收簾對面好相看。王婆莫負能勾引，須信叉竿是釣竿。

再說來人姓甚名誰？那裏居住？原來只是陽谷縣一個破落戶財主，就縣前開着個生藥鋪。從小也是一個奸詐的人，使得些好拳棒；近來暴發跡，專在縣裏管些公事，與人放刁把濫，說事過錢[18]，排陷官吏。因此，滿縣人都饒讓他些個。那人複姓西門，單諱一個慶字，排行第一，人都喚他做西門大郎。近來發跡有錢，人都稱他做西門大官人。

不多時，只見那西門慶一轉踅入王婆茶坊裏來，便去裏邊水簾下坐下。王婆笑道：「大官人卻才唱得好個大肥喏！」西門慶也笑道：「乾娘，你且來，我問你，間壁這個雌兒，是誰的老小？」王婆道：「他是閻羅大王的妹子，五道將軍的女兒，問他怎地？」西門慶道：「我和你說正話，休要取笑。」王婆道：「大官人怎麼不認得？他老公便是每日在縣前賣熟食的。」西門慶道：「莫非是賣棗糕徐三的老婆？」王婆搖手道：「不是。若是他的，正是一對兒。大官人再猜。」西門慶道：「可是銀擔子李二的老婆？」王婆搖頭道：「不是，

---

18)　放刁把濫，說事過錢：刁難敲詐，胡作非為，為人說情辦事都要錢。

若是他的時，也倒是一雙。」西門慶道：「倒敢是花胳膊陸小乙的妻子？」王婆大笑道：「不是，若他的時，也又是好一對兒。大官人再猜一猜。」西門慶道：「乾娘，我其實猜不着。」王婆哈哈笑道：「好教大官人得知了笑一聲。他的蓋老，便是街上賣炊餅的武大郎。」西門慶跌腳笑道：「莫不是人叫他三寸丁穀樹皮的武大郎？」王婆道：「正是他。」西門慶聽了，叫起苦來說道：「好塊羊肉，怎地落在狗口裏！」王婆道：「便是這般苦事。自古道：『駿馬卻馱癡漢走，美妻常伴拙夫眠。』月下老偏生要是這般配合！」西門慶道：「王乾娘，我少你多少茶錢？」王婆道：「不多，由他歇些時卻算。」西門慶又道：「你兒子跟誰出去？」王婆道：「說不得。跟一個客人淮上去，至今不歸，又不知死活。」西門慶道：「卻不叫他跟我？」王婆笑道：「若得大官人抬舉他，十分之好。」西門慶道：「等他歸來，卻再計較。」再說了幾句閒話，相謝起身去了。約莫未及兩個時辰，又踅將來王婆店門口簾邊坐地，朝着武大門前。

半歇，王婆出來道：「大官人，吃個梅湯？」西門慶道：「最好多加些酸。」王婆做了一個梅湯，雙手遞與西門慶。西門慶慢慢地吃了，盞托放在桌子上。西門慶道：「王乾娘，你這梅湯做得好，有多少在屋裏？」王婆笑道：「老身做了一世媒，那討一個在屋裏？」西門慶道：「我問你梅湯，你卻說做媒，差了多少。」王婆道：「老身只聽的大官人問這媒做得好，老身只道說做媒。」西門慶道「乾娘，你既是撮合山，也與我做頭媒，說頭好親事，我自重重謝你。」王婆道：「大官人，你宅上大娘子得知時，婆子這臉，怎吃得耳刮子？」西門慶道：「我家大娘子最好，極是容得人。現今也討幾個身邊人在家裏，只是沒一個中得我意的。你有這般好的，與我主張一個，便來說不妨。就是回頭人[19]也好，只要中得我意。」王婆道：「前日有一個倒好，只怕大官人不要。」西門慶道：「若好時，你與我說成了，我自謝你。」王婆道：「一得十二分人物，只是年紀大些。」西門慶道：「便差一兩歲，也不打緊。真個幾歲？」王婆道：「那娘子戊寅生，屬虎的，新年恰好九十三歲。」西門慶笑道：「你看這風婆子，只要扯着風臉取笑。」西門慶笑了起身去。

看看天色晚了，王婆卻才點上燈來，正要關門，只見西門慶又踅將來，

---

19)　回頭人：再嫁的寡婦。

徑去簾底下那座頭上坐了，朝着武大門前只顧望。王婆道：「大官人，吃個和合湯如何？」西門慶道：「最好。乾娘放甜些。」王婆點一盞和合湯，遞與西門慶吃。坐個一歇，起身道：「乾娘記了賬目，明日一發還錢。」王婆道：「不妨，伏惟安置，來日早請過訪。」西門慶又笑了去。當晚無事。

次日清早，王婆卻才開門，把眼看門外時，只見這西門慶又在門前兩頭來往踅。王婆見了道：「這個刷子踅得緊！你看我着些甜糖抹在這廝鼻子上，只叫他舐不着。那廝會討縣裏人便宜，且教他來老娘手裏納些敗缺[20]。」原來這個開茶坊的王婆，也是不依本分的。端的這婆子：開言欺陸賈[21]，出口勝隋何[22]。只鸞孤鳳，霎時間交仗成雙；寡婦鰥男，一席話攛唆捉對。略施妙計，使阿羅漢抱住比丘尼；稍用機關，教李天王摟定鬼子母。甜言說誘，男如封涉也生心；軟語調和，女似麻姑能動念。教唆得織女害相思，調弄得嫦娥尋配偶。

且說王婆卻才開得門，正在茶局子裏生炭，整理茶鍋。張見西門慶從早晨在門前踅了幾遭，一徑奔入茶房裏來，水簾底下，望着武大門前簾子裏坐了看。王婆只做不看見，只顧在茶局裏煽風爐子，不出來問茶。西門慶叫道：「乾娘，點兩盞茶來。」王婆應道：「大官人來了。連日少見，且請坐。」便濃濃的點兩盞薑茶，將來放在桌子上。西門慶道：「乾娘相陪我吃個茶。」王婆哈哈笑道：「我又不是影射的[23]。」西門慶也笑了一回，問道：「乾娘，間壁賣甚麼？」王婆道：「他家賣拖蒸河漏子，熱燙温和大辣酥。」西門慶笑道：「你看這婆子只是風。」王婆笑道：「我不風，他家自有親老公。」西門慶道：「乾娘，和你說正經話，說他家如法做得好炊餅，我要問他做三五十個，不知出去在家？」王婆道：「若要買炊餅，少間等他街上回了買，何消得上門上戶？」西門慶道：「乾娘說的是。」吃了茶，坐了一回，起身道：「乾娘記了賬目。」王婆道：「不妨事。老娘牢牢寫在賬上。」西門慶笑了去。

王婆只在茶局子裏張時，冷眼睃見西門慶又在門前踅過東去，又看一看；

20)　敗缺：破費。

21)　陸賈：漢初政治家，口才好，善辯論。

22)　隋何：漢初著名說客。

23)　影射的：情婦。

走過西來，又睃一睃；走了七八遍，徑踅入茶坊裏來。王婆道：「大官人稀行，好幾時不見面。」西門慶笑將起來，去身邊摸出一兩來銀子，遞與王婆，說道：「乾娘權收了做茶錢。」婆子笑道：「何消得許多？」西門慶道：「只顧放着。」婆子暗暗地喜歡道：「來了，這刷子當敗。」且把銀子來藏了，便道：「老身看大官人有些渴，吃個寬煎葉兒茶如何？」西門慶道：「乾娘如何便猜得着？」婆子道：「有甚麼難猜。自古道：『入門休問榮枯事，觀着容顏便得知。』老身異樣蹺蹊作怪的事，都猜得着。」西門慶道：「我也有一件心上的事，乾娘若猜的着時，輸與你五兩銀子。」王婆笑道：「老娘也不消三智五猜，只一智便猜個十分。大官人，你把耳朵來。你這兩日腳步緊，趕趁得頻，一定是記掛着隔壁那個人。我這猜如何？」西門慶笑起來道：「乾娘，你端的智賽隋何，機強陸賈！不瞞乾娘說，我不知怎地吃他那日叉簾子時見了這一面，卻似收了我三魂七魄的一般，只是沒做個道理入腳處。不知你會弄手段麼？」王婆哈哈的笑起來道：「老身不瞞大官人說，我家賣茶，叫做鬼打更[24]。三年前六月初三下雪的那一日，賣了一個泡茶，直到如今不發市，專一靠些雜趁養口。」

西門慶問道：「怎地叫做雜趁？」王婆笑道：「老身為頭是做媒，又會做牙婆[25]，也會抱腰[26]，也會收小的，也會說風情，也會做馬泊六[27]。」西門慶道：「乾娘端的與我說得這件事成，便送十兩銀子與你做棺材本。」

王婆道：「大官人，你聽我說：但凡挨光[28]的兩個字最難，要五件事俱全，方才行得。第一件，潘安的貌；第二件，驢大的行貨；第三件，要似鄧通有錢；第四件，小，就要綿裏針忍耐；第五件，要閒工夫。此五件，喚做潘、驢、鄧、小、閒。五件俱全，此事便獲着。」西門慶道：「實不瞞你說，這五件事我都有些。第一，我的面貌雖比不得潘安，也充得過；第二，我小時也曾養得好大龜；第三，我家裏也頗有貫伯錢財，雖不及鄧通，也頗得過；第四，我最耐得，他便打我四百頓，休想我回他一拳；第五，我最有閒

24) 鬼打更：比喻冷清清。

25) 牙婆：為買賣人口作中間人的老婆子。

26) 抱腰：助產。

27) 馬泊六：替男女私情做牽引撮合的人。

28) 挨光：偷情。

工夫，不然，如何來的恁頻？乾娘，你只作成我，完備了時，我自重重的謝你。」有詩為證：

西門浪子意猖狂，死下工夫戲女娘。
虧殺賣茶王老母，生教巫女就襄王。

西門慶意已在言表。王婆道：「大官人，雖然你說五件事都全，我知道還有一件事打攪，也多是劄地不得。」西門慶說：「你且道甚麼一件事打攪？」王婆道：「大官人，休怪老身直言。但凡捱光最難，十分光時，使錢到九分九厘，也有難成就處。我知你從來慳吝，不肯胡亂便使錢。只這一件打攪。」西門慶道：「這個極容易醫治，我只聽你的言情便了。」

王婆道：「若是大官人肯使錢時，老身有一條計，便教大官人和這雌兒會一面。只不知官人肯依我麼？」西門慶道：「不揀怎地，我都依你。乾娘有甚妙計？」王婆笑道：「今日晚了，且回去。過半年三個月，卻來商量。」西門慶便跪下道：「乾娘休要撒科，你作成我則個！」

王婆笑道：「大官人卻又慌了。老身那條計，是個上着，雖然入不得武成王廟，端的強似孫武子教女兵，十捉九着。大官人，我今日對你說，這個人原是清河縣大戶人家討來的養女，卻做得一手好針線。大官人，你便買一匹白綾，一匹藍綢，一匹白絹，再用十兩好綿，都把來與老身。我卻走將過去，問他討茶吃，卻與這雌兒說道：『有個施主官人，與我一套送終衣料，特來借曆頭[29]，央及娘子與老身揀個好日，去請個裁縫來做。』他若見我這般說，不睬我時，此事便休了。他若說：『我替你做。』不要我叫裁縫時，這便有一分光了。我便請他家來做。他若說：『將來我家裏做。』不肯過來，此事便休了。他若歡天喜地說：『我來做，就替你裁。』這光便有二分了。若是肯來我這裏做時，卻要安排些酒食點心請他。第一日，你也不要來。第二日，他若說不便，當時定要將家去做，此事便休了。他若依前肯過我家做時，這光便有三分了。這一日，你也不要來。到第三日晌午前後，你整整齊齊打扮

29)　曆頭：曆本，日曆。

了來，咳嗽為號。你便在門前說道：『怎地連日不見王乾娘？』我便出來，請你入房裏來。若是他見你入來，便起身跑了歸去，難道我拖住他？此事便休了。他若見你入來，不動身時，這光便有四分了。坐下時，便對雌兒說道：『這個便是與我衣料的施主官人。虧煞他！』我誇大官人許多好處，你便賣弄他的針線。若是他不來兜攬應答，此事便休了。他若口裏應答說話時，這光便有五分了。我卻說道：『難得這個娘子與我作成出手做。虧煞你兩個施主，一個出錢的，一個出力的。不是老身路歧相央，難得這個娘子在這裏，官人好做個主人，替老身與娘子澆手[30]。』你便取出銀子來央我買。若是他抽身便走時，不成扯住他？此事便休了。他若是不動身時，事務易成，這光便有六分了。我卻拿了銀子，臨出門對他道：『有勞娘子相待大官人坐一坐。他若也起身走了家去時，我也難道阻當他？此事便休了。若是他不起身走動時，此事又好了，這光便有七分了。等我買得東西來，擺在桌子上，我便道：『娘子且收拾生活，吃一杯兒酒，難得這位官人壞鈔』。他若不肯和你同桌吃時，走了回去，此事便休了。若是他只口裏說要去，卻不動身時，此事又好了，這光便有八分了。待他吃的酒濃時，正說得入港，我便推道沒了酒，再叫你買，你便又央我去買。我只做去買酒，把門曳上，關你和他兩個在裏面。他若焦躁，跑了歸去，此事便休了。他若由我曳上門，不焦躁時，這光便有九分了。只欠一分光了便完就。這一分倒難。大官人，你在房裏，着幾句甜淨的話兒，說將入去。你卻不可躁暴，便去動手動腳；打攪了事，那時我不管你。先假做把袖子在桌上拂落一雙箸去，你只做去地下拾箸，將手去他腳上捏一捏，他若鬧將起來，我自來搭救，此事也便休了，再也難得成。若是他不做聲時，此是十分光了。他必然有意，這十分事做得成。這條計策如何？」

西門慶聽罷，大喜道：「雖然上不得淩煙閣[31]，端的好計！」王婆道：「不要忘了許我的十兩銀子！」西門慶道：「『但得一片橘皮吃，莫便忘了洞庭湖！』這條計幾時可行？」王婆道：「只在今晚，便有回報。我如今趁武大未歸，走過去細細地說誘他。你卻便使人將綾綢絹匹並綿子來。」西門慶道：「得乾娘完成得這件事，如何敢失信？」作別了王婆，便去市上綢絹鋪裏買了綾綢

---

30） 澆手：用酒食或財物酬勞手藝人。

31） 淩煙閣：唐朝開國功臣畫像陳列處。

絹緞，並十兩清水好綿。家裏叫個伴當，取包袱包了，帶了五兩碎銀，徑送入茶坊裏。王婆接了這物，吩咐伴當回去。詩曰：

豈是風流勝可爭？迷魂陣裏出奇兵。
安排十面捱光計，只取亡身入陷坑。

這王婆開了後門，走過武大家裏來。那婦人接着請去樓上坐地。那王婆道：「娘子怎地不過貧家吃茶？」那婦人道：「便是這幾日身體不快，懶走去的。」王婆道：「娘子家裏有曆日麼？借與老身看一看，要選個裁衣日。」那婦人道：「乾娘裁甚麼衣裳？」王婆道：「便是老身十病九痛，怕有些山高水低[32]，頭先要製辦些送終衣服，難得近處一個財主，見老身這般說，佈施與我一套衣料，綾綢絹緞，又與若干好綿，放在家裏一年有餘，不能夠做。今年覺道身體好生不濟，又撞着如今閏月，趁這兩日要做，又被那裁縫勒掯，只推生活忙，不肯來做。老身說不得這等苦！」那婦人聽了答道：「只怕奴家做得不中乾娘意，若不嫌時，奴出手與乾娘做如何？」那婆子聽了這話，堆下笑來說道：「若得娘子貴手做時，老身便死來也得好處去。久聞娘子好手針線，只是不敢來相央。」那婦人道：「這個何妨，既是許了乾娘，務要與乾娘做了。將曆頭去叫人揀個黃道好日，奴便與你動手。」王婆道：「若得娘子肯與老身做時，娘子是一點福星，何用選日？老身也前日央人看來，說道明日是個黃道好日。老身只道裁衣不用黃道日了，不記他。」那婦人道：「歸壽衣正要黃道日好，何用別選日？」王婆道：「既是娘子肯作成老身時，大膽只是明日起動娘子到寒家則個。」那婦人道：「乾娘，不必，將過來做不得？」王婆道：「便是老身也要看娘子做生活則個，又怕家裏沒人看門前。」那婦人道：「既是乾娘恁地說時，我明日飯後便來。」那婆子千恩萬謝下樓去了。當晚回覆了西門慶的話，約定後日准來。當夜無語。

次日清早，王婆收拾房裏乾淨了，買了些線索[33]，安排了些茶水，在家裏等候。

---

32)　山高水低：三長兩短。

33)　線索：線。

且說武大吃了早飯，打當了擔兒，自出去做道路。那婦人把簾兒掛了，從後門走過王婆家裏來。那婆子歡喜無限，接入房裏坐下，便濃濃地點道茶，撒上些出白松子、胡桃肉，遞與這婦人吃了。抹得桌子乾淨，便將出那綾紬絹緞來。婦人將尺量了長短，裁得完備，便縫起來。婆子看了，口裏不住聲價喝采道：「好手段！老身也活了六七十歲，眼裏真個不曾見這般好針線。」那婦人縫到日中，王婆便安排些酒食請他，下了一斤麪，與那婦人吃了。再縫了一歇，將次晚來，便收拾起生活，自歸去。

恰好武大歸來，挑着空擔兒進門，那婦人曳開門，下了簾子。武大入屋裏來，看見老婆面色微紅，便問道：「你那裏吃酒來？」那婦人應道：「便是間壁王乾娘，央我做送終的衣裳，日中安排些點心請我。」武大道：「啊呀！不要吃他的，我們也有央及他處。他便央你做得件把衣裳，你便自歸來吃些點心，不值得攪惱他。你明日倘或再去做時，帶了些錢在身邊，也買些酒食與他回禮。常言道：『遠親不如近鄰。』休要失了人情。他若是不肯要你還禮時，你便只是拿了家來，做去還他。」那婦人聽了，當晚無話。有詩為證：

可奈虔婆設計深，大郎混沌不知因。
帶錢買酒酬奸詐，卻把婆娘白送人。

且說王婆子設計已定，賺潘金蓮來家。次日飯後，武大自出去了，王婆便踅過來相請。去到他房裏，取出生活，一面縫將起來。王婆自一邊點茶來吃了，不在話下。看看日中，那婦人取出一貫錢付與王婆說道：「乾娘，奴和你買杯酒吃。」王婆道：「啊呀！那裏有這個道理？老身央及娘子在這裏做生活，如何顛倒教娘子壞錢？」那婦人道：「卻是拙夫吩咐奴來，若還乾娘見外時，只是將了家去做還乾娘。」那婆子聽了，連聲道：「大郎直恁地曉事。既然娘子這般說時，老身權且收下。」這婆子生怕打脫了這事，自又添錢去買些好酒好食、希奇果子來，殷勤相待。

看官聽說，但凡世上婦人，由你十八分精細，被人小意兒過縱，十個九個着了道兒。再說王婆安排了點心，請那婦人吃了酒食，再縫了一歇，看看晚來，千恩萬謝歸去了。

話休絮繁。第三日早飯後，王婆只張武大出去了，便走過後頭來叫道：

「娘子，老身大膽……」那婦人從樓上下來道：「奴卻待來也。」兩個廝見了，來到王婆房裏坐下，取過生活來縫。那婆子隨即點盞茶來，兩個吃了。那婦人看看縫到晌午前後。

卻說西門慶巴不到這一日，裹了頂新頭巾，穿了一套整整齊齊衣服，帶了三五兩碎銀子，徑投這紫石街來。到得茶坊門首，便咳嗽道：「王乾娘，連日如何不見？」那婆子瞧科，便應道：「兀誰叫老娘？」西門慶道：「是我。」那婆子趕出來，看了笑道：「我只道是誰，卻原來是施主大官人。你來得正好，且請你入去看一看。」把西門慶袖子一拖，拖進房裏，看着那婦人道：「這個便是那施主，與老身這衣料的官人。」西門慶見了那婦人，便唱個喏。那婦人慌忙放下生活，還了萬福。

王婆卻指着這婦人對西門慶道：「難得官人與老身緞匹，放了一年，不曾做得。如今又虧殺這位娘子出手與老身做成全了。真個是布機也似好針線，又密又好，其實難得！大官人，你且看一看。」西門慶把起來看了喝采，口裏說道：「這位娘子怎地傳得這手好生活，神仙一般的手段！」那婦人笑道：「官人休笑話！」

西門慶問王婆道：「乾娘，不敢問，這位是誰家宅上娘子？」王婆道：「大官人，你猜。」西門慶道：「小人如何猜得着？」王婆吟吟的笑道：「便是間壁的武大郎的娘子。前日叉竿打得不疼，大官人便忘了？」那婦人赤着臉便道：「那日奴家偶然失手，官人休要記懷。」西門慶道：「說那裏話。」王婆便接口道：「這位大官人一生和氣，從來不會記恨，極是好人。」西門慶道：「前日小人不認得，原來卻是武大郎的娘子。小人只認得大郎，一個養家經紀人，且是在街上做些買賣，大大小小，不曾惡了一個人。又會賺錢，又且好性格，真個難得這等人。」王婆道：「可知哩。娘子自從嫁得這個大郎，但是有事，百依百隨。」那婦人應道：「拙夫是無用之人，官人休要笑話。」西門慶道：「娘子差矣。古人道：『柔軟是立身之本，剛強是惹禍之胎。』似娘子的大郎所為良善時，『萬丈水無涓滴漏』。」王婆打着攛鼓兒道：「說的是。」

西門慶獎了一回，便坐在婦人對面。王婆又道：「娘子，你認的這個官人麼？」那婦人道：「奴不認的。」婆子道：「這個大官人，是這本縣一個財主，知縣相公也和他來往，叫做西門大官人。萬萬貫錢財，開着個生藥鋪在縣前。家裏錢過北斗，米爛陳倉，赤的是金，白的是銀，圓的是珠，光的是寶。也有犀牛頭上角，亦有大象口中牙。」那婆子只顧誇獎西門慶，口裏假嘈。那婦人就低了頭縫針線。西門慶得見潘金蓮十分情思，恨不就做一處。王婆便去點兩盞茶來，遞一盞與西門慶，一盞遞與這婦人，說道：「娘子相待大官人則個。」吃罷茶，便覺有些眉目送情。王婆看着西門慶，把一隻手在臉上摸。西門慶心裏瞧科，已知有五分了。

王婆便道：「大官人不來時，老身也不敢來宅上相請。一者緣法，二乃來得恰好。常言道：『一客不煩二主。』大官人便是出錢的，這位娘子便是出力的。不是老身路歧相煩，難得這位娘子在這裏，官人好做個主人，替老身與娘子澆手。」西門慶道：「小人也見不到，這裏有銀子在此。」便取出來，和帕子遞與王婆，備辦些酒食。那婦人便道：「不消生受得。」口裏說，卻不動身。王婆將了銀子便去，那婦人又不起身。婆子便出門，又道：「有勞娘子相陪大官人坐一坐。」那婦人道：「乾娘，免了。」卻亦是不動身。也是因緣，卻都有意了。西門慶這廝一雙眼只看着那婦人。這婆娘一雙眼也把來偷睃西門慶，見了這表人物，心中倒有五七分意了，又低着頭自做生活。

不多時，王婆買了些現成的肥鵝、熟肉、細巧果子歸來，盡把盤子盛了；果子菜蔬，盡都裝了，搬來房裏桌子上，看着那婦人道：「娘子且收拾過生活，吃一杯兒酒。」那婦人道：「乾娘自便相待大官人，奴卻不當。」依舊原不動身。那婆子道：「正是專與娘子澆手，如何卻說這話？」王婆將盤饌都擺在桌子上，三人坐定，把酒來斟。這西門慶拿起酒盞來說道：「娘子，滿飲此杯。」那婦人謝道：「多感官人厚意。」王婆道：「老身知得娘子洪飲，且請開懷吃兩盞兒。」有詩為證：

從來男女不同筵，賣俏迎姦最可憐。
不記都頭昔日語，犬兒今已到籬邊。

又詩曰：

須知酒色本相連，飲食能成男女緣。
不必都頭多囑付，開籬日待犬來眠。

卻說那婦人接酒在手，那西門慶拿起箸來道：「乾娘，替我勸娘子請些個。」那婆子揀好的遞將過來，與那婦人吃。一連斟了三巡酒，那婆子便去燙酒來。

西門慶道：「不敢動問娘子青春多少？」那婦人應道：「奴家虛度二十三歲。」西門慶道：「小人癡長五歲。」那婦人道：「官人將天比地。」王婆便插口道：「好個精細的娘子，不唯做得好針線，諸子百家皆通。」西門慶道：「卻是那裏去討？武大郎好生有福！」王婆便道：「不是老身說是非，大官人宅裏枉有許多，那裏討一個趕得上這娘子的！」西門慶道：「便是這等一言難盡！只是小人命薄，不曾招得一個好的。」王婆道：「大官人先頭娘子須好。」西門慶道：「休說！若是我先妻在時，卻不怎地家無主，屋倒豎。如今枉自有三五七口人吃飯，都不管事。」那婦人問道：「官人恁地時，歿了大娘子得幾年了？」西門慶道：「說不得。小人先妻是微末出身，卻倒百伶百俐，是件件都替的小人；如今不幸他歿了，已得三年，家裏的事，都七顛八倒。為何小人只是走了出來？在家裏時，便要慪氣！」那婆子道：「大官人休怪老身直言，你先頭娘子也沒有武大娘子這手針線。」西門慶道：「便是小人先妻，也沒此娘子這表人物。」那婆子笑道：「官人，你養的外宅在東街上，如何不請老身去吃茶？」西門慶道：「便是唱慢曲兒的張惜惜。我見他是路岐人，不喜歡。」婆子又道：「官人，你和李嬌嬌卻長久。」西門慶道：「這個人現今取在家裏。若得他會當家時，自冊正了他多時。」王婆道：「若有這般中的官人意的，來宅上說沒妨事麼？」西門慶道：「我的爹娘俱已沒了，我自主張，誰敢道個『不』字！」王婆道：「我自說耍，急切那裏有中得官人意的？」西門慶道：「做甚麼了便沒！只恨我夫妻緣分上薄，自不撞着。」

西門慶和這婆子，一遞一句，說了一回。王婆便道：「正好吃酒，卻又沒了。官人休怪老身差撥，再買一瓶兒酒來吃如何？」西門慶道：「我手帕裏有五兩來碎銀子，一發撒在你處，要吃時只顧取來，多的乾娘便就收了。」那婆子謝了官人，起身睃這粉頭時，一鍾酒落肚，哄動春心，又自兩個言來語去。都有意了，只低了頭，卻不起身。那婆子滿臉堆下笑來說道：「老身去取瓶兒酒來，與娘子再吃一杯兒。有勞娘子相待大官人坐一坐。注子裏有酒沒？便再篩兩盞兒，和大官人吃。老身直去縣前那家，有好酒買一瓶來，有好歇兒耽擱。」那婦人口裏說道：「不用了。」坐着卻不動身。婆子出到房門前，便把索兒縛了房門，卻來當路坐了，手裏一頭績着緒。

且說西門慶自在房裏，便斟酒來勸那婦人，卻把袖子在桌上一拂，把那雙箸拂落地下。也是緣法湊巧，那雙箸正落在婦人腳邊。西門慶連忙蹲身下去拾，只見那婦人尖尖的一雙小腳兒，正在箸邊。西門慶且不拾箸，便去那婦人繡花鞋兒上捏一把。那婦人便笑將起來，說道：「官人休要羅唣！你真個要勾搭我？」西門慶便跪下道：「只是娘子作成小生。」那婦人便把西門慶摟將起來。當時兩個就王婆房裏，脫衣解帶，共枕同歡。正似：交頸鴛鴦戲水，並頭鸞鳳穿花。喜孜孜連理枝生，美甘甘同心帶結。將朱唇緊貼，把粉面斜偎。羅襪高挑，肩膊上露一彎新月；金釵倒溜，枕頭邊堆一朵烏雲。誓海盟山，摶弄得千般旖旎；羞雲怯雨，揉搓的萬種妖嬈。恰恰鶯聲，不離耳畔；津津甜唾，笑吐舌尖。楊柳腰脈脈春濃，櫻桃口呀呀氣喘。星眼朦朧，細細汗流香玉顆；酥胸蕩漾，涓涓露滴牡丹心。直饒匹配眷姻偕，真實偷期滋味美。

當下二人雲雨才罷，正欲各整衣襟，只見王婆推開房門入來，說道：「你兩個做得好事！」西門慶和那婦人都吃了一驚。那婆子便道：「好呀，好呀！我請你來做衣裳，不曾叫你來偷漢子。武大得知，須連累我。不若我先去出首。」回身便走。那婦人扯住裙兒道：「乾娘饒恕則個。」西門慶道：「乾娘低聲。」王婆笑道：「若要我饒恕，你們都要依我一件事。」那婦人便道：「休說一件，便是十件，奴也依乾娘。」王婆道：「你從今日為始，瞞着武大，每日不要失約負了大官人，我便罷休。若是一日不來，我便對你武大說。」那婦人道：「只依着乾娘便了。」王婆又道：「西門大官人，你自不用老身說得，這十分好事已都完了，所許之物，不可失信。你若負心，我也要對武大說。」西門慶道：「乾娘放心，並不失信。」三人又吃幾杯酒，已是下午的時分。那婦人便起身道：「武大那廝將歸來，奴自回去。」便踅過後門歸家，先去下了簾子，武大恰好進門。

且說王婆看着西門慶道：「好手段麼？」西門慶道：「端的虧了乾娘！我到家裏，便取一錠銀送來與你，所許之物，豈敢昧心。」王婆道：「眼望旌節至，專等好消息。不要叫老身『棺材出了討挽歌郎錢』。」西門慶笑了去，不在話下。

那婦人自當日為始，每日踅過王婆家裏來，和西門慶做一處，恩情似漆，心意如膠。自古道：「好事不出門，惡事傳千里。」不到半月之間，街坊鄰舍，都知得了，只瞞着武大一個不知。有詩為證：

半晌風流有何益，一般滋味不須誇。
他時禍起蕭牆內，悔殺今朝戀野花。

斷章句，話分兩頭。且說本縣有個小的，年方十五六歲，本身姓喬。因為做軍在鄆州生養的，就取名叫做鄆哥，家中止有一個老爹。那小廝生得乖覺，自來只靠縣前這許多酒店裏賣些時新果品，時常得西門慶齎發他些盤纏。其日，正尋得一籃兒雪梨，提着來繞街尋問西門慶。又有一等的多口人說道：「鄆哥，你若要尋他，我教你一處去尋。」鄆哥道：「聒噪阿叔，叫我去尋得他見，賺得三五十錢養活老爹也好。」那多口的道：「西門慶他如今刮上了賣炊餅的武大老婆，每日只在紫石街上王婆茶房裏坐地，這早晚多定正在那裏。你小孩子家，只顧撞入去不妨。」

那鄆哥得了這話，謝了阿叔指教。這小猴子提了籃兒，一直望紫石街走來，徑奔入茶坊裏去，卻好正見王婆坐在小凳兒上績緒。鄆哥把籃兒放下，看着王婆道：「乾娘拜揖。」那婆子問道：「鄆哥，你來這裏做甚麼！」鄆哥道：「要尋大官人，賺三五十錢，養活老爹。」婆子道：「甚麼大官人？」鄆哥道：「乾娘情知是那個，便只是他那個。」婆子道：「便是大官人，也有個姓名？」鄆哥道：「便是兩個字的。」婆子道：「甚麼兩個字的？」鄆哥道：「乾娘只是要作耍。我要和西門大官人說句話。」望裏面便走。那婆子一把揪住道：「小猴子，那裏去？人家屋裏，各有內外。」鄆哥道：「我去房裏便尋出來。」王婆道：「含鳥猢猻，我屋裏那得甚麼西門大官人！」鄆哥道：「乾娘，不要獨吃自呵，也把些汁水與我呷一呷，我有甚麼不理會得！」婆子便罵道：「你那小猢猻，理會得甚麼！」鄆哥道：「你正是『馬蹄刀木杓裏切菜』，水泄不漏，半點兒也沒得落地。直要我說出來，只怕賣炊餅的哥哥發作。」

那婆子吃他這兩句道着他真病，心中大怒，喝道：「含鳥猢猻，也來老娘屋裏放屁辣臊！」鄆哥道：「我是小猢猻，你是馬泊六！」那婆子揪住鄆哥，鑿上兩個栗暴。鄆哥叫道：「做甚麼便打我！」婆子罵道：「賊猢猻，高則聲，大耳刮子打出你去！」鄆哥道：「老咬蟲，沒事得便打我！」這婆子一頭叉，一頭大栗暴鑿，直打出街上去，雪梨籃兒也丟出去。那籃雪梨四分五落，滾了開去。這小猴子打那虔婆不過，一頭罵，一頭哭，一頭走，一頭街上拾梨兒，指着那王婆茶坊裏罵道：「老咬蟲，我教你不要慌！我不去說與他，不做出來不信！」提了籃兒，徑奔去尋這個人。

正是：從前作過事，沒興一齊來。直教：掀翻狐兔窩中草，驚起鴛鴦沙上眠。畢竟這鄆哥尋甚麼人，且聽下回分解。

## 精華賞析

容評本李生曰：「說淫婦便象個淫婦，說烈漢便象個烈漢，說呆子便象個呆子，說馬泊六便象個馬泊六，說小猴子便象個小猴子，但覺讀一過，分明淫婦、烈漢、呆子、馬泊六、小猴子光景在眼，淫婦、烈漢、呆子、馬泊六、小猴子聲音在耳，不知有所謂語言文字也。何物文人，有此肺腸，有此手眼！若令天地間無此等文字，天地亦寂寞了。」（《水滸傳會評本》）

寫英雄，多般變化；寫小人，如見其影。本回通過人物的語言、行動和多處精彩的細節描寫將他們迥異的性格、心理活動等描摹得入木三分。尤其是潘金蓮、王婆等角色心中千迴萬轉的想法通過各種表現手法體現得淋漓盡致。

# 第二十五回

# 王婆計啜西門慶
# 淫婦藥鴆武大郎

被王婆打了的鄆哥氣不過，將西門慶和潘金蓮的事告訴了武大郎，並和他合計捉了二人的姦。東窗事發，王婆又挑唆二人用砒霜害死武大郎，驗屍官心存疑惑，為下文武松報仇開端。

話說當下鄆哥被王婆打了這幾下，心中沒出氣處，提了雪梨籃兒，一徑奔來街上，直來尋武大郎。轉了兩條街，只見武大挑着炊餅擔兒，正從那條街上來。鄆哥見了，立住了腳，看着武大道：「這幾時不見你，怎麼吃得肥了？」武大歇下擔兒道：「我只是這般模樣，有甚麼吃得肥處？」鄆哥道：「我前日要糴些麥稃，一地裏沒糴處，人都道你屋裏有。」武大道：「我屋裏又不養鵝鴨，那裏有這麥稃？」鄆哥道：「你說沒麥稃，怎地棧[1]得肥地，便顛倒提起你來，也不妨，煮你在鍋裏也沒氣。」武大道：「含鳥猢猻，倒罵得我好！我的老婆又不偷漢子，我如何是鴨[2]？」鄆哥道：「你老婆不偷漢子，只偷子漢。」武大扯住鄆哥道：「還我主來[3]！」鄆哥道：「我笑你只會扯我，卻不咬下他左邊的來。」武大道：「好兄弟，你對我說是兀誰，我把十個炊餅送你。」鄆哥說：「炊餅不濟事。你只做個小主人，請我吃三杯，我便說與你。」武大道：「你會吃酒？跟我來。」

武大挑了擔兒，引着鄆哥，到一個小酒店裏，歇了擔兒，拿了幾個炊

1)　棧：在籠中餵養。

2)　鴨：代指妻子有外遇的人。

3)　還我主來：那人是誰。

餅，買了些肉，討了一旋酒，請鄆哥吃。那小廝又道：「酒便不要添了，肉再切幾塊來。」武大道：「好兄弟，你且說與我則個。」鄆哥道：「且不要慌，等我一發吃了，卻說與你。你卻不要氣苦，我自幫你打捉。」武大看那猴子吃了酒肉，道：「你如今卻說與我。」鄆哥道：「你要得知，把手來摸我頭上肐。」武大道：「卻怎地來有這肐瘩？」鄆哥道：「我對你說，我今日將這一籃雪梨去尋西門大郎掛一小勾子[4]，一地裏沒尋處。街上有人說道：『他在王婆茶房裏，和武大娘子勾搭上了，每日只在那裏行走。』我指望去賺三五十錢使，叵耐那王婆老豬狗不放我去房裏尋他，大栗暴打我出來。我特地來尋你。我方才把兩句話來激你，我不激你時，你須不來問我。」武大道：「真個有這等事？」鄆哥道：「又來了！我道你是這般的鳥人，那廝兩個落得快活，只等你出來，便在王婆房裏做一處，你兀自問道真個也是假。」武大聽罷道：「兄弟，我實不瞞你說，那婆娘每日去王婆家裏做衣裳，歸來時便臉紅，我自也有些疑忌。這話正是了！我如今寄了擔兒，便去捉姦，如何？」鄆哥道：「你老大一個人，原來沒些見識。那王婆老狗恁麼利害怕人，你如何出得他手？他須三人也有個暗號，見你人來拿他，把你老婆藏過了。那西門慶須了得，打你這般二十來個。若捉他不着，乾吃他一頓拳頭。他又有錢有勢，反告了一紙狀子，你便用吃他一場官司，又沒人做主，乾結果了你。」武大道：「兄弟，你都說得是。卻怎地出得這口氣？」鄆哥道：「我吃那老豬狗打了，也沒出氣處。我教你一着：你今日晚些歸去，都不要發作，也不可露一些嘴臉，只做每日一般。明朝便少做些炊餅，出來賣，我自在巷口等你。若是見西門慶入去時，我便來叫你。你便挑着擔兒，只在左近等我，我便先去惹那老狗，必然來打我。我先將籃兒丟出街來，你卻搶來。我便一頭頂住那婆子，你便只顧奔入房裏去，叫起屈來。此計如何？」武大道：「既是如此，卻是虧了兄弟。我有數貫錢，與你把去糴米，明日早早來紫石街巷口等我。」鄆哥得了數貫錢、幾個炊餅，自去了。

武大還了酒錢，挑了擔兒，去賣了一遭歸去。原來這婦人往常時只是罵武大，百般的欺負他，近日來也自知無禮，只得窩伴[5]他些個。

---

4) 掛一小勾子：搭主顧，拉關係。

5) 窩伴：在身邊陪伴，撫慰。

詩曰：

潑性淫心詎肯回，聊將假意強相陪。
只因隔壁偷好漢，遂使身中懷鬼胎。

當晚武大挑了擔兒歸家，也只和每日一般，並不說起。那婦人道：「大哥，買盞酒吃？」武大道：「卻才和一般經紀人買三碗吃了。」那婦人安排晚飯與武大吃了，當夜無話。

次日飯後，武大只做三兩扇炊餅，安在擔兒上。這婦人一心只想着西門慶，那裏來理會武大做多做少。當日武大挑了擔兒，自出去做買賣。這婦人巴不能勾他出去了，便踅過王婆房裏來等西門慶。

且說武大挑着擔兒，出到紫石街巷口，迎見鄆哥提着籃兒在那裏張望。武大道：「如何？」鄆哥道：「早些個。你且去賣一遭了來。他七八分來了，你只在左近處伺候。」武大飛雲也似去賣了一遭回來。鄆哥道：「你只看我籃兒撇出來，你便奔入去。」武大自把擔兒寄下，不在話下。

卻說鄆哥提着籃兒，走入茶坊裏來，罵道：「老豬狗，你昨日做甚麼便打我！」那婆子舊性不改，便跳起身來喝道：「你這小猢猻，老娘與你無干，你做甚麼又來罵我！」鄆哥道：「便罵你這馬泊六，做牽頭的老狗，直甚麼屁！」那婆子大怒，揪住鄆哥便打。鄆哥叫一聲：「你打我！」把籃兒丟出當街上來。那婆子卻待揪他，被這小猴子叫聲「你打」時，就把王婆腰裏帶個住，看着婆子小肚上，只一頭撞將去，爭些兒跌倒，卻得壁子礙住不倒。那猴子死頂住在壁上。只見武大裸起衣裳，大踏步直搶入茶坊裏來。

那婆子見了是武大來，急待要攔，當時卻被這小猴子死命頂住，那裏肯放。婆子只叫得：「武大來也！」那婆娘正在房裏做手腳不迭，先奔來頂住了門，這西門慶便鑽入床底下躲去。武大搶到房門邊，用手推那房門時，那裏推得開，口裏只叫得：「做得好事！」那婦人頂住着門，慌做一團，口裏便說道：「閒常時，只如鳥嘴賣弄殺好拳棒。急上場時，便沒些用，見個紙虎，也嚇一交。」那婦人這幾句話，分明教西門慶來打武大，奪路了走。西門慶在床底下聽了婦人這幾句言語，提醒他這個念頭，便鑽出來說道：「娘子，不是我沒本事，一時間沒這智量。」便來拔開門，叫聲：「不要打！」武大卻待要揪他，被西門慶早飛起右腳。武大矮短，正踢中心窩裏，撲地望後便倒了。西門慶見踢倒了武大，打鬧裏一直走了。鄆哥見不是話頭，撇了王婆撒開。街坊鄰舍都知道西門慶了得，誰敢來多管？

王婆當時就地下扶起武大來，見他口裏吐血，面皮蠟查也似黃了，便叫那婦人出來，舀碗水來，救得甦醒，兩個上下肩摻着，便從後門扶歸樓上去，安排他床上睡了。正是：三寸丁兒沒干才，西門驢貨甚雄哉！親夫卻教姦夫害，淫毒皆成一套來。

當夜無話。次日西門慶打聽得沒事，依前自來和這婦人做一處，只指望武大自死。

武大一病五日，不能勾起。更兼要湯不見，要水不見，每日叫那婦人不應。又見他濃妝豔抹了出去，歸來時便面顏紅色。武大幾遍氣得發昏，又沒人來睬着。武大叫老婆來吩咐道：「你做的勾頭，我親手來捉着你姦，你倒挑撥姦夫踢了我心，至今求生不生，求死不死，你們卻自去快活！我死自不妨，和你們爭不得了！我的兄弟武二，你須得知他性格。倘或早晚歸來，他肯干休？你若肯可憐我，早早伏侍我好了，他歸來時，我都不提。你若不看覷我時，待他歸來，卻和你們說話。」

這婦人聽了這話，也不回言，卻踅過來，一五一十，都對王婆和西門慶說了。那西門慶聽了這話，卻擬提在冰窨子裏，說道：「苦也！我須知景陽岡上打虎的武都頭，他是清河縣第一個好漢！我如今卻和你眷戀日久，情孚意合，卻不恁地理會。如今這等說時，正是怎地好？卻是苦也！」王婆冷笑道：「我倒不曾見你是個把舵的，我是趁船的，我倒不慌，你倒慌了手腳。」西門慶道：「我枉自做了男子漢，到這般去處，卻擺佈不開。你有甚麼主見，遮藏我們則個。」

王婆道：「你們卻要長做夫妻，短做夫妻？」西門慶道：「乾娘，你且說如何是長做夫妻，短做夫妻？」王婆道：「若是短做夫妻，你們只就今日便分散。等武大將息好了起來，與他陪了話，武二歸來，都沒言語。待他再差使出去，卻再來相約。這是短做夫妻。你們若要長做夫妻，每日同一處，不擔驚受怕，我卻有一條妙計，只是難教你。」西門慶道：「乾娘周全了我們則個，只要長做夫妻。」王婆道：「這條計，用着件東西，別人家裏都沒，天生天化，大官人家裏卻有。」西門慶道：「便是要我的眼睛，也剜來與你。卻是甚麼東西？」

王婆道：「如今這搗子[6]病得重，趁他狼狽裏，便好下手。大官人家裏取些砒霜來，卻教大娘子自去贖一帖心疼的藥來，把這砒霜下在裏面，把這矮子結果了。一把火燒得乾乾淨淨的，沒了蹤跡，便是武二回來，待敢怎地？自古道：『嫂叔不通問。』『初嫁從親，再嫁由身。』阿叔如何管得？暗地裏來往半年一載，等待夫孝滿日，大官人娶了家去，這個不是長遠夫妻，諧老同歡？此計如何？」西門慶道：「乾娘此計甚妙。自古道：『欲求生快活，須下死工夫。』罷，罷，罷！一不做，二不休！」王婆道：「可知好哩！這是斬草除根，萌芽不發；若是斬草不除根，春來萌芽再發。官人便去取些砒霜來，我自教娘子下手。事了時，卻要重重謝我。」西門慶道：「這個自然，不消你說。」有詩為證：

戀色迷花不肯休，機謀只望永綢繆。
誰知武二刀頭毒，更比砒霜狠一籌。

且說西門慶去不多時，包了一包砒霜來，把與王婆收了。這婆子卻看着那婦人道：「大娘子，我教你下藥的法度。如今武大不對你說道教你看活他？你便把些小意兒貼戀他。他若問你討藥吃時，便把這砒霜調在心疼藥裏。待他一覺身動，你便把藥灌將下去，卻便走了起身。他若毒藥轉時，必然腸胃迸裂，大叫一聲，你卻把被只一蓋，都不要人聽得。預先燒下一鍋湯，煮着一條抹布。他若毒藥發時，必然七竅內流血，口唇上有牙齒咬的痕跡。他若放了命，便揭起被來，卻將煮的抹布一揩，都沒了血跡；便入在棺材裏，扛出去燒了，有甚麼鳥事？」那婦人道：「好卻是好，只是奴手軟了，臨時安排不得屍首。」王婆道：「這個容易。你只敲壁子，我自過來相幫你。」西門慶道：「你們用心整理，明日五更來討回報。」西門慶說罷，自去了。王婆把這砒霜用手撚為細末，把與那婦人將去藏了。

那婦人卻踅將歸來，到樓上看武大時，一絲沒兩氣，看看待死，那婦人坐在床邊假哭。武大道：「你做甚麼來哭？」那婦人拭着眼淚說道：「我的一時間不是了，吃那廝局騙子。誰想卻踢了你這腳！我問得一處好藥。我要去贖

---

6)　搗子：傢夥，光棍。

來醫你，又怕你疑忌了，不敢去取。」武大道：「你救得我活，無事了，一筆都勾，並不記懷；武二家來，亦不提起。快去贖藥來救我則個！」那婦人拿了些銅錢，徑來王婆家裏坐地，卻叫王婆去贖了藥來；把到樓上，教武大看了，說道：「這帖心疼藥，太醫叫你半夜裏吃。吃了倒頭把一兩床被發些汗，明日便起得來。」武大道：「卻是好也。生受大嫂，今夜醒睡些個，半夜裏調來我吃。」那婦人道：「你自放心睡，我自伏侍你。」

看看天色黑了，那婦人在房裏點上碗燈，下面先燒了一大鍋湯，拿了一片抹布，煮在湯裏。聽那更鼓時，卻好正打三更。那婦人先把毒藥傾在盞子裏，卻舀一碗白湯，把到樓上，叫聲：「大哥，藥在那裏？」武大道：「在我席子底下枕頭邊，你快調來與我吃。」那婦人揭起席子，將那藥抖在盞子裏，把那藥帖安了，將白湯沖在盞內，把頭上銀牌兒只一攪，調得勻了。左手扶起武大，右手把藥便灌。武大呷了一口，說道：「大嫂，這藥好難吃！」那婦人道：「只要他醫治得病，管甚麼難吃。」武大再呷第二口時，被這婆娘就勢只一灌，一盞藥都灌下喉嚨去了。那婦人便放倒武大，慌忙跳下床來。武大「哎」了一聲，說道：「大嫂，吃下這藥去，肚裏倒疼起來。苦呀！苦呀！倒當不得了！」這婦人便去腳後扯過兩床被來，沒頭沒臉只顧蓋。武大叫道：「我也氣悶。」那婦人道：「太醫吩咐，教我與你發些汗，便好得快。」武大再要說時，這婦人怕他掙扎，便跳上床來，騎在武大身上，把手緊緊地按住被角，那裏肯放些鬆寬。正似：油煎肺腑，火燎肝腸。心窩裏如雪刃相侵，滿腹中似鋼刀亂攪。渾身冰冷，七竅血流。牙關緊咬，三魂赴枉死城中；喉管枯乾，七魄投望鄉台上。地獄新添食毒鬼，陽間沒了捉姦人。

那武大哎了兩聲，喘息了一回，腸胃迸斷，嗚呼哀哉，身體動不得了。

那婦人揭起被來，見了武大咬牙切齒，七竅流血，怕將起來，只得跳下床來，敲那壁子。王婆聽得，走過後門頭咳嗽。那婦人便下樓來，開了後門。王婆問道：「了也未？」那婦人道：「了便了了，只是我手腳軟了，安排不得。」王婆道：「有甚麼難處，我幫你便了。」

那婆子便把衣袖捲起，舀了一桶湯，把抹布撇在裏面，掇上樓來。捲過了被，先把武大嘴邊唇上都抹了，卻把七竅淤血痕跡拭淨，便把衣裳蓋在屍上。兩個從樓上一步一掇，扛將下來，就樓下將扇舊門停了。與他梳了頭，戴了巾幘，穿了衣裳，取雙鞋襪與他穿了，將片白絹蓋了臉，揀床乾淨被蓋在死屍身上。卻上樓來，收拾得乾淨了。王婆自轉將歸去了。那婆娘卻號號地假哭起養家人來。

看官聽說，原來但凡世上婦人，哭有三樣：有淚有聲謂之哭；有淚無聲謂之泣；無淚有聲謂之號。當下那婦人乾號了半夜。

次早五更，天色未曉，西門慶奔來討信，王婆說了備細。西門慶取銀子把與王婆，教買棺材津送，就叫那婦人商議。這婆娘過來和西門慶說道：「我的武大今日已死，我只靠着你做主。」西門慶道：「這個何須得你說。」王婆道：「只有一件事最要緊，地坊上團頭何九叔，他是個精細的人，只怕他看出破綻，不肯殮。」西門慶道：「這個不妨，我自吩咐他便了。他不肯違我的言語。」王婆道：「大官人便用去吩咐他，不可遲誤。」西門慶去了。

到天大明，王婆買了棺材，又買些香燭紙錢之類，歸來與那婦人做羹飯，點起一盞隨身燈[7]。鄰舍坊廂都來弔問。那婦人虛掩着粉臉假哭。眾街坊問道：「大郎因甚病患便死了？」那婆娘答道：「因害心疼病症，一日日越重了，看看不能夠好，不幸昨夜三更死了。」又哽哽咽咽假哭起來。眾鄰舍明知道此人死得不明，不敢死問他，只自人情勸道：「死自死了，活的自要過，娘子省煩惱。」那婦人只得假意兒謝了，眾人各自散了。王婆取了棺材，去請團頭何九叔。但是入殮用的，都買了，並家裏一應物件，也都買了。就叫了兩個和尚，晚些伴靈。多樣時[8]，何九叔先撥幾個火家來整頓。

且說何九叔到巳牌時分，慢慢地走出來，到紫石街巷口，迎見西門慶叫道：「九叔何往？」何九叔答道：「小人只在前面殮這賣炊餅的武大郎屍首。」西門慶道：「借一步說話則個。」何九叔跟着西門慶來到轉角頭一個小酒店裏，坐下在閣兒內。西門慶道：「何九叔，請上坐。」何九叔道：「小人是何等之人，對官人一處坐地？」西門慶道：「九叔何故見外，且請坐。」二人坐定，叫取瓶好酒來。小二一面鋪下菜蔬果品按酒之類，即便篩酒。

何九叔心中疑忌，想道：「這人從來不曾和我吃酒，今日這杯酒必有蹺蹊。」兩個吃了半個時辰，只見西門慶去袖子裏摸出一錠十兩銀子，放在桌上，說道：「九叔休嫌輕微，明日別有酬謝。」何九叔叉手道：「小人無半點效

7)　隨身燈：死者腳後點的油燈。迷信的說法認為可以照亮冥間道路。

8)　多樣時：許久。

力之處，如何敢受大官人見賜銀兩？若是大官人便有使令小人處，也不敢受。」西門慶道：「九叔休要見外，請收過了卻說。」何九叔道：「大官人但說不妨，小人依聽。」西門慶道：「別無甚事，少刻他家也有些辛苦錢。只是如今殮武大的屍首，凡百事周全，一床錦被遮蓋則個，別無多言。」何九叔道：「是這些小事，有甚利害，如何敢受銀兩？」西門慶道：「九叔不收時，便是推卻。」那何九叔自來懼怕西門慶是個刁徒，把持官府的人，只得受了。兩個又吃了幾杯，西門慶叫酒保來記了賬，明日來鋪裏支錢。兩個下樓，一同出了店門。西門慶道：「九叔記心，不可泄漏。改日別有報效。」吩咐罷，一直去了。

何九叔心中疑忌，肚裏尋思道：「這件事卻又作怪！我自去殮武大郎屍首，他卻怎地與我許多銀子？這件事必定有蹺蹊。」來到武大門前，只見那幾個火家在門首伺候，何九叔問道：「這武大是甚病死了？」火家答道：「他家說害心疼病死了。」何九叔揭起簾子入來。王婆接着道：「久等阿叔多時了。」何九叔應道：「便是有些小事絆住了腳，來遲了一步。」只見武大老婆，穿着些素淡衣裳，從裏面假哭出來。何九叔道：「娘子省煩惱。可傷大郎歸天去了！」那婦人虛掩着淚眼道：「說不可盡！不想拙夫心疼症候，幾日兒便休了，撇得奴好苦。」何九叔上上下下看得那婆娘的模樣，口裏自暗暗地道：「我從來只聽的說武大娘子，不曾認得他。原來武大卻討着這個老婆！西門慶這十兩銀子，有些來歷。」

何九叔看着武大屍首，揭起千秋幡，扯開白絹，用五輪八寶犯着兩點神水眼[9]。定睛看時，何九叔大叫一聲，望後便倒，口裏噴出血來。但見：指甲青，唇口紫，面皮黃，眼無光，正是：身如五鼓銜山月，命似三更油盡燈。畢竟何九叔性命如何，且聽下回分解。

## 延伸思考

閻婆惜、潘金蓮、閻婆、王婆等都是或邪惡或淫邪的反面角色，《水滸傳》中對女性人物的描寫以及評價是否客觀，為甚麼？

---

9) 五輪八寶犯着兩點神水眼：指眼睛。

# 第二十六回

# 精讀 偷骨殖何九叔送喪<br>供人頭武二郎設祭

武松回來，查明真相，告官無門，便取姦夫淫婦人頭。不是一時性起，卻是為兄報仇而周密安排的事件。

話說當時何九叔跌倒在地下，眾火家扶住。王婆便道：「這是中了惡，快將水來！」噴了兩口，何九叔漸漸地動轉，有些甦醒。王婆道：「且扶九叔回家去，卻理會。」兩個火家，使扇板門，一徑抬何九叔到家裏。大小接着，就在床上睡了。老婆哭道：「笑欣欣出去，卻怎地這般歸來！閒時曾不知中惡。」坐在床邊啼哭。

何九叔覷得火家都不在面前，踢那老婆道：「你不要煩惱，我自沒事。卻才去武大家入殮，到得他巷口，迎見縣前開藥鋪的西門慶，請我去吃了一席酒，把十兩銀子與我，說道：『所殮的屍首，凡事遮蓋則個。』我到武大家，見他的老婆是個不良的人。我心裏有八九分疑忌，到那裏揭起千秋幡看時，見武大面皮紫黑，七竅內津津出血，唇口上微露齒痕，定是中毒身死。我本待聲張起來，卻怕他沒人做主，惡了西門慶，卻不是去撩蜂剔蠍[1]？待要胡盧提[2]入了棺殮了，武大有個兄弟，便是前日景陽岡上打虎的武都頭，他是個殺人

1) 撩蜂剔蠍：惹是生非。

2) 胡盧提：糊塗。

點評

不眨眼的男子。倘或早晚歸來，此事必然要發。」老婆便道：「我也聽得前日有人說道：『後巷住的喬老兒子鄆哥，去紫石街幫武大捉姦，鬧了茶坊。』正是這件事了。你卻慢慢的訪問他。如今這事有甚難處，只使火家自去殮了，就問他幾時出喪。若是停喪在家，待武松歸來出殯，這個便沒甚麼皂絲麻線。若他便出去埋葬了，也不妨。若是他便要出去燒他時，必有蹺蹊。你到臨時，只做去送喪，張人眼錯，拿了兩塊骨頭，和這十兩銀子收着，便是個老大證見。若他回來，不問時便罷，卻不留了西門慶面皮，做一碗飯[3]卻不好。」

● 用何九叔的妻子與潘金蓮作對比，相互映襯。

何九叔道：「家有賢妻，見得極明。」隨即叫火家吩咐：「我中了惡，去不得，你們便自去殮了。就問他幾時出喪，快來回報。得的錢帛，你們分了，都要停當。若與我錢帛，不可要。」火家聽了，自來武大家入殮，停喪安靈已罷，回報何九叔道：「他家大娘子說道：『只三日便出殯，去城外燒化。』」火家各自分錢散了。何九叔對老婆道：「你說的話正是了。我至期，只去偷骨殖便了。」

且說王婆一力攛掇，那婆娘當夜伴靈，第二日請四僧唸些經文，第三日早，眾火家自來扛抬棺材，也有幾家鄰舍街坊相送。那婦人帶上孝，一路上假哭養家人。來到城外化人場上，便叫舉火燒化。只見何九叔手裏提着一陌紙錢，來到場裏，王婆和那婦人接見道：「九叔，且喜得貴體沒事了。」何九叔道：「小人前日買了大郎一扇籠子母炊餅，不曾還得錢，特地把這陌紙來燒與大郎。」王婆道：「九叔如此志誠。」何九叔把紙錢燒了，就攛掇燒化棺材。王婆和那婦人謝道：「難得何九叔攛掇，回家一發相謝。」何九叔道：「小人到處只是出熱[4]。娘子和乾娘自穩便，齋堂裏去相待眾鄰舍街坊。小人自替你照顧。」使轉了這婦人和那婆子，把

3) 做一碗飯：留個退路。

4) 出熱：熱心幫忙。

火挾去，揀兩塊骨頭，拿去骨池內只一浸，看那骨頭酥黑。何九叔收藏了，也來齋堂裏和哄了一回。棺木過了，殺火收拾骨殖，潵在池子裏。眾鄰舍各自分散。那何九叔將骨頭歸到家中，把幅紙都寫了年月日期，送喪的人名字，和這銀子一處包了，做一個布袋兒盛着，放在房裏。

點評

● 細節描寫，日期、姓名都留作證據。

再說那婦人歸到家中，去槅子前面設個靈牌，上寫「亡夫武大郎之位」。靈床子前點一盞琉璃燈，裏面貼些經幡、錢垛、金銀錠、采繒[5]之屬。每日卻自和西門慶在樓上任意取樂，卻不比先前在王婆房裏，只是偷雞盜狗之歡，如今家中又沒人礙眼，任意停眠整宿。自此西門慶整三五夜不歸去，家中大小亦各不喜歡。原來這女色坑陷得人，有成時必須有敗，有詩為證：

參透風流二字禪，好姻緣是惡姻緣。
山妻小妾家常飯，不害相思不損錢。

且說西門慶和那婆娘終朝取樂，任意歌飲，交得熟了，卻不顧外人知道。這條街上遠近人家，無有一人不知此事。卻都懼怕西門慶那廝是個刁徒潑皮，誰肯來多管？

常言道：「樂極生悲，否極泰來。」光陰迅速，前後又早四十餘日。卻說武松自從領了知縣言語，監送車仗到東京親戚處，投下了來書，交割了箱籠，街上閒行了幾日，討了回書，領一行人取路回陽谷縣來。前後往回，恰好將及兩個月。去時新春天氣，回來三月初頭。於路上只覺得神思不安，身心恍惚，趕回要見哥哥。且先去縣裏交納了回書，知縣見了大喜。看罷回書，已知金銀寶物交得明白，賞了武松一錠大銀，酒食管待，不必用說。

武松回到下處房裏，換了衣服鞋襪，戴上個新頭巾，

5)　采繒（zēng）：絲織物。

鎖上了房門，一徑投紫石街來。兩邊眾鄰舍看見武松回了，都吃一驚，大家捏兩把汗，暗暗地說道：「這番蕭牆禍起了！這個太歲歸來，怎肯干休？必然弄出事來！」

且說武松到門前，揭起簾子，探身入來，見了靈床子，寫着「亡夫武大郎之位」七個字，呆了，睜開雙眼道：「莫不是我眼花了？」叫聲：「嫂嫂，武二歸來！」那西門慶正和這婆娘在樓上取樂，聽得武松叫一聲，驚得屁滾尿流，一直奔後門，從王婆家走了。那婦人應道：「叔叔少坐，奴便來也。」原來這婆娘自從藥死了武大，那裏肯帶孝，每日只是濃妝豔抹，和西門慶做一處取樂。聽得武松叫聲「武二歸來了」，慌忙去面盆裏洗落了脂粉，拔去了首飾釵環，蓬鬆挽了個髻兒，脫去了紅裙繡襖，旋穿上孝裙孝衫，便從樓上哽哽咽咽假哭下來。

武松道：「嫂嫂且住，休哭！我哥哥幾時死了？得甚麼症候？吃誰的藥？」那婦人一頭哭，一面說道：「你哥哥自從你轉背一二十日，猛可的害急心疼起來，病了八九日，求神問卜，甚麼藥不吃過？醫治不得，死了。撇得我好苦！」隔壁王婆聽得，生怕決撒[6]，即便走過來幫他支吾。武松又道：「我的哥哥從來不曾有這般病，如何心疼便死了？」王婆道：「都頭卻怎地這般說？『天有不測風雲，人有暫時禍福』。誰保得長沒事？」那婦人道：「虧殺了這個乾娘。我又是個沒腳蟹[7]，不是這個乾娘，鄰舍家誰肯來幫我！」武松道：「如今埋在那裏？」婦人道：「我又獨自一個，那裏去尋墳地？沒奈何，留了三日，把出去燒化了。」武松道：「哥哥死得幾日了？」婦人道：「再兩日，便是斷七。」

武松沉吟了半晌，便出門去，徑投縣裏來；開了鎖，去房裏換了一身素淨衣服，便叫土兵打了一條麻條，繫在腰

---

6) 決撒：被人發覺，事情敗露。

7) 沒腳蟹：無依靠的人。

裏；身邊藏了一把尖長柄短背厚刃薄的解腕刀，取了些銀兩帶在身邊。叫一個土兵鎖上了房門，去縣前買了些米麪、椒料等物，香燭、冥紙，就晚到家敲門。那婦人開了門，武松叫土兵去安排羹飯。武松就靈床子前，點起燈燭，鋪設酒餚。到兩個更次，安排得端正，武松撲翻身便拜道：「哥哥陰魂不遠！你在世時軟弱，今日死後，不見分明。你若是負屈銜冤，被人害了，託夢與我，兄弟替你做主報仇。」把酒澆奠了，燒化冥用紙錢，便放聲大哭。哭得那兩邊鄰舍，無不淒惶。那婦人也在裏面假哭。武松哭罷，將羹飯酒餚和土兵吃了，討兩條席子，叫土兵中門傍邊睡。武松把條席子，就靈床子前睡。那婦人自上樓去，下了樓門自睡。

約莫將近三更時候，武松翻來覆去睡不着，看那土兵時，齁齁的卻似死人一般挺着。武松爬將起來，看了那靈床子前琉璃燈，半明半滅。側耳聽那更鼓時，正打三更三點。武松歎了一口氣，坐在席子上，自言自語，口裏說道：「我哥哥生時懦弱，死了卻有甚分明。」說猶未了，只見靈床子下捲起一陣冷氣來，真個是盤旋侵骨冷，凜烈透肌寒。昏昏暗暗，靈前燈火失光明；慘慘幽幽，壁上紙錢飛散亂。那陣冷氣逼得武松毛髮皆豎，定睛看時，只見個人從靈床底下鑽將出來，叫聲：「兄弟，我死得好苦！」武松看不仔細，卻待向前來再問時，只見冷氣散了，不見了人。武松一交顛翻在席子上坐地，尋思是夢非夢。回頭看那土兵時，正睡着。武松想道：「哥哥這一死，必然不明。卻才正要報我知道，又被我的神氣沖散了他的魂魄。」放在心裏不題，等天明卻又理會。詩曰：可怪人稱三寸丁，生前混沌死精靈。不因同氣能相感，冤鬼何從夜現形？

天色漸明了，土兵起來燒湯，武松洗漱了。那婦人也下樓來，看着武松道：「叔叔夜來煩惱？」武松道：「嫂嫂，我哥哥端的甚麼病死了？」那婦人道：「叔叔卻怎地忘了？夜來已對叔叔說了，害心疼病死了。」武松道：「卻贖誰的

**點評**

● 逼問出一個人來，好尋線索，可以看出武松是個極其冷靜、深思熟慮的人。

點評

● 這一招出得驚天動地，卻是情理分明，是個使人凜然的英雄好漢。

藥吃？」那婦人道：「現有藥帖在這裏。」武松道：「卻是誰買棺材？」那婦人道：「央及隔壁王乾娘去買。」武松道：「誰來扛抬出去？」那婦人道：「是本處團頭何九叔。盡是他維持出去。」武松道：「原來恁地。且去縣裏畫卯，卻來。」便起身帶了土兵，走到紫石街巷口，問土兵道：「你認得團頭何九叔麼？」土兵道：「都頭恁地忘了？前項他也曾來與都頭作慶。他家只在獅子街巷內住。」武松道：「你引我去。」土兵引武松到何九叔門前，武松道：「你自先去。」土兵去了。武松卻揭起簾子，叫聲：「何九叔在家麼？」這何九叔卻才起來，聽得是武松來尋，嚇得手忙腳亂，頭巾也戴不迭，急急取了銀子和骨殖藏在身邊，便出來迎接着：「都頭幾時回來？」武松道：「昨日方回到這裏，有句話閒說則個，請那尊步同往。」何九叔道：「小人便去，都頭且請拜茶。」武松道：「不必，免賜。」

兩個一同出到巷口酒店裏坐下，叫量酒人打兩角酒來。何九叔起身道：「小人不曾與都頭接風，何故反擾？」武松道：「且坐。」何九叔心裏已猜八九分。量酒人一面篩酒，武松更不開口，且只顧吃酒。何九叔見他不做聲，倒捏兩把汗，卻把些話來撩他。武松也不開言，並不把話來提起。酒已數杯，只見武松揭起衣裳，颼地掣出把尖刀來，插在桌子上。量酒的都驚得呆了，那裏肯近前。看何九叔面色青黃，不敢吐氣。武松捋起雙袖，握着尖刀，指何九叔道：「小子粗疏，還曉得『冤各有頭，債各有主』。你休驚怕，只要實說，對我一一說知武大死的緣故，便不干涉你！我若傷了你，不是好漢！倘若有半句兒差，我這口刀立定教你身上添三四百個透明的窟窿！閒言不道，你只直說我哥哥死的屍首，是怎地模樣？」武松道罷，一雙手按住胳膝，兩隻眼睜得圓彪彪地，看着何九叔。

何九叔便去袖子裏取出一個袋兒，放在桌子上道：「都頭息怒。這個袋兒便是一個大證見。」武松用手打開，看那袋兒裏時，兩塊酥黑骨頭，一錠十兩銀子，便問道：「怎地見得是老大證見？」何九叔道：「小人並然不知前後因地，忽於正月二十二日在家，只見開茶坊的王婆來呼喚小人殮武大郎屍首。至日，行到紫石街巷口，迎見縣前開生藥鋪的西門慶大郎，攔住邀小人同去酒店裏吃了一瓶酒。西門慶取出這十兩銀子，付與小人，吩咐道：『所殮的屍首，凡百事遮蓋。』小人從來得知道那人是個刁徒，不容小人不接。吃了酒食，收了這銀子，小人去到大郎家裏，揭起千秋幡，只見七竅內有瘀血，唇口上有齒痕，係是生前中毒的屍首。小人本待聲張起來，只是又沒苦主。他的娘子已自道是害心疼病死了。因此小人不敢聲言，自咬破舌尖，只做中了惡，扶歸家來了。只是火家自去殮了屍首，不曾接受一文。第三日，聽得扛出去燒化，小人買了一陌紙，去山頭假做人情。使轉了王婆並令嫂，暗拾了這兩塊骨頭，包在家裏。這骨殖酥黑，係是毒藥身死的證見。這張紙上寫着年月日時，並送喪人的姓名，便是小人口詞了。都頭詳察。」武松道：「姦夫還是何人？」何九叔道：「卻不知是誰。小人閒聽得說來，有個賣梨兒的鄆哥，那小廝曾和大郎去茶坊裏捉姦。這條街上，誰人不知。都頭要知備細，可問鄆哥。」武松道：「是。既然有這個人時，一同去走一遭。」武松收了刀，藏了骨頭、銀子，算還酒錢，便同何九叔望鄆哥家裏來。

　　卻好走到他門前，只見那小猴子挽着個柳籠栲栳在手裏，糴米歸來。何九叔叫道：「鄆哥，你認得這位都頭麼？」鄆哥道：「解大蟲來時，我便認得了。你兩個尋我做甚麼？」鄆哥那小廝也瞧了八分，便說道：「只是一件：我的老爹六十歲，沒人養贍。我卻難相伴你們吃官司耍。」武松道：「好兄弟。」便去身邊取五兩來銀子道：「鄆哥，你把去與老爹做盤纏，跟我來說話。」鄆哥自心裏想道：「這五兩銀子，如何不盤纏得三五個月？便陪他吃官司也不妨。」將銀子和米把與老兒，便跟了二人出巷口一個飯店樓上來。武松叫過賣造三分飯來，對鄆哥道：「兄弟，你雖年紀幼小，倒有養家孝順之心，卻才與你這些銀子且做盤纏，我有用着你處。事務了畢時，我再與你十四五兩銀子做本錢。你可備細說與我，你怎地和我哥哥去茶坊裏捉姦？」

鄆哥道：「我說與你，你卻不要氣苦。我從今年正月十三日，提得一籃兒雪梨。我去尋西門慶大郎掛一勾子，一地裏沒尋他處。問人時，說道：『他在紫石街王婆茶坊裏，和賣炊餅的武大老婆做一處，如今刮上了他，每日只在那裏。』我聽得了這話，一徑奔去尋他，叵耐王婆老豬狗，攔住不放我入房裏去。吃我把話來侵他底子，那豬狗便打我一頓栗暴，直叉我出來，將我梨兒都傾在街上。我氣苦了，去尋你大郎，說與他備細，他便要去捉姦。我道：『你不濟事。西門慶那廝手腳了得，你若捉他不着，反吃他告了，倒不好。我明日和你約在巷口取齊，你便少做些炊餅出來。我若張見西門慶入茶坊裏去時，我先入去，你便寄了擔兒等着。只看我丟出籃兒來，你便搶入來捉姦。』我這日又提了一籃梨兒，徑去茶坊裏，被我罵那老豬狗。那婆子便來打我，吃我先把籃兒撇出街上，一頭頂住那老狗在壁上。武大郎卻搶入去時，婆子要去攔截，卻被我頂住了，只叫得：『武大來也。』原來倒吃他兩個頂住了門。大郎只在房門外聲張，卻不提防西門慶那廝開了房門，奔出來，把大郎一腳踢倒了。我見那婦人隨後便出來，扶大郎不動，我慌忙也自走了。過得五七日，說大郎死了。我卻不知怎地死了。」武松問道：「你這話是實了？你卻不要說謊。」鄆哥道：「便到官府，我也只是這般說。」武松道：「說得是，兄弟。」便討飯來吃了，還了飯錢，三個人下樓來。何九叔道：「小人告退。」武松道：「且隨我來，正要你們與我證一證。」把兩個一直帶到縣廳上。

知縣見了問道：「都頭告甚麼？」武松告說：「小人親兄武大，被西門慶與嫂通姦，下毒藥謀殺性命。這兩個便是證見，要相公做主則個。」知縣先問了何九叔並鄆哥口詞，當日與縣吏商議。原來縣吏都是與西門慶有首尾的，官人自不必說，因此官吏通同計較道：「這件事難以理問。」知縣道：「武松，你也是個本縣都頭，不省得法度。自古道：『捉姦見雙，捉賊見贓，殺人見傷。』你那哥哥的屍首又沒了，你又不曾捉得他姦，如今只憑這兩個言語，便問他殺人公事，莫非忒偏向麼？你不可造次，須要自己尋思，當行即行。」武松懷裏去取出兩塊酥黑骨頭、十兩銀子、一張紙，告道：「覆告相公，這個須不是小人捏合出來的。」知縣看了道：「你且起來，待我從長商議。可行時，便與你拿問。」何九叔、鄆哥，都被武松留在房裏。當日西門慶得知，卻使心腹人來縣裏許官吏銀兩。

次日早晨，武松在廳上告稟，催逼知縣拿人。誰想這官人貪圖賄賂，回出骨殖並銀子來，說道：「武松，你休聽外人挑撥你和西門慶做對頭。這件事不明白，難以對理。聖人云：『經目之事，猶恐未真；背後之言，豈能全信？』不可一時造次。」獄吏便道：「都頭，但凡人命之事，須要屍、傷、病、物、蹤五件事全，方可推問得。」武松道：「即然相公不准所告，且卻又理會。」收了銀子和骨殖，再付與何九叔收了。下廳來到自己房內，叫土兵安排飯食與何九叔同鄆哥吃，「留在房裏相等一等，我去便來也。」

又自帶了三兩個土兵，離了縣衙，將了硯瓦、筆、墨，就買了三五張紙，藏在身邊。就叫兩個土兵，買了個豬首、一隻鵝、一隻雞、一擔酒和些果品之類，安排在家裏。約莫也是巳牌時候，帶了土兵來到家中。那婦人已知告狀不准，放下心，不怕他，大着膽看他怎的。武松叫道：「嫂嫂下來，有句話說。」那婆娘慢慢地行下樓來，問道：「有甚麼話說？」武松道：「明日是亡兄斷七，你前日惱了眾鄰舍街坊，我今日特地來把杯酒，替嫂嫂相謝眾鄰。」那婦人大剌剌地說道：「謝他們怎地！」武松道：「禮不可缺。」喚土

**點評**

● 官府不受理案子，武松心中已有定奪，細緻籌劃為兄報仇之事，表面暫時的平靜，反襯出下文的波濤洶湧。

點評

● 幾個「看他怎地」為下文埋伏，老奸巨猾的王婆也不知他究竟要籌劃何事，可見武松謀略過人。

● 設置懸念，不知武松葫蘆裏賣的甚麼藥。氣氛越發緊張起來，情節也漸入高潮。

兵先去靈床子前明晃晃地點起兩枝蠟燭，焚起一爐香，列下一陌紙錢，把祭物去靈前擺了，堆盤滿宴，鋪下酒食果品之類。叫一個土兵，後面燙酒；兩個土兵，門前安排桌凳；又有兩個，前後把門。武松自吩咐定了，便叫：「嫂嫂，來待客，我去請來。」

先請隔壁王婆。那婆子道：「不消生受，教都頭作謝。」武松道：「多多相擾了乾娘，自有個道理。先備一杯菜酒，休得推故。」那婆子取了招兒，收拾了門戶，從後門走過來。武松道：「嫂嫂坐主位，乾娘對席。」婆子已知道西門慶回話了，放着心吃酒。兩個都心裏道：「看他怎地！」武松又請這邊下鄰開銀鋪的姚二郎姚文卿。二郎道：「小人忙些，不勞都頭生受。」武松拖住便道：「一杯淡酒，又不長久，便請到家。」那姚二郎只得隨順到來，便教去王婆肩下坐了。又去對門請兩家，一家是開紙馬鋪的趙四郎趙仲銘。四郎道：「小人買賣撇不得，不及陪奉。」武松道：「如何使得！眾高鄰都在那裏了。」不由他不來，被武松扯到家裏道：「老人家爺父一般，便請在嫂嫂肩下坐了。」又請對門那賣冷酒店的胡正卿。那人原是吏員出身，便瞧道有些尷尬，那裏肯來，被武松不管他，拖了過來，卻請去趙四郎肩下坐了。武松道：「王婆，你隔壁是誰？」王婆道：「他家是賣餶兒的張公。」卻好正在屋裏，見武松入來，吃了一驚道：「都頭，沒甚話說？」武松道：「家間多擾了街坊，相請吃杯淡酒。」那老兒道：「哎呀！老子不曾有些禮數到都頭來，卻如何請老子吃酒？」武松道：「不成微敬，便請到家。」老兒吃武松拖了過來，請去姚二郎肩下坐地。

說話的，為何先坐的不走了？原來都有土兵前後把着門，都似監禁的一般。

且說武松請到四家鄰舍，並王婆和嫂嫂，共是六人。武松掇條凳子，卻坐在橫頭，便叫土兵把前後門關了。那後面土兵，自來篩酒。武松唱個大喏，說道：「眾高鄰：休怪小人粗鹵，胡亂請些個。」眾鄰舍道：「小人們都不曾與都頭洗泥接風，如今倒來反擾。」武松笑道：「不成意思，眾高鄰休得笑話則個。」土兵只顧篩酒。眾人懷着鬼胎，正不知怎地。看看酒至三杯，那胡正卿便要起身，說道：「小人忙些個。」武松叫道：「去不得！既來到此，便忙也坐一坐。」那胡正卿心頭十五個吊桶打水，七上八下，暗暗地尋思道：「既是好意請我們吃酒，如何卻這般相待，不許人動身？」只得坐下。武松道：「再把酒來篩。」土兵斟到第四杯酒，前後共吃了七杯酒過，眾人卻似吃了呂太后一千個筵宴[8]。

只見武松喝叫土兵，且收拾過了杯盤，少間再吃。武松抹了桌子。眾鄰舍卻待起身，武松把兩隻手只一攔道：「正要說話。一干高鄰在這裏，中間高鄰那位會寫字？」姚二郎便道：「此位胡正卿極寫得好。」武松便唱個喏道：「相煩則個。」便捲起雙袖，去衣裳底下，颼地只一掣，掣出那口尖刀來。右手四指籠着刀靶，大母指按住掩心，兩隻圓彪彪怪眼睜起道：「諸位高鄰在此，小人冤各有頭，債各有主，只要眾位做個證見。」

只見武松左手拿住嫂嫂，右手指定王婆，四家鄰舍驚得目睜口呆，罔知所措，都面面廝覷，不敢做聲。武松道：「高鄰休怪，不必吃驚。武松雖是粗鹵漢子，便死也不怕，還省得有冤報冤，有仇報仇，並不傷犯眾位，只煩高鄰做個證見。若有一位先走的，武松翻過臉來休怪，教他先吃我五七刀了去，武二便償他命也不妨。」眾鄰舍俱目瞪口呆，再不敢動。

武松看着王婆喝道：「兀那老豬狗聽着！我的哥哥這個性命都在你的身上，慢慢地卻問你！」回過臉來，看着婦人罵道：「你那淫婦聽着！你把我的哥哥性命怎地謀害了，從

---

8)　呂太后一千個筵宴：呂太后，即西漢開國皇帝劉邦的妻子呂雉。劉邦死後，呂后專政，有一次宴請羣臣，有人逃席，被當場殺死。

點評

實招了，我便饒你。」那婦人道：「叔叔，你好沒道理！你哥哥自害心疼病死了，干我甚事！」說猶未了，武松把刀胳查子插在桌子上，用左手揪住那婦人頭髻，右手劈胸提住。把桌子一腳踢倒了，隔桌子把這婦人輕輕地提將過來，一交放翻在靈床面前，兩腳踏住。右手拔起刀來，指定王婆道：「老豬狗，你從實說！」那婆子要脫身，脫不得，只得道：「不消都頭發怒，老身自說便了。」

武松叫土兵取過紙、墨、筆、硯，排好在桌子上，把刀指着胡正卿道：「相煩你與我聽一句，寫一句。」胡正卿肐搭搭抖着道：「小，小人便寫，寫。」討了些硯水，磨起墨來，胡正卿拿起筆，拂開紙道：「王婆，你實說！」那婆子道：「又不干我事，教說甚麼？」武松道：「老豬狗，我都知了，你賴那個去！你不說時，我先剮了這個淫婦，後殺你這老狗。」提起刀來，望那婦人臉上便搠兩搠。那婦人慌忙叫道：「叔叔，且饒我！你放我起來，我說便了。」武松一提，提起那婆娘，跪在靈床子前。武松喝一聲：「淫婦快說！」

● 語言的停頓，語氣的小心翼翼用幾個字就表現出來。

那婦人驚得魂魄都沒了，只得從實招說：將那時放簾子，因打着西門慶起，並做衣裳，入馬通姦，一一地說。次後來怎生踢了武大，因何設計下藥，王婆怎地教唆撥置，從頭至尾，說了一遍。武松叫他說一句，卻叫胡正卿寫一句。王婆道：「咬蟲，你先招了，我如何賴得過，只苦了老身！」王婆也只得招認了。把這婆子口詞，也叫胡正卿寫了。從頭至尾，都說在上面。叫他兩個都點指畫了字，就叫四家鄰舍書了名，也畫了字。叫土兵解搭膊來，背剪綁了這老狗，捲了口詞，藏在懷裏。叫土兵取碗酒來，供養在靈床子前，拖過這婦人來，跪在靈前，喝那婆子也跪在靈前。武松道：「哥哥靈魂不遠，兄弟武二與你報仇雪恨！」叫土兵把紙錢點着。那婦人見頭勢不好，卻待要叫，被武松腦揪倒來，兩隻腳踏住他兩隻胳膊，扯開胸脯衣裳。說時遲，那時快，把尖刀去胸前只一剜，口裏銜着刀，雙手去挖開胸脯，摳出心

● 安排證人，錄下口供，簽字畫押，一切步驟都嚴謹細緻。

肝五臟，供養在靈前。「肐查」一刀，便割下那婦人頭來，血流滿地。四家鄰舍，吃了一驚，都掩了臉，見他兇了，又不敢動，只得隨順他。武松叫士兵去樓上取下一床被來，把婦人頭包了，揩了刀，插在鞘裏，洗了手，唱個喏說道：「有勞高鄰，甚是休怪。且請眾位樓上少坐，待武二便來。」四家鄰舍，都面面相看，不敢不依他，只得都上樓去坐了。武松吩咐士兵，也教押那婆子上樓去。關了樓門，着兩個士兵在樓下看守。

武松包了婦人那顆頭，一直奔西門慶生藥鋪前來，看着主管，唱個喏，問道：「大官人在麼？」主管道：「卻才出去。」武松道：「借一步閒說一句話。」那主管也有些認得武松，不敢不出來。武松一引引到側首僻淨巷內。武松翻過臉來道：「你要死，卻是要活？」主管慌道：「都頭在上，小人又不曾傷犯了都頭。」武松道：「你要死，休說西門慶去向；你若要活，實對我說西門慶在那裏。」主管道：「卻才和⋯⋯一個相識去⋯⋯獅子橋下大酒樓上吃酒。」武松聽了，轉身便走。那主管驚得半晌，移腳不動，自去了。

且說武松徑奔到獅子橋下酒樓前，便問酒保道：「西門慶大郎和甚人吃酒？」酒保道：「和一個一般的財主，在樓上邊街閣兒裏吃酒。」武松一直撞到樓上，去閣子前張時，窗眼裏見西門慶坐着主位，對面一個坐着客席，兩個唱的粉頭坐在兩邊。武松把那被包打開一抖，那顆人頭血淥淥的滾出來。武松左手提了人頭，右手拔出尖刀，挑開簾子，鑽將入來，把那婦人頭望西門慶臉上摜將來。西門慶認得是武松，吃了一驚，叫聲：「哎呀！」便跳起在凳子上去，一隻腳跨上窗檻，要尋走路。見下面是街，跳不下去，心裏正慌。說時遲，那時快，武松卻用手略按一按，托地已跳在桌子上，把些盞兒、碟兒，都踢下來。兩個唱的行院，驚得走不動。那個財主官人，慌了腳手，也驚倒了。西門慶見來得兇，便把手虛指一指，早飛起右腳來。武松只顧奔入去，見

**點評**

● 一個「撞」字，畫面盡出。

他腳起，略閃一閃，恰好那一腳正踢中武松右手，那口刀踢將起來，直落下街心裏去了。西門慶見踢去了刀，心裏便不怕他，右手虛照一照，左手一拳，照着武松心窩裏打來。卻被武松略躲個過，就勢裏從脅下鑽入來，左手帶住頭，連肩胛只一提，右手早捽住西門慶左腳，叫聲：「下去！」那西門慶一者冤魂纏定，二乃天理難容，三來怎當武松勇力，只見頭在下，腳在上，倒撞落在當街心裏去了，跌得個發昏[9]。街上兩邊人，都吃了一驚。

武松伸手去凳子邊提了淫婦的頭，也鑽出窗子外，湧身望下只一跳，跳在當街上，先搶了那口刀在手裏。看這西門慶已自跌得半死，直挺挺在地下，只把眼來動。武松按住，只一刀，割下西門慶的頭來。把兩顆頭相結做一處，提在手裏，把着那口刀，一直奔回紫石街來。叫土兵開了門，將兩顆人頭供養在靈前；把那碗冷酒澆奠了，說道：「哥哥靈魂不遠，早生天界！兄弟與你報仇，殺了姦夫和淫婦，今日就行燒化。」便叫土兵樓上請高鄰下來，把那婆子押在前面。

武松拿着刀，提了兩顆人頭，再對四家鄰舍道：「我還有一句話對你們四位高鄰說則個。」那四家鄰舍叉手拱立，盡道：「都頭但說，我眾人一聽尊命。」武松說出這兒句話來，有分教：景陽岡好漢，屈做囚徒；陽谷縣都頭，變作行者。直教：名標千古，聲播萬年。畢竟武松說出甚話來，且聽下回分解。

## 延伸思考

金聖歎將武松評為「天人」，甚至好漢中的「第一人」，意為將近完美。本回從哪些細節中可以體現出這一點？

9) 發昏：指神志昏迷。

## 第二十七回

# 母夜叉孟州道賣人肉
# 武都頭十字坡遇張青

知縣念他是個義氣之人，從輕發落了武松，差兩個公人押送他到了一個叫十字坡的地方，卻遭遇黑店，武松能否逃過此劫……

話說當下武松對四家鄰舍道：「小人因與哥哥報仇雪恨，犯罪正當其理，雖死而不怨，卻才甚是驚嚇了高鄰。小人此一去，存亡未保，死活不知，我哥哥靈床子就今燒化了。家中但有些一應物件，望煩四位高鄰與小人變賣些錢來，作隨衙用度之資，聽候使用。今去縣裏首告，休要管小人罪犯輕重，只替小人從實證一證。」隨即取靈牌和紙錢燒化了。樓上有兩個箱籠，取下來，打開看了，付與四鄰收貯變賣；卻押那婆子，提了兩顆人頭，徑投縣裏來。

此時哄動了一個陽谷縣，街上看的人，不計其數。知縣聽得人來報了，先自駭然，隨即升廳。武松押那王婆在廳前跪下，行兇刀子和兩顆人頭放在階下。武松跪在左邊，婆子跪在中間，四家鄰舍跪在右邊。武松懷中取出胡正卿寫的口詞，從頭至尾，告訴一遍。知縣叫那令史，先問了王婆口詞，一般供說。四家鄰舍，指證明白。又喚過何九叔、鄆哥，都取了明白供狀。喚當該仵作行人，委吏一員，把這一干人押到紫石街檢驗了婦人身屍，獅子橋下酒樓前檢驗了西門慶身屍。明白填寫屍單格目，回到縣裏，呈堂立案。知縣叫取長枷，且把武松同這婆子枷了，收在監內，一干平人[1]，寄監在門房裏。

且說縣官念武松是個義氣烈漢，又想他上京去了這一遭，一心要周全

1)　平人：平民，指無罪的百姓。

他，又尋思他的好處，便喚該吏商議道：「念武松那廝是個有義的漢子，把這人們招狀從新做過，改作：『武松因祭獻亡兄武大，有嫂不容祭祀，因而相爭。婦人將靈床推倒。救護亡兄神主，與嫂鬥毆，一時殺死。次後西門慶因與本婦通姦，前來強護，因而鬥毆，互相不伏，扭打至獅子橋邊，以致鬥殺身死。』」讀款狀與武松聽了，寫一道申解公文，將這一干人犯，解本管東平府申請發落。這陽谷縣雖是個小縣分，倒有仗義的人。有那上戶之家，都資助武松銀兩，也有送酒食錢米與武松的。武松到下處，將行李寄頓土兵收了，將了十二三兩銀子，與了鄆哥的老爹。武松管下的土兵，大半相送酒肉不迭。當下縣吏領了公文，抱着文卷，並何九叔的銀子、骨殖、招詞、刀杖，帶了一干人犯，上路望東平府來。

眾人到得府前，看的人哄動了衙門口。且說府尹陳文昭聽得報來，隨即升廳。那官人平生正直，稟性賢明。幼曾雪案攻書[2]，長向金鑾[3]對策。戶口增，錢糧辦，黎民稱德滿街衢；詞訟減，盜賊休，父老讚歌喧市井。慷慨文章欺李杜，賢良德政勝龔黃[4]。

那陳府尹是個聰察的官，已知這件事了，便叫押過這一干人犯，就當廳先把陽谷縣申文看了，又把各人供狀、招款看過，將這一干人，一一審錄一遍。把贓物並行兇刀杖封了，發與庫子[5]收領上庫。將武松的長枷換了一面輕罪枷枷了，下在牢裏。把這婆子換一面重囚枷釘了，禁在提事司監死囚牢裏收了。喚過縣吏，領了回文，發落何九叔、鄆哥、四家鄰舍：「這六人且帶回縣去，寧家[6]聽候。本主西門慶妻子，留在本府羈管聽候，等朝廷明降[7]，方始結斷。」那何九叔、鄆哥、四家鄰舍，縣吏領了自回本縣去了。武松下在牢裏，自有幾個土兵送飯。

且說陳府尹哀憐武松是個仗義的烈漢，時常差人看覷他，因此節級、牢

---

2) 雪案攻書：晉代孫康在冬天夜裏借大雪的反光來照明讀書。

3) 金鑾：指朝廷。

4) 龔黃：漢代循吏龔遂與黃霸的並稱。

5) 庫子：管倉庫者。

6) 寧家：回家。

7) 明降：判決書下來。

子都不要他一文錢，倒把酒食與他吃。陳府尹把這招稿卷宗都改得輕了，申去省院，詳審議罪。卻使個心腹人，齎了一封緊要密書，星夜投京師來替他幹辦[8]。那刑部官有和陳文昭好的，把這件事直稟過了省院官，議下罪犯：「據王婆生情造意，哄誘通姦，唆使本婦下藥毒死親夫；又令本婦趕逐武松，不容祭祀親兄，以致殺傷人命。唆令男女故失人倫，擬合凌遲處死。據武松雖係報兄之仇，鬥殺西門慶姦夫人命，亦則自首，難以釋免。脊杖四十，刺配二千里外。姦夫淫婦，雖該重罪，已死勿論。其餘一干人犯，釋放寧家。文書到日，即便施行。」

東平府尹陳文昭看了來文，隨即行移，拘到何九叔、鄆哥並四家鄰舍，和西門慶妻小一干人等，都到廳前聽斷。牢中取出武松，讀了朝廷明降，開了長枷，脊杖四十。上下公人都看覷他，止有五七下着肉。取一面七斤半鐵葉團頭護身枷釘了，臉上免不得刺了兩行金印，迭配孟州牢城。其餘一干眾人，省諭發落，各放寧家。大牢裏取出王婆，當廳聽命。讀了朝廷明降，寫了犯由牌，畫了伏狀，便把這婆子推上木驢，四道長釘，三條綁索，東平府尹判了一個「剮」字，擁出長街。兩聲破鼓響，一棒碎鑼鳴，犯由前引，混棍後催，兩把尖刀舉，一朵紙花搖，帶去東平府市心裏，吃了一剮。

話裏只說武松帶上行枷，看剮了王婆，有那原舊的上鄰姚二郎，將變賣家私什物的銀兩交付與武松收受，作別自回去了。當廳押了文帖，着兩個防送公人領了，解赴孟州交割。府尹發落已了。只說武松與兩個防送公人上路，有那原跟的土兵付與了行李，亦回本縣去了。

武松自和兩個公人離了東平府，迤邐取路投孟州來。那兩個公人知道武松是個好漢，一路只是小心去伏侍他，不敢輕慢他些個。武松見他兩個小心，也不和他計較，包裹內有的是金銀，但過村坊鋪店，便買酒肉和他兩個公人吃。

話休絮繁。武松自從三月初頭殺了人，坐了兩個月監房，如今來到孟州路上，正是六月前後，炎炎火日當天，爍石流金之際，只得趕早涼而行。約莫也行了二十餘日，來到一條大路，三個人已到嶺上，卻是巳牌時分，武松

---

8)　幹辦：打點。

道:「你們且休坐了，趕下嶺去，尋買些酒肉吃。」兩個公人道:「也說得是。」三個人奔過嶺來，只一望時，見遠遠地土坡下約有十數間草屋，傍着溪邊柳樹上挑出個酒簾兒。武松見了，把手指道:「兀那裏不有個酒店！」三個人奔下嶺來，山岡邊見個樵夫，挑一擔柴過來。武松叫道:「漢子，借問這裏地名叫做甚麼去處？」樵夫道:「這嶺是孟州道。嶺前面大樹林邊，便是有名的十字坡。」

武松問了，自和兩個公人一直奔到十字坡邊看時，為頭一株大樹，四五個人抱不交，上面都是枯藤纏着。看看抹過大樹邊，早望見一個酒店，門前窗檻邊坐着一個婦人，露出綠紗衫兒來，頭上黃烘烘的插着一頭釵環，鬢邊插着些野花。見武松同兩個公人來到門前，那婦人便走起身來迎接。下面繫一條鮮紅生絹裙，搽一臉胭脂鉛粉，敞開胸脯，露出桃紅紗主腰，上面一色金鈕。見那婦人如何？眉橫殺氣，眼露兇光。轆軸般蠢坌[9]腰肢，棒錘似粗莽手腳。厚鋪着一層膩粉，遮掩頑皮[10]；濃搽就兩暈胭脂，直侵亂髮。金釧牢籠魔女臂，紅衫照映夜叉精。

當時那婦人倚門迎接，說道:「客官，歇腳了去。本家有好酒、好肉，要點心時，好大饅頭！」兩個公人和武松入到裏面，一副柏木桌凳座頭上兩個公人倚了棍棒，解下那纏袋，上下肩坐了。武松先把脊背上包裹解下來，放在桌子上，解了腰間搭膊，脫下布衫。兩個公人道:「這裏又沒人看見，我們擔些利害，且與你除了這枷，快活吃兩碗酒。」便與武松揭開了封皮，除了枷來，放在桌子底下，都脫了上半截衣裳，搭在一邊窗檻上。只見那婦人笑容可掬道:「客官要打多少酒？」武松道:「不要問多少，只顧燙來；肉便切三五斤來，一發算錢還你。」那婦人道:「也有好大饅頭。」武松道:「也把三二十個來做點心。」

那婦人嘻嘻地笑着入裏面，托出一大桶酒來。放下三隻大碗，三雙箸，切出兩盤肉來；一連篩了四五巡酒，去灶上取一籠饅頭來，放在桌子上。兩個公人拿起來便吃。

---

9)　蠢坌（bèn）：粗笨。坌，「笨」的借字。

10)　頑皮：粗硬的皮膚。

武松取一個拍開看了，叫道：「酒家，這饅頭是人肉的，是狗肉的？」那婦人嘻嘻笑道：「客官休要取笑。清平世界，蕩蕩乾坤，那裏有人肉的饅頭，狗肉的滋味？我家饅頭，積祖是黃牛的。」武松道：「我從來走江湖上，多聽得人說道：『大樹十字坡，客人誰敢那裏過？肥的切做饅頭餡，瘦的卻把去填河。』」那婦人道：「客官，那得這話？這是你自捏出來的。」武松道：「我見這饅頭餡肉有幾根毛，一象人小便處的毛一般，以此疑忌。」武松又問道：「娘子，你家丈夫卻怎地不見？」那婦人道：「我的丈夫出處做客未回。」武松道：「恁地時，你獨自一個須冷落。」那婦人笑着尋思道：「這賊配軍卻不是作死，倒來戲弄老娘！正是『燈蛾撲火，惹焰燒身』。不是我來尋你，我且先對付那廝。」這婦人便道：「客官，休要取笑。再吃幾碗了，去後面樹下乘涼要歇，便在我家安歇不妨。」

武松聽了這話，自家肚裏尋思道：「這婦人不懷好意了。你看我且先耍他。」武松又道：「大娘子，你家這酒，好生淡薄。別有甚好的，請我們吃幾碗。」那婦人道：「有些十分香美的好酒，只是渾些。」武松道：「最好。越渾越好吃。」那婦人心裏暗喜，便去裏面托出一旋渾色酒來。武松看了道：「這個正是好生酒，只宜熱吃最好。」那婦人道：「還是這位客官省得，我燙來你嘗看。」婦人自忖道：「這個賊配軍正是該死，倒要熱吃。這藥卻是發作得快，那廝當是我手裏行貨。」燙得熱了，把將過來篩做三碗，便道：「客官，試嘗這酒。」兩個公人那裏忍得飢渴，只顧拿起來吃了。武松便道：「大娘子，我從來吃不得寡酒。你再切些肉來，與我過口。」張得那婦人轉身入去，卻把這酒潑在僻暗處，口中虛把舌頭來咂道：「好酒，還是這酒衝得人動！」

那婦人那曾去切肉，只虛轉一遭，便出來拍手叫道：「倒也！倒也！」那兩個公人，只見天旋地轉，禁了口，望後撲地便倒。武松也把眼來虛閉緊了，撲地仰倒在凳邊。那婦人笑道：「着了！由你奸似鬼，吃了老娘的洗腳水。」便叫：「小二、小三，快出來！」只見裏面跳出兩個蠢漢來，先把兩個公人扛了進去。這婦人後來，桌上提了武松的包裹，並公人的纏袋，捏一捏看，約莫裏面是些金銀。那婦人歡喜道：「今日得這三頭行貨，倒有好兩日饅頭賣，又得這若干東西。」把包裹纏袋提了入去，卻出來看。這兩個漢子扛抬武松，那裏扛得動？直挺挺在地下，卻似有千百斤重的。那婦人看了，見這兩個蠢漢拖扯不動，喝在一邊說道：「你這鳥男女，只會吃飯吃酒，全沒些用，直要老娘親自動手。這個鳥大漢，卻也會戲弄老娘。這等肥胖，好做黃牛肉賣。那兩個瘦蠻子，只好做水牛肉賣。扛進去，先開剝這廝。」那婦人一頭說，一面先脫去了綠紗衫兒，解下了紅絹裙子，赤膊着便來把武松輕輕提將起來。武松就勢抱住那婦人，把兩隻手一拘拘將攏來，當胸前摟住，卻把兩隻腿望那婦人下半截只一挾，壓在婦人身上，那婦人殺豬也似叫將起來。那兩個漢子急待向前，被武松大喝一聲，驚的呆了。那婦人被按壓在地上，只叫道：「好漢饒我！」那裏敢掙扎，正是：麻翻打虎人，饅頭要發酵。誰知真英雄，卻會惡取笑。牛肉賣不成，反做殺豬叫！

只見門前一人挑一擔柴，歇在門首，望見武松按倒那婦人在地上，那人大踏步跑將進來叫道：「好漢息怒！且饒恕了，小人自有話說。」

武松跳將起來，把左腳踏住婦人，提着雙拳，看那人時，頭帶青紗凹面巾，身穿白布衫，下面腿護膝，八搭麻鞋，腰繫着纏袋。生得三拳骨叉臉兒，微有幾根髭髯，年近三十五六。看着武松，叉手不離方寸，說道：「願聞好漢大名。」武松道：「我行不更名，坐不改姓，都頭武松的便是！」那人道：「莫不是景陽岡打虎的武都頭？」武松回道：「然也。」那人納頭便拜道：「聞名久矣，今日幸得拜識。」武松道：「你莫非是這婦人的丈夫？」那人道：「是小人的渾家，『有眼不識泰山』，不知怎地觸犯了都頭。可看小人薄面，望乞恕罪。」正是：自古嗔拳輸笑面，從來禮數服奸邪。只因義勇真男子，降伏兇頑母夜叉。

武松見他如此小心，慌忙放起婦人來，便問：「我看你夫妻兩個，也不是等閒的人，願求姓名。」那人便叫婦人穿了衣裳，快近前來拜了都頭。武松道：「卻才衝撞，阿嫂休怪。」那婦人便道：「有眼不識好人。一時不是，望伯伯恕罪。且請去裏面坐地。」武松又問道：「你夫妻二位高姓大名，如何知我姓名？」那人道：「小人姓張，名青，原是此間光明寺種菜園子。為因一時間爭些小事性起，把這光明寺僧行殺了，放把火燒做白地。後來也沒對頭，官司也不來問，小人只在此大樹坡下剪徑[11]。忽一日，有個老兒挑擔子過來，小人欺負他老，搶出來和他廝併，鬥了二十餘合，被那老兒一扁擔打翻。原

11) 剪徑：攔路搶劫。

來那老兒年紀小時，專一剪徑。因見小人手腳活，便帶小人歸去到城裏，教了許多本事，又把這個女兒招贅小人做個女婿。城裏怎地住得？只得依舊來此間蓋些草屋，賣酒為生。實是只等客商過往，有那入眼的，便把些蒙汗藥與他吃了便死。將大塊好肉，切做黃牛肉賣；零碎小肉，做餡子包饅頭。小人每日也挑些去村裏賣，如此度日。小人因好結識江湖上好漢，人都叫小人做菜園子張青。俺這渾家姓孫，全學得他父親本事，人都喚他做母夜叉孫二娘。小人卻才回來，聽得渾家叫喚，誰想得遇都頭。小人多曾吩咐渾家道：三等人不可壞他：第一，是雲遊僧道，他又不曾受用過分了，又是出家的人，則恁地也爭些兒壞了一個驚天動地的人，原是延安府老種經略相公帳前提轄，姓魯，名達，為因三拳打死了一個鎮關西，逃走上五台山，落髮為僧，因他脊樑上有花繡，江湖上都呼他做花和尚魯智深。使一條渾鐵禪杖，重六十來斤，也從這裏經過。渾家見他生得肥胖，酒裏下了些蒙汗藥，扛入在作坊裏，正要動手開剝，小人恰好歸來。見他那條禪杖非俗，卻慌忙把解藥救起來，結拜為兄。打聽得他近日佔了二龍山寶珠寺，和一個甚麼青面獸楊志，霸在那方落草。小人幾番收得他相招的書信，只是不能夠去。」武松道：「這兩個，我也在江湖上多聞他名。」張青道：「只可惜了一個頭陀[12]，長七八尺一條大漢，也把來麻壞了。小人歸得遲了些個，已把他卸下四足。如今只留得一個箍頭的鐵界尺，一領皂直裰，一張度牒在此。別的都不打緊，有兩件物最難得：一件是一百單八顆人頂骨做成的數珠，一件是兩把雪花鑌鐵打成的戒刀。想這個頭陀也自殺人不少。直到如今，那刀要便半夜裏嘯響。小人只恨道不曾救得這個人，心裏常常憶念他。又吩咐渾家道：第二等是江湖上行院妓女之人，他們是衝州撞府，逢場作戲，陪了多少小心得來的錢物，若還結果了他，那廝們你我相傳，去戲台上說得我等江湖上好漢不英雄。又吩咐渾家道：第三等是各處犯罪流配的人，中間多有好漢在裏頭，切不可壞他。不想渾家不依小人的言語，今日又衝撞了都頭，幸喜小人歸得早些。卻是如何了起這片心？」母夜叉孫二娘道：「本是不肯下手。一者見伯伯包裹沉重，二乃怪伯伯說起風話，因此一時起意。」武松道：「我是斬頭瀝血

12)　頭陀：指行腳乞食的留髮僧人。

的人，何肯戲弄良人！我見阿嫂瞧得我包裹緊，先疑忌了，因此特地說些風話，漏你下手。那碗酒我已潑了，假做中毒，你果然來提我。一時拿住，甚是衝撞了嫂子，休怪！」

張青大笑起來，便請武松直到後面客席裏坐定。武松道：「兄長，你且放出那兩個公人則個。張青便引武松到人肉作坊裏，看時，見壁上綳着幾張人皮，樑上吊着五七條人腿；見那兩個公人，一顛一倒挺着在剝人凳上。武松道：「大哥，你且救起他兩個來。」張青道：「請問都頭：今得何罪？配到何處去？」武松把殺西門慶並嫂的緣由，一一說了一遍。張青夫妻兩個稱讚不已，便對武松說道：「小人有句話說，未知都頭如何？」武松道：「大哥但說不妨。」

張青不慌不忙，對武松說出那幾句話來，有分教：武松大鬧了孟州城，哄動了安平寨。直教：打翻拽象拖牛漢，倒擒龍捉虎人。畢竟張青對武松說出甚言語來，且聽下回分解。

# 第二十八回

精讀

# 武松威鎮安平寨 施恩義奪快活林

武松聲震天下，到了大牢裏，非但沒有受折磨，反而過着神仙般的日子。沒有行賄賂也沒有託人情的武松如何得到如此禮遇呢？

話說當下張青對武松說道：「不是小人心歹，比及都頭去牢城營裏受苦，不若就這裏把兩個公人做翻，且只在小人家裏過幾時。若是都頭肯去落草時，小人親自送至二龍山寶珠寺，與魯智深相聚入夥如何？」武松道：「最是兄長好心，顧盼小弟。只是一件卻使不得，武松平生只要打天下硬漢，這兩個公人，於我分上只是小心，一路上服侍我來。我若害了他，天理也不容我。你若敬愛我時便與我救起他兩個來，不可害他。」張青道：「都頭既然如此仗義，小人便救醒了。」

當下張青叫火家便從剝人凳上攙起兩個公人來。孫二娘便調一碗解藥來，張青扯住耳朵，灌將下去。沒半個時辰，兩個公人如夢中睡覺的一般爬將起來，看了武松說道：「我們卻如何醉在這裏？這家恁麼好酒！我們又吃不多，便恁地醉了！記着他家，回來再問他買吃。」武松笑將起來，張青、孫二娘也笑，兩個公人正不知怎地。那兩個火家，自去宰殺雞鵝，煮得熟了，整頓杯盤端正。

張青教擺在後面葡萄架下，放了桌凳坐頭。張青便邀武松並兩個公人到後園內。

武松便讓兩個公人上面坐了，張青、武松在下面朝上

**點評**

● 不害無辜之人，充滿豪氣的宣言。

● 撿回兩條命，不知是武松相救，還要吃酒，更襯托出武松的仁義心腸。

點評

● 與前文晁蓋等人「只謀不義之財」和林沖「剪除君側元兇首惡」的口號一致，遙相呼應，再次申明全書題義。

● 與林沖坐牢時一段對比閱讀，眾犯人對林沖也說了同樣的話，武松的回答卻是不同，他也沒有林沖的書信和銀兩。

坐了，孫二娘坐在橫頭。兩個漢子輪番斟酒，來往搬擺盤饌。張青勸武松飲酒。至晚，取出那兩口戒刀來，叫武松看了。果是鑌鐵打的，非一日之功。兩個又說些江湖上好漢的勾當，卻是殺人放火的事。武松又說：「山東及時雨宋公明仗義疏財，如此豪傑，如今也為事逃在柴大官人莊上。」兩個公人聽得，驚得呆了，只是下拜。武松道：「難得你兩個送我到這裏了，終不成有害你之心？我等江湖上好漢們說話，你休要吃驚，我們並不肯害為善的人。你只顧吃酒，明日到孟州時，自有相謝。」當晚就張青家裏歇了。

次日，武松要行，張青那裏肯放，一連留住，管待了三日。武松因此感激張青夫妻兩個厚意。論年齒張青卻長武松五年，因此武松結拜張青為兄。武松再辭了要行，張青又置酒送路；取出行李、包裹、纏袋，交還了；又送十來兩銀子與武松，把二三兩零碎銀子齎發兩個公人。武松就把這十兩銀子一發與了兩個公人。再帶上行枷，依舊貼了封皮。張青和孫二娘送出門前，武松作別了，自和公人投孟州來。詩曰：

結義情如兄弟親，勸言落草尚逡巡。
須知憤殺姦淫者，不作違條犯法人。

未及晌午，早來到城裏。直至州衙，當廳投下了東平府文牒。州尹看了，收了武松，自押了回文，與兩個公人回去，不在話下。隨即卻把武松帖發本處牢城營來。當日武松來到牢城營前，看見一座牌額，上書三個大字，寫着道：「安平寨」。公人帶武松到單身房裏，公人自去下文書，討了收管，不必得說。

武松自到單身房裏，早有十數個一般的囚徒來看武松，說道：「好漢，你新到這裏，包裹裏若有人情的書信，並使用的銀兩，取在手頭，少刻差撥到來，便可送與他。若吃殺威棒時，也打得輕。若沒人情送與他時，端的狼狽！我和你是一般犯罪的人，特地報你知道。豈不聞『兔死狐悲，物傷其類』？我們只怕你初來不省得，通你得知。」武松道：「感謝你們眾位指教我。小人身邊略有些東西。若是他好問我討時，便送些與他；若是硬問我要時，一文也沒。」眾囚徒道：「好漢，休說這話，古人道：『不怕官，只怕管。』在人矮簷下，怎敢不低頭！』只是小心便好。」說猶未了，只見一個道：「差撥官人來了。」眾人都自散了。

武松解了包裹，坐在單身房裏，只見那個人走將入來，問道：「那個是新到囚徒？」武松道：「小人便是。」差撥道：「你也是安眉帶眼的人，直須要我開口說。你是景陽岡打虎的好漢，陽谷縣做都頭，只道你曉事，如何這等不達時務！你敢來我這裏，貓兒也不吃你打了！」武松道：「你倒來發話，指望老爺送人情與你，半文也沒。我精拳頭有一雙相送！金銀有些，留了自買酒吃，看你怎地奈何我？沒地裏倒把我發回陽谷縣去不成！」那差撥大怒去了。

又有眾囚徒走攏來說道：「好漢，你和他強了，少間苦也！他如今去和管營相公說了，必然害你性命！」武松道：「不怕！隨他怎麼奈何我，文來文對，武來武對！」正在那裏說言未了，只見三四個人來單身房裏叫喚新到囚人武松。武松應道：「老爺在這裏又不走了，大呼小喝做甚麼！」那來的人把武松一帶，帶到點視廳前，那管營相公正在廳上坐。五六個軍漢押武松在當面，管營喝叫除了行枷，說道：「你那囚徒，省得太祖武德皇帝舊制，但凡初到配軍，須打一百殺威棒。那兜拕[1]的，背將起來。」武松道：「都不要你眾人鬧動，要打便打，也不要兜拕。我若是躲閃一棒的，不是好漢，從先打過的都不算，從新再打起。我若叫一聲，也不是好男子！」兩邊看的人都笑道：「這癡漢弄死，且看他

---

1)　兜拕（tuó）：背馱。

點評

● 同樣的場景，截然相反的回答，凸顯了武松的剛直不阿，毫無懼色。

如何熬！」武松又道：「要打便打毒些，不要人情棒兒，打我不快活。」兩下眾人都笑起來。

那軍漢拿起棍來，卻待下手，只見管營相公身邊立着一個人：六尺以上身材，二十四五年紀，白淨面皮，三柳髭鬚；額頭上縛着白手帕，身上穿着一領青紗上蓋，把一條白絹搭膊絡着手。那人便去管營相公耳朵邊略說了幾句話。只見管營道：「新到囚徒武松，你路上途中曾害甚病來？」武松道：「我於路不曾害，酒也吃得，肉也吃得，飯也吃得，路也走得。」管營道：「這廝是途中得病到這裏，我看他面皮才好，且寄下他這頓殺威棒。」兩邊行杖的軍漢低低對武松道：「你快說病。這是相公將就你，你快只推曾害便了。」武松道：「不曾害，不曾害，打了倒乾淨！我不要留這一頓寄庫棒，寄下倒是鈎腸債，幾時得了！」兩邊看的人都笑。管營也笑道：「想是這漢子多管害熱病了，不曾得汗，故出狂言。不要聽他，且把去禁在單身房裏。」

三四個軍人引武松依前送在單身房裏。眾囚徒都來問道：「你莫不有甚好相識書信與管營麼？」武松道：「並不曾有。」眾囚徒道：「若沒時，寄下這頓棒，不是好意，晚間必然來結果你！」武松道：「他還是怎地來結果我？」眾囚徒道：「他到晚把兩碗乾黃倉米飯和些臭鯗魚[2]來，與你吃了，趁飽帶你去土牢裏去，把索子捆翻着，一床乾稿薦[3]把你捲了，塞住了你七竅，顛倒豎在壁邊，不消半個更次，便結果了你性命。這個喚做盆吊。」武松道：「再有怎地安排我？」眾人道：「再有一樣，也是把你來捆了，卻把一個布袋盛一袋黃沙，將來壓在你身上，也不消一個更次，便是死的。這個喚土布袋。」武松又問道：「還有甚麼法度害我？」眾人道：「只是這兩件怕人些，其餘的也不打緊。」

---

2) 鯗（xiǎng）魚：剖開晾乾的魚。

3) 稿薦：一種草墊。

眾人說猶未了，只見一個軍人托着一個盒子入來，問道：「那個是新配來的武都頭？」武松答道：「我便是。甚麼話說？」那人答道：「管營叫送點心在這裏。」武松來看時，一大旋酒，一盤肉，一盤子麪，又是一大碗汁。武松尋思道：「敢是把這些點心與我吃了，卻來對付我？我且落得吃了，卻又理會。」武松把那旋酒來一飲而盡，把肉和麪都吃盡了。那人收拾家火回去了。武松坐在房裏尋思，自己冷笑道：「看他怎地來對付我！」看看天色晚來，只見頭先那個人又頂一個盒子入來，武松問道：「你又來怎地？」那人道：「叫送晚飯在這裏。」擺下幾盤菜蔬，又是一大旋酒，一大盤煎肉，一碗魚羹，一大碗飯。武松見了，暗暗自忖道：「吃了這頓飯食，必然來結果我。且由他，便死也做個飽鬼。落得吃了，卻再計較。」那人等武松吃了，收拾碗碟回去了。不多時，那個人又和一個漢子兩個來：一個提着浴桶，一個提一個大桶湯來，看着武松道：「請都頭洗浴。」武松想道：「不要等我洗浴了來下手？我也不怕他，且落得洗一洗。」那兩個漢子安排傾下湯，武松跳在浴桶裏面洗了一回，隨即送過浴裙手巾，教武松拭了，穿了衣裳。一個自把殘湯傾了，提了浴桶去。一個便把藤簟[4]、紗帳，將來掛起，鋪了藤簟，放個涼枕，叫了安置，也回去了。

武松把門關上，拴了，自在裏面思想道：「這個是甚麼意思？隨他便了，且看如何。」放倒頭，便自睡了，一夜無事。

天明起來，才開得房門，只見夜來那個人，提着桶洗面湯進來，教武松洗了面，又取漱口水漱了口；又帶個篦頭待詔來，替武松篦了頭，綰個髻子，裹了巾幘。又是一個人，將個盒子入來，取出菜蔬下飯，一大碗肉湯，一大碗飯。武松想道：「由你走道兒[5]，我且落得吃了。」武松吃

**點評**

● 面對死亡的威脅，仍沒有一絲畏懼，是「我自橫刀向天笑」的真英雄。將死亡都置之不顧的人，便沒有甚麼可以懾服他的了，這就是武松為「天人」的內在原因。

4) 藤簟（diàn）：竹席。

5) 走道兒：施圈套，耍手段。

點評

罷飯，便是一盞茶。卻才茶罷，只見送飯的那個人來請道：「這裏不好安歇，請都頭去那壁房裏安歇，搬茶搬飯卻便當。」武松道：「這番來了！我且跟他去，看如何！」一個便來收拾行李被臥，一個引着武松，離了單身房裏，來到前面一個去處。推開房門來，裏面乾乾淨淨的床帳，兩邊都是新安排的桌凳什物。武松來到房裏看了，存想道：「我只道送我入土牢裏去，卻如何來到這般去處？比單身房好生齊整！」雞鳴狗盜君休笑，曾向函關出孟嘗。今日配軍為上客，孟州贏得姓名揚。

武松坐到日中，那個人又將一個提盒子入來，手裏提着一注子酒。將到房中，打開看時，擺下四般果子，一隻熟雞，又有許多蒸卷兒。那人便把熟雞來撕了，將注子裏好酒篩下，請都頭吃。武松心裏忖道：「畢竟是何如？」到晚又是許多下飯，又請武松洗浴了，乘涼歇息。武松自思道：「眾囚徒也是這般說，我也這般想，卻是怎地這般請我？」到第三日，依前又是如此送飯送酒。

武松那日早飯罷，行出寨裏來閒走，只見一般的囚徒都在那裏，擔水的，劈柴的，做雜工的，卻在晴日頭裏曬着。正是五六月炎天，那裏去躲這熱。武松卻背叉着手，問道：「你們卻如何在這日頭裏做工？」眾囚徒都笑起來，回說道：「好漢，你自不知，我們撥在這裏做生活時，便是人間天上了！如何敢指望嫌熱坐地？還別有那沒人情的，將去鎖在大牢裏，求生不得生，求死不得死，大鐵鏈鎖着，也要過哩！」武松聽罷，去天王堂前後轉了一遭，見紙爐邊一個青石墩，有個關眼，是縛竿腳的，好塊大石。武松就石上坐了一會，便回房裏來，坐地了自存想，只見那個人又搬酒和肉來。

● 前述一大篇文字只為設置懸念而來，吊足了讀者的胃口。

話休絮煩。武松自到那房裏，住了數日，每日好酒好食，搬來請武松吃，並不見害他的意。武松心裏正委決不下。當日晌午，那人又搬將酒食來，武松忍耐不住，按定盒子問那人道：「你是誰家伴當？怎地只顧將酒食來請我？」那人答道：「小人前日已稟都頭說了，小人是管營相公家裏體己人。」武松道：「我且問你：每日送的酒食，正是誰教你將來請我？吃了怎地？」那人道：「是管營相公家裏的小管營教送與都頭吃。」武松道：「我是個囚徒犯罪的人，又不曾有半點好處到管營相公處，他如何送東西與我吃？」那人道：「小人如何省得？小管營吩咐道，教小人且送半年三個月卻說話。」武松道：「卻又作怪！終不成將息得我肥胖了，卻來結果我。這個鳥悶葫蘆，教我如何猜得破？這酒食不明，我如何吃得安穩？你只說與我：你那小管營是甚麼樣人？在那裏曾和我相會？我便吃他的酒食。」那個人道：「便是前日都頭初來時，廳上立的那個白手帕包頭，絡着右手那人便是小管營。」武松道：「莫不是穿青紗上蓋立在管營相公身邊的那個人？」那人道：「正是老管營相公兒子。」武松道：「我待吃殺威棒時，敢是他說，救了我是麼？」那人道：「正是。小管營對他父親說了，因此不打都頭。」武松道：「卻又蹺蹊！我自是清河縣人氏，他自是孟州人，自來素不相識，如何這般看覷我，必有個緣故。我且問你，那小管營姓甚名誰？」那人道：「姓施，名恩，使得好拳棒，人都叫他做金眼彪施恩。」武松聽了，道：「想他必是個好男子，你且去請他出來，和我相見了，這酒食便可吃你的。你若不請他出來和我廝見時，我半點兒也不吃。」那人道：「小管營吩咐小人道，休要說知備細，教小人待半年三個月方才說知相見。」武松道：「休要胡說！你只去請小管營出來，和我相會了便罷。」那人害怕，那裏肯去。武松焦躁起來，那人只得去裏面說知。

多時，只見施恩從裏面跑將出來，看着武松便拜。武松慌忙答禮，說道：「小人是個治下的囚徒，自來未曾拜識尊顏。前日又蒙救了一頓大棒，今又蒙每日好酒好食相待，甚是不當；又沒半點兒差遣，正是無功受祿，寢食不安。」

點評

施恩答道：「小人久聞兄長大名，如雷灌耳，只恨雲程阻隔，不能夠相見。今日幸得兄長到此，正要拜識威顏，只恨無物款待，因此懷羞，不敢相見。」武松問道：「卻才聽得伴當所說，且教武松過半年三個月，卻有話說。正是小管營要與小人說甚麼？」施恩道：「村僕不省得事，脫口便對兄長說知道，卻如何造次說得？」武松道：「管營恁地時，卻是秀才耍！倒教武松憋破肚皮，悶了怎地過得？你且說正是要我怎地？」施恩道：「既是村僕說出了，小弟只得告訴。因為兄長是個大丈夫，真男子，有件事欲要相央，除是兄長便行得；只是兄長遠路到此，力氣有虧，未經完足；且請將息半年三五個月，待兄長氣力完足，那時卻對兄長說知備細。」武松聽了，呵呵大笑道：「管營聽稟，我去年害了三個月瘧疾，景陽岡上酒醉裏打翻了一隻大蟲，也只三拳兩腳，便自打死了，何況今日！」施恩道：「而今且未可說。且等兄長再將養幾時，待貴體完完備備，那時方敢告訴。」武松道：「只是道我沒氣力了。既是如此說時，我昨日看見天王堂前那個石墩，約有多少斤重？」施恩道：「敢怕有四五百斤重。」武松道：「我且和你去看一看，武松不知拔得動也不。」施恩道：「請吃罷酒了同去。」武松道：「且去了回來吃未遲。」

兩個來到天王堂前，眾囚徒見武松和小管營同來，都躬身唱喏。武松把石墩略搖一搖，大笑道：「小人真個嬌惰了，那裏拔得動。」施恩道：「三五百斤石頭，如何輕視得他！」武松笑道：「小管營，也信真個拿不起？你眾人且躲開，看武松拿一拿。」武松便把上半截衣裳脫下來，拴在腰裏，把那個石墩只一抱，輕輕地抱將起來。雙手把石墩只一撇，撲地打下地裏一尺來深。眾囚徒見了，盡皆駭然。武松再把右手去地裏一提，提將起來，望空只一擲，擲起去離地一丈來高；武松雙手只一接，接來輕輕地放在原舊安處。回過身來，看着施恩並眾囚徒，武松面上不紅，心頭不跳，口裏不

● 先形象地突出了石墩的重量。再描寫舉重若輕的神力。

● 這十幾個字說明這般重量對他來說也都算不得出力的事，更加駭人。

喘。施恩近前抱住武松便拜道：「兄長非凡人也！真天神！」眾囚徒一齊都拜道：「真神人也！」詩曰：

神力驚人心膽寒，皆因義勇氣彌漫。
掀天揭地英雄手，拔石應宜似弄丸。

施恩便請武松到私宅堂上請坐了。武松道：「小管營今番須用說知，有甚事使令我去？」施恩道：「且請少坐，待家尊出來相見了時，卻得相煩告訴。」武松道：「你要教人幹事，不要這等兒女象，顛倒恁地，不是幹事的人了。便是一刀一割的勾當，武松也替你去幹！若是有些諂佞的，非為人也！」那施恩叉手不離方寸，才說出這件事來。有分教：武松顯出那殺人的手段，重施這打虎的威風。正是：雙拳起處雲雷吼，飛腳來時風雨驚。畢竟施恩對武松說出甚事來，且聽下回分解。

### 延伸思考

林沖做足了人情，卻落得被害的下場；武松一毛不拔，視死如歸，反而有人賞識景仰。仔細體會作者這樣安排內容的好處，文中還有哪些可與前文對比的段落？

《第二十九回》

# 施恩重霸孟州道
# 武松醉打蔣門神

本回武松打的是惡霸，卻與行俠仗義略有區別，因他是幫助施恩爭回地盤，閱讀時要注意體會詳寫的段落。

話說當時施恩向前說道：「兄長請坐，待小弟備細告訴衷曲之事。」武松道：「小管營，不要文文謅謅，只揀緊要的話直說來。」施恩道：「小弟自幼從江湖上師父學得些小槍棒在身，孟州一境起小弟一個諢名，叫做金眼彪。小弟此間東門外有一座市井，地名喚做快活林。但是山東，河北客商們都來那裏做買賣。有百十處大客店，三二十處賭坊、兌坊[1]。往常時，小弟一者倚仗隨身本事，二者捉着營裏有八九十個拚命囚徒，去那裏開着一個酒肉店，都分與眾店家和賭錢兌坊裏。但有過路妓女之人到那裏來時，先要來參見小弟，然後許他去趁食。那許多去處，每朝每日都有閒錢；月終也有三二百兩銀子尋覓，如此賺錢。近來被這本營內張團練新從東路州來，帶一個人到此。那廝姓蔣名忠，有九尺來長身材，因此江湖上起他一個諢名，叫做蔣門神。那廝不特長大，原來有一身好本事，使得好槍棒，拽拳飛腳，相撲[2]為最。自誇大言道：『三年上泰嶽爭交[3]，不曾有對，普天之下，沒我一般的了！因此來奪小弟的道路。小弟不肯讓他，吃那廝一頓拳腳打了，兩個月起不得床。前日兄長來時，兀自包着頭，兜着手，直到如今，瘡痕未消。本待要起人去和他

1) 兌坊：一種以賭徒為對象的小押當。

2) 相撲：摔跤。

3) 爭交：摔跤一類武術。交，同「跤」。

廝打，他卻有張團練那一班兒正軍。若是鬧將起來，和營中先自折理，有這一點無窮之恨，不能報得。久聞兄長是個大丈夫，怎地得兄長與小弟出得這口無窮之怨氣，死而瞑目！只恐兄長遠路辛苦，氣未完，力未足；因此且教將息半年三月，等貴體氣完力足，方請商議。不期村僕脫口，失言說了，小弟當以實告。」

武松聽罷，呵呵大笑，便問道：「那蔣門神還是幾顆頭，幾條臂膊？」施恩道：「也只是一顆頭，兩條臂膊，如何有多？」武松笑道：「我只道他三頭六臂，有哪吒的本事，我便怕他。原來只是一顆頭，兩條臂膊！既然沒哪吒的模樣，卻如何怕他？」施恩道：「只是小弟力薄藝疏，便敵他不過。」武松道：「我卻不是說嘴，憑着我胸中本事，平生只是打天下硬漢，不明道德的人。既是恁地說了，如今卻在這裏做甚麼？有酒時，拿了去路上吃。我如今便和你去，看我把這廝和大蟲一般結果他。拳頭重時打死了，我自償命。」施恩道：「兄長少坐。待家尊出來相見了，當行即行，未敢造次。等明日先使人去那裏探聽一遭，若是本人在家時，後日便去；若是那廝不在家時，卻再理會。空自去打草驚蛇，倒吃他做了手腳，卻是不好。」武松焦躁道：「小管營，你可知着他打了！原來不是男子漢做事！去便去，等甚麼今日明日！要去便走，怕他準備！」

正在那裏勸不住，只見屏風背後轉出老管營來，叫道：「義士，老漢聽你多時也。今日幸得相見義士一面，愚男[4]如撥雲見日一般。且請到後堂少敘片時。」武松跟了到裏面。老管營道：「義士且請坐。」武松道：「小人是個囚徒，如何敢對相公坐地？」老管營道：「義士休如此說。愚男萬幸，得遇足下，何故謙讓？」武松聽罷，唱個無禮喏，相對便坐了。施恩卻立在面前。武松道：「小管營如何卻立地？」施恩道：「家尊在上相陪，兄長請自尊便。」武松道：「恁地時，小人卻不自在。」老管營道：「既是義士如此，這裏又無外人。」便叫施恩也坐了。僕從搬出酒餚、果品、盤饌之類，老管營親自與武松把盞，說道：「義士如此英雄，誰不欽敬。愚男原在快活林中做些買賣，非為貪財好利，實是壯觀孟州，增添豪俠氣象；不期今被蔣門神倚勢豪強，公然奪了這

---

4)　愚男：對人謙稱自己的兒子。

個去處。非義士英雄，不能報仇雪恨。義士不棄愚男，滿飲此杯，受愚男四拜，拜為長兄，以表恭敬之心。」武松答道：「小人有何才學，如何敢受小管營之禮？枉自折了武松的草料[5]！」當下飲過酒，施恩納頭便拜了四拜。武松連忙答禮，結為兄弟。當日武松歡喜飲酒，吃得大醉，便叫人扶去房中安歇，不在話下。

次日，施恩父子商議道：「武松昨夜痛醉，必然中酒，今日如何敢叫他去？且推道使人探聽來，其人不在家裏，延挨一日，卻再理會。」當日施恩來見武松，說道：「今日且未可去，小弟已使人探知這廝不在家裏。明日飯後，卻請兄長去。」武松道：「明日去時不打緊，今日又氣我一日。」早飯罷，吃了茶，施恩與武松來營前閒走了一遭。回來到客房裏，說些槍法，較量些拳棒。看看晌午，邀武松到家裏，只具數杯酒相待，下飯按酒，不記其數。武松正要吃酒，見他只把按酒添來相勸，心中不快意。吃了晌午飯，起身別了，回到客房裏坐地。只見那兩個僕人又來伏侍武松洗浴。武松問道：「你家小管營今日如何只將肉食出來請我，卻不多將些酒出來與我吃，是甚意故？」僕人答道：「不敢瞞都頭說，今早老管營和小管營議論，今日本是要央都頭去，怕都頭夜來酒多，恐今日中酒，怕誤了正事，因此不敢將酒出來。明日正要央都頭去幹正事。」武松道：「恁地時，道我醉了，誤了你大事？」僕人道：「正是這般計較。」

當夜武松巴不得天明，早起來洗漱罷，頭上裹了一頂萬字頭巾，身上穿了一領土色布衫，腰裏繫條紅絹搭膊，下面腿燕護膝，八搭麻鞋。討了一個小膏藥，貼了臉上金印。施恩早來請去家裏吃早飯。武松吃了茶飯罷，施恩便道：「後槽有馬，備來騎去。」武松道：「我又不腳小，騎那馬怎地？只要依我一件事。」施恩道：「哥哥但說不妨，小弟如何敢道不依？」武松道：「我和你出得城去，只要還我無三不過望[6][7]。」施恩道：「兄長，如何是無三不過望？小弟不省其意。」武松笑道：「我說與你，你要打蔣門神時，出得城去，但遇着一個酒店，便請我吃三碗酒，若無三碗時，便不過望子去。這個喚做無三

---

5) 草料：謙稱自己的福分。

6) 「無三不過望」：由「三碗不過岡」化用而來

7) 望：酒旗。

不過望。」施恩聽了，想道：「這快活林離東門去，有十四五里田地，算來賣酒的人家，也有十二三家，若要每戶吃三碗時，恰好有三十五六碗酒，才到得那裏。恐哥哥醉了，如何使得？」武松大笑道：「你怕我醉了沒本事，我卻是沒酒沒本事。帶一分酒，便有一分本事，五分酒，五分本事。我若吃了十分酒，這氣力不知從何而來。若不是酒醉後了膽大，景陽岡上如何打得這隻大蟲？那時節我須爛醉了，好下手，又有力，又有勢。」施恩道：「卻不知哥哥是恁地。家下有的是好酒，只恐哥哥醉了失事，因此夜來不敢將酒出來請哥哥深飲。既是哥哥酒後愈有本事時，恁地先教兩個僕人，自將了家裏的好酒、果品、餚饌，去前路等候，卻和哥哥慢慢地飲將去。」武松道：「恁麼卻才中我意！去打蔣門神，教我也有些膽量。沒酒時，如何使得手段出來？還你今朝打倒那廝，教眾人大笑一場！」施恩當時打點了，叫兩個僕人先挑食籮酒擔，拿了些銅錢去了。老管營又暗暗地選揀了一二十條壯健大漢，慢慢的隨後來接應，都吩咐下了。

且說施恩和武松兩個，離了安平寨，出得孟州東門外來。行過得三五百步，只見官道旁邊，早望見一座酒肆，望子挑出在簷前；那兩個挑食擔的僕人，已先在那裏等候。施恩邀武松到裏面坐下，僕人已先安下餚饌，將酒來篩。武松道：「不要小盞兒吃。大碗篩來，只斟三碗。」僕人排下大碗，將酒便斟。武松也不謙讓，連吃了三碗便起身。僕人慌忙收拾了器皿，奔前去了。武松笑道：「卻才去肚裏發一發，我們去休。」兩個便離了這坐酒肆，出得店來。此時正是七月間天氣，炎暑未消，金風乍起。兩個解開衣襟，又行不得一裏多路，來到一處，不村不郭，卻早又望見一個酒旗兒高挑出在樹林裏。來到林木叢中看時，卻是一座賣村醪小酒店。但見：古道村坊，傍溪酒店。楊柳陰森門外，荷華旖旎池中，飄飄酒旆舞金風，短短蘆簾遮酷日。磁盆架上，白冷冷滿貯村醪；瓦甕灶前，香噴噴初蒸社醞。未必開樽香十里，也應隔壁醉三家。

當時施恩、武松來到村坊酒肆門前，施恩立住了腳問道：「此間是個村醪酒店，哥哥飲麼？」武松道：「遮莫酸鹹苦澀，是酒還須飲三碗。若是無三，不過簾便了。」兩個入來坐下，僕人排了果品按酒。武松連吃了三碗，便起身走。僕人急急收了家火什物，趕前去了。兩個出得店門來，又行不到一二里，路上又見個酒店。武松入來，又吃了三碗便走。

話休絮繁。武松、施恩兩個一處走着，但遇酒店，便入去吃三碗。約莫也吃過十來處好酒肆，施恩看武松時，不十分醉。武松問施恩道：「此去快活林還有多少路？」施恩道：「沒多了，你在前面遠遠地望見那個林子便是。」武松道：「既是到了，你且在別處等我，我自去尋他。」施恩道：「這話最好，小弟自有安身去處。望兄長在意，切不可輕敵。」武松道：「這個卻不妨，你只要叫僕人送我。前面再有酒店時，我還要吃。」施恩叫僕人仍舊送武松。施恩自去了。

武松又行不到三四里路，再吃過十來碗酒。此時已有午牌時分，天色正熱，卻有些微風。武松酒卻湧上來，把布衫攤開。雖然帶着五七分酒，卻裝做十分醉的，前顛後偃，東倒西歪。來到林子前，那僕人用手指道：「只前頭丁字路口，便是蔣門神酒店。」武松道：「既是到了，你自去躲得遠着。等我打倒了，你們卻來。」

武松搶過林子背後，見一個金剛來大漢，披着一領白布衫，撒開一把交椅，拿着蠅拂子[8]，坐在綠槐樹下乘涼。武松看那人時，生得如何，但見：形容醜惡，相貌粗疏。一身紫肉橫鋪，幾道青筋暴起。黃鬚斜捲，唇邊幾陣風生；怪眼圓睜，眉下一雙星閃。真是神荼鬱壘象，卻非立地頂天人。

這武松假醉佯顛，斜着眼看了一看，心中自忖道：「這個大漢，一定是蔣門神了。」直搶過去。

又行不到三五十步，早見丁字路口一個大酒店，簷前立着望竿，上面掛着一個酒望子，寫着四個大字道：「河陽風月」。轉過來看時，門前一帶綠油欄杆，插着兩把銷金旗，每把上五個金字，寫道：「醉裏乾坤大，壺中日月長。」一壁廂肉案、砧頭、操刀的家生，一壁廂蒸作饅頭燒柴的廚灶。去裏面一字兒擺着三隻大酒缸，半截埋在地裏，缸裏面各有大半缸酒。正中間裝列着櫃身子，裏面坐着一個年紀小的婦人，正是蔣門神初來孟州新娶的妾，原是西瓦子裏唱說諸般宮調的頂老[9]。那婦人生得如何？眉橫翠岫，眼露秋波。櫻桃口淺暈微紅，春筍手輕舒嫩玉。冠兒小明鋪魚魷，掩映烏雲；衫袖

---

8)　蠅拂子：驅趕蚊蠅的用具，通常用馬尾做成。

9)　頂老：妓女。

窄巧染榴花，薄籠瑞雪。金釵插鳳，寶釧圍龍。盡教崔護[10]去尋漿，疑是文君重賣酒。

武松看了，瞅着醉眼，徑奔入酒店裏來，便去櫃身相對一付座頭上坐了。把雙手按着桌子上，不轉眼看那婦人。那婦人瞧見，回轉頭看了別處。

武松看那店裏時，也有五七個當撐的酒保。武松卻敲着桌子叫道：「賣酒的主人家在那裏？」一個當頭的酒保過來，看着武松道：「客人要打多少酒？」武松道：「打兩角酒。先把些來嘗看。」那酒保去櫃上叫那婦人舀兩角酒下來，傾放桶裏，燙一碗過來道：「客人嘗酒。」武松拿起來聞一聞，搖着頭道：「不好，不好，換將來！」

酒保見他醉了，將來櫃上道：「娘子，胡亂換些與他。」那婦人接來，傾了那酒，又舀些上等酒下來。酒保將去，又燙一碗過來。武松提起來呷了一口，叫道：「這酒也不好，快換來，便饒你！」酒保忍氣吞聲，拿了酒去櫃邊道：「娘子，胡亂再換些好的與他，休和他一般見識。這客人醉了，只要尋鬧相似，便換些上好的與他罷。」那婦人又舀了一等上色的好酒來與酒保，酒保把桶兒放在面前，又燙一碗過來。武松吃了道：「這酒略有些意思。」問道：「過賣[11]，你那主人家姓甚麼？」酒保答道：「姓蔣。」武松道：「卻如何不姓李？」那婦人聽了道：「這廝那裏吃醉了，來這裏討野火[12]麼！」酒保道：「眼見得是個外鄉蠻子，不省得了，休聽他放屁！」武松問道：「你說甚麼？」酒保道：「我們自說話，客人，你休管，自吃酒。」

武松道：「過賣，叫你櫃上那婦人下來，相伴我吃酒。」酒保喝道：「休胡說！這是主人家娘子。」武松道：「便是主人家娘子，待怎地？相伴我吃酒也不打緊！」那婦人大怒，便罵道：「殺才！該死的賊！」推開櫃身子，卻待奔出來。

武松早把土色布衫脫下，上半截揣在懷裏，便把那桶酒只一潑，潑在地上，搶入櫃身子裏，卻好接着那婦人。武松手硬，那裏掙扎得。被武松一手接住腰胯，一手把冠兒捏做粉碎，揪住雲髻，隔櫃身子提將出來，望渾酒缸

---

10)　崔護：唐朝詩人，有「人面桃花相映紅」的詩句傳世。

11)　過賣：酒飯館的夥計。

12)　討野火：討便宜。

裏只一丟。聽得「撲通」的一聲，可憐這婦人，正被直丟在大酒缸裏。武松托地從櫃身前踏將出來。

有幾個當撐的酒保，手腳活些個的，都搶來奔武松。武松手到，輕輕地只一提，提一個過來，兩手揪住，也望大酒缸裏只一丟，樁在裏面；又一個酒保奔來，提着頭只一掠，也丟在酒缸裏；再有兩個來的酒保，一拳一腳，卻被武松打倒了。先頭三個人，在三隻酒缸裏，那裏掙扎得起。後面兩個人，在地下爬不動。這幾個火家搗子，打得屁滾尿流，乖的走了一個。武松道：「那廝必然去報蔣門神來，我就接將去，大路上打倒他好看，教眾人笑一笑。」武松大踏步趕將出來。

那個搗子徑奔去報了蔣門神。蔣門神見說，吃了一驚，踢翻了交椅，丟去蠅拂子，便鑽將來。武松卻好迎着，正在大闊路上撞見。蔣門神雖然長大[13]，近因酒色所迷，淘虛了身子，先自吃了那一驚，奔將來，那步不曾停住，怎地及得武松虎一般似健的人，又有心來算他。

蔣門神見了武松，心裏先欺他醉，只顧趕將入來。說時遲，那時快，武松先把兩個拳頭去蔣門神臉上虛影一影，忽地轉身便走。蔣門神大怒，搶將來，被武松一飛腳踢起，踢中蔣門神小腹上，雙手按了，便蹲下去。武松一踅，踅將過來，那隻右腳早踢起，直飛在蔣門神額角上，踢着正中，望後便倒。武松追入一步，踏住胸脯，提起這醋缽兒大小拳頭，望蔣門神臉上便打。原來說過的打蔣門神撲手；先把拳頭虛影一影，便轉身，卻先飛起左腳，踢中了，便轉過身來，再飛起右腳。這一撲，有名喚做玉環步，鴛鴦腳。這是武松平生的真才實學，非同小可。打的蔣門神在地下叫饒。武松喝道：「若要我饒你性命，只要依我三件事。」蔣門神在地下叫道：「好漢饒我！休說三件，便是三百件，我也依得！」武松指定蔣門神，說出那三件事來。有分教：改頭換面來尋主，剪髮齊眉去殺人。畢竟武松說出那三件事來，且聽下回分解。

---

13)　長大：高大。

## 延伸思考

武松打蔣門神，一路吃了三十五六碗酒，一句話就可以說清，為何用了大半篇的文字來細細鋪陳？有甚麼好處？

## 第三十回

# 施恩三人死囚牢
# 武松大鬧飛雲浦

武松趕走了蔣門神，幫助施恩重新奪回了快活林，本自相安無事。不過俗語說，冤冤相報何時了，蔣門神也不是省油的燈。本回中，武松中了他的奸計又入大牢，施恩上下打點，活畫出一幅「官場現形圖」。

話說當時武松踏住蔣門神在地下道：「若要我饒你性命，只依我三件事便罷！」蔣門神便道：「好漢但說，蔣忠都依。」武松道：「第一件，要你便離了快活林，將一應家火什物，隨即交還原主金眼彪施恩。誰教你強奪他的？」蔣門神慌忙應道：「依得，依得。」武松道：「第二件，我如今饒了你起來，你便去央請快活林為頭為腦的英雄豪傑，都來與施恩陪話。」蔣門神道：「小人也依得。」武松道：「第三件，你從今日交割還了，便要你離了這快活林，連夜回鄉去，不許你在孟州住！在這裏不回去時，我見一遍，打你一遍，我見十遍，打十遍；輕則打你半死，重則結果了你命。你依得麼？」蔣門神聽了，要掙扎性命，連聲應道：「依得，依得，蔣忠都依。」武松就地下提起蔣門神來，看時，打得臉青嘴腫，脖子歪在半邊，額角頭流出鮮血來。武松指着蔣門神說道：「休言你這廝鳥蠢漢！景陽岡上那隻大蟲也只三拳兩腳，我兀自打死了！量你這個，值得甚的！快交割還他！但遲了些個，再是一頓，便一發結果了你這廝！」蔣門神此時方才知是武松，只得喏喏連聲告饒。

正說之間，只見施恩早到，帶領着三二十個悍勇軍健，都來相幫；卻見武松贏了蔣門神，不勝之喜，團團擁定武松。武松指着蔣門神道：「本主已自在這裏了。你一面便搬，一面快去請人來陪話。」蔣門神答道：「好漢，且請去店裏坐地。」

武松帶一行人都到店裏看時，滿地都是酒漿。這兩個鳥男女，正在缸裏扶牆摸壁掙扎。那婦人方才從缸裏爬得出來，頭臉都吃磕破了，下半截淋淋漓漓都拖着酒漿。那幾個火家酒保，走得不見影了。

武松與眾人入到店裏坐下，喝道：「你等快收拾起身！」一面安排車子，收拾行李，先送那婦人去了；一面叫不着傷的酒保，去鎮上請十數個為頭的豪傑，都來店裏，替蔣門神與施恩陪話。盡把好酒開了，有的是按酒，都擺列了桌面，請眾人坐地。武松叫施恩在蔣門神上首坐定。各人面前放隻大碗，叫把酒只顧篩來。酒至數碗，武松開話道：「眾位高鄰都在這裏，小人武松自從陽谷縣殺了人，配在這裏，便聽得人說道：『快活林這座酒店，原是小施管營造的屋宇等項買賣，被這蔣門神倚勢豪強公然奪了，白白地佔了他的衣飯。』你眾人休猜道是我的主人，他和我並無干涉。我從來只要打天下這等不明道德的人。我若路見不平，真乃拔刀相助，我便死也不怕。今日我本待把蔣門神這廝一頓拳腳打死，就除了一害。我看你眾高鄰面上，權寄下這廝一條性命。只今晚便叫他投外府去。若不離了此間，再撞見我時，景陽岡上大蟲便是模樣。」眾人才知道他是景陽岡上打虎的武都頭，都起身替蔣門神陪話道：「好漢息怒。教他便搬了去，奉還本主。」那蔣門神吃他一嚇，那裏敢再做聲。施恩便點了家火什物，交割了店肆。蔣門神羞慚滿面，相謝了眾人，自喚了一輛車兒，就裝了行李，起身去了，不在話下。

且說武松邀眾高鄰，直吃得盡醉方休。至晚，眾人散了，武松一覺，直睡到次日辰牌方醒。

卻說施老管營聽得兒子施恩重霸得快活林酒店，自騎了馬，直來店裏，相謝武松，連日在店內飲酒作賀。快活林一境之人，都知武松了得，那一個不來拜見武松。自此重整店面，開張酒肆，老管營自回安平寨理事。施恩使人打聽蔣門神帶了老小，不知去向。這裏只顧自做買賣，且不去理他，就留武松在店裏居住。自此施恩的買賣，比往常加增三五分利息，各店裏並各賭坊兌坊，加利倍送閒錢來與施恩。施恩得武松爭了這口氣，把武松似爺娘一般敬重。施恩似此重霸得孟州道快活林，不在話下。正是：

奪人道路人還奪，義氣多時利亦多。

快活林中重快活，惡人自有惡人磨。

荏苒光陰，早過了一月之上。炎威漸退，玉露生涼，金風去暑，已及深秋。有話即長，無話即短。當日施恩正和武松在店裏閒坐說話，論些拳棒槍法，只見店門前兩三個軍漢，牽着一匹馬，來店裏尋問主人道：「那個是打虎的武都頭？」施恩卻認得是孟州守禦兵馬都監張蒙方衙內親隨人。施恩便向前問道：「你等尋武都頭則甚？」那軍漢說道：「奉都監相公鈞旨：聞知武都頭是個好男子，特地差我們將馬來取他，相公有鈞帖在此。」施恩看了，尋思道：「這張都監是我父親的上司官，屬他調遣；今者武松又是配來的囚徒，亦屬他管下，只得教他去。」施恩便對武松道：「兄長，這幾位郎中，是張都監相公處差來取你。他既着人牽馬來，哥哥心下如何？」武松是個剛直的人，不知委曲，便道：「他既是取我，只得走一遭，看他有甚話說。」隨即換了衣裳巾幘，帶了個小伴當，上了馬，一同眾人投孟州城裏來。

到得張都監宅前下了馬，跟着那軍漢，直到廳前參見那張都監。那張蒙方在廳上，見了武松來，大喜道：「教進前來相見。」武松到廳下，拜了張都監，叉手立在側邊。張都監便對武松道：「我聞知你是個大丈夫，男子漢，英雄無敵，敢與人同死同生。我帳前現缺恁地一個人，不知你肯與我做親隨體己人麼？」武松跪下稱謝道：「小人是個牢城營內囚徒。若蒙恩相抬舉，小人當以執鞭隨鐙，伏侍恩相。」張都監大喜，便叫取果盒酒出來。張都監親自賜了酒，叫武松吃的大醉。就前廳廊下，收拾一間耳房，與武松安歇。次日，又差人去施恩處取了行李來，只在張都監家宿歇。早晚都監相公不住地喚武松進後堂與酒與食，放他穿房入戶，把做親人一般看待，又叫裁縫與武松徹裏徹外做秋衣。武松見了，也自歡喜，心內尋思道：「難得這個都監相公一力要抬舉我。自從到這裏住了，寸步不離，又沒工夫去快活林與施恩說話。雖是他頻頻使人來相看我，多管是不能勾入宅裏來。」

武松自從在張都監宅裏，相公見愛。但是人有些公事來央浼他的，武松對都監相公說了，無有不依。外人俱送些金銀、財帛、緞匹等件。武松買個柳藤箱子，把這送的東西都鎖在裏面，不在話下。

時光迅速，卻早又是八月中秋。怎見得中秋好景，但見：玉露泠泠，金風淅淅。井畔梧桐落葉，池中菡萏[1]成房。新雁聲悲，寒蛩[2]韻急。舞風楊柳半摧殘，帶雨芙蓉逞嬌豔。秋色平分催節序，月輪端正照山河。

當時張都監向後堂深處鴛鴦樓下安排筵宴，慶賞中秋，叫喚武松到裏面飲酒。武松見夫人宅眷都在席上，吃了一杯，便待轉身出來。張都監喚住武松問道：「你那裏去？」武松答道：「恩相在上，夫人宅眷在此飲宴，小人理合回避。」張都監大笑道：「差了，我敬你是個義士，特地請將你來一處飲酒，如自家一般，何故卻要回避？」便教坐了。武松道：「小人是個囚徒，如何敢與恩相坐地？」張都監道：「義士，你如何見外？此間又無外人，便坐不妨。」武松三回五次，謙讓告辭，張都監那裏肯放，定要武松一處坐地。武松只得唱個無禮喏，遠遠地斜着身坐下。張都監着丫嬛、養娘[3]斟酒相勸。一杯兩盞，看看飲過五七杯酒，張都監叫抬上果桌飲酒，又進了一兩套食，次說些閒話，問了些槍法。張都監道：「大丈夫飲酒，何用小杯！」叫取大銀賞鍾斟酒與義士吃。連珠箭勸了武松幾鍾。看看月明光彩，照入東窗。武松吃的半醉，卻都忘了禮數，只顧痛飲。張都監叫喚一個心愛的養娘，叫做玉蘭，出來唱曲。那玉蘭生得如何，但見：臉如蓮萼，唇似櫻桃。兩彎眉畫遠山青，一對眼明秋水潤。纖腰嫋娜，綠羅裙掩映金蓮；素體馨香，絳紗袖輕籠玉筍。鳳釵斜插籠雲髻，象板高擎立玳筵[4]。

那張都監指着玉蘭道：「這裏別無外人，只有我心腹之人武都頭在此。你可唱個中秋對月時景的曲兒，教我們聽則個。」玉蘭執着象板，向前各道個萬福，頓開喉嚨，唱一支東坡學士中秋《水調歌頭》，唱道是：「明月幾時有，把酒問青天，不知天上宮闕，今夕是何年？我欲乘風歸去，只恐瓊樓玉宇，高處不勝寒。起舞弄清影，何似在人間。轉朱閣，低綺戶，照無眠。不應有恨，何事常向別時圓？人有悲歡離合，月有陰晴圓缺，此事古難全。但願人長久，千里共嬋娟。」

這玉蘭唱罷，放下象板，又各道了一個萬福，立在一邊。張都監又道：

---

1) 菡萏（hàn dàn）：未開的荷花。

2) 寒蛩（qióng）：深秋的蟋蟀。

3) 養娘：女僕。

4) 玳筵：指豪華珍貴的筵席。

「玉蘭，你可把一巡酒。」這玉蘭應了，便拿了一副勸盤，丫嬛斟酒，先遞了相公，次勸了夫人，第三便勸武松飲酒。張都監叫斟滿着。武松那裏敢抬頭，起身遠遠地接過酒來，唱了相公、夫人兩個大喏，拿起酒來，一飲而盡，便還了盞子。張都監指着玉蘭對武松道：「此女頗有些聰明伶俐，善知音律，極能針指。如你不嫌低微，數日之間，擇了良時，將來與你做個妻室。」武松起身再拜道：「量小人何者之人，怎敢望恩相宅眷為妻？枉自折武松的草料。」張都監笑道：「我既出了此言，必要與你。你休推故阻，我必不負約。」當時一連又飲了十數杯酒。約莫酒湧上來，恐怕失了禮節，便起身拜謝了相公、夫人，出到前廳廊下房門前。開了門，覺道酒食在腹，未能便睡，去房裏脫了衣裳，除了巾幘，拿條哨棒來廳心裏，月明下使幾回棒，打了幾個輪頭；仰面看天時，約莫三更時分。

武松進到房裏，卻待脫衣去睡，只聽得後堂裏一片聲叫起有賊來，武松聽得道：「都監相公如此愛我，他後堂內裏有賊，我如何不去救護。」武松獻勤，提了一條哨棒，徑搶入後堂裏來。只見那個唱的玉蘭，慌慌張張走出來指道：「一個賊奔入後花園裏去了！」武松聽得這話，提着哨棒，大踏步直趕入花園裏去尋時，一周遭不見。復翻身卻奔出來，不提防黑影裏撇出一條板凳，把武松一交絆翻，走出七八個軍漢，叫一聲：「捉賊！」就地下把武松一條麻索綁了。

武松急叫道：「是我！」那眾軍漢那裏容他分說。只見堂裏燈燭熒煌，張都監坐在廳上，一片聲叫道：「拿將來！」眾軍漢把武松一步一棍，打到廳前。武松叫道：「我不是賊，是武松。」張都監看了大怒，變了面皮，喝罵道：「你這個賊配軍，本是個強盜，賊心賊肝的人。我倒要抬舉你一力成人，不曾虧負了你半點兒，卻才教你一處吃酒，同席坐地，我指望要抬舉，與你個官，你如何卻做這等的勾當？」武松大叫道：「相公，非干我事！我來捉賊，如何倒把我捉了做賊？武松是個頂天立地的好漢，不做這般的事。」張都監喝道：「你這廝休賴！且把他押去他房裏，搜看有無贓物。」眾軍漢把武松押着，徑到他房裏，打開他那柳藤箱子看時，上面都是些衣服，下面都是些銀酒器皿，約有一二百兩贓物。武松見了，也自目睜口呆，只叫得屈。

眾軍漢把箱子抬出廳前，張都監看了大罵道：「賊配軍，如此無禮，贓物正在你箱子裏搜出來，如何賴得過！常言道：『眾生好度人難度！』原來你這廝外貌像人，倒有這等賊心賊肝。既然贓證明白，沒話說了。」連夜便把贓物封了，且叫送去機密房裏監收，天明卻和這廝說話。武松大叫冤屈，那裏肯容他分說，眾軍漢扛了贓物，將武松送到機密房裏收管了。張都監連夜使人去對知府說了，押司孔目上下都使用了錢。

次日天明，知府方才坐廳，左右緝捕觀察把武松押至當廳，贓物都扛在廳上。張都監家心腹人齎着張都監被盜的文書，呈上知府看了。那知府喝令左右把武松一索捆翻。牢子節級將一束問事獄具放在面前。武松卻待開口分說，知府喝道：「這廝原是遠流配軍，如何不做賊，一定是一時見財起意。既是贓證明白，休聽這廝胡說，只顧與我加力打！」那牢子獄卒拿起批頭[5]竹片，雨點地打下來。武松情知不是話頭，只得屈招做：「本月十五日，一時見本官衙內許多銀酒器皿，因而起意，至夜乘勢竊取入己。」與了招狀。知府道：「這廝正是見財起意，不必說了，且取枷來釘了監下。」牢子將過長枷，把武松枷了，押下死囚牢裏監禁了。詩曰：

都監貪污實可嗟，出妻獻婢售奸邪。
如何太守心堪買，也把平人當賊拿。

且說武松下到大牢裏，尋思道：「叵耐張都監那廝，安排這般圈套坑陷我。我若能夠掙得性命出去時，卻又理會。」牢子獄卒把武松押在大牢裏，將他一雙腳晝夜匣着；又把木杻釘住雙手，那裏容他些鬆寬。

話裏卻說施恩，已有人報知此事，慌忙入城來和父親商議。老管營道：「眼見得是張團練替蔣門神報仇，買囑張都監，卻設出這條計策陷害武松。必然是他着人去上下都使了錢，受了人情賄賂，眾人以此不由他分說，必然要害他性命。我如今尋思起來，他須不該死罪。只是買求兩院押牢節級便好，可以存他性命。在外卻又別作商議。」施恩道：「現今當牢節級姓康的，和孩兒最過得好。只得去求浼他如何？」老管營道：「他是為你吃官司，你不去救他，更待何時？」

施恩將了一二百兩銀子，徑投康節級，卻在牢未回。施恩教他家着人

---

5)　批頭：即批頭竹片，拷打用的一種劈開一頭的大竹片。

去牢裏說知。不多時，康節級歸來與施恩相見。施恩把上件事一一告訴了一遍。康節級答道：「不瞞兄長說，此一件事，皆是張都監和張團練兩個，同姓結義做兄弟。現今蔣門神躲在張團練家裏，卻央張團練買囑這張都監，商量設出這條計來，一應上下之人，都是蔣門神用賄賂，我們都接了他錢。廳上知府一力與他作主，定要結果武松性命。只有當案一個葉孔目不肯，因此不敢害他。這人忠直仗義，不肯要害平人，以此武松還不吃虧。今聽施兄所說了，牢中之事，盡是我自維持；如今便去寬他，今後不教他吃半點兒苦。你卻快央人去，只囑葉孔目，要求他早斷出去，便可救得他性命。」施恩取一百兩銀子與康節級。康節級那裏肯受，再三推辭，方才收了。

施恩相別出門來，徑回營裏，又尋一個和葉孔目知契的人，送一百兩銀子與他，只求早早緊急決斷。那葉孔目已知武松是個好漢，亦自有心周全他，已把那文案做得活着；只被這知府受了張都監賄賂囑託，不肯從輕勘來。武松竊取人財，又不是死罪，因此互相延挨，只是牢裏謀他性命。今來又得了這一百兩銀子，亦知是屈陷武松，卻把這文案都改得輕了，盡出豁了武松，只待限滿決斷。有詩為證：

贓吏紛紛據要津，公然白日受黃金。
西廳孔目心如水，不把真心作賊心。

且說施恩於次日安排了許多酒饌，甚是齊備，來央康節級引領，直進大牢裏看視武松，見面送飯。此時武松已自得康節級看覷，將這刑禁都放寬了。施恩又取三二十兩銀子，分俵與眾小牢子。取酒食叫武松吃了，施恩附耳低言道：「這場官司，明明是都監替蔣門神報仇，陷害哥哥。你且寬心，不要憂念。我已央人和葉孔目說通了，甚有周全你的好意。且待限滿斷決你出去，卻再理會。」此時武松得鬆寬了，已有越獄之心，聽得施恩說罷，卻放了那片心。施恩在牢裏安慰了武松，歸到營中。過了兩日，施恩再備些酒食錢財，又央康節級引領入牢裏，與武松說話。相見了，將酒食管待。又分俵[6]

6) 分俵：分給，分派。

了些零碎銀子與眾人做酒錢。回歸家來，又央浼人上下去使用，催趲[7]打點文書。過得數日，施恩再備了酒肉，做了幾件衣裳，再央康節級維持，相引將來牢裏，請眾人吃酒，買求看覷武松，叫他更換了些衣服，吃了酒食。出入情熟，一連數日，施恩來了大牢裏三次。卻不提防被張團練家心腹人見了，回去報知。

那張團練便去對張都監說了其事。張都監卻再使人送金帛來與知府，就說與此事。那知府是個贓官，接受了賄賂，便差人常常下牢裏來閘看。但見閒人，便要拿問。施恩得知了，那裏敢再去看覷。武松卻自得康節級和眾牢子自照管他。施恩自此早晚只去得康節級家裏討信，得知長短，都不在話下。

看看前後將及兩月。有這當案葉孔目一力主張，知府處早晚說開就裏。那知府方才知道張都監接受了蔣門神若干銀子，通同張團練，設計排陷武松，自心裏想道：「你倒賺了銀兩，教我與你害人！」因此心都懶了，不來管看。

捱到六十日限滿，牢中取出武松，當廳開了枷。當案葉孔目讀了招狀，就擬下罪名，脊杖二十，刺配恩州牢城，原盜贓物，給還本主。張都監只得着家人當官領了贓物。當廳把武松斷了二十脊杖，刺了金印，取一面七斤半鐵葉盤頭枷釘了，押一紙公文，差兩個壯健公人，防送武松，限了時日要起身。那兩個公人，領了牒文，押解了武松出孟州衙門便行。原來武松吃斷棒之時，卻得老管營使錢通了，葉孔目又看覷他，知府亦知他被陷害，不十分來打重，因此斷得棒輕。

武松忍着那口氣，帶上行枷，出得城來，兩個公人監在後面。約行得一裏多路，只見官道旁邊酒店裏鑽出施恩來，看着武松道：「小弟在此專等。」武松看施恩時，又包着頭，絡着手臂。武松問道：「我好幾時不見你，如何又做恁地模樣？」施恩答道：「實不相瞞哥哥說：小弟自從牢裏三番相見之後，知府得知了，不時差人下來牢裏點閘，那張都監又差人在牢門口左右兩邊巡看着，因此小弟不能勾再進大牢裏看望兄長，只到得康節級家裏討信。半月之前，小弟正在快活林中店裏，只見蔣門神那廝又領着一夥軍漢到來廝打。小弟被他又痛打一頓，也要小弟央浼人陪話，卻被他仍復奪了店面，依舊交

7)　催趲（zān）：催促。

還了許多家火什物。小弟在家將息未起，今日聽得哥哥斷配恩州，特有兩件綿衣，送與哥哥路上穿着。煮得兩隻熟鵝在此，請哥哥吃了兩塊去。」

施恩便邀兩個公人，請他入酒肆，那兩個公人那裏肯進酒店裏去，便發言發語道：「武松這廝，他是個賊漢，不爭我們吃你的酒食，明日官府上須惹口舌。你若怕打，快走開去。」施恩見不是話頭，便取十來兩銀子，送與他兩個公人。那廝兩個，那裏肯接，惱忿忿地，只要催促武松上路。

施恩討兩碗酒，叫武松吃了，把一個包裹拴在武松腰裏，把這兩隻熟鵝掛在武松行枷上。施恩附耳低言道：「包裹裏有兩件綿衣，一帕子散碎銀子，路上好做盤纏，也有兩隻八搭麻鞋在裏面。只是要路上仔細提防，這兩個賊男女，不懷好意。」武松點頭道：「不須吩咐，我已省得了。再着兩個來，也不懼他。你自回去將息。且請放心，我自有措置。」施恩拜辭了武松，哭着去了，不在話下。

武松和兩個公人上路，行不到數里之上，兩個公人悄悄地商議道：「不見那兩個來。」武松聽了，自暗暗地尋思，冷笑道：「沒你娘鳥興，那廝倒來撲復[8]老爺！」武松右手卻吃釘住在行枷上，左手卻散着。武松就枷上取下那熟鵝來，只顧自吃，也不睬那兩個公人。又行了四五里路，再把這隻熟鵝除來，右手扯着，把左手撕來，只顧自吃。行不過五里路，把這兩隻熟鵝都吃盡了。約莫離城也有八九里多路，只見前面路邊，先有兩個人，提着朴刀，各跨口腰刀先在那裏等候。見了公人監押武松到來，便幫着一路走。武松又見這兩個公人，與那兩個提朴刀的擠眉弄眼，打些暗號。武松早睃見，自瞧了八分尷尬，只安在肚裏，卻且只做不見。

又走不數裏多路，只見前面來到一處濟濟蕩蕩魚浦，四面都是野港闊河。五個人行至浦邊一條闊板橋，一座牌樓上有牌額寫着道「飛雲浦」三字。武松見了，假意問道：「這裏地名喚做甚麼去處？」兩個公人應道：「你又不眼瞎，須見橋邊牌額上寫道『飛雲浦』。」武松站住道：「我要淨手則個。」那兩個提朴刀的走近一步，卻被武松叫聲：「下去！」一飛腳早踢中，翻筋斗踢下水去了。這一個急待轉身，武松右腳早起，撲通地也踢下水裏去。那兩

---

8) 撲復：報復。

個公人慌了，望橋下便走。武松喝一聲：「那裏去！」把枷只一扭，折做兩半個，趕將下橋來。那兩個先自驚倒了一個。武松奔上前去，望那一個走的後心上，只一拳打翻，就水邊拿起朴刀來，趕上去，搠上幾朴刀，死在地下，卻轉身回來，把那個驚倒的也搠幾刀。

這兩個踢下水去的，才掙得起，正待要走，武松追着，又砍倒一個，趕入一步，劈頭揪住一個喝道：「你這廝實說，我便饒你性命！」那人道：「小人兩個是蔣門神徒弟。今被師父和張團練定計，使小人兩個來相幫防送公人，一處來害好漢。」武松道：「你師父蔣門神今在何處？」那人道：「小人臨來時，和張團練都在張都監家裏後堂鴛鴦樓上吃酒，專等小人回報。」武松道：「原來恁地，卻饒你不得。」手起刀落，也把這人殺了，解下他腰刀來，揀好的帶了一把，將兩個屍首都攛在浦裏。又怕那兩個不死，提起朴刀，每人身上又搠了幾刀。立在橋上看了一會，思量道：「雖然殺了四個賊男女，不殺得張都監、張團練、蔣門神，如何出得這口恨氣！」提着朴刀，躊躇了半晌，一個念頭，竟奔回孟州城裏來。

不因這番，有分教：武松殺幾個貪夫，出一口怨氣。定教：畫堂深處屍橫地，紅燭光中血滿樓。畢竟武松再回孟州城來怎地結果，且聽下回分解。

## 精華賞析

武松景陽岡打虎、殺死西門慶潘金蓮、醉打蔣門神都體現了他的神勇無敵，而本回中他卻中計被害。作者寫英雄，沒有一味地塑造高大全的超人形象，而是不避其短，真實地表現出武松身上的剛直性格和知恩圖報的品性反使自己遭到殺身之禍的情節，貼近人物本性，符合事情發展的邏輯，使英雄更加真實可近，性格更加豐滿。

## 第三十一回

# 張都監血濺鴛鴦樓
# 武行者夜走蜈蚣嶺

本回中武松大開殺戒，一連砍了十幾人，場面頗為血腥。與其說是報仇，不如說這是他對社會不公、官府不仁的發泄。

話說張都監聽信這張團練說誘囑託，替蔣門神報仇，要害武松性命，誰想四個人倒都被武松搠殺在飛雲浦了。當時武松立於橋上，尋思了半晌，躊躇起來，怨恨沖天：「不殺得張都監，如何出得這口恨氣！」便去死屍身邊解下腰刀，選好的取把將來跨了，揀條好朴刀提着，再徑回孟州城裏來。進得城中，早是黃昏時候，只見家家閉戶，處處關門。但見：十字街熒煌燈火，九曜寺香靄鐘聲。一輪明月掛青天，幾點疏星明碧漢。六軍營內，嗚嗚畫角頻吹；五鼓樓頭，點點銅壺正滴。兩兩佳人歸繡幕，雙雙士子掩書幃。

當下武松入得城來，徑踅去張都監後花園牆外，卻是一個馬院。武松就在馬院邊伏着，聽得那後槽[1]卻在衙裏，未曾出來。正看之間，只見呀地角門開，後槽提着個燈籠出來，裏面便關了角門。武松卻躲在黑影裏，聽那更鼓時，早打一更四點。那後槽上了草料，掛起燈籠，鋪開被臥，脫了衣裳，上床便睡。武松卻來門邊挨那門響，後槽喝道：「老爺方才睡，你要偷我衣裳，也早些哩！」武松把朴刀倚在門邊，卻掣出腰刀在手裏，又呀呀地推門。那後槽那裏忍得住，便從床上赤條條地跳將起來，拿了攪草棍，拔了栓，卻待開門，被武松就勢推開去，搶入來，把這後槽劈頭揪住。卻待要叫，燈影下見明晃晃地一把刀在手裏，先自驚得八分軟了，口裏只叫得一聲：「饒命！」武

1) 後槽：養牲口的地方。

松道：「你認得我麼？」後槽聽得聲音，方才知是武松，便叫道：「哥哥，不干我事，你饒了我罷！」武松道：「你只實說，張都監如今在那裏？」後槽道：「今日和張團練、蔣門神他三個吃了一日酒。如今兀自在鴛鴦樓上吃哩。」武松道：「這話是實麼？」後槽道：「小人說謊，就害疔瘡。」武松道：「恁地卻饒你不得！」手起一刀，把這後槽殺了。一腳踢過屍首，把刀插入鞘裏，就燭影下，去腰裏解下施恩送來的綿衣，將出來，脫了身上舊衣裳，把那兩件新衣穿了；拴縛得緊湊，把腰刀和鞘跨在腰裏，卻把後槽一床單被包了散碎銀兩，入在纏袋裏，卻把來掛在門邊。又將兩扇門立在牆邊，先去吹滅了燈火。卻閃將出來，拿了朴刀，從門上一步步爬上牆來。

此時卻有些月光明亮。武松從牆頭上一跳，卻跳在牆裏，便先來開了角門，掇過了門扇，復翻身入來，虛掩上角門。栓都提過了。武松卻望燈明處來，看時，正是廚房裏。只見兩個丫嬛，正在那湯罐邊埋怨說道：「伏侍了一日，兀自不肯去睡，只是要茶吃。那兩個客人也不識羞恥，噇得這等醉了，也兀自不肯下樓去歇息，只說個不了。」那兩個女使，正口裏喃喃訥訥地怨悵。武松卻倚了朴刀，掣出腰裏那口帶血刀來。把門一推，呀地推開門，搶入來，先把一個女使髽角兒揪住，一刀殺了。那一個卻待要走，兩隻腳一似釘住了的，再要叫時，口裏又似啞了的，端的是驚得呆了。休道是兩個丫嬛，便是說話的見了，也驚得口裏半舌不展。武松手起一刀，也殺了。卻把這兩個屍首，拖放灶前，去了廚下燈火，趁着那窗外月光，一步步挨入堂裏來。

武松原在衙裏出入的人，已都認得路數。徑踅到鴛鴦樓胡梯邊來，捏腳捏手，摸上樓來。此時親隨的人都伏事得厭煩，遠遠地躲去了。只聽得那張都監、張團練、蔣門神三個說話。武松在胡梯口聽，只聽得蔣門神口裏稱讚不了，只說：「虧了相公與小人報了冤仇，再當重重的報答恩相。」這張都監道：「不是看我兄弟張團練面上，誰肯幹這等的事！你雖費用了些錢財，卻也安排得那廝好。這早晚多是在那裏下手，那廝敢是死了，只教在飛雲浦結果他。待那四人明早回來，便見分曉。」張團練道：「這四個對付他一個，有甚麼不了？再有幾個性命，也沒了。」蔣門神道：「小人也吩咐徒弟來，只教就那裏下手，結果了，快來回報。」正是：暗室從來不可欺，古今奸惡盡誅夷。金風未動蟬先噪，暗送無常死不知。

武松聽了，心頭那把無明業火高三千丈，衝破了青天。右手持刀，左手叉開五指，搶入樓中，只見三五枝畫燭熒煌，一兩處月光射入，樓上甚是明朗。面前酒器，皆不曾收。蔣門神坐在交椅上，見是武松，吃了一驚，把這心肝五臟都提在九霄雲外。說時遲，那時快，蔣門神急要掙扎時，武松早落一刀，劈臉剁着，和那交椅都砍翻了。武松便轉身回過刀來，那張都監方才伸得腳動，被武松當時一刀，齊耳根連脖子砍着，撲地倒在樓板上。兩個都在掙命。這張團練終是個武官出身，雖然酒醉，還有些氣力。見剁翻了兩個，料道走不迭，便提起一把交椅掄將來。武松早接個住，就勢只一推。休說張團練酒後，便清醒白醒時也近不得武松神力，撲地望後便倒了。武松趕入去，一刀先剁下頭來。蔣門神有力，掙得起來。武松左腳早起，翻筋斗踢一腳，按住也割了頭。轉身來，把張都監也割了頭。見桌子上有酒有肉，武松拿起酒鍾子一飲而盡；連吃了三四鍾，便去死屍身上割下一片衣襟來，蘸着血，去白粉壁上大寫下八字道：「殺人者打虎武松也。」把桌子上器皿踏匾了，揣幾件在懷裏。卻待下樓，只聽得樓下夫人聲音叫道：「樓上官人們都醉了，快着兩個上去攙扶！」說猶未了，早有兩個人上樓來。

武松卻閃在胡梯邊，看時，卻是兩個自家親隨人，便是前日拿捉武松的。武松在黑處讓他過去，卻攔住去路。兩個人進樓中，見三個屍首橫在血泊裏，驚得面面廝覷，做聲不得，正如「分開八片頂陽骨[2]，傾下半桶冰雪水」。急待回身，武松隨在背後，手起刀落，早剁翻了一個。那一個便跪下討饒，武松道：「卻饒你不得！」揪住也砍了頭。殺得血濺畫樓，屍橫燈影。武松道：「一不做，二不休，殺了一百個，也只是這一死。」提了刀下樓來。夫人問道：「樓上怎地大驚小怪？」武松搶到房前，夫人見條大漢入來，兀自問道：「是誰？」武松的刀早飛起，劈面門剁着，倒在房前聲喚。武松按住，將去割時，刀切頭不入。武松心疑，就月光下看那刀時，已自都砍缺了。武松道：「可知割不下頭來！」便抽身去後門外去拿取朴刀，丟了缺刀，復翻身再入樓下來。只見燈明，前番那個唱曲兒的養娘玉蘭，引着兩個小的，把燈照見夫人被殺死在地下，方才叫得一聲：「苦也！」武松握着朴刀，向玉蘭心窩裏搠着。兩個小的，亦被武松搠死，一朴刀一個結果了。走出中堂，把栓拴

---

2) 頂陽骨：天靈蓋。

了前門，又入來，尋着兩三個婦女，也都搠死了在房裏。

武松道：「我方才心滿意足，走了罷休！」撇了刀鞘，提了朴刀，出到角門外來，馬院裏除下纏袋來，把懷裏踏匾的銀酒器都裝在裏面，拴在腰裏，拽開腳步，倒提朴刀便走。到城邊，尋思道：「若等開門，須吃拿了，不如連夜越城走。」便從城邊踏上城來。這孟州城是個小去處，那土城苦[3]不甚高，就女牆[4]邊望下，先把朴刀虛按一按，刀尖在上，棒梢向下，托地只一跳，把棒一拄，立在濠塹邊。月明之下，看水時，只有一二尺深。此時正是十月半天氣，各處水泉皆涸。武松就濠塹邊脫了鞋襪，解下腿護膝，抓紮起衣服，從這城壕裏走過對岸。卻想起施恩送來的包裹裏有雙八搭麻鞋，取出來穿在腳上。聽城裏更點時，已打四更三點。武松道：「這口鳥氣，今日方才出得松。『梁園雖好，不是久戀之家』，只可撒開。」提了朴刀，投東小路便走。詩曰：

只圖路上開刀，還喜樓中飲酒。
一人害卻多人，殺心慘於殺手。
不然冤鬼相纏，安得抽身便走。

走了一五更，天色朦朦朧朧，尚未明亮。武松一夜辛苦，身體睏倦，棒瘡發了又疼，那裏熬得過。望見一座樹林裏，一個小小古廟，武松奔入裏面，把朴刀倚了，解下包裹來做了枕頭，撲翻身便睡。卻待合眼，只見廟外邊探入兩把撓鈎[5]，把武松搭住。兩個人便搶入來，將武松按定，一條繩索綁了。那四個男女道：「這鳥漢子卻肥，好送與大哥去。」武松那裏掙扎得脫，被這四個人奪了包裹朴刀，卻似牽羊的一般，腳不點地，拖到村裏來。

這四個男女，於路上自言自說道：「看這漢子一身血跡，卻是那裏來？莫不做賊着了手來？」武松只不做聲，由他們自說。行不到三五里路，早到一所草屋內，把武松推將進去。側首一個小門裏面，尚點着碗燈，四個男女將武

---

3)　苦：卻。

4)　女牆：矮牆。

5)　撓鈎：長桿，頂端安有鐵鈎的武器。

松剝了衣裳，綁在亭柱上。武松看時，見灶邊樑上掛着兩條人腿。武松自肚裏尋思道：「卻撞在橫死神手裏，死得沒了分曉。早知如此時，不若去孟州府裏首告了，便吃一刀一剮，卻也留得一個清名於世。」正是：殺盡奸邪恨始平，英雄逃難不逃名。千秋意氣生無愧，七尺身軀死不輕。

那四個男女提着那包裹，口裏叫道：「大哥，大嫂，快起來！我們張得一頭好行貨在這裏了。」只聽得前面應道：「我來也！你們不要動手，我自來開剝。」沒一盞茶時，只見兩個人入屋後來。武松看時，前面一個婦人，背後一個大漢。兩個定睛看了武松，那婦人便道：「這個不是叔叔武都頭！」那大漢道：「快解了我兄弟！」武松看時，那大漢不是別人，卻正是菜園子張青，這婦人便是母夜叉孫二娘。這四個男女吃了一驚，便把索子解了，將衣服與武松穿了。頭巾已自扯碎，且拿個氈笠子與他戴上。原來這張青十字坡店面作坊，卻有幾處，所以武松不認得。張青即便請出前面客席裏，敍禮罷。張青大驚，連忙問道：「賢弟如何恁地模樣？」

武松答道：「一言難盡！自從與你相別之後，到得牢城營裏，得蒙施管營兒子，喚做金眼彪施恩，一見如故，每日好酒好肉管顧我。為是他有一座酒肉店，在城東快活林內，甚是趁錢；卻被一個張團練帶來的蔣門神那廝倚勢豪強，公然白白地奪了。施恩如此告訴，我卻路見不平，醉打了蔣門神，複奪了快活林，施恩以此敬重我。後被張團練買囑張都監，定了計謀，取我做親隨，設智陷害，替蔣門神報仇。八月十五日夜，只推有賊，賺我到裏面，卻把銀酒器皿，預先放在我箱籠內，拿我解送孟州府裏，強扭做賊打招了，監在牢裏。卻得施恩上下使錢透了，不曾受害。又得當案葉孔目仗義疏財，不肯陷害平人。又得當牢一個康節級，與施恩最好。兩個一力維持，待限滿脊杖，轉配恩州。昨夜出得城來，叵耐張都監設計，教蔣門神使兩個徒弟和防送公人相幫，就路上要結果我。到得飛雲浦僻靜去處，正欲要動手，先被我兩腳，把兩個徒弟踢下水裏去。趕上這兩個鳥公人，也是一朴刀一個搠死了，都撇在水裏。思量這口氣怎地出得，因此再回孟州城裏去。一更四點，進去馬院裏，先殺了一個養馬的後槽；爬入牆內，去就廚房裏殺了兩個丫嬛；直上鴛鴦樓上，把張都監、張團練、蔣門神三個都殺了；又砍了兩個親隨。下樓來，又把他老婆、兒女、養娘都戳死了。連夜逃走，跳城出來。走了一五更路，一時睏倦，棒瘡發了又疼，因行不得，投一小廟裏權歇一歇，卻被這四個綁縛起來。」

那四個搗子，便拜在地下道：「我們四個都是張大哥的火家。因為連日賭錢輸了，去林子裏尋些買賣。卻見哥哥從小路來，身上淋淋漓漓，都是血跡，卻在土地廟裏歇，我四個不知是甚人。早是張大哥這幾時吩咐道：『只要捉活的。』因此我們只拿撓鈎套索出去，不吩咐時，也壞了大哥性命。正是『有眼不識泰山』，一時誤犯着哥哥，恕罪則個！」張青夫妻兩個笑道：「我們因有掛心，這幾時只要他們拿活的行貨。他這四個如何省的我心裏事。若是我這兄弟不困乏時，不說你這四個男女，更有四十個也近他不得。」那四個搗子只顧磕頭。武松喚起他來道：「既然他們沒錢去賭，我賞你些。」便把包裹打開，取十兩銀子，把與四人將去分。那四個搗子拜謝武松。張青看了，也取三二兩銀子賞與他們，四個自去分了。

張青道：「賢弟不知我心！從你去後，我只怕你有些失支脫節，或早或晚回來，因此上吩咐這幾個男女，但凡拿得行貨，只要活的。那廝們慢仗些的趁活捉了，敵他不過的，必致殺害；以此不教他們將刀仗出去，只與他撓鈎套索。方才聽得說，我便心疑，連忙吩咐，等我自來看，誰想果是賢弟！」孫二娘道：「只聽得叔叔打了蔣門神，又是醉了贏他，那一個來往人不吃驚！有在快活林做買賣的客商，常說到這裏，卻不知向後的事。叔叔睏倦，且請去客房裏將息，卻再理會。」張青引武松去客房裏睡了。兩口兒自去廚下安排些佳餚美饌酒食，管待武松。不移時，整治齊備，專等武松起來相敘。有詩為證：

金寶昏迷刀劍醒，天高帝遠總無靈。
如何廊廟多凶曜，偏是江湖有救星。

卻說孟州城裏張都監衙內，也有躲得過的，直到五更才敢出來。眾人叫起裏面親隨，外面當直的軍牢，都來看視，聲張起來，街坊鄰舍，誰敢出來？捱到天明時分，卻來孟州府裏告狀。知府聽說罷大驚，火速差人下來，檢點了殺死人數，行兇人出沒去處，填畫了圖樣格目，回府裏稟覆知府道：「先從馬院裏入來，就殺了養馬的後槽一人，有脫下舊衣二件。次到廚房裏灶下，殺死兩個丫嬛，後門邊遺下行兇缺刀一把。樓上殺死張都監一員並親隨二人。外有請到客官張團練與蔣門神二人。白粉壁上，衣襟蘸血大寫八字道：『殺人者打虎武松也』。樓下搠死夫人一口，在外搠死玉蘭並奶娘二口，兒女三口。共計殺死男女一十五名，擄掠去金銀酒器六件。」知府看罷，便差人把住孟州四門，點起軍兵並緝捕人員，城中坊廂里正，逐一排門搜捉兇人武松。

次日，飛雲浦地裏保正人等告稱：「殺死四人在浦內，見有殺人血痕在飛雲浦橋下，屍首俱在水中。」知府接了狀子，當差本縣縣尉下來，一面着人打撈起四個屍首，都檢驗了。兩個是本府公人，兩個自有苦主，各備棺木盛殮了屍首，盡來告狀，催促捉拿兇首償命。城裏閉門三日，家至戶到，逐一挨查，五家一連，十家一保，那裏不去搜尋。知府押了文書，委官下該管地面，各鄉、各保、各都、各村，盡要排家搜捉，緝捕兇首。寫了武松鄉貫、年甲、貌相、模樣，畫影圖形，出三千貫信賞錢。如有人知得武松下落，赴州告報，隨文給賞；如有人藏匿犯人在家宿食者，事發到官，與犯人同罪。遍行鄰近州府，一同緝捕。

且說武松在張青家裏，將息了三五日，打聽得事務蔑刺一般緊急，紛紛攘攘有做公人出城來各鄉村緝捕。張青知得，只得對武松說道：「二哥，不是我怕事，不留你久住，如今官司搜捕得緊急，排門挨戶，只恐明日有些疏失，必須怨恨我夫妻兩個。我卻尋個好安身去處與你，在先也曾對你說來，只不知你終心肯去也不？」武松道：「我這幾日也曾尋思，想這事必然要發，如何在此安得身牢？止有一個哥哥，又被嫂嫂不仁害了；甫能來到這裏，又被人如此陷害。祖家親戚都沒了。今日若得哥哥有這好去處叫武松去，我如何不肯去？只不知是那裏地面？」張青道：「是青州管下一座二龍山寶珠寺。花和尚魯智深和一個青面獸好漢楊志在那裏打家劫舍，霸着一方落草。青州官軍捕盜，不敢正眼覷他。賢弟只除那裏去安身，方才免得。若投別處去，終久要吃拿了。他那裏常常有書來取我入夥，我只為戀土難移，不曾去的。我寫一封書，備細說二哥的本事，於我面上，如何不着你入夥。」武松道：「大哥也說的是。我也有心，恨時辰未到，緣法不能湊巧。今日既是殺了人，事發了沒潛身處，此為最妙。大哥，你便寫書與我去，只今日便行。」

張青隨即取幅紙來，備細寫了一封書，把與武松，安排酒食送路。只見母夜叉孫二娘指着張青說道：「你如何便只這等叫叔叔去，前面定吃人捉了。」武松道：「阿嫂，你且說我怎地去不得？如何便吃人捉了？」孫二娘道：「阿叔，如今官司遍處都有了文書，出三千貫信賞錢，畫影圖形，明寫鄉貫年甲，到處張掛。阿叔臉上現今明明地兩行金印，走到前路，須賴不過。」張青道：「臉上貼了兩個膏藥便了。」孫二娘笑道：「天下只有你乖，你說這癡話，這個如何瞞得過做公的？我卻有個道理，只怕叔叔依不得。」武松道：「我既要逃災避難，如何依不得？」孫二娘大笑道：「我說出來，阿叔卻不要嗔怪。」武松道：「阿嫂但說的便依。」孫二娘道：「二年前，有個頭陀打從這裏過，吃我放翻了，把來做了幾日饅頭餡。卻留得他一個鐵界箍，一身衣服，一領皂布直裰，一條雜色短穗條，一本度牒，一串一百單八顆人頂骨數珠，一個沙魚皮鞘子，插着兩把雪花鑌鐵打成的戒刀。這刀時常半夜裏嗚嘯的響，叔叔前番也曾看見。今既要逃難，只除非把頭髮剪了，做個行者[6]，須遮得額上金印。又且得這本度牒做護身符，年甲貌相，又和叔叔相等，卻不是前緣前世？阿叔便應了他的名字前路去，誰敢來盤問？這件事好麼？」張青拍手道：「二娘說得是，我倒忘了這一着。」正是：緝捕急如星火，顛危好似風波。若要免除災禍，且須做個頭陀。

張青道：「二哥，你心裏如何？」武松道：「這個也使得，只恐我不像出家人模樣。」張青道：「我且與你扮一扮看。」孫二娘去房中取出包裹來，打開將出許多衣裳，教武松裏外穿了。武松自看道：「卻一似與我身上做的。」着了皂直裰，繫了條，把氈笠兒除下來，解開頭髮，折迭起來，將界箍兒箍起，掛着數珠。張青、孫二娘看了，兩個喝采道：「卻不是前生注定！」武松討面鏡子照了，也自哈哈大笑起來。張青道：「二哥為何大笑。」武松道：「我照了自也好笑，我也做得個行者。大哥，便與我剪了頭髮。」張青拿起剪刀，替武松把前後頭髮都剪了。詩曰：

打虎從來有李忠，武松綽號尚懸空。
幸有夜叉能說法，頓教行者顯神通。

武松見事務看看緊急，便收拾包裹要行。張青又道：「二哥，你聽我說，

---

6)　行者：帶髮修行人。

不是我要便宜，你把那張都監家裏的酒器留下在這裏，我換些零碎銀兩與你路上去做盤纏，萬無一失。」武松道：「大哥見的分明。」盡把出來與了張青，換了一包散碎金銀，都拴在纏袋內，繫在腰裏。武松飽吃了一頓酒飯，拜辭了張青夫妻二人，腰裏跨了這兩口戒刀，當晚都收拾了。孫二娘取出這本度牒，就與他縫個錦袋盛了，教武松掛在貼肉胸前。武松拜謝了他夫妻兩個。臨行，張青又吩咐道：「二哥於路小心在意，凡事不可託大。酒要少吃，休要與人爭鬧，也做些出家人行徑。諸事不可躁性，省得被人看破了。如到了二龍山，便可寫封回信寄來。我夫妻兩個在這裏也不是長久之計。敢怕隨後收拾家私，也來山上入夥。二哥保重保重，千萬拜上魯、楊二頭領。」

武松辭了出門，插起雙袖，搖擺着便行。張青夫妻看了，喝采道：「果然好個行者！」但見：前面髮掩映齊眉，後面髮參差際頸。皂直裰好似烏雲遮體，雜色絛如同花蟒纏身。額上界箍兒燦爛，依稀火眼金睛；身間布衲襖斑斕，仿佛銅筋鐵骨。戒刀兩口，擎來殺氣橫秋；頂骨百顆，唸處悲風滿路。啖人羅剎須拱手，護法金剛也皺眉。

當晚武行者辭了張青夫妻二人，離了大樹十字坡，便落路走。此時是十月間天氣，日正短，轉眼便晚了。約行不到五十里，早望見一座高嶺。武行者趁着月明，一步步上斜來，料道只是初更天色。武行者立在嶺頭上看時，見月從東邊上來，照得嶺上草木光輝。

正看之間，只聽得前面林子裏有人笑聲，武行者道：「又來作怪！這般一條淨蕩蕩高嶺，有甚麼人笑語？」走過林子那邊去打一看，只見松樹林中，傍山一座墳庵，約有十數間草屋，推開着兩扇小窗，一個先生，摟着一個婦人，在那窗前看月戲笑。武行者看了，怒從心上起，惡向膽邊生，便想道：「這是山間林下，出家人卻做這等勾當！」便去腰裏掣出那兩口爛銀也似戒刀來，在月光下看了道："刀卻是好，到我手裏不曾發市，且把這個鳥先生試刀。」手腕上懸了一把，再將這把插放鞘內，把兩隻直裰袖結起在背上，竟來到庵前敲門。那先生聽得，便把後窗關上。

武行者拿起塊石頭便去打門。只見呀地側首門開，走出一個道童來，喝道：「你是甚人，如何敢半夜三更，大驚小怪，敲門打戶做甚麼？」武行者睜圓怪眼，大喝一聲：「先把這鳥童祭刀！」說猶未了，手起處，錚地一聲響，道童的頭落在一邊，倒在地下。只見庵裏那個先生大叫道：「誰敢殺我道童！」

托地跳將出來。那先生手掄着兩口寶劍，竟奔武行者。武松大笑道：「我的本事，不要箱兒裏去取，正是撓着我的癢處。」便去鞘裏，再拔了那口戒刀，掄起雙戒刀來迎那先生。兩個就月明之下，一來一往，一去一回，兩口劍寒光閃閃，雙戒刀冷氣森森。鬥了良久，渾如飛鳳迎鸞；戰不多時，好似角鷹拿兔。

兩個鬥了十數合，只聽得山嶺旁邊一聲響亮，兩個裏倒了一個。但見：寒光影裏人頭落，殺氣叢中血雨噴。畢竟兩個裏廝殺，倒了一個的是誰，且聽下回分解。

### 延伸思考

一個有仁有義有原則的武松，緣何突然成了一個殺人不眨眼的魔鬼？這與前述的情節以及武松的性格是否矛盾？

## 第三十二回

# 武行者醉打孔亮
# 錦毛虎義釋宋江

此回書是情節的過渡和轉折，由武松的故事轉入宋江的故事。武松「不打不相識」的大漢是孔太公的兒子，因宋江投在孔太公莊上，以此得遇。二人於半路分別後，宋江去投清風寨的花榮，路上又橫生出了是非。

當時兩個鬥了十數合，那先生被武行者賣個破綻，讓那先生兩口劍斫將入來，被武行者轉過身來，看得親切，只一戒刀，那先生的頭滾落在一邊，屍首倒在石上。武行者大叫：「庵裏婆娘出來，我不殺你，只問你個緣故。」只見庵裏走出那個婦人來，倒地便拜。武行者道：「你休拜我。你且說，這裏是甚麼去處？那先生卻是你的甚麼人？」那婦人哭着道：「奴是這嶺下張太公家女兒，這庵是奴家祖上墳庵。這先生不知是那裏人，來我家裏投宿，言說善習陰陽，能識風水。我家爹娘不合留他在莊上，因請他來這裏墳上觀看地理，被他說誘，又留他住了幾日。那廝一日見了奴家，便不肯去了。住了三兩個月，把奴家爹娘哥嫂都害了性命，卻把奴家強騙在此墳庵裏住。這個道童，也是別處擄掠來的。這嶺喚做蜈蚣嶺。這先生見這條嶺好風水，以此他便自號飛天蜈蚣王道人。」武行者道：「你還有親眷麼？」那婦人道：「親戚自有幾家，都是莊農之人，誰敢和他爭論？」武行者道：「這廝有些財帛麼？」婦人道：「他也積蓄得一二百兩金銀。」武行者道：「有時，你快去收拾。我便要放火燒庵也。」那婦人問道：「師父，你要酒肉吃麼？」武行者道：「有時，將來請我。」那婦人道：「請師父進庵裏去吃。」武行者道：「咱怕有人暗算我麼？」那婦人道：「奴有幾顆頭，敢賺得師父？」武行者隨那婦人入到庵裏，見小窗邊桌子上擺着酒肉。武行者討大碗吃了一回。那婦人收拾得金銀財帛已了，武行者便就裏面放起火來。那婦人捧着一包金銀，獻與武行者，乞性命。武行者道：「我不要你的，你自將去養身。快走！快走！」那婦人拜謝了，自下嶺去。武行者把那兩個屍首都攛在火裏燒了。插了戒刀，連夜自過嶺來，迤邐取路，望着青州地面來。

又行了十數日，但遇村坊道店，市鎮鄉城，果然都有榜文張掛在彼處，捕獲武松。到處雖有榜文，武松已自做了行者，於路卻沒人盤詰他。時遇十一月間，天色好生嚴寒。當日武行者一路上買酒買肉吃，只是敵不過寒威。上得一條土岡，早望見前面有一座高山，生得十分險峻。武行者下土岡子來，走得三五里路，早見一個酒店。門前一道清溪，屋後都是顛石亂山。看那酒店時，卻是個村落小酒肆。但見：門迎溪澗，山映茅茨。疏籬畔梅開玉蕊，小窗前松偃蒼龍。烏皮桌椅，盡列着瓦缽磁甌；黃土牆垣，都畫着酒仙詩客。一條青旆舞寒風，兩句詩詞招過客。端的是走驃騎聞香須住馬，使風帆知味也停舟。

武行者過得那土岡子來，徑奔入那村酒店裏坐下，便叫道：「店主人家，先打兩角酒來。肉便買些來吃。」店主人應道：「實不瞞師父說，酒卻有些茅柴白酒[1]，肉卻都賣沒了。」武行者道：「且把酒來擋寒。」店主人便去打兩角酒，大碗價篩來，教武行者吃，將一碟熟菜，與他過口。片時間，吃盡了兩角酒，又叫再打兩角酒來，店主人又打了兩角酒，大碗篩來。武行者只顧吃。比及過岡子時，先有三五分酒了，一發吃過這四角酒，又被朔風一吹，酒卻湧上。武松卻大呼小叫道：「主人家，你真個沒東西賣？你便自家吃的肉食也回些與我吃了，一發還你銀子。」店主人笑道：「也不曾見這個出家人，酒和肉只顧要吃，卻那裏去取？師父，你也只好罷休。」武行者道：「我又不白吃你的，如何不賣與我？」店主人道：「我和你說過，只有這些白酒，那得別的東西賣？」正在店裏論口，只見外面走入一條大漢，引着三四個人入店裏來。武行者看那大漢時，但見：頂上頭巾魚尾赤，身上戰袍鴨頭綠。腳穿一對踢土靴，腰繫數尺紅搭膊。面圓耳大，唇闊口方。長七尺以上身材，有

1)　茅柴白酒：土酒，農村釀造的一種劣質白酒。

二十四五年紀。相貌堂堂強壯士，未侵女色少年郎。

那條大漢引着眾人入進店裏，主人笑容可掬迎接着：「大郎請坐。」那漢道：「我吩咐你的，安排也未？」店主人答道：「雞與肉都已煮熟了，只等大郎來。」那漢道：「我那青花甕酒在那裏？」店主人道：「有在這裏。」那漢引了眾人，便向武行者對席上頭坐了；那同來的三四人，卻坐在肩下。店主人卻捧出一樽青花甕酒來，開了泥頭[2]，傾在一個大白盤裏。武行者偷眼看時，卻是一甕窨下的好酒，被風吹過酒的香味來。武行者聞了那酒香味，喉嚨癢將起來，恨不得鑽過來搶吃。只見店主人又去廚下，把盤子托出一對熟雞、一大盤精肉來，放在那漢面前，便擺了菜蔬，用杓子舀酒去燙。武行者看了自己面前，只是一碟兒熟菜，不由得不氣。正是眼飽肚中飢，武行者酒又發作，恨不得一拳打碎了那桌子，大叫道：「主人家，你來！你這廝好欺負客人！」店主人連忙來問道：「師父，休要焦躁。要酒便好說。」武行者睜着雙眼喝道：「你這廝好不曉道理！這青花甕酒和雞肉之類，如何不賣與我？我也一般還你銀子。」店主人道：「青花甕酒和雞肉，都是那大郎家裏自將來的，只借我店裏坐地吃酒。」武行者心中要吃，那裏聽他分說，一片聲喝道：「放屁！放屁！」店主人道：「也不曾見你這個出家人，恁地蠻法！」武行者喝道：「怎地是老爺蠻法？我白吃你的！」那店主人道：「我倒不曾見出家人自稱老爺。」武行者聽了，跳起身來，叉開五指望店主人臉上只一掌，把那店主人打個踉蹌，直撞過那邊去。

那對席的大漢見了大怒。看那店主人時，打得半邊臉都腫了，半日掙扎不起。那大漢跳起身來，指定武松道：「你這個鳥頭陀，好不依本分！卻怎地便動手動腳？卻不道是：『出家人勿起嗔心。』」武行者道：「我自打他，干你甚事！」那大漢怒道：「我好意勸你，你這鳥頭陀敢把言語傷我？」武行者聽得大怒，便把桌子推開，走出來喝道：「你那廝說誰？」那大漢笑道：「你這鳥頭陀，要和我廝打，正是來太歲頭上動土！」那大漢便點手[3]叫道：「你這賊行者，出來和你說話！」武行者喝道：「你道我怕你，不敢打你？」一搶搶到門邊，那大漢便閃出門外去。武行者趕到門外，那大漢見武松長壯，那裏

2) 泥頭：密封酒罈口的乾泥塊。

3) 點手：用手指點着。

敢輕敵，便做個門戶等着他。武行者搶入去，接住那漢手。那大漢卻待用力跌武松，怎禁得他千百斤神力，就手一扯，扯入懷來，只一撥，撥將去，恰似放翻小孩子的一般，那裏做得半分手腳。那三四個村漢看了，手顫腳麻，那裏敢上前來。武行者踏住那大漢，提起拳頭來，只打實落處[4]，打了二三十拳，就地下提起來，望門外溪裏只一丟。那三四個村漢叫聲苦，不知高低[5]，都下溪裏來救起那大漢，自攙扶着投南去了。這店主人吃了這一掌，打得麻了，動彈不得，自入屋後去躲避了。

武行者道：「好呀！你們都去了，老爺卻吃酒肉！」把個碗去白盆內舀那酒來，只顧吃。桌子上那對雞，一盤子肉，都未曾吃動。武行者且不用箸，雙手扯來任意吃。沒半個時辰，把這酒肉和雞都吃個八分。武行者醉飽了，把直裰袖結在背上，便出店門，沿溪而走。卻被那北風捲將起來，武行者捉腳不住，一路上搶將來。離那酒店，走不得四五里路，旁邊土牆裏，走出一隻黃狗，看着武松叫。武行者看時，一隻大黃狗趕着吠。武行者大醉，正要尋事，恨那隻狗趕着他只管吠，便將左手鞘裏掣出一口戒刀來，大踏步趕。那隻黃狗繞着溪岸叫。武行者一刀砍將去，卻砍個空，使得力猛，頭重腳輕，翻筋斗倒撞下溪裏去，卻起不來。冬月天道，溪水正涸，雖是只有一二尺深淺的水，卻寒冷的當不得。爬起來，淋淋的一身水，卻見那口戒刀，浸在溪裏。武行者便低頭去撈那刀時，撲地又落下去了，只在那溪水裏滾。

岸上側首牆邊轉出一夥人來，當先一個大漢，頭戴氈笠子，身穿鵝黃紵絲衲襖，手裏拿着一條哨棒，背後十數個人跟着，都拿木杷白棍。數內一個指道：「這溪裏的賊行者，便是打了小哥哥的。如今小哥哥尋不見大哥哥，自引了二三十個莊客，徑奔酒店裏捉他去了。他卻來到這裏。」說猶未了，只見遠遠地那個吃打的漢子，換了一身衣服，手裏提着一條朴刀，背後引着三二十個莊客，都是有名的漢子。怎見的，正是叫做：長王三，矮李四。急三千，慢八百。笆上糞，屎裏蛆。米中蟲，飯內屁。鳥上刺，沙小生。木伴哥，牛筋等。

這一二十個盡是為頭的莊客，餘者皆是村中搗子。都拖槍拽棒，跟着那

---

4)　實落處：結實的地方。

5)　不知高低：形容失聲之狀。

個大漢，吹風胡哨來尋武松。趕到牆邊見了，指着武松，對那穿鵝黃襖子的大漢道：「這個賊頭陀，正是打兄弟的。」那個大漢道：「且捉這廝，去莊裏細細拷打。」那漢喝聲：「下手！」三四十人一發上。可憐武松醉了，掙扎不得，急要爬起來，被眾人一齊下手，橫拖倒拽，捉上溪來。轉過側首牆邊一所大莊院，兩下都是高牆粉壁，垂柳喬松，圍繞着牆院。眾人把武松推搶入去，剝了衣裳，奪了戒刀、包裹，揪過來綁在大柳樹上，教取一束藤條來，細細的打那廝。

卻才打得三五下，只見莊裏走出一個人來問道：「你兄弟兩個，又打甚麼人？」只見這兩個大漢叉手道：「師父所稟：兄弟今日和鄰莊三四個相識，去前面小路店裏吃三杯酒，叵耐這個賊行者倒來尋鬧，把兄弟痛打了一頓，又將來攧在水裏，頭臉都磕破了，險些凍死，卻得相識救了回來。歸家換了衣服，帶了人，再去尋他。那廝把我酒肉都吃了，卻大醉倒在門前溪裏；因此捉拿在這裏，細細的拷打。看起這賊頭陀來，也不是出家人，臉上現刺着兩個金印，這賊卻把頭髮披下來遮了，必是個避罪在逃的囚徒。問出那廝根原，解送官司理論。」這個吃打傷的大漢道：「問他做甚麼！這禿賊打得我一身傷損，不着一兩個月將息不起。不如把這禿賊一頓打死了，一把火燒了罷，才與我消得這口恨氣。」說罷，拿起藤條，恰待又打，只見出來的那人說道：「賢弟且休打，待我看他一看，這人也像是一個好漢。」

此時武行者心中已自酒醒了，理會得，只把眼來閉了，由他打，只不做聲。那個人先去背上看了杖瘡，便道：「作怪，這模樣想是決斷不多時的疤痕。」轉過面前看了，便將手把武松頭髮揪起來，定睛看了，叫道：「這個不是我兄弟武二郎！」武行者方才閃開雙眼，看了那人道：「你不是我哥哥！」那人喝叫：「快與我解下來，這是我的兄弟。」那穿鵝黃襖子的並吃打的盡皆吃驚，連忙問道：「這個行者如何卻是師父的兄弟？」那人便道：「他便是我時常和你們說的那景陽岡上打虎的武松。我也不知他如今怎地做了行者。」那弟兄兩個聽了，慌忙解下武松來，便討幾件乾衣服與他穿了，便扶入草堂裏來。武松便要下拜，那個人驚喜相半，扶住武松道：「兄弟酒還未醒，且坐一坐說話。」武松見了那人，歡喜上來，酒早醒了五分。討些湯水洗漱了，吃些醒酒之物，便來拜了那人，相敘舊話。

那人不是別人，正是鄆城縣人氏，姓宋，名江，表字公明。武行者道：

「只想哥哥在柴大官人莊上，卻如何來在這裏？兄弟莫不是和哥哥夢中相會麼？」宋江道：「我自從和你在柴大官人莊上分別之後，我卻在那裏住得半年。不知家中如何，恐父親煩惱，先發付兄弟宋清歸去。後卻收拾得家中書信說道：『官司一事，全得朱、雷二都頭氣力，已自家中無事，只要緝捕正身；因此已動了個海捕文書，各處追獲。』這事已自慢了。卻有這裏孔太公屢次使人去莊上問信。後見宋清回家，說道宋江在柴大官人莊上，因此，特地使人直來柴大官人莊上取我在這裏。此間便是白虎山。這莊便是孔太公莊上。恰才和兄弟相打的，便是孔太公小兒子，因他性急，好與人廝鬧，到處叫他做獨火星孔亮。這個穿鵝黃襖子的，便是孔太公大兒子，人都叫他做毛頭星孔明。因他兩個好習槍棒，卻是我點撥他些個，以此叫我做師父。我在此間住半年了。我如今正欲要上清風寨走一遭，這兩日方欲起身。我在柴大官人莊上時，只聽得人傳說道兄弟在景陽岡上打了大蟲，又聽知你在陽谷縣做了都頭，又聞鬥殺了西門慶。向後不知你配到何處去。兄弟如何做了行者？」

武松答道：「小弟自從柴大官人莊上別了哥哥，去到得景陽岡上打了大蟲，送去陽谷縣，知縣就抬舉我做了都頭。後因嫂嫂不仁，與西門慶通姦，藥死了我先兄武大；被武松把兩個都殺了，自首告到本縣，轉發東平府。後得陳府尹一力救濟，斷配孟州。」至十字坡，怎生遇見張青、孫二娘；到孟州，怎地會施恩，怎地打了蔣門神，如何殺了張都監一十五口；又逃在張青家，母夜叉孫二娘教我做了頭陀行者的緣故；過蜈蚣嶺試刀，殺了王道人；至村店吃酒，醉打了孔兄。把自家的事，從頭備細告訴了宋江一遍。

孔明、孔亮兩個聽了大驚，撲翻身便拜。武松慌忙答禮道：「卻才甚是衝撞，休怪，休怪！」孔明、孔亮道：「我弟兄兩個『有眼不識泰山』，萬望恕罪！」武行者道：「既然二位相覷武松時，卻是與我烘焙度牒、書信，並行李衣服，不可失落了那兩口戒刀，這串數珠。」孔明道：「這個不須足下掛心，小弟已自着人收拾去了，整頓端正拜還。」武行者拜謝了。宋江請出孔太公，都相見了。孔太公置酒設席管待，不在話下。

當晚宋江邀武松同榻，敍說一年有餘的事，宋江心內喜悅。武松次日天明起來，都洗漱罷，出到中堂相會，吃早飯。孔明自在那裏相陪。孔亮捱着痛疼，也來管待。孔太公便叫殺羊宰豬，安排筵宴。是日，村中有幾家街坊親戚，都來相探。又有幾個門下人，亦來謁見。宋江心中大喜。當日筵宴散了，宋江問武松道：「二哥，今欲往何處安身？」武松道：「昨夜已對哥哥說了：菜園子張青寫書與我，着兄弟投二龍山寶珠寺花和尚魯智深那裏入夥。他也隨後便上山來。」宋江道：「也好。我不瞞你說，我家近日有書來，說道清風寨知寨小李廣花榮，他知道我殺了閻婆惜，每每寄書來與我，千萬教我去寨裏住幾時。此間又離清風寨不遠，我這兩日正待要起身去。因見天氣陰晴不定，未曾起程。早晚要去那裏走一遭，不若和你同往如何？」武松道：「哥哥，怕不是好情分，帶攜兄弟投那裏去住幾時。只是武松做下的罪犯至重，遇赦不宥，因此發心，只是投二龍山落草避難。亦且我又做了頭陀，難以和哥哥同往。路上被人設疑，倘或有些決撒了，須連累了哥哥。便是哥哥與兄弟同死同生，也須累及了花榮山寨不好。只是由兄弟投二龍山去了罷。天可憐見，異日不死，受了招安，那時卻來尋訪哥哥未遲。」宋江道：「兄弟既有此心歸順朝廷，皇天必佑。若如此行，不敢苦勸，你只相陪我住幾日了去。」

自此，兩個在孔太公莊上，一住過了十日之上，宋江與武松要行，孔太公父子那裏肯放。又留住了三五日，宋江堅執要行，孔太公只得安排筵席送行。管待一日了，次日將出新做的一套行者衣服，皂布直裰，並帶來的度牒、書信、界箍、數珠、戒刀、金銀之類，交還武松。又各送銀五十兩，權為路費。宋江推卻不受，孔太公父子那裏肯，只顧將來拴縛在包裹裏。宋江整頓了衣服器械；武松依前穿了行者的衣裳，帶上鐵界箍，掛了人頂骨數珠，跨了兩口戒刀，收拾了包裹，拴在腰裏。宋江提了朴刀，懸口腰刀，帶上氈笠子，辭別了孔太公。孔明、孔亮叫莊客背了行李，弟兄二人直送了二十餘里路，拜辭了宋江、武行者兩個。宋江自把包裹背了，說道：「不須莊客遠送，我自和武兄弟去。」孔明、孔亮相別，自和莊客歸家，不在話下。

只說宋江和武松兩個，在路上行着，於路說些閒話，走到晚，歇了一宵。次日早起，打伙又行。兩個吃罷飯，又走了四五十里，卻來到一市鎮上，地名喚做瑞龍鎮，卻是個三岔路口。宋江借問那裏人道：「小人們欲投二龍山、清風鎮上，不知從那條路去？」那鎮上人答道：「這兩處不是一條路去了。這裏要投二龍山去，只是投西落路；若要投清風鎮去，須用投東落路，過了清風山便是。」宋江聽了備細，便道：「兄弟，我和你今日分手，就這裏吃三杯相別。」詞寄《浣溪沙》，單題別意：

握手臨期話別難，山林景物正闌珊，壯懷寂寞客囊殫。旅次愁來魂欲斷，郵亭宿處鋏空彈[6]，獨憐長夜苦漫漫。

武行者道：「我送哥哥一程，方卻回來。」宋江道：「不須如此。自古道：『送君千里，終有一別。』兄弟，你只顧自己前程萬里，早早的到了彼處。入夥之後，少戒酒性。如得朝廷招安，你便可攛掇魯智深、楊志投降了。日後但是去邊上，一刀一槍，博得個封妻蔭子，久後青史上留一個好名，也不枉了為人一世。我自百無一能，雖有忠心，不能得進步。兄弟，你如此英雄，決定做得大事業，可以記心。聽愚兄之言，圖個日後相見。」武行者聽了，酒店上飲了數杯，還了酒錢。二人出得店來，行到市鎮梢頭[7]，三岔路口，武行者下了四拜。宋江灑淚，不忍分別，又吩咐武松道：「兄弟，休忘了我的言語，少戒酒性。保重，保重！」武行者自投西去了。

看官牢記話頭，武行者自來二龍山投魯智深、楊志入夥了，不在話下。

且說宋江自別了武松，轉身望東，投清風山路上來，於路只憶武行者。又自行了幾日，卻早遠遠的望見清風山。看那山時，但見：八面嵯峨，四圍險峻。古怪喬松盤鶴蓋，杈椏老樹掛藤蘿。瀑布飛流，寒氣逼人毛髮冷；綠陰散下，清光射目夢魂驚。澗水時聽，樵人斧響；峯巒特起，山鳥聲哀。麋鹿成羣，穿荊棘往來跳躍；狐狸結隊，尋野食前後呼號。若非佛祖修行處，定是強人打劫場。

宋江看見前面那座高山，生得古怪，樹木稠密，心中歡喜，觀之不足，貪走了幾程，不曾問得宿頭。看看天色晚了，宋江心內驚慌，肚裏尋思道：「若是夏月天道，胡亂在林子裏歇一夜；卻恨又是仲冬天氣，風霜正冽，夜間寒冷，難以打熬。倘或走出一個毒蟲虎豹來時，如何抵當？卻不害了性命！」只顧望東小路裏撞將去。約莫走了也是一更時分，心裏越慌，看不見地下，�了一條絆腳索。樹林裏銅鈴響，走出十四五個伏路小嘍囉來，發聲喊，把宋江捉翻，一條麻索縛了，奪了朴刀、包裹，吹起火把，將宋江解上山來。宋江只得叫苦，卻早押到山寨裏。

6)　鋏（jiá）空彈：形容壯志難酬。鋏，劍。

7)　梢頭：盡頭。

宋江在火光下看時，四下裏都是木柵，當中一座草廳，廳上放着三把虎皮交椅，後面有百十間草房。小嘍囉把宋江捆做粽子相似，將來綁在將軍柱上，有幾個在廳上的小嘍囉說道：「大王方才睡，且不要去報。等大王酒醒時，卻請起來，剖這牛子[8]心肝做醒酒湯，我們大家吃塊新鮮肉。」宋江被綁在將軍柱上，心裏尋思道：「我的造物只如此偃蹇，只為殺了一個煙花婦人，變出得如此之苦。誰想這把骨頭卻斷送在這裏！」只見小嘍囉點起燈燭熒煌。宋江已自凍得身體麻木了，動彈不得，只把眼來四下裏張望，低了頭歎氣。

約有二三更天氣，只見廳背後走出三五個小嘍囉來叫道：「大王起來了。」便去把廳上燈燭剔得明亮。宋江偷眼看時，只見那個出來的大王，頭上綰着鵝梨角兒，一條紅絹帕裹着，身上披着一領棗紅絲衲襖，便來坐在當中虎皮交椅上。看那大王時，生得如何？但見：赤髮黃須雙眼圓，臂長腰闊氣沖天。江湖稱作錦毛虎，好漢原來卻姓燕。

那個好漢，祖貫山東萊州人氏，姓燕，名順，綽「號錦毛虎」。原是販羊馬客人出身，因為消折了本錢，流落在綠林叢內打劫。那燕順酒醒起來，坐在中間交椅上，問道：「孩兒們那裏拿得這個牛子？」小嘍囉答道：「孩兒們正在後山伏路，只聽得樹林裏銅鈴響。原來這個牛子獨自個背些包裹，撞了繩索，一交絆翻，因此拿得來，獻與大王做醒酒湯。」燕順道：「正好！快去與我請得二位大王來同吃。」小嘍囉去不多時，只見廳側兩邊走上兩個好漢來。左邊一個，五短身材，一雙光眼。怎生打扮？但見：天青衲襖錦繡補，形貌崢嶸性粗鹵。貪財好色最強梁，放火殺人王矮虎。

這個好漢，祖貫兩淮人氏，姓王，名英，為他五短身材，江湖上叫他做矮腳虎。原是車家出身，為因半路裏見財起意，就勢劫了客人，事發到官，越獄走了，上清風山，和燕順佔住此山，打家劫舍。右邊這個，生的白淨面皮，三牙掩口髭鬚；瘦長膀闊，清秀模樣，也裹着頂絳紅頭巾。怎地結束[9]，但見：衲襖銷金油綠，狼腰緊繫征裙。山寨紅巾好漢，江湖白面郎君。

這個好漢，祖貫浙西蘇州人氏，姓鄭，雙名天壽，為他生得白淨俊俏，人都號他做白面郎君。原是打銀為生，因他自小好習槍棒，流落在江湖上，

---

8) 牛子：強盜對俘虜的稱謂。

9) 結束：衣着打扮。

因來清風山過，撞着王矮虎，和他鬥了五六十合，不分勝敗。因此燕順見他好手段，留在山上，坐了第三把交椅。

當下三個頭領坐下。王矮虎便道：「孩兒們，正好做醒酒湯。快動手，取下這牛子心肝來，造三分醒酒酸辣湯來。」只見一個小嘍囉掇一大銅盆水來，放在宋江面前；又一個小嘍囉捲起袖子，手中明晃晃拿着一把剜心尖刀。那個掇水的小嘍囉便把雙手潑起水來，澆那宋江心窩裏。原來但凡人心，都是熱血裹着，把這冷水潑散了熱血，取出心肝來時，便脆了好吃。那小嘍囉把水直潑到宋江臉上，宋江歎口氣道：「可惜宋江死在這裏！」

燕順親耳聽得「宋江」兩字，便喝住小嘍囉道：「且不要潑水。」燕順問道：「他那廝說甚麼『宋江』？」小嘍囉答道：「這廝口裏說道：『可惜宋江死在這裏』。」燕順便起身來問道：「兀那漢子，你認得宋江？」宋江道：「只我便是宋江。」燕順走近跟前，又問道：「你是那裏的宋江？」宋江答道：「我是濟州鄆城縣做押司的宋江。」燕順道：「你莫不是山東及時雨宋公明，殺了閻婆惜，逃出在江湖上的宋江麼？」宋江道：「你怎得知？我正是宋三郎。」燕順聽罷，吃了一驚，便奪過小嘍囉手內尖刀，把麻索都割斷了；便把自身上披的棗紅絲衲襖脫下來，裹在宋江身上，抱在中間虎皮交椅上，喚起王矮虎、鄭天壽快下來。三人納頭便拜。

宋江滾下來答禮，問道：「三位壯士何故不殺小人，反行重禮？此意如何？」亦拜在地。那三個好漢一齊跪下。燕順道：「小弟只要把尖刀剜了自己的眼睛，原來不識好人。一時間見不到處，少問個緣由，爭些兒壞了義士。若非天幸，使令仁兄自說出大名來，我等如何得知仔細！小弟在江湖上綠林叢中，走了十數年，聞得賢兄仗義疏財，濟困扶危的大名，只恨緣分淺薄，不能拜識尊顏。今日天使相會，真乃稱心滿意。」宋江答道：「量宋江有何德能，教足下如此掛心錯愛。」燕順道：「仁兄禮賢下士，結納豪傑，名聞寰海，誰不欽敬！梁山泊近來如此興旺，四海皆聞。曾有人說道，盡出仁兄之賜。不知仁兄獨自何來？今卻到此？」宋江把救晁蓋一節，殺閻婆惜一節，卻投柴進同孔太公許多時，並今次要往清風寨尋小李廣花榮，這幾件事，一一備細說了。三個頭領大喜，隨即取套衣服與宋江穿了。一面叫殺羊宰馬，連夜筵席，當夜直吃到五更，叫小嘍囉伏侍宋江歇了。次日辰牌起來，訴說路上許多事務，又說武松如此英雄了得。三個頭領跌腳懊恨道：「我們無緣，若得他來這裏，十分是好，卻恨他投那裏去了。」

話休絮繁。宋江自到清風山，住了五七日，每日好酒好食管待，不在話下。

時當臘月初旬，山東人年例，臘日上墳。只見小嘍囉山下報上來說道：「大路上有一乘轎子，七八個人跟着，挑着兩個盒子，去墳頭化紙。」王矮虎是個好色之徒，見報了，想此轎子必是個婦人，點起三五十小嘍囉，便要下山。宋江、燕順那裏攔當得住。綽了槍馬，敲一棒銅鑼，下山去了。宋江、燕順、鄭天壽三人，自在寨中飲酒。

那王矮虎去了約有三兩個時辰，遠探小嘍囉報將來，說道：「王頭領直趕到半路裏，七八個軍漢都走了，拿得轎子裏抬着的一個婦人。只有一個銀香盒，別無物件財物。」燕順問道：「那婦人如今抬到那裏？」小嘍囉道：「王頭領已自抬在山後房中去了。」燕順大笑。宋江道：「原來王英兄弟要貪女色，不是好漢的勾當。」燕順道：「這個兄弟諸般都肯向前，只是有這些毛病。」宋江道：「二位和我同去勸他。」

燕順、鄭天壽便引了宋江，直來到後山王矮虎房中，推開房門，只見王矮虎正摟住那婦人求歡。見了三位入來，慌忙推開那婦人，請三位坐。宋江看那婦人時，但見：身穿縞素，腰繫孝裙。不施脂粉，自然體態妖嬈；懶染鉛華，生定天姿秀麗。雲含春黛，恰如西子顰眉；雨滴秋波，渾似驪姬垂涕。

宋江看見那婦人，便問道：「娘子，你是誰家宅眷？這般時節，出來閒走，有甚麼要緊？」那婦人含羞向前，深深地道了三個萬福，便答道：「侍兒是清風寨知寨的渾家。為因母親棄世，今得小祥[10]，特來墳前化紙。那裏敢無事出來閒走？告大王垂救性命！」宋江聽罷，吃了一驚，肚裏尋思道：「我正來投奔花知寨，莫不是花榮之妻？我如何不救？」宋江問道：「你丈夫花知寨，如何不同你出來上墳？」那婦人道：「告大王，侍兒不是花知寨的渾家。」宋江道：「你恰才說是清風寨知寨的恭人[11]。」那婦人道：「大王不知，這清風寨如今有兩個知寨，一文一武。武官便是知寨花榮，文官便是侍兒的丈夫，知寨劉高。」

宋江尋思道：「他丈夫既是和花榮同僚，我不救時，明日到那裏須不好

---

10) 小祥：父母死後一週年的祭祀。

11) 恭人：對有身份人的妻子的稱呼。

看。」宋江便對王矮虎說道：「小人有句話說，不知你肯依麼？」王英道：「哥哥有話，但說不妨。」宋江道：「但凡好漢犯了『溜骨髓』[12]三個字的，好生惹人恥笑。我看這娘子說來，是個朝廷命官的恭人。怎生看在下薄面，並江湖上『大義』兩字，放他下山回去，教他夫妻完聚如何？」王英道：「哥哥聽稟：王英自來沒個押寨夫人做伴，況兼如今世上，都是那大頭巾[13]弄得歹了，哥哥管他則甚？胡亂容小弟這些個。」宋江便跪一跪道：「賢弟若要押寨夫人時，日後宋江揀一個停當好的，在下納財進禮，娶一個伏侍賢弟。只是這個娘子，是小人友人同僚正官之妻，怎地做個人情，放了他則個。」燕順、鄭天壽一齊扶住宋江道：「哥哥且請起來，這個容易。」宋江又謝道：「恁的時，重承不阻[14]。」

燕順見宋江堅意要救這婦人，因此不顧王矮虎肯與不肯，喝令轎夫抬了去。那婦人聽了這話，插燭也似拜謝宋江，一口一聲叫道：「謝大王！」宋江道：「恭人你休謝我，我不是山寨裏大王，我自是鄆城縣客人。」那婦人拜謝了下山，兩個轎夫也得了性命，抬着那婦人下山來，飛也似走，只恨爺娘少生了兩隻腳。這王矮虎又羞又悶，只不做聲，被宋江拖出前廳勸道：「兄弟，你不要焦躁。宋江日後好歹要與兄弟完娶一個，教你歡喜便了。小人並不失信。」燕順、鄭天壽都笑起來。王矮虎一時被宋江以禮義縛[15]了，雖不滿意，敢怒而不敢言，只得陪笑。自同宋江在山寨中吃筵席，不在話下。

且說清風寨軍人，一時間被擄了恭人去，只得回來，到寨裏報與劉知寨，說道：「恭人被清風山強人擄去了。」劉高聽了大怒，喝罵去的軍人不了事，如何撇了恭人，大棍打那去的軍漢。眾人分說道：「我們只有五七個，他那裏三四十人，如何與他敵得！」劉高喝道：「胡說！你們若不去奪得恭人回來時，我都把你們下在牢裏問罪。」那幾個軍人吃逼不過，沒奈何，只得央浼本寨內軍健七八十人，各執槍棒，用意來奪。不想來到半路，正撞見兩個轎夫，抬得恭人飛也似來了。

---

12)　溜骨髓：好色的隱語。

13)　大頭巾：指官紳。

14)　重承不阻：決不失信。

15)　縛：拘束。

眾軍漢接見恭人問道：「怎地能夠下山？」那婦人道：「那廝捉我到山寨裏，見我說道是劉知寨的夫人，唬得那廝慌忙拜我，便叫轎夫送我下山來。」眾軍漢道：「恭人可憐見我們，只對相公說，我們打奪得恭人回來，權救我眾人這頓打。」那婦人道：「我自有道理說便了。」眾軍漢拜謝了，簇擁着轎子便行。眾人見轎夫走得快，便說道：「你兩個閒常在鎮上抬轎時，只是鵝行鴨步，如今卻怎地這等走的快？」那兩個轎夫應道：「本是走不動，卻被背後老大栗暴打將來。」眾人笑道：「你莫不見鬼，背後那得人？」轎夫方才敢回頭，看了道：「哎也！是我走的慌了，腳後跟直打着腦杓子。」眾人都笑。簇着轎子，回到寨中。劉知寨見了大喜，便問恭人道：「你得誰人救了你回來？」那婦人道：「便是那廝們擄我去，不從姦騙。正要殺我，見我說是知寨的恭人，不敢下手，慌忙拜我，卻得這許多人來搶奪得我回來。」劉高聽了這話，便叫取十瓶酒，一口豬，賞了眾人，不在話下。

且說宋江自救了那婦人下山，又在山寨中住了五七日，思量要來投奔花知寨，當時作別要下山。三個頭領苦留不住，做了送路筵席餞行，各送些金寶與宋江，打縛在包裹裏。當日宋江早起來，洗漱罷，吃了早飯，拴束了行李，作別了三位頭領下山。那三個好漢將了酒果餚饌，直送到山下二十餘里官道旁邊，把酒分別。三人不捨，叮囑道：「哥哥去清風寨回來，是必再到山寨相會幾時。」宋江背上包裹，提了朴刀，說道：「再得相見。」唱個大喏，分手去了。

若是說話的同時生，並肩長，攔腰抱住，把臂拖回。宋公明只因要來投奔花知寨，險些兒死無葬身之地。正是：遭逢坎坷皆天數，際會風雲豈偶然。畢竟宋江來尋花知寨，撞着甚人，且聽下回分解。

## 延伸思考

宋江和武松在本回中都提到「招安」，即歸降朝廷。你如何看待這樣的一個長遠目標？

# 第三十三回

# 宋江夜看小鰲山
# 花榮大鬧清風寨

本回寫的是花榮出場的故事，從劉夫人恩將仇報，宋江被誣陷被擒，到花榮施救，接着宋江再次被劫，花榮也被同僚用計捉拿，表現了官府中勾心鬥角、爭權奪利的政治鬥爭。

話說這清風山離青州不遠，只隔得百里來路。這清風寨卻在青州三岔路口，地名清風鎮。因為這三岔路上，通三處惡山，因此特設這清風寨在這清風鎮上。那裏也有三五千人家，卻離這清風山只有一站多路，當日三位頭領自上山去了。

只說宋公明獨自一個，背着些包裹，迤邐來到清風鎮上，便借問花知寨住處。那鎮上人答道：「這清風寨衙門，在鎮市中間。南邊有個小寨，是文官劉知寨住宅；北邊那個小寨，正是武官花知寨住宅。」宋江聽罷，謝了那人，便投北寨來。到得門首，見有幾個把門軍漢，問了姓名，入襟去通報。只見寨裏走出那個少年的軍官來，拖住宋江便拜。那人生得如何？但見：齒白唇紅雙眼俊，兩眉入鬢常清，細腰寬膀似猿形。能騎乖劣馬，愛放海東青[1]。百步穿楊神臂健，弓開秋月分明，雕翎箭發進寒星。人稱小李廣，將種是花榮。

出來的年少將軍不是別人，正是清風寨武知寨小李廣花榮。那花榮怎生打扮，但見：身上戰袍金翠繡，腰間玉帶嵌山犀。滲青巾幘雙環小，文武花靴抹綠低。

花榮見宋江拜罷，喝叫軍漢接了包裹、朴刀、腰刀，扶住宋江，直到正

1) 海東青：學名矛隼，一種兇猛而珍貴的鳥。

廳上，便請宋江當中涼床上坐了。花榮又納頭拜了四拜，起身道：「自從別了兄長之後，屈指又早五六年矣，常常念想。聽得兄長殺了一個潑煙花，官司行文書各處追捕。小弟聞得，如坐針氈，連連寫了十數封書去貴莊問信，不知曾到也不？今日天賜，幸得哥哥到此，相見一面，大慰平生。」說罷又拜。宋江扶住道：「賢弟休只顧講禮。請坐了，聽在下告訴。」花榮斜坐着。宋江把殺閻婆惜一事，和投奔柴大官人，並孔太公莊上遇見武松，清風山上被捉，遇燕順等事，細細地都說了一遍。花榮聽罷，答道：「兄長如此多磨難，今日幸得仁兄到此，且住數年，卻又理會。」宋江道：「若非兄弟宋清寄書來孔太公莊上時，在下也特地要來賢弟這裏走一遭。」花榮便請宋江去後堂裏坐，喚出渾家崔氏，來拜伯伯。拜罷，花榮又叫妹子出來拜了哥哥。便請宋江更換衣裳鞋襪，香湯沐浴，在後堂安排筵席洗塵。

當日筵宴上，宋江把救了劉知寨恭人的事，備細對花榮說了一遍。花榮聽罷，皺了雙眉說道：「兄長沒來由，救那婦人做甚麼？正好教滅這廝的口！」宋江道：「卻又作怪！我聽得說是清風寨知寨的恭人，因此把做賢弟同僚面上，特地不顧王矮虎相怪，一力要救他下山。你卻如何恁的說？」花榮道：「兄長不知，不是小弟說口，這清風寨是青州緊要去處，若還是小弟獨自在這裏守把時，遠近強人，怎敢把青州攪得粉碎！近日除[2]將這個窮酸餓醋來做個正知寨，這廝又是文官，又沒本事，自從到任，把此鄉間些少上戶詐騙，亂行法度，無所不為。小弟是個武官副知寨，每每被這廝慪氣，恨不得殺了這濫污賊禽獸。兄長卻如何救了這廝的婦人？打緊這婆娘極不賢，只是調撥他丈夫行不仁的事，殘害良民，貪圖賄賂，正好叫那賤人受些玷辱。兄長錯救了這等不才的人。」宋江聽了，便勸道：「賢弟差矣！自古道：『冤仇可解不可結。』他和你是同僚官，雖有些過失，你可隱惡而揚善。賢弟休如此淺見。」花榮道：「兄長見得極明。來日公廨內見劉知寨時，與他說過救了他老小之事。」宋江道：「賢弟若如此，也顯你的好處。」花榮夫妻幾口兒，朝暮臻臻至至，獻酒供食，伏侍宋江。當晚安排床帳，在後堂軒下請宋江安歇。次日，又備酒食筵宴管待。

---

2) 除：任命。

話休絮煩。宋江自到花榮寨裏，吃了四五日酒。花榮手下有幾個體己人，一日換一個，撥些碎銀子在他身邊，每日教相陪宋江去清風鎮街上，觀看市井喧嘩，村落宮觀寺院，閒走樂情。自那日為始，這體己人相陪着閒走，邀宋江去市井上閒玩。那清風鎮上也有幾座小勾欄，並茶坊酒肆，自不必說得。當日宋江與這體己人在小勾欄裏閒看了一回，又去近村寺院道家宮觀遊賞一回，請去市鎮上酒肆中飲酒。臨起身時，那體己人取銀兩還酒錢。宋江那裏肯要他還錢，卻自取碎銀還了。宋江歸來，又不對花榮說。那個同飲的人歡喜，又落得銀子，又得身閒，自此每日撥一個相陪，和宋江去閒走。每日又只是宋江使錢，自從到寨裏，無一個不敬愛他的。宋江在花榮寨裏，住了將及一月有餘，看看臘盡春回，又早元宵節近。

且說這清風寨鎮上居民商量放燈一事，準備慶賞元宵。科斂錢物，去土地大王廟前紮縛起一座小鰲山[3]，上面結彩懸花，張掛五六百碗花燈。土地大王廟內，逞賽諸般社火[4]。家家門前，紮起燈棚，賽懸燈火。市鎮上，諸行百藝都有。雖然比不得京師，只此也是人間天上。

當下宋江在寨裏和花榮飲酒，正值元宵。是日晴明得好，花榮到巳牌前後，上馬去公廨內點起數百個軍士，教晚間去市鎮上彈壓[5]。又點差許多軍漢，分頭去四下裏守把柵門。未牌時分回寨來，邀宋江吃點心。宋江對花榮說道：「聽聞此間市鎮上今晚點放花燈，我欲去看看。」花榮答道：「小弟本欲陪侍兄長，奈緣我職役在身，不能勾閒步同往。今夜兄長自與家間二三人去看燈，早早的便回。小弟在家專待家宴三杯，以慶佳節。」宋江道：「最好。」卻早天色向夜，東邊推出那輪明月上來。正是：玉漏銅壺[6]且莫催，星橋火樹徹明開。鰲山高聳青雲上，何處遊人不看來！

當晚宋江和花榮家親隨體己人兩三個跟隨着緩步徐行。到這清風鎮上看燈時，只見家家門前搭起燈棚，懸掛花燈，燈上畫着許多故事，也有剪彩飛白牡丹花燈，並芙蓉荷花異樣燈火。四五個人，手廝挽着，來到大王廟前，

---

3)　鰲（áo）山：燈節時以彩燈紮架而成的紙山。

4)　社火：節日中民間扮演的各種遊藝節目。

5)　彈壓：維持秩序。

6)　玉漏銅壺：古代計時器。

看那小鰲山時，但見：山石穿雙龍戲水，雲霞映獨鶴朝天。金蓮燈，玉梅燈，晃一片琉璃；荷花燈，芙蓉燈，散千團錦繡。銀蛾鬥彩，雙雙隨繡帶香球；雪柳爭輝，縷縷拂華幡翠幙。村歌社鼓，花燈影裏競喧闐[7]；織婦蠶奴，畫燭光中同賞玩。雖無佳麗風流曲，盡賀豐登大有年。

當下宋江等四人在鰲山前看了一回，迤邐投南走。不過五七百步，只見前面燈燭熒煌，一夥人圍住在一個大牆院門首熱鬧。鑼聲響處，眾人喝采。宋江看時，卻是一夥舞「鮑老」[8]的。宋江矮矬，人背後看不見。那相陪的體己人卻認的社火隊裏，便教分開眾人，讓宋江看。那跳鮑老的身軀扭得村村勢勢[9]的，宋江看了，呵呵大笑。

只見這牆院裏面，卻是劉知寨夫妻兩口兒和幾個婆娘在裏面看。聽得宋江笑聲，那劉知寨的老婆於燈下卻認的宋江，便指與丈夫道：「兀那個黑矮漢子，便是前日清風山搶擄下我的賊頭。」劉知寨聽了，吃一驚，便喚親隨六七人，叫捉那個笑的黑漢子。宋江聽得，回身便走。走不過十餘家，眾軍漢趕上，把宋江捉住，拿了來，恰似皂鵰追紫燕，正如猛虎啖羊羔。拿到寨裏，用四條麻索綁了，押至廳前。那三個體己人，見捉了宋江去，自跑回來報與花榮知道。

且說劉知寨坐在廳上，叫解過那廝來，眾人把宋江簇擁在廳前跪下。劉知寨喝道：「你這廝是清風山打劫強賊，如何敢擅自來看燈！今被擒獲，有何理說？」宋江告道：「小人自是鄆城縣客人張三，與花知寨是故友。來此間多日了，從不曾在清風山打劫。」劉知寨老婆卻從屏風背後轉將出來，喝道：「你這廝兀自賴哩！你記得教我叫你做大王時？」宋江告道：「恭人差矣。那時小人不對恭人說來：『小人自是鄆城縣客人，亦被擄掠在此間，不能夠下山去。』」劉知寨道：「你既是客人，被擄劫在那裏，今日如何能夠下山來，卻到我這裏看燈？」那婦人便說道：「你這廝在山上時，大剌剌的坐在中間交椅上，由我叫大王，那裏睬人！」宋江道：「恭人，全不記我一力救你下山，如何今日倒把我強扭做賊！」那婦人聽了大怒，指着宋江罵道：「這等賴皮

7) 喧闐（tián）：喧嘩，熱鬧。

8) 鮑老：宋元時傀儡戲和舞隊中的一種角色，臉戴假面具，在人群前跳蹦表演，逗人笑樂。

9) 村村勢勢：土頭土腦的樣子。

賴骨，不打如何肯招！」劉知寨道：「說得是。」喝叫取過批頭來打那廝。一連打了兩料[10]，打得宋江皮開肉綻，鮮血迸流。便叫把鐵鎖鎖了，明日合個囚車，把「鄆城虎」張三解上州裏去。

卻說相陪宋江的體己人慌忙奔回來報知花榮。花榮聽罷大驚，連忙寫一封書，差兩個能幹親隨人，去劉知寨處取。親隨人齎了書，急忙到劉知寨門前。把門軍士入去報覆道：「花知寨差人在門前下書。」劉高叫喚至當廳。那親隨人將書呈上，劉高拆開封皮讀道：花榮拜上僚兄相公座前：所有薄親[11]劉丈，近日從濟州來，因看燈火，誤犯尊威，萬乞情恕放免，自當造謝。草字不恭，煩乞照察不宣[12]。

劉高看了大怒，把書扯的粉碎，大罵道：「花榮這廝無禮！你是朝廷命官，如何卻與強賊通同，也來瞞我。這賊已招是鄆城縣張三，你卻如何寫道是劉丈？俺須不是你侮弄的。你寫他姓劉，是和我同姓，恁的我便放了他！」喝令左右把下書人推將出去。那親隨人被趕出寨門，急急歸來，稟覆花榮知道。花榮聽了，只叫得：「苦了哥哥！快備我的馬來！」

花榮披掛，拴束了弓箭，綽槍上馬，帶了三五十名軍漢，都拖槍拽棒，直奔到劉高寨裏來。把門軍人見了，那裏敢攔當？見花榮頭勢不好，盡皆吃驚，都四散走了。花榮搶到廳前下了馬，手中拿着槍，那三五十人，都擺在廳前。花榮口裏叫道：「請劉知寨說話。」劉高聽得，驚的魂飛魄散，懼怕花榮是個武官，那裏敢出來相見。花榮見劉高不出來，立了一回，喝叫左右去兩邊耳房裏搜人。那三五十軍漢一齊去搜時，早從廊下耳房裏尋見宋江，被麻索高吊起在樑上，又使鐵索鎖着，兩腿打得肉綻。幾個軍漢便把繩索割斷，鐵鎖打開，救出宋江。花榮便叫軍士先送回家裏去。花榮上了馬，綽槍在手，口裏發話道：「劉知寨，你便是個正知寨，待怎的奈何了花榮！誰家沒個親眷！你卻甚麼意思？我的一個表兄，直拿在家裏，強扭做賊。好欺負人，明日和你說話。」花榮帶了眾人，自回到寨裏來看視宋江。

卻說劉知寨見花榮救了人去，急忙點起一二百人，也叫來花榮寨奪人。

---

10)　兩料：兩遍。

11)　薄親：謙稱自己的親戚。

12)　不宣：不一一細說。舊時書信末尾常用此語。

那二百人內，新有兩個教頭。為首的教頭，雖然了得些槍刀，終不及花榮武藝，不敢不從劉高，只得引了眾人，奔花榮寨裏來。把門軍士入去報知花榮。此時天色未甚明亮，那二百來人擁在門首，誰敢先入去，都懼怕花榮了得。看看天大明了，卻見兩扇大門不關，只見花知寨在正廳上坐着，左手拿着弓，右手挽着箭。眾人都擁在門前，花榮豎起弓，大喝道：「你這軍士們，不知冤各有頭，債各有主。劉高差你來，休要替他出色。你那兩個新參教頭，還未見花知寨的武藝，今日先教你眾人看花知寨弓箭，然後你那廝們要替劉高出色，不怕的入來。看我先射大門上左邊門神的骨朵頭！」搭上箭，拽滿弓，只一箭，喝聲：「着！」正射中門神骨朵頭。眾人看了，都吃一驚。花榮又取第二枝箭，大叫道：「你們眾人，再看我這第二枝箭，要射右邊門神的頭盔上朱纓。」颼的又一箭，不偏不斜，正中纓頭上。那兩枝箭卻射定在兩扇門上。花榮再取第三枝箭，喝道：「你眾人看我第三枝箭，要射你那隊裏穿白的教頭心窩。」那人叫聲：「哎呀！」便轉身先走。眾人發聲喊，一齊都走了。

花榮且叫閉上寨門，卻來後堂看覷宋江。花榮說道：「小弟誤了哥哥，受此之苦。」宋江答道：「我卻不妨，只恐劉高那廝不肯和你干休。我們也要計較個長便[13]。」花榮道：「小弟捨着棄了這道官誥[14]，和那廝理會。」宋江道：「不想那婦人將恩作怨，教丈夫打我這一頓。我本待自說出真名姓來，卻又怕閻婆惜事發，因此只說鄆城客人張三。叵耐劉高無禮，要把我做『鄆城虎』張三，解上州去，合個囚車盛我。要做清風山賊首時，頃刻便是一刀一剮。不得賢弟自來力救，便有銅唇鐵舌，也和他分辯不得。」花榮道：「小弟尋思，只想他是讀書人，須念同姓之親，因此寫了『劉丈』，不想他直恁沒些人情。如今既已救了來家，且卻又理會。」宋江道：「賢弟差矣。既然仗你豪勢救了人來，凡事要三思。自古道：『吃飯防噎，行路防跌。』他被你公然奪了人來，急使人來搶，又被你一嚇，盡都散了，我想他如何肯干罷，必然要和你動文書。今晚我先走上清風山去躲避，你明日卻好和他白賴，終久只是文武不和相毆的官司。我若再被他拿出去時，你便和他分說不過。」花榮道：「小弟只是一勇之夫，卻無兄長的高明遠見。只恐兄長傷重了，走不動。」宋江道：「不

---

13) 長便：長久之計。

14) 官誥：朝廷給的任官證書。

妨。事急難以耽擱，我自捱到山下便了。」當日敷貼了膏藥，吃了些酒肉，把包裹都寄在花榮處。黃昏時分，便使兩個軍漢，送出柵外去了。宋江自連夜捱去，不在話下。

再說劉知寨見軍士一個個都散回寨裏來，說道：「花知寨十分英勇了得，誰敢去近前當他弓箭！」兩個教頭道：「着他一箭時，射個透明窟窿，卻是都去不得。」劉高那廝終是個文官，意思深狠，有些算計。當下劉高尋思起來：「想他這一奪去，必然連夜放他上清風山去了，明日卻來和我白賴。便爭競到上司，也只是文武不和鬥毆之事，我卻如何奈何的他？我今夜差二三十軍漢，去五里路頭等候。倘若天幸捉着時，將來悄悄的關在家裏，卻暗地使人連夜去州裏報知軍官下來取，就和花榮一發拿了，都害了他性命。那時我獨自霸着這清風寨，省得受那廝們的氣。」當晚點了二十餘人，各執槍棒，連夜去了。約莫有二更時候，去的軍漢背剪綁得宋江到來。劉知寨見了，大喜道：「不出吾之所料。且與我囚在後院裏，休教一個人得知。」連夜便寫了實封申狀，差兩個心腹之人，星夜來青州府飛報。

次日，花榮只道宋江上清風山去了，坐視在家，心裏自道：「我且看他怎的！」竟不來睬着。劉高也只做不知，兩下都不說着。

且說這青州府知府正值升廳公座。那知府復姓慕容，雙名彥達，是今上徽宗天子慕容貴妃之兄。倚託妹子的勢，要在青州橫行，殘害良民，欺罔僚友，無所不為。正欲回衙早飯，只見左右公人接上劉知寨申狀，飛報賊情公事。知府接來，看了劉高的文書，吃了一驚，便道：「花榮是個功臣之子，如何結連清風山強賊？這罪犯非小，未委虛的[15]。」便教喚那本州兵馬都監來到廳上，吩咐他去。

原來那個都監姓黃，名信。為他本身武藝高強，威鎮青州，因此稱他為鎮三山。那青州地面，所管下有三座惡山：第一便是清風山，第二便是二龍山，第三便是桃花山。這三處都是強人草寇出沒的去處。黃信卻自誇要捉盡三山人馬，因此喚做鎮三山。這兵馬都監黃信上廳來，領了知府的言語，出來點起五十個壯健軍漢，披掛了衣甲，馬上擎着那口喪門劍，連夜便下清風寨來，徑到劉高寨前下馬。劉知寨出來接着，請到後堂，敘禮罷。一面安排

15)　未委虛的：不知真假。

酒食管待，一面犒賞軍士。後面取出宋江來，教黃信看了。黃信道：「這個不必問了。連夜合個囚車，把這廝盛在裏面。」頭上抹了紅絹，插了一個紙旗，上寫着「清風山賊首鄆城虎張三」。宋江那裏敢分辯，只得由他們安排。黃信再問劉高道：「你拿得張三時，花榮知也不知？」劉高道：「小官夜來二更，拿了他，悄悄的藏在家裏，花榮只道去了，安坐在家。」黃信道：「既是恁的，卻容易。明早安排一副羊酒，去大寨裏公廳上擺着，卻教四下裏埋伏下三五十人預備着。我卻自去花榮家請得他來，只推道：『慕容知府聽得你文武不和，因此特差我來置酒勸諭。』賺到公廳，只看我擲盞為號，就下手拿住了，一同解上州裏去。此計如何？」劉高喝采道：「還是相公高見，此計大妙。卻似『甕中捉鱉，手到拿來』。」

當夜定了計策，次日天曉，先去大寨左右兩邊帳幕裏預先埋伏了軍士，廳上虛設着酒食筵宴。早飯前後，黃信上了馬，只帶三兩個從人，來到花榮寨前。軍人入去傳報，花榮問道：「來做甚麼？」軍漢答道：「只聽得教報道黃都監特來相探。」花榮聽罷，便出來迎接。黃信下馬，花榮請至廳上，敘禮罷，便問道：「都監相公有何公幹到此？」黃信道：「下官蒙知府呼喚，發落道，為是你清風寨內文武官僚不和，未知為甚緣由，知府誠恐二位因私仇而誤公事，特差黃某齎到羊酒前來，與你二位講和。已安排在大寨公廳上，便請足下上馬同往。」花榮笑道：「花榮如何敢欺罔劉高，他又是個正知寨。只是他纍纍要尋花榮的過失，不想驚動知府，有勞都監下臨草寨，花榮將何以報？」黃信附耳低言道：「知府只為足下一人。倘有些刀兵動時，他是文官，做得何用？你只依着我行。」花榮道：「深謝都監過愛。」黃信便邀花榮同出門首上馬。花榮道：「且請都監少敍三杯了去。」黃信道：「待說開了，暢飲何妨。」花榮只得叫備馬。

當時兩個並馬而行，直來到大寨，下了馬，黃信攜着花榮的手，同上公廳來，只見劉高已自先在公廳上。三個人都相見了。黃信叫取酒來，從人已自先把花榮的馬牽將出去，閉了寨門。花榮不知是計，只想黃信是一般武官，必無歹意。黃信擎一盞酒來，先勸劉高道：「知府為因聽得你文武二官同僚不和，好生憂心，今日特委黃信到來與你二公陪話。煩望只以報答朝廷為重，再後有事，和同商議。」劉高答道：「量劉高不才，頗識些理法，直教知府恩相如此掛心。我二人也無甚言語爭執，此是外人妄傳。」黃信大笑道：「妙哉！」劉高飲過酒，黃信又斟第二杯酒，來勸花榮道：「雖然是劉知寨如此說了，想必是閒人妄傳，故是如此，且請飲一杯。」花榮接過酒吃了。劉高拿副台盞，斟一盞酒，回勸黃信道：「動勞都監相公降臨敝地，滿飲此杯。」黃信接過酒來，拿在手裏，把眼四下一看，有十數個軍漢簇上廳來。黃信把酒盞望地下一擲，只聽得後堂一聲喊起，兩邊帳幕裏走出三五十個壯健軍漢，一發上，把花榮拿倒在廳前。黃信喝道：「綁了！」

花榮一片聲叫道：「我得何罪？」黃信大笑，喝道：「你兀自敢叫哩！你結連清風山強賊一同背反朝廷，當得何罪！我念你往日面皮，不去驚動拿你家老小。」花榮叫道：「也須有個證見。」黃信道：「還你一個證見，教你看真贓真賊，我不屈你。左右，與我推將來。」無移時，一輛囚車，一個紙旗兒，一條紅抹額，從外面推將入來。花榮看時，卻是宋江。目睜口呆，面面廝覷，做聲不得。黃信喝道：「這須不干我事，現有告人劉高在此。」花榮道：「不妨，不妨，這是我的親眷。他自是鄆城縣人，你要強扭他做賊，到上司自有分辯處。」黃信道：「你既然如此說時，我只解你上州裏，你自去分辯。」便叫劉知寨點起一百寨兵防送。花榮便對黃信說道：「都監賺我來，雖然捉了我，便到朝廷，和他還有分辯。可看我和都監一般武職官面，休去我衣服，容我坐在囚車裏。」黃信道：「這一件容易，便依着你。就叫劉知寨一同去州裏折辯明白，休要枉害人性命。」

當時黃信與劉高都上了馬，監押着兩輛囚車，並帶三五十軍士，一百寨兵，簇擁着車子，取路奔青州府來。有分教：火焰堆裏，送數百間屋宇人家；刀斧叢中，殺一二千殘生性命。正是：生事事生君莫怨，害人人害汝休嗔。畢竟解宋江投青州來，怎地脫身，且聽下回分解。

## 延伸思考

劉高捉拿宋江，出於夫人陷害，乃小人報復之心；花榮被捉也有很多是為了官員一己私利的因素，試着歸納一下，並深入思考是非顛倒的原因。

第三十四回

精讀

# 鎮三山大鬧青州道
# 霹靂火夜走瓦礫場

本回中的大手筆是花榮用計戰勝了霹靂火秦明，並斷了他的後路，逼他入夥。本回對於戰鬥場面的描寫頗為精彩，令人目不暇接；勸秦明落草的計策也是出其不意，閱讀時要用心，注意細處着筆的地方。

話說那黃信上馬，手中橫着這口喪門劍。劉知寨也騎着馬，身上披掛些戎衣，手中拿一把叉。那一百四五十軍漢寨兵，各執着纓槍棍棒，腰下都帶短刀利劍。兩下鼓，一聲鑼，解宋江和花榮望青州來。

眾人都離了清風寨，行不過三四十里路頭，前面見一座大林子。正來到那山嘴邊，前頭寨兵指道：「林子裏有人窺望。」都立住了腳。黃信在馬上問道：「為甚不行？」軍漢答道：「前面林子裏有人窺看。」黃信喝道：「休睬他，只顧走！」

看看漸近林子前，只聽得當當的二三十面大鑼一齊響起來。那寨兵人等都慌了手腳，只待要走。黃信喝道：「且住，都與我擺開。」叫道：「劉知寨，你壓着囚車。」劉高在馬上答應不得，只口裏唸道：「救苦救難天尊。」便許下十萬卷經，三百座寺，救一救。驚的臉如成精的東瓜，青一回，黃一回。

這黃信是個武官，終有些膽量，便拍馬向前看時，只見林子四邊齊齊的分過三五百個小嘍囉來，一個個身長力壯，都是面惡眼兇，頭裹紅巾，身穿衲襖，腰懸利劍，手執長槍，早把一行人圍住。林子中跳出三個好漢來，一個穿青，一個穿綠，一個穿紅。都戴着一頂銷金萬字頭巾，各跨一口腰刀，又使一把朴刀，當住去路。中間是錦毛虎燕順，上首是矮腳虎王英，下首是白面郎君鄭天壽。三個好漢大喝道：「來往的到此當住腳，留下三千兩買路黃金，任從過去。」黃信在馬上大喝道：「你那廝們不得無禮，鎮三山在此！」三個好漢睜着眼，大喝道：「你便是鎮萬山也要三千兩買路黃金！沒時，不放你過去。」黃信說道：「我是上司取公事的都監，有甚麼買路錢與你？」那三個好漢笑道：「莫說你是上司一個都監，便是趙官家駕過，也要三千貫買路錢。若是沒有，且把公事人當在這裏，待你取錢來贖。」黃信大怒，罵道：「強賊，怎敢如此無禮！」喝叫左右擂鼓鳴鑼。黃信拍馬舞劍，直奔燕順。三個好漢一齊挺起朴刀，來戰黃信。

黃信見三個好漢都來併他，奮力在馬上鬥了十合，怎地當得他三個住？亦且劉高是個文官，又向前不得，見了這般勢頭，只待要走。黃信怕吃他三個拿了，壞了名聲，只得一騎馬，撲喇喇跑回舊路，三個頭領，挺着朴刀趕將來。黃信那裏顧得眾人，獨自飛馬奔回清風鎮去了。眾軍見黃信回馬時，已自發聲喊，撇了囚車，都四散走了。

只剩得劉高，見勢頭不好，慌忙勒轉馬頭，連打三鞭；那馬正待跑時，被那小嘍囉拽起絆馬索，早把劉高的馬掀翻，倒撞下來。眾小嘍囉一發向前，拿了劉高，搶了囚車，打開車輛，花榮已把自己的囚車掀開了，便跳出來，將這縛索都掙斷了，卻打碎那個囚車，救出宋江來。自有那幾個小嘍囉，已自反剪了劉高，又向前去搶得他騎的馬，亦有三匹駕車的馬，卻剝了劉高的衣服與宋江穿了，把馬先送上山去。這三個好漢，一同花榮並小嘍囉，把劉高赤條條的綁了押回山寨來。

點評

● 前文花榮求情留下了衣服，此處照應。

原來這三位好漢，為因不知宋江消息，差幾個能幹的小嘍囉下山，直來清風鎮上探聽，聞人說道：「都監黃信擲盞為號，拿了花知寨並宋江，陷車[1]囚了，解投青州來。」因此報與三個好漢得知，帶了人馬，大寬轉兜出大路來，預先截住去路，小路裏亦差人伺候。因此救了兩個，拿得劉高，都回山寨裏來。

當晚上得山時，已是二更時分，都到聚義廳上相會。請宋江、花榮當中坐定，三個好漢對席相陪，一面且備酒食管待。燕順吩咐，叫孩兒們各自都去吃酒。花榮在廳上稱謝三個好漢，說道：「花榮與哥哥皆得三位壯士救了性命，報了冤仇，此恩難報。只是花榮還有妻小妹子在清風寨中，必然被黃信擒捉，卻是怎生救得？」燕順道：「知寨放心，料應黃信不敢便拿恭人。若拿時，也須從這條路裏經過。我明日弟兄三個下山，去取恭人和令妹還知寨。」便差小嘍囉下山，先去探聽。花榮謝道：「深感壯士大恩。」宋江便道：「且與我拿過劉高那廝來。」燕順便道：「把他綁在將軍柱上，割腹取心，與哥哥慶喜。」花榮道：「我親自下手割這廝。」

宋江罵道：「你這廝，我與你往日無冤，近日無仇，你如何聽信那不賢的婦人害我！今日擒來，有何理說？」花榮道：「哥哥問他則甚？」把刀去劉高心窩裏只一剜，那顆心獻在宋江面前。小嘍囉自把屍首拖在一邊。宋江道：「今日雖殺了這廝濫污匹夫，只有那個淫婦，不曾殺得，出那口大氣。」王矮虎便道：「哥哥放心，我明日自下山去拿那婦人，今番還我受用。」眾皆大笑。當夜飲酒罷，各自歇息。

次日起來，商議打清風寨一事。燕順道：「昨日孩兒們走得辛苦了，今日歇他一日，明日早下山去也未遲。」宋江道：「也見得是，正要將息人強馬壯，不在促忙。」

---

1) 陷車：即囚車。運送關押犯人的車子。

不說山寨整點軍馬起程，且說都監黃信一騎馬奔回清風鎮上大寨內，便點寨兵人馬，緊守四邊柵門。黃信寫了申狀，叫兩個教軍頭目，飛馬報與慕容知府。知府聽得飛報軍情緊急公務，連夜升廳，看了黃信申狀：反了花榮，結連清風山強盜，時刻清風寨不保，事在告急，早遣良將保守地方。知府看了大驚，便差人去請青州指揮司總管本州兵馬秦統制，急來商議軍情重事。

那人原是山後開州人氏，姓秦，諱個明字，因他性格急躁，聲若雷霆，以此人都呼他做霹靂火秦明。祖是軍官出身，使一條狼牙棒，有萬夫不當之勇。那人聽得知府請喚，徑到府裏來見知府，各施禮罷。那慕容知府將出那黃信的飛報申狀來，教秦統制看了，秦明大怒道：「紅頭子[2]敢如此無禮！不須公祖憂心，不才便起軍馬，不拿了這賊，誓不再見公祖！」慕容知府道：「將軍若是遲慢，恐這廝們去打清風寨。」秦明答道：「此事如何敢遲誤？只今連夜便去點起人馬，來日早行。」知府大喜，忙叫安排酒肉乾糧，先去城外等候賞軍。秦明見說反了花榮，怒忿忿地上馬，奔到指揮司裏，便點起一百馬軍、四百步軍，先叫出城去取齊，擺佈了起身。

卻說慕容知府先在城外寺院裏蒸下饅頭，擺了大碗，燙下酒，每一個人三碗酒，兩個饅頭，一斤熟肉。方才備辦得了，卻望見軍馬出城，看那軍馬時，擺得整齊。但見：烈烈旌旗似火，森森戈戟如麻。陣分八卦擺長蛇，委實神驚鬼怕。槍見綠沉紫焰，旗飄繡帶紅霞，馬蹄來往亂交加。乾坤生殺氣，成敗屬誰家。

當日清早，秦明擺佈軍馬，出城取齊，引軍紅旗上大書「兵馬總管秦統制」，領兵起行。慕容知府看見秦明全副

**點評**

● 秦明最大的性格特點是性急，注意下文如何表現。

● 狼牙棒是此人的標誌性武器，細節描寫。

● 不僅性急，而且忠心耿耿。

---

2)　紅頭子：泛稱賊寇，古時綠林好漢多以紅巾裹頭。

點評

披掛了出城來，果是英雄無比。但見：盔上紅纓飄烈焰，錦袍血染猩猩，連環鎖甲砌金星。雲根靴抹綠，龜背鎧堆銀。坐下馬如同獬豸[3]，狼牙棒密嵌銅釘，怒時兩目便圓睜。性如霹靂火，虎將是秦明。

當下霹靂火秦明在馬上出城來，見慕容知府在城外賞軍，慌忙叫軍漢接了軍器，下馬來和知府相見。施禮罷，知府把了盞，將些言語囑咐總管道：「善覷方便[4]，早奏凱歌。」賞軍已罷，放起信炮[5]，秦明辭了知府，飛身上馬，擺開隊伍，催趲軍兵，大刀闊斧，徑奔清風寨來。原來這清風鎮卻在青州東南上，從正南取清風山較近，可早到山北小路。

卻說清風山寨裏這小嘍囉們探知備細，報上山來。山寨裏眾好漢正待要打清風寨去，只聽的報道：「秦明引兵馬到來。」都面面廝覷，俱各駭然。花榮便道：「你眾位俱不要慌。自古兵臨告急，必須死敵，教小嘍囉飽吃了酒飯，只依着我行。先須力敵，後用智取，如此如此，好麼？」宋江道：「好計！正是如此行。」當日宋江、花榮先定了計策，便叫小嘍囉各自去準備。花榮自選了一騎好馬，一副衣甲，弓箭鐵槍，都收拾了等候。

● 記住是花榮想出的計策。

再說秦明領兵來到清風山下，離山十里下了寨柵。次日五更造飯，軍士吃罷，放起一個信炮，直奔清風山來，揀空闊去處擺開人馬，發起擂鼓。只聽見山上鑼聲震天響，飛下一彪人馬出來。秦明勒住馬，橫着狼牙棒，睜着眼看時，卻見眾小嘍囉簇擁着小李廣花榮下山來。到得山坡前，一聲鑼響，列成陣勢，花榮在馬上擎着鐵槍，朝秦明聲個喏。秦明大喝道：「花榮，你祖代是將門之子，朝廷命官，教你做個知寨，掌握一境地方，食祿於國，有何虧你處？卻去結連

3) 獬豸（xiè zhì）：傳說中的神獸。

4) 善覷方便：尋找時機行事。

5) 信炮：軍事行動中，按事先約定鳴放的號炮。

賊寇，反背朝廷。我今特來捉你，會事的下馬受縛，免得腥手污腳。」花榮陪着笑道：「總管容覆聽稟：量花榮如何肯反背朝廷？實被劉高這廝無中生有，官報私仇，逼迫得花榮有家難奔，有國難投，權且躲避在此，望總管詳察救解。」秦明道：「你兀自不下馬受縛，更待何時？恁地花言巧語，煽惑軍心。」喝叫左右兩邊擂鼓。秦明掄動狼牙棒，直奔花榮。花榮大笑道：「秦明，你這廝原來不識好人饒讓。我念你是個上司官，你道俺真個怕你！」便縱馬挺槍，來戰秦明。兩個就清風山下廝殺，真乃是棋逢敵手難藏幸，將遇良材好用功。這兩個將軍比試，但見：一對南山猛虎，兩條北海蒼龍。龍怒時頭角崢嶸，虎鬥處爪牙獰惡。爪牙獰惡，似銀鈎不離錦毛團；頭角崢嶸，如銅葉振搖金色樹。翻翻覆覆，點鋼槍沒半米放閒；往往來來，狼牙棒有千般解數。狼牙棒當頭劈下，離頂門只隔分毫；點鋼槍用力刺來，望心坎微爭半指。使點鋼槍的壯士，威風上逼斗牛寒；舞狼牙棒的將軍，怒氣起如雲電發。一個是扶持社稷天蓬將，一個是整頓江山黑煞神。

當下秦明和花榮兩個交手，鬥到四五十合，不分勝敗。花榮連鬥了許多合，賣個破綻，撥回馬望山下小路便走。秦明大怒，趕將來。花榮把槍去了事環[6]上帶住，把馬勒個定，左手拈起弓，右手拔箭，拽滿弓，扭過身軀，望秦明盔頂上只一箭，正中盔上，射落斗來大那顆紅纓，卻似報個信與他。秦明吃了一驚，不敢向前追趕，霍地撥回馬，恰待趕殺，眾小嘍囉一哄地都上山去了。花榮自從別路，也轉上山寨去了。

秦明見他都走散了，心中越怒道：「叵耐這草寇無禮！」喝叫鳴鑼擂鼓，取路上山。眾軍齊聲吶喊，步軍先上山來。

---

6)　了事環：馬鞍上擱兵器的銅鐵環。

點評

轉過三兩個山頭，只見上面擂木、炮石、灰瓶、金汁[7]，從險峻處打將下來。向前的退步不迭，早打倒三五十個，只得再退下山來。

秦明是個性急的人，心頭火起，那裏按納得住，帶領軍馬，繞山下來，尋路上山。尋到午牌時分，只見西山邊鑼響，樹林叢中閃出一對紅旗軍來。秦明引了人馬，趕將去時，鑼也不響，紅旗都不見了。秦明看那路時，又沒正路，都只是幾條砍柴的小路，卻把亂樹折木，交叉當了路口，又不能上去得。正待差軍漢開路，只見軍漢來報道：「東山邊鑼響，一陣紅旗軍出來。」秦明引了人馬，飛也似奔過東山邊來，看時，鑼也不鳴，紅旗也不見了。秦明縱馬去四下裏尋路時，都是亂樹折木，斷塞了砍柴的路徑。只見探事的又來報道：「西邊山上鑼又響，紅旗軍又出來了。」秦明拍馬再奔來西山邊看時，又不見一個人，紅旗也沒了。秦明是個急性的人，恨不得把牙齒都咬碎了。正在西山邊氣忿忿的，又聽得東山邊鑼聲震地價響，急帶了人馬，又趕過來東山邊看時，又不見有一個賊漢，紅旗都不見了。

● 正是利用了秦明的性格弱點，使了聲東擊西的計策。所謂「知己知彼，百戰不殆。」

秦明氣滿胸脯，又要趕軍漢上山尋路，只聽得西山邊又發起喊來。秦明怒氣沖天，大驅兵馬，投西山邊來，山上山下看時，並不見一個人。秦明喝叫軍漢，兩邊尋路上山。數內有一個軍人稟說道：「這裏都不是正路，只除非東南上有一條大路，可以上去。若是只在這裏尋路上去時，惟恐有失。」秦明聽了，便道：「既有那條大路時，連夜趕將去。」便驅一行軍馬奔東南角上來。

看看天色晚了，又走得人困馬乏；巴得到那山下時，正欲下寨造飯，只見山上火把亂起，鑼鼓亂鳴。秦明轉怒，引領四五十馬軍跑上山來。只見山上樹林內亂箭射將下來，

7) 金汁：煮沸的排泄物，古代守城常用來燙傷敵人，藉糞便細菌造成感染傷害。

又射傷了些軍士，秦明只得回馬下山，且教軍士只顧造飯。恰才舉得火着，只見山上有八九十把火光，呼風唿哨下來。秦明急待引軍趕時，火把一齊都滅了。當夜雖有月光，亦被陰雲籠罩，不甚明朗。秦明怒不可當，便叫軍士點起火把，燒那樹木，只聽得山嘴上鼓笛之聲。秦明縱馬上來看時，見山頂上點着十餘個火把，照見花榮陪侍着宋江在上面飲酒。秦明看了，心中沒出氣處，勒着馬，在山下大罵。花榮回言道：「秦統制，你不必焦躁，且回去將息着，我明日和你併個你死我活的輸贏便罷。」秦明大叫道：「反賊，你便下來，我如今和你併個三百合，卻再做理會。」花榮笑道：「秦總管，你今日勞困了，我便贏得你，也不為強。你且回去，明日卻來。」秦明越怒，只管在山下罵，本待尋路上山，卻又怕花榮的弓箭，因此只在山坡下罵。

正叫罵之間，只聽得本部下軍馬發起喊來。秦明急回到山下看時，只見這邊山上火炮火箭，一齊燒將下來。背後二三十個小嘍囉做一羣，把弓弩在黑影裏射人。眾軍馬發喊，一齊都擁過那邊山側深坑裏去躲。此時已有三更時分，眾軍馬正躲得弩箭時，只叫得苦，上溜頭滾下水來，一行人馬卻都在溪裏，各自掙扎性命。爬得上岸的，盡被小嘍囉撓鈎搭住，活捉上山去了；爬不上岸的，盡淹死在溪裏。

且說秦明此時怒氣沖天，腦門粉碎，卻見一條小路在側邊。秦明把馬一撥，搶上山來。走不到三五十步，和人連馬下陷坑裏去。兩邊埋伏下五十個撓鈎手，把秦明搭將起來，剝了渾身戰襖、衣甲、頭盔、軍器，拿條繩索綁了，把馬也救起來，都解上清風山來。

原來這般圈套，都是花榮和宋江的計策。先使小嘍囉或在東，或在西，引誘的秦明人困馬乏，策立不定。預先又把這土布袋填住兩溪的水，等候夜深，卻把人馬逼趕溪裏去，上面卻放下水來。那急流的水都結果了軍馬。你道秦明帶出的五百人馬，一大半淹死在水中，都送了性命；生擒活

**點評**

● 非常生動地表現了秦明怒不可遏的情形。文中其他地方也有表現秦明急躁易怒的詞語，劃出來比較一下。

捉得一百五七十人，奪了七八十匹好馬，不曾逃得一個回去。次後陷馬坑裏活捉了秦明。

當下一行小嘍囉捉秦明到山寨裏，早是天明時候。五位好漢坐在聚義廳上，小嘍囉縛綁秦明解在廳前。花榮見了，連忙跳離交椅，接下廳來，親自解了繩索，扶上廳來，納頭拜在地下。秦明慌忙答禮，便道：「我是被擒之人，由你們碎屍而死，何故卻來拜我？」花榮跪下道：「小嘍囉不識尊卑，誤有冒瀆，切乞恕罪。」隨即便取衣服與秦明穿了。秦明問花榮道：「這位為頭的好漢，卻是甚人？」花榮道：「這位是花榮的哥哥，鄆城縣宋押司宋江的便是。這三位是山寨之主：燕順、王英、鄭天壽。」秦明道：「這三位我自曉得。這宋押司莫不是喚做山東及時雨宋公明麼？」宋江答道：「小人便是。」秦明連忙下拜道：「聞名久矣，不想今日得會義士！」宋江慌忙答禮不迭。秦明見宋江腿腳不便，問道：「兄長如何貴足不便？」宋江卻把自離鄆城縣起頭，直至劉知寨拷打的事故，從頭對秦明說了一遍。秦明只把頭來搖道：「若聽一面之詞，誤了多少緣故。容秦明回州去對慕容知府說知此事。」燕順相留且住數日，隨即便叫殺牛宰馬，安排筵席飲宴。拿上山的軍漢，都藏在山後房裏，也與他酒食管待。

秦明吃了數杯，起身道：「眾位壯士，既是你們的好情分，不殺秦明，還了我盔甲、馬匹、軍器，回州去。」燕順道：「總管差矣。你既是引了青州五百兵馬都沒了，如何回得州去？慕容知府如何不見你罪責？不如權在荒山草寨住幾時。本不堪歇馬，權就此間落草，論秤分金銀，整套穿衣服，不強似受那大頭巾的氣？」秦明聽罷，便下廳道：「秦明生是大宋人，死是大宋鬼。朝廷教我做到兵馬總管，兼受統制使官職，又不曾虧了秦明，我如何肯做強人，背反朝廷？你們眾位要殺時便殺了我，休想我隨順你們。」花榮趕下廳來拖住道：「秦兄長息怒，聽小弟一言，我也是朝廷命官之子，無可奈何，被逼迫的如此。總管既是不肯落草，如何相逼得你隨順？只且請少坐，席終了時，小弟討衣甲、頭盔、鞍馬、軍器還兄長去。」秦明那裏肯坐。花榮又勸道：「總管夜來勞神費力了一日一夜，人也尚自當不得，那匹馬如何不餵得他飽了去？」秦明聽了，肚內尋思，也說得是。再上廳來，坐了飲酒。那五位好漢輪番把盞，陪話勸酒。秦明一則軟困，二乃吃眾好漢勸不過，開懷吃得醉了，扶入帳房睡了。這裏眾人自去行事，不在話下。

且說秦明一覺直睡到次日辰牌方醒，跳將起來，洗漱罷，便要下山。眾好漢都來相留道：「總管，且吃早飯動身，送下山去。」秦明性急的人，便要下山。眾人慌忙安排些酒食管待了；取出頭盔、衣甲，與秦明披掛了，牽過那匹馬來並狼牙棒，先叫人在山下伺候，五位好漢都送秦明下山來，相別了，交還馬匹軍器。

秦明上了馬，拿着狼牙棒，趁天色大明離了清風山，取路飛奔青州來。到得十里路頭，恰好巳牌前後，遠遠地望見煙塵亂起，並無一個人來往。秦明見了，心中自有八分疑忌，到得城外看時，原來舊有數百人家，卻都被火燒做白地，一片瓦礫場上，橫七豎八，殺死的男子婦人，不計其數。秦明看了大驚，打那匹馬在瓦礫場上，跑到城邊大叫開門時，只見門邊吊橋高拽起了，都擺列着軍士旌旗，擂木炮石。秦明勒着馬大叫：「城上放下吊橋，度我入城。」城上早有人看見是秦明，便擂起鼓來，吶着喊。秦明叫道：「我是秦總管，如何不放我入城？」只見慕容知府立在城上女牆邊大喝道：「反賊，你如何不識羞恥！昨夜引人馬來打城子，把許多好百姓殺了，又把許多房屋燒了，今日兀自又來賺哄城門。朝廷須不曾虧負了你，你這廝倒如何行此不仁！已自差人奏聞朝廷去了。早晚拿住你時，把你這廝碎屍萬段。」秦明大叫道：「公祖差矣。秦明因折了人馬，又被這廝們捉了上山去，方才得脫，昨夜何曾來打城子？」知府喝

**點評**

● 勸降不成，才取了衣甲等物，實施下一步計劃，為後文埋伏筆。

點評

● 秦明沒有那麼多城府，仍不知是中計。

道：「我如何不認的你這廝的馬匹、衣甲、軍器、頭盔，城上眾人明明地見你指撥紅頭子殺人放火，你如何賴得過？便做你輸了被擒，如何五百軍人沒一個逃得回來報信？你如今指望賺開城門取老小，你的妻子，今早已都殺了。你若不信，與你頭看。」軍士把槍將秦明妻子首級挑起在槍上，教秦明看。秦明是個性急的人，看了渾家首級，氣破胸脯，分說不得，只叫得苦屈。城上弩箭如雨點般射將下來，秦明只得回避，看見遍野處火焰，尚兀自未滅。

秦明回馬在瓦礫場上，恨不得尋個死處，肚裏尋思了半晌，縱馬再回舊路。行不得十來里，只見林子裏轉出一夥人馬來，當先五匹馬上五個好漢，不是別人，宋江、花榮、燕順、王英、鄭天壽，隨從一二百小嘍囉。宋江在馬上欠身道：「總管何不回青州？獨自一騎投何處去？」秦明見問，怒氣道：「不知是那個天不蓋，地不載，該剮的賊，裝做我去打了城子，壞了百姓人家房屋，殺害良民，倒結果了我一家老小，閃得我如今上天無路，入地無門，我若尋見那人時，直打碎這條狼牙棒便罷！」宋江便道：「總管息怒，既然沒了夫人，不妨，小人自當與總管做媒。我有個好見識，請總管回去，這裏難說。且請到山寨裏告稟，一同便往。」

秦明只得隨順，再回清風山來。於路無話，早到山亭前下馬，眾人一齊都進山寨內，小嘍囉已安排酒果餚饌在聚義廳上，五個好漢，邀請秦明上廳，都讓他中間坐定。五個好漢齊齊跪下，秦明連忙答禮，也跪在地。宋江開話道：「總管休怪，昨日因留總管在山，堅意不肯，卻是宋江定出這條計來，叫小卒似總管模樣的，卻穿了足下的衣甲、頭盔，騎着那馬，橫着狼牙棒，直奔青州城下，點撥紅頭子殺人，燕順、王矮虎帶領五十餘人助戰，只做總管去家中取老小。因此殺人放火，先絕了總管歸路的念頭。今日眾人特地請罪。」秦明見說了，怒氣於心，欲待要和宋江等廝併，卻又自肚裏尋思。一則是上界星辰契合，二乃被他們軟困，以禮待之，三則又怕鬥他們不過。因此只得納了這口氣，便說道：「你們弟兄雖是好意，要留秦明，只是害得我忒毒些個，斷送了我妻小一家人口。」宋江答道：「不恁地時，兄長如何肯死心塌地？若是沒了嫂嫂夫人，宋江恰知得花知寨有一妹，甚是賢慧，宋江情願主婚，陪備財禮，與總管為室如何？」秦明見眾人如此相敬相愛，方才放心歸順。

眾人都讓宋江在居中坐了，秦明上首，花榮肩下，三位好漢依次而坐，大吹大擂飲酒，商議打清風寨一事。秦明道：「這事容易，不須眾弟兄費心。黃信那人，亦是治下；二者是秦明教他的武藝；三乃和我過的最好。明日我便先去叫開柵門，一席話，說他入夥投降，就取了花知寨寶眷，拿了劉高的潑婦，與仁兄報仇雪恨，作進見之禮如何？」宋江大喜道：「若得總管如此慨然相許，卻是多幸多幸！」當日筵席散了，各自歇息。次日早起來，吃了早飯，都各各披掛了。秦明上馬，先下山來，拿了狼牙棒，飛奔清風鎮來。

卻說黃信自到清風鎮上，發放鎮上軍民，點起寨兵，曉夜提防，牢守柵門，又不敢出戰，纍纍使人探聽，不見青州調兵策應。當日只聽得報道：「柵外有秦統制獨自一騎馬到來，叫開柵門。」黃信聽了，便上馬飛奔門邊看時，果是一人一騎，又無伴當。黃信便叫開柵門，放下吊橋，迎接秦總管入來，直到大寨公廳前下馬，請上廳來。敘禮罷，黃信便問道：「總管緣何單騎到此？」秦明當下先說了損折軍馬等情，後說：「山東及時雨宋公明疏財仗義，結識天下好漢，誰不欽敬他？如今現在清風山上，我今次也在山寨入了夥。你又無老小，何不聽我言語，也去山寨入夥，免受那文官的氣。」黃信答道：「既然恩官在彼，黃信安敢不從？只是不曾聽得說有宋公明在山上，今次卻說及時雨宋公明，自何而來？」秦明笑道：「便是你前日解去的『鄆城虎』張三便是，他怕說出真名姓，惹起自己的官司，以此只認說是張三。」黃信聽了，跌腳道：「若是小弟得知是宋公明時，路

**點評**

● 隨口說出的話，表現出在當時官員制度下文官與武官普遍的矛盾。

上也自放了他。一時見不到處，只聽了劉高一面之詞，險不壞了他性命。」

秦明、黃信兩個正在公廨內商量起身，只見寨兵報道：「有兩路軍馬，嗚鑼擂鼓，殺奔鎮上來。」秦明、黃信聽得，都上了馬，前來迎敵。軍馬到得柵門邊望時，只見：塵土蔽日，殺氣遮天，兩路軍兵投鎮上，四條好漢下山來。畢竟秦明、黃信怎地迎敵，且聽下回分解。

## 延伸思考

秦明本是忠於朝廷的官吏，因為被斷了後路，又中計受到上級的懷疑，被逼入夥，他的思想對後來的「招安」有何影響？

# 第三十五回

精讀

# 石將軍村店寄書 小李廣梁山射雁

秦明、黃信等人皆歸順了宋江，一同投奔梁山，路上又會聚了呂方、郭盛兩路人馬。正行着，不期在酒店裏逢着要給宋江送信的石勇，方才得知老父亡故。情急之下，宋江飛筆寫了一封推薦信，撇下眾人，獨自星夜回家奔喪。究竟宋太公是否真的去世？宋江又將作何抉擇呢？本回情節起伏多變，線索眾多，讀時注意一一理清。

當下秦明和黃信兩個到柵門外看時，望見兩路來的軍馬，卻好都到。一路是宋江、花榮，一路是燕順、王矮虎，各帶一百五十餘人。黃信便叫寨兵放下吊橋，大開寨門，迎接兩路人馬都到鎮上。宋江早傳下號令：休要害一個百姓，休傷一個寨兵。叫先打入南寨，把劉高一家老小盡都殺了。王矮虎自先奪了那個婦人。小嘍囉盡把應有家私、金銀、財物、寶貨之資都裝上車子。再有馬匹牛羊，盡數牽了。花榮自到家中，將應有的財物等項，裝載上車，搬取妻小、妹子。內有清風鎮上人數，都發還了。眾多好漢收拾已了，一行人馬離了清風鎮，都回到山寨裏來。

車輛人馬都到山寨，鄭天壽迎接，向聚義廳上相會。黃信與眾好漢講禮罷，坐於花榮肩下。宋江叫把花榮老小安頓一所歇處，將劉高財物分賞與眾小嘍囉。王矮虎拿得那婦人，將去藏在自己房內。燕順便問道：「劉高的妻，今在何處？」王矮虎答道：「今番須與小弟做個押寨夫人。」燕順道：「與卻與你，且喚他出來，我有一句話說。」宋江便道：「我正要問他。」王矮虎便喚到廳前，那婆娘哭着告饒。宋江喝道：「你這潑婦，我好意救你下山，念你是個命官的恭人，你如何反將冤報？今日擒來，有何理說？」燕順跳起身來便道：「這等淫婦，問他則甚？」拔出腰刀，一刀揮為兩段。王矮虎見砍了這婦人，心中大怒，奪過一把朴刀，便要和燕順交併，宋江等起身來勸住。宋江便道：「燕順殺了這婦人也是。兄弟，你看我這等一力救了他下山，教他夫妻團圓完聚，尚兀自轉過臉來，叫丈夫害我。賢弟，你留在身邊，久後有損無益。宋江日後別娶一個好的，教賢弟滿意。」燕順道：「兄弟便是這等尋思，不殺了，要他無用，久後必被他害了。」王矮虎被眾人勸了，默默無言。燕順喝叫小嘍囉打掃過屍首血跡，且排筵席慶賀。

次日，宋江和黃信主婚，燕順、王矮虎、鄭天壽做媒說合，要花榮把妹子嫁與秦明，一應禮物，都是宋江和燕順出備。吃了三五日筵席。

自成親之後，又過了五七日，小嘍囉探得事情，上山來報道：「打聽得青州慕容知府申將文書，去中書省奏說，反了花榮、秦明、黃信，要起大軍來征剿，掃蕩清風山。」眾好漢聽罷，商量道：「此間小寨，不是久戀之地。倘或大軍到來，四面圍住，如何迎敵？」宋江道：「小可有一計，不知中得諸位心否？」當下眾好漢都道：「願聞良策。」宋江道：「自這南方有個去處，地名喚做梁山泊，方圓八百餘里，中間宛子城、蓼兒窪，晁天王聚集着三五千軍馬，把住着水泊，官兵捕盜，不敢正眼覷他。我等何不收拾起人馬，卻那裏入夥？」秦明道：「既然有這個去處，卻是十分好。只是沒人引進，他如何肯便納我們？」宋江大笑，卻把這打劫生辰綱金銀一事，直說到「劉唐寄書，將金子謝我，因此上殺了閻婆惜，逃去在江湖上」。秦明聽了大喜道：「恁地，兄長正是他那裏大恩人。事不宜遲，可以收拾起快去。」

只就當日商量定了，便打並起十數輛車子，把老小並金銀財物、衣服、行李等件，都裝載車子上，共有三二百匹好馬。小嘍囉們有不願去的，齎發他些銀兩，任從他下山去投別主；有願去的，編入隊裏，就和秦明帶來的軍漢，通有三五百人。宋江教分作三起下山，只做去收捕梁山泊的官軍。山上都收拾的停當，裝上車子，放起火來，把山寨燒作光地，分為三隊下山。宋江便與花榮引着四五十人，三五十騎馬，簇擁着五七輛車子，老小隊仗先行；秦明、黃信引領八九十匹馬，和這應用車子，作第二起；後面便是燕順、王矮虎、鄭天壽三個，引着四五十匹馬。一二百人離了清風山，取路投梁山泊來。於路中見了這許多軍馬，旗號上又明明寫着收捕草寇官軍，因此無人敢來阻當。在路行五七日，離得青州遠了。

且說宋江、花榮兩個騎馬在前頭，背後車輛載着老小，與後面人馬只隔着二十來里遠近。前面到一個去處，地名喚對影山，兩邊兩座高山，一般形勢，中間卻是一條大闊驛路。兩個在馬上正行之間，只聽得前山裏鑼鳴鼓響。花榮便道：「前面必有強人。」把槍帶住，取弓箭來整頓得端正，再插放飛魚袋內，一面叫騎馬的軍士，催趲後面兩起軍馬上來，且把車輛人馬紮住了。宋江和花榮兩個引了二十餘騎軍馬，向前探路。

至前面半里多路，早見一簇人馬，約有一百餘人，前面簇擁着一個年少的壯士。怎生打扮？但見：頭上三叉冠，金圈玉鈿；身上百花袍，織錦團花。甲披千道火龍鱗，帶束一條紅瑪瑙。騎一匹胭脂抹就如龍馬，使一條朱紅畫桿方天戟。背後小校，盡是紅衣紅甲。

那個壯士，橫戟立馬，在山坡前大叫道：「今日我和你比試，分個勝敗，見個輸贏。」只見對過山岡子背後早擁出一隊人馬來，也有百十餘人，前面也擁着一個穿白年少的壯士。怎生模樣？但見：頭上三叉冠，頂一團瑞雪；身上鑌鐵

點評

甲，披千點寒霜。素羅袍光射太陽，銀花帶色欺明月。坐下騎一匹征宛玉獸，手中掄一枝寒戟銀絞。背後小校，都是白衣白甲。

這個壯士，手中也使一枝方天畫戟。這邊都是素白旗號，那壁都是絳紅旗號。只見兩邊紅白旗搖，震地花腔鼓擂。那兩個壯士更不打話，各挺手中畫戟，縱坐下馬，兩個就中間大闊路上交鋒，比試勝敗。花榮和宋江見了，勒住馬看時，果然是一對好廝殺。但見：旗仗盤旋，戰衣飄颭。絳霞影裏，捲幾片拂地飛雲；白雪光中，滾數團燎原烈火。故園冬暮，山茶和梅蕊爭輝；上苑春濃，李粉共桃脂鬥彩。這個按南方丙丁火，似焰摩天上走丹爐；那個按西方庚辛金，如泰華峯頭翻玉井。宋無忌[1]忿怒，騎火騾子奔走霜林；馮夷神[2]生嗔，跨玉狻猊[3]縱橫花界。

● 寫呂方、郭盛鬥得不可開交，都是為了突出花榮一箭射斷絨絛的神勇。二人爭鬥難分勝敗時，「花榮和宋江兩個在馬上看了喝采」；花榮一箭中的，「那二百餘人一齊喝聲采」。可見世人只看到表面精彩之處，高人才能看出究竟功夫深淺。

兩個壯士各使方天畫戟，鬥到三十餘合，不分勝敗。花榮和宋江兩個在馬上看了喝采。花榮一步步趲馬向前看時，只見那兩個壯士鬥到深澗裏。這兩枝戟上，一枝是金錢豹子尾，一枝是金錢五色幡，卻攪做一團，上面絨絛結住了，那裏分拆得開。花榮在馬上看見了，便把馬帶住，左手去飛魚袋內取弓，右手向走獸壺中拔箭，搭上箭，曳滿弓，覷着豹尾絨絛較親處，颼的一箭，恰好正把絨絛射斷。只見兩枝畫戟分開做兩下，那二百餘人一齊喝聲采。

● 不直接回答，倒先說宋江大名，一方面說明宋江在江湖上的聲名顯赫，另一方面藉機巧妙抬高自己的地位。

那兩個壯士便不鬥，都縱馬跑來，直到宋江、花榮馬前，就馬上欠身聲喏，都道：「願求神箭將軍大名。」花榮在馬上答道：「我這個義兄，乃是鄆城縣押司、山東及時雨宋公明。我便是清風鎮知寨小李廣花榮。」那兩個壯士聽罷，紮住了戟，便下馬推金山，倒玉柱，都拜道：「聞名久

---

1) 宋無忌：傳說中的火仙。

2) 馮夷神：傳說中的黃河之神，即河伯。泛指水神。

3) 狻猊（suān ní）：獅子。

矣。」宋江、花榮慌忙下馬，扶起那兩位壯士道：「且請問二位壯士高姓大名？」那個穿紅的說道：「小人姓呂，名方，祖貫潭州[4]人氏，平昔愛學呂布為人，因此習學這枝方天畫戟，人都喚小人做小温侯呂方。因販生藥到山東，消折了本錢，不能勾還鄉，權且佔住這對影山打家劫舍。近日走這個壯士來，要奪呂方的山寨，和他各分一山，他又不肯，因此每日下山廝殺。不想原來緣法注定，今日得遇尊顏。」宋江又問這穿白的壯士高姓，那人答道：「小人姓郭，名盛，祖貫西川嘉陵人氏，因販水銀貨賣，黃河裏遭風翻了船，回鄉不得。原在嘉陵學得本處兵馬張提轄的方天戟，向後使得精熟，人都稱小人做賽仁貴郭盛。江湖上聽得說對影山有個使戟的佔住了山頭，打家劫舍，因此一徑來比併戟法。連連戰了十數日，不分勝敗。不期今日得遇二公，天與之幸。」

宋江把上件事都告訴了，便道：「既幸相遇，就與二位勸和如何？」兩個壯士大喜，都依允了。詩曰：

銅鏈勸刀猶易事，箭鋒勸戟更希奇。
須知豪傑同心處，利斷堅金不用疑。

後隊人馬已都到了，一個個都引着相見了。呂方先請上山，殺牛宰馬筵會。次日，卻是郭盛置酒設席筵宴。宋江就說他兩個撞籌入夥，輳隊上梁山泊去，投奔晁蓋聚義。那兩個歡天喜地，都依允了。便將兩山人馬點起，收拾了財物，待要起身，宋江便道：「且住，非是如此去。假如我這裏有三五百人馬投梁山泊去，他那裏亦有探細的人，在四下裏探聽，倘或只道我們真是來收捕他，不是耍處。等我和燕順先去報知了，你們隨後卻來，還作三起而行。」花榮、秦明道：「兄長高見，正是如此計較，陸續進程。兄長先行半

4)　潭州：今長沙。

點評

日，我等催督人馬，隨後起身來。」

且不說對影山人馬陸續登程，只說宋江和燕順各騎了馬，帶領隨行十數人，先投梁山泊來。在路上行了兩日，當日行到晌午時分，正走之間，只見官道旁邊一個大酒店。宋江看了道：「孩兒們走得困乏，都叫買些酒吃了過去。」當時宋江和燕順下了馬，入酒店裏來，叫孩兒們鬆了馬肚帶，都入酒店裏坐。

宋江和燕順先入店裏來看時，只有三副大座頭，小座頭不多幾副。只見一副大座頭上先有一個在那裏佔了。宋江看那人時，怎生打扮？但見：裹一頂豬嘴頭巾，腦後兩個太原府金不換紐絲銅環。上穿一領皂袖衫，腰繫一條白搭膊。下面腿綳護膝，八搭麻鞋。桌子邊倚着短棒，橫頭上放着個衣包。那人生得八尺來長，淡黃骨查臉[5]，一雙鮮眼[6]，沒根髭髯。宋江便叫酒保過來說道：「我的伴當人多，我兩個借你裏面坐一坐，你叫那個客人移換那副大座頭與我伴當們坐地吃些酒。」酒保應道：「小人理會得。」宋江與燕順裏面坐了，先叫酒保：「打酒來，大碗先與伴當一人三碗，有肉便買些來與他眾人吃，卻來我這裏斟酒。」酒保又見伴當們都立滿在壚邊，酒保卻去看着那個公人模樣的客人道：「有勞上下，挪借這副大座頭與裏面兩個官人的伴當坐一坐。」那漢嗔怪呼他做上下，便焦躁道：「也有個先來後到。甚麼官人的伴當要換座頭！老爺不換！」燕順聽了，對宋江道：「你看他無禮麼！」宋江道：「由他便了，你也和他一般見識！」卻把燕順按住了。

● 細節描寫，注意。

只見那漢轉頭看了宋江、燕順冷笑。酒保又陪小心道：「上下，周全小人的買賣，換一換有何妨。」那漢大怒，拍着桌子道：「你這鳥男女好不識人，欺負老爺獨自一個，

5) 骨查臉：顴骨突出的面孔。

6) 鮮眼：像魚一樣圓而有神的眼。

要換座頭。便是趙官家，老爺也別鳥不換。高則聲，大脖子拳不認得你。」酒保道：「小人又不曾說甚麼！」那漢喝道：「量你這廝敢說甚麼！」燕順聽了，那裏忍耐得住，便說道：「兀那漢子，你也鳥強，不換便罷，沒可得鳥嚇他。」那漢便跳起來，綽了短棒在手裏，便應道：「我自罵他，要你多管！老爺天下只讓得兩個人，其餘的都把來做腳底下的泥。」燕順焦躁，便提起板凳，卻待要打將去。

宋江因見那人出語不俗，橫身在裏面勸解：「且都不要鬧。我且請問你：你天下只讓的那兩個人？」那漢道：「我說與你，驚得你呆了。」宋江道：「願聞那兩個好漢大名。」那漢道：「一個是滄州橫海郡柴世宗的孫子，喚做小旋風柴進柴大官人。」宋江暗暗地點頭，又問道：「那一個是誰？」那漢道：「這一個又奢遮[7]，是鄆城縣押司山東及時雨呼保義宋公明。」宋江看了燕順暗笑，燕順早把板凳放下了。那漢又道：「老爺只除了這兩個，便是大宋皇帝，也不怕他。」宋江道：「你且住，我問你：你既說起這兩個人，我卻都認得。你在那裏與他兩個廝會？」那漢道：「你既認得，我不說謊，三年前在柴大官人莊上住了四個月有餘，只不曾見得宋公明。」宋江道：「你便要認黑三郎麼？」那漢道：「我如今正要去尋他。」宋江問道：「誰教你尋他？」那漢道：「他的親兄弟鐵扇子宋清教我寄家書去尋他。」

宋江聽了大喜，向前拖住道：「『有緣千里來相會，無緣對面不相逢』，只我便是黑三郎宋江。」那漢相了一面，便拜道：「天幸使令小弟得遇哥哥，爭些兒錯過，空去孔太公那裏走一遭。」宋江便把那漢拖入裏面問道：「家中近日沒甚事？」那漢道：「哥哥聽稟：小人姓石，名勇，原是大名府人氏，日常只靠放賭為生。本鄉起小人一個異名，喚做石將軍。為因賭博上一拳打死了個人，逃走在柴大官人莊

---

7)　奢遮：了不起。

點評

● 要引出家書，先寫與石勇起爭執，引出他的話後，又答應帶上梁山入夥，酒過三杯後，終於拿出家書，此為一波三折法。

上。多聽得往來江湖上人說哥哥大名，因此特去鄆城縣投奔哥哥，卻又聽得說道為事出外，因見四郎，聽得小人說起柴大官人來，卻說哥哥在白虎山孔太公莊上。因小弟要拜識哥哥，四郎特寫這封家書，與小人寄來孔太公莊上。如尋見哥哥時，可叫兄長作急回來。」宋江見說，心中疑惑，便問道：「你到我莊上住了幾日？曾見我父親麼？」石勇道：小人在彼只住的一夜，便來了，不曾得見太公。」宋江把上梁山泊一節都對石勇說了。石勇道：「小人自離了柴大官人莊上，江湖中只聞得哥哥大名，疏財仗義，濟困扶危。如今哥哥既去那裏入夥，是必攜帶。」宋江道：「這不必你說，何爭你一個人！且來和燕順廝見。」叫酒保且來這裏斟酒三杯。酒罷，石勇便去包裹內取出家書，慌忙遞與宋江。

宋江接來看時，封皮逆封着，又沒「平安」二字。宋江心內越是疑惑，連忙扯開封皮，從頭讀至一半，後面寫道：「父親於今年正月初頭因病身故，現今停喪在家，專等哥哥來家遷葬。千萬，千萬，切不可誤！宋清泣血奉書。」

宋江讀罷，叫聲苦，不知高低，自把胸脯搥將起來，自罵道：「不孝逆子，做下非為，老父身亡，不能盡人子之道，畜生何異！」自把頭去壁上磕撞，大哭起來。燕順、石勇抱住。宋江哭得昏迷，半晌方才甦醒。燕順、石勇兩個勸道：「哥哥且省煩惱。」宋江便吩咐燕順道：「不是我寡情薄意，其實只有這個老父記掛，今已沒了，只得星夜趕歸去，教兄弟們自上山則個。」燕順勸道：「哥哥，太公既已沒了，便到家時，也不得見了。世上人無有不死的父母，目請寬心，引我們弟兄去了。那時小弟卻陪侍哥哥歸去奔喪，未為晚矣。自古道：『蛇無頭而不行。』若無仁兄去時，他那裏如何肯收留我們？」宋江道：「若等我送你們上山去時，誤了我多少日期，卻是使不得。我只寫一封備細書劄，都說在內，就帶了石勇一發入夥，等他們一處上山。我如今不知便罷；既是天教我知了，正是度日如年，燒眉之急。我馬也不要，從人也不帶一個，連夜自趕回家。」燕順、石勇那裏留得住。

宋江問酒保借筆硯，討了一幅紙，一頭哭着，一面寫書，再三叮嚀在上面。寫了，封皮不粘，交與燕順收了。討石勇的八搭麻鞋穿上，取了些銀兩，藏放在身邊，跨了一口腰刀，就拿了石勇的短棒，酒食都不肯沾唇，便出門要走。燕順道：「哥哥也等秦總管、花知寨都來相見一面了，去也未遲。」宋江道：「我不等了，我的書去，並無阻滯。石家賢弟，自說備細。可為我上覆眾兄弟們，可憐見宋江奔喪之急，休怪則個。」宋江恨不得一步跨到家中，飛也似獨自一個去了。

且說燕順同石勇只就那店裏吃了些酒食、點心，還了酒錢，卻教石勇騎了宋江的馬，帶了從人，只離酒店三五里路，尋個大客店歇了等候。次日辰牌時分，全夥都到。燕順、石勇接着，備細說宋江哥哥奔喪去了。眾人都埋怨燕順道：「你如何不留他一留？」石勇分說道：「他聞得父親沒了，恨不得自也尋死，如何肯停腳，巴不得飛到家裏。寫了一封備細書劄在此，教我們只顧去，他那裏看了書，並無阻滯。」花榮與秦明看了書，與眾人商議道：「事在途中，進退兩難：回又不得，散了又不成。只顧且去，還把書來封了，都到山上，看那裏不容，卻別作道理。」九個好漢並作一夥，帶了三五百人馬，漸近梁山泊，來尋大路上山。

一行人馬正在蘆葦中過，只見水面上鑼鼓振響。眾人看時，漫山遍野，都是雜彩旗幡，水泊中棹出兩隻快船來。當先一隻船上，擺着三五十個小嘍囉，船頭上中間坐着一個頭領，乃是豹子頭林沖。背後那隻哨船上，也是三五十個小嘍囉，船頭上也坐着一個頭領，乃是赤髮鬼劉唐。前面林沖在船上喝問道：「汝等是甚麼人？那裏的官軍？敢來收捕我們？教你人人皆死，個個不留，你也須知俺梁山泊的大名！」花榮、秦明等都下馬，立在岸邊答應道：「我等眾人非是官軍，有山東及時雨宋公明哥哥書劄在此，特來相投大寨入夥。」林沖聽了道：「既有宋公明兄長的書劄，且請過

**點評**

● 突出走得匆忙。

點評

● 心思精細，怕是官兵來詐投山寨，先屯住軍馬。

● 晁蓋魯直，並不存疑。

前面，到朱貴酒店裏，先請書來看了，卻來相請廝會。」船上把青旗只一招，蘆葦裏棹出一隻小船，內有三個漁人，一個看船，兩個上岸來說道：「你們眾位將軍都跟我來。」水面上見兩隻哨船，一隻船上把白旗招動，銅鑼響處，兩隻哨船一齊去了。一行眾人看了，都驚呆了，說道：「端在此處，官軍誰敢侵傍？我等山寨如何及得？」

眾人跟着兩個漁人，從大寬轉直到旱地忽律朱貴酒店裏。朱貴見說了，迎接眾人，都相見了。便叫放翻兩頭黃牛，散了分例酒食，討書劄看了。先向水亭上放一枝響箭，射過對岸蘆葦中，早搖過一隻快船來。朱貴便喚小嘍囉吩咐罷，叫把書先齎上山去報知，一面店裏殺宰豬羊，管待九個好漢，把軍馬屯住在四散歇了。

第二日辰牌時分，只見軍師吳學究自來朱貴酒店裏迎接眾人，一個個都相見了。敍禮罷，動問備細，早有二三十隻大白棹船來接。吳用、朱貴邀請九位好漢下船，老小車輛，人馬行李，亦各自都搬在各船上，前望金沙灘來。上得岸，松樹徑裏，眾多好漢隨着晁頭領，全副鼓樂來接。晁蓋為頭，與九個好漢相見了，迎上關來。各自乘馬坐轎，直到聚義廳上，一對對講禮罷。左邊一帶交椅上，卻是晁蓋、吳用、公孫勝、林沖、劉唐、阮小二、阮小五、阮小七、杜遷、宋萬、朱貴、白勝；那時白日鼠白勝，數月之前，已從濟州大牢裏越獄逃走，到梁山上入夥，皆是吳學究使人去用度，救得白勝脫身。右邊一帶交椅上，卻是花榮、秦明、黃信、燕順、王英、鄭天壽、呂方、郭盛、石勇。列兩行坐下，中間焚起一爐香來，各設了誓。當日大吹大擂，殺牛宰馬筵宴。一面叫新到火伴廳下參拜了，自和小頭目管待筵席。收拾了後山房舍，教搬老小家眷都安頓了。秦明、花榮在席上稱讚宋公明許多好處，清風山報冤相殺一事，眾頭領聽了大喜。後說呂方、郭盛兩個比試戟法，花榮一箭射斷絨絛，分開畫戟。晁蓋聽罷，意思不信，口裏含糊應道：「直如此射得親切，改日卻看比箭。」

當日酒至半酣，食供數品，眾頭領都道：「且去山前閒玩一回，再來赴席。」當下眾頭領相謙相讓，下階閒步樂情，觀看山景。行至寨前第三關上，只聽得空中數行賓鴻嘹亮。花榮尋思道：「晁蓋卻才意思不信我射斷絨絛，何不今日就此施逞些手段，教他們眾人看，日後敬伏我。」把眼一觀，隨行人伴數內卻有帶弓箭的，花榮便問他討過一張弓來。在手看時，卻是一張泥金鵲畫細弓，正中花榮意。急取過一枝好箭，便對晁蓋道：「恰才兄長見說花榮射斷絨絛，眾頭領似有不信之意，遠遠的有一行雁來，花榮未敢誇口，這枝箭要射雁行內第三隻雁的頭上。射不中時，眾頭領休笑。」花榮搭上箭，曳滿弓，覷得親切，望空中只一箭射去。但見：鵲畫弓彎滿月，鵰翎箭進飛星。挽手既強，離弦甚疾。雁排空如張皮鵠，人發矢似展膠竿。影落雲中，聲在草內。天漢雁行驚折斷，英雄雁序喜相聯。

當下花榮一箭，果然正中雁行內第三隻，直墜落山坡下。急叫軍士取來看時，那枝箭正穿在雁頭上。晁蓋和眾頭領看了，盡皆駭然，都稱花榮做神臂將軍。吳學究稱讚道：「休言將軍比小李廣，便是養由基[8]也不及神手，真乃是山寨有幸！」自此梁山泊無一個不欽敬花榮。眾頭領再回廳上筵會，到晚各自歇息。

次日，山寨中再備筵席，議定坐次。本是秦明才及花榮，因為花榮是秦明大舅，眾人推讓花榮在林沖肩下，坐了第五位，秦明坐第六位，劉唐坐第七位，黃信坐第八位，三阮之下，便是燕順、王矮虎、呂方、郭盛、鄭天壽、石勇、杜遷、宋萬、朱貴、白勝，一行共是二十一個頭領坐定，慶賀筵宴已畢。山寨中添造大船、屋宇、車輛、什物，打造槍刀、軍器、鎧甲、頭盔，整頓旌旗、袍襖、弓弩、箭矢，準

---

8)　養由基：楚國將領，善射。

點評

● 從大悲到疑惑，再到大怒，後轉喜。注意這些心理描寫。

備抵敵官軍，不在話下。

卻說宋江自離了村店，連夜趕歸。當日申牌時候，奔到本鄉村口張社長[9]酒店裏暫歇一歇。那張社長卻和宋江家來往得好。張社長見了宋江容顏不樂，眼淚暗流，張社長動問道：「押司有年半來不到家中，今日且喜歸來，如何尊顏有些煩惱，心中為甚不樂？且喜官事已遇赦了，必是減罪了。」宋江答道：「老叔自說得是。家中官事且靠後，只有一個生身老父歿了，如何不煩惱？」張社長大笑道：「押司真個也是作耍？令尊太公卻才在我這裏吃酒了回去，只有半個時辰來去，如何卻說這話？」宋江道：「老叔休要取笑小侄。」便取出家書教張社長看了。「兄弟宋清明明寫道父親於今年正月初頭歿了，專等我歸來奔喪。」張社長看罷，說道：「呸，那裏這般事！只午時前後和東村王太公在我這裏吃酒了去，我如何肯說謊？」宋江聽了，心中疑影，沒做道理處。尋思了半晌，只等天晚，別了社長，便奔歸家。

入得莊門看時，沒些動靜。莊客見了宋江，都來參拜，宋江便問道：「我父親和四郎有麼？」莊客道：「太公每日望得押司眼穿，今得歸來，卻是歡喜。方才和東村裏王社長在村口張社長店裏吃酒了回來，睡在裏面房內。」宋江聽了大驚，撇了短棒，徑入草堂上來，只見宋清迎着哥哥便拜。宋江見了兄弟不戴孝，心中十分大怒，便指着宋清罵道：「你這忤逆畜生，是何道理！父親見今在堂，如何卻寫書來戲弄我？教我兩三遍自尋死處，一哭一個昏迷。你做這等不孝之子！」

宋清卻待分說，只見屏風背後轉出宋太公來叫道：「我兒不要焦躁，這個不干你兄弟之事。是我每日思量，要見你一面，因此教四郎只寫道我歿了，你便歸得快。我又聽得

9) 社長：「社」為元代農村基層組織，每五十家為一社，社長即一社之長，多為年老者擔當。

人說，白虎山地面多有強人，又怕你一時被人攛掇，落草去了，做個不忠不孝的人。為此急急寄書去，喚你歸家。又得柴大官人那裏來的石勇，寄書去與你。這件事盡都是我主意，不干四郎之事，你休埋怨他。我恰才在張社長店裏回來，聽得是你歸來了。」

宋江聽罷，納頭便拜太公，憂喜相伴。宋江又問父親道：「不知近日官司如何？已經赦宥，必然減罪。適間張社長也這般說了。」宋太公道：「你兄弟宋清未回之先，多有朱仝、雷橫的氣力，向後只動了一個海捕文書，再也不曾來勾擾。我如今為何喚你歸來，近聞朝廷冊立皇太子，已降下一道赦書，應有民間犯了大罪，盡減一等科斷，俱已行開各處施行。便是發露到官，也只該個徒流之罪，不到得害了性命。且由他，卻又別作道理。」宋江又問道：「朱、雷二都頭曾來莊上麼？」宋清說道：「我前日聽得說來，這兩個都差出去了。朱仝差往東京去，雷橫不知差到那裏去了。如今縣裏卻是新添兩個姓趙的勾攝公事。」宋太公道：「我兒遠路風塵，且去房裏將息幾時。」合家歡喜，不在話下。

天色看看將晚，玉兔東生，約有一更時分，莊上人都睡了，只聽得前後門發喊起來，看時，四下裏都是火把，團團圍住宋家莊，一片聲叫道：「不要走了宋江！」

太公聽了，連聲叫苦。不因此起，有分教：大江岸上，聚集好漢英雄；鬧市叢中，來顯忠肝義膽。畢竟宋公明在莊上怎地脫身，且聽下回分解。

## 延伸思考

本回中宋江收到家書後的心情可謂大起大落，試找出描寫宋江心情變化的詞句，並結合故事情節體會其好處。

第三十六回

# 梁山泊吳用舉戴宗
# 揭陽嶺宋江逢李俊

宋江剛回到家便又被捉，不過由於他人緣好，前罪沒有再多追究，加上老父上下打點，得以發配至江州這個魚米之鄉的好去處。路上經過梁山泊，兄弟們要劫他上山入夥，卻被宋江嚴詞拒絕。待繼續上路，卻又起了波瀾……

話說當時宋太公掇個梯子上牆來看時，只見火把叢中約有一百餘人，當頭兩個，便是鄆城縣新參的都頭，卻是弟兄兩個：一個叫做趙能，一個叫做趙得。兩個便叫道：「宋太公，你若是曉事的，便把兒子宋江獻將出來，我們自將就他；若是不教他出官時，和你這老子一發捉了去。」宋太公道：「宋江幾時回來？」趙能道：「你便休胡說！有人在村口見他從張社長家店裏吃了酒歸來，亦有人跟到這裏。你如何賴得過？」宋江在梯子邊說道：「父親，你和他論甚口！孩兒便挺身出官也不妨。縣裏府上都有相識，況已經赦宥的事了，必當減罪。求告這廝們做甚麼？趙家那廝是個刁徒，如今暴得做個都頭，知道甚麼義理！他又和孩兒沒人情，空自求他。」宋太公哭道：「是我苦了孩兒。」宋江道：「父親休煩惱，官司見了，倒是有幸；明日孩兒躲在江湖上，撞了一班兒殺人放火的弟兄們，打在網裏，如何能夠見父親面？便斷配在他州外府，也須有程限，日後歸來，也得早晚伏侍父親終身。」宋太公道：「既是孩兒恁的說時，我自來上下使用，買個好去處。」

宋江便上梯來叫道：「你們且不要鬧。我的罪犯，今已赦宥，定是不死。且請二位都頭進敝莊少敍三杯，明日一同見官。」趙能道：「你休使見識，賺我入來。」宋江道：「我如何連累父親、兄弟？你們只顧進家裏來。」

宋江便下梯子來開了莊門，請兩個都頭到莊裏堂上坐下，連夜殺雞宰鵝，置酒相待。那一百土兵人等，都與酒食管待，送些錢物之類。取二十兩花銀，把來送與兩位都頭做好看錢。正是：都頭見錢便好，無錢惡眼相看。因此錢名好看，只錢無法無官。

當夜兩個都頭在宋江莊上歇了。次早五更，同到縣前等待。天明解到縣裏來時，知縣才出升堂。見都頭趙能、趙得押解宋江出官，知縣時文彬見了大喜，責令宋江供狀。當下宋江一筆供招：

不合於前年秋間典贍到閻婆惜為妾，為因不良，一時恃酒爭論鬥毆，致被誤殺身死，一向避罪在逃。今蒙緝捕到官，取勘前情，所供甘服罪無詞。

知縣看罷，且叫收禁牢裏監候。滿縣人見說拿得宋江，誰不愛惜他，都替他去知縣處告說討饒，備說宋江平日的好處。知縣自心裏也有八分開豁他，當時依准了供狀，免上長枷手杻，只散禁在牢裏。宋太公自來買上告下，使用錢帛。那時閻婆已自身故了半年，沒了苦主；這張三又沒了粉頭，不來做甚冤家。縣裏迭成文案，待六十日限滿，結解上濟州聽斷。本州府尹看了申解情由，赦前恩宥之事，已成減罪，把宋江脊杖二十，刺配江州牢城。本州官吏亦有認得宋江的，更兼他又有錢帛使用，名喚做斷杖刺配，又無苦主執證，眾人維持下來，都不甚深重。當廳帶上行枷，押了一道牒文，差兩個防送公人，無非是張千、李萬。

當下兩個公人領了公文，監押宋江到州衙前。宋江的父親宋太公同兄弟宋清都在那裏等候，置酒管待兩個公人，齎發了些銀兩。教宋江換了衣服，打拴了包裹，穿上麻鞋。宋太公喚宋江到僻靜處叮囑道：「我知江州是個好地面，魚米之鄉，特地使錢買將那裏去。你可寬心守耐，我自使四郎來望你，盤纏有便人常常寄來。你如今此去，正從梁山泊過，倘或他們下山來劫奪你入夥，切不可依隨他，教人罵做不忠不孝。此一節，牢記於心。孩兒路上慢慢地去，天可憐見，早得回來，父子團圓，兄弟完聚。」宋江灑淚拜辭了父親，兄弟宋清送一程路。宋江臨別時囑付兄弟道：「我此去不要你們憂心。只有父親年紀高大，我又累被官司纏擾，背井離鄉而去。兄弟，你早晚只在家侍奉，休要為我到江州來，棄撇父親，無人看顧。我自江湖上相識多，見的那一個不相助，盤纏自有對付處。天若見憐，有一日歸來也！」宋清灑淚拜辭了，自回家中去侍奉父親宋太公，不在話下。

只說宋江和兩個公人上路，那張千、李萬已得了宋江銀兩，又因他是個好漢，因此於路上只是伏侍宋江。三個人上路行了一日，到晚投客店安歇了，打火做些飯吃，又買些酒肉請兩個公人。宋江對他說道：「實不瞞你兩個說，我們今日此去，正從梁山泊邊過。山寨上有幾個好漢，聞我的名字，怕他下山來奪我，枉驚了你們。我和你兩個明日早起些，只揀小路裏過去，寧可多走幾里不妨。」兩個公人道：「押司，你不說，俺們如何得知？我們自認得小路過去，定不得撞着他們。」當夜計議定了。

次日起個五更來打火。兩個公人和宋江離了客店，只從小路裏走。約莫也走了三十里路，只見前面山坡背後轉出一夥人來。宋江看了，只叫得苦。來的不是別人，為頭的好漢，正是赤髮鬼劉唐，將領着三五十人，便來殺那兩個公人。這張千、李萬唬做一堆兒，跪在地下。宋江叫道：「兄弟，你要殺誰？」劉唐道：「哥哥，不殺了這兩個男女，等甚麼？」宋江道：「不要你污了手，把刀來我殺便了。」兩個人只叫得苦：「今番倒不好了。」劉唐把刀遞與宋江。詩曰：

有罪當官不肯逃，逢人救解愈堅牢。
存心厚處生機巧，不殺公人卻借刀。

宋江接過，問劉唐道：「你殺公人何意？」劉唐說道：「奉山上哥哥將令，特使人打聽得哥哥吃官司，直要來鄆城縣劫牢，卻知道哥哥不曾在牢裏，不曾受苦。今番打聽得斷配江州，只怕路上錯了路道，教大小頭領吩咐去四路等候，迎接哥哥，便請上山。這兩個公人不殺了如何？」宋江道：「這個不是你們弟兄抬舉宋江，倒要陷我於不忠不孝之地。若是如此來挾我，只是逼宋江性命，我自不如死了。」把刀望喉下自刎。劉唐慌忙攀住胳膊道：「哥哥，且慢慢地商量。」就手裏奪了刀。宋江道：「你弟兄們若是可憐見宋江時，容我去江州牢城聽候限滿回來，那時卻待與你們相會。」劉唐道：「哥哥這話，小弟不敢主張。前面大路上有軍師吳學究同花知寨在那裏專等，迎迓哥哥。容小弟着小校請來商議。」宋江道：「我只是這句話，由你們怎地商量。」

小嘍囉去報不多時，只見吳用、花榮兩騎馬在前，後面數十騎馬跟着，飛到面前。下馬敍禮罷，花榮便道：「如何不與兄長開了枷？」宋江道：「賢弟是甚麼話！此是國家法度，如何敢擅動！」吳學究笑道：「我知兄長的意了。這個容易，只不留兄長在山寨便了。晁頭領多時不曾得與仁兄相會，今次也正要和兄長說幾句心腹的話，略請到山寨少敍片時，便送登程。」宋江聽了道：「只有先生便知道宋江的意。」扶起兩個公人來，宋江道：「要他兩個放心，寧可我死，不可害他。」兩個公人道：「全靠押司救命。」

一行人都離了大路，來到蘆葦岸邊，已有船隻在彼。當時載過山前大路，卻把山轎教人抬了，直到斷金亭上歇了。叫小嘍囉四下裏去請眾頭領都來聚會，迎接上山，到聚義廳上相見。晁蓋說道：「自從鄆城救了性命，兄弟們到此，無日不想大恩。前者又蒙引薦諸位豪傑上山，光輝草寨，恩報無門。」宋江答道：「小可自從別後，殺死淫婦，逃在江湖上，去了年半。本欲上山相探兄長一面，偶然村店裏遇得石勇，捎寄家書，只說父親棄世。不想卻是父親恐怕宋江隨眾好漢入夥去了，因此詐寫書來喚我回家。雖然明吃官司，多得上下之人看覷，不曾重傷。今配江州，亦是好處。適蒙呼喚，不敢不至。今來既見了尊顏，奈我限期相逼，不敢久住，只此告辭。」晁蓋道：「直如此忙！且請少坐。」兩個中間坐了，宋江便叫兩個公人只在交椅後坐，與他寸步不離。

晁蓋叫許多頭領都來參拜了宋江，分兩行坐下，小頭目一面斟酒。先是晁蓋把盞了，向後軍師吳學究、公孫勝起，至白勝把盞下來。酒至數巡，宋江起身相謝道：「足見弟兄們相愛之情。宋江是個得罪囚人，不敢久停，只此告辭。」晁蓋道：「仁兄直如此見怪！雖然賢兄不肯要壞兩個公人，多與他些金銀，發付他回去，只說我梁山泊搶擄了去，不道得治罪於他。」宋江道：「兄這話休題。這等不是抬舉宋江，明明的是苦我。家中上有老父在堂，宋江不曾孝敬得一日，如何敢違了他的教訓，負累了他？前者一時乘興，與眾位來相投，天幸使令石勇在村店裏撞見在下，指引回家。父親說出這個緣故，情願教小可明吃了官司，急斷配出來，又頻頻囑付。臨行之時，又千叮萬囑，教我休為快樂，苦害家中，免累老父愴惶驚恐。因此父親明明訓教宋江，小可不爭隨順了，便是上逆天理，下違父教，做了不忠不孝的人，在世雖生何益？如不肯放宋江下山，情願只就眾位手裏乞死。」說罷，淚如雨下，便拜倒在地。晁蓋、吳用、公孫勝一齊扶起。眾人道：「既是哥哥堅意欲往江州，今日且請寬心住一日，明日早送下山。」三回五次留得宋江就山寨裏吃了一日酒。教去了枷，也不肯除，只和兩個公人同起同坐。

當晚住了一夜，次日早起來，堅心要行。吳學究道：「兄長聽稟：吳用有個至愛相識，現在江州充做兩院押牢節級，姓戴，名宗，本處人稱為戴院長。為他有道術，一日能行八百里，人都喚他做神行太保。此人十分仗義疏財。夜來小生修下一封書在此，與兄長去，到彼時可和本人做個相識。但有甚事，可教眾兄弟知道。」眾頭領挽留不住，安排筵宴送行，取出一盤金銀，送與宋江；又將二十兩銀子送與兩個公人。就與宋江挑了包裹，都送下山來，一個個都作別了。吳學究和花榮直送過渡，到大路二十里外。眾頭領回上山去。

只說宋江自和兩個防送公人取路投江州來。那個公人見了山寨裏許多人馬，眾頭領一個個都拜宋江，又得他那裏若干銀兩，一路上只是小心伏侍宋江。三個人在路約行了半月之上，早來到一個去處，望見前面一座高嶺。兩個公人說道：「好了！過得這條揭陽嶺，便是潯陽江，到江州卻是水路，相去不遠。」宋江道：「天色暄暖，趁早走過嶺去，尋個宿頭。」公人道：「押司說得是。」三個人廝趕着奔過嶺來。

行了半日，巴過嶺頭，早看見嶺腳邊一個酒店，背靠顛崖，門臨怪樹，前後都是草房。去那樹蔭之下，挑出一個酒旆兒來。宋江見了，心中歡喜，便與公人道：「我們肚里正飢渴哩！原來這嶺上有個酒店，我們且買碗酒吃再走。」

三個人入酒店來，兩個公人把行李歇了，將水火棍靠在壁上。宋江讓他兩個公人上首坐定，宋江下首坐了。半個時辰，不見一個人出來，宋江叫道：「怎地不見有主人家？」只聽得裏面應道：「來也！來也！」側首屋下，走出一個大漢來，怎生模樣：赤色虯鬚亂撒，紅絲虎眼睜圓。揭嶺殺人魔祟，酆都[1]催命判官。

那人出來，頭上一頂破頭巾，身穿一領布背心，露着兩臂，下面圍一條布手巾，看着宋江三個人唱個喏道：「客人，打多少酒？」宋江道：「我們走得肚飢，你這裏有甚麼肉賣？」那人道：「只有熟牛肉和渾白酒。」宋江道：「最好。你先切二斤熟牛肉來，打一角酒來。」那人道：「客人休怪說，我這裏嶺上賣

---

1) 酆（fēng）都：傳說中的陰司地府。

酒，只是先交了錢，方才吃酒。」宋江道：「倒是先還了錢吃酒，我也喜歡。等我先取銀子與你。」宋江便去打開包裹，取出些碎銀子。那人立在側邊偷眼睃着，見他包裹沉重，有些油水，心內自有八分歡喜。接了宋江的銀子，便去裏面舀一桶酒，切一盤牛肉出來，放下三隻大碗，三雙箸，一面篩酒。

三個人一頭吃，一面口裏說道：「如今江湖上歹人，多有萬千好漢着了道兒的。酒肉裏下了蒙汗藥，麻翻了，劫了財物，人肉把來做饅頭餡子。我只是不信，那裏有這話！」那賣酒的人笑道：「你三個說了，不要吃，我這酒和肉裏面都有了麻藥。」宋江笑道：「這個大哥瞧見我們說着麻藥，便來取笑。」兩個公人道：「大哥，熱吃一碗也好。」那人道：「你們要熱吃，我便將去盪來。」那人盪熱了，將來篩做三碗。正是飢渴之中，酒肉到口，如何不吃？三人各吃了一碗下去，只見兩個公人瞪了雙眼，口角邊流下涎水來，你揪我扯，望後便倒。宋江跳起來道：「你兩個怎地吃的一碗，便恁醉了？」向前來扶他，不覺自家也頭暈眼花，撲地倒了，光着眼，都面面廝覷，麻木了，動彈不得。酒店裏那人道：「慚愧！好幾日沒買賣，今日天送這三頭行貨來與我。」先把宋江倒拖了入去山巖邊人肉作房裏，放在剝人凳上；又來把這兩個公人也拖了入去。那人再來，卻把包裹行李都提在後屋內。解開看時，都是金銀，那人自道：「我開了許多年酒店，不曾遇着這等一個囚徒。量這等一個罪人，怎地有許多財物？卻不是從天降下，賜與我的！」那人看罷包裹，卻再包了，且去門前，望幾個火家歸來開剝。

立在門前看了一回，不見一個男女歸來，只見嶺下這邊三個人奔上嶺來。那人卻認得，慌忙迎接道：「大哥，那裏去來？」那三個內一個大漢應道：「我們特地上嶺來接一個人，料道是來的程途日期了。我每日出來，只在嶺下等候，不見到，正不知在那裏耽擱了。」那人道：「大哥卻是等誰？」那大漢道：「等個奢遮的好男子。」那人問道：「甚麼奢遮的好男子？」那大漢答道：「你敢也聞他的大名，便是濟州鄆城縣宋押司宋江。」那人道：「莫不是江湖上說的山東及時雨宋公明？」那大漢道：「正是此人。」那人又問道：「他卻因甚打這裏過？」那大漢道：「我本不知。近日有個相識從濟州來，說道：『鄆城縣宋押司宋江，不知為甚麼事發在濟州府，斷配江州牢城。』我料想他必從這裏過來，別處又無路。他在鄆城縣時，我尚且要去和他廝會，今次正從這裏經過，如何不結識他？因此在嶺下連日等候，接了他四五日，並不見有一個囚徒過來。我今日同這兩個兄弟信步踱上山嶺，來你這裏買碗酒吃，就望你一望。近日你店裏買賣如何？」那人道：「不瞞大哥說，這幾個月裏好生沒買賣，今日謝天地，捉得三個行貨，又有些東西。」那大漢慌忙問道：「三個甚樣人？」那人道：「兩個公人和一個罪人。」那漢失驚道：「這囚徒莫不是黑矮肥胖的人？」那人應道：「真個不十分長大，面貌紫棠色。」那大漢連忙問道：「不曾動手麼？」那人答道：「方才拖進作房去，等火家未回，不曾開剝。」那大漢道：「等我認他一認。」

當下四個人進山巖邊人肉作房裏，只見剝人凳上挺着宋江和兩個公人，顛倒頭放在地下。那大漢看見宋江，卻又不認得；相他臉上金印，又不分曉，沒可尋思處。猛想起道：「且取公人的包裹來，我看他公文便知。」那人道：「說得是。」便去房裏取過公人的包裹打開，見了一錠大銀，上有若干散碎銀兩，解開文書袋來，看了差批，眾人只叫得：「慚愧！」那大漢便道：「天使令我今日上嶺來，早是不曾動手，爭些兒誤了我哥哥性命。」正是：冤仇還報難回避，機會遭逢莫遠圖。踏破鐵鞋無覓處，得來全不費工夫。

那大漢便叫那人：「快討解藥來，先救起我哥哥。」那人也慌了，連忙調了解藥，便和那大漢去作房裏，先開了枷，扶將起來，把這解藥灌將下去。四個人將宋江扛出前面客位裏，那大漢扶住着，漸漸醒來，光着眼，看了眾人立在面前，又不認得，只見那大漢教兩個兄弟扶住了宋江，納頭便拜。宋江問道：「是誰？我不是夢中麼？」只見賣酒的那人也拜。宋江答禮道：「兩位大哥請起。這里正是那裏？不敢動問二位高姓？」那大漢道：「小弟姓李，名俊，祖貫廬州人氏，專在揚子江中撐船艄公為生，能識水性，人都呼小弟做混江龍李俊便是。這個賣酒的，是此間揭陽嶺人，只靠做私商道路，人盡呼他做催命判官李立。這兩個兄弟，是此間潯陽江邊人，專販私鹽來這裏貨賣，卻是投奔李俊家安身。大江中伏得水，駕得船，是弟兄兩個，一個喚做出洞蛟童威，一個叫做翻江蜃童猛。」兩個也拜了宋江四拜。宋江問道：「卻才麻翻了宋江，如何卻知我姓名？」李俊道：「小弟有個相識，近日做買賣從濟州回來，說起哥哥大名，為事發在江州牢城。李俊往常思念，只要去貴縣拜識哥哥，只為緣分淺薄，不能夠去。今聞仁兄來江州，必從這裏經過，小弟連連在嶺下等接仁兄五七日了，不見來。今日無心，天幸使令李俊同兩個弟兄上嶺來，就買杯酒吃，遇見李立，說將起來。因此小弟大驚，慌忙去作房裏看了，卻又不認得哥哥。猛可思量起來，取討公文看了，才知道是哥哥。不敢拜問仁兄，聞知在鄆城縣做押司，不知為何事配來江州？」宋江把這殺了閻婆惜，直至石勇村店寄書，回家事發，今次配來江州，備細說了一遍，四人稱歎不已。

李立道：「哥哥何不只在此間住了，休上江州牢城去受苦。」宋江答道：「梁山泊苦死相留，我尚兀自不肯住，恐怕連累家中老父。此間如何住得？」李俊道：「哥哥義士，必不肯胡行，你快救起那兩個公人來。」李立連忙叫了火家，已都歸來了，便把公人扛出前面客位裏來，把解藥灌將下去，救得兩個公人起來，面面廝覷道：「我們想是行路辛苦，恁地容易得醉！」眾人聽了都笑。

當晚李立置酒管待眾人，在家裏過了一夜。次日，又安排酒食管待，送出包裹，還了宋江並兩個公人。當時相別了，宋江自和李俊、童威、童猛、兩個公人下嶺來，徑到李俊家歇下。置備酒食，殷勤相待，結拜宋江為兄，留住家裏過了數日。宋江要行，李俊留不住，取些銀兩齎發兩個公人。宋江再帶上行枷，收拾了包裹行李，辭別李俊、童猛、童威，離了揭陽嶺下，取路望江州來。

三個人行了半日，早是未牌時分，行到一個去處，只見人煙輳集，井市喧嘩。正來到市鎮上，只見那裏一夥人圍住着看。宋江分開人叢，挨入去看時，卻原來是一個使槍棒賣膏藥的。宋江和兩個公人立住了腳，看他使了一回槍棒。那教頭放下了手中槍棒，又使了一回拳，宋江喝采道：「好槍棒拳腳！」那人卻拿起一個盤子來，口裏開呵[2]道：「小人遠方來的人，投貴地特來就事，雖無驚人的本事，全靠恩官作成，遠處誇稱，近方賣弄，如要筋重膏藥，當下取贖。如不用膏藥，可煩賜些銀兩銅錢齎發，休教空過了。」那教頭把盤子掠了一遭，沒一個出錢與他。那漢又道：「看官高抬貴手。」又掠了一遭，眾人都白着眼看，又沒一個出錢賞他。宋江見他惶恐[3]，掠了兩遭，沒人出錢，便叫公人取出五兩銀子來。宋江叫道：「教頭，我是個犯罪的人，沒

---

2)　開呵：開口說話，特指藝人說開場白。

3)　惶恐：難堪。

甚與你。這五兩白銀，權表薄意，休嫌輕微！」那漢子得了這五兩白銀，托在手裏，便收呵[4]道：「恁地一個有名的揭陽鎮上，沒一個曉事的好漢，抬舉咱家！難得這位恩官，本身現自為事在官，又是過往此間，顛倒齎發五兩白銀。正是：『當年郤笑鄭元和，只向青樓買笑歌。慣使不論家豪富，風流不在着衣多。』這五兩銀子強似別的五十兩。自家拜揖，願求恩官高姓大名，使小人天下傳揚。」宋江答道：「教師，量這些東西，值得幾多，不須致謝。」

正說之間，只見人叢裏一條大漢，分開人眾，搶近前來，大喝道：「兀那廝是甚麼鳥漢？那裏來的囚徒？敢來滅俺揭陽鎮上威風！」掄着雙拳來打宋江。不因此起相爭，有分教：潯陽江上，聚數籌攪海蒼龍的好漢；梁山泊中，添一夥爬山猛虎的英雄。畢竟那漢為甚麼要打宋江，且聽下回分解。

## 延伸思考

(1) 本回中宋江在梁山眾兄弟面前，執意不願開枷，吃酒時卻隨意解開，又戴上。兩處是否矛盾，為甚麼？

(2) 宋江為何執意不留在梁山，思考背後的外部客觀原因和內部的心理原因。

4) 收呵：收受的動作。

## 第三十七回

# 沒遮攔追趕及時雨
# 船火兒大鬧潯陽江

宋江被押往江州的路上，幾番遇險，又幾番獲救，並結識了幾個好漢，有驚無險到了江州牢營，均使銀子打點上下，也都相安無事。只有一個節級沒有得着銀子，鬧到營中，且看宋江如何解圍。

話說當下宋江不合將五兩銀子齎發了那個教師，只見這揭陽鎮上眾人叢中鑽過這條大漢，睜着眼喝道：「這廝那裏學得這些鳥槍棒，來俺這揭陽鎮上逞強，我已吩咐了眾人休睬他，你這廝如何賣弄有錢，把銀子賞他，滅俺揭陽鎮上的威風！」宋江應道：「我自賞他銀兩，卻干你甚事？」那大漢揪住宋江喝道：「你這賊配軍敢回我話！」宋江道：「做甚麼不敢回你話？」那大漢提起雙拳，劈臉打來，宋江躲個過。那大漢又趕入一步來，宋江卻待要和他放對，只見那個使槍棒的教頭從人背後趕將來，一隻手揪住那大漢頭巾，一隻手提住腰胯，望那大漢肋骨上只一兜，踉蹌一交，顛翻在地。那大漢卻待掙扎起來，又被這教頭只一腳踢翻了。兩個公人勸住教頭，那大漢從地下爬將起來，看了宋江和教頭說道：「使得使不得，叫你兩個不要慌。」一直望南去了。

宋江且請問：「教頭高姓？何處人氏？」教頭答道：「小人祖貫河南洛陽人氏，姓薛，名永，祖父是老種經略相公帳前軍官，為因惡了同僚，不得升用。子孫靠使槍棒賣藥度日，江湖上但呼小人病大蟲薛永。不敢拜問恩官高姓大名？」宋江道：「小可姓宋，名江，祖貫鄆城縣人氏。」薛永道：「莫非山東及時雨宋公明麼？」宋江道：「小可便是。何足道哉！」薛永聽罷，便拜道：「聞名不如見面，見面勝似聞名。」宋江連忙扶住道：「少敍三杯如何？」

薛永道：「好！正要拜識尊顏，小人無門得遇兄長。」慌忙收拾起槍棒和藥囊，同宋江便往鄰近酒肆內去吃酒。只見酒家說道：「酒肉自有，只是不敢賣與你們吃。」宋江問道：「緣何不賣與我們吃？」酒家道：「卻才和你們廝打的大漢，已使人吩咐了：若是賣與你們吃時，把我這店子都打得粉碎。我這裏卻是不敢惡他。這人是此間揭陽鎮上一霸，誰敢不聽他說？」宋江道：「既然恁地，我們去休，那廝必然要來尋鬧。」薛永道：「小人也去店裏算了房錢還他，一兩日間，也來江州相會。兄長先行。」宋江又取一二十兩銀子與了薛永，辭別了自去。

宋江只得自和兩個公人也離了酒店，又自去一處吃酒，那店家說道：「小郎已自都吩咐了，我們如何敢賣與你們吃？你枉走，甘自費力，不濟事。」宋江和兩個公人都則聲不得。連連走了幾家，都是一般話說。三個來到市梢盡頭，見了幾家打火小客店，正待要去投宿，卻被他那裏不肯相容。宋江問時，都道：「他已着小郎連連吩咐去了，不許安着你們三個。」當下宋江見不是話頭，三個便拽開腳步望大路上走着，看見一輪紅日低墜，天色昏暗。但見：暮煙迷遠岫，寒霧鎖長空。群星拱皓月爭輝，綠水共青山鬥碧。疏林古寺，數聲鐘韻悠揚；小浦漁舟，幾點殘燈明滅。枝上子規啼夜月，園中粉蝶宿花叢。

宋江和兩個公人見天色晚了，心裏越慌。三個商量道：「沒來由看使槍棒，惡了這廝！如今閃得前不巴村，後不着店，卻是投那裏去宿是好？」只見遠遠地小路上望見隔林深處射出燈光來。宋江見了道：「兀那裏燈光明處，必有人家，遮莫怎地陪個小心，借宿一夜，明日早行。」公人看了道：「這燈光處又不在正路上。」宋江道：「沒奈何。雖然不在正路上，明日多行三二里，卻打甚麼不緊。」三個人當時落路來，行不到二里多路，林子背後閃出一座大莊院來。

宋江和兩個公人來到莊院前敲門，莊客聽得，出來開門道：「你是甚人？黃昏半夜來敲門打戶！」宋江陪着小心答道：「小人是個犯罪配送江州的人，今日錯過了宿頭，無處安歇，欲求貴莊借宿一宵，來早依例拜納房金。」莊客道：「既是恁地，你且在這裏少待，等我入去報知莊主太公，可容即歇。」莊客入去通報了，復翻身出來說道：「太公相請。」宋江和兩個公人到裏面草堂上參見了莊主太公。太公吩咐，教莊客領去門房裏安歇，就與他們些晚飯吃。莊客聽了，引去門首草房下，點起一碗燈，教三個歇定了；取三分飯食、羹湯、菜蔬，教他三個吃了。莊客收了碗碟，自入裏面去。兩個公人道：「押司，這裏又無外人，一發除了行枷，快活睡一夜，明日早行。」宋江道：「說得是。」當時去了行枷，和兩個公人去房外淨手，看見星光滿天，又見打麥場邊屋後是一條村僻小路，宋江看在眼裏。三個淨了手，入進房裏，關上門去睡。宋江和兩個公人說道：「也難得這個莊主太公留俺們歇這一夜。」正說間，聽得莊裏有人點火把來打麥場上，一到處照看。宋江在門縫裏張時，見是太公引着三個莊客，把火一到處照看。宋江對公人道：「這太公和我父親一般，件件都要自來照管。這早晚也未曾去睡，一地裏親自點看。」

正說之間，只聽得外面有人叫開莊門，莊客連忙來開了門，放入五七個人來，為頭的手裏拿着朴刀，背後的都拿着稻叉棍棒。火把光下，宋江張看時，「那個提朴刀的，正是在揭陽鎮上要打我們的那漢。」宋江又聽得那太公問道：「小郎，你那裏去來？和甚人廝打？日晚了，拖槍拽棒！」那大漢道：「阿爹不知，哥哥在家裏麼？」太公道：「你哥哥吃得醉了，去睡在後面亭子上。」那漢道：「我自去叫他起來，我和他趕人。」太公道：「你又和誰合口，叫起哥哥來時，他卻不肯干休。你且對我說這緣故。」那漢道：「阿爹你不知，今日鎮上一個使槍棒賣藥的漢子，叵耐那廝不先來見我弟兄兩個，便去鎮上撇科賣藥，教使槍棒，被我都吩咐了鎮上的人，分文不要與他賞錢，不知那裏走一個囚徒來，那廝做好漢出尖，把五兩銀子賞他，滅俺揭陽鎮上威風。我正要打那廝，堪恨那賣藥的腦揪翻我，打了一頓，又踢了我一腳，至今腰裏還疼。我已教人四下裏吩咐了酒店客店，不許着這廝們吃酒安歇，先教那廝三個今夜沒存身處。隨後吃我叫了賭房裏一夥人，趕將去客店裏，拿得那賣藥的來，盡氣力打了一頓，如今把來吊在都頭家裏。明日送去江邊，捆做一塊，拋在江裏，出那口鳥氣。卻只趕這兩個公人押的囚徒不着，前面又沒客店，竟不知投那裏去宿了。我如今叫起哥哥來，分投趕去，捉拿這廝。」太公道：「我兒休恁地短命相。他自有銀子賞那賣藥的，卻干你甚事？你去打他做甚麼？可知道着他打了，也不曾傷重。快依我口便罷，休教哥哥得知。你吃人打了，他肯干罷？又是去害人性命。你依我說，且去房裏睡了。半夜三更，莫去敲門打戶，激惱村坊。你也積些陰德。」那漢不顧太公說，拿着朴刀，徑入莊內去了。太公隨後也趕入去。

宋江聽罷，對公人說道：「這般不巧的事，怎生是好？卻又撞在他家投宿，我們只宜走了好。倘或這廝得知，必然吃他害了性命。便是太公不說，莊客如何敢瞞？」兩個公人都道：「說的是，事不宜遲，及早快走。」宋江道：「我們休從大路出去，掇開屋後一堵壁子出去罷。」兩個公人挑了包裹，宋江自提了行枷，便從房裏挖開屋後一堵壁子，三個人便趁星月之下，望林木深處小路上只顧走。正是慌不擇路，走了一個更次，望見前面滿目蘆花，一派大江，滔滔浪滾，正來到潯陽江邊。有詩為證：

撞入天羅地網來，宋江時蹇實堪哀。
才離黑煞凶神難，又遇喪門白虎災。

只聽得背後喊叫，火把亂明，吹風胡哨趕將來。宋江只叫得苦道：「上蒼救一救則個！」三人躲在蘆葦叢中，望後面時，那火把漸近，三人心裏越慌，腳高步低在蘆葦裏撞，前面一看，不到天盡頭，早到地盡處。定目一觀，看見大江攔截，側邊又是一條闊港。宋江仰天歎道：「早知如此的苦，權且在梁山泊也罷。誰想直斷送在這裏！」

宋江正在危急之際，只見蘆葦叢中悄悄地忽然搖出一隻船來。宋江見了，便叫：「梢公，且把船來救我們三個，俺與你幾兩銀子。」那梢公在船上問道：「你三個是甚麼人？卻走在這裏來？」宋江道：「背後有強人打劫我們，一昧地撞在這裏。你快把船來渡我們，我多與你些銀兩。」那梢公聽得多與銀兩，把船便放攏來。三個連忙跳上船去，一個公人便把包裹丟下艙裏，一個公人便將水火棍拱開了船。那梢公一頭搭上櫓，一面聽着包裹落艙，有些好響聲，心裏暗喜歡。把櫓一搖，那隻小船早蕩在江心裏去。

岸上這夥趕來的人早趕到灘頭，有十數個火把，為頭兩個大漢各挺着一條朴刀，隨後有二十餘人，各執槍棒，口裏叫道：「你那梢公，快搖船攏來！」宋江和兩個公人做一塊兒伏在船艙裏，說道：「梢公，卻是不要攏船，我們自多與你些銀子相謝。」那梢公點頭，只不應岸上的人，把船望上水咿咿啞啞的搖將去。那岸上這夥人大喝道：「你那梢公，不搖攏船來，教你都死！」那梢公冷笑幾聲，也不應。岸上那夥人又叫道：「你是那個梢公？直恁大膽，不搖攏來！」那梢公冷笑應道：「老爺叫做張梢公，你不要咬我鳥。」岸上火把叢中那個長漢說道：「原來是張大哥，你見我弟兄兩個麼？」那梢公應道：「我又不瞎，做甚麼不見你？」那長漢道：「你既見我時，且搖攏來和你說話。」那梢公道：「有話明朝來說，趁船的要去得緊。」那長漢道：「我弟兄兩個正要捉這趁船的三個人。」那梢公道：「趁船的三個都是我家親眷，衣食父母，請他歸去吃碗板刀麪子來。」那長漢道：「你且搖攏來和你商量。」那梢公又道：「我的衣飯倒搖攏來把與你，倒樂意。」那長漢道：「張大哥，不是這般說，我弟兄只要捉這囚徒，你且攏來。」那梢公一頭搖櫓，一面說道：「我自好幾日接得這個主顧，卻是不搖攏來，倒吃你接了去。你兩個只得休怪，改日相見。」宋江不曉得梢公話裏藏鬮[1]，在船艙裏悄悄的和兩個公人說：「也難得這個梢公救了我們三個性命。又與他分說，不要忘了他恩德。卻不是幸得這隻船來渡了我們。」

卻說那梢公搖開船去，離得江岸遠了，三個人在艙裏望岸上時，火把也自去蘆葦中明亮。宋江道：「慚愧！正是『好人相逢，惡人遠離』。且得脫了這場災難。」只見那梢公搖着櫓，口裏唱起湖州歌來。唱道：老爺生長在江邊，不怕官司不怕天。昨夜華光來趁我，臨行奪下一金磚。

宋江和兩個公人聽了這首歌，都酥軟了。宋江又想道：「他是唱耍。」三個正在那裏議論未了，只見那梢公放下櫓，說道：「你這個撮鳥，兩個公人，平日最會詐害做私商的人，今日卻撞在老爺手裏！你三個卻是要吃板刀麪？卻是要吃餛飩？」宋江道：「家長[2]休要取笑！怎地喚做板刀麪？怎地是餛飩？」那梢公睜着眼道：「老爺和你耍甚鳥！若還要吃板刀麪時，俺有一把潑風也似快刀在這艎板底下，我不消三刀五刀，我只一刀一個，都剁你三個人下水去。你若要吃餛飩時，你三個快脫了衣裳，都赤條條地跳下江裏自死。」宋江聽罷，扯定兩個公人說道：「卻是苦也！正是『福無雙至，禍不單行』。」那梢公喝道：「你三個好好商量，快回我話。」宋江答道：「梢公不知，我們也是沒奈何犯下了罪，迭配江州的人。你如何可憐見饒了我三個！」那梢公喝道：「你說甚麼閒話！饒你三個！我半個也不饒你。老爺喚做有名的狗臉張爺爺，來也不認得爹，去也不認得娘。你便都閉了鳥嘴，快下水裏去！」宋江又求告道：

---

1)　藏鬮：暗藏玄機。

2)　家長：對船主人的尊稱。

「我們都把包裹內金銀、財帛、衣服等項盡數與你，只饒了我三人性命。」那梢公便去艎板底下摸出那把明晃晃板刀來，大喝道：「你三個要怎地？」宋江仰天歎道：「為因我不敬天地，不孝父母，犯下罪責，連累了你兩個。」那兩個公人也扯着宋江道：「押司，罷，罷！我們三個一處死休。」那梢公又喝道：「你三個好好快脫了衣裳，跳下江去。跳便跳，不跳時，老爺便剁下水裏去。」

宋江和那兩個公人抱做一塊，恰待要跳水，只見江面上咿咿啞啞櫓聲響，宋江探頭看時，一隻快船飛也似從上水頭搖將下來。船上有三個人，一條大漢手裏橫着托叉，立在船頭上。梢頭兩個後生，搖着兩把快櫓，星光之下，早到面前。那船頭上橫叉的大漢便喝道：「前面是甚麼梢公，敢在當港行事？船裏貨物，見者有分。」這船梢公回頭看了，慌忙應道：「原來卻是李大哥，我只道是誰來。大哥又去做買賣，只是不曾帶挈兄弟。」大漢道：「張家兄弟，你在這裏又弄這一手！船裏甚麼行貨？有些油水麼？」梢公答道：「教你得知好笑。我這幾日沒道路，又賭輸了，沒一文，正在沙灘上悶坐，岸上一夥人趕着三頭行貨來我船裏。卻是鳥兩個公人，解一個黑矮囚徒，正不知是那裏人。他說道迭配江州來的，卻又項上不帶行枷。趕來的岸上一夥人，卻是鎮上穆家哥兒兩個，定要討他。我見有些油水吃，我不還他。」船上那大漢道：「咄！莫不是我哥哥宋公明？」宋江聽得聲音廝熟，便艙裏叫道：「船上好漢是誰？救宋江則個！」那大漢失驚道：「真個是我哥哥，早不做出來。」宋江鑽出船上來看時，星光明亮，那立在船頭上的大漢，不是別人，正是：家住潯陽江浦上，最稱豪傑英雄。眉濃眼大面皮紅，髭鬚垂鐵線，語話若銅鐘。凜凜身軀長八尺，能揮利劍霜鋒，衝波躍浪立奇功。廬州生李俊，綽號混江龍。

那船頭上立的大漢，正是混江龍李俊。背後船梢上兩個搖櫓的，一個是出洞蛟童威，一個是翻江蜃童猛。

這李俊聽得是宋公明，便跳過船來，口裏叫苦道：「哥哥驚恐。若是小弟來得遲了些個，誤了仁兄性命。今日天使李俊在家坐立不安，棹船出來江裏，趕些私鹽，不想又遇着哥哥在此受難！」那梢公呆了半晌，做聲不得，方才問道：「李大哥，這黑漢便是山東及時雨宋公明麼？」李俊道：「可知是哩！」那梢公便拜道：「我那爺，你何不早通個大名，省得着我做出歹事來，爭些兒傷了仁兄。」宋江問李俊道：「這個好漢是誰？高姓何名？」李俊道：「哥哥不知，這個好漢卻是小弟結義的兄弟，原是小孤山下人氏，姓張，名橫，綽號船火兒，專在此潯陽江做這件穩善[3]的道路。」宋江和兩個公人都笑起來。

當時兩隻船並着搖奔灘邊來，纜了船，艙裏扶宋江並兩個公人上岸。李俊又與張橫說道：「兄弟，我常和你說，天下義士，只除非山東及時雨鄆城宋押司，今日你可仔細認看。」張橫敲開火石，點起燈來，照着宋江，撲翻身，又在沙灘上拜道：「望哥哥恕兄弟罪過！」宋江看那張橫時，但見：七尺身軀三角眼，黃髯赤髮紅睛，潯陽江上有聲名。衝波如水怪，躍浪似飛鯨，惡水狂風都不懼，蛟龍見處魂驚。天差列宿害生靈。小孤山下住，船火號張橫。

張橫拜罷問道：「義士哥哥為何事配來此間？」李俊便把宋江犯罪的事說了，今來迭配江州。張橫聽了說道：「好教哥哥得知，小弟一母所生的親弟兄兩個，長的便是小弟，我有個兄弟，卻又了得。渾身雪練也似一身白肉，泦得四五十里水面，水底下伏得七日七夜，水裏行一似一根白條，更兼一身好武藝。因此人起他一個異名，喚做浪裏白條張順。當初我弟兄兩個，只在揚子江邊做一件依本分的道路。」宋江道：「願聞則個。」張橫道：「我弟兄兩個，但賭輸了時，我便先駕一隻船渡在江邊淨處做私渡。有那一等客人貪省貫百錢的，又要快，便來下我船。等船裏都坐滿了，卻教兄弟張順也扮做單身客人，背着一個大包也來趁船。我把船搖到半江裏，歇了櫓，抛了釘[4]，插一把板刀，卻討船錢，本合五百足錢一個人，我便定要他三貫。卻先問兄弟討起，教他假意不肯還我，我便把他來起手，一手揪住他頭，一手提定腰胯，撲通地攛下江裏，排頭兒定要三貫。一個個都驚得呆了，把出來不迭。都斂得足了，卻送他到僻淨處上岸。我那兄弟自從水底下走過對岸，等沒了人，卻與兄弟分錢去賭。那時我兩個只靠這件道路過日。」宋江道：「可知江邊多有主顧來尋你私渡！」李俊等都笑起來。張橫又道：「如今我弟兄兩個都改了業，我便只在這潯陽江裏做些私商。兄弟張順，他卻如今自在江州做賣魚牙子[5]。如今哥哥去時，小弟寄一封書去，只是不識字，寫不得。」李俊道：「我們去村裏央個門館先生來寫。」留下童威、童猛看船。三個人跟了李俊，張橫提了

---

3)　穩善：指搶劫害命的事。本是妥善之意。這裏是隱語。

4)　釘：停船時沉於水底穩定船身的石塊。

5)　賣魚牙子：魚販子。

燈，投村裏來。

走不過半里路，看見火把還在岸上明亮。張橫說道:「他弟兄兩個還未歸去。」李俊道:「你說兀誰弟兄兩個？」張橫道:「便是鎮上那穆家哥兒兩個。」李俊道:「一發叫他兩個來拜見哥哥。」宋江連忙說道:「使不得，他兩個趕着要捉我。」李俊道:「仁兄放心，他弟兄不知是哥哥。他亦是我們一路人。」李俊用手一招，胡哨了一聲，只見火把人伴都飛奔將來。看見李俊、張橫都恭奉着宋江做一處說話，那弟兄二人大驚道:「二位大哥如何與這三人廝熟？」李俊大笑道:「你道他是兀誰？」那二人道:「便是不認得。只見他在鎮上出銀兩賞那使槍棒的，滅俺鎮上威風，正待要捉他。」李俊道:「他便是我日常和你們說的山東及時雨鄆城宋押司公明哥哥，你兩個還不快拜。」那弟兄兩個撇了朴刀，撲翻身便拜道:「聞名久矣，不期今日方得相會；卻才甚是冒瀆，犯傷了哥哥，望乞憐憫恕罪。」宋江扶起二位道:「壯士，願求大名。」李俊便道:「這弟兄兩個富戶是此間人，姓穆，名弘，綽號沒遮攔，兄弟穆春，喚做小遮攔，是揭陽鎮上一霸。我這裏有三霸，哥哥不知，一發說與哥哥知道。揭陽嶺上嶺下，便是小弟和李立一霸；揭陽鎮上，是他弟兄兩個一霸；潯陽江邊做私商的，卻是張橫、張順兩個一霸。以此謂之三霸。」宋江答道:「我們如何省得？既然都是自家弟兄情分，望乞放還了薛永。」穆弘笑道:「便是使槍棒的那廝？哥哥放心，隨即便教兄弟穆春去取來還哥哥。我們且請仁兄到敝莊伏禮請罪。」李俊說道:「最好，最好！便到你莊上去。」穆弘叫莊客着兩個去看了船隻，就請童威、童猛一同都到莊上去相會。一面又着人去莊上報知，置辦酒食，殺羊宰豬，整理筵宴。

一行眾人等了童威、童猛，一同取路投莊上來。卻好五更天氣，都到莊裏，請出穆太公來相見了，就草堂上分賓主坐下。宋江看那穆弘時，端的好表人物。但見：面似銀盆身似玉，頭圓眼細眉單，威風凜凜逼人寒。靈官離斗府，佑聖下天關。武藝高強心膽大，陣前不肯空還，攻城野戰奪旗幡。穆弘真壯士，人號沒遮攔。

宋江與穆太公對坐。說話未久，天色明朗，穆春已取到病大蟲薛永進來，一處相會了。穆弘安排筵席，管待宋江等眾位飲宴。當日眾人在席上，所說各自經過的許多事務。至晚都留在莊上歇宿。次日，宋江要行，穆弘那裏肯放，把眾人都留莊上，陪侍宋江去鎮上閒玩，觀看揭陽市村景致。

又住了三日，宋江怕違了限次，堅意要行。穆弘並眾人苦留不住，當日做個送路筵席。次日早起來，宋江作別穆太公並眾位好漢，臨行吩咐薛永，且在穆弘處住幾時，卻來江州，再得相會。穆弘道：「哥哥但請放心，我這裏自看顧他。」取出一盤金銀，送與宋江，又齎發兩個公人些銀兩。臨動身，張橫在穆弘莊上央人修了一封家書，央宋江付與張順，當時宋江收放包裹內了。一行人都送到潯陽江邊。穆弘叫隻船來，取過先頭行李下船。眾人都在江邊，安排行枷，取酒食上船餞行，當下眾人灑淚而別。李俊、張橫、穆弘、穆春、薛永、童威、童猛一行人，各自回家，不在話下。

只說宋江自和兩個公人下船投江州來。這梢公非比前番，拽起一帆風篷，早送到江州上岸。宋江依前帶上行枷，兩個公人取出文書，挑了行李，直至江州府前來，正值府尹升廳。原來那江州知府，姓蔡，雙名得章，是當朝蔡太師蔡京的第九個兒子，因此江州人叫他做蔡九知府。那人為官貪濫，作事驕奢。為這江州是個錢糧浩大的去處，抑且人廣物盈，因此太師特地教他來做個知府。

當時兩個公人當廳下了公文，押宋江投廳下。蔡九知府看見宋江一表非俗，便問道：「你為何枷上沒了本州的封皮？」兩個公人告道：「於路上春雨淋漓，卻被水濕壞了。」知府道：「快寫個帖來，便送下城外牢城營裏去，本府自差公人押解下去。」這兩個公人就送宋江到牢城營內交割。當時江州府公人齎了文帖，監押宋江並同公人出州衙，前來酒店裏買酒吃。宋江取三兩來銀子，與了江州府公人，當討了收管，將宋江押送單身房裏聽候。那公人先去對管營差撥處替宋江說了方便，交割討了收管，自回江州府去了。這兩個公人也交還了宋江包裹行李，千酬萬謝，相辭了入城來。兩個自說道：「我們雖是吃了驚恐，卻賺得許多銀兩。」自到州衙府裏伺候，討了回文，兩個取路往濟州去了。

話裏只說宋江又自央浼人情，差撥到單身房裏，送了十兩銀子與他；管營處又自加倍送十兩並人事；營裏管事的人，並使喚的軍健人等，都送些銀兩與他們買茶吃。因此無一個不歡喜宋江。少刻引到點視廳前，除了行枷參見。管營為得了賄賂，在廳上說道：「這個新配到犯人宋江聽着：先朝太祖武德皇帝聖旨事例，但凡新入流配的人，須先吃一百殺威棒，左右與我捉去背起來。」宋江告道：「小人於路感冒風寒時症，至今未曾痊可。」管營道：「這漢端的似有病的，不見他面黃肌瘦，有些病症。且與他權寄下這頓棒。此人既是縣吏出身，着他本營抄事房做個抄事。」就時立了文案，便教發去抄事。宋江謝了，去單身房取了行李，到抄事房安頓了。

眾囚徒見宋江有面目，都買酒來與他慶賀。次日，宋江置備酒食，與眾人回禮。不時間，又請差撥牌頭遞杯，管營處常常送禮物與他。宋江身邊有的是金銀財帛，自落的結識他們。住了半月之間，滿營裏沒一個不歡喜他。

自古道：「世情看冷暖，人面逐高低。」宋江一日與差撥在抄事房吃酒，那差撥說與宋江道：「賢兄，我前日和你說的那個節級[6]常例人情，如何多日不使人送去與他？今已一旬之上了。他明日下來時，須不好看。」宋江道：「這個不妨。那人要錢，不與他。若是差撥哥哥但要時，只顧問宋江取不妨。那節級要時，一文也沒。等他下來，宋江自有話說。」差撥道：「押司，那人好生利害，更兼手腳了得。倘或有些言語高低，吃了他些羞辱，卻道我不與你通知。」宋江道：「兄長由他，但請放心，小可自有措置。敢是送些與他，也不見得。他有個不敢要我的，也不見得。」正恁的說未了，只見牌頭來報道：「節級下在這裏了，正在廳上大發作，罵道：『新到配軍，如何不送得常例錢來與我！』」差撥道：「我說是麼，那人自來，連我們都怪。」宋江笑道：「差撥哥哥休罪，不及陪侍，改日再得作杯。小可且去和他說話。」差撥也起身道：「我們不要見他。」宋江別了差撥，離了抄事房，自來點視廳上，見這節級。

不是宋江來和這人廝見，有分教：江州城裏，翻為虎窟狼窩；十字街頭，變作屍山血海。直教：撞破天羅歸水滸，掀開地網上梁山，畢竟宋江來與這個節級怎麼相見，且聽下回分解。

## 延伸思考

本回中多次提到宋江的「行枷」，是細節描寫的運用，除了此細節，還能否找出類似的從細處着眼突出人物特點的地方。

6)　節級：宋代的一種低級武職軍官，也指獄吏。或稱「家長」「院長」。

第三十八回

精讀

# 及時雨會神行太保
# 黑旋風鬥浪裏白條

本回中由於李逵的出場，情節輕松幽默了許多。先是宋江與戴宗相會，喝酒時聽到黑旋風李逵因為貪賭借銀子鬧了起來，宋江仗義疏財，也喜他是個真實不假的人，給了他十兩銀子。李逵又賭輸了鬧事，被二人勸住後繼續管待酒飯，卻因宋江要吃鮮魚又與一個賣魚主人打起來，這不打不相識，賣魚主人也是個響當當的好漢。

話說當時宋江別了差撥，出抄事房來，到點視廳上看時，見那節級掇條凳子坐在廳前，高聲喝道：「那個是新配到囚徒？」牌頭指着宋江道：「這個便是。」那節級便罵道：「你這黑矮殺才，倚仗誰的勢要，不送常例錢來與我？」宋江道：「『人情人情，在人情願。』你如何逼取人財？好小哉相！」兩邊看的人聽了，倒捏兩把汗。那人大怒，喝罵：「賊配軍安敢如此無禮！顛倒說我小哉！那兜馱的，與我背起來，且打這廝一百訊棍。」兩邊營裏眾人都是和宋江好的，見說要打他，一哄都走了，只剩得那節級和宋江。那人見眾人都散了，肚裏越怒，拿起訊棍，便奔來打宋江。宋江說道：「節級，你要打我，我得何罪？」那人大喝道：「你這賊配軍是我手裏行貨，輕咳嗽便是罪過。」宋江道：「你便尋我過失，也不到得該死。」那人怒道：「你說不該死，我要結果你也不難，只似打殺一個蒼蠅。」宋江冷笑道：「我因不送常例錢便該死時，結識梁山泊吳學究的，卻該怎地？」那人聽了這話，慌忙丟了手中訊棍，便問道：「你說甚麼？」宋江又答道：「自說那結識軍師吳學究的，你問我怎的？」那人慌了手腳，拖住宋江問道：「你正是誰？那裏得這話來？」宋江笑道：「小可便是山東鄆城縣宋江。」那人聽了大驚，連忙作揖說道：「原來兄長正是及時雨宋公明。」宋江道：「何足掛齒！」那人便道：「兄長，此間不是說話處，未敢下拜。同往城裏敍懷，請兄長便行。」宋江道：「好，節級少待，容宋江鎖了房門便來。」

宋江慌忙到房裏取了吳用的書，自帶了銀兩，出來鎖上房門，吩咐牌頭看管。便和那人離了牢城營內，奔入江州城裏來，去一個臨街酒肆中樓上坐下。那人問道：「兄長何處見吳學究來？」宋江懷中取出書來，遞與那人。那人拆開封皮，從頭讀了，藏在袖內，起身望着宋江便拜。宋江慌忙答禮道：「適間言語衝撞，休怪，休怪！」那人道：「小弟只聽得說有個姓宋的發下牢城營裏來。往常時，但是發來的配軍，常例送銀五兩，今番已經十數日，不見送來，今日是個閒暇日頭，因此下來取討，不想卻是仁兄。恰才在營內甚是言語冒瀆了哥哥，萬望恕罪！」宋江道：「差撥亦曾常對小可說起大名。宋江有心要拜識尊顏，又不知足下住處，亦無因入城，特地只等尊兄下來，要與足下相會一面，以此耽誤日久。不是為這五兩銀子不捨得送來，只想尊兄必是自來，故意延挨。今日幸得相見，以慰平生之願。」

說話的，那人是誰？便是吳學究所薦的江州兩院押牢節級戴院長戴宗。那時故宋時金陵一路節級，都稱呼「家長」；湖南一路節級，都稱呼做「院長」。原來這戴院長有一等驚人的道術，但出路時，齎書飛報緊急軍情事，把兩個甲馬拴在兩隻腿上，作起神行法來，一日能行五百里；把四個甲馬拴在腿上，便一日能行八百里。因此人都稱做神行太保戴宗。有《臨江仙》為證：

面闊唇方神眼突，瘦長清秀人材，皂紗巾畔翠花開。黃旗書令字，紅串映宣牌。健足欲追千里馬，羅衫常惹塵埃，神行太保術奇哉。程途八百里，朝去暮還來。

當下戴院長與宋公明說罷了來情去意，戴宗、宋江俱各大喜。兩個坐在閣子裏，叫那賣酒的過來安排酒果、餚饌、菜蔬來，就酒樓上兩個飲酒。宋江訴說一路上遇見許多好漢，眾人相會的事務，戴宗也傾心吐膽，把和這吳學究相交來往的事，告訴了一遍。

兩個正說到心腹相愛之處，才飲得兩三杯酒，只聽樓下喧鬧起來。過賣連忙走入閣子來，對戴宗說道：「這個人只除非是院長說得他下，沒奈何，煩院長去解拆則個。」戴宗問道：「在樓下作鬧的是誰？」過賣道：「便是時常同院長走的那個喚做鐵牛李大哥，在底下尋主人家借錢。」戴宗笑道：「又是這廝在下面無禮，我只道是甚麼人。兄長少坐，我去叫了這廝上來。」

戴宗便起身下去。不多時，引着一個黑凜凜大漢上樓來。宋江看見，吃了一驚，便問道：「院長，這大哥是誰？」戴宗道：「這個是小弟身邊牢裏一個小牢子，姓李，名逵，祖貫是沂州沂水縣百丈村人氏。本身一個異名，喚做黑旋風李逵。他鄉中都叫他做李鐵牛。因為打死了人，逃走出來，雖遇赦宥，流落在此江州，不曾還鄉。為他酒性不好，多人懼他。能使兩把板斧，及會拳棍，現今在此牢裏勾當。」有詩為證：

家住沂州翠嶺東，殺人放火恣行兇。
不搽煤墨渾身黑，似着朱砂兩眼紅。
閒向溪邊磨巨斧，悶來巖畔砍喬松。
力如牛猛堅如鐵，撼地搖天黑旋風。

**點評**

● 肖像描寫。只五個字，人物特徵、體格、性格全出。

**點評**

● 全書只此一人敢如此稱呼宋江，世間難得真性情。

● 寫出五體投地狀。

● 要來便來，說走即走，禮數於李逵盡是虛設。

李逵看着宋江問戴宗道：「哥哥，這黑漢子是誰？」戴宗對宋江笑道：「押司，你看這廝恁麼粗鹵，全不識些體面。」李逵便道：「我問大哥，怎地是粗鹵？」戴宗道：「兄弟，你便請問這位官人是誰便好，你倒卻說『這黑漢子是誰』，這不是粗鹵，卻是甚麼？我且與你說知，這位仁兄，便是閒常你要去投奔他的義士哥哥。」李逵道：「莫不是山東及時雨黑宋江？」戴宗喝道：「咄！你這廝敢如此犯上，直言叫喚，全不識些高低，兀自不快下拜等幾時？」李逵道：「若真個是宋公明，我便下拜；若是閒人，我卻拜甚鳥！節級哥哥，不要瞞我拜了，你卻笑我。」宋江便道：「我正是山東黑宋江。」李逵拍手叫道：「我那爺，你何不早說些個，也教鐵牛歡喜。」撲翻身軀便拜。宋江連忙答禮，說道：「壯士大哥請坐。」戴宗道：「兄弟，你便來我身邊坐了吃酒。」李逵道：「不耐煩小盞吃，換個大碗來篩。」宋江便問道：「卻才大哥為何在樓下發怒？」李逵道：「我有一錠大銀，解[1]了十兩小銀使用了。卻問這主人家挪借十兩銀子去贖那大銀出來，便還他，自要些使用。叵耐這鳥主人不肯借與我，卻待要和那廝放對，打得他家粉碎，卻被大哥叫了我上來。」宋江道：「只用十兩銀子去取，再要利錢麼？」李逵道：「利錢已有在這裏了，只要十兩本錢去討。」宋江聽罷，便去身邊取出一個十兩銀子把與李逵，說道：「大哥，你將去贖來用度。」戴宗要阻當時，宋江已把出來了。李逵接得銀子，便道：「卻是好也！兩位哥哥只在這裏等我一等，贖了銀子便來送還，就和宋哥哥去城外吃碗酒。」宋江道：「且坐一坐，吃幾碗了去。」李逵道：「我去了便來。」推開簾子，下樓去了。

戴宗道：「兄長休借這銀與他便好。卻才小弟正欲要

---

1) 解：押當，典當。

阻，兄長已把在他手裏了。」宋江道：「卻是為何？」戴宗道：「這廝雖是耿直，只是貪酒好賭。他卻幾時有一錠大銀解了，兄長吃他賺漏了這個銀去。他慌忙出門，必是去賭。若還贏得時，便有的送來還哥哥；若是輸了時，那裏討這十兩銀來還兄長？戴宗面上須不好看。」宋江笑道：「院長尊兄何必見外，量這些銀兩，何足掛齒，由他去賭輸了罷。我看這人倒是個忠直漢子。」戴宗道：「這廝本事自有，只是心粗膽大不好。在江州牢裏，但吃醉了時，卻不奈何罪人，只要打一般強的牢子。我也被他連累得苦。專一路見不平，好打強漢，以此江州滿城人都怕他。」詩曰：

賄賂公行法枉施，罪人多受不平虧。
以強凌弱真堪恨，天使拳頭付李逵。

宋江道：「俺們再飲兩杯，卻去城外閒玩一遭。」戴宗道：「小弟也正忘了和兄長去看江景則個。」宋江道：「小可也要看江州的景致，如此最好。」

且不說兩個再飲酒，只說李逵得了這個銀子，尋思道：「難得宋江哥哥，又不曾和我深交，便借我十兩銀子，果然仗義疏財，名不虛傳。如今來到這裏，卻恨我這幾日賭輸了，沒一文做好漢請他。如今得他這十兩銀子，且將去賭一賭，倘或贏得幾貫錢來，請他一請也好看。」當時李逵慌忙跑出城外小張乙賭房裏來，便去場上將這十兩銀子撇在地下，叫道：「把頭錢[2]過來我博。」那小張乙得知李逵從來賭直[3]，便道：「大哥且歇這一博，下來便是你博。」李逵道：「我要先賭這一博。」小張乙道：「你便傍猜[4]也好。」李逵道：「我

---

2)　頭錢：用作賭具的錢，共六枚，擲下去看正面和背面的配合變化以定輸贏。

3)　賭直：仗義。

4)　傍猜：不正式入局，只從旁猜測勝負之數。

不傍猜，只要博這一博，五兩銀子做一注。」有那一般賭的，卻待要博，被李逵搿手奪過頭錢來，便叫道：「我博兀誰？」小張乙道：「便博我五兩銀子。」李逵叫一聲，肐地博一個叉[5]。小張乙便拿了銀子過來，李逵叫道：「我的銀子是十兩。」小張乙道：「你再博我五兩，便還了你這錠銀子。」李逵又拿起頭錢，叫聲：「快[6]！」肐瘩的又博個叉。小張乙笑道：「我叫你休搶頭錢，且歇一博，不聽我口，如今一連博上兩個叉。」李逵道：「我這銀子是別人的。」小張乙道：「遮莫是誰的，也不濟事了，你既輸了，卻說甚麼？」李逵道：「沒奈何，且借我一借，明日便送來還你。」小張乙道：「說甚麼閒話？自古賭錢場上無父子。你明明地輸了，如何倒來革爭？」李逵把布衫拽起在前面，口裏喝道：「你們還我也不還？」小張乙道：「李大哥，你閒常最賭的直，今日如何恁麼沒出豁？」李逵也不答應他，便就地下擄了銀子，又搶了別人賭的十來兩銀子，都摟在布衫兜裏。睜起雙眼，就道：「老爺閒常賭直，今日權且不直一遍。」小張乙急待向前奪時，被李逵一指一交。十二三個賭博的一齊上，要奪那銀子，被李逵指東打西，指南打北。李逵把這夥人打得沒地躲處，便出到門前，把門的問道：「大郎那裏去？」那夥人隨後趕將出來，都只在門前叫道：「李大哥，你恁地沒道理，都搶了我們眾人的銀子去！」只在門前叫喊，沒一個敢近前來討。詩曰：

世人無事不嬲[7]賬，直道只用在賭上。
李逵不直亦不妨，又為賭賊作榜樣。

---

5) 叉：賭博用語，「快」的反面。

6) 快：賭博用語，得采；原為順利之義。

7) 嬲（niǎo）：糾纏。

李逵正走之時，聽得背後一人趕上來，扳住肩臂喝道：「你這廝如何卻搶擄別人財物？」李逵口裏應道：「干你鳥事！」回過臉來看時，卻是戴宗，背後立着宋江。李逵見了，惶恐滿面，便道：「哥哥休怪，鐵牛閒常只是賭直，今日不想輸了哥哥的銀子，又沒得些錢來相請哥哥，喉急了，時下做出這些不直來。」宋江聽了，大笑道：「賢弟但要銀子使用，只顧來問我討。今日既是明明地輸與他了，快把來還他。」李逵只得從布衫兜裏取出來，都遞在宋江手裏。宋江便叫過小張乙前來，都付與他。小張乙接過來說道：「二位官人在上，小人只拿了自己的，這十兩原銀，雖是李大哥兩博輸與小人，如今小人情願不要他的，省的記了冤仇。」宋江道：「你只顧將去，不要記懷。」小張乙那裏肯。宋江便道：「他不曾打傷了你們麼？」小張乙道：「討頭[8]的，拾錢的，和那把門的，都被他打倒在裏面。」宋江道：「既是恁的，就與他眾人做將息錢，兄弟自不敢來了，我自着他去。」小張乙收了銀子，拜謝了回去。

點評

● 側面寫出了李逵在當地稱霸。

宋江道：「我們和李大哥吃三杯去。」戴宗道：「前面靠江有那琵琶亭酒館，是唐朝白樂天古蹟。我們去亭上酌三杯，就觀江景則個。」宋江道：「可於城中買些餚饌之物將去。」戴宗道：「不用，如今那亭上有人在裏面賣酒。」宋江道：「恁地時卻好。」當時三人便望琵琶亭上來。到得亭子上看時，一邊靠着潯陽江，一邊是店主人家房屋。琵琶亭上有十數付座頭，戴宗便揀一付乾淨座頭，讓宋江坐了頭位，戴宗坐在對席，肩下便是李逵。三個坐定，便叫酒保鋪下菜蔬、果品、海鮮、按酒之類。酒保取過兩樽玉壺春酒——此是江州有名的上色好酒——開了泥頭。宋江縱目觀看那江時，端的是景致非常。但見：雲外遙山聳翠，江邊

8)　討頭：賭場主人從贏家所得中抽取一定數量的利錢。

點評

● 反客為主，果然性直。

● 這一細節描寫活畫出李逵無視禮數的魯直個性。

遠水翻銀。隱隱沙汀，飛起幾行鷗鷺；悠悠小蒲，撐回數隻漁舟。翻翻雪浪拍長空，拂拂涼風吹水面。紫霄峯上接穹蒼，琵琶亭半臨江岸。四圍空闊，八面玲瓏。欄杆影浸玻璃，窗外光浮玉璧。昔日樂天聲價重，當年司馬淚痕多。

當時三人坐下，李逵便道：「酒把大碗來篩，不耐煩小盞價吃。」戴宗喝道：「兄弟好村，你不要做聲，只顧吃酒便了。」宋江吩咐酒保道：「我兩個面前放兩隻盞子，這位大哥面前放個大碗。」酒保應了，下去取隻碗來，放在李逵面前，一面篩酒，一面鋪下餚饌。李逵笑道：「真個好個宋哥哥，人說不差了，便知做兄弟的性格。結拜得這位哥哥，也不枉了。」酒保斟酒，連篩了五七遍。宋江因見了這兩人，心中歡喜，吃了幾杯，忽然心裏想要魚辣湯吃，便問戴宗道：「這裏有好鮮魚麼？」戴宗笑道：「兄長，你不見滿江都是漁船，此間正是魚米之鄉，如何沒有鮮魚？」宋江道：「得些辣魚湯醒酒最好。」戴宗便喚酒保，教造三分加辣點紅白魚湯來。頃刻造了湯來，宋江看見道：「美食不如美器，雖是個酒肆之中，端的好整齊器皿。」拿起箸來，相勸戴宗、李逵吃，自也吃了些魚，呷了幾口湯汁。李逵也不使箸，便把手去碗裏撈起魚來，和骨頭都嚼吃了。宋江看見，忍笑不住，呷了兩口汁，便放下箸不吃了。戴宗道：「兄長，一定這魚醃了，不中仁兄吃。」宋江道：「便是不才酒後，只愛口鮮魚湯吃，這個魚真是不甚好。」戴宗應道：「便是小弟也吃不得，是醃的，不中吃。」李逵嚼了自碗裏魚，便道：「兩位哥哥都不吃，我替你們吃了。」便伸手去宋江碗裏撈將過來吃了，又去戴宗碗裏也撈過來吃了，滴滴點點淋一桌子汁水。

宋江見李逵把三碗魚湯和骨頭都嚼吃了，便叫酒保來吩咐道：「我這大哥想是肚飢，你可去大塊肉切二斤來與他吃，少刻一發算錢還你。」酒保道：「小人這裏只賣羊肉，卻沒牛肉，要肥羊盡有。」李逵聽了，便把魚汁擗臉潑將去，淋那酒保一身。戴宗喝道：「你又做甚麼！」李逵應道：「叵耐這廝無禮，欺負我只吃牛肉，不賣羊肉與我吃。」酒保道：「小人問一聲，也不多話。」宋江道：「你去只顧切來，我自還錢。」酒保忍氣吞聲去切了二斤羊肉，做一盤將來放在桌子上。李逵見了，也不謙讓，大把價揸來只顧吃，拈指間把這二斤羊肉都吃了。宋江看了道：「壯哉，真好漢也！」李逵道：「這宋大哥便知我的鳥意，吃肉不強似吃魚。」戴宗叫酒保來問道：「卻才魚湯，家生甚是整齊，魚卻醃了，不中吃。別有甚好鮮魚時，另造些辣湯來，與我這位官人醒酒。」酒保答道：「不敢瞞院長說，這魚端的是昨夜的。今日的活魚還在船內，等魚牙主人不來，未曾敢賣動，因此未有好鮮魚。」李逵跳起來道：「我自去討兩尾活魚來與哥哥吃。」戴宗道：「你休去，只央酒保去回幾尾來便了。」李逵道：「船上打魚的，不敢不與我，值得甚麼！」戴宗攔當不住，李逵一直去了。戴宗對宋江說道：「兄長休怪小弟引這等人來相會，全沒些個體面，羞辱殺人！」宋江道：「他生性是恁的，如何教他改得？我倒敬他真實不假。」兩個自在琵琶亭上笑語說話取樂。詩曰：

**點評**

● 處處用戴宗中規中矩的言行反襯李逵不合時宜的做法，意在突出李逵不同常人的真實個性。

溢江煙景出塵寰，江上峯巒擁髻鬟。
明日琵琶人不見，黃蘆苦竹暮潮還。

卻說李逵走到江邊看時，見那漁船一字排着，約有八九十隻，都纜繫在綠楊樹下。船上漁人，有斜枕着船艄睡的，有在船頭上結網的，也有在水裏洗浴的。此時正是五月半天氣，一輪紅日，將及沉西，不見主人來開艙賣魚。李逵走到船邊，喝一聲道：「你們船上活魚把兩尾來與我。」那漁人應道：「我們等不見漁牙[9]主人來，不敢開艙。你看，那

9)　漁牙：為漁人、魚販買賣雙方說合交易、從中取得傭金的商行或個人。

點評

● 場景描寫。眾人用撐船竹篙打李逵，即景就寫，隨筆拈來。

行販都在岸上坐地。」李逵道：「等甚麼鳥主人！先把兩尾魚來與我。」那漁人又答道：「紙也未曾燒，如何敢開艙？那裏先拿魚與你？」李逵見他眾人不肯拿魚，便跳上一隻船去，漁人那裏攔當得住。李逵不省得船上的事，只顧便把竹笆篾一拔，漁人在岸上只叫得：「罷了！」李逵伸手去踏板底下一絞摸時，那裏有一個魚在裏面。原來那大江裏漁船，船尾開半截大孔，放江水出入，養着活魚，卻把竹笆篾攔住，以此船艙裏活水往來，養放活魚，因此江州有好鮮魚。這李逵不省得，倒先把竹笆篾提起了，將那一艙活魚都走了。李逵又跳過那邊船上去拔那竹篾，那七八十漁人都奔上船，把竹篙來打李逵。李逵大怒，焦躁起來，便脫下布衫，裏面單繫着一條棋子布手巾兒，見那亂竹篙打來，兩隻手一駕，早搶了五六條在手裏，一似扭葱般都扭斷了。漁人看見，盡吃一驚，卻都去解了纜，把船撐開去了。李逵忿怒，赤條條地拿兩截折竹篙，上岸來趕打行販，都亂紛紛地挑了擔走。

正熱鬧裏，只見一個人從小路裏走出來，眾人看見叫道：「主人來了，這黑大漢在此搶魚，都趕散了漁船。」那人道：「甚麼黑大漢，敢如此無禮！」眾人把手指道：「那廝兀自在岸邊尋人廝打。」那人搶將過去，喝道：「你這廝吃了豹子心、大蟲膽，也不敢來攪亂老爺的道路！」李逵看那人時，六尺五六身材，三十二三年紀，三柳掩口黑髯，頭上裹頂青紗萬字巾，掩映着穿心紅一點兒，上穿一領白布衫，腰繫一條絹搭膊，下面青白裊腳，多耳麻鞋，手裏提條行秤。那人正來賣魚，見了李逵在那裏橫七豎八打人，便把秤遞與行販接了，趕上前來大喝道：「你這廝要打誰？」李逵也不回話，掄過竹篙，卻望那人便打。那人搶入去，早奪了竹篙。李逵便一把揪住那人頭髮，那人便奔他下三面，要跌李逵。怎敵得李逵水牛般氣力，直推將開去，不能夠攏身。那人便望肋下擢得幾拳，李逵那裏着在意裏。那人又飛起腳來踢，被李逵直把頭按將下去，提起鐵錘般大小拳頭，去那人脊樑上擂鼓也似打。那人怎生掙扎？李逵正打哩，一個人在背後劈腰抱住，一個人便來幫住手，喝道：「使不得，使不得！」李逵回頭看時，卻是宋江、戴宗。李逵便放了手，那人略得脫身，一道煙走了。

戴宗埋怨李逵道：「我教你休來討魚，又在這裏和人廝打。倘或一拳打死了人，你不去償命坐牢？」李逵應道：「你怕我連累你，我自打死了一個，我自去承當。」宋江便道：「兄弟休要論口，拿了布衫，且去吃酒。」李逵向那柳樹根頭拾起布衫，搭在胳膊上，跟了宋江、戴宗便走。

行不得十數步，只聽的背後有人叫罵道：「黑殺才今番來和你見個輸贏。」李逵回轉頭來看時，便是那人，脫得赤條條地，匾紮起一條水褌兒，露出一身雪練也似白肉，頭上除了巾幘，顯出那個穿心一點紅俏兒來，在江邊獨自一個把竹篙撐着一隻漁船趕將來，口裏大罵道：「千刀萬剮的黑殺才，老爺怕你的，不算好漢！走的，不是好男子！」李逵聽了大怒，吼了一聲，撇了布衫，搶轉身來，那人便把船略攏來，湊在岸邊，一手把竹篙點定了船，口裏大罵着。李逵也罵道：「好漢便上岸來。」那人把竹篙去李逵腿上便搠，撩撥得李逵火起，托地跳在船上。說時遲，那時快，那人只要誘得李逵上船，便把竹篙望岸邊一點，雙腳一蹬，那隻漁船一似狂風飄敗葉，箭也似投江心裏去了。李逵雖然也識得水，卻不甚高，當時慌了手腳。那個人也不叫罵，撇了竹篙，叫聲：「你來，今番和你定要見個輸贏。」便把李逵胳膊拿住，口裏說道：「且不和你廝打，先教你吃些水。」兩隻腳把船只一晃，船底朝天，英雄落水，兩個好漢撲通地都翻筋斗撞下江裏去。

宋江、戴宗急趕至岸邊，那隻船已翻在江裏，兩個只在岸上叫苦。江岸邊早擁上三五百人，在柳陰樹下看，都道：「這黑大漢今番卻着道兒，便掙扎得性命，也吃了一肚皮水。」宋江、戴宗在岸邊看時，只見江面開處，那人把李逵

**點評**

● 一黑一白，綠水中上下，加之三五百人岸上喝彩，場面壯觀。

提將起來，又淹將下去，兩個正在江心裏面清波碧浪中間，一個顯渾身黑肉，一個露遍體霜膚。兩個打做一團，絞做一塊，江岸上那三五百人沒一個不喝采。但見：一個是沂水縣成精異物，一個是小孤山作怪妖魔。這個是酥團結就肌膚，那個如炭屑湊成皮肉。一個是馬靈官白蛇託化，一個是趙元帥黑虎投胎。這個似萬萬錘打就銀人，那個如千千火煉成鐵漢。一個是五台山銀牙白象，一個是九曲河鐵甲老龍。這個如布漆羅漢顯神通，那個似玉碾金剛施勇猛。一個盤旋良久，汗流遍體進真珠；一個揪扯多時，水浸渾身傾墨汁。那個學華光教主，向碧波深處顯形骸；這個像黑煞天神，在雪浪堆中呈面目。正是：玉龍攪暗天邊日，黑鬼掀開水底天。

當時宋江、戴宗看見李逵被那人在水裏揪住，浸得眼白，又提起來，又納下去，何止淹了數十遭，正是：舟行陸地力能為，拳到江心無可施。真是黑風吹白浪，鐵牛兒作水牛兒。

宋江見李逵吃虧，便叫戴宗央人去救。戴宗問眾人道：「這白大漢是誰？」有認得的說道：「這個好漢便是本處賣魚主人，喚做張順。」宋江聽得，猛省道：「莫不是綽號浪裏白條的張順？」眾人道：「正是，正是。」宋江對戴宗說道：「我有他哥哥張橫的家書在營裏。」戴宗聽了，便向岸邊高聲叫道：「張二哥不要動手，有你令兄張橫家書在此。這黑大漢是俺們兄弟，你且饒了他，上岸來說話。」張順在江心裏見是戴宗叫他，卻也時常認得，便放了李逵，赴到岸邊，爬上岸來，看着戴宗唱個喏道：「院長休怪小人無禮。」戴宗道：「足下可看我面，且去救了我這兄弟上來，卻教你相會一個人。」張順再跳下水裏，赴將開去，李逵正在江裏探頭探腦，假掙扎赴水。張順早赴到分際[10]，帶住了

---

10) 分際：關鍵的地方（時間或空間）。

李逵一隻手，自把兩條腿踏着水浪，如行平地，那水浸不過他肚皮，淹着臍下，擺了一隻手，直托李逵上岸來，江邊看的人個個喝采。宋江看得呆了。半晌，張順、李逵都到岸上。李逵喘做一團，口裏只吐白水。戴宗道：「且都請你們到琵琶亭上說話。」張順討了布衫穿着，李逵也穿了布衫，四個人再到琵琶亭上來。

戴宗便對張順道：「二哥，你認得我麼？」張順道：「小人自識得院長，只是無緣，不曾拜會。」戴宗指着李逵問張順道：「足下日常曾認得他麼？今日倒衝撞了你。」張順道：「小人如何不認的李大哥？只是不曾交手。」李逵道：「你也淹得我夠了。」張順道：「你也打得我好了。」戴宗道：「你兩個今番卻做個至交的弟兄。常言道：『不打不成相識。』」李逵道：「你路上休撞着我。」張順道：「我只在水裏等你便了。」四人都笑起來，大家唱個無禮喏。

戴宗指着宋江對張順道：「二哥，你曾認得這位兄長麼？」張順看了道：「小人卻不認得，這裏亦不曾見。」李逵跳起身來道：「這哥哥便是黑宋江。」張順道：「莫非是山東及時雨鄆城宋押司？」戴宗道：「正是公明哥哥。」張順納頭便拜道：「久聞大名，不想今日得會，多聽的江湖上來往的人說兄長清德，扶危濟困，仗義疏財。」宋江答道：「量小可何足道哉！前日來時，揭陽嶺下混江龍李俊家裏住了幾日。後在潯陽江上，因穆弘相會，得遇令兄張橫，修了一封家書，寄來與足下，放在營內，不曾帶得來。今日便和戴院長並李大哥來這裏琵琶亭吃三杯，就觀江景。宋江偶然酒後思量些鮮魚湯醒酒，怎當的他定要來討魚，我兩個阻他不住。只聽得江岸上發喊熱鬧，叫酒保看時，說道是黑大漢和人廝打，我兩個急急走來勸解，不想卻與壯士相會。今日宋江一朝得遇三位豪傑，豈非天幸！且請同坐，菜酌三杯。」再喚酒保重整杯盤，再備餚饌。張順道：「既然哥哥要好鮮魚吃，兄弟去取幾尾來。」宋江道：「最好。」李逵道：「我

點評

和你去討。」戴宗喝道：「又來了，你還吃的水不快活。」張順笑將起來，綰了李逵手說道：「我今番和你去討魚，看別人怎地！」正是：上殿相爭似虎，落水鬥亦如龍。果然不失和氣，斯為草澤英雄。

兩個下琵琶亭來，到得江邊，張順略哨一聲，只見江上漁船都撐攏來到岸邊。張顧問道：「那個船裏有金色鯉魚？」只見這個應道：「我船上來。」那個應道：「我船裏有。」一霎時卻湊攏十數尾金色鯉魚來。張順選了四尾大的，把柳條穿了，先教李逵將來亭上整理。張順自點了行販，吩咐小牙子去把秤賣魚。張順卻自來琵琶亭上陪侍宋江。宋江謝道：「何須許多，但賜一尾，也十分夠了。」張順答道：「些小微物，何足掛齒！兄長食不了時，將回行館做下飯。」兩個序齒，李逵年長，坐了第三位，張順坐第四位。再叫酒保討兩樽玉壺春上色酒來，並些海鮮、按酒、果品之類。張順吩咐酒保，把一尾魚做辣湯，用酒蒸一尾，叫酒保切鱠。

四人飲酒中間，各敍胸中之事，正說得入耳，只見一個女娘，年方二八，穿一身紗衣，來到跟前，深深的道了四個萬福，頓開喉音便唱。李逵正待要賣弄胸中許多豪傑的事務，卻被他唱起來一攪，三個且都聽唱，打斷了他的話頭。李逵怒從心起，跳起身來，把兩個指頭去那女娘子額上一點，那女子大叫一聲，驀然倒地。

● 只有李逵不解風情、不近女色。

眾人近前看時，只見那女娘桃腮似土，檀口無言。那酒店主人一發向前攔住四人，要去經官告理。正是：憐香惜玉無情緒，煮鶴焚琴惹是非。畢竟宋江等四人在酒店裏怎地脫身，且聽下回分解。

## 延伸思考

體會本回中場景描寫的妙處，可以試着改編成劇本和幾個同學一起演演。

## 精華賞析

本回的着力處在黑旋風李逵的出場。作者描寫李逵的個性粗魯、大膽、真實不假，但又並沒有一味寫他的「魯」，而是在粗魯中加入了諸如說謊、耍賴等小伎倆，使這種粗魯不同於其他好漢的特點。如魯達的粗魯是粗中有細，並且自知；而李逵卻是一味魯莽，做事不經過認真籌劃思考，甚至撒謊都無法自圓其說，不講禮儀規範。他還沒有自知之明，甚至還問戴宗甚麼是粗魯。正是這樣毫無心機的魯直，得到了宋江的賞識。這裏我們不妨大膽推測，也許正是李逵身上具備的耿直真實，是宋江所不能企及的品質，玩弄權術之人最怕的也是遭人算計，他如此別樣照顧李逵，待他如心腹，正是看中了他心直口快、不需要防備的優點。

## 知識拓展

### 琵琶亭

「琵琶亭酒館，是唐朝白樂天古蹟。」

白居易被貶為江州司馬時，送客盆浦口，聽得鄰船有琵琶聲，便邀彈琵琶女子相見，席間彈奏一曲，又聽其訴說身世，作詩一首曰《琵琶行》，傳誦千古。後人築琵琶亭，後多次移址或重建。

## 琵琶行

（唐）白居易

潯陽江頭夜送客，楓葉荻花秋瑟瑟。主人下馬客在船，舉酒欲飲無管弦。醉不成歡慘將別，別時茫茫江浸月。忽聞水上琵琶聲，主人忘歸客不發。

尋聲暗問彈者誰？琵琶聲停欲語遲。移船相近邀相見，添酒回燈重開宴。千呼萬喚始出來，猶抱琵琶半遮面。轉軸撥弦三兩聲，未成曲調先有情。弦弦掩抑聲聲思，似訴平生不得志。低眉信手續續彈，說盡心中無限事。輕攏慢撚抹復挑，初為霓裳後六么。大弦嘈嘈如急雨，小弦切切如私語。嘈嘈切切錯雜彈，大珠小珠落玉盤。間關鶯語花底滑，幽咽泉流冰下難。冰泉冷澀弦凝絕，凝絕不通聲漸歇。別有幽愁暗恨生，此時無聲勝有聲。銀瓶乍破水漿迸，鐵騎突出刀槍鳴。曲終收撥當心畫，四弦一聲如裂帛。東船西舫悄無言，唯見江心秋月白。

沉吟放撥插弦中，整頓衣裳起斂容。自言本是京城女，家在蝦蟆陵下住。十三學得琵琶成，名屬教坊第一部。曲罷曾教善才服，妝成每被秋娘妒。武陵少年爭纏頭，一曲紅綃不知數。鈿頭銀篦擊節碎，血色羅裙翻酒污。今年歡笑復明年，秋月春風等閒度。弟走從軍阿姨死，暮去朝來顏色故。門前冷落車馬稀，老大嫁作商人婦。商人重利輕別離，前月浮梁買茶去。去來江口守空船，繞船月明江水寒。夜深忽夢少年事，夢啼妝淚紅闌干。我聞琵琶已歎息，又聞此語重唧唧。同是天涯淪落人，相逢何必曾相識。我從去歲辭帝京，謫居臥病潯陽城。潯陽地僻無音樂，終歲不聞絲竹聲。住近湓城地低濕，黃蘆苦竹繞宅生。其間旦暮聞何物？杜鵑啼血猿哀鳴。春江花朝秋月夜，往往取酒還獨傾。豈無山歌與村笛？嘔啞嘲哳難為聽。今夜聞君琵琶語，如聽仙樂耳暫明。莫辭更坐彈一曲，為君翻作琵琶行。感我此言良久立，卻坐促弦弦轉急。淒淒不似向前聲，滿座重聞皆掩泣。座中泣下誰最多？江州司馬青衫濕。

## 第三十九回

# 精讀 潯陽樓宋江吟反詩<br>梁山泊戴宗傳假信

宋江在江州牢營的生活漸漸安頓下來，一日尋戴宗等人不着，獨自上潯陽樓喝酒，因觸景生情，題下《西江月》一首詞和幾句詩，不料被次日來喝酒的本州官員黃文炳看到並視為反詩。為此官府將宋江捉拿，上報京師要以此立功。宋江又將如何逃過此難？

話說當下李逵把指頭捺倒了那女娘，酒店主人攔住說道：「四位官人如何是好？」主人心慌，便叫酒保過賣都向前來救他，就地下把水噴噀，看看甦醒，扶將起來。看時，額角上抹脫了一片油皮，因此那女子暈昏倒了，救得醒來，千好萬好。他的爹娘聽得說是黑旋風，先是驚得呆了半晌，那裏敢說一言。看那女子，已自說得話了，娘母取個手帕，自與他包了頭，收拾了釵環。宋江問道：「你姓甚麼？那裏人家？」那老婦人道：「不瞞官人說，老身夫妻兩口兒，姓宋，原是京師人。只有這個女兒，小字玉蓮，他爹自教得他幾個曲兒，胡亂叫他來這琵琶亭上賣唱養口。為他性急，不看頭勢，不管官人說話，只顧便唱。今日這哥哥失手，傷了女兒些個，終不成經官動詞，連累官人。」宋江見他說得本分，便道：「你着甚人跟我到營裏，我與你二十兩銀子，將息女兒，日後嫁個良人，免在這裏賣唱。」那夫妻兩口兒便拜謝道：「怎敢指望許多！」宋江道：「我說一句是一句，並不會說謊。你便叫你老兒自跟我去討與他。」那夫妻二人拜

**點評**

● 古有白居易潯陽江頭聽琵琶女唱曲作詩為贈，現有宋江同情賣唱女子，周濟銀兩。這一段看似與故事情節沒甚麼聯繫，卻為宋江題詩做了鋪墊。也是唱曲女子，也來自京城，也是同樣的地點，此情此景，如何不讓人生出「同是天涯淪落人」的感慨呢？

點評

● 宋江的仗義，很多處都是通過「疏財」來表現的，這是此人一個重要的性格特徵。

謝道：「深感官人救濟。」戴宗埋怨李逵道：「你這廝要便與人合口，又教哥哥壞了許多銀子。」李逵道：「只指頭略擦得一擦，他自倒了，不曾見這般鳥女子恁地嬌嫩。你便在我臉上打一百拳，也不妨。」宋江等眾人都笑起來。

張順便叫酒保去說，這席酒錢我自還他。酒保聽得道：「不妨，不妨！只顧去。」宋江那裏肯，便道：「兄弟，我勸二位來吃酒，倒要你還錢！」張順苦死要還，說道：「難得哥哥會面，仁兄在山東時，小弟哥兒兩個也兀自要來投奔哥哥，今日天幸得識尊顏，權表薄意，非足為禮。」戴宗道：「公明兄長，既然是張二哥相敬之心，只得曲允。」宋江道：「既然兄弟還了，改日卻另置杯復禮。」張順大喜，就將了兩尾鯉魚，和戴宗、李逵帶了這個宋老兒，都送宋江離了琵琶亭，來到營裏，五個人都進抄事房裏坐下。宋江先取兩錠小銀二十兩，與了宋老兒。那老兒拜謝了去，不在話下。天色已晚，張順送了魚，宋江取出張橫書，付與張順，相別去了。宋江又取出五十兩一錠大銀對李逵道：「兄弟，你將去使用。」戴宗、李逵也自作別，趕入城去了。

只說宋江把一尾魚送與管營，留一尾自吃。宋江因見魚鮮，貪愛爽口，多吃了些，至夜四更，肚裏絞腸刮肚價疼。天明時，一連瀉了二十來遭，昏暈倒了，睡在房中。宋江為人最好，營裏眾人都來煮粥燒湯，看覷伏侍他。次日，張順因見宋江愛魚吃，又將得好金色大鯉魚兩尾送來，就謝宋江寄書之義。卻見宋江破腹，瀉倒在床，眾囚徒都在房裏看視。張順見了，要請醫人調治。宋江道：「自貪口腹，吃了些鮮魚，壞了肚腹，你只與我贖一帖止瀉六和湯來吃便好了。」叫張順把這兩尾魚一尾送與王管營，一尾送與趙差撥。張順送了魚，就贖了一帖六和湯藥來與宋江了，自回去不在話下。營內自有眾人煎藥伏侍。次日，戴宗、李逵備了酒肉，徑來抄事房看望宋江。只見宋江暴病才可，吃不得酒肉，兩個自在房面前吃了，直至日晚，相別去了。亦不在話下。

只說宋江自在營中將息了五七日，覺得身體沒事，病症已痊，思量要入城中去尋戴宗。又過了一日，不見他一個來。次日早膳罷，辰牌前後，揣了些銀子，鎖上房門，離了營裏。信步出街來，徑走入城，去州衙前左邊尋問戴院長家。有人說道：「他又無老小，只在城隍廟間壁觀音庵裏歇？」宋江聽了，尋訪直到那裏，已自鎖了門出去了。卻又來尋問黑旋風李逵時，多人說道：「他是個沒頭神，又無家室，只在牢裏安身。沒地裏的巡檢，東邊歇兩日，西邊歪幾時，正不知他那裏是住處。」宋江又尋問賣魚牙子張順時，亦有人說道：「他自在城外村裏住，便自賣魚時，也只在城外江邊，只除非討賒錢入城來。」

宋江聽罷，又尋出城來，直要問到那裏。獨自一個悶悶不已，信步再出城外來，看見那一派江景非常，觀之不足。正行到一座酒樓前過，仰面看時，旁邊豎着一根望竿，懸掛着一個青布酒旆子，上寫道：「潯陽江正庫[1]」。雕簷外一面牌額，上有蘇東坡大書「潯陽樓」三字。宋江看了，便道：「我在鄆城縣時，只聽得說江州好座潯陽樓，原來卻在這裏。我雖獨自一個在此，不可錯過，何不且上樓去自己看玩一遭？」宋江來到樓前看時，只見門邊朱紅華表，柱上兩面白粉牌，各有五個大字，寫道：「世間無比酒，天下有名樓。」宋江便上樓來，去靠江佔一座閣子裏坐了。憑闌舉目看時，端的好座酒樓。但見：雕簷映日，畫棟飛雲。碧闌干低接軒窗，翠簾幕高懸戶牖。消磨醉眼，倚青天萬迭雲山；勾惹吟魂，翻瑞雪一江煙水。白蘋渡口，時聞漁父鳴榔；紅蓼灘頭，每見釣翁擊楫。樓畔綠槐啼野鳥，門前翠柳繫花驄。

宋江看罷，喝采不已。酒保上樓來問道：「官人還是要待客，只是自消遣？」宋江道：「要待兩位客人，未見來。你且先取一樽好酒，果品、肉食只顧賣來，魚便不要。」酒

1)　正庫：宋代官辦酒坊，每設酒樓供門市售賣。

點評

● 體會此處心理描寫，是宋江對自身命運的慨歎。

保聽了，便下樓去。少時，一托盤把上樓來，一樽藍橋風月[2]美酒，擺下菜蔬時新果品按酒，列幾般肥羊、嫩雞、釀鵝、精肉，盡使朱紅盤碟。宋江看了，心中暗喜，自誇道：「這般整齊餚饌，濟楚器皿，端的是好個江州。我雖是犯罪遠流到此，卻也看了些真山真水。我那裏雖有幾座名山古蹟，卻無此等景致。」獨自一個，一杯兩盞，倚闌暢飲，不覺沉醉，猛然驀上心來，思想道：「我生在山東，長在鄆城，學吏出身，結識了多少江湖好漢，雖留得一個虛名，目今三旬之上，名又不成，功又不就，倒被文了雙頰，配來在這裏。我家鄉中老父和兄弟，如何得相見？」不覺酒湧上來，潸然淚下，臨風觸目，感恨傷懷。忽然做了一首《西江月》詞，便喚酒保索借筆硯來。起身觀玩，見白粉壁上多有先人題詠，宋江尋思道：「何不就書於此？倘若他日身榮，再來經過，重睹一番，以記歲月，想今日之苦。」乘着酒興，磨得墨濃，蘸得筆飽，去那白粉壁上揮毫便寫道：

自幼曾攻經史，長成亦有權謀。恰如猛虎臥荒丘，潛伏爪牙忍受。不幸刺文雙頰，那堪配在江州。他年若得報冤仇，血染潯陽江口。

宋江寫罷，自看了大喜大笑，一面又飲了數杯酒，不覺歡喜。自狂蕩起來，手舞足蹈，又拿起筆來，去那《西江月》後再寫下四句詩，道是：

心在山東身在吳，飄蓬江海謾嗟吁。
他時若遂凌雲志，敢笑黃巢[3]不丈夫！

---

2) 藍橋風月：一種名酒。

3) 黃巢：唐末農民起義的領袖。

宋江寫罷詩，又去後面大書五字道：「鄆城宋江作。」寫罷，擲筆在桌上，又自歌了一回。再飲過數杯酒，不覺沉醉，力不勝酒，便喚酒保計算了，取些銀子算還，多的都賞了酒保，拂袖下樓來。踉踉蹌蹌，取路回營裏來。開了房門，便倒在床上，一覺直睡到五更。酒醒時，全然不記得昨日在潯陽江樓上題詩一節。當時害酒，自在房裏睡臥，不在話下。

且說這江州對岸，另有個城子喚做無為軍，卻是個野去處。城中有個在閒[4]通判，姓黃，雙名文炳。這人雖讀經書，卻是阿諛諂佞之徒，心地匾窄，只要嫉賢妒能，勝如己者害之，不如己者弄之，專在鄉裏害人。聞知這蔡九知府是當朝蔡太師兒子，每每來浸潤他，時常過江來謁訪知府，指望他引薦出職，再欲做官。

也是宋江命運合當受苦，撞了這個對頭。當日這黃文炳在私家閒坐，無可消遣，帶了兩個僕人，買了些時新禮物，自家一隻快船渡過江來，徑去府裏探望蔡九知府。恰恨撞着府裏公宴，不敢進去。卻再回船，正好那隻船僕人已纜在潯陽樓下。黃文炳因見天氣暄熱，且去樓上閒玩一回。信步入酒店裏來看了一遭，轉到酒樓上，憑欄消遣，觀見壁上題詠甚多，也有做得好的，亦有歪談亂道的。黃文炳看了冷笑。正看到宋江題《西江月》詞並所吟四句詩，大驚道：「這個不是反詩？誰寫在此？」後面卻書道「鄆城宋江作」五個大字。黃文炳再讀道：「自幼曾攻經史，長成亦有權謀。」冷笑道：「這人自負不淺。」又讀道：「恰如猛虎臥荒丘，潛伏爪牙忍受。」黃文炳道：「那廝也是個不依本分的人。」又讀：「不幸刺文雙頰，那堪配在江州。」黃文炳道：「也不是個高尚其志的人，看來只是個配軍。」又讀道：「他年若

---

4)　在閒：退職賦閒。

得報冤仇，血染潯陽江口。」黃文炳道：「這廝報仇兀誰？卻要在此生事！量你是個配軍，做得甚用！」又讀詩道：「心在山東身在吳，飄蓬江海謾嗟吁。」黃文炳道：「這兩句兀自可恕。」又讀道：「他時若遂凌雲志，敢笑黃巢不丈夫！」黃文炳搖着頭道：「這廝無禮，他卻要賽過黃巢，不謀反待怎地？」再看了「鄆城宋江作」，黃文炳道：「我也多曾聞這個名字，那人多管是個小吏。」便喚酒保來問道：「作這兩篇詩詞，端的是何人題下在此？」酒保道：「夜來一個人獨自吃了一瓶酒，醉後疏狂，寫在這裏。」黃文炳道：「約莫甚麼樣人？」酒保道：「面頰上有兩行金印，多管是牢城營內人。生得黑矮肥胖。」黃文炳道：「是了。」就借筆硯取幅紙來抄了，藏在身邊，吩咐酒保休要刮去了。黃文炳下樓，自去船中歇了一夜。

次日飯後，僕人挑了盒仗，一徑又到府前，正值知府退堂在衙內，使人入去報覆。多樣時，蔡九知府遣人出來，邀請在後堂。蔡九知府卻出來與黃文炳敍罷寒溫已畢，送了禮物，分賓坐下。黃文炳稟說道：「文炳夜來渡江到府拜望，聞知公宴，不敢擅入，今日重復拜見恩相。」蔡九知府道：「通判乃是心腹之交，徑入來同坐何妨！下官有失迎迓。」左右執事人獻茶。茶罷，黃文炳道：「相公在上，不敢拜問，不知近日尊府太師恩相曾使人來否？」知府道：「前日才有書來。」黃文炳道：「不敢動問，京師近日有何新聞？」知府道：「家尊寫來書上吩咐道：近日太史院[5]司天監奏道，夜觀天象，罡星照臨吳、楚，敢有作耗之人，隨即體察剿除。更兼街市小兒謠言四句道：『耗國因家木，刀兵點水工。縱橫三十六，播亂在山東。』因此囑咐下官，緊守地方。」黃文炳尋思了半晌，笑道：「恩相，事非偶然

5) 太史院：掌管觀測天象，編制曆書等天文曆數事務的地方。

也！」黃文炳袖中取出所抄之詩，呈與知府道：「不想卻在此處。」蔡九知府看了道：「這是個反詩，通判那裏得來？」黃文炳道：「小生夜來不敢進府，回至江邊，無可消遣，卻去潯陽樓上避熱閒玩，觀看前人吟詠，只見白粉壁上新題下這篇。」知府道：「卻是何等樣人寫下？」

黃文炳回道：「相公，上面明題着姓名，道是『鄆城宋江作』。」知府道：「這宋江卻是甚麼人？」黃文炳道：「他分明寫着『不幸刺文雙頰，那堪配在江州』。眼見得只是個配軍，牢城營犯罪的囚徒。」知府道：「量這個配軍，做得甚麼！」黃文炳道：「相公不可小覷了他。恰才相公所言尊府恩相家書說小兒謠言，正應在本人身上。」知府道：「何以見得？」黃文炳道：「『耗國因家木』，耗散國家錢糧的人，必是『家』頭着個『木』字，明明是個『宋』字；第二句『刀兵點水工』，興起刀兵之人，水邊着個『工』字，明是個『江』字。這個人姓宋，名江，又作下反詩，明是天數，萬民有福。」知府又問道：「何謂『縱橫三十六，播亂在山東』？」黃文炳答道：「或是六六之年，或是六六之數；『播亂在山東』，今鄆城縣正是山東地方。這四句謠言已都應了。」知府又道：「不知此間有這個人麼？」黃文炳回道：「小生夜來問那酒保時，說道這人只是前日寫下了去。這個不難，只取牢城營文冊一查，便見有無。」知府道：「通判高見極明。」便喚從人叫庫子取過牢城營裏文冊簿來看。當時從人於庫內取至文冊，蔡九知府親自檢看，見後面果有五月間新配到囚徒一名「鄆城縣宋江」。黃文炳看了道：「正是應謠言的人，非同小可。如是遲緩，誠恐走透了消息，可急差人捕獲，下在牢裏，卻再商議。」知府道：「言之極當。」隨即升廳，叫喚兩院押牢節級過來。廳下戴宗聲喏。知府道：「你與我帶了做公的人，快下牢城營裏，捉拿潯陽樓吟反詩的犯人鄆城縣宋江來，不可時刻違誤。」

戴宗聽罷，吃了一驚，心裏只叫得苦。隨即出府來，

**點評**

● 從這段對話看出蔡九知府是個公子官，昏庸無能，只聽黃文炳唆使。

點了眾節級牢子，都叫各去家裏取了各人器械，「來我下處間壁城隍廟裏取齊。」戴宗吩咐了眾人，各自歸家去，戴宗卻自作起神行法，先來到牢城營裏，徑入抄事房。推開門看時，宋江正在房裏，見是戴宗入來，慌忙迎接，便道：「我前日入城來，那裏不尋遍。因賢弟不在，獨自無聊，自去潯陽樓上飲了一瓶酒。這兩日迷迷不好，正在這裏害酒。」戴宗道：「哥哥，你前日卻寫下甚言語在樓上？」宋江道：「醉後狂言，誰個記得。」戴宗道：「卻才知府喚我當廳發落，叫多帶從人，『拿捉潯陽樓上題反詩的犯人鄆城縣宋江正身赴官。』兄弟吃了一驚，先去穩住眾做公的在城隍廟等候。如今我特來先報知哥哥，卻是怎地好？如何解救？」宋江聽罷，搔頭不知癢處，只叫得苦：「我今番必是死也。」戴宗道：「我教仁兄一着解手，未知如何？如今小弟不敢耽擱，回去便和人來捉你。你可披亂了頭髮，把尿屎潑在地上，就倒在裏面，詐作風魔。我和眾人來時，你便口裏胡言亂語，只做失心風便好。我自去替你回覆知府。」宋江道：「感謝賢弟指教，萬望維持則個。」

戴宗慌忙別了宋江，回到城裏，徑來城隍廟，喚了眾做公的，一直奔入牢城營裏來，假意喝問：「那個是新配來的宋江？」牌頭引眾人到抄事房裏，只見宋江披散頭髮，倒在尿屎坑裏滾，見了戴宗和做公的人來，便說道：「你們是甚麼鳥人？」戴宗假意大喝一聲：「捉拿這廝！」宋江白着眼，卻亂打將來，口裏亂道：「我是玉皇大帝的女婿。丈人教我領十萬天兵來殺你江州人，閻羅大王做先鋒，五道將軍做合後，與我一顆金印，重八百餘斤，殺你這般鳥人。」眾做公的道：「原來是個失心風的漢子，我們拿他去何用？」戴宗道：「說得是。我們且去回話，要拿時再來。」

眾人跟了戴宗回到州衙裏，蔡九知府在廳上專等回報。戴宗和眾做公的在廳下回覆知府道：「原來這宋江是個失心風的人。尿屎穢污全不顧，口裏胡言亂語，渾身臭糞不可當，因此不敢拿來。」蔡九知府正待要問緣故時，黃文炳早在屏風背後轉將出來，對知府道：「休信這話。本人作的詩詞，寫的筆跡，不是有風症的人，其中有詐。好歹只顧拿來，便走不動，扛也扛將來。」蔡九知府道：「通判說得是。」便發落戴宗：「你們不揀怎地，只與我拿得來。」

戴宗領了鈞旨，只叫得苦。再將帶了眾人下牢城營裏來，對宋江道：「仁兄，事不諧矣。兄長只得去走一遭。」便把一個大竹籮，扛了宋江，直抬到江州府裏，當廳歇下。知府道：「拿過這廝來。」眾做公的把宋江押於階下。宋江那裏肯跪，睜着眼？見了蔡九知府道：「你是甚麼鳥人，敢來問我！我是玉皇大帝的女婿。丈人教我引十萬天兵殺你江州人，閻羅大王做先鋒，五道將軍做合後，有一顆金印，重八百餘斤。你也快躲了我，不時，教你們都死。」

蔡九知府看了，沒做理會處。黃文炳又對知府道：「且喚本營差撥並牌頭來問，這人來時有風，近日卻才風？若是來時風，便是真症候；若是近日才風，必是詐風。」知府道：「言之極當。」便差人喚到管營、差撥，問他兩個時，那裏敢隱瞞，只得直說道：「這人來時不見有風病，敢只是近日舉發此症。」知府聽了，大怒。喚過牢子獄卒，把宋江捆翻，一連打上五十下，打得宋江一佛出世，二佛涅槃[6]，皮開肉綻，鮮血淋漓。戴宗看了，只叫得苦，又沒做道理救他處。宋江初時也胡言亂語，次後吃拷打不過，只得招道：「自不合一時酒後，誤寫反詩，別無主意。」蔡九知府即取了招狀，將一面二十五斤死囚枷枷了，推放大牢裏收禁。宋江吃打得兩腿走不動，當廳釘了，直押赴死囚牢裏來。卻得戴宗一力維持，吩咐了眾小牢子，都教好覷此人。戴宗自安排飯食，供給宋江，不在話下。

點評

● 蔡知府全沒主意。

6)　一佛出世，二佛涅槃：形容死去活來。

點評

● 其實是要顯得自己有功。

● 又是一年六月十五，蔡太師生辰，可還記得前文？

再說蔡九知府退廳，邀請黃文炳到後堂稱謝道：「若非通判高明遠見，下官險些兒被這廝瞞過了。」黃文炳又道：「相公在上，此事也不宜遲。只好急急修一封書，便差人星夜上京師，報與尊府恩相知道，顯得相公幹了這件國家大事。就一發稟道：『若要活的，便着一輛陷車解上京；如不要活的，恐防路途走失，就於本處斬首號令，以除大害。』便是今上得知必喜。」蔡九知府道：「通判所言有理，見得極明。下官即日也要使人回家送禮物去。書上就薦通判之功，使家尊面奏天子，早早升授富貴城池，去享榮華。」黃文炳拜謝道：「小生終身皆依託門下，自當銜環背鞍之報。」黃文炳就攛掇蔡九知府寫了家書，印上圖書[7]。黃文炳問道：「相公差那個心腹人去？」知府道：「本州自有個兩院節級，喚做戴宗，會使神行法，一日能行八百里路程，只來早便差此人徑往京師，只消旬日，可以往回。」黃文炳道：「若得如此之快，最好，最好！」蔡九知府就後堂置酒，管待了黃文炳，次日相辭知府，自回無為軍去了。

且說蔡九知府安排兩個信籠，打點了金珠寶貝玩好之物，上面都貼了封皮。次日早晨，喚過戴宗到後堂囑付道：「我有這般禮物，一封家書，要送上東京太師府裏去，慶賀我父親六月十五日生辰。日期將近，只有你能幹去得。你休辭辛苦，可與我星夜去走一遭，討了回書便轉來，我自重重的賞你。你的程途，都在我心上。我已料着你神行的日期，專等你回報。切不可沿途耽擱，有誤事情。」

戴宗聽了，不敢不依，只得領了家書、信籠[8]，便拜辭了知府，挑回下處安頓了，卻來牢裏對宋江說道：「哥哥放心，知府差我上京師去，只旬日之間便回。就太師府裏使些

7) 圖書：印章，常指私章。

8) 信籠：信使護送的籠箱。

見識，解救哥哥的事。每日飯食，我自吩咐在李逵身上，委着他安排送來，不教有缺。仁兄且寬心守耐幾日。」宋江道：「望煩賢弟救宋江一命則個。」戴宗叫過李逵，當面吩咐道：「你哥哥誤題了反詩，在這裏吃官司，未知如何。我如今又吃差往東京去，早晚便回。哥哥飯食，朝暮全靠着你看覷他則個。」李逵應道：「吟了反詩，打甚麼鳥緊！萬千謀反的，倒做了大官。你自放心東京去，牢裏誰敢奈何他！好便好，不好，我使老大斧頭砍他娘。」戴宗臨行又囑付道：「兄弟小心，不要貪酒，失誤了哥哥飯食。休得出去噇醉了，餓着哥哥。」李逵道：「哥哥，你自放心去。若是這等疑忌時，兄弟從今日就斷了酒，待你回來卻開。早晚只在牢裏伏侍宋江哥哥，有何不可！」戴宗聽了，大喜道：「兄弟若得如此發心，堅意守看哥哥更好。」當日作別自去了。李逵真個不吃酒，早晚只在牢裏伏侍宋江，寸步不離。

不說李逵自看覷宋江，且說戴宗回到下處，換了腿護膝、八搭麻鞋，穿上杏黃衫，整了搭膊，腰裏插了宣牌，換了巾幘，便袋裏藏了書信盤纏，挑上兩個信籠，出到城外。身邊取出四個甲馬，去兩隻腿上，每隻各拴兩個，口裏唸起神行法咒語來。怎見得神行法效驗？仿佛渾如駕霧，依稀好似騰雲。如飛兩腳蕩紅塵，越嶺登山去緊。頃刻才離鄉鎮，片時又過州城。金錢甲馬果通神，千里如同眼近。

當日戴宗離了江州，一日行到晚，投客店安歇，解下甲馬，取數陌金紙燒送了。過了一宿，次日早起來，吃了酒食，離了客店，又拴上四個甲馬，挑起信籠，放開腳步便行。端的是耳邊風雨之聲，腳不點地。路上略吃些素飯、素酒、點心又走。看看日暮，戴宗早歇了，又投客店宿歇一夜。次日起個五更，趕早涼行，拴上甲馬，挑上信籠又走。約行過了三二百里，已是巳牌時分，不見一個乾淨酒店。此時正是六月初旬天氣，蒸得汗雨淋漓，滿身蒸濕，又怕中了暑氣。正飢渴之際，早望見前面樹林側首一座傍水臨湖酒肆，戴宗拈指間走到跟前。看時，乾乾淨淨有二十付座頭，盡是紅油桌凳，一帶都是檻窗。戴宗挑着信籠入到裏面，揀一付穩便座頭，歇下信籠，解下腰裏搭膊，脫下杏黃衫，噴口水晾在窗欄上。戴宗坐下，只見個酒保來問道：「上下，打幾角酒？要甚麼肉食下酒，或豬、羊、牛肉？」戴宗道：「酒便不要多，與我做口飯來吃。」酒保又道：「我這裏賣酒賣飯，又有饅頭粉湯。」戴宗道：「我卻不吃葷腥，有甚麼素湯下飯？」酒保道：「加料麻辣熝豆腐如何？」戴宗道：「最好，最好！」酒保去不多時，熝一碗豆腐，放兩碟菜蔬，連篩三大碗酒來。戴宗正飢又渴，一上把酒和豆腐都吃了。卻待討飯吃，只見天旋地轉，頭暈眼花，就凳邊便倒。酒保叫道：「倒了！」只見店裏走出一個人來，怎生模樣？但見：臂闊腿長腰細，待客一團和氣。梁山作眼英雄，旱地忽律朱貴。

當下朱貴從裏面出來，說道：「且把信籠將入去，先搜那廝身邊，有甚東西。」便有兩個火家去他身上搜看，只見便袋裏搜出一個紙包，包着一封書，取過來，遞與朱頭領。朱貴扯開，卻是一封家書，見封皮上面寫道：「平安家信，百拜奉上父親大人膝下，男蔡德章謹封。」朱貴便拆開，從頭看去，見上面寫道：「現今拿得應謠言題反詩山東宋江監收在牢一節，聽候施行，」朱貴看罷，驚得呆了，半晌則聲不得。

火家正把戴宗扛起來，背入殺人作房裏去開剝，只見凳頭邊溜下搭膊，上掛着朱紅綠漆宣牌。朱貴拿起來看時，上面雕着銀字便是：「江州兩院押牢節級戴宗。」朱貴看了道：「且不要動手，我常聽的軍師說這江州有個神行太保戴宗，是他至愛相識。莫非正是此人？如何倒送書去害宋江？這一段事，卻又天幸撞在我手裏。」叫火家：「且與我把解藥救醒他來，問個虛實緣由。」

當時火家把水調了解藥，扶起來，灌將下去。須臾之間，只見戴宗舒眉展眼，便爬起來。卻見朱貴拆開家書在手裏看，戴宗便喝道：「你是甚人？好大膽，卻把蒙汗藥麻翻了我！如今又把太師府書信擅開拆，毀了封皮，卻該甚罪？」朱貴笑道：「這封鳥書打甚麼不緊！休說拆開了太師府書劄，俺這裏兀自要和大宋皇帝做個對頭的。」戴宗聽了大驚，便問道：「好漢，你卻是誰？願求大名。」朱貴答道：「俺這裏行不更名，坐不改姓，梁山泊好漢旱地忽律朱貴的便是。」戴宗道：「既然是梁山泊頭領時，定然認得吳學究先生。」朱貴道：「吳學究是俺大寨裏軍師，執掌兵權。足下如何認得他？」戴宗道：「他和小可至愛相識。」朱貴道：「兄長莫非是軍師常說的江州神行太保戴院長麼？」戴宗道：「小可便是。」朱貴又問道：「前者宋公明斷配江州，經過山寨，吳軍師曾寄一封書與足下，如今卻緣何倒去害宋三郎性命？」戴宗道：「宋公明和我又是至愛兄弟，他如今為吟了反詩，救他不得。我如今正要往京師尋門路救他，如何肯害他性命？」朱貴道：「你不信，請看蔡九知府的來書。」戴宗看了，自吃一驚，卻把吳學究初寄的書，與宋公明相會的話，並宋江在潯陽樓醉後誤題反詩一事，備細說了一遍。朱貴道：「既然如此，請院長親到山寨裏與眾頭領商議良策，可救宋公明性命。」朱貴慌忙叫備分例酒食管待了戴宗，便向水亭上，覷着對港，放了一枝號箭。響箭到處，早有小嘍囉搖過船來。

朱貴便同戴宗帶了信籠下船，到金沙灘上岸，引至大寨。吳用見報，連忙下關迎接。見了戴宗，敘禮道：「間別久矣！今日甚風吹得到此？且請到大寨裏來，與眾頭領相見了。」朱貴說起戴宗來的緣故，如今宋公明現監在彼。晁蓋聽得，慌忙請戴院長坐地，備問宋三郎吃官司為甚麼事起。戴宗卻把宋江吟反詩的事，一一說了。晁蓋聽罷大驚，便要起請眾頭領點了人馬，下山去打江州，救取宋三郎上山。吳用諫道：「哥哥不可造次。江州離此間路遠，軍馬去時，誠恐因而惹禍。打草驚蛇，倒送宋公明性命。此一件事，不可力敵，只可智取。吳用不才，略施小計，只在戴院長身上，定要救宋三郎性命。」晁蓋道：「願聞軍師妙計。」吳學究道：「如今蔡九知府卻差院長送書上東京去討太師回報，只這封書上將計就計，寫一封假回書教院長回去。書上只說，『教把犯人宋江切不可施行，便須密切差得當人員解赴東京，問了詳細，定行處決示眾，斷絕童謠。』等他解來此間經過，我這裏自差人下山奪了。此計如何？」晁蓋道：「倘若不從這裏過時，卻不誤了大事！」公孫勝便道：「這個何難。我們自着人去遠近探聽，遮莫從那裏過，務要等着，好歹奪了。只怕不能勾他解來。」

晁蓋道：「好卻是好，只是沒人會寫蔡京筆跡。」吳學究道：「吳用已思量心裏了。如今天下盛行四家字體，是蘇東坡、黃魯直、米元章、蔡京四家字體。——蘇、黃、米、蔡，宋朝『四絕』。小生曾和濟州城裏一個秀才做相識。那人姓蕭，名讓。因他會寫諸家字體，人都喚他做聖手書生，又會使槍弄棒，舞劍掄刀。吳用知他寫得蔡京筆跡，不若央及戴院長就到他家賺道：『泰安州嶽廟裏要寫道碑文，先送五十兩銀子在此，作安家之資。』便要他來。隨後卻使人賺了他老小上山，就教本人入夥，如何？」晁蓋道：「書有他寫，便好了，也須要使個圖書印記。」吳學究又道：「小生再有個相識，亦思量在肚裏了。這人也是中原一絕，現在濟州城裏居住。本身姓金，雙名大堅，開得好石碑文，剔得好圖書、玉石、印記，亦會槍棒廝打。因為他雕得好玉石，人都稱他做玉臂匠。也把五十兩銀去，就賺他來鐫碑文。到半路上，卻也如此行便了。這兩個人，山寨裏亦有用他處。」晁蓋道：「妙哉！」當日且安排筵席，管待戴宗，就晚歇了。

次日早飯罷，煩請戴院長打扮做太保模樣，將了一二百兩銀子，拴上甲馬，便下山；把船渡過金沙灘上岸，拽開腳步，奔到濟州來。沒兩個時辰，早到城裏，尋問聖手書生蕭讓住處，有人指道：「只在州衙東首文廟前居住。」戴宗徑到門首，咳嗽一聲，問道：「蕭先生有麼？」只見一個秀才從裏面出來。見了戴宗，卻不認得，便問道：「太保何處？有甚見教？」戴宗施禮罷，說道：「小可是泰安州嶽廟裏打供太保，今為本廟重修五嶽樓，本州上戶要刻道碑文，特地教小可齎白銀五十兩，作安家之資，請秀才便挪尊步，同到廟裏作文則個。選定了日期，不可遲滯。」蕭讓道：「小生只會作文及書丹，別無甚用。如要立碑，還用刊字匠作。」戴宗道：「小可再有五十兩白銀，就要請玉臂匠金大堅刻石。揀定了好日，萬望指引，尋了同行。」

蕭讓得了五十兩銀子，便和戴宗同來尋請金大堅。正行過文廟，只見蕭讓把手指道：「前面那個來的，便是玉臂匠金大堅。」當下蕭讓喚住金大堅，教與戴宗相見，具說泰安州嶽廟裏重修五嶽樓，眾上戶要立道碑文碣石之事，這太保特地各齎五十兩銀子，來請我和你兩個去。金大堅見了銀子，心中歡喜。兩個邀請戴宗就酒肆中市沽三杯，置些蔬食，管待了。戴宗就付與金大堅五十兩銀子，作安家之資，又說道：「陰陽人已揀定了日期，請二位今日便煩動身。」蕭讓道：「天氣暄熱，今日便動身，也行不多路，前面趕不上宿頭。只是來日起個五更，挨門出去。」金大堅道：「正是如此說。」兩個都約定了來早起身，各自歸家收拾動用。蕭讓留戴宗在家宿歇。

次日五更，金大堅持了包裹行頭，來和蕭讓、戴宗三人同行。離了濟州城裏，行不過十里多路，戴宗道：「二位先生慢來，不敢催逼，小可先去報知眾上戶來接二位。」拽開步數，爭先去了。

這兩個背着些包裹，自慢慢而行。看看走到未牌時候，約莫也走過了七八十里路，只見前面一聲胡哨響，山城坡下跳出一夥好漢，約有四五十人。當頭一個好漢，正是那清風山王矮虎，大喝一聲道：「你兩個是甚麼人？那裏去？

孩兒們拿這廝取心來吃酒。」蕭讓告道：「小人兩個是上泰安州刻石鐫文的，又沒一分財賦，止有幾件衣服。」王矮虎喝道：「俺不要你財賦衣服，只要你兩個聰明人的心肝做下酒。」蕭讓和金大堅焦躁，倚仗各人胸中本事，便挺着桿棒，徑奔王矮虎。王矮虎也挺朴刀來鬥兩個。三人各使手中器械，約戰了五七合，王矮虎轉身便走。兩個卻待去趕，聽得山上鑼聲又響，左邊走出雲裏金剛宋萬，右邊走出摸着天杜遷，背後卻是白面郎君鄭天壽。各帶三十餘人，一發上，把蕭讓、金大堅橫拖倒拽，捉投林子裏來。

四籌好漢道：「你兩個放心，我們奉着晁天王的將令，特來請你二位上山入夥。」蕭讓道：「山寨裏要我們何用？我兩個手無縛雞之力，只好吃飯。」杜遷道：「吳軍師一來與你相識，二乃知你兩個武藝本事，特使戴宗來宅上相請。」蕭讓、金大堅都面面廝覷，做聲不得。當時都到旱地忽律朱貴酒店裏，相待了分例酒食，連夜喚船，便送上山來。到得大寨，晁蓋、吳用並頭領眾人都相見了，一面安排筵席相待，且說修蔡京回書一事，「因請二位上山入夥，共聚大義。」兩個聽了，都扯住吳學究道：「我們在此趨侍不妨，只恨各家都有老小在彼，明日官司知道，必然壞了。」吳用道：「二位賢弟不必憂心，天明時便有分曉。」當夜只顧吃酒歇了。

次日天明，只見小嘍囉報道：「都到了。」吳學究道：「請二位賢弟親自去接寶眷。」蕭讓、金大堅聽得，半信半不信。兩個下至半山，只見數乘轎子抬着兩家老小上山來。兩個驚得呆了，問其備細。老小說道：「你昨日出門之後，只見這一行人將着轎子來，說家長只在城外客店裏中了暑風，快叫取老小來看救。出得城時，不容我們下轎，直抬到這裏。」兩家都一般說。蕭讓聽了，與金大堅兩個閉口無言，只得死心塌地，再回山寨入夥。

安頓了兩家老小。吳學究卻請出來，與蕭讓商議寫蔡京字體回書，去救宋公明。金大堅便道：「從來雕得蔡京的諸樣圖書名諱字號。」當時兩個動手完成，安排了回書，備了筵席，便送戴宗起程，吩咐了備細書意。戴宗辭了眾頭領，相別下山，小嘍囉已把船隻渡過金沙灘，送至朱貴酒店裏。戴宗取四個甲馬，拴在腿上，作別朱貴，拽開腳步，登程去了。

且說吳用送了戴宗過渡，自同眾頭領再回大寨筵席。正飲酒間，只見吳學究叫聲苦，不知高低。眾頭領問道：「軍師何故叫苦？」吳用便道：「你眾人不知，是我這封書，倒送了戴宗和宋公明性命也。」眾頭領大驚，連忙問道：「軍師書上卻是怎地差錯？」吳學究道：「是我一時只顧其前，不顧其後，書中有個老大脫卯[9]。」蕭讓便道：「小生寫的字體和蔡太師字體一般，語句又不曾差了。請問軍師，不知那一處脫卯？」金大堅又道：「小生雕的圖書，說無纖毫差錯，怎地見得有脫卯處？」

吳學究迭兩個指頭，說出這個差錯脫卯處。有分教：眾好漢大鬧江州城，鼎沸白龍廟。直教：弓弩叢中逃性命，刀槍林裏救英雄。畢竟軍師吳學究說出怎生脫卯來，且聽下回分解。

## 延伸思考

有人認為「潯陽樓題反詩」是宋江性格的轉折點，你對此怎麼看？

9) 脫卯：脫節，指說謊敗露。卯，指木器榫頭。

## 精華賞析

《水滸傳》中對人物的性格描寫很多都是只取主要方面來進行的，如粗魯、仗義等。但在對宋江的刻畫上卻體現出了很強的矛盾性，與林沖由妥協再到反叛的發展路徑不同，宋江的思想性格發展是反複的，他本身就是個矛盾的綜合體。

小說在宋江一出場就寫他是個「孝義黑三郎」，這麼一個孝子，又是對江湖好漢有着同情之心，仗義疏財的人，面對兄弟落難，他選擇捨命相救，這是「義」；而聽得老父勸誡，他又選擇回到「正軌」，這是「孝」。在潯陽樓上，他的所思所感，正是他孝義不能兩全而產生的困惑：被發配江州，雖說是個好地方，可自己終究是個罪人，本應三十而立的年紀，卻毫無功業，上不能照顧家人，又辜負了兄弟們的期望，空有一身抱負。這些情緒只能訴諸筆端，於是寫下了「反詩」:「他年若得報冤仇，血染潯陽江口」與「他時若遂凌雲志，敢笑黃巢不丈夫」。我們在理解這些詩句的含義時不必推敲字句，也不必窮根究底定要找出他要報的是甚麼仇，不妨認為這些只是宋江一時一地的情感迸發，以及他性格中矛盾思想的體現罷了。

## 第四十回

# 梁山泊好漢劫法場
# 白龍廟英雄小聚義

此回中各路好漢劫法場，從刀下救了宋江和戴宗，齊心合力打了一場精彩的戰鬥。這是本書的轉折點，在四十回之前，可看做是各路英雄的獨立小傳，本回之後，就是梁山泊英雄們的集體鬥爭。英雄聚義，星光璀璨，分外耀眼。

話說當時晁蓋並眾人聽了，請問軍師道：「這封書如何有脫卯處？」吳用說道：「早間戴院長將去的回書，是我一時不仔細，見不到處。才使的那個圖書，不是玉箸篆文『翰林蔡京』四字？只是這個圖書，便是教戴宗吃官司。」金大堅便道：「小弟每每見蔡太師書緘並他的文章，都是這樣圖書，今次雕得無纖毫差錯，如何有破綻？」吳學究道：「你眾位不知，如今江州蔡九知府是蔡太師兒子，如何父寫書與兒子，卻使個諱字圖書，因此差了。是我見不到處。此人到江州，必被盤詰，問出實情，卻是利害。」晁蓋道：「快使人去趕喚他回來，別寫如何？」吳學究道：「如何趕得上？他作起神行法來，這早晚已走過五百里了。只是事不宜遲，我們只得恁地，可救他兩個。」晁蓋道：「怎生去救？用何良策？」吳學究便向前與晁蓋耳邊說道：「這般這般，如此如此。主將便可暗傳下號令，與眾人知道，只是如此動身，休要誤了日期。」眾多好漢得了將令，各各拴束行頭，連夜下山，望江州來，不在話下。

說話的如何不說計策出？管教下面便見。且說戴宗扣着日期，回到江州，當廳下了回書。蔡九知府見了戴宗如期回來，好生歡喜，先取酒來賞了三鍾，親自接了回書，便道：「你曾見我太師麼？」戴宗稟道：「小人只住得一夜便回了，不曾得見恩相。」知府拆開封皮，看見前面說信籠內許多物件都收了？背後說妖人宋江，今上自要他看，可令牢固陷車，盛載密切，差的當人員，連夜解上京師，沿途休教走失。書尾說黃文炳早晚奏過天子，必然自有除授。蔡九知府看了，喜不自勝，叫取一錠二十五兩花銀賞了戴宗。一面吩咐教合陷車，商量差人解發起身。戴宗謝了，自回下處，買了些酒肉，來牢裏看覷宋江，不在話下。

且說蔡九知府催並合成陷車。過得一二日，正要起程，只見門子來報道：「無為軍黃通判特來相探。」蔡九知府叫請至後堂相見。又送些禮物、時新酒果。知府謝道：「累承厚意，何以克當。」黃文炳道：「村野微物，何足掛齒。」知府道：「恭喜早晚必有榮除之慶。」黃文炳道：「公相何以知之？」知府道：「昨日下書人已回，妖人宋江，教解京師。通判只在早晚奏過今上，升擢高任。家尊回書，備說此事。」黃文炳道：「既是恁地，深感恩相主薦。那個人下書，真乃神行人也。」知府道：「通判如不信時，就教觀看家書，顯得下官不謬。」黃文炳道：「小生只恐家書不敢擅看。如若相託，求借一觀。」知府便道：「通判乃心腹之交，看有何妨。」便令從人取過家書，遞與黃文炳看。

黃文炳接書在手，從頭至尾讀了一遍；捲過來，看了封皮，又見圖書新鮮。黃文炳搖着頭道：「這封書不是真的。」知府道：「通判錯矣。此是家尊親手筆跡，真正字體，如何不是真的？」黃文炳道：「公相容覆，往常家書來時，曾有這個圖書麼？」知府道：「往常來的家書，卻不曾有這個圖書，只是隨手寫的。今番一定是圖書匣在手邊，就便印了這個圖書在封皮上。」黃文炳道：「相公休怪小生多言，這封書被人瞞過了相公。方今天下盛行蘇、黃、米、蔡四家字體，誰不習學得？況兼這個圖書是令尊恩相做翰林學士時使出來，法帖文字上多有人曾見。如今升轉太師丞相，如何肯把翰林圖書使出來？更兼亦是父寄書與子，須不當用諱字圖書。令尊太師恩相，是個識窮天下、高明遠見的人，安肯造次錯用？相公不信小生之言，可細細盤問下書人，曾見府裏誰來。若說不對，便是假書。休怪小生多說，因蒙錯愛至厚，方敢僭言。」蔡九知府聽了，說道：「這事不難，此人自來不曾到東京，一盤問便顯虛實。」

知府留住黃文炳在屏風背後坐地，隨即升廳，叫喚戴宗有委用的事。當下做公的領了鈞旨，四散去尋。有詩為證：

反詩假信事相牽，為與梁山盜結連。

不是黃蜂針痛處，蔡龜雖大總徒然。

且說戴宗自回到江州，先去牢裏見了宋江，附耳低言，將前事說了，宋江心中暗喜。次日，又有人請去酌杯，戴宗正在酒肆中吃酒，只見做公的四下來尋。當時把戴宗喚到廳上，蔡九知府問道：「前日有勞你走了一遭，真個辦事，不曾重重賞你。」戴宗答道：「小人是承奉恩相差使的人，如何敢怠慢？」知府道：「我正連日事忙，未曾問得你個仔細。你前日與我去京師，那座門入去？」戴宗道：「小人到東京時，那日天色晚了，不知喚做甚麼門。」知府又道：「我家府裏門前，誰接着你？留你在那裏歇？」戴宗道：「小人到府前尋見一個門子，接了書入去。少刻，門子出來，交收了信籠，着小人自去尋客店裏歇了。次日早五更去府門前伺候時，只見那門子回書出來。小人怕誤了日期，那裏敢再問備細，慌忙一徑來了。」知府再問道：「你見我府裏那個門子，卻是多少年紀？或是黑瘦，也白淨肥胖？長大，也是矮小？有鬚的，也是無鬚的？」戴宗道：「小人到府裏時，天色黑了。次早回時，又是五更時候，天色昏暗。不十分看得仔細，只覺不恁麼長，中等身材，敢是有些髭鬚。」

知府大怒，喝一聲：「拿下廳去！」旁邊走過十數個獄卒牢子，將戴宗拖翻在當面。戴宗告道：「小人無罪。」知府喝道：「你這廝該死！我府裏老門子王公已死了數年，如今只是個小王看門，如何卻道他年紀大，有髭髯？況兼門子小王不能彀入府堂裏去，但有各處來的書信緘帖，必須經由府堂裏張幹辦，方才去見李都管，然後達知裏面，才收禮物。便要回書，也須得伺候三日。我這兩籠東西，如何沒個心腹的人出來問你個常便備細，就胡亂收了。我昨日一時間倉卒，被你這廝瞞過了。你如今只好好招說這封書那裏得來！」戴宗道：「小人一時心慌，要趕程途，因此不曾看得分曉。」蔡九知府喝道：「胡說！這賊骨頭，不打如何肯招？左右與我加力打這廝！」獄卒牢子情知不好，覷不得面皮，把戴宗捆翻，打得皮開肉綻，鮮血迸流。戴宗捱不過拷打，只得招道：「端的這封書是假的。」知府道：「你這廝怎地得這封假書來？」戴宗告道：「小人路經梁山泊過，走出那一夥強人來，把小人劫了，綁縛上山，要割腹剖心。去小人身上搜出書信看了，把信籠都奪了，卻饒了小人。

情知回鄉不得，只要山中乞死，他那裏卻寫這封書與小人，回來脫身。一時怕見罪責，小人瞞了恩相。」知府道：「是便是了，中間還有些胡說，眼見得你和梁山泊賊人通同造意，謀了我信籠物件，卻如何說這話？再打那廝！」

戴宗由他拷訊，只不肯招和梁山泊通情。蔡九知府再把戴宗拷訊了一回，語言前後相同，說道：「不必問了。取具大枷枷了，下在牢裏。」卻退廳來稱謝黃文炳道：「若非通判高見，下官險些兒誤了大事。」黃文炳又道：「眼見得這人也結連梁山泊，通同造意，謀叛為黨，若不祛除，必為後患。」知府道：「便把這兩個問成了招狀，立了文案，押去市曹[1]斬首，然後寫表申朝。」黃文炳道：「相公高見極明。似此，一者朝廷見喜，知道相公幹這件大功；二者免得梁山泊草寇來劫牢。」知府道：「通判高見甚遠，下官自當動文書，親自保舉通判。」當日管待了黃文炳，送出府門，自回無為軍去了。

次日，蔡九知府升廳，便叫當案孔目來吩咐道：「快教迭了文案，把這宋江、戴宗的供狀招款粘連了。一面寫下犯由牌，教來日押赴市曹，斬首施行。自古謀逆之人，決不待時，斬了宋江、戴宗，免致後患。」當案卻是黃孔目，本人與戴宗頗好，卻無緣便救他，只替他叫得苦。當日稟道：「明日是個國家忌日，後日又是七月十五日中元之節，皆不可行刑。大後日亦是國家景命。直至五日後，方可施行。」

一者天幸救濟宋江，二乃梁山泊好漢未至。蔡九知府聽罷，依准黃孔目之言。直待第六日早晨，先差人去十字路口，打掃了法場，飯後點起土兵和刀仗劊子，約有五百餘人，都在大牢門前伺候。巳牌時候，獄官稟了知府，親自來做監斬官。黃孔目只得把犯由牌呈堂，當廳判了兩個斬字，便將片蘆席貼起來。江州府眾多節級牢子雖然和戴宗、宋江過得好，卻沒做道理救得他，眾人只替他兩個叫苦。當時打扮已了，就大牢裏把宋江、戴宗兩個匾紮起，又將膠水刷了頭髮，綰個鵝梨角兒，各插上一朵紅綾子紙花；驅至青面聖者神案前，各與了一碗長休飯、永別酒。吃罷，辭了神案，漏轉身來，搭上利子[2]。六七十個獄卒早把宋江在前，戴宗在後，推擁出牢門前來。宋江和戴宗兩個面面廝覷，各做聲不得。宋江只把腳來跌。戴宗低了頭只歎氣。江

---

1) 市曹：市內商業集中之處。古代常於此處決犯人。

2) 利子：一種刑具，裝有鐵刺的木樁，下有輪子，形狀像驢馬。

州府看的人，真乃壓肩疊背，何止一二千人。但見：愁雲荏苒，怨氣氛氳。頭上日色無光，四下悲風亂吼。纓槍對對，數聲鼓響喪三魂；棍棒森森，幾下鑼鳴催七魄。犯由牌高貼，人言此去幾時回；白紙花雙搖，都道這番難再活。長休飯，嗓內難吞；永別酒，口中怎嚥！猙獰劊子仗鋼刀，醜惡押牢持法器。皂纛[3]旗下，幾多魍魎跟隨；十字街頭，無限強魂等候。監斬官忙施號令，仵作子準備扛屍。

劊子叫起「惡殺都來」，將宋江和戴宗前推後擁，押到市曹十字路口，團團槍棒圍住，把宋江面南背北，將戴宗面北背南，兩個納坐下，只等午時三刻，監斬官到來開刀。那眾人仰面看那犯由牌上寫道：「江州府犯人一名宋江，故吟反詩，妄造妖言，結連梁山泊強寇，通同造反，律斬。犯人一名戴宗，與宋江暗遞私書，勾結梁山泊強寇，通同謀叛，律斬。監斬官：江州府知府蔡某。」那知府勒住馬，只等報來。

只見法場東邊一夥弄蛇的丐者，強要挨入法場裏看，眾土兵趕打不退。正相鬧間，只見法場西邊一夥使槍棒賣藥的，也強挨將入來。土兵喝道：「你那夥人好不曉事，這是那裏，強挨入來要看。」這夥使槍棒的說道：「你倒鳥村，我們衝州撞府，那裏不曾去，到處看出人[4]。便是京師天子殺人，也放人看。你這小去處，砍得兩個人，鬧動了世界，我們便挨入來看一看。打甚麼鳥緊！」正和土兵鬧將起來，監斬官喝道：「且趕退去，休放過來。」鬧猶未了，只見法場南邊一夥挑擔的腳夫，又要挨將入來，土兵喝道：「這裏出人，你挑那裏去？」那夥人說道：「我們挑東西送與知府相公去的，你們如何敢阻當我？」土兵道：「便是相公衙裏人，也只得去別處過一過。」那夥人就歇了擔子，都掣了匾擔，立在人叢裏看。只見法場北邊一夥客商，推兩輛車子過來，定要挨入法場上來。土兵喝道：「你那夥人那裏去？」客人應道：「我們要趕路程，可放我等過去。」土兵道：「這裏出人，如何肯放你？你要趕路程，從別路過去。」這夥客人笑道：「你倒說的好。俺們便是京師來的人，不認得你這裏鳥路，只是從這大路走。」土兵那裏肯放，這夥客人齊齊地挨定了不動，四下裏吵鬧不住，這蔡九知府見禁治不得，又見這夥客人都盤在車子上

---

3)　皂纛（dào）：黑色大旗。

4)　出人：處決人。

立定了看。

沒多時，法場中間人分開處，一個報，報道一聲：「午時三刻！」監斬官便道：「斬訖[5]報來。」兩勢下刀棒劊子便去開枷，行刑之人執定法刀在手。說時遲，一個個要見分明；那時快，鬧攘攘一齊發作。只見這夥客人在車子上聽得「斬」字，數內一個客人便向懷中取出一面小鑼兒，立在車子上當當地敲得兩三聲，四下裏一齊動手。有詩為證：

閒來乘興入江樓，渺渺煙波接素秋。
呼酒謾澆千古恨，吟詩欲瀉百重愁。
雁書不遂英雄志，失腳翻成狴犴囚。
搔動梁山諸義士，一齊雲擁鬧江州。

又見十字路口茶坊樓上一個虎形黑大漢，脫得赤條條的，兩隻手握兩把板斧，大吼一聲，卻似半天起個霹靂，從半空中跳將下來。手起斧落，早砍翻了兩個行刑的劊子，便望監斬官馬前砍將來。眾土兵急待把槍去搠時，那裏攔當得住，眾人且簇擁蔡九知府逃命去了。

只見東邊這夥弄蛇的丐者，身邊都掣出尖刀，看着土兵便殺；西邊這夥使槍棒的，大發喊聲，只顧亂殺將來，一派殺倒土兵獄卒；南邊這夥挑擔的腳夫，輪起匾擔，橫七豎八，都打翻了土兵和那看的人；北邊這夥客人，都跳下車來，推過車子，攔住了人。兩個客商鑽將入來，一個背了宋江，一個背了戴宗。其餘的人，也有取出弓箭來射的，也有取出石子來打的，也有取出標槍來標的。原來扮客商的這夥，便是晁蓋、花榮、黃信、呂方、郭盛；這夥扮使槍棒的，便是燕順、劉唐、杜遷，宋萬；扮挑擔的，便是朱貴、王矮虎，鄭天壽，石勇；這夥扮丐者的，便是阮小二、阮小五、阮小七，白勝。這一行梁山泊共是十七個頭領到來，帶領小嘍囉一百餘人，四下裏殺將起來。

只見那人叢裏那個黑大漢，掄兩把板斧，一味地砍將來，晁蓋等卻不認

---

5)　訖：完。

得，只見他第一個出力，殺人最多。晁蓋猛省起來：戴宗曾說一個黑旋風李逵，和宋三郎最好，是個莽撞之人。晁蓋便叫道：「前面那好漢，莫不是黑旋風？」那漢那裏肯應，火雜雜地掄着大斧，只顧砍人。晁蓋便叫背宋江，戴宗的兩個小嘍囉，只顧跟着那黑大漢走。當下去十字街口，不問軍官百姓，殺得屍橫遍野，血流成渠，推倒傾翻的，不計其數。眾頭領撇了車輪擔仗，一行人盡跟了黑大漢，直殺出城來。背後花榮、黃信、呂方、郭盛，四張弓箭，飛蝗般望後射來。那江州軍民百姓，誰敢近前。這黑大漢直殺到江邊來，身上血濺滿身，兀自在江邊殺人。晁蓋便挺朴刀叫道：「不干百姓事，休只管傷人！」那漢那裏來聽叫喚，一斧一個，排頭兒砍將去。約莫離城沿江上也走了五七里路，前面望見盡是滔滔一派大江，卻無了旱路。

晁蓋看見，只叫得苦。那黑大漢方才叫道：「不要慌，且把哥哥背來廟裏。」眾人都來看時，靠江邊一所大廟，兩扇門緊緊閉着。黑大漢兩斧砍開，便搶入來。晁蓋眾人看時，兩邊都是老檜蒼松，林木遮映，前面牌額上四個金書大字，寫道：「白龍神廟」。小嘍囉把宋江、戴宗背到廟裏歇下，宋江方才敢開眼，見了晁蓋等眾人，哭道：「哥哥，莫不是夢中相會？」晁蓋便勸道：「恩兄不肯在山，致有今日之苦。這個出力殺人的黑大漢是誰？」宋江道：「這個便是叫做黑旋風李逵。他幾番就要大牢裏放了我，卻是我怕走不脫，不肯依他。」晁蓋道：「卻是難得這個人出力最多，又不怕刀斧箭矢。」花榮便叫：「且將衣服與俺二位兄長穿了。」

正相聚間，只見李逵提着雙斧，從廊下走出來。宋江便叫住道：「兄弟那裏去？」李逵應道：「尋那廟祝，一發殺了，叵耐那廝不來接我們，倒把鳥廟門閉上了。我指望拿他來祭門，卻尋那廝不見。」宋江道：「你且來，先和我哥哥頭領相見。」李逵聽了，丟了雙斧，望着晁蓋跪了一跪，說道：「大哥休怪鐵牛粗鹵。」與眾人都相見了，卻認得朱貴是同鄉人，兩個大家歡喜。花榮便道：「哥哥，你教眾人只顧跟着李大哥走，如今來到這裏，前面又是大江攔截住，斷頭路了，卻又沒一口船接應，倘或城中官軍趕殺出來，卻怎生迎敵？將何接濟？」李逵便道：「不要慌，我與你們再殺入城去，和那個鳥蔡九知府一發都砍了便走。」戴宗此時方才甦醒，便叫道：「兄弟，使不得莽性，城裏有五七千軍馬，若殺入去，必然有失。」阮小七便道：「遠望隔江，那裏有數隻船在岸邊，我兄弟三個赴水過去，奪那幾隻船過來載眾人如何？」晁蓋道：「此計是最上着。」

當時阮家三弟兄都脫剝了衣服，各人插把尖刀，便鑽入水裏去。約莫赴開得半里之際，只見江面上溜頭流下三隻棹船，吹風胡哨，飛也似搖將來。眾人看時，見那船上各有十數個人，都手裏拿着軍器，眾人卻慌將起來。宋江聽得說了，便道：「我命裏這般合苦也。」奔出廟前看時，只見當頭那隻船上坐着一條大漢，倒提一把明晃晃五股叉，頭上挽個空心紅，一點髻兒，下面拽起條白絹水褌，口裏吹着胡哨。宋江看時，不是別人，正是：東去長江萬里，內中一個雄夫。面如傅粉體如酥，履水如同平土。膽大能探禹穴，心雄欲摘驪珠。翻波跳浪性如魚，張順名傳千古。

當時張順在船頭上看見喝道：「你這夥是甚麼人？敢在白龍廟裏聚眾？」宋江挺身出廟前說道：「兄弟救我。」張順等見是宋江，大叫道：「好了！」那三隻棹船飛也似搖到岸邊，三阮看見，也赴過來。一行眾人都上岸來到廟前。宋江看見張順自引十數個壯漢在那隻船頭上。張橫引着穆弘、穆春、薛永，帶十數個莊客在一隻船上。第三隻船上，李俊引着李立、童威、童猛，也帶十數個賣鹽火家，都各執槍棒上岸來。張順見了宋江，喜從天降，便拜道：「自從哥哥吃官司，兄弟坐立不安，又無路可救。近日又聽得拿了戴院長。李大哥又不見面。我只得去尋了我哥哥，引到穆太公莊上，叫了許多相識。今日我們正要殺入江州，要劫牢救哥哥，不想仁兄已有好漢們救出，來到這裏。不敢拜問，這夥豪傑，莫非是梁山泊義士晁天王麼？」宋江指着上首立的道：「這個便是晁蓋哥哥，你等眾位都來廟裏敍禮則個。」張順等九人，晁蓋等十七人，宋江、戴宗、李逵，共是二十九人，都入白龍廟聚會。這個喚做白龍廟小聚會。

當下二十九籌好漢，各各講禮已罷，只見小嘍囉慌慌忙忙入廟來報道：「江州城裏鳴鑼擂鼓，整頓軍馬，出城來追趕。遠遠望見旗幡蔽日，刀劍如麻，前面都是帶甲馬軍，後面盡是擎槍兵將，大刀闊斧，殺奔白龍廟路上來。」

李逵聽了，大叫一聲：「殺將去！」提了雙斧，便出廟門，晁蓋叫道：「一不做，二不休，眾好漢相助着晁某，直殺盡江州軍馬，方才回梁山泊去。」眾英雄齊聲應道：「願依尊命。」

一百四五十人一齊吶喊，殺奔江州岸上來。有分教：血染波紅，屍如山積。直教：跳浪蒼龍噴毒火，爬山猛虎吼天風。畢竟晁蓋等眾好漢怎地脫身，且聽下回分解。

### 延伸思考

本回是梁山泊好漢與各路英雄的第一次合作戰鬥，在這過程中哪些是成功劫了法場的要素？